BASTEI
LÜBBE
TASCHENBUCH

Titel in der Regel auch als E-Book erhältlich

Über den Autor

Thomas Ziebula war bis Mitte der 90er Jahre Diakon und Sozialpädagoge und schrieb vorwiegend Satiren, Kurzgeschichten und Kinderbücher. Seither ist er freier Autor und verfasst Fantasy-, Spannungs- und Science-Fiction-Geschichten, die als Hardcover, Taschenbücher und Romanhefte erscheinen. 2001 erhielt er den Deutschen Phantastik-Preis. *Der Gaukler* ist Thomas Ziebulas erster Historischer Roman. Derzeit schreibt er an einer weiteren Erzählung über den Dreißigjährigen Krieg. Weitere Informationen finden Sie auch auf www.thomas-ziebula.de

Thomas Ziebula

Der Gaukler

Historischer Roman

BASTEI
LÜBBE
TASCHENBUCH

BASTEI LÜBBE TASCHENBUCH
Band 16837

1. Auflage: September 2013

Dieser Titel ist auch als E-Book erschienen

MIX
Papier aus verantwortungsvollen Quellen
FSC® C006701

Originalausgabe

Die Veröffentlichung dieses Werkes erfolgt auf Vermittlung der literarischen Agentur Peter Molden, Köln.

Lektorat: Judith Mandt
Karte: Daniel Ernle
Titelillustration: © missbehavior.de
Umschlaggestaltung: Pauline Schimmelpenninck
Büro für Gestaltung, Berlin
Satz: two-up, Düsseldorf
Gesetzt aus der Garamond
Druck und Verarbeitung: CPI – Ebner & Spiegel, Ulm
Printed in Germany
ISBN 978-3-404-16837-8

Sie finden uns im Internet unter
www.luebbe.de
Bitte beachten Sie auch: www.lesejury.de

»Wir sind aus solchem Stoff wie Träume sind,
und unser kleines Leben ist von einem Schlaf umringt.«

Prospero in William Shakespeares DER STURM, IV,1

Die Route des Gauklers 1622 – 1628

Prolog

Die Sonne flimmerte im Zenit. Vom See her fielen heiße Winde den Bergrücken herab. Talwärts stand Rauch über den Wipfeln des Sommerwaldes; zu viel für ein Köhlerfeuer, zu wenig für einen Waldbrand.

Lag nicht ein Weiler dort unten in den Hängen über dem Drautal? Stephan erinnerte sich dunkel an Gehöfte und Hütten zwischen Wiesenmatten und Bachlauf, erinnerte sich auch an Ziegen, Rinder und Bienenstöcke. Auf der Beizjagd war er dort unten vorbeigekommen … Richtig, mit dem Stiefvater; dessen Adler hatte ein Lamm gerissen damals. Hundert Jahre her.

Die Bärin hinter ihm brummte, blieb stehen und hob schnüffelnd den Schädel. »Nur ein Feuerchen, Cura, nur ein bisschen Rauch.« Stephan drehte sich nach dem Tier um und pfiff dreimal leise. »Weiter geht's.« Er sprach kroatisch mit der Bärin. »Vor Sonnenuntergang sind wir zurück bei der Landgräfin, keine Sorge.« Er nahm den Spieß auf die andere Schulter und folgte dem Wildpfad. Bei jedem Schritt klirrte die Kette an seiner Hüfte. Die Bärin trottete hinter ihm her.

Sechs Tage hatten sie in der Wildnis zugebracht; der Bärenführer in einer Baumhütte, seine pelzige Tänzerin unter den Pranken eines liebestollen Wildbären.

Der Pfad führte aus dem Laubwald und an einen kleinen Wasserfall. Über einen Steg ging es hinter dem Vorhang aus stürzendem Wasser zu einer Viehweide. An deren Mauer entlang konnte der Bärenmann bis hinunter zum Fluss blicken – und auf den Weiler. Eine Hütte brannte dort unten, eine einzige. Männer standen zwischen Backofen und Misthaufen, doch niemand löschte.

Niemand löschte?

»Jesses, Maria und Josef!« Stephan schwante Böses. »Komm her, Cura, komm schnell!«

Er beugte sich zur Bärin hinunter, streifte ihr ein Geflecht aus runzligem Leder über die Schnauze, band die Kette von der Hüfte und schloss sie dem Tier ans Halsband. Vermutlich waren es die gräflichen Totschläger, die untätig um das brennende Haus herumstanden.

Stephan rannte über die Weide – schnell wieder in den Schutz des Waldes eintauchen, schnell weg hier, nichts sehen, nichts hören! Neben ihm sprang die Bärin durchs Gras. Sage niemand, es habe keinen Verstand, so ein Tier – es roch das Feuer, es roch die Furcht seines Herrn und es roch die dumpfe Wut des Mobs.

Es musste der Landeshauptmann sein, der dort unten Lutherische jagte. Warum sonst löschte niemand? *Und kehren sie nicht in den Schoß der Kirche zurück, dann fahren sie eben zur Hölle* – so pflegte die gräfliche Sau den wahren Glauben zu erklären.

Gehörnte Schädel hoben sich aus dem Gras, die Leitkuh blinzelte zur braunen Bärin herauf, warf den schweren Leib herum, blökte – und dann blökte die ganze Herde. Angst erfasste die Rinder, Hufschlag wurde laut, die Tiere galoppierten zur unteren Einfriedung, drückten sich gegen die Mauer; einige richteten sich gar auf den Hinterläufen auf und setzten die Vorderhufe auf die Mauerkrone.

Im Schutz der Eichen auf der anderen Seite der Weide lauschte Stephan, der Bärenmann. Die Rinder beruhigten sich nach und nach, äugten bald nur noch blöde zu ihm herauf. Schritte raschelten im Unterholz. Er streckte die Rechte nach der Bärin aus, pfiff einen leisen, abschwellenden Ton. Cura ließ sich auf den Hinterläufen nieder. »Brave Tänzerin.« Flüsternd ging er neben einer Eiche in die Hocke und stützte sich auf seinen Spieß.

Schwarz und weiß leuchtete es im Unterholz. Schwarzer Schopf, weißes Gesicht. Eine junge Frau, fast noch ein Mädchen.

Nein – zwei Gesichter: eine junge Frau mit einem Kind auf

dem Arm. Sie wankte den Hang herauf, stolperte und stürzte in die Blaubeeren, dann rappelte sie sich wieder auf und setzte ihren Weg fort. Jetzt entdeckte sie ihn. Sie lehnte sich an eine Buche, drückte das Kind an ihren Körper und äugte. Nichts als Angst und Schrecken sprach aus den bleichen Zügen, und der Atem der Frau ging wie in Luftnot, rasselte, keuchte.

»Armes Weib«, murmelte Stephan. »Gönnen sie dir deine lutherische Messe nicht, diese groben Säue? Will der Graf, der verfluchte Hundsfott, euch mit Feuer zwingen zu beten, wie der Kaiser betet?«

Die Frau richtete sich auf, machte große Augen, ließ den Baum hinter sich und kam näher. Erst langsam, dann schneller.

Stephan nahm den Tornister vom Rücken, kramte den Kanten Brot heraus, der von seiner Wegzehrung noch übrig war, und streckte ihn ihr entgegen. Unsinnig im Grunde, denn der Wald nährte jeden, der zuzugreifen wusste. Doch er kannte Hunger und Angst, man hatte ihn selbst oft genug ohne einen Heller in der Tasche aus einer Stadt gejagt.

Vor allem aber sah er die angstvollen Frauenaugen, sah das bleiche Kind, dachte an das brennende Haus und die schlimmen Reden, die in den Tälern und auf den Almen gingen; Reden über das, was man den Lutherischen antat, seit mit dem neuen Jahrhundert der Graf und seine Waffenknechte in den Flusstälern von Drau und Lieser und am Millstätter See hausten. »Nimm«, sagte Stephan. »Nimm und lauf! Ich hab dich nicht gesehen.«

Die Mädchenfrau lief aber nicht, kam sogar noch näher, sank schließlich vor ihm auf die Knie. »Sie sagen, wir hätten die Quelle vergiftet.« Ihre Stimme zitterte. »Sie sagen, wir hätten das Neugeborene der Bäuerin behext, damit es stirbt. Sie sagen, wir hätten Schuld an der Rinderpest im Liesertal …«

Ihre Stimme brach, sie senkte den Kopf. Stephan steckte das Brot weg, blieb ratlos vor der Weinenden hocken, berührte mit linkischer Geste ihre Schulter. Seine Frau weinte nie. Auf einmal drückte sie ihm das Kind an die Brust, einen Knaben mit braunen Augen wie ihre, mit schwarzen Haaren wie ihre. Still war er, der Kleine, wie von Todesschrecken betäubt, aschfahl sein schmales, niedliches Gesichtchen.

Hangabwärts riefen Männer im Wald, Geäst brach unter Stiefeln im Unterholz. Die Mädchenfrau fuhr herum, ihre Zöpfe peitschten dem Bärenführer ins Gesicht. »Sie suchen uns schon.« Sie sprang auf und kramte einen Lederbeutel aus ihrem Umhang. »Beim Ewigen, möget Ihr bloß mein Kindchen retten!« Sie warf ihm den Beutel neben die Stiefel. »Bei Adonai, der das Licht der Welt hervorrief! Nehmt die Dukaten und sorgt für meinen Knaben! Ich bitte Euch!«

Wieder warf sie sich vor ihm ins Unterholz auf die Knie, griff in Stephans langes Haar, riss seine Stirn an ihre und murmelte in einer Sprache, die er nicht kannte. Ein Gebet? Einen Segen? Einen Fluch? Ehe er sich versah, riss sie ihm den Dolch aus dem Hüftgurt und säbelte sich den linken Zopf ab.

»Ich flehe Euch an«, keuchte sie, sprang auf und ließ Klinge und Zopf fallen. »Ich beschwöre Euch …« Sie wandte sich ab und rannte los. Jetzt erst nahm sie die Bärin wahr, wich ihr erschrocken aus, sprang ins Unterholz und lief den Hang hinauf in den Wald hinein.

Stephan hockte wie betäubt auf den Fersen mit dem Knaben im Arm und wusste nicht, was tun, was sagen; als wäre das warme Bündel ihm vom Himmel in die Arme gefallen. Und war es nicht so ähnlich?

Der Bärenmann wandte sich nach dem Hang um und stierte in das Gestrüpp, hinter dem die Mutter des Kindes verschwunden war. Was gab es denn dort oben, wohin sie sich retten konnte? Den Kamm, ein paar Höhlen, den Gipfel des Mirnock, den Steinbruch und auf der anderen Seite des Bergrückens den See.

»Der Steinbruch, Jesses, Maria …!« Kalt und heiß wurde ihm. »Sie wird sich doch nicht …?« Er stand auf, den Jungen im Arm.

Etwas schwoll heiß und bitter in seinem Herz. Er stierte in den Rauch über den Wipfeln. »Hundsfott, verfluchter …«

Aus Gewohnheit betete Stephan zur Heiligen Jungfrau, aus Gewohnheit ging er zur Messe, wenn sich's anbot und er in einer papistischen Stadt Zähne brach und Bärin und Hunde tanzen ließ. Heiliger Mustafa – andere hatten andere Gewohnheiten! Musste man ihnen deswegen gleich das Dach über dem Kopf abbrennen? Musste man deswegen ganze Familien ausrotten?

Stephan spuckte gegen einen Eichenstamm und meinte den Landeshauptmann, den Grafen. Vielleicht auch den Kaiser in Prag oder seinen Bischof in Wien. Vielleicht sogar den Herrgott, der so etwas duldete.

»Was mach ich denn jetzt, Cura?« Den Knaben im Arm trat er vor die Bärin. »Unsere Landgräfin wird mich stäupen, wenn ich noch einen Esser mitbringe!«

Von Marianne sprach er, seiner Frau. Er pflegte sie »Landgräfin« zu nennen oder »Landgräfin zur Wagenburg«, und das weiß Gott nicht ohne Grund. Seine Landgräfin übrigens hatte ihm keine Kinder geboren.

»Einen Esser noch dazu, der nicht mit anpacken kann.« Er seufzte, machte eine trübsinnige Miene und betrachtete kopfschüttelnd den Knaben. »Was mach ich denn jetzt?«

Beide, das neue Jahrhundert und der Knabe, waren kaum zwei Jahre alt, als Stephan, der Bärenführer, Zahnbrecher und Schausteller, mit dem Kleinkind auf dem Arm im Bergwald zwischen Drautal und Millstätter See vor seiner Bärin stand, als er stand und in die glänzenden braunen Augen des Knaben guckte und nicht wusste, was tun und lassen.

In Prag regierte noch der Kaiser Rudolf, der die Lutherischen gewähren ließ, in Kärnten aber wütete der Landeshauptmann, der Graf Johann von Ortenburg, und versuchte, sie mit Feuer und Schwert zurück zum rechten Glauben zu bekehren.

Stephan war bald vierzig Jahre alt damals. Er trug Stulpenstiefel aus Hirschleder, weite Hosen und ein Hemd aus ungarischem Leinen. Sein Schnurrbart war nach Osmanenart lang und gezwirbelt. Seine Mutter hatte ihn nach Kärnten gebracht, da war er sechs gewesen. Sein Vater, angeblich ein kroatischer Baron, war da angeblich schon tot, und seine Mutter, angeblich eine kroatische Baronesse, hatte angeblich vor den Osmanen fliehen müssen.

Geschichten waren das, man glaubt sie kaum.

Recht bald hatte die Mutter dann einen Falkner aus Spittal geheiratet. Der war gut gewesen zu Stephan, hatte ihn ziehen lassen, als es ihn mit fünfzehn in die Welt hinaustrieb.

Zwischen Weichsel, Main und Tiber hatte der Bärenmann die meisten großen Städte des Heiligen Römischen Reiches gesehen, hatte sich in Belgrad von Osmanen über Allah und seinen Propheten belehren, von Benediktinern in Mainz die Segnungen klösterlichen Lebens preisen und von Hugenotten in Paris die alleinige Unfehlbarkeit der Heiligen Schrift versichern lassen.

Doch menschliche Behausungen verbrennen und Mutter und Kind auseinanderreißen wegen Gottesnamen, Messeform und frommen Schriften? Das überstieg die Vorstellungskraft des Bärenmanns und womöglich sogar sein an sich nicht sehr ausgeprägtes sittliches Empfinden. Der Verdacht, menschliche Dummheit, Gier und Geltungssucht tarnten sich hier mit frommem Mäntelchen, hatte ihn schon in seiner Jugend beschlichen und wuchs seitdem eher, als dass seine Erfahrungen ihn zerstreut hätten.

Und jetzt betrachtete er einen Knaben, der ihm zugefallen war, ohne dass er recht wusste wie und von wem – wieso der »Ewige« und wer war »Adonai«? Stephan seufzte und erschrak, weil ihm dämmerte, dass alles anders werden würde durch so ein Kindchen.

Die Bärin hob die Nase, grunzte und schnüffelte. Stimmen und Schritte unten im Wald kamen näher. Das Kindchen fing an zu wimmern. Hast befiel den Bärenmann: Er legte den Knaben vor dem Tier ab, kramte Schnupftuch aus der Hose und Honig und

Schnaps aus dem Tornister. Das Tuch mit beidem getränkt und dem Knaben ins Wimmermäulchen gestopft – schon saugte dieser und gab Ruhe.

Stephan sprang auf und lauschte. Bereits drei Männerstimmen konnte er unterscheiden. Zwei Steinwürfe entfernt, wenn es hochkam, riefen sie einander Flüche zu und gaben einander die Spuren bekannt, die sie entdeckten.

Der Lederbeutel!

Stephan eilte hin und hob ihn auf. Ziemlich schwer. Dukaten? Auch Zopf und Klinge klaubte er aus dem Unterholz. Wieder lauschte er – noch höchstens einen Steinwurf entfernt, die Stimmen! Sein Blick fiel auf eine Mulde. Drei Schritte, ein Sprung über Blaubeersträucher, und er beugte sich über sie. Die Erdröhre eines Fuchsbaus öffnete sich in der Muldenseite.

Schnell hinein in die Mulde mit Lederbeutel und Zopf. Umdrehen, zur Bärin laufen, das Kind greifen und zurück zur Mulde. Die Schritte der Männer wurden jetzt immer lauter. Stephan verstand bereits jedes Wort. »Komm schon, Cura!«, zischte er. »Komm schon her zu mir.«

Er legte das nuckelnde Kind neben Beutel und Zopf und ließ die Bärin sich über der Mulde ausstrecken. Aus einem Haselnussstrauch bog er einen starken Ast und setzte die Messerklinge an.

Und schon tauchten sie aus dem Unterholz zwischen den Bäumen auf – vier Männer: drei Bergbauern und ein Waffenknecht des Landeshauptmanns. Stephan erkannte ihn am Degen und der Armbrust.

»Was treibst du hier, Kerl?«, fuhr der Waffenknecht ihn an, ein grimmiger Schlagetot.

»Einen Bärenmann für meine Bärin habe ich gesucht.« Mit einer Kopfbewegung deutete Stephan auf die Bärin. »Und gefunden. Bärenjunge sind teuer. Sie im Wald machen zu lassen kostet nur ein paar Tage Zeit.«

»Der Stephan!«, rief einer der Bauern. »Stephan, der Schausteller, der Krabat! Man kannte seinen Vater, den Unterkofler, den Falkner. Braver Mann!«

»Krabat« – so wurde ein Kroate noch vielerorts im Reich geheißen.

»Jetzt will sie nicht mehr weiter«, sagte Stephan, wieder auf die Bärin deutend. »Also brauche ich die Rute.«

Die Bärin riss den Rachen auf und gähnte. »Ist ein Judenweib vorbeigekommen hier?« Der Schlagetot guckte mürrisch. »Hat einen Judenbalg dabei.«

Daher also wehte der Wind – mit den Lutherischen mussten auch gleich die wenigen Juden im Tal alte Rechnungen zahlen. »Hier?« Stephan schüttelte den Kopf. »Nix gesehen.« Er zuckte mit den Schultern »Vielleicht bei der Weide vorn, da hat's geraschelt.« In aller Ruhe schnitt er den Haselnusszweig ab. »Kann aber auch Viehzeug gewesen sein, weiß ich's?«

Der mit der Armbrust winkte und stapfte Richtung Weide davon, die Bauern hinterher. Böses, lüsternes Pack! Der Bärenmann wartete, bis sie jenseits der Weide beim Wasserfall verschwanden. »Aufstehen, Cura«, raunte er dann. »Wir haben es nun sehr eilig.«

Bei seiner Landgräfin später gab's Tritte und Hiebe, als sie das immer noch schlafende Kind sah; und ein Gott-sei-gepriesen und einen Kuss, als Stephan die Golddukaten aus dem Ledersäckchen schüttete. So war sie eben, die Landgräfin Marianne zur Wagenburg.

Sie fanden ein Pergament um das Handgelenk des Knaben gebunden. Darauf stand sein Name geschrieben: *David Villacher*. Seine Mutter, so hörten sie Wochen später, fand man im Steinbruch. Die Jüdin hatte sich dort zu Tode gestürzt. Um Schlimmerem zu entgehen. Und der Adonai hat ihr nicht geholfen. Armes Weib.

Stephan zündete ihr eine Kerze an, in der Pfarrkirche von Spittal.

Im Frühling darauf zogen sie nach Norden; auf zwei Wagen,

mit drei Hunden, einem Uhu, einem Kolkraben, sechs Pferden und dem Knaben. Zuerst ins Erzbistum Salzburg, danach ins Herzogtum Bayern, danach weiter dem Rhein entgegen und hinauf bis zum Main. Den Knaben gaben sie als ihren Sohn aus.

So beginnt die Geschichte des Gauklers David Unterkofler. Und ohne sie ist die Geschichte des Mädchens Susanna Almut nicht denkbar, das ein Jahr später in der Gegend von Heidelberg zur Welt kam; ungefähr um die Zeit, als der Bärenmann auf den Märkten der rheinischen Kurpfalz Zähne brach. Und beider Geschichten wären andere geworden ohne die Geschichte des Kriegsmannes Hannes Stein, den seine Mutter in einem noch friedlichen Odenwald-Weiler oberhalb von Handschuhsheim und Heidelberg gebar, als im Drautal und am Millstätter See der Landeshauptmann schon mit Feuer und Schwert gegen die Lutherischen wütete.

Erstes Buch

Von der Flüchtigkeit des Friedens

Oktober 1612 bis Juli 1622

I

An einem Herbsttag des Jahres 1612 hörte Susanna zum ersten Mal bewusst das Wort »Papisten«. Später musste sie oft daran denken, wegen dieses einen Wortes und wegen des Jungen auf der anderen Seite des Baches. Seine Augen waren hellblaue Lichter, blond und dürr ragte er auf zwischen allen. Hannes. Seltsam, wie von Anfang an etwas zwischen ihnen strömte.

Susanna erklärte den Mädchen, wie sie die Schleppe zu halten hatten: zwei rechts und links an den langen Säumen, zwei hinten an den Zipfeln. Und nicht herumkichern, es ist schließlich Hochzeit unserer gnädigsten Herrschaft, Ihrer Durchlaucht, des Kurfürsten Friedrich. Festlich geht es zu, ernste Gesichter muss man machen.

Sie wandte sich nach Bachlauf und Brücke um, fasste die anderen am jenseitigen Ufer ins Auge und setzte dann einen Fuß vor den anderen – würdevoll, feierlich, stolz. Und wieder sah sie das blaue Lichterpaar unter blonder Stirn, und wieder strömte es: ein warmes Unsichtbares, ein heimliches Lachen, das nicht in die Gesichtszüge fand, das man aber spürte, wenn die Blicke sich trafen.

Das Leben fühlte sich damals noch leicht an. Wie ein Spiel – und Susanna spielte gern. An jenem Tag spielte sie Hochzeit, auf einem Bauernhof, irgendwo am Rand des Dorfes.

Auf der Wiese, hinter ihr und den Schleppenträgerinnen, standen Apfel- und Birnenbäume ohne Zahl. Taubnesseln und der letzte Rotklee blühten, und zwischen den Bäumen weideten Schafe. Am Hang, auf der anderen Seite des Dorfes, erstreckte sich ein Weingarten zwischen Bachlauf und Wald. Im Hof scharrten Hühner, ein Schwein suhlte sich im Schlamm neben dem Misthaufen, Katzen dösten, und der Kettenhund beäugte zankende Ziegenböcke.

Stallung, Scheune und Werkstatt kauerten am windschiefen Bauernhaus. Als hätte der Allmächtige es am sechsten Schöpfungstag zusammen mit Adam und Eva geschaffen, so alt sah das Hüttennest aus.

Ein paar Jahre noch, dann würde es sie nicht mehr geben, diese alten Hütten, diese morsche Bachbrücke zwischen fetten Obstwiesen, diesen lieben Hof.

Die Brücke schwankte und knarrte, als Susanna und die vier Mädchen hinter ihr den Bach überquerten und den anderen in feierlicher Pose entgegenschritten. Fast ein Dutzend Kinder jeden Alters, und alle beobachteten sie – die meisten neugierig, einige begriffsstutzig, manche spöttisch. Und eigentlich ging sie nur auf ihn zu, auf Hannes. Sie kannte ihn schon immer – seit Jahren kam sie mit dem Vater in sein Dorf herauf –, und doch war es ihr, als sähe sie ihn heute zum ersten Mal.

Die Erwachsenen, einen Steinwurf entfernt, saßen auf Bänken um zwei leere Fässer. Über die hatte Hannes' Vater eine Holzdiele gelegt und so einen Tisch geschaffen. Die Männer besprachen ihren Handel. Es ging um Färber-Ginster. Vielleicht auch um Obstbrand. Susanna erinnerte sich später nicht mehr genau.

Sie erinnerte sich aber an den Duft der Herbstwiesen. An vielen Bäumen lehnten noch Leitern, und zwischen ihnen standen da und dort Körbe voller Äpfel und Birnen. Auch an das Geblöke der Schafe erinnerte sie sich und an die grobe graue Decke, die sie sich um die Schulter gelegt hatte. Doch es war stets das blaue Lichterpaar auf der anderen Seite des Baches, das ihr als Erstes ins Gedächtnis kam, wenn sie zurückdachte.

Für Susanna war es keine grob gewebte graue Pferdedecke, die sie damals trug: Es war ein kostbares Kleid aus weißer Seide, mit Schleier und schwerer Schleppe; vier Mädchen brauchte es ja, um diese zu tragen. Und natürlich schritt sie auch über keine

Brücke, sondern durch das Mittelschiff der Heilig-Geist-Kirche auf den Altar zu. In diesen unvergesslichen Augenblicken war sie eine Prinzessin und hieß Elisabeth Stuart. Ihr war sehr feierlich zumute.

Und den anderen? Das wusste sie nicht, und das kümmerte sie auch nicht. Es kümmerte sie nicht einmal, dass der Kurfürst und die Prinzessin nicht in der Pfalz, sondern wahrscheinlich in irgendeiner Kathedrale Londons heiraten würden. London? Ein fremder Ort, unerreichbar. Also stellte sie sich die schönste Stadt vor, die sie kannte, Heidelberg, und die schönste Kirche, die sie bisher gesehen hatte: die Heilig-Geist-Kirche zu Heidelberg.

Nun hatte Susanna die andere Seite des Baches erreicht. »Ich brauche einen Bräutigam.« Ihr Blick fiel auf ihn, fiel in seine hellblauen Augen. »Du.« Sie deutete auf Hannes. »Du bist mein Kurfürst.«

Plötzlich spürte sie, dass man sie vom Tisch der Erwachsenen aus beobachtete. Ihre Mutter sah herüber; zum ersten Mal hatte diese das Dorf oberhalb der Bergstraße betreten – widerwillig; denn es war der Vater gewesen, der darauf bestanden hatte, dass sie endlich die Bauersleute kennenlernte, die den Färber-Ginster lieferten, mit denen die Verwandtschaft in Heidelberg seit Jahren Wolle und Leinen gelb färbte.

Die Bäuerin stellte Becher auf die Tischdiele und schenkte Wein aus – näherte der Handel sich schon seinem Abschluss? –, und nun sah auch der Vater zu Susanna herüber. Die Eltern bewegten die Lippen, sprachen über sie. Über wen sonst?

Susanna glaubte zu hören, was sie redeten. Mutter seufzte und sagte: »Deine Susanna stolpert mal wieder durch irgendein Traumland.« Und Vater lächelte und antwortete: »Lass sie doch.«

So ging das oft.

Damals fragten sie noch nicht, ob einer es mit den Protestanten hielt oder mit den Katholischen, den »Papisten«; damals wussten sie noch nichts vom Krieg. Und ja: Damals waren sie noch Kinder.

»Das geht nicht.« Hannes schüttelte den Kopf. Er war trotzig, immer schon.

»Wie soll ich ohne Bräutigam heiraten?« Sie streckte den Arm nach ihm aus. »Komm schon zu mir.«

»Nein.« Er schüttelte den Kopf heftiger. So trotzig. So stur. Die anderen beobachteten ihn, neugierig, kichernd, gespannt.

Er war der Zweitälteste unter den Kindern, ein hellhäutiger, hoch aufgeschossener Junge von höchstens elf Jahren. Sein älterer Bruder Moritz hielt sich fern von der Kinderschar, er machte sich an einem Wagen vor der Scheune zu schaffen.

»Der Fürst muss doch die Prinzessin wählen«, behauptete Hannes. »Nicht die Prinzessin den Fürsten.«

»Jetzt komm endlich, sei mein Friedrich.«

»Nein. Entweder der Kurfürst hat die Wahl, oder ich spiele nicht mit.« Hannes zuckte gleichmütig mit den knochigen Schultern. »Bin ich nicht zu dir nach London gekommen? Bin ich nicht vor deinen Vater getreten, um ihn um deine Hand zu bitten?«

»Viel zu leise hast du gesprochen!« Ungeduld packte Susanna. Dass er in seiner Antwort schon ganz in ihr Spiel eintauchte, wurde ihr kaum bewusst. »Noch dazu in schlechtem Französisch!« Sie stemmte die Fäuste in die Hüften. »Mein Vater hat dich nicht mal ausreden lassen! Jetzt komm endlich!«

Die Kinder kicherten, Susannas Schwester Anna am lautesten. Hannes runzelte die Stirn. »Woher willst du das wissen?«

»Aus der Zeitung«, rief Anna.

»Ihr könnt lesen?«

»Natürlich.« Susanna rümpfte die Nase.

»Der Vater liest der Mutter immer vor«, krähte die Kleine. »Nach der Abendandacht, und wir hören heimlich zu. Sechzehn ist Durchlaucht, französisch hat er gesprochen, und schüchtern ist er. Und verliebt.« Die Kinder lachten. »Und im nächsten Jahr wird die Hochzeit gehalten – 1613 annidomino.«

»Anno domini«, verbesserte Susanna.

Einmal im Monat kam der Vater mit vier bedruckten Blättern aus Heidelberg zurück, die er »Zeitung« oder »Straßburger Relation« nannte. Die Postkutsche brachte sie dem Zunftvorsteher der Tuchmacher mit, der gab sie dem Onkel weiter, wenn er sie gelesen hatte, und der Onkel, wenn er sie abgeschrieben hatte, gab sie dem Vater, und der Vater gab sie erst den Gesellen und verbreitete sie dann unter den Handschuhsheimern, die lesen konnten.

»Ich hab's auch gelesen«, behauptete Hannes, und weil sein Gesicht so trotzig war, glaubte Susanna ihm kein Wort. Hatten sie je eine Zeitung hier oben im Wald gesehen? Wenn ihre Mutter recht hatte, wussten diese Bauern hier oben nicht einmal, was eine Zeitung war.

»Französisch oder deutsch, schüchtern oder verliebt – jedenfalls muss ich dich erwählen.«

»Jetzt komm schon!« Susanna stampfte mit dem Fuß auf; es gefiel ihr nicht, aus ihrer feierlichen Hochzeitswelt gerissen zu werden. »Das hier ist der Altar.« Sie deutete auf einen Leiterwagen. Zwei kleine Jungen hockten darin, rotznasige, in alte Hemden gewickelte Zwillinge. Beide nuckelten an triefenden Sauglumpen. »Komm her.«

»Nein.« Er verschränkte die Arme vor der Brust. »Ich muss dich erwählen, und ich muss dich zum Altar führen. Ich spiele doch keinen Unsinn!«

Sie presste die Lippen zusammen und blitzte ihn an. Einmal tief durchgeatmet, dann machte sie kehrt, verließ den Raum vor dem Altar, stapfte durch das Gotteshaus und ging zurück auf die andere Seite des Baches. Da endlich stand er auf, kam herüber und fasste sie unter den Arm. Gemeinsam schritten sie über die Brücke.

Im Hof, vor dem Haus, waren die Erwachsenen handelseinig geworden; Susanna bemerkte es beiläufig. Die Bäuerin, Hannes' Mutter, packte Honiggläser und Schnapsflaschen in Körbe, Hannes' älterer Bruder trug Säcke mit Färber-Ginster zum Wagen, und sein Vater, der Bauer Hans Stein, sah zu, wie Susannas Vater Münzen auf den Tisch zählte.

Und die Mutter? Sie äugte zu ihr herüber, wirkte seltsam steif, und obwohl sie einen Steinwurf weit entfernt hinter dem Fass saß, sah Susanna die steile Falte zwischen ihren Brauen, sah die kalte Blässe ihres strengen Gesichts. Die Mutter war nicht gern mitgekommen, der Vater hatte erst mit ihr schimpfen müssen.

Und jetzt rief sie ihren Namen. »Susanna!« Susanna hörte es nicht, wollte es nicht hören. Schließlich war sie die Tochter des Königs von England, und die hieß nicht Susanna, die hieß Elisabeth Stuart.

Endlich standen sie vor dem Leiterwagen mit den nuckelnden Rotznasen, vor dem Altar. »Du musst was sagen.«

Hannes druckste ein wenig herum und murmelte dann: »Ich erwähle dich.«

Hannes' jüngerer Bruder, der Friedrich, protestierte. Er hatte wohl schon eine Trauung erlebt. Nicht der Bräutigam, der Priester müsse etwas sagen, behauptete er.

»Der Pfarrer«, verbesserte Susanna ihn.

»Jedenfalls nicht der Bräutigam«, beharrte Friedrich, der komme erst am Schluss dran und man brauche einen Priester.

»Einen Pfarrer«, verbesserte Susanna.

Friedrich stand auf. Eigentlich brauche man außer dem Priester auch ein Weihrauchfass und den Vater der Braut, aber gleichgültig. Er stellte sich zwischen sie und den Handkarren, schlug ein Kreuz in die Luft vor Susanna und Hannes, tat, als würde er ein Weihrauchfass schwenken, und nuschelte dabei etwas vor sich hin, das wahrscheinlich Lateinisch klingen sollte. Hinter ihm spuckte einer der Zwillingsbrüder seinen Sauglumpen aus und begann zu plärren.

Schließlich waren sie Mann und Frau. »Und jetzt musst du mich küssen.« Susanna lächelte in das hellblaue Augenpaar.

Friedrich protestierte schon wieder. Bei der Trauung, deren

Zeuge er geworden war, hatte er den Bräutigam niemanden küssen sehen. Andere Kinder dagegen schworen, dass der Bräutigam die Braut küssen müsse. Unbedingt.

»Unser Kurfürst wird die englische Prinzessin küssen, wenn sie vor dem Altar stehen«, behauptete Susanna. Sie konnte Dinge auf eine Weise behaupten, die keinen Widerspruch duldete.

»Sie sind doch erst sechzehn«, krähte dennoch ihre kleine Schwester.

»Wer verheiratet ist, darf küssen.« Susanna spitzte die Lippen, schloss die Augen und wandte sich ihm zu. Hannes küsste sie auf den Mund.

Damals duftete alles nach Aufbruch und Abenteuer. Die Welt war riesengroß, war prächtig, schön und voller Geheimnisse – wie das Heidelberger Schloss, vor dessen Tor Susanna einmal gestanden und sehnsüchtig hineingespäht hatte. Öffnete sich nicht ein Tor in diesem Augenblick damals zwischen Bachbrücke und Leiterwagen? Unendlich war das Leben, unsterblich das Herz in der kleinen Brust, und so viele verborgene Schätze, und so ein langer, aufregender Weg hinein in die riesengroße Welt.

»Susanna! Du kommst sofort her zu mir!« Erschrocken riss Susanna die Augen auf: Das Kleid hochgerafft, hastete die Mutter an Pferdeäpfeln und Kuhfladen vorbei und durch die Hühnerschar hindurch zur Bachbrücke. Der Ziegenbock meckerte. Der Hund zerrte an der Kette, kläffte hinter ihr her.

Sie packte Susanna, riss ihr die Pferdedecke von den Schultern und schlug ihr ins Gesicht. Dann zerrte sie die beiden Mädchen weg von Brücke, Bach und Kinderschar – Anna am Ohr, Susanna an den Haaren.

»Das sind Bauerntölpel!«, zischte sie. »Rotznasen! Noch dazu Papisten! Mit denen spielt ihr nicht mehr.«

2

Eine Daumenbreite weit schob David den Vorhang zur Seite. Jedes Mal kurz vor seinem Auftritt tat er das. Auf der Bühne geschah, was zu Beginn einer Vorstellung immer geschah: Der Affe sprang zeternd um Stephan herum, Stephan fuchtelte mit dem Degen, schnippte mit den Fingern, pfiff wie eine Nachtigall, und die Hunde schlugen Salto und schnappten dabei nach den Knochen, die ihnen die Zwergin mit den Zehen ihres rechten Fußes zuwarf.

An der linken Bühnenseite hockte der Rote Milan auf der Sitzstange und spähte in das Publikum. An der rechten Bühnenseite tänzelte der Rabe vor dem offenen Käfig des alten Uhus hin und her, verspottete ihn krähend und wich jedes Mal zurück, wenn der Stärkere, aber Angekettete fauchte und zum nächsten vergeblichen Versuch ansetzte, von seiner Stange zur Käfigtür zu hüpfen.

Stephan trug das prachtvolle Gewand eines venezianischen Edelmannes und nannte sich »Pantalon«, solange er darin das Geschehen auf der Bühne beherrschte. Die Figur des eleganten Herrn hatte er sich bei italienischen Komödianten abgeschaut.

Alles wie immer. Und die Leute von Köln?

Der Hof hinter dem Gasthaus *Zur Welschenklause* am Heumarkt war zu mehr als zwei Dritteln gefüllt. Sehr gut – falls sie alle gezahlt hatten. Der Rat hatte gestattet, zwei Albus zu nehmen, das waren immerhin vierundzwanzig Heller.

Ein Mann unter all den Schustern, Webern, Schmieden und Rheinschiffern fiel David gleich auf. Ein Edler: kleine, gefaltete Halskröse, blauer Seidenrock, ein spitzer, rötlicher Kinnbart und langes, weit über die Schultern fallendes rotblondes Haar.

Edel auch sein Gesicht: weiß, schmale Lippen, kantige Nase

wie ein Greifenschnabel, tiefliegende Augen und ein spöttisches Lächeln in allen Winkeln. Täuschte David sich, oder waren die Lippen röter als bei einem Mann üblich? Wahrscheinlich ein Franzos. Oder ein Engländer? Hoffentlich kein Ratsherr der Stadt Köln, der prüfen wollte, ob die losen Schausteller auch treulich alle Auflagen erfüllten. Nein, ein Ratsherr von Köln würde kaum seine Lippen rot färben.

Der Mann neben dem Edelspitzbart, der massige Kerl mit dem fassartigen Brustkorb, den traurigen Augen und dem Kindergesicht, der gehörte weiß Gott nicht zum ehrwürdigen Rat der Stadt Köln. Rübelrap stammte aus einem Weiler am Züricher See und war einer von ihnen; gehörte zur »Compagnie«, wie Stephan seine Truppe nach Franzosenart nannte.

Auf der Bühne zündete der Directeur de la Compagnie nun einen Holzreifen an, den er an einem von zwei Griffstäben festhielt; nach dem anderen langte der Affe. Stephan fuchtelte mit dem Degen, kommandierte auf Französisch und pfiff wie eine Nachtigall, bis der Englische Hund – ein riesiger, schwarzer Kerl – über den Feuerreif hinwegsetzte. Der Dachshund sprang mitten hindurch.

Die Leute auf dem Hinterhof klatschten. Der Edelspitzbart nicht – der verschränkte nur die Arme vor der Brust und schaute spöttisch drein. Rübelrap, der massige Hüne, schob sich schon weg von ihm, pirschte sich behutsam durch die applaudierende Menge, richtete den müden Blick seiner traurigen Augen bereits auf den Nächsten, der nach Geld aussah.

David ließ den Vorhang los. Sein Herz klopfte ein wenig schneller als normal, nichts Besonderes – das tat es jedes Mal, bevor er auf die Bühne hinausging. Er griff in die Tasche seines kurzen Bauernmantels, seine Finger tasteten nach dem Haarzopf darin und schlossen sich um ihn. Die Augen schließen, tief durchatmen, das Mutterhaar spüren. Gut so, sehr gut. Eine feuchte Schnauze berührte ihn im Nacken. Er drehte sich um.

Der Bär legte die Pranken auf seine Schultern, und ein paar Atemzüge lang bohrte David seine Stirn gegen die breite, pelzige Brust und hielt einfach nur still. Der Lärm auf der anderen Seite des Vorhangs rückte in weite Ferne: Stimmengewirr, Applaus, Stiefelscharren, das Kläffen der beiden Hunde, das Zetern des Affen, Stephans Geschrei und Gezwitscher.

Alles war so weit weg auf einmal, nah waren allein der Zopf in seiner Tasche und das riesige Wesen dicht vor ihm – dessen wummernder Herzschlag, Körperwärme und herber Duft. Bela, der Bär. Gut so.

David ließ das Mutterhaar los, schlang die Arme um den pelzigen Hals. Sehr gut. Das Tier brummte, rieb seine Kehle über den Menschenscheitel und die Tatzen an den Menschenschultern.

Wie oft in solchen Momenten stieg es David in der Brust hoch: eine Wehmut wie vor einem Abschied, eine Sehnsucht wie nach einer Geliebten. Es drohte aber kein Abschied, und nirgendwo wartete eine Geliebte. Leider.

Dafür tauchte Mariannes verbiestertes Gesicht an der Wagenkante auf. »Sein Hut«, flüsterte sie und warf ihm das bunte, kugelartig ausgestülpte Stück vor die Schuhe. Der Dachshund hatte ein Loch hineingebissen, die Landgräfin hatte bis eben daran herumgeflickt. Der Hut des Lustigmachers – ohne den konnte David nicht auf die Bühne.

»Halt' Er sich bereit!«, zischte die Landgräfin. »Und wehe, Er missachtet wieder die Auflagen des Rates!« Die blonde Domina fuchtelte drohend mit dem Fächer, walzte ihren fetten, in grellbuntes Kleid gezwängten Körper auf die andere Wagenseite.

»Aber gewiss doch, Königliche Hoheit!«, zischte David ihr hinterher, und als ihr schwarzer Rüschensaum und das Federgebüsch ihres Hutes schon außer Sicht waren, fügte er hinzu: »Und wann werdet Ihr mich endlich im Arsch lecken, Königliche Hoheit?«

Er entließ den Tanzbären aus seiner Umarmung, klopfte sich Staub und Fellhaar vom Kostüm und bückte sich nach dem Hut.

Nichts Unzüchtiges, hatte der Rat verlangt, nichts, was Ärger erregen könnte. Die Trommeln nur am Schluss und nicht zu laut, und die Bären und den Affen immer brav an der Kette. Den Rest hatte David vergessen.

Er richtete sich auf, schlug mit der Handkante auf den bauchigen Hut, zerrte an ihm und stauchte ihn, bis er ungefähr die Form eines kleinen Ambosses hatte. Danach befestigte er die Federn und stülpte das gute Stück über seine schwarzen Locken. Das Ambosshorn ragte David weit über die Stirn.

Unter ihm, auf dem Pflaster vor dem Zeugwagen, hob Cura den Schädel und blinzelte zu ihm und ihrem Sohn herauf. Die Fürstin hatte sie an die Speichen des Wagenrads gekettet. Unsinnig, denn die Bärin war wie ihr Sohn handzahm und zudem halb blind. Doch man erfüllte die Auflagen des Rats, oder man blieb vor den Toren der Stadt. So war das eben.

Cura war uralt; an die vierzig Jahre, behauptete Stephan. Nicht das kleinste Tänzchen auf der Bühne wollte ihr noch gelingen. Ginge es nach der Landgräfin zur Wagenburg, wäre sie längst zu Speck verarbeitet und ihr Fell verkauft worden. Doch David hatte Marianne das Leben der Bärin durch eine Wette abgewonnen.

»Und nun Attention!«, hörte er Stephan auf der anderen Seite des Vorhangs rufen. »Attention und Obacht, Durrchlauchtete und Verrfinsterrte, Hochwohlgeborene und tiefunwohl zurr Welt Geschissene – jetzt kommt Jean Potage!« Die Kölner Leute lachten, klatschten und riefen »Hoch!«, »Endlich!« und »Bravo!«. Alle liebten Jean Potage, den Lustigmacher, überall.

»Unser Auftritt«, flüsterte David. Er steckte die Hälfte der Bärenkette in seine Jackentasche und wickelte sich einen Teil ums Handgelenk.

»Jean!«, rief Stephan. »Herr mit Ihm!« Der Lärm im Hinterhof ebbte ab. »Jean! Wo steckt Err?« Auf der Bühne übertrieb der Directeur gern das Rollen seines Rs.

Bela öffnete die pelzigen Arme, David rückte den Gurt mit seinem Holzschwert zurecht, sprang an die Bärenbrust, klammerte die Beine um die Bärenhüfte und schlang die Arme um den Bärenhals.

»Jean! Jean Potage!« Schritte stapften über die Bühne, der Affe zeterte. »Wirrd Err wohl endlich kommen!« Stephan schob den Vorhang ein Stück zur Seite, hinter ihm tobte der Affe an dünner Kette. »Jean …!« Stephan riss Augen und Mund auf wie in großem Schrecken, machte kehrt und rannte zurück zur Vorderseite der Bühne. »Jesses, Marria und Josef! Der Bärr hat ihn erwischt, der Bärr will ihn frressen, den arrmen Jean Potage!«

Das Publikum heulte auf wie ein Mann, der Affe und die Zwergin zeterten, der Rabe krächzte und die Hunde kläfften. Und David? Der stimmte ein Geschrei an, als wollte der Satan selbst ihn aufs Rad flechten. Bela, der Tanzbär, hielt ihn fest umschlungen und schaukelte auf die Bühne.

So ging das oft, seit David sich diesen Spaß vor ungefähr zwei Jahren ausgedacht und Bela darauf trainiert hatte. Und seit drei Jahren trug er das Gewand des Jean Potage, wenn sein Ziehvater auf einem Marktplatz oder hinter einem Gasthof vier Wagen zur Bühne zusammenschob: die kurze rote Jacke, die weite grüne Hose, den kleinen braunen Bauernmantel, die roten Schuhe, das Holzschwert und den berühmten, beliebig verformbaren und mit zwei langen Hahnenschwanzfedern geschmückten Hut.

Die Figur hatte Stephan bei den Italienern abgeguckt, ihren Namen und das Kostüm auf den Märkten Frankfurts, Nürnbergs und Augsburgs und den Städten des Herzogtums Württemberg.

Bald neunzehn Jahre alt war David Unterkofler an jenem Markttag zu Köln und schön anzusehen: schmal – beinahe grazil – und von mittlerer Größe, schwarzlockig, mit samtenen braunen Augen und einem Gesicht wie ein griechischer Held. Er sprach fast alle Sprachen, die man im Heiligen Römischen Reich hörte. Er hatte gelernt, mit dem Bären zu tanzen, die Laute zu zupfen und die Flöte zu blasen. Er wusste, wie man Leute zum Lachen brachte und ihnen die Gulden aus der Tasche schwatzte. Und wie viel mehr noch hatte er von dem Mann gelernt, dessen Familiennamen er trug, vom gutmütigen Krabat, der ihn unzählige Male vor den Wutausbrüchen der Landgräfin beschützt hatte, seit Davids Mutter ihren kleinen Jungen in seine Bärenführer-Arme gelegt hatte!

Bald würde ein anderer Mann Davids Leben prägen. Dieser stand bereits im Publikum und sah ihn eben von pelzigen Pranken gehalten und an eine pelzige Brust gepresst auf der Bühne erscheinen.

Die im Hinterhof des Gasthauses versammelten Kölner stießen Entsetzensschreie aus. Man möge dem armen Jean helfen bei der Heiligen Jungfrau, und einer forderte gar einen Spieß, um ihn der braunen Bestie in den Rücken zu rammen.

David hörte es gern und tat zugleich, als wüsste er nichts von denen vor der Bühne: Er schrie, wand sich in Belas Armen, schlug ihm die Faust gegen die pelzige Schulter, doch alles vergeblich, wie es schien. Der Bär presste ihn gegen die Brust, als wollte er seine zappelnde Beute nie mehr hergeben, knurrte, brummte und riss den Rachen auf, wie um sie an Ort und Stelle zu fressen.

Die an den Armen gelähmte Zwergin griff nun mit den Zehen in einen Korb voller Löffel und begann, einen nach dem anderen auf den Bären zu schleudern; keiner verfehlte sein Ziel. Stephan pfiff wie die Nachtigall, und sofort sprangen Englischer Hund, Dachshund und Affe kläffend und zeternd um die Bestie und ihre Beute herum. Auch der Rabe drehte ein paar Runden über ihren Köpfen und lärmte auf seine Weise.

An dieser Stelle wandte der scheinbar in Todesangst schreiende David wie aus Versehen den Kopf nach dem Publikum um – und verstummte. Der Schreck in seinen Zügen wich einem verlegenen Grinsen, die Verlegenheit bald der Empörung.

»Was glotzt ihr?« Als würde er sich ärgern, runzelte er die schwarzen Brauen. »Noch nie einen Bärenjäger gesehen? Dann habt ihr jetzt den tapfersten zwischen Paris und Paderborn vor Augen!« Erstes Gelächter erhob sich unter den verdutzten Zuschauern. In Belas Pranken richtete David sich auf und griff dem Bären ins Schädelfell. »Und seht nur, was für einen prachtvollen Kerl ich gefangen habe! Er hat es nur noch nicht begriffen, der Dummpelz!«

Die Leute kreischten vor Vergnügen. Sie liebten derartige Verdrehungen der Wirklichkeit. In allen Städten und auf allen Marktflecken des Reiches war das so, und je erbärmlicher der vermeintliche Bärenjäger sich nun in den Pranken seiner vermeintlichen Beute wand, desto vergnügter klatschten und jauchzten auch die Leute von Köln.

Jean Potage alias David Unterkofler prahlte herum, mit wie viel List und Tapferkeit er die menschenfressende Bestie in die Falle gelockt und wie er sich selbst todesmutig als Köder dargeboten habe. Zwischendurch schlug er Bela mit der Faust gegen Schulter und Schläfe und forderte ihn auf, endlich zu begreifen, was die Stunde geschlagen hatte, und sein Schicksal demütig aus Gottes Hand anzunehmen. Und all das natürlich, während er sich aus den Pranken zu winden versuchte, als er strampelte und dem aufgerissenen Rachen des Tieres auswich.

»Bist du denn so strohdumm, dass du nicht kapierst?«, rief er wieder und wieder. »Du bist erledigt, Meister Petz! Ich habe dich gefangen, dein Fell und deinen Schädel habe ich längst der Tochter des Grafen von Sayn verkauft. Vielleicht wird die Jungfer dann doch noch geheiratet, wenn sie sich darunter versteckt. Und dein Schinken gibt ein schönes Almosen für den Bischof von Münster, damit er sich endlich einmal richtig satt essen kann, der Ärmste!«

Die Grafentochter galt als hässlich, der Bischof als gefräßig und fettsüchtig, und die Leute von Köln krähten vor Vergnügen.

Derartiges erheiterte nicht alle. In der ersten Reihe vor der Bühne richtete die Landgräfin sich auf den Zehenspitzen auf, um ihren Lustigmacher an die Auflagen des Kölner Rates zu mahnen.

Das Federgebüsch auf ihrem Hut zitterte und ihr biestiges Bleichgesicht verhieß nichts Gutes.

Weil auch der Directeur de la Compagnie seine Marianne drohen sah, machte er dem Spektakel ein rascheres Ende als vorgesehen und langte einen Brocken Honig aus einem bereitgestellten Topf. Den hielt er an einem Stock in die Höhe, und sofort ließ Bela seine Beute los.

Unter dem Gejohle der Zuschauer plumpste David auf die Holzbohlen. Hoch aufgerichtet auf den Hinterläufen tänzelte Bela zu Stephan und ließ sich den Honig zwischen die Zähne schieben. Stephan griff nach der Kette, zog sie David aus Hand und Tasche und hielt den Bären an ihr fest.

»Ihr lasst sofort meine Jagdbeute los!« David sprang auf und rieb sich den Hintern. »Das ist mein Bär!« Er zog sein Holzschwert, unter Gelächter und Beifall der Zuschauer ging er auf Stephan los.

Und die einstudierte Posse nahm ihren Lauf: Geschickt wich der Herr Pantalon alias Stephan aus, zückte den Degen und führte die gleichen Hiebe wie immer auf den tollpatschigen Angreifer. »Wie kommt Err mirr vor?«, rief er dabei. »Wir rretten Ihn vorr der Bestie und Err geht mit dem Schwerrrt auf Uns los?« Die vor der Bühne Versammelten forderten ihn auf, den Degen wegzustecken, und feuerten Jean Potage an.

Auch die nächste Attacke des ungeschickten Jean Potage ging ins Leere, seine hölzerne Schwertklinge blieb sogar in einer Lücke zwischen zwei Bodendielen stecken.

Der Herr Pantalon entwaffnete ihn, zerrte ihn an den Bühnenrand und rief ins Publikum: »Machen Wirr ihn also um einen Kopf kürrzer!« Die Leute von Köln waren ganz und gar dagegen. »Aber was soll ich anfangen mit einem, derr so dumm ist, dass er Jäger und Beute verwechselt?«

»Freilassen!« Die Zuschauer waren sich sofort einig.

»Ich kann ihn nicht brrauchen, er macht zu viele Dummheiten.«

»Ja, ich bin zu dumm, um Euer Gaukler zu sein«, sagte Jean Potage mit weinerlicher Stimme. Davids Blick traf sich mit dem des Edelspitzbartes. Der stand noch immer mit vor der Brust verschränkten Armen da, das spöttische Lächeln aber war einem heiteren gewichen.

»Dazu kommt, dass er den ehrlichen Leuten das Geld aus der Tasche zieht!« Stephan hebelte dem Jüngeren den Arm unter das Kinn und mimte den Erzürnten.

»Ja, ich bin zu gierig, um ein guter Gaukler zu sein.«

»Und ständig rrennt er den Weibern hinterherr!«

»Ja, ich bin zu geil, um Gaukler zu sein.«

»Zu dumm, zu gierig, zu geil – er ist zu nichts zu gebrauchen, Jean Potage!«

»Zu dumm, zu gierig, zu geil – zu nichts zu gebrauchen«, jammerte David alias Jean Potage, und das Publikum hatte seinen Spaß an diesem Geständnis. Jeans zerknirschte und bedrückte Miene aber hellte sich plötzlich auf. »Doch! Ich bin schon zu etwas zu gebrauchen!« Stephan ließ ihn los und sah ihn zweifelnd an. »Ich werde Jesuit! Da darf man nach Herzenslust Unsinn treiben, und Geld und Mädchen kommen zu einem von ganz allein!«

Das Publikum wieherte und krähte, hielt sich die Bäuche und wollte nicht mehr aufhören zu klatschen, die Landgräfin Marianne vor der Bühne aber blies die Backen auf und stemmte die Fäuste in die Hüften. Auch Stephan gab den Entrüsteten: Schimpfend schlug er seinen Jean Potage mit der flachen Seite des Degens auf Rücken und Hintern.

»Strrafe muss sein«, erklärte Stephan, zog die mannshohe Wurfscheibe hinter dem Vorhang hervor und band den jammernden Jean Potage daran fest. Die Zwergin tauchte den rechten Fuß in einen Korb, und als sie ihn wieder herauszog, hielt sie ein Messer zwischen den Zehen. Das Publikum hielt den Atem an, einige Schreie wurden laut. Die Zwergin hob das Bein bis über den Kopf, holte aus und schleuderte die Klinge. Die fuhr knapp über der Hutfeder des armen Lustigmachers in die Wurfscheibe. David sparte nicht mit Geschrei.

Einzelne Leute im Publikum protestierten. Stephan ließ sich in eine Debatte über die Härte der Strafe verwickeln, und als die Kölner im Hinterhof immer lauter die Begnadigung ihres Lieblings forderten, trat er dicht an den Bühnenrand, verschränkte die Arme vor der Brust und verkündete: »Dann halten wirr's eben, wie es der Herrgott mit unserem lieben Heiland gehalten hat – einerr trritt an die Stelle von Jean Potage, dann lassen wir ihn laufen.« Er wies auf den an die Scheibe Gebundenen. »Werr von euch Kölnern ist berreit, mit ihm zu tauschen?«

David sah nun lauter erschrockene Gesichter, und viele verlegene. Verständlicherweise hatte keiner Lust, sich vom Directeur de la Compagnie an die Wurfscheibe fesseln und von einer Zwergin mit Messern bewerfen zu lassen, zumal von einer, die nur ihre Beine und Füße gebrauchen konnte.

Wie immer gab es ein Hin und Her, und wie immer meldete sich am Ende doch einer freiwillig: der große Kerl mit der fassartigen Brust und den traurigen Augen. Unter dem Beifall der Leute erklomm Rübelrap schweigend die Bühne, ließ sich fesseln und dann, während David die Flöte blies, flogen die Klingen.

Große Freude und lüsterne Schreckensrufe kamen auf dem Hinterhof des Gasthauses *Zur Welschenklause* auf, und als dann noch wie aus dem Nichts ein angstvolles Ave-Maria in der Mundart der Eidgenossen ertönte – Rübelrap war neben manch anderem auch ein Meister der Bauchrednerkunst –, sah David etliche die Hände falten und die Lippen bewegen.

Rübelrap blieb unverletzt und heimste gemeinsam mit der Zwergin, seiner Liebesgefährtin, tosenden Applaus ein. Danach holte David seine Violine und spielte ein Hochzeitslied, das ihm ein Mädchen im Königreich Ungarn beigebracht hatte. Bela, die Landgräfin und Stephan tanzten dazu, die Hunde und der Affe versuchten es wenigstens. Anschließend gab es Verbeugung und

Jubel, und dann war der spaßige Teil des Nachmittags vorbei. Stephan stellte einen Stuhl auf die Bühne und David brachte einen kleinen Tisch, auf dem er Zangen und Haken ausbreitete.

»Und nun herrbei, wer forrtan ein neues Leben führen mag!«, rief Stephan in die sich nur zögernd zerstreuende Menge. »Wer errlöst von faulem oder eiterrndem Zahn davonschweben will, wage sich auf die Bühne und unter die zärrtlichen Finger des besten Dentisten zwischen Donau und Rhein.«

Er nannte den Preis, die Leute stiegen nacheinander auf die Bühne, die Landgräfin kassierte und Stephan ging ans Werk. Da gab David dem Tanzbär bereits seine Belohnung und fütterte auch Cura, die Vögel und die Hunde hinter den Wagen. Auf dem Zeugwagen, zwischen Kisten und Bündeln, kniete Rübelrap, leerte seine Taschen und legte Münzen, Uhren, Messer und dergleichen in einen kleinen Ledersack.

Einer aus dem Publikum stand plötzlich hinter David. Er erkannte ihn am Schatten neben sich und im Umdrehen an den Seidenstrümpfen: der Edelspitzbart. Kein Zuschauer hatte hier, hinter der Bühne, etwas verloren, und David legte sich ein paar höfliche Worte zurecht, um es dem Eindringling klarzumachen. Doch kaum sah er in die eisgrauen Augen des Fremden, hatte er sie alle vergessen.

»Wie heißt du, Jean Potage?«, fragte der Fremde, und am Zungenschlag erkannte David sofort den Engländer.

»David Unterkofler.« Der Mann war eine Handbreite kleiner als er selbst, und dennoch kam er sich plötzlich winzig vor.

»Warum verschwendest du hier dein Talent?« Der Fremde erwartete keine Antwort, sein Tonfall war eindeutig. Und täuschte David sich, oder nahm er ein tadelndes, kaum merkliches Kopfschütteln wahr?

Der Tanzbär und die Hunde beschnüffelten die Beine des Fremden, doch der zeigte nicht die Spur von Angst. Er deutete auf Rübelrap, von dem nur Stiefel und Waden auf dem Wagen zu sehen waren, weil er sich hinter die halb offene Plane verkrochen hatte. »Der Große soll mir meine Taschenuhr zurückgeben.« Er griff in seinen Rock und zog ein Brummeisen heraus. »Dafür gebe ich ihm das hier.«

David starrte das abgegriffene Instrument an. Schließlich nickte er hastig, nahm es dem Engländer ab und stelzte zum Zeugwagen. Von der Vorderseite des Bühnenwagens her hörte er Stephan, wie er einen Zahnkranken aufforderte, den Mund noch weiter zu öffnen.

Rübelrap hockte stocksteif neben der großen Kostümkiste. Seine sonst so müden und traurigen Augen stierten angsterfüllt und hellwach. Am Pranger gestäupt zu werden war das Mindeste, was einem Taschendieb drohte.

»Deine Maultrommel«, sagte David mit belegter Stimme. Rübelrap nahm sein Instrument an sich und reichte David eine goldene Taschenuhr, die bereits in seinen kräftigen Fingern baumelte.

»Ihr müsst sie draußen vor der Bühne verloren haben.« David sprach jetzt Englisch und zwang sich zu einer halb erstaunten, halb lächelnden Miene. »Ein Glück, dass unser Bauchredner sie gefunden hat, bevor irgendjemand ...«

»Ja, ein Glück.« Der Engländer versenkte die Uhr in seiner Rocktasche. »Richte ihm meine Grüße aus und versichere ihn meiner großen Dankbarkeit.« Er schmunzelte. »Und meiner vorzüglichen Bewunderung.«

Er musterte David von den Schuhspitzen bis zur Hutfeder, und das nicht nur einmal. Vorn auf der Bühne schrie jetzt jemand wie unter großen Qualen – David hörte das Knirschen des herausbrechenden Zahns, und anders als sonst ging es ihm heute durch und durch.

»Ich und meine Komödianten spielen ab morgen drei Tage lang auf dem Alten-Markt«, sagte der Engländer schließlich. »Danach ziehen wir weiter über Frankfurt, Heidelberg und Nürnberg nach

Prag. Frage nach dem Wandertheater von Prinzipal Christopher Greenley, falls Hans Supps Wams dir zu eng ist und du noch etwas zu lernen gedenkst.« Sprach's, drehte sich um und bog hinter die Schmalseite der Bühnenwagen ab.

David schlich hinterher und sah ihm nach, bis er auf der anderen Seite der Warteschlange vor der Bühne den Hinterhof verließ.

»Hans Supp« – so nannte man den Lustigmacher anderenorts im Reich. Noch nie hatte David darüber nachgedacht, ob dessen Kostüm ihm zu eng wurde, doch wo es etwas Neues zu lernen gab, war er schon von Kindesbeinen an immer ganz vorn mit dabei. Und am Abend, als der Wutanfall der Landgräfin ausgestanden war, beschloss er, gleich am nächsten Morgen auf den Alten Markt zu gehen und nach Prinzipal Greenley zu fragen, und danach, was es bei ihm zu lernen gab.

Es blieb beim Vorsatz. Am nächsten Morgen standen ein Ratsherr, ein Pater und vier Gerichtsdiener vor der Wagenburg. David sah sie vom Zeugwagen aus: Der Ratsherr blinzelte sehr streng aus seiner steifen Halskrause, und der Pater, ein Jesuit, blickte aus einem Gesicht wie aus Stein gemeißelt.

*

Um diese Zeit war der Kaiser Matthias schon fünf Monate unter der Erde und sein Bruder Ferdinand auf dem Weg nach Frankfurt, um dort die Kaiserkrone zu empfangen und fortan den Habsburgern das Reich zu regieren. Und in Heidelberg bereitete Friedrich, der Pfälzer Kurfürst, seine lange Reise nach Prag vor, wo ihn die lutherischen Stände von Böhmen zum König krönen wollten – anstelle des katholischen Ferdinands; dessen Gesandte hatten sie im Jahr zuvor aus dem Fenster der Prager Burg gestürzt.

Friedrich, Kurfürst der Pfalz und künftiger König von Böhmen, war sehr jung, von strammen Calvinisten umgeben und außerstande, sich vorzustellen, seine Reise könnte statt nach Prag zu ruhmreichen Königswürden in ein Meer aus Blut und Tränen führen, in dem selbst einer wie er am Ende ersaufen musste.

*

In der größten deutschen Stadt des Heiligen Römischen Reiches indes, in Köln, verlangte der Ratsherr den »Meister der Gaukler« zu sprechen, wie er ihn nannte. Als Stephan dann vor ihm stand – schon im Kostüm des venezianischen Edelmannes –, teilte er ihm den neuesten Beschluss des ehrwürdigen Rates mit: Er und alle seine Artisten und Gaukler hätten die Stadt bis zum Abend zu verlassen – wegen »anstößiger und ärgerlicher Reden über seine Exzellenz, den Bischof von Münster im Speziellen und über den ehrbaren Orden der frommen Jesuiten im Allgemeinen«, wie er sich ausdrückte.

David blieb nicht einmal Zeit, sich von dem Kölner Mädchen zu verabschieden, dessen Herz er gewonnen hatte – noch am gleichen Nachmittag rollten die vier Wagen Stephan Unterkoflers aus der Stadt. Rheinaufwärts sollte es gehen, zuerst nach Bonn, später nach Koblenz und Trier. Und danach vielleicht in die Kurpfalz hinein, bis zur neuen Festung Mannheim, oder noch weiter, über den Rhein und in die viel gepriesene Residenzstadt Heidelberg. Man würde sehen.

David lenkte das letzte Gespann. Mit finsterer Miene starrte er auf die Pferderücken. Wegen des Stadtverweises war die Gräfin mit einer Peitsche auf ihn losgegangen, und David hatte zum ersten Mal zurückgeschlagen.

Auch die Begegnung mit dem Prinzipal Greenley wollte ihm nicht mehr aus dem Kopf. Er haderte mit sich selbst, weil er den Engländer nicht noch am selben Abend auf dem Alten Markt gesucht hatte, oder wenigstens am Morgen vor dem Aufbruch. Nun war es zu spät.

3

Am Tag, als Hannes ging, kam der Krieg.

Nicht mit Waffengeklirr, Hufschlag, Getrommel oder Kampfgeschrei kam er nach Handschuhsheim zu Susanna, sondern mit Worten.

Namen fremder Fürsten und Feldherren fielen auf einmal in der Werkstatt, bei Tisch und manchmal auch in der Vituskirche von der Kanzel. Namen eingenommener Städte in Österreich und Böhmen, geplündert und gebrandschatzt. Von Gräueltaten tuschelten die Mutter und die Großmutter; von einem »gewagten Weg« des jungen Kurfürsten, der Böhmens Königskrone angenommen hatte, sprachen der Vater, die Gesellen und mancher Kunde; auch vom Zorn des neuen Kaisers war die Rede und von unerklärlichen Himmelserscheinungen, die nichts Gutes bedeuten konnten.

Worte, die Susanna verwirrten und die in ihrem Elternhaus nicht mehr verstummen sollten, bis der Krieg dann auch mit Waffengeklirr, Hufschlag, Getrommel und Kampfgeschrei an die Bergstraße und nach Handschuhsheim kam.

Hannes ging an einem kalten Dezembertag fort, Sankt Nikolaus war längst vorüber. Noch früher als in den eisigen Wintern der Vorjahre würden Neckar und Rhein zufrieren, hatte die Großmutter prophezeit, als sie gegen Ende der Nacht gemeinsam das Feuer im Küchenherd und im Werkstattofen schürten. Seitdem saß Susanna an einem der Fenstertische der Werkstatt und beugte sich mit blauem Garn und feiner Sticknadel über einen Spannrahmen mit nachtblauem Leinenstoff.

Sie hatte dunkelblaue Augen und kräftige, sehnige Hände. Rote Filzstulpen bedeckten ihre Handgelenke bis hinauf zu den Knöcheln ihrer schmalen Finger. Ein schwarzer Wollmantel verhüllte an jenem Nachmittag ihre drahtige, nicht eben kleine Gestalt und ein wollenes Tuch ihren Kopf. Dunkle Locken quollen da und dort zwischen Mantelkragen und Tuchsaum hervor.

Draußen fiel schon wieder Schnee. Susanna hob den Blick und sah die Flocken schweben. Ein geliebtes Gesicht tauchte vor ihrem inneren Auge auf: Hannes. Am Abend zuvor war er nach Handschuhsheim hinabgekommen und war beim Vater gewesen, hatte ihm gesagt, dass er sie heiraten wollte. Sie oder keine. Er hatte ja jetzt ein Handwerk gelernt und konnte bald eine Familie ernähren.

Auf welche Weise hatte er das vorgetragen? Demütig und höflich? Oder trotzig und einsilbig, wie es viel zu oft seine Art war? Susanna wusste es nicht. Auch nicht, was der Vater geantwortet hatte.

Eigensinniger Hannes. Sie legte die Sticknadel weg und nahm die andere mit dem roten Wollgarn auf. Geliebter Hannes – wann kommst du? Wann erfahre ich, wie unsere Zukunft aussieht? Wieder beugte sie sich über den Spannrahmen.

Der Stoff war für ein Festkleid bestimmt. Ein Magister der Theologie hatte es für seine Frau in Auftrag gegeben und für sich selbst einen Talar. Der Kurfürst hatte ihn als Professor an die Universität von Heidelberg berufen, und zu Beginn des neuen Jahres würde man ihn feierlich einführen. Die Kurfüstenmutter würde anwesend sein sowie der Pfalzgraf Johann von Zweibrücken, der für den Kurfürsten die Amtsgeschäfte führte, seit der samt Hofstaat nach Böhmen zur Krönungsfeier aufgebrochen war.

Gemeinsam hatten Mutter und Tochter den Brustteil des Kleides bereits zur Hälfte mit Blumenornamenten in Blau und Rot verziert, die andere Hälfte durfte Susanna ganz allein besticken. An Flinkheit konnte sie es noch nicht mit ihrer Mutter aufnehmen; an Kunstfertigkeit jedoch, an Gespür für Farben und Formen hatte sie die Meisterin bereits eingeholt.

Die Mutter saß am Zuschneidetisch. Gemeinsam mit der Tante, einer unverheirateten Schwester des Vaters, arbeitete sie am Talar des Magisters. Wenigstens einmal in jeder Stunde stand sie auf, trat hinter Susanna und sah ihr über die Schulter. Jedes Mal brachte sie die hölzerne Elle mit. Heute hatte sie damit noch nicht zugehauen – die ganze Woche noch nicht, wenn Susanna sich recht erinnerte. Auch an den Haaren riss ihre Mutter sie seltener in letzter Zeit.

»Vollendet muss es ausschauen, das Blumenornament«, hatte sie dem Mädchen erst gestern wieder eingeschärft. »Schließlich werden die durchlauchtigsten Augen unserer ehrwürdigsten Herrschaft darauf ruhen. Sie sollen sehen, dass man in Handschuhsheim mindestens so viel von der Kunst der Schneiderei und Stickerei versteht wie bei den Zunftmeistern zu Heidelberg. Die ganze Stadt soll es sehen!«

Offenbar war die Mutter zufrieden, denn jedes Mal kehrte sie zu Tante und Talar zurück, ohne ein Wort des Tadels verloren zu haben. Wie ein Lachen stieg es Susanna warm aus der Brust ins Gesicht: der Stolz, die Stickerei allein vollenden zu dürfen.

Aus der Küche am anderen Ende des Hauses klapperte Geschirr. Susannas Schwester Anna und die Großmutter bereiteten das Abendessen. Es duftete nach Schweineschmalz und Bohnen. Susanna versank ganz und gar in ihrer Arbeit, und während die rote Blume im nachtblauen Stoff erblühte und wuchs, stellte sie sich vor, wie es sich wohl anfühlen mochte, dieses Kleid zu tragen. Wie es wäre, in diesem schönen nachtblauen Meisterstück an der Seite eines Magisters durch den Festsaal der Universität zu Heidelberg zu schreiten. Die Hofleute des Schlosses, die Magister und Räte samt ihrer Gattinnen würden sie betrachten und bewundern, und sie würden sagen: »Wer ist denn diese junge Frau mit den schwarzen Locken? Wie schön sie doch ist! Ist sie nicht eines Schneiders Tochter? Und jetzt hier? Wie kann das zugehen? Ein Wunder!«

An dieser Stelle lächelte Susanna, hob den Blick und sah in das Gesicht des Mannes an ihrer Seite – in das geliebte Hannesgesicht. Und dann verwandelte es sich in das Gesicht des fremden Magisters. Mit dem Vater war sie bei ihm gewesen, um ihm die Stoffe vorzustellen und Maß zu nehmen für Talar und Kleid.

Susanna vertrieb die Bilder aus ihrem Kopf, beugte sich tiefer über den Stickrahmen. Nein, Hannes ist Zimmermann, und ich werde eine Schneiderin und Stickerin sein. Aber durfte man nicht träumen? Plötzlich schämte Susanna sich.

Hinter ihr, auf dem großen Nähtisch, erhitzten sich die beiden Gesellen über einen Zettel, den der Vater am Tag zuvor aus Heidelberg mitgebracht und den er »Flugblatt« genannt hatte. Von Hand zu Hand war dieses Flugblatt gegangen, auch in der Nachbarschaft. Jeder hatte es betrachten wollen, jedem hatte der Vater vorlesen müssen.

Es zeigte ein Bildnis des Kurfürsten Friedrich als König von Böhmen. Kein sehr hübsches, wie Susanna fand – er wirkte auf dem Kupferstich viel älter, als er wirklich war. Sie hatte ihn erst Ende September gesehen, als er mit großem Tross von Heidelberg nach Böhmens Hauptstadt aufbrach. Am Speyerer Tor hatte sie gestanden und ihm mit vielen anderen zugewinkt. Inzwischen war es mehr als einen Monat her, dass sie ihn und seine Elisabeth Stuart im Veitsdom zu Prag gekrönt hatten.

Das Bildnis war eingerahmt von Rosenranken und flankiert von zwei Löwen: einen zur Rechten des jungen Königs, wo die Rosen noch blühten und schwere Reiterei das Tier angriff, und einen zur Linken, wo die Ranken verdorrt waren und der Löwe in Tuch gehüllt und frierend in winterlicher Landschaft kauerte.

»Ein kaiserlicher Spötter hat das verbrochen!«, wetterte der ältere der beiden Gesellen. »Er schimpft unsere gnädigste Herrschaft einen ›Winterkönig‹!« Das rief er laut und heftig, wie immer wenn er den Vater und vor allem Susanna beeindrucken wollte.

»Einen ›Winterkönig‹?«, fragte der Lehrbub mit scheuer

Stimme. »Was ist das, ein ›Winterkönig‹?« Anders als sein Meister und die Gesellen saß er nicht mit gekreuzten Beinen auf dem Tisch um Glutstövchen und Kienspanhalter, sondern davor auf einem Hocker.

»Nichts, was es wirklich gibt.« Susanna hörte hinter sich das Papier des Flugblattes rascheln. »Doch schau dir den jämmerlichen Löwen an und das welke Dornengestrüpp. Nicht länger als einen Winter lang wird unsere gnädigste Herrschaft als König von Böhmen regieren, soll das heißen, dann wird seine Kraft verdorrt sein. Schmierfink!«

Eine Zeitlang schwiegen die Männer und der Junge. Bis sich der zweite, jüngere Geselle räusperte und sagte: »Was meint Ihr dazu, Meister?«

Der Vater ließ sich Zeit mit der Antwort. »Freilich haben das Leute geschrieben und gestochen, die es mit dem Kaiser und den Papisten halten«, sagte er endlich. »Und freilich sind es Schandmäuler. Beten wir also zu Gott, dass er ihnen ihre Lästermäuler stopfen möge und dass unser Kurfürst durch seine Gnade auch in Böhmen noch viele Sommer und Winter regieren wird.«

Die Männer sprachen weiter, Susanna hörte nicht mehr zu. Etwas an des Vaters Worten hatte sie beunruhigt. Was, vermochte sie nicht genau zu sagen. Vielleicht weil sie nahelegten, der Kurfürst Friedrich habe die Fürbitte seiner Untertanen nötig? Vielleicht weil so ein unausgesprochener Zweifel in ihnen schwang?

Sie schob die Fragen beiseite und gab sich den Fragen hin, die sie weit mehr beunruhigten: Was hatten Hannes und der Vater geredet gestern Abend? Warum hatte der Vater sie noch nicht beiseitegenommen, um von Hannes' Besuch und Antrag zu berichten? Und warum war er so wortkarg am Frühstückstisch gewesen?

Ihre Öllampe flackerte. Ein Kribbeln im Nacken holte sie aus ihren Grübeleien. Sie merkte, dass sie Nadel und Garn hatte sinken lassen, dass sie wieder ins Schneetreiben vor dem Fenster starrte. Sie wandte sich um – und begegnete dem strengen Blick ihrer Mutter.

Mutter wusste Bescheid! Siedendheiß durchfuhr es Susanna: Natürlich hatten die Eltern über Hannes und sein Begehren gesprochen. Die Mutter kannte die Antwort, hatte sie dem Vater wahrscheinlich schon Tage zuvor in die Ohren gezischt. Ihre bleiche Miene war ein einziges kaltes »Nein!«. Susanna wich ihrem Blick aus, nahm Sticknadel und Rotgarn auf und arbeitete weiter.

Es wurde Nachmittag, der Vater schickte Susannas Schwester Anna mit Leinen und Garn zum Waisenhaus im Atzelhof. Dort nähte der Großvater, der alte Meister Merkel, seit Wochenbeginn Wäsche für die Waisenkinder. Ein eisiger Luftzug fuhr durch die Werkstatt, als die Großmutter der Vierzehnjährigen die Haustür öffnete und sie in den verschneiten Hof hinausschob.

Eine Blume nach der anderen entstand unter Susannas Fingern. Wieder und wieder stand die Mutter mit der Elle hinter ihr, sah Susanna über die Schultern und kehrte stumm zum Zuschneidetisch zurück.

Auf dem Nähtisch rund um das Kohlestövchen, an dem sie sich hin und wieder die klammen Finger wärmten, sprachen die Männer über die Mäuseplage nach dem letzten Winter und über das Hochwasser im Frühsommer, das ihr ein Ende setzte. Auch über die Krönung des Kaisers Ferdinand im Sommer in Frankfurt sprachen sie und dann wieder über Kriegsgeschehen in Österreich und Böhmen.

Namen von Heerführern fielen, die Susanna nie zuvor gehört hatte: Graf von Mansfeld etwa, dessen Kriegsvolk für die protestantische Union und den Kurfürsten Friedrich kämpfte, oder General Tilly, der dem Herzog von Bayern und der katholischen Liga – und damit dem Kaiser – die Schlachten schlug. Sogar den Beinamen des frommen Generals Tilly kannte der ältere Geselle – »geharnischter Mönch« nannte man ihn angeblich. Susanna hörte es und fröstelte.

Überhaupt wusste der ältere Geselle viel zu erzählen, denn er studierte die Zeitungen, die der Vater ins Haus brachte. Er tat alles, was dem Vater gefiel, hatte lesen gelernt, hatte auch seinen lutherischen Glauben aufgegeben und war ein Reformierter geworden, wie es in der Kurpfalz und im Hause des Meisters Friedrich Almut Sitte war. Jetzt hörte Susanna ihn über die Kometen reden, deren Erscheinen im vergangenen Jahr die Gemüter an Rhein und Neckar aufgewühlt hatte.

»Der Kaiser Matthias stirbt«, rief er in seiner lauten Art, »und drei Kometen tauchen am Himmel auf. Ist das nicht seltsam? Drei Kometen in einem Jahr, und am schrecklichsten sah der dritte aus. Wie ein von Blut triefender Türkensäbel leuchtete er am Himmel, von September bis November. Wisst Ihr es noch, Herr Meister? Den Zorn Gottes hat er angekündigt, hat meine Frau Mutter gesagt.«

»Propheten kündigen den Zorn oder die Gnade Gottes an«, entgegnete der Vater. »Kometen aber sind keine Propheten, sondern wandernde Himmelkörper. Wenn sie am Himmel leuchten, bedeutet es, dass sie da sind und bald wieder verschwinden werden. Nichts weiter.«

»Die Leute sagen aber, die Kometen hätten den dichten Nebel im Neckartal vergiftet«, sagte der zweite, jüngere Geselle.

»Unsinn!« Der Vater wurde schroff.

»Und was ist mit den drei Sonnen, die man jüngst tagsüber, und den drei Monden, die man nachtsüber sah?« Der ältere Geselle gab keine Ruhe. »Sie standen nur über Heidelberg. Zu Worms und zu Darmstadt hat keiner sie bemerkt. Drei Kronen seien das gewesen – nach der Krone des Kurfürsten und des Königs zu Böhmen verheißt nun der Herrgott unserer gnädigsten Herrschaft auch die Kaiserkrone des Heiligen …«

»Hat Er nicht zugehört?«, unterbrach der Vater den Gesellen. »Heiße Luft spiegelt dem Verdurstenden sogar in der Wüste Brunnen und Quellen, und am Himmel predigen keine Propheten!«

»Meine Großmutter erzählte, bei der Geburt des Kurfürsten hätte es ein Erdbeben gegeben.« Der sonst so scheue Lehrbub schien zu einfältig, um Tonfall und Miene des Vaters richtig deuten zu können, und wollte auch noch zeigen, was er so alles wusste. »Vor sechs Jahren, als er die Herrschaft antrat, erschienen Feuerzeichen und Kriegsheere am Himmel …«

»Und der ehrwürdige Magister Pareus hatte eine Vision im vergangenen Jahr«, nahm ihm der ältere Geselle das Wort ab. Magister David Pereus war Professor für Altes und Neues Testament an der Universität. »In einer Vision sah er Heidelberg über und über in Rauch gehüllt, und aus dem Schloss schlugen die Flammen.« Wieder ließ Susanna die Nadel sinken. Weniger die Erzählung als vielmehr die unterschwellige Ängstlichkeit in der Stimme des Gesellen erschreckte sie.

»Krieg in der Rheinpfalz bedeutet das«, behauptete der zweite Geselle. »Das hat meine Mutter gesagt. Krieg …«

»Genug geschwätzt!«, rief der Vater. Susanna hörte ihn mit der Faust auf den Tisch schlagen. »Hirngespinste und Weibergewäsch! Kein Wort mehr, und genäht wird jetzt, dass der Faden raucht, sonst fällt das Abendessen aus!«

Schweigen erfüllte die Werkstatt von nun an. Scheren klapperten, Stoffe raschelten, Fäden lispelten, im Ofen knisterte das Feuer und aus der Küche klirrten Teller und Besteck. Die Großmutter deckte den Tisch.

Susanna aber beugte sich tiefer über ihren Stickrahmen und setzte die Stiche hastiger – wie, um es zu zerstechen, das böse Wort, das sich hinter ihrer Stirn festgekrallt hatte: Krieg.

Sie wusste nichts vom Krieg. Oder fast nichts: Großmutter hatte von einem Krieg im Frankreich ihrer Kindheit erzählt, als der französische König die Hugenotten besiegte. In Oberösterreich soll der Kaiser kurz vor Susannas Geburt Krieg gegen die eigenen Bauern geführt haben, und aus Vaters Zeitungen wusste sie, dass die Türken in Wien gegen die Kaiserlichen und die Polen an der Ostsee gegen das Heer des schwedischen Königs kämpften. Und ja – in Holland hatten die tapferen reformierten Bürger einen Waffenstillstand gegen den General der spanischen Krone erzwungen.

Frankreich, Österreich, Ostsee, Holland – das alles lag so weit entfernt von Handschuhsheim. So weit weg wie Böhmen.

Krieg am Neckar? Krieg in der Pfalz? Unvorstellbar.

Sie stickte und stickte, und vor ihrem inneren Auge zogen Heerzüge vorbei, brannten Städte, galoppierten Reiter. Wilde, schwer bewaffnete Reiter wie die auf dem Spottblatt sah sie vor den Toren und der Mauer Handschuhsheims stehen, sah sich plötzlich umzingelt von ihnen, so, wie sie auf dem Spottblatt den Löwen umzingelten. Und dann sah sie Hannes auf einem der beiden schweren Schwarzwälder Kaltblüter seines Vaters den Mühlenweg heraufreiten. Er schwang seine Zimmermannsaxt, schlug auf die wilden Männer ein und ergriff Susannas ausgestreckte Hand, um sie zu sich auf den Sattel zu ziehen.

Gemeinsam flohen sie in den Odenwald, ritten zu einem Haus, das er ihr gebaut hatte – es stand auf einer Lichtung im Buchenwald, weit weg von Städten, Menschen und Krieg. Hier würden sie sich lieb haben, hier würden sie Kinder bekommen. Doch wie sollten sie heißen, all die Jungen und Mädchen? Nach den Eltern und Großeltern oder nach den Heiligen, an deren Tage sie geboren werden? Er war doch ein heimlicher Papist …

»Vier Uhr!« Die Großmutter stand auf der Schwelle zur Werkstatt und klatschte in die Hände. »Zu Tisch!« Lehrbub und Gesellen sprangen als Erste auf. Susanna legte Nadel und Garn ab.

Ein kalter Luftzug wehte durch die Werkstatt, Kienspanflämmchen flackerten, jemand schlug die Haustür zu. Stiefelschritte eilten heran, und eine kalte Hand legte sich auf Susannas Schulter. Anna stand auf einmal neben ihr. Sie roch nach Kälte und Schnee.

»Wie schön du sticken kannst!« Mit der Linken deutete sie auf den Stoff für das Festkleid, mit der Rechten ergriff sie Susannas Hand. Ihre kalten Finger wühlten ein Stück Papier in Susannas Hand. Dann drehte Anna sich um und lief zur Küche. »Großvater wünscht, dass man ihm einen Krug Bier bringt. Im Waisenhaus gibt es wieder nur Wein.«

Die Mutter stand plötzlich hinter ihr, spähte ihr über die Schulter – Susanna hielt den Atem an, barg den Zettel in ihrer Faust auf ihrem Schoß. »Komm zum Essen, Susanna.« Mit der Elle stupste die Mutter sie zwischen die Schulterblätter und wandte sich ab. Susanna öffnete die Faust, entfaltete das Papier. Eine Nachricht von Hannes! Ihr Herz machte einen Sprung: Er war im Ort, wollte sie sehen; sie solle in den Obstgarten des Waisenhauses kommen, es sei wichtig.

Wie im Traum rauschte die letzte Mahlzeit des Tages an ihr vorüber. Sie zwang sich, langsam zu essen, um den Eltern keinen Hinweis auf ihre Erregung zu geben, zwang sich zu einer ganzen Schüssel Getreidebrei und ein paar Speckbohnen. Sie konnte kaum still sitzen. Der Vater hob nur einmal musternd den Blick, die Mutter aber beobachtete sie verstohlen. Musste sie denn alles merken? Und der ältere Geselle, wie er wieder glotzte, der Dummbeutel!

»Ich will dem Großvater das Bier bringen«, erklärte sie nach dem Abräumen. Die Mutter holte schon Luft, um zu widersprechen, doch der Vater erlaubte es. So ging das oft.

Dann hinein in Schal, Mantel und Stiefel. An der Haustür reichte die Großmutter ihr den vollen Bierkrug. Hinaus in den Schnee, vorbei an Pfarrhaus und Vituskirche und den Mühlweg hinunter zum Atzelhof, wie das Waisenhaus im Ort noch immer genannt wurde.

Der Fahrweg zum Hof war geräumt, doch unter dem Torbogen, durch den man in den Obstgarten gelangte, sah Susanna Spuren im Schnee. Hannes.

Die Fußstapfen führten durch den gesamten Garten bis zur

Hütte, wo die Leitern und Körbe aufbewahrt wurden. Die Tür dort war nur angelehnt.

Sie huschte in den Garten, sprang durch den Schnee, schlüpfte in die Hütte – und stand vor ihm. Traurig lächelte sein Gesicht im Halbdunkeln. Sie stellte den Krug ab und warf sich in seine Arme.

Eine Zeitlang hielten sie einander einfach nur fest. »Ich gehe fort«, sagte er endlich. »Gleich morgen in der Frühe.«

»Was?« Susanna machte sich los und sah ihm ins ernste Gesicht. Schrecken raubte ihr die Stimme.

»Ich habe mit deinem Vater gesprochen. Er hat ›vielleicht‹ gesagt und ›nein‹ gemeint.«

»Er hat nicht nein gesagt?« Susanna schöpfte Hoffnung.

»Erst soll ich auf Wanderschaft gehen. Komme ich zurück und finde eine Anstellung, darf ich noch einmal fragen.«

»Auf Wanderschaft …?« Susanna versuchte zu verstehen.

Der Pfarrer von Ladenburg hatte nicht allein dafür gesorgt, dass Hannes Lesen und Schreiben lernte und mit den Waisenknaben die Dorfschule von Handschuhsheim besuchte – auch eine Lehrstelle bei einem Zimmermann seiner Gemeinde hatte er dem Jungen verschafft. Der Dachstuhl des neuen Pfarrhauses war sein Gesellenstück gewesen. Jetzt war Hannes ein Zimmermann und die Lehrzeit vorüber. Und der Lehrzeit folgte die Wanderschaft.

Wie hatte sie das nur vergessen können?

»Mitten im Winter?« Sie schlang wieder die Arme um ihn, hielt ihn ganz fest. »Die Kälte, der Schnee – du wirst erfrieren!«

»Noch sind Neckar und Rhein nicht zugefroren. Mein Meister kennt einen Schiffer, der mich mitnimmt.«

»Aber wohin denn?«

»Nach Frankfurt, später nach Köln, Paderborn und Magdeburg.«

»So weit?« Susannas Vater stammte aus dem reichen Frankfurt, und als Schneidergeselle hatte seine Wanderschaft ihn über Köln ins reiche Magdeburg geführt. Wollte Hannes ihrem Vater beweisen, dass er dasselbe zustande brachte wie er, als er noch jung war? »Und so lange!« Sie seufzte und kämpfte mit den Tränen.

»Vier Jahre, das weißt du doch.«

»Vier Jahre …« Sie flüsterte, die Stimme versagte ihr. Wie vierzig Jahre hörte sich das an. Sie weinte in seinen Mantel hinein.

»Deswegen warte ich nicht bis zum Frühling – damit ich schneller wieder hier bin.« Er streichelte ihren Rücken. »Ich wollte dich noch einmal sehen und Ade sagen und …« Er senkte die Stimme und schluckte. »Und will wissen, ob du …«

»Ich werde auf dich warten!« Sie schob ihn von sich, sah ihm tief in die blauen Augen.

»Und wenn dein Vater dich mit dem Gesellen verheiraten will?«

»Niemand verheiratet mich mit irgendwem.« Sie schluckte. »Ich werde auf dich warten. Ich schwöre es dir bei Jesus Christus, unserem Herrn.«

»Du brauchst mir nichts schwören, ich glaube dir.« Er nahm ihr Gesicht zwischen seine kräftigen Hände. »Ich hab dich so lieb.«

»Komm bald wieder.« Er blieb stumm. »Weißt du noch?« Susanna lächelte unter Tränen. »Damals auf euerm Hof an der Bachbrücke, wir haben Hochzeit gespielt.«

Er nickte. »Der Kurfürst und seine Prinzessin waren erst sechzehn gewesen.«

»Sie haben sich geküsst.«

»Sie waren Mann und Frau.« Er lehnte seine Stirn gegen ihre.

»Wir auch, Hannes.« Susanna drängte sich an ihn. »Wir sind auch bald Mann und Frau. Küss mich. Küss mich ganz lang.«

Ende Januar, um Susannas siebzehnten Geburtstag herum, war es so kalt, dass nicht einmal die kühnsten Dorfjungen das Haus verlassen und zum Schlittschuhlaufen an den Handschuhsheimer Weiher gehen wollten. Der Februar klirrte, der Winter zog sich hin, im März lag immer noch Schnee, und das Eis wollte lange nicht weichen von Mühlbach, Neckar und Rhein.

Die Nachrichten aus Böhmen und der Oberpfalz klangen bedrohlich: Scharmützel hier und dort, Überfälle tatarischer Reiter in Böhmen und der Lausitz, und dazu ging Friedrich, dem Kurfürsten der Pfalz, das Geld aus, weil Friedrich, der König von Böhmen, zwei Tonnen Gold in sein neues Kronland schaffen ließ. Die neuen, böhmischen Untertanen – die meisten lutherisch – waren dennoch nicht gut auf ihn zu sprechen: Sein reformierter Oberhofprediger eiferte für den Calvinismus, wollte ihnen den lutherischen Glauben austreiben und ließ alles fromme Bildwerk aus dem Prager Veitsdom entfernen.

»Was für ein Narrenspiel führt er denn dort unten in Prag auf?«, hörte Susanna den Bauern Hans Stein poltern, als er mit ihrem Vater beim dritten Glas Obstbrand in seinem Hof saß. Es war der Frühsommer des Jahres 1620, kaum einer benutzte das Wort »Krieg«, und doch spürte Susanna es in allen Mienen und Blicken der Erwachsenen auf.

»Der Vater des Kurfürsten Friedrich war wie dieser reformiert und hat die lutherischen Pfaffen aus der Pfalz gejagt«, erzählte Hannes' Vater. Sie saßen vor Hannes' Elternhaus, der Wagen war mit Färber-Ginster beladen, und der Bauer füllte sich, seinem ältesten Sohn und seinem Gast die Gläser zum vierten Mal. »Sein Großvater war lutherisch und hat die reformierten Prediger aus der Pfalz gejagt, war es nicht so, Meister Almut? Dessen Vater wiederum, der dritte Friedrich, hielt es mit den Calvinisten und ließ die lutherischen Prediger aus der Pfalz jagen. Soll ich sie weiter aufzählen, seine frommen Vorfahren?« Er winkte ab. »Und jetzt will der junge Kurfürst die lutherischen Prediger aus Prag jagen? Reicht es ihm denn nicht, dass er den Kaiser zum Feind hat? Muss er auch noch die Stände in Böhmen gegen sich aufbringen?«

Susanna wartete gespannt auf die Antwort ihres Vaters. Doch der starrte nur in sein Schnapsglas und machte eine betretene Miene. »Hin und her und her und hin!« Hannes' Vater fuchtelte mit den Armen. »Mal lutherisch, mal reformiert – wer steigt denn da noch durch? Da lob ich mir doch den bunten Hut und den Krummstab in Rom – der bleibt sich schon seit tausend Jahren gleich.«

»So solltest du nicht reden, Stein.« Ein missmutiger Zug trat in das Gesicht des Vaters. »Das schickt sich nicht für einen kurpfälzischen Bauern.«

»Den kurpfälzischen Bauern schert es wenig, was sich schickt! Er will säen, ernten, in Ruhe die Schafe scheren und seinen Wein und seinen Brand trinken.« Hans Stein leerte sein Glas und beugte sich weit über die Holzbohlen, die er wie immer als Tisch über zwei Fässer gelegt hatte. »Ich will dir etwas sagen, Fritz. Sie haben ihn ›Winterkönig‹ genannt, und ihn und seine englische Prinzessin haben sie ›Traumpaar‹ gerufen …«

»Ich bin stolz auf unsere gnädigste Herrschaft«, hörte Susanna ihren Vater brummen, und es klang merkwürdig kleinlaut.

»… und wahrlich, das sind sie: ein Träumerpaar!« Der Bauer ließ sich nicht beirren. »Und es sollte den kurpfälzischen Bauern wundern, wenn der Traum noch einen weiteren Winter währt.«

Kein Wort des Zorns kam über des Vaters Lippen. Er trank seinen Obstbrand, stierte irgendwie traurig und mit erschlafften Zügen ins leere Glas und wehrte sich nicht, als Hannes' Vater zum fünften Mal einschenkte. So kannte Susanna ihren Vater nicht.

Jemand zupfte sie am Ärmel, einer der Zwillinge. Er hielt ihr einen Briefbogen hin. »Von Hannes«, flüsterte er ihr ins Ohr. »Mutter sagt, du könntest uns vorlesen.«

Susannas Herz geriet ins Stolpern – sie sprang auf, ließ die Männer bei Obstbrand und Trübsinn sitzen und trat hinter dem Jungen ins Haus. Auch der Jungbauer erhob sich, Hannes' ältester Bruder Moritz, und folgte ihr.

In der Küche saßen die Steins entweder am Tisch oder standen an den Fenstern und sahen Susanna erwartungsvoll entgegen: Hannes' Mutter Martha, seine Schwestern Monica, Isolde und Judith, seine Großeltern, seine Tante, sein jüngerer Bruder Friedrich und all die anderen Jungen und Mädchen. »Lies schon«, verlangte Friedrich. »Wir können es noch nicht so gut.«

Susanna entfaltete den Brief. »Ich vermisse euch, meine Geliebten«, las sie mit zitternder Stimme, »und ich schreibe euch aus Köln. Es geht mir hier gut, besser als im stolzen Frankfurt …«

Sie schluckte, atmete tief und versuchte ihrer Stimme Halt zu geben. Ihr Blick flog über die ungelenke Schrift.

Der Zimmermeister in der Stadt am Main hatte trotz schwerer Arbeit mit Essen und Geld gegeizt. Der in Köln baute große Lagerhäuser am Rhein, zahlte gut, ließ sich auch beim Essen nicht lumpen. Er hatte aber keinen Sohn und wollte Hannes unbedingt mit seiner jüngsten Tochter vermählen.

Susannas Stimme stockte, als sie an diese Stelle gelangte.

»Manche in der Stadt sprechen von Krieg«, schrieb er weiter. »Im ganzen Reich wird der toben, heißt es, und zwanzig Jahre und länger dauern. Ihr Kurfürst hier zu Köln habe das gesagt. Doch nur wenige lassen sich das Herz davon schwer machen …«

Hannes schwärmte von Köln, vom Karneval und der Lebensart dort, plante aber, bald weiter über Paderborn in die Hansestadt Magdeburg zu ziehen. »Weil die guten Leute mich doch allzu sehr drängen, ihr Schwiegersohn zu werden.«

Der Brief stammte von Anfang Mai. Inzwischen war es Mitte Juni, und Hannes musste längst auf dem Weg nach Paderborn sein.

»Mein Herz schlägt unten in Handschuhsheim, wie Ihr wisst«, hieß es am Schluss des Briefes. »Seht also zu, dass es diese Zeilen so schnell wie möglich zu sehen bekommt. Mein nächster Brief dann soll nach Handschuhsheim gehen.«

Unter Tränen verlas Susanna die vielen Grußbotschaften an die einzelnen Familienmitglieder. Dutzende Male kam sie ins Stocken, weil ihre nassen Augen ständig nach oben wanderten – *mein Herz schlägt unten in Handschuhsheim, wie ihr wisst …*

*

Eine Woche später – am hundertneunzigsten Tag nach Hannes' Aufbruch – auf dem Weg nach Heidelberg sprach der Vater sie auf den Brief an. Der Bauer Stein hatte ihm davon erzählt, als die Flasche leer gewesen war, und gefragt, ob er, der Meister Almut, die Verbindung der Familien Stein und Almut denn zu fördern gedenke.

Der Vater hatte sich bedeckt gehalten.

»Ich muss an deine Zukunft denken, mein liebes Kind.« Susanna saß neben ihm im vorderen, kleineren Wagen auf dem Kutschbock; sie brachten Kleider, Wolle, besticktes Tuch und Säcke voller Färber-Ginster in die Stadt. »Und der Geselle hat um deine Hand angehalten.«

Sie fuhren an der letzten Mühle vorbei. Über ihnen segelten Schwalben. Susanna fragte sich, wie viele Tage eine Schwalbe nach Paderborn bräuchte und wie lange man bis nach Paderborn oder Magdeburg unterwegs wäre, wenn man jetzt den Wagen wendete und die Pferde nach Norden lenkte. »Ich will ihn nicht«, sagte sie leichthin und mit einem Lächeln um die weit geschwungenen Lippen.

»Ich verstehe dich ja, mein geliebtes Kind, aber verstehe du auch mich: Es geht um die Werkstatt und die Zukunft unserer Familie.«

Ehrgeizige Pläne hatte der Vater, das wusste Susanna: In Heidelberg hatten sie ihm in jungen Jahren die Aufnahme in die Zunft verweigert, weil sie in der Stadt keinen Schneider wollten, der im eleganten Frankfurt gelernt hatte und sein Handwerk wohl besser als die meisten Zunftschneider der Stadt verstand. Schnell jedoch machte er sich auch als Freimeister und Landschneider einen Namen in den höheren Ständen von Heidelberg. Zu seinem Geschick kamen der Fleiß seiner Frau und Susannas Kunstfertigkeit im Schneiden, Nähen und Sticken. Dass er als Landschneider in Handschuhsheim nicht an die Preise der Zunft gebunden war, machte ihm auch die weniger geldschwere Kundschaft geneigt.

Inzwischen arbeitete er mit den Schwägern der Mutter zusammen, einem Tuchmacher und einem Tuchfärber. Auch einen in Heilbronn ansässigen Kürschner gab es in der Verwandtschaft, und gute Beziehungen zu einem reichen Heidelberger Tuchhändler, einem Hugenotten, der wiederum Handelsbeziehungen nach Ulm und Straßburg pflegte. Bis über die Grenzen der Kurpfalz hinaus wollte Meister Almut im nächsten Jahr seinen Handel mit Stoffen und Kleidern ausweiten.

»Unser kleines Leben allein bedeutet nicht viel«, sagte er, und Susanna sollte diesen Satz nie vergessen. »Und wenn wir es nicht dem Leben der Familiengemeinschaft unterordnen, ist es ganz und gar verloren.«

»Ich will aber den Hannes.«

»Was sollen wir denn mit einem Zimmermann, noch dazu einem Bauernsohn?«

»Ich habe ihn sehr lieb!«

»Das vergeht, mein Kind. Was bleibt, ist ein sicheres Auskommen und die Familie.« Die ersten Häuser von Neuenheim kamen in Sicht. »Ich habe den Gesellen lange beobachtet, und ich weiß, dass er deinen Kindern ein guter Vater sein wird.«

»Ich liebe ihn nicht. Er will nur Eure Werkstatt.«

»Wie kommt es, dass du flüchtige Gefühle höher achtest als den Willen deiner Eltern und sogar höher als den Willen Gottes und die Vernunft? Glaube mir, mein geliebtes Kind: Besser allemal einen kalten Topf auf einen heißen Herd, als einen heißen Topf auf einen kalten Herd.«

Verwundert sah sie ihren Vater an. »Wie meint Ihr das, Herr Vater?«

»Die Liebe ist ein heißer Topf, und der wird erkalten, wenn er auf keinen heißen Herd kommt.«

»Und was ist der heiße Herd?«

»Die guten Sitten und der Wille Gottes: eine ordentliche Heirat nach dem Willen der Familie, eine gute Mitgift, derselbe

Glaube.« Der Vater runzelte die Stirn, als würde er angestrengt nachdenken. »Der Geselle hat nicht allein das Zeug zu einem guten Gatten, sondern auch zu einem klugen Kaufmann. Den braucht es in diesen Zeiten. Und mag dein Empfinden für ihn jetzt noch einem kalten Topf gleichen – das wird sich geben, glaube mir nur. Der Topf wird heiß, sobald er erst auf dem befeuerten Herd steht.«

Der Wagen rollte über die Dorfstraße von Neuenheim. Ständig grüßte der Vater nun nach links und rechts. Susanna schwieg, bedachte jedes seiner Worte. Bald ließen sie das Dorf hinter sich. Im Osten öffnete sich das Neckartal. Ein Schiff segelte zum Rhein hinunter, eines wie jenes, das Hannes fortgetragen hatte.

Susanna versuchte sich vorzustellen, was er den Worten des Vaters wohl entgegnen würde, und sagte: »Vielleicht wird es Krieg geben, Herr Vater, vielleicht steht hier bald kein Stein mehr auf dem anderen. Und ist der Apostel Paulus nicht ehelos geblieben, weil er das Ende der Welt nahen fühlte?«

Von der Seite staunte Meister Almut seine Tochter an und suchte nach Worten. »Was fällt dir ein, liebes Kind? Willst du jetzt auch noch unter die Magister der Heiligen Schrift gehen?«

Die Türme und das Schloss von Heidelberg rückten näher, lange sprachen sie kein Wort mehr. Erst als die Wagen unter dem Dach der Neckarbrücke entlangrollten, brach der Vater das Schweigen. »Ich liebe niemanden so wie dich, Susanna«, sagte er leise. »Du machst mir das Herz schwer. Doch gehe noch einmal in dich, bedenke alle meine Worte und schlafe darüber. Wenn die Zwetschgen reif sind, werde ich dich noch einmal fragen.«

Am folgenden Tag, einem Samstag, erledigte der Vater seine Geschäfte in der Stadt. Am Abend stießen die Mutter mit der Tante und Susannas jüngerer Schwester zu ihnen. Gemeinsam besuchten sie am Sonntag den Gottesdienst in der Heilig-Geist-Kirche. Es war der Dreieinigkeits-Sonntag und der Pfarrer predigte über ein Wort aus dem dritten Kapitel des Johannes-Evangeliums: *Es sei denn, dass jemand von neuem geboren werde, so kann er das Reich Gottes nicht sehen.*

Susanna verstand nicht einmal die Hälfte der Predigt. Sie hing ihren eigenen Gedanken nach. Sie dachte an den Kurfürsten Friedrich, für den der Pfarrer gebetet hatte, und an Hannes: Sie malte sich das prächtige Haus aus, das er gerade in Paderborn baute. Und dann betete sie: Lieber Gott, wenn du allmächtig bist, wirst du den Krieg verhindern und dem Kurfürsten ein langes Leben schenken. Wenn du gütig und gnädig bist, wirst du Hannes heil zu mir zurückbringen, und wenn du machen kannst, dass einer von neuem geboren wird, dann kannst du erst recht machen, dass wir Mann und Frau werden.

4

Der schöne Flecken lag zwischen Rhein und Odenwald: kaum dreißig Häuser und Höfe rund um die Kirche und entlang des Fahrwegs nach Seeheim. Ein Sonntag – der Gottesdienst war seit einer Stunde vorüber, das Kirchenportal stand noch offen. In vielen Küchen hantierten die Frauen bereits an ihren Herden. Doch es würde kein Sonntagsmahl auf die Tische kommen an diesem Spätsommertag, in keinem der Häuser.

Kaiserliche galoppierten von Norden her in das Dorf, an die neunzig Reiter. In zehn Rotten zerteilt preschten sie je einem Offizier hinterher in die Höfe und sprangen dort aus den Sätteln. Gänse begannen zu schreien, Hühner flohen gackernd und flügelschlagend in die Gärten, Hunde schlugen an, und wo sie nicht angekettet waren, fielen Schüsse und ihr Gekläffe verstummte jäh. Ohne anzuklopfen, traten die Soldaten in die Häuser, manche stürmten mit blankgezogenen Degen hinein.

Einzig der Befehlshaber der kursächsischen Kompanie, der Rittmeister, schien es nicht eilig zu haben, in eines der Häuser zu gelangen. Begleitet von seinem Cornet und gefolgt von seinen beiden Burschen, lenkte er seinen Schimmel auf die Kirchenseite des Fahrweges. In dem Haus dort drüben, hinter der Buchenhecke und vor Gotteshaus und Friedhof, wohne der lutherische Pfarrherr, hatte man ihm gesagt.

Merkwürdig entspannt wirkte der Reiter – anders als seine entfesselten Soldaten ringsum in den Häusern und Höfen, anders auch als der hochgewachsene Cornet an seiner Seite, der unter seiner blau-weißen Fahne ständig nach links und rechts in die Anwesen und Gärten spähte.

Dem Rittmeister entging das nicht. »Geduld, Mathes, Geduld«, sagte er. »Du kommst schon noch zu deinem Anteil. Und auch zu deinem Vergnügen.«

Sie hielten auf die Buchenhecke zu, rot und gelb leuchtete ihr Laub in der Mittagssonne. Über die Heckenkrone hinweg lugten mannshohe Sonnenblumen den Reitern entgegen. Dahinter lagen Gemüsebeete und ein weitläufiger Blumengarten, dazwischen führte ein Weg zu einem Haus, dessen Ziegel und Putz noch frisch und dessen Balkenwerk noch hell und glatt aussahen.

Das Prasseln von Flammen mischte sich in den allgegenwärtigen Hufschlag. Auf den benachbarten Höfen fluchten Landsknechte, Frauen riefen nach ihren Männern und Vätern. Aus dem offenen Kirchenportal flehte eine Stimme die Hilfe des Allmächtigen herbei. Und irgendwo hinter der Buchenhecke hörte man singende Kinderstimmen. Es roch nach Brand und Schweinemist.

Der Rittmeister lenkte seinen Schimmel an der Buchenhecke entlang. Er und seine Kompanie gehörten zu den Arkebusieren oder Bandelierreitern, wie man die leichten Kavalleristen des kaiserlichen Heers damals nannte – nach dem Lederband um ihre Schulter nämlich und der etwa drei Fuß langen Schusswaffe, die sie daran trugen: einem Radschlosskarabiner, nach französischer Mode auch als *Arkebuse* bezeichnet. Den Karabiner des Rittmeisters allerdings trug einer seiner beiden Burschen. Die, ebenfalls zu Pferd, folgten ihm bis zum offenen Gartentor.

Dort hielt der Reiteroffizier seinen Schimmel an, warf einen Blick auf den sorgfältig gejäteten Weg, auf den Gemüsegarten links davon und auf das Fenster neben der Haustür, hinter dem er die Kinder singen hörte. Er lauschte – eine Stimme wie die einer alten Frau stach aus dem seltsamen Chor heraus. Und eine klare Mädchenstimme.

Vom Fenster weg wanderte sein Blick über den großen Blumengarten auf der rechten Wegseite. Aufmerksam betrachtete er die bunte Blütenpracht. Ein Hund bellte hinter dem Haus.

Der Wind trieb den Funkenflug schon bis hierher in den Pfarrgarten, und Ascheflocken schwebten in das Blütenmeer aus violetten Astern, orangefarbenen Ringelblumen, blauen Löwenmäulchen und blutroter Dahlien. In der Kirche hinter dem Anwesen übertönten jetzt raue Männerstimmen das laute Gebet. Lärm wie von Schlägen wurde laut, Frauen und Kinder heulten auf.

Aus den Stallungen des Nachbarhofes loderten Flammen. Ein halbes Dutzend Häuser brannte bereits. Schweine galoppierten quiekend aus einem Hof am anderen Ende des Fahrwegs, Männer des Rittmeisters verfolgten sie mit gezückten Säbeln. Ein dickleibiger Feldwebel zielte mit seinem Panzerstecher nach einer Sau, die sich schützend vor ihre Ferkel stellte. Auf den Höfen schleppten Soldaten Frauen und Mädchen in verborgene Winkel, und in den Häusern quetschten sie den Männern Daumen und Schädel, damit die verrieten, wo sie ihre Dukaten, ihren Schmuck und ihr Weißzeug versteckt hielten.

Fern im Osten – in der Oberpfalz und dem angrenzenden Böhmen – hatte der Krieg zu dieser Zeit schon Tausende gefressen und mit ihnen die Königsträume des jungen Kurfürsten. In der linksrheinischen Kurpfalz wütete der Krieg seit dem Sommer. Jetzt war er auch an die Bergstraße gekommen.

Und der Krieg hatte Gesichter.

Das breite, großporige des stämmigen Feldwebels etwa, eines Bayern, der jetzt ein Dutzend Pferdelängen weiter mit seinem Panzerstecher auf die zuckende Muttersau einhieb. Oder das lange, flaumbärtige des blonden Cornets unter der blauen Standarte mit dem Wappenzeichen der Grafschaft Herzenburg, einem goldenen Hirschgeweih. Oder das kantige und fast ein wenig jungenhafte Gesicht ihres Befehlshabers, des Rittmeisters Maximilian von Herzenburg.

Dieser zeigte auf die Dahlien. »Solche blühen jetzt auch zu Hause im Burggarten.« Dahlien waren die Lieblingsblumen seiner Mutter gewesen, und sie blühten Jahr für Jahr auf ihrem Grab und auf dem kleineren neben ihrem. Davon jedoch sprach der

Rittmeister nicht; dabei meinte er, die vertrauten Gräber und die roten Dahlien auf ihnen deutlich vor sich zu sehen.

»Sieht neu aus.« Mit einer Kopfbewegung deutete der Cornet neben ihm auf das Haus.

Mathias von Torgau hieß er, ein junger sächsischer Freiherr und Sohn eines Burggrafen, und zudem mit dem Rittmeister verwandt, denn ihre Väter waren Cousins. Ein spitzer Adamsapfel tanzte unter der Haut seines dünnen Halses, wenn er sprach, und eine große Hakennase und hervortretende Augen beherrschten sein gelbliches Gesicht. Schon als kleiner Junge hatte Mathias den sechs Jahre älteren von Herzenburg bewundert, den er nun um eine Handbreite überragte. Wie dieser trug er einen dunkelblauen Reitermantel mit silbernen Tressen und Knöpfen und einen flachen weißen Spitzenkragen über der Brustwehr, und wie der Rittmeister hatte er die weiten Stulpen seiner Hirschlederstiefel mit weißen Spitzen ausgefüllt. Ein blau-roter Federbusch wehte über seiner halbkugelförmigen und mit Nackenschirm, Nasenschutz und Wangenklappen ausgerüstete Sturmhaube.

»Sieht nach Geld aus. Wollen wir nicht hineingehen, Max?«

Der Rittmeister löste sich vom Anblick der Dahlien, nickte und stieg aus dem Sattel. Seine Bewegungen hatten etwas Müdes. Er trug einen langen, sorgfältig gepflegten Schnurrbart. Lange schwarze Locken, kunstvoll drapiert, quollen unter der geschwungenen Krempe seines schwarzen Hutes hervor, den er statt der vorgeschriebenen Sturmhaube aufzusetzen pflegte und den schneeweiße Schwanenfedern schmückten.

Er winkte hinter sich, und die anderen schwangen sich nun ebenfalls von den Pferden. Hinter dem Haus bellte noch immer der Hund, und im Haus sangen noch immer die Kinder – mit dünneren Stimmchen inzwischen, wie es dem Rittmeister scheinen wollte. Darüber schwebte die klare Mädchenstimme noch genauso laut wie zuvor. Die alte, krächzende Stimme hörte er nicht mehr.

Dafür erkannte er nun hinter dem Fenster die Umrisse einer weißhaarigen Frau. Sie äugte zu ihnen heraus. Die Hände hielt sie wie zum Gebet gefaltet vor der Brust.

Die Burschen – Trabanten, wie man die Leibgardisten eines Hauptmanns auch nannte – drückten sich an den Offizieren vorbei; der jüngere, Conrad, reichte seinem Herrn den Karabiner und zückte die Klinge. Der andere, Simon, füllte die Pulverpfanne seiner eigenen Feuerwaffe, während von Torgau die Fahne zwischen das Zwiebelrohr am Rand des Gemüsegartens rammte und sein Seitengewehr, einen kurzen Degen, zog. Da stapften die Burschen schon über den Weg der Haustür entgegen, der eine mit blanker Klinge, der andere mit schussbereitem Rohr.

Nur mit gezückten Seitengewehren und geladenen Rohren in die Gehöfte und Dörfer – so lautete der Befehl des Generals di Spinola, seit vor Tagen in Guntersblum auf der anderen Rheinseite närrische Bauern und Rheinschiffer meinten, ihr Hab und Gut verteidigen zu müssen. Dabei hatten sie Reiter einer spanischen Kompanie erschossen. Seitdem lag Guntersblum in Asche und die Spanier waren vorsichtiger, wenn es zum *Fouragieren* ging – zum Plündern, Brennen und Schänden.

Einen wie den jungen Rittmeister Maximilian von Herzenburg musste keiner zur Vorsicht mahnen. Einer wie er war auf der Hut, immer. Und er hatte seine deutsche Kompanie im Griff – Kursachsen zumeist und zwei Rotten Bayern.

Der General Tilly, Feldherr des bayrischen Herzogs Maximilian, hatte ihn und sein Fähnlein mit einer Botschaft des Kaisers aus Böhmen zu den verbündeten Spaniern in die Generalstaaten geschickt, nach Holland. Von dort aus waren der kursächsische Rittmeister und seine Reiterei unter dem Befehl des Generals di Spinola in die Kurpfalz gezogen, um eine zweite Front gegen den Kurfürsten Friedrich und die protestantische Union zu eröffnen. Gemeinsam mit den Spaniern hatten sie seitdem viele linksrheinische Dörfer und Ortschaften verwüstet, waren mit Gottes Segen gegen Kreuznach und Worms gezogen, hatten zwischen Mainz und Oppenheim eine Schiffsbrücke über den Rhein geschlagen und stießen nun entlang der hessischen Bergstraße nach Süden gegen die rechtsrheinische Kurpfalz vor.

Jemand zog die Haustür auf. Ein Mann in Talar und eine Frau in schwarzem Kleid und mit weißer Haube traten aus dem Haus; beide weißhaarig und sicher weit über siebzig. »Wen sucht Ihr, Ihr Herren?«, fragte der Mann mit fester Stimme.

Die Burschen des Rittmeisters blieben stehen. Simon, der ältere, wandte den Kopf ein wenig. Er schien auf ein Wort seines Herrn zu warten. Der aber blieb stumm. »Wen sucht ihr?«, wiederholte der alte Pfarrherr, und seine klare und feste Stimme wollte dem Rittmeister gar nicht gefallen. Die Kinder im Haus hatten inzwischen aufgehört zu singen; auch das gefiel ihm nicht.

»Was von den Dukaten übrig ist, mit denen Er sein neues Haus bezahlt hat – das suchen wir!« Von Torgau lief los, drängte sich an den Burschen vorbei. Er sah furchterregend aus mit seiner Nasenstange zwischen den Glubschaugen und dem krebsschwanzartigen Nackenschirm am Helm. Den Haudegen auf den alten Mann gerichtet, marschierte er zur Tür. »Heraus damit!«

Die Frau des Pfarrherrn – jedenfalls nahm der Rittmeister an, dass es sein Eheweib war – schob sich vor ihren Gatten, und die Degenspitze des Cornets berührte ihre Kehle. Sie riss Augen und Mund auf und wagte nicht mehr zu atmen.

»Ich bitte Euch, Ihr Herren!« Der alte Pfarrherr zog seine Frau weg von Degenspitze und Türschwelle und schob sie hinter sich. »Benehmt Euch doch wie Christenmenschen, in Gottes Namen! Oder wenigstens wie Edle – das seid Ihr doch, oder?«

»Wer hat dir das Wort erteilt, in drei Teufels Namen?!« Von Torgau griff in dessen schlohweißes Haar, drückte ihm die Klinge unter das Kinn und drängte ihn gegen den Türsturz. »Wo hast du deine Dukaten versteckt, Pfaffe?« Mit einem Blick winkte er die Burschen zu sich. Die stürmten an ihm vorbei ins Haus. Drinnen erhob sich Kindergeschrei. »Wo, verflucht?!«, zischte der Cornet. Der Hund hinter dem Haus kläffte wie tollwütig.

»Erbarmen, Ihr Herren!« Der Alte im Talar verdrehte die Augen und lugte zum Rittmeister. Wenigstens begriff er, wer hier das Kommando führte. »Ich besitze kein Geld. Meine Gemeinde hat mir das Haus gebaut, und unsere Königliche Hoheit, der allergnädigste Landgraf Georg, hat uns einige Reichstaler zukommen lassen für Ziegel und Putz.«

»Na, prächtig. Dann sind deine Dukaten also noch nicht auf und davon. Wo verbirgst du sie?« Mit einem Blick erbat der Cornet den Rittmeister um Zustimmung zu den üblichen Quälereien.

Max von Herzenburg aber hängte seinen Karabiner ins Band, schritt über den Weg und betrat an seinem Cornet vorbei das Haus, ohne diesem zu antworten. Aus irgendeinem Grund zog ihn das Geplärre und Gezeter der Kinder an.

»Ich flehe Euch an, Rittmeister«, rief ihm der Pfarrherr nach. »Denkt doch an das Gebot unseres Gottes!«

An der Schwelle zur Tür, hinter der von Herzenburg die Kinder wähnte, fiel plötzlich die Alte vor ihm auf die Knie und begann unverständliches Zeug zu flüstern. Im Zimmer dahinter drängten etwa zwanzig Jungen und Mädchen sich um ein halbwüchsiges schwarzhaariges Mädchen, während Conrad, der jüngere seiner Burschen, Kind um Kind zur Seite zerrte, um es greifen zu können.

Von Herzenburg traute seinen Augen kaum: Die Kinderschar versuchte wahrhaftig, das Mädchen zu beschützen!

»Auch wenn Ihr es mit dem Papst haltet, Herr Rittmeister, so ist es doch der gleiche Gott, dem Ihr Rechenschaft ablegen werdet …«

»Ich bin lutherisch wie Er«, schnitt von Herzenburg dem Pfarrherrn das Wort ab. Sein Blick hing an der Halbwüchsigen hinter der Kinderschar. Etwas loderte in ihren Augen, ihre Kaumuskeln zuckten.

»Ihr seid …?« Weil sein Befehlshaber mit dem Pfarrer sprach, lockerte von Torgau den Druck seiner Klinge unter dessen Kinn. »Ihr haltet es mit den Evangelischen?«, krächzte der Alte ungläubig. »Aber warum kämpft ihr dann mit den Spaniern?«

»Ich halte es mit dem Kaiser«, sagte Maximilian. »Wie mein Kurfürst. Anders als er jedoch kämpfe ich, wenn der Kaiser mich ruft, und bleibe nicht zu Hause sitzen.« Die Halbwüchsige hatte dunkelblaue Augen und einen stolzen Zug um den breiten Mund. »Schreibt nicht der Heilige Paulus ›seid der Obrigkeit untertan‹?«

Von Herzenburgs Bursche trat und schlug nach den Kindern, und endlich bekam er das Mädchen zu packen.

»Ihr sollt Gott mehr gehorchen als den Menschen«, flüsterte die Frau des Pfarrherrn; noch immer kniete sie neben ihm auf den Holzdielen. »Hat nicht so unser Heiland geboten?«

»Wenn Ihr Gott liebt, müsst Ihr hassen, was die Spanier im Land anrichten«, rief der Pfarrherr. »Wenn Ihr Gott liebt, müsst Ihr Euern Reitern Einhalt gebieten …«

Ein Stoß, ein Schritt – die Frau stürzte hin, und der Rittmeister schlug den Pfarrherrn mit dem Handrücken ins Gesicht. »Nichts muss ich, gar nichts!« Weil der Cornet zurückgewichen war, taumelte der Alte von der Wucht des Schlages über die Türschwelle, stolperte nach draußen und fiel auf den Weg.

Der Rittmeister fuhr herum, weil er das Mädchen jammern hörte: Sein Bursche Conrad zerrte es aus der Stube, die heulende Kinderschar versuchte, es an Armen, Beinen und Kleidersaum festzuhalten.

Konnte das denn wahr sein? Noch nie hatte von Herzenburg dergleichen gesehen, seit er mit Degen und Radschlosskarabiner seine Taler verdiente. Und wahrhaftig: Ihm waren schon die tollsten Kriegsgeschichten unter die Augen gekommen im letzten Jahr – in Böhmen, in der Oberpfalz und zuletzt drüben, auf der anderen Seite des Rheins.

Er stürzte zu seinem Burschen, packte ihn und riss ihn weg von der Halbwüchsigen. »Wie heißt du?«, fragte er sie.

»Eva«, flüsterte sie. Fünfzehn mochte sie sein, vielleicht erst vierzehn. Von Herzenburg hörte den Namen und sah im Geist ein nur wenig älteres Mädchen vor sich; eins, das Hildegard geheißen hatte.

Auch Hildegard hatte schwarzes Haar gehabt, dunkelblaue Augen und einen ähnlich stolzen Zug um den Mund. Seine Schwester. Jetzt lag sie neben seiner Mutter zu Hause unter der Linde im hinteren Burghof, und Dahlien blühten zu dieser Jahreszeit über ihr. Blutrot.

»Simon!« Er lief zur offenen Tür auf der anderen Seite des Ganges. »Simon, Herrgott noch mal!« Ein Raum mit guten Möbeln, Bildern an der Wand, mit vollen Bücherborden und einem Kamin. In dem kniete der ältere seiner beiden Burschen und tastete im Rauchabzug nach versteckten Dukaten. »Her mit Ihm!« Der Gerufene sprang auf, wischte die Hände an der Hose ab und kam zu ihm. »Er bringe sie weg.« Er deutete auf die Halbwüchsige. »Auf den Friedhof von mir aus. Und keiner rührt sie an. Mein Befehl!«

Er drehte sich nach Conrad um. »Und Er bürgt mir mit Seinem Leben für ihr Leben und ihre Unschuld. Hat Er das verstanden?« Der Bursche nickte. »Und die Blagen hier jagt aus dem Haus.«

»Bitte nicht, Herr!« Das Mädchen rang die Hände, fast hätte es vor ihm gekniet. »Lasst die Kleinen doch bei mir bleiben!« Sie sah ihm in die Augen. Wie konnte jemand Angst empfinden und betteln und dennoch diesen stolzen Zug um den Mund bewahren? Der Rittmeister presste die Lippen aufeinander. »Bitte«, flehte sie, und wohl zwanzig Kinderaugenpaare hefteten sich an ihn. Hinter dem Haus kläffte der Hund. Kläffte und kläffte.

»Was hattet ihr da drinnen zu treiben?« Mit einer Kopfbewegung deutete von Herzenburg in die Stube, wo sie gesungen hatten. »Und was tun all die Blagen hier?«

»Der Herr Pfarrer hat uns Unterricht in der Heiligen Schrift erteilt.« Das Mädchen schluckte, die Blicke seiner dunkelblauen Augen fühlte von Herzenburg wie forschend über sein Gesicht wandern. »Und die Frau Pfarrer hat ein Danklied mit uns gesungen.«

»Ein Danklied?« Er zog die Brauen hoch. »Wahrhaftig?«

»Weil wir leben dürfen und danach in den Himmel kommen.«

Der Rittmeister nickte langsam. Er erinnerte sich, dass auch zu Hause nach dem Sonntagsgottesdienst der Bibelunterricht für die Kinder im Pfarrhaus gefolgt war. Und wie gut er sich daran erinnerte: Maximilian von Herzenburgs Vater, der düstere Herr Graf, hatte ihn und seine Schwester oft genug hingeprügelt.

Er wandte sich an seine Burschen und den Cornet. »Sie bekommt, was sie erbittet. Und Schläge für jeden, der meinen Befehl vergisst.« Sein strenger Blick traf Conrad.

Die Burschen führten Kinder und Halbwüchsige zur Hintertür und in den Hof. Von dort ging es über den Friedhof zur Kirche. Der Hund bellte noch lauter, bellte wie von Sinnen. Bis ein Schuss krachte; danach bellte nichts mehr.

Der Rittmeister aber trat auf den Weg hinaus, wo sein Cornet den Pfarrherrn und seine Frau mit Schlägen und Tritten drangsalierte. »Ihr wollt Edle sein?«, rief der Alte. »Ihr wollt Christenmenschen sein? Teufel seid ihr, gierige Teufel!«

Wahrhaftig, er war wütend! Statt sich zu fürchten, schäumte er vor Wut. Maximilians Kinn zuckte nach oben. »Bring ihn zum Schweigen.« Von Torgau trat zu – und der Pfarrherr verstummte.

Die Standarte der Grafschaft Herzenburg wehte über Zwiebeln und letzten Tomaten, und an Karottenkraut und Kohl labten sich die Pferde, als durch das Tor des Anwesens der Feldwebel an der Spitze einer bayrischen Rotte hereinmarschierte. Alle trugen gelbliche Rindslederkoller über den Brustharnischen, und alle waren mit Kisten, Körben und Bündeln beladen.

Dem Feldwebel klemmte sein Karabiner unter dem rechten und ein schlaffes, aus dem Hals blutendes Ferkel unter dem linken Arm. Er und seine Männer wichen den Pferden aus und stampften durch die Blumen. »Unser Tagewerk geht voran, wie ich sehe?«, tönte er.

Der Feldwebel hieß Johann Schneeberger und hatte eine vom Rauchen und Saufen heisere Stimme. Seine großen, haarigen Hände und seine blauen Hosen und braunen Stiefel waren blutig, um den Kolben seines Karabiners hing ein Tuch, auf dem unter Blut- und Schmutzflecken das Bildnis der Jungfrau Maria zu erkennen war. »Wir haben mächtig Gewinn gemacht, wenn mich nicht alles täuscht!« Schneeberger feixte und wirkte sehr zufrieden.

»Wird Er wohl gleich aus den Blumen springen?«, fuhr von Herzenburg ihn an.

Verdutzt äugte Schneeberger an sich hinunter, hastete dann aus dem Blumenbeet und winkte auch seine Männer zu sich auf den Weg. Vor seinem Rittmeister blieb er stehen. »Sollen wir die restlichen Häuser anzünden?«

»Es wird nichts mehr angezündet.« Dem Rittmeister war die Lust aufs *Fouragieren* vergangen, er wusste selbst nicht, warum. Er musterte den feisten Feldwebel von den blutigen Stiefeln bis zum roten Federbusch seiner Schützenhaube, musterte das tote Ferkel, musterte den Karabiner und das Bildnis der Jungfrau Maria. War es Ekel, was ihn auf einmal würgte und seinen Mund verzerrte? »Er hat sich schmutzig gemacht, Johann!«

»Oha!« Schneeberger sah erneut an sich hinunter. »Schweineblut. Ich habe eine Sau und ein paar Ferkel abgestochen. Steht uns nicht ein Sonntagsbraten nach vollendetem Tagwerk zu, Herr Rittmeister?«

Maximilian nickte. »So ist es, Johann, wahrhaftig, so ist es.« Seufzend und mit einer müden, schon beinahe resignierenden Geste klopfte er dem Bajuwaren auf die Schulter. Dann wandte er sich wieder dem Haus zu.

Sein glubschäugiger Cornet winkte ein paar Bayern herbei,

die den Pfarrherrn und seine Frau packten. »Er will nicht reden, Max.« In von Torgaus Augen glitzerte es kalt. »Er will um keinen Preis verraten, wo er seine silbernen und goldenen Göttlein versteckt hält.«

»Dir wird schon etwas einfallen, Mathes. Dir ist noch immer ein Mittel eingefallen, jemanden von seinen Dukaten erzählen zu lassen.«

Der andere grinste, drehte sich um und lief den Soldaten und Pfarrersleuten hinterher.

Maximilian ging zu seinem Schimmel. Von der anderen Fahrwegseite ritten sein Leutnant und dessen Bursche herbei. Der Leutnant, nach dem Rittmeister der zweite Mann in der Kompanie, gab seinen Bericht. »Ich habe befohlen, das Plündern zu beenden«, schloss er. »Es kann weder Gott noch dem Kaiser gefallen, wenn wir auf dem Weg nach Heidelberg jede Jungfrau schänden und jeden Flecken niederbrennen.«

»So, meint Ihr?« Der Rittmeister führte seinen Schimmel aus dem Tor und sah zurück. Ein Corporal lehnte eine Leiter gegen das Haus und kletterte aufs Dach. Ein Seil hing um seine Schulter. »Dann lasst also die Männer sammeln und gebt Befehl, die Beute auf Wagen zu packen. Wir ziehen weiter die Bergstraße hinunter.«

Drinnen, in der guten Stube, zerrten der Cornet und der Feldwebel den an Füßen und Händen gebundenen Pfarrherrn zum Kamin. Durch das offene Fenster reichten Soldaten Holz hinein. Der mit dem Seil kletterte zum Schornstein.

Maximilian von Herzenburg stieg auf seinen Schimmel, der Leutnant hielt ihm den Zügel. Im Haus hörte man die Pfarrfrau heulen. Im Nachtbargehöft schrie ein Mann und blökte Vieh. Überall züngelnde Flammen und dunkler Rauch. Von Herzenburg legte den Kopf in den Nacken und blickte zum wolkenlosen Spätsommerhimmel hinauf. »Seht Euch die Mittagssonne an«, murmelte er wie zu sich selbst. »Sie strahlte schon so freundlich und warm über diesem hübschen Flecken, als wir noch auf dem

Weg hierher waren. Und genauso freundlich und warm wird sie herabstrahlen, wenn wir weitergezogen sind.« Halb spöttisch, halb wehmütig lächelnd schüttelte er den Kopf. »Rätselhafte Welt, Herr Leutnant, habe ich nicht recht? Rätselhafte Welt.«

5

In Neuenheim leisteten sie sich Kopfsteinpflaster. Vielleicht weil die Landstraße zur kurpfälzischen Residenz führte, vielleicht aber auch wegen des Hochwassers nach der Schneeschmelze in den letzten Jahren. Jedenfalls fühlte Susanna sich mächtig durchgeschüttelt, als ihr Vater Wagen und Pferdegespann durch das Dorf lenkte. Sie hielt sich am Seitenverschlag der Ladefläche fest.

Am Ausgang des Dorfes bog die Landstraße nach Osten ins Neckartal ab. Hinter dem Pferdewagen, auf dem Kutschbock des Ochsenkarrens, schwenkte der Großvater seinen Hut und wechselte im Vorüberfahren ein paar Worte mit einem Bauern, der auf dem Dach seines Hauses Ziegel austauschte. Dessen Frau arbeitete im sich anschließenden Hühnerhof und war wie Susannas Mutter eine geborene Merkel, gehörte also zur Verwandtschaft des Großvaters.

»Der Krabat und seine Gaukler sind in Heidelberg«, sagte sie und hielt sich die Backe. »Hat mir heute Morgen einen bösen Zahn gezogen, jetzt geht es mir wieder gut.«

Dann blieb auch das letzte Neuenheimer Gehöft hinter ihnen zurück und mit ihm das Kopfsteinpflaster. Die beiden Wagen rollten nun wieder ruhiger über den staubigen Fahrweg nach Osten.

Links, an den Hängen des Heiligenbergs, schlängelten sich Pfade in verblühte Obsthaine und stiegen Stufen in Weingärten hinauf; rechts glitzerten die Wogen des Neckars. Meister Almuts Wagen rollten den Uferweg entlang. Längst sah man die Kirchturmspitzen Sankt Peters und der Heilig-Geist-Kirche über den noch fernen Dächern Heidelbergs; jetzt rückte an der Wegbiegung unterhalb der Bergflanke auch der doppelte Südturm der Neckarbrücke ins Blickfeld und dann, nach und nach, deren Überdachung.

Es war der erste Samstag im Juli, und in Heidelberg hielt man Markttag ab – nur die Großmutter und die Tante waren in Haus und Werkstatt zurückgeblieben. Alle anderen hatten schon um die Mittagszeit, nach nur sechs Stunden Arbeit, Nadel und Zwirn aus der Hand gelegt, um mit zwei Gespannen zur Stadt aufzubrechen.

Susanna saß auf der Ladefläche des ersten – hinter ihren Eltern und gegenüber dem Gesellen, der sie so gern zur Frau gehabt hätte. Sie vermied es, ihm ins Gesicht zu schauen, und er hatte es aufgegeben, sie in ein Schwätzchen zu verwickeln.

»Hast du gehört, Liesel?«, rief der Großvater seiner Tochter zu. »Der Zahnbrecher ist wieder in der Stadt. Er wird dich von allem Übel erlösen.« Die Mutter auf dem Kutschbock wurde ganz steif, zog die Schultern hoch und wandte ein wenig den Kopf. Seit Wochen plagte sie ein fauler Zahn.

Man schrieb das Jahr des Herrn 1621, ein milder Frühsommer ließ die Menschen im Neckartal und an der Bergstraße den harten Winter vergessen. Hannes arbeitete inzwischen den neunzehnten Monat in der Fremde. Drei Briefe hatte er geschrieben in dieser Zeit – an seine Familie im Walldorf, nicht an sie, Susanna. Sie hatte den Steins die Briefe vorgelesen: In den letzten beiden stand nicht einmal mehr ein Gruß an Susanna.

Ihre Blicke schweiften über den Hang, über Rebstöcke und Apfelbäume, zurück zu den kleiner werdenden Häusern von Neuenheim und hinunter zu den Anlegestellen und Fischerbooten am Neckarufer. Unvorstellbar, dass der Krieg mit Kanonendonner, Feuer und wilden Reitern in eine friedvolle Flusslandschaft wie diese einbrechen könnte. Und dennoch hörte man dergleichen in letzter Zeit viel zu oft aus viel zu vielen pfälzischen Gegenden jenseits des Rheins; sogar aus einigen Flecken der hessischen Bergstraße nördlich von Bensheim. Susanna mochte es nicht glauben.

Doch in Heidelberg gab es Bürger, die glaubten es. Und einige waren bereits geflohen – nach Wiesloch, Bretten oder sogar Durlach. Unter ihnen angeblich so berühmte Leute wie der Magister Pareus und die Mutter des Kurfürsten.

Ein Zweimaster glitt auf der Flussmitte dahin, eine Ostbrise blähte seine Segel. Hinter den Baumkronen der anderen Neckarseite sah Susanna den Turm des Speyrer Tors über der Heidelberger Westmauer aufragen. In der Kiste, auf der sie hockte, lag ein Teil der Stoffbahnen, die sie seit dem letzten Christfest bestickt hatte. Auf dem Markt wollte der Vater sie dem hugenottischen Tuchhändler verkaufen.

Der Geselle ihr gegenüber auf der Kleiderkiste machte ein missmutiges Gesicht und pulte an seinen Fingernägeln herum. Körbe mit Salatköpfen, Kirschen und Erdbeeren standen zwischen ihnen.

Vorn auf dem Kutschbock hatte der Vater allerhand zu erzählen. Er redete die ganze Zeit, schon seit sie in Handschuhsheim losgefahren waren; nicht mit ihr, sondern mit der Mutter.

Die hockte neben ihm, gab sich einsilbig, nickte nur dann und wann und spähte manchmal über die Schulter nach hinten zu Susanna und dem Gesellen. Ihr knochiges Gesicht war noch härter geworden in letzter Zeit, und der bittere Zug um den Mund hatte sich noch tiefer eingegraben. Lag es an den Kriegsgerüchten? Oder am Kummer, den Susanna ihr bereitete? Oder einfach nur an ihrem faulen Zahn?

Auf dem hinteren Wagen, dem Ochsenkarren, hatten sie Säcke mit Rüben und dem ersten Färberginster geladen, dazu Käfige mit ein paar Legehennen und zwei Ferkeln für die Familien von Mutters Schwestern. Auf dem Kutschbock palaverte der Großvater mit Anna, dem Lehrbub und dem jüngeren der beiden Gesellen.

Mit Susanna sprach keiner, schon seit Tagen nicht mehr. Nicht einmal ihre Schwester. Der Vater ging ihr aus dem Weg, wenn er konnte, und bei Tisch wich er ihren Blicken aus. Wie eine Aussätzige kam Susanna sich vor; wie eine, die schwere Schuld auf sich geladen hatte.

Angefangen hatte das genau besehen während der Zwetschgenernte im vergangenen Jahr. Ob Susanna es sich überlegt habe mit der Hochzeit und dem Gesellen, hatte der Vater wissen wollen. Susannas Antwort: »Ich will ihn nicht, ich lieb den Hannes.«

Kopfschüttelnd hatte Meister Almut seine Tochter von der Leiter herab beäugt. »Siebzehn bist du. Was weißt du von Liebe?« Und dann: »Bis zur Kirschernte im nächsten Jahr gebe ich dir noch einmal Zeit.«

Zum Nachdenken? Sich mit dem Gesellen abzufinden? Hannes den Abschiedsbrief zu schreiben? Der Vater wurde nicht deutlicher, und eigentlich war es Susanna auch gleichgültig, was genau er von ihr erwartete. Als er vorige Woche während der Kirschernte erklärte, sie sei jetzt achtzehn und die Zeit reif, das Aufgebot für ihre Hochzeit zu bestellen, und er könne den Gesellen nicht länger vertrösten, antwortete sie das Gleiche wie im Herbst zuvor: »Ich will ihn nicht, ich lieb den Hannes.«

Schon seit der Zwetschgenernte im vergangenen Jahr schien es Susanna, als würde der Vater sich ihr gegenüber verschlossener zeigen, kühler als zuvor. Seit dem knappen Gespräch im Kirschgarten gab er sich kaum noch Mühe, seinen Unwillen zu verbergen. Jeder konnte sehen, dass er böse auf sie war, und merkwürdigerweise waren deswegen auch alle anderen böse auf sie. »Weil sie mit ihrem Starrsinn und ihrem Ungehorsam den Haussegen vergiftet«, wie Susanna ihre Mutter hinter der Schlafkammertür hatte schimpfen hören.

Auf dem Ochsenkarren bestürmte das Jungvolk den alten Meister Merkel mit Fragen: Würden die Spanier auf der anderen Rheinseite es tatsächlich wagen, das stark befestigte Frankenthal mit seiner englischen Besatzung anzugreifen? Oder gar die neue Festung Mannheim, die doch ebenfalls von englischen und holländischen Soldaten verteidigt wurde? Und ob der Großvater das schlimme Gerücht glaube, wonach man in Prag auf des Kaisers Befehl an die dreißig böhmische Edelmänner hatte hinrichten lassen, weil sie den Kurfürsten Friedrich zum König gemacht hatten? Und wo wohl der Kurfürst steckte in diesen schweren Zeiten?

Wegen des Geratters der Wagenräder konnte Susanna nicht alles verstehen, doch das meiste schon. Der junge Geselle zum Beispiel wollte vom Großvater wissen, warum denn die Union der protestantischen Landesherren sich aufgelöst habe und ob die Reichsacht, die der Kaiser in Wien wegen Landfriedensbruch über den Kurfürsten Friedrich verhängt hatte, dessen ganzes Leben lang gelte.

Der Lehrbub fragte nach den Kriegsereignissen fern in Böhmen und der Oberpfalz, wo, glaubte man den neusten Gerüchten, der Graf Mansfeld, ein Verbündeter des Kurfürsten, sich anschickte, den General Tilly und seine Truppen anzugreifen. Und Anna fragte mit ängstlicher Stimme, warum denn Bürger aus Heidelberg flohen, wo doch der König Jakob von England ein derart starkes englisches Kommando nach Heidelberg und auf das Schloss seines Schwiegersohns geschickt hatte.

Der Großvater auf dem hinteren Wagen antwortete den Jungen nicht viel: »Wir werden sehen«, sagte er nur oder »warten wir's ab« oder »der Herr im Himmel wird's wissen.«

Inzwischen sah man die überdachte Neckarbrücke in voller Länge, und rasch rückte sie näher. Im Berghang über der Stadt glänzten die blaugrünen Turmdächer des Schlosses in der Nachmittagssonne. Ein Frachtkahn dümpelte am anderen Ufer zwischen den Türmen des Zeughausgemäuers. Nicht weit dahinter, links des Turms der Heilig-Geist-Kirche, konnte Susanna jetzt deutlich das hohe Dach der Zehntscheuer erkennen.

Am anderen Neckarufer glitt derweil die wuchtige Fassade des kurfürstlichen Zeughauses vorüber. Am Schwenkarm eines Kranes schwebten Säcke von Bord des Frachtschiffes. »Dort lagern sie schon das erste Korn des Jahres ein.« Der Geselle versuchte es doch noch einmal und deutete hinüber. »Und dort hinten trocknen sie die Stoffe, aus denen wir im Herbst unseren Kunden die Kleider schneidern werden.«

Susanna hütete sich, Neugier zu zeigen; sie nickte nur flüchtig und blieb stumm. Dennoch sah sie hinüber zu den schwarzen und farbigen Tuchbahnen auf den Neckarwiesen zwischen Pfistermühle und Brückenturm. Auf großen Gestellen trockneten die Tuchfärber dort die von den Tuchmachern gewebten Stoffe. Und der Geselle hatte recht: Auch das Tuch der beiden Onkel trocknete dort. Zum Ende des Sommers würde der Vater einen Teil davon nach Handschuhsheim in seine Werkstatt holen.

Wenig später rollten die Gespanne zum Brückenhaus hinauf. »Seht ihr den schlauen Heidelberger dort oben?«, tönte der Großvater hinten auf dem Ochsenkarren. Susanna sah ihn auf das Sandsteinrelief über dem Torbogen der Brückeneinfahrt deuten. Das zeigte einen Affen, der sich im Spiegel betrachtete und dabei sein Hinterteil anfasste. »Findet sein Gesicht unverwechselbar«, rief Meister Merkel, »und ist doch nur ein Arsch wie alle anderen.« Susanna musste lachen – genau wie alle anderen.

Während der Vater mit dem Torwächter plauderte und ihm das Brückengeld bezahlte, erschienen plötzlich zwei Soldaten unter dem Bogen des Affenturms. Einem hing ein schwerer Degen am Gurt, der andere trug eine Hellebarde.

Sie kamen herbei, stapften zuerst um den Ochsenkarren und dann um den Wagen herum, auf dem Susanna saß. Mit kalten Blicken musterten sie die Ladung. Einer bediente sich bei den Kirschen, der andere bedeutete Susanna mit herrischer Geste, ihm ein paar Erdbeeren zu reichen. »Es sind Engländer«, hörte sie den Vater sagen. »Sie gehören zur Heidelberger Garnison. Vielleicht sprechen sie unsere Sprache noch nicht. Gib jedem eine Handvoll Erdbeeren, Susanna, diese Männer beschützen uns die Residenzstadt.«

Sie tat, was er sagte. Die Soldaten lächelten zum ersten Mal, ließen Susanna jedoch aufstehen und die Kiste öffnen. Flüchtig beäugten sie die Stoffe, umso gründlicher dafür die junge Frau, und das von den Spitzen ihrer Schuhe bis hinauf zum Scheitel ihrer dunklen Locken.

Seltsam, wie ihre Augen dabei funkelten, und zu welch genüsslichem Schmunzeln sich ihre Lippen verzogen. Eine Gänsehaut rieselte Susanna den Rücken hinunter, und das Blut schoss ihr ins Gesicht. Schließlich tippte der mit der Hellebarde sich an den Helm, und der Degenträger lüpfte feixend seinen Federhut.

Susanna setzte sich wieder. Sie war ganz steif und fröstelte noch immer. Der Wagen rollte an. »Schamloses Pack!«, hörte sie die Mutter zischen. Der Vater gestikulierte beschwichtigend und murmelte ein paar unverständliche Worte.

Auf dem Ochsenkarren rief der Großvater: »Das ist schon die siebte Neckarbrücke hinüber nach Heidelberg. Mein Vater und ich haben daran mitgebaut. Sechsundfünfzig Jahre her.« Und dann erzählte der alte Meister Merkel wohl zum hundertsten Mal, wie in seiner Jugend starker Eisgang die vorige Brücke zertrümmert hatte. Es beruhigte Susanna irgendwie, die alte Geschichte zu hören.

Sie fuhren unter dem Affenturm hindurch. Auf dem Kutschbock deutete der Vater durchs Brückengebälk hinunter auf den Neckar und begann wieder zu plaudern. »Weißt du noch?«, fragte er und erinnerte an jenen unvergesslichen Tag vor mehr als acht Jahren, als man den Einzug des jungen Kurfürsten und seiner englischen Elisabeth in der Residenzstadt feierte. Der gesamte kurpfälzische Hof schaukelte damals in prächtig geschmückten Schiffen jeder Größe auf dem Neckar. Wie so oft schwärmte der Vater auch von dem unvergesslichen Feuerwerk, das anlässlich dieses Festes entzündet worden war.

Halb Handschuhsheim und ganz Neuenheim hatten sich damals auf den Südhängen des Heiligenbergs über dem Neckar versammelt. Mehr als tausend Menschen drängten sich bis lange nach Sonnenuntergang auf dem Philosophenweg und in den Weinbergen und Obsthainen darunter und darüber; aus Schlierbach und Ziegelhausen waren sie gekommen, ja bis aus Neckargemünd und Neckarsteinach.

Susanna erinnerte sich gut: Zehn Jahre alt war sie damals gewesen, wenige Wochen zuvor erst hatte das blutjunge Fürstenpaar in London geheiratet. Um einen Blick auf die frisch Vermählten zu erhaschen, war Susanna inmitten einer großen Kinderschar hinunter zum Neckar gestiegen. Hannes war dabei gewesen. Er hatte heimlich nach ihrer Hand getastet, als der so herrlich als blauer Walfisch geschmückte Segler des Kurfürsten auf dem Neckar vorbeigeglitten war.

Nein, sie war Hannes nicht böse, dass er ihr all die Monate keinen Brief geschrieben hatte. Nur ein wenig traurig. Und hin und wieder lag sie schlaflos vor Angst und Sorge um ihn. Doch sein Schweigen beirrte sie nicht, sie war entschlossen, auf ihn zu warten. Vielleicht war sein Brief ja verloren gegangen.

Der Hufschlag der Pferde und Ochsen hallte über die Brücke, und die Wagenräder schlugen rhythmisch über die Fugen zwischen den Brückenbohlen. Oben, unter dem Dachgebälk, zwitscherten junge Schwalben in ihren Nestern, da und dort gurrten Tauben. Der Geselle auf der Kleiderkiste sagte schon lange nichts mehr. Seine zusammengepressten Lippen und der starr zur Seite gerichtete Blick verrieten Susanna, dass er beleidigt war.

Sollte er doch!

Die kleine Wagenkolonne erreichte das Ende der Brücke und rollte unter dem Doppelturm durch das Brückentor und die Rampe hinunter. Danach ging es die Steingasse hinauf Richtung Marktplatz und Heilig-Geist-Kirche. Wieder schüttelte Kopfsteinpflaster Karren und Menschen durch. Am Gassenrand grüßten die wenigen Männer und Frauen, die trotz des Marktages noch vor ihren Häusern arbeiteten: Schuhmacher, Korbflechter, Hutmacher, Töpfer.

Bald fiel der Schatten der Heilig-Geist-Kirche auf sie, und dann öffnete sich vor ihnen der Marktplatz. Hunderte Menschen tummelten sich dort. Durch das bunte Treiben hindurch lenkte der Vater das Gespann am Fischmarkt und am Kirchturm vorbei auf die Südseite des Gotteshauses.

Unzählige Menschen auch hier: Sie warteten vor den kleinen Läden, die von Alters her zwischen den Strebepfeilern der Kirche angebaut waren; sie schlenderten an Ochsenkarren, überdachten Ständen und Tischen entlang, auf denen die Bauern der Umgebung Obst, Gemüse, Eier, Schnaps, Wein und kleine Holz- und Lederarbeiten anboten; sie beugten sich über Leiterwagen, Körbe und Fässer, um Kraut, Salat und Rüben zu prüfen; sie drängten sich vor dem Kirchenportal – dort ausschließlich junge Männer –, um die am Türholz angeschlagenen Bekanntmachungen der Universität zu studieren.

Nicht weit vom Ritterhaus verdeckte ein Halbrund aus mannshohen Holzständern und dazwischen ausgespanntem schwarzen Sacktuch den Blick auf eine eng zusammengeschobene Wagenburg. Innerhalb dieses verhangenen Bereiches schienen sich viele Menschen aufzuhalten, denn vor dem schmalen Zugang drängten sich etliche, die nicht mehr hineinkamen. Aus dem Inneren der abgeschirmten Wagenburg hörte Susanna laute Stimmen, Hundegebell, Vogelrufe und Gebrüll, das unmöglich von Menschen stammen konnte.

Nicht weit davon, am Westflügel der Heilig-Geist-Kirche und gegenüber vom Ritterhaus, wo der französische Tuchhändler wohnte, entdeckten sie die Tanten und ihre halbwüchsigen Kinder hinter ihren kleinen Marktständen, auf denen sie Stoffe, hölzernes Küchengeschirr und Kuchen anboten. Dort hielten Vater und Großvater die Gespanne an. »Der Zahnbrecher«, sagte der Vater und reichte der Mutter ein paar Münzen. »Hörst du seinen Bären brüllen? Gehe hinüber und sieh zu, dass du deinen Stinkzahn losbekommst.«

Die Mutter weigerte sich und packte lieber mit an, um beim

Aufbau des eigenen Verkaufsstandes zu helfen. Die Gesellen luden Kisten und Fässer ab, legten Bretter darüber und packten Mäntel, Kleider, Jacken und Decken aus, die Meister Almut hier verkaufen wollte; Ware zumeist, die Kunden in Auftrag gegeben und dann nicht abgeholt hatten, weil sie gestorben oder verarmt waren oder sonst ein Schicksalsschlag sie daran gehindert hatte.

Auch überschüssigen Zwirn, den die Großmutter und die Tante an ihren Spinnrädern hergestellt hatten, boten sie zum Verkauf an. Ferkel, Legehennen, Rüben und Obst erhielten die Familien der Tanten als Geschenk.

Der Vater schickte den Lehrbub zum Tuchhändler hinüber ins Ritterhaus. Die Mutter drängte er, endlich zu den Wagen der Gaukler zu gehen, doch die fürchtete sich. »Der Allmächtige schickt uns einen Zahnbrecher nach Heidelberg, und du willst deinen Stinkzahn wieder mit nach Handschuhsheim nehmen?« Meister Almut schlug die Hände über dem Kopf zusammen. »Das wäre ja eine Sünde.« Er beredete sie so lange, bis sie sich endlich ein Herz fasste.

»Los!«, herrschte er Susanna an. »Begleite deine Mutter!« Seine Schroffheit erschreckte sie. Susanna gehorchte und machte sich an der Seite ihrer Mutter auf den Weg hinüber zu den Wagen der Gaukler. Dort übertönte inzwischen Gefiedel und Gestampfe wie von Tanzschritten das Hundegebell und die Vogelschreie. Auch ein Brummeisen meinte Susanna herauszuhören. Jubel erhob sich, und die Leute hinter dem Sacktuch klatschten in die Hände. Die Menschentraube davor löste sich bereits auf.

An Markständen, Händlern und kleinen Gruppen schwatzender Bürger vorbei näherten die beiden Frauen sich dem Spektakel. Das Gesicht der Mutter war bleich, und sie hatte es gar nicht eilig. Im Vorrübergehen betrachtete Susanna die Menschen auf dem Platz, blickte in ihre Gesichter, musterte ihre Kleider, hörte, wie sie palaverten, oder sah ihnen nach, wenn sie mit vollen Körben zu den Gassen eilten.

Und wieder fiel es ihr auf, mehr noch als beim letzten Besuch in der Stadt: Heidelberg hatte sich verändert in den Monaten, seit der Kaiser die Reichsacht über den Kurfürsten verhängt hatte und seit Boten jede Woche neue und schlimmere Hiobsbotschaften aus der linksrheinischen Pfalz in die Stadt brachten. Neue Nachrichten von Krieg und Gräuel.

Nicht die Häuser und Gassen, die Menschen hatten sich verändert – jedenfalls kam es Susanna so vor: Sie gingen hastiger als früher, sie senkten die Köpfe tiefer und zogen die Schultern höher. Auch lag etwas wie Anspannung in ihren Zügen, und sie schienen häufiger als früher nach links und rechts und hinter sich zu schauen.

Es war, als würden Schatten herumschleichen, als würden unsichtbare Raubvögel tief über den Gassen und Köpfen kreisen.

An einem der letzten Pferdewagen zwischen Kirche und Schaustellerstand erkannte sie einen der Onkel, den Tuchmacher. Er prüfte die Wolle, die ein Bauer in Säcken auf dem Wagen liegen hatte und zum Kauf anbot. Aus solcher Wolle webte er die Stoffe, die der andere Onkel färbte, die Susanna dann bestickte und die der Vater und die Gesellen zu Kleidern verarbeiteten.

Die Mutter blieb stehen, um den Schwager zu begrüßen, und erst, als sie auf einmal an dem Onkel vorbeispähte und ihre gequälte Miene noch kantiger wurde, erkannte Susanna, welcher Schafzüchter da seine Wolle anbot: Der Bauer Hans Stein aus dem kleinen Dorf oben im Odenwald.

Susannas Herz machte einen Sprung, denn seit Hannes' letztem Brief kurz vor dem Osterfest hatte sie ihn nicht mehr gesehen. Sie gab dem Bauern die Hand. Um nicht unhöflich zu erscheinen, musste die Mutter es notgedrungen ebenfalls tun.

Zwischen vollen Obstkörben und ausgebreiteten Tierfellen und vor einem über Fässer gelegten Brett voller Schnapsflaschen, Marmeladengläsern und Schreinerarbeiten entdeckte Susanna nun auch Hannes' älteren Bruder, den Moritz, und eine seiner

Schwestern, die hübsche Monica – braungebrannt, sommersprossig, goldblond und mit sehr blauen Augen, wie die meisten ihrer Geschwister.

Die erkannte sie gleich, kam zu ihr und schob sich dicht an ihre Seite. »Geh zum Friedrich«, flüsterte sie, »der hat etwas für dich.« Und schon huschte sie wieder zurück zwischen ihre Körbe und Felle.

Susannas Blicke wanderten suchend über die Menschen rund um den Pferdewagen der Steins, doch nirgends entdeckte sie den jüngeren Bruder von Hannes. Monica merkte es und deutete mit einer Kopfbewegung hinüber zu den Wagen der Gaukler. Susanna wandte ihre suchenden Blicke dorthin. Noch immer hörte man die Violine und den Lärm von Tanzschritten hinter der wogenden Sacktuchwand.

Die Mutter winkte bereits mit herrischer Geste, Bauer Stein und der Onkel hatten das unterbrochene Gespräch wieder aufgenommen. Susanna lief der Mutter hinterher. »Wenn der Mansfeld in der Oberpfalz den geharnischten Mönch nicht aufhält, wird der übers Jahr vor den Toren Heidelbergs stehen«, hörte sie im Vorrübergehen Hans Stein raunen; das ging ihr durch Mark und Bein. Doch dann erkannte sie den Blondschopf seines Sohnes Friedrich unter den Menschen am Eingang zur Schaustellerburg, und das Herz schlug ihr plötzlich bis zum Hals.

Was sollte er wohl für sie haben, wenn nicht eine Nachricht von Hannes? Sie überholte die Mutter, drängte sich durch die Menge, bis sie den Friedrich beinahe berühren konnte. Der bemerkte sie nicht, stand auf den Zehenspitzen und spähte über viele Köpfe und Schultern hinweg in die Wagenburg hinein zur Gauklerbühne.

Die bestand aus einigen zusammengeschobenen Wagen. Auf denen hörten sie gerade auf zu tanzen und zu fiedeln. Die Leute vor der Bühne klatschten Beifall, die Gaukler verbeugten sich. Ein älteres Paar sah auf fremdartige Weise elegant aus, wie einer alten Geschichte entsprungen; der Mann, der das Brummeisen schlug, war ungewöhnlich groß und breit; und eine Frau blickte auf die Menge herab, die so klein war, dass sie Susanna kaum bis zur Hüfte reichen konnte. Dennoch war sie kein Kind mehr. Der junge Mann mit der Violine trug grüne und rote Kleider und einen Hut mit ausgebeulten Hörnern und Hahnenfedern. Eine Menge Tiere flatterten und sprangen um die Gaukler herum: ein Affe, ein Bär, zwei Hunde, ein Uhu, ein Greif und ein Rabe.

Aus großen Augen und mit offenem Mund bestaunte Susanna die bunte Schar auf der Bühne. Auch so also konnte man leben? Mit Musizieren und Tanzen und in Fantasiekleidern? Mit Kunststücken und in Gesellschaft von gezähmten Tieren? Und immer auf Wagen unterwegs? Eine Welt, die sie nicht kannte, tat sich ihr dort auf der Bühne auf und berührte sie seltsam. Und die Leute davor klatschten und stießen Jubellaute aus.

»Warum wartest du nicht auf mich?« Die Hand der Mutter griff plötzlich nach Susannas Schulter. »Begleiten sollst du mich! Und doch lässt du mich im Stich?«

Ihre herrische Stimme machte den Friedrich aufmerksam, sodass er sich umdrehte. Ein Lachen flog über sein Gesicht, als er Susanna erkannte. Doch kaum sah er ihre Mutter, erlosch es gleich wieder.

»Herrauf zu mirr, werr ein neues Leben beginnen mag!«, rief der wie ein Edelmann gekleidete Gaukler von der Bühne herab in die Menge. Der Jüngere mit dem schrägen Hut hatte seine Violine weggelegt, stellte nun einen Tisch auf die Bühne, und die Edeldame legte allerhand Werkzeug darauf – Zangen, Haken und dergleichen. »Werr auferrstehen will zu schmerzfrreiem Dasein ohne eiterrnden Zahn, herrauf zu Stephan Unterkofler, dem geschicktesten Dentisten zwischen Main und Tiber!«

Der hünenhafte Gaukler tauchte plötzlich nicht weit von Susanna auf und schob einen der Holzständer mit dem Sacktuch zur Seite, sodass der Eingang breiter wurde und die Menge vor der Bühne sich zerstreuen und auf den Marktplatz hinauskonnte. Die Mutter aber hielt ihre Hand fest und zog sie mit sich zur Warteschlange derer, die anstanden, um sich ebenfalls einen Zahn ziehen zu lassen.

Susanna sah zurück zu Friedrich. Eine Gruppe von elegant gekleideten Männern schob sich zwischen sie und ihn. Offiziere der Stadtgarnison und Angehörige des kurfürstlichen Hofes, denn einer sprach französisch. Ein zweiter, ganz in schwarzen Samt gehüllt und mit silbrig glänzendem Degenkorb, übersetzte für einen englischen Offizier, der offenbar des Deutschen, aber nicht des Französischen mächtig war.

»Die Spanier werden es nicht wagen, Frankenthal oder gar Mannheim anzugreifen«, erklärte der Mann in Schwarz. Er trug einen großen schwarzen Hut mit blutrotem Federbusch und eine schneeweiße Halskröse, so flach und weich, wie Susanna noch keine gesehen hatte. »Und Graf Mansfeld wird den Tilly mächtig aufs Maul schlagen«, übersetzte er. »Warum also Heidelberg verlassen?«

Sein Begleiter redete munter auf Französisch drauflos, doch statt zu übersetzen, blieb der andere nun stehen und griff in die Tasche seines edlen Samtrocks. »Entschuldigt einen Augenblick, Ihr Herren«, sagte er und wandte sich nach einem kleinen, dicklichen, ganz in Rot gekleideten Mann um, seinem Diener, vermutete Susanna. »Hinauf zum Krabat mit Ihm, Franz! Lasse Er sich endlich seinen Zahn brechen, damit Er mir nicht ständig die Ohren vollheult.«

Selbst der Hut des stämmigen Dieners war rot – genau wie seine arg geschwollene Backe. Er trug eine Muskete auf dem Rücken, so lang wie er selbst, hatte fransiges helles Bart- und Haupthaar. Der wehleidige Ausdruck seines runden, in eine kleine, steife Halskröse gezwängten Knabengesichts erregte Susannas Mitleid.

»Warte, ich will Ihm die drei Kreuzer geben.« Der Höfling tastete seinen Rock, seine Hosen und Weste ab. »Nanu?« Ein Ausdruck der Ratlosigkeit trat in seine Züge. »Was für ein Jammer, ich muss meinen Dukatensäckel im Schloss vergessen haben …«

Susanna entzog der Mutter die Hand mit Gewalt, drängte sich an den Höflingen und dem englischen Offizier vorbei zu Friedrich. »Wie geht es Hannes?«, fragte sie ihn und fasste ihn am Arm.

»Gut, er ist in Magdeburg, baut einem reichen Kaufmann ein Haus für dessen Tochter. Man hat ihm sogar ein Pferd geschenkt.« Friedrichs Haar war noch blonder als das von Hannes und seine Augen ähnlich blau. Sechzehn oder siebzehn Jahre alt mochte er sein. Susanna hing an seinen Lippen und lauschte atemlos. »Nur wundert er sich, warum du seine Briefe nicht beantwortest.«

»Er hat mir geschrieben?« Sie traute ihren Ohren kaum.

»Ja, schon drei Mal!« Friedrich kramte in seiner Hosentasche herum.

»Aber … ich … warum sagt mir das keiner?« Verwirrt schüttelte Susanna den Kopf.

»Woher soll ich's wissen? Kurz nach dem Pfingstfest ist wieder ein Brief von Hannes gekommen. Inzwischen kann ich ja selbst ordentlich gut lesen. Warte.« Friedrich zog ein zusammengefaltetes Papier aus der Tasche.

Susanna war auf einmal, als würde jemand sie beobachten. Sie wandte den Kopf zur Seite, und ihr Blick begegnete dem des Gauklers, der die Violine gestrichen hatte. Ein junger Mann von schmaler Gestalt und mit schwarzen Locken. Susanna achtete nicht weiter auf ihn, denn noch jemand sah sie an: ihre Mutter. Die stand steif am Ende der Warteschlange vor der Bühne des Zahnbrechers. Ihr Blick war streng, ihre Miene vorwurfsvoll.

»Hier«, sagte Friedrich, und Susanna fuhr wieder herum. »Das steckte in dem Pfingstbrief vom Hannes. Wollt's dir schon geben, als wir den Ginster brachten, doch du warst nicht zu Hause und ich dachte …« Er äugte zur Mutter hinüber, drückte ihr das Papier in die Hand und flüsterte. »Warte besser bis zum Markttag, dacht ich mir. Da hat man die Susanna Almut noch immer zu sehen gekriegt.«

Susanna entfaltete das Papier. Ein graues Kuvert. Ihr Herz machte einen Sprung, denn ihr Name stand darauf. Und wie gut sie die Schrift kannte!

*

Am späten Nachmittag flanierten alle drei Familien über die Neckarwiesen. Mehrere Jungen und Mädchen – meist Cousins und Cousinen, aber auch einige Kinder aus den Weilern der Umgebung – balgten sich im Gras oder versuchten, Steine über den Fluss zu werfen. Anna schlenderte kichernd Arm in Arm mit ihrem gleichaltrigen Lieblingscousin Martin am Neckarufer entlang. Die älteren Cousins und die Lehrbuben des Tuchmacheronkels spreizten sich vor Susanna oder betrachteten sie verstohlen von der Seite.

Die beiden Onkel zeigten stolz ihr gefärbtes Tuch, und der Vater, der Großvater und die Gesellen bewunderten es gebührend. Meister Almut war besserer Stimmung als noch am Mittag, denn der »Franzos«, wie er den Tuchhändler aus dem Ritterhaus nannte, hatte großes Gefallen an Susannas Stoffen gefunden und gleich etliche Ellen gekauft.

Die Mutter dagegen schnitt eine weinerliche Miene: Die frische Wunde im Kiefer quälte sie, ihre Wange war geschwollen, und das Sprechen fiel ihr schwer. Susanna hatte nichts dagegen. In ihrem Kleiderärmel brannte Hannes' Brief – noch immer ungeöffnet. Die Mutter hatte zwar gesehen, dass Friedrich ihr etwas zugesteckt hatte, aber noch nicht danach fragen können. Jedoch belauerte sie Susanna trotz Schmerzen und dicker Backe mit Argusaugen und wartete nur auf eine Gelegenheit, sie beiseitezunehmen und auszuhorchen. So jedenfalls kam es Susanna vor.

Beide Onkel wohnten an der Nordmauer von Heidelberg, zwischen Pfistermühle und Brückentor und kaum zwei Steinwürfe vom Neckarufer entfernt. Sie waren Brüder; und denjenigen, der Tuchmacher war, hätte eigentlich Susannas Mutter heiraten sollen; wenn es nach dem Willen des alten Meister Merkels gegangen wäre. Es war aber nach dem Willen seiner Tochter gegangen, und Susannas Mutter hatte den geschäftstüchtigen Schneidergesellen aus der eleganten Stadt Frankfurt dem einfachen Tuchmacher aus Heidelberg vorgezogen, zumal der etwas linkisch gewesen war. Außerdem hatte sein Handwerk noch immer zu den unehrenhaften gezählt. Das vor allem war damals ausschlaggebend gewesen, und so hatte Mutters ältere Schwester den Tuchmacher geheiratet; und die jüngere einige Zeit danach seinen Bruder, den Tuchfärber.

Später, im Hof des Tuchmacher-Onkels, versammelte man sich zu einem Mahl. Die Luft war noch mild, und die Sonne senkte sich eben erst auf die westlichen Dächer der Stadt herab. Zwei Gänse und vier Hühner hatten die Tanten zubereitet. Der ganze Hof duftete von den Braten, Susannas Sinne aber fesselte nur das ungeöffnete Kuvert in ihrem Kleiderärmel. Sie fieberte der Gelegenheit entgegen, den Brief lesen zu können, ohne dass die Mutter es bemerkte.

Die konnte natürlich nichts essen wegen ihres ausgebrochenen Zahns. Aschfahl und mit Leichenbittermiene stocherte sie lediglich ein wenig im Apfelbrei herum, den es eigentlich als Nachtisch geben sollte.

Der zweite Onkel, der Tuchfärber, kam mit seinem Gesellen erst, als sein Bruder bereits das Tischgebet gesprochen hatte. Beide Männer setzten sich auf die freien Plätze neben Mutters Stuhl.

Das nun verstärkte Mutters Qualen ganz erheblich, denn der Onkel und sein Geselle rochen nicht besonders gut. Nichts Ungewöhnliches: Alle Tuchfärber stanken. Das lag an den Farben, mit denen sie zu arbeiten hatten.

Zuerst rümpfte die Mutter nur die Nase, dann begann sie zu

schlucken und unruhig auf ihrem Stuhl hin und her zu rutschen. Schließlich stand sie auf und lief quer über den Hof. Je näher sie dem Plumpsklo kam, desto schneller rannte sie.

Anna und Martin fanden das lustig und kicherten, die Tuchmachertante trieb ihnen die Heiterkeit mit schallenden Ohrfeigen aus, und Susanna ergriff die Gelegenheit beim Schopf: Sie nahm eine leere Rübenschüssel und ging ins Haus und dort in die Küche.

Sie war ganz allein hier. Keine Mutter, die böse Blicke verschoss und missgünstige Fragen stellen konnte. Ein Segen manchmal, stinkende Onkels und eine geschwollene Mutterbacke. Statt die Schüsseln mit gekochten Rüben zu füllen, ließ Susanna sie am Herd stehen, lief zur Haustür hinaus und setzte sich auf die Vortreppe. Mit zitternden Fingern öffnete sie das Kuvert und las Hannes' Brief.

Es gehe im gut, schrieb er, und er habe sie sehr lieb.

Susannas Brust wurde ganz weit und füllte sich mit stillem Gelächter. Wann hatte sie zum letzten Mal so tief durchatmen können?

Magdeburg sei eine stolze und reiche Stadt, schrieb Hannes weiter, es gebe hier eine Menge zu lernen für ihn. Er habe schon große Fortschritte gemacht und das Vertrauen seines Meisters erworben. Er schreibe diese Zeilen in voller Zuversicht, dass auch sie, Susanna, ihn noch liebe und noch immer auf ihn warte.

Susannas Augen füllten sich mit Freudentränen.

Sie habe es ihm ja versprochen, hieß es weiter in dem köstlichen Brief, und er zweifele auch nicht an ihr – nur erhalte er eben keine Antwort auf seine Briefe. Ob womöglich irgendwer dafür sorge, dass Susanna sie nicht zu lesen bekomme?

Susanna schloss die Augen, biss die Zähne aufeinander und sog scharf die Luft durch die Nase ein.

Natürlich, so war es, so musste es sein: Die Briefe waren angekommen in Handschuhsheim, doch jemand hatte sie vor ihr verheimlicht und versteckt. Kein unlösbares Rätsel, wer dieser Jemand sein mochte.

Susanna las weiter: Bald schon, nur wenige Wochen nach diesem Brief hier, würde er aufbrechen aus Magdeburg und zurück an den Neckar kommen.

Susanna hielt den Atem an, las ein zweites und drittes Mal, doch es blieb dabei: Hannes wollte zurückkehren! Vor dem Ende seiner Wanderschaft!

Sie zwang ihre Augen, nicht vorauszueilen, nicht ständig nach dem Schluss des Briefes zu schielen, zwang sich, langsam Wort für Wort zu lesen.

»Ich komme nach Hause«, schrieb Hannes. »Ich komme zu dir und hole dich weg von der Bergstraße, denn auf ihr wird der Krieg nach Heidelberg marschieren. Alle sagen das hier. Der Herzog Christian von Braunschweig will ein Heer nach Süden führen und für die Sache unseres Kurfürsten streiten, und der König von Dänemark hat sich mit Jakob von England verbündet, um mit seinem Kriegsvolk in die Kurpfalz zu ziehen und ebenfalls gegen die Spanier und den General Tilly zu kämpfen. Niemand hier zweifelt daran. Und wütet er nicht schon vor den Toren unsere Heimat, der Krieg? Ich hole dich da weg, meine Geliebte, warte auf mich. Und gib dem Friedrich eine Nachricht für mich mit, wenn du meine Zeilen gelesen hast …«

Erschrocken ließ Susanna das vollgeschriebene Blatt sinken. Noch zwei Stunden höchstens bis Sonnenuntergang. Die Steins würden längst ihre Stände abgebrochen, ihren Wagen gepackt haben. Sie sprang auf, steckte den gefalteten Brief unter den Ärmel und lief zurück ins Haus. In der Familie ihrer Mutter konnte man doch schreiben, die Tante musste doch Feder und Papier besitzen! Schließlich führte sie ihrem Mann die Bücher.

Ihr Herz pochte wild, als sie die Treppe hoch in die gute Stube des Hauses stürmte. Auf dem Sekretär dort fand sie, was sie suchte: Tintenfass, Feder und Papier. In großer Hast kritzelte sie wenige

Sätze hin, schrieb in sie ihr ganzes Herz hinein – wie sehr sie Hannes liebe, wie sehr sie sich nach ihm sehne und ja, nichts lieber als ihn sehen, am liebsten morgen schon! Aber er könne doch nicht einfach seine Wanderschaft abbrechen, könne doch nicht einfach Magdeburg verlassen und sie aus Handschuhsheim wegholen. Er möge bloß Acht geben auf dem langen Weg, und der allmächtige und gütige Gott im Himmel möge ihn segnen und beschützen!

Den Brief mit der noch feuchten Tinte in der Hand stürzte sie die Treppe hinunter. Ihre Mutter stand in der offenen Haustür, hatte sie wohl gesucht und belauerte sie jetzt mit teils zornigem, teils leidendem Blick, griff sogar nach ihr, als Susanna sich an ihr vorbeidrängte und auf die Gasse sprang. »Susanna!«, rief sie mit schwerer Zunge. »Hiergeblieben!"

Susanna rannte die Gasse hinauf. Die Mutter, die ihr ein Stück gefolgt war, konnte nicht Schritt halten. Susanna dankte Gott dafür, dass er sie mit einem faulen Zahn gestraft hatte, bog in die Hauptstraße ein und spurtete zum Markplatz. Nur wenige Stände und Wagen befanden sich noch dort. Die Gaukler waren längst weitergezogen, und die Steins konnte Susanna auch nirgends mehr sehen.

Als sie nach ihnen fragte, erhielt sie die Antwort, sie seien gerade erst abgefahren. Susanna rannte am Gotteshaus vorbei, die Gasse hinunter und zur Brücke hinauf. Dort, fast schon am Ende der Brückenbahn, kurz vor dem Affenturm, sah sie den Wagen der Steins, den sie an dem schweren Schwarzwälder-Gespann erkannte. »Friedrich!«, rief sie und rannte, so schnell sie nur konnte. »Friedrich!«

Der Bauer Stein hörte den Namen seines Sohnes, hielt das Gespann an, und Susanna konnte den inzwischen getrockneten und gefalteten Brief dem Friedrich übergeben. »Lies ihn nicht, bitte«, keuchte sie atemlos. »Ich habe kein Kuvert gefunden. Und bitte schreib ihm, dass ich in großer Eile war.«

Der Friedrich versprach es, und Susanna machte kehrt. Beine und Lunge schmerzten, sie fühlte sich wie ausgelaugt.

Am Brückentor passte die Mutter sie ab. »Wo warst du?«, nuschelte sie. »Was hast du getan?«

»Ich hab die Briefe beantwortet, die du gestohlen hast.« Susanna hielt ihrem zornigen Blick stand.

»Gestohlen?« Die Mutter holte aus und schlug ihr ins Gesicht. »Was fällt dir ein!«

»Schlagen kannst du mich noch.« Susannas Stimme zitterte. »Doch mein Herz triffst du nicht mehr.«

6

David setzte die Violine ab, riss den zum Horn verformten Hut vom Schopf und verneigte sich tief. Schwarze Locken fielen ihm aus dem Nacken, berührten beinahe den Bühnenboden und klebten ihm an Stirn und Wangen; sein Atem flog, und die gestreifte Hose und die blaue Jacke des Jean Potage waren von Schweiß durchtränkt.

Auch die anderen Gaukler verbeugten sich. Die Leute von Breisach klatschten und jauchzten, als könnten sie niemals genug kriegen von dem Spektakel auf der Bühne. Und als könnte er niemals genug kriegen von ihrem Klatschen und Jauchzen, verbeugte David sich wieder und wieder und sog den Beifall mit jeder Verbeugung und jedem Atemzug tiefer in die Brust hinein.

Die Häscher aus Heidelberg fielen weder ihm noch seinem Ziehvater auf.

»Wirr danken euch, ihrr weinseligen Edelfrrauen und Freiherren von Brreisach.« In einer theatralischen Geste breitete Stephan die Arme aus. »Ende der errrsten Vorrrstellung. Es folgt nun die zweite, denn das Spiel geht weiterr und weiterr. Herrauf zu mirr also, ihrr Mühseligen und Geplagten.«

Der Beifall legte sich nach und nach, und Stephan lud mit pathetischen Gesten und Worten zum Zähnebrechen. Rübelrap trug die Vögel weg und schob ein Stufenpodest vor die Bühne, David sorgte für Tisch und Stuhl, und die Landgräfin zur Wagenburg legte Zangen, Hebel und Zahnschlüssel bereit.

Da erst wandte ein Großteil der Breisacher sich ab und strömte auf den Münsterplatz zu den Tischen und Weinständen. Immerhin gut drei Dutzend Männer und Frauen drängten sich vor dem Podest und wollten zum Zahnbrecher auf die Bühne hinauf.

Stephans Gaukler verschwanden einer nach dem anderen hinter dem Vorhang. Marianne begann sofort, die Einnahmen zu zählen; die Zwergin kauerte erschöpft am Wagenrand; Rübelrap fütterte die Vögel und verkroch sich dann mit seiner Beute in den Zeugwagen; David kümmerte sich um die Bären und Hunde; und unsichtbar, jedoch deutlich hörbar für alle, widmete Stephan sich jenseits des Vorhangs den schlimmen Zähnen derjenigen, die sich zu ihm hinauf wagten.

David schien es bald, als wären es heute mehr als sonst und als würden die meisten nur halb so flehentlich jammern wie gewöhnlich, während Stephan sie unter launigen Trostworten von ihrem Übel erlöste. Das lag zweifellos am Wein, den die Leute hier auf dem Marktplatz der Festung Breisach schon seit dem frühen Vormittag in sich hineinschütteten.

Die zweite Septemberhälfte begann gerade und mit ihr die Weinlese im Kaiserstuhl. Der erste Tag des ersten Weinfestes dieses Jahres neigte sich, und die Alemannischen soffen, als hätte man ihnen befohlen, den Vorjahreswein aus sämtlichen Fässern sämtlicher Festungskeller zu tilgen.

Stephan hatte nichts dagegen. »Sie öffnen bereitwilliger die Mäuler, wenn sie berauscht sind«, pflegte er zu sagen. »Sie trennen sich leichter von ihren Zähnen und Münzen.«

Von Freiburg aus war die kleine Karawane der Gaukler entlang der Dreisam und über den Rhein hierher in die Festung Breisach gezogen. Den Sommer über hatte die Wagenbühne auf den Märkten entlang des Rheins gestanden: in Speyer, Durlach, Rastatt, Offenburg und so weiter.

Von Speyer waren sie fluchtartig aufgebrochen, als sie hörten, dass spanische Reiter einige Dörfer des Bistums verwüsteten. In Durlach hatten sie die Geschütze und die schwer bewaffneten Regimenter des Markgrafen sehen müssen. »Die werden bald Tod und Verderben über die Generäle Spinola und Tilly bringen«, hörten sie die Badener hinter vorgehaltener Hand flüstern.

Seitdem hockte Stephan die Angst im Nacken – die Angst vor dem Krieg. Mit Macht zog es ihn ins Hoheitsgebiet des französischen Königs; sein nächstes Ziel hieß Straßburg. Von dort wollte der Directeur de la Compagnie westwärts reisen, nach Paris, und danach hinunter in den Süden. Ihm schwebte vor, noch im Oktober die Pyrenäen zu überqueren und den Winter dann in Córdoba oder Granada zu verbringen.

Daraus würde nichts werden.

In Freiburg hatten sie sich den Zorn des Magistrats zugezogen, weil David sich wieder einmal seine bissigen Sprüche über die Jesuiten nicht verkneifen wollte. Keiner hatte ihnen gesagt, dass diese harten Herren der Inquisition schon seit dem Vorjahr die Universität zu Freiburg regierten. Und damit im Grunde auch den Rest der Zähringerstadt. Die Jesuiten wollten die Gaukler wegen Davids Späßen am Pranger sehen, und der Magistrat erhob nicht die geringsten Einwände.

Einige Studenten schon: Die liebten den Jean Potage und die Löffel und Messer werfende Zwergin und schickten einen der ihren mit einer Warnung. David hatte das Mädchen nicht einmal begrüßen können, das er in Freiburg kannte, da hatte der Marktag für die Gaukler schon ein Ende. Sie gaben Fersengeld.

Es ging noch einmal gut, und hier in Breisach hatte man mehr Humor – und hohe Festungsmauern außerdem.

Doch jetzt spähte die Zwergin am Vorhang vorbei über die Bühne in die wartende Menge davor und stieß einen Schreckensruf aus. Hastig kletterte sie vom Bühnenwagen und schaukelte mit pendelnden Armen und Zöpfen zu David und den Tieren; ihre verstörte Miene kündigte den nächsten Kummer an.

»Was hast du denn, Lauretta?« David klopfte Cura und Bela das Halsfell und erhob sich. »Du guckst ja, als hätte einer dich zu küssen versucht.« Die Landgräfin sah von ihren Hellern und Dukaten auf.

»Mach keine dummen Witze, Grünschnabel!« Die Zwergin

blickte hinter sich, als fürchtete sie Verfolger. Vor David blieb sie stehen und sah zu ihm herauf. »Da ist einer, denn kenn ich aus Heidelberg.« Sie blähte die Flügel ihrer Knollennase, rieb sich die wulstige Unterlippe mit den riesigen Schneidezähnen und rollte die Augäpfel. »Erinnerst du dich an den hübschen Kerl mit dem roten Hut?«

David wollte kein Mann in Rot einfallen, schon gar kein hübscher. Nur an eine hübsche junge Frau mit schwarzen Locken erinnerte er sich. Sehr gut sogar: Vom Bühnenwagen aus hatte er sie beobachtet, lange und wie verzaubert, doch mehr als ein flüchtiger Blick war von ihr nicht zurückgekommen. Vielleicht musste er deswegen so oft an sie denken.

»Nein.« Er schüttelte den Kopf. »Zu viele Leute, zu lange her.«

»Denk doch nach!« Was ihre gelähmten Ärmchen an Gesten nicht zustande bringen wollten, ersetzte das wilde Mienenspiel der Zwergin. »Franz hieß er. Der Leibgardist eines hohen Offiziers der Schlosswache. Er kam mit einem entzündeten Zahn zu Stephan herauf. Ein englischer Offizier gab ihm das Geld dafür.«

»Ja, und?«, mischte sich Marianne ein, die herangerauscht war. »Er wird erneut den Dienst eines guten Dentisten suchen. Manchen faulen drei und mehr Zähne im Laufe des Lebens.«

David machte ein ungläubiges Gesicht. »Er reist uns nach wegen Zahnschmerzen? Das glaubt nicht einmal Ihr.«

»Ich meine fast, ich habe ihn schon in Freiburg in der Menge gesehen.« Lauretta flüsterte nur noch. Dabei wandte sie den Kopf zum Bühnenwagen. Dort lallte jemand ein Gebet hinter dem Vorhang, und Stephan lobte den Beter für seine Tapferkeit, während ein Zahn knirschte. »Heute ist er nicht allein.« Die Zwergin biss sich auf die Unterlippe und spähte zum Zeugwagen. Dort hörten sie Rübelrap mit Münzen und Uhren hantieren und munter vor sich hin pfeifen.

Der Schreck fuhr David in die Glieder.

Die Landgräfin fuhr herum und hastete zum Zeugwagen. »Weg

mit Ihm, Rübelrap! Schnell! Wenn es sein muss, wühle Er sich in irgendeinen Misthaufen. Und die Sachen hier nehme Er mit.«

Die Hunde spürten die plötzliche Unruhe ihrer menschlichen Gefährten, vor allem der große Englische Hund war ein empfindsamer Bursche. Er begann heiser zu kläffen, prompt stimmte der Dachshund mit ein, und bald krächzte auch der Rabe, pfiff der Milan und knurrten die Bären. David wusste kaum noch, wen er zuerst beruhigen sollte.

»Nicht allein, sagst du?« Marianne kam zurück zu ihnen. »Wer, bei der Heiligen Jungfrau, ist denn bei ihm, Lauretta?«

»Reiter.« Die Zwergin schluckte. »Reiter in Kniehosen, Brustharnischen und Röcken, wie Wachen des kurpfälzischen Hofes sie tragen. Zwei habe ich gezählt. Und dann noch ein Edelmann. Den habe ich auch schon in Heidelberg vor der Bühne gesehen.«

»Jesses, Maria und Josef …!« Marianne eilte zum Kutschbock des vorderen Bühnenwagens und spähte um die Ecke. »Jesses …« Hinter dem Vorhang auf der Bühne rief einer nach seiner Mutter, und Stephan verkündete, nie zuvor ein derart schwarzes und stinkendes Zahngetüm aus dem Maul eines irdischen Geschöpfes gebrochen zu haben.

»Es ist wahr – sie sind zu viert.« Die Landgräfin zur Wagenburg eilte zurück zu David und der Zwergin. »Heidelberger! Sie kommen schon. Gewiss wegen Rübelrap. Ganz gewiss seinetwegen.« Auch sie flüsterte jetzt. »Rede du, David. Keiner von uns ist so ein guter Schauspieler wie du.« Es war das erste Mal, dass die Landgräfin das zugab. »Rede du, ich beschwöre dich.«

David rückte Bauernmantel und Holzschwert zurecht, seine schmale Gestalt straffte sich. Ein Mann mit leichtem Brustharnisch unter einem eleganten schwarzen Samtrock und mit moderner weicher Halskrause darüber erschien hinter der Bühne; ein Offizier, wie David sofort erkannte. Er trug einen großen schwarzen Hut mit rotem Federbusch. Die Hunde begannen erneut zu kläffen. David herrschte sie an, dass sie Ruhe gaben.

Ein Musketier folgte dem Schwarzen – eben jener kleine, stämmige Mann in Rot. Und jetzt erinnerte David sich an das runde, kindlich und harmlos wirkende Gesicht: Um es »hübsch« zu nennen, musste man schon einen arg bescheidenen Begriff von der Schönheit haben.

Als kenne er den Ausdruck seines eigenen Gesichtes nur allzu gut, nahm der Mann seine Muskete von der Schulter und begann ungerührt, die Waffe mit Pulver und Kugel zu füllen. Auf einmal wirkte er alles andere als harmlos.

David lächelte tapfer, zog den Hut des Jean Potage und verbeugte sich. Darauf verstand er sich bestens. »Seid gegrüßt, Ihr Herren. Bitte keine Jagd auf unsere braven Bären.« David richtete sich auf, stülpte den Hut zurück über seine Lockenpracht. »Wir müssten sonst hungern, denn sie sorgen für unseren Lebensunterhalt.« Charmant lächelnd – auch darauf verstand er sich – ging er auf die Männer zu. »Leider ist es ganz und gar unüblich, dass unsere Zuschauer uns hinter der Bühne besuchen. Doch wie können wir Euch dienen, Ihr Herren?« Er versuchte, nicht zu dem kleinen Mann in Rot zu blicken, und zu seiner Muskete schon gar nicht.

»Und bei uns in Heidelberg ist es unüblich, braven Leuten die Geldsäckel und Uhren aus den Rocktaschen zu stehlen.« Dem Edelmann in Schwarz schien nicht nach Lächeln zumute zu sein. Er griff zu seinem silbernen Degenkorb und zog die Klinge blank. »Die Bären waren es nicht, also dürfen sie ihr heiles Fell behalten, keine Sorge.«

David spähte nach allen Seiten. Der Musketier hatte die Muskete auf eine Stützgabel gelegt und zielte auf den Englischen Hund. Der rote Milan spreizte die Schwingen. Die halb blinde Bärin Cura blinzelte in Richtung der fremden Stimme; Bela riss den Rachen auf, brüllte und schüttelte sich. Der Musketier schwenkte seine Waffe und zielte auf den Bären. David stockte der Atem, blitzschnell schob er sich zwischen seinen Tanzpartner und den grässlich langen Waffenlauf.

»Wir jagen einen anderen!«, rief der Edelmann. Er wirkte sehr ungehalten, und das machte David mächtig nervös. »Der große Lümmel soll sich zeigen. Sofort!«

»Ich verstehe nicht, mein Herr – wer soll sich zeigen?« David mimte den Gelassenen, runzelte fragend die Stirn. »Und wollt Ihr mir nicht sagen, wer Ihr seid?«

»Will Er mich zum Narren halten?« Ehe David sich's versah, drückte der Offizier die Degenspitze durch die Jacke hindurch in seine Haut. »Wo ist der Dieb?« Jemand schrie auf der anderen Seite des Vorhangs, Zahn und Knochen knirschten. Lautstark dankte Stephan dem Heiligen Rochus für seinen Beistand.

»Dieb?« David schluckte, machte große Augen, stand furchtbar steif. »Ich bitte Euch, edler Herr – wir sind Gaukler, keine Diebe!« Vorsichtig und wie hilfesuchend wandte er den Kopf nach den Frauen um. »Habt ihr das gehört? Man hat den Herrn Baron bestohlen. In Heidelberg. Während unserer Vorstellung.« Er spürte, wie der Offizier den Degen von seiner Brust nahm, und atmete auf.

»Heilige Mutter Gottes!« Marianne schlug die Hände gegen die Wangen und trat vor. »Rübelrap wird doch nicht schon wieder in sein altes Laster zurückgefallen sein?«

»Oh doch!« Der Edelmann in Schwarz wich den knurrenden Hunden aus und trat vor die Landgräfin zur Wagenburg. »Wir haben ihn ja eben beobachtet – euer Spießgeselle drängte sich draußen durch die Menge und fischte den Leuten Münzen, Messer und Uhren aus den Taschen.«

»Spießgeselle? Aber nicht doch, Durchlaucht!« Marianne stieß einen Seufzer des Entsetzens aus. »Ehrliche Leute sind wir, und wenn einer von uns gestohlen hat, soll er …«

»Das kann doch nicht wahr sein!« Auch David tat schockiert, ballte die Fäuste, stampfte mit dem Fuß auf. »Hat er doch hoch und heilig geschworen, nie wieder zu stehlen.«

»Allein wegen seines Schwurs hat unser Directeur dem Goliath überhaupt gestattet, weiterhin mit uns zu ziehen«, beteuerte Marianne. Tränen stiegen ihr bereits in die Augen. Die Zwergin stand mit hängenden Schultern und zuckenden Augäpfeln beim Zeugwagen und kaute auf der Unterlippe herum.

»Dann ist er obendrein eidbrüchig geworden.« Zum ersten Mal erhob der Musketier seine seltsam hohe Stimme. Er redete, wie David die Leute im Herzogtum Württemberg hatte reden hören. »Dabei gehört der Bullenkerl doch zum Volk der Eidgenossen, nicht wahr? Eidgenössisch jedenfalls hat es aus seinem Bauch getönt. Und in Heidelberg hat er meinem Capitän einen Sack Dukaten gestohlen.« Mit einer Kopfbewegung deutete er auf den Offizier. »Und dem englischen Schlosskommandanten Sir Herbert sein Jagdmesser. Her mit dem Eidgenossen, oder ich schieße erst die Köter tot und dann die Bären!«

»Er wird uns alle ins Unglück stürzen.« Die Landgräfin drückte die Tränen aus den Augen, drehte sich zum Zeugwagen um. »Rübelrap! Her mit Ihm!«

»Tut ja nicht so scheinheilig!« Der Offizier verstand überhaupt keinen Spaß, so viel war David längst klar. »Ihr alle werdet mit diesem Lümmel in den Kerker und an den Pranger gehen, wenn ihr nicht ihn und sein Raubgut ausliefert.«

»Rübelrap! Um Himmels willen, Rübelrap!« Die Landgräfin lief weinend zum Zeugwagen. »Hier behauptet jemand, Er hätte schon wieder gestohlen! Wo steckst du, Tagdieb?«

»Wenn Ihr wüsstet, wie sehr wir ihm ins Gewissen geredet haben, edler Herr.« Die Rechte abwechselnd auf Bären- und Hundeschädel und mit der Linken seinen Hut vor der Brust zerknautschend, gab David den Fassungslosen und Zerknirschten. »Wenn Ihr nur wüsstet, wie oft wir den Kerl zur Beichte geprügelt haben …«

»Was ist hier los?« Endlich erschien der Directeur de la Compagnie auf dem Bühnenwagen.

»Stell dir vor, Stephan«, sagte David. »Dieser edle Herr aus Heidelberg glaubt, von Rübelrap bestohlen worden zu sein.«

»Ich glaube es nicht, ich bin dessen sicher.« Der Offizier lief zum Bühnenwagen. »Schafft mir Euren Burschen herbei!«

Stephans fantastisches Edelmannkostüm schien den kurfürstlichen Offizier immerhin so sehr zu beeindrucken, dass er ihn auch wie einen Edelmann ansprach. Doch leider nicht genug, um seine Wut und die Drohungen zu vergessen, die er sich auf dem langen Weg vom Neckar herunter an die Dreisam ausgedacht hatte.

»Her mit dem großen Lümmel, oder ich lasse Euch und Euer gesamtes Gesindel in Ketten nach Heidelberg führen.« Mit der Degenspitze deutete er auf den Kroaten. »Und Euer Viehzeug lasse ich auf der Stelle erschießen.«

»So beruhigt Euch doch, ich bitte Euch!« Stephan stieg vom Wagen. In der Rechten hielt er noch eine blutige Zahnzange samt faulem Zahn. David sah seinen Ziehvater aschfahl, und es machte Stephan keine Mühe sich zuerst tief erschüttert und dann empört zu zeigen. Erschüttert und empört über Rübelrap.

Sie palaverten eine Zeitlang. Rübelrap, der Schelm, sei geflohen, schimpfte die Landgräfin. Ein Wort gab das andere, und sie und Stephan überboten einander in Anklagen gegen Rübelrap und in Unschuldsbeteuerungen, was sie selbst und die anderen Gaukler betraf. David mühte sich die ganze Zeit, die Tiere zu beruhigen. Schließlich erbot Marianne sich, bei der Suche nach dem schlimmen Lümmel zu helfen, winkte den Offizier und Stephan hinter sich her. Alle drei liefen aus der Wagenburg. Die Zwergin senkte den großen Kopf und begann zu schluchzen

»Bete, dass sie ihn zu packen kriegen, Gaukler«, sagte der kleine Musketier an Davids Adresse. Das Männchen in Rot zielte noch immer mit seiner langen Muskete auf ihn und auf die Tiere hinter ihm. »Sonst geht es deinen Biestern ans Leben. Und davor dir, wenn du nicht zur Seite trittst.«

Davids Rechte fuhr in die Hosentasche und ballte sich um den Haarzopf seiner Mutter zur Faust. »Wie heißt du?« Etwas Besseres fiel ihm vor lauter Angst nicht ein.

»Ich heiß Franz Hacker, meine Wiege stand zu Stuttgart am Neckarstrome, und ich bin der Leibgardist des hochwohlgeborenen Capitäns. Der heißt Rudolph von Mosbach und ist ein Baron und der Kommandant der Schlosswache zu Heidelberg. Und hoch angesehen beim Kurfürsten ist er auch.«

»Ich heiße David Unterkofler und bin ein Gaukler und Bärentänzer«, sagte David. »Hoch angesehen bei meinen Tieren bin ich außerdem, und es ist wahr: Bevor du meine Bären totschießt, musst du erst einmal mich totschießen. Und weil du dazu wieder Pulver und Kugel stopfen musst, bleibt meinen Bären Zeit genug, dir den Kopf abzureißen.«

Dem kleinen Mann in Rot wölbten sich die Brauen, und die bärtige Kinnlade sank ihm fast bis zur Brust. Doch bevor er Zeit für eine Antwort fand, näherten sich Schritte und Gezeter. Der Edelmann, Stephan und Marianne kehrten zurück. Zwei Soldaten in blauen Röcken und Beinkleidern schleppten Rübelrap hinter ihnen her. Dem blutete die Nase, und Mist hing in seinen Kleidern und Haaren. Die Zwergin schaukelte zu ihm, umklammerte sein Bein, lehnte die breite Stirn gegen seinen Schenkel und weinte.

Stephan half dem Offizier und dem Musketier erst den Zeugwagen und dann den Pferdewagen zu durchsuchen, auf dem Rübelrap und Lauretta zu schlafen pflegten. Am Rand des Bühnenwagens häuften sie das gefundene Diebesgut auf. Auch das Jagdmesser des englischen Schlosskommandanten und das Geldsäckel des Capitäns waren dabei. Allerdings fehlten zwei Dukaten.

Stephan und Marianne schworen bei allen Heiligen, niemals zuvor eines der Beutestücke gesehen und nichts gewusst zu haben. Der Offizier aus Heidelberg glaubte ihnen, vielleicht wegen Stephans edlem Kostüm, vielleicht wegen der vielen Tränen, die Marianne vergoss. Vielleicht wollte er auch einfach nur vermeiden, allzu viel Aufsehen in der papistischen Festung Breisach zu erregen; und Aufsehen hätte es sicher gegeben, wenn er die ganze Gaukler-Compagnie gefesselt hätte wegführen wollen.

Wie auch immer: Die Heidelberger fesselten Rübelrap mit Ketten und banden ihn auf einen Pferdewagen. So führte der Offizier seine kleine Truppe und seinen Gefangenen aus der Festung.

Die Zwergin Lauretta aber schaukelte dem Wagen mit dem Bauchredner laut heulend bis zum Tor der Festung Breisach hinterher.

David schluckte schwer. Das schlechte Gewissen wollte ihm die Kehle zuschnüren.

*

Einige Leute von Breisach sahen zwar, wie die Reiter mit ihrem Wagen und dem Gefangenen die Festung verließen – manche feixten der heulenden Zwergin hinterher –, doch die meisten waren viel zu betrunken, um zu begreifen, was hier geschah.

Stephan machten sich nichts vor: Prügel war das Mindeste, was die Gaukler zu erwarten hatten, würden die Breisacher erst begreifen.

Also trieb er zur Eile an: Bühne und Umfriedung abbauen, Wagen packen, Tiere anspannen, schnell, schnell, und nur keinen Verdacht erregen! David arbeitete für zwei, denn Rübelraps starke Arme fehlten schon jetzt an allen Ecken und Enden.

Die Breisacher hielten es mit Kaiser und Papst, weshalb der Heidelberger Offizier und seine drei Soldaten wohl selbst in Ketten und Kerker gelandet wären, hätten sie den Festungskommandanten oder auch nur ein Ratsmitglied von Breisach in die Angelegenheit einzuweihen versucht. Immerhin befehligte der Heidelberger Offizier die Schlosswache des protestantischen Kurfürsten der Pfalz, des geächteten Königs von Böhmen, des größten Feindes des Kaisers. So gesehen musste die Gefangennahme und Verschleppung Rübelraps schon fast als tollkühnes Schurkenstück gelten.

Andererseits konnte Stephan daraus keinerlei Kapital schlagen. Im Gegenteil: Die Gaukler mussten sich hüten, den Festungskommandanten oder den Rat um Hilfe zu bitten. Schließlich hatte Rübelrap an jenem Tag auch etliche Breisacher bestohlen.

Doch wieder einmal ging die Sache glimpflich aus, und keiner hielt die Gaukler auf, nicht einmal die Torwachen; die waren betrunken und schliefen zur Hälfte. Die Sonne berührte gerade den Horizont, als das Westtor von Breisach sich hinter der kleinen Wagenkolonne schloss. Sie fuhren in die Dämmerung hinein, und die Stimmung auf den Wagen entsprach ganz der zunehmenden Dunkelheit.

Rübelraps Wagen hatten sie hinter Davids gebunden und seine Tiere mit Davids zusammengespannt. Manchmal hörte David hinter sich die Zwergin heulen, und jedes Mal schnürte es ihm das Herz zusammen.

Stephan lenkte die Gespanne nicht nach Straßburg, denn was, wenn die Breisacher ihre Häscher dorthin schickten? Viele Spielleute pflegten von Breisach aus nach Freiburg oder Straßburg zu ziehen. Außerdem hatte ihm ein Zahnkranker auf der Bühne erzählt, dass ein wildes Kriegsvolk unter dem Grafen Mansfeld das Elsaß bis nach Straßburg hinunter verwüstete.

Am Südrand des Kaiserstuhls entlang führte Stephan Unterkofler seine Gaukler also auf einem Nebenweg, nicht nach Norden, sondern direkt nach Westen. So schnell wie möglich nach Paris, so lautete jetzt seine Parole.

Kurz bevor das allerletzte Tageslicht erlosch, rasteten sie auf einer Weide zwischen einem Eichenwäldchen und einem Teich. Das Nachtmahl, eine Suppe aus altem Brot, Hühnerfleisch und Kohl, bereiteten sie sich auf einem kleinen Feuer. David und Stephan würgten stumm ihre Suppe herunter und vermieden es, einander in die Augen zu sehen, während Marianne unentwegt plapperte. Die Zwergin dagegen rührte keinen Bissen an und heulte nur die ganze Zeit. Manchmal stellte David seine Schüssel weg, langte zu ihr hinüber und versuchte, ihren großen Kopf zu streicheln. Doch jedes Mal wich sie seiner Hand aus.

Irgendwann platzte Stephan der Kragen, und er begann, Rübelrap zu verfluchen und zu beschimpfen. Selber schuld sei er, und seit der Magistrat von Köln sie der Stadt verwiesen hatte, habe er dem Bauchredner wieder und wieder verboten, den Leuten in die Taschen zu greifen.

»Ich lach gleich«, sagte Marianne und lachte; richtig froh allerdings klang das nicht.

Jeder habe sich über seine Beute gefreut, schluchzte die Zwergin, den Erlös habe Stephan in teure Kostüme und neue Pferde gesteckt, und Marianne habe ihrem armen Großen sogar befohlen, zu stehlen, ja, befohlen! Rübelrap habe es ihr doch selbst erzählt!

»Daran erinnere ich mich nicht!«, behauptete die Landgräfin schroff. »Was redest du denn da, Lauretta?« Marianne zuckte mit den Schultern, legte den Kopf in den Nacken und reckte das Kinn vor. »Genug geschwätzt! Jeder von uns beherrscht nun einmal seine eigene Kunst, und der Goliath beherrschte die Seine wohl nicht gut genug. Und sagt man nicht, das Leben sei ein Spiel? Rübelrap hat schlecht gespielt und verloren.«

Die Zwergin kreischte auf, griff mit den Zehen nach Steinen und Ästen und schleuderte sie über das Feuer hinweg gegen die Landgräfin. Die zeterte und fluchte, fuhr hoch und machte Anstalten, die Zwergin zu schlagen. Stephan und David gingen dazwischen. Nur mit Mühe konnten sie die tretende Lauretta und die prügelnde Marianne trennen.

»Wir haben alle verloren!«, rief David. »Wir alle wussten doch, was Rübelrap tat. Und haben wir die Dukaten aus dem Verkauf seines Raubzeugs nicht alle gern in unserer Schatulle klingeln hören?« Er drückte die heulende Zwergin an sich. »Am meisten aber hat Lauretta verloren.«

»Er hat lange genug von uns gelebt, der Goliath!«, fauchte Marianne. »Und was hat er nicht alles in sich hineingestopft. Soll er sehen, wie er ohne uns zurechtkommt. Groß genug ist er ja.«

»Und wie kommen wir ohne ihn zurecht?« Stephan stierte ins

Feuer, seine Miene war düster. »Wer wird an die Messerscheibe gehen? Wer wird das Brummeisen schlagen, wer mit dem Bauch reden?«

»Suchen wir uns eben einen neuen Spielmann.« Marianne machte eine wegwerfende Geste. »Gaukler gibt es genug, viel zu viele.«

»Sie werden meinem Großen den Kopf abschlagen«, jammerte die Zwergin. »Sie werden ihn verhungern lassen.«

»Unsinn!« Mit herrischer Geste winkte Marianne ab. »Sie werden ihn stäupen, an den Pranger stellen und danach laufen lassen.«

Heulend stand Lauretta auf und schaukelte zu ihrem Nachtlager.

Aus schmalen Augen belauerte David die Landgräfin. In solchen Augenblicken hasste er sie besonders. »Selbst wenn wir schnell einen Ersatz für Rübelrap finden – wird er Lauretta versorgen?«

»Das kann ich übernehmen«, erklärte die Landgräfin. »Verhungern wird sie schon nicht.«

»Sie wird wohl verhungern«, hielt David dagegen, »denn wer wird sie lieben? Ihr etwa?«

So ging es noch eine Zeitlang hin und her. Bis die Landgräfin sich auf den Wagen zurückzog und in ihre Decken rollte.

David blieb bei seinem Ziehvater an der Feuersglut sitzen; unentwegt redete er auf ihn ein. »Wir müssen zurück nach Heidelberg fahren und Rübelrap auslösen.« Immer wiederholte er das Gleiche. »Es war ein Fehler, ihn auszuliefern. Wir dürfen ihn nicht im Stich lassen. Wir müssen zurück an den Neckar.«

»Der Krieg wird uns erwischen.«

»Wir müssen.«

»Das wäre Wahnsinn.«

»Wir müssen.«

David redete so lange auf Stephan ein, bis der nur noch stumm seinen Grauschopf schüttelte – und irgendwann aufstand und zu seinem Wagen schlurfte.

David hingegen blieb noch lange allein vor der Asche sitzen. In ihrem Wagen schnäuzte sich Lauretta. Im Wald rief ein Kauz. Am Teichufer quakten Frösche. Mit einem Mal begann Stephans Wagen zu knarren und zu wackeln und David hörte seinen Ziehvater ächzen und schnaufen und die Landgräfin stöhnen und seufzen. Später schnarchten beide um die Wette, während Lauretta schluchzte und Rübelraps Namen jammerte.

David dachte an den Bauchredner und schämte sich. Die kalte feuchte Luft aus Wald und Teich kroch ihm in die Knochen, doch erst, als er zu zittern begann, glitt er unter seinen Wagen zu seinen Bären. Dort wickelte er sich in alle Decken und Felle, die er finden konnte, und rückte eng an die schlafende alte Cura. Die Faust mit dem Zopf seiner Mutter auf der Brust, lag er wach und starrte hinaus in den heraufdämmernden Morgen.

»Wir kehren um«, verkündete Stephan kurz nach Sonnenaufgang. David traute seinen Ohren kaum.

»Was soll das heißen: ›Wir kehren um‹?« Marianne streckte ihren noch unfrisierten Schopf aus dem Wagen.

»Heiliger Mustafa! Was soll das schon heißen?« Stephan wurde laut. »Das soll heißen, dass wir zurück nach Heidelberg fahren und versuchen werden, den Bauchredner auszulösen.«

Die Zwergin stieß einen Freudenschrei aus, hoppelte herbei und warf sich gegen Stephans Beine.

»Gut«, sagte David und kroch unter seinen Decken hervor. »Sehr gut.« Cura und Bela neben ihm schüttelten sich und gähnten.

Marianne aber sprang vom Wagen, stellte sich vor ihren Mann und stemmte die Fäuste in die Hüften. »Bist du jetzt vollends übergeschnappt? Willst du mich den Landsknechten Tillys oder Mansfelds ausliefern? Und Pferde und Wagen gleich mit? Wir fahren selbstverständlich nach Paris!«

»Ich hörte, dass auch Gaukler und Spielleute im Tross ihrer Armeen mitfahren«, sagte Stephan nachdenklich.

»Schwachkopf!« Jetzt schrie die Landgräfin, aber nicht vor Freude. »Hol dich der Teufel, verdammter Schwachkopf!« Mit den Fäusten trommelte sie auf ihren Gatten ein.

Der stieß sie von sich, sodass sie rücklings ins Gras stürzte. »Genug! Wir fahren nach Heidelberg und basta. Hast du nicht selbst gesagt, das Leben sei ein Spiel? Setzen wir also ein, was wir haben, und versuchen, Rübelrap auszulösen. Vielleicht verlieren wir alles, doch vielleicht gewinnen wir auch mehr, als ein Bauchredner wert ist.«

7

Ein Spätsommermorgen Anfang Oktober 1621, das schöne Licht der aufgehenden Sonne glitzerte in unzähligen Tautropfen. Von ihrem Fenstertisch aus konnte Susanna das Lichtspiel beobachten, wenn sie von ihrem Stickrahmen aufsah und in den Obstgarten auf der anderen Straßenseite blickte. Das tat sie oft.

Jedes Mal hielt sie dann inne, schaute nur noch, vergaß ein paar Atemzüge lang ihre Arbeit und ihre Sorgen. Wie schnell doch so ein Glitzerteppich erlosch, während die Sonne in den Himmel stieg und der Tau nach und nach verdunstete. Licht löschte Licht. Seltsam kam ihr das vor, beklemmend; obwohl es doch einfach zu erklären war.

Seit Wochen saß sie Morgen für Morgen als Erste an ihrem Fensterplatz bei ihren Stickereien. Und am Abend verließ sie als Letzte die Werkstatt. Auch an diesem denkwürdigen Morgen arbeitete außer ihr noch keiner an den Näh- und Zuschneidetischen. Doch trotz der langen Tage, die Susanna schon den ganzen Sommer über hier an ihrem Fensterplatz verbrachte, wollte es ihr nicht wirklich gelingen, mehr Stoff zu besticken als in anderen, ruhigeren Zeiten.

Lange war es her, dass Susanna die Zeiten hätte »ruhig« nennen können. Schon zu lange.

Bei jedem Schritt, der sich draußen auf der Straße näherte, blickte sie auf und sah hinaus; bei jedem Hufschlag, jedem Klang einer menschlichen Stimme. Jedes Mal hoffte sie, Friedrich Stein würde kommen oder sonst jemand aus dem Dorf oben im Odenwald; irgendjemand, der Nachricht brachte. Nachricht von Hannes.

So waren die Tage vergangen, die Wochen, die Monate. Himbeeren und Mirabellen waren geerntet worden, die frühen Zwetschgen, die Birnen und vor ein paar Tagen hatten sie die ersten Äpfel im Keller eingelagert. Von Hannes keine Nachricht.

Stattdessen Nachrichten vom Krieg – beinahe jeden Tag neue und beinahe jeden Tag schrecklichere. In der Werkstatt sprachen sie kaum noch über das, was auf der anderen Rheinseite und in den weiter nördlich gelegenen Städten der Bergstraße geschah. Der Vater wollte nichts davon wissen.

In der Küche hörte Susanna inzwischen ihre Schwester und die Großmutter hantieren. Großmutter schürte das Herdfeuer, Anna setzte die Suppe auf und holte den Rübenkuchen aus der Vorratskammer. Bald darauf hörte sie auch die Tante tuscheln und das Brot für das Frühstück schneiden. Türen knarrten, und Vater und Mutter traten in die Werkstatt, um die Arbeit für diesen Tag vorzubereiten.

Die Morgengrüße fielen knapp aus, auch beim Frühstück später wurde nicht viel gesprochen. Der Vater hatte seine Suppe noch nicht ausgelöffelt, da erklärte er den Gesellen und den Frauen schon, was bis Sonnenuntergang weggeschafft werden musste. Der Großvater nickte stumm.

Es war noch kühler geworden zwischen den Menschen unter Meister Almuts Dach seit jenem Heidelberger Markttag im Frühsommer. Lag es am unerbittlich näher rückenden Kriegsgeschrei? Lag es an der Feindseligkeit zwischen Susanna und ihrer Mutter?

Den Vormittag über erfüllte der Klang der Arbeit die Werkstatt: das Rascheln der Stoffe, das Sirren der Fäden und das Klappern der Scheren. Dann und wann entfuhren der Mutter Seufzer, die Tante murmelte leise vor sich hin, und der Großvater, dem das Rheuma in Knien und Hüften stach, stand hin und wieder auf und ging ein Weilchen umher. Dann knarrten die Dielen und manchmal auch seine Gelenke. Draußen in der Küche stimmte die Großmutter ein Lied an – »Ein feste Burg ist unser Gott« –, und Vater und Mutter stimmten halbherzig ein.

Susanna fiel es schwer, die Aufmerksamkeit für längere Zeit auf ihren Stickrahmen zu richten. Im Obstgarten auf der anderen Straßenseite glitzerten längst keine Tautropfen mehr. Hühner scharrten im Gras des Obstgartens. Wie so oft vergaß Susanna die Arbeit, blickte hinüber und hing ihren Gedanken nach.

Erlosch nicht das Leben im Grunde ähnlich schnell wie Sonnenlicht, das sich in Tautropfen spiegelte? Und die Liebe – erlosch sie etwa auch so rasch? Alles in ihr wehrte sich gegen den Gedanken. Nein, die Liebe nicht! Niemals erlosch sie! Fühlte sie das nicht mit jeder Faser ihres Leibes? Und hieß es nicht so auch in der Heiligen Schrift?

Ein Traumbild der vergangenen Nacht blitzte vor ihrem inneren Auge auf – Hannes, wie er am Horizont verschwindet, und sie kann ihm nicht folgen, weil ihre Füße an die Stadtmauer von Handschuhsheim angekettet sind … Susanna schüttelte sich und beugte sich wieder über ihren Stickrahmen.

Immer häufiger plagten sie in letzter Zeit schlimme Träume; und tagsüber hatte sie nach solchen Albtraumnächten das Gefühl, eine Wunde würde sich hinter ihrem Brustbein öffnen. Jeden Tag ein Stück mehr, und jeden Tag blutete sie heftiger.

Wieder sah sie zum Fenster hinaus, wieder dachte sie an Hannes. War ihm ein Unglück zugestoßen? Hatte womöglich der Krieg ihm den Weg nach Hause versperrt? Den Weg zu ihr? Hinter sich hörte sie, wie die Mutter sich räusperte. Susannas Blick flog zurück zu ihrer Arbeit. Sie stutzte: ein Farbfehler im Muster. Sie musste einen Faden wieder herausziehen, weil sie die Farben verwechselt hatte.

Gegen Mittag klopfte der Nachbar, wollte eine Axt ausleihen. Der Vater ging mit ihm in den Holzschuppen. Die Gesellen und der Lehrbub begannen zu tuscheln und schoben Flugblätter hin und her. Schon bis nach Heppenheim brandschatzten und plünderten die spanischen Soldaten, flüsterte der jüngere der beiden Gesellen. Sogar bis nach Weinheim und weit in den Odenwald hinein. Bayrische Reiter hätten ein Dorf nahe Beerfelden verwüstet.

Bis in den Odenwald? Susanna erschrak.

Der Vater blieb lange fort. Eine Nachbarin von der anderen Straßenseite kam ins Haus, brachte frische Butter zur Großmutter in die Küche. Susanna hörte die Frauen flüstern.

Sie stand auf und ging ebenfalls in die Küche, um Wasser zu trinken. Die alten Frauen tuschelten in der offenen Vorratskammer; keine bemerkte Susanna.

Die Truppen des neuen spanischen Generals hätten Engelsbrand in Schutt und Asche gelegt, hörte sie die Nachbarin erzählen, und nun belagere seine Armee Frankenthal. »Gott sei uns gnädig«, seufzte die Großmutter. »Wir Alten haben lange genug gelebt, aber meine Mädchen, meine armen Mädchen …«

Susanna verstand sofort, wer gemeint war.

»Werden unsere Enkel uns jemals Urenkel auf den Schoß setzen?« Die Angst ließ die Flüsterstimme der Nachbarin beben.

»In einer Welt wie dieser?« Die Großmutter zischte. »Müssten wir nicht wünschen, sie täten es niemals?«

Susannas Beine waren schwer, als sie zu ihrem Platz am Fenster zurückkehrte. Schon zum dritten Mal an diesem Vormittag griff sie zum falschen Wollfaden, die Hände zitterten ihr beim Versuch, ihn ins Nadelöhr zu stecken.

Kaum hatte sie es geschafft, riss schon wieder Hufschlag sie aus ihrer Arbeit. Auf der anderen Straßenseite gingen die Fenster auf, die Frauen des Nachbarhauses lehnten heraus. Eine Haustür wurde aufgestoßen, Kinder liefen aus den Häusern und spähten nach Norden. Irgendwer kam dort angeritten.

Soldaten? Susanna ließ den Stickrahmen sinken, schluckte, lauschte atemlos. Oder Friedrich? Ein hochgewachsener Reiter ritt nah an ihr Fenster, hielt seinen Rappen an und blickte zu ihr herein.

Susanna sah einen Blondschopf, sah blaue Augen leuchten – und ihre eigenen füllten sich mit Freudentränen. So verharrten sie ein paar Atemzüge lang: Susanna in der Werkstatt hinter ihren Stickereien, Hannes draußen auf der Dorfstraße im Sattel.

Bis er das Pferd antrieb, um in den Hof zu reiten. »Hannes!« Susanna sprang auf. »Hannes!« Sie rannte aus der Werkstatt, sprang in den Hof, stürzte in seine offenen Arme.

Die Zeit blieb stehen, die Sonne schien heller. Sie drängten sich aneinander, flüsterten, hielten einander fest, küssten einander die Tränen von den Wangen. »Du bist da, mein Hannes? Du bist wirklich da …?«

Irgendwann erinnerte Susanna sich, dass es noch ein Handschuhsheim, einen elterlichen Hof und eine Werkstatt gab und eine Welt, die sich weiterdrehte. Sie löste sich aus Hannes' Armen, wandte sich um, und da standen sie in der offenen Hintertür: Vater und Mutter.

»Hannes … Er ist zurückgekommen.« Susanna stammelte, was doch jeder sehen konnte, aber sie wusste nicht mehr, was sagen und was tun, so sehr hatte die Rückkehr des Geliebten ihre Gedanken und Gefühle aufgewühlt.

Am Fenster drückte Anna sich die Nase platt, neben ihr schüttelte die Großmutter stumm den Kopf. Die Gesellen erkannte sie ebenfalls hinter den Fenstern, auch den, dem der Vater sie unbedingt zur Frau geben wollte. Und die Mutter in der Tür war sehr blass. Ihre Kaumuskeln bebten, und ihre Augen sprühten Eislicht.

»Hannes?«, fragte Vater und trat in den Hof. »Hannes Stein? Warum kommst du schon zurück? Ist etwa dein Vater gestorben?«

Das fragte er, weil es nur wenige Gründe für einen Handwerksgesellen gab, seine Wanderschaft abzubrechen. Der Tod des Vaters gehörte in einigen Zünften dazu.

»Viele sind gestorben, Meister Almut.« Hannes ging an Susanna vorbei, streckte den Eltern die Rechte zur Begrüßung entgegen. »Weiß Gott! Doch dem Himmel sei Dank: Mein Vater gehört nicht dazu.« Die Mutter verweigerte den Handschlag, der Vater ergriff Hannes' Rechte und schüttelte sie.

»Es sind viele gestorben?« Der Vater blinzelte, runzelte die Stirn, schien verwirrt zu sein. »Wie meinst du das, Hannes?«

Die Eltern blieben vor der Tür stehen, als wollten sie den Eingang ins Haus versperren. Susannas Blicke streichelten das Antlitz des Geliebten. Hannes hatte sich verändert, hatte breitere Schultern und kantigere Züge bekommen, sah männlicher aus. Ein blonder Bart überwucherte die untere Hälfte des geliebten Gesichts.

»Überall wird doch gestorben, Meister Almut.« Seine Stimme klang samtig und dunkel, seine Augen wurden schmal. »Im Hessischen, in der linksrheinischen Kurpfalz. Und habt ihr denn nicht gehört, wie fern im Osten gestorben wird, in der Oberpfalz? Ich habe Angst bekommen. Angst um Susanna, Angst um meine Familie, Angst um Euer Haus, Meister Almut.«

»Man erzählt, die Spanier ritten Ausfälle bis in den Odenwald hinauf«, sagte der Vater heiser.

»Ja, auch dort rauben und brennen sie.« Hannes machte ein hartes, grimmiges Gesicht. »Wir wappnen uns, haben Schwerter und Spieße gegen Holz und Obst getauscht. Sogar eine Muskete gibt es oben im Dorf.« Er trat näher und sprach leiser. »Im Wald haben wir Verstecke angelegt und hingebracht, was für den Winter nötig ist. Er kommt bald, sagt mein Vater.«

»Was soll denn euch da oben schon geschehen?«, zischte die Mutter. »Ihr seid doch Papisten!« Einen ganzen Schritt war sie ins Haus zurückgewichen.

»Darum kehrst du zurück?«, fragte der Vater zweifelnd. »Weil der Krieg in den Odenwald gekommen ist?« Beinahe hoffnungsvoll klang er.

»Die Angst hat mich nach Hause getrieben, Meister Almut. Die Angst um Susanna vor allem, ich sag's ganz ehrlich.«

Die Eltern sahen einander an – der Vater ratlos, die Mutter

böse. Susanna war einfach nur froh; sie nahm Hannes' Hand. Eine Zeitlang sprach keiner ein Wort.

»Wir müssen reden, Meister Almut«, brach Hannes schließlich das Schweigen. »Soll es hier auf dem Hof geschehen?« Er versuchte ein Grinsen, hob die Schultern, deutete mit dem Kopf zu den Nachbaranwesen. »Vielleicht hätten wir doch ein paar Zuhörer zu viel, was meint Ihr?«

»Es ist doch längst alles gesagt, Fritz!« Die Mutter machte kehrt und rauschte zurück ins Haus.

Der Vater trat zur Seite, sein unsicherer Blick streifte Susanna. »Gut. Komm rein.«

An ihm vorbei ging Hannes ins Haus, Susanna folgte ihm und ergriff seine Hand. Die ließ sie auch nicht los, als sie durch die Küche und danach durch die Werkstatt gingen. Die Blicke der anderen machten ihr gar nichts aus: nicht der böse Blick der Mutter, nicht der verächtliche des Gesellen, nicht die mitleidigen oder einfach nur neugierigen Blicke der anderen. Hannes grüßte nach allen Seiten.

In der Stube, die an die Küche grenzte, nahmen sie Platz – Susanna, ihr Vater und Hannes. »Und nun, Hannes Stein?«, begann der Vater. »Was soll nun werden?«

»Ich will Susanna zur Frau.«

Susanna hielt den Atem an. Im Türrahmen standen die Großeltern und die Tante, glotzten und machten die Ohren lang.

»Wir haben doch darüber gesprochen, Hannes.« Wie zugeknöpft wirkte des Vaters Miene.

»Und ich will den Hannes zum Mann!«, platzte es aus Susanna heraus. »Ihn oder keinen.«

Der Vater wich ihrem Blick aus. »Bringe deine Wanderschaft zu Ende, Hannes. Komme danach herunter nach Handschuhsheim, und wir werden sehen.«

»Es ist nicht die Zeit, irgendetwas zu Ende zu bringen, Meister Almut!« Viel zu laut klang Hannes in Susannas Ohren. Warum konnte er nicht ein wenig höflicher auftreten? »Es ist aber die Zeit, sein Leben zu retten. Und das gilt für jeden von uns.«

»Hitzköpfiges Geschwätz!« Auch der Vater wurde nun lauter. »›Sein Leben retten‹ – vor den Spaniern? Vor Tilly? Der Dänenkönig hat sich mit dem König von England gegen den Kaiser und die Papisten verbündet, hast du es nicht gehört?«

»Diplomatie betreibt er, der fromme Mann. Harmlosen Streit mit viel zu vielen Worten.« Hannes winkte ab. »Wo ist denn das große englische Heer? Und wo steht denn der Däne? Irgendwo im Niedersächsischen. Córdobas Leute aber graben bereits Schanzen rund um Frankenthal, und seine Krabaten sind längst auf Weinheim losgegangen!«

»Niemals werden sie Frankenthal nehmen«, hielt Meister Almut dagegen. »Was weißt du schon, Hannes? Die Engländer und die Holländer verteidigen die Stadt. Engländer und Holländer halten die Festung Mannheim. Engländer und Holländer verteidigen das Schloss zu Heidelberg und befestigen die Mauern der Stadt.«

»Viel zu spät, Meister Almut, viel zu spät.« Hannes redete wie einer, der von jedem seiner Worte felsenfest überzeugt war. »Vor zwanzig Jahren hätte man die Wehranlagen zu Ende bauen müssen. Dass die Engländer es jetzt auf einmal tun, gibt mir recht, Meister Almut – die Regierung der Stadt hat Angst. Sind nicht bereits im August erste spanische Reiter vor dem Speyrer Tor gesehen worden? Glaubt mir: Der Baumeister in Heidelberg heißt Angst!«

»Gar nichts weißt du, Hannes Stein!« Der Vater ballte die Fäuste. »Wir haben niemanden zu fürchten. Der Markgraf von Baden-Durlach will für uns kämpfen, der Herzog von Halberstadt wird für uns kämpfen, sogar der Sultan der ungläubigen Türken hat dem Kurfürsten ein Heer angeboten! Und der tapfere Graf Mansfeld ist aus der Oberpfalz zurückgekehrt, um uns zu beschützen. Der scheut vor keinem Kampf gegen Tilly und seinem Kriegsvolk zurück …«

»Der scheut auch vor keinem evangelischen Handwerkshaus zurück!«, fiel Hannes ihm ins Wort. »Und vor keiner evangelischen Jungfrau!« Eine Zornesader schwoll an Hannes' Stirn. »Verzeiht, Meister Almut, aber der Graf Mansfeld ist ein Mörder und Strauchdieb. Habt ihr nicht gehört, wie viele Dörfer der Evangelischen er im Elsaß angezündet hat?«

»So redest du nicht über die Obrigkeit, die Gott gesetzt hat, Hannes Stein!« Im Takt seiner Worte schlug der Vater mit den Fingerknöcheln auf den Tisch. »Nicht in meinem Haus!«

»So rede ich über die Wahrheit! Beim Licht der Sonne und unter Gottes Himmel ist es geschehen, und darum spreche ich es in jedem Haus und auf jedem Hof aus.«

»Still!«

»Tilly marschiert schon dem Neckar entgegen.« Hannes beugte sich über den Tisch, flüsterte beinahe. »Wenn Córdoba Frankenthal gefressen hat, wird das gesamte spanische Heer vor Heidelberg auftauchen. Und der Weg dorthin führt über Handschuhsheim. Es muss sich doch bis zu euch herumgesprochen haben, wie viele Ortschaften sie auf der anderen Rheinseite verwüstet haben? Wisst ihr nicht, wie sie es in Guntersblum getrieben haben, diese Höllenhunde? Oder in Engelstadt oder in Eisenheim? In Magdeburg redet man darüber, und hier weiß man von nichts? Das glaub ich nicht! Ihr müsst doch von jenem Dorf bei Seeheim gehört haben, wo ein bayrisches Fähnlein den lutherischen Pfarrer im Kamin aufhängte und ihn über dem Feuer und im Rauch sterben ließ, weil er kein Versteck für seine Dukaten nennen konnte! Und was sie den Frauen und Mädchen dort antaten, ja selbst den Kindern …«

»Genug!« Meister Almut schlug mit der Faust auf den Tisch. »Nicht vor den Ohren meiner Töchter!«

Hannes richtete sich auf und sog scharf die Luft durch die Nase ein; kein Wort kam mehr über seine Lippen. Die Großmutter in der Tür lehnte mit gesenktem Kopf gegen des Großvaters Brust.

Ihr Oberkörper bebte. Das verwitterte Gesicht des alten Meisters Merkel war das Gesicht eines Verurteilten unter dem Galgen. Die Tante murmelte weinerlich und rang die Hände, als würde sie sich waschen. Aus der Werkstatt hörte Susanna ihre Schwester Anna weinen. Sie selbst saß stocksteif, und der Atem wollte ihr nur schwer in die Brust.

Hannes stand auf, wechselte einen Blick mit Susanna, wandte sich dann zur Tür in die Werkstatt. Die Großeltern und die Tante machten ihm Platz. Susanna sprang hoch, lief ihm hinterher, ergriff seine Hand und ließ sie nicht mehr los. Draußen im Hof packte er die Zügel seines Rappen und zog ihn und Susanna hinter sich her auf die Dorfstraße und dann nach Norden.

Die Haustür wurde aufgerissen. »Susanna!« Ihre Mutter trat aus dem Haus. »Du bleibst hier!« Susanna kümmerte sich nicht um sie, lief Hand in Hand mit Hannes die Dorfstraße hinunter. Überall Nachbarn – in den Gärten, an den Hofeinfahrten, in den Haustüren, an den Fenstern. Sollen sie uns doch sehen, dachte Susanna. Sollen sie doch sehen, dass wir Mann und Frau sind.

Die Mutter lief ein paar Schritte hinter ihr her, wagte aber wegen der Nachbarn nicht, sie zu greifen und mit Gewalt zurückzuhalten. »Wirst du wohl hierbleiben, Susanna?« Susanna tat, als hörte sie nicht, ging einfach weiter.

Die Abzweigung näherte sich, von der aus der Weg in den Waldhang hinaufführte. »Wir müssen fort, Susanna«, sagte Hannes. »Das hast du doch verstanden?«

»Du meinst …« Sie zögerte. »Du meinst, nach Heidelberg?«

»Der Krieg wird erst nach Handschuhsheim kommen und danach auch nach Heidelberg. Wir müssen weiter fort, wenn wir leben wollen. Und ich will leben. Mit dir.«

»Wir können doch trotzdem nach Heidelberg gehen.« Als wollte sie ihn für immer festhalten, griff sie mit der anderen Hand nach seinem Arm. »Dort bauen sie die Wehrmauern aus …«

»Viel zu spät, Susanna, hast du nicht zugehört? Noch wenige

Wochen, dann werden die Spanier oder der geharnischte Mönch oder beide vor der Stadt stehen und Einlass fordern. Und wer will ihnen den verwehren? Die Mauern von Heidelberg sind zum Prahlen gemacht und nicht für den Krieg. Heidelberg wird brennen, wenn es die Tore nicht freiwillig öffnet.«

Susanna dachte an die Flammenvision des Magisters Pareus und fröstelte. Vor ihrem inneren Auge brannte das Schloss, das Zehnthaus, die Heilig-Geist-Kirche, die Häuser der Onkel. Das Herz schlug ihr plötzlich in der Kehle. »Aber wohin sollen wir denn gehen? Nach Heilbronn vielleicht? Oder nach Wimpfen wie die Kurfürstenmutter?«

»Nach Magdeburg.«

»So weit?« Wie ein Schreckensruf entfuhr es ihr.

»So weit ist es gar nicht. Und Magdeburg ist eine reiche Stadt mit starken Mauern.« Er blieb stehen und sah sie an.

»Größer als Heidelberg?«

»Viel größer. So wie Hamburg oder Augsburg. Und ein starker evangelischer Fürst regiert das Land, der ist mit dem schwedischen König verbündet.«

Die Vorstellung, so weit weg und in eine so große Stadt zu gehen, machte Susanna schwindlig vor Angst. Der Boden unter ihren Sohlen schien zu schwanken. »Aber du bist doch katholisch!«

»Was ist das schon – katholisch, lutherisch, türkisch, reformiert?« Hannes zuckte mit den Schultern. »Wenn man sich ein bisschen fügt, kann man überall leben, wo man frei und ohne Angst durchatmen kann.« Er griff nach dem Sattelknopf. »Wir müssen weg, es führt kein Weg dran vorbei. Geh mit mir, ich bitte dich.«

»Aber wie denn, Hannes, wie denn?« Sie ließ ihn los, presste die Fäuste gegen die Wangen. »Wir können doch nicht einfach unsere Elternhäuser hinter uns lassen, unsere Heimat, unsere Familien!«

»Wir müssen und wir können.« Er zog sie an sich und streichelte beruhigend ihren Rücken. »Vertrau mir, liebste Susanna.

Ich besorge Pferde und Wagen. Und ein wenig Proviant. Mein Vater wird mich ausbezahlen, so gut er kann. Den Rhein hinunter dürfen wir nicht, das ist zu gefährlich. Wir müssen den Neckar hinauf und einen Bogen über Mosbach und Heilbronn fahren. Pack nur das Nötigste, tu es heimlich. Niemand darf es merken, niemand soll dich aufhalten.«

»Und wann?« Susannas Widerstand bröckelte, ihre Stimme klang dünn und hohl.

»So schnell wie möglich. Der General Tilly will angeblich Ende Oktober am Neckar ankommen. Córdoba wird gegen Heidelberg ziehen, sobald Frankenthal gefallen ist. Spätestens in zwei Wochen, schätze ich. Mehr als zehn Tage bleiben dir nicht für den Abschied, Susanna. In drei Tagen schicke ich Friedrich oder Monica. Wen auch immer – gib ihm eine Nachricht, wann du bereit bist und zu mir kommen wirst.«

»In drei Tagen …« Susanna biss sich auf die Unterlippe.

»Hast du nicht verstanden, Susanna?« Er wurde streng. »Es geht um unser Leben.« Er bog ihr die Fäuste auseinander, zog sie noch einmal an sich. »Du willst doch mit mir leben?«

»Ja.« Sie schluckte, biss die Zähne zusammen und atmete tief durch. »Ja, das will ich, mein Geliebter.«

»Ich lieb dich sehr«, flüsterte er und küsste sie auf den Mund. Susanna sank in seine Arme und vergaß Nachbarn und Mutter.

»Gib mir Nachricht.« Sanft schob er sie von sich und stieg in den Sattel.

»Wo werden wir uns treffen?«

»Auf keinen Fall in unserem Walddorf, denn dort würden sie dich zuerst suchen. Ich warte in der Abtei Neuburg auf dich.« Susanna nickte. »Nimm nicht den Weg über Neuenheim, gehe nicht am Neckar entlang. Nimm den Weg über den Heiligenberg. Niemand wird dich dort suchen, und es sind dennoch nur zwei Wegstunden.«

»Kloster Neuburg.« Sie schluckte, nickte und schluckte erneut.

»Und du wirst dort sein?« Susanna blickte zu ihm hinauf und wusste kaum, was sie sagte.

»Ab Sonnenaufgang werde ich dort auf dich warten, meine liebste Susanna. An dem Tag, den du mir nennen wirst. Zögere nicht, uns bleibt nicht mehr viel Zeit.« Hannes hieb dem Rappen die Absätze in die Flanken und galoppierte den Waldweg hinauf.

8

Eine Männerstimme tönte plötzlich hinter dem dunklen Schnitzwerk am Ende des Ganges, erst kraftvoll und fordernd, dann brüllend und sich überschlagend. Der Rittmeister und sein Cornet blieben jäh stehen. Einer sah den anderen an.

Maximilian von Herzenburg neigte den Kopf auf die Schulter und lauschte mit gerunzelten Brauen. Mathias von Torgaus rechte Hand lag schon auf dem Degenkorb. »Ein Ave Maria klingt anders«, murmelte er. »Der schreit ja, als wollte ihn einer abstechen.«

Genauso abrupt, wie er stehen geblieben war, setzte der Rittmeister sich wieder in Bewegung. Seine Sporen klirrten. Schneller als zuvor ging er auf das große Flügelportal am Ende des Ganges zu; sein Freund und Cornet folgte. Dieselbe Männerstimme schrie erneut. Hinter dem mit frommen Schnitzereien verzierten Portal klang alles nach einem handfesten Streit. Jetzt hörten sie auch noch das Klirren von Klingen. Von Torgau zog blank.

Und dann auf einmal lachten sie hinter dem Portal, und der Kerl, der eben noch geschrien hatte, flehte mit sehr hoher Stimme um sein Leben. Noch lauter klang das Gelächter nun, und noch vergnügter. Von Herzenburg griff nach der schweren Bronzeklinke und öffnete das Portal zur ehemaligen Klosterkirche.

Die Bankreihen waren zur Hälfte gefüllt. Überwiegend mit Männern, spanische Offiziere zum größeren Teil. Viele trugen Verbände an Köpfen und Armen, zwischen einigen ragten Krücken auf. Vor langer Zeit noch ein Frauenkloster, danach ein Stift für die Töchter des höheren Adels schien das Anwesen in der Nähe Oppenheims nun als Lazarett für die Offiziersränge der spanischen Truppen zu dienen.

Im Altarraum stand ein Thron, worauf ein Mann in königlichem Prachtgewand saß. Vor ihm hatten sich Ritter in Fantasierüstungen versammelt, und mitten unter ihnen, in rot-gelbem Kostüm, kniete ein Harlekin am Boden. Ganz offenbar der Schreihals.

Jetzt schrie er nicht mehr, jetzt winselte er um sein Leben: Sein Degen lag außerhalb seiner Reichweite vor dem Thron, und einer der Ritter hatte ihm die Spitze seiner Klinge auf die Brust gesetzt.

Ein Spiel. Von Torgau steckte die Waffe in die Scheide, von Herzenburg schüttelte schmunzelnd den Kopf: Sie spielten tatsächlich Theater hier!

Im hinteren Mittelgang zwischen dem Eichengestühl hantierte vor einer Staffelei ein langhaariger Rotschopf mit Kohle und Lappen; mit flinken Bewegungen hielt er das Geschehen im Altarraum auf Leinwand fest. Neben ihm, am Anfang der Bank, stand eine blonde Frau in elegantem weißem Kleid. Den Rittmeister durchzuckte es heiß: Prinzessin Maria von Bernstadt. Seine Cousine. Unter Tausenden würde von Herzenburg sie erkennen, und zwar auf einen Blick.

Ihretwegen war er mit einer Reiterrotte den Rhein hinunter hierher ins ehemalige Kloster Mariacron geritten. Sie hatte ihm einen Brief nach Frankenthal geschickt, ins Heerlager des Generals Córdoba.

Der Rittmeister trat ein und bedeutete seinem Cornet mit einer Geste, das Portal hinter ihnen leise zu schließen. Obwohl das Kloster kein Kloster und die Kirche, wenigstens zu dieser Stunde, keine Kirche mehr war, sondern ein Theater, zogen beide Männer ihre Hüte und verharrten reglos am Eingang.

Die blonde Frau bei dem Maler bemerkte sie nicht. Keiner dort unten im düsteren Eichengestühl drehte sich nach ihnen um, alle verfolgten gebannt das Geschehen im Altarraum. Dabei sah man dort weiter nichts als einen König und eine Handvoll Ritter, die einen um seine Haut bettelnden Harlekin umringten.

Aber wie der bettelte! Mit Gesten jeder Art und mit Gesichtern von so vielfältigem Ausdruck, dass auch der Rittmeister gar nicht anders konnte, als ihm zuzuschauen.

Mal rang der Harlekin die Hände, mal riss er den seltsamen, fächerartigen Hut vom Kopf, um ihn in einem Anflug von Verzweiflung zu zerdrücken; mal schüttelte er wütend die Fäuste oder stach mit abgespreiztem Zeigefinger hinauf zu dem Ritter, der ihn mit dem Tod bedrohte. Und dabei zischte oder schluchzte er nur hin und wieder, musste auch gar nichts sagen, denn mit purem Mienenspiel verriet er so viel über seine Gefühle und Gedanken, dass jedes Wort überflüssig gewesen wäre.

Hier kämpfte einer um sein Leben. Oder tat wenigstens so.

Ob seine Gesten und Gesichtszüge bangten oder drohten, ob sie flehten, schmeichelten, fluchten oder in Panik bebten – man glaubte, dem so grell Kostümierten in die Seele zu schauen, ja mehr noch: Von Herzenburg empfand beinahe selbst die Wut, die Todesangst oder die Hoffnung des Grimassen schneidenden Harlekins.

Lachstürme hallten wieder und wieder durch die ehemalige Klosterkirche, und der Rittmeister konnte gar nicht anders, als mit einzustimmen. Selbst Mathias von Torgau, sonst nicht gerade mit Humor gesegnet, ließ hin und wieder einen heiseren Lacher hören.

Während der am Boden kniende Harlekin so einfallsreich gestikulierte und dazu sein Gesicht zu den unglaublichsten Grimassen dehnte, ließ er den Ritter, der ihn mit dem Degen bedrohte, keinen Moment aus den Augen. Die Zuschauer schien er gar nicht wahrzunehmen.

»Genug!«, tönte es auf einmal vom Thron. Schlagartig verstummte jedes Gelächter im Raum, schlagartig erstarrten auch Miene und Körper des um sein Leben Kämpfenden. Alle starrten nun den in blaue Gewänder gehüllten König an. Nur der Maler zeichnete, was das Zeug hielt.

»Stoße Er diesen närrischen Kerl endlich in den Hades!«, befahl der König vom Thron herab. Die Leute im Gestühl hielten den Atem an, von Herzenburg biss sich auf die Unterlippe, und die Rechte des Cornets zuckte schon wieder zum Degenkorb.

Die Ritter im Altarraum taten einen Schritt auf den Harlekin zu, zogen ihre Klingen zur Hälfte, verharrten angriffsbereit und mit grimmigen Mienen. Wie um zum tödlichen Stoß auszuholen, nahm der Schwertträger über dem Harlekin die Klingenspitze von dessen Hals und schob den angewinkelten Ellenbogen sehr langsam und sehr weit über die Schulter. Im Raum herrschte Totenstille.

»Na gut, dann töte mich eben«, tönte der Harlekin plötzlich in gleichmütigem Tonfall und mit deutlich fremdländischem Akzent – ein Engländer, vermutete von Herzenburg – und zuckte mit den Schultern. »Ich würde dir zwar die schönste Frau der Welt anbieten, ließest du mich am Leben, meine eigene nämlich, und das samt unserer zehn Kinder, die dir fürderhin als Sklaven dienen könnten. Kannst du alles haben, edler Ritter, und du würdest diesen Tausch niemals bereuen, denn glaube mir: Eine Frau wie die meine zu besteigen ist nur wenigen vergönnt.« Im Gestühl ertönte raues Männergelächter, der Harlekin aber seufzte und schnitt eine mitleidige Miene. »Doch den Befehl seines schwachsinnigen Königs auszuführen wird einem Hanswurst von deiner Sorte wohl wichtiger sein, als mit der schönsten Frau der Welt im Bett zu liegen, fürchte ich.«

»Möge Er ihm doch endlich das unflätige Maul stopfen!«, forderte der König, rutschte bis zur Kante seines königlichen Throns und schwang die königliche Faust. »Möge Er ihn doch endlich töten!«

»Statt des Tauschhandels sollte ich dir also vielleicht besser ein Geständnis anbieten«, erklärte der Harlekin ungerührt. »Ich bin nämlich in Wahrheit ein Engel – von Gott gesandt, dich in Versuchung zu führen und deine Widerstandskraft gegen das Böse und deine Eignung fürs Himmelreich zu prüfen …«

Erneut erhob sich Gelächter. Der König sprang auf und donnerte: »Töte ihn!« Die Ritter zogen ihre Schwerter, taten einen weiteren Schritt, und der Edelmann vor dem Harlekin setzte nun endgültig zum tödlichen Stoß an.

»… und läuft es ganz dumm für dich, bin ich in Wahrheit der Teufel, der dich gleich mit in seine Hölle reißen wird«, erklärte der Harlekin in größter Ruhe. »Ich hoffe, deine Pfaffen haben dich gelehrt, wie heiß die Flammen dort unten …« Plötzlich verstummte er, fixierte die steife Halskrause seines zögernden Henkers, schnitt erst eine erschrockene, dann eine schadenfrohe Miene. Der andere runzelte die Stirn, hielt inne, senkte sogar die Klinge.

»Bettwanzen!« Der Harlekin kreischte vor Vergnügen. »Auf deiner Halskrause. Eine ganze Familie.« Der Ritter bog das Kinn zur Brust, um seine schneeweiße Faltenkröse zu überblicken. Der Harlekin zu seinen Füßen klatschte in die Hände. »Guten Appetit, Ihr hochwohlgeborenen Wanzen!«

Blitzschnell sprang er schon im nächsten Augenblick auf, entriss dem nun vollends unaufmerksamen Ritter sein Schwert und schlug es ihm gegen den Schädel, sodass er aufseufzte und zu Boden ging. Die Zuschauer grölten und klatschten, das rot-gelbe Schlitzohr aber stürzte sich mit erhobenem Schwert auf den König und nahm ihn als Geisel.

Der Rest ging in Beifall, Bravorufen und spanischem Jubel unter. Der dauerte seine Zeit, und weil auch der Rittmeister und sein Cornet applaudierten, wurde die blonde Edelfrau auf sie aufmerksam und wandte sich um. Ihre Brauen hoben sich, und ein Ausdruck freudiger Überraschung ging über ihr ebenmäßiges Gesicht. Einen Herzschlag lang begegneten ihre Blicke einander, und hinter von Herzenburgs Brustbein perlte es heiß bis in seine Lenden hinab.

Maria stand auf, zog den Maler an sich, beugte sich an sein Ohr und flüsterte mit ihm. Ein junger Mensch und ein schöner dazu, wie dem Rittmeister gleich auffiel. Wählerisch war Maria schon als Kind gewesen. Mit einer vertraulichen Geste löste sie sich von dem Jüngeren, und wie gut von Herzenburg diese Geste von ihr kannte – ein Stich, ein ganz feiner, fuhr ihm durch die Brust. Maria aber raffte ihr Kleid über die Knöchel und eilte zu ihnen.

Der Harlekin hielt den Mann auf dem Thron inzwischen von hinten umklammert und hatte ihm die Klinge an die Kehle gesetzt. Das Publikum forderte den Tod des Königs – überwiegend auf Spanisch –, doch die energische Stimme des Harlekins verschaffte sich rasch Gehör. Er würde ja gern, erklärte er, doch leider brauche er den Onkel des Prinzen Hamlet noch, denn das Zwischenspiel sei nun zu Ende und gleich wolle er den hoch verehrten Herrschaften zeigen, wie es dem dänischen Prinzen und seiner Familie in Wahrheit erging.

Von Herzenburg beugte sich zum Handkuss über die ausgestreckte Rechte seiner Cousine. Wie schon beim letzten Mal duftete sie nach Kirschblüte. Dann trat er einen Schritt zur Seite, um von Torgau Platz zu machen. Nachdem auch dieser Maria in gleicher Weise begrüßt hatte, folgten sie ihr aus der Kirche auf den Gang hinaus und weiter in eine Zimmerflucht.

Maria von Bernstadt redete die ganze Zeit auf dem Weg in ihre Gastgemächer, erkundigte sich nach dem Ergehen der Männer, nach der Reise den Rhein herauf – sie schien zu glauben, dass sie mit der Kutsche gekommen waren –, nach dem General Córdoba und dem Stand der Belagerung Frankenthals. Immerhin darüber und über Spinolas Ablösung durch Fernández de Córdoba wusste sie Bescheid.

Aus den Augenwinkeln bemerkte von Herzenburg, wie sein Cornet Marias Gestalt mit Blicken verschlang. Das ärgerte ihn einerseits, denn ein Mindestmaß an Selbstbeherrschung erwartete er durchaus von seinen Offizieren; andererseits verstand er von Torgau gut: Maria bewegte sich mit der Anmut einer Grazie, und der Schnitt ihres rot gesäumten weißen Kleides betonte die geschwungenen Linien ihres Leibes und ihrer üppigen Brüste. Lange blonde Locken strömten über die Alabasterhaut ihres Halses und ihrer Schultern. Sie hatte die weichen Gesichtszüge einer Jungfrau, doch ihre grünen Augen versprühten den Charme einer Verführerin, und ihre vollen Lippen betörten von Herzenburg schon seit früher Jugend, wie nur eine verbotene Verheißung einen Mann betören kann.

»Wenn Ihr erlaubt, würde ich meinen Vetter gern allein sprechen«, beschied sie von Torgau lächelnd. »Im Innenhof, bei Euren Männern, wird man Euch verköstigen.« Mathis guckte süßsauer und neigte den Kopf, während sie ihm die Tür vor der Nase schloss. »Ich bin froh, dass du gekommen bist, Vetter. Danke.« An einem niedrigen Tisch ließ sie sich in einem Lehnsessel nieder. »Dein Vater will dich verheiraten, wie man hört?«

»Da weißt du mehr als ich.« Vor einer Staffelei mit einem noch nicht ganz vollendeten Ölporträt Marias blieb der Rittmeister stehen und betrachtete es. Ihr köstlicher Mund wirkte darauf noch größer als in natura, und ihre weißen Brüste quollen schier aus dem weiten Dekolleté eines dunkelblauen Kleides.

»Mein Vater schrieb es mir, und der Prinz weiß es auch schon. Komm, setz dich zu mir.« Sie zog einen Lehnsessel dicht an ihren heran. »Gefällt dir das Bild?«

»In natura gefallt Ihr mir weit besser, Prinzessin.« Marias Vater, ein sächsischer Reichsgraf und Bruder seines Vaters, hatte sie mit dem Sohn eines schlesischen Herzogs verheiratet. Seitdem sprach Maximilian sie manchmal mit »Prinzessin« an.

Er legte Bandelier, Degen und Harnisch ab, schlenderte zur Sitzgruppe und ließ seine Blicke dabei durch den Raum wandern. Unter den Gemälden an den Wänden entdeckte er zwei neue Porträts von Maria. Der prachtvolle Gobelin zwischen Sitzecke und Kleidertruhe sah teuer aus. Im Mittelpunkt des kunstvoll gewirkten Bildes stand eine nackte Schönheit.

»Die Geburt der Venus«, erklärte Maria, die seinen bewundernden Blick bemerkte. »Nach einem alten Florentiner. Hübsch, nicht wahr?«

Von Herzenburg nickte flüchtig und sah sich weiter um. Vor der Kleidertruhe stand wohl ein Dutzend Paar Schuhe. Auf dem Esstisch entdeckte er spanische Kristallgläser und venezianisches Porzellan; auf einem Beistelltisch stapelten sich Bücher; die Perlmuttschatulle vor dem Kirschholzspiegel des Waschtisches quoll über von Perlen.

Vieles davon kam von Herzenburg vertraut vor, denn diese Dinge begleiteten Maria stets auf ihren vielen Reisen; dazu Dienerschaft, Musiker und wechselnde Maler mit Instrumenten und Werkzeug. Von Herzenburg beneidete den Mann nicht, der all das zu finanzieren hatte.

Im Sessel neben Maria nahm er Platz. »Ihr habt mir von einem Gefallen geschrieben, um den Ihr mich bitten wollt, Prinzessin. Worum geht es?«

»Nicht doch, lieber Vetter!« Unwille zog ihre Brauen zusammen. »Nicht doch so förmlich!« Sie beugte sich zu ihm herüber und legte ihre Hand auf seinen Arm. »Was ist jetzt mit deinen Heiratsplänen?«

»Ich habe keine.«

»Was erzählt mir der Prinz dann?« Sie sprach von ihrem Gatten, dem Prinzen von Münsterstadt, Bernstadt und Oels, einem trunksüchtigen Weiberhelden, der als Obrist das kaiserliche Reiterregiment kommandierte, dem auch von Herzenburgs Kompanie angehörte. »Und warum schreibt mein Vater dann davon?«

»Sein Bruder, der Graf von Herzenburg, hegt Heiratspläne.« Der Rittmeister streichelte ihre Hand, während er mit leiser Stimme antwortete. »Heiratspläne, in denen sein Sohn eine Rolle spielt, wie es scheint. Also ich – jedenfalls deutet er das in einem Brief an. Den habe ich bisher allerdings nur überflogen. Vielleicht finde ich gelegentlich Zeit, ihn gründlicher zu lesen …« Er nahm ihre Hand von seinem Arm, führte sie an die Lippen und küsste jeden einzelnen Finger. »Was kann ich für dich tun, liebe Base?«

Ihr ungläubiger Blick erforschte sein Gesicht. »Du willst nicht darüber sprechen, nicht wahr?« Ihre Stimme klang belegt. Sie rückte ihren Sessel noch näher an seinen, beugte sich noch weiter zu ihm hinüber und streckte die andere Hand nach seinem Gesicht aus. »Wie hat der Pickelhering dir gefallen, Vetter?« Ihre Fingerbeeren glitten über seine Wangenknochen, seinen Hals, seine Brust.

»Pickelhering?« Er runzelte die Stirn. »Von wem sprichst du?«

»Von dem Harlekin.« Ihre Hand kreiste schon über seinem Bauch. »Der Engländer, der ihn spielt, nennt die Figur ›Pickelhering‹. Christopher Greenley heißt der Schauspieler. Ist er nicht hinreißend?«

»Ganz lustig, doch.« Maximilian streichelte ihren Alabasterhals und ihren Nacken unter dem Blondschleier. »Hat er etwas mit dem Gefallen zu tun, um den du mich bitten willst?«

»Ja«, flüsterte sie. »Ich möchte dich bitten, Herrn Greenley und mich nach Heidelberg zu eskortieren.«

»Nach Heidelberg? Willst du die Stadt im Sturm erobern?« Der Rittmeister schmunzelte und griff ihr tief ins Dekolleté. Maria sog seufzend die Luft ein, biss sich auf die Unterlippe. »Und das allein und bevor Tilly seine Belagerung überhaupt begonnen hat?« Über die Armlehnen ihrer Sessel hinweg zog er sie an seinen Mund.

Es klopfte an der Tür. Sofort ließen sie voneinander ab, setzten sich kerzengerade in ihren Sesseln auf und schlugen die Beine übereinander. Maria ordnete Dekolleté und Haar. Auf ihre Aufforderung hin trat ihre Zofe ein. Jedes Mal, wenn Maximilian ihr begegnete, versuchte er erfolglos, sich ihres Namens zu erinnern. Die Frau dagegen begrüßte den Rittmeister mit einem Knicks und sprach ihn dabei mit Rang und Namen an. Danach stellte sie ein Tablett mit Gläsern, einem gefüllten Weinkrug und einer Karaffe mit Wasser auf den Tisch und huschte wieder aus dem Raum.

Maria lauschte einen Augenblick, und als die Schritte der Zofe verklangen, eilte sie zur Tür, öffnete sie einen Spalt, blickte hinaus und drückte sie wieder zu. »Mathis ist weg.«

Sie drehte den Schlüssel um, raffte Kleid und Unterkleider bis weit über die Knie herauf und tänzelte zurück zu Maximilian. Statt wieder neben ihm Platz zu nehmen, nahm sie ihm den Hut ab und warf ihn auf einen freien Lehnsessel. Dann trat sie sich die Schuhe von den Füßen, spreizte die Schenkel über seinem Schoß, ließ sich darauf fallen, klemmte seine Hüften zwischen ihren Knien ein. Seufzend stürzte sie ihm an den Hals, schlang die Arme um ihn, öffnete die Lippen über seinem Mund. Ganz atemlos gebärdete sie sich auf einmal, wühlte die Hände unter seinen Wams, unter sein Hemd, küsste, saugte, presste und rieb sich schier in ihn hinein.

So ging es immer, und ihr wilder Hunger raubte von Herzenburg erst einmal den Atem. So war es von Anfang an gegangen – schon beim ersten Mal, als er Maria in der gräflichen Stallung genommen hatte; oder hatte sie ihn genommen? Neben dem Lieblingshengst ihres Vaters hatte sie ihm ohne jede Scham gezeigt, was er sich zuvor in so vielen erhitzten Stunden versucht hatte vorzustellen. Im Stroh hatte sie ihm gegeben, wovon er geträumt hatte, seit ihm Bartflaum spross, und sich selbst genommen, wonach sie hungerte. Bald zehn Jahre war das her. Die Unbedingtheit ihres Verlangens hatte ihn überwältigt damals, überwältigte ihn seitdem jedes Mal aufs Neue. Auch jetzt.

Er löste sich von ihren Lippen, holte Luft, saugte ihren Duft ein, schmeckte ihr Haar. Natürlich brannte er längst, seit dem Augenblick schon, in dem er sie in der Kirche gesehen hatte. Er tastete nach ihrem bebenden, sich windenden Körper, wollte ihre Haut, ihr Fleisch spüren. Schließlich gelang es ihm, Marias Brüste aus ihrem Kleid zu lüpfen und zu küssen. Welche Wonne! Er fühlte die bebenden Muskeln unter der Haut ihrer Schenkel, tastete unter sie, bis er das kühle feste Fleisch ihres Hinterns spürte und endlich auch die Hitze ihres Schoßes.

Sie half ihm, aus dem gespannten Hosenstoff zu befreien, was sie begehrte, und atmete tief und mit weit offenem Mund, als sie von Herzenburg in sich aufnahm, während dieser nur kurz und scharf die Luft durch die Nase einsog. Dann gab er sich dem hastigen Rhythmus ihres Rittes hin, versank im Anblick ihres köstlich keuchenden Mundes, ihres weißen, wippenden Busens.

Für viel zu kurze Zeit vergaß er den Herrn Graf, den Brief, die Kompanie, den Krieg, ja die Zeit selbst. Als es vorbei war, fiel ihm als Erstes der hübsche junge Maler vor seiner Staffelei in der Kirche wieder ein. Und danach alles andere.

Dann stieß die Prinzessin jenen Laut aus, von dem er nie zu sagen wusste, ob Entzücken oder Schmerz ihn auslösten. Oder noch mehr Hunger. Sie sank auf ihm zusammen, seufzte und lehnte zwei Atemzüge lang ihre Stirn gegen seine Brust, bevor sie von seinen Schenkeln stieg und beide Glieder und Garderobe ordneten.

Schweigend tranken sie danach roten Wein. Maximilian betrachtete Maria, doch Maria wich seinem Blick aus. »Hast du gesagt, du willst nach Heidelberg, oder habe ich das geträumt?«, fragte er irgendwann.

»Nach Heidelberg will ich, mit dem Engländer. Ja.« Sie schlug einen geschäftsmäßigen Ton an, doch ihre Stimme klang immer noch heiser. »Georg hatte mir schon fest versprochen, Greenleys Wandertheater und mich zu begleiten.« Sie sprach wieder von ihrem Gatten, dem schlesischen Prinzen. »Doch dann rief Tilly ihn durch einen Boten, und jetzt reitet Georg dem General entgegen.«

Die Gegenwart nahm erneut von Herzenburgs Kopf in Beschlag: General Tilly war dem Grafen Mansfeld aus der Oberpfalz bis in den Elsass gefolgt. Mittlerweile marschierte er wohl den Rhein herauf, um Heidelberg noch vor Wintereinbruch zu nehmen. So und ähnlich lauteten die letzten Nachrichten, die im Heerlager vor Frankenthal kursierten.

»Nach Heidelberg also …« Von Herzenburg stellte sich vor, mit der Gattin seines Obristen den Rhein hinauf bis an den Neckar zu reisen. Drei, höchstens vier Tage würden sie brauchen, und an jedem dieser Tage würde sie zu ihm kommen, um ihren Hunger an ihm zu stillen. Wann immer er wollte, würde er sie haben können. Eine erregende Vorstellung. Er räusperte sich. »In Heidelberg liegen die Engländer«, sagte der Rittmeister. »Sie und die Pfälzer schätzen keine Männer, die für den Kaiser kämpfen und auf ihre Leute schießen. Kein Ort also, der mich anzieht, wie du sicher verstehen wirst.« Er prostete seiner Cousine zu. »Was will denn der Gaukler dort? Und vor allem: Was um alles in der Welt hast du in Heidelberg verloren?«

»Er ist kein Gaukler!« Ihr tadelnder Blick wies ihn zurecht. »Er ist Schauspieler. Ein Künstler. Sein jüngerer Bruder ist Offizier der englischen Schlossgarnison in Heidelberg und liegt sterbenskrank, wie man Herrn Greenley gemeldet hat. Er will ihn besuchen, bevor er nach London zurückkehrt.«

Maximilian wusste, dass sie einen Maler mit auf Reisen zu nehmen pflegte. Hin und wieder auch Musiker. Doch einen Schauspieler? »Dass du den jungen Maler, nun ja …«, er machte eine Geste, als suche er nach dem richtigen Wort, »… sehr schätzt, ist nicht zu übersehen.« Die aufsteigende Bitterkeit gefror in seinen Zügen zu einem ironischen Lächeln. »Doch nun auch noch einen Komödianten? Ist der nicht sogar älter als dein Gatte?«

»Ein Schauspieler«, verbesserte sie mit plötzlich sehr ernster Miene. »Und es ist seine Kunst, die ich liebe. Ich habe ihn vor einem halben Jahr in Frankfurt kennengelernt, auf der Ostermesse. Seitdem sind wir in Verbindung.«

Von Herzenburg wusste, dass Marias schlesischer Prinz an einem Frankfurter Geldhaus beteiligt war, das enge Beziehungen zur reichen Republik Venedig pflegte. Einer der Gründe für die Verbindung des ungleichen Paares, nach Einschätzung des Rittmeisters sogar der Hauptgrund.

»Ich habe dafür gesorgt, dass Greenleys Wandertheater in diesem altehrwürdigen Gasthaus hier Unterkunft findet.« Mit ausladender Geste wies Maria zu Wänden und Decke. »Und was Heidelberg betrifft: Die Residenz bei der Gelegenheit wiederzusehen würde mich einfach nur glücklich machen. Es ist neun Jahre her, dass ich dort war.« Ein Schatten huschte über ihre Miene. »Damals war ich achtzehn Jahre alt und frisch vermählt. Und damals trank der Prinz von Bernstadt nicht halb so viel Wein wie heute. Wir feierten den Einzug des jungen Kurfürsten und seiner englischen Prinzessin in der Residenzstadt mit dem kurpfälzischen Hof. Ich will die schöne Stadt noch einmal sehen. Wer weiß denn, was von ihr übrigbleiben wird, wenn euer gottloser Krieg sie erst heimgesucht hat.«

»Es ist des Kaisers und des geächteten Kurfürsten Krieg.« Der Rittmeister lächelte wie einer, der felsenfest wirken will in seiner Meinung. »Wäre er gottlos, hätte man ihn längst ausgefochten, Maria, das kannst du mir glauben. Und zu Heidelberg nur so viel: Kein Dachstuhl wird dort brennen, kein Stein wird dort vom anderen fallen und keine Mutter um Sohn oder Tochter weinen. Glaube mir auch dies: Haben wir erst Frankenthal genommen, werden die Heidelberger ihre schnellsten Reiter losschicken, um uns den Schlüssel ihrer Stadt auf einem Samtkissen zu überbringen. Den Leuten dort schlottern doch jetzt schon Kiefer und Knie.«

»Hör doch auf!« Maria winkte ab. »Gegen meinen Willen musste ich mir anhören, wie deine Spanier im Böckelheimer Tal hausten. Und im Odenwald und im Bistum Speyer – räuberische Bestien hätten es nicht wüster treiben können.« Maria schüttelte sich und schnitt eine angewiderte Miene. »Du nimmst teil an diesem Krieg, Vetter, also ist es auch deiner.«

Er schwieg, fand nicht gleich die Worte für eine angemessene Entgegnung. Vielleicht verschloss ihm auch die Enttäuschung die Lippen: Eben noch hatte man jede trennende Wand einfach eingerissen und vergessen, und nun, nur wenige Atemzüge und Sätze danach, nichts als Fremdheit. Warum fiel ihm ausgerechnet jetzt seine Mutter ein? Nicht an ihr Grab auf dem Burghof musste er denken – an ihre lebendige Gestalt und ihr von Liebe glühendes Gesicht.

Mit einem Zug leerte Maria zur Hälfte den Wein, den der Rittmeister ihr eingeschenkt hatte. »Doch genug geredet: Willst du uns nach Heidelberg eskortieren, oder willst du es nicht?«

Das überlegene, immer ein wenig müde wirkende Lächeln wollte von Herzenburg auf einmal nicht mehr recht gelingen. »Was verstehst du schon vom Krieg.« Er stand auf, ging zum Fenster und sah hinaus. Unten, im alten Klosterhof, wehte zwischen zwei Linden die Standarte seiner Kompanie: ein goldenes Hirschgeweih auf blauem Grund. Darunter hockten die Reiter seiner Rotte auf Bänken; auch Matthis erkannte er. Bedienstete gaben ihnen zu essen und zu trinken. Einige Spanier hatten sich zu ihnen gesellt, Offiziere mit bandagierten Gliedern und verbundenen Schädeln. Einem fehlte das rechte Bein, zwei anderen die rechten Arme. »Seit wann pflegt man hier unsere verwundeten Offiziere?«

»Antworte mir: ja oder nein?«

»Wie ich schon andeutete, liebe Cousine: Um mich auf ein derartiges Unternehmen einlassen zu können, kämpfe ich auf der falschen Seite.« Unten im Hof sah er seinen Feldwebel Schneeberger einer Magd aufs Gesäß klatschen. Das Gelächter der Reiter hallte bis zum Fenster hinauf. »Jedenfalls vom Standpunkt der Heidelberger aus. Außerdem könnte man mich des Verrats verdächtigen und bei Tilly oder Córdoba denunzieren, wenn ich euch in die Residenzstadt eines Geächteten begleite.«

»Keiner kennt dich in Heidelberg, und keiner muss dich als Offizier des Feindes erkennen.«

»Der Teufel kennt jeden und flüstert jedem ins Ohr, was er will.«

»Und wenn du einen Befehl hättest?«

»Einen Befehl, inkognito nach Heidelberg zu gehen?« Er drehte sich nach ihr um und runzelte missmutig die Brauen. »Was redet Ihr da, Prinzessin?«

Sie stand auf, ging an der Staffelei mit ihrem unvollendeten Porträt vorbei zu einem schmalen Sekretär. Einen Augenblick lang betrachtete sie sich im Spiegel an der Seitenwand und fuhr sich über Haar und Dekolleté; dann zog sie eine Schublade auf und griff hinein. Mit einem versiegelten Kuvert in der Hand drehte sie sich nach dem Rittmeister um. »Ein Befehl meines Gatten, deines Obristen, mein lieber Vetter. Der Prinz von Bernstadt stellt dir frei, ihn zu befolgen oder zu vergessen. Im letzteren Fall vernichte den Brief und vergiss ihn.«

Er ging zu ihr, nahm ihr den Brief ab und brach das Siegel des Prinzen. Nur wenige Zeilen enthielt das Schreiben. Von Herzenburg möge ihn, seinen Obristen, als Beschützer seiner Gattin und ihrer Komödianten vertreten, hieß es darin. Und er möge die gute Gelegenheit nutzen, sich bestens getarnt in Heidelberg umzusehen: Versorgungslage, Anzahl der Geschütze, Zustand der Mauern und Wehranlagen, Moral der Bevölkerung, Anzahl der Engländer und so weiter. Und es könne sich durchaus treffen, dass man einander in Heidelberg sehe, wenn nämlich General Tilly ihn, den Obristen Prinz von Bernstadt, mit der Übergabeforderung aufs Schloss senden wird. Und dafür spreche so manches.

Er ließ das Schreiben sinken, hob den Blick und betrachtete das Bildnis auf dem französischen Gobelin an der Wand: Eine schöne Frau, die ihre Blöße erfreulich vergeblich mit ihrem langen Blondhaar und ihrer Rechten zu bedecken versuchte. Venus also. Sie stand in einer riesigen Muschel. Um sie herum schwebten Gestalten mit wehendem Haar; eine blies die Nackte an. Maximilian musste lächeln, als ihm Marias Ähnlichkeit mit der blonden Venus auf dem Gobelin bewusst wurde.

Er wandte sich um und sah ihr in die Augen. Deren Grün erschien ihm dunkler als noch vorhin in der Kirche. »Du tust selbstverständlich, was du willst.« Sehr leise sagte er das. »Doch wenn ich mit dir in derselben Kutsche den Rhein hinauffahre, werde ich dich nicht teilen. Mit keinem Gaukler, mit keinem Maler. Wenigstens so lange nicht, bis wir in Heidelberg sind.«

Sie nahm ihm den Brief ab, fasste seine Finger und führte sie zu ihrer Brust. Dort drückte sie seine Hand auf ihren Busen, dahin, wo ihr Herz schlug. Dabei nickte sie stumm.

Maximilian von Herzenburgs Gestalt straffte sich. »Gut«, sagte er jetzt wieder laut. Er faltete den Brief zusammen und steckte ihn ein. »Befehl ist Befehl. Doch wir brechen gleich morgen auf. Wenn Córdoba die Stadt stürmen lässt, will ich unbedingt zurück in Frankenthal sein.«

»Du begleitest uns also?« Sie fiel ihm um den Hals und küsste ihn auf die Wangen. »Ich wusste es, Max. Danke!« Zurück am Tisch nahm sie ihr Glas und trank es aus. »Und nun komm, wir gehen zurück in die Klosterkirche und sehen uns gemeinsam das Ende des Stückes an.«

»Ich gehe lieber hinaus zu meinen Männern.« Vor dem Spiegel arrangierte Maximilian seine schwarze Lockenpracht und rückte seinen großen Hut zurecht. »Mir steht nicht der Sinn nach Narrenpossen und Komödien.«

»Das ist keine Komödie, wahrhaftig nicht!« Die Entrüstung stand Maria von Bernstadt ins Alabastergesicht geschrieben. »Nur die Zwischenstücke sind zum Lachen. Die eigentliche Geschichte des Prinzen Hamlet aber ist tragisch. Kennst du sie denn noch nicht?« Der Rittmeister schüttelte gleichgültig den Kopf. »Er wird sterben«, sagte seine Cousine. »Alle werden sie sterben.«

9

Susanna zog ihren Leiterwagen die Mühltalstraße hinunter. Alles schien an ihr zu zerren, sie festhalten zu wollen – die Gärten, die Häuser, die Gänse und Hühner hinter den Zäunen, ja selbst der ausgetrocknete Boden unter ihren Sohlen. Langsamer, sagte sie sich, geh langsamer, sonst fällst du auf.

Blicke trafen sie aus Fenstern, aus Höfen, von Entgegenkommenden: gleichgültige, neugierige, mürrische, freundliche. Die Leute riefen, winkten oder nickten ihr Morgengrüße zu. Jeder kannte sie, jeder gehörte irgendwie zu ihrem Leben, seit sie denken konnte, und das Empfinden, jeder könne ihr hinter die Stirn blicken, machte ihr die Beine schwer. Sie zwang sich zu lächeln, wenn sie die Grüße erwiderte.

Im Hof neben der Bäckerei Pfeiffer beluden Leute einen Ochsenkarren. Auch die hatten es eilig. Flüchtig nahm Susanna wahr, wie Frauen Kisten voller Hausrat zum Wagen hinaufreichten, wo ein Halbwüchsiger sie entgegennahm. Sogar einen Lehnstuhl stemmten sie zu ihm hinauf.

Susanna war nicht die Einzige an diesem Tag, auch andere wollten weg aus Handschuhsheim.

Im Osten löste der Sonnenball sich von der Silhouette des Heiligenbergs. Zweihundert Schritte vielleicht noch bis zur Landstraße. Susannas Hände schwitzten an der Deichsel des Leiterwagens. Eine Gasse öffnete sich, der Schatten einer Mühle fiel auf sie, Kinderstimmen wurden laut. Die berührten augenblicklich etwas Weiches, Wundes in ihrer Brust, und vielleicht versuchte Susanna deswegen, lieber nicht hinzusehen.

Selbst die Haare auf ihrem Kopf seien gezählt, hatte der Pfarrer am Sonntag von der Kanzel gerufen, für jeden habe Gott einen guten Plan und alles sei vorherbestimmt. Vielleicht hatte der Pfarrer recht – ganz gewiss hatte er recht –, vielleicht aber wäre dennoch alles anders gekommen, wenn diese Kinderschar am Mühlbach nicht gewesen wäre.

»Bleib stehen!«, rief ein Junge. »Ich hab dich, Susanna. Wirst du wohl stehen bleiben?«

Heißer Schrecken durchzuckte Susanna, und wie festgewachsen stand sie plötzlich still. Jetzt sah sie doch hin: Am Bachufer rannte der jüngste Sohn des Schuhmachers Arnold hinter einem Mädchen her, das Susanna nicht kannte. Sie spielten Versteck. »Stehen bleiben, Susanna!« Auf der Brücke zwischen Mühle und Straße holte er sie ein und hielt sie fest. »Ich hab dich.«

Sie war gar nicht gemeint! Das Mädchen gehörte zu einer fremden Familie, die wenige Wochen zuvor aus dem hessischen Odenwald hierher nach Handschuhsheim geflohen war. Es hieß genau wie sie: Susanna.

Seltsamer Zufall. Oder vorherbestimmt?

Aus irgendeinem Grund konnte sie den Blick nicht mehr von den Kindern am Bach wenden. Wie oft hatte sie selbst in ihrer Kindheit dort gespielt. Mit Anna, mit den Nachbarkindern, mit den Cousins und Cousinen.

Ein paar Jungen und Mädchen huschten aus ihren Verstecken hinter Baumschnitt und Holzstößen, kamen zu ihr und kauerten sich hinter ihren Leiterwagen. Jetzt konnte sie gar nicht mehr weitergehen. Ein Mädchen lüpfte das Sacktuch ein wenig, das Susanna über den Leiterwagen gebreitet hatte. Susanna erkannte die Tochter des Waisenhauslehrers Bach. »Finger weg!«, zischte sie. Das Herz schlug ihr in der Kehle.

»Was hast du da drunter versteckt?«, fragte die kleine Bach.

»Eine Sichel, du Naseweis. Und einen Korb für Brennnesseln.«

Das war nur die halbe Wahrheit. Die Habseligkeiten, die Susanna für ihre unentbehrlichsten hielt, hatte sie im Korb und zu einem Bündel geschnürt unter der Sichel verstaut: Ihre beste Wäsche, ein Paar gute Schuhe, ihr Lieblingskleid, einen Wintermantel und die Bibel, die Großmutter ihr zur Konfirmation geschenkt hatte. Außerdem Feder, Tinte und das Schreibheft, dem sie seit einiger Zeit ihre Gedanken anvertraute. Und natürlich die Flöte, die der Vater ihr vor drei Jahren aus Heilbronn mitgebracht hatte, sowie Wegzehrung: Brot und Obst. Für Wasser, Käse und Fleisch wollte Hannes sorgen.

In den letzten zwei Wochen hatte sie die Sachen nach und nach unter einer losen Diele im Schuppen versteckt und heute im Morgengrauen auf den Leiterwagen gepackt.

»Wohin gehst du denn?«, wollte das neugierige Mädchen wissen. Spürte es etwa ihre Angst?

»Ich geh hinaus zum Heidelberger Tor. Brennnesseln schneiden am Dorfgraben.«

Das hatte Susanna auch am Morgen in der Küche der Großmutter erklärt, und die Hitze war ihr dabei ins Gesicht gestiegen. Die Großmutter aber hatte es nicht gesehen – es war wohl noch zu dunkel gewesen – und lieber das Feuer geschürt, statt nachzufragen. Sie brauchte ja Brennnesseln für ihren Nierentee, und der Großvater hatte sich angewöhnt, die schmerzenden Knie beinahe täglich mit Brennnesseln zu peitschen.

Weil die neugierige Lehrerstochter sich auf den Knien aufgerichtet hatte, entdeckte sie der Schusterjunge, der suchen musste. Er rannte herbei, die Entdeckten gaben ihr Versteck auf und flohen.

Susanna erschrak: Schon viel zu lange stand sie hier am Bach vor der Mühle. Womöglich suchte man längst nach ihr. Sie wandte sich ab, hatte es jetzt eilig, ihren Karren weiter die Mühltalstraße hinunter zu ziehen. *Bleib stehen, Susanna*, gellte es in ihren Ohren, obwohl kein Kind mehr rief. *Ich hab dich!* Die Räder ratterten über eingetrocknete Wagenspuren, Pferdeäpfel und Steine; Tränen rannen über Susannas Wangen.

Abschied. Für immer.

Wo würden denn ihre Kinder eines Tages Verstecken spielen? Unvorstellbar, dass sie es nicht hier am Mühlbach tun sollten. Und mit wem würden ihre Kinder denn spielen? Undenkbar, dass sie es nicht mit den Söhnen und Töchtern ihrer Altersgenossen hier in Handschuhsheim tun würden. Und dennoch wollte sie weg, wollte mit Hannes fortgehen, wollte es um jeden Preis.

Ihr war, als würde ihre Kindheit und Jugend jetzt erst enden, genau hier und jetzt, während dieser bleiernen Schritte die Mühltalstraße hinunter Richtung Heidelberger Tor.

Links, im Hof zwischen der neuen Mühle und dem Wohnhaus, sah sie auch die Familie des Müllers ihr Hab und Gut auf einem Ochsenkarren verstauen. Rechts ragte die Tiefburg hinter den Dächern auf. Saatkrähen umschwirrten den klotzigen Turm.

In einem Obstgarten links schob der Uhrmacher Merkel die Leiter in eine Apfelbaumkrone, deren Geäst sich unter der Last schwerer Boskopäpfel bog. Zwei Gärten weiter machte sich ein krummes altes Ehepaar daran, die letzten Rüben auszugraben, Adam und Otilie Beysel.

Beide rochen gewöhnlich nach Kuhstall, und an warmen Abenden pflegten sie mit den Großeltern auf der Bank vor dem Beysel- oder dem Almut-Haus zu sitzen. Noch bis vor wenigen Jahren hatte Susanna den Geschichten Otilie Beysels gelauscht, wenn sie zu ihr auf den Hof ging, um frisch geschorene Wolle zu holen. Niemand konnte erzählen wie die alte Bäuerin.

Am lauteren Rattern der Wagenräder merkte Susanna, dass sie hastete. Sie wischte sich die Tränen ab und lief langsamer. Jetzt nur keinen Fehler machen!

Jugendliche überholten sie im Laufschritt, zwei Jungen waren darunter, mit denen hatte sie vor fünf Jahren Konfirmation gefeiert. Wen würden die heiraten? Wie viele Kinder würden ihre Frauen bekommen? Was hatte der allmächtige Gott für sie vorherbestimmt? »Ich werde es niemals erfahren«, murmelte sie erschrocken. »Kann das denn wahr sein? …«

Die Tiefburg blieb zurück, das Ende der Mühltalstraße und die Einmündung der Dossenheimer Landstraße rückten näher. Dorthin eilten auch die jungen Leute, die sie überholt hatten. Vielleicht zum Rathaus. Was hatten sie dort zu tun?

Susanna wollte zur Landstraße nach Heidelberg. Doch nicht bis zum Tor – sie wollte vorher nach Osten in den Kehrweg abbiegen und dann über das Heiligengässel in den Wald und zum Heiligenberg hinaufgehen.

Neben dem Abschiedsschmerz und dem schlechten Gewissen plagte sie die Angst, sie könnte auf dem Weg über den Berg spanischen Soldaten in die Arme laufen. In der letzten Zeit tauchten doch überall Rotten dieser schlimmen Reiter auf. Deswegen hatte sie sich auch endlich entschieden, nach Ziegelhausen hinüberzugehen, zur alten Abtei Neuburg, wo Hannes wartete.

Geliebter Hannes, ich komme!

Ja, sie hatte sich doch noch auf den Weg gemacht, aber es hatte einen langen Anlauf gebraucht bis zum Aufbruch an diesem Morgen, länger als drei Wochen. Zweimal hatte sie den Friedrich ohne Nachricht an Hannes fortgeschickt, weil es hieß, der Graf Mansfeld käme den Rhein herauf, um General Córdobas Spanier von den Toren und Mauern Frankenthals wegzujagen. So schlimm wie Hannes meinte, konnte es also doch nicht werden mit dem Krieg, hatte sie gedacht.

Und dann hatte der Vater das starke Heer des Herzogs von Halberstadt so lauthals gelobt, wie er sonst nur »Ein feste Burg ist unser Gott« sang. Und ein Schreinergeselle, der von seiner Wanderschaft aus dem Norden nach Handschuhsheim zurückgekehrt war, berichtete vom großen Kriegsvolk des verbündeten dänischen Königs und dass dessen Vorhut schon nahe bei Frankfurt in der Landgrafschaft Hessen stünde.

Und als dann auch noch der berühmte Obrist Michael von Obentraut die Städte Bensheim, Weinheim und Heppenheim von den Spaniern zurückerobert hatte, klangen sie auf einmal wieder sehr zuversichtlich, die Männer von Handschuhsheim; und die englischen Soldaten in Mannheim und Heidelberg zweifelten sowieso nicht an einem Sieg über die Papisten, wie man immer wieder hörte.

Also doch nicht weggehen müssen wie ein Dieb in der Nacht; doch nicht die Wurzeln aus dem heimatlichen Boden reißen; doch nicht alles hinter sich lassen müssen, was ihr lieb und teuer und so sehr ans Herz gewachsen war, dass Susanna zu sterben glaubte, wenn sie nur daran dachte, all das hinter sich zu lassen. Wieder und wieder hatte sie Hoffnung geschöpft.

Bis der Graf Mansfeld dann tatsächlich vor Frankenthal auftauchte, und der General Córdoba die Belagerung abbrach und vor dem kühnsten und stärksten aller evangelischen Feldherren floh. Doch das galt nur ein paar Tage lang als gute Nachricht. Bald nämlich tauchten wieder spanische Reiterhorden diesseits des Rheins auf. Sie hatten Hunger und Durst und nichts mehr zu tun. Und wieder starben Kaufleute auf dem Weg nach Heidelberg, wieder verbluteten Bauern auf den Feldern, wieder verschwanden Frauen und Mädchen, wieder brannten kleine Weiler oben im Odenwald. Und bald sah man wilde Reiter nahe Schriesheim nach Beute spähen, und vor kurzem sogar schon zwischen Dossenheim und Handschuhsheim.

Alle bekamen es mit der Angst zu tun, und als der Friedrich Stein vor vier Tagen das letzte Mal in diesem Jahr mit einer Ladung Feuerholz, Mostobst und Schafswolle ins Dorf fuhr, gab Susanna ihm heimlich einen Brief an Hannes mit, in dem sie den Tag festlegte, an dem er im Kloster Neuburg auf sie warten sollte.

Und jetzt war der Tag gekommen. Heute musste es geschehen.

Ungeheuerlich erschien ihr auf einmal, was sie sich vorgenommen hatte. Doch heute würde sie es tun. Angst und Schuldgefühl engten ihr Brust und Kehle ein. Doch heute würde sie es zu Ende bringen. Hinter ihr holperten die Räder des Leiterwagens über die letzte Wegstrecke der Mühltalstraße, und ihr Lärm übertönte das Getrommel hinter ihrem Brustbein. Gut so.

Haustüren und Hoftore wurden aufgestoßen, Kinder, Männer und Frauen liefen heraus und eilten zum Ende der Mühltalstraße, wo schon die jungen Leute verschwunden waren, die Susanna überholt hatten. Als sie selbst dort ankam und die Dossenheimer Landstraße überqueren wollte, sah sie auf der rechten Seite vor dem Rathaus eine Menschentraube aus bestimmt dreißig Handschuhsheimern. Und es wurden immer mehr.

Susanna blieb stehen, machte kehrt und zog ihren Karren ein Stück Richtung Rathaus. In keinem der kleinen Läden in den Fassadennischen dort verkaufte noch jemand Brot oder Fleisch, und keiner wartete davor, um zu kaufen. Alle hatten sich vor dem Eingang versammelt, tuschelten, schimpften, scharrten mit den Füßen und begafften zwei Männer, die dort mit Hälsen und Handgelenken in eine Doppelgeige eingeklemmt waren, ein breites, langes Brett mit den ausgesägten Löchern für Kopf und Glieder. Es hing zwischen zwei wuchtigen Vierkantsäulen aus Eichenholz, und zwar so niedrig, dass die beiden geplagten Männer sich mächtig bücken mussten.

Der Pranger von Handschuhsheim.

Schuld wurde hier gesühnt, und das zog auch Susanna an. Sie ging von der Seite so nahe an die Menschenmenge heran, dass sie die Schrift auf den Schildern lesen konnte, die man den Männern – einem Handschuhsheimer Maurer und seinem Sohn – um die Hälse gehängt hatte. *Ich bin verbotene Wege gegangen*, las sie, und es fuhr ihr in die Eingeweide.

Der Schultheiß stand auf der Vortreppe des Rathauses, der Feldschütz und sein Gehilfe unter ihm neben der Doppelgeige. Der Feldschütz berichtete mit lauter Stimme, wo er und sein Gehilfe die beiden Männer aufgegriffen hatten: Oben in den Weingärten mit den späten Trauben, auf Wegen, die durch Schilder als verbotene ausgewiesen waren.

»Nur Pack, das die Gebote unseres Gottes vergessen hat, treibt sich vor der Weinlese dort oben herum!«, rief der Feldschütz. »Um zu rauben, womit Gottes Segen die harte Arbeit frommer Leute belohnt hat.«

Die Männer hatten Weintrauben gestohlen, ganze Körbe voll. Wütende Rufe aus der Menge wurden laut, faules Fallobst flog und klatschte zwischen die Köpfe der Diebe gegen die Doppelgeige. Susanna wandte sich ab und hastete davon.

Verbotene Wege …

Und sie selbst? Ging nicht auch sie einen verbotenen Weg? Wie ein glühendes Eisen bohrte das Schuldgefühl plötzlich in ihrer Brust. Einfach weggehen, ohne Abschied – war das etwa erlaubt? Einfach der Stimme gehorchen, die tief in ihrem Herzen wisperte, die ihr Tag für Tag und Nacht für Nacht flüsterte: *Geh zu deinem Hannes, fliehe mit ihm, damit du mit ihm leben kannst.* Durfte man das?

Bleib stehen, Susanna, ich hab dich …

Statt geradeaus und zur Einmündung der Landstraße nach Heidelberg trugen ihre Füße sie nach rechts über die Dossenheimer Landstraße und dann nach links in die Mittlere Kirchgasse und schließlich über die untere Kirchgasse bis zur Vituskirche. Vor dem Eingang ließ sie den Leiterwagen allein.

Was hast du hier verloren, raunte jene Stimme, *dein Hannes wartet doch.* Und eine andere antwortete: *Noch einmal in die geliebte Kirche gehen, noch einmal dort beten, wo wir jeden Sonntag gebetet haben; nur ganz kurz auch dort Abschied nehmen, gar nicht lang.*

Auf einmal kniete Susanna in der vordersten Bank unter der Kanzel, wusste kaum, wie sie dahin gelangt war. Sie betete, versuchte es wenigstens. Immer nur wenige Gebetsworte kamen ihr über die Lippen, ohne jede Inbrunst, und immer wieder unterbrach sie sich und lauschte den Stimmen in ihrem Inneren.

»Hast du es nicht in der Bibel gelesen?«, sprach sie leise die Worte der hitzigeren Stimme aus: »Auch Ruth hat ihre Heimat verlassen, ist dem Boas gefolgt, ohne noch einmal zurückzublicken.«

»Sie hat sich aber von ihren Lieben verabschiedet.« Murmelnd sprach sie aus, was die andere, die kühlere Stimme einzuwenden hatte. »Außerdem war sie eine Heidin und Boas ein frommer Mann aus dem Volke Israel. Bei euch ist es umgekehrt: Du bist die Fromme, glaubst wie die Heilige Schrift zu glauben gebietet, und Hannes ist ein Papist. Und gelogen hast du auch heute Morgen.«

»Um niemandem das Herz schwer zu machen!« Die Kirche hallte von ihrer Stimme wider.

»Wenn es Gottes Wille ist, wird kein Krieg und keine Mutter euer Glück verhindern können. Alles ist vorherbestimmt.«

»Aber wurden auf dem Heiligenberg nicht bereits Schanzen für Kanonen gegraben? Wo werden die hinschießen, wenn man sie erst hinaufgeschafft hat? Ganz gewiss nicht in den Odenwald hinein.«

»Denke an deinen Konfirmandenspruch: ›Gottes Wege sind vollkommen! Er ist ein Schild allen, die ihm vertrauen‹.«

»Aber ich will doch leben, lieber Heiland!« Susanna schluchzte und raufte sich das Haar. »Ich will doch für immer beim Hannes sein!« Sie verschränkte die Arme auf der Banklehne, bohrte die Stirn hinein und weinte.

Sie dachte an ihren Leiterwagen draußen vor der Kirche, dachte an Hannes, dachte daran, dass man sie ganz gewiss schon zu Hause in der Werkstatt vermisste und längst nach ihr suchte. Doch wie gelähmt hing sie über der Lehne der Kirchenbank, rief Gott im Himmel an, rief den lieben Heiland an und wartete darauf, dass die Stimmen in ihrer Brust endlich Frieden schließen würden.

So verstrich die Zeit.

Und dann näherten sich Schritte draußen auf dem Vorplatz der Kirche. Jemand kam herein. »Susanna?«

Sie hob den Kopf und fuhr herum – der Vater stand im Kirchenportal. »Du bist hier in der Kirche, Susanna?« Rasch lief er durch den Mittelgang, seine Schritte hallten durchs Kirchenschiff. »Der Schultheiß sah dich in die Kirchgasse einbiegen, und draußen steht ja der Leiterwagen.«

Er kam ins Gestühl, verharrte über ihr und musterte sie verwundert. Er sah unglücklich aus.

Susanna sagte gar nichts, wischte sich nur die Tränen ab. »Weine nicht, mein geliebtes Kind.« Der Vater griff nach ihrer Hand, betrachtete sie kummervoll. »Was dir wichtig ist, hast du ja schon zusammengepackt, wie ich draußen im Leiterwagen gesehen habe.« Er klang eher zerknirscht als vorwurfsvoll. »Komm. Ich bringe dich und deine Schwester nach Heidelberg.« Er zog sie hoch.

Susanna sperrte Mund und Augen auf, sie begriff gar nichts mehr. Ihre Miene war eine einzige Frage.

»Der geharnischte Mönch Tilly ist nicht mehr weit«, sagte der Vater mit hohler Stimme. »Seine Kroaten gehen bereits auf Weinheim los, um es für die Papisten zurückzuholen. Und am Neckar brennen die ersten Dörfer. Komm schnell mit mir, Susanna. Hinter den Mauern Heidelbergs seid ihr Mädchen sicher. Ihr werdet beim Tuchmacher-Onkel wohnen.«

Er zog sie aus der Vitus-Kirche. Draußen packte er die Deichsel des Leiterwagens mit der Linken, mit der Rechten hielt er Susanna fest. Das Sacktuch über dem Wagen war zur Hälfte zusammengerafft. Der Vater wusste Bescheid.

Mit großen Schritten hastete er durch die Gassen, über die Dossenheimer Landstraße und die Mühltalstraße hinauf. Knochig und verbissen sah sein Gesicht aus. Seine Blicke flogen nach rechts und links. Kaum einen Gruß brachte er über die fahlen Lippen.

Die Angst hockte dem Vater im Nacken.

Susanna stolperte neben ihm her. Ihre Brust fühlte sich an wie mit kaltem Stein gefüllt. Nirgendwo spielten mehr Kinder. Vielleicht war alles vorherbestimmt so, vielleicht hatte sie auch einfach zu lange gezögert.

10

Kinder!« Stephan schnitt ein Gesicht, als müsste er selbst zum Zahnbrechen auf eine Bühne hinauf. »Wieder nur ein paar Kinder!« Er sprang vom Wagen, stieß einen kroatischen Fluch aus, riss sich den schönen Hut des Herrn Pantalon vom Kopf und hüllte sich fest in dessen feinen Umhang. Fluchend stapfte er so am Bühnenwagen hin und her, während der Dachshund kläffend zu seinen Füßen tänzelte, der englische Riese winselte, Bela brummte, der Affe und die drei Vögel auf ihre Weise zu lärmen begannen und die alte Cura den Rachen aufriss und gähnte.

David schob den Vorhang ein wenig zur Seite und zählte nach: Vier Jungen und fünf Mädchen standen vor der Bühne. Noch weniger als am letzten Heidelberger Markttag Ende September. Und da schon hatten sie dem Affen nur fünf Kreuzer in den Hut gelegt.

»Geduld«, sagte die Zwergin. »Die Heidelberger werden schon noch kommen. Sie wissen doch, dass sie heute Neues zu sehen kriegen.« Niemand widersprach ihr, denn alle wünschten, es wäre wahr.

Vor der Bühne zogen zwei Jungen prall gefüllte Säcke von ihren Schultern, und zwei Mädchen setzten einen Korb voller Kohl, Fallobst, Sonnenblumenblüten und altem Brot ab. »Wenigstens bringen sie wieder Futter für die Tiere mit«, sagte David. Sein Magen knurrte gewaltig; die Tiere würden die Gaben der Kinder teilen müssen.

Heinrich van der Merven, der holländische Gouverneur der Stadt, hatte den Gauklern verboten, einen Zaun aus schwarzem Sacktuch um ihre Wagenbühne zu errichten. Gaben sie eine Vorstellung, musste die Landgräfin zur Wagenburg jetzt zuvor den Affen durch die Reihen der Zuschauer führen, damit der ihnen einen Hut unter die Nase halten und die Leute ihr Eintrittsgeld hineinwerfen konnten. Zuletzt hatten neben Münzen auch Knöpfe und sogar kleine, flache Steine im Hut gelegen. Und zuletzt gab es auch nur noch eine einzige Reihe von Zuschauern. Heute würde wohl kaum noch eine halbe zusammenkommen.

Den Rübelrap hatte der holländische Gouverneur nicht freigelassen. Im Gegenteil: Er verdächtigte Stephans kleine Gauklertruppe, mit ihrem Bauchredner gemeinsame Sache gemacht zu haben. Der englische Schlosskommandant hatte sie scharf zurechtgewiesen und ihnen verboten, die Stadt zu verlassen. Bis der Pfalzgraf Johann von Zweibrücken käme, um das Urteil zu sprechen – über Rübelrap *und* Stephans Gaukler.

Stephan und Marianne mochten ihre Unschuld noch so wortgewaltig und tränenreich beteuern – Magistrat und Gouverneur glaubten ihnen nicht. Und der Pfalzgraf Johann ließ auf sich warten.

Dürre Zeiten für die Gaukler: Sie durften nicht zu den Toren hinaus, um im Heidelberger Umland Davids Späße, die Wurfkunst der Zwergin und die Tanzkunst der Bären zum Besten zu geben, und in Heidelberg selbst konnten sie kaum noch jemanden vor ihre Bühne locken. Fast jeder Bürger hatte ihre Darbietungen schon einmal gesehen. Manche zweimal und öfter. Und einen schlimmen Zahn trug auch keiner mehr im Maul herum. Nur noch Angst trug ein jeder mit sich herum, schlimme Angst vor Tilly und seinem bayrischen Kriegsvolk.

David und Stephan machten sich nichts vor: Angst vertrieb den Heidelbergern die letzte Lust auf Gauklerspäße.

Zwei Ochsen hatten die Gaukler bereits verkaufen müssen. Übermorgen würde der beste ihrer vier Wagen für beklagenswert wenige Gulden in den Besitz eines Weinbauern übergehen. Und wenn dieses Geld aufgebraucht war, würde Stephan und David nichts anderes übrig bleiben, als dem Drängen des Magistrats nachzugeben und sich als Tagelöhner beim Bau der Heidelberger Wehranlagen zu verdingen.

»Hartes Brot.« Stephan seufzte und bückte sich nach dem feinen Hut des Herrn Pantalon. »Verflucht hartes Brot.«

»Beiß dir die Zähne daran aus und friss es, du Narr!« Die Landgräfin zur Wagenburg schleuderte ihm die üblichen Zärtlichkeiten ins Gesicht. »So hast du es doch gewollt. Oder hat dich einer gezwungen, dem dummen Goliath hinterherzufahren? Recht geschieht's dir!« Sie zeterte in letzter Zeit noch gehässiger, als David es sowieso schon von ihr gewohnt war.

»Böses Weib, Ihr!« Wie schützend schob die Zwergin sich zwischen Stephan und Marianne. »Eine Hexe wie Euch hat Stephan nicht verdient.« Täglich schaukelte Lauretta vom Herrengarten, wo die Reste der Wagenburg meist auf dem alten Turnierplatz standen, hinunter zur Brücke, um ihren Großen zu besuchen. Dort nämlich, mit schöner Aussicht auf den Neckar, hockte Rübelrap in einem Kerker oben im Brückenturm.

»Von einer Missgeburt wie dir lasse ich mir gleich gar nicht das Maul verbieten!«, giftete Marianne.

»Schweig!«, herrschte Stephan seine Frau an; er war ihr gegenüber mutiger geworden. Und tatsächlich hörte die Landgräfin auf zu zetern. Sie stieg zu David auf den Wagen und lugte auf der anderen Wagenseite am Vorhang vorbei.

Murmelnd spähte David hinüber zu den Marktständen und den Läden in den Wandnischen der Kirchenfassade. »Wo bleibt ihr denn, ihr Heidelberger Bürgerbäuche?« Besonders kauflustig waren die Heidelberger heute nicht: Nur ein paar Dutzend Frauen und kaum zehn Männer machte er vor den Kirchenläden und den Marktständen aus. »Kommt schon her zu uns, ihr Pfälzer Pfaffenpfoten.«

»Wird Er wohl Ruhe geben?«, fauchte die Landgräfin. »Er wird uns noch die letzte zahlende Kundschaft vertreiben mit seinem respektlosen Geschwätz.«

»›Zahlende Kundschaft‹«, höhnte David und deutete mit einer Kopfbewegung auf die Kinder. »Ich wusste ja gar nicht, wie witzig Ihr sein könnt, Königliche Hoheit!« Und dann wieder Richtung Marktplatz: »Her mit euch, ihr Neckarneschthocker und Geizgoschen!«

Der Ärger über die sparsamen und lustlosen Leute von Heidelberg nagte bald stärker in seinen Eingeweiden als der Hunger. Zwei Tage lang hatten er und Stephan vom Speyrer Tor bis zum Neckargemünder Tor sämtliche Gassen und Straßen der Stadt durchstreift – er mit einer Trommel um den Bauch und Cura an der Kette, Stephan mit dem Uhu auf dem Arm und dem Affen auf der Schulter. Zwei Tage lang hatten sie die neuen Späße, Kunststücke und Geschichten angekündigt, die sie sich ausgedacht hatten, um wieder ein paar Kreuzer in die Schatulle und frisches Brot und Fleisch zwischen die Zähne zu bekommen.

»Die ersten beiden Blagen trollen sich schon wieder.« David ballte die Faust. Die Enttäuschung tat weh: Zwei Jungen aus der Kinderschar vor der Bühne schlossen sich einem Haufen von Studenten an, der lärmend an der Kirche vorbei über den Marktplatz zog. Und darunter war niemand, der sich zu den vor der Bühne wartenden Kindern gesellen wollte!

Dabei liefen nicht einmal wenige Leute über den Marktplatz, und fast alle in dieselbe Richtung. Dem Bühnenwagen der Gaukler gönnte keiner auch nur einen Blick. Sie eilten an ihm vorbei zum östlichen Rand des Platzes und bogen dort um die Ecke Richtung Spital und Schlossweg ab.

»Was schont ihr eure Schatullen, ihr kurfürschtlichen Kaschtenschädel, ihr Rebsaftschlucker, Mischtschwätzer und Feinde der Luscht?«, rief David, sodass ihn auch die Kinder vor der Bühne hören mussten. Der Kolkrabe krächzte, der Tanzbär Bela zerrte an seiner Kette und Marianne zischte und stieß ihrem frechen Gaukler den Ellenbogen in die Rippen. Doch David wollte nicht mehr aufhören, die Heidelberger zu beschimpfen und ihren weichen und mit lauter *Asch* und *Isch* und *Usch* gesättigten Singsang nachzuäffen …

Und plötzlich verstummte er doch.

Nicht, weil die Landgräfin immer bedrohlicher zischte und immer schmerzhafter mit dem Ellenbogen nach ihm stieß; auch nicht, weil der mürrische Stephan nun ebenfalls begann, ihn zurechtzuweisen – der Anblick einer jungen Frau war es, der David die Sprache verschlug: Groß und schlank, mit langen schwarzen Locken und in dunkelrotem Kleid ging sie in einer Gruppe von Halbwüchsigen und älteren Frauen über den Marktplatz.

Sie war es! Er erinnerte sich genau.

Im Frühsommer, als Rübelrap unseligerweise den Schlosskommandanten bestohlen hatte und den Capitän der Schlosswache gleich dazu, da hatte er sie am Rande der Zuschauermenge stehen sehen und seitdem nicht mehr vergessen.

Sie hatte ihn kaum beachtet damals, war nicht einmal von Anfang an unter den Leuten vor der Bühne gewesen. Sie wusste also gar nichts von seiner ganz eigenen Kunst der Bärenjagd, wusste nicht, wie schön er tanzen, wie gut er fiedeln und wie witzig er über Jesuiten und blasiertes Nobelvolk herziehen konnte. Und jetzt ging sie auf einmal an der Heilig-Geist-Kirche vorbei über den Marktplatz. Ging sie? Nein, sie schritt wie eine Königin.

»Wohin wollen die alle?« David ließ den Vorhang los und kletterte vom Wagen. »Wohin, beim Heiligen Rochus? Und warum nicht zu uns?« Er führte Bela zum Zeugwagen, wo er die Halskette seines Tanzbären in einen Federhaken hängte. »Das möchte ich wirklich wissen. Ich werde jetzt also gehen und es herausfinden.«

Wirklich wissen und herausfinden wollte er selbstverständlich nur eines: Wohin ging dieses schöne Mädchen, und wie hieß es?

Die Landgräfin pumpte sich schon wieder auf, um mit ihm zu zetern. Doch Stephan kam ihr zuvor. »Nimm Cura und die Trommel mit«, sagte er. »Die ersten drei Zähne breche ich zum halben Preis. Schrei's den Heidelberger Schnarchnasen in die Ohren, was sie verpassen, wenn sie nicht endlich vor unsere Bühne kommen!« Er seufzte tief. »Und bis du zurückkehrst, werden wir den braven Kindern ihre Almosen mit einem Tänzchen und ein bisschen Messerwerfen vergelten.«

David war mit allem einverstanden, hörte sowieso nur noch mit halbem Ohr zu. Er stülpte der alten Bärin einen Maulkorb über und legte ihr die Kette an. Van der Merven und der Magistrat hatten entschieden, dass selbst die halbblinde Cura außerhalb der Wagenburg einen Maulkorb tragen und an der Kette geführt werden musste.

Sich selbst stülpte David den Hahnenfederhut des Jean Potage auf den Lockenkopf und legte sich das Holzschwert an. Vier kleine Sandbälle stopfte er sich noch in die Taschen, dann verließ er die anderen und zog Cura hinter sich her auf den Marktplatz und vorbei an den Marktständen und den Buden in der Kirchenfassade. Die Trommel vergaß er in seiner Aufregung.

»Zu den Gauklern, ihr Heidelberger!«, rief er, während er den Ostrand des Marktplatzes ansteuerte. »Zu den Gauklern und ihren Bären, Greifen und Affen. Auf zu den neusten Abenteuern des weltberühmten Bärenjägers Jean Potage. Und Herr Pantalon, der göttlichste unter den Dentisten, bricht heute die verrotteten Zähne zum halben Preis.«

Die Leute auf dem Markt schien seine Ankündigung nicht zu beeindrucken. Überhaupt wirkten sie heute ein wenig miesepetrig alles in allem, wie sie da an den Marktständen entlangschlurften und die mageren Auslagen anstarrten. Und wen wunderte es? Schließlich legte der Krieg bereits seine Klauen zum Würgegriff um ihre Stadt.

Viele allerdings eilten dennoch – und ohne groß Notiz von David zu nehmen – schnurstracks in die Richtung, in der es wohl einen Gold scheißenden Esel oder wenigstens freien Weinausschank geben musste. Oder wie sonst sollte man sich erklären, dass halb Heidelberg dorthin strebte?

Das Mädchen mit dem dunkelroten Kleid konnte David nirgends mehr entdecken. Werde es schon finden, sagte er sich, ein Glückspilz wie ich findet alles, was er sucht.

Am anderen Ende des Marktplatzes hörte er auf zu rufen, ging noch ein Stück dem Neckargemünder Tor entgegen und wandte sich dann nach links dem alten Spital zu. Zu beiden Seiten des großen und ein wenig schiefen Hauses liefen die Leute vorbei zum Schlossweg hinauf, wo die kurfürstliche Kanzlei und die Münze lagen. David folgte der Menge. Die Bärin wusste nichts von Eile und trottete gemächlich und an gestraffter Kette hinter ihm her. »Mach ein wenig schneller, Cura, ich flehe dich an!«

Bald ließen Gaukler und Bärin das Spital hinter sich, liefen noch ein Stück den Schlossweg hinauf, und endlich erkannte David, wohin es die Leute von Heidelberg heute zog: In den Hof der kurfürstlichen Kanzlei. Dort, hinter dem Torbogen am Fuß des Schlossberges, drängte sich die Menge und gaffte hinein. Auch an den Fenstern der kleinen Häuser gegenüber der Kanzlei hingen Neugierige, und im großen Kanzleigebäude hatte man die Fenster sämtlicher Stockwerke bis hinauf zu den Dachgiebeln aufgesperrt, aus denen unzählige Menschen in den Hof hinabschauten.

Was um alles in der Welt mochte es dort geben? Für freien Weinausschank kam es David doch ein wenig zu ruhig vor. Nur eine einzelne Männerstimme hinter der Hofmauer erhob sich über das ansonsten gedämpfte Getuschel und Gemurmel.

David zog seine Bärin zur Menge vor dem Torbogen. Weil er groß war, konnte er von hier aus über die Köpfe der meisten Männer und Frauen hinweg in den Kanzleihof blicken. Auch dort wimmelte es von Menschen. Rechts und links des Tores, am Eingang der Kanzlei und auch im Hof hier und da wachten Soldaten der Stadtgarnison, hielten sich an ihren Hellebarden oder Musketen fest und machten knurrige, gelangweilte oder wichtige Gesichter.

Ein großes Podest stand an der Ostseite des Hauses, ragte halb in den Garten hinein. Auf Holz gemalte Säulen mit roten und ockerfarbenen Ornamenten verzierten seine Ränder. Seine Oberseite schien von gemauerten Wänden eingefriedet, die aussahen, als würden sie in die Tiefe eines großen Saales führen und als wären sie von Fenstern durchbrochen und mit Gemälden, Spießen und Leuchtern behängt. Den Rittersaal einer Burg schien das Podest zu tragen. Drei Männer hielten sich vor der prächtigen Kulisse auf, einer ungewöhnlicher kostümiert als der andere. Einer von ihnen redete mit wohlgesetzten Worten und englischem Akzent.

David blinzelte und blinzelte wieder, dann hielt er den Atem an: eine Bühne.

Eine zweite Bühne außer ihrer hier in der Stadt? Warum wussten sie nichts davon? Die Wut kochte ihm jäh aus dem Bauch in den Kopf herauf: Fremde Gaukler verdarben ihnen das Geschäft! Am liebsten hätte er geschrien.

Die Wut vernebelte seinen Blick, und der Neid auf ihre zahllosen Zuschauer und ihre prächtige Bühne machte es David zunächst unmöglich, die Gaukler genauer zu betrachten. Gar nichts wollte er wissen von diesem eingebildeten Pack, gar nichts sehen von seiner pompösen Kulisse und seinen geckenhaften Kostümen.

Er biss die Zähne zusammen, ließ seinen Blick über die Menge der Zuschauer wandern. Wo war das Mädchen? Wo leuchtete ein dunkelrotes Kleid?

Bis in den Hang des Schlossberges hinein hatten die Leute sich Plätze gesucht. Sie hockten auf der Hofmauer, ja sogar in den Linden und Buchen rechts und links der fremden Gauklerbühne. Eine eigenartig konzentrierte Stille herrschte, nur hier und da hörte man jemanden tuscheln oder lachen. Und wieder erhob sich die Gauklerstimme von der Bühne.

David hörte nicht hin, denn er hatte endlich entdeckt, was er suchte: die junge Frau mit den schwarzen Locken und dem dunkelroten Kleid.

Unter allerhand anderem Jungvolk stand sie auf der Vortreppe der Hofkanzlei und spähte zur Bühne hinüber. Wie ein Lachen breitete es sich in Davids Brust aus, dämpfte Neid und Wut, glättete seine vor Ärger grimmigen Züge.

Er musste in ihre Nähe, wollte er ihre Aufmerksamkeit gewinnen, doch die Gaffer standen dicht an dicht. Der junge Gaukler benutzte Faust und Ellenbogen, um sich durch die Menge zu drängen. Cura, an straffer Kette hinter ihm, trug ihren Teil dazu bei, dass man ihm williger auswich, als man es bei einem anderen getan hätte.

»Achtung, Bär!«, rief er, als er den Respekt der Leute vor Cura bemerkte. »Vorsicht, der wilde Bär ist schlecht gelaunt heute! Beißt und kratzt, als wäre über Nacht der Teufel in ihn gefahren. Passt bloß auf!« Erschrocken fuhren die Heidelberger herum, zogen ihre Kinder hinter sich und machten ihm Platz. Schritt für Schritt arbeitete David sich auf diese Weise unter dem Torbogen hindurch und an die Vortreppe der Kanzlei heran.

Auch die Bühne rückte näher, und die sechs oder sieben Reihen aus Lehnstühlen, die vor ihr aufgebaut waren. Darin leuchteten weiße Halskrösen, große Hüte mit bunten Prachtfedern, elegant frisierte Frauenköpfe, blond und dunkel, und Frauenhälse, die schlank und weiß wie Schnee waren.

Höflinge aus dem Schloss lauschten dort dem Monolog auf der Bühne, Offiziere vor allem. David erkannte den englischen Schlosskommandanten Sir Gerard Herbert. Den holländischen Gouverneur van der Merven sah er nirgends.

Links der edlen Gesellschaft, etwa auf Höhe ihrer ersten Sesselreihe, stand einer in flacher Kröse und schlichtem, ockerfarbenem Wildlederrock und pinselte mit hastigen Bewegungen auf einer Leinwand herum, die er über ein Holzgestell gespannt hatte. In der Linken hielt er eine Scheibe voller Farben, und immer, wenn er sich von der Bühne zur Leinwand oder von der Leinwand zur Bühne wandte, wallte ihm wie ein Schleier sein langes rotes Haar um die Schultern.

In der Mitte der ersten Reihe fiel dem Gaukler eine blonde Hofdame auf, weil sie ständig zu dem Maler und dann wieder hinter sich und zur Vortreppe der Kanzlei blickte. Wenn sie das nicht tat, tuschelte sie mit einem jungen Edelmann zu ihrer Rechten, der die schwarzen Locken auffällig lang und große weiße Federn auf dem Hut trug; Schwanenfedern, wie David auf den ersten Blick erkannte.

Und der Edelmann zu ihrer Linken, der mit dem schwarzen Hut und der modernen flachen Halskrause, war das nicht der Baron Rudolph von Mosbach, der Capitän der Schlosswache? Ganz gewiss war er das, und jetzt entdeckte David auch seinen roten Leibgardisten, den so unseligen wie lächerlichen Franz Hacker. Am Rand des Lehnstuhlblocks stand das Männlein, direkt neben der ersten Reihe, und hielt sich an seiner langen, mit dem Kolben ins Gras gestemmten Muskete fest. Weil in diesem Augenblick einer der Gaukler auf der Bühne einen heiseren Schrei ausstieß, zuckte der Franz Hacker zusammen und Davids Blick flog zur Bühne hinauf.

»Ein Geist!«, rief der Gaukler, der geschrien hatte, und legte den Finger auf den grellrot geschminkten Mund. »Ein Geist ist dem Prinz Hamlet erschienen.«

Obwohl er nun leise und mit deutlich englischem Zungenschlag sprach, verstand man jedes Wort. Augenblicklich erfasste David, dass er die Stimme nicht zum ersten Mal hörte. Und als er genauer hinsah, erkannte er auch das Gesicht unter der Schminke.

Christopher Greenley, der englische Prinzipal!

Ein paar Atemzüge lang vergaß David sogar das Mädchen; ganz still stand er plötzlich. Cura stieß ihm von hinten gegen die Schenkel, und weil ihr Herr partout nicht weitergehen wollte, ließ die alte Bärin sich neben ihm am Boden nieder, gähnte und schloss die Augen.

David aber war hellwach. Mit allen Sinnen versuchte er zu erfassen, was Greenley da auf der Bühne trieb, was überhaupt dort oben geschah.

Der englische Prinzipal trug ein gelb-rot gemustertes Kostüm, das richtig teuer aussah. Sein leuchtend roter Hut saß ihm wie ein zu niedrig geratener Turban auf dem Kopf. Beinahe armlange Schwanzfedern eines Goldfasanhahnes krümmten sich säbelartig zu beiden Seiten des Hutes weit hinaus über Greenleys Hinterkopf, sodass sie ein wenig wie Vogelschwingen wirkten. Zusammen mit den schwarz geschminkten Augen und der kantigen Nase verlieh der Federhut Greenleys sowieso schon greifenähnlichem Gesicht vollends etwas Raubvogelartiges.

David erfasste sofort, dass Greenleys Figur Ähnlichkeit mit seiner eigenen hatte, mit Jean Potage: Auch sie wollte die Leute erheitern. Und viele im Hof, auf der Mauer und im Garten lachten auch, wenn der Rot-Gelbe auf der Bühne seine Gesichter schnitt und seine weit auslandenden Gesten vollführte. Zugleich jedoch empfand David die eindringliche Geistesgegenwart und die bezwingende Würde, die Greenleys greifengesichtige Gestalt ausstrahlte. Zweifellos spielte der Engländer hier eine ungleich wichtigere Rolle als er selbst, wenn er als Jean Potage auf der Bühne der Wagenburg herumtollte.

Greenley stand an der rechten Seite der Bühne – oder nein: des Rittersaales. Mit wenigen geflüsterten und dennoch deutlich zu verstehenden Worten, sorgfältig gesetzten Gesten und einem Mienenspiel, das mehr sagte, als viele Worte es vermocht hätten, verwies er auf das, was zwischen den anderen beiden Männern auf der Bühne geschah; und darauf, dass es etwas hoch Gefährliches sein musste.

»O weh«, flüsterte er. »Der Geist spricht mit dem Prinzen Hamlet.« Er schlug die großen, schmalen Hände über dem Kopf zusammen. »O weh – wohin wird das führen?«

Gesichtsausdruck und Handbewegungen des Vogelartigen lenkten Davids Aufmerksamkeit auf die beiden anderen Männer. Der jüngere kniete in einen dunklen Pelz gehüllt am Boden. Das musste der sein, den Greenleys Figur »Prinz Hamlet« nannte.

Von einem Prinzen namens Hamlet – ein fremdartiger Name, weiß Gott! – hatte David noch nie gehört. Von Geistern, die mit Menschen redeten, dagegen erzählten die Leute sich so manches.

Der andere ragte bleich, graubärtig und ganz in Weiß gehüllt vor dem Prinzen auf. Der »Geist«, wie es schien. Eine Krone saß auf seinem Grauschopf, vielleicht ein verstorbener König. Mit finsterer Miene und in englischer Sprache redete er auf den Knienden ein. David wollte unbedingt erfahren, was der Geist sagte – das hätten wohl alle um ihn herum gern gewusst.

Späße à la Jean Potage gab es nicht auf dieser Bühne, wenn man einmal von den unglaublichen Gesichtern absah, die Greenley schnitt. Auch keine Tänze gab es, kein Geschrei, keine Zoten. Sie spielten da etwas, als wäre es die Wirklichkeit. Und durch die Art, wie der Rot-Gelbe am Rande der Bühne das Spiel durch seine Gesten und Grimassen begleitete und erläuterte, hatte es dennoch zugleich etwas Leichtes, beinahe Lustiges.

»Hört der Prinz auf den Geist, werden sie mich bald brauchen hier«, sagte die Figur, hinter der sich Greenley verbarg, und schulterte einen Spaten. »Mich, den Totengräber.« Und dann erstarrte er, legte die Hand ans Ohr, riss den Mund auf und duckte sich. »Er soll töten, habt ihr es verstanden? Prinz Hamlet soll töten, die seinen Vater getötet haben. Er wird doch nicht auf den Geist hören?« Er wich zurück, setzte den Spaten ab, deutete auf den Prinzen. »Er hört wahrhaftig auf den Geist – seht auch Ihr es ihm an? Am besten schaufele ich schon einmal sein Grab …!«

Plötzlich war David, als würde jemand ihn von der Seite beobachten. Er wandte den Kopf, sah zur Vortreppe der Kanzlei und begegnete dem Blick der jungen Frau, wegen der allein er hierhergekommen war. Dunkelblau und groß waren diese Augen und irgendwie ernster, als David es erwartet hatte. Ihr Blick drang ihm auf geradem Weg ins Herz.

*

Es fiel dem Rittmeister nicht ganz leicht, still zu sitzen und dem Geschehen auf der Bühne seine ungeteilte Aufmerksamkeit zu widmen. Eigenartiges Zeug, was sie dort oben aufführten: Ein ermordeter König erschien seinem Sohn als Geist und verlangte von seinem rechtmäßigen Nachfolger standesgemäße Rache. Maximilian von Herzenburg sprach fließend Französisch, doch Englisch konnte er nicht einmal lesen. Also neigte er den Kopf seiner neben ihm sitzenden Cousine zu und ließ sich die Geschichte von ihr erklären.

Eine Familiengeschichte, wenn von Herzenburg alles richtig verstand: Der Bruder eines Königs pflegt eine verbotene Liaison mit dessen Gattin, bringt den brüderlichen Rivalen um und nimmt die Schwägerin danach auch hochoffiziell zur Frau – und ihrem Sohn, dem Prinzen, die Krone weg. Und die ebenso frisch verwitwete wie frisch verheiratete Mutter des Prinzen lächelt über all das hinweg und schweigt.

Und jetzt also der Geist und seine Forderung nach Rache.

Geister, zumal solche, die Rache forderten, waren das Letzte, woran der Rittmeister zu glauben bereit war. Doch Mütter, die zu den Untaten ihrer Männer schwiegen, sollte es durchaus schon gegeben haben, sogar in edlen Geschlechtern mit wohlklingenden Namen. Sogar in von Herzenburgs Geschlecht.

Ein Engländer, dessen Name der Rittmeister sich nicht merken konnte, hatte die Geschichte geschrieben, und Maria fand sie furchtbar aufregend. Dabei schien sie das Stück längst in- und auswendig zu kennen. Aus purer Höflichkeit neigte er ihr sein Ohr zu; und weil die Nähe einer schönen Frau ihn nun einmal in einen angenehmen Erregungszustand versetzte. Im Grunde jedoch wollte von Herzenburg sie gar nicht so genau erfahren, diese offensichtlich blutige Familiengeschichte, fand sie aus irgendeinem Grund sogar ärgerlich. Ein Geist? Eine zum Mord an ihrem Gatten schweigende Frau? Was sollte das? Warum musste er hier sitzen?

Einzig der lustige Vogel am Bühnenrand, Greenley, der schien ihm ganz amüsant. Doch, wirklich.

Während der Reise zum Neckar hatte Maximilian von Herzenburg den Engländer ein wenig kennengelernt – ein angenehmer Zeitgenosse, dazu klug, gebildet und wortgewandt; beinahe zu wortgewandt nach Maximilians Geschmack.

Tatsächlich schien diesen englischen Komödianten mit der Prinzessin nicht mehr zu verbinden als die Liebe zur Kunst, was Maria betraf, und die Freude über eine schwerreiche Gönnerin, was Greenley betraf. Jedenfalls hatte der Rittmeister nichts beobachtet, was seinen Verdacht erregt hätte. Ganz sicher allerdings konnte man sich bei seiner Cousine nie sein.

Und der Maler? Von Herzenburg lächelte zufrieden in sich hinein: Gehündelt vor der Prinzessin hatte der Rotschopf aus Antwerpen, angeschmachtet hatte er sie, und Maria hatte ihm die kalte Schulter gezeigt. Neben der ersten Sesselreihe mühte der Bedauernswerte sich jetzt vor seiner Leinwand, pinselte wie ein Besessener, um die Gunst seiner Herrin zurückzugewinnen.

Einen Grund, ihm etwas anderes als ihre kalte Schulter zu zeigen, hätte Maria auch nicht gehabt. Alles, wonach sie verlangte während der Reise, hatte sie ja bei ihm, ihrem Cousin gefunden. Reizende Erinnerungsbilder breiteten sich in von Herzenburgs Schädel aus, erregende Bilder. Unwillkürlich beugte er sich näher zu ihr hinüber, tat, als lauschte er ihren Erklärungen, schnupperte nach ihrem Kirschduft …

»Habt ihr es verstanden?« Die Stimme des Harlekin riss ihn aus seinem lieblichen Tagtraum. »Prinz Hamlet soll töten, die seinen Vater getötet haben!«, rief Greenley. »Er wird doch nicht auf den Geist hören?« Dem Geflüster seiner Cousine entnahm Maximilian, wen genau der Prinz töten sollte: seinen Onkel und die eigene Mutter.

Wie ein Schmerz zuckte es dem Rittmeister durch Hirn und Brust. Seine eigene Mutter stand ihm plötzlich vor Augen. Wie sie all die Jahre geschwiegen hatte zu Hildegards Qualen, wie sie nun im Grab zu Hause auf dem Burghof lag und für immer schwieg. Und neben ihr die arme Hildegard. Der Vater dagegen, der wüste Herr Graf, der lebte noch.

Ganz steif saß der Rittmeister in diesem Augenblick. Seine Fingerknöchel traten weiß hervor, weil er die Armlehne des Stuhls fest umklammerte. Warum, beim Allmächtigen, musste er denn hier sitzen?

»Es gefällt dir nicht, habe ich recht?«, flüsterte Maria ihm zu. »Es langweilt dich sogar.« Er lächelte einfach, das mochte genügen als Antwort. »Hast du den Brief inzwischen genauer gelesen?«, wollte sie wissen, während auf der Bühne dem armen Prinzen der Unterkiefer vor Angst wackelte.

»Welchen Brief?«, flüsterte er.

»Den deines Vaters. Weiß du nun, wen du heiraten sollst?«

»Irgendeine Großnichte des Herzogs von Sachsen-Coburg. Mein Herr Graf will seinen berühmten Namen aufwerten.«

»Wie heißt sie?« Von Herzenburg zuckte mit den Schultern. »Ist sie schön?« Wieder nur ein Schulterzucken. »Ist sie jung?« Von Herzenburg nickte. »Dann fällt dir wohl ein besseres Los zu als mir.« Wie schon so oft während der Vorstellung sah sie hinter sich zum Eingang der kurfürstlichen Kanzlei, und diesmal verharrte ihr Blick länger dort. Von Herzenburg folgte ihm.

Die Leute auf der Vortreppe wichen zur Seite. Georg, Prinz von Bernstadt, erschien unter dem Eingangsportal: groß, massig, grau, in silbrigem Brustharnisch und blauem Samtmantel und mit dem Gesicht einer fetten, rot gekochten Kröte.

»Hin und wieder gelingt es mir noch, ein gewisses Vergnügen zu mimen, wenn er auf mir herumkeucht«, flüsterte Maria. »Sei also dankbar und froh für das junge Ding, das der Herr Graf dir ausgesucht hat.«

Sie lächelte wieder zur Bühne hinauf, wo der durchaus witzige Komödiant in Gelb-Rot vor gespielter Anstrengung seufzte und dabei mit seinem Spaten hantierte, als wollte er ein Grab schaufeln. Der den Geist mimte, zog sich zurück, und der angebliche Prinz verharrte wie vom Donner gerührt.

Sei dankbar und froh … Das war er. Für die gemeinsamen Reisetage von Oppenheim nach Heidelberg. Von Herzenburg lächelte in sich hinein. Maria hatte kein Vergnügen mimen müssen, weiß Gott nicht. Weil das entfesselte Kriegsvolk des Grafen Mansfeld die Gegend unsicher machte, hatten sie lange gebraucht für den Weg den Rhein herauf. In Heidelberg dann schon wartete die Nachricht seines Obristen: Die Spanier hatten die Belagerung Frankenthals abgebrochen, und General Tilly wollte die Übergabe der Residenzstadt fordern – durch ihn, seinen Obristen, den Prinzen von Bernstadt. Und er, von Herzenburg, solle mit der Prinzessin in Heidelberg auf ihn warten.

Der Rittmeister schielte hinter sich: Sein Obrist und dessen Adjutant und Leibgardisten hatten sich auf der Vortreppe breitgemacht. Hinter ihnen erschien nun der holländische Hausherr, der Gouverneur van der Merven. Man nickte ihm höflich zu, trat zur Seite und machte ihm Platz, damit er die Treppe hinuntergehen konnte. Peinliche Szene.

Van der Merven schritt an den Lehnstuhlreihen vorbei und strebte zu dem einzigen freien Platz in der ersten Reihe. In der Kanzlei hatte Marias Gatte ihm den Brief von Tilly überbracht – ein Brief mit der Forderung, die Residenzstadt des Geächteten, des närrischen Friedrichs, kampflos zu übergeben. Aus dem Augenwinkel schielte der Rittmeister nach rechts, wo der Gouverneur sich einige Lehnstühle weiter fallen ließ. Seiner bleichen Leichenbittermiene nach hatte er das Schreiben bereits gelesen.

»Hütet euch, ihr Leute!«, rief auf der Bühne der lustige Totengräber. »Hütet euch, wenn ein Geist zu euch spricht!« Dann verbeugte der Engländer sich. Der Geist und der Prinz kamen zu ihm und verbeugten sich ebenfalls. Beifall brandete auf. Im Hof, im Garten, an den Fenstern der Kanzlei – überall klatschten die Leute in die Hände. Einige stießen Hochrufe aus, andere verlangten eine Zugabe.

Maria stand auf. Zügig erhob sich auch der Rittmeister. Das war es also gewesen? Er hatte sich mehr erwartet von Marias Pickelhering. Lächelnd folgte er seiner Cousine durch die Menschengasse, die sich vor ihr bildete, zur Vortreppe, wo noch immer ihr Mann und Maximilian von Herzenburgs Obrist mit seiner Eskorte wartete. Mit einem kaum merklichen Nicken und dem Senken seiner schweren Lider gab er dem Rittmeister zu verstehen, dass es höchste Zeit war, Heidelberg zu verlassen.

Wahrhaftig – man sah sie dem Prinzen von Bernstadt an, die drei Liter Wein, die er sich täglich in den fetten Schlund goss. Wie abgestorben sah seine aufgequollene Miene aus, wie eine bereits wegfaulende Maske. Der Geist vorhin auf der Bühne hatte nicht halb so tot ausgesehen. Und kaum dachte der Rittmeister an die weiße Gestalt des Geistes, da glaubte er, wieder Greenleys Stimme zu hören.

Hütet euch, wenn ein Geist zu euch spricht …

Als würde der Pickelhering es hinter ihm herrufen, so gegenwärtig gellten die Worte durch von Herzenburgs Gedanken, und im selben Moment stand ihm die fahle Totenmaske Hildegards vor seinem inneren Auge. Das geschah ihm oft. Und dann sprach seine Zwillingsschwester mit ihm.

Doch nein – sie kam ja nicht als Geist zu ihm in solchen Augenblicken, sie kam ihm als das erinnerte Bild eines geliebten Menschen in den Sinn. Und als Erinnerungsbild sprach sie ihn jedes Mal an, keineswegs als Geist. So verhielt es sich doch, oder etwa nicht? Auf diese Weise sprach Hildegard oft zu ihm, wahrhaftig! Sprach zu ihm, obwohl sie zu Hause auf dem Burghof im Grab neben der Mutter lag.

Ihr Mörder dagegen sprach selten mit ihm. Obwohl er noch lebte. Dem Rittmeister stieg Bitterkeit auf die Zunge. Dafür schrieb der Herr Graf lange Briefe. Und verfügte, dass sein Sohn zu heiraten habe.

Sie erreichten die Vortreppe. Maximilian stolperte schier über einen Grasbüschel, so tief hatte das halbtote Krötengesicht des Obristen ihn auf ein Gedankenkarussell gestoßen, das er gewöhnlich lieber mied. Oder nein – der Geist auf der Bühne hatte es getan. Oder die Stimme des Pickelherings?

Seine Cousine hielt ihn fest, kicherte, zeigte auf einen Bären und dann auf einen Kerl, der mit vier Bällen jonglierte und allerhand Verrenkungen machte. Sie rümpfte die hübsche Nase und stimmte ein Gelächter an, das irgendwie verächtlich klang.

Der Kerl war dünn und nicht besonders groß. Er trug schmutzige, ehemals rote Stiefel und steckte in abgewetzten grünen Hosen und einer roten Jacke. Auf seinem Lockenschopf saß ein mit Hahnenfedern gespickter, durchaus lächerlicher Hut. Der Rittmeister runzelte die Stirn, denn der blöde Kerl dachte nicht daran, sich und sein Bärenvieh aus dem Weg zu räumen.

»Wie galant Er sich verbeugen kann, unser Hanswurst« , rief Maria neben ihm. »Und wie geschickt Er seine Bälle fliegen lässt. Und wie entsetzlich Er nach Bärendreck stinkt.«

In diesem Augenblick purzelten dem Kerl alle vier Bälle zu Boden, und er bequemte sich, endlich von den Herrschaften Notiz zu nehmen, denen er im Weg stand. Und im gleichen Moment sah Maximilian von Herzenburg das Mädchen, das da zwei Armlängen entfernt auf der unteren Treppenstufe stand.

»Hat unser Hanswurst auch gut achtgegeben?« Maria von Bernstadt deutete hinter sich auf die Bühne. »Dann wird Er wohl begriffen haben, was wahre Kunst ist! Und nun gehe Er uns endlich aus dem Weg!«

Der Kerl wich zur Seite, zog auch sein großes Pelztier vom Kiesweg, und Maria schritt an ihm vorbei. Der Rittmeister aber stand wie festgewachsen, denn das Mädchen dort auf der untersten Stufe der Vortreppe hatte schwarze Locken und dunkelblaue Augen. Seine Schönheit und stolze Haltung verschlugen ihm den Atem.

Obwohl Maximilian von Herzenburg der jungen Frau seinen blendendsten Charme ins Gesicht lächelte, dachte sie gar nicht daran, sein Lächeln zu erwidern.

Wäre Hildegard heute nicht ähnlich alt, wenn sie noch lebte? Und würde sie nicht ganz ähnlich aussehen? Der Rittmeister ließ sein Lächeln noch breiter aufblitzen, deutete sogar eine Verneigung an. Haltung und Miene der jungen Frau veränderten sich schlagartig: Harsche Abweisung schlug ihm entgegen. Dann drehte die Schöne sich um und verschwand in der Menge.

Das Lächeln gefror Maximilian auf den Lippen. Missmutig trottete er an Marias Seite und im Gefolge seines Obristen aus dem Kanzleihof.

Seine Gedanken kreisten noch um die anmutige Gestalt und ihr abweisendes Gesicht, als keine halbe Stunde später in der Westmauer Heidelbergs das Speyrer Tor sich vor ihm öffnete. Von Herzenburg und sein Cornet Mathias von Torgau ritten an der Spitze des Trosses aus Obristenstab, Marias Hofstaat und den sechs auffälligen Wagen, mit denen Greenley und seine englischen Komödianten reisten.

Nichts an von Torgau ähnelte noch einem Edelmann. Nicht wie der Sohn eines Burggrafen, der seinem Kurfürsten das Reich verwaltete, sah er aus, sondern wie ein armer Spielmann. Er trug einen Flickenmantel, einen bunten Hut und auf dem Rücken eine alte Laute. Sein Lautenspiel konnte der Rittmeister gewöhnlich nur betrunken ertragen, doch als fahrender Musikant verkleidet und mit einer Hure aus dem spanischen Feldlager an der Seite hatte Mathes gute Arbeit für Tillys Truppen erledigt und die Mauern und Wehranlagen ausgespäht.

Die junge Frau vor der Kanzlei wollte und wollte dem Rittmeister nicht aus dem Sinn. Was hatte sie geritten, ihn derart zu missachten? Sie würde bezahlen müssen für ihren Stolz und ihre Verachtung; das nächste Mal, wenn er nach Heidelberg kam – und er würde wiederkommen, schon bald –, das nächste Mal würde sie bezahlen müssen. Sie oder eine andere.

Das Mädchen fiel ihm ein, das er ein Jahr zuvor in jenem lutherischen Pfarrhaus geschont hatte. Jetzt bereute er es. Die Nächste würde zahlen, das schwor er sich.

Und prompt sprangen auch der weiße Geist von der Komödiantenbühne und die Stimme des Pickelherings auf sein Gedankenkarussell. Auf sie folgten Hildegards fahles Gesicht, die roten Dahlien auf dem Grab seiner Mutter, die blutverschmierten Stiefel seines Feldwebels Schneeberger, das harte Gesicht seines Vaters. Immer schneller drehte es sich.

Von Herzenburg zog die Schultern hoch und schüttelte sich. »Höchste Zeit, dass der Krieg weitergeht.« Pfälzische Musketiere winkten sie ins offene Tor. Fast gelang dem Rittmeister schon wieder das gewohnte, ein wenig müde Lächeln. »Man kommt nur auf dumme Gedanken, wenn man nichts zu tun kriegt, was eines Mannes würdig ist.«

»Allerhöchste Zeit, Max.« Der verkleidete Cornet wandte sich nach den Wagen und den anderen Reitern um. Greenleys Kutsche hatte angehalten, ein Bär sprang von ihrer Ladefläche auf die Straße, der Kerl in Rot-Grün und mit den Hahnenfedern am Hut hinterher. »Die Kompanie wird schon auf uns warten.« Von Torgau winkte den Kutschern und trieb sein Pferd an. »Sehen wir zu, dass der Schneeberger und die Männer nicht unzufrieden werden. Sie haben lange keine Beute mehr gemacht.«

»Und du auch nicht, Mathes, hab ich recht?« Von Herzenburg winkte den misstrauischen Wächtern im Turm zu. »Übermorgen reiten wir wieder zum Fouragieren hinaus. Graf Mansfeld treibt sich auf der anderen Seite des Rheins herum. Die rechtsrheinische Pfalz jedoch steht uns offen. Bedienen wir uns also.«

*

Greenley bedeutete seinem Kutscher, die Zügel straff zu halten. »Mach dir nichts daraus, David Unterkofler – diese Frau mag reich und von Adel sein, aber sie kennt das Leben nicht und sie hat nie gelernt genau hinzusehen. Das Leben wird sie kennenlernen, ob sie will oder nicht. Doch um wirklich sehen zu lernen, scheint sie mir zu selbstverliebt.«

»Ich bin kein Hanswurst!« David verstand nicht wirklich. Er machte Anstalten, seiner Bärin hinterher aus Greenleys Wagen zu klettern. »Ich bin Jean Potage, und ich bin gern Jean Potage!«

Der Prinzipal hielt ihn am Arm fest. »Etwas gern zu sein muss nicht bedeuten, etwas anderes nicht noch lieber zu sein.« David blickte in das scharf geschnittene Raubvogelgesicht. Kein Spott glitzerte in den tiefliegenden Augen des Engländers, sondern hellwache Aufmerksamkeit – und eine Zärtlichkeit, die David verblüffte. »Ich sehe dich, Jean Potage«, sagte Greenley leise. »Schon als ich dich vor drei Jahren zum ersten Mal beobachtet habe, habe ich gesehen, wer du bist. Gehe mit mir, David Unterkofler.«

Mit seiner Komödiantentruppe wollte der englische Prinzipal den Rhein hinunter per Schiff nach Holland fahren, und von dort dann nach London. Sein Bruder hockte bleich und hohlwangig hinten im Wagen und versuchte, ihr auf Deutsch geführtes Gespräch zu verstehen. Er diente als Leutnant auf dem Schloss von Heidelberg und war beinahe am Typhus gestorben. Aus Dankbarkeit für seine Genesung hatte Greenley einige Szenen aus den Komödien und Tragödien gespielt, die er in den großen Städten des Reiches aufzuführen pflegte. Und niemand musste Eintritt bezahlen.

»Rätselhafter Zufall regiert das All«, sagte der Prinzipal. »Und es ist bereits das zweite Mal, dass er unsere Wege sich kreuzen lässt. Jetzt musst du dich entscheiden, David Unterkofler – eine dritte Chance bekommst du nicht: Schließe dich meiner Compagnie an.«

»Ich kann nicht.« David musste schlucken. Er machte sich los und kletterte vom Wagen des Engländers. »Der Gouverneur hat mir verboten, die Stadt zu verlassen.«

»Verboten?« Greenley lachte laut. »Niemand erteilt dem Leben Gebote oder Verbote. Vergiss doch nicht die viele Schlächterei hier in der Kurpfalz, David Unterkofler. Glaubst du etwa, sie würde an Heidelberg vorbeiziehen? Sieh zu, dass du hier rauskommst! Spürst du nicht, dass die Zeit reif ist, deiner inneren Stimme zu folgen?«

»Die sagt aber: ›Bleibe in Heidelberg‹.« Curas Kette in der Rechten und die Linke auf dem Wagenrad blickte David zu Christopher Greenley hinauf. Dessen kraftvoller Blick gebot ihm, wieder einzusteigen.

Und David fühlte, wie er gehorchen wollte. Die Erinnerung an den unvergesslichen Pickelhering vorhin auf der Bühne im Kanzleihof – an seine klare Stimme, sein reiches Mienenspiel, sein schönes Kostüm – drohte ihn zu überwältigen. Und jetzt diese Eindringlichkeit, dieser durchdringende, zärtliche Blick …

Plötzlich fühlte er auch, dass er doch kein Jean Potage mehr sein wollte, dass er sein wollte wie er, der Mann dort oben im Wagen … David nahm die Hand vom Wagenrad. »Ich kann aber nicht. Die anderen müssten es büßen, wenn ich mich in Eurem Wagen versteckt aus der Stadt stehlen würde.«

Der Prinzipal zog die Brauen hoch, erhob aber keine weiteren Einwände mehr. »Einige meiner Komödianten sprechen die Sprache dieses Landes noch nicht gut genug. Für diesmal gehe ich zurück nach England, damit wenigstens einige es lernen.« Er hob den Blick und spähte zur Stadtmauer. Vorn am Speyrer Tor riefen und winkten sie bereits.

Greenley bedeutete dem Kutscher noch zu warten. »Außerdem will ich ein paar Stücke unserer Dichter für die Deutschen umschreiben und übersetzen. Angefangen habe ich schon. Kannst du lesen?«

David nickte, die Landgräfin hatte ihm das Lesen und Schreiben eingebläut.

»Dann nimm diese Abschrift hier.« Der Engländer zog ein kleines, blaues Buch aus seiner Rocktasche und reichte es hinunter zu David. »Sie enthält Verse unseres besten Dichters.«

David nahm das Buch. Es war in dunkelblauen Stoff geschlagen und hatte lederne Ecken und einen ledernen Rücken. Ein fremdartiger Namenszug stand auf dem Buchdeckel: *William Shakespeare*. Er schlug es auf. Die Seiten waren mit kleiner, kunstvoller Handschrift beschrieben, gut lesbar und in einem verständlichen Deutsch.

»In ein oder zwei Jahren, wenn die Schlächterei weitergezogen ist, kehren wir zurück ins Reich.« Greenley winkte. »Wenn das Schicksal es will, findest du mich auf dem Kölner Markt, David Unterkofler, oder auf der Ostermesse in Frankfurt oder in Nürnberg. Leb wohl.«

Er gab dem Kutscher ein Handzeichen. Der trieb das Gespann an, und der Wagen rollte dem Speyrer Tor entgegen. David sah ihm nach, bis die Torflügel sich hinter ihm schlossen.

11

Dunkle Wolken füllten den Himmel, und der Wind blies schneidend kalt. Die Luft roch nach faulem Laub, Winter und Unglück.

Hannes zog sich die Kapuze seines Wollmantels über den Blondschopf. Im vergangenen Jahr hatte der graue Wintermantel noch einen Gärtner der alten Abtei Neuburg gewärmt. Dessen Witwe hatte ihn dem jungen Zimmermanngesellen aus dem Odenwald geschenkt. Mit Dankbarkeit dachte Hannes an die alte Frau, während er seinen Rappen den Waldhang hinauf lenkte und die Kälte ihm das Wasser aus den Augen trieb.

Der November begann, und prompt schlug das Wetter um. Der Winter klopfte bereits an die Tür. Noch früher als im letzten Jahr würde er einbrechen, noch härter würde er das Land an Rhein und Neckar treffen. Die alte Witwe in der Abtei Neuburg war sich da ganz sicher gewesen.

Der Wald lichtete sich. Im Westen erhob sich der Heiligenberg gegen einen wilden düstergrauen Himmel. Hannes hatte den vertrauten Berg in einem weiten Bogen umritten, denn Soldaten arbeiteten dort an den alten Schanzen. Von weitem hatte Hannes einige gesehen, als er vorgestern auf den Pfaden rund um den Berg nach Susanna gesucht hatte. Englische Waffenknechte der Stadtgarnison oder schon Tillys Vorhut? Hannes wusste es nicht; und hatte lieber darauf verzichtet, es herauszufinden. Selbst, wenn es Engländer gewesen waren – irgendwann würden doch die Bayern ihre Geschütze auf den Heiligenberg schleppen und auf Heidelberg richten, spätestens nach dem Winter. Hannes zweifelte nicht daran.

Der Weg fiel jetzt steil ab. Am Fuß des Hanges breitete sich die Rheinebene aus. Die ersten Weingärten von Handschuhsheim rückten näher, und jetzt sah er die Heimat der Geliebten zum Greifen nahe unten in der Ebene liegen: das liebliche Handschuhsheim.

Drei Tage hatte Hannes in der alten Abtei zu Neuburg auf Susanna gewartet. Sie kam nicht. Danach hatte er alle möglichen Wege zwischen Neuburg und Handschuhsheim abgeritten. Er fand sie nicht. Und die letzten beiden Tage hatte er am Neckar und in der Umgebung des Heiligenbergs nach ihr gesucht. Nichts.

Hatte man ihre heimlichen Fluchtpläne aufgedeckt? Hatte die Mutter sie womöglich an den Stickereitisch gekettet? Der Meisterin Almut traute Hannes mittlerweile jede Niederträchtigkeit zu.

Daran, dass Susanna den Bayern bei den Schanzen auf dem Heiligenberg oder irgendeiner beutegierigen spanischen Reiterrotte vor die Hufe gelaufen war, mochte er lieber gar nicht denken. Denn dann krampfte sich ihm jedes Mal das Herz zusammen und das Gewissen schlug ihm – er war es ja gewesen, der Susanna zur Flucht überredet hatte.

Auf dem Hauptweg am Rand der Weinberge hatten die Handschuhsheimer Wachen aufgestellt. An der Bergstraße rechneten sie mit jedem denkbaren Unglück, das ein Krieg mit sich brachte, seit Tilly Heidelberg zur Übergabe aufgefordert hatte. Auch zu Hause im Walddorf war man vorbereitet. Inzwischen waren es keine spanischen, sondern bayrische Reiter, die man zu fürchten hatte.

Links und rechts zwischen den Weinreben arbeiteten sie flinker als gewöhnlich. Sie würden dennoch viel zu viel Eiswein machen müssen in diesem Jahr – nur ein paar Tage noch nämlich, dann würde der erste Schnee fallen. Das jedenfalls behauptete die Witwe in der Abtei Neuburg.

Bald erreichte Hannes die ersten Häuser. Er bog in die Landstraße ein, ließ seinen Rappen in gestreckten Galopp fallen. Das Tor auf der Nordseite der Stadt war verriegelt. Was auch sonst? In Zeiten wie diesen verriegelte man jedes Tor, das man finden konnte.

Hannes streifte die Kapuze vom Blondschopf, um sein Gesicht zu zeigen. Er begehrte Einlass, erklärte, er müsse zum Meister Almut. Der Feldschütz kannte ihn und ließ ihn hinein. In der Knabenschule des Waisenhauses von Handschuhsheim hatten sie zusammen lesen und schreiben gelernt und Prügel vom gleichen Lehrer bezogen.

Auch das Hoftor vor Meister Almuts Anwesen war verriegelt. Hannes hielt seinen Rappen vor der Haustür an, sprang aus dem Sattel und klopfte mit der Faust gegen die Tür, dass ihr Blatt bebte. Was hatte er noch zu verlieren?

Susannas Großvater öffnete. »Ich will mit Susanna sprechen!« Hannes sparte sich den Gruß. »Wo ist sie?«

Mach, dass du fortkommst, sagten die verwitterten Züge und der harte Blick des Alten. »Sie ist nicht hier«, sagte sein verwelkter Mund.

»Wo?« An Meister Merkel vorbei drängte Hannes sich ins Haus, polterte in die Werkstatt, sah sich um. Der Fenstertisch, an dem seine Susanna zu sticken pflegte, war leer. Auf dem Nähtisch hockte ein einzelner Geselle und sperrte Augen und Maul auf. Und am Zuschneidetisch saßen zwei Frauen, die ihn anstarrten wie eine Erscheinung.

Eine erhob sich. Susannas Mutter. »Was fällt dir ein, Bursche?«

»Wo ist Susanna?« Sein Herzschlag pochte ihm in der Kehle. »Wo?«

Die Meisterin Almut blitzte ihn an, dass ihn fröstelte. »In Heilbronn. Der Meister hat sie und ihre Schwester dort bei seinem Vetter in Sicherheit gebracht.«

Auf dem Stiefelabsatz fuhr Hannes herum. Grußlos wie er eingedrungen war, stürmte er aus dem Haus und sprang in den Sattel. Wieder durchs nördliche Stadttor und wieder hinauf in die Weinberge und dann durch die Waldhänge und Bachtäler des Odenwalds. Wo immer er konnte, trieb er seinen Rappen zu gestrecktem Galopp an.

Zuhause im Dorf las er auf den Gesichtern, was die Eltern, Großeltern und Geschwister dachten: Sie war zu feige, hat dich sitzen lassen, dachten sie. Hannes erzählte, was er dagegenzusetzen hatte. Viel war es nicht.

Nachdem er gegessen und gebadet hatte, flehten seine Schwestern und seine Mutter ihn an, um Himmels willen nicht nach Heilbronn zu reiten. Gar nicht weit entfernt habe man kroatische Reiter aus Tillys Armee gesichtet, und rund um Heidelberg wimmele es von bayrischen Soldaten, ja sogar hinter Neckargemünd vor der Festung Dilsberg habe man Tillys Reiter schon gesehen.

Der Bauer Hans Stein und seine Söhne Moritz und Friedrich standen traurig und schweigend dabei. Den ältesten Bullen aus dem Stall einen steilen Waldhang hinauf zwingen, das wäre schon machbar gewesen. Aber den Hannes von seinem einmal gesetzten Vorsatz abbringen? Vergebliche Liebesmühe.

Monica weinte laut, um den geliebten Bruder zum Bleiben zu bewegen. Die Mutter nahm Hannes in die Arme, drückte und küsste ihn, als würde sie ihren Sohn zum letzten Mal sehen. Hannes stieg in den Sattel und ritt davon.

*

Warten. Auf Hannes. Schon den siebten Tag.

Susanna hockte auf der obersten Stufe der Treppe, die zwischen Schloss und Hofkanzlei vom Schlossweg aus zur östlichen Stadtmauer hinabführte. Sie spielte auf ihrer Flöte. Über ihr thronte das Heidelberger Schloss mit seinen starken Mauern, Prachtfassaden, wuchtigen Türmen und grünblauen Dächern. Unter ihr lag die Stadt. Über ihre Firste, Erker und Kirchtürme hinweg konnte Susanna bis auf den Neckar hinab und bis nach Neuenheim schauen. Der Anblick bedrückte sie: Hannes war nicht hier, und Heidelberg kam ihr wie ein verriegelter Kerker vor. In manchen Stunden hatte sie das Gefühl zu ersticken.

Sie setzte die Flöte ab, lehnte gegen das kalte Gemäuer der Treppeneinfriedung und spähte nach Osten den Neckar hinauf. In einer Biegung verschwand er dort hinter dem Hang des Königstuhls. Von da aus war es nicht mehr weit bis zur alten Abtei Neuburg. Dort hatte Hannes auf sie gewartet. Umsonst. Tränen stiegen ihr in die Augen.

Nicht weinen. Sie tupfte die Augen mit dem Mantelärmel ab. Nicht weinen, Hannes wird bald kommen.

Sie war ganz sicher, dass er kommen würde, um sie hier in Heidelberg zu suchen. Er wusste doch, dass die Onkel und Tanten in der Stadt Tuch webten und färbten. Wohin sonst sollte man denn vor den wilden Waffenknechten des geharnischten Mönchs fliehen, wenn nicht hinter die starken Mauern von Heidelberg?

Ja, Hannes würde kommen. Sie musste nur Geduld haben, musste nur noch ein Weilchen warten, nur noch ein wenig vertrauensvoller beten. Ganz gewiss würde Hannes es in die schützenden Mauern schaffen.

Der eisgraue Himmel wurde nach und nach schwarz. Sonne sah man schon seit Tagen nicht mehr, und am Morgen hatte es den ersten Frost gegeben. Susanna fühlte, wie die Kälte aus dem Boden in ihre Glieder kroch. Sie steckte die Flöte ein, stand auf und ging den Schlossweg hinunter.

Doch Hannes musste sich beeilen. General Tilly, so erzählte man sich, holzte bereits alle Bäume rund um Heidelberg ab, legte Häuser und Stallungen in Trümmer, wollte bald auch auf die Stadt Ladenburg losgehen. Nirgendwo sollten die Verteidiger der Residenzstadt außerhalb von deren Mauern noch Kanonen aufstellen und Deckung finden können. Hässliche Gedanken, und Susanna begann zu zittern. Angst und Kälte krochen ihr bis ins Herz.

Unten in der Stadt riefen die Glocken der Heilig-Geist-Kirche zu einem Abendgottesdienst. Den wollte Susanna besuchen. Sie erreichte die kurfürstliche Kanzlei. Kaum eine Woche war es her, dass hier im Kanzleihof die englischen Komödianten aufgetreten waren. Da hatte man noch ohne Mantel gehen können. Ein junger Gaukler, der ihr im Sommer schon auf dem Marktplatz aufgefallen war, hatte ihr den Hof gemacht. Sie erkannte ihn sofort wieder – vor allem wegen seines hornartig ausgestülpten Hutes und den Hahnenfedern darauf. Ein paar Faxen und allerhand Verbeugungen hatte er gemacht, mit vier Bällen jongliert und gestelzt dahergeredet wie ein gepuderter Kavalier. Wollte er sie damit beeindrucken? Oder verstand er es nicht besser?

Närrischer Kerl! Doch ein schöner Mann, wahrhaftig, wenn man ihn sich in besserer Kleidung vorstellte – von drahtiger Gestalt, braungebrannt und mit einem schmalen, kantigen Gesicht. Einem Gesicht, wie man es nicht alle Tage und nicht an jeder Straßenecke zu sehen bekam. Und dennoch nicht halb so schön wie Hannes'.

Sie lief am Spital vorbei, bog auf den Marktplatz ein. Viele Menschen strömten in die Heilig-Geist-Kirche. Der Magistrat hatte für diesen Abend einen Bittgottesdienst angesetzt.

Noch einer hatte ihr den Hof gemacht an jenem Tag vor einer Woche, ein junger Edelmann mit langen schwarzen Locken und Schwanenfedern auf dem Hut. Ohne Worte allerdings, nur mit Blicken. Doch Susanna schauderte, wenn sie an diese Blicke dachte: Schamlose und gierige Blicke waren es gewesen, so wie die der englischen Soldaten im Sommer auf der Brücke. Blicke, die nach ihrem nackten Leib gegrapscht hatten.

Genau wie dem närrischen Jongleur hatte Susanna auch dem Edelmann die kalte Schulter gezeigt. Sie schüttelte die Erinnerung an den Edelmann ab – und mit ihr den Ekel –, dachte lieber an die Komödianten und ihr Bühnenspiel. Es war unheimlich gewesen, doch zugleich schön wie ein guter Traum. Die Aufführung der Engländer hatte Susanna tief berührt. Sie hatte ja nicht einmal geahnt, dass es so etwas überhaupt gab.

Seit dem Abend jenes Tages wusste man in Heidelberg, dass der geharnischte Mönch die Residenzstadt für den Kaiser beanspruchte. In einem Brief hatte er den holländischen Gouverneur zur Kapitulation aufgefordert. Und seit gestern machte dessen Antwort die Runde in den Gassen und Straßen von Heidelberg: Er lehne die Forderung zur Übergabe ab, hatte van der Merven dem General der Papisten geschrieben. Und er wolle »Gut und Blut dabei aussetzen und sich nach dem Beispiel der Festung Frankenthal tapfer wehren«.

In der Menschenmenge, die durch das Portal ins Kirchenschiff strömte, entdeckte Susanna ihre Schwester Anna, den Martin und eine der Tanten. Sie schloss sich ihnen an.

Im Gestühl fand niemand mehr Platz. Mit hunderten standen sie im Mittelgang: mit Heidelberger Männern, Frauen und Kindern, mit Flüchtlingen aus den Dörfern und Städten der Bergstraße, des Kraichgaus und des Neckartals, mit englischen und holländischen Soldaten, mit elegant gekleideten und parfümierten Höflingen und mit schmutzigen und nach Schweiß stinkenden Maurern und Zimmerleuten, die den ganzen Tag auf den halb fertigen Mauern und in den Wehranlagen gearbeitet hatten.

Mit allen sang Susanna »Eine feste Burg ist unser Gott«, und mitten unter ihnen lauschte sie der Predigt des alten Magisters David Pareus.

Im letzten Jahr, als die Spanier so bedrohlich an der Bergstraße auftauchten, war er nach Annweiler geflüchtet. Jetzt war er zurückgekehrt, um seinen Heidelbergern in der Zeit der Angst beizustehen. Tagelang hatte man auf den Plätzen und in den Gassen von nichts anderem gesprochen; es gab wohl keinen in der Stadt, den die Rückkehr des alten Gelehrten nicht rührte.

Mit lauter Stimme las der Greis die Bibelstelle aus dem Zweiten Buch Samuel, über die er predigen wollte: »Gottes Wege sind vollkommen, des HERRN Worte sind durchläutert! Er ist ein Schild allen, die ihm vertrauen!«

Heiß und kalt lief es Susanna den Rücken hinunter, als ihr Konfirmandenspruch durch die Heilig-Geist-Kirche hallte. Und dann predigte der Magister, und obwohl er schon auf die achtzig zuging, klang seine Stimme fest und zitterte nicht ein einziges Mal.

»Grabt doch Gräben um Heidelberg bis in die Hölle hinunter«, rief er. »Baut doch die Schanzen und Mauern der Stadt bis in den Himmel hinauf. Wird es euch nützen, ihr ungläubigen Heidelberger? Nein! Spürt ihr nicht eure eigene Seelenangst in diesen Mauern und Schanzen nisten? Sagt euch nicht euer Verstand, dass solche Bauwerke den Feind erst recht in die Stadt locken und Gott aus der Stadt aussperren werden? Vertraut nicht auf Wehrmauern und Gräben, ihr Pfälzer. Vertraut allein auf den HERRN, dann wird in nicht einmal drei Jahren wieder Friede sein …«

*

Zweimal musste Hannes hinter Mosbach einer Rotte schwer bewaffneter Dragoner ausweichen. Spanier waren es nicht gewesen. Bayern etwa? Hatten Tillys Soldaten es denn geschafft, schon so weit ins Neckartal einzudringen?

Kurz vor Eberbach trieb er seinen Rappen vorsichtshalber nach Norden in den Odenwald hinauf. Es war früher Vormittag, den zweiten Tag war er inzwischen unterwegs. Tiefer Schrecken hatte ihn erfasst, seit er die Soldaten auf der anderen Neckarseite gesehen hatte, und dieser Schrecken dämpfte für einige Stunden die Wut, die ihn seit seinem Aufbruch aus Heilbronn aufwühlte.

Gewiss, er hatte einen Cousin Meister Almuts dort aufgespürt, einen Kürschner – Susanna aber fand er nicht unter dem Dach dieses Mannes. Der schwor ihm sogar auf die Heilige Schrift, dass nie die Rede davon gewesen sei, die Almut-Töchter in seinem Haus unterzubringen, ja, dass er seit einem Jahr überhaupt nichts mehr von seinem Handschuhsheimer Cousin gehört und die Susanna zuletzt bei deren Konfirmationsfeier gesehen hatte.

Da hatte Hannes die Wut gepackt.

Er wollte nach Handschuhsheim, ganz schnell, und die Almuts zur Rede stellen.

Zuvor jedoch musste er ins Walddorf, um nach den Seinen und nach Haus und Hof zu schauen. Die Sorge um die Familie und das kleine Dorf trieb ihn. Alles, was man sich in Heilbronn über Tillys kroatische Reiter erzählte, klang entsetzlich: Bis zum Bodensee hinunter waren diese wilden und von ihrem Feldherrn und seinen Obristen nur schwer zu bändigenden Söldner über Weiler, Höfe und kleinere Dörfer hergefallen, hatten geplündert, gemordet und geschändet. Eine Spur von Brand, Blut und Tränen hatten sie auf dem Weg von der Oberpfalz an den Rhein durch das ganze Reich gezogen. Dem jungen Reiter wurde angst und bange um seine Familie und seine Geliebte, als er das hörte.

Hannes musste einen weiten Bogen reiten, um möglichen Soldaten Tillys auszuweichen und das kurpfälzische Gebiet von seiner östlichen Grenze aus zu betreten, und je länger er im Sattel saß, desto heftiger richtete seine Wut sich gegen ihn selbst: Hätte er nicht von allein darauf kommen müssen, dass Susannas Mutter gelogen hatte? Einer, der so fest auf den Schutz des Grafen Mansfeld, des Dänenkönigs und der englischen Truppen vertraute, wie Meister Almut es nun einmal tat, ein solcher Mann würde nicht im Traum daran denken, bis nach Heilbronn zu gehen, um seine Töchter zu verstecken. Die Mauern Heidelbergs erschienen so einem doch stark und hoch genug.

Gegen Mittag erst erreichte er Waldmichelbach. Da fielen die ersten Schneeflocken. Ein Bauer versorgte ihn mit Wasser, Brot und getrocknetem Fleisch, und Hannes erfuhr, dass der einbrechende Winter den General Tilly veranlasst hatte, die Einnahme Heidelbergs aufs Frühjahr zu verschieben. Zurzeit hielt der geharnischte Mönch sich im linksrheinischen Gernsheim bei dem spanischen General Córdoba auf und schmiedete Kriegspläne gegen die Rheinpfalz und ihre Festungen: gegen Heidelberg, Mannheim, Frankenthal und Dilsberg.

Hannes ritt weiter, und er ritt wie der Teufel, bis er am Nachmittag endlich die heimatlichen Wälder erreichte. Der Schnee fiel inzwischen immer dichter. Als Rauchwolken über den Baumwipfeln im Süden aufstiegen, erschrak Hannes bis ins Mark und hielt seinen Rappen an. Rauchwolken? Hier? Obwohl es schneite?

Atemlos lauschte und spähte er. Dort, wo er die Rauchwolken entdeckt hatte, lag sein Dorf. Oder täuschte er sich? Er verließ den breiten Reitweg und lenkte seinen Rappen durchs Unterholz weiter nach Süden. Bald glaubte er, Flammenschein in den Rauchschwaden unter dem Winterhimmel zu erkennen. Und dann hörte er Schreie.

Sie kamen aus dem Dorf, jetzt war er ganz sicher. In seinem kleinen Walddorf brannte es! In seinem kleinen Walddorf schrien Menschen!

Er trieb seinen Rappen in eine Bachsenke hinab, in der er schon als kleiner Junge gespielt hatte, wenn er der Arbeit auf dem Hof hatte entkommen können. Im Gehölz dort unten band er den Rappen fest. Von hier aus waren es höchstens noch zehn Wegminuten ins Walddorf.

Er schlich durch das Schneetreiben, arbeitete sich durch das feuchte Unterholz und erreichte endlich den Weingarten über seinem Heimatdorf. Von der obersten Rebstockreihe aus blickte er hinunter, und das Herz wollte ihm stillstehen: Bis auf eine Scheune brannten dort unten sämtliche Häuser des Walddorfes. Auch sein Elternhaus stand in Flammen. War das Wirklichkeit oder ein böser Traum? Der Brand, der Rauch, das Gewimmel dort unten: Alles geschah ja hinter einem Schleier aus Schneeflocken und kam ihm wie ein Fiebertraum vor. Konnte das wahr sein? Soldaten hieben auf Menschen ein, Soldaten trugen Beute aus den brennenden Häusern, Soldaten trieben Vieh zusammen, Soldaten zerrten Frauen und Mädchen in die noch unversehrte Scheune oder zwischen die Bäume am Waldrand. Und überall die jämmerlichen Schreie, das Prasseln der Flammen, das Blöken und Quieken des Viehs.

Eine kalte Eisenklammer legte sich um Hannes' Herz.

»Allmächtiger Gott …!« Er griff nach dem Messer in seinem Gurt, lief los, blieb wieder stehen. Am Dorfrand, direkt unterhalb des Weingartens, standen die Pferde der Soldaten. Zwei Männer in langen dunkelblauen Reitermänteln stapften von der Herde aus durch den schlammigen Boden zum brennenden Dorf. Sie trugen hohe Stiefel aus hellem Leder und mit trichterförmig geweiteten Schäften, in denen Hannes weißes Spitzentuch erkennen konnte. Einem quollen lange schwarze Locken unter seinem schwarzen, weiß gefiederten Hut heraus, der andere hielt eine blaue Standarte in der Rechten. Bayern?

»Ich muss doch hinunter …« Wie betäubt war Hannes vom Anblick der Flammen und des Rauches. »Ich muss doch meinen Leuten beistehen …« An den Rebstöcken vorbei rannte er weiter den Weingarten hinab. Doch nur ein Stück, dann blieb er wieder stehen. Er trug ja keine Waffe, nur ein Messer, und da unten wüteten Dutzende Bewaffnete. Wie sollte er denn gegen all die kämpfen? Mit Zähnen, Messer und Fingernägeln?

Eine Frau schrie, wie nur qualvoll Gebärende schrien. Hannes erstarrte. »Allmächtiger …!« Er rannte wieder los, blieb wieder stehen, rannte weiter, blieb stehen. Eine Windböe riss Rauchschwaden und Schneeflockenvorhang auf, und im Schein des brennenden Nachbarhauses sah Hannes die blaue Standarte dort unten einen Atemzug lang so deutlich, dass er das goldene Hirschgeweih auf dem blauen Fahnentuch glänzen sah.

Der Anblick brannte sich ihm ein wie ein großer Schmerz.

Sie zog ihn magisch den Weingarten hinunter, die verfluchte Standarte, in geduckter Haltung schlich er an die beiden Männer heran, um ihre Gesichter sehen zu können.

Was trieb ihn denn? Er wusste es selbst nicht.

Wieder und wieder duckte er sich hinter die Rebstöcke, beobachtete das grässliche Treiben, sah sich die Brandstifter und Mörder genauer an: Es waren Arkebusiere, jene leicht bewaffneten

Kavalleristen also, die man auch Bandelierreiter nannte. Hannes kannte sich aus mit den verschiedenen Abteilungen des kaiserlichen Heeres. Die beiden unter der blauen Hirschstandarte waren ihm am nächsten. Unter ihren dunklen, im Schneetreiben wehenden Mänteln glänzten Brustharnische und Beinschienen. Der hochgewachsene, beinahe dürre Fahnenträger trug eine Sturmhaube, über der ein blau-roter Federbusch wehte. Für einen Augenblick sah Hannes sein Gesicht: flaumbärtig und hohlwangig. Dieser Cornet musste jünger als er selbst sein.

Der andere, ein Hauptmann offenbar, schien ein wenig älter und gesünder zu sein: Seine Gesichtszüge wirkten weicher, und sein Schnurrbart war buschig und lang.

Hellhäutige Männer mit gepflegtem Äußeren also, beinahe elegant; Spanier und Krabaten jedenfalls sahen anders aus.

Die beiden Offiziere liefen zu einem Wagen, den ihr Mordvolk aus der Scheune geschoben hatte und vor den es jetzt geraubte Pferde spannte. Andere beluden ihn bereits mit Kisten und Säcken, die sie aus den Häusern geschafft hatten.

Hannes wollte hinter ihnen herschleichen, doch wie gelähmt verharrte er zwischen den Rebstöcken. Bitterkeit und Entsetzen würgten ihm den Atem ab. Was konnte er ausrichten gegen so viele Mörder? Was nützte er seinen Leuten dort beim Wagen, zwischen den brennenden Häusern oder in der Scheune, aus der das Schmerzgeschrei der ganzen Welt durch Rauch, Flammen und Schneetreiben zu gellen schien?

Sterben. Er sprang auf, rannte los. *Ich will wenigstens mit meinen Lieben sterben.* Er stand wieder still. Was für ein absurder Gedanke! Er lief weiter – und plötzlich: Hilferufe aus dem Wald neben dem Weingarten, laut und flehentlich.

Hannes dachte nicht nach, lenkte seine Schritte dorthin, wo die Rufe herkamen, stürzte zwischen Buchenstämme, stolperte durch das Unterholz. Es war eine Frauenstimme, die da um Erbarmen flehte.

Und dann sah Hannes sie: Die Frau lehnte kniend gegen einen Stamm, ein Mann riss ihr die Kleider vom Leibe. Die Bäuerin aus dem Nachbarhaus. Hannes kannte sie, seit er denken konnte. Sie sah ihn, riss die Augen auf und verstummte. Der Soldat aber fuhr herum, und schon hing Hannes ihm an der Gurgel.

Während die Bäuerin ihr Heil in der Flucht suchte, hieb Hannes dem Soldaten die Messerklinge in Rücken, Schulter und Oberarme. An manchen Stellen durchdrang die Klinge wohl Harnisch und Kleider – Hannes sah es am Blut, das an ihr klebte –, doch im Töten eines Menschen hatte er keine Übung, und so gelang es dem Soldaten, ihn von sich ins verschneite Unterholz zu stoßen und das eigene Messer zu ziehen.

Seine anderen Waffen allerdings kriegte er nicht zu fassen, denn im Unterholz neben Hannes lag sein Waffengurt – mit Karabiner, Degen, Panzerstecher, Pulver- und Kugelsäckchen. Er hatte ihn abgelegt, um sich an der Bäuerin vergreifen zu können. Hannes riss den Degen aus der Scheide, stach damit nach dem Angreifer und traf ihn in den Unterleib.

Der Soldat wich zurück, sah ungläubig an sich hinunter, sah das Blut durch seinen Hosenbund sickern und stöhnte auf. Sofort machte er kehrt und stolperte in die Richtung, aus der er die Bäuerin hierhergeschleppt hatte: ins brennende Dorf. »Her zu mir!«, rief er. »Hier ist einer! Kommt schnell …!«

Wieder überlegte Hannes nicht lange: Er steckte sein Messer weg, packte den Degen und rannte den Waldhang hinauf. Oberhalb des Weingartens folgte er dem alten Pfad, der zum Bach führte. Er rannte, was er konnte. Sein Atem flog keuchend, sein Herzschlag dröhnte ihm in den Schläfen, Todesangst lenkte seine Schritte. Hinter sich hörte er Männergeschrei. Äste peitschten ihm ins Gesicht, er stolperte, sprang wieder hoch, lief weiter. Endlich die Bachsenke, unten am Bachlauf hörte er seinen Rappen schnauben. Er rutschte den nassen Steilhang hinunter, rollte durch Laub, Unterholz und frisch gefallenen Schnee. Endlich das

Pferd! Er kletterte in den Sattel, klemmte den Degen in den Sattelgurt und hieb dem Rappen die Absätze in die Flanken.

Das Tier sprang über den Bach, trug ihn auf der anderen Uferseite den Hang hinauf. Äste brachen gar nicht weit hinter ihm, und raue Männerstimmen riefen Befehle irgendwo oberhalb des Uferhanges auf der anderen Seite. Plötzlich krachte ein Schuss, und Hannes beugte sich tief über die schwarze Mähne. Gar nicht weit entfernt heulte eine Kugel durchs Gehölz.

Der Schnee, schoss es ihm siedend heiß durch den Kopf, wie leicht werden sie meine Spuren ihm Schnee erkennen.

Er riss an den Zügeln, lenkte den Rappen in weitem Bogen zurück zum Bach. Wieder krachte es hinter ihm zwischen den Buchen, und gleich darauf noch einmal. Dann fuhr ihm etwas heiß in den Rücken, doch der Schrei blieb ihm im Halse stecken. Er stürzte in die schwarze Mähne, biss in drahtiges Pferdehaar, stöhnte hinein. Scharfer Schmerz brannte ihm den Rücken herauf und hinunter, fuhr ihm in alle Glieder, füllte ihm den Schädel und drohte ihm die Sinne zu rauben.

»Susanna …« Traurig und schön leuchtete ihr Bild auf einmal in seinem Geist auf. »Susanna …«

Dann stand ihm die Mutter vor Augen, wie sie weinte beim letzten Abschied und wie sie ihn umarmte, und dann das Bildnis der Heiligen Jungfrau in der Schlafkammer der Großmutter. Seine ganze Kindheit hatte er davor seine Morgen- und Nachtgebete verrichtet, seine halbe Jugend über. Schnell verblasste es. Es wurde dunkel, und die Buchenstämme waren auf einmal Säulen vor dem Eingang einer Kathedrale, so still und so gewaltig, wie er auch in Paderborn und Magdeburg keine gesehen hatte.

Das Ende, ja, das Ende – so fühlte es sich also an.

Die Stille dröhnte Hannes in den Ohren, auf seine Zunge kroch der bittere Geschmack der Pferdemähne und der metallene Geschmack von Blut. Er stürzte und stürzte, hinein in die Dunkelheit der ungeheuren Kathedrale, hinein in die große Stille …

12

Die Pferde schnaubten, die Männer fluchten, und der Wagen ächzte unter seiner schweren Last. Es ging nur langsam bergauf. Wie festgefroren hockte David auf dem Kutschbock, seine Gedanken flogen schon wieder fort zu dem Mädchen.

Inzwischen kannte er seinen Namen: Susanna. Wie Musik perlte ihm das durch die Brust – *Susanna*, schön und schmerzlich zugleich.

Gefrorener Schnee knirschte unter den Pferdehufen, unter den Stiefeln der Männer und unter den Kufen der Wagenräder. Steinblöcke stapelten sich auf der Ladefläche. Nur sehr langsam ging es bergauf.

»Hüh! Hüh!« David wedelte mit den Zügeln über den dampfenden Rücken des Sechsergespanns. »Hüh, ihr tapferen Pferdchen! Weiter, immer weiter!« Er lenkte das Gespann entlang der neuen Laufmauer zur Baustelle hinauf. Alle anderen stapften neben dem Wagen her; einige hielten sich mehr an ihm fest, als dass sie ihn schoben. Von der Krone der noch unvollendeten Laufmauer grüßten Soldaten in langen Mänteln – Holländer, Schotten, Engländer, Pfälzer. Die Atemluft der Pferde stieg wie Nebelschwaden auf, und auf Rücken und Mähnen der Tiere glitzerten Eiskristalle. Eis auch in den Bärten und Brauen der Männer, und beim Einatmen gefror einem die Luft in den Nasenlöchern – so kam es David jedenfalls vor.

Der Februar des Jahres 1622 begann so klirrend kalt, wie der Januar aufgehört hatte. Wenigstens schneite es nicht mehr.

An die zwanzig schmutzige, dick eingemummte Männer stapften links und rechts des Wagens durch den Schnee, ein Drittel davon kurfürstliche Soldaten. Dies war die zweite Fuhre Steine, die sie heute aus dem nahen Steinbruch holten – keine ungefährliche Arbeit, denn immer wieder wagten sich einzelne Rotten aus dem bayrischen Heer von General Tilly über den Neckar und beraubten und erschlugen, wer ihnen gerade über den Weg lief.

Die Baustelle kam in Sicht, der Trutzkaiser. Mit Händeklatschen und Rufen trieb der ranghöchste der Soldaten die Männer zur Eile an: Franz Hacker, ein alter Bekannter von David. Den hatten die Engländer inzwischen zum Fähnrich gemacht, und David glaubte zu wissen, warum er Hackers Baukommando zugeteilt worden war …

Seit Anfang November hatte der Winter die Pfalz in eisigem Griff. Eis bedeckte Neckar und Rhein schon seit Weihnachten, und bald drei Fuß tief war der Boden inzwischen gefroren, weshalb die Arbeiten an den Gräben vor der Wehrmauer seit langem ruhten. Doch an den Mauern selbst und am Trutzkaiser musste weitergearbeitet werden. Jeden Mann innerhalb der Mauern von Heidelberg, der einigermaßen bei Kräften war, hatte die Stadtregierung zur Arbeit an den Wehranlagen verpflichtet. Auch Studenten. Auch Fremde, die sich unfreiwillig in der Stadt aufhielten. Auch Häftlinge. Und so kam es, dass man den starken Rübelrap aus seinem mit Eiszapfen tapezierten Kerker geholt und zu den Maurern, Zimmermännern, Steinmetzen und Fuhrleuten an der Westmauer gesteckt hatte.

David machte sich nichts vor: Rudolph von Mosbach hätte den Mann, der ihm seinen geliebten Dukatenbeutel gestohlen hatte, lieber am Pranger gesehen – und noch lieber am Galgen. Doch der Pfalzgraf in Zweibrücken schien zum Glück Besseres zu tun zu haben, als wegen eines Taschendiebes ins bedrohte Heidelberg zu reisen, und in der Residenzstadt hatten die Engländer das Sagen. Allerdings war es dem Baron von Mosbach gelungen, die Gaukler dem Befehl seines Leibgardisten zu unterstellen. So konnte er sie im Auge behalten.

David lenkte das Gespann dicht an die untere Ringmauer des

gewaltigen Bauwerks mit dem kühnen Namen heran. Ein Urahn des Kurfürsten hatte es vor mehr als hundertfünfzig Jahren errichten lassen und es »Trutzkaiser« genannt, weil er in einer Fehde mit dem Habsburger Kaiser lag. Seit die Spanier im vorletzten Sommer an der Bergstraße, ja sogar vor Heidelberg aufgetaucht waren, betrieben die Verteidiger der Residenzstadt mit aller Macht die Erneuerung dieser mächtigen, jedoch halb zerfallenen Wehranlage am Westhang des Gaisberges.

David konnte sich nicht sattsehen an ihr. Wie eine Burg aus dem Morgenland sah sie aus: eine ringförmig ummauerte Terrasse, darauf der Ring einer zweiten, kleineren Terrasse und auf ihr wiederum vier hoch aufragende, rund um einen Mittelturm gebaute Ecktürme. Gut zwanzig Fuß darüber schwebte an einem Mast befestigt ein kugelartiges Gebilde: ein Signalkorb.

»Turm zu Babylon« hatte ein alter Prediger vor kurzem das noch unvollendete Bollwerk genannt; David hatte es mit eigenen Ohren gehört, als es ihn auf der Suche nach dem schönen Mädchen Susanna auch in die Heilig-Geist-Kirche getrieben hatte.

Kanonen jeder Größe sollten von den Terrassen des Trutzkaisers aus nicht nur die Hänge des Gaisberges und des Königsstuhls sichern, sondern auch die weit verzweigte westliche Wehranlage vor dem Speyrer Tor. Der dem Bollwerk vorgelagerte keilartige Mauerwall im Westen und die Laufmauer hinunter zum Friedhof und zum Blauen Turm der Westmauer waren noch nicht fertig. Auch vom geplanten Laufgraben davor stand vorläufig nur die Brustwehr. Mit den Grabungsarbeiten konnte erst begonnen werden, wenn im Frühjahr der gefrorene Boden wieder aufgetaut war.

Ein zweites, kleineres Bollwerk dagegen, den sogenannten »Trutzbayer«, hatte man schon im vergangenen Jahr fertiggestellt und mit Kanonen bestückt. Die sollten dem größeren Trutzkaiser Deckung geben, wenn erst der erwartete Sturm von Tillys Kriegsvölkern losbrach.

»Gut gemacht, ihr Pferdchen!« David zog die Zügel straff.

»Brr!« Das Gespann stand still, und der junge Gaukler kletterte nach hinten auf den Steinhaufen. Zwei Maurer aus Handschuhsheim stiegen zu ihm auf die Ladefläche, und gemeinsam begannen sie, die Steinbrocken vom Wagen hinunterzureichen. Die anderen schleppten sie zu den Flaschenzügen, wo auch die Arbeitsplätze der Steinmetze lagen. Rübelrap schleppte am meisten.

Mächtig abgemagert war er. Doch hier, unter den Arbeitern und in ihren ärmlichen Baracken, ging es ihm allemal besser als im einsamen Brückenturm über dem zugefrorenen Neckar. Wie David und Stephan gab man auch ihm warme Kleidung und Schuhwerk und ausreichend zu essen.

Weil David nicht gerade kräftig gebaut war, hatte man ihn bald vom Schleppen und Maurern entbunden und auf den Kutschbock gesetzt. Stephan hatte man als zu alt für die harte Arbeit an der Wehranlage befunden und zu den Pferdeknechten in den kurfürstlichen Marstall geschickt.

Um die Mittagszeit versammelten sich die kurfürstlichen Soldaten mit den Arbeitern um kleine Feuerstellen innerhalb der Türme. Es gab Getreidegrütze mit Schmalz, eingesalzenen Bohnen und ein wenig Speck. Dazu wurde mit Wasser verdünntes Bier ausgeschenkt. Die Männer ließen es sich schmecken, plauderten, tranken und packten nach dem Essen ihre Würfel und Karten aus, um eine Runde zu spielen, bevor die Arbeit weiterging.

David spielte nicht mit, sondern wickelte seine Geige aus dem Hundefell, mit dem er sie vor der Kälte zu schützen pflegte. Er stimmte ein altes Lied an, das die Maurer ihm beigebracht hatten, und bald erfüllte der Klang rauer Männerstimmen das düstere Gemäuer.

Die Feldwebel Franz Hackers waren beide Engländer und gehörten zu denjenigen Soldaten des König Jakobs, die eine ganz neumodische Sitte in die Stadt am Neckar gebracht hatten: das Rauchen. Einer der Engländer zündete nach dem Essen eine Tabakspfeife an, und der zweite wollte dasselbe tun. Während der

Feldwebel jedoch seine Kleider abklopfte, verfinsterte sein bärtiges Gesicht sich zusehends. »Meine Pipe!«, rief er, als David die Geige absetzte und die letzten Takte des Gesanges verklangen. »Somebody has stolen sie!« Er sprang auf und blickte wütend um sich.

Sofort kehrte Ruhe ein. Doch nicht lange – eine tiefe Stimme mit unverkennbar eidgenössischem Akzent ertönte plötzlich: »Der Fähnrich hat sie geklaut!«

Aller Augen flogen zu Rübelrap, doch der bewegte nicht einmal die Lippen, guckte nur treuherzig über seinen Becherrand ins Feuer. Und wieder die tiefe Stimme: »Hacker, dieser Galgenstrick, ist's gewesen – guckt doch in seiner Manteltasche nach.«

Jetzt richteten sich die Blicke aller auf Franz Hacker, und etliche Männer begannen zu feixen. David hatte am meisten Spaß. Wie die meisten Männer an den Feuern wusste er ja Bescheid: Der andere Feldwebel hatte ihm die Wette angetragen und gleich drei Kreuzer gegen Rübelrap gesetzt.

Der kleine Franz Hacker saß auf einmal kerzengerade an der Feuerstelle, durchwühlte sämtliche Taschen, schnitt eine sehr verdrossene Miene und zog schließlich die Tabakspfeife seines Unteroffiziers aus dem Mantel.

Applaus erhob sich. Die Männer, die von der Wette wussten, lachten nun laut, und die noch nichts von ihr gehört hatten, ließen sich von den anderen erklären, was geschehen war. Grölende Heiterkeit machte sich breit.

»Ruhe!«, donnerte auf einmal eine Stimme vom Eingang her. Die Köpfe fuhren herum. Einige Offiziere bückten sich durch den Eingang, und die kurpfälzischen Soldaten an den Feuern standen auf, nahmen Haltung an und grüßten ehrerbietig.

Sofort erkannte David den englischen Schlosskommandanten Sir Gerard Herbert und den Baron Rudolph von Mosbach an seiner Seite, Capitän der Schlosswache.

»Was ist hier los?« Von Mosbach schritt zu seinem Fähnrich Franz Hacker.

Der Stadtgouverneur Heinrich van der Merven schaute beinahe täglich an der Westmauer und am Trutzkaiser vorbei, um sich ein Bild vom Fortgang der Arbeiten zu machen, und wenn er nicht persönlich hierherkam, dann schickte er den Schlosskommandanten oder den Baron von Mosbach. Heute hatte er beide geschickt.

»Man hat dem Feldwebel seine Tabakspfeife gestohlen, mon Capitän«, meldete Hacker. »Das kann nur der da getan haben.« Er deutete auf Rübelrap. »Und mir hat dieser Tagdieb die Pfeife heimlich zugesteckt …«

»Eine Wette, Captain!« Der rauchende Feldwebel gestikulierte beschwörend. »Nur ein Spaß! Ich hab mit dem Gaukler gewettet, dass der Riese es nicht schafft, dem Kamerad die Pfeife aus der Tasche zu ziehen.« Jetzt deutete er auf David. Der konnte nur nicken, denn von Mosbachs strenge Miene verhieß nichts Gutes.

»Kann Er es also nicht lassen!«, rief von Mosbach. Er war in einen langen schwarzen Fellmantel gehüllt. »Selbst hier muss Er fortfahren zu stehlen. Selbst hier wagt Er, die Soldaten des Kurfürsten zu berauben.«

»Nur ein Gauklerstück!« David fand seine Sprache wieder und stand auf. »Habt Ihr es nicht gehört? Nur ein Spaß war das!«

»Er redet, wenn Er gefragt wird, und hält ansonsten das Maul!«, donnerte der Capitän. Und wieder an Rübelrap gewandt: »Weiß Er denn nicht, an welch dünnem Faden Sein Leben hängt? Ist Er denn wirklich so dumm? Dieser Diebstahl wird dem Pfalzgrafen berichtet, damit sein durchlauchtigstes Urteil auch angemessen ausfallen wird.« Er drehte sich nach Hacker um. »Legt dem Goliath Ketten an! Doch weit genug, damit er laufen und arbeiten kann.«

Franz Hacker, seltsam heiter auf einmal, bestätigte den Befehl – und David fiel es wie eine schwarze Binde von den Augen: Der kleine Fähnrich aus dem Schwabenland hatte von der Wette gehört und den Ahnungslosen gemimt, als ihm Rübelrap klammheimlich die Pfeife des Feldwebels in die Manteltasche geschmuggelt hatte. Es war nicht der Zufall gewesen, der den Baron ausgerechnet jetzt hierhergeführt hatte – Hacker hatte ihm einen Boten geschickt.

David biss die Zähne zusammen, dass es schmerzte.

Von Mosbach und die englischen Offiziere verschwanden so schnell, wie sie aufgetaucht waren, und ließen bedrückt schweigende Soldaten und Arbeiter zurück. Nur der Fähnrich Franz Hacker zeigte sich weder niedergeschlagen noch stumm. Er gab Befehl, dass man Rübelrap abführte und ihm Ketten an Hände und Füße schmiedete.

Am Abend gab es einen Sonnenuntergang, so feurig, als würden Himmel und Horizont brennen. Die Männer standen auf der Mauer und starrten nach Westen; die lustige Wette, der Baron und Rübelraps Ketten waren vergessen.

Nicht für David.

Als es dunkel wurde, wickelte er sich neben dem Bauchredner in seine Decken. Sie schliefen mit den Arbeitern in einer steinernen Baracke, in der abends und morgens Feuer in zwei Öfen angezündet wurde. Rübelrap lag auf dem Rücken. Die zusammengeketteten Handgelenke über der Brust gekreuzt und die riesenhaften Hände zu Fäusten geballt, starrte er an die Decke. David flüsterte: »Dafür wird der feine Herr bezahlen, mein Freund, das versprech ich dir.«

Er konnte lange nicht einschlafen, doch als ihn endlich der Schlaf übermannte, träumte David, was er so oft träumte in den letzten Wochen: Die schöne Susanna lächelte ihn verliebt an, dann schloss sie die Augen und ließ sich von ihm auf den Mund küssen.

Am nächsten Morgen, noch vor Sonnenaufgang, huschte David aus der Baracke, schwang sich auf eines der Pferde und ritt in die Stadt hinein.

Seit zu Beginn des Jahres der König Jakob seinen General Sir Horace Vere ins Reich geschickt hatte, um von der Festung Mannheim aus die kurpfälzischen Truppen zu befehligen, hatte man über tausend englische und schottische und noch einmal so viele kurpfälzische Soldaten in Heidelberg einquartiert. Inzwischen wusste es jeder, und viele hatten es am eigenen Leib zu spüren bekommen: Nicht wenige der englischen und schottischen Waffenknechte hatte der General aus Londoner Kerkern heraus zwangsrekrutiert und ihnen mit der Todesstrafe gedroht, sollten sie Fahnenflucht begehen. Etliche waren dennoch geflohen, viele aber zogen es vor, die Heidelberger zu drangsalieren und sich an ihrem Hab und Gut zu bereichern.

Schwere Zeiten für die Residenzstadt, und David war heilfroh, auf seinem morgendlichen Ritt nur zwei Nachtwächtern zu begegnen. Die Wachschichten der Soldaten gingen entlang der Stadtmauern und oben auf dem Schloss Patrouille. Nur kurz vor oder kurz nach der Wachablösung sah man sie in den Gassen von Heidelberg.

Gut so.

David wählte enge Gassen für seinen Weg, bog erst kurz vor dem Marktplatz Richtung Neckar ab. Es war so eisig kalt, dass sein kurz geschorener schwarzer Bart sich in einen weißen Vollbart verwandelt hatte, als er das Haus an der Nordmauer erreichte. Hier wohnte sie. Bei ihrem Onkel, einem Tuchmacher namens Weber. Hinter den Fenstern leuchtete noch keine einzige Öllampe.

Also weiter – hinauf zur Hauptstraße, über den Marktplatz, an der Heilig-Geist-Kirche, dem Spital und der Hofkanzlei vorbei und schließlich in die Schlossstraße hinein. Davids Augen tränten von der schneidenden Kälte, und seine Nase spürte er kaum noch. Inzwischen graute der Morgen.

Auf halber Höhe der ansteigenden Straße zweigte eine Treppe ab, die zur Ostmauer hinunterführte. Dort hielt David sein Pferd an. Hier, auf der obersten Stufe, saß sie manchmal, blies auf einer Flöte oder schrieb in ein Buch oder sah einfach nur auf Stadt und Neckar hinunter. Heute Morgen war ihr Platz leer.

»Susanna …« David liebte es, ihren Namen auszusprechen.

Sein Klang schmerzte ihn – hartnäckig verweigerte sie sich seinen Annäherungsversuchen – und machte ihn zugleich froh.

Er hatte gehofft, sie würde wie oft an Samstagen auch an diesem die frühe Morgenstunde nutzen, um hierherzukommen und nach Wanderern auf dem Heiligenberg, nach Tauben aus ihrem Heimatort oder nach wusste der Himmel was Ausschau zu halten. Von einem heimlichen Geliebten hatte ihr Cousin erzählt, und von ihren Eltern und Großeltern, die in Handschuhsheim zurückgeblieben waren. Der frühe Morgen galt unter den Frauen Heidelbergs als die beste Tageszeit, unbehelligt auf die Straße zu gehen: Die oft derben und zudringlichen Soldaten taten um diese Zeit entweder Dienst oder schliefen noch ihren Rausch vom Vorabend aus.

David wartete.

Seit Ende November beobachtete er Susanna, wenn sie hier oben auf der Treppe hockte oder gegen die Sandsteinbrüstung lehnte und sehnsüchtig über den Fluss spähte. Ein paarmal war er wie zufällig die Treppe hinaufgelaufen, hatte seinen Jean-Potage-Hut vor ihr gezogen, sich verbeugt und gesungen, gefiedelt, jongliert und dergleichen. Einmal hatte er sogar seinen Tanzbären Bela mitgenommen und der Angebeteten ein Bärentänzchen vorgeführt. Alles umsonst. »Ich spreche nicht mit Männern, die sich in einer Uniform oder hinter der Maskerade eines Narren verstecken«, hatte sie ihm erklärt.

Wo sie wohnte und wer ihre Familie war, hatte er schnell herausgefunden. Beim Holzsammeln am Gaisberg passte er dann ihren jüngeren Cousin Martin ab. Mit ein paar Kunststücken und kleinen Geschenken gewann David das Vertrauen des Burschen. Susanna sei eine geschickte Stickerin, hatte der erzählt, und seit drei Jahren trotze sie dem Willen ihres Vaters, eines Schneidermeisters, der sie mit einem Gesellen verheiraten wolle. Und Hannes hieß er, der heimliche Geliebte, sehr kräftig sei er, sehr blauäugig und blond; und spurlos verschwunden sei er auch.

Gut so.

Seit Silvester arbeitete David an einem Gedicht und einem Brief für Susanna. Martin, ihr Cousin, würde ihm schon helfen, den Liebesbrief unter ihr Kopfkissen zu schmuggeln.

Die Sonne ging auf. Wieder leuchtete der Himmel unnatürlich hell, beinahe gleißend. In seinem ganzen Leben hatte David das Himmelszelt noch nicht in dieser Weise glühen gesehen. Unheimlich sah das aus; als hätte sich im Osten das Tor zu einem gewaltigen Schmelzofen geöffnet.

Plötzlich sah David überall Menschen. Sie versammelten sich über ihm auf der Schlossmauer und unter ihm auf dem Marktplatz, sie liefen auf die Neckarbrücke und stiegen die Treppe und die Schlossstraße zu ihm herauf. Alle wollten sie das Naturschauspiel sehen, jung und alt, groß und klein.

Die Kirchturmuhr schlug acht, David vergaß den Trutzkaiser, sein Fuhrwerk, den Franz Hacker und starrte in den Himmel: Nicht eine, drei Sonnen standen dort auf einmal – so jedenfalls sah es aus –, und ein Regenbogen überwölbte sie wie ein glühendes Tor. Dessen Zenit strahlte wie farbiger Brand, an seinen Enden verschwamm sein buntes Licht mit dem Leuchten der Sonnendreieinigkeit. Ein atemberaubender Anblick.

Um sich herum hörte David die Heidelberger seufzen, tuscheln und rufen. Einige beteten, andere sangen, etliche versuchten sich in Erklärungen der unfassbaren Erscheinung. »Der dreieinige Gott selbst wird für uns kämpfen!«, säuselte es da aus der Menge. »Heidelberg wird brennen«, flüsterte es, »der Kurfürst kommt zurück, besiegt den Kaiser und wird dessen Krone gewinnen!«, kreischte es, und eine Frauenstimme nicht weit hinter David sagte: »Ich habe Angst.«

David fuhr herum: Sie war es.

Mit bleichem Gesicht stand sie zwischen Schwester und Tante. Ein weinroter Schal mit schwarzen Stickereien verhüllte ihren dunklen Lockenkopf nur zur Hälfte, dunkelrote und gelbe Blumenstickereien zierten ihren grauen Mantel. Wie wunderschön das aussah, und wie kunstvoll! David vergaß zu atmen, trank ihren Anblick mit den Augen.

Doch als ihre Blicke sich begegneten, wandte sie sich ab und lief wieder hinunter in die Stadt.

Selig und traurig zugleich ritt David zurück an die Westmauer zu seinem Bautrupp, selig und traurig zugleich nahm er die Stockschläge hin, mit denen Franz Hacker seine Verspätung bestrafen ließ. Leichter als an anderen Tagen kamen ihm die Steine an diesem Samstag vor, und die Winterluft blies nicht halb so schneidend.

Danach sah er Susanna lange nicht mehr.

An einem späten Abend Mitte Februar stand David mit zahllosen Heidelbergern auf dem Marktplatz und bestaunte den Vollmond: Wie von einem Ring aus Wolken und Licht umgeben sah er aus und zugleich wie hinter ein Kreuz aus Wolken und Licht gesperrt. Wollten die Himmelserscheinungen denn gar nicht mehr aufhören? Natürlich wähnten die Leute den Weltuntergang vor der Tür stehen.

Einen Vorgeschmack darauf bekamen sie Anfang März, als das Eis auf Rhein und Neckar taute und das Umland von Heidelberg unter Wasser stand. Unter gingen aber nur die Mäusebruten, sodass die Bauern Hoffnung schöpften, in diesem Jahr die Ernte ganz für sich behalten zu können. Daraus sollte nichts werden. Bald danach schuftete David zwischen Studenten, Häftlingen und Soldaten im neuen Graben zwischen Trutzkaiser und Westmauer.

Im April dann überschlugen sich die guten Nachrichten: Der Markgraf von Baden-Durlach und der Herzog von Württemberg zogen gegen Tilly in den Krieg; der blutjunge Herzog von Braunschweig machte den Papisten nördlich des Mains das Leben schwer, und Tillys Bayern mussten aus der Stadt Ladenburg vor jenem Grafen Mansfeld weichen, von dem David gehört hatte, dass er vor keinem Waffengang zurückscheue und allein deswegen gegen die Papisten kämpfe, weil die Evangelischen ihn besser bezahlten. Sie bezahlten ihn offenbar so gut, dass er Tillys Heer bei Wiesloch schlug.

In der Residenzstadt residierte die Hoffnung.

Der König von England versprach mehr Soldaten, und Mitte April sah David Heidelberger und Engländer auf dem Marktplatz tanzen: Der Kurfürst Friedrich war plötzlich wieder bei seinem Heer aufgetaucht. Irgendwo im Bistum Speyer tat er sich mit eben jenem Grafen Mansfeld zusammen. Sie zündeten ein paar katholische Dörfer an, eroberten später sogar Darmstadt und legten den Landgrafen dort so lange in Ketten, bis er schwor, niemals mehr gegen die Pfalz zu kämpfen.

In Heidelberg sprach da schon lange keiner mehr von Untergang. Auch nicht, als dem Markgrafen von Baden-Durlach vor Wimpfen ein Munitionswagen explodierte und Tilly, der geharnischte Mönch, endlich wieder einen Sieg auf dem Schlachtfeld verbuchen konnte.

Mitte Juni dann präsentierte der Baron von Mosbach dem Gouverneur von Heidelberg einen Brief aus Zweibrücken. Ein diebisches Subjekt wie Rübelrap sei unerträglich in den Mauern Heidelbergs, schrieb der Pfalzgraf, zumal in Zeiten wie diesen, und man möge ihn vor ein Feldgericht stellen und, so die Vorwürfe gegen ihn bewiesen seien, alsbald hinrichten.

Franz Hacker unterrichtete Stephan und David über diese Entwicklung. Er gab sich keine Mühe zu verbergen, wie gern er es tat.

Um diese Zeit begegnete David wieder der jungen Frau, die er so glühend begehrte.

*

»Neuenheim brennt«, sagte Anna. Alle drängten sich neben sie ans Giebelfenster, alle guckten sie über den Neckar, und keiner glaubte es.

»Es ist nur das Abendrot«, sagte Susanna. »Ja, schau doch: Der Himmel leuchtet im Abendrot.«

»Neuenheim brennt«, wiederholte Anna. Sie stand eingezwängt zwischen Susanna und Martin. Ihre Stimme klang, als würde hinter einer hölzernen Maske eine Schwindsüchtige zu sprechen versuchen.

Alle stürzten sie aus dem Haus – Susanna, Anna, Martin, die anderen Cousins und Cousinen, der Onkel, die Tante, die Gesellen –, alle liefen sie in den Hof und auf die Neckarwiesen hinaus. Dutzende Heidelberger hatten sich dort bereits zwischen den Gestellen mit den frisch gefärbten Tüchern versammelt und starrten über den Neckar hinweg nach Westen. Viele hundert Schritte flussabwärts stieg Rauch über den abendlichen Weingärten und Obstwiesen des Heiligenbergs auf, und die lodernde Glut unter den Rauchschwaden leuchtete viel greller als das Abendrot darüber.

Kein Zweifel: Neuenheim brannte.

Sie standen und starrten und hielten einander fest. Susanna spürte, wie Anna in ihrem Arm zu zittern begann und wie sie selbst in den gekrümmten Zeigefinger ihrer Faust biss.

Martin sprach dann aus, was sowieso alle dachten: »Wenn Neuenheim brennt, wie mag es da erst Handschuhsheim gehen?«

Anna brach in lautes Schluchzen aus, die Tante fing an zu beten, und Susanna versuchte, gegen eine Angst anzuamten, die ihr die Brust zerquetschen wollte: die Angst um den Vater, die Angst um die Großeltern, Tante und Mutter, die Angst um das liebe Haus, den Garten und ihren Sticktisch vor dem Fenster zur Straße.

Bald stand das halbe Viertel im hohen Ufergras, palaverte, weinte, versuchte zu fassen, was unten in Neuenheim am anderen Neckarufer geschah. Viele Menschen drängte es zur Brücke. Vielleicht wussten ja die Soldaten dort, was geschehen war; vielleicht traf man dort Flüchtlinge aus Neuenheim und den Weilern am Heiligenberg, die man fragen konnte; vielleicht begegnete man sogar jemandem aus Handschuhsheim.

Susanna und ihre Verwandten ließen sich mit der Menge flussaufwärts zur Brücke treiben. Beinahe dunkel war es, als sie sich mit Hunderten vor dem Brückentor am Doppelturm drängten. Die Soldaten zeigten sich abweisend und wortkarg, Flüchtlinge entdeckte niemand.

Als die Menge sich einmal einen Atemzug lang lichtete, sah Susanna einen schmalen Burschen in roter Jacke und mit zerdrücktem, gefiedertem Hut auf dem dunklen Lockenschopf. War das nicht der aufdringliche Gaukler, der schon seit Wochen versuchte, ihr den Hof zu machen? Sie schob sich ein Stück hinter die Tante und spähte zu ihm hinüber – tatsächlich, er war es! Mit einer Zwergin, die wie er zu der Truppe des kroatischen Zahnbrechers gehörte, wartete er vor dem Aufgang zum linken Brückenturm. Die Zwergin weinte, der Gaukler hatte Bündel von Decken und Fellen unter die Arme geklemmt. Dann winkte ein englischer Waffenknecht sie durch die Tür in den Turm hinein. Der Gaukler verschwand im Turm, ohne sich umzudrehen, ohne Susanna zu sehen. Gut so.

Bald eine Stunde warteten Susanna und ihre Familie in der Menschenmenge vor dem Brückentor. Noch immer tauchten keine Flüchtlinge von der anderen Neckarseite auf, und die englischen Soldaten redeten gar nichts, die kurpfälzischen wenig.

Gerüchte machten die Runde: Der Gouverneur habe die Brücke sperren lassen, niemand komme noch über den Neckar in die Stadt hinein. Der Papistengeneral Tilly habe Neuenheim in Schutt und Asche legen lassen, um Kanonen zwischen die Ruinen zu schaffen und den Pfälzern jede Deckung darin unmöglich zu machen. Auch hinauf zu den Schanzen auf dem Heiligenberg habe der geharnischte Mönch Geschütze schaffen lassen, und der Beschuss der Residenzstadt stehe kurz bevor.

Lähmendes Entsetzen legte sich auf die Menge, und es wurde plötzlich ganz still.

Später sahen sie Kähne voller Menschen östlich der Brücke am

Ufer vor der Mönchsmühle anlegen. Flüchtlinge aus Neuenheim und gefangene Bayern, hieß es. Die Flüchtlinge seien verstört und viele verwundet, die Bayern betrunken. Angeblich brachte man die Neuenheimer ins nahe Gymnasium und die bayrischen Soldaten zum Verhör ins Schloss hinauf.

Der Onkel machte sich auf den Weg zum Gymnasium, wollte versuchen, mit den Leuten aus Neuenheim zu sprechen und hören, wie es in Handschuhsheim stand.

Allmählich zerstreute sich die Menschenmenge. Wie den Onkel drängte es viele Richtung Mönchsmühle und Gymnasium, andere strömten in die Steingasse und zur Heilig-Geist-Kirche hinauf. Susanna und Anna schlossen sich der Tante und den Nachbarn an, die hinunter zur Neckarwiese stiegen.

Plötzlich senkten sich eine Hellebarde und eine Faust vor Susanna, und die Stange in der haarigen Männerfaust trennte sie von Anna und den anderen. »Stop!« Der Hellebardenträger stellte sich vor ihr auf. »Wohin so spät, Beautyful?«

Gestank von Tabak und Wein wehte Susanna entgegen, und eine Eisklaue schien sich um ihr Herz zu legen, sodass es ins Stolpern kam. Sie kannte den Mann – es war der englische Soldat, der sie schon im Sommer letzten Jahres mit seinen lüsternen Blicken aus den Kleidern hatte schälen wollen.

Und auch der andere, der Offizier mit dem schweren Degen, stand plötzlich dicht neben ihr. »So sieht man sich wieder …« Ein feixendes Gesicht beugte sich dicht an ihre Wange.

Ein dritter packte sie am Arm, ein Pfälzer. »Komm mit uns, meine Schöne. Eine warme Mahlzeit und etwas Wein werden dir guttun.«

Die Tante und Anna protestierten, wollten die Hellebarde zur Seite drücken und streckten die Arme nach Susanna aus. Doch der Soldat stieß die Frauen zurück, richtete sogar die Hellebarde auf sie.

Susanna fühlte den Boden unter den Sohlen wanken. Der Pfälzer zerrte sie zum Brückentor. »Ich will nicht«, flüsterte sie. »Ich will nicht«, sagte sie lauter. »Ich will nicht!«, schrie sie schließlich.

»Aber wir wollen.« Der rohe Waffenknecht packte sie bei den Hüften und hob sie hoch. »Und mit genug Wein im Kopf wirst auch du bald wollen.« Er stieß ein kehliges Lachen aus.

Auf einmal stellte sich ihm einer in den Weg, stemmte die Fäuste in die Hüften und sagte: »Er bringt das Mädchen unters Brückendach?« Susanna traute ihren Augen kaum: Der junge Gaukler, der ihr nachstellte, seit sie in Heidelberg wohnte.

Der Pfälzer blieb stehen, setzte Susanna ab, musterte den viel Jüngeren erst verblüfft, dann wütend. »Was geht es dich an, Bursche? Aus dem Weg!« Er war einen halben Kopf größer als der Gaukler und hatte viel breitere Schultern.

»Ich krieg Prügel, wenn ich nicht weiß, wo Er sich mit der da vergnügen will«, tönte der Gaukler. Susanna wurde es immer enger in der Kehle.

»Von wem, verflucht?«

»Vom Baron von Mosbach, dem Capitän der Schlosswache und persönlichem Freund des Schlosskommandanten Sir Herbert. Sie ist nämlich sein Liebchen, und ich bin sein Gardist und muss jederzeit ein Auge auf sie haben.« Ganz ernst und wichtig tat er, beäugte den Pfälzer Waffenknecht von oben bis unten, beugte sich dann zur Seite, um auch die beiden Engländer zu betrachten. »Und vor allem muss ich ihm die Kerle beschreiben, die sein Liebchen allzu schön finden. Ein englischer Feldwebel also, ein englischer Hellebardist und ein Pfälzer …«

Der Pfälzer ließ Susanna los, schlug den Gaukler ins Gesicht und packte ihn am Kragen. »Das war der Vorschuss für die Prügel, die du beziehst, wenn du mir das nächste Mal über den Weg läufst.« Er stieß den blutenden Gaukler aufs Pflaster.

Susanna stand stocksteif, hörte kaum, wie die drei Soldaten sich besprachen, spürte kaum, wie der Engländer mit der Hellebarde sie aufs Gesäß schlug, als er an ihr vorbeiging und den anderen beiden in den Turm folgte. Anna und die Tante fassten ihre Handgelenke, zogen sie zur Treppe und auf die Neckarwiese hinunter.

Wie betäubt stolperte sie zwischen ihnen durch die Dunkelheit. Ekel und Panik schütteltne sie. Erst als die Tante sich umdrehte, danke sagte und zurückblieb, merkte Susanna, dass der Gaukler ihnen gefolgt war.

Sie wandte den Kopf und sah, wie die Tante ihm mit einem Tuch das Blut von der aufgeplatzten Oberlippe tupfte. »Ich stand zufällig oben im Turm am Kerkerfenster«, hörte sie ihn sagen. »Ein Freund von mir liegt dort unschuldig in Ketten. Er soll bald um einen Kopf gekürzt werden. Ich habe ihm seine …« Jetzt erst merkte er, dass Susanna zuhörte, und räusperte sich. »… seine Frau und ein paar Decken für die Nacht gebracht, damit sie sich verabschieden können.« Er tat einen Schritt auf sie zu. »Und dann habe ich dich unten vor dem Brückentor gesehen, Susanna. Und die Kerle. Ich dachte, dieses eine Mal noch könnte es sich lohnen, sich hinter der Maske eines Gauklers zu verstecken …« Er grinste.

Susanna wandte sich ab, stützte sich auf Anna und ließ sich von der jüngeren Schwester zu dem Portal ziehen, das durch die Mauer in den Hof des Onkels führte. Schon in diesem frechen Brief hatte er sie Susanna genannt. Woher nur kannte er ihren Namen?

Weil sie hörte, wie der Gaukler und die Tante miteinander sprachen, blieb sie unter dem Torbogen noch einmal stehen und sah zurück.

»Du solltest dich bei diesem mutigen Mann bedanken, Susanna, hörst du?«, sagte die Tante streng und ging an ihr vorbei in den Hof.

»Danke«, sagte Susanna knapp und sah dem Gaukler ins Gesicht.

»Ich heiße David.« Er lächelte.

»Dacht ich's mir.« Der freche Bursche natürlich, der ihr die rührseligen Verse und den zudringlichen Brief geschrieben hatte.

»Merk dir eins, Gaukler: Ich bin niemandes Liebchen. Doch damit du dir keine falschen Hoffnungen machst: Vor dir steht eine verlobte Frau, sogar eine, die so gut wie verheiratet ist.« Sprach's, wandte sich ab und huschte in den Hof.

Anna machte ziemlich große Augen, versuchte den Gaukler mit einem Blick zu trösten und zuckte mit den Schultern. Dann verriegelte sie das Portal und sperrte ihn aus.

Am nächsten Morgen hieß es, ein Tross des Kurfürsten sei mitten in der Nacht durch die Hauptstraße zur Hofkanzlei und hinauf zum Schloss gefahren. Friedrich persönlich habe wichtige Unterlagen und Wertgegenstände zusammengepackt und aus Heidelberg geschafft. Diese Nachricht verbreitete einen Schrecken, der tagelang wie Gewitterschwüle auf der Stadt lastete.

Anfang Juli dann ging es wie ein Feuersturm durch die Gassen: Die Papisten seien bei Wieblingen über den Neckar gegangen, und ihr General, der geharnischte Mönch, habe sein Hauptquartier in Handschuhsheim errichtet, in der Tiefburg.

Zehn Soldaten kamen ins Haus des Onkels und quartierten sich im Untergeschoss ein. Drei Kurpfälzer, vier Schotten und drei Engländer. Die Tante fürchtete sich am meisten vor ihnen. Einer der Schotten, ein Feldwebel, brachte seine beiden Huren, einen Knecht und drei Kinder mit und zwang den Onkel, seine Werkstatt und sein Stofflager für ihn und seine Familie zu räumen. Susanna musste sich eine kleine Kammer im Obergeschoss mit den Cousinen und Cousins teilen. Am nächsten Tag befahlen die Soldaten dem Onkel, seine Gestelle und sein Tuch von der Neckarwiese zu holen. Danach mauerten sie die Pforte zu, durch die man vom Hof hinaus auf die Uferwiese und an den Neckar gelangte.

Den Nachbarn erging es noch schlimmer: Ihnen führten Soldaten Schwein, Kuh und Federvieh weg, bauten eine Rampe und schoben eine schwere Kanone auf das Dach des steinernen Schweinestalls und vor die Stadtmauer. Danach soffen sie sämtliche Weinvorräte aus, und das in einer einzigen Nacht.

Flüchtlinge aus Handschuhsheim schwammen und ruderten vom Ostufer des Neckars zur Herrenmühle herüber und brachten Nachrichten aus dem Dorf. Der älteste Sohn des Schuhmachers Arnold war unter ihnen. Meister Almut sei tot, versicherte er, ein Kosak habe ihn erschlagen, vielleicht auch ein Krabat. Das Haus sei verwüstet und die Mutter schwer erkrankt, so übel habe man ihr zugesetzt. Wie es den Großeltern und der Tante ergangen war, wusste er nicht.

Von nun an schlich Susanna früh morgens nicht mehr hinauf zur Schlossstraße, um nach Hannes Ausschau zu halten. Tagelang hockte sie in der Kammer und hielt ihre weinende Schwester Anna in den Armen, die an den Vater dachte, immer nur an ihn.

Sie selbst konnte lange nicht weinen. Das Innere ihrer Brust fühlte sich wie Stein an. Meistens saß eine der Tanten bei ihnen, und meistens betete sie. Oft stimmte sie Kirchenlieder an – am häufigsten *O Welt, ich muss dich lassen* und *Ein feste Burg ist unser Gott.*

Manchmal kam die jüngere der beiden Soldatenhuren in die Kammer herauf, eine junge aschblonde Frau aus Böhmen. Die setzte sich dann einfach auf den Boden neben die Tür, weinte leise vor sich hin oder sang die Lieder mit; manchmal auf Deutsch, oft jedoch in einer Sprache, die Susanna nicht kannte. Einmal brach sie in lautes Heulen aus, und dabei trat eine solche Traurigkeit auf ihre schönen und zugleich bitteren Züge, dass Susanna erst den Atem anhielt und dann selbst laut weinen musste; viele Stunden lang, bis sie keine Tränen mehr hatte.

Kurze Zeit danach schlugen die ersten Kanonenkugeln in der Stadt ein – zuerst in der Umgebung des Gymnasiums, dann im Kurfürstlichen Marstall. Später auch in der westlichen Vorstadt beim Speyrer Tor. Und dann erschien der General Tilly mit seinem Kriegsvolk vor den Mauern der Residenzstadt.

Zweites Buch

Von der Wildnis des Herzens

August 1622 bis April 1624

I

Ein seidenes Schnupftuch, es duftete nach Veilchen. Verwundert schnupperte Maximilian von Herzenburg daran, bevor er sich damit den Schweiß von der Stirn wischte. »Ein Gewitter zieht auf.« Das Tuch in der Rechten, deutete er nach Westen, von wo sich eine dunkle Wolkenbank über den Rhein schob. »Dem Himmel sei Dank. Ein wenig Abkühlung wird uns guttun.«

Unten in der Stadt läutete eine Kirchturmuhr. Halb drei. Sie warteten auf den Angriffsbefehl des Generals.

Wieder roch der Rittmeister am Schnupftuch, und endlich erinnerte er sich: Es stammte aus einer Truhe voller Kleinodien, die Schneeberger und seine Reiter aus einem brennenden Jagdschloss im Odenwald getragen hatten. Als Hauptmann stand von Herzenburg ein Anteil der Beute seiner Leute zu; natürlich suchte er sich nur die schönsten Stücke aus.

»Diese schwüle Luft …« Mit einem Spitzentuch tupfte sich auch der Obrist Prinz von Bernstadt Stirn und Hals trocken. Das tat er schon die ganze Zeit.

Von Herzenburg ekelte es jedes Mal, wenn sein Blick auf den nassen, fleckigen Fetzen fiel. Jedes Mal musste er dabei an seine Cousine denken – das Spitzentuch war mit ihrem Namenszug bestickt: *MARIA*. Leuchtend rote Lettern. Wenn der Rittmeister sich recht erinnerte, hatte sie dem Prinzen sieben solcher Spitzentücher zur Hochzeit geschenkt. Dazu eine komplette Ausstattung Weißzeug: Spitzenhemden, Manschetten und Halskrösen.

Von Bernstadt trug heute einen Elchlederkoller über silbrig glänzendem Harnisch, und über dem Koller einen roten *Kasack* aus Seide und mit goldenen Knöpfen – so nannte man einen Soldatenmantel mit aufknöpfbaren Ärmeln. Kein Wunder also, dass er schwitzte. Das Weiß seiner flachen Kröse stand in lächerlichem Kontrast zu von Bernstadts rotem Gesicht, und seine beinahe bis zum Koller reichenden Elchlederstiefel hatten besonders weite Stulpen, die nicht nur mit Batist gefüllt, sondern auch noch mit Spitzen gesäumt waren.

Abwechselnd drückte der Prinz auf seine Nasenflügel, um sich ins Unterholz zu schnäuzen, tupfte sich dann wieder Schweiß von Stirn und Hals und seufzte: »Man weiß bald nicht mehr, was man mehr hassen soll – das trotzige Pack von Heidelberg oder diese schwüle Augustluft.«

Maximilian las den Namenszug auf dem Spitzentuch – *MARIA* – und spürte, wie es ihm warm durch die Lenden perlte. »Besser keines von beidem.« Er zog den Hut vom Kopf und wedelte sich Luft ins Gesicht. »Bei diesem Wetter scheint es mir viel zu anstrengend, irgendetwas zu hassen.« Neidisch schielte er nach rechts zu seinem Cornet. Der lehnte gegen eine der alten Buchen hier und spähte gleichmütig in die Stadt hinunter. Nicht eine Schweißperle konnte der Rittmeister in seinem hohlwangigen Gesicht entdecken. Von Torgau schwitzte so gut wie nie.

Der nächste Angriff auf Heidelberg stand bevor, diesmal von Süden, vom Hang des Gaisberges aus. Zunächst aber wollte General Tilly die Antwort des Stadtgouverneurs auf das letzte Verhandlungsangebot abwarten.

Jenseits des Neckars, auf dem Heiligenberg, stiegen kleine Pulverwölkchen auf. Kanonendonner hallte zu ihnen herüber, die Kugeln heulten über den Neckar und schlugen krachend zwischen den Häusern ein. Ein seit Wochen vertrautes Geräusch.

»Es geht wieder los«, sagte von Bernstadt, tupfte und seufzte und tupfte. »Diese elende Hitze …«

»Wird höchste Zeit.« Der Cornet stieß sich vom Buchenstamm ab und lief durchs Unterholz ein Stück hangabwärts, wo eine massige Gestalt sich aufgerichtet hatte und winkte: Johann Schneeberger. Mit von Herzenburgs gesamter Kompanie wartete der Feldwebel auf das Kommando zum Sturm auf den Trutzbayer.

Neben ihm ging Mathias von Torgau am Wegrand in die Hocke. Die Männer tuschelten und deuteten dabei zwischen die Bäume. Sie trugen rote Bänder um Sturmhaube und Hut, genau wie ihr Rittmeister und ihr Obrist. Tilly hatte sie als Feldzeichen für den Sturm auf die Stadt ausgeben lassen. »Der Trompeter!«, rief der Cornet zu seinem Obristen und seinem Rittmeister herauf. »Nachricht aus dem Hauptquartier.« Unten in der Stadt läutete es drei Uhr. Wind kam auf.

»Van der Merven wird abgelehnt haben.« Maximilian von Herzenburg wischte sich den Schweiß aus Schnurrbart und Brauen. »Würden sonst die Geschütze wieder sprechen?«

Wie zur Bestätigung lärmte erneut Kanonendonner: Diesmal stiegen die Pulverwolken zwischen Neckar und der Westflanke des Heiligenbergs auf. Dort, in den Ruinen eines Dorfes namens Neuenheim, standen etliche ganze und halbe Kartaunen. Ihre Geschosse – Eisenkugeln von vierundzwanzig und achtundvierzig Pfund – heulten über den Neckar. Einige landeten wie so oft im Fluss oder vor der Nordmauer auf der Neckarwiese, andere schlugen unten in der Stadt in Gärten, Dächern, Höfen und auf Straßen ein. Und kaum verhallte der Donner, feuerten die Geschütze erneut.

Zwei ganze und vier halbe Kartaunen standen in den Bergschanzen dort oben. Mit siebzig Pferden hatten Tillys stolze Artilleristen zwei Tage lang geschuftet, bis sie die eisernen Ungetüme von Handschuhsheim aus auf den Heiligenberg geschleppt hatten. Die Mühe hatte sich noch nicht ausgezahlt.

Turm und Dach der Heilig-Geist-Kirche, die Brücke und ein paar Dächer – viel mehr sah man nicht von Heidelberg hier oben ihm Waldhang. Die wenigen Straßen- und Gassenabschnitte, die man hätte einsehen können, hatten die Belagerten mit Tüchern verhangen, um die Manöver ihrer Soldaten und Bürgerwehr den feindlichen Blicken zu entziehen. Hin und wieder stiegen Rauchsäulen und Staubwolken hinter den Baumwipfeln auf. So wie jetzt. Der Rittmeister hörte das Prasseln und Poltern von Gestein – irgendein Gemäuer war dort unten zusammengebrochen. Eine starke Windböe wehte Kommandorufe und das Geschrei verletzter Menschen zu ihnen herauf. Der nächste Kanonendonner übertönte es schnell.

»Prächtig!« Von Bernstadt ballte die Faust um sein feuchtes Schweißtuch. »So muss es sein. So gefällt du mir, Heidelberg! Das muss deinen Starrsinn doch irgendwann brechen.«

Von Herzenburg hegte da seine Zweifel. Hunderte Kanonenkugeln hatten schon in die belagerte Stadt eingeschlagen, dutzende Sturmläufe der bayrischen Truppen waren bereits gegen ihre Mauern gebrandet, und jeden Tag gruben die Belagerer ihre Laufgräben ein Stück weiter an die Wehranlagen der Stadt heran – in Heidelberg jedoch dachten sie gar nicht daran zu kapitulieren.

Vor einer Woche erst hatte General Tilly seine Soldaten vom Gipfel des Königsstuhls aus zum Sturmangriff auf das Schloss geführt. Vergeblich. Und heute waren wieder katholische Landsknechte stundenlang gegen den Trutzkaiser angerannt. Erneut vergeblich. Sollte der Gouverneur der Stadt auch das jüngste Verhandlungsangebot Tillys ablehnen, würden noch an diesem Nachmittag von Herzenburgs Männer gemeinsam mit fünf Infanteriekompanien versuchen, die über dem Trutzkaiser gelegene Wehranlage mit ihren Geschützen und Musketieren zu stürmen. »Trutzbayer« hatten die Belagerten sie getauft. Eine übermütige, ja geradezu freche Namensgebung, wie alle Offiziere fanden, mit denen von Herzenburg darüber gesprochen hatte.

Der Rittmeister schnupperte noch einmal an seinem Schnupftuch – dem ehemaligen Besitzer hatte von Torgau die Kehle durchgeschnitten – und steckte es zurück in die Rocktasche, wo Papier knisterte. Ein Brief des Herrn Grafen. Von Herzenburg spähte zum mittlerweile nachtschwarzen Westhorizont. Dort zog

Schlimmeres als nur ein Gewitter auf. Wie eine düstere Wand lag nun eine geschlossene Wolkendecke über dem Rheintal und tauchte es bereits zur Hälfte in Finsternis. Nicht mehr lange, und sie würde auf das ganz Land fallen. Erste Windböen rauschten bereits durch die Baumkronen.

Unten am Hang tauchten jetzt Reiter auf – der Trompeter und seine Eskorte. »Her zu mir mit Ihm!« Von Bernstadt fuchtelte mit den Armen. Puterrot war sein Krötengesicht. »Ich will die Antwort des Gouverneurs hören.« Wie jedes Mal, wenn er sich bewegte, wehte der Gestank von Wein, Harn und altem Schweiß zu von Herzenburg herüber. Schaudernd wandte er sich ab. Ekel würgte ihn, er atmete durch den Mund und mühte sich, das Lächeln auf seinen Zügen aufrechtzuerhalten.

Bereits zum dritten Mal hatte Tilly die Führung der Residenzstadt zur Übergabe aufgefordert. Die Stadt war umzingelt, der Weg zur Festung Mannheim abgeschnitten, wo Sir Horace Vere mit dem kurpfälzischen Generalstab und frischen Truppen lag, und die Festung Dilsburg im Osten Heidelbergs ebenfalls eingeschlossen. Woher also sollte denn Entsatz kommen? Doch der Rittmeister hatte es sich abgewöhnt, auf den gesunden Menschenverstand eines Feldherrn zu setzen, der mit dem Rücken zur Wand steht.

»Einen Dukaten darauf, dass van der Merven nicht kapituliert hat«, prophezeite er. Im Grunde hoffte er das sogar: Nur bei gewaltsamer Einnahme der reichen Residenzstadt konnte man von General Tilly eine Erlaubnis zu ihrer Plünderung erhoffen.

Der Obrist winkte ab, fuhr sich mit dem feuchten Spitzenfetzen durchs Gesicht und stelzte dem Trompeter entgegen. Der kam direkt aus Wieblingen, wohin Tilly erst vor einer Woche sein Hauptquartier verlegt hatte, um der belagerten Stadt möglichst nahe zu sein und den Weg nach Mannheim zu kontrollieren.

Der Heidelberger Gouverneur habe Tilly an seinen General in Mannheim verwiesen, erklärte der Trompeter. Van der Merven sei nicht befugt, eine Kapitulation zu beschließen, und müsse selbst erst Rücksprache mit Sir Horace Vere halten. Dann reichte der Reiter dem Obristen zwei schriftliche Befehle des Generals Tilly. Einer lautete so, wie der erneute Geschützlärm vom Heiligenberg und aus Neuenheim es erwarten ließ: Sturmangriff auf den Trutzbayer.

Prinz von Bernstadt schickte den Tross des Trompeters weiter zu den anderen Obristen in den Wäldern des Gaisbergs und gab seine Kommandos. Mit sechs Kompanien gegen den Trutzbayer ging es jetzt. Halb vier läutete die Glocke der Heilig-Geist-Kirche am Fuß des Hanges. Von Herzenburg befahl seinem Feldwebel und von Torgau, die Männer gegen das kleine Bollwerk zu führen. Er selbst blieb beim Stab des Obristen und beobachtete, wie die Sonne endgültig hinter schwarzen Wolken verschwand.

»Der zweite Befehl Tillys schickt mich zum Bischof von Speyer«, berichtete der Obrist. »Ich soll ihn um Soldaten, Bauern und Pferde bitten, damit wir schnellstmöglich auch Geschütze auf den Gaisberg und zum Königsstuhl hinaufschleppen können.«

»Dann werden wir ihre hübsche Stadt endlich von zwei Seiten beschießen.« Die Aussicht stimmte den Rittmeister zufrieden. »Das ertragen sie nicht lange, die trotzigen Heidelberger.«

»Sie verteidigen sich tapfer, diese Starrköpfe da unten«, sagte von Bernstadt. »Wahrhaftig, das muss man ihnen lassen.«

»Sie wissen, was ihnen blüht, wenn sie darin nachlassen«, sagte der Rittmeister. Erste Regentropfen klatschten in die Baumkronen und auf seinen Hut.

»Was blüht ihnen denn schon, wenn sie kapitulieren?« Der Prinz von Bernstadt steckte endlich sein nasses Schweißtuch ein. »Eine lächerliche Tracht Prügel im Vergleich zu dem, was sie erwartet, wenn sie weiterhin störrisch bleiben. ›Muss erst Rücksprache halten‹ …« Der Obrist schüttelte den Kopf und verdrehte die Augen. »Tilly wird toben!« Er stieß ein meckerndes Lachen aus. »Ein Witz, wenn van der Merven vorschiebt, erst Mannheim um Erlaubnis zur Kapitulation fragen zu müssen. Ein Witz, sag ich!«

»Ein teurer Witz«, entgegnete der Rittmeister kühl. »In ganz Heidelberg gibt es nicht genügend Fässer, um das Blut zu fassen, das er kosten könnte.«

»Möge der allmächtige Gott dem Holländer Vernunft einhauchen.«

»Manch einem, so heißt es, verdüstert der Herrgott im Himmel eigenhändig Verstand und Willen, damit er in sein Unglück rennt und sich so selbst bestraft für seine Sünde.« Von Herzenburg erinnerte sich gut an den Schrecken, der ihm als Kind in die Glieder gefahren war, als der lutherische Prediger die Geschichte vom ägyptischen Pharao erzählte, dem angeblich Gott selbst das Herz verstockte, damit er nicht auf die Forderungen des Moses eingehen konnte. »Vielleicht erleben wir also im Starrsinn des Holländers schon die göttliche Strafe für seine Sünden.«

»Ein famoser Gedanke, Rittmeister, wahrhaftig!« Der Obrist lächelte anerkennend. »Ein protestantischer Gedanke, nicht wahr? Allerdings könnte van der Merven durch seinen Starrsinn die Strafe Gottes auf Tausende Unschuldige lenken. Kann denn das noch Gottes Wille sein?« Mit besorgtem Blick sah er in den dunklen Himmel. Im Westen erleuchteten Blitze den Horizont. Donner grollte.

»Wer ist schon unschuldig, Durchlaucht?«, entgegnete Maximilian leichthin. »Haben die Pfälzer nicht heute erst wieder über dreißig unserer Leute beim Sturm auf den Trutzkaiser erschossen und erschlagen? Haben sie nicht letzte Woche bei Dilsberg beinahe zwei Dutzend Versorgungsschiffe versenkt und an die hundert brave Landsknechte erschlagen? Nein, unschuldig sind sie gewiss nicht, und sie werden's zahlen müssen.«

»Das wiederum scheint mir ganz richtig zu sein, Rittmeister.« Der Obrist wurde auf einmal sehr ernst. »Man muss alles zurückzahlen im Leben. Das ist wahr.«

Unter ihnen, im Hang, erhoben sich Schusslärm und Kampfgeschrei. Von Herzenburg griff in die Rocktasche, und seine Finger schlossen sich um das parfümierte Schnupftuch. Darunter knisterte der Brief des Herrn Grafen. Plötzlich fegte ihm eine Sturmböe den Hut vom Kopf. Er rannte ihm hinterher und zog ihn aus einem vom Wind zerwühlten Farnfeld. Sturmböen schüttelten bald auch die Baumkronen durch. Starker Regen setzte ein, Blitze zuckten. Der Kanonendonner verstummte.

Ein Bote aus von Herzenburgs Kompanie rannte durchs Unterholz herauf und machte Meldung: Der Angriff verlief zäh, Regen und Wind hielten es mit den Verteidigern. Von Bernstadt befahl, den Sturmangriff abzubrechen. »Das Unwetter tobt mir gar zu heftig!«, rief er. »Morgen ist auch noch ein Tag.« Die Landsknechte hasteten in ihre Lager zurück, um sich vor dem Gewittersturm zu schützen.

Wie ein Ring umgaben die sechs Lager der bayrischen Armee Heidelberg, drei davon auf der Südseite in den Hängen von Königsstuhl und Gaisberg. Von Herzenburgs Zelte standen im Lager Nummer zwei, in einer Schneise zwischen den beiden Hügeln an einem Weg, auf dem man in Friedenszeiten direkt hinunter ins alte Stadtzentrum gelangte.

»In Zeiten wie diesen müssen wir ihn uns eben mit Degen, Karabinern und Kanonen bahnen«, sagte er irgendwann nach vier Uhr zu der Hure, die er sich aus dem Tross hatte kommen lassen. Sie hatte Wein mitgebracht, und sie stießen darauf an, noch vor Ende September auf dem Marktplatz von Heidelberg zu flanieren.

»Dann schenke ich dir ein schönes neues Kleid«, versprach er, während er sie aus ihrem schäbigen alten Kleid schälte. Und als er sich zwischen ihren Schenkeln bewegte und sie unter ihm Vergnügen mimte, bedeckte er ihren Kopf mit dem Kleid und stellte sich zuerst Marias keuchenden Mund und entzücktes Gesicht vor – er wusste ja, wie gierig sie gucken konnte, wenn sie sich ihrer Lust hingab. Danach malter er sich jene stolze schwarzlockige Heidelbergerin mit den dunkelblauen Augen aus, die ihm so wortlos und kalt ihre Verachtung gezeigt hatte nach der Vorstellung der englischen Komödianten. Doch so recht wollte ihm weder das eine noch das andere gelingen.

Schwer von Wein und Erschöpfung nickte er später an den Brüsten der Hure ein. Plötzlich trat aus Regen und zuckenden Blitzen eine andere Frau mit schwarzen Locken und dunkelblauen Augen auf ihn zu. Sie trug ein Kostüm, wie Greenley es getragen hatte, als er den Pickelhering spielte, und war ähnlich geschminkt wie dieser bei seinen Auftritten … *Hildegard.* Sie drückte ihre kalte Stirn gegen seine heiße und flüsterte: »Räche mich, Max.«

Von Herzenburg fuhr hoch. Das Traumbild zerstob. Heißer Schrecken füllte seine Brust, und sein Herz raste. Die Hure drängte sich an ihn. »Raus!«, herrschte er sie an. Er war außer sich, schlug sie und trieb sie nackt zum Zelt in den Sturm hinaus. Die Kleider warf er ihr hinterher.

Mit zitternden Händen kramte er dann den Brief seines Vaters aus der Rocktasche – und mit ihm das Schnupftuch und eine goldene Uhr: halb fünf. Sturm rüttelte am Zelt. Von Herzenburg entfaltete den Brief. Von der Feuchtigkeit des Schnupftuches war die Tinte zerflossen, nur einzelne Satzfetzen konnte der Rittmeister noch entziffern – im Sommer in zwei Jahren sollte seine Hochzeit auf der Herzenburg gefeiert werden. »Und damit es mit dem Krieg bis dahin auch wirklich ein Ende hat«, wie der Herr Graf sich ausdrückte, hatte der Herr Graf es sich anders überlegt und wollte nun doch ein kleines Heer aufstellen, um für Kaiser und Reich zu kämpfen. »Und was Ihn betrifft, meinen Sohn«, schloss der Brief, »so nehme ich an, es wird Ihm eine Ehre sein, unter meinem Kommando den Ruhm der von Herzenburgs zu mehren.«

Maximilian schrie auf, zerknüllte den Brief, warf ihn gegen die Plane und spuckte darauf. Da erst merkte er, dass rasch größer werdende Rinnsale durch das Zelt flossen. Er sprang hoch. Der

Donner verhallte einen Atemzug lang, die Orkanböen verebbten für kurze Zeit, und das Rauschen der Baumkronen schwoll für Augenblicke ab – von Herzenburg hörte Stimmen rufen draußen im Lager. Hastig zog er sich an, stieg in seine Stiefel, griff nach Hut und Degen und bückte sich aus dem schwankenden Zelt.

Regen klatschte ihm ins Gesicht, Sturm riss ihm den Hut vom Kopf. Überall schrien Männer und da und dort auch Frauen. Blitze erhellten die Düsternis. Sturzbäche rauschten aus dem Wald ins Lager hinein; kaum die Hälfte der Zelte stand noch. Nicht weit entfernt knieten Schneeberger und das blonde Mädchen im Schlamm, das er aus dem Odenwald verschleppt hatte und sich seitdem als Hure hielt. Sie wühlten das Hab und Gut des Feldwebels aus dessen zusammengestürztem Zelt und aus dem Schlamm, der es halb unter sich begraben hatte.

Plötzlich tauchten von Torgau und der Leutnant vor dem Rittmeister auf. »Eine Sintflut, Max!«, schrie der Cornet – und seltsam: Er schien zu lachen dabei. »Es kommt wie eine Sintflut über uns!«

Der Leutnant deutete in das Gewimmel der Männer. »Wir müssen das Lager räumen, Rittmeister, sonst versinken unsere Leute samt ihrer Habseligkeiten in Wasser und Schlamm!«

*

Blitze zuckten auf vor den Fenstern der Heilig-Geist-Kirche, wieder und wieder, tauchten das Kirchenschiff Wimpernschläge lang in gespenstisches Licht; man konnte nicht ein Mal durchatmen, ohne dass greller Blitz ins Halbdunkle stach und fast zeitgleich der Donner krachte. Susanna kauerte ganz vorn im Gestühl, presste die gefalteten Hände gegen die Stirn, murmelte Bibelsprüche, flüsterte Gebete, sagte Lieder auf gegen die Angst, den Schmerz und die Trauer in der wunden Brust.

»Gottes Wege sind vollkommen, er ist ein Schild allen, die ihm vertrauen …, ein feste Burg ist unser Gott … errette uns, lieber Heiland, steh uns bei …«

Regen trommelte gegen die Fenster und aufs Kirchdach, Orkanböen prallten gegen das Gotteshaus, heulten durch Ritzen und zerbrochene Scheiben herein. Die Kanonen auf dem Heiligenberg und in Neuenheim schwiegen längst, in Susannas Ohren und Kopf jedoch dröhnte noch immer Kanonendonner, würde wohl nie mehr aufhören zu dröhnen. Die Turmuhr schlug halb fünf.

»Von Gott will ich nicht lassen, denn er lässt nicht von mir, führt mich durch alle Straßen, da ich sonst irrte sehr …« Ihre Stimme zitterte. »Errette mich, Jesus Christus, steh mir bei …«

Sie war nicht allein in der großen Kirche. An die dreißig Männer und Frauen hatten sich an diesem Nachmittag noch in die Heilig-Geist-Kirche geflüchtet. Sie knieten in den Bänken – manche in Grüppchen zusammengedrängt, manche zu zweit und fest umarmt, manche ganz für sich, so wie Susanna. Was suchten sie hier? Trost, Halt, Schutz? Wo gab es den noch? Vielleicht suchten sie ein schnelles Ende, denn die Kirche stand unter Beschuss, war sogar schon getroffen worden. Vielleicht suchte auch Meister Almuts Tochter ein schnelles Ende …

»Bitte, lieber Heiland, bitte, bitte …« Als verwaschene Seufzer stürzten ihr die Worte über die bebenden Lippen. »Wenn wir in höchsten Nöten sein und wissen nicht, wo aus noch ein, und finden weder Hilf noch Rat, ob wir gleich sorgen früh und spat, so ist dies unser Trost allein …«

Durch ein Loch im zweiten Nordfenster fauchten Orkanböen herein, schleuderten Blattwerk, Schmutz und Wasser in die Kirche. Der dauernde Kanonenbeschuss der letzten Wochen hatte noch keinen Bürger von Heidelberg getötet, jedoch etliche verletzt, alle in eine Art Dauerschrecken versetzt und zahlreiche Gebäude beschädigt. Einige schwere Kanonenkugeln hatten auch die Heilig-Geist-Kirche getroffen, waren ins Dach oder in die Fenster eingeschlagen. Eine Kugel hatte eine Säule des Mittelschiffs zerschmettert, eine andere ein Stück des Grabmals des Kurfürsten Ludwig abgesprengt.

»… dass wir zusammen insgemein dich anrufen, o treuer Gott, um Rettung aus der Angst und Not …«

Der Magistrat hatte verboten, die große Kirche auf dem Marktplatz zu betreten. Zu direkt in der Schusslinie der Kartaunen auf dem Heiligenberg liege sie, zu gefährlich für Leib und Leben sei das. Ja, vielleicht suchten die, die an diesem nachtschwarzen Nachmittag hier beteten und kauerten, wirklich mehr als nur Unterschlupf vor dem Gewittersturm. Vielleicht suchten sie wirklich ein schnelles Ende in ihrer nicht enden wollenden Erschütterung und grenzenlosen Angst.

»… muss ich Sünder von der Welt hinfahr'n nach Gottes Wille zu meinem Gott, wenn's ihm gefällt, so will ich halten stille …«

Susannas Stimme versagte, Tränen erstickten ihre Worte – sie dachte an ihren Vater. *Unser kleines Leben allein bedeutet nicht viel*, waren das nicht seine Worte gewesen, damals auf dem Wagen, als der Frieden noch nicht zerbrochen schien? Ein greller Blitz zuckte, und sofort krachte der Donner so überirdisch laut, dass Susanna sich auf den Boden warf und die Knie anzog.

»Hol mich schnell, du gütiger Gott«, flüsterte sie. »Wenn es denn sein soll und auch meine Zeit zu Ende ist, dann hole mich ganz schnell dorthin, wo der Vater wartet. Bitte, bitte, amen, amen.«

Sie weinte in den Ärmel ihres Kleides und dachte an Hannes. Wahrscheinlich war ja auch er tot – Flüchtlinge hatten von vielen Gräbern in einem niedergebrannten Weiler im Odenwald erzählt –, vielleicht wartete ja auch er schon im Himmel auf sie, vielleicht gab es ja dort einen kleinen Winkel, wo Rechtgläubige und Papisten gemeinsam Gott loben konnten.

Euer Herz erschrecke nicht! Glaubet an Gott! Verse aus dem Johannes-Evangelium schossen ihr durch den Kopf. Flüsternd und im Rhythmus ihrer stoßartigen Atemzüge keuchte Susanna sie heraus. »›In meines Vaters Haus sind viele Wohnungen. Ich gehe hin, euch die Stätte zu bereiten …‹« In seiner letzten Predigt hatte der alte Magister Pareus über diese Worte des Heilands gepredigt; kurz bevor er starb, kurz bevor der geharnischte Mönch vor den Toren der Stadt aufmarschiert war. »›Ich will wiederkommen und euch zu mir nehmen, damit ihr seid, wo ich bin …‹«

Nein, es wäre gar nicht schlimm zu sterben und beim Heiland zu sein. All die Gräuel, von denen man beinahe täglich hören musste, all die schändlichen Dinge, die rohe Männer Rhein auf, Rhein ab und im Neckartal armen Menschen antaten, und dann der Kanonendonner Tag für Tag und das schreckliche Klirren, Stampfen und Brüllen, wenn die Truppen des geharnischten Mönchs in voller Schlachtordnung vor der Westmauer aufmarschierten – musste man da nicht froh und dankbar sein, wenn man all das nicht länger hören, wenn man all das am Ende nicht selbst erleiden musste?

»Nimm mich zu dir, lieber Herr Jesus, und lass es schnell geschehen und mit wenigen Schmerzen, bitte, bitte, bitte …«

Und das liebe Bild des toten Vaters – morgens, wenn sie die rot geweinten Augen aufschlug, stand es in ihrer Seele auf, abends wenn sie weinend und schlaflos neben Anna lag, füllte es noch immer ihre Gedanken aus.

Und dann das heiß geliebte Gesicht des so sehr vermissten Hannes – wenn sie den toten Vater nicht sah, sah sie dieses Gesicht vor ihrem inneren Auge schweben, dachte daran, wie sie zu lange gezögert hatte bei ihrem Fluchtversuch aus Handschuhsheim, dachte an die Gräber im verbrannten Walddorf, von denen man ihr erzählt hatte. Und ein Gefühl kroch schwer durch ihre Glieder und in ihre Brust, ein Gefühl, als wäre ihr Leben schon vorbei, wo es doch gerade erst hatte beginnen wollen; als wäre ihre Zukunft zerbrochen und sie selbst schon halb gestorben. Und verhielt es sich nicht genau so?

»Nimm mich zu dir, lieber Jesus«, flüsterte sie. »Gott wird abwischen alle Tränen! Und der Tod wird nicht mehr sein, noch Leid noch Geschrei noch Schmerz wird mehr sein …« Ihre Stimme erstickte.

So lag sie zwischen zwei Kirchbänken und weinte sich die Augen aus, und Donnerschläge und Orkanbrausen hüllten sie ein, als wäre sie nur ein Tropfen Regen, ein Blatt im Sturm. Sie verstummte, ihr Körper bebte und zuckte nur noch, um dann und wann Atem zu holen.

Lange lag Susanna so und wartete darauf, dass der Orkan oder wieder einsetzender Kanonenbeschuss die Heilig-Geist-Kirche zertrümmerte, wartete auf den Tod; bis ihr einfiel, dass sie ja sterben würde, ohne das Grab ihres Vaters gesehen zu haben, dass sie zum Heiland in den Himmel gehen würde, ohne ganz sicher sein zu können, Hannes wirklich dort zu treffen.

Susanna atmete tief durch. Vielleicht lebte er ja doch noch, der geliebte Hannes aus dem Walddorf. Sie richtete sich auf, warf einen Blick auf die betenden Menschen im Kirchengestühl, presste dann die Stirn wieder gegen die gefalteten Hände. »Doch wenn es dir gefällt, mich am Leben zu lassen, will ich dir für immer dienen, lieber Heiland …« Ganz andere Worte der Bibel und des Gesangbuchs kamen ihr nun über die Lippen. »Und wenn die Welt voll Teufel wär' und wollt uns gar verschlingen, so fürchten wir uns nicht so sehr, es soll uns doch gelingen …« Der Orkan ließ nach, der Donner grollte nun weiter im Osten, Blitze zuckten nur noch im Minutentakt. »›Gottes Wege sind vollkommen, er ist ein Schild allen, die ihm vertrauen …‹« Fünf Uhr läutete die Glocke im Turm der Heilig-Geist-Kirche. »Lieber Gott, du bist allmächtig, kannst mich retten, wenn du willst. Rette mich, ich flehe dich an. Rette mich und zeig mir deinen vollkommenen Weg für mich – ich werd ihn gehen, ich versprech's dir. Und wenn der Hannes noch lebt, dann führe mich zu ihm …«

*

Ein Blitz zuckte grell über Dächer und Hügel – David schloss geblendet die Augen. Der sofort folgende Donner krachte so gewaltig, dass der Gaukler vor Schrecken in die Knie sank. Ging denn jetzt doch die Welt unter?

Wie ein schwarzer Teppich war die Dunkelheit von jetzt auf gleich auf die Stadt gefallen. Nur Wetterleuchten im Westen und später die Blitze erhellten den ansonsten pechschwarzen Septembernachmittag, Dennoch hatte David sich mit Brot, Fleisch und Früchten zur Brücke aufgemacht, wo Rübelrap wieder im Kerkerturm lag. Am Vormittag hatten sie oben im Schloss über ihn zu Gericht gesessen. Keiner der Gaukler gab sich noch Illusionen hin, worauf das hinauslaufen würde. Vielleicht war es schon die Henkersmahlzeit, die David ihm bringen wollte.

Auf der Hauptstraße klatschten ihm die ersten Tropfen ins Gesicht, auf dem Marktplatz war er schon nass bis auf die Haut, und jetzt kniete er in einer Pfütze dort, wo die Steingasse vom Marktplatz aus zum Neckar und zur Brücke hinabführte.

Die nächste Orkanböe stieß ihn nach vorn aufs nasse Pflaster. Er riss die Augen auf, stemmte sich hoch und traute seinen Augen kaum: Ein Blitz tauchte die gesamte Steingasse in grellstes Licht. Scharf riss er auch die Umrisse der Brückentürme und Teile der Brücke selbst aus dem Dämmerlicht – und das halbe Brückendach, wie es sich vom Gebälk der Brückenbahn löste, wie es in Bretter und Balken und Schindeln zerfallend durch die von Regen zerpeitschte Luft wirbelte und in den Neckar stürzte.

Ein mächtiges Knirschen und Krachen erfüllte die Welt zwischen zwei Donnerschlägen. Pure Angst erfasste Davids Gedanken und jede Faser seines Körpers. Er sprang hoch. Nein, jetzt bloß nicht weiter zur Brücke hinunter! Er blickte auf das Säckchen, das die Zwergin mit Speise für ihren Geliebten vollgestopft hatte. Später. Am Abend, wenn der Gewittersturm vorbei war, oder morgen, gleich bei Sonnenaufgang – bis dahin würde Rübelrap schon nicht verhungern. Hatte doch genug Fleisch auf den Knochen.

David machte kehrt, rannte über den Marktplatz und dann dicht an den Fassaden entlang die Hauptstraße hinunter zum Herrengarten. Seine Kleider waren schwer von Wasser, und seine nassen Stiefel quietschten bei jedem Schritt.

Die Turmuhr der Heilig-Geist-Kirche hinter ihm schlug halb fünf. Gewitter und Sturm ließen nicht nach, wüteten immer heftiger. Keine Menschenseele auf der Straße, auf den Gassen. Nur da und dort leuchteten im Schein der Blitze weiße Gesichter hinter Scheiben und unter Torbögen auf. Im Mitteltor drückten Männer mit Hellebarden und Musketen sich in Mauernischen. Endlich der Herrengarten. David rannte durch das offene Tor. Wie geisterhafte Titanen schüttelten sich die Kronen der Bäume in den Sturmböen, einer lag vom Orkan entwurzelt quer vor dem kurfürstlichen Turnierhaus, und der blitzende Himmel spiegelte sich in einem Teich, der noch vor einer halben Stunde ein Turnierplatz gewesen war.

David hielt auf ein flaches Nebengebäude des Turnierhauses zu, denn hinter den Fenstern dort flackerte Licht. Bis zu den Knöcheln versank er in Schlamm, watete durch Pfützen und stolperte über Äste, die der Sturm aus Baumkronen gerissen hatte.

Zu Beginn des Winters hatte der Magistrat den Gauklern am Rande des alten Turnierplatzes das verlassene Haus eines Pferdeknechtes und einige leere Stallungen zugewiesen. Eine Wagenburg konnten sie nicht mehr bilden – es war ihnen ja nur ein Wagen geblieben –, und die Pferde hatten sie bis auf zwei alle verkaufen oder schlachten müssen.

Im Stall schnaubten sie, die beiden Übriggebliebenen, als er hineinstürzte. Und der Dachshund kläffte, der Engländer heulte, der Affe schrie, Bela und Cura brummten und der Rabe krächzte, als hätte der Uhu ihm die Fänge ins Federkleid geschlagen. »Gut, guut …« David gurrte, brummte, schnalzte mit der Zunge und pfiff. »Alles ist guut, meine Tierchen …«

Er streifte sich das Wasser von den Kleidern und trat sich die nassen Stiefel von den Füßen. Bela kam zu ihm, bis seine Kette sich straffte, und die alte Cura hob schnüffelnd die Nase. Im Gewitterlicht leuchteten die Augen des Uhus auf wie gelbglühende Kohlestücke.

»Ganz ruhig, meine Freunde.« David tätschelte Belas Nackenfell, strich jedem über Schnauze und Stirn. Die Berührung der Tiere tat ihm gut, beruhigte ihn selbst. Der englische Hund leckte ihm die Hand, Bela stieß ihm die Schnauze in den Bauch. Und dann hörte er es: fremde Stimmen in der Stube neben dem Stall. Männerstimmen. Stephans Stimme und mindestens drei andere. Eine kannte er.

Er lauschte, seine Hand fuhr in die Hosentasche, schloss sich um den Haarzopf seiner Mutter. Auch Marianne hörte er jetzt schimpfen. Richtig schlau wurde er nicht aus dem, was da in der Stube gesprochen wurde. Er schob die Tiere zur Seite, ging zur Tür, stieß sie auf. Viel zu viele Menschen füllten die Stube.

Es roch nach Wein. Ein Krug stand auf dem Tisch, zwei Becher daneben, drum herum brach sich Lampenlicht in Rotweinspritzern. David warf den Sack mit Rübelraps Henkersmahlzeit auf den Tisch, und die Stimmen verstummten. Er zog die triefende Jacke aus und ließ sie in die Pfütze fallen, die sich rund um ihn bildete. Alle starrten ihn an: Stephan, Marianne, Lauretta – und Franz Hacker und drei, die er nur vom Sehen kannte. Soldaten: zwei Schotten und ein Holländer. Ein Degen lag auf dem Tisch, eine Hellebarde lehnte neben Hackers Muskete gegen die Wand. Lauretta heulte. Die Luft knisterte, und das lag nicht an dem Gewittersturm draußen.

»Sie wollen ihm den Kopf abschlagen.« Die Landgräfin schob ein Papier mit einem erbrochenen Siegel über den Tisch. »Der kurpfälzische Generalprofos hat das Urteil gesprochen, der Pfalzgraf hat es erlaubt.«

»Mein Rübelrap!« Die Zwergin heulte auf wie ein getretener Dachshund. »Mein armer, armer Rübelrap!«

David trat zum Tisch und überflog, was auf dem Papier geschrieben stand. Das Urteil des Generalprofos des kurpfälzischen Regiments in Heidelberg. Tod durch das Schwert.

Wie ein Richter in Friedenszeiten sprach ein Profos in Kriegszeiten Recht. Jedes Regiment hatte einen, fast jede Kompanie. Ihr Oberster war eben der Generalprofos. Die Hinrichtung sollte am dritten Sonntag im September nach dem Gottesdienst auf dem Marktplatz stattfinden.

Verstohlen musterte David Franz Hacker. Der schien ihm weniger triumphierend aus seinem Bartgestrüpp zu gucken, als er es erwartet hatte. Sofort sah er auch den Grund: Hackers rechte Hand lag verschrammt und irgendwie verkrümmt auf dem nassen und schmutzigen Hosenbein seines Schenkels. In der Linken hielt er einen halb vollen Weinbecher. Schlamm und Laub bedeckten seine rote Jacke. Die linke Seite seines Gesichts blutete aus etlichen Schürfwunden.

Einer der Schotten drückte sich ein durchgeblutetes Tuch auf den Scheitel, der Holländer hatte sein linkes Bein auf einem Schemel liegen. Offenbar tat es ihm weh, denn er verzerrte das Gesicht wie unter großen Schmerzen. Mit den freien Händen hielten sich beide an Weinbechern fest. Unverletzt und nüchtern schien nur der Waffenknecht an der Eingangstür. An der rüttelte jetzt eine Orkanböe, und vor den Fenstern blitzte und krachte es, als wäre ein Fass Pulver explodiert.

»Dem Henker haben die Tillischen heute am Trutzkaiser die rechte Hand abgeschlagen.« Hackers hohe Stimme klang verwaschen und zerknirscht, was sein Schwäbisch noch eine Spur komischer als sonst machte. Der kleine Musketier schien mächtig berauscht zu sein. »Und der Steckenknecht ist sehr jung, muss man wissen, er hat noch nie …« Franz Hacker stellte den Becher ab und fuhr mit der linken Handkante durch die Luft. »Und einen dicken Hals wie euren Bauchredner traut er sich einfach noch nicht zu.«

Steckenknecht nannte man den Gehilfen des Henkers; er war vor allem für Prügelstrafen und Quälereien zuständig.

Hacker zuckte mit den Schultern. Sofort verzerrte er wieder das Gesicht und hielt sich die verletzte Hand. »Deswegen können wir das Urteil erst vollstrecken, wenn nach Ende der Belagerung ein neuer Henker aus Mannheim nach Heidelberg kommen kann.« Er griff nach dem Becher und leerte ihn.

Lauretta heulte schon wieder laut auf, und David sagte: »Dann werden wir uns wohl in Geduld üben müssen, Herr Fähnrich, was?« Er sprach leise und zischend. Seine Miene so kantig, wie man sie selten sah. »Und Eurem Henker richtet meine besten Genesungswünsche aus!«

»Gemach, Herr Gaukler, gemach! Er muss mich nicht so streng anschauen, wirklich nicht …« Hacker schob den Becher zum Krug und fiel fast vom Stuhl dabei. »Es ist alles nicht meine Schuld. Diese Suppe hat der Kurfürst uns eingebrockt …« Die Landgräfin griff beherzt zum Krug, füllte ihm den Becher und schenkte auch den anderen beiden Verletzten nach. »Einfach nach der böhmischen Königskrone greifen, wo die doch dem Kaiser Ferdinand zusteht …« Wie tadelnd schüttelte Hacker den Kopf, schnalzte mit der Zunge und setzte den Becher an die Lippen.

David konnte die Lage hier noch immer nicht recht durchschauen – was hatten die Verletzungen der drei Soldaten zu bedeuten? Was der Wein? Sie hatten ihn im Keller eines halb zerschossenen Nachbarhauses gefunden, und Stephan hütete ihn wie sonst nur sein venezianisches Pantalon-Kostüm. David sah ihn fragend an.

»Sie kamen zu fünft.« Stephan trat an den Tisch, schenkte sich Wein nach. Er sprach heiser. »Wollten mich holen.« Auch er wirkte zerknirscht. »Wollen auch mir den Prozess machen. Der Baron von Mosbach und der Schlosskommandant wollen nicht glauben, dass ich nichts von Rübelraps Diebstählen wusste. Und der Magistrat auch nicht.«

»Nur du selbst glaubst das, Unterkofler, was?« Hacker lachte trocken und gehässig. »Und du, Jean Potage – glaubst du's auch?«

»Ich glaube, dass jetzt nicht die Zeit ist, sich wegen gestohlener Uhren und Dukatensäckel zu grämen, Hacker. Tilly steht vor dem Tor, und seine Kosaken pflegen einem erheblich mehr zu rauben als nur Klunker, wie man hört.«

»Wem sagst du das, Gaukler?« Hacker seufzte traurig. »Und jetzt auch noch der Sturm.« Er lauschte dem Heulen des Orkans und dem nächsten krachenden Donnerschlag. »Als wollte mit Heidelberg gleich die ganze Welt untergehen.« Er hob seinen Becher. »Lasst uns trinken, ihr Gaukler, ihr Soldaten, ihr Weiber! Und wenn wir besoffen und mutig genug sind, lasst uns hinaus vors Speyrer Tor gehen und uns dem Tilly ergeben!« Er schwankte gefährlich auf seinem Stuhl, während er den Wein hinunterstürzte.

Der Reihe nach musterte David die Soldaten. Die Schotten schienen nur die Hälfte zu verstehen, der Holländer gar nichts. Und der an der Tür hatte die Hand auf seinen Degen gelegt. Stocknüchtern war der. »Ich zähle nur vier«, sagte David, »wo ist der fünfte?«

»Draußen unter dem umgestürzten Baum.« Hacker rülpste. »Tot.«

»Stephan ist weggerannt«, erklärte die Landgräfin, »die Waffenknechte hinterher. Dabei hat es längst gestürmt und geblitzt. Und dann ist die alte Linde am Turnierplatz umgestürzt.« Mit einer Kopfbewegung deutete sie auf Hacker und die anderen Verletzten. »Die da haben Glück gehabt.« Ihr listiger Blick blieb auf David ruhen. »Ich dachte, ein bisschen Wein wird sie schon trösten.«

»Zeit zu gehen.« Der unverletzte Schotte an der Tür zog den Degen und richtete ihn auf Stephan. »Komm mit, Gaukler.« Zu Davids Verblüffung sprach der Mann mit nur leichtem Akzent.

»Ja, der Gewittersturm lässt nach, Zeit, unsere Pflicht zu tun.« Hacker lallte bereits. »Unser heilige Pflicht …« Er grinste süßsauer, führte sich mit der Linken die verletzte Rechte in die Rocktasche und verkniff sich ein Stöhnen. »Komm schon!« Mit dem Ellbogen stieß er den Holländer an. »Nimm dein Bein vom Hocker und reiß dich zusammen, Kerl.« Er stand auf, schwankte, stützte sich auf Stephan. »Los, Gaukler! Wir müssen sowieso alle den Weg gehen, den Gott uns vorherbestimmt hat. Pack dir was zum Futtern ein. Wer weiß, wann der Magistrat Zeit findet, deine Angelegenheit zu …«

Lauretta warf sich schreiend auf den Boden, halb fluchte sie, halb jammerte sie. David blieb keine Zeit, auf ihre Worte zu achten, denn plötzlich wirbelte eines der großen Messer durch die Luft, mit denen sie sonst nur auf der Bühne warf. Es fuhr neben dem schottischen Degenmann in die Tür.

Der prallte erst zurück, stand dann wie festgewachsen. Und wieder zuckte Laurettas Bein hoch und herunter, und eine halb volle Weinflasche flog durch den Raum, traf den verdutzten Schotten mit Wucht an der Stirn. Dessen Hinterkopf prallte gegen das Türblatt. Er rutschte zu Boden, wo er benommen liegen blieb.

Marianne sprang zu ihm, und ehe David recht begriff, was geschah, hatte sie schon die Weinflasche aufgelesen und schlug zu. Zwei Mal. Danach nützte dem Schotten seine Nüchternheit gar nichts mehr: Blutend und reglos lag er neben seinem Degen.

Der Schotte mit der Kopfwunde hielt plötzlich seinen Degen in der Hand. Lauretta schleuderte ein Messer auf ihn, was in seiner rechten Schulter stecken blieb. Er brüllte einen englischen Fluch und ließ den Degen fallen. Ein Holzscheit traf ihn am blutigen Kopf, ein zweites im Nacken.

David packte den Degen und schlug Hacker, der inzwischen seinen Dolch gezogen hatte, die flache Klinge mit aller Kraft erst gegen die Schläfe, dann gegen die Messerhand. Fluchend taumelte der kleine Fähnrich neben Stephan gegen die Wand, wo er sich jammernd die verletzte Hand hielt. Marianne hatte längst den Degen des bewusstlosen Schotten mit beiden Händen gepackt und setzte die Spitze dem völlig verblüfften Holländer auf den Hals.

»Heiliger Mustafa«, stöhnte Stephan. »Was tut ihr da? Seid ihr denn ganz und gar von Sinnen? Wollt ihr eure Köpfe neben Rübelraps rollen sehen?«

Unwillkürlich versuchte David, sich das vorzustellen. »Dazu kann es jedenfalls nicht kommen, Herr Pantalon.«

»Heiliger Strohsack«, lallte Hacker, »lasst uns doch zusammenhalten in diesen schweren Zeiten …«

David wechselte einen Blick mit Marianne, keiner sagte ein Wort. Jeder wusste genau, was der andere dachte: Wir bringen das hier zu Ende, oder wir kommen um. Es geschah selten, dass David sich so perfekt mit der Landgräfin verstand, eigentlich nur auf der Wagenbühne.

»Seid ihr denn tollwütig geworden?« Wie zum Himmel flehend, streckte Stephan die Arme über den Kopf. »Wir müssen sie doch gehen lassen!« Der Directeur de la Compagnie raufte sich die Haare. »Wollt ihr sie etwa umbringen?«

»Wir wollen noch ein bisschen leben«, zischte Marianne.

Lauretta stürzte an den Tisch, packte den Bescheid des Generalprofos mit den Zähnen und trug ihn zum Herd. Dort nahm sie ihn mit den Zehen des linken Fußes aus dem Mund und legte ihn auf die noch glimmende Holzasche.

»Und jetzt?« Stephan rang die Hände, leichenblass war er. »Was sollen wir denn jetzt tun?« Mit pathetischer Geste wies er auf die angeschlagenen Soldaten.

»Wir fesseln sie und legen sie zu den Tieren in den Stall«, schlug David vor. »Die Tanzbären und der englische Hund werden schon dafür sorgen, dass sie nicht schreien.«

»Bitte nicht«, jammerte der stöhnende Hacker. »Bitte, bitte nicht zu den Bären …«

»Und dann?« Stephan machte ein Gesicht, als traute er seinen Ohren nicht. »Und was dann? Sie werden sie suchen!«

»Sie werden erst einmal versuchen, die Papisten zu vertreiben«, sagte Lauretta. »Das braucht grad jeden Mann.«

»Und wenn sie das nicht schaffen, dann kommt Tilly mit seinen Schlächtern in die Stadt«, erklärte Marianne. Ganz ruhig war sie, ihre Miene völlig kühl. »Und wir werden uns nicht allzu unbeliebt beim ihm machen, wenn wir ihm ein paar kurpfälzische Soldaten als Gefangene anbieten.«

*

Er solle am Nachmittag im alten Rittersaal warten, hatte der Feldprediger gesagt, der Obrist wolle ihn sprechen. Warum, wusste er nicht. Oder hatte der Prediger es nicht sagen wollen? Nun saß er an der hinteren Schmalseite des Saals neben dem Durchgang zur Turmtreppe auf einer Bank und wartete. Immer dunkler wurde es, dabei war es noch lange hin bis Sonnenuntergang. Eine Magd lief durch den Saal, entzündete die Kerzen an den Wandleuchtern. Er wartete länger als eine Stunde. Regen rauschte vor den Fenstern.

Drei Männer betraten schließlich den langgestreckten Raum, der Feldprediger, der Obrist und ein Feldwebel. Man steht auf, wenn Herrschaft hereinkommt, hatte sein Vater ihn gelehrt. Hatte es ihm etwas genützt? Nein, erschlagen hatten sie ihn. Er stand trotzdem auf. Draußen tobte inzwischen ein Gewittersturm.

Der Feldprediger hieß David Forgeon, der Obrist Bartholomäus Schmid. Er stammte aus dem französischen Sedan, wo Verwandtschaft des Kurfürsten residierte. Der alte Rittersaal des Dilsberger Schlosses war lang, wie gesagt, die Saaltür lag ganz vorn, und die Männer ließen sich Zeit; sie schlenderten, hatten allerhand zu bereden, wie es aussah, beachteten ihn zunächst gar nicht.

Über Heidelberg sprachen sie, und er spitzte die Ohren. Wenn die Donnerschläge für kurze Zeit verhallten und der Orkan nicht allzu heftig gegen die Fenster peitschte, verstand er ganze Sätze:

Die Wehranlagen hielten, vergeblich stürmte Tillys Armee bisher gegen Schloss und Stadtmauern an; vom Heiligenberg und von den niedergebrannten Dörfern aus schossen die Belagerer mit Kanonen in die Stadt hinein, trafen aber häufig nur den Neckar.

»Der Fluss ist die Achillesferse der Residenzstadt«, hörte er den Obristen Schmid sagen. Der sprach mit französischem Akzent. »Zu schlecht befestigt, zu wenige Schanzen! Merven hält den Neckar für eine Art natürlichen Burggraben. Narr!« Und dann standen sie vor ihm.

»Das ist der Mann«, sagte der Feldprediger. »Unsere Jäger fanden ihn mit drei Kugeln im Rücken. Viele Wochen hat er gegen Blutverlust und Wundfieber gekämpft – bis es dem allmächtigen Gott gefiel, ihn von der Schwelle des Todes zurück ins Leben zu reißen. Obwohl er noch geschwächt ist, gehörte er zu den wenigen, die sich am Donnerstag freiwillig gemeldet haben.«

»Ich wollte ihn erst gar nicht vor die Mauer lassen«, ergriff der Feldwebel das Wort. »Doch er bestand darauf – und ist als Erster mit dem Seil über den Fluss geschwommen.«

Der Festungskommandant nickte, musterte seine kräftige, hochgewachsene Gestalt und sah ihm schließlich ins Gesicht. »Ich habe mir bereits alles erzählen lassen.« Bartholomäus Schmid hatte hellwache braune Augen; Augen, die genau hinschauten und alles sahen. Ein schlichter grauer Reitermantel hüllte ihn ein. Darunter trug er einen Brustharnisch, unter dem Knie geschnürte, ehemals schwarze Hosen und hohe Stiefel ohne Sporen. Ein kleiner schwarzer Lederhut mit einer Hahnenfeder bedeckte sein kurzes graues Haar. Ein langer Degen hing im Waffengurt an seiner linken Seite und an seiner rechten ein eiserner Schlachtkolben. Dutzende Bayern habe er damit erschlagen, erzählte man sich in der Festung.

»Ein Pfälzer ohne Falsch.« Der Obrist Schmid legte ihm die Hand auf die Schulter und nickte anerkennend. »Brav, wie Er ans Nordufer hinübergeschwommen ist und das Seil an den Weiden drüben festgebunden hat. So konnten wir die Flöße mit den Barrikaden auf den Fluss ziehen und den bayrischen Verband anhalten. Und dann in Ruhe unsere schweren Stücke abfeuern. Vierzehn Nachen und fünf Schiffe liegen seitdem am Neckargrund. Und ein Teil ihrer Ladung erfreut jetzt unsere Soldaten und die Bürger von Dilsberg. Er muss Seinen Kurfürsten sehr lieben, dass Er so viel gewagt hat.«

»Man liebt seine Frau, hat mein Vater gesagt, und danach seine Kinder, sein Vieh und seinen Weinberg. Und ich hasse die bayrischen Krieger, Herr Obrist.«

Schmid zog überrascht die grauen Brauen hoch, sein Feldprediger senkte den Blick, und der Feldwebel schmunzelte in sich hinein. Beide kannten ihn schon; der Prediger hatte viele Tage und Nächte bei ihm gesessen, als er noch fieberte. Ein Blitz tauchte den Saal in giftiges Licht, Donner rollte das Neckartal herauf und hinunter.

Der Blick des Obristen schien ihn ganz genau erforschen zu wollen. Er hielt ihm stand. »Hass ist kein guter Grund, wenn man den Tod zum Tanz auffordert. Ist es vielleicht auch der Hass, der Ihn so traurig aussehen lässt?«

»Nein.« Eine Orkanböe warf sich gegen die westliche Fensterfront. Glas klirrte, Holzrahmen klapperten, Kerzenlicht flackerte. Er schluckte. »Nicht allein der Hass.«

»Er kann lesen und schreiben«, beeilte sich der Feldprediger zu sagen.

»So?« Schmid tat überrascht. »Ich dachte, er sei der Sohn eines Bauern?«

»Das bin ich, Herr Obrist. Der Sohn eines Bauern. In der Knabenschule von Handschuhsheim haben sie mich gedroschen, bis ich lesen und schreiben konnte. Danach habe ich in Ladenburg das Zimmermannshandwerk gelernt. Dem Pfarrer dort verdanke ich beides.«

»Ein Zimmermann also. Ein Zimmermann, der liest und

schreibt. Und ein Pferd hat Er auch im Festungsstall stehen.« Es klang, als würde der Obrist laut denken; dabei schaute er seinen Feldwebel an. »Zimmerleute und Maurer werden wir nicht genug haben können, wenn dieser böse Krieg einmal vorbei sein wird. Solange er aber tobt, brauchen wir Soldaten. Ich nehme Ihn in mein Regiment auf.« Der Obrist streckte ihm die Rechte entgegen. »Zunächst als Gefreiter. Schlägt Er ein?«

Er betrachtete die ausgestreckte Hand, fühlte sich überrumpelt. »Soldat? Ich?« Er musste gegen die Versuchung kämpfen, die Hand des Obristen gleich zu ergreifen. »Ich muss aber nach Heidelberg, Herr Obrist.«

Der Feldprediger schien den Atem anzuhalten, der Feldwebel runzelte die Stirn, der Obrist aber lächelte. Ein leicht bitteres Lächeln war das. »Eines schließt das andere nicht aus, Gefreiter.« Er zog seine Hand nicht zurück. »Allerdings lassen Tillys Schlächter derzeit niemanden das Neckartal hinunterreiten, und Heidelberg ist ganz und gar verriegelt und eingeschlossen. Doch wenn Gott uns gnädig ist, wird sich das bald ändern, und dann sehen wir weiter.«

Grelles Licht flammte durch den Rittersaal, der Donner krachte, als würde der Festungsturm zusammenstürzen. Er ergriff die ausgestreckte Hand des Obristen und drückte sie.

»Sehr gut, mein Junge.« Bartholomäus Schmid lächelte nicht mehr, wirkte nun sehr ernst. »Ich brauche jeden guten Mann unter meiner Fahne. Hat Er einen Mantel?« Er schüttelte den Kopf. Sein Wams und seinen Wollmantel hatte er sich auf der Flucht vor den bayrischen Reitern vom Leib gerissen, weil glühende Kugeln darin stecken geblieben waren und der Schmerz ihn gequält hatte.

Der Obrist wandte sich an den Feldwebel: »Man gebe ihm Kasack und Koller und die Waffen eines Dragoners. Dazu zahle man ihm seinen ersten Monatssold aus. Und dann lehre man ihn schießen und fechten.« Und wieder an seine Adresse: »Und sobald Er darin geschickt genug ist, befördern wir Ihn zum Corporal.«

Sprach's, ließ seine Hand los und machte kehrt. Im Weggehen drehte der Obrist sich noch einmal um. »Wie war Sein Name gleich?«

»Stein, Johannes.«

»Wir nennen ihn ›Hannes‹«, sagte der Feldprediger.

2

Am Abend zuvor hatten der Tuchfärberonkel und seine Gesellen vier noch halb volle Fässer mit Wein vom Vorjahr aufgerichtet und zwei Türen darübergelegt. So aufgebahrt lagen die beiden Toten nun im Weinkeller. Alle standen drum herum. Susanna hielt eine brennende Kerze in der Hand, die Tanten und die böhmische Hure auch. Die kleineren Cousinen und Cousins weinten leise. In den Gassen oben hörte man die Einschläge der Kanonenkugeln und Stimmen und Schritte, die sich rasch näherten und ebenso rasch wieder entfernten. Manchmal bebten Boden und Wände.

Ein junger Mann mit abgegriffenem Hut und in schäbigem schwarzen Rock las einen Psalm aus der Heiligen Schrift vor, ein Magister der Theologie. Im Jahr zuvor hatte er noch an der Universität studiert. Die Mienen des Onkels, seiner Gesellen und der älteren Cousins sahen aus wie aus schmutzigem Kalkstein gehauen, die Tuchfärbertante hielt die ganze Zeit den Kopf gesenkt und drückte sich ein Wolltuch ins Gesicht, die Tuchmachertante hatte sehr große und sehr leere Augen. Ihr Unterkiefer zitterte fast immer, wenn Susanna zu ihr hinüberäugte.

Susanna fröstelte. Es war kalt im Weinkeller, ja, doch noch viel kälter fühlte es sich tief drinnen in ihrer Brust an. Sie hatte gesehen, was gestern geschehen war, sie sah jetzt die Toten – doch was ihre Augen gesehen hatten und sahen, reichte noch nicht bis in ihr Herz. Sie konnte es nicht begreifen, und weinen konnte sie auch nicht.

Zwei Öllampen hingen im Gewölbe über der Bahre, ihr Lichtschein fiel auf die Gesichter der Toten. Anna lächelte, als würde sie etwas Schönes träumen, dem Tuchmacheronkel hatten sie den zerschmetterten Kopf verbunden und nur Nasen- und Mundpartie frei gelassen. Die sahen aus, als hätte der Onkel gerade auf etwas Saures gebissen, als der schwere Stein ihn traf.

Diesen Vormittag hatten beide Familien zum Friedhof hinter der Peterskirche gehen wollen und die Toten begraben. Doch seit dem Morgen schossen wieder Kanonen in die Stadt hinein. Von allen Hängen nördlich und südlich über Heidelberg krachte es, und nun auch von Westen, von der Rheinebene aus. Es war später Freitagnachmittag, die zweite Septemberhälfte begann.

Die Kanonen auf dem Gaisberg und dem Königsstuhl richteten die größte Zerstörung in der Stadt an. Vor zehn Tagen hatten Tillys Soldaten sie mit Hilfe vieler Bauern aus Speyer und ganzer Herden von Ochsen und Pferden dort hinaufgeschafft. Dutzende Heidelberger waren seitdem in von Eisenkugeln zertrümmerten Gebäuden oder unter zusammengestürzten Mauern auf Straßen und Höfen umgekommen. Gestern auch Anna und der Tuchmacheronkel. Der Onkel räumte gerade die Werkstatt im Nachbarhof aus, um seinen Webstuhl darin aufzuschlagen, und Anna wollte ihn zum Essen holen. Vier Kugeln schlugen nacheinander ein, jede über vierzig Pfund schwer, eine in der Werkstatt, drei in der Stadtmauer darüber.

Beim Nachbarn trauerte man um drei Tote. Um die beiden Schotten, die in den Trümmern des Schweinestalls gestorben waren, trauerte niemand.

»›Wird denn der Herr auf ewig verstoßen und keine Gnade mehr erweisen?‹«, las der junge Magister mit näselnder Stimme. »Ist's denn ganz und gar aus mit seiner Güte …?«

Plötzlich näherten sich oben in der Gasse lautere Stimmen und mehr Schritte als zuvor. Alle lauschten, auch der junge Magister. Die Stimmen zerstreuten, die meisten Schritte entfernten sich; bis Kanonendonner sie wieder übertönte. Schritte von einem einzelnen Stiefelpaar jedoch knallten lauter aufs Pflaster, dann oben auf die Bodendielen, schließlich auf die Stufen der Kellertreppe.

Jemand hastete in den Weinkeller herab, Susanna hörte keuchenden Atem. Die Tür sprang auf, die Kerzen flackerten – der Cousin Martin sprang in den Weinkeller, lehnte gegen die Wand, rang nach Luft. Der Tuchfärberonkel hatte den Halbwüchsigen zum Friedhof bei Sankt Peter geschickt, um zu schauen, ob man nicht doch noch bestatten könne, bevor die Sonne unterging.

Martins große Augen flackerten panisch in einem aschfahlen Gesicht. »Die Papisten!« Er deutete durch die offene Tür zur Treppe hinauf. »Haben den Trutzbayer erobert! Schießen von da jetzt mit Kanonen auf den Trutzkaiser und den Wallschild am Speyrer Tor! Und überall stürmen sie die Mauern!«

Keiner sprach ein Wort – bis die Tuchfärbertante den Blick hob. »Wir werden hier miteinander erdulden, was zu tragen Gott uns auferlegt hat in seiner unerforschlichen Gnade und Güte«, sagte sie leise und begann flüsternd zu beten.

Susanna blickte von einem zum anderen: Die Tuchmachertante und die Mädchen sahen einander mit feuchten Augen und zitternden Lippen an, die Böhmische versteckte auch die letzten aschblonden Haarsträhnen unter ihrem grauen Kopftuch, den Männern und Jungen bebten die Kaumuskeln. Alles in Susanna begehrte auf. Doch sie sagte nur: »Die Weinkeller werden sie als Erstes plündern.«

»Ich will nicht zwischen Weinfässern von Papisten erschlagen werden!« Der junge Magister schlug die Bibel zu, wandte sich zur Kellertür, rannte die Treppe hinauf.

»Und ich will überhaupt nicht erschlagen werden!« Martin folgte ihm, und seine älteren Brüder und die Frau aus Prag liefen hinterher.

»Hören wir doch erst einmal, ob es nicht bessere Nachrichten gibt.« Nicht dass sie wirklich daran glaubte, doch Susanna hielt es nicht mehr aus im Weinkeller bei den Toten und Hoffnungslosen. Die brennende Kerze in der Rechten, zog sie ihre lederne Tasche aus dem Stapel aus Rucksäcken und Taschen; jeder hatte darin für eine mögliche Flucht eingepackt, was ihm am unentbehrlichsten erschien. Susanna lief ins Haus hinauf und dann auf die Gasse und bis zur Hauptstraße.

Dort rannten aufgebrachte, verstörte Menschen entweder nach Westen in Richtung Speyrer Tor oder nach Osten Richtung Marktplatz. Kanonendonner und Geschrei erfüllten die Luft, Aufregung herrschte und ein großes Durcheinander.

Martin und sein älterer Bruder blieben dicht bei Susanna und der Böhmischen. »Keiner kann mehr auf den Mauern kämpfen vor lauter Kanonenkugeln!«, rief ihnen ein Nachbarjunge zu, der aus der Vorstadt vom Speyrer Tor gelaufen kam. »Die Bayrischen haben sämtliche Wallschilde überwunden, sind schon in den Vorwerken, rennen gegen das Speyrer Tor an!«

Nein, keine besseren Nachrichten hörten sie – schlimmere. Und ein niederschmetterndes Gerücht: Der Stadtgouverneur van der Merven habe die kleine Pforte zu den Wehranlagen vor dem Speyrer Tor verriegeln lassen, damit Tillys Waffenknechte den fliehenden Kämpfern der Bürgerwehr und der Stadtgarnison nicht folgen konnten. Dafür hieben sie nun gnadenlos auf die ausgesperrten Kurpfälzer, Engländer und Bürgerwehrleute ein.

Daher also die aufgebrachten Menschen, die zum Tor wollten, wo ihre Männer und Söhne erschlagen wurden. Susanna biss sich auf die Lippen, konnte keinen klaren Gedanken mehr fassen. Vermochte das überhaupt noch jemand in Heidelberg? Überall das Geschrei, überall die Gebete, die Flüche, der Kanonendonner, die wie kopflos umherrennenden Menschen. Die Böhmische packte so fest ihre Hand, dass es schmerzte. Auch ihre Cousinen waren auf einmal da, drückten sich an sie, zerrten an ihrer Wolljacke.

Und dann ein Ruf, der das panische Gewimmel einen Wimpernschlag lang erstarren ließ: »Krabaten!« Eine kräftige Männerstimme schrie das, und es klang wie der Posaunenstoß des Erzengels am jüngsten Tag. »Krabaten reiten durch den Neckar! Sind schon in die Vorstadt eingefallen!«

Und wie die Posaune des Erzengels am jüngsten Tag wirkte die Nachricht auch: Niemand wollte jetzt mehr zum Speyrer Tor; viele rannten in wilder Flucht zum Markplatz, um sich in der Heilig-Geist-Kirche zu bergen; andere wandten sich nach Norden, suchten ihr Heil im Versuch, das Neckarufer zu erreichen; manche knieten an Ort und Stelle nieder, falteten die Hände und beteten; etliche brachen einfach jammernd zusammen, und andere rannten zu ihren Häusern, um ihr Hab und Gut oder sich selbst oder beides zu verstecken.

In der allgegenwärtigen Verwirrung folgte Susanna einfach dem Zerren und Ziehen der Cousinen und der böhmischen Frau, fand sich auf einmal inmitten einer Schar rennender junger Leute wieder, die weiter nichts als Panik zurück zu ihrer Familie in den Weinkeller trieb.

Dort versuchte der Tuchfärberonkel, die Tanten zur Flucht aus dem Haus und in die Peterskirche zu überreden. Die Witwe des Tuchmachers weigerte sich hartnäckig. »Angesichts der beiden Toten werden sie sich nicht an uns vergreifen«, hörte Susanna sie sagen, und ihre Stimme erschien ihr wie eine Stimme aus einem Fiebertraum, der sie nichts anging, überhaupt nichts.

»Wenn sie mit euch fertig sind, werden sie sich auch an den Toten vergreifen!« Die Stimme der Böhmischen klang hart und unerbittlich. Alle starrten sie an.

Der Onkel nickte und drängte seine Frau zur Kellertreppe, seine Schwägerin jedoch wollte nicht auf ihn hören. »Ich bleibe hier unten im Weinkeller bei Anna und bei meinem Ehegatten. Möge Gott mir an ihrer Seite einen schnellen Tod schenken.« Und dann wandte sie sich an ihre Töchter und an Susanna. »Lauft. Vielleicht schafft ihrs zur Mönchsmühle, oder wenigstens zur Herrenmühle. Springt in den Neckar und versucht euch zu retten!«

Susanna verschlug es den Atem; sie stammelte und suchte nach Worten. Die Böhmische legte den Kopf in den Nacken, deutete ins Gewölbe, und jetzt fiel es allen auf: Die Kanonen schwiegen.

Und endlich wollten Susanna die Worte über die Lippen: »Ich kann doch nicht schwimmen«, flüsterte sie.

»Der Neckar führt seit Tagen Niedrigwasser«, sagte Martin leise. »Nur deswegen konnten die Krabaten in die Vorstadt reiten.«

»Niedrigwasser oder Hochwasser: Besser ertrinken als erdulden, was bald jede Heidelbergerin treffen wird, die den Bayern oder – Gott sei uns gnädig! – Kroaten und Kosaken in die Hände fällt.« Die Tante wandte sich ab und faltete die Hände zum Gebet. Susanna folgte den anderen wieder die Treppe hinauf. Die Kerze in ihrer Hand brannte noch immer.

*

Da standen sie vor dem Feldherrenzelt und wollten verhandeln, acht gebeugte Männer aus der nahezu besiegten Stadt. Es fehlte nicht viel und sie hätten zu winseln begonnen. Kein übler Anblick, wahrhaftig! Von Herzenburgs Lächeln bekam etwas Spöttisches.

Gar nicht weit Neckar aufwärts, vielleicht zwei Karabinerschüsse entfernt, preschten hunderte Reiter zum westlichen Stadttor, das tapfere Landsknechte schon gestürmt und erbrochen hatten. Und hinter den Mauern, in der Vorstadt am Neckarufer, loderten Flammen und stieg Rauch in den Abendhimmel.

Jawohl! Das war ein Anblick ganz nach dem Herzen des Rittmeisters. Und wie er heimlich in die Runde lugte, fand er keinen Offizier, der nicht zufrieden aussah.

Nur der dünne, kleine Mann im Eingang des Zeltes, der General, der blickte ernst. Furchtbar ernst. Das graue Haar zurückgekämmt, wirkte seine schmale Stirn sehr hoch; der Spitzbart und der dünne, nach oben gezwirbelte Schnurrbart ließen sein knochiges Gesicht noch spitzer erscheinen, als es sowieso schon war. Zur Feier des Tages hatte der Wallone eine blank polierte Rüstung angelegt. Die kleine, steife Halskröse quoll blütenweiß aus dem Brustharnisch.

»Verhandeln?«, presste er hinter geschlossenen Zähnen und kaum geöffneten Lippen heraus. »Jetzt noch?«

Der Offizier aus Heidelberg und sein Trommler traten einen Schritt auf ihn zu, verbeugten sich recht artig, und der Offizier streckte dem General Tilly ein zusammengerolltes Schreiben entgegen. Ein eleganter Mann – er hieß Rudolph von Mosbach und war Capitän der Heidelberger Schlosswache, wenn von Herzenburg alles richtig verstanden hatte. »Mein Obrist, der Gouverneur von Heidelberg Heinrich van der Merven, bittet untertänigst darum«, sagte er heiser. »Um der Bevölkerung willen.«

Maximilian von Herzenburg betrachtete die sechs Männer hinter den beiden kurpfälzischen Soldaten. Angehörige der Universitätsleitung, hieß es, und des Magistrats von Heidelberg. Sie wirkten nicht glücklich – weiß Gott nicht! –, und er hätte zwei Reichstaler darauf gesetzt, dass sie spätestens jetzt bedauerten, im vergangenen Sommer nicht nach Bretten oder Durlach geflohen zu sein wie so mancher andere Heidelberger von Rang und Namen. Stattdessen hatten sie den alten Trutzkaiser wieder aufgebaut, eine neue Wehranlage »Trutzbayer« getauft und davon geträumt, dem kaiserlich-bayrischen Heer trotzen zu können. Narren!

Der bayrisch-großherzogliche Generalkommissar Ruepp löste sich von Tillys Seite und nahm das Schreiben entgegen. Danach drehte er sich wortlos um und folgte dem General und seinen Obristen ins Zelt. Von Bernstadt – triumphierend und rotgesichtig wie ein gekochter Schweinekopf – bedeutete von Mosbach und den Heidelbergern zu warten und ging an von Herzenburgs Seite ebenfalls ins Zelt.

Der Rittmeister fragte niemanden um Erlaubnis, denn kaum hatte die Leibgarde Tillys das Zelt vor einer halben Stunde aus Wieblingen gebracht und aufgeschlagen, hatte Tilly ihn kommen lassen und persönlich belobigt – weil er an der Spitze seiner Kompanie und unterstützt von fünf anderen Kompanien den entscheidenden Sturm auf den Trutzbayern geführt und dadurch die

Eroberung des Trutzkaisers eingeleitet hatte. Eine Frage der Zeit, bis die Beförderung folgen würde, bis er ein und aus gehen würde beim General Tilly.

Leibgardisten des Generals nahmen vor dem großen Zelt Aufstellung, Unteroffiziere mit blankgezogenen Degen und Landsknechte mit Hellebarden postierten sich rund um die Heidelberger. Jemand zog die Plane vor den Eingang. Es wurde düster im Zelt. Eine Gestalt in schwarzer Kutte schlurfte zum darin aufgestellten Tisch, entzündete nacheinander zwei Öllampen und zog sich dann wieder in den Hintergrund zurück – Tillys Beichtvater, ein Jesuit.

Jesuiten hatten den General erzogen, Jesuiten schüttete er sein frommes Herz aus, wie ein Jesuit kämpfte er für den rechten Glauben: unerbittlich, streng, in heißer Liebe zur Jungfrau Maria und mit Feuer und Schwert, wenn es sein musste. Die Parole, die er zum Sturm auf Heidelberg ausgegeben hatte, lautete: *Sancta Maria.*

Ein nie gesehenes Tier – ein bunter Hund mit Rüsseln und Gehörn etwa – wäre dem Rittmeister nicht weniger wunderlich erschienen als dieser eigenartige kleine Mann. Doch von Herzenburg wusste zu schweigen über sein Befremden. Auch wenn der Wallone ein bigotter Feldherr war und einem bigotten Großherzog in unbegreiflicher Loyalität diente, so war Tilly doch ein erfolgreicher Feldherr, wie die brennende Stadt draußen am Neckarufer einmal mehr bewies. Erfolgreich, wie sein großes Vorbild, der Herzog von Alba.

Maximilian von Herzenburg hatte alles über den Herzog von Alba gelesen, was sein Vater ihm beschafft hatte. Auch er verehrte den berühmten und seiner Meinung nach viel zu früh verstorbenen Eroberer Antwerpens. Und so sehr er innerlich den Kopf schüttelte über dessen Schüler Tilly, so sehr bewunderte er ihn auch: Der General verdiente mindestens fünfzig Mal so viel wie er selbst; 5000 Gulden, wenn man von Bernstadt glauben wollte.

Und sein Dienstherr, der Großherzog von Bayern, hatte ihn erst vor drei Tagen in den Grafenstand erhoben.

Wenn das kein Erfolg war, was dann?

Tilly saß inzwischen in seinem Lehnsessel hinter dem Tisch, die Offiziere standen in einem Halbkreis um ihn herum, auch von Herzenburg. Ein großes Kruzifix ragte am rechten Tischrand auf; daneben, auf einer Karte der Rheinpfalz, lag ein Gebetsbuch, aufgeschlagen, und auf dem Gebetsbuch ein Rosenkranz.

Was aber von Herzenburgs Aufmerksamkeit am meisten erregte: die große rote Frucht vor dem Gebetsbuch. So also sah ein Granatapfel aus. Der Rittmeister hatte noch nie einen gesehen, wusste nur, dass er Tillys Lieblingsfrucht war – und in den Augen einiger seiner höchsten Offiziere ein ärgerliches Symbol für die Nähe zu den spanischen Habsburgern, die man dem Feldherrn nachsagte.

Der Generalkommissar Ruepp – von Bernstadt nannte ihn gewöhnlich »Tillys rechte Hand« – verlas das Schreiben van der Mervens. Ein kurzes Schreiben: Außer den üblichen Floskeln formulierte der Gouverneur die Bitte, Tilly möge die drohende Plünderung der Stadt abwenden und seinen Truppen befehlen, die Bürger von Heidelberg zu schonen. Er, van der Merven, sei bereit über beides persönlich mit dem General zu verhandeln.

Ein unwilliger Zug zeigte sich auf Tillys Gesicht und ließ es noch strenger erscheinen. Er schüttelte kurz den Kopf und blickte dann in die Runde seiner Offiziere. »Ihr habt es gehört, Ihr Herren. Sprecht.«

»Der Holländer kommt zu spät zur Mahlzeit und will noch über den längst verteilten Braten verhandeln?«, fragte von Bernstadt mit beißendem Spott. »Eine Frechheit, wenn Ihr mich fragt!« Beifall heischend blickte er nach links und rechts.

»Die Gesandtschaft aus der Stadt wollt' scho' am Nachmittag hier vorsprechen«, ergriff der Salzburger Obrist von Mortaigne das Wort. »Doch hat man da Torschlüssel vergess'n und konnt' so des verriegelte Tor net öffnen.« Er mühte sich, ohne allzu breiten Dialekt zu reden. »Über a Stund' hat's 'dauert, bis man von Mosbach da Schlüssel aus'm Schloss bracht' hat.«

Alle Offiziere schmunzelten, auch von Herzenburg. Nur Tilly guckte noch strenger und schüttelte schon wieder den Kopf.

»Inzwischen brennt die Vorstadt.« Maximilian von Herzenburg wagte es und ergriff das Wort. »Inzwischen haben wir uns den Zugang zur Stadt mit Schwert und Muskete erkämpft. Unsere Männer, so hört man, bestürmen bereits das Mitteltor vor der Alten Stadt. Ich frage mich, wie man sie noch zurückhalten will, Herr Graf.«

»Des scheint mir die richtige Frag' zu sein.« Von Mortaigne zog die Brauen hoch und lächelte müde. »Kann man a Sturmflut zurückhalt'n?«

»Unmöglich!«, bekräftigte auch von Bernstadt. »Mehr als vierhundert Kameraden haben unsere braven Landsknechte im Kugelhagel und unter den Hieben der Kurpfälzer sterben sehen. Von den vielen Gefangenen und Verwundeten gar nicht zu reden! Wen wundert's denn, wenn sie jetzt brennen vor Wut?«

»Und erst die Kroaten und Kosaken«, sagte ein bayrischer Obristleutnant. »Die haben wir doch schon auf dem Weg durchs Reich kaum bändigen können!«

»Man mög' bedenken: Die Kroat'n war'ns, die sich über da Neckar g'wagt ham«, ergriff wieder von Mortaigne das Wort. »Sie war'n zuerst in da Stadt. Welcher Befehl könnt' ihnen jetzt noch Züg'l anleg'n? Welcher ihnen gar die Plünderung verbiet'n?«

Keiner hatte dem noch etwas hinzuzufügen. Tilly langte nach seinem Rosenkranz und stand auf. Während die Perlen durch seine Finger glitten, schritt er zweimal nachdenklich zwischen Tisch und Beichtvater auf und ab. Neben seinem Sessel blieb er schließlich stehen und richtete seinen ernsten Blick auf Ruepp. »Gut. Lasst van der Merven also Folgendes wissen.« Der Generalkommissar setzte sich an den Tisch, nahm einen Papierbogen und tauchte die Feder ins Tintenfass. »Drei Mal habe ich Ihn zur Übergabe aufgefordert«, fuhr Tilly fort. »Warum hat Er nicht eher Verhandlungen angeboten? Jetzt ist es zu spät, jetzt sind meine Soldaten ganz und gar in Furie geraten, sodass es unmöglich ist, sie zurückzuhalten.« Und an seine Offiziere gewandt: »Heidelberg steht den Männern zur Plünderung frei. Drei Tage lang, bis zum Sonntag.«

Der General überflog das Antwortschreiben, unterzeichnete und versiegelte es. Danach drehte er sich zu seinem Beichtvater um. »Am Sonntagvormittag dann wollen wir die Heilige Messe in der Stadt hören. Die erste in der Heilig-Geist-Kirche seit schon viel zu vielen Jahren.«

Der Salzburger Obrist von Mortaigne übergab das Schreiben dem Heidelberger Capitän und nannte ihm in knappen Worten den Inhalt. Von Mosbach und die Männer der Bürgerschaft zogen schweigend ab. Der Rittmeister aber eilte zur Pferdekoppel, wo sein Cornet Mathias von Torgau und seine Trabanten Simon und Conrad warteten. »Drei Tage Plünderung«, rief er ihnen zu, während er sich auf seinen Schimmel schwang.

Gemeinsam jagten sie hinauf in den Hang des Gaisbergs, wo ihre Kompanie noch immer am Trutzbayer lag. Wie oft nach einem mühevollen Sieg und vor einer Plünderung beflügelte den Rittmeister eine beinahe euphorische Erregung. Und heute, nach der Belobigung durch den General, fühlte er sich gar, als wüchsen ihm wirklich Adlerschwingen. Oh ja, und dazu gab es ihn doch, den Krieg – um zu offenbaren, was in einem Mann steckte, um einen wirklich guten Mann nach oben zu bringen, immer weiter nach oben und schließlich ganz an die Spitze. Mochte der Herr Graf ihm doch gestohlen bleiben mit seinen Heiratsplänen! Jetzt herrschten der Krieg und die Gesetze des Krieges. Und unter dem Kommando seines Vaters kämpfen? Niemals!

Tief über die Mähne seines Rappens gebeugt, blickte er auf die reiche Stadt am Fuß des Hanges. Bot es nicht einen schönen Anblick, das brennende Heidelberg mit seinen aufgebrochenen Toren? Das Geschrei aus der Vorstadt drang bis in den Wald hinauf, das Feuer darin hatte sich ausgebreitet. Bedauerlich nur: Es würde allerhand wertvolles Gut vernichten.

»Heidelberg gehört uns«, verkündete er, als er wenig später vor seinen Reitern stand. »Bis übermorgen, wenn der Gottesdienst in der großen Kirche auf dem Marktplatz beginnt.« Schneeberger jubelte am lautesten. Von Torgau strich sich über den Flaumbart und lächelte still und genießerisch in sich hinein. Nur der Leutnant zeigte mal wieder keine Spur von Freude.

Maximilian von Herzenburg hob die Hände, der Jubel legte sich; die Blicke seiner Reiter hingen an seinen Lippen. »Es gibt da ein Mädchen in Heidelberg – um die zwanzig, schwarze Locken, dunkelblaue Augen, schlank. Ich hab ihren Namen herausfinden können: Susanna Almut, Tochter eines Schneiders. Sie wohnt an der Nordmauer. Sie gehört mir. Wer sie findet, dem erlasse ich meinen Anteil an seiner Beute und zahle ihm zusätzlich zwei Reichstaler.«

*

Sie rannten zur Brücke hinunter, machten kehrt, weil Soldaten die Gasse heraufliefen, versuchten es mit der nächsten Gasse, mussten wieder umkehren und nahmen schließlich den Umweg über den Marktplatz. Die Schreie im Westen der Stadt rückten näher. Es war, als würde eine Woge des Schmerzes von dort über die Stadt gehen. Nur weg davon! Nur schnell nach Osten zum Neckargemünder Tor und zur Herrenmühle!

Susanna folgte den anderen, ließ sich ziehen von denen, die ihre Hände hielten. In ihrem Kopf war nur Platz für einen Gedanken: dass sie rennen musste, schnell rennen, noch schneller. Die schwere Bibel in der umgehängten Ledertasche schlug ihr gegen die Hüfte, die Angst saß wie Frost in ihrer Brust, in ihrem Hirn.

Manchmal schossen ihr Bilder ohne Zusammenhang durch den Kopf: der Vater, Anna, Hannes und der Fluss, in den sie springen sollte. Und immer, wenn sie den Neckar vor ihrem inneren Auge strömen sah, verwandelte der Angstfrost in Kopf und Brust sich zu spitzen Eiszapfen und der Atem wollte ihr stocken.

»Nehmen wir den Weg über das Gymnasium«, keuchte Martin. Sie rannten dicht an der Südseite der Heilig-Geist-Kirche entlang. »Dort gibt's bestimmt keine Landsknechte, dort haben die Kanonen doch schon alles kaputtgeschossen.« Sie bogen um die Ecke zur Ostseite der Kirche – und rannten mitten in eine große Schar anderer Flüchtlinge. Susanna stieß mit einem schweren alten Mann zusammen, beide stürzten.

Geschrei von allen Seiten. Schritte und Stimmen näherten, Schritte und Stimmen entfernten sich. Benommen stemmte Susanna sich hoch. Warum war es so dunkel auf einmal? Dämmerte es denn schon? Auf den Knien liegend blinzelte sie nach Westen. Schwarze Rauchwolken verdeckten die schon tief über dem Horizont stehende Sonne. Brannte denn die ganze Vorstadt?

Eine nicht enden wollende Menschenmenge stürmte aus der Hauptstraße auf den Marktplatz. Viele Soldaten, einige Frauen und wenige Männer der Bürgerschaft. Ganz vorn erkannte Susanna den Gouverneur und einen seiner Offiziere. Kurpfälzische Soldaten also, keine Papisten! Sie atmete auf. Die Soldaten rannten vorbei, die Frauen folgten, auch die wenigen Männer. Viele mit Tornistern, Bündeln oder Leinensäcken auf den Schultern, die meisten in guten Kleidern, alle mit bleichen, verängstigen Mienen.

Jemand griff ihr unter die Achsel, zog sie hoch – die Böhmische. Jemand unter den Vorüberhastenden winkte. »Zum Schloss!« Susanna erkannte das Kleid sofort: nachtblauer Leinenstoff mit Blumenornamenten in Himmelblau und Rot. »Die Stadt ist verloren, zum Schloss hinauf!« Die Frau des Magisters! Es war drei Jahre her, dass sie ihr das Kleid bestickte. »Mervens Garnison hält nur noch das Schloss!«, rief die Frau. »Hinterher! Immer hinter den Soldaten her!«

Susanna sah sich um – wo steckten Martin, wo der Onkel, die Tante und die Cousinen? Fort, alle fort. »Komm!« Die Böhmische zerrte sie hinter den Fliehenden her, die schon zum Hospital abbogen. »Schneller!« Wieder füllte Angstfrost Susannas Gedanken, wieder rannte sie, wieder trieben Eiszapfen in Brust und Hirn sie voran. Das Hospital blieb zurück, das Angstgeschrei aus dem Westen rückte dennoch näher. Van der Mervens Soldaten rannten Richtung Kanzlei und Münze, die ersten bogen schon in die Schlossstraße ein. Die Schar der Flüchtenden hinter ihnen zog sich in die Länge, einige Bürger konnten kaum noch laufen, und manche stolperten oder brachen erschöpft zusammen. Wie alle, die sich noch auf den Beinen hielten, rannten auch Susanna und die Böhmische an denen vorbei, die am Boden knieten oder lagen. Wie dunkel es schon war hier zwischen den Häusern, wie sehr es nach Brand roch! Und wie unerbittlich das Geschrei im Westen der Stadt anschwoll!

Auf einmal stockte die Kolonne der Flüchtenden – Frauen kreischten, Männer brüllten, Degen klirrten, Schüsse krachten. Und ungewohnte Rufe wurden laut: »Sancta Maria! Sancta Maria!«

Die Böhmische stand jäh still, Susanna stieß gegen sie. Es roch nach Pulver. Hundert, zweihundert Schritte vor ihnen stürmten Soldaten aus einer ansteigenden Gasse – struppige, schmutzige Männer mit roten Bändern um Hüte und Helme. Manchen wehten fleckige Fahnen mit aufgemalten Kreuzen oder dem Bildnis der Maria an Spießen oder Musketen. Papistische Soldaten! Einige hieben auf die Nachhut der Kurpfälzer Garnison ein, andere fuhren schon unter die Frauen, wieder andere schlugen die Männer nieder, die sich schützend vor sie stellten.

Susanna stand wie festgefroren. Vorbei. Flüsternd begann sie ein Gebet zu stammeln.

Die Böhmische aber fauchte sie an. »Du wirst jetzt stark sein!« Fast akzentfrei klang ihr Deutsch nun, und ihre schönes Gesicht sah hart aus, wie aus Eisen gemeißelt. Sie riss Susanna über die Gasse, zog sie durch einen Torbogen in einen Hof und dort durch eine Hintertür in die Küche eines Hauses.

Schritte und Männergebrüll näherten sich. Die Böhmische zerrte Susanna weiter hinter sich her. Hinaus aus der verlassenen Küche, in einen menschenleeren Gang hinein – die Frau ließ sie einfach nicht los. Zu einer Treppe hastete sie, an einer Haustür vorbei, die Stufen hinauf – Susanna stolperte, ihre klammen Finger entglitten der feuchten Hand der anderen. Die stürzte allein die Treppe hinauf, winkte ihr, zischte: »Komm schon, Susanna! Komm doch …!«

Susanna griff nach dem Geländer, wollte sich hochziehen – da krachte es hinter ihr und die Haustür sprang auf. Sie erstarrte.

Landsknechte standen auf der Schwelle, feixten. »Was für ein süßes Täubchen haben wir denn da eingefangen?«, sagte einer, ein anderer packte sie, und der dritte verriegelte die Haustür hinter sich. Sie schleppten sie zurück in den Gang, vorbei an der offenen Küchentür, hinein in eine Kammer und zu einer Bettstatt. Dort warf jeder einen Würfel auf den Dielen vor dem Bett, und der, die höchste Zahl würfelte, riss ihr die Kleider vom Leib, stieß sie in die Decken und warf sich auf sie.

Sein Gewicht presste ihr den Atem aus der Brust und jedes Gefühl aus den Gliedern. Gestank nach saurem Wein, altem Schweiß und noch älterem Fisch betäubte sie; sie atmete durch den Mund, starrte an die Decke. Etwas in ihr rief erst nach ihrem Vater, dann nach Hannes. Das Gebälk verschwamm ihr vor den Augen, die ganze Welt verschwamm, und wieder ging es ihr wie vorhin schon im Weinkeller, als die Tante nur andeutete, was sie jetzt erleben musste: Alles Keuchen und Feixen kam wie aus einer fremden Ferne, alles Klammern und Wackeln, jeder Schmerz, jeder Geruch rückte ganz weit weg, schien ihr in einen Traum zu gehören, der nicht ihrer war, mit dem sie gar nichts zu schaffen hatte. Und auf einmal kam es ihr vor, als würde das Deckengebälk sich auflösen und ihr Blick hindurch in den Abendhimmel gehen. Blau war der, hell, kein Rauch und auch sonst nichts Böses.

Und plötzlich fuhr da eine Kutsche mitten im Himmel! Rollte von Norden heran, vom Heiligenberg, eine Kutsche, leuchtend wie aus Gold. Sechs Rappen zogen sie, der starke Mann auf dem Kutschbock hieb mit einer Peitsche auf sie ein, trieb sie zu noch strengerem Galopp. Er lenkte das Gespann in einer weiten Schleife durch den Himmel über der todeswunden Stadt, zog dabei an den Zügeln und hob auf einmal die Rechte. Langsamer rollte die schöne Goldkutsche, hielt beinahe an über dem offenen Dachstuhl, über Susanna – und nun erkannte sie den Mann auf dem Kutschbock. Hannes! Er winkte sie zu sich, und ganz leicht war ihr mit einem Mal, so leicht, dass sie zu schweben begann. Ja, sie schwebte durch die Öffnung im Dachstuhl in den Himmel hinein und dem Gespann und der Kutsche entgegen. Ich komme, mein Hannes, ich komme zu dir …

Eine raue Stimme polterte in ihr schönes Schweben, ein Fluch und eine harte Erschütterung in ihre Leichtigkeit, der Schmerz kehrte zurück. »Schneeberger, Feldwebel!«, brüllte einer. »Regiment Obrist von Bernstadt, Fähnlein von Herzenburg! Runter von der, die gehört meinem Rittmeister!« Widerworte, noch mehr Flüche, böses Schnauben, und dann krachte ein Schuss.

Himmel, Gespann und Kutscher erloschen, das Gebälk schloss sich, das schwere Gewicht rollte über sie hinweg und zur Seite. Es stank nach Pulver. Susanna zog die Beine an, krümmte sich zur Wand hin. Hinter ihr Kampflärm und keuchender Atem und Gebrüll wie von einem wilden Tier. Sie kniff die Lider zu, umfasste ihre nackten Knie, versuchte das Bild des Himmelsgespanns und des Kutschers erneut heraufzubeschwören …

3

David griff in die Tasche und ballte die Faust um den Zopf seiner Mutter. Bela, hinter ihm, knurrte ungeduldig, warf den Schädel hin und her, zerrte an der Kette und wollte wieder den Hang hinauf, wollte zurück zu Cura und Stephan. Zu viel Geschrei hier, zu viel entfesseltes Menschenpack, zu viel Gestank nach Blut, Urin, Pulver und Angstschweiß. Der junge Gaukler ging neben dem Bären in die Hocke, legte ihm den Arm um den Nacken und zog seinen pelzigen Schädel an die Brust. »Ganz ruhig, mein Tänzer.«

Zwei bedauernswerte Geschöpfe hatten sich über Hof und Hintertür ins Haus geflüchtet – zwei junge Frauen, und eine von ihnen war Susanna gewesen. Ganz bestimmt, er hatte doch Augen im Kopf! Und drei Landsknechte hatten die Haustür aufgebrochen, ein vierter eilte jetzt über den Hof, ein massiger Kerl in blauen Hosen. In seine kurze Muskete stopfte er Blei und Pulver, schlich danach durch die gleiche Tür ins Haus wie die Frauen. Drinnen hörte David schon die siegesgewissen Stimmen der drei Landsknechte.

Frauengeschrei gellte auf der Straße, in den Höfen und in den Häusern ringsum. Ein Mann betete laut, ein anderer jammerte wie ein Kind, ein dritter brüllte erst seinen Schmerz hinaus und dann das Versteck seines Ersparten. David wurde ganz steif vor Entsetzen.

Die Eroberer waren mit Rauben, Schlachten und Schänden beschäftigt, keiner folgte dem massigen Kerl mit der kurzen Muskete. David wagte es, *musste* es wagen – er nahm Bela den Maulkorb ab, zog ihn über den Hof und ins Haus hinein. Dort ging er wieder vor dem Bären in die Hocke und löste dessen Kette. Die

Hände zitterten ihm dabei, und sein Herzschlag dröhnte in seinen Schläfen. »Du gehst voran, Bela. Ich hab keine Waffe und bin kein Kämpfer – sei du meine Reiterei.«

Plötzlich ein derber Wortwechsel irgendwo im Untergeschoss, und dann krachte ein Schuss. David schob den aufgebrachten Bela in den Gang hinein. »Greif sie dir!«, zischte er. »Greif dir die Kerle, wie du mich greifst, wenn wir Bärenjagd spielen …!«

Bela setzte durch eine schmale Tür in eine Kammer, David hinterher. Sein erster Blick fiel auf den Rücken einer Frau, auf ihre nackten Beine, sein zweiter auf einen Landsknecht auf demselben Bett, der sich hastig mühte, sein entblößtes Geschlecht zu bedecken. Ein anderer Landsknecht lehnte tot gegen die blutige Wand, zwei lagen neben ihm am Boden und kämpften: Der Mann in der blauen Hose bedeckte den anderen mit seinem schweren Körper, würgte ihn mit seinen großen, haarigen Händen und schlug dabei seinen Hinterkopf auf den Boden.

Den sprang der Bär zuerst an, den Massigen, zerriss ihm den Rücken mit einem einzigen Prankenschlag, schlug, während er sich zum Sprung duckte, ein zweites Mal zu und ging dann auf den los, der noch vor der Bettstatt an seinem Hosenbund zerrte, riss ihn zu Boden und schlug ihm die Zähne in die Kehle.

Der Würger fuhr stöhnend hoch, fasste sich an den Rücken und starrte das pelzige Raubtier und sein Opfer vor dem Bett an. David bückte sich nach einem kurzen Radschlosskarabiner, der neben der Tür lag, packte ihn am noch heißen Lauf und schlug den Kolben mit aller Kraft in den Nacken des massigen Kerls. Der kippte ohnmächtig zur Seite, und Bela ging nun auf den los, der röchelnd unter ihm lag.

Nach wenigen Atemzügen war schon alles vorbei. Die Frau lag die ganze Zeit mit dem Gesicht zur Wand, zitterte und bebte, drehte sich auch jetzt nicht um. Dem Toten an der Wand steckte eine Kugel in der Brust, zweien hatte Bela die Hälse zerrissen. »Brav«, keuchte David, »brav, mein Tänzer …«

Er beugte sich über den vierten, der zuletzt ins Haus geschlichen und seinen Radschlosskarabiner abgefeuert hatte, seine Arkebuse. Der Mann war also ein Bandelierreiter. Die anderen mussten wohl über die erbeutete Frau in Streit mit ihm geraten sein. Jetzt lag er auf dem Bauch, atmete flach, sein Rücken war ein feuchter roter Lappen.

Wenn er nicht stirbt, wird er von einem Bär erzählen, raunte eine innere Stimme in Davids Gedanken hinein. *Und von einem Bär ist es nicht weit bis zu einem Gaukler – du musst ihn totmachen.*

Er zog einem der Toten den Dolch aus dem Gurt, hob ihn über dem bewusstlosen Bandelierreiter, zielte auf den Hals, holte zum Stoß aus – und ließ die Klinge wieder sinken.

Er vermochte es nicht.

Er hob den Blick, sah in die nassen Augen der Frau. Susanna. Sie biss sich in die Faust, ihr verkrümmter Körper bebte vor unterdrücktem Schluchzen. »Weg hier.« David zog sie von der Bettstatt, sah das Blut an ihren Schenkeln und hüllte sie in eine Decke.

So führte er sie aus dem Haus, über den Hof, in den leeren Hühnerstall auf der anderen Seite und dort in eine Kammer voller Federn, Hühnerbeinen, Äxten, Körben und Holzzubern. Die junge Frau kauerte sich ins Heu, wie sie zuvor im Bett gekauert hatte. David befahl Bela, sich neben sie zu legen. »Warte hier.«

Zurück im Haus griff er, was er tragen konnte – Degen, Waffengurt, Karabiner, Patronengurt, die Sturmhaube des Bandelierreiters. Auch eine Ledertasche mit einer schweren Bibel, einer Flöte und anderen Habseligkeiten nahm er mit; die konnte nur Susanna gehören. Dem Toten am Bett zog er den blutigen Wams aus. Die Hintertür verriegelte er, steckte den Schlüssel ein. Das Heulen und Jammergeschrei von geschundenen Heidelbergern drang noch immer aus allen Häusern und Höfen ringsum. David huschte in den Hühnerstall, schloss die Tür, setzte sich neben die schluchzende Frau ins Heu, lauschte auf Schritte und Stimmen und wagte kaum zu atmen.

Später flößte er ihr Wasser ein, das er in Hackers Feldflasche mitgenommen hatte. Auch Brot und kalte Rüben bot er ihr, doch das verweigerte sie. Sie sah ihn kaum an, lag nur zusammengekauert, bebte und schluchzte, sprach kein Wort. Spät in der Nacht jedoch, als sie eingeschlafen war, murmelte sie unverständliches Zeug und manchmal einen Namen.

David tat kein Auge zu. Das Heulen, Wehklagen und die Schreie hielten die ganze Nacht an. Manchmal hielt er sich die Ohren zu, doch nie lange – er musste ja auf der Hut sein und rechtzeitig hören, wenn Soldaten in den Hof kamen.

Es war der Gedanke an Susanna, der ihn letztlich aus Vorstadt und Herrengarten zur Südmauer hinauf und dann hierher an den Südostrand der Alten Stadt getrieben hatte; ganz in die Nähe des Ortes, wo sie ihn so oft abgewiesen hatte. Stephan und die Zwergin hatten ihn bedrängt, nur ja nicht den leidlich sicheren Herrengarten zu verlassen. Weil dort nur wenige Wohnhäuser standen, stürmten die Eroberer an ihm vorbei zum Mitteltor, hinter dem sich verschanzte, wer immer sich retten konnte; und von der Vorstadt brannte vor allem der am Neckar gelegene Teil.

»Nimm wenigstens Bela mit«, hatte Stephan schließlich nachgegeben. »Die Kosaken werden ihn sonst womöglich fressen, und falls ich sterbe und wir einander verlieren, kannst du immerhin noch mit ihm tanzen und so deine Kreuzer verdienen.«

Stephan hatte geweint, als er ihn zum Abschied umarmte. Die Erinnerung stimmte David ganz wehmütig.

Er blieb unbehelligt auf dem Weg hierher, konnte sich rechtzeitig verstecken, wann immer er die Eroberer auf Leitern über die Stadtmauer steigen sah. Entfesselte Landsknechte und Reiter waren durch Gassen und Straßen gestürmt wie tödliche Feuersbrunst – Bayern, Österreicher, Kosaken, Böhmen, Krabaten. Alle fielen sie in die Höfe und Häuser ein. Die Soldaten der Heidelberger Garnison hatte David mit wenigen Bürgern ins Schloss hinauf fliehen sehen.

In einem der Häuser in der Nachbarschaft mischten sich gegen Mitternacht Stimmen von Betrunkenen in das Jammern missbrauchter Frauen und Kinder. Offenbar hatten Soldaten einen Weinkeller dort entdeckt und sich niedergelassen. Bald duftete es nach Braten, und das Stimmengewirr und Gejammer hörte sich an, als ließen die Eroberer sich bedienen und quälten dabei von Zeit zu Zeit einen ihre unfreiwilligen Gastgeber.

Irgendwann grölten sie Landsknechtslieder, irgendwann fluchte einer mit bayrischem Akzent ganz entsetzlich, irgendwann ging ein Fenster auf und einer pisste in einen Hof hinunter, und irgendwann kehrte Ruhe ein.

Da dämmerte schon der neue Morgen herauf. David war übel vor Erschöpfung und Schrecken. Schon tönten wieder die ersten Schmerzensschreie aus einem Haus auf der anderen Straßenseite. Er legte die Hände vors Gesicht und weinte. Danach konnte er wieder klarer denken.

Er hatte keine genaue Vorstellung, wie es weitergehen sollte, wusste nur, dass er die gedemütigte und verwundete Frau, die da zwischen Bela und ihm im Heu lag, dass er Susanna irgendwie durch die Tage des Grauens bringen musste, die der glorreiche Feldherr Tilly dem eroberten Heidelberg aufgebürdet hatte.

David betrachtete ihren gekrümmten Körper unter der Decke. Der zuckte und bebte im Schlaf. Oder schlief sie gar nicht? Ihm wurde klar, dass sie neue Kleider brauchte, also schlich er kurz vor Sonnenaufgang aus dem Hühnerstall. In einem Hof auf der anderen Seite lagen Tote, manche nackt. David mühte sich, nicht hinzusehen. Er fand Frauenkleider und schlich zurück in den Hühnerstall.

Den ganzen Tag harrte er bei Susanna aus. Teilnahmslos kauerte sie im Heu. Soldaten kamen, drangen durch die Haustür ins Haus, aus dem David Susanna geholt hatte, und trugen Beute, Tote und den Bandelierreiter mit den blauen Hosen heraus. Von weitem sah es aus, als wäre er tot.

Gegen Abend fieberte Susanna, und er musste Wasser beschaffen. Wenigstens trank sie. Auch in der folgenden Nacht hallte Heidelberg noch vom Gebrüll gewalttätiger Landsknechte und vom Geschrei gepeinigter Menschen wider. In der unmittelbaren Nachbarschaft allerdings blieb es ein wenig ruhiger. Nur aus dem Haus, das die Landsknechte besetzt hatten, hörte David mal leises Weinen, mal gequältes Stöhnen, mal raues Lachen und Fluchen. Und irgendwann stieß einer das Fenster eines Erkers auf und erbrach sich aufs Dach hinaus.

Gegen Morgen öffnete sich ein Fenster in der Küche jenes Hauses, aus dem David Susanna gerettet hatte. Eine junge Frau kletterte heraus, huschte über den Hof, spähte unter dem Torbogen nach allen Seiten. Aschblonde Haarsträhnen hingen ihr aus dem Kopftuch. Schließlich wandte sie sich nach rechts und verschwand hangaufwärts Richtung Südmauer.

Und dann ging die Sonne auf, und der Sonntag brach an, der 18. September. Plötzlich läuteten die Glocken der Heilig-Geist-Kirche. Seit Anfang des Monats hatten sie geschwiegen; jetzt, nach diesen Schreckensnächten, so unverhofft ihren festlichen Klang zu hören traf David wie ein Fausthieb. Er zischte einen kroatischen Fluch.

»Wir wagen es«, flüsterte er später der fiebernden Susanna ins Ohr. »Wir gehen weg hier.« Sie schüttelte nur stumm den Kopf.

David fand einen großen Leiterwagen hinter dem Stall. Zu dem führte er Susanna, überredete sie, sich darauf zusammenzukauern. Sie war zu schwach, um ihm Widerstand zu leisten.

Danach band er Bela an die Deichsel, häufte Decken, Kleider, Waffen und zwei Körbe mit Federn über Susanna und schlüpfte in den blutigen Soldatenwams. Auch Harnisch, Waffengurt und das Patronenbandelier mit Kugelbeuteln und Zündkrautflasche legte er sich an. Zuletzt stülpte er sich die Sturmhaube über die Locken und hängte sich den Radschlosskarabiner mit dem fleckigen Marientuch über die Schulter. So verkleidet nahm er Bela an die Kette und führte ihn samt Karren aus dem Hof. Er wankte, wie Betrunkene wankten, nahm den Weg hinunter zum Hospital und daran vorbei Richtung Marktplatz. Die Glocken läuteten noch immer.

Er war keineswegs der einzige Waffenknecht, der an diesem denkwürdigen Sonntagvormittag zu spät, mit Beutegut beladen und betrunken zu seiner Kompanie zurückkehrte. So manchen torkelnden Raubmörder in kaiserlichen Diensten sah David die Fassaden entlang durch die Gassen schleichen, und alle trugen sie Kisten, Truhen und prall gefüllte Säcke oder zogen Leiterwagen oder Kleinvieh hinter sich her. Einen, der einen Braunbären an einer Kette führte, sah er allerdings nicht. Und keinem tränkte das Blut eines Eroberers den Wams. Dieser Gedanke wenigstens verschaffte dem jungen Gaukler eine gewisse Genugtuung.

Auf dem Marktplatz dann sah er verblüffend viele Menschen. Hunderte drängten sich allein vor dem Eingang zur Heilig-Geist-Kirche, tausende strömten aus der Hauptstraße auf den Platz – Soldaten aus Tillys Heer, Frauen und Kinder aus ihrem großen Tross; viele ritten auf Pferden, etliche fuhren in vollbesetzten Planwagen auf dem Marktplatz vor.

Alle wollten sie die erste Heilige Messe hören, die nach weiß Gott wie vielen Jahren zum ersten Mal wieder in der großen Kirche gelesen werden sollte – vor Tilly und seinen Obersten.

Grimmige Bitterkeit erfüllte David, während er sich mit Bär und Wagen den Weg durch die Menge bahnte. Der Glockenlärm dröhnte ihm in den Ohren. Er bemühte sich, niemandem ins Gesicht zu sehen, tat gleichmütig und berauscht. Bela knurrte, warf den Schädel hin und her und schnüffelte nach allen Seiten. »Nur ruhig, mein Tänzer«, sagte David so laut, dass auch Susanna unter dem Haufen aus Stoff und Gerät es hören musste. »Wir schaffen das, ich verspreche es euch, wir schaffen das ganz gewiss …«

Eine schwarze Kutsche hielt unweit des Kirchenportals wenige Schritte vor ihm, Diener halfen einem rotgesichtigen Offizier und seiner jungen, elegant herausgeputzten Frau aus dem Wagen. Deren Blick fiel zuerst auf den Bären und dann auf den betrunkenen Soldaten – an dem großen Blutfleck auf dem Brustteil seines Wams blieb er hängen. Ekel und Unwillen huschte über das hübsche Gesicht.

Davids Schritt stockte kurz. Sie war es! Er erkannte sie sofort: die blonde Edelfrau, die ihn bei Greenleys Auftritt vor einem Jahr an der Treppe bei der Hofkanzlei verhöhnt hatte. Er gönnte ihr den Anblick des hässlichen Flecks von Herzen, hätte ihn allen Kirchgängern gegönnt und seine blutige Geschichte dazu. Er ging langsamer, damit sie ganz genau hingucken konnte, ja, er wünschte, sie würde noch lange an den Blutfleck denken, wenigstens so lange, bis nach dem Höhepunkt der Messe ihr irgendein Pfaffe den Leib des Herrn ins hübsche Maul schieben würde.

Er sah zu ihr hin, mimte den tapferen Versuch eines aufrechten Ganges, rülpste kunstvoll und wankte dann heftiger als zuvor. Die edle Grazie starrte längst über die Köpfe der Leute hinweg, die sie begafften, und schritt am Arm ihres Kavaliers zur Kirchenpforte.

Die Gräfin hat recht, dachte David, das Leben ist ein Spiel. »Und die Welt«, so fügte er murmelnd hinzu, »die Welt ist eine Bühne voller prächtiger und schäbiger Kulissen.«

4

Spät am gleichen Abend schloss David eine niedrige Tür hinter sich und hob eine Öllampe. Links hinten im verlassenen Pferdestall klirrte eine Kette und grunzte ein Tier. Die Bärin. »Da bin ich wieder, altes Mädchen.« David trug den Fressnapf zu ihr. Cura hob den Schädel, blinzelte in den Lichtschein, schnaufte und brummte.

Es klang griesgrämig und ein wenig vorwurfsvoll, und das nicht ohne Grund: Gleich nach seiner Rückkehr hatte David sie von den anderen Tieren getrennt und hierher in die zerfallene Stallung am Südrand des Turnierplatzes gebracht. Ohne Futter und Wasser und ganz allein lag sie seitdem in einem gemauerten Verschlag des Stalles.

Sie schnüffelte, witterte den Honig und leckte Davids Hand. Er stellte ihr den vollen Blechnapf hin, und sofort machte sie sich darüber her und verschlang schmatzend, was David ihr mitgebracht hatte – Honig vermischt mit getrockneten Pflaumen, kroatischem Schlafmohn und Branntwein aus Florenz. Cura mochte Süßes – je älter sie wurde, desto lieber –, und David nutzte das aus an diesem Abend: Der Geschmack des Honigs und der Pflaumen überdeckte den des Branntweins und Mohns.

David kam sich wie ein Betrüger vor. Mit gekreuzten Beinen setzte er sich neben sie und kraulte ihr das Kopffell. »Lass es dir schmecken, liebe alte Cura.« Den Honig hatte er am Nachmittag in einem zerbrochen Krug in einem Weinkeller an der Nordmauer gefunden. Der Mohn stammte aus den Vorräten der Landgräfin, die damit ihre Schlaflosigkeit bekämpfte. Den Branntwein hatte Rübelrap zwei Jahre zuvor in Mailand gestohlen.

»Lass es dir ein letztes Mal schmecken, geliebtes altes Mädchen.«

Das Herz wurde ihm schwer, wie er ihr so zusah beim Fressen und ihrem Schmatzen lauschte. Er lehnte gegen ihre Schulter. Bilder drängten sich ihm auf, Bilder, die Stephan im Lauf der Jahre in ihn eingepflanzt hatte: ein Wald, eine Bärin, eine junge Frau mit einem kaum entwöhnten Kleinkind, ein mit Honig und Schnaps getränkter Sauglumpen, der Eingang eines Fuchsbaus. So lebendig waren die Bilder in ihm, so oft hatte Stephan die Geschichte erzählt, dass David glaubte, sich ganz genau erinnern zu können.

Er richtete sich auf den Knien auf, umarmte Cura und drückte sich an sie. »Danke für alles, und schlaf gut.« Die alte Bärin schüttelte sich unwillig, wollte weiter nichts als ungestört fressen. David stand auf und ging hinaus. Ein Kloß schwoll ihm im Hals, er griff nach dem Mutterzopf in seiner Hosentasche. Das alte Pergament mit seinem verblichenen Namenszug – *David Villacher* – hatte er ins Futter seines Jean-Potage-Mantels genäht.

Durch die anbrechende Nacht lief er über den Turnierplatz. Die anderen wussten, was er plante. Und niemand hatte Einwände erhoben, nicht einmal die Landgräfin. Wie sollte sie auch? Curas Leben gehörte ja ihm, seit Marianne es an ihn verloren hatte. Es war übrigens die letzte Wette gewesen, auf die seine Pflegemutter sich eingelassen hatte.

Der Mond ging auf über dem Heiligenberg. Bedrückende Stille lag über vielen Teilen der Stadt seit der Messe am Vormittag. Die Heidelberger kämpften mit ihren Qualen, pflegten ihre Wunden und betrauerten ihre Toten; und die Eroberer sichteten ihre Beute oder schliefen ihren Rausch aus. Auf der anderen Seite der Hauptstraße, zum Neckar hin, sah man im Mondlicht die letzten dünnen Rauchfahnen aus den Ruinen der niedergebrannten Häuser steigen. Ein rachsüchtiger Bürger habe das Feuer gelegt, erzählte man sich in der Stadt, nicht die Krabaten.

Im Haus des toten Pferdeknechtes standen die Fenster offen, und die milde Abendbrise wehte Musik, Tanzlärm und Gesang in den Herrengarten hinaus. Davids Gauklerfamilie feierte mit den

Krabaten – die einen Tillys Sieg und reiche Beute, die anderen Rübelraps Befreiung und dass sie noch am Leben waren. Eine ganze kroatische Reiterkompanie hatte sich in der Turnierhalle und den Wohnhäusern dahinter einquartiert. Mit einigen hatte Stephan sich angefreundet. Vor allem mit dem Hauptmann. Der hatte die Krabaten am Tag des Sturms zu Pferd durch den Neckar nach Heidelberg herübergeführt.

An einer der Linden am Rande des Herrengartens schwankten drei Leichen im Wind: die beiden Schotten und der Holländer. Bedauernswerte Männer. Stephan hatte sie den Kroaten gleich am Freitagabend ausgeliefert; da lag David schon mit Bela in jenem verlassenen Hühnerstall am anderen Ende der Stadt. Lauretta hatte ihm berichtet, was nach der Eroberung der Stadt geschehen war. Stephan und die Landgräfin hatten demnach die Krabaten als Befreier im Herrengarten begrüßt – überschwänglich und natürlich auf Kroatisch. Die Geschichten, die sie dem krabatischen Reiterhauptmann auftischten, hatten sie zuvor mit der Zwergin abgesprochen: Kurpfälzische Soldaten hätten sie abholen und in den Kerker werfen wollen, wegen Verrats und weil sie sich weigerten, dem katholischen Glauben abzuschwören und auf der Stadtmauer die Belagerer mit heißem Öl zu begießen. Die eine Hälfte der Soldaten hätten sie totgeschlagen, die andere Hälfte sollten die Krabaten doch bitte schön als Willkommensgeschenk betrachten.

Das waren die drei, die jetzt im Abendwind an der Linde schaukelten.

Den Franz Hacker gaben Stephan und Marianne als Fahnenflüchtigen aus, der es im Herzen mit Kaiser und Papst hielt und den sie – streng katholische Schausteller und Dentisten, die sie nun einmal waren – vor dem kurpfälzischen Profos und seinen Steckenknechten versteckten. Im Gegenzug schwor Hacker dem Krabatenhauptmann, dass Rübelrap ein frommer Katholik und heimlicher Priester sei, den die Kurpfälzer beim Messelesen ertappt und dann als Dieb verleumdet hätten.

David vermutete, dass die Geschichte auf Kroatisch doppelt überzeugend geklungen hatte, zumal aus Stephans Mund. Jedenfalls ließ der Krabatenhauptmann Lauretta mit einer ganzen Rotte Reiter zum Brückentor eskortieren und Rübelrap aus dem Kerker holen.

Vor einem der Fenster blieb der junge Gaukler stehen und blickte ins Haus. Rübelrap, seine zerlumpten Kleider durch einen Wintermantel dürftig verhüllt, hockte auf dem Boden neben einer leergegessenen Schüssel; die Zwergin lag wie eine dösende Katze auf seinen Schenkeln. Der Anblick rührte David, und seine bleichen und erschöpften Züge glätteten sich zu einem kurzen Lächeln.

Der Bauchredner schlug sein Brummeisen, Marianne die Trommel, Stephan und ein kroatischer Feldwebel fiedelten auf Violinen, und ein halbes Dutzend Krabaten bliesen auf Flöten oder irgendwelchen Blechblasinstrumenten, die stumpf und verbeult aussahen.

Stephans neuer Freund, der kahlköpfige Reiterhauptmann – er nannte sich »Capitän Isolano«, doch Stephan durfte Lodovico zu ihm sagen –, tanzte mit Franz Hacker auf dem Tisch. Er überragte den Fähnrich um gut zwei Köpfe, und die mit braunem Bärenpelz gesäumten Schöße seines roten Waffenrocks flogen dem obersten Krabaten nur so um die Beine.

Andere Krabaten, die meisten nur in schmutzigen, ehemals weißen Hemden und Kniehosen, tobten um den Tisch herum – allein, zu zweit oder mit Frauen, die David noch nie gesehen hatte. Auch den Dachshund und den Affen entdeckte der junge Gaukler zwischen den Tanzenden.

Manchmal stieß Rübelrap tief aus dem Bauch einen der wenigen Fetzen Kroatisch aus, die er im Lauf der Jahre von Stephan gelernt hatte, Flüche oder Zoten zumeist. Die Krabaten grölten dann jedes Mal vor Vergnügen. Ein Priester, der fluchte und Zoten riss, und das noch in ihrer Muttersprache – das schien so ganz nach ihrem Geschmack.

David aber dachte an die vergangenen Nächte, an die Schreie der Gequälten, an das Heulen der Verängstigten, an das Jammern und Wehklagen der Geschändeten und Gedemütigten. Er dachte an Susanna. Und an die Messebesucher heute Morgen dachte er auch. »Was für eine seltsame Welt«, murmelte er und wandte sich ab. »Was für eine labyrinthische Bühne.« Drei Türen weiter betrat er den Stall.

Der Kolkrabe flatterte durch die Dunkelheit herbei und ließ sich auf seiner Schulter nieder. Der Engländer strich winselnd um seine Hüften. David hob die Öllampe, ihr warmes Licht viel auf Hund und Vogel. »Habt ihr gut auf sie achtgegeben?« Er tastete sich durch den Stall; Stimmen und Musik blieben zurück. Durch eine nur angelehnte Tür betrat er einen kleineren, fensterlosen Raum, der früher einmal als Werkzeugkammer der angrenzenden Schmiede gedient hatte. Die Gaukler benutzten ihn als Zeuglager, seit sie ihren Zeugwagen hatten verkaufen müssen. In einer Mauernische neben dem Durchgang zur ehemaligen Schmiede hatte David einen Kienspan in einem Tonhalter brennen lassen, damit die fiebernde Susanna nicht ganz im Dunkeln liegen musste. Er hob seine Leuchte, und ihr Schein riss die Silhouetten einiger Möbel aus dem Halbdunkel: leere Musikinstrumentenkoffer und Laurettas von Spinnennetzen eingesponnene Zielscheibe standen an den Backsteinwänden. Stroh und Heu häuften sich da und dort, und überall sah man Körbe und Kisten mit Kostümen, Vorhängen, Sacktuch und Pferdegeschirr.

Hinter der Zielscheibe und dem Tisch, auf dem Stephan in besseren Zeiten seine Zahnzangen, Hebel und Zahnschlüssel in Bereitschaft brachte, lag in einem Heuhaufen Bela. Und hinter seinem schweren Pelzleib – Susanna.

Mit dem gekrümmten Rücken hatte sie sich an den Bären gedrückt, die Beine angezogen und die Hände über den Knien gefaltet und an den Mund gepresst. Betete sie? Schlief sie? David hatte gehört, dass ungeborene Kinder in ähnlicher Haltung im Mutterleib kauerten.

Er ging vor ihr in die Hocke und warf einen Blick auf das Geschirr: Das Essen hatte sie nicht angerührt, der Wasserkrug immerhin war halbleer. Er legte ihr die Hand auf die Stirn – heiß und trocken fühlte die sich an. Susanna zuckte zusammen, öffnete die Augen und schlug seine Hand weg. David wusste nicht recht, was er sagen sollte.

Die Landgräfin hatte keine böse Miene gezogen, nicht geschimpft, nicht einmal unwillig den Kopf geschüttelt. Sie hatte die gebrochene Frau nur wortlos angeschaut und sie danach untersucht, gewaschen, mit Wäsche versorgt und eine Spülung an ihr vorgenommen, die nur »uns Frauen etwas angeht«, wie sie sich ausdrückte. Zum Schluss flößte sie Susanna noch eine Tinktur ein, »nicht nur gegen das Fieber«, wie sie erklärte. »Es ist die wunde Seele, die sie fiebern lässt«, sagte sie noch, »weniger der wunde Leib.« David hatte sich vorgenommen, der Landgräfin Marianne zur Wagenburg all das niemals zu vergessen.

Alle Gaukler wussten von Susanna, und inzwischen auch Franz Hacker. Unter Todesdrohungen und beim Leben seiner Mutter hatten sie den Schwaben schwören lassen, niemandem gegenüber auch nur ein Wort über die junge Frau fallen zu lassen.

»Wie geht es dir?«, fragte David leise. Sie antwortete nicht. »Kennst du jemanden unter den Papisten?« Sie blickte hoch zu ihm und schüttelte kurz den Kopf. »Soldaten haben nach dir gefragt. Im Haus deines Onkels, des Tuchmachers.«

»Du warst dort?« Sie krächzte flüsternd. »Wie geht es ihnen?«

»Deine Tante ist unverletzt, doch sie redet nichts.« Er hatte sie im Weinkeller bei zwei schon stinkenden Leichen gefunden – mit zerschlagenem Gesicht und zerrissenen Kleidern. »Dein Cousin, der Martin, spricht auch nicht mehr viel. Doch von ihm weiß ich's. Ich habe niemandem gesagt, dass du hier bist. Zu gefährlich.«

Reiter aus Tillys Armee seien es gewesen, die nach Susanna gefragt hatten, Arkebusiere. Einer hätte eine blaue Standarte mit einem goldenen Hirschgeweih getragen. »In der ganzen Gasse haben sie die Leute befragt, konnten dich genau beschreiben. Sie suchen dich überall.« Das hatte ihm ein Greis aus der Nachbarschaft des toten Tuchmachers erzählt.

»Wie kann das sein …?« Sie schüttelte den Kopf, begriff wohl nicht, was er da sagte.

»Ich weiß es nicht. Doch ich weiß, wie ich dich heil aus der Stadt bringen werde. Du darfst dich nur nicht vor dem Stall zeigen bis dahin.« Sie nickte. »Übermorgen zieht van der Merven mit seiner Garnison ab. Es wird Tumulte geben, heißt es, denn Tillys Leute hassen die kurpfälzischen Soldaten, weil sie so lange widerstanden haben. Uns soll es recht sein, wenn es Tumult gibt – wir werden ihn nutzen, um uns selbst davonzumachen. Und zwar mit dir auf dem Wagen.«

»Aber wenn sie mich finden …« Sie hob den Kopf. Groß und dunkel sahen ihre Augen aus, ihre heiße Hand schloss sich um seinen Unterarm. »Sie werden doch den Wagen durchsuchen am Tor …«

»Lass das meine Sorge sein.« Die Sorge bedrückte ihn weit mehr, als er sich anmerken ließ. Das größte Hindernis, vor das David sich gestellt sah, hatte einen Namen: Bela.

Er wollte ihr ein Stück geschälten Apfel in den Mund stecken, wieder wehrte sie seine Hand ab. David begriff, dass jede Berührung sie schreckte. »Du musst aber essen.« Sie nahm ihm den Apfelschnitz aus der Hand und aß. »Marianne wird dich noch einmal waschen, bevor sie schlafen geht. Und keine Angst – Bela bewacht dich, und vor der Kammertür liegt ein großer Englischer Hund.«

Sie nickte, flüsterte etwas, das nach einem Dank klang. David stand auf und raunte Bela ein paar beruhigende Worte ins Ohr. Ganz klamm wurde ihm zumute, wenn er daran dachte, dass der bayrische Arkebusier in jener Schlafkammer den Bären gesehen hatte. Was, wenn er wieder zu sich gekommen war und erzählte, wer ihn angegriffen hatte? Ausgeschlossen, sich mit Bela noch einmal in der Stadt zu zeigen! Der Tanzbär fiel zu sehr auf; er würde die Häscher ja auf Susannas Fährte locken.

Grübelnd erhob er sich. »Warte noch«, flüsterte sie hinter ihm. »Halt noch einmal die Leuchte über mich.«

Er tat es, und als das Licht auf sie fiel, stützte sie sich auf dem Ellenbogen auf, schob die Pferdedecke zur Seite, mit der Marianne sie zugedeckt hatte, und zog den Brustteil ihres Kleides ein Stück von ihrem Busen weg, sodass sie den Stoff betrachten konnte. Ein schöner Stoff, David nahm ihn zum ersten Mal bewusst wahr: nachtblau und kunstvoll mit Blumenornamenten in Rot und einem hellen Blau bestickt.

Sie hob den Blick und wirkte noch verstörter als zuvor schon. »Warum habe ich das an?«

David musste ein paarmal schlucken, doch er hielt ihrem Blick stand. »Sie haben dir dein Kleid zerrissen«, flüsterte er dann. »Da habe ich dir das hier angezogen. Erinnerst du dich nicht?«

Sie errötete und schüttelte den Kopf. »Wo hast du das her?«

Das Bild des morgendlichen Hofes schoss ihm durch den Kopf, die nackten Frauenleiber, das Blut überall. »Gefunden«, sagte er.

David stand auf, wandte sich zur Tür und ließ Bär und Frau allein. Der Englische Hund legte sich vor die Kammer, der Rabe krächzte müde. Hinter der Tür ins Haus wurde noch immer musiziert und getanzt.

Er tastete sich durch den Stall, trat in die Nacht hinaus und spähte nach Norden zu den Brandruinen der Vorstadt. Dort gab es nichts mehr zu holen, warum also sollten dort noch bayrische Soldaten patrouillieren? Die Neckarwiesen und der Fluss lagen gut erreichbar hinter den Ruinen. Wenn er nun Bela im Schutz der Dunkelheit zum Neckar führte? Doch wer sollte den Tanzbären ans andere Ufer bringen? Bela hörte vor allem auf ihn, und konnte überhaupt jemand schwimmen außer Stephan und ihm? Und er selbst, David, wollte unter keinen Umständen von Susannas Seite weichen.

Das Herz schlug ihm so schwer in der Brust, als wäre es aus Gusseisen. Er huschte über den Turnierplatz und kehrte zu Cura zurück. Die schlief, wachte auch nicht auf, als er sie schüttelte; und das Herz wurde ihm noch schwerer. Er stellte die Öllampe auf die Mauer des Verschlages, kniete vor ihr und zog den Dolch, den er dem Holländer abgenommen hatte, als er ihn zwei Wochen zuvor gefesselt hatte. Die Klinge hatte er sorgfältig gewetzt.

Wenige in Heidelberg wussten, dass die Gaukler zwei Bären hatten. Die alte Cura trat ja nie auf der Bühne auf, hatte die meiste Zeit unter dem Zeugwagen gedöst. Und wer sie dennoch gesehen hatte, verwechselte sie leicht mit ihrem Sohn Bela.

Lange kniete David vor der schlafenden Bärin. Der Anblick des ohnmächtigen Bandelierreiters mit dem zerfleischten Rücken stand ihm vor Augen. Den zu töten hatte er nicht über sich gebracht. Dabei hatte dieser grobschlächtige Kerl ganz gewiss niemals einen kleinen Knaben vor dem sicheren Tod gerettet. So wie Cura.

Er kniete vor ihr, bis der Kloß im Hals so dick war, dass er ihn gar nicht mehr zu schlucken vermochte; bis die Tränen ihm in die Augen stiegen. Dann legte er den linken Arm um den Nacken der alten Bärin, drückte ihr die Stirn an den pelzigen Schädel und tastete mit dem Daumen der Dolchhand nach der Schlagader unter dem Halsfell. Als er sie spürte, setzte er die Spitze der Klinge an genau der Stelle auf das Fell. Mit aller Kraft stieß er zu.

*

Feuchtwarme Luft stand im Zelt, es stank nach Krankheit, Schweiß, Kerzenwachs, Urin und nach der Salbenmischung, die der Wundarzt jetzt auf Schneebergers zerfleischten Rücken auftrug. Von Herzenburg sehnte das Ende des Verbandswechsels herbei.

Neben ihm hatte Mathias von Torgau nur Augen für Schneebergers neue Hure, ein blondes Bauernmädchen. Das reichte dem Wundarzt Spatel, Salbentöpfe und Wundlöffel an. »Dumm's Luada!« Der Wundarzt schlug dem Mädchen mit dem Handrücken ins Gesicht, weil sie ihm einen Spatel statt des verlangten Löffels hinhielt. »Träumt's denn?« Die zitternden Hände des Mädchens flogen über die Instrumente, fanden das richtige, reichten es ihm.

Der Wundarzt schabte und kratzte an den fauligen Wundrändern auf Schneebergers Rücken herum, schmierte das abgestorbene Fleisch in ein schmutziges Tuch. Der Feldwebel stöhnte bei jeder Berührung auf. Sein Rücken sah aus wie ein gehäuteter und von einer fünfzackigen Gabel zerfurchter Schweinebauch.

Zwei Kerzen auf hohen silbernen Leuchtern brannten rechts und links des Krankenlagers. Wie das Seidentuch in von Herzenburgs Rocktasche stammten auch sie aus jenem Jagdschloss im Odenwald. Ihr Licht flackerte auf dem blutig glänzenden Rücken des Feldwebels. Der Wundarzt verlangte Spatel und Salbentöpfe, Schneebergers Hure reichte an, was er verlangte mit zitternden Fingern, aber fehlerlos – Mathis von Torgau beobachtete jede ihrer Bewegungen. Dem Rittmeister gefiel das nicht.

»A Mischung aus Bienenharz und Tollkirsch«, erklärte der Wundarzt in schwer verständlichem Salzburger Dialekt, während er die Salbe auftrug. Er verlangte den nächsten Topf. »Do is da Kren, de Kressn und de Süwapoperindn dreij«, sagte er, und weil er von Herzenburgs begriffsstutzige Miene bemerkte, fügte er hinzu: »Meerrettich, Indianische Kresse und Silberpappelrinde.« Er schmierte die Salbe auf den entzündeten Rücken, wie er sonst wohl Fett auf seine Stiefel schmierte – ohne jedes Gespür für die Schmerzen des Feldwebels. Der stöhnte, hob den großen Schädel, riss den Mund auf und hielt den Atem an. »Und an Zwiefie natialich«, sagte der Wundarzt. »Stinkt ois in oin a weng, hüft owa muads.«

Der Rittmeister verstand nur *Zwiebel*, und dass es stank, war ihm nicht entgangen. Der Arzt erinnerte ihn an den Herrn Grafen. Die Grobheit, die laute Art, vielleicht auch der grausame Zug um den Mund. Als Wundarzt genoss der Salzburger den besten Ruf in Tillys Armee; er gehörte zum Regiment des Obristen Mortaigne.

Vorgestern, nach der Messe, hatte er zum ersten Mal nach dem Schwerverwundeten geschaut. Von Bernstadts Feldscher hatte der Rittmeister in der Nacht zuvor wieder weggejagt. Der hatte sein Handwerk bei Schmieden und Barbieren gelernt und taugte nur zum Furunkelöffnen und Gliederabsägen.

Der Wundarzt arbeitete schnell. Statt an einen zerfurchten Schweinebauch erinnerte Schneebergers Rücken von Herzenburg jetzt, wo die Salbenauflage ihn mehr und mehr bedeckte, an den Johannesbeerkuchen mit Zuckerguss, den es zu Hause auf der Herzenburg Sommer für Sommer gegeben hatte; früher, als seine Mutter noch lebte.

Johann Schneeberger stöhnte wieder leise vor sich hin. Manchmal, wenn die Schmerzen erneut unerträglich wurden, griff er nach dem Handgelenk des Bauernmädchens und umklammerte es.

Vier Tage lang hatte Maximilian von Herzenburg kein vernünftiges Wort mit seinem Feldwebel wechseln können, zuerst wegen dessen Besinnungslosigkeit, dann wegen des hohen Fiebers, was ihn in einen sabbernden Narren verwandelt hatte. Seit den frühen Morgenstunden nun schien er wieder klarer im Kopf und geschickter mit der Zunge. Der Rittmeister wollte unbedingt mit ihm sprechen.

Der Wundarzt legte ein Leinentuch über den Verband, umwickelte Schneebergers Oberkörper mit einem zweiten, größeren Tuch. Danach packte er seine Sachen in einen steifen, abgegriffenen

Lederkoffer, stand auf und ging zum Eingang. »Des Fiaba wird wiedakemma«, raunte er von Herzenburg zu. »Scho boid.« Und noch leiser fügte er hinzu. »I an Enkana Stö tat ma an neichn Födwebel suachn.« Und wieder lauter: »Hobe die Ehre, Herr Rittmoasta!« Wortlos drückte von Herzenburg ihm fünf Kreuzer in die ausgestreckte Hand. Der Mann bückte sich aus dem Zelt und ging.

»Er kann mich verstehen, nehme ich an?« Von Herzenburg ließ sich am Kopfende von Schneebergers Krankenlager auf einem Hocker nieder. »Was ist Ihm zugestoßen, Johann?«

Der Feldwebel hob den schweißnassen Schädel, zeigte auf seinen Hut, der bei seinem Sattelzeug lag und den er in der Feldschlacht über seiner Sturmhaube zu tragen pflegte. Das Mädchen holte ihn ans Krankenlager; es hatte leuchtend blaue Augen. Seine Haut war nicht weiß wie Marias Haut, sondern honigbraun und von Sommersprossen übersät.

Schneeberger gestikulierte und flüsterte, bis seine Hure ihm eine der Federn aus dem roten Hutband zog, eine schwarze Schwanenfeder. Um deren Kiel schloss der Fiebernde die Faust, drehte sich dann unter Stöhnen mit schmerzverzerrter Grimasse auf die rechte Seite und legte den Schädel auf der Faust mit der Feder ab. Recht erklären konnte von Herzenburg sich das nicht; er wusste aber, dass Schneeberger und seine Bayern so manchem Aberglauben frönten.

»Ich hab sie gefunden, die Ihr sucht. Männer aus dem Fußvolk Mortaignes waren schon über ihr …« Schneeberger berichtete stockend, jedes Wort schien ihm eine Qual. »Die wollten sie nicht rausrücken, hab sie mir mit Gewalt nehmen wollen …, weiß nicht, welcher Hundsfott mich so hinterrücks angefallen hat, hab nichts gesehen, nur ein pelziges Ungeheuer …«

»Ein pelziges Ungeheuer?« Der Rittmeister runzelte die Stirn.

»Einen Werwolf, den Leibhaftigen selbst – weiß der Henker, was ich gesehen hab …« Entkräftet verstummte er und schloss die Augen.

Maximilian von Herzenburg betrachtete ihn nachdenklich. Schließlich tätschelte er ihm die Schulter. »Braver Mann.« Er stand auf. »Ich habe Ihn übrigens zur Beförderung vorgeschlagen.« Schneeberger reagierte nicht. Das Mädchen neben seinem Lager hielt die ganze Zeit den blonden Kopf gesenkt, vermutlich um dem geilen Blick des Cornets auszuweichen. Der Rittmeister verließ das Zelt.

»Gib gut acht auf deinen Herrn«, wandte hinter ihm der Cornet sich an das Mädchen. »Ich werd stündlich nach ihm schauen.« Dann trat auch er aus dem Zelt.

»Hör zu, Mathis«, sagte von Herzenburg. »Die Blonde ist nun einmal die Hure des Feldwebels. Er hat sie in der Kleidertruhe gefunden und aus dem Haus geführt.« Seite an Seite gingen sie durch das Lager. »Du weißt, wie zornig Schneeberger werden kann. Vergiss sie also. Wenigstens solange er noch lebt.«

»Schon klar, Max. Was hat der Wundarzt dir zugeflüstert?«

»Dass er an meiner Stelle sich einen neuen Feldwebel suchen würde.« Conrad und Simon führten ihnen die Pferde zu. »Diese Schwanenfeder – was hat das zu bedeuten?«, wollte der Rittmeister wissen.

»Ein Passauer Spruch.« Von Herzenburg runzelte fragend die Brauen. »Du schreibst einen frommen Spruch auf einen Zettel«, erklärte der Cornet, »am besten mit Fledermausblut, und wenn du ganz sichergehen willst, schreibst du statt des frommen Spruches gleich, dass deine Seele dem Schwarzen Kasper gehören soll.«

Schwarzer Kasper – so nannten viele unter den Landsknechten den Teufel. »Und weiter?«

»Du nimmst den Zettel mit zur Messe. Nach drei gelesenen Messen steckst du ihn in eine Nussschale oder einen Federkiel. Die Nussschale trägst du als Amulett um den Hals, den Federkiel steckst du dir an den Hut. Wenn du in den drei Tagen danach stirbst, gehört deine Seele dem Teufel. Wenn nicht, schützt er dich künftig in allen Schlachten.«

»Törichter Aberglaube!« Kopfschüttelnd stieg von Herzenburg auf seinen Schimmel. »Trägst du etwa auch so einen Zettel mit dir herum?« Von Torgau antwortete nicht, lächelte nur. »Genützt hat's ihm gar nichts«, sagte der Rittmeister verächtlich.

»Lebt Schneeberger noch, oder lebt er nicht mehr?« Der Cornet griff nach der Standarte und stieg ebenfalls in den Sattel. »Vielleicht war es ja der Schwarze Kasper, den er gesehen hat, bevor er die Besinnung verloren hat.«

»Unsinn, Mathis!« Sie lenkten die Pferde den Hang des Gaisbergs hinunter zu dem Weg, der in die Alte Stadt führte. Beide Trabanten folgten. »Einen wilden Hund mag er gesehen haben, oder einen Wolf. Vielleicht hat er auch geträumt.«

Schweigend ritten sie eine Zeitlang der Stadtmauer entgegen. Sie wollten dabei sein, wenn die Schlossgarnison unter van der Merven aus Heidelberg ritt. Gegen Mittag sollte das geschehen. Die Bedingungen waren ausgehandelt, Tilly hatte den Kurpfälzern freien Abzug zugesagt.

»Kein Hund reißt solche Wunden«, sagte von Torgau irgendwann. »Auch kein Wolf. Und ein Traum zweimal nicht. Und Bären sind im Neckartal lange nicht gesehen worden.«

Abrupt riss der Rittmeister an den Zügeln, sein Schimmel stand still. »Doch!« Heiß durchzuckte es ihn. »Ich habe einen Bären gesehen in Heidelberg! Es ist fast ein Jahr her.« Auch von Torgau und die Trabanten hatten ihre Tiere angehalten. »Reit los, Mathis!« Maximilian von Herzenburg deutete zur Stadt. »Beeil dich. Nimm dir ein paar Reiter und durchsuche die Stadt nach Gauklern!«

*

Sie hielt die Augen geschlossen, atmete nur noch durch den Mund. Der Wagen schaukelte, sie und ihr Versteck schaukelten mit ihm hin und her. Es ging bergab, der Hufschlag der Pferde knallte in immer kürzeren Abständen auf Stein. Der Wagen ratterte über Kopfsteinpflaster, sie und ihr Versteck wurden durchgeschüttelt. Und dann noch das wild schlagende Herz in ihrer Brust – alles war ein einziges Schaukeln, Schütteln, Klappern und Pochen.

Sie hielt die Augen geschlossen. Das Fell war innen noch feucht und stank ganz entsetzlich. Susanna hatte sich darunter zusammengekauert und hielt sich die Nase zu. Obwohl die Gauklerfrau sie in eine Decke gewickelt hatte, bevor sie das Bärenfell über sie legte, fröstelte Susanna. Vor allem an den Füßen fror sie – die steckten unter dem feuchten Schädelfell. Sie hoffte, sie würde nicht zu zittern beginnen im entscheidenden Augenblick.

Der Hufschlag draußen tönte jetzt wieder in größeren Abständen, und der Wagen rollte langsamer. Ihr Herzschlag aber dröhnte ihr in immer rascherer Folge durch Brust und Kopf; wie eine Pauke, auf die einer viel zu ungestüm eindrosch. Das Dröhnen setzte sich in ihren Knochen fort, reichte ihr bis in die Zähne und Haarspitzen.

Jetzt ging es wieder bergauf. Wie es ihr in den Ohren hallte, wie es ihr den Magen zusammenpresste! Auf einmal ging das Rütteln in gemächlicheres Pochen über. Nicht ganz so laut wie zuvor über das Pflaster schlugen die Räder nun über die Fugen zwischen Holzbohlen. Hohl und dumpf klang das; der Wagen der Gaukler rollte über die Brücke.

Susanna dachte an den Tag im vergangenen Herbst, als sie zuletzt über die Neckarbrücke gefahren war – zusammen mit Anna und ihrem Vater. Ganz woanders hatte sie in jener Stunde sein wollen, bei Hannes, und niemals auf der Brücke nach Heidelberg! Und wo waren Anna und der Vater jetzt? Bei den Toten. Es schnürte ihr das Herz zusammen, und Tränen schossen ihr in die Augen. Viel hätte nicht gefehlt, und sie wäre jetzt bei ihnen. Sie biss sich auf die Lippen.

Und Hannes? Wo war er? Schon bei Anna und dem Vater?

Der Wagen rollte, die Räder schlugen über die Fugen. Der

Obergaukler lenkte das Gespann, Stephan hieß der, ein Kroate. Der junge Gaukler, dieser David, hatte sich schon früh am Morgen bei ihr verabschiedet, vor zwei Stunden etwa; da war es noch dunkel gewesen. Er müsse über den Neckar, hatte er gesagt, mit dem Tanzbären, der ihre Peiniger zerrissen hatte. Wohin? Warum? – Susanna hatte nicht gefragt.

Vier krabatische Reiter ritten vor dem Wagen her, zwei folgten ihm. Die Hufschläge ihrer Pferde zu hören steigerte Susannas Angst noch. Noch einmal erleben müssen, was sie erlebt hatte – sie würde sterben, ganz gewiss. Sie versuchte an den jungen Gaukler zu denken, versuchte Dankbarkeit zu empfinden. Doch sie empfand nur Angst.

Jeden Moment mussten sie doch den Affenturm erreichen! Schon rollte der Wagen langsamer. Sie schluckte die Tränen hinunter, Ekel würgte sie. Wenn das Bärenfell nur nicht so stinken würde! Sie hörte die krabatischen Reiter lachen und rufen. Es ging ihr durch und durch. Der Wagen hielt an. Hinter ihm plauderten die Krabaten in ihrer fremden Sprache, vor ihm hörte Susanna sie in gebrochenem Deutsch mit papistischen Brückenposten palavern.

»Schönes Wetter, ja, alles gut. Und heute schon einen Schotten verprügelt?«

»Nein, die haben sich noch nicht aus ihrem feinen Schloss gewagt, doch lass sie nur kommen, unsere Klingen sind gewetzt. Und wohin des Weges?«

»Ein Stück den Neckar hinauf und dann in die Berge. Vielleicht hat noch einer ein Schwein im Stall stehen, ein paar Dukaten unter den Dielen liegen oder ein schönes Weib in der Stube sitzen.« Raues Gelächter, gute Wünsche und dann freie Fahrt.

Susanna fröstelte. Zum ersten Mal blitzte ein Funken Empörung in ihrer Teilnahmslosigkeit auf, in ihrem gelähmten Gemüt.

Der Wagen rollte an, der Obergaukler machte einen Spaß, und wieder kam Gelächter auf. Und plötzlich hörte Susanna Hufschlag auf Holz – rasend schnell näherte sich der, wie eine ganze Pferdeherde im Galopp, und jemand rief ständig: »Halt! Halt!« Susanna zog die Schultern hoch, lauschte atemlos, wurde steif. Ganz nah der Hufschlag jetzt, Pferde schnaubten, ganz nah auch das Männergeschrei, und dann verstummte der Hufschlag jäh. »Regiment von Bernstadt, Kompanie von Herzenburg!«, rief draußen ein Mann. »Das sind sie doch, die Gaukler!«

Susanna wurde übel. »Brave Katholiken sind's«, rief der krabatische Anführer in gebrochenem Deutsch, ein Feldwebel. »Verdienen ihr Brot mit Zähnebrechen und Musizieren. Na und?«

»Ich bin der Cornet Mathias von Torgau«, tönte eine kühle Männerstimme. »Meinem Feldwebel hat ein Bär den Rücken zerrissen, und meinem Rittmeister haben die Gaukler seine Hure geraubt. Bär und Weib müssen in diesem Wagen sein!«

Susannas Haare sträubten sich, auch im Nacken, am Rücken und auf den Armen. Sie fror bis ins Herz. Draußen besprachen die krabatischen Reiter sich mit dem Gaukler, der Stephan hieß. Auf Kroatisch; auch die Frau des Gauklers mischte sich ein. Jemand schlug eine Maultrommel, jemand legte sich über Susannas Beine aufs Bärenfell. »Diese Gaukler stehen unter dem persönlichen Schutz des Capitäns Isolano«, hörte sie draußen den Feldwebel der Krabaten sagen. »Ihr müsst Eure Vorwürfe schon beweisen, Cornet.«

»Das Frauenzimmer ist da drin und das verdammte Untier auch! Lasst mich auf den Wagen.«

»Kein Bär, ihr Herren!«, sagte die Frau des Gauklers jetzt. »Meister Petz hatte die Seuche, wir mussten ihn schlachten.«

»Zwei Tage nach dem Gewittersturm neulich«, bestätigte ihr Mann. »Nur sein Fell und die Hälfte seines eingesalzenen Fleisches sind übrig. Nehmt Euch eine Keule davon, aber lasst uns ziehen. Ich bitt' Euch herzlich.«

»Durchsucht endlich den Wagen!« Der kroatische Feldwebel drängte. »Können nicht den ganzen Tag hier herumstehen!«

Der Wagen schwankte, jemand stieg über den Kutschbock auf die Ladefläche. »Hier stinkt's ja mächtig«, hörte Susanna den mit der kalten Stimme sagen. Darfst nicht zittern, dachte sie nur, darfst nicht mit den Zähnen klappern. Dann erklangen Schritte im Wagen, und das Brummeisen verstummte. Susanna glaubte, am ganzen Körper zu zittern.

»Da ist das Fell, und hier ist das Fleisch des Bären«, sagte Stephan. »Bedient Euch, Herr Cornet.« Ein Korbdeckel knarzte. »Hier, Herr Cornet, ist das nicht eine köstliche Bärenkeule? Oder wollt Ihr lieber den Schinken?«

»Ich kotz gleich. Warum liegt die Zwergin da auf dem Fell?« Susanna biss in den Zeigefinger ihrer gefalteten Hände und hielt den Atem an. Jetzt. Jetzt war es vorbei. Vergeblich versuchte sie, das Wasser zu halten.

Die Maultrommel verstummte. »Krank.« Rübelraps tiefe Stimme. »Fieber. Hat die ganze Nacht geschissen.«

»Verflucht!« Jemand ging zurück zum Kutschbock, stieg von der Kutsche.

»Du sollst nicht fluchen, mein Sohn!« Wieder die tiefe Stimme des riesigen Mannes. »Möge Gott dir verzeihen und die Heilige Jungfrau dich segnen und beschützen.«

»Ich werde dir gleich einen verzeihen, Bursche!« Der Cornet vor dem Wagen zischte. Metall rieb gegen Metall, es klang, als würde einer seinen Degen ziehen. Alles in Susanna verkrampfte sich; der Schrecken wollte und wollte kein Ende nehmen.

Palaver erhob sich wieder vor dem Wagen, die Kroaten riefen jetzt alle durcheinander. Ein frommer Eidgenosse sei der Große mit dem Brummeisen, erklärte einer, ein geweihter Priester der Heiligen Römischen Kirche, und er habe viel gelitten unter den Ketzern in Heidelberg um seines Glaubens willen.

Schnell legte sich das Stimmengewirr, Rübelraps Brummeisen tönte wieder, Pferde schnaubten. Und dann entfernte sich Hufschlag.

Krabaten und papistische Brückenposten lästerten noch eine Weile über den Cornet, den Freiherrn von Schnösel. Endlich rollte der Wagen an. Susanna wusste nicht, wie ihr geschah. Ihre Anspannung löste sich nach und nach, und sie weinte leise in die Decke. Auf einmal war ihr sehr heiß im Bärenfell.

Stephan unterhielt sich noch eine Zeitlang mit dem krabatischen Feldwebel. Zum Abschied schenkte er ihm den Bärenschinken. Bald danach rollte der Wagen bergan.

»Susanna?« Jemand begann, sie aus dem stinkenden Bärenfell zu schälen. »Geschafft.« Die Stimme der Gauklerin. »Heidelberg liegt hinter uns. Heilige Jungfrau, du bist ja ganz nass!«

Susanna konnte es kaum fassen: Heidelberg lag hinter ihr. Doch was, fragte sie sich, was lag jetzt vor ihr?

5

Der Obrist ließ aufsitzen und befahl das Schlosstor zu öffnen. Die Angeln der Torflügel quietschten und knarrten. Ein Hauptmann hob die Rechte, die Kolonne der Pferde und Wagen setzte sich in Bewegung. Hinaus aus dem Schloss ging es und hinunter ins Städtchen. Die Spätsommersonne strahlte am wolkenlosen Himmel, und eine warme Brise wehte von Osten. Es war erst später Vormittag, und dennoch schwitzte Hannes schon unter seiner burgundischen Sturmhaube, seinem Nackenschutz und Rindslederwams.

Der Obrist Bartholomäus Schmid, sein Feldprediger David Forgeon und sein Cornet ritten an der Spitze. Direkt hinter ihnen befanden sich zwei Gefangene zwischen zwei Rittmeistern. Knapp hundert Reiter, etwas mehr als dreihundert Mann zu Fuß und mindestens zwanzig Gespanne mit Frauen, Kindern, Verwundeten und Gepäck folgten. Hannes ritt mit der Nachhut. Keinen der Reiter um ihn herum hörte er ein Wort sagen. Das Schlosstor ließen sie hinter sich offen stehen.

Eingehüllt in Hufschlag, Wagenrattern und Schrittlärm trabte, rollte und marschierte der Tross ins Städtchen hinab. Kein Musketier in der Kolonne, der sein Rohr nicht mit Pulver und Blei gestopft, kein Dragoner und Arkebusier, der seinen Karabiner nicht geladen hatte. Einige Musketiere hatten Kugeln in den Mund gesteckt und ihre Lunten angezündet, um ihre Waffen rasch abfeuern und nachladen zu können, wenn es darauf ankommen sollte. Hannes sah viele, deren Fäuste mit den Knäufen ihrer Degen und den Schäften ihrer Spieße zu verwachsen schienen. Auch seine kurze Radschlossmuskete hing schussbereit am Bandelier, und auch seine Rechte fuhr unwillkürlich zum Degengriff.

Unten in Dilsberg, am Fuß des Schlossberges, warteten die Bayern.

Die Festung Dilsberg unterstand dem Kommando des Holländers van der Merven. Der hatte kapituliert und Heidelberg dem General Tilly übergeben. War die Residenzstadt in Feindeshand, musste die gesamte Rheinpfalz als verloren gelten. Also kapitulierte auch der Obrist Bartholomäus Schmid.

Einen Tag lang hatten die Übergabeverhandlungen gedauert. Freien Abzug der gesamten Festungsbesatzung einschließlich ihrer Familien und Verwundeten hatte Bartholomäus Schmid ausgehandelt. Jeder durfte an Hab und Gut mitnehmen, was er außer der Waffen tragen konnte; keine weiteren Zahlungen, keine Plünderung des Städtchens Dilsberg, keine Drangsalierung seiner Bewohner. Dafür hatten die Besiegten sämtliche Gefangene freizulassen und das Schloss samt allem, was sich in seinen Mauern befand, den Siegern zu übergeben; dazu gehörten immerhin eine stattliche Anzahl von schweren Kanonen und nicht wenige Pferde.

Dennoch: Mehr konnte man nicht erwarten. Nach den schlimmen Nachrichten aus Heidelberg sowieso nicht. Aber würden sie sich auch daran halten, die Bayern? Man wusste ja, was vor ein paar Tagen in der Residenzstadt geschehen war, als van der Merven mit seiner Garnison abzog: Kaum hatten die Besiegten das Heidelberger Schloss hinter sich gelassen, wurden sie von Tillys Soldaten angegriffen. Von Prügeleien war die Rede, von Schießereien, von Verletzten und sogar Toten. Der General Tilly selbst musste mit blankem Degen dazwischengehen, um Engländer und Kurpfälzer vor seinen eigenen Leuten zu schützen. Hannes war dabei gewesen, als ein Späher dem Obristen Schmid berichtete, wie es van der Merven und seiner Garnison ergangen war. Bis nach Weinheim hinauf hatte der Tilly sie eskortierten müssen, damit sie ihre Haut heil nach Frankfurt tragen konnten.

Nach Frankfurt wollte der Obrist Schmid nicht. Erst einmal zog es ihn nach Süden in die verbündete Markgrafschaft Baden-

Durlach, und das möglichst ohne bayrische Eskorte. In Bretten dann wollte er auf weitere Befehle aus Mannheim warten; von einem englischen General, dessen Namen Hannes sich nicht gemerkt hatte.

Hannes wollte auf keine weiteren Befehle warten, wollte auch nicht nach Baden-Durlach. Sein Ziel hieß Heidelberg.

Im Augenblick jedoch reichte die Zukunft nur wenige Pferdelängen weit. Ob sie es überhaupt aus dem Städtchen schaffen würden? Kaiserlich-bayrische Truppen hatten es eingekreist. Darunter auch eine der berüchtigten kroatischen Kompanien. Viele Soldaten, mit denen Hannes nach der offiziellen Kapitulation gesprochen hatte, bezweifelten, dass die Bayern sich an die Vereinbarungen halten würden. Ein Salzburger Obrist hatte die Verhandlungen für die Papisten geführt, ein Herr von Mortaigne. Nicht zum ersten Mal war dieser Edelmann mit einer Übergabeforderung Tillys vor den Mauern der Festung Dilsberg erschienen. Hannes hatte Schmid über den Salzburger reden hören. Einen Ehrenmann hatte der Obrist ihn genannt, und man könne sich auf sein Wort verlassen.

Man würde sehen.

Die Spitze der abziehenden Garnison ritt bereits an den ersten Häusern des Städtchens vorbei. Reiter des bayrischen Heeres säumten dort die Straße; Hannes sah Standarten im Wind wehen. Einer der eigenen Offiziere vorn an der Spitze hob die Rechte, und die Kolonne hielt an. Hufschlag, Schritte und das Rattern der Wagenräder verstummten. Sieben Reiter löste sich aus den Reihen der Bayrischen. An der Standarte, dem glänzenden Harnisch, dem eleganten Reitermantel und dem großen roten Federbusch auf der Sturmhaube erkannte Hannes den Salzburger. Der kurpfälzische Obrist Schmid, erheblich bescheidener gekleidet, ritt ihm entgegen. Sein Feldprediger, sein Cornet und zwei Rittmeister mit den Gefangenen begleiteten ihn.

Man begrüßte einander, sprach ein paar Worte, deutete da hin, deuteten hier hin und zuletzt auf die beiden gefangenen Offiziere. Die lenkten ihre Pferde zum Obristen Mortaigne. Hannes konnte sehen, wie sie Bericht erstatteten. Es ging wohl um die Bestätigung, dass alle Gefangenen unversehrt und frei im Innenhof des Schlosses warteten. Danach übergab Schmid die Schlüssel und man reichte sich die Hände. Das war es schon. Der Salzburger und seine Eskorte lenkten ihre Pferde an den Straßenrand, Bartholomäus Schmid winkte seinen Hauptleuten, der Feldwebel hob die Rechte, und weiter ging es. Die Wagen rollten an. Hannes glaubte, das Aufatmen zu hören, das durch die Kolonne der abziehenden Garnison ging. Die beiden Dragoner vor ihm riefen einander ihre Einschätzung der Lage zu. Beide gaben sich zuversichtlich. Auch rechts und links von Hannes wurde nun getuschelt. Weiter vorn nahmen die ersten Musketiere schon die Kugeln aus dem Mund und löschten ihre Lunten.

Schließlich erreichte auch die Nachhut das Städtchen und die Reihen des Feindes. Hannes sah in verschlossene Männergesichter. In viele hatten sich die Spuren von vier Jahren Krieg bereits tief eingegraben: Bitterkeit, Härte, Müdigkeit, Leere. Nur auf wenigen spiegelte sich Verachtung oder gar Triumph. Exotische Gestalten saßen auf Pferden vor den Fassaden von Dilsberg: falkengesichtige Kroaten in schmutzigen roten Mänteln; vollbärtige Bayern mit kantigen Schädeln in zerbeulten Brustharnischen; struppige Kosakenreiter mit krummen Säbeln; ungarische Kürassiere mit Umhängen aus Bärenfell über ihren Kettenhemden; polnische Reiteroffiziere in pelzverbrämten Übermänteln. Hannes entdeckte sogar einige Bayern und Österreicher, die reich bestickte Frauenmäntel trugen, und zwei sah er, unter deren Harnisch und Bandalier Talare reformierter Pfarrer hervorlugten. Zuletzt fiel ihm aus irgendeinem Grund das lange, von einem Nasenschutz geteilte Gesicht eines hohlwangigen Reiters auf. Vielleicht wegen der tiefen Falten zwischen Nasenflügel und Mundwinkel, vielleicht wegen des Flaumbarts, der besser zu einem jüngeren Gesicht gepasst hätte, vielleicht auch wegen des großen Adamsapfels unter der gelblichen Haut des dünnen Halses.

Mit der Nachhut ritt Hannes an dem Reiter und seiner Rotte vorbei, und während die anderen Gesichter verblassten, wollte ihm dieses nicht aus dem Sinn. Hinter ihm wurde nun Hufschlag laut – die Bayern ritten hinauf zum aufgegebenen Schloss. Hannes drehte sich noch einmal um – nicht, um die Sieger zum Dilsberg hinaufpreschen zu sehen, sondern um noch einen Blick auf den Hohlwangigen mit dem großen Adamsapfel zu werfen. Ein Cornet in dunkelblauem Mantel, dürr und recht groß. Ein blau-roter Federbusch wehte über seiner ungarischen Sturmhaube, darüber eine blaue Standarte mit weißem Saum – und dann durchzuckte es Hannes kalt und heiß: Auf dem blauen Untergrund der Fahne glänzte ein goldenes Hirschgeweih.

Er wandte sich ab, war wie betäubt. Die dünne Wand zwischen damals und jetzt riss jäh ein: Plötzlich ritt er nicht mehr durch die Hauptstraße des Städtchens Dilsberg, sondern durch einen Novemberwald. Er sah keine Fassaden, Pferde und harte Männergesichter mehr, sondern kahle Weinstöcke und brennende Bauernhäuser hinter Schneetreiben. Und unterhalb des väterlichen Weinbergs liefen zwei Offiziere zu ihrem mordenden, schändenden Räuberpack …

Hannes glaubte, sie leibhaftig vor sich zu sehen: den Hauptmann mit den langen schwarze Locken unter dem weiß gefiederten Hut, und den anderen, größeren mit der ungarischen Haube und der blauen Standarte in der Faust.

Das war er! Die verheilten Schusswunden schmerzten auf einmal, und das Atmen fiel ihm schwer. *Das war einer der Mörder!* Ganz steif saß Hannes plötzlich auf seinem Rappen. Seine Linke umklammerte den Griff des Degens, als wollte er ihn zerquetschen. *Ich bin gerade an einem der Mörder meiner Familie vorbeigeritten!*

Noch einmal sah er sich um, fasste den Cornet und die Standarte ins Auge und suchte den Hauptmann mit den schwarzen Locken unter den Reitern in seiner unmittelbaren Umgebung. Doch da war keiner, den er wiedererkannte.

»Was guckst du?«, fragte der Corporal, der an seiner rechten Seite ritt. »Verwandtschaft?«

Hannes schüttelte stumm den Kopf. In seiner Brust herrschte nun Aufruhr. Erst flammte der Schmerz ihm durch alle Glieder, dann der Hass, sodass seine Hände heftig nach den Zügeln griffen. Der Rappe spürte die Erregung des Reiters, schnaubte und warf den Kopf in den Nacken.

Jetzt ganz ruhig, rief Hannes sich zur Ordnung, jetzt nur nichts überstürzen. Er atmete tief ein, versuchte den lodernden Hass zu bändigen, versuchte die Gedanken und Bilder zu ordnen, die seinen Geist fluteten – seine Eltern, seine Geschwister, Monica, Moritz, Friedrich. Ihre Gesichter, ihre Stimmen …

Was sollte er tun? Fluchen? Weinen? Anhalten? Weiterreiten, als wäre nichts geschehen? Umkehren und den Karabiner auf den Kerl richten? Im Galopp auf ihn losgehen und ihm die Klinge in die Brust rammen?

Stimmen, Getrommel und Flötenklänge rissen Hannes aus seinen hitzigen Grübeleien zurück in die Gegenwart. Sie ritten auf den Markplatz. Hier lungerte auch bayrisches Fußvolk herum. An die hundert Männer spielten, scherzten, schimpften und palaverten. Keiner, der seine Waffen auf die Kolonne richtete, keiner, der ihnen drohte, keine Gefahr. Noch vierhundert Fuß bis zum Stadttor, dort irgendwo flöteten und trommelten Spielleute.

Nach Heidelberg reiten, nach Susanna suchen, die Mörder seiner Familie bestrafen – das blieb übrig vom Durcheinander in seinem heißen Kopf. Hannes hatte sich wieder im Griff und wusste, was er zu tun hatte: Nach Heidelberg reiten, nach Susanna suchen, die Mörder seiner Familie bestrafen – in dieser Reihenfolge. Jetzt auf den Cornet loszugehen hätte eine Schlächterei ausgelöst und wäre Selbstmord gewesen.

Auf der anderen Seite des Marktplatzes, wenige Schritte vor dem offenen Stadttor, wehten große Prachtstandarten über Tischen und Männern. Hier standen auch zwei Trommler und einige Männer, die auf Querpfeifen bliesen. An den Tischen hockten Offiziere, lasen aus Papieren vor oder schrieben in Bücher; vor den Tischen drängten sich Wartende. Wenige Schritte hinter ihnen zog die Kolonne der abziehenden Garnison vorbei. Ihre Spitze mit dem Obristen und dem Feldprediger hatte das Tor schon durchquert.

»Der Kaiser ist großzügig!«, rief ein bayrischer Offizier den Reitern und Fußsoldaten in der Kolonne zu. »Der Kaiser verzeiht! Werdet einmal recht klug und führt eure Waffen künftig für den Sieger!«

Zu seiner Verwunderung erkannte Hannes einige Arkebusiere, Musketiere und Pikeniere, mit denen er in den vergangenen Monaten Seite an Seite auf dem Wehrgang der Festungsmauer gegen Tillys Bayern gekämpft hatte. »Verräter!«, zischte der Gefreite, der vor ihm ritt. Der Corporal links von ihm spuckte aus, und schlagartig begriff Hannes: Ein Musterplatz! Die Bayern versuchten hier Waffenknechte anzuwerben, Soldaten aus dem kleinen Heer des Obristen Bartholomäus Schmid.

»Kein Verräter zu sein macht noch lange nicht satt«, sagte ein Gefreiter der Nachhut. »Oder wann habt ihr zum letzten Mal Sold gesehen?« Er riss am Zügel, lenkte sein Pferd aus der Nachhut und trabte zum Werbeplatz. Der Corporal, der rechts von Hannes ritt, fluchte ihm leise hinterher.

Sie ritten dem Tor entgegen, ließen Trommler, Pfeifer und den letzten Musterungstisch hinter sich. Zwei Werbeoffiziere forderten sie auf, umzukehren. »Mein Großherzog zahlt besser als der Ketzerfürst!«, rief einer hinter ihnen her. »Vor allem zahlt Letzterer nicht mehr lange!«, rief ein anderer. »Höchste Zeit, auf die richtige Seite zu wechseln! Auf die gottgefällige Seite, auf die Seite der Sieger! Kehrt um, ihr braven Soldaten! Maximilian von Bayern, die Heilige Jungfrau, der liebe Gott und der Kaiser werden's euch lohnen …!«

Mit solchen und ähnlichen Lockrufen versuchten sie auch noch die letzten Soldaten des kleinen, kurpfälzischen Heeres zum Fahnenwechsel zu verlocken. Hannes hörte längst nicht mehr zu.

Nach Heidelberg reiten, nach Susanna suchen, die Mörder meiner Familie erschlagen.

Mit einer einzigen Entscheidung konnte alles möglich werden. Langes Zaudern war noch nie die Sache von Hannes Stein gewesen: Von einem Augenblick zum anderen sah er den Weg – also ging er ihn. Als die Nachhut das Stadttor erreichte, lenkte er sein Pferd aus der Reiterschar hinaus. »Grüßt mir den Obristen und den Feldprediger! Ich kann nicht anders, sagt ihnen das. Beide wissen, warum.« Er ritt am Turm vorbei, während die anderen durch das Tor hindurch zum Städtchen hinaustrabten.

Zurück am Werbeplatz stieg er von seinem Rappen und reihte sich vor einem Musterungstisch unter die Wartenden ein. Die anderen Männer der Schlossgarnison, die sich einschreiben lassen wollten, erkannten ihn. Man warf sich verstohlene Blicke zu, doch keiner sprach den anderen an.

Auch Hannes schämte sich, wenn auch nur wenig und ausschließlich wegen des Obristen Schmid und seines Feldpredigers. Den einen achtete, ja verehrte er, dem anderen, David Forgeon, hatte er viel zu verdanken. Gemeinsam mit dem Tod hatte der Feldprediger an seinem Krankenlager gewacht. Manchmal ganze Nächte lang. Wachte und überredete Hannes, der sich längst dem Tod ergeben hatte, wieder zum Leben. Sie waren nicht verwandt, hatten einander nie zuvor gesehen. Warum tat ein Mensch so etwas? Hannes wusste keine Erklärung.

Tillys Soldaten um ihn herum plauderten über den Wein vom Vorabend, den Wildschweinbraten, den man ihnen für den Nachmittag in Aussicht gestellt hatte, die schöne Landschaft des Neckartals, den ungewöhnlich milden Herbst. Sie scherzten, schlugen den Überläufern wohlwollend auf die Schultern, gratulierten hier zur klugen Entscheidung, warnten da schon einmal vor dem strengen Feldwebel der Kompanie.

Landsknechte respektierten einander – auch wenn sie tags zuvor noch unterschiedlichen Kriegsherren gedient und aufeinander geschossen hatten. Einer wusste um den schweren Beruf des anderen. Und alle fürchteten sie im Grunde nur den einen, denselben Feind: den Tod.

»Die Vögel brüten schon zum zweiten Mal heuer«, hörte Hannes einen Österreicher neben sich sagen.

»Die Kirschen und Pflaumen blühen auch wieder«, antwortete ein Kurpfälzer, der gerade seine Verpflichtung unterschrieben hatte. »Geht das denn mit rechten Dingen zu?«

»Ein gutes Zeichen«, antwortete ihm ein Bayer. »Lasst es mich deuten, Brüder: Auch das Siegerglück wird uns noch einmal blühen, bevor der Winter kommt!« Die anderen bekräftigten seine Erklärung, schlugen ihm auf die Schulter oder bekreuzigten sich. Und dann war Hannes an der Reihe.

»Er will künftig unter General Graf von Tillys Befehl seine Arbeit tun?« Der Werbeoffizier sah ihn fragend an.

Hannes nickte. »Bin katholisch getauft. Guckt nach im Taufregister von Speyer.«

Der Offizier schmunzelte, die gemeinen Soldaten, die es gehört hatten, lachten schallend. Einer strich Hannes über das lange Blondhaar. »Wie ein Osmane siehst du wirklich nicht aus!« Und wieder Gelächter.

»Katholisch getauft also«, sagte der Offizier schließlich. »Gut so. Doch wir fragen hier nicht, ob einer sich bekreuzigt beim Gebet oder wie er die Heilige Kommunion feiert.« Er lugte nach Hannes' Radschlossmuskete und deutete an ihm vorbei zu seinem Rappen. »Wir fragen nach Seinem Pferd und Seinen Waffen und ob Er damit was anzufangen weiß.«

»Verlasst Euch drauf.« Hannes sah sich unter den Männern

um, lauter neugierige Blicke trafen ihn. »Hab als Corporal und Dragoner gedient unter Schmid.«

Einer mit weißem Kragen, in teurem Samtkasack und mit Spitzen in den Stiefelschäften stand zwischen zwei Tischen. Der musterte Hannes kühl und von oben bis unten; der ranghöchste Offizier auf dem Werbeplatz vermutlich. Auf dessen bloßes Nicken hin traten zwei Bayern zu Hannes, nahmen ihm Radschlossmuskete und Seitengewehr ab, betrachteten beides, prüften auch seine Pulver- und Kugelsäckchen. Zwei andere untersuchten seinen Rappen, sein Gepäck und auch seinen Rindslederkoller, den Hannes wegen der Hitze ausgezogen und hinter den Sattel geschnallt hatte. Einer zog seinen braunen Wollkasack aus den Decken, um ihn zu begutachten. Der hatte einem Kurpfälzer gehört, der neben Hannes auf dem Wehrgang von einer Musketenkugel getroffen worden war.

»Name?«, fragte der am Mustertisch.

»Stein, Johannes.«

Der Werbeoffizier schrieb den Namen in sein Buch, erkundigte sich auch nach Herkunft und Geburt, notierte schließlich jede einzelne Waffe, die Hannes mit sich führte, notierte ihren Zustand, notierte seinen Rappen und was er als Kleidung mit ins Regiment brachte.

»Einem Dragonercorporal zahlt man bei uns einen Monatssold von elf Gulden«, erklärte der Werbeoffizier schließlich. Hannes war einverstanden. Am Ende drehte der Offizier sein Buch zu Hannes um, deutete auf den Eintrag und sagte: »Mal deine Kreuze hierhin.« Statt Kreuze schrieb Hannes seinen vollen Namen unter den Eintrag. »Schreiben kann er also auch, der Herr Corporal«, sagte der andere und nickte anerkennend. Der Schweiger im weißen Kragen zog nur die linke Braue hoch.

»In zwei Stunden ungefähr kommt der Obrist von Mortaigne vom Schloss zurück«, erklärte der Werbeoffizier, nachdem er den Letzten in seine Musterrolle eingetragen hatte. »Vor seinen und euren Ohren verlese ich dann den Artikelbrief. Danach gibt's Laufgeld, und danach gehört ihr dem Regiment.« Artikelbrief nannte man die Regimentsvorschriften, Laufgeld den Antrittssold.

So geschah es, und bei Sonnenuntergang war Hannes Dragoner und Corporal im kaiserlich-herzoglichen Heer des Generals Graf von Tilly.

Vier Tage lang sicherten die bayrischen Kompanien die Festung Dilsberg, besserten Mauern und Wehrgänge aus, reparierten zurückgelassene Geschütze und Musketen. Danach machte ihr größerer Teil sich auf den Rückweg nach Heidelberg. Eine Kompanie blieb als Festungsbesatzung in Dilsberg zurück.

Unter lauter Bayern, Österreichern, Kroaten und Ungarn ritt Hannes das Neckartal hinunter. Gegen Mannheim sollte es als Nächstes gehen, hatte der Rittmeister seiner Dragonerkompanie erklärt. Tillys Vorhut hatte dort schon das Lager abgestochen und arbeitete bereits an den Laufgräben und Schanzen.

Hannes fühlte sich nicht wohl in seiner Haut und unter der neuen Fahne. Manchmal, wenn sie an Wegabzweigungen vorbeiritten, die nach Norden in den Odenwald hinaufführten, drängte es ihn, seinen Rappen aus der Kompanie zu lenken und den Weg zum Walddorf zu nehmen. Erst die Lebenden, mahnte er sich selbst, und danach die Toten.

Von Zeit zu Zeit drehte er sich um und sah zurück, und einmal erkannte er unter den Standarten, die hinter ihm aus den Reiterscharen aufragten, auch die blaue mit dem goldenen Hirschgeweih. Verfluchte Fahne! Der Hass loderte ihm aus den Eingeweiden bis in die Kehle herauf. Verflucht alle, die unter ihr reiten! Hannes merkte kaum, wie seine Rechte zum Degen fuhr, wie sie das Heft umklammerte. Er presste die Lippen zusammen, er biss auf die Zähne. Erst Susanna suchen, dann das Mörderpack erschlagen …

*

Ein junger Bursche öffnete die Tür, vielleicht achtzehn Jahre alt. Krank sah er aus, und hungrig. Zuerst äugte er Hannes misstrauisch ins Gesicht, dann auf den Musketenlauf hinter seiner Schulter und schließlich auf seinen Hut, wo Hannes das Regimentsband trug, an dem man im Schlachtgetümmel Freund und Feind unterschied. Seines war rot.

Der junge Bursche wurde noch bleicher, schluckte und wich zurück. »Hier ist keiner mehr …, keiner von euch«, stammelte er. »Hier gibt's auch keinen Wein mehr, kein Weißzeug, kein Silber, nicht einen Heller …« Seine Stimme überschlug sich beinahe. »Wir sind doch gestern erst wieder eingezogen …«

Seit zwei Tagen kehrten die Heidelberger wieder in ihre verwüsteten Häuser zurück, seit die letzten Soldaten der bayrischen Armee ihre Quartiere in der Stadt aufgegeben hatten, um gegen Mannheim zu ziehen. Hannes wusste das. Seine Kompanie sollte am nächsten Tag zu Tillys Belagerungsheer am Rhein stoßen.

»Keine Angst«, sagte Hannes. »Ich tue keinem was und will dir nichts wegnehmen. Du bist doch der Vetter von der Susanna Almut, oder?« Der andere nickte. »Wie heißt du?«

»Martin Weber.«

»Hannes Stein. Erinnerst du dich? Wir sind uns schon auf dem Marktplatz begegnet, am Stand meines Vaters. Da war noch Frieden.« Die Gesichtszüge des Jüngeren glätteten sich, er nickte. »Hast sicher gehört, dass die Susanna und ich …« Hannes machte eine linkische Geste. »Ist sie hier?«

Der Bursche sah ihn lange an und schluckte schon wieder. Hannes schlug das Herz schneller. »Nein«, sagte Martin plötzlich sehr leise. »Die Susanna ist nicht mehr hier.«

»Wo finde ich sie?«

»Nirgends mehr.« Dem Jungen brach die Stimme. »Im Himmel vielleicht«, flüsterte er. »Sicher im Himmel …«

Hannes wurde es ganz flau, als hätte ein Fausthieb ihn getroffen, und musste sich an der Wand abstützen. »Was sagst du …?«

Er rang nach Luft. Trieb der Bursche einen Scherz mit ihm? Er packte ihn bei den Schultern, zog ihn zu sich. »Wieso nirgends? Wieso im Himmel? Was meinst du damit? Susanna ist doch nicht …?«

»Doch.« Der andere nickte. »Sie ist wohl ertrunken, sie konnte ja nicht schwimmen.«

Hannes ließ ihn los, wankte an ihm vorbei und ging ins Haus. Der Boden unter seinen Stiefelsohlen schien zu wanken. Durch eine Tür fand er in die Küche, wo er sich neben dem kalten Herd auf einen Hocker fallen ließ. So saß er eine Zeitlang, rührte sich nicht, starrte nur seine Fäuste an und versuchte zu fassen, was er da gerade gehört hatte.

Susanna tot? Ertrunken?

Irgendwann hob er den Blick. Martin kauerte ihm gegenüber neben der Tür, hielt die angezogenen Knie umklammert und blinzelte nach Hannes' Stiefelspitzen. Seine Lider zuckten.

»Du bist ein papistischer Waffenknecht geworden?«, fragte plötzlich eine brüchige Frauenstimme auf der anderen Seite des Herdes. »Warum?«

Hannes wandte den Kopf – eine Frau und eine Halbwüchsige hockten da auf einer Bank. Die Frau fahl und abgehärmt, das Mädchen hohlwangig und seltsam krumm. Susannas Tante und Cousine, vermutete Hannes.

»Ich musste doch irgendwie nach Heidelberg …«, setzte er zu einer Antwort an, verstummte aber gleich wieder, weil er spürte, wie unsinnig jede Erklärung in den Ohren dieser armen Leute klingen musste. Er dachte an Susanna, er dachte an die blaue Standarte mit dem Hirschgeweih, und all die bösen Nachrichten kamen ihm in den Sinn, die seit dem Fall Heidelbergs bis nach Dilsberg gedrungen waren; alles, was er gehört hatte über die Gräueltaten papistischer Landsknechte, über die Angst und die Not, die tagelang zwischen Speyrer und Neckargemünder Tor und in den Ortschaften und Dörfern rund um die Stadt geherrscht hatten.

Hannes wandte den Blick von Frau und Mädchen und richtete ihn stattdessen auf den zusammengesunkenen Burschen am Boden neben der Tür. Aus leeren Augen starrte der vor sich hin. Wieder zuckten seine Lider. Was mochten diese Augen in den vergangenen Wochen gesehen haben? Was mochte alles in diesem Haus geschehen sein? Wie viel mochten sie verloren haben, diese Leute hier, denen das Unglück aus jeder Pore kroch? Und was mochten erst die Mutter und ihre Tochter dort auf der Herdbank erlebt haben? Hatte der Feldprediger in Dilsberg nicht von Frauen und Mädchen erzählt, die auf der Flucht vor Soldaten in Brunnen, Teiche und in den Neckar gesprungen waren? Und plötzlich bekamen Martins Worte einen Sinn – *sie ist wohl ertrunken, sie konnte ja nicht schwimmen.*

»Was ist mit Susanna?« Hannes Stimme klang plötzlich sehr heiser. »Erzählt's mir doch.« Er wandte sich an die Frau auf der Herdbank. Die antwortete nicht, wich seinem Blick aus und legte den Arm um die Halbwüchsige neben sich.

»Krabaten in der Vorstadt, hieß es plötzlich«, antwortete der Bursche an der Tür, »da sind wir losgerannt, zur Hauptstraße, über den Marktplatz. Wollten zu den Mühlen und über den Neckar.« Stockend berichtete Martin: Wie er mit Schwestern, Cousinen und Nachbarn durchs Neckargemünder Tor in die östliche Vorstadt geflüchtet war, wie er Susanna aus den Augen verloren hatte, wie Landsknechte aus der Mönchsmühle stürmten, wie er mit einer Schar Frauen und Mädchen in den Neckar gestiegen war und mit nur zweien am anderen Ufer wieder heraus. Susanna sei nicht dabei gewesen.

Ob sie denn wirklich mit den anderen ins Wasser gesprungen war, wollte Hannes wissen, ob Martin sie wirklich unter denen im Fluss gesehen hatte. Je mehr er in ihn drang, desto unsicherer wurde der Junge und musste schließlich einräumen, dass er Susanna zum letzten Mal auf dem Marktplatz gesehen habe. Und das Mädchen wusste auch nicht viel mehr, und ihre Mutter nur, dass von Susanna jede Spur fehlte, seit die Papisten die Stadt gestürmt hatten.

Hannes verließ das Haus mit hängendem Kopf und gebeugtem Rücken. Wie abgestorben kam er sich vor, wie eine leblose Hülle um ein nutzloses Hirn und einen Haufen schmerzender Erinnerung. An den Ritt ins Lager erinnerte er sich am Morgen nicht mehr, nur, dass er danach die ganze Nacht wach gelegen und sich von einer Seite auf die andere geworfen hatte.

Wie von fern drang nach Sonnenaufgang das Kommandogebrüll des Leutnants und des Feldwebels an sein Ohr, während sie das Lager abbauten und Zelte, Stangen und Zeug in den Wagen verstauten. Hannes Stein arbeitete für zwei, und jeder Handgriff saß – doch er wusste kaum, wo er war und was er tat.

»Aufsitzen!«, hieß es gegen Mittag, danach ging es mit sechs Kompanien den Neckar entlang erst nach Westen, später nach Nordwesten, vorbei an Wieblingen und Ladenburg auf die Festung Mannheim zu. Unterwegs schlossen sich Teile des großen Trosses der Tilly-Armee an: zahllose Ochsenkarren und Pferdegespanne, Frauen, Verwundete und Kinder, so viele, dass ihre Zahl gut eine kleine Stadt gefüllt hätte.

Vier Kompanien ritten weiter der belagerten Festung zu, zwei blieben bei Lager und Tross, der hinter Seckenheim das seit Tagen dort entstehende Heerlager durch hunderte Zelte, Hütten, Wagen und Unterstände erweiterte. Die Reiterei der Einsatztruppen lag weiter südlich bei Rheinhausen, die Infanterie hatte sich nördlich von Mannheim in den schönen Neckarauen verschanzt.

Hannes half seinem Leutnant das Zelt für dessen Frau und Kinder aufzuschlagen. Als er am späten Nachmittag einen geraubten Tisch vom Wagen hob, entdeckte er die unselige Standarte im Gewimmel des Trosslagers: das goldene Hirschgeweih auf blauem Grund.

Er vergaß Tisch und Leutnant, lief zwischen Zelten, spielenden Kindern, zeternden Weibern, Wagen und Zugtieren hindurch in die Nähe der Reiter, aus deren Mitte die Standarte ragte. Eine Rotte Arkebusiere, zehn Männer ungefähr, vier hatten sich aus den Sätteln geschwungen. Die Fahne steckte im Gras.

Hannes sah ihn sofort, den dürren, hohlwangigen Cornet mit dem großen Adamsapfel, den Glubschaugen und dem blau-roten Federbusch auf der Sturmhaube. Er streckte die Arme zu einem Pferdewagen hinauf, und neben ihm stand, mit über der Brust verschränkten Armen, der andere: der Rittmeister mit den langen schwarzen Locken und den weißen Federn auf dem Hut.

Das waren sie. Ja, das waren die Reiter der Kompanie, die sein Walddorf angezündet, die seine Familie getötet hatten.

»Komm schon, Landsknecht, hilf uns!« Eine Frau packte ihn am Arm, wollte ihn zum Gewirr ihrer Zeltplanen zerren. »Sollst es nicht bereuen!«

Hannes stieß sie von sich, hatte nur Augen für die Reiter unter der blauen Hirschstandarte. Weg von der schimpfenden Frau – eine Trosshure, wie er schnell merkte –, schlug er einen Bogen um die Reiterrotte, sodass er das Gesicht ihres Rittmeisters besser sehen konnte.

Ein kantiges und dennoch junges Gesicht, um dessen Mund sich ein ebenso spöttisches wie gleichgültiges Lächeln eingegraben hatte. Haltung und Bewegungen des Mannes wirkten matt, die großen, weißen Federn in seinem roten Hut waren Schwanenfedern.

Zwei seiner Reiter und der Cornet halfen einem massigen Kerl mit struppigem Bart und verklebtem Schwarzhaar vom Wagen. Leidend sah der aus, und er verzerrte das Gesicht wie unter großen Schmerzen. Hinter ihm auf dem Wagen raffte eine Frau Kleider und Decken zusammen, bevor sie nach ihm vom Wagen sprang.

Der Hauptmann, der Cornet und die beiden anderen Reiter führten den Verletzten zu einem Zelt; die Frau, beladen mit allerhand Hausrat, ging hinter ihnen her. Ihr Gang, ihre Gesten, das

Blond ihres Haares – all das erschien Hannes mit einem Mal so vertraut, dass es ihm den Atem verschlug. Und als er einen kurzen Blick auf ihr Gesicht erhaschte, erkannte er sie sofort: Monica. Seine Schwester.

6

»Du musst wieder gehen!« Eine verzweifelte Innigkeit lag in der Umarmung der Mutter. »Du musst schnell wieder fort aus Handschuhsheim!« Bereits zum vierten Mal sagte sie das und umklammerte Susanna dabei doch so fest, als wollte sie ihr Kind niemals mehr aus dem Haus lassen. Susanna konnte kaum atmen.

Es war später Abend, die Mutter trug einen geflickten Mantel über dem Nachtgewand. In der Werkstatt brannten Öllampen und Kienspäne. Sie standen unter der Haustür – Susanna und die Mutter auf der Schwelle, die Gaukler noch draußen. Unruhig spähten die Männer nach allen Seiten.

Weil ihr die Stimme brach, schwieg die Mutter erst einmal, drückte ihr Gesicht in Susannas Halsbeuge und weinte ein paar Tränen. Susanna erinnerte sich nicht, jemals mit derart stürmischer Zärtlichkeit von ihrer Mutter umarmt worden zu sein. Sie machte sich von ihr los, weil die Angst zu ersticken übermächtig wurde.

»Die Bayrischen sind nur ausgeritten, um Mannheim zu erobern.« Die Mutter wischte sich die Tränen ab. »Danach werden sie zurückkehren und weiter wüten. Bestien!« Flehend sah sie Susanna ins Gesicht. »Du musst wieder gehen, ihre Verwundeten sind noch im Ort. Morgen früh sind die wieder nüchtern, und dann Gnade dir Gott, wenn sie dich hier finden.«

Susanna fröstelte. »Ich muss Vaters Grab sehen«, sagte sie mit brüchiger Stimme. »Und ich muss wissen …« Die Stimme versagte ihr.

»Ja? So red halt, Tochter!« Knochig und spitz sah das Gesicht der Mutter aus. Weiße Strähnen schimmerten in ihrem Haar. In ihrem Blick lag etwas Starres, in ihrer Stimme etwas hoch Erregtes. »Ich bitte dich, red!« Plötzlich fiel ihr Blick auf das dunkelblaue Kleid zwischen den Knopfleisten von Susannas Mantel. »Gütiger Himmel – das Kleid der Frau Magister! Ja, träum' ich denn?« Sie schlug die Hände gegen die Wangen und machte große Augen.

»War der Hannes hier?« Endlich wollte es Susanna über die Lippen.

Für einen Moment schienen nun auch Miene und Gesten der Mutter zu erstarren. Schließlich schüttelte sie den Kopf. Dann deutete sie auf die Gaukler. »Wer sind die da?« Sie hob die Öllampe, wich erschrocken ins Haus zurück. »Doch keine Krabaten?!«

»Gaukler und Zahnbrecher sind das. Du hast sie schon in Heidelberg gesehen, vor zwei Jahren.« Ein ganzes Leben war das her. Sie schluckte. »Diese Männer haben mir sehr geholfen.«

Ganz unbegründet war der Schrecken der Mutter nicht: Stephan trug einen roten, mit Bärenpelz gefütterten Offiziersmantel, den ihm der kroatische Reiterhauptmann zum Abschied geschenkt hatte; das prächtig betresste Stück hatte zuvor dessen gefallenem Leutnant gehört. Und Rübelrap, schon durch seine schiere Masse und die zerlumpten Kleider unter seinem schwarzen Wintermantel nicht gerade vertrauenerweckend, stemmte eine zerschlissene kroatische Standarte neben sich in den Boden. David hielt sich im Hintergrund, doch der Degen unter seiner kurzen Bauernjacke war nicht zu übersehen.

»Wir hielten es für gut, kroatischen Reitern gleichzusehen.« Stephan verneigte sich. »In einem Ort voller bayrischer Landsknechte sollte das nicht schaden, dachten wir.«

Sieben Tage hatten sie in einer alten Burg über Dossenheim gehaust und das Ende der Plünderungen unten an Bergstraße und Neckar abgewartet. Die Gauklerin, die von den anderen »Landgräfin« genannt wurde, war ganz dagegen gewesen, Susanna in ihr besetztes Heimatdorf gehen zu lassen. »Zu gefährlich«, hatte sie gesagt, »außerdem kann sie kaum laufen vor Schwäche.« Doch Susanna bestand darauf zu gehen. Der junge Gaukler hatte daraufhin eines der Pferde gesattelt und der große Gaukler Susanna hinaufgesetzt. Die Zwergin und die Landgräfin waren bei den anderen Tieren und beim Wagen zurückgeblieben.

Weil die Mutter nur stand und starrte, winkte Susanna die Gaukler in ihr Elternhaus. Hinter David schloss die Mutter die Haustür. In der Werkstatt hockte die Tante am Zuschneidetisch und arbeitete im Schein von Kienspan und Lampe. Als würde sie einen Traum durchschreiten, so kam Susanna sich vor. Vor ihrem Fensterplatz blieb sie stehen – der Tisch, an dem sie früher gestickt hatte, fehlte.

Sie ging zum Zuschneidetisch, beugte sich zur Tante hinunter und küsste ihre kalte Wange. Die Tante lächelte scheu, fuhr ihr mit dem Handrücken über die Schläfe; ihr Blick war der einer Fiebernden. Gleich richtete sie ihn wieder auf das graue Leinenhemd, an dem sie arbeitete. Susanna erkannte das Hemd, das ihr Vater gern an Sonntagen zum Kirchgang getragen hatte. Der linke Ärmel fehlte, aus dem Rest des rechten zog und zupfte die Tante das Garn. Auf dem Tisch lagen zwischen Knöpfen, Haken und Ösen viele mit Garn umwickelte Hölzchen, graue, rote, blaue, weiße. Neben dem Tisch stapelten sich Hosen, Jacken und Hemden des Vaters und des Großvaters und alte Kleider von Anna.

Tief erschrocken wandte Susanna sich ab. Was ging hier vor? »Wo sind die Großeltern?«, fragte sie ihre Mutter.

»Dem Großvater geht's gut.« Die Mutter nahm eine Öllampe und winkte sie hinter sich her zur Schlafkammer der Großeltern; ihr starres Lächeln beunruhigte Susanna. »Den Meister Merkel plagt kein Kummer mehr, der ist, wo dein Vater ist. Denen geht's besser als uns, Gott sei gepriesen!« Die Mutter öffnete die Kammertür und leuchtete hinein. »Susanna ist zurück, Frau Mutter, sie wird gleich wieder gehen!« Sie sprach laut, wie mit einer Schwerhörigen. Die Großmutter hatte aber immer gut gehört.

Susanna trat ans Bett. »Da bist du ja endlich, Anna!«, sagte die Großmutter mit strenger Miene. Susanna zuckte zurück.

»Das ist die Susanna, Frau Mutter, nicht die Anna!«

»Anna, du Luder! Was fällt dir ein, so lange fortzubleiben!« Die Greisin deutete zur offenen Kammertür. »Auf in die Küche! Feuer schüren, Wasser aufsetzen! Die Sonne geht gleich auf, die Gesellen sind schon wach …!«

»Ich bin's doch, Großmutter.« Susanna beugte sich zu der Greisin hinunter, nahm ihre Hand. »Ich, die Susanna.«

»Nicht die Anna!«, rief auch die Mutter der Alten ins Ohr. »Das ist unsere Susanna!«

Susanna wollte die knochige Hand der Großmutter küssen, doch die stieß sie weg. »Susanna?« Die Greisin stierte jetzt aus trüben Augen voller Angst, von Strenge und Zorn war nichts mehr zu spüren. »Kein Wort zu Susanna, hörst du, Anna? Kein Wort über Hannes, kein Wort über das Walddorf!« Sie packte Susanna, hielt sie fest. »Kein Wort über die Toten. Und jetzt geh und weck den Lehrbub!«

Susanna wich zurück, wusste nicht, was tun, was antworten. Wie in einem bösen Traum kam sie sich vor.

»Sie ist manchmal nicht recht bei sich«, flüsterte die Mutter.

Wie die Tante, dachte Susanna. Und war denn die Mutter selbst recht bei sich? Die drückte jetzt die Greisin in die Kissen, redete beruhigend und beschwörend auf sie ein und sprach schließlich ein Kindergebet mit ihr.

»Was meint sie denn?«, wollte Susanna wissen, als die Mutter die Kammertür hinter sich schloss. »Warum kein Wort über Hannes und das Walddorf? Was ist denn geschehen?«

»Niedergebrannt«, sagte die Mutter. »Die Bayrischen. Jedes Haus, jeden Stall, jeden Schuppen. Gehaust wie die Höllenhunde haben sie. Angeblich lebt dort oben keiner mehr.«

Sie zog einen zweiten Mantel über, einen des Großvaters, band sich ein Tuch um und nahm die Öllampe. Susanna stand wie erstarrt und versuchte zu begreifen. Die Mutter indes öffnete die Haustür, hakte sich bei ihr unter und zog sie mit sich. »Gehen wir zum Friedhof. Die Männer beschützen uns.«

Den Weg durch die Nacht zum nächtlichen Friedhof erlebte Susanna wie eine halb Betäubte. Lief sie denn wirklich über die Mühltalstraße? Gehörten sie wirklich zu Handschuhsheim, die Häuser rechts und links der Straße? Und die Frau, deren Beine sie bewegte, war das wirklich sie? Und wieso gingen diese drei Gaukler hinter ihnen her? Und Hannes lebte nicht mehr? Nein, das stimmte doch alles gar nicht ... Sie fühlte sich ein wenig wie zehn Tage zuvor, als die wilden Soldaten im Haus an der Schlossstraße sie überwältigten.

Später, zwischen vielen Holzkreuzen, beleuchtete die Mutter zwei Gräber. Vater und Großvater lagen nebeneinander. Auf den Kreuzen hatte man mit schwarzer Farbe nur die Namen und die Tage geschrieben, an denen die Männer geboren und gestorben waren. »Wenn wir wieder einen Steinmetz haben, bekommen sie Grabsteine.« Die Mutter lächelte seltsam entrückt. »Da, wo sie jetzt sein dürfen, fragen sie nicht nach Holz oder Stein, wisst ihr? Da geht's ihnen wohl, viel besser als uns hier unten.«

Susanna musste weinen, während die Mutter weiter vom Vater und vom Großvater sprach. Es klang, als würde sie mit sich selbst reden. Sie erzählte, was für fleißige Männer die beiden gewesen seien, wie gut sie zu ihr waren, wie sie Haus, Hof und Werkstatt in Ordnung hielten all die Jahre, wie sparsam und gerecht sie gelebt hatten, und wie sehr man sie geachtet hatte in Handschuhsheim und den Dörfern ringsum.

Wie sie starben, erzählte sie nicht.

Susanna weinte die ganze Zeit und wünschte, die Mutter würde aufhören wie eine Irrsinnige zu lächeln, würde endlich aufhören mit all dem Gerede. Jemand legte ihr von der Seite die Hand auf die Schulter – sie zuckte zusammen, wich aus und sah in die mitleidige Miene des Gauklers, den die anderen Stephan nannten.

Aus dem lächelnden Mund der Mutter stürzten immer noch und immer mehr Worte. Wie sie unbedingt ihn, den Meister Almut, hatte heiraten wollen, erzählte sie jetzt, wie es bergauf ging mit der Werkstatt all die Jahre danach und was für Pläne der Meister Almut noch gehabt habe.

Irgendwann trat auf einmal der junge Gaukler ans Grab. »Es ist gut, Meisterin Almut. Zwei brave Männer liegen hier, und rechts und links von ihnen liegen vielleicht ähnlich brave, vielleicht schlechtere.« Die Mutter verstummte, und zum Grab hin sagte der Gaukler lauter: »Wir sind aus solchem Stoff wie Träume sind, und unser kleines Leben ist von einem Schlaf umringt.«

Die Gestalt der Mutter straffte sich, Unruhe und Erregung kehrten in ihre Züge zurück. Nun drängte sie zum Aufbruch und beschwor Susanna erneut, unter keinen Umständen länger in Handschuhsheim zu bleiben. Noch einmal ließ Susanna sich von ihr umarmen. Der Körper der Mutter fühlte sich seltsam fremd an.

Als Rübelrap Susanna später aufs Pferd hob und sie bei seiner Berührung von Ekel gewürgt wurde, hörte sie Stephan den jungen Gaukler fragen: »Was beim Heiligen Mustafa war das denn für ein Spruch vorhin am Grab?«

»Den habe ich in einem Buch gefunden, das Greenley, der englische Komödiant, mir zum Abschied geschenkt hat.«

»Und er hat dir so sehr gefallen, dass du ihn dir gleich einprägen musstest?«

»Oh ja.« David nickte. »So sehr, dass ich ihn mir gar nicht erst einprägen musste.«

»Wann werde ich je schlau aus dir werden?« Stephan seufzte. »Was soll er denn bedeuten, dein Spruch?«

»Wie Traumbilder plötzlich im Schlaf aufleuchten und wieder verblassen, so flüchtig leuchtet unser Leben auf, du und ich, und ebenso schnell ist alles vorbei, und bald erinnert sich keiner an uns.«

Stephan schüttelte den Kopf. »Warum lernst du Sprüche auswendig, die vernünftigen Leuten Angst einjagen?«

*

Zwei Tage danach rollte ihr Wagen unterhalb eines Weinbergs über den Fahrweg zum Walddorf. Bis auf ein paar Brandruinen stand nur noch eine Scheune. Die Sonne schien und die Herbstluft strich David mild übers Gesicht. Er entdeckte etliche schwärzliche Trümmerhalden, in denen allerhand Grünzeug wucherte: Brennnesseln, geschossene Kohlstrünke, verblühter Schnittlauch, Beerensträucher. Auch Blumen sah man hier und dort: Mohn, Rotklee, Astern und welke Sonnenblumen. Sein Blick stahl sich zu Susanna, die zwischen ihm und Stephan auf dem Kutschbock hockte: Eine Gipsstatue hätte nicht bleicher und steifer dasitzen können.

»Seht doch die Weinstöcke!«, rief hinter ihnen die Landgräfin. »Seht doch, wie die Reben sich unter den Trauben biegen! Und da, auf der anderen Bachseite die Bäume – Äpfel ohne Ende! Leere Er ein paar Kisten und Körbe aus, Rübelrap! Beeile Er sich!«

David kam das würdelos vor angesichts des verwüsteten Dorfes und der entsetzten Susanna. Er blickte sich um, bedeutete der Landgräfin mit einem Blick, sich zurückzuhalten. Doch Marianne begriff nichts und scheuchte den Bauchredner vom Wagen. Die Zwergin sprang hinten von der Ladefläche in seine Arme.

Susanna hatte Stephan angefleht, den Umweg über dieses verbrannte Stück Erde zu nehmen. Hätte er nein gesagt, wäre sie allein gelaufen, daran bestand für David kein Zweifel. Er wusste nicht, was dieser Ort der jungen Frau bedeutete; sie schwieg noch immer die meiste Zeit. Er wusste nur, dass ihr Verlobter hier groß geworden war und dass ihr Vater dann und wann mit ihr hier heraufgefahren war.

Vor der Scheune zog David an den Zügeln, und die Pferde hielten an. Die Gaukler stiegen vom Kutschbock, Susanna zuletzt. Zuerst stand sie nur und blickte hinüber zu einer Brandruine knapp vierzig Schritte entfernt. Ein gemauerter Schornstein ragte da aus einigen kreuz und quer stehenden schwarzen Balken. Ein Stück entfernt plätscherte ein Bach, und dahinter, auf einer Obstwiese, streckte Rübelrap sich nach Ästen voller Äpfel aus.

Langsam ging die junge Frau schließlich auf das niedergebrannte Bauernhaus zu. David folgte ihr.

Bald stand sie wieder still, diesmal zwischen Bachbrücke und Brandruine. Weil er sich hinter ihr hielt, konnte er ihr Gesicht nicht sehen, sah nur, wie sie die Fäuste ballte, wie sie die Fingernägel in die Daumenballen drückte und wie ihre Kiefermuskeln arbeiteten. Manchmal bewegte sie die Lippen, und er hörte sie murmeln.

Irgendwann rief jemand ihren Namen, eine fremde Frauenstimme. Sie fuhren beide herum. Eine Frau stand bei der hinteren Scheunenecke. »Susanna?« Sie rief den Namen wie eine, die ihren Augen nicht traute. Susanna wankte zur ihr hin. David hinterher.

Die Frau an der Scheune umarmte sie laut heulend. Sie sah zum Erbarmen aus, schlimmer als eine Vogelscheuche: schmutziges Gesicht, verfilztes Haar, lange Fingernägel, zerkratzte Hände und Arme und nichts als dreckige Lumpen am Leib. Auf ihrem Rücken hing eine alte Muskete.

Ihren wenigen Worten entnahm David, dass sie eine Nachbarin jenes Verlobten und seiner Familie gewesen war. Sie zog Susanna am Arm von der Scheune weg zum Waldrand. Kreuze aus starken Buchenästen und angekohlten Latten standen dort. David zählte beinahe zwanzig Gräber. Herbstblumen blühten darauf, und nirgends auch nur ein Hälmchen Unkraut. Auf einem Grab entdeckte David Spielzeug, auf anderen Werkzeuge und Küchenbesteck.

Manche habe sie nicht begraben können, sagte die Frau, vor allem die Körper kleiner Kinder hätten wilde Tiere geholt, andere seien ganz und gar verbrannt. Sie selbst habe sich eine Hütte gebaut, tief im Wald – aus Angst, die Soldaten könnten zurückkommen.

Susanna fragte nach ihrem Verlobten. Ein Reitersoldat habe sie in den Wald gezerrt an jenem Höllentag, erzählte die Frau, Hannes sei plötzlich aufgetaucht – »wie ein Engel«, diese Worte gebrauchte die Frau, »wie ein Engel stand er plötzlich da« und habe sie vor einem schlimmen Schicksal bewahrt. Sie selbst habe fliehen können, doch es sei wohl zu einem Kampf gekommen und später seien Soldaten zu Pferd hinter Hannes her den Wald hinauf geprescht, und ja, sie haben ihn erschossen, und ein wildes Tier muss wohl seinen Körper weggeschleppt haben. »Nur seinen Mantel und sein Wams habe ich im Schnee gefunden.«

Sie bedeutete Susanna zu warten, hastete in die Scheune und kehrte mit einem schmutzigen grauen Wollmantel und einem dunklen Wams zurück. Beide Kleidungsstücke hatten Löcher im Rücken, im Futter des Wams steckte noch eine Kugel. Susanna drückte den Stoff an die Brust und senkte den Kopf. Lange stand sie so, wie eine Statue.

Danach wollte sie allein sein und schickte David fort.

Die Landgräfin und die Zwergin baten die Vogelscheuchenfrau darum, ihre Hütte sehen zu dürfen, und verschwanden mit ihr im Wald. Die Hunde liefen hinter ihnen her. Rübelrap schleppte zwei Kisten Äpfel herbei, verstaute sie im Wagen und stieg dann mit einem leeren Korb den Weinberg hinauf, wobei ihm der Affe auf der Schulter hockte.

David und Stephan blieben bei Bela und den Vögeln am Wagen. Sie beobachteten Susanna. Die saß mit gekreuzten Beinen auf der Bachbrücke, hielt das durchlöcherte Wams und den Mantel gegen die Brust gedrückt und schaukelte hin und her und hin und her. Manchmal konnten sie ihre Stimme hören, dann rief sie einen Namen – Hannes –, doch meistens wimmerte und weinte sie nur.

David schnürte es das Herz zusammen, sie so zu sehen. Und Stephan sagte: »Das arme Kind wird uns doch nicht verrückt werden wie seine Großmutter?«

»Oder wie die Mutter«, murmelte David. »Hier jedenfalls kann Susanna nicht bleiben, sonst wird sie ganz gewiss verrückt. Und in Handschuhsheim sowieso. Wir müssen sie mit uns nehmen.«

7

Die Mannheimer Bürger und die englische Garnison der Stadt wollten nicht kapitulieren, und so lernte Hannes den Krieg als schweißtreibendes Handwerk kennen: Laufgräben ausheben, Wälle aufschütten, Kanonen hinaufschleppen, die Laufgräben in Richtung der belagerten Stadt vorantreiben, wieder Wälle aufschütten, wieder Geschütze hinaufschleppen.

»Schanzen« nannte man das. Eine Knochenarbeit wie Bäume fällen, Dachstühle aufschlagen oder Ochsen schlachten.

Die Dragoner seiner Kompanie mussten mit anpacken und zugleich die Landsknechte bei den Arbeiten an den Wällen und in den Gräben beschützen. Was immer Hannes tat – die Mauern der belagerten Stadt beobachten, Erde schaufeln, sich mit ausfallenden englischen Soldaten schlagen, Kanonen schleppen –, er tat es wie ein Arbeitstier ohne Bewusstsein. Sein Herz war ganz woanders. Sein Herz trauerte – und wenn es nicht trauerte, dann hasste es.

Dachte er an Susanna, trauerte er; dachte er an seine Schwester Monica und die Männer unter der blauen Standarte, hasste er. Seine Rachepläne wurden immer konkreter, immer monströser, so sehr hasste er diese Männer.

Hannes brannte darauf, zum Lager zu reiten und endlich, endlich mit seiner Schwester zu sprechen. Tagelang fand er keine Gelegenheit dazu. Die Belagerungsschanzen zu verlassen hätte ihn dem Profos und der Willkür seiner Steckenknechte ausgeliefert. Prügel war das mindeste, was ihm dann gedroht hätte. Eine Bestrafung jedoch – noch dazu eine öffentliche – hätte ihn geschwächt und vor allem unter den Landsknechten bekannt gemacht. Hannes aber wollte stark und unauffällig bleiben. Immerhin hatte er den Tod von beinahe siebzig Männern beschlossen.

Nach seinem Willen sollten alle sterben, die unter der blauen Standarte mit dem goldenen Hirschgeweih ritten.

Man nannte sie die Herzenburger Kompanie, nach ihrem Rittmeister. So viel hatte Hannes inzwischen herausgefunden. Der Rittmeister sei ein kursächsischer Grafensohn, hieß es, ein feiner Herr mit guten Manieren, und der Name seines Cornets, eines kursächsischen Freiherrn, lautete Mathis von Torgau. Der stamme aus einem Schloss namens Hartenfels, wo sein Vater der kursächsischen Verwaltung vorstehe. Beide Edelmänner, so erzählte ein Corporal voller Respekt, hätten sich im Kampf um Heidelberg durch besonderen Heldenmut hervorgetan.

Die Arkebusiere dieser Offiziere flankierten die Schanzarbeiten im Nordwesten der Festung Mannheim, irgendwo am Rhein; Hannes' Kompanie lag südlich der Stadt. Lange bekam er keinen der Männer zu sehen.

Bis es Ende der ersten Oktoberwoche gelang, die Rheininsel Mühlau im Nordwesten von Mannheim zu erobern. Es gab Verwundete, auch in der Herzenburger Kompanie. Hannes und zwei Rotten Dragoner seiner Kompanie wurden abkommandiert, die Verwundeten ins Hauptlager zu eskortieren.

Keiner der beiden Offiziere war unter ihnen, nur ein Gefreiter und ein Corporal, beides Kursachsen. Hannes prägte sich ihre Gesichter ein. Sie brachten die Männer zu ihren Zelten, wo den einen seine Frau – vielleicht war es auch seine Hure, so genau ließ sich das nicht unterscheiden – und den anderen seine Pferdejungen zur Pflege übernahmen. Danach nutzten die Dragoner die Gelegenheit, ihre eigenen Frauen oder eine der zahlreichen Trosshuren aufzusuchen. Hannes schlich zum Zelt, vor dem er Monica gesehen hatte.

Es war ein milder Abend, seine Schwester hockte vor dem Zelteingang und stopfte einen schwarzen Wollmantel mit aufknöpfbaren Ärmeln, einen Kasack. Neben ihr, auf ein paar Decken, lag der massige Kerl, mit dem sie das Zelt teilte, der verletzte Arkebusier aus der Herzenburger Kompanie. Monica unterbrach ihre Arbeit von Zeit zu Zeit, um ihm den Weinbecher und den Bissen einer Mahlzeit zu reichen. Manchmal, wenn der massige Kerl sich anders lagern wollte, stand sie auf, kniete neben ihm nieder und half ihm, sich umzudrehen.

Hannes begriff nicht, was er da sehen musste. Es konnte doch nicht wahr sein, dass sie einen dieser Mordgesellen zum Mann genommen hatte? Doch warum sonst lebte sie im Zelt dieses Arkebusiers, der geholfen hatte, ihr Walddorf und ihre Familie auszurotten? Der Kerl hielt sie doch nicht etwa gefangen?

Es fiel Hannes weiß Gott nicht leicht, der Versuchung zu widerstehen, einfach zu Monica und dem Verletzten zu gehen und beide zur Rede zu stellen. Erst einmal jedoch wollte er allein mit ihr sprechen und aus ihrem Mund erfahren, was genau geschehen war und warum sie einem Mörder diente.

Bald wurde es jedoch ganz unmöglich für Hannes, sich bei Monica zu zeigen, denn drei andere Reiter stiegen vor dem Zelt von ihren Pferden und setzten sich zu dem Verletzten. Einer gehörte zu Hannes' Dragonerkompanie.

In der Abenddämmerung dann, auf dem Weg zurück zu den Belagerungswällen vor Mannheim, hörte Hannes die drei Kameraden miteinander plaudern. »Ein Glückspilz, der Johann Schneeberger«, sagte einer. »Nach dem Sturm auf Heidelberg hat ein wilder Bär ihn in der Stadt angefallen, und er hat's überlebt.«

»Von wegen ›Glückspilz‹!«, rief ein anderer. »Einen Passauer Zettel trägt er am Hut. Mit dem Teufel steht der Feldwebel im Bunde. Wer soll denn so einen umbringen?«

»Ein Passauer Zettel hilft nicht gegen wilde Tiere«, widersprach der Erste, »die Zaubersprüche machen nur hart gegen Kugeln und Klingen, nicht gegen Keulen und Klauen.«

»Das ist die Wahrheit!«, ergriff nun auch der dritte das Wort. »Leider. Und dennoch will ich den Schneeberger einen Glückspilz nennen – wegen der süßen Hure nämlich, die er sich hält.«

Die anderen lachten, und Hannes fuhr es wie ein Stich durchs Herz.

In den Tagen danach zehrten ihn Trauer, Hass und Schlaflosigkeit zunehmend aus. Seine Gedanken kreisten nun mehr um die Schwester als um die verlorene Geliebte: Monica eine Trosshure? Das war doch nicht möglich! Je länger er grübelte und je gründlicher er die Sitten im Heerestross bedachte, desto klarer sah er: Dieser Feldwebel der Herzenburger Kompanie, dieser Schneeberger, hielt Monica als Sklavin! Er hatte sie als Beute aus dem Walddorf verschleppt, und nun zwang er sie, ihm zu Willen zu sein.

Hannes bereute es bitter, seine Schwester nicht schon beim ersten Mal, als er sie gesehen hatte, angesprochen und befreit zu haben. Nun wartete er jede Stunde auf eine Gelegenheit zur Fahnenflucht. Erschöpfung drohte ihn zu überwältigen. Er konnte sich kaum noch im Sattel halten, wenn es galt, angreifende Engländer zurück in die Stadt zu treiben. Muskete und Degen schienen ihm bald doppelt so schwer zu wiegen wie noch zu Beginn der Schanzarbeiten. Keinen Schuss brachte er mehr ins Ziel, und wäre es zum Kampf Mann gegen Mann gekommen, hätte er mindestens seine Gesundheit, wenn nicht sein Leben eingebüßt. Doch als Tilly Mitte Oktober den Sturm auf die Stadt befahl, gab es niemanden mehr darin, der kämpfen wollte: Der englische General Vere ließ Mannheims Häuser anzünden und zog sich mit Garnison und Bürgern ins Innerste der Stadt zurück, in die Zitadelle.

Vergeblich suchten die Landsknechte nach Beute in den niedergebrannten Häusern. Hannes' Dragonerleutnant wurde bei der mageren Plünderung in den Ruinen von einem herabstürzenden Balken getroffen und brach sich das Bein. Mit fünf anderen Dragonern musste Hannes ihn zuerst zum Feldscher ins Lager des Fußvolkes und danach, mit geschientem und verbundenem Bein, ins Hauptlager begleiten. Dort übergaben sie ihn der Pflege seiner Frau.

Und dann ging es wie schon beim letzten Mal: Die anderen

fünf besuchten ihre eigenen Zelte. Diesmal hatten sie die Erlaubnis, bei ihren Frauen und Huren zu schlafen. Hannes irrte durch das Gewimmel von Zelten, Unterständen, Wagen und Pferdekoppeln, um Schneebergers Zelt zu suchen. Um keinen Preis wollte er zu seiner Kompanie zurückkehren, ohne seine Schwester befreit zu haben.

Es dämmerte schon, als er Monicas Blondschopf entdeckte. Sie kniete vor dem Zelteingang und kochte weiße Wäsche über einem Feuer; Verbandszeug, wie es aussah. Den Feldwebel sah er nirgends. Vermutlich lag er schon betrunken im Zelt und schlief. Hannes zögerte nicht länger, er ging zu seiner Schwester. Drei Schritte vor dem Feuer und dem dampfenden Wäschetopf blieb er stehen.

Schweigend betrachtete er sie. Monica sah um Jahre gealtert aus, bleich und abgehärmt. Ihre Lippen waren aufgesprungen, ihre Wangen- und Kieferknochen zeichneten sich kantig unter der trockenen Haut ab, ihr schönes Blondhaar war spröde und ihre Nägel brüchig. Als sie ihn endlich bemerkte und den Blick hob, starrte sie ihn zunächst aus leeren Augen an. Dann sperrte die Verblüffung ihr den Mund auf, und schließlich huschte ein Leuchten durch ihren Blick, das Hannes an jene Monica erinnerte, die er kannte.

»Du …?«, flüsterte sie.

Er streckte die Arme aus, wollte zu ihr gehen, sie hochziehen und umarmen.

»Mit wem schwatzt du da?«, tönte eine raue Stimme aus dem Zelt. Monica schluckte, biss sich auf die Unterlippe und suchte nach Worten – schon ächzte es aus dem Inneren des Zeltes, und dann riss der Feldwebel die Plane zur Seite und streckte seinen kantigen fetthaarigen Schädel durch den Eingang.

Wässrige rötliche Augen, die in einem breiten, großporigen Gesicht saßen, musterten Hannes. »Potzhunderttausend Sackvoll Enten«, grummelte Schneeberger böse, »was glotzt du meinem Hürchen auf die Titten?« Er kroch ein Stück heraus, packte Monica am Arm und zog sie zu sich. Dabei verzog er das Gesicht wie unter großen Schmerzen. »Komm schon.« Er stank nach Eiter und Wein.

An sich vorbei schob er Monica ins Zelt. Sein Oberkörper war nackt, die obere Hälfte seines Rückens glich einer riesigen, von Eiterpusteln übersäten Kalbsleber, die zu lang in der Mittagssonne gelegen hatte. Noch einmal drehte er sich um und zischte Hannes an: »Gib Fersengeld, Hundsfott, oder ich versenk deinen Schädel in der Kochwäsche!« Sprach's, kroch ins Zelt und schlug die Plane vor den Eingang.

Hannes stand wie von einem Hagel Fausthieben getroffen. Ein paar Wimpernschläge lang schienen Kopf und Brust sich in eine nächtliche Einöde zu verwandeln: Leere und Düsternis herrschten darin.

Im Zelt wimmerte Monica, es klatschte wie von Schlägen. Schneeberger schimpfte mit ihr, und wie es sich anhörte, schlug er ihr ins Gesicht. »Du schwatzt mit mir und mit sonst keinem«, hörte Hannes ihn sagen, und die Ödnis in Kopf und Brust fing Feuer. »Miststück! Werd' dich schon lehren, deinem Feldwebel zu gehorchen …« Und wieder klatschte es.

Heiß schoss es Hannes aus Bauch und Brust in den Kopf. Jeden kühlen Gedanken verbrannte es ihm. Er sah sich nicht einmal um, als er die Seitenwehr aus der Scheide riss und ins Zelt stürzte.

*

Maximilian von Herzenburgs Kompanie rückte von der Neckarmündung her in die Nordstadt ein. Mannheim war schon zur Hälfte niedergebrannt. Die Hoffnung auf reiche Beute schmolz schnell dahin. Die meisten Männer machten verdrossene Gesichter, manche fluchten leise.

Schon dämmerte der Abend herauf, und immer noch drang Rauch aus vielen Dachstühlen und Fensteröffnungen. Der englische General Veer hatte nur die Eckhäuser an den Straßen und Gassen anzünden lassen, und auch nur die in ummittelbarer Nähe der Festungsmauer. Doch am Nachmittag war starker Ostwind aufgekommen, trug Funkenflug von Haus zu Haus, und schon in der Abenddämmerung lagen ganze Straßenzüge in Schutt und Asche.

Viele Reiter schüttelten die Fäuste in Richtung der Festungsmauer, wo englische Soldaten und Mannheimer Bürger sich zeigten. Einige Männer des Rittmeisters stießen wüste Beschimpfungen aus. Auch Mathis von Torgau, der sich wie immer dicht neben von Herzenburg hielt, verfluchte den englischen General.

Links und rechts vor den Brandruinen und in den Gassen sah von Herzenburg Landsknechte, die sich in verkohlte Türöffnungen bückten. Da und dort warfen Musketiere verrußte Truhen, angesengte und prall gefüllte Säcke, Kochgeschirr oder Kleider aus Fenstern.

Aus Dämmerung und Rauchschwaden schälten sich Umrisse von Reitern, die auf den Rittmeister zuhielten – der Leutnant mit dem Wachtmeister und vier Gemeinen. Von Herzenburg hatte sie vorausgeschickt, um die Lage zu erkunden.

»Der Engländer hat sämtliche Bürger mit in die Zitadelle genommen«, meldete der Leutnant. Von Herzenburg nickte, er hatte nichts anderes erwartet.

»Und die wertvollsten Stücke aus den Häusern gleich mit«, ergänzte der Wachtmeister. Auch das war keine Überraschung. »Der Rest ist großteils verbrannt. Allein den Häusern aus Stein konnte das Feuer nicht viel anhaben.«

»Im Zitadellengraben steht das Wasser nur zwei Schuh tief«, berichtete wieder der Leutnant. »Von den Kellern des innersten Häuserrings könnte man leicht bis an den Festungsgraben schanzen und das Wasser abgraben. Danach könnte man die Laufgräben bis an die Festungsmauer treiben.«

»Das nenne ich mal eine gute Nachricht«, sagte von Herzenburg, »die geht sofort an den Obristen!« Der Leutnant bestätigte, winkte seinen Männern und gab seinem Pferd die Sporen. Mit seiner kleinen Reiterschar ritt er aus der rauchenden Stadt, um seinen Bericht ins Lager zum Obristen von Bernstadt zu bringen.

Der Rittmeister sah sich um. »Zu wenig Beute und zu viele, mit denen man teilen muss.« Wie ein Krähenschwarm über ein totes Pferd machten zu allen Seiten Landsknechte sich über Höfe, Ställe und Brandruinen her. »Unsere Reiter sollen trotzdem ihr Glück versuchen, Mathis. Und uns dabei nicht vergessen.« Der Cornet gab den Befehl weiter, die Männer ritten in mehreren Rotten zwischen die Häuser.

Von Herzenburg, seine Trabanten und der Cornet von Torgau lenkten ihre Tiere zurück zum Nordtor, banden sie dort unter dem Turm fest und stiegen auf den Wehrgang hinauf. Oben angekommen, befestigte von Torgau die Standarte zur Stadt hin an der Brüstung, sodass die Reiter der Kompanie sie erkennen konnten.

Conrad und Simon, die Trabanten des Rittmeisters, stöberten in den Wachstuben des Torhauses in den Hinterlassenschaften der Engländer herum, die beiden Offiziere lehnten über das Geländer und blickten über Dächer, Ruinen und Rauchschwaden hinweg zur Friedrichsburg, wie die Zitadelle von Mannheim nach dem Kurfürsten hieß, unter dessen Herrschaft sie knapp fünfzehn Jahre zuvor erbaut worden war. Ihre Westseite lag am Rheinufer. Der Himmel über ihren Wehrtürmen war rot vom Sonnenuntergang.

»Sie haben wenige Vorräte, heißt es«, sagte von Torgau. »Wie lange werden sie wohl durchhalten?«

»Ich gebe der Festung eine Woche, nicht mehr. Danach nehmen wir sie uns, nach ihr noch Frankenthal, und dann gehört uns die gesamte Kurpfalz.« Sie sprachen über mögliche Winterquartiere und die Pläne ihres Generals für das nächste Jahr – gegen Christian von Halberstadt sollte es gehen, und anschließend wohl gegen den dänischen König, falls dieser Ernst machen sollte mit seiner Drohung gegen den Kaiser und die katholische Liga.

Schließlich kamen sie auf ihre kursächsische Heimat zu sprechen.

Aus einem Brief seines Vaters wusste von Herzenburg von Ländereien in der Lausitz, die der Kaiser ihrem protestantischen Kurfürsten überlassen hatte, weil der die böhmische Königswürde abgelehnt und sich im Krieg gegen die Böhmen auf seine Seite gestellt hatte. Der Herr Graf machte sich Hoffnung auf eine Burg an der Oder, und der junge Freiherr von Torgau rechnete sich aus, dass der Kurfürst seinen Vater mit einem weiteren Gut bedenken würde. Mathis war dessen einziger Sohn und folglich Alleinerbe.

Schließlich kamen sie auf die bevorstehende Beförderung zu sprechen – von Torgau sollte vielleicht ein eigenes Fähnlein bekommen, wenigstens aber Leutnant werden. Den Rittmeister von Herzenburg hatte sein Obrist für einen Posten als Obristleutnant vorgeschlagen. Keine üblen Aussichten alles in allem.

Mittlerweile verdrängte die Dunkelheit das letzte Tageslicht. Die ersten Reiter ihrer Kompanie kamen zurück. Fackelträger ritten ihnen voran. Auf einem Wagen fuhren die Männer mehrere große Weinfässer unter das Tor. Die hatten sie im Keller eines der unversehrten Steinhäuser gefunden. Es gab großes Hurra und Halleluja, und von Herzenburg schickte Reiter los, um Gläser, Becher und Krüge zu beschaffen.

Bald darauf kehrte ein Corporal mit seiner Rotte zurück und brachte Würste und Schinken mit. Die hatten seine Männer in einem steinernen Räucherofen neben einem niedergebrannten Haus entdeckt. Anderen war es gelungen, hinter einer Dreschhalle bei einem Löschteich ein paar fette »deutsche Herren« einzufangen – so nannten die bayrischen Reiter Enten –, und ein Corporal brachte sogar einen Stohbutz mit an das Tor; »Strohbutz« hieß unter Landsknechten die Gans.

»Morgen geht's gegen die Zitadelle!«, rief der Rittmeister seinen Männern zu. »Arbeit genug! Feiern wir erst einmal den heutigen Sieg!«

Seine Arkebusiere jubelten, zündeten zwei große Feuer auf der Straße rechts und links des Tores an, schlachteten die Enten und die Gans, schnitten den Schinken auf und stachen die Fässer an. Bald floss der Wein in Strömen, und Reiter und Landsknechte anderer Kompanien gesellten sich dazu, brachten gar eine Kuh und ihr Kalb mit. Und es gab noch mehr Braten und noch mehr Wein. Die Männer schlemmten und soffen, scherzten und lachten.

Bald erinnerten nur noch die vom Mond beschienenen Silhouetten der Zitadelle und der Brandruinen an den Krieg. Doch die musste ja keiner anschauen, wenn er nicht wollte.

Auch für den Rittmeister rückte der Krieg für ein paar Stunden in die Ferne, und Dinge, an die er selten und ungern dachte, schlichen sich ihm ins Bewusstsein; da half auch der Wein nichts.

»Sobald wir Frankenthal genommen haben, muss ich zurück nach Heidelberg«, erklärte er nach dem dritten Becher. »Begleitest du mich, Mathis?« Sie saßen zu zweit auf dem Wehrgang, blickten auf das Treiben der Männer hinab. Die hatten mittlerweile Karten und Würfel ausgepackt.

»Bis Frankenthal fällt, könnte das Jahr zu Ende gehen, Max. Das Pack dort hat sich schon gegen den Córdoba recht wacker geschlagen.« Aus einer großen Kupfervase schenkte von Torgau Wein nach. »Was hast du in Heidelberg zu schaffen, mein Freund?«

»Der Herr Graf ist unterwegs dorthin. Bald wird er mich im Schloss erwarten.«

»Dein Vater?« Sie stießen an und tranken. »Er wird Quartier im Schloss von Heidelberg nehmen?«

»Das Quartier verdankt er seiner Nichte, der hochwohlgeborenen Gattin unseres durchlauchtigsten Prinzen, Obrist von Krötenschädel.« Der Rittmeister winkte einem Gefreiten in der Wachstube, verlangte noch mehr Räucherwürste und einen weiteren Krug Wein.

Tatsächlich residierte Maria von Bernstadt seit neuestem im Heidelberger Schloss. Angeblich wollte sie überwintern in der eroberten Residenzstadt und im Frühling dann über das Königreich Frankreich nach London weiterreisen. Der englische Komödiant schien eine weit größere Anziehungskraft auf seine Cousine auszuüben, als sie zugab. Wie auch immer: Über ihren Prinzen hatte sie dafür gesorgt, dass auch ihr Onkel, der Graf von Herzenburg, im Schloss absteigen konnte. Maximilian würde sie wiedersehen; doch nicht einmal dieser Lichtblick tröstete ihn über die finstere Aussicht hinweg, bald seinem Vater gegenübertreten zu müssen.

»In der Grafschaft und auf dem Weg durch das Reich soll er schon an die dreihundert Mann geworben haben, ein Drittel zu Pferd«, berichtete der Rittmeister. »Mit einem Patent unseres Kurfürsten, wie er mir schrieb, und teilweise auch mit dessen Geld.« Der Rittmeister leerte seinen Becher auf einen Zug.

»Immer noch derselbe knochenharte Rittersmann«, feixte Mathis. Maximilian antwortete nicht, starrte nur finster die Wurst an, die sein Gefreiter ihm gereicht hatte. Mathis musterte ihn aus schmalen Augen. »Wiedersehensfreude sieht irgendwie anders aus, möchte man meinen.« Der Freiherr hielt dem Mundschenk die Vase hin, damit der sie aus seinem großen Wasserkrug auffüllen konnte.

Maximilian wartete, bis der Mann auch ihm nachgeschenkt hatte und dann zurück in die Turmstube ging. »Von Wiedersehensfreude kann keine Rede sein«, antwortete er leise. »Erstens will der Herr Graf, dass ich unter seinem Kommando reite, und zweitens …« Er blickte in seinen vollen Becher und ließ den Satz unvollendet.

»Und zweitens hasst du ihn, habe ich recht?« Wieder blieb von Herzenburg die Antwort schuldig. Mathis hob seinen Becher. »Auf den Hass, der uns am Leben erhält.« Sie stießen an und tranken.

Der Rittmeister stellte den Becher ab und biss in die Wurst. »Sind nicht die meisten Väter Profos, Steckenknecht und Henker in einer Person?«, fragte er kauend. »Gibt es überhaupt Männer, die ihre Väter nicht hassen?« Seine Zunge war schon schwer, und die Gedanken galoppierten ihm durch den müden Schädel wie ungebändigte Pferde durch freie Wildbahn.

»Nun übertreibst du aber, Max.« Von Torgau griff sich eine Wurst und biss hinein. Wie immer, wenn er zu viel Wein getrunken hatte, glänzte die Spitze seiner Raubvogelnase rötlich. »Ich zum Beispiel hasse meinen Vater nicht im Geringsten.« Er zuckte mit den Schultern. »Der alte von Torgau ist mir gleichgültig. Und ich ihm auch. Anders als dein Herr Graf hat er mir noch keinen einzigen Brief geschrieben, seit ich unter Tilly für den Großherzog von Bayern streite. Dabei kommandiert er auf Schloss Hartenfels eine halbe Kompanie schreibkundiger Sekretäre. Sein Vetter dagegen, dein Vater, schreibt dir alle Vierteljahre. Du könntest also ein wenig dankbarer sein, will mir scheinen.«

»Dankbar? Dem Herrn Grafen? Ich?« Maximilian stieß ein heiseres Lachen aus. Es klang bitter. »Du weißt ja nicht, was du redest, Mathis!« Er stürzte einen halben Becher Wein auf einmal herunter, ganz flau wurde ihm im Kopf; und plötzlich stand sie ihm wieder vor Augen, die Hildegard, schön wie ein Traum, fahl wie ein Gespenst. »Weißt ja gar nichts, du! Kennst den Herrn Grafen ja nicht!« Seine eigene Stimme kam ihm fremd vor, seine plötzliche Heftigkeit auch.

»Schon möglich, schon möglich.« Von Torgau beäugte den anderen aus großen, starren Augen. »Keiner kennt ihn wie du, ist doch klar, Max.« Sie leerten ihre Becher, Mathis schenkte rasch nach. »Dennoch bewundere ich deinen Vater«, fuhr er fort. »Ist er nicht schon jenseits der fünfzig? Und immer noch dürstet ihn nach Kampf und Mannesehre. Und wie er all die Schicksalsschläge weggesteckt hat! Erst stirbt ihm die Tochter weg, und dann springt ihm noch die Frau im Wahnsinn vom Burgturm.« Ganz ergriffen schüttelte er den vom Wein schweren Kopf. »Wie Schwerthiebe gegen eine Stahlrüstung hat er all das hingenommen. Doch, doch – ich bewundere ihn.« Er hob den Becher. »Auf den ritterlichen Grafen von Herzenburg!« Weil der Rittmeister diesmal nicht mit ihm anstoßen wollte, trank er allein.

»Das waren auch Schicksalsschläge für mich, Mathis, vergiss das nicht.« Kerzengerade saß Maximilian auf einmal vor der Mauer, und sehr leise klang seine Stimme jetzt. Der andere schwieg verlegen. Über seinen Becher hinweg beugte der Rittmeister sich nahe zu seinem Cornet hinüber. »Und wie kommst du darauf, dass meine Mutter wahnsinnig gewesen wäre?«

»Nun …« Von Torgaus Adamsapfel tanzte auf und ab. »So ging die Rede zu Hause in Schloss Hartenfels. Ist es denn nicht wahr?«

»Ha!« Maximilian griff zum Becher, nahm einen großen Zug und knallte ihn wieder neben sich auf die Holzbohlen des Wehrganges. Dann packte er Mathis mit beiden Fäusten an den Knopfleisten seines Kollers und riss ihn zu sich. »Wahnsinnig vor Schmerz, vielleicht!«, zischte er. »Und wer wohl hat ihr den Schmerz zugefügt?«

»Der Tod, nehme ich doch an.« Mathis fasste die Handgelenke seines Rittmeisters und machte sich von ihm los. »Der Tod deiner Schwester.« Der Adamsapfel tanzte ihm unter der gelblichen Haut.

»Und wer hat die Hildegard getötet?«, flüsterte Maximilian von Herzenburg. »Was glaubst du, Mathis – wer?«

»Was redest du denn da, Max?« Von Torgaus Glubschaugen zuckten hin und her. »Was willst du denn damit sagen?«

»Er hat sie getötet, der ritterliche Graf von Herzenburg …!«

»Hör doch auf, Max!« Unruhig blickte Mathis um sich. Unten auf der Straße blickten schon einige Landsknechte zu ihnen herauf. »Warum sollte ein Vater denn seine eigene Tochter …?«

»Weil sie ihm nicht mehr zu Willen sein wollte!« Maximilian griff nach dem Becher, stürzte den Wein hinunter und warf den leeren Becher über die Brüstung. Unten auf der Straße zerschellte er. »Jahrelang musste Hildegard ihm ins Schlafgemach folgen, und als sie sich eines Tages weigerte, schlug er sie, dass sie starb!«

»Das hat dir die Wahnsinnige erzählt!« Hart und kantig war von Torgaus hohlwangiges Gesicht auf einmal. »Ein Mädchen verführt seinen Vater?« Er versuchte ein spöttisches Lächeln. »Das glaub ich nicht, das muss dir die Wahnsinnige erzählt …«

Der Rittmeister schrie auf und schlug zu. Seine Faust traf den Cornet mitten im Gesicht. Dem längst Betrunkenen schleuderte es den Kopf in den Nacken und seinen dürren Körper hinterher auf die Holzbohlen. Auf der Straße standen sie jetzt alle unter dem Wehrgang und gafften herauf. »Verführt?«, flüsterte Maximilian. »Die Wahnsinnige? So redest du nie wieder von meiner Schwester und meiner Mutter.«

Von Torgau stemmte sich hoch, er blutete aus der Nase. Einmal schüttelte er sich kurz, dann sprang er auf, zog den Degen und ging auf seinen Freund und Rittmeister los.

*

Im Zelt brannten zwei große rote Kerzen auf hohen silbernen Lüstern, die wie die gewundenen Körper von geflügelten Engeln aussahen. Sie ragten rechts und links einer Schlafstatt aus zerwühlten Decken und Tüchern auf, und ihr Lichtschein riss das verstörte, fahle Gesicht einer Frau aus dem Halbdunkeln. Monica lag in den Decken, versuchte ihren Kopf mit den Armen vor den Schlägen des Feldwebels zu schützen. Flehte ihr Blick? Oder warnte er? Jedenfalls suchte er den ihres Bruders.

Als Erstes sah Hannes die Engelslüster und das sommersprossige Gesicht seiner armen Schwester. Danach den breiten, stinkenden Rücken des Feldwebels. Der kniete über Monica und fluchte. In der Rechten hielt er einen Gurt und drosch auf die vor ihm liegende Frau ein. Mit der Linken schob er ihr die Kleidersäume über die Knie, während er ihr zwischen die Beine rückte. »Mir hast du zu gehorchen, Luder! Mir und sonst keinem …!« Wieder schlug er zu.

Hannes sah den zerklüfteten, eitrigen Rücken, sah den großen Schädel, sah die gurtschwingende Faust – und zögerte nicht einen Wimpernschlag lang: Er sprang hin zu Schneeberger und stieß mit aller Kraft zu.

Weil jedoch Monica ihn an ihrem Peiniger vorbei anstarrte, drehte der Feldwebel sich halb um und die Klinge fuhr ihm unterhalb der Achsel zwischen die Rippen. Die Wucht des Treffers warf Schneeberger zu Boden, und er stürzte auf seinen wunden Rücken. Jetzt erst brüllte er vor Schmerzen auf.

Hannes dachte gar nichts mehr – der Kopf glühte ihm, in seiner Brust brannten Wut und Hass. Seinen nächsten Hieb wehrte der Feldwebel noch mit dem haarigen Arm ab, sodass die Klinge ihm Knochen und Sehnen zerschlug und sein eigenes Blut ihm ins Gesicht spritzte. Er brüllte wie ein heiserer Stier vor der Schlachtbank. Hannes führte einen wuchtigen Stoß zur Kehle des Schreienden, und die Degenspitze drang schräg von unten nach oben in Schneebergers Hals ein, so tief, dass der Stahl auf Schädelknochen traf.

Schneebergers Gebrüll verröchelte, Hannes riss die Klinge aus seinem Hals. Der Feldwebel presste sich die Hände an die Kehle, atmete gurgelnd, und bei jedem vergeblichen Atemzug sprudelte ihm hellrotes Blut zwischen den Fingern hervor.

»Weg hier!« Hannes wischte den blutigen Degen an Schneebergers Decken ab. »Jeder hat ihn doch schreien gehört. Wir müssen schnell weg!«

Monica stemmte sich hoch, raffte ein paar Sachen zusammen, schlüpfte in Schneebergers schwarzen Wollkasack und in ihre Stiefel. Hannes kniete schon vor dem Eingang, schob die Plane zur Seite und lugte hinaus. Es war dunkel.

»Noch keiner zu sehen.« Er drehte sich nach seiner Schwester um. Schneeberger hinter ihr riss den Mund auf, bäumte sich hoch und schnappte ein letztes Mal nach Luft. Ein Zittern ging durch seinen massigen Leib. Hannes packte Monica und zog sie hinter sich her aus dem Zelt. Sie rannten nach Norden in Richtung Neckar, wo Hannes seinen Rappen in einer Koppel am Rand des Lagers festgebunden hatte.

Weil hinter ihnen Rufe laut wurden, schlug Hannes einen Haken nach links zwischen zwei Hütten hindurch, und dann wieder einen nach rechts an einer Reihe kleinerer Zelte vorbei. Danach zog er Monica über einen Wäscheplatz und kletterte unter einem Wagen hindurch. Auf der anderen Seite drängten sie sich durch eine Ochsenherde, scheuchten ein paar Hühner auf, umrundeten eine Wagenburg.

Von überallher näherten sich nun Stimmen und Schritte. Im Schein von Fackeln tauchten Umrisse von Menschen zwischen den Hütten und Zelten auf. »Langsamer«, flüsterte Hannes und mühte sich um einen gemächlichen Gang. Er zog Monica an sich, als wäre sie sein Weib. »Nur nicht auffallen.« Seine Schwester lehnte gegen ihn, senkte den Kopf.

Von allen Seiten eilten Burschen, Frauen, Kinder und vereinzelt auch Soldaten herbei. Etliche trugen Fackeln mit sich, manche Öllampen. Sie liefen an ihnen vorbei, entfernten sich palavernd und rufend in die Richtung, aus der die Hilfeschreie kamen. Kein Zweifel: Dort hatte jemand den toten Bayern entdeckt.

»Seine Hure und ein junger Landsknecht!«, tönte es plötzlich durchs Lager. »Seine Hure und ein Landsknecht haben den Feldwebel Schneeberger ermordet! Haltet sie! Eine blonde Hure und ein blonder Landsknecht!«

Hannes spürte, wie seine Schwester unter seinem Arm ganz steif wurde und sie zu zittern begann. Er zog ihr den Kragen des Kasacks über den Kopf bis in die Stirn. Sich selbst stopfte er das Blondhaar in die Sturmhaube. Hinter ihnen und irgendwo rechts von ihnen brüllten Männerstimmen Befehle. »Einkreisen!«, hieß es. »Das Lager umzingeln! Niemand darf es verlassen!«

Das Herz sackte Hannes in die Eingeweide. Es waren vor allem die Huren und die räuberischen Burschen der Landsknechte, die jetzt das Lager einkesseln und nach ihnen durchforsten würden. Dieses Gesindel galt als eigentlicher Schrecken von Bürgern und Bauern, gleichgültig ob diese armen Leute es mit den Siegern oder den Besiegten hielten. Dem Gesindel eines Heerestrosses in die Hände zu fallen schien ihm noch schlimmer, als dem Profos und seinen Steckenknechten ausgeliefert zu werden. Hannes' Knie gaben nach, der Jähzorn war ihm längst vergangen.

Sie gingen an einer Marketenderbude vorbei. Die Marketenderin sah sie nicht, wandte ihnen den Rücken zu und hantierte an einem Regal. Auf den Spieltischen flackerten Öllampen und Kerzen, standen Weinbecher und Krüge, lagen Karten, Würfel und Geld. An einem schlief ein Betrunkener, über einen zweiten beugten sich zwei Männer und hatten nur Augen für ihre Würfel. Die an den anderen Tischen gesessen hatten, machten wohl Jagd auf die Mörder des Feldwebels. Das Geschwisterpaar huschte vorbei, bog in eine Gasse zwischen zylinderförmigen Zelten ein; hier begann der Bereich mit den Offiziersunterkünften.

Schon wieder stampften ihnen Schritte und flogen ihnen Stimmen entgegen. Die Umrisse eines niedrigen Verschlages fielen Hannes auf, ein Ziegenstall. Er zog seine Schwester dorthin, wollte sich hinter dem Kleinvieh verstecken. Monica jedoch widerstand ihm, zerrte an seiner Hand, wollte in die entgegengesetzte Richtung. »Dahin!«, zischte sie und deutete auf eines der vielen Rundzelte. Zwanzig Schritte entfernt kniete eine Frau im Zelteingang und winkte. »Zu ihr«, flüsterte Monica. »Ich kenn sie.«

»Wer ist das?« Aus bloßer Ratlosigkeit ließ Hannes sich zu der Winkenden ziehen.

»Kristina, sie war gut zu mir. Schnell …« Monica bückte sich an der Frau vorbei in deren Zelt hinein. Die Frau griff Hannes in den Nacken, zog ihn zu sich herunter und schob ihn durch den Eingang in ein dämmriges Halbdunkel. Er ließ sich neben seine Schwester auf den Boden fallen.

Die Frau zog die Plane vor den Eingang und schloss ohne Eile Öse für Öse. Hannes sah sich um: eine Kleidertruhe, Körbe mit Vorräten, ein Kruzifix auf zwei gestapelten Kisten, ein langer Koller aus gelblichem Wildleder, ein Degen mit silberbeschlagenem Knauf und Korb. Ein Offizier wohnte hier.

Neben der Frau brannte eine Öllampe auf kleinster Flamme. Endlich hatte sie den letzten Haken in die letzte Öse geschoben, jetzt nahm sie die Öllampe hoch und drehte sich um. Auf Knien rutschte sie näher, leuchtete ihnen ins Gesicht, mal Monica, mal Hannes. Wieder ließ sie sich Zeit.

»Ihr stammt aus derselben Familie«, erklärte sie schließlich mit hartem, fremdländischem Akzent. »Ist er dein Bruder?« Monica nickte. »Man sieht es an den Augen und dem großen Mund. Und am blonden Haar natürlich. Wie heißt er?«

»Hannes.«

»Ich bin Kristina.« Sie drehte den Docht herunter, fast dunkel wurde es wieder. »Monica und ich haben uns in Heidelberg kennengelernt. Beim Wäschewaschen am Neckar.«

»Kristina hat mir eine Tinktur geschenkt, als ich krank war und das Essen nicht mehr bei mir halten konnte«, erklärte Monica mit zitternder Stimme. Hannes sah der Frau ins Gesicht. Sie war jung und aschblond. Und schön war sie auch, trotz des harten Zuges um ihren Mund. Noch wusste er nicht recht, ob er ihr trauen sollte. Draußen schwirrten aufgeregte Stimmen und stampften Schritte vorbei.

»Und vor Schneebergers Cornet, vor diesem mörderischen Kotzbrocken, habe ich dich bewahrt.« Sie zog eine verächtliche Miene. »Einer reicht, dem man die Beine breitmachen muss, oder? Einer ist schon einer zu viel.« Ihre Augen wurden schmal, wieder hob sie die Lampe. Deren matter Lichtschein fiel Hannes ins Gesicht. »Ihr habt den Schneeberger umgebracht?«, fragte sie leise. Hannes nickte.

Eine Zeitlang mustert sie ihn aufmerksam, als würde sie jede

Linie, jeden Winkel seines Gesichtes studieren. Dann huschte ihr ein grimmiges Lächeln über die Züge, und sie flüsterte: »Ein Höllenhund weniger.« Sie deutete auf die Kleidertruhe. »Das Pack wird nicht lange suchen, glaubt mir – zu faul, zu müde, zu besoffen. Aber falls doch einer hereinschaut, solltet ihr in guter Deckung liegen.«

Sie schoben die Truhe ein Stück von der Zeltplane weg, stapelten Kisten und Körbe daneben und rollten sich hinter diesem Wall in Decken. Als Hannes den zitternden Körper seiner Schwester in seine Arme schloss, um ihn zu wärmen, musste er an Susanna denken. Die Trauer wollte ihm die Brust eindrücken, doch er stemmte sich mit aller Macht dagegen und zwang seine Gedanken in die Gegenwart zurück. »Und wenn dein Mann ins Zelt kommt?«, flüsterte er.

»Mein Capitän sucht im verbrannten Mannheim nach Beute«, kam es aus dem Halbdunkeln. »Oder er feiert mit seiner Kompanie den Sieg. Vielleicht schafft er auch schon an der Belagerung der Festung. Oder er ist tot. Und jetzt gib Ruhe!«

Hannes schwieg. Wer war diese Frau? Warum tat sie, was sie tat? Er musste an den Feldprediger der Festung Dilsberg denken, an David Forgeon. Und dann an den Schneeberger, an seinen Cornet und seinen Rittmeister. Warum wendeten die einen Kraft und Zeit auf, um fremde Menschen am Leben zu erhalten, während die anderen das Leben wehrloser Menschen binnen Minuten vernichteten? Gab es eine Erklärung dafür?

Sicher – David Forgeon galt als gottesfürchtiger Mann. Aber sagte man das nicht auch über den General Tilly und seinen bayrischen Großherzog? Und was ließen die schlachten und schänden! Dagegen diese Frau da im Halbdunkeln – war sie nicht sogar eine Hure?

Hannes lauschte Monicas Herzschlag, bis er ihn nicht mehr von seinem unterscheiden konnte. Außerhalb des Zeltes brüllten Männer Befehle. Hannes erkannte die Stimme des Quartiermeisters und eines Steckenknechtes. Schritte stapften dicht neben ihm an der Zeltplane vorbei. Er lauschte in sich hinein. Schlug ihm das Gewissen wegen des Mordes an Schneeberger?

Hannes hatte töten gelernt. Hühner, Gänse, Schweine, Rinder – sein Vater hatte ihn gelehrt, wie man Tieren das Leben nahm. Und in Dilsberg hatte man ihn gelehrt, Menschen zu töten – mit der Muskete, mit dem Messer, mit dem Degen. Schlug ihm jetzt das Gewissen?

Im Gegenteil: Er konnte es kaum erwarten, den nächsten zu töten. Den Cornet, den Rittmeister, die Reiter, die ihn im Winterwald verfolgt hatten, alle, die dabei gewesen waren. »Du musst mir jeden Einzelnen beschreiben«, flüsterte er und wusste kaum, dass er's tat. »Ich will alle Namen wissen.«

»Was?« Monica schreckte hoch, begriff kein Wort.

»Ruhe, sag ich!«, zischte Kristina aus dem Halbdunkeln.

Nicht lange danach waren wieder Schritte und Stimmen zu hören. »Bist du da?«, rief eine Frau vor der Eingangsplane. »Ist die Böhmische im Zelt?«, fragte ein Mann auf der anderen Seite. Und dann wieder die Frauenstimme: »Kristina?«

»Alles in Ordnung«, hörte Hannes die junge Frau sagen, hörte sie dann zum Eingang rutschen, hörte sie schließlich Ösen und Haken lösen. »Habt ihr endlich die Mörder?«

»Nein.« Wieder die Frauenstimme. »Der Erdboden hat sie wohl verschluckt. Gib nur acht!«

»Der Heilige Christopherus bewahre mich vor einem jähen Tod durch Mörderhand!« Kristina tat erschrocken.

»Alles in Ordnung bei der Böhmischen?«, rief erneut die Männerstimme von fern.

»Kristina ist wohlauf, Kerl!«, hörte Hannes die Frau rufen. Und dann leiser: »Schlaf weiter, Mädel. Und lass keinen herein zu dir.«

»Auch den Capitän nicht?«, fragte Kristina. Die andere lachte und ging weiter.

Zwei Stunden später etwa kehrte Ruhe ein. Da und dort hörte

man noch Gelächter oder das Lallen Betrunkener oder das Stöhnen Liebender im Lager, doch dann wurde es still.

Hannes tat kein Auge zu. Lange nach Mitternacht verließ Kristina das Zelt. »Unsere Eltern sind tot, Hannes, weißt du es schon?«, flüsterte Monica. »Das ganze Dorf haben sie niedergebrannt, die meisten erschlagen.« Sie schluchzte und zitterte wieder.

»Ich weiß.« Hannes drückte sie fester an sich. »Erzähl mir, was geschehen ist. Ich will alles wissen.«

Stockend berichtete sie, was die Reiter der Herzenburger Kompanie den Eltern und Geschwistern, ja dem ganzen Dorf angetan hatten. Am schlimmsten habe es der Cornet getrieben, der von Torgau. Sie selbst hatte nur überlebt, weil ihr Schänder, der Schneeberger, Gefallen an ihr fand. »Ich habe keinen mehr am Leben gesehen, als der mich aus der Scheune führte«, schloss Monica.

Hannes zog sie an sich. Tränen stürzten ihm aus den Augen. Sie klammerten aneinander, und einer weinte dem anderen die Schulter nass.

Eine halbe Stunde später kehrte Kristina zurück. »Da draußen sucht keiner mehr nach Schneebergers Mördern«, flüsterte sie. »Hab ich's nicht prophezeit? Kommt mit.«

Sie legte Hannes den Lederkoller ihres Capitäns auf die Truhe, dazu seinen schwarzen Pelzmantel. »Anziehen.« Auch einen Hut mit Federbusch kramte sie heraus. »Weg mit der Sturmhaube, setzt den hier auf. Sie werden dich für meinen Capitän halten.« Hannes gehorchte, zog den Elchlederkoller über sein Wams, beugte den Kopf, sodass sein langes Blondhaar nach vorn fiel, und stülpte dann den Hut darüber. Sorgfältig verbarg Kristina jede blonde Strähne darunter.

»Und du wickelst deinen Kopf in dieses Tuch hier, Monica.« Sie zog sich ein helles Seidentuch vom Kopf, und das aschblonde Haar fiel ihr bis zu den Hüften herunter. Gemeinsam halfen sie Monica, ihren Blondschopf zu verhüllen. Hannes' Schwester wollte gar nicht mehr aufhören zu zittern.

Vor dem Zelt stand ein Maultier. Kristina hatte es von der Koppel mitgebracht. Sie setzten Monica auf den Rücken des Tieres, Hannes steckte ihr die Sturmhaube unter den Kasack, und dann ging es durch das nächtliche Lager zum Neckarufer. Dort half Hannes seiner Schwester auf den Rappen.

»Warum hast du das für uns getan?«, wandte er sich zum Abschied an ihre Retterin.

»Frag nicht so viel«, antwortete die Frau namens Kristina, »reit lieber.« Sie winkte mit dem Handrücken, als wollte sie ihn vertreiben. »Reit, so schnell du kannst. Ihr seid noch lange nicht durch. Es wimmelt von papistischen Landsknechten am Neckar. Wohin wollt ihr denn gehen?«

»Nach Neuburg. Gute Menschen leben in der alten Abtei. Ich kenne eine Witwe dort, die wird Monica aufnehmen.«

»Und du?« Hannes antwortete nicht. Kristina packte ihn bei den Schultern, zog ihn zu sich hinunter, sah ihm in die Augen. »Du willst auch die anderen, habe ich recht?«, flüsterte sie. Todernst war ihre Miene plötzlich. »Du kommst zurück, stimmt's? Du wirst keine Ruhe geben, bis sie alle tot sind.« Hannes blieb stumm. »Gott segne euch.« Kristina ließ ihn los. »Lebt wohl.« Sie machte kehrt und bückte sich unter den Koppelzaun hindurch.

»Warte noch«, flüsterte Monica. Kristina blieb stehen, lehnte sich über den Zaun. »Sie weiß etwas über Susanna«, wandte Monica sich an ihren Bruder.

Hannes durchzuckte es heiß. »Susanna Almut?« Er lief zum Zaun, versuchte trotz der Dunkelheit in den Zügen der Frau zu lesen. »Die Tochter des Schneidermeisters aus Handschuhsheim? Ist das wahr?« Sie nickte. »Ertrunken ist sie, sagte man mir in Heidelberg.«

»Sie wäre wohl ertrunken, hätten wir das Neckarufer erreicht. Doch auf dem Weg dorthin verloren wir ihre Familie aus den Augen.«

Hannes traute seinen Ohren kaum. »Du warst in Heidelberg, als Tillys Waffenknechte …?«

»Ich habe sogar eine Zeitlang im Haus des Tuchmachers gelebt, bei den Webers. Ich habe Susannas toten Onkel betrauert, ich habe mit ihr geweint, zuerst um ihren Vater, dann um ihre arme Schwester Anna. Und als die Papisten kamen, bin ich an ihrer Seite über den Marktplatz gerannt.«

Flüsternd und in knappen Sätzen erzählte sie. Hannes lauschte atemlos. »Man hat ihr Gewalt angetan, das ja«, schloss Kristina. »Doch als ich sie zuletzt sah, lebte sie noch.«

»Wann genau war das?« Hannes fasste ihren Arm, beugte sich nahe zu ihr. »Erinnere dich, Kristina, ich bitte dich.«

»Am Tag, als die Papisten die Stadt stürmten, am ersten Tag der Plünderung.« Sie spuckte neben sich ins Gras. »So einen Tag vergisst man sein Leben lang nicht. Ich hörte die Männer streiten, denen Susanna in die Hände fiel. Mich hätten sie auch beinahe erwischt, konnte gerade noch die Treppe hinauf und in den Speicher huschen. Dann fiel ein Schuss unten im Haus, und dann kam einer mit einem Bären, ein junger Bursche …«

»Mit einem Bären?«, staunte Hannes.

»Ein Gaukler mit einem Bären, ja. Ich hab die Bestie brüllen hören. Ich glaube, sie hat fast alle Landsknechte getötet. Einen trug man später aus dem Haus. Ein Bär und ein Gaukler, ganz bestimmt, es waren ja Gaukler mit einem Tanzbären in der Stadt.« Sie blickte hinter sich, wollte ins Lager. »Lass mich, ich muss gehen.«

»Und Susanna?« Hannes hielt sie fest.

»Die Kerle haben …« Sie schluckte. »Sie haben ihr Gewalt angetan, ich bin fast sicher. Doch irgendwann gab keiner mehr einen Mucks von sich, und dann sah ich durchs Dachfenster, wie der Bursche die Susanna über den Hof in einen leeren Hühnerstall führte. Auch seinen Bären, Kleider und Waffen brachte er in den Stall. Ich glaube, dort wachte er bei ihr und wartete das Ende der

Plünderung ab.« Kristina machte sich los, huschte Richtung Lager in die Dunkelheit. »Lebt wohl!«

»Wie sah er aus?«, rief Hannes hinter der mit der Nacht verschwimmenden Gestalt her.

»Schlank, nicht sehr groß, schwarze Locken«, kam es aus der Dunkelheit. »Du musst nach einem Gaukler fragen!«

*

Maximilian von Herzenburg wich dem wuchtig geführten Hieb seines Cornets aus. Der Stahl fuhr ins Gemäuer, schlug Funken. Mathis setzte sofort nach, doch inzwischen hielt auch der Rittmeister seinen Degen in der Faust und wehrte den Angriff ab. Wie aus weiter Ferne hörte er die Männer unten auf der Straße palavern und rufen; Maximilian verstand nicht, was sie sagten.

Mathis wankte beträchtlich, als er wiederum losstürmte. Obwohl auch um ihn sich alles drehte, konnte Maximilian parieren und sogar einen Stoß setzen – er traf seinen Cornet am rechten Oberarm. Mathis schrie auf und ließ seine Seitenwehr fallen.

Schwere Schritte knallten übers Holz. »Um Himmels willen, Ihr Herren!« Längst waren einige Offiziere zum Wehrgang hinaufgeklettert. Die Heiligen und den Herrgott im Himmel anrufend, stürmten sie am Geländer entlang, drängten sich zwischen Maximilian und seinen Cornet. Der lehnte wankend und schwer atmend gegen die Brüstung, hielt sich seinen Oberarm und musterte seinen Rittmeister mit flammendem Blick.

Maximilian von Herzenburg holte aus, um ihm die flache Klinge gegen den Schädel zu hämmern. Zwei Männer bauten sich vor ihm auf, einer wandte ihm die leeren Handflächen zu, der andere hob den Lauf seiner Radschlosspistole. Deren Reibrad war gespannt, also musste der Rittmeister davon ausgehen, dass sie geladen war. Diese Einsicht kühlte ihm das Blut, und er ließ den Degen sinken.

Ein Landsknecht riss Mathis den Koller vom Leib, schnitt ihm das Hemd mit einem Messer auf, um die Wunde zu untersuchen, »Verbandszeug!«, rief er. »Schnell! Und dann zum Feldscher mit dem Fähnrich!«

Ein anderer hob Mathis' Degen auf. Ein Hauptmann einer Musketierkompanie, Maximilian kannte ihn flüchtig. Er trat zwischen Maximilian und die beiden Soldaten. »Beinahe hättet Ihr Euern Cornet erstochen, Rittmeister.«

»Er hat zuerst gezogen«, keuchte von Herzenburg. Der Atem flog ihm.

»Stimmt, er zog zuerst.« Der Hauptmann nickte. »Aber zuvor habt Ihr ihn geschlagen. Ziemlich kräftig habt Ihr zugehauen, möchte ich meinen.«

Unten auf der Straße gab es einen Tumult. Stimmen erhoben sich, nachdem es für längere Zeit still geworden war. Maximilian hörte jemanden seinen Namen rufen. Er wandte sich von dem Hauptmann ab, beugte sich über die Brüstung, sah hinunter.

»Euer Feldwebel, Rittmeister!« Unten bei Conrad und Simon stieg ein Bote aus dem Hauptlager vom Pferd. »Der Schneeberger!«, schrie er zum Wehrgang herauf. »Man hat ihn in seinem Zelt ermordet!«

Maximilian stand wie festgewachsen und verstand nicht wirklich; die Männer unten verschwammen ihm vor den Augen. Plötzlich sah er vier Trabanten und zwei Boten mit zwei Pferden. »Schneeberger?« Er blinzelte hinunter, bis er wieder einen Boten und zwei Trabanten sah. »Der Feldwebel ist tot?«

»Ermordet, in seinem Zelt! Jawohl!«

An der Brüstung entlang und an dem böse blickenden Mathis vorbei wankte Maximilian von Herzenburg zum Turm. Er fragte Dinge, die ihm kaum bewusst wurden, als er sie mit schwerer Zunge aussprach, und an die er sich auch später nicht erinnerte. »Meinen Schimmel!«, rief er, als er aus der Wachstube auf die Straße stolperte. Er stieg auf, deutete auf die Fahne, wies den ältesten Corporal der Kompanie an, sie zu holen und mit ihm zu reiten. Unter dem Tor hindurch preschte er aus der halb zerstörten Stadt. Conrad und Simon, seine Burschen, hatten Mühe, ihm zu folgen.

Was kreiste ihm nicht alles durch Kopf und Brust, während er durch die Nacht am Neckar entlang zum Hauptlager ritt: Die Wut auf Mathis, dessen Rede von der angeblich wahnsinnigen Mutter, sein wüster Vater und natürlich die arme Zwillingsschwester. Seine geliebte Hildegard! So wild wie lange nicht mehr zerwühlte der Schmerz um sie ihm die Brust. Ein kräftiger Nachtwind trocknete die Tränen, die er nicht zurückhalten konnte, auf seinen Wangen.

Erst am Rand des Hauptlagers holte der Corporal mit der Fahne sie ein. Im Gewimmel der Zelte, Hütten und Wagen verlor der Rittmeister schnell die Orientierung. Er verfluchte sich für den vielen Wein und schickte den Corporal und Simon voran, um ihn zu Schneebergers Zelt zu führen.

Eine Menschentraube drängte sich vor dessen Eingang, Pferdejungen, Huren, ein paar leicht verletzte Soldaten. Sie machten ihm Platz, als sie ihn erkannten. Maximilian stieg ab, hielt sich kurz am Sattelknopf fest und atmete tief durch, bevor er sich umdrehte und durch die Menschengasse zum Zelt wankte.

Öllampen und Schneebergers große Kerzenlüster tauchten das Innere des Zeltes in helles Licht. Der Feldwebel lag in zerwühlten Decken. Ein Feldscher drückte ihm mit nassen, zu Bällchen geformten Stofffetzen die Augen zu.

Neben dem Leichnam und einer Schüssel voller blutigen Wassers kniete der Salzburger Wundarzt aus Mortaignes Regiment und reinigte seine Messer, Löffel und Scheren. Er hob den Blick, als von Herzenburg eintrat. »Ah, der Herr Rittmoasta …!« Er deutete auf den reglosen Bayern und hob gleichgültig die Achseln. »Hob i's ned gsogt? Ihr miassds Enk an neichn Födwebel suachn.«

Maximilian ließ sich auf Schneebergers Sattel fallen, stützte sich auf seinen Degen und versuchte zu ordnen, was er sah und was ihm durch den Schädel wirbelte. Er betrachtete die Leiche, das half ihm, nach und nach zu sich zu kommen. Ein blutiges Tuchknäuel klemmte unter Schneebergers bärtigem Kinn, ein zweites unter seiner linken Achsel. »Wann?«, fragte er schließlich.

»Drei Stund weads ebba hea sei«, sagte der Wundarzt.

»Wo ist sein Mädchen?«, wollte der Rittmeister wissen.

»Die war es doch«, brummte der Feldscher. »Johanns Hure und ein Landsknecht. Die haben ihn totgemacht.« Er nahm einen Hut mit schwarzen Schwanenfedern vom Boden und hob ihn hoch. »Dabei trug er doch Passauer Zettel.«

»Seine Hure und ein Landsknecht?« Von Herzenburg versuchte zu verstehen.

»Woit de Freia hoid a bissai mehr, ois nua a hoibe Stund Vagniagn«, sagte der Wundarzt. »Woit er hoid des gonze Dirndl für si. So ko's geh, nid?« Er packte seine Sachen und stand auf. »Hobe die Ehre, Herr Rittmoasta.«

»Freier?« Maximilian schüttelte den Kopf. »Der Johann ließ doch keinen an das Mädchen heran.« Er merkte nicht, dass der Salzburger neben ihm stand und ihm die offene Hand hinstreckte. Auch nicht, als der sich räusperte. Beleidigt huschte der Mann aus dem Zelt.

»Vielleicht eine alte Rechnung«, brummte der Feldscher. Er zog eine Decke über Schneebergers Leiche. »So was kommt gar nicht selten vor.«

»Eine alte Rechnung?«, murmelte der Rittmeister. Er dachte an das Mädchen und an jenen ersten Wintertag im vergangenen Jahr, als Schneeberger es an den Haaren aus seinem Elternhaus und in die Scheune gezerrt hatte. Und sein Obrist fiel ihm ein, von Bernstadt, wie er neben ihm oben auf dem Gaisberg stand und sagte: *Man muss alles zurückzahlen im Leben.*

Auf einmal schnürte die Angst ihm die Kehle zu.

8

Es ging laut zu auf dem Marktplatz vor dem Heilbronner Rathaus, zu laut für Susannas überreizte Sinne; Kopfschmerzen plagten sie. An die dreihundert Menschen hatten sich vor der Bühne aus Brettern und Holzböcken versammelt, und draußen, vor dem Sacktuchzaun, standen noch einmal zweihundert, viele auf Stühlen, Kisten und Wagen. Rübelrap beeilte sich, ein großes Fass vor den Eingang zu schieben, um ihn zu versperren.

Die Heilbronner hungerten nach Zerstreuung. Bis in den Winter hinein hatte die Pest ihre Reihen gelichtet, davor mussten sie sich vor umherstreifenden katholischen Landsknechten fürchten, und die sie vor ihnen beschützen sollten, die evangelischen Soldaten des Herzogs von Württemberg, machten ihnen bis zur Stunde das Leben schwer. Gaukler, die sie zum Lachen bringen wollten, kamen da gerade recht.

Susanna saß auf einem Hocker neben dem Eingang und hinter einem zweiten, kleineren Fass, das ihr als Tischchen für die Geldschatulle diente. Viel zu eng war ihr zumute hinter den vielen Leuten, sie wäre gerne weggelaufen. Wie sollte man diesen Lärm aushalten, wenn man ständig Kopfweh hatte? Und warum mussten all die jungen Kerle sich wieder und wieder nach ihr umdrehen? Einige trugen Seitenwehre und Schützenhauben – württembergische Waffenknechte vermutlich. Sie machten ihr Angst.

Die Landgräfin und der älteste Gaukler traten auf die Bühne. Susanna reckte den Hals, denn beide trugen Kleider, die sehr schön anzusehen waren. Die Leute klatschten, und Stephan brüllte Willkommensgrüße in allen Sprachen, die er kannte. Susanna hätte sich gern die Ohren zugehalten.

Am Morgen hatte der Cousin des Vaters seiner großen Familie

erklärt, dass Susanna in seinem Haus bleiben würde, wenigstens bis Kriegende. Das sei selbstverständlich in schweren Zeiten wie diesen, innerhalb der Verwandtschaft sowieso. In Heilbronn gebe es genug zu nähen und zu sticken, und erst einmal könne sie ja seiner Frau mit dem Haushalt und den vielen Kindern helfen. Die hatte dabeigesessen und geguckt, als hätte einer ihr Essig eingeflößt.

Rübelrap ließ jetzt doch noch einen herein, einen Mann mit seltsam hohem und steifem Hut. Susanna sah gleich, dass er ein Ratsmitglied von Heilbronn sein musste. Er trug einen langen schwarzen Gehrock mit silbernen Knöpfen und eine dicke Halskröse, groß wie ein Wagenrad; sein langer, fransiger Ziegenbart lag darauf wie zum Trocknen ausgebreitete Schafswollsträhnen. Die Menge draußen hatte ihn willig und unter Zuruf ehrerbietiger Grüße vorbeigelassen. Sechs Kreuzer zählte er ihr auf den Tisch, zwei mehr, als der Eintritt kostete. Dabei nickte er Susanna freundlich zu.

»Vielen Dank, gnädiger Herr«, sagte sie artig, »und eine vergnügliche Stunde wünsche ich Euch.« So hatte die Landgräfin es ihr eingeschärft. Nur ihretwegen saß sie ja hier, denn diese Frau tat ihr viel Gutes. *Du musst unter Leute*, hatte sie gesagt, *du musst etwas tun*; *vom Herumsitzen und Löcher-in-die-Luft-Starren wird keine Seele gesund*; nur ihretwegen hielt sie hier am Eingang zur Gauklerbühne durch.

Schon seit der letzte Schnee geschmolzen und das letzte Eis auf dem Neckar getaut war, versuchte Susanna sich vorzustellen, sie würde hier wohnen, hier, hinter den Mauern Heilbronns. Es fiel ihr schwer. Das lag nicht allein an den katholischen Soldaten in der Umgebung, nicht nur an der drohenden Pest, nicht einmal an der eifersüchtigen Frau des Großcousins. Es lag an jenem allgegenwärtigen Gefühl der Fremdheit: Aus jedem Fenster sprang es sie an, aus jedem Gesicht; sogar aus ihrem eigenen, wenn sie sich im Spiegel sah. Im Spätherbst, auf dem Weg nach Heilbronn, hatte es sich in ihre Seele geschlichen; und wollte seitdem nicht mehr weichen.

Rübelrap schaukelte zur Bühne. Einige Leute in den hinteren Reihen entdeckten den freundlichen Mann mit der großen Halskröse neben dem Eingang – sie verbeugten sich und begannen, eine Gasse zu bilden, damit der hohe Herr bis ganz nach vorn zur Bühne gehen konnte, doch das wollte der gar nicht. Er hob abwehrend die beringten Hände, bedankte sich mit einer Kopfbewegung und blieb bei Susanna und ihrem Fass stehen.

Vorn auf der Bühne sagte die Landgräfin, dass der Herrgott die Heilbronner wohl sehr lieben müsse, weil er ihnen in Gestalt ihres Gatten den geschicktesten Dentisten unter dem Sternenzelt gesandt habe, der zudem noch beinahe schmerzfrei zu arbeiten verstehe. In den zaghaften Applaus hinein beteuerte Stephan Unterkofler, dass er es bitter bereue, nicht schon einmal eher hierhergekommen zu sein. »So schön, diese Stadt, so nett ihrre Menschen«, schmeichelte er, »und da muss errst mein Affe mirr sagen ›auf nach Heilbrronn‹, dass ich Euch und Eurre liebliche Stadt zu sehen bekomme.«

»Auf nach Heilbrronn!«, tönte es von irgendwoher, und weil es für die Leute aussah, als hätte der Affe es gerufen, bogen sie sich vor Lachen. Der Affe saß der Landgräfin auf der Schulter und direkt über Stephan; er bleckte die Zähne, äugte ein wenig unruhig in die Menge, und die Menge blickte erwartungsvoll auf ihn. Weil Marianne ihn am Schwanz zupfte, bleckte er die Zähne heftiger, und eine tiefe Stimme mit eidgenössischem Akzent sagte aus dem Nichts: »Hübsche Stadt, ja, ja, schöne Bäuche, hübsche Nasen, schöne Ärsche!« Die Leute brachen erneut in Gelächter aus, auch der in der großen Halskröse schmunzelte.

Susanna begriff, dass sie als Einzige hier nicht lachte, und der Wunsch wegzulaufen wurde übermächtig. Doch wohin? Vor dem Eingang drängten sie sich und nahmen einander abwechselnd auf die Schultern, um einen Blick über die Köpfe und auf die Bühne zu erhaschen. Kein Entrinnen möglich, sie musste durchhalten.

»Auch könne man viel lernen bei Euch in Heilbrronn«, erklärte Stephan vorn auf der Bühne. »So jedenfalls mein klugerr Affe.« Er wandte sich dem Tier auf der Schulter der Landgräfin zu. »Und was kann man lerrnen, Hochwürrden?«

»Wie man einem Winterkönig ein paar tausend Brotlaibe abschwatzt«, dröhnte wieder die Stimme mit eidgenössischem Akzent, und die Heilbronner klatschten und jubelten.

Im Haus ihres Großcousins hatte Susanna die Geschichte während des Winters mehr als nur einmal gehört: Nach der Schlacht bei Mingolsheim hatte im Frühling zuvor der ehemalige Kurfürst Friedrich für seine Soldaten hunderttausend Laib Brot von der Reichsstadt gefordert. Weil keine Stadt der Welt so viel Brot auf einmal backen konnte – und das von geplünderten und verbrannten Kornfeldern umgebene Heilbronn zweimal nicht –, verlegte sich der Rat aufs Verhandeln. Dies tat vor allem der Bürgermeister so geschickt, dass Friedrich sich am Ende mit wenigen tausend Broten zufriedengab.

Viele Heilbronner vor der Bühne wandten sich nun um und applaudierten dem Herrn mit der Halskrause. Der hob wieder abwehrend die Hände, deutete dabei eine Verneigung an, und Susanna begriff: Es war der Bürgermeister von Heilbronn selbst, der da so dicht bei ihr stand. Am liebsten wäre sie im Erdboden versunken, denn wer auch immer dem tapferen Mann jetzt zujubelte – und das taten praktisch alle –, konnte gar nicht anders, als auch sie anzuschauen.

Sie zog die Schultern hoch, senkte den Blick und bereute es, ihr Haar hochgesteckt zu haben, bereute es vor allem, das schöne nachtblaue Leinenkleid mit den Blumenornamenten angezogen zu haben. Zu beidem hatten die Landgräfin und die Zwergin sie gedrängt. *So einen schönen Hals hast du*, hatte Marianne gesagt, *so eine schöne Gestalt – zeig dich!*

Zu den anderen sprach die Landgräfin oft mit harter Stimme und kränkenden Worten, zu Susanna noch nie. Die anderen bedachten die Landgräfin oft mit zornigen Blicken oder verdrehten die Augen hinter ihrem Rücken; sogar ihr Mann, der Stephan. Susanna verstand nicht, warum. Sie störte sich weder an Mariannes polterndem Wesen noch an ihrer gestelzten und manchmal hochnäsigen Art; sie empfand ihr gegenüber nichts als Dankbarkeit und Zuneigung.

»Hallo!«, rief die eidgenössische Stimme, während der Affe auf Mariannes Schultern die Zähne bleckte. »Hier spielt die Musik! Euern Brotmann könnt ihr jeden Tag feiern und ganz umsonst, aber Eintritt habt ihr nur bezahlt, um uns Gaukler zu sehen!« Wieder Gelächter, und die Leute drehten sich zur Bühne um. Dort sprang nun die Zwergin mit einem Salto hinter dem Vorhang hervor, ihr folgten kläffend und jaulend der kleine Dachshund und der riesige schwarze Engländer. Stephan fuchtelte mit einem Degen und pfiff wie ein Nachtfink, und Marianne trug einen Holzreifen und eine Fackel auf die Bühne.

In einigen Dörfern der Umgebung hatten Stephans Gaukler ihre Künste schon gezeigt, doch es geschah zum ersten Mal, dass sie innerhalb der Stadtmauern auf die Bühne traten. Weil man aus den Dörfern nur Gutes hörte von dem kroatischen Zahnbrecher und seinen Gauklern, hatte schließlich auch der strenge Prediger der Kilianskirche seine Bedenken fahren gelassen, und endlich gestatteten Bürgermeister und Magistrat, dass die Gaukler ihre Bühne auf dem städtischen Marktplatz vor dem Rathaus aufbauten. Auch den Bürgern der freien Reichsstadt sollten sie vortanzen, Musik machen und Zähne brechen. Bedingung: nichts Unzüchtiges, den Tanzbären nur an der Kette und nicht mehr als vier Kreuzer Eintrittsgeld.

So viel durften sie selten nehmen, hatte die Landgräfin gesagt und Susanna dann in den Arm genommen und hinzugefügt: »Du bringst uns Glück.«

Der Magistrat war vollzählig erschienen, der Prediger mit seiner ganzen Familie und der Cousin des Vaters, der Kürschner, immerhin mit den meisten seiner vielen Kinder. Seit im letzten November der erste Schnee gefallen war, stand Stephans Wagen in seinem Hof, und die Gaukler selbst und ihre Tiere wohnten in seinem Stall und seiner Scheune.

Susannas Kopfschmerzen hatten schon auf dem Weg hierher nach Heilbronn angefangen, und die Bauchkrämpfe auch. Ohne das strenge Regiment der Landgräfin würde sie wohl gar nichts mehr essen und ohne eine der vielen Tinkturen, die Marianne in einem abschließbaren Kästchen mit sich führte, auch nicht mehr schlafen.

Auf der Bühne hielten der Affe und Stephan den Holzreifen, der inzwischen brannte. Der Englische Hund sprang darüber hinweg, der Dachshund mitten durch den Flammenring. Die Leute klatschten, doch an Susanna glitt es vorüber wie ein Tagtraum, der einem kaum bewusst wird.

Später flatterten der Uhu und der Milan über die Bühne, und die an den Händen gelähmte Lauretta warf den Vögeln mit den Fußzehen ein paar Fleischbrocken zu, die sie im Fluge fingen. Aus irgendeinem Grund bestaunten die Leute das lautstark und mit offenen Mündern. Stephan sagte noch einige Dinge über Kaiser und Papst, die Susanna langweilten, die aber in den Ohren der anderen wohl lustig klangen, denn die Heilbronner lachten und klatschten und hatten ihren Spaß.

Drei Mal war Susanna seit der Schneeschmelze schon mit den Gauklern durch die Dörfer in der Umgebung Heilbronns gezogen, hatte ihre Sprüche und Lieder gehört, ihre Tänze und Kunststücke gesehen, und jedes Mal wunderte sie sich, wie viel Spaß die Zuschauer dabei hatten. An ihr war das Spektakel vorbeigegangen, als ginge es sie nichts an. Fremd war sie sich vorgekommen – unter den Gauklern, unter den Zuschauern, in ihrer eigenen Haut. Fremd kam sie sich auch jetzt vor.

»Jean Potage!«, rief Stephan plötzlich, und die Heilbronner klatschten, als hätte er einen guten alten Bekannten angekündigt. Erst schrie einer hinter dem Vorhang – sofort erkannte Susanna Davids Stimme –, dann tapste Bela, der Tanzbär, auf die Bühne und hielt die schmale Gestalt des jungen Gauklers umklammert wie seine Beute. Und Stephan brüllte wie in großer Angst: »Ein Bärr hat ihn erwischt! Ein Bärr will unserren arrmen Jean Potage frressen!«

Dieses Spiel nun war neu für Susanna, denn David hatte wochenlang mit einer Lungenentzündung hinter dem Ofen in der Stube des Großcousins gelegen und nicht mit den Gauklern durch die Dörfer fahren können. Seit drei Tagen erst war er wieder richtig gesund, und nun tat er, als wollte Bela ihn fressen und jammerte und zeterte und bearbeitete den Tanzbär mit den Fäusten, während der ihn an seine Brust drückte und fast bis zum Rand der Bühne trug.

Plötzlich schrien alle aus Angst um das Leben des jungen Gauklers: Stephan, der Affe, Lauretta, die Heilbronner vor der Bühne, die Vögel auf der Bühne und der Gaukler selbst; die Hunde tobten kläffend um den Bären und seine schreiende Mahlzeit herum, und die Zwergin schleuderte Löffel auf die vermeintliche Bestie. In Susannas Kopf stach der Schmerz – sie hielt sich die Ohren zu und schielte zum Ausgang. Doch auch dort, hinter dem großen Fass, lärmten die Leute und schienen ganz außer sich.

Auf einmal ebbte das Geschrei ab. Die Hunde kläfften nicht mehr, keine weiteren Löffel klirrten auf die Bühnenbretter. Susanna nahm die Hände von den Ohren und blickte nach vorn. Dort drehte David den Kopf zu den Heilbronnern hin und tat, als würde er sie gerade erst bemerken. »Was glotzt ihr?«, schimpfte er. »Noch nie einen Bärenjäger gesehen? Dann herzlichen Glückwunsch – Ihr guckt gerade dem mutigsten Bärenjäger zwischen Neckar und Nil bei seiner gefährlichen Arbeit zu!« Und dann redete und prahlte er und tat, als wäre er der Jäger und der Bär ihm in die Falle gegangen, als wäre Bela die gefangene Beute und nicht er.

Das Publikum zeigte sich entzückt, grölte und johlte, und als auch Susanna begriff, platzte es aus ihr heraus – sie lachte.

Sie lachte laut und merkte es erst, als ihr Blick dem des Bürgermeisters begegnete. Der schmunzelte. Vorn auf der Bühne zeterte David mit dem Bären, schimpfte ihn einen Hohlkopf, weil er die wahren Verhältnisse nicht durchschaue, erklärte ihm, wem er, der tapfere Jäger, bereits den Bärenschinken verkauft habe. »Und dein Fell schenke ich der schönsten Jungfrau unter dem Himmel!«, rief er. »Ihr, die ich liebe!« Die Rechte am Nacken des Bären und die Beine um seinen Leib geklammert, streckte David die Linke aus und zeigte über die Köpfe der Zuschauer hinweg auf Susanna. »Ihr!« Alle drehten sich um, und Susanna stockte der Atem. »Ja, ihr!«, rief der junge Gaukler. »Ihr gehört mein Herz und dein Fell, dummer Petz, damit ihr warm bleibe künftig, damit ihre Seele nie wieder friere!«

Einen Wimpernschlag lang herrschte Stille. Dann fassten die verblüfften Heilbronner sich wieder, klatschten Beifall und drehten sich nach und nach zur Bühne um, wo das Spektakel seinen Lauf nahm. Susanna aber bekam nichts mehr mit davon, saß ganz steif auf ihrem Hocker, starrte ihre sich auf dem Schoß ineinander verflechtenden Finger an und wusste nicht, wohin mit sich.

Auf einmal überschwemmten die Bilder sie wieder, die sie Tag für Tag mit so viel Mühe von sich fernzuhalten suchte: Wie sie an Davids Seite über den fremden Hof wankte, nachdem es geschehen war, das Unaussprechliche; wie sie sich an den pelzigen Körper seines Bären kauerte in jenem Hühnerstall und ihr wundes Herz nach und nach absterben fühlte; und all die Angst auf dem holpernden Wagen später, wo der Jäger mit der erbarmungslosen Stimme sie nicht sehen konnte, weil die Gaukler sie in ein frisches Bärenfell gewickelt hatten.

Inzwischen wusste sie, wessen Fell es gewesen war.

Und jetzt hörte sie beide auf der Bühne: Der eine brummte und blökte, der andere prahlte und mimte den starken Mann. Waren es die beiden nicht gewesen, denen sie ihr Leben verdankte? Oft genug hasste sie den jungen Gaukler David für das, was er getan hatte, denn oft genug wäre sie lieber tot und bei Hannes. Den Bären dagegen liebte sie uneingeschränkt, nicht einmal sein Gestank störte sie noch; sie hatte zu viele schlaflose Nächte voller Angst und Trauer in den vergangenen Wintermonaten neben der starken, pelzigen Kreatur verbracht.

»Sie muss doch nicht weinen«, raunte eine Stimme nah an ihrem Ohr. Susanna hob den Blick und erkannte den Bürgermeister hinter ihrem Tränenschleier. Er reichte ihr ein Schnupftuch. »Nichts ist so schlimm, dass es nicht auch wieder gut werden kann.«

Alles in Susanna wollte widersprechen, doch sie schluchzte nur einen Dank und presste das Tuch vors Gesicht. Der Mann wandte sich wieder der Bühne zu, blieb aber dicht vor ihrem Fass stehen, um sie vor den Blicken einiger Heilbronner zu schützen, die ihre Tränen bemerkt hatten.

Später packten sie auf der Bühne ihre Instrumente und die Wurfmesser der Zwergin ein, und Stephans Zangen, Hebel und Zahnschlüssel aus. »Kommt herauf zu mir, ihr Mühseligen und Beladenen«, lud der geschickteste Dentist unter dem Sternenzelt die Heilbronner ein. »Überlasst sie mir, die stinkenden Quälgeister in euren hochverehrten Mäulern.« Zwei Dutzend Heilbronner reihten sich in die Warteschlange vor der Bühne ein.

Die Geldschatulle unter dem Arm, drückte Susanna sich an feixenden Soldaten vorbei zur Bühne. Ihr Kopfweh war wie fortgeblasen. Aus den Augenwinkeln sah sie den Bürgermeister dem Großcousin ein paar Münzen in die Hand zählen. »Die arme Jungfrau war in Heidelberg an jenem Unglückstag?«, fragte er dabei, und der Großcousin nickte. »Sie sieht krank aus, sie braucht einen Arzt«, hörte Susanna den Bürgermeister sagen.

Sie beeilte sich, hinter den Schutz der Bühne zu huschen, doch an deren Schmalseite blieb sie stehen, weil sie die Landgräfin schimpfen hörte. »Wie kann Er es wagen?«, zeterte Marianne. »Dem verstörten Mädchen vor so vielen Leuten eine Liebeserklärung zu machen!«

»Lasst ihn doch!« Wie so oft kam Lauretta dem jungen Gaukler zur Hilfe. »Es war doch so schön …«

Rübelrap schaukelte um die Ecke, sah sie und zog fragend die buschigen Brauen hoch. Große, traurige Kinderaugen blickten sie an. Susanna drückte dem Riesen die Schatulle in die Hände und lief davon.

*

Zunächst schien noch die Sonne. Ihr Licht ließ Kutsche, Gespann und Kutscher so hell aufleuchten, dass Susanna jeden Nagel an der Kutsche, jede Naht im Zaumzeug und jede Linie im Gesicht des Kutschers deutlich erkennen konnte. »Hannes«, sagte sie, und es klang wie Gesang, denn alles Lächeln ihrer Seele lag in diesem Namen. »Hannes …«

Er hatte sie längst gesehen, lenkte das Gespann längst quer durch den Himmel auf sie zu. Und sie, sie schwebte ihm entgegen. »Mein Hannes …«

Auf einmal verblasste die Sonne – Kutsche, Gespann und Kutscher entfärbten sich, und eine Kraft, die ihr Angst einjagte, hielt ihr Schweben auf, zog sie wieder hinunter zur Erde, zu einem Dachstuhl und durch dessen klaffendes Gebälk in ein Haus. »Hannes!«, rief sie. Doch der war nur noch ein undeutlicher Schatten hoch über ihr und sehr weit weg.

Dann schloss sich das Gebälk, Gespann und Kutscher lösten sich in nichts auf, und sie stürzte auf ein Lager. Es stank nach Wein, altem Schweiß und Fisch, alles wackelte und ächzte. Angst tränkte jede Faser ihres Leibes. Etwas fiel hart und schwer auf ihre Brust, schnürte ihr die Luft ab. Ihr Herz raste, schneidender

Schmerz fuhr ihr durch den Leib, und sie schrie und schrie und schrie …

»Hannes!« Sie saß im Bett und schrie. »Hannes!« Eines der Kinder lief zur Tür hinaus, rief nach seiner Mutter. Die anderen ragten im Dunkeln wie kleine Schatten aus ihren Betten. »Hannes …« Susanna ließ sich zur Seite fallen, tastete nach Hannes' Mantel. Noch immer raste ihr Herz, Schmerzen krampften ihren Bauch zusammen. Sie zog die Beine an, drückte den Mantel an die Brust und die Stirn gegen die Wand. Ein Traum, wieder nur ein Traum …

Jemand polterte die Treppe herauf, zischte, stürzte ins Zimmer. »Immer Geschrei!«, zeterte eine Frauenstimme. »Nacht für Nacht Geschrei!« Licht fiel in die Schlafkammer, Susanna richtete sich auf – die Frau des Großcousins stand mit einer Öllampe vor ihrem Bett. Die Kinder machten ängstliche Gesichter. Vier von ihnen hockten verschlafen oder starr vor Schreck im größten der drei Betten, drängten sich aneinander.

»So geht das nicht!«, zischte die Frau des Großcousins. »Nacht für Nacht dasselbe! Die Kindlein werden mir noch krank!«

Wieder kam jemand in die Kammer, die Landgräfin. »Ich nehm sie mit hinunter zu uns.« Marianne raffte Kleider, Decke und Bärenfell zusammen, führte Susanna die Treppe hinunter und aus dem Haus über den Hof in eine Gesellenkammer neben dem Ziegenstall, wo sie mit Stephan schlief. Den scheuchte sie hinaus und drückte Susanna hinunter aufs noch warme Lager. »Alles wird gut«, sagte sie, deckte sie zu, nahm sie in die Arme. »Schlaf weiter, Kind, ich bin bei dir.«

Am Morgen, als Susanna die Augen öffnete, saß Marianne schon neben dem Bett und bürstete ihr Haar. Es war kühl, draußen plätscherte Regen in Pfützen. Marianne ließ die Bürste sinken, setzte sich zu ihr aufs Bett und nahm ihre Hand. »Du bist nicht die Erste, die so etwas überlebt. Hörst du?« Susanna blinzelte zu ihr hinauf; sie verstand nicht recht. »Sieh mich an.« Marianne legte sich die Hand auf die Brust, ein sehr ernster und ein wenig bitterer Zug lag in ihrem breiten Gesicht. »Ich war noch jünger als du, als ich einer Horde Türken in die Hände fiel. Und mir half niemand. Auch hinterher nicht. Du wirst es auch überleben, du musst dich nur erinnern.«

»Erinnern?« Susanna verstand nicht. »Vergessen will ich, nicht erinnern.«

»Du wirst es nie vergessen.« Die Landgräfin schüttelte den Kopf. »Wenn du dich nicht freiwillig erinnerst, kehrt es im Traum zurück, alles: der Geruch, die Stimmen, der Schmerz, sein Gesicht. Oder am helllichten Tag, wenn du Blumen betrachtest, ein Lied hörst oder Tiere fütterst – wenn du es also am wenigsten erwartest; oder später dann, wenn du einmal in Liebe bei einem Mann liegen wirst.«

Die Ländgräfin sprach wie eine, die genau Bescheid wusste. Susanna betrachtete ihr ernstes Gesicht, versuchte zu verstehen. »Und wenn ich mich erinnere, hören die Träume auf?«

»Die Träume, die Kopfschmerzen, die Angst vor den Leuten.« Marianne nickte. »Wenn du es aushältst, sein Gesicht klar vor dir zu sehen, und wenn du ihn dann zu hassen beginnst, dann fängst du langsam an, wieder gesund zu werden. Und am besten erinnerst du dich, wenn du darüber sprichst. Du kannst mir davon erzählen …«

»Nein!« Susanna warf sich in die Kissen, drehte sich zur Wand. »Ich will mich nicht erinnern! Ich will nichts erzählen! Ich will davon nichts hören …!« Sie weinte und zitterte. Die Landgräfin blieb bei ihr sitzen, murmelte beruhigende Worte, begann eine Melodie zu summen, streichelte ihren Rücken und ihre Wangen, und Susanna ließ es zu.

Irgendwann setzte sie sich wieder auf und trocknete ihre Tränen. »Ich wasch mich jetzt. Dann muss ich die Tiere füttern und den Kindern Frühstück machen.«

Marianne seufzte, stand vom Bett auf und fuhr fort, sich das

Haar zu bürsten. »Noch etwas«, sagte sie, ohne Susanna anzuschauen. »Wenn du dir einen Gefallen tun willst, und das solltest du, dann verlasse dieses Haus und ziehe mit uns. David ist nicht der Einzige unter uns, den das glücklich machen würde.«

»David?« Susanna setzte sich auf. »Aber ich bin doch verlobt …«

»Dieser Hannes? Was redest du denn da, Kindchen!« Mit der Bürste deutete Marianne zur Wand, wo neben Susanna Hannes' Mantel lag. »Der ist doch tot.«

»Aber hier drin«, Susanna deutete auf ihre Brust, »hier drin bin ich trotzdem noch verlobt.«

Marianne schüttelte den Kopf. »Das vergeht. Glaub mir, Kindchen, das vergeht.«

9

An der Spitze von zwei Reiterrotten galoppierten von Herzenburg und sein Cornet durch die Ruinen eines Neckardorfes. Die Märzsonne am strahlend blauen Mittagshimmel und die ausschlagenden Bäume machten den Männern gute Laune – nur dem Rittmeister nicht. In den Gärten, zwischen Schutt und verkohlten Trümmern, blühten Tulpen und Iris. Maximilian nahm sie kaum wahr.

Dagegen fiel ihm auf, in wie wenigen Gärten Menschen die Erde umstachen oder Bäume schnitten, in wie wenigen Höfen Wäsche flatterte, und dass sich nur vereinzelt Kinder zeigten an den zerbrochenen Fenstern und in den Toren halb eingestürzter Scheunen und Ställe.

Die Verwüstung des Dorfes, die nahm er wahr. In ihr, nicht im freundlichen Licht und den blühenden Blumen, spiegelte sich seine Stimmung wider und das Ziel, zu dem hin er unterwegs war.

Am Dorfausgang bog die gepflasterte Landstraße nach Osten ins Neckartal ab. Von dort kamen ihnen Leute entgegen; abgerissenes, elendes Volk, wie der Rittmeister schon von weitem sah. Flüchtlinge vermutlich. Sie führten Viehzeug mit sich und nicht einmal wenig. Maximilian erkannte einen großen Hund, einen Esel, eine Kuh und zwei Schafe. Der Himmel mochte wissen, wie diese Flüchtlinge ihre Tiere durch den Krieg gerettet hatten.

Ängstlich drängten die Leute sich an eine Gartenmauer, als von Herzenburg und seine Arkebusiere an ihnen vorbeiritten. Hätten sie die Reiter rechtzeitig entdeckt, hätten sie sich wohl in den Ruinen oder in den Obsthängen versteckt. Ein Mann an der Spitze der Wanderer und ein Halbwüchsiger neben ihm gingen mit erhobenem Haupt, blickten von Herzenburg und von Torgau frei in die Gesichter, zogen auch Hut und Kappe und riefen einen Gruß.

Die anderen schlichen ängstlich und mit gesenkten Köpfen vorüber. Dürr und hohlwangig sahen sie aus, halb verhungert.

Sechs Erwachsene mit gut zehn Kindern, wenn von Herzenburg richtig gezählt hatte. Auch eine uralte Frau hatten sie dabei, die saß halb vergraben unter Kleiderbündeln und Hausrat auf einem Leiterwagen. Den zog der Esel über das Kopfsteinpflaster. Unter dem grauen Fell traten die Eselsrippen hervor wie die Querspanten eines gestrandeten Schiffes. Dennoch schleppte er Taschen und Kleider, genau wie das Rind. Das kleinste Kind ritt auf dem Hund, die Frau und ein zweites Kind auf den Schafen.

»Stolzes Pack!« Mathis drehte sich nach dem Mann und dem Halbwüchsigen an der Spitze der Kolonne um. Er ärgerte sich wohl über den freimütigen Gruß. »Seine Kuh allerdings steht gut im Futter. Ein Fehler wäre es sicher nicht, sie mit nach Heidelberg zu nehmen.« Maximilian spürte seinen erwartungsvollen Blick von der Seite, erwiderte aber kein Wort.

Sie sprachen nur noch das Nötigste seit ihrem Zusammenstoß in Mannheim im letzten Herbst. Von Torgaus Verletzung war verheilt, und er konnte wieder die Fahne tragen; doch beiden hatte der kurze Kampf auf dem Wehrgang die Beförderung gekostet.

Der Rittmeister ließ die letzten Hungergestalten hinter sich, und vor seinem Blick öffnete sich nun das Neckartal. Auf der anderen Seite des Flusses sah er die Dächer und Türme Heidelbergs, darüber den Trutzkaiser, den er ein halbes Jahr zuvor erobert hatte, und weiter im Osten, im Hang des Königsstuhls, das viel gerühmte Schloss. Ein Anblick, der anderen Reisenden einen Ausruf des Entzückens entlockt hätte – dem Rittmeister verdüsterte er das Gemüt nur noch mehr, und die Unruhe, die ihn seit Wochen umtrieb, engte ihm nun zunehmend die Brust ein. Schon seit längerem zerrte sie an seinen Gliedern und Nerven, raubte ihm Appetit und Schlaf, zerwühlte und bedrückte seinen Geist. Manchmal brannte diese Unruhe ihm in der Brust wie die Gewissheit eines bevorstehenden Verhängnisses.

Der Herr Graf wartete im Heidelberger Schloss auf ihn.

Auch Maria wohnte ihm Schloss, gewiss. Doch wenn Maximilian an seinen Vater dachte, verging ihm sogar die Lust, seine Cousine wiederzusehen – und in vertrauter Weise zu begrüßen.

Viel lieber wäre er jetzt oben in Isenburg oder Hanau gewesen, wo der General Tilly die Hauptmacht seines Heeres hatte überwintern lassen. Doch gemeinsam mit einigen Infanteriekompanien hatten von Herzenburg und seine Reiter den ganzen Winter über Frankenthal belagern und frieren und hungern müssen. Auch das eine Folge seines blutigen Streites mit dem Cornet. Inzwischen ging der März zu Ende, und Frankenthal hatte sich noch immer nicht ergeben.

Hinter dem Rittmeister wurden plötzlich Stimmen laut, und von Herzenburg drehte sich um: Der Feldwebel und zwei Reiter waren aus dem Glied zu den Leuten am Straßenrand geritten und abgestiegen. Sie besahen sich die Kuh, rissen dem Knaben, der sie führte, die Leine aus der Hand.

Von Herzenburg zerrte am Zügel, gab seinem Schimmel die Sporen, lenkte ihn an seinen Reitern vorbei und zurück bis zu den dreien bei der Kuh und den zerlumpten Wanderern. Dort hielt er an, blieb aber im Sattel sitzen. »Was geht hier vor?«

Dem Knaben, der die Kuh geführt hatte, liefen die Tränen über das Gesicht. Der Feldwebel, schon im Begriff, das Tier zu seinem Pferd zu zerren, feixte. »Fast wären wir vorbeigeritten an dem Braten, was, Herr Rittmeister?«

Von Herzenburg hatte einen der Corporale zum neuen Feldwebel gemacht – oder zum Wachtmeister, wie man bei den Reitersoldaten auch sagte –, einen kleinen, drahtigen Sachsen namens Peter Laußnitz. Seit seiner Beförderung neigte er zu großspurigen Reden und wichtigem Getue.

»Bitte, Ihr Herren!« Von der Spitze der Elendskolonne eilte jener Mann herbei, der von Herzenburg zu furchtlos gegrüßt hatte. Der Halbwüchsige blieb ihm dicht auf den Fersen. »Seht doch unsere kleinen Kinder – wir ernähren sie von der Milch dieser Kuh! Bitte lasst uns das Tier, sie werden uns sonst verhungern!«

Seine Stimme klang viel zu fest nach von Herzenburgs Geschmack, auch der Blick, mit dem er zu ihm heraufsah, hätte durchaus flehender sein können. Der Rittmeister musterte erst den Mann und dann den Halbwüchsigen neben ihm; ohne Zweifel sein Sohn, denn er schien ihm wie aus dem Gesicht geschnitten. »Wer ist Er und wohin will Er?«

»Nach Amsterdam, Herr. Wir waren Pfarrer in Dilsberg und Eberbach.« Er deutete auf einen anderen, jüngeren Mann; dem flackerte der Blick und bebten die Kaumuskeln vor Angst. »Ihr wisst ja, Herr, dass die neue Obrigkeit uns reformierte Prediger nicht mehr in der Kurpfalz duldet.«

»In der Pfalz, wollte Er sagen«, entgegnete Maximilian von Herzenburg gereizt. »Die Kurpfalz gibt es nicht mehr, weiß Er das denn noch immer nicht? Weilt Er denn nur im Himmel mit Seinen Gedanken?«

»Nein, Herr.« Weil der Mann schwieg, ergriff der Halbwüchsige das Wort. »Doch, Herr. Wir wissen schon Bescheid – es gibt keine Kurpfalz mehr. In der Pfalz duldet die neue Obrigkeit uns nicht.«

Was im Geheimen längst vereinbart gewesen war, hatte der Kaiser Ferdinand im vergangenen Monat nun auch öffentlich vollzogen: Er hatte die Kurwürde von dem Pfälzer Fürsten Friedrich V. an den Großherzog von Bayern, an Maximilian I. übertragen.

Der Rittmeister ließ seinen Blick über die Hungerleider wandern. Lauter elende Gestalten, manche nur noch Haut und Knochen, die zudem schlecht rochen. Die beiden Kinder auf Hund und Schaf hatten seltsam geblähte Bäuche. Die Frau auf dem zweiten Schaf, obgleich noch jung, blickte mit gelben Augen teilnahmslos aus pergamentenem, gelblichem Gesicht. Ekel schüttelte von Herzenburg.

Dies war nicht der erste Elendszug von Pfaffenfamilien, der ihm auf dem Weg von Frankenthal an den Rhein begegnete. Und alle wollten sie hinauf nach Norden; nach Brandenburg, wo man lutherisch, oder in die Generalstaaten, wo man reformiert glaubte. Man verjagte sie einfach aus ihren Dörfern, die evangelischen Pfarrer; die Pfalz sollte ja wieder ganz und gar katholisch werden. Nicht einmal als Privatmänner durften die Prediger in ihrer Heimat wohnen bleiben. Von Herzenburg fand das übertrieben, doch was ging es ihn an.

Er sah dem Halbwüchsigen ins Gesicht. »Wie heißt Er?«

»Mathias, Herr.«

»Er heißt wie du, Mathis«, wandte er sich an seinen Cornet, der ihm gefolgt war. »Was sagst du?« Der Cornet sagte gar nichts, stierte nur aus seiner ungarischen Sturmhaube auf den Jungen hinab. »Will Er auch einmal Prediger werden wie Sein Herr Vater?«, wollte Maximilian wissen. Der Junge nickte. »So, so …« Der Rittmeister musterte ihn, schweigend und so lange, bis der andere seinem Blick auswich. Die Reiter wurden allmählich unruhig, der Feldwebel feixte und tat amüsiert, die Kuh hob den Schwanz und pisste, der Cornet räusperte sich, und der Junge wusste nicht, wohin mit sich.

»Schlägt Ihn sein Vater?«, fragte Maximilian.

»Bitte, Herr?« Der Junge hob jäh den Blick, lief rot an; der Pfarrer riss Mund und Augen auf.

»Ob der Herr Prediger Ihn prügelt, will ich wissen.«

»Aber ja doch, Herr. Wenn man's nicht anders verdient, straft er auch mit Schlägen.«

»Wenn man's nicht anders verdient also, aha.« Maximilian von Herzenburg fasste den Vater ins Auge. Der wirkte recht fassungslos. Der Rittmeister trieb seinen Schimmel näher zu ihm, zog seinen Degen, setzte ihn dem Mann an die Brust.

»Ich bitte Euch, mein Herr …« Bleich wurde der Pfarrer, ganz steif, und die Finger spreizte er.

»Er schlägt nie wieder seine Kinder,« sagte der Rittmeister leise.

»Erbarmt Euch doch, Herr!« Der Pfarrerssohn machte Anstalten, sich zwischen von Herzenburgs Degen und seinen Vater zu drängen, wagte es aber nicht wirklich. »Ganz selten nur schlägt er, wirklich ganz selten, ich schwör's bei der Heiligen …!«

»Er soll mich nicht anlügen!«, schrie Maximilian, und alle zuckten zusammen, auch der Feldwebel und die beiden Gefreiten neben ihm. Es kam nicht oft vor, dass ihr Rittmeister laut wurde, eigentlich nie. Der wandte sich wieder an den reformierten Pfarrer: »Nie wieder schlägt er seine Kinder – verspricht er das?«

»Ja, Herr, ja …« Der Prediger nickte hastig, rang die Hände. »Ich verspreche es.«

»Gut so.« Der Rittmeister steckte den Degen weg und lenkte das Pferd zu seinem Feldwebel. »Er gebe dem Knaben dort die Kuh zurück, Laußnitz.«

»Aber Herr Rittmeister …!« Wie hilfesuchend äugte er zu den anderen Reitern, und das gefiel Maximilian gar nicht.

»Hat Er meinen Befehl gehört, Feldwebel?« Laußnitz nickte, schnitt eine beleidigte Miene und zerrte die Kuh zurück zu dem weinenden Knaben. »Und dann schneide er sich eine Rute aus dem Gestrüpp dort, nicht zu dick.« Mit einer Kopfbewegung deutete Maximilian auf einen Haselnussbusch, dessen Äste über einer niedrigen Gartenmauer hingen. »Damit gebe Er dem Herrn Prediger zehn Schläge auf den nackten Arsch, und zwar so, dass er noch lange an sein Versprechen denkt. Und ihr haltet ihn fest«, befahl er den beiden Gemeinen neben dem Feldwebel, und noch einmal an den Jungen gewandt: »Und Er zählt.«

Sichtbar widerwillig stelzte Laußnitz zum Haselnussbusch und zog sein Messer. Maximilian von Herzenburg wartete noch, bis die beiden Gemeinen den Pfarrer zu Boden gestoßen und entblößt hatten. Nach dem ersten Hieb lenkte er seinen Schimmel zurück auf die Straße und setzte sich wieder an die Spitze seiner Reiter. Hinter ihm peitschten die Schläge, stöhnte der Prediger und zählte dessen Sohn mit tränenerstickter Stimme.

Als es vorbei war, ritten sie endgültig aus dem Dorf und am

Neckar entlang der Heidelberger Brücke entgegen. Ein wenig hatte von Herzenburgs Unruhe sich gelegt. »Schönes Wetter, um nach Heidelberg zurückzukehren, was meinst du, Mathis?«

Von Torgau antwortete nicht. Wie man einen Kranken beobachtet, so belauerte er seinen Rittmeister. Von Herzenburg sah es aus den Augenwinkeln. Es ließ ihn gleichgültig.

Eine Zeit gelang es von Torgau noch, an sich zu halten, kurz bevor sie die Brücke erreichten jedoch, lenkte er sein Pferd nahe an das seines Rittmeisters heran. »Musste das wirklich sein, Max?« Von Herzenburg schwieg. »Hätt'st du ihn erschlagen, hätte es ihn weniger geschmerzt als diese Kränkung unter den Augen seiner Kinder.« Kein Wort kam über die Lippen des Rittmeisters. »Vor allem aber: Die Männer hätten lieber die Kuh gehabt als dieses Theater.«

Maximilian packte den Fahnenschaft und riss von Torgau daran noch näher zu sich. »Wer ist der Rittmeister der Kompanie, Cornet?«, zischte er. Diesmal schwieg Mathis. »Gut, dann hört meinen nächsten Befehl, Freiherr von Torgau: Maul halten!«

*

Heidelberg kam ihm düster und grau vor, die Menschen huschten an den Fassaden vorüber und waren kaum von ihren Schatten zu unterscheiden. Diejenigen, die sich ohne Hast bewegten und durch elegante oder wenigstens ansehnliche Kleidung auffielen, gehörten entweder zur Besatzungsgarnison oder zu den Verwaltungsbeamten, die Maximilian von Bayern oder der Kaiser selbst an den Neckar geschickt hatten. Maximilian sah auch auffallend viele Männer in priesterlichen oder mönchischen Roben auf dem Weg zwischen Brücke und Schlossstraße. Jesuiten, vermutete er. Der General Tilly hätte seine Freude gehabt.

Dazu kam der Anblick zerschossener Dächer und zerbrochener Fassaden. Sogar das Gemäuer und die Fenster der großen Kirche auf dem Marktplatz – wie hieß sie gleich? – hatte man noch nicht repariert. Beim Hospital und der ehemaligen Hofkanzlei häuften sich Schuttberge. Nirgendwo etwas, das dem Auge guttat; jedenfalls sah Maximilian nichts.

Obwohl es im Schloss oben allenfalls unter den Bediensteten Heidelberger Bürger gab, meinte der Rittmeister das Graue und Freudlose auch hier zu empfinden. Von den Menschen, die er im Schlosshof, in den Hallen und Zimmerfluchten sah, ging nichts Leichtes, nichts Anmutiges aus; niemand lächelte, niemand scherzte, kein lautes Rufen, kaum einer, der sich ohne jene Steifigkeit bewegte, die seit ein paar Jahren zunehmend als würdevoll, edel und einem wichtigen Manne angemessen galt.

Um wie viel heiterer ging es sogar im Heerlager zu, wie viel menschlicher unter Huren und räuberischen Pferdejungen, ja selbst unter abgebrühten Feldwebeln, Wachtmeistern und Hauptmännern.

Lag es an dieser düsteren und starren Atmosphäre, dass Maximilian das Durchatmen schwerfiel, während er den beiden prächtig gekleideten Schlossgardisten zu den Gemächern seines Vaters folgte? Vielleicht trübte ihm auch sein Gemütszustand den Blick und die Aussicht auf die bevorstehende Begegnung mit dem Herrn Grafen.

Maximilian kämpfte gegen den Drang, umzukehren. Doch die Gardisten machten schon Halt vor einer großen Flügeltür, hinter der sein Vater seit bald drei Wochen wohnte, und nun war es zu spät – die feindliche Schlachtreihe stand bereit, und der junge von Herzenburg musste durch.

Cornet, Feldwebel und Reiter ließen sich im Schlosshof bewirten, nur seine Trabanten Conrad und Simon begleiteten ihn. Während die Gardisten klopften und auf eine Antwort lauschten, bedeutete er den beiden Burschen mit knappen Gesten, vor der Flügeltür Stellung zu beziehen und auf ihn zu warten.

Die Gardisten klopften erneut, doch die Antwort aus dem

Raum hinter der Tür blieb weiter aus. Nach etlichen Atemzügen erst öffnete sich ein Türflügel, und eine junge Frau mit zerknitterten Kleidern und zerzaustem Haar schlüpfte in den Gang hinaus, lächelte verlegen und huschte davon – das erste Lächeln, das Maximilian begegnete, seit er eine halbe Stunde zuvor die Neckarbrücke überquert hatte. Ein paar Wimpernschläge lang standen die Männer in einer Wolke schweren Parfüms. Und schließlich ertönte jene Stimme, die Maximilian von Herzenburg immer ein wenig an rostiges Blech erinnerte – an rostiges Blech, wenn es zerriss. Eine Stimme, die er schon viel zu lange kannte und viel zu gut, und die ihm dennoch nie vertraut geworden war. »Was gibt's denn?«, tönte sie unwirsch.

Die Leibgardisten öffneten den Türflügel vollständig und meldeten den Rittmeister Maximilian von Herzenburg mit zwei Trabanten. »Na dann mal herein mit dem Rittmeisterlein!«, polterte es aus dem Raum jenseits der Türschwelle.

Maximilian zuckte zusammen und hoffte, dass weder die Gardisten noch seine Burschen es gemerkt hatten. An den Gardisten vorbei trat er ein; nur zwei Schritte weit, dann blieb er stehen und deutete eine Verneigung an. »Herr Graf?« Plötzlich wurde ihm bewusst, dass seine Hände feucht und seine Knie weich waren; er schämte sich dafür, und seine Gestalt straffte sich. »Erfreut, Euch gesund wiederzusehen.« Hinter ihm knarrte der Türflügel und fiel ins Schloss.

»Er kommt spät, will mir scheinen.« Sein Vater saß neben dem Fenster in einem blau-weiß gepolsterten Fauteuil und streckte ihm die Linke entgegen. Sein rechtes Bein ruhte auf einem breiten und mit gleichem Polster bezogenen Hocker. »Seit einem Monat warte ich schon auf Ihn, derweil ich mich in dieser trübsinnigen Stadt langweilen muss.«

Zehn Schritte ging Maximilian von der Tür bis zu seinem Vater, und während dieser Schritte zählte er allerhand Gründe auf, warum er jetzt erst nach Heidelberg reiten konnte: Ausfälle der

Frankenthaler Garnison, das Hochwasser der ersten Märzhälfte, wieder Ausfälle der Frankenthaler und zuletzt Verhandlungen mit den Belagerten. Dabei vergaß er nicht, einfließen zu lassen, dass sein Vater ja erst vor nicht einmal drei Wochen in der Stadt angekommen war; Maria hatte ihm das geschrieben. Noch redend beugte er sich über die ausgestreckte, fleischige Hand, vermied es sorgfältig, auch nur einen der drei Ringe mit den Lippen zu berühren, und hielt die Finger auch nur einen flüchtigen Moment lang fest.

Die große, kräftige Hand roch nach dem schweren Parfüm der jungen Frau, die ihr eben noch ihren weichen Körper preisgegeben hatte – hier in diesem Sessel und vermutlich auf den stämmigen Schenkeln des Grafen.

Beim Zurücktreten stolperte Maximilian über die Stiefel seines Vaters, und für einen Moment fürchtete er zu stürzen. »Ich hoffe, es geht Euch wohl, Herr Graf?« Mit ausgebreiteten Armen suchte er seine Balance.

Sein Vater beäugte ihn amüsiert und aus schmalen Augen. »Unkraut verdirbt nicht. Prächtiges Wetter immerhin haben sie hier an Neckar und Rhein. Und der Wein ist auch nicht zu verachten, weiß der Himmel! Meine Kompanie liegt übrigens oben in der alten Burg. Bald dreihundert Mann haben mir auf die Fahne geschworen, das muss Er sich einmal vorstellen …!«

Die Seidenstrümpfe des Grafen waren löchrig und an den Zehenspitzen braun von den Stiefeln. Der Gestank der gräflichen Füße verdrängte bereits das Parfüm der Hure.

Auch jetzt, während er seine Kompanie lobte und die Beschwernisse der langen Reise an den Neckar beklagte, verschlossen wie meist seine dicken Lider dem Grafen die Augen bis auf schmale Schlitze, sodass man meinte, er würde jeden Moment einschlafen. Ein täuschender Eindruck, wie Maximilian nur zu gut wusste.

Kurze graue Locken bedeckten den quadratischen Schädel seines Vaters noch ganz und gar, kurzgehalten auch der Graubart um das kräftige Kinn, nur der Schnurrbart wucherte ähnlich unmäßig, wie Maximilian es von Walrossdarstellungen kannte. Er trug ein weißes, halb aufgeknöpftes Leinenhemd und eine schwarze Samthose, mit rotem Band über den Knien gebunden.

»Mir scheint es ein wenig gewagt, in Euerm Alter noch in den Krieg zu ziehen, Herr Graf«, beeilte Maximilian sich zu sagen, als sein Vater seinen monotonen Wortschwall unterbrach, um nach dem Weinbecher zu greifen.

»In meinem Alter?« Der Graf brauste auf, hob sogar die Lider ein wenig. »Was redet Er denn da für einen Unsinn? Sechsundfünfzig Jahre alt sind wir erst, und nun sage Er mir, wie alt der General Tilly ist! Zweiundsechzig, na also! Und hat er am Weißen Berg gesiegt oder nicht? Na also! Und hat er Heidelberg genommen oder nicht?«

Man sah dem Herrn Grafen den langjährigen und unmäßigen Weingenuss an: die pockennarbigen Wangen und die Augenpartie waren aufgequollen, die kaum sichtbaren Augen wässrig, die großporige Nase irgendwie geschwollen und rot. In jedem der großen Ohren hingen Goldringe, je einer mit Diamanten besetzt, und ein goldenes Armband schmückte das rechte Handgelenk. Eine goldene Kette mit einem goldenen, von Blumengravur überzogenen Medaillon hing um seinen stämmigen, faltigen Hals.

Auf dem Tischchen neben seinem Sessel standen ein Weinkrug und ein zweiter Becher, auf dem Boden daneben lagen Manschetten, Halskröse, Bandelier und Wams. Und ein Kuvert. Maximilian erkannte das Siegel der Prinzessin von Bernstadt.

»Ach – dass ich es nicht vergesse!« Der Graf sah Maximilians Blick, richtete sich auf und langte nach dem Kuvert. »Ein Brief von Seiner schönen Cousine.« Er reichte ihm das Kuvert. »Abgereist. Nach London. Schade."

Der Rittmeister biss die Zähne zusammen. Nur keine Enttäuschung zeigen. »Ja, schade.« Er steckte den Brief in die Tasche seines Lederkollers.

»Wieso reist die Prinzessin denn nach London, in die Hauptstadt des Feindes?« Der Herr Graf grunzte unwillig. »Hat sie denn einen Geliebten daselbst? Weiß Er etwas?«

»Nein, Herr Graf. Wir schreiben uns selten und sehen uns so gut wie nie.«

»Man munkelt dergleichen, und warum sonst sollte sie in die Hauptstadt dieses bigotten Narren Jakob von England reisen? Und wir prügeln uns derweil mit seinen Soldaten!« Er schnitt eine missmutige Miene, schüttelte den schweren Schädel und leerte seinen Becher. Dann blieb sein Blick an Maximilians Hut hängen, wanderte hinunter zu seinem Spitzenkragen und von dort über seinen Hirschlederkoller, seine braunen Samthosen bis zu seinen Hirschlederstiefeln. »Er sieht gut aus, der Rittmeister, alle Achtung!« Er nickte anerkennend. »Und die Engländer in Frankenthal halten noch immer dagegen, wie man hört?«

»Es sind eher die Bürger, die den Widerstand aufrecht erhalten«, antwortete Maximilian. »Die Engländer selbst hätten längst aufgegeben. Doch der Pfälzer ist ein trotziger und eigensinniger Mann.«

»Und wie lange wird er noch auf seiner Mauer herumprahlen, der trotzige Mann? Hörte, er räubert bereits in der Nachbarschaft und auf dem Rhein herum, um seinen hungrigen Schlund zu stopfen.«

Das stimmte: Zuletzt hatten die Frankenthaler ein Mannheimer Schiff voller Wein und Lebensmittel aufgebracht und einem Wormser Kaufmann fünfzig Fässer Hering geraubt. »Dieses Treiben soll bald ein Ende haben«, erklärte Maximilian. »Zur Stunde verhandeln von Bernstadt und die Spanier über die Höhe des Akkords. Zahlen die Engländer, können sie abziehen und den Bürgern wird kein Haar gekrümmt.«

»›Verhandlungen‹, pah!« Der Graf winkte ab. »Weiberkram! Und das trotzige und eigensinnige Pack soll ungeschoren davonkommen?« Er hob den Becher. »Möge der Himmel das verhüten!

Möge Frankenthal im Sturm genommen werden, so wie Heidelberg, und möge unsere Fahne unter den ersten sein, die jenseits seiner Mauern flattern!« Der Herr Graf wollte trinken, merkte aber, dass der Becher leer war. »Sapperlot Potztausend …« Er drehte sich um, schenkte sich nach. »Die Heidelberger Bibliothek haben sie übrigens gerade aus der Stadt geschleppt, als ich hier ankam. Himmel, welch eine Wagenflotte! Nach Rom soll sie gehen, weltberühmt soll sie sein. Nun, mir fehlt sie nicht. Setze Er sich doch, Rittmeister, und nehme Er sich doch einfach den vollen Becher hier vom Tisch. Das Mädchen hat den Wein nicht anrühren wollen.« Er feixte. »Nicht anrühren können, will ich meinen …«

Maximilian drehte sich um und sah sie vor sich, die verlegen lächelnde Frau. *Nicht anrühren können …* Er ging zur offenen Tür ins Schlafgemach, wo neben einem Sekretär ein Stuhl voller Kleider stand. Der Kopf schwirrte ihm, und jene junge Frau, die vorhin von Parfüm umwölkt aus der Tür geschlüpft war, nahm in seiner Erinnerung die Züge Hildegards an. Unerwartet stand die Zwillingsschwester vor ihm – fahl, mit brennendem Blick und Lippen wie ein dunkler Strich. Sie blickte ihn stumm an, und er wusste genau, was sie verschwieg.

Auf dem Sekretär lagen ein Reiterdegen und ein Karabiner. Auf sie häufte er die Kleider, die auf dem Stuhl lagen. Unter dem letzten Hemd kamen ein Patronenbandelier und zwei Reiterpistolen zum Vorschein. Maximilian stand starr, betrachtete sie. *Bring ihn um, den Teufel* – das war es, wovon das Bild der Schwester schwieg.

Mit einer fahrigen Bewegung legte er Bandelier und Waffen auf den Kleiderhaufen – zitterten nicht seine Hände? –, trug den Stuhl zum Sessel seines Vaters, stellte ihn ab und setzte sich.

Der Herr Graf ergab sich mittlerweile schon weiteren Schwärmereien über den Kriegszug, den er an Tillys Seite zu tun gedachte, erklärte, wie sehr ihn nach dem Rheinwein und den schönen Pfälzer Frauen gelüstete, malte sich und Maximilian aus, wie sie unter der Herzenburgstandarte nach Norden dem frechen Halberstädter und später dem dänischen König entgegen und jedenfalls von Sieg zu Sieg ziehen würden. »Mit sechs Kompanien, das hat der General mir schriftlich gegeben!« Sein pockennarbiges Gesicht verzog sich zu einem zufriedenen Feixen. »Ich als Obristenleutnant und Er als mein Rittmeister! Zur Hölle mit dem Tollen Halberstädter!« Er hob den Becher, und wie von fremder Hand bewegt, hob sich auch der Becher des Rittmeisters. »Zur Hölle mit dem Dänenkönig!« Sie stießen an und tranken. Alles in Maximilian bäumte sich auf, alles schrie *nein!*, doch seine Kehle war wie zugeschnürt.

Sein Vater merkte nichts davon, schwadronierte von Ruhm und Ehre und von vielen tausend Dukaten, die sie als Sold oder Beute oder beides nach Hause in die Herzenburg bringen würden. »Und danach gibt's ein Fest, Rittmeisterlein! Danach wird geheiratet! Und der Name von Herzenburg wird wieder etwas gelten im Kurfürstentum Sachsen, wird wieder in aller Munde …«

»Wie geht es den Gräbern?«, platzte es aus Maximilian heraus.

Der Graf verstummte, beäugte seinen Sohn so voller Erstaunen, als würde er ihn jetzt erst erkennen. Sofort verdüsterte seine Miene sich. »Was faselt Er denn da? Gräber?« Er ließ sich schwer gegen die Lehne seines Fauteuils fallen; der Wein schwappte über seinen Becherrand, befleckte das blau-weiße Polster.

»Vom Grab der Frau Gräfin spreche ich und vom Grab Eurer Tochter – wie geht es ihnen? Kümmert man sich um die Bepflanzung? Haben die Dahlien geblüht im letzten Herbst?« Hohl und fremd klang ihm die eigene Stimme in den Ohren.

»Wir planen die Zukunft, und Er denkt an die Vergangenheit? Wir bedenken den gemeinsamen Kriegszug, und Er spricht von den Toten?« Der Herr Graf wurde laut. »Ist Er noch ganz bei Trost?«

»Gehören sie denn wirklich nur der Vergangenheit an, unsere beiden Toten? Zwölf Jahre ist es her, doch manchmal ist mir, als begleite Hildegard mich auf Schritt und Tritt.« Mit jedem Satz fiel Maximilian das Sprechen leichter. »Sie war meine Zwillingsschwester, sie war mir wie aus dem Gesicht geschnitten – müsst ihr denn nie an Eure Tochter denken, wenn Ihr mich seht, Herr Graf?«

Sein Vater sperrte den Mund auf, wollte etwas sagen – doch nur eine Art heiseres Grunzen löste sich aus seiner Kehle. Er führte den Becher zu den wulstigen Lippen, nippte daran, ließ Maximilian nicht aus den Augen.

»Sie sagen, die Frau Gräfin hätte …«

»Genug! Ich will nicht über Tote sprechen, das bringt nur …!«

»Aber ich«, fuhr Maximilian ihm ins Wort. »Die Frau Gräfin hätte sich im Wahnsinn vom Turm gestürzt, erzählt man sich bei Eurem Vetter auf Schloss Hartenfels.«

»Dann wird es wohl so sein, und jetzt genug davon.« Jetzt sprach der Graf von Herzenburg leise, bedrohlich leise.

Maximilian ließ sich nicht beirren, konnte und wollte sich nicht wehren gegen die Worte, die aus seinem Innersten hervorsprudelten. »Sofort, Herr Graf, nur noch eine Frage: Könnte es die Frau Gräfin in den Wahnsinn getrieben haben, mit ansehen zu müssen, wie ihr Gatte schon ihre kleine Tochter als seine Hure auf sein Lager gezwungen hat?«

Das Blut schoss dem Grafen ins Gesicht. Der Weinbecher entglitt seiner Hand, und als er auf dem Boden aufschlug, brüllte der Graf einen Fluch, schoss nach vorn und schlug zu. Weil Maximilian mit dem Kopf ausweichen konnte, traf sein Vater ihn nur an der Schulter, doch die Wucht des Fauststoßes schleuderte ihn nach hinten gegen die Stuhllehne und dann samt des Stuhls zu Boden.

Schwer atmend und mit hochrotem Schädel hockte der Graf auf der Kante seines Fauteuils. »Es ist genug, habe ich gesagt«, keuchte er.

»Und der Wahnsinn trieb sie auf den Turm, als sie sehen musste, wie der eigene Gatte die Tochter erschlagen hat, weil die ihm nicht mehr zu Willen …«

Wieder brüllte der Graf von Herzenburg, sprang auf und trat zu. Maximilian packte sein Bein, sprang hoch und riss es dabei nach oben, sodass sein Vater rücklings zu Boden stürzte. Mit den Knien warf er sich auf dessen Brust und holte zum Schlag aus.

»Das wagst du nicht!«, zischte sein Vater. »Du wagst es nicht, deinen Vater zu schlagen!«

Maximilian sprang auf, trat ein paar Schritte zurück. »Ich werde niemals unter dem Kommando eines Mädchenschänders reiten«, flüsterte er. »Niemals kämpfe ich an der Seite des Mörders meiner Schwester.«

»Du wirst tun, was ich dir sage.« Der alte Graf von Herzenburg setzte sich auf, rieb sich die Brust. »Sie wollte nicht mehr tun, was ich sage, und hat dafür bezahlt, die kleine Hure.« Maximilian stockte der Atem, er riss das Seitengewehr aus der Scheide. »Das wagst du nicht, Rittmeisterlein!«, zischte sein Vater. »Du wagst es nicht, deine Klinge gegen deinen Vater zu richten!«

Maximilian schrie auf und fuhr herum.

10

Der Regen hatte aufgehört, und der April begann. Endlich Frühlingswetter. Susanna lehnte über das Brückengeländer und blickte auf den Fluss. Geäst, Bretter und Unrat trieben vorbei. Der Neckar führte Hochwasser.

Die Kinder des Großcousins warfen Steine in den Fluss. Wenn ein Ziegenkadaver oder ein Baumstamm unter der Brücke verschwand, rannten sie auf die andere Seite und versuchten dort, das Treibgut noch einmal zu treffen, bevor die starke Strömung es endgültig davontrug. Zwei halbwüchsige Mädchen lehnten neben Susanna und schwatzten. Am Ende der Brücke, am anderen Ufer, bewachten fünf württembergische Soldaten die Zufahrt. Weitere zehn standen auf der Stadtseite unter dem Brückentor oder darüber auf dem Wehrgang der Mauer. Natürlich gafften sie, natürlich feixten sie; einer am anderen Ufer hatte sogar gepfiffen. Susanna tat, als merkte sie es nicht.

Die Heilbronner Tage der Gaukler waren gezählt. Abschiedsstimmung herrschte. Aus einem Haus am Neckarsulmer Tor hatte man gestern Abend ein totes Mädchen getragen. Die Pest erhob wieder ihr schwarzes Haupt. In zwei Wochen wollte Stephan in Stuttgart auf dem Ostermarkt sein. Auch das hatte Susanna am Morgen in der Kürschnerwerkstatt gehört.

Und sie? Wo würde sie in zwei Wochen sein? Und *was* würde sie sein? Eine Näherin und Kinderhüterin in Heilbronn? Eine Pestkranke? Eine Gauklerin auf den Märkten des Reiches? Oder nur noch eine Erinnerung in wenigen Menschenköpfen?

Manchmal, wenn sie versuchte, den Rat der Landgräfin zu beherzigen und sich an die Monate zurückzuerinnern, seit ihr Vater sie in den Schutz der Heidelberger Mauern brachte, wurde ihr schwindlig. Wie ein ganzes Leben kamen ihr die siebzehn Monate vor und zugleich doch kurz wie ein Schrei. Was hatte sie unter Gauklern und Kürschnern verloren? Wie kam sie denn hierher nach Heilbronn? Was war nur geschehen?

Und dann wieder, wenn sie tat, was nun einmal getan werden musste – wenn sie nähte, wenn sie kochte, wenn sie Kinder badete, wenn sie Hühner fütterte –, dann erschien ihr alles ganz selbstverständlich. Wo sonst, außer in Heilbronn, sollte sie denn sein? Hier lebte Verwandtschaft, hier hatte sie ein Dach über dem Kopf, hier war sie einigermaßen sicher vor dem Krieg. Keiner würde Fragen stellen, wenn sie das Naheliegende tat, wenn sie für immer bliebe. Nicht einmal die eifersüchtige Frau des Großcousins.

Die Sonne stieg über die Dächer der Stadt, es wurde wärmer. Susanna blickte auf den Neckar. Die Kinder zielten auf einen Aststrunk, die Soldaten glotzten. Susanna ließ das Geländer los – zu Hause wartete Arbeit.

Zu Hause …

Viele Bretter trieben jetzt unten auf dem Neckar vorbei. Von irgendwoher hatte das Hochwasser ein Haus mitgerissen. Hundert Schritte entfernt schaukelte ein halber Dachstuhl in den Wogen. Die Söhne des Großcousins hatten neue Steine besorgt, zielten und holten aus. »Nicht!« Susanna packte den Arm des Ältesten. »Seht doch!« Sie deutete auf den Dachstuhl. »Eine Katze.« Und jetzt entdeckten auch die Kinder das Tier – es klammerte sich an einem Balken fest.

Ah und *oh*, ging es durch die Kinderschar, *armes Kätzchen* und *es muss ertrinken, wenn keiner es rettet*. Alle drängten sich nun am Brückengeländer, sogar die Soldaten des Herzogs von Württemberg.

Der Dachstuhl in der Flussmitte glitt näher, ein paar Atemzüge lang sah Susanna die Katze sehr deutlich – sie war grau und schwarz gestreift und noch recht jung; sie stammte wohl aus einem Wurf vom letzten Herbst. Entlang des Rückgrats sträubte sie das feuchte Fell, spähte um sich, wirkte gehetzt und verängstigt.

»Wir müssen ihr helfen«, erklärte der älteste der Knaben, und die anderen Kinder sagten »au ja« oder »wie denn?« oder »lasst uns für das Kätzchen beten«. Große Aufregung herrschte.

Kaum noch zwanzig Schritte von der Brücke entfernt, schob ein Wirbel ein großes Brett nahe am Gebälk vorbei. Die Katze duckte sich erst tief auf ihren Balken und sprang dann ab. Ein Aufschrei ging durch die Kinderschar. Mit den Vorderläufen landete das Tier auf dem Brett, zog sich aus dem Wasser hinauf, schüttelte sich, kauerte wieder dicht am Holz, trieb Richtung Westufer fort vom Gebälk. Dann trug die Strömung den Dachstuhl und das Brett mit der Katze unter die Brücke.

Alle rannten zum anderen Geländer hinüber. Auch die Soldaten. Auch Susanna.

Die Strömung trug das Treibgut an den Pfeilern vorbei unter der Brücke hindurch. Wie gebannt spähte Susanna hinunter in den Fluss. Trümmer schaukelten vorbei und entfernten sich rasch, mittendrin das Brett mit der Katze. Vielleicht trennten noch dreißig Schritte sie vom Westufer, vielleicht zwanzig. Und wieder sprang sie ab, und wieder auf ein Brett, das ein kleines Stück näher am Westufer trieb.

»Wir müssen sie retten!« Der älteste Sohn des Großcousins lief los, die anderen Kinder hinterher. Die Soldaten ließen sie vorbei, zwei stiegen sogar mit ihnen zum Ufer hinunter. Die Katze aber sprang zum dritten Mal – diesmal ins Wasser. Und sie schwamm.

Kein Treibgut, ein lebendiges Wesen.

Sie schwamm bis ins seichtere Wasser, wo die Flut die Weiden umspülte. Dort kletterte sie an einem in den Fluss hängenden Ast aus dem Neckar in den Baum und schüttelte das Wasser aus dem Fell.

Niemand rettete sie. Sie rettete sich selbst.

Heiß durchzuckte es Susanna. Als würde wieder ein Fenster in ihr Leben sich öffnen, so war ihr auf einmal. Sie stieß sich vom Geländer ab, ging über die Brücke zum Westufer. Unten watete ein Soldat zur Weide, hob die Katze aus dem Geäst, brachte sie zu den Kindern.

Susanna dachte an den Tag, an dem sie Hannes zuletzt sah; an dem sie beschlossen, gemeinsam fortzugehen. Da riss noch keine Flut sie fort. Doch seit sie gezaudert hatte – seit jenem Morgen in der Vituskirche –, war sie Treibgut. Und sie würde es bleiben, wenn sie nur das Naheliegende tat, wenn sie keine Entscheidung traf. In diesem Augenblick begriff sie es mit schmerzhafter Klarheit.

Der älteste Knabe des Großcousins trug die triefende Katze die Böschung herauf. Die Kinder umringten ihn. Susanna versperrte ihnen den Weg auf die Brücke. »Gebt sie mir.«

Alle sahen sie an – die Kinder empört, die Soldaten amüsiert.

»Nein«, sagte der Junge.

»Ich habe sie zuerst gesehen.« Susanna nahm ihm die zitternde Katze ab, drückte sie an sich, hüllte sie mit ihrem Kopftuch ein. »Kommt schon, wir gehen nach Hause. Sie braucht Futter.«

*

In der Schatulle der Landgräfin lag seit Frühlingsbeginn so viel Geld, dass Stephan einen zweiten Wagen und ein zweites Pferdegespann kaufen konnte. Ende März packten sie ihre Sachen zusammen und zahlten dem Kürschner, was sie schuldig waren.

David sah Susanna ihre Habseligkeiten auf dem neuen Zeugwagen verstauen. Ihm jubelte das Herz in der Brust.

Ihr Gastgeber, der Kürschner, machte eine bedrückte Miene beim Abschied, seine Frau dagegen strahlte. Auf den Gassen und Straßen von Heilbronn winkten ihnen die Leute zu, als ihre Wagen zum Westtor rollten. David rief ihnen Sätze von Jean Potage zu, und sie freuten sich. Kinder und Halbwüchsige liefen neben den Gespannen her und begleiteten die Gaukler bis über die Neckarbrücke. Dort erst blieben sie allmählich zurück, winkten und riefen aber noch lange hinterher.

David erinnerte sich nicht an viele Städte, in denen man sie so freundlich verabschiedet hatte.

Am Neckar entlang zogen sie nach Süden. Noch zehn Tage, bis in Stuttgart der Ostermarkt begann. In Laufen nahm man sie freundlich auf und wollte Späße und Kunststücke an drei Tagen hintereinander sehen. In Besigheim dagegen hatten die Leute keinen Kreuzer übrig, wie es aussah, denn nur wenige wollten dafür zahlen, die Gaukler sehen zu können.

Nach der Vorstellung kam ein sehr dicker Mann auf die Bühne, um sich einen entzündeten Zahn ziehen zu lassen. Der zerbrach Stephan unter der Zange, sodass der beste Dentist unter dem Sternenzelt viel Mühe aufwenden musste, um dem geplagten Dickwanst die Einzelteile seines bösen Zahns aus dem Kiefer zu stemmen. Ob der es auch überleben würde, wollte Stephan lieber nicht abwarten – rascher als sonst ließ er die Bühne abbauen, die Wagen packen und die Pferde anspannen.

Trotz aller Hast fand die Nachricht von dem Malheur schneller den Weg nach Bietigheim als die Gaukler – der Rat dort verbot ihnen, die Bühne aufzustellen, wollte sie nicht einmal durch die Stadt ziehen lassen.

Doch in den Dörfern rund um Bietigheim fanden die Leute es lustig und drei Kreuzer wert, einen Tanzbären und eine Zwergin zu sehen, die mit Messern nicht nur werfen, sondern auch treffen konnte; und das, obwohl sie an den Armen gelähmt war.

So kamen sie schließlich nach Asperg. Auf dem Markt dort verkaufte David das Bandelier, den Patronengurt und den Karabiner, den er in Heidelberg jenem Arkebusier abgenommen hatte. Von dem Geld kaufte er guten weinroten Stoff, Stick- und Nähnadeln, schwarzen Zwirn und buntes Garn, die er Susanna schenkte.

»Damit du wieder sticken kannst«, sagte David. Er sah wohl, wie verlegen das Geschenk sie machte, sah aber auch das Leuchten, das durch ihren Blick ging.

»Erinnerst du dich an die englischen Komödianten im Garten

der Hofkanzlei?« Susanna nickte scheu. »Auch an das Kostüm des Pickelherings?«

»Du meinst den Narren, der zu den Zuschauern gesprochen hat?« Sie schloss die Augen und dachte nach. »Doch. Auch an sein Kostüm erinnere ich mich.«

»Der Mann hieß Christopher Greenley«, erklärte David, »und die Figur, die er gespielt hat, nennt man ›Pickelhering‹. Eines Tages werde ich ihn wiedersehen und mit ihm ziehen. Bis dahin hätte ich auch gern so ein Kostüm. Oder so ein ähnliches.« Er hielt ihr einen Stapel Tuch hin – gelb und blau und orangefarben. »Meinst du, du kannst mir eines nähen?«

Susanna nahm den Stoff und betrachtete ihn genauer. Dabei wanderte ihr Blick immer wieder prüfend über Davids Gestalt. Sie ließ sich viel Zeit.

Doch schließlich nickte sie. »Ich will es versuchen.«

11

Die Schlacht sei schon geschlagen, hieß es am späten Nachmittag im Badehaus zu Stadtlohn. Erstaunte Gesichter in den Zubern, bei den Kübeln, auf den Schwitzbänken, und alle lauschten: kein Kanonendonner mehr, wahrhaftig! Großes Hallo und Palaver erhoben sich.

Ein Mann mit Stoppelbart und kahlem Schädel stieg aus seinem Zuber, ging zum Kaltwasserkübel und leerte zwei Kannen Wasser über sich.

»Der General Tilly hat schon wieder gesiegt!«, rief einer auf der unteren Schwitzbank. Oben, an der Treppe, stand einer mit geschientem Arm in der offenen Tür und rief: »So viel Kriegsvolk hat der Graf Tilly dem Tollen Halberstädter schon totgeschlagen und totgeschossen, dass er befohlen hat, den Ärmsten nicht länger anzugreifen!« Und ein dritter wollte erfahren haben, dass die Schlacht nicht länger als zwei Stunden gewährt hatte.

Jubel wurde laut, sogar höhnisches Gelächter. Die meisten hier gehörten zum Tross von Tillys Armee, waren Metzger, Ingenieure, Korbflechter, Schmiede, Zimmerleute und dergleichen. Nur die Wasserträger und Holzknechte des Badehauses guckten säuerlich – die wohnten hier im Städtchen Stadtlohn, und kein Bauer und Bürger der Gegend hatte noch Grund zur Freude, seit erst fünfzehntausend protestantische Braunschweiger unter dem Tollen Halberstädter, dann ähnlich viele Kaiserliche unter General Córdoba und schließlich die katholische Liga mit noch einmal fünfzehntausend Soldaten unter dem Grafen Tilly das Münsterland heimsuchten.

Der mit dem kahlen Schädel wischte das Wasser von der nackten Haut, während er zur hinteren Wand ging. Seiner kantigen

Miene konnte man nicht ansehen, ob er sich über den Sieg der katholischen Liga freute oder nicht. Er nahm seine Unterkleider vom Wandhaken, zog sie an und schlüpfte dann in seine braune Mönchskutte. Freundlich lächelnd nickte er nach allen Seiten, während er die schmale Treppe hinaufstieg. Viele grüßten ähnlich freundlich zurück.

Auf der Gasse vor dem Badehaus stand er einen Augenblick still und blickte lauschend in den Nachmittagshimmel. Nein, kein Kanonendonner mehr, auch sonst kein Kampflärm in und außerhalb der Stadt. Er zog die Kapuze über den Kahlkopf und machte sich auf den Weg zum nahen Marktplatz.

Auf der schmalen Hauptgasse hallten Hufschlag und Wagenrattern zwischen den Fassaden. Der Kahlkopf trat zur Seite – eine Rotte kaiserlicher Kürassiere trabte vorbei, ein schwerer Wagen mit vier Pferden folgte, und diesem wiederum folgte ein Pferdegespann, das einen Wagen voller Leichen zog. Zwei Rotten Dragoner bildeten die Nachhut.

Auf dem Marktplatz machten die Gefährten sich schon zum Aufbruch bereit: eine Handvoll Abenteurer, Spielleute, Landsknechte und Marketender aus dem Württembergischen, dem Hessischen und der Pfalz. Mit ihnen war der Mönch im Frühjahr an den Main nach Frankfurt gezogen und von dort weiter nach Köln. Im Sommer dann ging es bis an die Ruhr und schließlich hier herauf ins Münsterland und an die Grenze zu den Vereinigten Niederlanden. Die Hälfte der Gefährten wollte dem General Tilly seine Dienste anbieten oder ihr Brot in seinem Tross verdienen, die andere Hälfte wollte einfach nicht allein reisen; sie zog es in die großen Hansestädte hinauf, nach Hamburg, Magdeburg oder Lübeck.

Der Mönch hatte andere Pläne.

In der ersten Abenddämmerung machten sie sich gemeinsam auf den Weg zum nahen Lager von Tillys Heertross. Keiner sprach den Kahlkopf in seiner braunen Kapuzenkutte an, keiner stellte Fragen. Dass er ein Bettelmönch war, sahen sie ja, dass er zu den Franziskanern gehörte, hatte ihnen einer der Landsknechte erklärt, der selber einmal einer gewesen war, und dass er unter einem Schweigegelübde stand, hatte er ihnen gleich anfangs mit wenigen Gesten bedeutet.

Der Landsknecht, der ehemalige Franziskaner, wunderte sich anfangs natürlich, dass ein Bettelmönch mit einem Pferd unterwegs war. Wiederum mit Handzeichen hatte der Kahlkopf seinen Auftrag erklärt. Der ehemalige Franziskaner gab sich zufrieden – dass ein Bettelmönch unter Schweigegelübde einen persönlichen Brief an einen Reiteroffizier zu überbringen hatte, schien ihm nicht völlig ausgeschlossen zu sein; und dass dazu ein Pferd nützlich war, sowieso nicht.

An den Gassenrändern sah man da und dort zerstörte Häuser, außerhalb des Städtchens brannten einige Gehöfte, und im Menschengewimmel erkannte man die Einheimischen an ihren Trauermienen.

Der Tolle Halberstädter hatte sechs Wagen voller Gold und Silber und sonstiger Kriegsbeute durch die engen Gassen von Stadtlohn Richtung Niederlande geschafft. Der junge Herzog von Braunschweig wurde nicht etwa »toll« genannt, weil er so ein großartiger Mann gewesen wäre, sondern weil er, wo immer seine Kriegsscharen auftauchten, wütete wie ein tollwütiger Hund. Stadtlohn bildete da keine Ausnahme, auch wenn die Zeit zum Wüten knapp gewesen war.

Nur einen der sechs Wagen mit dem Kriegsschatz hatten die Kaiserlichen dem Tollen Halberstädter noch abnehmen können, bevor er mit fünftausend Überlebenden über die Berkel Richtung Niederlande geflohen war; das hörte der Mönch auf der mit Menschen, Pferden und Wagen vollgestopften Straße vor dem Lager. Neben diesem einen Schatzwagen büßte der junge Feldherr allerdings auch sämtliche Geschütze, seinen gesamten Tross und an die zehntausend Mann ein; mehr als die Hälfte davon war innerhalb von zwei Stunden auf dem Schlachtfeld gestorben.

Tilly hatte den Herzog von Braunschweig aus dem Hessischen bis ins Münsterland gejagt. Jetzt war Schluss mit der Tollheit.

Erbeutete Wagen voller erbeuteter Waffen, Kanonen und Kleider stauten sich vor den Zufahrtswegen ins Lager. Die Marketender unter den Reisegefährten des Mönchs blieben mit ihren Karren stecken; die Landsknechte und einige Unverdrossene unter den Spielleuten überholten die Soldaten und nahmen den restlichen Weg ins Heerlager zu Fuß. Der Mönch zog sein Pferd hinter ihnen her. Manchmal erschrak er vor der Kraft, die ihn vorantrieb.

Als sie die ersten Reihen der Wagenburg hinter sich ließen und zwischen Hütten und Zelte liefen, flammten im Lager schon tausende Fackeln und Feuer auf. Der 6. August des Jahres 1623 ging zu Ende.

Die Landsknechte fragten sich zu den Feldwebeln ihrer jeweiligen Waffenart durch, die Spielleute packten beim erstbesten Marketenderstand ihre Flöten, Fideln und Lauten aus, und am Ende schritt der Mönch in der braunen Kutte ganz allein durch das Gewimmel von Menschen, Wagen, Tieren und Zelten.

Bald erreichte er den Teil des Lagers, in dem die Offiziere mit ihren Pferdejungen, Huren und Frauen wohnten. Überall sah er abgekämpfte Männer, die sich von ihren Frauen oder Huren oder Pferdejungen Rüstung und Bandelier abnehmen und sich Wein einschenken ließen. Da und dort loderten große Feuer, und Landsknechte steckten Braten auf Spieße und schlugen Zapfhähne in Fässer. Die ersten Siegesfeiern begannen. Der Mönch achtete auf Standarten, Kleider, Kopftücher und Gesichtszüge; fragen konnte er ja niemanden.

Auf einem größeren Platz zwischen den zylinderförmigen Zelten tummelten sich einige Frauen und Offiziere mit Öllampen und Fackeln. Die Offiziere hatten den Frauen Beute vom Schlachtfeld mitgebracht – überwiegend Kleider, Schmuck und Schuhe –, die sie nun sortierten und verteilten. Das aschblonde Haar einer der Frauen wurde von einem hellen Seidentuch verhüllt. Sie war schön, bis auf den bitteren Zug um den Mund. Zu ihr führte der Mönch sein Pferd.

Erst sah sie ihm nur flüchtig ins Gesicht, als er neben ihr stehen blieb. Dann aber hob sie den Blick zum zweiten Mal, staunte ihn an, sah ihm in die Augen. »Du?« Der Mönch nickte. »Du machst mir Angst«, flüsterte die Frau.

Als sie kurz darauf den Platz verließ und zwischen die Zelte huschte, folgte er ihr.

*

Wie allein man sich fühlen konnte unter Dutzenden, ja unter Hunderten! Je mehr einen umgaben, um so einsamer.

Von Herzenburg hockte auf dem Kutschbock eines Wagens. Hinter ihm das Rohr einer erbeuteten Kartaune, neben ihm ein Mädchen von vielleicht achtzehn Jahren. Das hatte viel zu erzählen. Er nahm an, dass er die junge Hure dem Herrn Grafen zu verdanken hatte; das jüngste von vielen Friedensangeboten, das sein Vater ihm seit ihrem Zusammenstoß im Heidelberger Schloss zukommen ließ.

Von allen Offizieren an der Feuerstelle lachte er am lautesten, der Herr Graf. Über der Glut drehte sich ein brutzelnder Ochse. Wieder und wieder stieß der Obrist, der Prinz von Bernstadt, mit dem Grafen von Herzenburg an. Vier junge Weiber umringten sie, teure Huren aus Stadtlohn allesamt.

Der Rittmeister hatte Simon und Conrad ziehen lassen an diesem Abend. Sie vergnügten sich nun wohl mit den billigeren Trosshuren. Mathis von Torgau hatte es übernommen, dem gegrillten Ochsen die besten Teile herauszuschneiden und unter den Offizieren zu verteilen. Jetzt kam er zu Maximilian und dem Mädchen, brachte zwei dampfende Stücke vom Rücken auf einer Platte und einen neuen Krug Wein. »Mademoiselle? Herr Rittmeister? Auf Eure Gesundheit!« Er stellte Krug und Platte neben sie auf den

Kutschbock, verneigte sich formvollendet, nahm den leeren Krug und kehrte zum Ochsen und zu den anderen Offizieren zurück. Von Herzenburg und das Mädchen aßen und tranken; das Mädchen hatte selbst mit vollem Mund noch allerhand zu erzählen.

Nur darin erinnerte die junge Hure ihn an Maria, nur in ihrer Geschwätzigkeit. Sonst war sie kräftiger von Gestalt, hatte grobknochigere Glieder und ein breiteres Gesicht. Ihre Haut war nicht annähernd so weiß wie Marias Haut. Der Busen in ihrem kragenlosen Kleid allerdings, der wölbte sich ähnlich drall unter dem straffen Stoff, wie es wohl Marias Busen tun würde.

Maria.

Endlich hatte sie aus London auf seine Briefe geantwortet. Hatte ihn getröstet wegen der gescheiterten Beförderung, hatte ihm angeboten, das Wandertheater des englischen Prinzipals Greenley für die Feier seiner Hochzeit im nächsten Jahr zu verpflichten, hatte ihm vor allem empfohlen, sich mit Mathias von Torgau zu versöhnen.

Man brauche solche wie den Mathis um sich, schrieb sie, solche, die zu einem aufschauen, die einem treu ergeben sind. Und was das verhasste Kommando des Herrn Grafen betraf, so hatte sie ihm geraten, Tillys Armee zu verlassen und sich einem anderen Feldherrn anzudienen, einem, dem die Zukunft gehört. Auch einen Namen hatte sie genannt: Albrecht von Wallenstein. Von ihrem durchlauchten Kröterich und Prinzen von Bernstadt habe sie gehört, wie große Stücke der Kaiser auf diesen böhmischen Edelmann halte und welch schwindelerregende Geldsumme dieser einsetzen wollte, um dem Kaiser eine Armee aufzustellen.

Auf dem Platz vor dem Zelt des Obristen feierte man den Sieg über Christian von Braunschweig, diesen kindischen Narren. Im vergangenen Jahr hatte er seinen linken Arm verloren, heute zwei Drittel seines Heeres und seine gesamte Artillerie. Wie ein gehetzter Hase floh er jetzt in die Niederlande zu seiner geliebten Cousine, der Gattin des ehemaligen Pfälzer Kurfürsten Friedrich.

Ihren Handschuh trug er als Helmzierde, und ihr widmete er seine dilettantischen Feldzüge. Und dem Herrgott natürlich.

Der Rittmeister dachte an die siebentausend, die heute innerhalb von zwei Stunden gestorben waren – für diesen närrischen Kindskopf und seine Kriegsbeute. Ihn schwindelte.

Was sollte man von so einem halten? Ein Blutsäufer unter viel zu vielen anderen Blutsäufern, und seitdem von Herzenburg bald jede zweite Nacht schlaflos lag, fragte er sich immer häufiger, ob er nicht auch schon zu ihnen gehörte: zu den viel zu vielen überflüssigen Blutsäufern dieses geplagten Landes.

Von Torgau am Feuer schien sich nicht mit derartigen Gedanken zu quälen. Der hatte Harnisch und Koller abgelegt, lachte, teilte Fleisch aus, riss Witze und sprühte vor guter Laune. Er hatte sich prächtig geschlagen heute, weiß Gott! Sie sprachen wieder miteinander, wurde auch Zeit, und Maximilian spielte mit dem Gedanken, sich für den Faustschlag und den Degenstich im letzten Herbst in Mannheim zu entschuldigen. Vielleicht schon morgen, wenn sie ihren Rausch ausgeschlafen hatten.

Am brutzelnden Ochsen drückte jetzt der Herr Graf seinen Weinkelch einem Diener in die Hand und griff nach der jüngsten der vier Huren, die ihn und von Bernstadt umringten, einem sehr jungen Weib mit sehr dunklen Locken. Hinter sich her zog er sie weg von den anderen und hinein in ein Zelt. Einen Wimpernschlag lang blitzte die dunkelhaarige Gestalt Hildegards vor Maximilians innerem Auge auf, und Bitterkeit kroch ihm auf die Zunge.

Wie er seinen Vater verabscheute! Nur die allernötigsten Worte wechselte er mit ihm. Jeden Tag haderte Maximilian aufs Neue damit, dass der Prinz von Bernstadt seine Arkebusier-Kompanie unter den Befehl des Obristenleutnants Graf von Herzenburg gestellt hatte.

Das Mädchen plapperte und plapperte. In einem niederrheinischen Dialekt – von Herzenburg nickte von Zeit zu Zeit, obwohl er kaum die Hälfte verstand. Er musste ihr den Weinbecher an die Lippen halten, damit sie vor lauter Plappern das Trinken nicht vergaß. Er wollte eine betrunkene Hure. Als ihr Becher leer war, legte der Rittmeister den Arm um sie und lächelte sein unverwüstliches Lächeln. Höchste Zeit, sie in sein Zelt zu locken. Solange er sie noch ertrug, wollte er sich auf ihr die ganze verzweifelte Anspannung der vergangenen Wochen aus der Seele toben.

Ein Halbwüchsiger stand plötzlich beim Feuer neben Mathis und redete auf ihn ein, sein Pferdejunge. Der deutete ins Halbdunkel zwischen die erbeuteten Wagen. Dort stand einer; ein Mönch, wie es aussah. Der winkte mit einem Stück Papier. Vielleicht ein Brief.

Maximilian sah seinen Cornet nicken, sah ihn den Feldwebel Laußnitz herbeiwinken und ihm das Tranchiermesser und die große Fleischgabel übergeben. Dann nickte er den trinkenden Offizieren und Huren zu und machte sich auf den Weg zu der Mönchsgestalt im Halbdunkeln. Beide verschwanden zwischen Wagen und Geschützen.

Für einen Augenblick beunruhigte es den Rittmeister, was er da beobachtete. Ein Mönch mit einer Botschaft für einen protestantischen Offizier? Eigenartig. Wenigstens war von Torgau so vernünftig, nicht allein zu gehen. Ein Corporal und ein Gemeiner folgten ihm auf seinen Wink hin.

Der Rittmeister zog das Mädchen an sich, griff nach ihrem Busen und drückte seine Lippen auf ihren Mund. Der öffnete sich ihm willig.

*

Das plötzliche Auftauchen des Briefboten dämpfte dem Cornet die heitere Stimmung. Was hatte er denn mit einem Mönch zu schaffen!

»Ein Brief von meinem Vater?« Von Torgau runzelte die Stirn

und betrachtete das Kuvert im Schein der Fackel, die ihm der Gefreite von rechts über die Schulter hielt. »Das ist doch gar nicht sein Siegel!«

Der Mönch zuckte mit den Schultern. »Mir wurde gesagt: Nimm den Brief, reite zu Tillys Armee, suche den Freiherrn von Torgau und übergib ihm diese Botschaft seines Herrn Vater.«

Erst zwischen den erbeuteten Trosswagen hatte der Mönch ihm den Brief gereicht; abseits von den Kameraden, als enthielte er eine geheime Botschaft. Drei Reihen Wagen und zerfetzte Planen verdeckten den Blick auf Ochsenbraten, Obristenzelt und das Feuer. Von dort, kaum fünfzig Schritte entfernt, tönten Stimmen, Gelächter und derbe Sprüche feiernder Offiziere herüber.

»Also keine Rede von meinem Vater.« Der Cornet brach das Siegel auf; der Corporal und der Gefreite neben ihm taten, als suchten sie ein bestimmtes Sternbild im Nachthimmel. Beide schwankten beträchtlich; der Corporal stärker als der Gefreite. »Und von wem wurde dir das gesagt?« Mathis von Torgau hakte nach. »Wer hat dir den Botenlohn gezahlt?«

»Ein dürrer Mann in schwarzem Gewand.« Der Mönch sprach leise und mit heiserer Stimme. »Ein mächtiger Fürst.«

Von Torgau beäugte ihn misstrauisch. War der Kerl krank? Fackelschein tanzte auf seinem kantigen Kinn, blonde Bartstoppeln sprossen um einen harten, schmallippigen Mund. Die Augen des kräftigen, hochgewachsenen Kuttenträgers lagen im Schatten seiner Kapuzenränder.

»Was redest du bloß, Mönchlein?« Von Torgau entfaltete den Brief. »Woher willst du denn wissen, dass es ein mächtiger Fürst war?« Er hielt den Briefbogen in den Fackelschein und runzelte die Stirn – die Handschrift seines Vaters sah anders aus.

»Er trug eine Sense bei sich«, sagte der Mönch. Der Gefreite rechts hinter von Torgau kicherte blöde. Der Corporal links hielt sich am Wagenverschlag fest, wollte wohl lachen, rülpste dann aber nur.

»Eine Sense?« Der Freiherr hörte schon nicht mehr richtig zu; er überflog die kurzen Zeilen. »Wie viel Wein hast denn du gesoffen …?« Er bewegte murmelnd die Lippen. Es war kein Brief, den er da zu lesen bekam, es war eine Art Liste. »Versteh ich nicht …«

Eine Nachtbrise wehte Bratenduft und die laute Stimme des Feldwebels vom Feierplatz herüber. Laußnitz erzählte einen Witz. In einem der Zelte rechts der erbeuteten Wagen fluchte der alte Graf von Herzenburg, und ein Mädchen stieß einen spitzen Schrei aus.

»Das sind ja lauter Namen!« Mathis von Torgau hob den Blick und musterte den Mönch aus schmalen Augen. »Nichts als Namen! Was soll das?« Mit den Fingern schlug er auf den Brief, las noch einmal, las laut: »›Hans Stein, Monica Stein, Friedrich Stein, Moritz Stein …‹, und so geht es weiter, eine ganze Liste – potzhunderttausend, was soll ich mit diesen Namen anfangen?«

Plötzlich gefror ihm etwas in Kehle und Brust. *Monica Stein* – hatte so nicht die süße Hure vom seligen Schneeberger geheißen? Beim Ochsenbraten hörte man jetzt wieherndes Gelächter. Laußnitz' Witz fand wohl den Gefallen der Herren dort.

»Lauter Namen, ja.« Der Mönch kam auf ihn zu. »Ihr solltet sie wenigstens ein Mal gelesen haben, diese Namen.« So schnell zückte er plötzlich Messer und Degen, dass es unmöglich zu sagen war, wo in seiner Kutte er sie verborgen hatte.

Hinter den Planwagen, bei Obristenzelt und Ochsenbraten, erhoben sich plötzlich wütende Männerflüche und mischten sich in das Gelächter dort. Eine Fraustimme kreischte, als würde man ihr Gott weiß was antun. Und von Torgau stand wie festgefroren.

»He, Pater«, grunzte der besoffene Corporal neben ihm, dann fuhr ihm auch schon der Degen des Mönchs in den Hals. Gurgelnd und röchelnd sank er ins dunkle Gras. Der verblüffte Gefreite senkte noch die Fackel, um die Messerattacke abzuwehren, versengte noch Mathis den Handrücken, doch den Mönch kümmerte die Flamme nicht – er sprang vor und stieß dem Gefreiten das Messer ins Herz.

Endlich löste Mathis von Torgau sich aus der Erstarrung. Er schrie nach Maximilian, ließ den Brief fallen, prallte zurück gegen den Wagen und brachte seine Seitenwehr halb aus der Scheide, aber da drang ihm bereits die blutige Degenklinge des Mönchs in den Bauch. Er stolperte über seinen Gefreiten, taumelte gegen ein Wagenrad und versuchte vergeblich sich festzuhalten. Abwärts rutschte er ins Gras; Schmerz schoss ihm aus den Eingeweiden in die Kehle. Der Blick seiner hervortretenden Augen flog zwischen dem Stahl in seinem blutenden Bauch und dem Kuttenträger auf und ab. Kein Wort wollte ihm mehr über die Lippen. Hinter ihm, in einer schon fernrückenden Welt, grölte Gelächter, fluchte der alte von Herzenburg, verlor sich das Heulen einer Frau.

»Wenigstens ein Mal solltet Ihr die Namen gelesen haben!«, hörte er den Mönch zischen. »Damit Ihr wisst, warum Ihr jetzt schon zur Hölle fahren müsst!«

Aus weit aufgerissenen Augen stierte von Torgau in das kantige Gesicht des mörderischen Mönchs, sah, wie er das Heft seines Degens nun auch mit der Linken packte und die Klinge langsam zu drehen begann. Stechender, brennender, reißender Schmerz zersprengte ihm das Bewusstsein.

*

Am Feuer war es still geworden, nur die Stimme seines Feldwebels hörte der Rittmeister noch. Laußnitz erzählte einen zotigen Witz. Maximilian versuchte, nicht hinzuhören, küsste die Brüste seiner Hure. Die machte ihm willig die Beine breit, schon hier auf dem Kutschbock im Halbdunkeln.

Das gefiel Maximilian nicht recht. Zu viele neugierige Blicke. Unbeobachtet wollte er sie nehmen, allein mit ihr in seinem Zelt, ohne Zeugen. »Warte noch.«

Er zog ihr den Kleidersaum über Schenkel und Knie, verhüllte ihr den blanken Busen mit ihrem Umhang. Dann packte er sie bei der Taille und hob sie vom Kutschbock. »Komm.« Er zog sie um den Wagen und die Kartaune herum, deutete zu den Zelten. Seines lag kaum hundert Schritte entfernt.

Der Feldwebel verstummte, Gelächter brach los. Die Offiziere warfen die Köpfe in die Nacken, rissen die Mäuler auf, schlugen sich auf die Schenkel und brüllten vor Lachen. Von Bernstadt lachte am lautesten. Laußnitz feixte beifallheischend nach allen Seiten.

Plötzlich schrie ein Weib. Halb nackt stürzte es an Maximilian und seiner Hure vorbei. Es war die junge Hure mit den schwarzen Locken. Notdürftig bedeckte sie ihre Blöße mit ein paar Wäschestücken, rannte, heulte und kreischte. »Du Vieh!«, schrie sie, stolperte, sprang wieder hoch, rannte weiter. »Du ekelhafter Teufel!« Kreischend verschwand sie zwischen den Zelten in der Dunkelheit. Die Offiziere beim Ochsenbraten glotzten ihr hinterher und lachten noch lauter.

Nun schaukelte auch der Herr Graf an Maximilian vorbei. Er schüttelte die Fäuste und fluchte. Von Bernstadt persönlich trug ihm seinen gefüllten Weinkelch entgegen.

Der Rittmeister sah seinem Mädchen ins Gesicht, sah, wie es schluckte und erbleichte. »Komm.« Hastig zog er es zu seinem Zelt, schob es durch den Eingang. Auf einmal schämte er sich.

Drinnen glomm noch der Docht der Öllampe, er drehte die Flamme hoch, deutete mit einer Kopfbewegung zu seinem Lager. Draußen wollte das Gelächter kein Ende nehmen.

Das Mädchen zog sich aus, kroch zu seinen Decken, streckte sich darauf aus. Maximilian kniete vor ihr nieder, betrachtete ihre üppige Nacktheit, fuhr mit den Fingerkuppen den Linien ihrer Schenkel nach, ihrer Taille, ihrer Brüste. Sie fröstelte, er konnte ihre Gänsehaut spüren. In seiner Hose regte sich nichts mehr. Gar nichts.

Plötzlich fiel ihm auf, dass er Matthis nicht gesehen hatte unter den Lachern. Wenn einer diese Meute mit seinem meckernden Gelächter übertönt hätte, dann er. Wo steckte er? Noch immer bei diesem Mönch etwa, diesem Briefboten? So viel Zeit, um eine Nachricht entgegenzunehmen? Beklemmung befiel den Rittmeister, und Unruhe.

Er deckte das Mädchen zu. »Warte hier auf mich. Ich bin gleich zurück.«

Er bückte sich aus dem Zelt, ging zu den anderen, suchte die Betrunkenen nach dem Gesicht des Cornets ab. Nichts. Auch die beiden, die Mathis mit zu dem Mönch gewunken hatte, sah er nirgends.

»Warum so ernst, Herr Rittmeister?« Von Bernstadt schlug ihm gönnerhaft auf die Schulter. »Sieht so ein Sieger aus?« Er winkte den Huren, damit sie Maximilian einen Weinkelch füllten.

»Ich suche meinen Cornet.« Maximilian ließ seinen Obristen stehen, nahm den Weg, den er Mathis zuletzt hatte gehen sehen, suchte nach ihm zwischen den erbeuteten Trosswagen. Niemanden fand er dort, auch den Corporal und den Gefreiten nicht. Niemand antwortete, als er ihre Namen rief.

Gestank trieb ihn wieder zurück zum Feuer, Gestank nach Unrat und Blut. Er ließ sich einen vollen Weinbecher in die Hand drücken, stieß nach rechts und links an, trank und schmeckte kaum etwas. Wohin um alles in der Welt mochte der Freiherr von Torgau gegangen sein?

Zurück im Zelt gab er dem Mädchen zu trinken, ließ sich von ihr küssen und Stiefel und Koller ausziehen. Doch seine Gedanken wollten nicht verweilen bei Küssen und Frauenfleisch, kreisten immer nur um Mathis. »Schlaf ein wenig.« Er strich ihr fahrig übers Haar, zog sich wieder an. »Ich komme später.«

Am Feuer und beim Ochsenbraten dauerte es seine Zeit, bis er den Obristen mit seinen Sorgen anstecken konnte. Nur eine Handvoll Männer fanden sich, die noch stehen und einigermaßen gerade laufen konnten. Man suchte das Lager nach von Torgau und den beiden anderen Reitern der Herzenburger Kompanie ab. Nichts. Man suchte ein zweites und drittes Mal zwischen den erbeuteten Wagen. Und dann, kurz vor dem ersten Morgengrauen, fand man sie.

Ihre Leichen lagen unter einem der erbeuteten Planwagen. Allerhand Gerümpel bedeckte sie, Fliegen summten über ihnen, Gestank von altem Blut und Unrat umwehte sie. Von Bernstadt übergab sich geräuschvoll. Maximilian hielt sich die Nase zu und bückte sich zu den Stiefelabsätzen seines toten Cornets. Dort lag ein Stück blutfleckiges Papier.

*

Ein paar Stunden zuvor zerrte Kristina einen Mann in Hemd und Kniehosen in ihr Zelt. Ein braunes Stoffbündel klemmte unter seinem Arm. »Und jetzt?« Wütend blitzte sie ihn an. »Geht es dir besser jetzt?« Hastig verschloss sie ihr Zelt.

Hannes wischte Dolch- und Degenklinge an der Mönchskutte ab, steckte den blutigen Stoff in einen Sack. Er hatte die drei Toten mit Raubgut bedeckt und einen Wagen über sie geschoben.

»Empfindest du Genugtuung?«, zischte Kristina. »Antworte mir!«

Stumm schnürte Hannes sein Bündel auf, holte Koller, Kasack und Sturmhaube heraus. Reiterpistole und Bandelier lagen bereit; nur die Muskete hatte er samt Pulver und Blei bei Monica und der Witwe in der alten Abtei Neuburg gelassen. Schweigend zog er sich an.

»Machst mein Zelt zur Mördergrube und mich zur Mitwisserin!« Kristina stieß ihm die Faust gegen die Brust. Er blieb stumm, dabei traf jedes ihrer Worte sein Herz: Weder fühlte er sich besser, noch empfand er Genugtuung. Und wirklich: Wie ein Mörder kam er sich vor. Er stieg in die Stiefel und schlüpfte in den Lederkoller.

»Wenn sie dich in meinem Zelt finden oder auch nur diese blutbefleckte Kutte – was glaubst du denn, was sie dann mit mir tun werden? Mein Kopf wird neben deinem in den sumpfigen Boden dieser Landschaft fallen, und mein Capitän wird nicht einmal mit der Wimper zucken!«

Irgendwo im nächtlichen Lager soff er, ihr Capitän, feierte den Sieg über den Tollen Halberstädter. Oder war er tot auf dem Schlachtfeld geblieben? Kristina wusste es nicht, wollte es wohl auch gar nicht wissen. Hannes legte das Bandelier mit dem Degen an. »So schnell wird man sie nicht finden, keine Sorge.« Zum Schluss stülpte er die burgundische Sturmhaube über den Kahlkopf. »Und wie sollten lauter Besoffene nach einem Mönch suchen, der schon keiner mehr ist?«

»Etwas in mir wusste ja, dass du zurückkommen wirst, doch wirklich glauben konnte ich's nicht«, sagte Kristina. »Dass dein Hass so groß ist – nein, das konnte ich nicht glauben. Obwohl ich ihn manchmal auch in mir toben fühle, den Hass, und den brennenden Durst nach Rache.«

»Du bist ja nicht aus Versehen meine Verbündete geworden.«

»Verbündete …?« Sie stürzte an seine Brust und schlug ihm mit dem Handrücken ins Gesicht. »Hüte dich, Hannes Stein! Hüte dich vor dir selbst!«

»Was soll ich denn tun? Sie haben meine Familie ermordet und zerstreut, haben mein Leben zerstört. Was bleibt mir denn mehr, als Rache zu nehmen?« Er rieb sich die brennende Wange, stierte düster an ihr vorbei auf die flackernde Öllampe neben dem Zelteingang. »Ich hoffte, der Rittmeister würde mit seinem Cornet hinter die Wagen kommen«, murmelte er wie zu sich selbst. »Ich hoffte es so …«

»Hat Monica mir nicht erzählt, dass du deine Familie verlassen wolltest? Dass du flüchten wolltest mit deiner Geliebten?«

»Mit Susanna, ja. Mit ihr wollt ich leben. Nun ist alles ganz anders gekommen. Nichts mehr ist, wie es war. Und Susanna finde ich nicht mehr. In ganz Heidelberg habe ich während des Winters nach ihr gefragt, niemand hat sie gesehen seit dem Tag, als Tilly die Stadt nahm. Und in Handschuhsheim reden sie nicht mit mir. Jetzt bleibt mir nur noch die Rache.«

»So schnell gibst du auf?«

Er schob sie zur Seite, bückte sich zur Eingangsplane und begann, Haken und Ösen zu öffnen. Zwei Stunden nach Mitternacht – die meisten Soldaten würden nun schlafen, erschöpft von der Schlacht und betäubt vom Wein. Zeit, zu flüchten.

Kristina kniete neben ihm nieder, um ihm zu helfen. »Ich habe einen hier getroffen, der hat vor zwei Jahren noch für die Kurpfälzer auf den Heidelberger Mauern gekämpft.« Hannes Miene blieb undurchdringlich. »Der hat sie gesehen.«

»Susanna?« Jäh durchzuckte es ihn. »Nach der Eroberung?«

»Nach der Plünderung.« Sie nickte. »Ich bring dich zu ihm.«

Er hakte nach, wollte Einzelheiten und den Namen des Landsknechts wissen, doch nun war es Kristina, die stumm blieb. Sie bückten sich in die Nacht hinaus, verschlossen das Zelt und huschten Seite an Seite durchs Lager. Hannes' Knie waren plötzlich weich, sein Herz schlug schneller. Tränen liefen ihm über das Gesicht. Er spürte, wie Kristina ihn beobachtete, spürte ihre Hand sich um seine schließen. Von fern hörten sie Gelächter und das Grölen betrunkener Männer; vor vielen Zelten schliefen Landsknechte, Pferdejungen, Huren. Niemand, der suchend umherschlich.

Verstohlen äugte Hannes zur Seite, zu Kristina. Wer war diese aschblonde Frau? Eine Fremde im Grunde, und doch stand sie ihm bereits zum zweiten Mal bei. Was wusste er schon über sie? Dass sie gut zu Monica gewesen war, dass man sie »die Böhmische« nannte, dass sie mit den geschlagenen evangelischen Truppen aus Prag an den Neckar gekommen war und dass sie Offiziere um den Finger wickelte und dazu brachte, sie am Leben zu erhalten. Mehr nicht. War sie nicht einfach nur eine schlaue Hure?

Hannes schwankte zwischen Verachtung, Bewunderung und Dankbarkeit.

Sie liefen auf eine Feuerstelle zu, aus deren Glut noch Flammen schlugen. Betrunkene Landsknechte lagen daneben, ihr Schnarchen erfüllte die Nachtluft. Im Vorübergehen warf Hannes den Sack mit der Mönchskutte in die Glut. Asche und Funken flogen auf; sie blieben stehen, bis Flammen züngelten und den Sackstoff in Brand steckten.

»Und wo hat deine Mutter dich geboren?«, fragte Hannes, als sie weitergingen.

»In Stockholm, falls dir das etwas sagt«. Kristina deutete auf ein Rundzelt. »Da wohnt er, warte hier.«

Sie lief voraus, ging vor dem offenen Eingang in die Hocke und rief einen Namen. Eine verschlafene Stimme antwortete. Kristina bückte sich hinein und winkte Hannes hinter sich her.

Es roch nach Schweiß und saurem Wein im stockdunklen Zelt. Jemand schälte sich aus Decken, schlüpfte an Hannes vorbei und hinaus. Eine Frau. »Ein Vetter deines verstorbenen Mannes, sagst du?«, ertönte eine hohe Männerstimme aus der Dunkelheit.

»Ja. Ein Dragoner aus Don Córdobas Heer. Er heißt Martin.« Kristina log gut. Die beiden Heere der Generäle Córdoba und Tilly hatten sich erst kürzlich vereinigt. Der Mann im Dunkeln, der unter Tilly kämpfte, brauchte sich also nicht zu wundern, dass er Hannes noch nicht kannte. »Er sucht die Tochter seines gefallenen Cornets, hat eine Botschaft für sie. Kannst du ihm helfen, Wachtmeister?«

»Bin ich ein Mädchenhändler?« Der Mann sprach wie ein Württemberger. »Oder wieso sollte ich die kennen?«

»Aus Heidelberg«, mischte Hannes sich ein. »Sie heißt Susanna Almut. Anfang zwanzig, schwarze Locken, dunkelblaue Augen.«

»Ich habe sie zuletzt mit einem Gaukler und seinem Tanzbären gesehen«, ergänzte Kristina. »Davon habe ich dir erzählt, Franz.«

Die Frau kam zurück, bückte sich mit einem brennenden Holzspan ins Zelt und entzündete eine Öllampe. Mattes Licht sickerte nun durch die Dunkelheit und erhellte sie ein wenig.

»Die kenn ich, beide – der Gaukler ist ein gewaltiges Schlitzohr vor dem Herrn, und das Mädchen war halbtot.« Misstrauisch spähte der kleine, etwas rundliche Mann von Kristina zu Hannes und wieder zu Kristina. »Ihr Vater ein Cornet? Im Leben nicht! Der war ein Schneidermeister, glaub ich.«

»In Handschuhsheim, genau!« Hannes war ganz aufgeregt, beugte sich zu ihm. »Wann hast du sie zuletzt gesehen?«

Der kleine Mann hatte ein weiches rötliches Gesicht, das trotz seines hellen Bartgestrüpps ein wenig wie das Gesicht eines Knaben wirkte. Er zögerte, und wieder huschte sein Blick zwischen Kristina und Hannes hin und her.

Kristina nickte ihm zu. »Erzähl doch, Wachtmeister Hacker.« Sie bettelte mit den Augen.

»Am Morgen, bevor van der Merven das Schloss übergab, hab ich sie zuletzt gesehen«, gab der Mann endlich zu. »Die Gaukler hüllten die verletzte Frau in ein frisches Bärenfell, legten sie auf ihren Wagen und ließen sich von Krabaten aus der Stadt eskortieren.«

»Wohin wollten sie?«, drängte Hannes.

»Weiß ich's?« Der namens Franz zuckte mit den Schultern. »Doch wohin werden Gaukler schon ziehen? Auf die Märkte der Reichsstädte, nach Köln, Frankfurt, Nürnberg, zu irgendwelchen Messen, weiß der Henker! Dorthin eben, wo es ein paar Kreuzer zu verdienen gibt.«

»Haben sie nie über ihr nächstes Ziel gesprochen?«

»Ständig.« Der Kleine lachte meckernd. »Überleben und die Bäuche voll kriegen irgendwie, das war ihr nächstes Ziel. Mussten ja auch eine Menge Viehzeug durchfüttern.« Er drehte die Augäpfel nach oben. »Warte. Dieser junge Gaukler, David hieß er, hat einen englischen Komödianten in Heidelberg Theater spielen sehen. Den wollte er unbedingt wiedertreffen. Das hat er mal in einem Streit mit der Anführerin der Gaukler gesagt. Geschrien hat er's sogar.«

»Wo wollte er ihn treffen?« Hannes saugte jedes Wort auf.

»Was weiß denn ich? Von Amsterdam sprach er, von Köln, Frankfurt, Nürnberg – mehr habe ich nicht gehört. Sie haben gestritten, wie gesagt, und nicht nur einmal, und leise sowieso nicht. ›Geh doch zu deinem Engländer!‹, hat die oberste Gauklerin gekeift.«

Hannes packte den Mann bei den Schultern, sah ihm in die Augen. Er wollte etwas sagen, doch seine Stimme versagte – die Anspannung der vergangenen Stunden, und jetzt auch noch Nachricht von Susanna! Er riss den kleinen Wachtmeister an seine Brust, hielt ihn fest, schluchzte. Dann sprang er auf und stürzte in die Nacht hinaus.

*

Das Mädchen hielt ihn umschlugen. Vom Morgengrauen bis nach Sonnenaufgang. Manchmal streichelte sie ihm über die Wange, manchmal murmelte sie in sein Haar. Das tat gut, das klang tröstlich, auch wenn er nichts verstand; vielleicht betete sie ja für ihn.

Der Rittmeister tat kein Auge zu. Dass es eine Frau war, die beim ihm lag, schien er vergessen zu haben Manchmal weinte er in ihr Kleid. Leise, damit sie's nicht merkte. Auf ihrem Leib rasen? Kein Gedanke mehr daran! Zu viel Wein, zu viel Schrecken, zu viel Angst. Immer sah er die Toten vor sich: seinen Corporal, seinen Gefreiten, seinen Cornet. VonTorgau hatte neben seinen Eingeweiden im Dreck gelegen und aus starren Glubschaugen zum Mond hinauf gestiert.

Das wollte Maximilian nicht mehr aus dem Sinn. Im Dreck gelegen und zum Mond hinauf gestiert. Und dann der Brief neben Mathis' Leiche. Nichts als Namen hatte er darauf gefunden – Hans, Martha, Monica, Moritz, Judith, Friedrich, Isolde. Und alle hießen sie Stein. Hieß nicht auch Johann Schneebergers Hure so? Gütiger Herrgott im Himmel! Hatte Johann Schneebergers Hure nicht Monica Stein geheißen?

12

»Und heute, ihrr Leute, eine Überrraschung fürr euch!« Stephan breitete die Arme aus, schnitt eine traurige Miene und machte eine Geste des Bedauerns. »Jean Potage ist unpässlich!« Die Menschen vor der Bühne hingen an Stephans Lippen. Susanna, die am Eingang neben dem Fass mit der Geldschatulle stand, sah lauter gespannte Gesichter. »Krank, der Ärmste!« Susanna hörte erste Ausrufe der Enttäuschung. »Zu viel gesoffen gestern, zu viel gefressen!« Einige sah Susanna ärgerlich abwinken, zwei verlangten ihr Eintrittsgeld zurück. Die meisten jedoch merkten schon an Stephans Haltung und Stimme, dass er nicht wirklich ernst meinte, was er da sagte. Jetzt trat der Gaukler in dem farbenprächtigen italienischen Kostüm an den seitlichen Bühnenrand. »Doch derr Dirrecteur de la Compagnie hat vorrgesorrgt, Ihr Durrchlauchteten und Verrfinsterrten von Rothenburg!« Er deutete nach hinten zum Vorhang. Susannas Herz schlug schneller, ihre Hände wurden feucht. »Zum errsten Mal in Euern Mauern und nur für Euch aus London angerreist, Hochwohlgeborene und tiefunwohl zurr Welt Geschissene, zum errsten Mal an den Uferrn der Tauberr – der Pickelherring!«

Der Vorhang wurde zur Seite gerissen, eine Gestalt in orangefarbenem und mit lauter gelben und blauen Rauten gemustertem Kostüm flog in einem Hechtsprung auf die Bühne, schlug eine Rolle vorwärts und stand zwei Sprünge später breitbeinig und mit in die Hüften gestemmten Fäusten am vorderen Bühnenrand.

Susanna klatschte in die Hände und rief: »Bravo!« Auch manch anderer vor der Bühne jubelte laut, und alle applaudierten – wenn auch nicht so stürmisch, wie Susanna es sich für David erhofft hatte. Und für ihr Kostüm. Die Leute wussten nicht recht, was sie von der Neuerung halten sollten. Vor drei Tagen noch Jean Potage auf Bärenjagd und jetzt dieser bunte Geselle?

»Werbeoffiziere hier?« David schirmte die Augen mit der Hand ab, tat, als hielte er angestrengt Ausschau. »Einen Helden wie mich will der Tilly nämlich um jeden Preis in den Reihen seiner Soldaten.« Er mimte einen leichten englischen Akzent, wie Susanna ihn unter englischen Soldaten in Heidelberg gehört hatte. »Einen tollkühnen Kämpfer wie mich, den es nicht einmal vor dem Teufel graut.« Er ballte die Fäuste, schlug nach unsichtbaren Feinden, und die Rothenburger kicherten, und Susanna war stolz, ihn in dem Kostüm zu sehen, das sie ihm geschneidert hatte.

Seit sechs Tagen bauten die Gaukler ihre Bühne hier an der Tauber auf, in Rothenburg selbst nun schon zum zweiten Mal. Nach Ostern waren sie von Stuttgart hinauf an den Main bis nach Würzburg gezogen. Dort aber herrschte ein grausamer Fürstbischof, der zwar Zahnbrecher, aber keineswegs Spaßmacher in der Stadt dulden wollte. Weit lieber ließ er die Häuser seiner Bürger und die Wagen der Reisenden nach Hexen durchsuchen. Als dessen Schergen ihre misstrauischen Blicke auf Susanna und die Landgräfin zu werfen begannen, brach Stephan den Marktstand sofort wieder ab, und seine Gaukler suchten das Weite, noch ehe er einen einzigen Würzburger Zahn gezogen hatte.

Den Sommer über fuhren sie dann den Main herunter und durch den fränkischen Wald hierher in das Gebiet der freien Reichsstadt Rothenburg. Man glaubte lutherisch hier, und ein Gaukler konnte sich über Jesuiten und Bischöfe lustig machen, ohne um seinen Kopf und seine Haut fürchten zu müssen.

Auf der Bühne hörte David urplötzlich auf, um sich zu schlagen. Mit über den Schultern gespreizten Händen, mit ängstlich vorgebeugtem Kopf und auf einem Bein balancierend, starrte er auf den Boden. »Da!« Mit ausgestreckter Linken deutete er auf die Bühnenbretter zu seiner Schuhspitze. Susanna sah, wie die Rothenburger die Hälse reckten; ein Vater nahm seinen Sohn auf die Schultern, damit er sehen konnte, was den englischen Pickelhering so erschreckte. »Eine Ameise!«, rief David und flüchtete sich zitternd an den Bühnenrand hinter Stephan. Die Leute von Tauberbischofsheim lachten.

Die letzte Septemberwoche neigte sich erst, und dennoch ging Susanna nicht mehr ohne Mantel ins Freie. Sogar Frost hatte es schon gegeben. In den Dörfern kündeten die Alten einen harten Winter an. Stephan plante, zum Beginn des Weihnachtsmarktes in München zu sein. Im nächsten Frühjahr wollte er dann nach Kärnten und von dort in die Republik Venedig ziehen. Er hatte genug von den Deutschen und ihrem Krieg.

Jetzt aber musste er erst einmal an den Bühnenrand gehen und Krieg gegen eine Ameise führen. Das tat er mit ausladenden Gesten und unter lautem Geschimpfe. Um die Ameise zu töten, rammte er seinen Stiefelabsatz so kräftig gegen die Bretter, dass die Bühne erzitterte. Der englische Pickelhering atmete erleichtert auf.

Doch schon tapste Bela auf die Bühne – auf den Hinterläufen und mit Sturmhaube, Degen und Muskete geschmückt. Die Rothenburger begrüßten ihn mit Applaus. »Wer zieht mit uns in den Krieg?«, tönte eine eidgenössisch gefärbte Stimme aus dem Nichts. »Wer kämpft mit uns für Kaiser, Papst und Reich?« Stürmisches Gelächter erhob sich unter den etwa zweihundert Zuschauern vor der Bühne, vor allem die Kinder hatten ihre Freude an dem kriegerischen Tanzbären.

»Ich jedenfalls nicht«, erklärte der Pickelhering. »Obschon ein unerschrockener Held und sogar im Kampf mit dem Teufel gestählt, vertrage ich doch die Luft auf den Schlachtfeldern nur ganz schlecht – zu viel Pulver, zu viele Kugeln. Und dann der Kanonendonner den lieben langen Tag.« David hielt sich die Ohren zu und verzog das Gesicht wie unter Zahnschmerzen. Die Zuschauer aber hielten sich die Bäuche vor Lachen und schlugen sich auf die Schenkel. »Was tragt Ihr denn da für einen Stinktopf auf dem

Schädel, Herr Feldwebel?«, wollte der bunte Geselle von Bela wissen, »und was soll der Besen auf Eurem Rücken und der Bratspieß an Eurem Bandelier?«

Einen im Kampf gestählten Helden, der einen Nachttopf nicht von einem Helm unterscheiden konnte und auch nicht Muskete von Besen und Degen von Bratspieß, fanden die Rothenburger noch ziemlich lustig, doch danach hörte der Spaß abrupt auf: Der pelzige Feldwebel hatte genug von seinem Auftritt – Bela ließ sich einfach auf die Vorderläufe fallen, trottete zum Vorhang und verschwand dahinter. Dabei hatte das lustige Gespräch mit dem Bauchredner, das David sich ausgedacht hatte, gerade erst angefangen.

Die Zuschauer riefen nach ihm, forderten weitere Späße, und Susanna sah David hinter den Vorhang huschen, um den Bären zurückzuholen. Vergeblich. Stephan riss ein paar Witze, und David verfiel schließlich auf den Gedanken, Sprüche aus dem Buch aufzusagen, das der englische Komödiant Greenley ihm geschenkt hatte. »Sein oder Nichtsein, das ist hier die Frage!«, rief er vom Bühnenrand in die Menge hinein und machte eine dramatische Miene dazu. »Ob's edler im Gemüt, die Pfeil und Schleudern des wütenden Geschicks erdulden, oder, sich waffnend gegen eine See von Plagen, durch Widerstand sie enden …!« Worauf auch immer das hinauslaufen sollte, die Rothenburger gaben die Antwort auf ihre Weise: Sie pfiffen und buhten, dass Davids Vortrag rettungslos unterging und Stephan schließlich so tat, als würde er sich mit ihnen verbünden, und den Pickelhering von der Bühne jagte.

Danach lästerte der Directeur de la Compagnie eine Weile über Engländer im Allgemeinen und ihren bigotten König im Besonderen, machte Witze über dies und das und gab schließlich ein paar schlüpfrige Zoten zum Besten, was der Magistrat von Rothenburg eigentlich verboten hatte. Die Leute aber hörten es gern, spitzten die Ohren und beruhigten sich nach und nach.

Die lustige Stimmung aber war dahin und Susannas Enttäuschung groß: So hatte sie sich die erste öffentliche Erscheinung ihres Kostüms nicht vorgestellt. Mit Messerwerfen, Singen und Tanzen versuchten die Gaukler zu retten, was sich noch retten ließ.

In der Abenddämmerung fand Susanna den gescheiterten Pickelhering an der kleinen Koppel, die sie an der Stadtmauer für Pferde, Hunde und den Bären umzäunt hatten. Angekettet an einen in die Erde geschlagenen Pflock lag Bela im Gras und äugte zu David hinauf. Der schimpfte mit ihm wegen des verdorbenen Auftritts.

»Der Bär kann doch nichts dafür«, sagte Susanna. »Du wolltest zu schnell zu viel, hättest einfach länger mit ihm üben und ihm mehr Zeit geben müssen.« Die Katze strich ihr um die Beine.

»Rübelrap hat Schuld«, sagte David missmutig. »Zwischen seinen Sätzen hat er hinter dem Vorhang Honig genascht. Bela hat es gerochen.«

»Dann kann er ja noch viel weniger dafür! Und du musst gar nicht enttäuscht sein.« Sie trat zu ihm, legte ihm den Arm um die Schulter wie einem Freund, der Trost brauchte. »Die Szene ist sehr lustig gewesen. Hast du nicht gehört, wie die Leute gelacht haben am Anfang?«

»Schon.« David guckte irgendwie zerknirscht aus seinem Bauernmantel. »Doch was soll mir das dumme Gelächter? Ich habe keine Lust, den Rest meines Lebens irgendwelche Narren zum Lachen zu bringen.«

»Du kannst das aber wie sonst keiner, und inzwischen habe ich viele Männer auf den Märkten gesehen, die es versuchten.« Sie schüttelte ihn. »Du bist der beste von allen. Und das neue Kostüm passt so gut zu dir! Wenn du wüsstest, wie stolz ich war …«

Auf einmal merkte sie, wie viel sie redete und wo ihre Hände lagen. Sie wollte sie schnell wieder zu sich nehmen, doch da hielt David sie schon fest. »Danke«, murmelte er. »Das hat die Landgräfin auch gesagt.« Er küsste erst ihre Hand und strich Susanna dann über die Wange. Ganz weich wurden seine Züge mit einem Mal, ganz zärtlich sein Blick. Er zog sie an sich, beugte sich zu ihrem Gesicht, um sie zu küssen.

»Nicht!« Susanna machte sich los und huschte durch die Dämmerung zu den Wagen. Die Katze sprang ihr hinterher.

Am nächsten Morgen kam es, wie es kommen musste: Der lutherische Prediger von Rothenburg und zwei hohe Herren des Magistrats standen nebst Feldschütz und zwei Angehörigen der Bürgerwacht vor dem Stand der Gaukler. Wider des ausdrücklichen Wunsches des Magistrats habe Stephan unzüchtige Reden verlauten lassen. Prediger und Ratsherren machten ernste Mienen, Feldschütz und Gehilfe guckten grimmig. Der Pranger würde bereits aufgebaut, erklärte einer der Bürgerwächter mit knappen Worten, und finde man in einer Stunde noch einen einzigen Gaukler in der Stadt, würde auch bald jemand daran stehen, und das nicht zu kurz.

Hals über Kopf flohen die Gaukler aus Rothenburg.

Tagelang zogen sie von Markt zu Markt durch den fränkischen Bergwald nach Norden auf Windsheim zu. Von den Sängern und den Leuten, die zum Zahnbrechen auf die Bühne kamen, hörten sie die neusten Nachrichten: dass in Rom ein neuer Papst regierte, wie gut man es jetzt als Einwanderer in Spanien hatte, dass der Gulden an Wert verlor und dass der Tilly dem Tollen Halberstädter bei Stadtlohn mächtig aufs Maul gehauen hatte.

Eine Tagesreise vor der Stadt trafen sie Kaufleute, die mit drei Fuhrwerken zum selben Ziel hin unterwegs waren, nun aber kehrtgemacht hatten, um nach Ansbach zu fliehen. Die erzählten schlimme Geschichten von kosakischen Reitern, die bei der Eroberung von Heidelberg für den General Tilly gekämpft hatten und nun auf dem Weg in ihre Heimat eine Spur der Verwüstung hinter sich herzogen. Starr vor Schreck hörte Susanna von brennenden Dörfern, von Überfällen auf Bauernhöfe, von ganzen

Herden gestohlenen Vieh, und dass die Kosaken jetzt die Stadt Windsheim bedrohten und Geld und Proviant verlangten.

Stephan zögerte keinen Augenblick und kehrte ebenfalls um; die Gaukler lenkten ihre beiden Wagen ebenfalls Richtung Ansbach. Aus Furcht vor den grausamen Reitern mieden sie jedoch den direkten Weg und fuhren statt auf den großen Landstraßen auf Nebenwegen. In einem Dorf an der Zenn brach über Nacht der Winter mit solch schneidender Kälte und so heftigem Schneefall ein, dass sie Zuflucht in einem Bauernhof suchten und fanden.

*

Auf einem Tisch neben dem Altar hatten sie eine Krippe aufgebaut, überall brannten Kerzen, den Chorraum schmückte buntes Schnitzwerk und zwischen den Fenstern hingen Bilder mit biblischen Szenen – Susanna konnte sich nicht sattsehen. Die Vituskirche von Handschuhsheim und die Heilig-Geist-Kirche in Heidelberg waren schmucklose, ja kahle Hallen gewesen im Vergleich mit dieser lutherischen Dorfkirche. Und dann die Lieder und die Gebete – Susanna wurde es ganz warm ums Herz.

Es war Heiligabend, die Leute von Neuhof – so hieß das Dorf an der Zenn – drängten sich in der Kirche. Sogar Stephan und David hatte der Bauer überreden können, mit ihm und seiner Familie den lutherischen Gottesdienst zu besuchen. Er war mit dem Prediger befreundet, und weil der auch die Gaukler mit Handschlag begrüßte – außer Lauretta natürlich, der tätschelte er die Schulter, als er endlich merkte, dass ihre Hände gelähmt waren –, hörten die Leute von Neuhof auf, sie misstrauisch und verächtlich zu beäugen.

Susanna hätte es sowieso nicht gemerkt. Das schöne Licht, die Bilder, der Gesang – das alles wühlte sie viel zu sehr auf. Bei der dritten Strophe des zweiten Liedes brach ihr schon vor Rührung die Stimme. *Es ist der Herr Christ, unser Gott*, sang die Gemeinde, *der will euch führn aus aller Not*, und Susanna lehnte den Kopf gegen Mariannes Schulter und weinte.

Von der Predigt verstand sie kaum die Hälfte – der lutherische Pfarrer namens Leonhard sprach recht eintönig und dazu in einem breiten fränkischen Dialekt. Doch das störte sie nicht; der Gottesdienst machte sie einfach nur froh. Als Susanna merkte, dass David sie von der Seite musterte, wischte sie sich die Tränen ab und lächelte ihm ins sorgenvolle Gesicht.

Später, als sie sich zwischen David und Marianne von der Menge zum Ausgang der Kirche schieben ließ, musste sie an jene Stunde in der Heilig-Geist-Kirche zurückdenken, in der sie Gott erst um einen schnellen Tod und dann um Rettung anflehte, während draußen über Heidelberg der Gewittersturm tobte. Bald anderthalb Jahre war das her – und sie lebte noch.

Beim Bauern gab es Gänsebraten, Rüben und eingestampfte Bohnen. Seit Stephan ihm geholfen hatte, seine jüngste Kuh bei einer strengen Geburt von einem Stierkalb zu entbinden, behandelte er ihn und seine Gaukler wie Familienmitglieder. Rübelrap und Lauretta durften sogar hinter seinem Kachelofen schlafen. Nach dem Essen legten sich alle zur Nachtruhe nieder.

Susanna lag auf einem Strohsack in einer Kammer zwischen Haus und Stall, in der bis in den Herbst hinein eine Magd gewohnt hatte. Sie schrieb in ihr Buch. Ein paar Sätze an Hannes, wie meistens. Sie erzählte ihm von der schönen Christmette.

Eine Öllampe brannte auf einem Hocker neben ihr, am kleinen Fenster schimmerten Eisblumen. Bald musste sie Buch, Feder und Tintenfass wegpacken – zu klamm fühlten ihre Finger sich an.

Sie fror, wickelte sich fester in Mantel und Bärenfell und dachte an Hannes, an die Christmette in der Dorfkirche und an die angstvolle Stunde in der Heilig-Geist-Kirche, damals im belagerten Heidelberg, als draußen der Orkan tobte und sie dem Heiland versprach, ihm für immer zu dienen, falls er sie rettete. Vergeblich versuchte sie, sich des genauen Wortlauts ihres Versprechens zu erinnern. Am Fußende ihres Schlaflagers lag, halb unter dem Bärenfell, die Katze und wärmte ihr die Füße.

Das Bärenfell – ihm hatte sie ihre Rettung zu verdanken. Oder nein: Dem Mann, der die Bärin getötet hatte. Auch falsch: Gott allein verdankte sie ihre Rettung. Denn hatte er nicht durch ein Wunder dafür gesorgt, dass David und sein Tanzbär in jenes Haus an der Schlossstraße kamen, als drinnen rohe Landsknechte schon anstanden, um über sie herzufallen? Sie dachte an David und stellte sich vor, er wäre nur ein paar Minuten später gekommen oder gar nicht. Ihr schauderte.

Bald zitterte sie unter ihrem Bärenfell, so sehr fror sie. In der Kammer links von ihrer hörte sie Stephan und die Landgräfin erst reden, dann kichern, schließlich ächzen und stöhnen. Die beiden hatten es gut, sie konnten einander wärmen. Susanna klapperten die Zähne. In der Kammer rechts hatte bis Allerheiligen ein Knecht gewohnt, jetzt schlief David dort.

Irgendwann hielt Susanna es nicht mehr aus vor Kälte – sie stand auf, klemmte das Bärenfell unter den Arm, nahm die Öllampe und schlich auf Zehenspitzen in Davids Kammer hinüber. Die Katze huschte neben ihr her.

David schreckte aus dem Schlaf hoch, als sie vor seinem Lager stand. »Du? Was ist geschehen?« Er starrte sie an wie eine Erscheinung.

»Noch nichts.« Über ihn hinweg stieg sie auf sein Lager. »Doch noch ein paar Minuten, und ich erfriere.« Zwischen Wand und Mann streckte sie sich aus und deckte sich mit dem Fell zu. »Wärme mich.« Mit dem Rücken schob sie sich an ihn. »Nur wärmen, hörst du? Sonst gar nichts.« Die Katze rollte sich auf ihren Füßen zusammen.

»Ist gut.« David drückte sich an sie und nahm sie in die Arme. Sie spürte, wie er vermied, ihre Brüste zu berühren. »So?« Sie nickte stumm.

Eine Zeitlang lagen sie schweigend, und als Susanna merkte,

dass sie kaum Angst empfand, versuchte sie, sich zu entspannen. Noch immer war ihr kalt. Sie spürte das Fell, dachte an die alte Bärin, der es gehört hatte, und daran, wie das Tier Stephan geholfen hatte, den kleinen jüdischen Jungen zu retten. Marianne hatte ihr die Geschichte erzählt.

»Wieso bist du ausgerechnet an der Schlossstraße gewesen, als die Papisten kamen?« Unter dem Fell tastete sie nach seiner Hand. »Warum bist du ausgerechnet in dieses Haus gekommen?«

»Ich habe dich gesucht.« Sie spürte, wie er mit den Schultern zuckte. »Oben, auf dem Weg zum Schloss, habe ich dich ja oft gesehen, vielleicht hat es mich deswegen dorthin gezogen. Vielleicht auch, weil ich hörte, dass die Kurpfälzer mit einigen Bürgersfrauen ins Schloss hinauf flohen.« Er schwieg. Susanna dachte über seine Worte nach. »Oder die Vorsehung trieb mich in das Haus.«

»Vorsehung?« Susanna verstand nicht gleich, wollte vielleicht auch nicht verstehen.

»Glaubt ihr Reformierten nicht, dass Gott alles vorherbestimmt hat?«

Die Verblüffung verschlug ihr zunächst die Sprache. Daran hatte sie noch nie gedacht. »Doch«, gab sie schließlich zu. »Und ich friere immer noch.«

»Du musst den Mantel ausziehen. Anders kann meine Wärme nicht in deinen Körper.«

Für einen Moment glaubte sie, die Angst käme zurück, und sie wollte protestieren. Doch alles blieb ruhig in ihrer Brust, höchstens, dass ihr Herz ein wenig schneller schlug. Jedoch nicht vor Angst. Sie schälte sich aus dem Mantel, drückte sich an ihn und zog seine Arme um sich zusammen. »Aber nur wärmen, hörst du?«

»Ich bin nicht taub.« Ganz fest drückte er sich an sie, sie spürte seinen warmen Atem an ihrem Ohr.

Plötzlich fielen ihr wieder die Worte ein, mit denen sie in der Heilig-Geist-Kirche während des Sturms Gott gelobt hatte, ihm für immer zu dienen, sollte er sie retten. *Rette mich und zeig mir deinen vollkommenen Weg für mich – ich werd ihn gehen*, hatte sie versprochen.

»Glaubst du denn an Vorherbestimmung?«, fragte sie.

»In Augenblicken wie diesem schon. Und damals auch, als ich dich aus dem Haus in den Hühnerstall führte.« Leiser und mit brüchiger Stimme fügte David noch hinzu: »Es tut mir leid, dass ich mich nicht eher hineingewagt habe.«

»Dass du dich überhaupt hineingewagt hast …« Susanna dachte zurück an die schlimmen Augenblicke. »Ohne dich wäre ich da nie mehr lebend herausgekommen. Und aus der Stadt auch nicht, wenn du nicht deine Bärin für mich …« Jetzt war es ihre Stimme, die versagte. Sie schluckte, versuchte sich vorzustellen, sie läge in Hannes' Armen, nicht in Davids, und fragte sich, ob es nicht Gottes vollkommener Weg gewesen war, ihr diesen Gaukler zur Hilfe zu schicken und was es bedeuten würde, diesen Weg weiterzugehen. »Ich kann dir mein Herz nicht geben«, sagte sie schließlich.

»Noch nicht.« Nicht die Spur von Bitterkeit lag in seiner Stimme. »Du lernst es schon mit der Zeit.«

Sie wollte widersprechen, doch ihr Vater fiel ihr ein. *Besser allemal einen kalten Topf auf einen heißen Herd, als einen heißen Topf auf einen kalten Herd.* Das waren seine Worte gewesen, als sie miteinander nach Heidelberg fuhren; ein halbes Jahr nachdem Hannes zu seiner Wanderschaft aufgebrochen war. Auch der Vater hatte das Menschenherz für ein ganz unzulängliches Ding gehalten, für ein Wesen, das straffe Zügel brauchte, denen es folgen konnte. Und dachte die Landgräfin nicht ganz ähnlich? Gefühle vergehen, hatte sie gesagt, und wenn überhaupt etwas bleibe, dann der Wille und die Vernunft. »Der David hat dich sehr gern.« Auch das hatte die Landgräfin gesagt. »Und eine junge Frau sollte nicht unverheiratet durchs Land ziehen. Man hält sie sonst leicht für eine Hure und behandelt sie dann auch so.«

»Du sagst gar nichts mehr, Susanna.« Davids Stimme holte sie aus ihrer Gedankenversunkenheit. »Gibst du mir also recht?«

Sie antwortete nicht, schloss stattdessen die Augen. Ihr war inzwischen schön warm geworden in seinen Armen. »Ich schlafe jetzt. Hältst du mich fest?«, fragte sie ihn schließlich. Sie spürte ihn nicken. »Und sonst nichts?« Wieder ein Nicken, wenn auch zaghafter diesmal. »Gut. Ich vertraue dir.«

*

Das Jahr endete mit milden Stürmen und kräftigen Regengüssen. Der Schnee schmolz, das Eis auf der Zenn taute. Doch schon nach einer Woche kehrte der Winter mit Schnee und Frost zurück. Susanna schlief nun öfter in den Armen des jungen Gauklers, ließ sich von ihm wärmen und sonst nichts.

Den Winter über halfen sie dem Bauern, Fenster und Dachbalken auszubessern, und seiner Frau, Kleider und Bettzeug zu stopfen. Im Frühjahr verkaufte er ihnen einen kleinen Wagen und ein Pferd. Danach nahmen sie Abschied von den freundlichen Bauersleuten und von Neuhof und zogen durch die Markflecken des fränkischen Waldes hinunter bis nach Ansbach.

Dort brach Stephan einem Kaufmann aus Nürnberg zwei faule Zähne aus dem Maul. Als der erlöste Mann zahlte, fiel ihm ein zusammengefalteter Zettel aus der Tasche, was er nicht bemerkte.

David klaubte den Zettel später von der Bühne auf und las ihn. Es war ein gedruckter Theaterzettel – englische Komödianten kündigten darin »allerlei liebliche Tragödien und Komödien und den Auftritt des allseits geliebten Pickelherings« im Heilbrunner Hof in Nürnberg an. Darunter war der Name des Prinzipals gedruckt: *Christopher Greenley*. David blickte auf das Datum – die erste Vorstellung sollte in diesen Tagen gegeben werden.

»Ich will nach Nürnberg«, sagte er daraufhin zu Stephan. »Ich will, dass wir gleich morgen aufbrechen.«

»Hat dir ein Gaul vors Hirn getreten?«, platzte es aus der Landgräfin heraus. Sie war ganz und gar dagegen. Und Stephan gab ihr recht. Nürnberg? Nein – München hieß noch immer sein Ziel.

»Gut, dann gehe ich allein«, sagte David. Er wandte sich an Susanna. »Gehst du mit mir?«

Nur eine schlichte Frage war das, doch die verschlug Susanna den Atem. Bevor sie sich sammeln und antworten konnte, sagte Stephan. »Unsinn! Was willst du ohne uns in Nürnberg, und was sollen wir ohne dich in München? Wir fahren zusammen über Nürnberg nach München.«

*

Entlang des Mainufers reihte sich Bude an Bude und Messestand an Messestand. Der letzte Tag der Frankfurter Ostermesse begann, überall drängten sich die Menschen, und Hannes hörte fast mehr fremdländischen als deutschen Zungenschlag.

Frankfurt erschien ihm größer als vor vier Jahren, als er als Zimmermanngeselle in der Stadt gearbeitet hatte. Und noch reicher und noch eleganter. Das mochte an den vielen Reisenden aus aller Herren Länder liegen, die in diesen Frühlingstagen die Stadt bevölkerten. Spanier in schwarzen Gehröcken und mit gewaltigen Halskrösen stelzten vorüber. Venezianische Kaufleute in farbenprächtigen, pelzbesetzten Mänteln aus Seide palaverten vor den Auslagen eines Tabak- und Pfeifenhändlers. Französische Kavaliere mit wallenden Mähnen unter großen Hüten voller bunten Federgebüschs und mit Prunkdegen an den silberbeschlagenen Lederbandelieren flanierten in Begleitung eleganter Damen entlang der Buden. Spitzbärtige deutsche Herren in langen Mänteln und gespornten Stulpenstiefeln schritten mit ernsten Gesichtern und an der Seite ihrer in teure Reifröcke gezwängten Gattinnen mitten auf der Zeile zwischen den Ständen.

Solchen Paaren folgte Hannes von Zeit zu Zeit, um schneller voranzukommen, denn die Menge musste dem aus der Hüfte gekrümmten Ellenbogen des deutschen Herren und dem Reifrock der deutschen Gattin weiträumig ausweichen.

Ihn selbst wärmte der braune Wollkasack, den man ihm in Dilsberg gegeben hatte; es war erst Anfang April und noch ziemlich kühl. Darunter trug er den Rindslederkoller, das Lederwams und das blaue Hemd. Ohne Degen ging auch er nicht mehr. Sein inzwischen wieder sprießendes Blondhaar bedeckte ein schlichter schwarzer Filzhut ohne jeden Federschmuck.

Manchmal, wenn er glaubte, an Kleidung, Seitenwehren und Helmen Soldaten zu erkennen, zog er die Hutkrempe tiefer in die Stirn, mischte sich in die Menschentraube vor irgendeinem Marktstand und tat, als würde er einem Zahnbrecher bei der Arbeit zusehen oder einem Quacksalber lauschen, der lautstark seine Pülverchen gegen die rote Ruhr oder seine Wässerchen gegen die Pest anpries.

Hannes blieb misstrauisch und wachsam: Wusste er denn, ob der Generalprofos von Tillys Armee ihn nicht mittlerweile suchen ließ? Wegen der Toten in der Herzenburger Kompanie oder wegen Fahnenflucht oder wegen beidem. Zogen die Landsknechte endlich vorüber, ging auch er weiter.

Hier unten am Main, so hatte man ihm gesagt, bauten während der Messe vor allem die Spielleute, Gaukler und Artisten ihre Stände und Bühnen auf. Hannes hielt Ausschau nach englischen Komödianten; er suchte einen Mann namens Christopher Greenley.

Eine schöne junge Frau mit schwarzen Locken fesselte plötzlich seine Aufmerksamkeit. Er blieb stehen und starrte zu dem Marktstand aus Handkarren, Holzböcken und Körben hinüber, an dem sie Kräuter und Gewürze aussuchte. *Susanna* – ihr Bild und Name füllten sein Hirn aus. Als die Frau den Kopf ein wenig zur Seite drehte, sah er, dass sie weder jung noch schön noch Susanna war. Hannes ging weiter.

Ein Stück flussaufwärts an der Mainbrücke würden Seiltänzer

und Springer von den englischen Inseln ihre Künste zum Besten geben, so hatte er von einem holländischen Spielmann erfahren. Und tatsächlich sah Hannes nun von weitem die Brücke und eine große Bühne mit vielen Schaulustigen davor. Er erkannte auch ein hoch über dem Bühnenboden gespanntes Seil und einen Menschen, der darauf balancierte. Energischer als zuvor drängte Hannes sich durch die Menge. Vielleicht wussten diese englischen Akrobaten ja, ob ein Komödiant namens Greenley in Frankfurt Vorstellungen gab.

Im vergangenen August war Hannes aus dem Münsterland nach Köln geritten und hatte dort auf Wanderkomödianten aus England gewartet. Während des Herbstmarktes pflegten sie dort ihre Bühnen auf dem Heumarkt aufzubauen, und dann wieder zur Fastnachtszeit und zu Ostern. Der Zimmermeister, für den er während seiner Wanderung gearbeitet hatte, war erst erschrocken, weil er Hannes kaum wiedererkannte. Dann aber nahm er ihn mit Freuden auf und trug ihm auch nicht nach, dass er seine jüngste Tochter damals nicht geheiratet hatte. Die hatte inzwischen drei Kinder. Dem Kölner Meister kam ein geschickter Zimmermann gerade recht, denn im Hafen war im Sommer eine Lagerhalle durch Blitzschlag niedergebrannt. Hannes half ihm, eine neue zu errichten. Dann fiel der erste Schnee, und er hatte keinen einzigen englischen Komödianten auf dem Heumarkt zu sehen bekommen.

An Weihnachten taute der Schnee, in Köln riss der Rhein Eisschollen sogar durch ufernahe Gassen. Keller standen unter Wasser, das Eis zertrümmerte Hausfassaden und Brückenpfeiler. Das Jahr 1624 begann dann wieder mit Schnee und Frost, und der Rhein fror erneut zu. Die Schneeschmelze Ende Februar brachte das nächste Hochwasser und den nächsten Eisgang.

Der Magistrat von Köln beauftragte Hannes' Zimmermeister, eine der zerstörten Brücken wieder aufzubauen. Keine leichte Arbeit; sie zog sich bis Ende März hin, und der Meister brauchte jeden Mann. So ging auch die Fastnachtszeit ohne englische Komödianten vorüber. Viel zu spät nahm Hannes Abschied von seinem Meister, um zur Ostermesse nach Frankfurt aufzubrechen. Erst gestern Abend war er in Frankfurt angekommen.

Vor der Mainbrücke mischte Hannes sich unter die etwa sechzig Zuschauer vor der Bühne der englischen Akrobaten. Sofort tauchte ein zwergwüchsiger Mann vor ihm auf und streckte ihm einen Hut und zwei seiner dicken Finger unter die Nase. Hannes warf zwei Kreuzer in den Hut. »Ich suche einen Engländer«, sagte er. »Greenley. Kennst du ihn?« Der Zwerg zuckte nur mit den Schultern und verschwand in der Menge. Auf der Bühne verbeugten sich gerade drei Männer, und die Zuschauer klatschten mäßig begeistert. Dann kam einer in rotem Fransenröckchen und sehr engen Hosen, der auf ein Seil stieg, das in etwa zwölf Fuß Höhe angebracht worden war. Ein Mann in gestreiftem Kostüm und mit seltsam großen Schuhen warf ihm eine Posaune hinauf, die der Seiltänzer gleich beim ersten Versuch fing. Danach stieß er, frei auf dem Seil stehend, in das Instrument. Die Zuschauer applaudierten, und Hannes fragte sich, wie man ohne jeden Halt auf einem dünnen Seil einen derart kräftigen Posaunenklang erzeugen konnte.

Doch es kam noch besser: Der Seiltänzer ging in die Knie, klemmte das Instrument zwischen die Zähne, fasste das Seil rechts und links seiner Füße und senkte langsam den Kopf. Totenstille herrschte plötzlich vor der Bühne, denn auch der Letzte erkannte, dass der Mann im Begriff war, einen Kopfstand zu versuchen. Auch Hannes hielt den Atem an.

Der Seiltänzer streckte die Beine in die Höhe, das Seil schwankte. Dann ließ er es mit der linken Hand los, griff mit der rechten zur Posaune und blies dreimal hintereinander hinein. Die Zuschauer klatschten begeistert, auch Hannes.

Der Posaunist kletterte herunter, und nun stieg der im närrischen Kostüm über eine Leiter aufs Seil hinauf, balancierte hinüber und herüber, jonglierte dabei erst mit drei, dann mit vier

Bällen und tat bei fast jedem Schritt so, als würde er beim nächsten das Gleichgewicht verlieren. Die Zuschauer wanden sich in lustvollem Schrecken und in Gelächter.

Ein dritter trat unter das schwankende Seil, vollführte hohe Sprünge, überschlug sich mehrmals in der Luft, bevor er wieder auf die Füße fiel. Und über ihm stand der Närrische einbeinig auf dem Seil und brachte es mächtig zum Schaukeln.

So ging es noch eine ganze Zeit, und die Leute vor der Bühne hatten ihren Spaß. Nach dem Schlussapplaus zerstreuten sie sich schnell. Hannes ging zur Bühne, wo der Zwerg schon das eingenommene Geld zählte. »Ich suche einen englischen Komödianten«, rief Hannes den Männern zu.

Die Artisten verständigten sich in ihrer Sprache, und der Närrische setzte sich an den Bühnenrand zu Hannes. »Hier sind vier englische Komödianten«, sagte er freundlich. »Such dir einfach einen aus.« Offenbar war er der Einzige, der Deutsch sprach.

»Der, den ich suche, heißt Greenley.«

»Der Alte Komödiant?« Der Seiltänzer im Narrenkostüm lachte und winkte ab. »Der muss doch seine Bühne schon lange nicht mehr hier unten am Main bei den Buden der Spielleute und Gaukler aufbauen.« Er deutete in die Stadt hinein. »Dem Greenley erlaubt der ehrwürdige Magistrat von Frankfurt bereits seit zwölf Jahren seine Komödien und Tragödien in der ›Sanduhr‹ aufzuführen. Vorgestern habe ich ihn dort als Pickelhering gesehen.«

Hannes beschrieb Susanna und, so gut er eben konnte, auch den jungen Gaukler. Der Seiltänzer zuckte nur mit den Schultern und beschrieb ihm den Weg zu dem Ort, den er »Sanduhr« nannte.

An vielen Marktständen vorbei ging Hannes in die Stadt hinein. Dort, rund um Römerberg und Dom, stellten Kaufleute aus allen Städten des Heiligen Römischen Reiches ihre Waren aus. Ja, sogar von den äußersten Grenzen des europäischen Kontinents waren sie hierher gereist, um Handel zu treiben: aus Stockholm, aus dem andalusischen Malaga, aus Sankt Petersburg, Belgrad und Palermo.

In der Fahrgasse entdeckte Hannes das Schild, das ihm der Akrobat angekündigt hatte: »Zur Sanduhr«. Das Gebäude lag hinter einem Gasthaus – und war leer. Im Gasthaus fragte Hannes nach Greenley.

»Da kommst du zu spät.« Die Wirtin, eine gut genährte Frau mittleren Alters, musterte ihn von Kopf bis Fuß. Offenbar fiel die Taxierung günstig aus für Hannes, denn sie antwortete. »Greenley und seine Compagnie sind gestern weitergereist. Leider. Zahlen treu und bringen gute Kundschaft in die Schankstuben.«

»Wohin?«

»Meine Güte, stellst du Fragen!« Die Wirtin verdrehte die Augen und breitete wie hilflos die Arme aus. »Wo ihnen jemand was zahlt für ihr Spektakel. Mainz, Paris, Heidelberg, Straßburg – was weiß ich.«

»Er hat gar nichts über sein nächstes Ziel verraten?« Die Enttäuschung brannte Hannes in der Brust.

»Mir nicht. Aber vielleicht meiner Schwiegermutter.« Die Wirtin drehte sich um und winkte. »Mit ihr hat der Alte Komödiant mal wieder mehr geschwatzt als mit mir. Komm mit.«

Vor Hannes her schaukelte sie zu einem düsteren Hinterzimmer. Dort saß in einem Lehnstuhl neben dem Fenster eine alte Frau, die strickte. Eine rote Katze lag zu ihren Füßen. Zwischen zwei Tischen spielten zwei kleine Kinder mit Steinen, altem Schmuck und jungen Kätzchen.

»Hier ist einer, der sucht den Alten Komödianten, Mutter, den Greenley!«, rief die Wirtin in den Raum hinein und flüsterte dann Hannes zu: »Sie bildet sich ein, in die Zukunft sehen zu können. Hat sie nicht mehr alle beieinander.« Sie fuhr sich mit wedelnder Geste über die Stirn. »Kann sein, sie versucht's auch bei dir – beachte es einfach nicht.« Sprach's, rauschte davon und ließ Hannes mit der Greisin allein.

Die ließ ihr Strickzeug sinken und beäugte ihn mit zur Schulter geneigtem Kopf. Schließlich winkte sie ihn zu sich. Hannes gehorchte nicht gleich. Bilder der Erinnerung überfielen ihn jäh – in ähnlicher Weise hatte zu Hause im Walddorf auch seine eigene Großmutter am Fenster gesessen und gestrickt: in einem Lehnstuhl und mit einer Katze zu Füßen. Das Herz wurde ihm schwer, und Tränen stiegen ihm in die Augen.

»Wer bist du? Wo kommst du her?« Die Alte deutete auf einen Hocker unweit ihres Lehnstuhls. »Setzt dich schon! Was willst du vom Alten Komödianten?« Hannes ging zu ihr, nahm Platz, wischte sich verstohlen die Augen aus. Die Kinder betrachteten ihn neugierig. »Du suchst gar nicht den Greenley.« Die Alte lächelte wie eine, die plötzlich ein Geheimnis durchschaut. »Du suchst einen anderen.«

Hannes konnte nicht gleich antworten. Eines der Kinder krabbelte zu ihm, betastete seine Sporen. Die Greisin nahm seine Hand und schaute ihm in die Augen. Am Kinn spross ihr weißer Bartflaum, ihre Haut sah aus wie brüchiges Pergament. Ihr wacher Blick schien bis hinter seine Stirn zu reichen. »Es ist eine Frau, die du suchst.«

Hannes nickte. »Ja …« Endlich löste sich ihm die Zunge. »Der Greenley hat sie vielleicht getroffen. Wo finde ich ihn?«

Die Greisin beugte sich über seine Hand. Ihre Lippen bewegten sich stumm. Mit einer Stricknadel fuhr sie den Linien in seinem Handteller nach. Hannes wurde heiß und kalt, doch er konnte seine Hand nicht zurückziehen. Das Kind zu seinen Füßen begann zu quäken, weil es an seinen Sporen geleckt und sich wehgetan hatte. »Blut«, flüsterte die Greisin. »Blut und Herzeleid und wieder Blut.« Sie blinzelte zu ihm herauf. »Hüte dich, Pfälzer. Achte auf deine Wege!«

Hannes entzog ihr seine Hand. »Wo finde ich den Engländer?«

»In Nürnberg. Doch achte auf deine Wege, Pfälzer, und hüte dich!«

Drittes Buch

Von der Liebe und vom Tod

Mai 1624 bis September 1628

I

Ein ungleiches Paar begegnete sich auf der Bühne – eine elegante Frau und ein armer Student. Die Zuschauer wussten, dass vor ihm schon zwei andere Männer die Begehrlichkeit der Frau erregt hatten und wie rasch diese ans Ziel zu gelangen pflegte; der Student wusste es nicht. Die Zuschauer wussten, dass der Gatte der eleganten Frau den Studenten auf sie angesetzt hatte; die Frau wusste es nicht.

Der junge Bursche stellte sich schon ungeschickt an, als er sich nur verbeugen und die Hand der Dame küssen wollte; fast wäre er gestolpert vor lauter Aufregung. Gerade noch konnte die Schöne ihn festhalten. Schallendes Gelächter erhob sich auf dem Klosterhof. Überall hinter den Balkonbalustraden, auf den Vordächern und unten am Bühnenrand freuten sich die Nürnberger über den närrischen Kerl.

Auch die junge Frau an Davids Seite lachte. Susanna. Er hörte es gern und spähte zur Seite – wie schön sie aussah, wenn sie lachte; wie ihre dunkelblauen Augen dann leuchteten, wie reizend die Linien ihres großen Mundes sich dann nach oben schwangen und Grübchen in ihrer weißen Wangenhaut entstehen ließen.

Je länger die Gaukler durch den Frühling der fränkischen Wälder zogen, desto öfter sah der David Susanna lachen.

Gut so.

Unten auf der Bühne tänzelte nun die reiche Grazie um den Studenten herum. Sie bezirzte ihn mit süßen Worten, er trat von einem Bein auf das andere und zerknautschte vor lauter Verlegenheit seinen Hut. So viel Ungeschicklichkeit in Liebesdingen machte den Nürnbergern einen Heidenspaß. Hier und da mischten sich Anfeuerungsrufe in das Gelächter. »Merkst du denn nicht, was sie von dir will, du Dummkopf?«, fragte einer der Halbwüchsigen auf dem Vordach unterhalb von Davids und Susannas Balkonplatz. Und ein anderer rief: »Gib doch deinem Herzen einen Stoß, Pickelhering! Küss sie doch einfach!«

Von einer Ehebrecherin hieß die Tragödie, ein deutscher Herzog hatte sie gedichtet. So jedenfalls stand es auf dem Theaterzettel, den ein englischer Trommler David auf dem Nürnberger Hauptmarkt in die Hand gedrückt hatte. Ganz unten auf dem Zettel entdeckte er den Namen des Pickelherings und Prinzipals: Christopher Greenley.

Der spielte den Liebestölpel dort unten. Über dem Pickelheringkostüm trug er einen geflickten Wollmantel, sein weiß und rot geschminktes Gesicht umrahmte das lange Haar einer dunklen Perücke. Hinter Maske und Kostüm der Verführerin steckte ebenfalls ein Mann. David merkte es nicht an der Stimme, sondern an den breiten Schultern.

Seit einer Woche spielte Greenleys Wandertheater im Heilsbrunner Hof, einem ehemaligen Klosteranwesen im Norden der Reichsstadt. Die rechteckige Bühne erinnerte David an Arenen, wie er sie schon in der Republik Venedig und im Königreich Frankreich gesehen hatte. Selbst die Zuschauer an ihrem Rand sahen nicht zu ihr hinauf, sondern auf sie hinab.

Die alten zwei und dreistöckigen Gebäude und die Klosterkapelle umrahmten die vertiefte Bühne. In den Erkern, an den Brüstungen der Wandelgänge und auf den Balkonen drängten sich Nürnberger Bürger, darunter verblüffend viele junge Zuschauer. Sogar auf den schrägen Dielen der Vordächer hockten sie. David schätzte, dass mindestens vierhundert Menschen gekommen waren, um die englischen Komödianten zu sehen. Es war das zweite Stück, das sie an diesem Nachmittag spielten. Das erste – die Geschichte des dänischen Prinzen Hamlet – hatte David weit mehr ergriffen; allerdings war es entschieden weniger lustig gewesen.

Manchmal wanderte Davids Blick zur linken Hofseite, wo vor

den Wirtschaftsgebäuden ein Maler mit langem rötlichen Haar auf einem leeren Ochsenwagen vor seiner Staffelei stand. Der lugte ständig hinter seiner Leinwand hervor, und sein Pinsel flog zwischen Palette und Bild hin und her.

Je weiter die Geschichte der Ehebrecherin ihrem Höhepunkt entgegenstrebte, desto trockener wurde Davids Mund. Sein Atem ging schneller, ständig fuhr seine Rechte in die Jackentasche und tastete nach dem Haarzopf seiner Mutter. An Greenley lag das, nicht an der Geschichte. Bald würde David ihm gegenüberstehen. Ihn befiel eine eigentümliche Erregung, wenn er daran dachte. Als würde etwas unerhört Neues bevorstehen; etwas, das zugleich nach Abschied schmeckte. David ahnte, dass er dem Engländer nie wieder begegnen würde, wenn er ihn ein drittes Mal an sich vorbeiziehen ließ.

Unten auf der Bühne drückte die reiche Frau den Studenten endlich an jene Stelle, wohin sie ihn von Anfang an mit vielen schmachtenden Worten zu locken versucht hatte – an ihren Busen. Dort hing der unerfahrene Bursche nun und machte eine ziemlich jämmerliche Figur.

»So ähnlich siehst du aus, wenn Bela dich als Beute auf der Bühne herumschleppt«, flüsterte Susanna und hatte ihren Spaß.

Sie trug ihr blumenbesticktes nachtblaues Kleid. Die schwarzen Locken hatte sie sich mit Band und Spangen hinter die Ohren gebunden, wie sie es auf dem Markt von Ansbach bei einer Edelfrau gesehen hatte. Ein kleiner schwarzer Hut mit blauer Feder bedeckte ihren Scheitel.

Manchmal tastete David nach ihrer Hand und versuchte, sie festzuhalten. Nur selten ließ Susanna es zu und wenn, dann höchstens einen Atemzug lang. David versuchte es trotzdem immer wieder, auch jetzt. Sie drückte seine Hand und entzog sich ihm erneut. Der Gaukler hielt das für jungfräuliches Gehabe, es konnte seine Freude nicht wirklich trüben. Mit Susanna hier zu sein, sie an seiner Seite zu wissen, das machte ihn einfach nur froh.

Die Leute, die sie miteinander sahen, konnten doch gar nicht anders, als sie für Mann und Frau zu halten.

Vorgestern hatten sie ihre Bühne auf dem Hauptmarkt der großen Reichsstadt aufgebaut. Heute, gleich nachdem Stephan am Mittag den letzten Nürnberger Zahn gebrochen hatte, war David mit Susanna hierher zur alten Klosteranlage aufgebrochen.

»Küss mich endlich, mein strammer Honigkuchen«, schmachtete die reiche Grazie unten auf der Bühne. Der Pickelhering blickte zu den Zuschauern hinauf, klapperte mit den Zähnen und guckte, als ginge es gleich zum Galgen. Die Leute wieherten vor Vergnügen.

In Wahrheit näherte der scheinbar verlegene Pickelhering sich längst dem Ziel eines für ihn recht einträglichen Planes – er sollte die Untreue der reichen Kaufmannsgattin unter Beweis stellen; dafür nämlich bezahlte ihn der Gatte der Verführerin. Doch klug, wie diese war, durchschaute sie die Absicht der Männer, und lüstern, wie sie war, hatte sie sich in den Kopf gesetzt, zuerst die Liebesfreuden und danach das verblüffte Gesicht ihres Gatten zu genießen, wenn der erneut keinen Liebhaber bei ihr finden würde. Mit zwei anderen Männern war ihr das in den vergangenen Tagen bereits gelungen. Und auch jetzt wieder hatte die listige Frau vorgesorgt.

Unten in der Bühnenarena zog sie den jungen Lockvogel nun an ihre Lippen und versuchte, ihn zu küssen. Die Zuschauer lachten, denn der Bursche stellte sich an, als wüsste er nichts von Frauen und hätte vom Küssen noch nie gehört. Und während die Verführerin endlich ihren Mund auf seinen drückte und den Studenten dabei mit der Rechten festhielt, öffnete sie mit der Linken den Deckel einer Kleidertruhe. In die wollte sie ihren Liebhaber zwingen, wenn ihr Gatte ein drittes Mal versuchen sollte, sie zu überraschen. Ihre Diener, so der Plan, würden die Truhe hinaustragen, während ihr Gatte umsonst nach einem Beweis für ihre Untreue suchte.

Davids Blick traf sich unverhofft mit dem einer blonden Frau, die unter wenigen anderen Zuschauern hoch oben im Erker des rechtwinklig angrenzenden Fachwerkhauses saß. Er stutzte. Täuschte er sich oder gaffte die Fremde zu ihm herüber? Wegen ihres weißen Kleides, ihrer Perlenkette und der eleganten Frisur hielt er sie sofort für eine Edelfrau. Warum um alles in der Welt blickte sie zu ihm, statt hinunter auf die Bühne? Und warum kam sie ihm so bekannt vor?

Weil die Zuschauer auf einmal seufzten und erschrockene Rufe ausstießen, richtete David seine Aufmerksamkeit wieder auf die »Ehebrecherin«. Den Jüngling noch immer mit Küssen betörend und ihn fest umarmend, zog die Kaufmannsfrau ihn Schritt für Schritt zu ihrem Bett. Der studentische Pickelhering schmolz sichtbar dahin, die Aussicht auf sein erstes erotisches Abenteuer schien ihn seine ursprüngliche Absicht nun doch vergessen zu lassen. Vom Rande der Bühne aber löste sich eine Männergestalt und schlich zur Schlafkammertür, hinter der seine Gattin mit dem Studenten kurz vor dem Ziel stand: ihrem Bett. Die Nürnberger hielten den Atem an.

»Ihr Mann kommt nach Hause«, flüsterte Susanna, fasste Davids Arm und drängte sich an ihn. »Jetzt wird er die Sünderin ertappen.« Ein Scherzbold auf dem Vordach nicht weit unter ihnen rief der Frau eine Warnung zu, verstummte aber gleich wieder – andere Zuschauer mahnten ihn mit heftigen Gesten und strengen Mienen zur Ruhe.

David spähte hinüber zum Erker – die blonde Edelfrau hatte sich erhoben und trat an die Balustrade. Ihre Bewegungen hatten etwas Geziertes, und im selben Augenblick, als sie sich über das Geländer beugte, erinnerte er sich: Diese Frau hatte ihn einmal aufgefordert, ihr aus dem Weg zu gehen.

An der Treppe zur Hofkanzlei war das geschehen, vor beinahe drei Jahren. Spöttisch, ja verächtlich hatte sie ihn damals behandelt.

Wie gebannt blickte sie jetzt auf die Bühne hinab, wo das ungleiche Paar aufs Bett sank und der heimgekehrte Gatte begann, an der Schlafkammertür zu lauschen. Die schöne Kaufmannsgattin stieß einen wollüstigen Seufzer aus, in den Nürnberger Gesichtern wuchsen die Augen, und die Mienen schwankten zwischen Empörung und Schaulust.

Bilder der Erinnerung zogen David durch den Sinn. Hatte er diese blonde Edelfrau nicht ein zweites Mal getroffen? Oh, doch! An jenem Sonntag vor anderthalb Jahren, als nach entsetzlichen Tagen und Nächten die Glocken der Heilig-Geist-Kirche läuteten und vor dem General Tilly und seinen Obersten zum ersten Mal seit Generationen wieder eine römische Messe in Heidelberg gelesen wurde.

Sie war unter den Kirchgängern gewesen, diese blonde Frau dort oben am Geländer des Erkers. David erinnerte sich genau: Im Menschengetümmel auf dem Marktplatz von Heidelberg stieg sie an jenem Sonntag aus einer eleganten Kutsche und blickte über die Menge zu einem Bären, einem Leiterwagen und einem torkelnden Mann, den sie für einen Soldaten halten musste. Zu ihm.

Ob auch sie ihn wiedererkannt hatte? Und was tat sie hier?

Unten in der Bühnenarena nahm das Spektakel seinen dramatischen Lauf. Der vorzeitig heimgekehrte Kaufmann brüllte seinen Schmerz und seine Wut hinaus und drohte, falls seine Gattin nicht gestehe, das Haus anzuzünden, um ihren Liebhaber aus seinem Versteck zu treiben. Die Treulose zwang den Studenten in die Kleidertruhe zu steigen, schloss den Deckel und ließ diese von Dienern nach draußen tragen. Doch der Student hielt es mit seinem Auftraggeber, stieß den Deckel auf und zeigte sich dem Gehörnten. Der verfiel in einen derartigen Furor, dass er brüllend zu Boden stürzte und wahnsinnig wurde. Daraufhin plagte seine Gattin das schlechte Gewissen – sie stimmte ein nach Davids Geschmack fiel zu langes Schuldbekenntnis an und entschloss sich, ihrem Leben ein Ende zu machen. Dabei stellte sie sich so ungeschickt mit dem Strick an, dass eine Rotte Teufel die Bühne stürmte und sie kurzerhand damit erdrosselten. Danach packten sie die Ehebrecherin und schafften sie dorthin, wo sie nach Meinung des fürstlichen Dichters und aller rechtschaffenen Christenmenschen hingehörte: in die Hölle.

Die Zuschauer begleiteten das schlimme Schicksal der Verführerin mit Applaus und bewiesen damit allen Anwesenden und sich selbst, dass sie rechtschaffene Christenmenschen waren. Auch die blonde Edelfrau hinter der Erkerbrüstung klatschte, und ihr hübsches Gesicht sah zufrieden aus.

Zum Schluss trat der Pickelhering noch einmal auf. »Brav, ihr Nürnberger!«, rief er. »Brav, dass ihr mich der Ehebrecherin nicht verraten habt! Und wie ihr sie mit den Teufeln in die Hölle applaudiert habt …« Er seufzte tief und guckte und gestikulierte wie einer, der vor Bewunderung in die Knie sinken möchte. »… was seid ihr doch tugendhafte und fromme Leute!« Dann, schon im Abtreten und halb zu sich selbst, fügte er noch hinzu: »Jammerschade nur, dass der Herr Kaufmann nicht ein klein wenig später nach Hause gekommen ist.«

Gelächter und Beifall brandeten auf, Greenley verneigte sich und winkte seine Mitspieler herbei; David zählte insgesamt acht Komödianten. Mit vielen Verbeugungen – erst gemeinsam, dann einzeln – nahmen sie die Huldigung und Bewunderung der Zuschauer entgegen.

Die Nürnberger geizten wahrhaftig nicht mit Beifall, viele jubelten laut, sodass die Komödianten ein drittes, ja viertes Mal antreten mussten, um sich zu verbeugen. Wie Gänsehaut perlte es David über Nacken und Schultern. Sicher – auch ihm war mit Stephans Gauklern schon mancher Applaus gespendet worden, und nicht zu knapp, wenn er die Leute ordentlich zum Lachen gebracht hatte. Doch das hier übertraf alles, was er kannte. Einen Atemzug lang stellte er sich vor, er selbst würde dort unten stehen, sich verbeugen und all den Beifall entgegennehmen. Der Gedanke erregte ihn.

»Sie sollten sich allmählich mäßigen«, sagte Susanna. Sie klatschte schon lange nicht mehr. »Immerhin hat einer seine Frau verloren, und eine arme Seele ist zu Hölle gefahren.« David lachte ihr ins Gesicht und wunderte sich, weil sie gar nicht zurücklachte. Sie schien ganz ernst zu meinen, was sie da sagte.

Der Applaus legte sich dann doch nach und nach. Bald strömten die Zuschauer von den Balkonen zu den Treppen und von den Ausgängen in den Hof hinunter zum Hauptportal. An der Bühnenarena blieb David stehen, unschlüssig spähte er zu dem Wagen mit dem Maler hinüber und dann zur alten Klosterkapelle. Um den Wagen hatte sich eine Menschentraube gebildet, und die Leute reckten die Hälse nach Leinwand und Bild. An der Mauer neben der Kapelle sah David einige Komödianten durch eine offene Tür verschwinden.

Eine Scheu, die er bisher nur Susanna gegenüber empfunden hatte, überfiel ihn plötzlich. Er verstand sich selbst nicht. Dann spürte er Susannas Hand in seiner. »Du siehst nicht aus, als wolltest du schon zurück zu Stephan und den anderen.« Forschend musterte sie ihn. Er schüttelte stumm den Kopf.

Susanna stieg in die Bühnenarena hinunter. »Wir suchen Greenley«, sprach sie zwei Komödianten an, die noch dort unten hantierten. Alle beide hatten sie einen Teufel gespielt. »Greenley«, wiederholte Susanna, »wo finden wir ihn?« David war ihr dankbar.

Ein Komödiant deutete stumm zur Tür in der Mauer neben der Kapelle, der andere erklärte mit fremdländischem Zungenschlag: »Aber der Prinzipal liebt es nicht, nach einer Vorstellung mit Fremden reden zu müssen.«

»Ich bin kein Fremder.« David gab sich einen Ruck und ging nun entschlossen auf Mauer und Tür zu. Susanna folgte.

Das kleine Mauertor führte in einen Gemüsegarten. Ein Feuer brannte dort auf einer winzigen Wiese zwischen jungen Salatköpfen und noch lindgrünen Johannesbeersträuchern. Auf zwei Holzböcken lag ein Blech über dem Feuer, darauf brutzelten zwei Ferkel. Es roch nach Knoblauch, Majoran, Zwiebeln und gebratenem Fleisch.

Der den Kaufmann gespielt hatte, ein dicklicher Mann mittleren Alters mit Backenbart und gelblichen Tränensäcken, schleppte einen Lehnstuhl herbei. Dem folgte der, der die treulose Gattin gespielt hatte, ein dünner, glattrasierter junger Bursche von kleiner Statur. Weil der keine Busenattrappe und keine Perücke mehr trug, erkannte David ihn erst auf den zweiten Blick. An seiner Seite entdeckte er den Prinzipal – und eine blonde Frau.

David stutzte: Es war die Edelfrau, die oben auf dem Erkerbalkon gesessen hatte. Was hatte sie mit Greenleys Wandertheater zu schaffen?

Während die Frau ihre vielen Kleider raffte und in hoheitlicher Pose im gepolsterten Lehnstuhl Platz nahm, entdeckte der Prinzipal David und Susanna am Mauertor. Er stemmte die Fäuste in die Hüften, runzelte erst die Stirn und schüttelte dann ungläubig lächelnd den Kopf. Der Edelfrau gegenüber deutete er eine Verbeugung an und kam schließlich auf David und Susanna zu – eine drahtige Gestalt mit Hakennase, Kinnbart und kantigem Gesicht. Sein rotblondes Haar trug er zu einem Zopf geflochten, sein Schritt hatte etwas Kraftvolles und Federndes.

David fasste Susanna am Arm. »Komm.« Sie gingen dem Engländer entgegen.

»Da bist du ja endlich, David Unterkofler!« Greenley legte David die Hände auf die Schultern, hielt ihn fest und sah ihm ins Gesicht. »Ich wusste, dass du eines Tages bei mir auftauchen würdest, ich wusste es immer …« Er tätschelte ihm die Wange. »Gut siehst du aus.« Die herzliche Begrüßung überwältigte David, und vor Freude bekam er keinen Ton heraus.

Der Prinzipal aber richtete den Blick seiner eisgrauen Augen nun auf Susanna. David kam es vor, als huschte ein Schatten über sein Gesicht. »Und eine Frau hast du inzwischen auch, wie ich sehe.« David merkte, wie alles in Susanna aufbegehren wollte, doch sie sagte kein Wort, überließ dem Prinzipal ihre Hand zum Kuss und erwartete wohl, dass David den Irrtum aufklärte. Der aber schwieg. »Und was für eine schöne Frau, wahrhaftig!« Der Engländer sah in Susannas dunkelblaue Augen. »Und eine kluge dazu.«

»Das ist Susanna.« Mehr brachte David nicht über die Lippen.

»Susanna …« Langsam und ohne den Blick von der jungen Frau zu wenden, sprach Greenley den Namen aus – als wollte er dessen Klang prüfen. »Wir haben ein Stück mit dem Titel ›Susanna‹ im Repertoire. Das erzählt die Geschichte der biblischen Susanna. Sicher haben Ihre Eltern Sie nach dieser getauft.« Susanna nickte.

Greenley drehte sich um. »Einen Lehnstuhl für Lady Susanna!«, rief er den Komödianten am Feuer zu. »Und den Platz zwischen mir und Sir David!« Er bot Susanna seinen rechten Arm und hakte sich mit dem linken bei David unter. Faltiger war er geworden und viele graue Strähnen entdeckte David in seinem Zopf. »Ein Willkommen unseren Gästen aus der lustigen Gauklerzunft!«

Gemeinsam schritten sie zum Feuer. »Durchlaucht.« Er verneigte sich vor der Blonden, wandte sich dann seinen Komödianten zu. »Ladies and Gentlemen. Darf ich vorstellen? David Unterkofler, den ich anno 1619 in Köln als Jean Potage glänzen sah, und seine Gattin Susanna.«

»Ich bin nicht seine Gattin«, hörte David Susanna murmeln, doch das ging in den Grüßen und Willkommensrufen der Komödianten unter.

Greenley wies auf die Blonde. »Ihre Königliche Hoheit, Prinzessin Maria von Bernstadt.« David wusste nicht recht, ob der Prinzipal einen Scherz machte, doch weil Susanna so artig knickste und den Kopf neigte, ergriff er vorsichtshalber die ausgestreckte Hand der Blonden und hauchte einen Kuss auf ihre Finger. »Der Prinzessin sind wir in großer Dankbarkeit und Verehrung verbunden«, erklärte der Prinzipal. »Denn sie fördert unsere Kunst nach allen Kräften. Zuletzt reiste sie aus Dresden bis hierher nach Nürnberg, um mich wegen künftiger Auftrittsmöglichkeiten zu beraten.« Er verbeugte sich tiefer. »Nicht zuletzt Ihrer Durchlaucht verdanken wir unser tägliches Brot.« Applaus und Hochrufe wurden laut.

Greenley wies auf die Klatschenden. »Und das hier sind so ziemlich die besten Schauspieler, die das Königreich England zu bieten hat.« Die Komödianten jubelten ausgelassen, und der Prinzipal stellte jeden einzeln vor. Der Dicke, der den Kaufmann gespielt hatte, hieß John Taylor, der junge Glattrasierte, der die Ehebrecherin gab, Charles Rowland. Die Namen der anderen rauschten an David vorbei. Zwölf Männer zählte er insgesamt außer Greenley, drei von ihnen waren Deutsche und zwei Niederländer. Am Schluss stellte Greenley noch fünf Frauen vor; »unsere Hausfrauen« nannte er sie.

Ein junger Bursche, den der Prinzipal Aaron nannte und der seine Blicke gar nicht mehr von Susanna lösen wollte, stellte einen Lehnstuhl hinter sie. In ihren Zügen glaubte David zu lesen, dass sie es genoss, von den Engländern hofiert zu werden. David kam zwischen ihr und der Blonden zu sitzen. Deren Blicke glitten bewundernd über Susanna. »Was für ein schönes Kleid Sie da trägt!« Susanna bedankte sich. »Auf welchem Markt hat Sie das denn gekauft?«

»Das habe ich selbst genäht, Durchlaucht«, sagte Susanna mit fester Stimme. »Und selbst bestickt.«

»So kunstvoll kann Sie sticken?« Die Edelfrau schien ehrlich erstaunt. »Und wo hat Er seinen Tanzbären gelassen?«, wandte sie sich schließlich an David.

»Der ist sehr anspruchsvoll, Durchlaucht«, antwortete David. »Er geht nur ins Theater, wenn er selbst auftritt.« Es ging ihm so glatt von den Lippen, dass er selbst staunen musste. Alle lachten, der Prinzipal am lautesten.

Ein Komödiant und seine Frau zerlegten die Ferkel, der Glattrasierte namens Rowland verteilte Brot, und der junge Bursche, der Susanna schöne Augen machte, schenkte Wein aus. Eifersucht regte sich in David; er fürchtete schon, der Bursche könnte Susannas Einwand gehört haben, dass sie gar nicht seine Gattin sei.

Es wurde gegessen, getrunken und geplaudert. »Nach der Tragödie vom ›Brudermord‹ haben die Nürnberger nur halb so laut geklatscht«, sagte Greenley, »habt ihr's auch gemerkt?« Und an David gewandt: »Ich meine das Stück, das wir zuerst gespielt haben, die Tragödie vom dänischen Prinzen Hamlet. Vieles daraus kanntest du schon aus dem Buch, das ich dir geschenkt habe.«

»Ich habe das Stück gleich wiedererkannt.« David nickte eifrig. »Der Prinz und der Geist haben viel besser Deutsch gesprochen als damals in Heidelberg. Man konnte sie gut verstehen.« Von der Seite spürte er den Blick der blonden Edelfau; ihre Nähe machte ihn beklommen. Er nahm einen kräftigen Schluck aus dem Weinbecher.

Greenley lächelte zufrieden. »Für die Deutschen habe ich die Tragödie gekürzt und vereinfacht«, sagte er, »doch wie es aussieht, ist es immer noch zu kompliziert für deutsche Gemüter, was meint Ihr, Prinzessin?«

»Kompliziert würde ich es nicht nennen, Christopher.« Die Blonde lächelte verhalten, und David fragte sich allmählich, ob er am Ende wirklich auf einen Platz neben einer Prinzessin geraten war. »Der arme Prinz braucht nur recht lang, bis er endlich tut, was der Geist seines Vaters ihm aufgetragen und er selbst sich vorgenommen hat – bis ans Ende der Tragödie, um es genau zu sagen.«

»Danke für die ehrliche Antwort, Durchlaucht.« Greenley neigte den Kopf, und wieder lächelte er auf eine Weise, die es David schwer machte zu entscheiden, ob der Engländer im Ernst sprach oder scherzte. »Aus deutschem Mund wird somit mein Urteil bestätigt«, erklärte der Prinzipal. »Hamlet zaudert zu lange, ist zu wenig geradeaus mit seinen Affekten, beweist mit all seinem lauten Grübeln nur, dass er ein empfindlicher Charakter ist, der zurückscheut vor Gewalt und die Rache wohl bis zum Jüngsten Tag vor sich herschieben würde, wenn sein mörderischer Onkel nicht zum Degenfechten geladen hätte.«

»So ist es«, sagte die Blonde. Sie hing die ganze Zeit an Greenleys Lippen, und David gewann den Eindruck, dass sie den Engländer bewunderte. »Zu zaudernd, zu wenig geradeaus – so ist es.«

»Kurz: zu kompliziert für die braven Deutschen.« Greenley klatschte in die Hände und streckte sie dann in theatralischer Geste zum Abendhimmel. »Sein oder Nichtsein? Was für eine Frage!«, ereiferte er sich. »Sein natürlich, und alles totschlagen, was einen daran hindern will! Ja, hätte der Prinz von Dänemark seinen Onkel Claudius sofort vergiftet oder erstochen und dessen Parteigänger gleich dazu und dann noch seine eigene Mutter verführt – oder umgekehrt –, hätte er also gerast wie gewisse Griechen und wäre danach wie die Kaufmannsfrau in feiner Ordnung zur Hölle gefahren, das könnte den Deutschen schon eher gefallen, nicht wahr? Da hätten die frommen Nürnberger entschieden lauter applaudiert!«

Die englischen Komödianten lachten vergnügt und schienen völlig einverstanden; die blonde Edelfrau schmunzelte immerhin, allerdings mit spitzem Mund und unter hochgezogenen Brauen. Und Susanna? Die sah David mit hellwachem Blick in die Runde schauen und dabei an ihrem Brot zupfen. Ihr Braten wurde allmählich kalt. David selbst empfand Stolz und Dankbarkeit, in dieser bunten Runde sitzen zu dürfen. Man zählte ihn hier nicht zu den braven Nürnberger Zuschauern, sondern schon halb zu den Komödianten; wenn auch zu solchen aus einer anderen Zunft, wie der Prinzipal es genannt hatte.

Ein Mann mit rötlichem Langhaar tauchte auf einmal im Klostergarten auf, der Maler. Ein Diener trug ihm seine Ausrüstung hinterher. Der Maler grüßte freundlich nach allen Seiten und begann, unweit vom Feuer seine Staffelei aufzubauen. Der junge

Komödiant namens Aaron brachte ihm Fleisch, Brot und Wein und schenkte auch denen nach, die am Feuer saßen. Bei Susanna verweilte er länger mit dem Krug als bei allen anderen, und wieder schmeichelte sein Blick sich in ihren. David entschied, dass er den Burschen nicht mochte.

»Das zweite Stück taugte eher für gradlinige Deutsche, nicht wahr, verehrte Prinzessin?« Greenley sprach weiter. »Hier muss der Affekt kaum Umwege in Kauf nehmen, allenfalls ein bisschen Versteck spielen, wenn er sich ausgetobt hat. Wisst Ihr übrigens, dass diese Tragödie von dem deutschen Herzog Heinrich Julius von Braunschweig stammt?«

»Er hat es für den Clown Thomas Sackville geschrieben, Ihr erwähntet es einmal, Prinzipal.«

»›Clown‹? Nicht doch, Verehrteste!« Greenley verzog das knochige Gesicht, als hätte er Zahnschmerzen. »Mein großer Lehrer war mehr als nur ein Clown! Einen begnadeten Schauspieler wie Sackville hat die Welt weder vor ihm noch nach ihm gesehen. Keiner brachte den Pickelhering so überzeugend auf die Bühne wie er …«

Und dann begann der englische Prinzipal von seinem Lehrer Sackville zu schwärmen. Nie zuvor hatte David diesen Namen gehört. Er erfuhr bei dieser Gelegenheit, dass Greenley mit jenem Sackville schon durch die Städte und Fürstenhöfe des Heiligen Römischen Reiches zog, als er selbst noch in einer Wiege am Millstätter See lag. Er hatte gehört, dass man Greenley den »Alten Komödianten« nannte. Nach und nach verstand er, warum.

Wein wurde nachgeschenkt, die Dämmerung brach ein, und Greenley unterhielt die ganze Gesellschaft. Erst als ihm die Zunge schwerer wurde und er hin und wieder für kurze Zeit verstummte, gaben auch andere Komödianten Scherze und Anekdoten zum Besten. Einer packte seine Laute aus, ein anderer spielte auf einem Dudelsack, ein dritter schlug die Trommel. Zwei Paare begannen zu tanzen. Der unverschämte Aaron stand plötzlich auf, wischte sich die fettigen Hände an den Hosen ab und verbeugte sich vor Susanna. Und David traute seinen Augen nicht: Sie erhob sich und ließ sich von ihm zu den Tanzenden führen. Dort erklärte der freche Bursche ihr einige Tanzschritte, und schon drehten sie sich im Takt der Musik.

Mit offenem Mund starrte David zu ihnen hinüber; Zorn und Verblüffung rissen ihn hin und her. Weder dem einen noch dem anderen konnte er sich hingeben, denn John Taylor, der den Kaufmann gespielt hatte, wandte sich an ihn. »Und wohin werdet ihr Gaukler als Nächstes ziehen, wenn ich fragen darf?«

»Nach München«, erklärte David noch halb geistesabwesend.

»Ach was – München!« Greenley winkte ab. »Schon möglich, dass eure Truppe nach München fährt, jedoch wird sie es ohne dich und deine Frau tun müssen.« In freundschaftlicher Geste legte er David den Arm um die Schulter. »Nicht wahr, Jean Potage? Oder lässt dir das Leben etwa noch immer eine Wahl? Bedenke: Es ist bereits das dritte Mal, dass es uns einander über den Weg schickt. Es pflegt sich irgendwann zu rächen, wenn man seine Geschenke missachtet.«

David verschlug es die Sprache. Er spürte die Blicke der Komödianten, sah aus den Augenwinkeln, wie die Edelfrau die Brauen hob, suchte nach Worten und fand keine. Die Bedingungslosigkeit, mit der Greenley ihn wollte, überwältigte ihn. Am Feuer sprach jetzt keiner mehr ein Wort. Der junge Gaukler merkte kaum, wie seine Rechte in die Jackentasche fuhr und nach dem Mutterzopf griff. Er dachte an seinen Tanzbären, er dachte an Stephans liebes Gesicht und blickte in die eisgrauen Augen des Prinzipals. Obwohl Greenley nicht mehr ganz nüchtern sein konnte, glitzerten sie in völliger Klarheit, und allergrößte Aufmerksamkeit lag in ihnen. »Wenn Ihr mich mitnehmt, will ich gern mit Euch ziehen«, hörte David sich sagen.

Palaver und Getuschel erhob sich unter den Komödianten am Feuer, alles auf Englisch. Die Männer staunten nicht schlecht. »Er wird künftig mit uns auftreten?«, fragte einer, und ein anderer versuchte gar nicht erst, sein Misstrauen zu verbergen. »Spielt der Gaukler denn auch gut genug?«

»Wer von euch war gestern auf dem Hauptmarkt und hat David Unterkofler mit dem Bären auf der Bühne des Zahnbrechers gesehen?«, fragte Greenley in die Runde. Vier Engländer meldeten sich, darunter jener Glattrasierte namens Rowland, der die Ehebrecherin gespielt hatte. »Und wie hat er euch gefallen?«, wollte der Prinzipal wissen. Alle vier waren sich einig: David hatte seine Sache gut gemacht. Eine Frau hob das schöne Kostüm hervor, das er getragen hatte.

»Das hat Susanna mir geschneidert«, entfuhr es David, der nicht wusste, wie ihm geschah. Die Stimmen und Blicke um ihn herum verwirrten ihn und machten ihn ganz scheu. Er spähte zu den Tanzenden – die merkten nicht, was hier vor sich ging. Susanna drehte sich zum Rhythmus der Trommel und zur Melodie von Laute und Dudelsack, als hätte sie ihr ganzes Leben nichts anderes getan.

»Na also.« Greenley streckte einer der Hausfrauen seinen leeren Becher hin, damit sie ihm nachschenkte. »Wie ihr hört, ist er gut genug. Selbst Mr. Rowland ist der Meinung.«

»Du bist unser Prinzipal, Christopher«, meldete der dicke John Taylor sich wieder zu Wort. »Du entscheidest, wer zur Compagnie gehören soll, und wer nicht …«

»Recht hast du, John«, sagte Greenley und prostete ihm zu.

»Vielleicht wäre es aber dennoch ratsam, wenn der Gaukler uns allen eine Kostprobe seiner Kunst gibt, bevor er und sein Weib endgültig zu uns stoßen.« Und an David gewandt fügte er hinzu: »Er möge mir das nicht als Misstrauen auslegen, Mr. Unterkofler, doch jeder hier muss sich auf die Kunst des anderen verlassen können – es geht schließlich um nichts weniger als unser aller Lebensunterhalt.«

»Wahr gesprochen, Mr. Taylor«, ergriff nun die Edelfrau das

Wort. »Der Gaukler soll uns beweisen, dass er mehr zu bieten hat als nur Hanswurstiaden.«

Der Zweifel war unüberhörbar – genau wie der Befehlston. David begriff im selben Moment, dass er es tatsächlich mit einer Prinzessin zu tun hatte und dass dieser in der Komödianten-Compagnie eine weitaus wichtigere Rolle zufiel, als nur Greenleys Bewunderin zu sein.

»Einverstanden.« David schluckte. »Was soll ich euch vorspielen?« Seine Stimme klang heiser, und sein Blick suchte Susanna. Die drehte sich unter den führenden Händen des unverschämten Aaron. David hasste ihn. Nein, er dachte gar nicht daran, sein Verhältnis zu Susanna klarzustellen.

»Die einzig richtige Frage, Jean Potage.« Greenley legte ihm die Hand auf die Schulter. »Ich werde dir sagen, was du uns vorspielen sollst. Die Tragödie von der Ehebrecherin hab ich nämlich umschreiben müssen, weil uns der Schauspieler, der den Studenten gespielt hat, vor drei Tagen fortgelaufen ist. Also habe ich seine Rolle übernommen und meine gestrichen – die des Dieners. In sieben Tagen werden wir das Stück zum letzten Mal hier im Heilsbrunner Hof aufführen. So lange hast du Zeit, dich vorzubereiten. Denn dann werden wir das Stück wieder mit dem Pickelhering als Diener spielen, mit mir.« Er klopfte ihm auf den Rücken. »Und du, David Unterkofler, du wirst den verführten Studenten geben.«

2

Die Stimme der Landgräfin hallte von der Stadtmauer wider über den ganzen Platz vor dem Tiergärtnertor. Es war längst dunkel. Susanna lag wach im kleinen Wagen, den sie in Neuhof an der Zenn gekauft hatten, und wollte nichts hören vom Streit und verstand doch jedes Wort. Neben ihr schnurrte die Katze.

Schon den sechsten Abend hintereinander zankten sie sich. Weil David sich den englischen Komödianten anschließen wollte.

Wieder riss jemand in einem der Häuser rund um den Platz sein Fenster auf, wieder schrie jemand »Ruhe!« und drohte, sich beim Magistrat zu beklagen oder gleich den Nachtwächter zu holen. Eine Weile verstummte das Geschrei, die Landgräfin zischte nur noch, und die Zwergin flüsterte. David sprach sowieso leise. Doch nicht lange, und es wurde wieder lauter.

Marianne warf David jedes deutsche und kroatische Schimpfwort an den Kopf, das sie kannte. Einige Male flogen auch schon handfestere Dinge: ein Becher, ein Holzscheit oder ein Pferdeapfel. David ließ das alles über sich ergehen, blieb so ruhig, dass es Susanna beinahe mit der Angst zu tun bekam. Mit immer neuen Worten erklärte er immer wieder dasselbe: Wir hatten gute Jahre miteinander, ich bin euch sehr dankbar für alles, was ihr für mich getan habt, doch ich gehöre nicht euch, sondern mir selbst, und nun ist es Zeit für mich, meinen eigenen Weg zu gehen.

Bis vorgestern hatte Stephan noch beschwörend auf David eingeredet, gestern hatte er nur noch laut geweint, und heute Abend lauschte Susanna ganz vergeblich auf seine Stimme. Dafür hörte sie den Wein rinnen, wenn er sich nachschenkte. Und das geschah nicht selten.

Rübelrap hatte sofort erkannt, dass Davids Entschluss nicht

mehr zu ändern war. Er schlief seitdem bei den Tieren, sprach leise mit ihnen, streichelte und fütterte sie und tat auch sonst alles, um sie zu beruhigen. Gestern, während der Vorstellung, hatte der Affe den brennenden Reif an sich gerissen und in die Zuschauer geworfen; und Bela hatte David fast erdrückt, als der den närrischen Bärenjäger spielen wollte. Sie hatten den Spaß abbrechen müssen.

Nur Lauretta stand der Landgräfin bei und versuchte mit ihr gemeinsam, David doch noch zum Bleiben zu bewegen; Marianne mit Vorwürfen, Drohungen und Wurfgeschossen, die Zwergin mit Jammern, Flehen und vielen heißen Tränen.

David wich keinen Fingerbreit von seiner Entscheidung.

Bis gestern hatten sie außerhalb der Stadtmauer am Schlossberg gelagert. Am Morgen kursierten beunruhigende Nachrichten von berittenen bayrischen Waffenknechten, die im Nürnberger Umland einzelne Weiler verwüsteten. Der bayrische Großherzog Maximilian betrieb die Gegenreformation im Fränkischen mit Feuer und Schwert und trug sie immer näher an die Mauern der freien Reichsstadt heran, wo man evangelisch glaubte. Das hielt er für eine angemessene Weise, sich bei Gott und Kaiser für den Kurfürstentitel zu bedanken. Den Nürnbergern war der Schrecken in die Knochen gefahren, und der Magistrat hatte allen Gauklern und Spielleuten gestattet, ihre Nachtlager vorübergehend innerhalb der Mauern aufzuschlagen.

Bis gestern hatte sich keiner am lauten Streit der Gaukler gestört, denn im Hang des Schlossberges wohnten nur Mäuse, Füchse und Kaninchen. Jetzt aber hörte Susanna schon wieder ein Fenster knarren und eine Männerstimme Ruhe einfordern. »Wahrhaft gotteslästerliche Flüche stößt Sie hier aus!«, beklagte er sich bei Marianne, und Susanna musste ihm im Stillen recht geben. »Und meine Kindlein müssen sie alle mit anhören! Das wird morgen dem Magistrat gemeldet, verlasse Sie sich darauf!«

Marianne verlegte sich vorübergehend wieder auf Zischen und Fauchen, und die Zwergin jammerte und weinte leiser. David sprach kaum noch. An Schlaf war gar nicht zu denken. Der Streit unter den Gauklern wühlte Susanna auf – der Streit und Davids Entscheidung, mit den englischen Komödianten gehen zu wollen.

Seit zwanzig Monaten zog sie nun mit den Schaustellern von Stadt zu Stadt, von Marktfleck zu Marktfleck. Im vergangenen Winter, um die Weihnachtszeit herum, hatte sie begonnen, sich heimisch bei ihnen zu fühlen. Die Tiere waren ihr ans Herz gewachsen; der Bauchredner brachte sie zum Lachen; mit Marianne sprach sie häufiger von Frau zu Frau, als es mit ihrer Mutter jemals möglich gewesen wäre; David war ihr zum Freund geworden, und ja, es stimmte – sie hing an ihm. Und nun sollte ihr neues Zuhause wieder zerbrechen? Der Gedanke tat ihr weh.

Susanna wälzte sich von einer Seite auf die andere. Sie fragte sich, ob David die Tragweite seiner Entscheidung wirklich erfasste. Ohne den Bären leben? Ohne Stephan und Rübelrap? Ohne als Jean Potage auf die Bühne springen und die Leute zum Lachen bringen zu können? Freiwillig? Das konnte er doch nicht wirklich wollen!

Andererseits hatte Susanna nie zuvor derart lebenslustige Menschen getroffen wie die englischen Komödianten. Jeden Nachmittag der vergangenen Woche hatte sie mit David bei ihren Stücken im Heilsbrunner Hof verbracht und danach zwei Abende an ihrem Feuer im alten Klostergarten. Wie aufmerksam diese Menschen zuhörten, wie neugierig sie waren, wie klug und wie schön angezogen! Und wie ausgelassen sie tanzten und musizierten und sich die Gesichter heißredeten! Und mit welcher Hingabe sie Personen und Geschehnisse spielten, die doch nur ausgedacht waren. Gewiss, sie brachten Erträumtes und Erdichtetes auf die Bühne, doch sie taten es derart kunstvoll, dass man plötzlich glaubte, Wirkliches zu erleben.

Erschütternde Geschichten hatte Susanna in der Bühnenarena des Heilsbrunner Hofes gesehen: Die biblische Geschichte vom Vater, der ohne zu zögern, ja voller Freude seinen treulosen und verkommenen Sohn wieder bei sich aufnimmt; oder die traurige Liebesgeschichte von Romeo und Julia, an deren Ende Romeo sich vergiftet, weil er Julia für tot hält, und die wieder erwachte Julia sich ersticht, weil Romeo tatsächlich tot ist; oder die Geschichte vom römischen Feldherrn Titus, der, statt die Kaiserkrone zu nehmen, ein Meer von Blut und Tränen anrichtet; oder die vom reichen Mann und dem armen Lazarus, oder die vom dänischen Prinzen Hamlet, den die Erscheinung eines Geistes in so große Verwirrung stürzt, dass er sich wahnsinnig stellt, um wieder einen klaren Kopf zu bekommen.

Und schließlich der Pickelhering, wie er zwischen den Szenen spaßige Dinge getrieben und die Zuschauer mit lustigen oder spöttischen Erklärungen in die Geschichten hineingezogen hat; oder wie er selber mitspielte und den Geschichten durch sein spöttisches Wesen den allzu blutigen Ernst und die letzte Härte nahm.

Lange hatte Susanna nicht so viel geweint und gelacht wie in der vergangenen Woche, während sie die Engländer Theater spielen sah. Und beides zugleich überhaupt noch nie. Oft wenn sie danach mit David durch die Straßen von Nürnberg zur Wagenburg zurückkehrte, entdeckte sie plötzlich manches aus den erdichteten und gespielten Geschichten in ihrem eigenen Leben wieder; oder im Leben von Menschen, die sie gekannt oder von denen sie gehört hatte.

So viel Neues und Aufregendes hatte Susanna in so kurzer Zeit gesehen und erlebt, dass sie die englischen Komödianten einfach gern haben musste. Auch wenn sie es sich nicht immer eingestand – sie hatte noch lange nicht genug von ihnen und ihren Tragödien und Komödien; und von ihren Tänzen und ihrer Musik sowieso nicht.

Sicher – diese blonde Prinzessin würde sie niemals lieben können; ihre ganze Erscheinung hatte etwas Gekünsteltes. Und Greenley, der Prinzipal, redete viel zu viel und hörte sich dabei viel zu gern zu. Und natürlich tranken sie alle miteinander mehr Wein, als Susanna gutheißen konnte. Dennoch fühlte auch sie sich angezogen von den Engländern, und ein Teil in ihrem Herzen konnte Davids Entscheidung gut verstehen.

Draußen ging es inzwischen wieder lauter zu. Marianne keifte, Lauretta flehte, Stephan schnarchte; und David schwieg. Susanna wartete darauf, dass wieder einer aus dem Fenster rief.

Er sprach nicht viel seit dem ersten langen Abend im alten Klostergarten, der junge Gaukler, schon gar nicht über die Zukunft. Entweder stand er an den Vormittagen mit Bela und Stephan auf der Bühne, oder er bereitete sich an den Nachmittagen im Heilsbrunner Hof auf seinen großen Auftritt vor.

Morgen war es so weit, morgen würde er in der Tragödie »Von der Ehebrecherin« den verführten Studenten spielen. Und alle Engländer würden ihn mit Luchsaugen dabei beobachten. Morgen entschied sich seine Zukunft. Und ihre.

Vielleicht fiel David ja durch bei den Komödianten. Susanna warf sich auf den Rücken und gähnte. Ja, vielleicht würde sein Auftritt nicht einmal Greenley gefallen. Dann hätte aller Streit ein Ende, dann bliebe alles so, wie es war.

Insgeheim hoffte sie es.

Nicht weit entfernt sang der Nachtwächter. Zehn Uhr. Susanna hörte Kirchturmuhren schlagen. Marianne fluchte und schimpfte schon wieder. Stiefelschritte knallten über das Kopfsteinpflaster, näherten sich rasch. Marianne und die Zwergin verstummten. Dann Männerstimmen draußen bei den anderen Wagen.

Susanna kroch zum Kutschbock, richtete sich auf und lugte an der Plane vorbei nach draußen. Zwei Türmer standen bei den anderen, einer trug einen Spieß, der andere eine Muskete. Die hatten Mariannes Geschrei oben auf dem Turm des Tores die ganze Zeit gehört und wiesen sie nun scharf zurecht. An Susanna vorbei sprang die Katze aus dem Wagen und verschwand in der Dunkelheit.

Ein Mann in langem schwarzen Gewand stelzte über den Platz

heran; er trug eine Laterne und eine Hellebarde. Der Nachtwächter. Er gesellte sich zu den Türmern, hörte sich ihre Klage an und forderte die Gaukler auf, endlich schlafen zu gehen. Die gehorchten, und kurz darauf kletterte David zu Susanna auf den Wagen.

Neben der Zielscheibe, auf die Lauretta ihre Messer zu schleudern pflegte, rollte er sich in seine Decke. So schliefen sie immer: getrennt durch die Zielscheibe. Oder fast immer: Nur in Frostnächten kroch Susanna manchmal zu David unter die Decke. Um sich von ihm wärmen zu lassen und sonst gar nichts. »Gute Nacht«, sagte sie, damit er merkte, dass sie noch wach lag.

»Wirst du mit mir gehen?«, fragte er.

Er schien es ganz ernst zu meinen; und überhaupt nicht daran zu zweifeln, dass sein Spiel morgen die Komödianten überzeugen würde. »Du willst dich wirklich von ihnen trennen?« Das Herz wurde Susanna ganz schwer auf einmal. David schwieg. »Der Bär, die Landgräfin, der gute Stephan, die Zwergin und Rübelrap – das ist doch deine Familie.« Er antwortete mit keinem Wort. »Was soll denn aus Bela werden, wie willst du ohne ihn denn überhaupt leben?«

»Gute Nacht.« David wandte ihr den Rücken zu und zog die Beine unter der Decke an. Bald darauf hörte Susanna ihn leise weinen. Sie kroch an der Zielscheibe vorbei, streckte sich an seinem Rücken aus, drückte sich an ihn und streichelte sein Haar. So lagen sie eine Zeitlang.

Irgendwann schlugen die Kirchturmuhren von Nürnberg elf Uhr. »Ich muss es tun«, flüsterte David. »Ich hätte es schon zweimal tun können, und das letzte Mal habe ich Greenley nur wegen der anderen nicht nach London begleitet.« Er schwieg ein paar Atemzüge lang und fügte dann hinzu: »Zum Glück. Wäre ich damals mit ihm aus Heidelberg fortgegangen, hätte ich dich nie wiedergesehen. Und du wärst wahrscheinlich tot.« Wieder schwieg er eine Weile. Und dann sehr leise: »Gehst du mit mir?«

Susanna schluckte und starrte in die Dunkelheit. Ihr Herz

schlug schneller. Die schlimme Stunde in der Heilig-Geist-Kirche während des Orkans fiel ihr plötzlich ein; als sie Gott versprach, ihm zu dienen und den Weg zu gehen, den er ihr wies, falls er sie rettete. Welcher Weg sollte das denn sein, wenn nicht der, den ihr Retter ging? »Ja«, sagte sie schließlich. »Wenn die Komödianten dich wollen, dann gehe ich mit dir.«

Am nächsten Vormittag auf dem Hauptmarkt gab David mit Bela und Stephan wieder den Jean Potage, der damit prahlte, einen Bären gefangen zu haben. Susanna ging mit der Schatulle zwischen den Zuschauern umher, die sich vor der Wagenbühne sammelten.

Gleich nach dem Zähnebrechen, am frühen Nachmittag, schlüpfte Susanna in ihr schönes Kleid, frisierte sich sorgfältig und packte Davids Kostüm ein. Seite an Seite eilten sie zum Heilsbrunner Hof. Die Vorstellung der englischen Komödianten begann wie immer um drei Uhr.

*

Unzählige Türme ragten von den Wehrmauern und aus dem Dächermeer der Stadt auf, mehr als Hannes in Magdeburg oder selbst Köln gesehen hatte. Nürnberg lag auf einem Hügel, von dessen Kuppe sich eine Burg erhob; die Kaiserburg, wie Hannes von seinen Reisegefährten erfuhr. Von ihr aus stiegen die Kirchen, Straßen, Gassen und Häuser zur Südmauer hinunter. Erker, Firste und Turmspitzen leuchteten im schönen Licht der Maisonne.

Eine reiche Stadt – Hannes sah es gleich an den schmucken Hausfassaden und an den eleganten Kleidern der Menschen auf der breiten Straße, als er den Wehrgraben und das Spittlertor hinter sich gelassen hatte. In einer Gruppe von beinahe dreißig Männern und Frauen zog er zum Hauptmarkt hinauf: Kaufmänner vor allem, die von der Frankfurter Messe heimkehrten, dazu einige Waffenknechte des Nürnberger Magistrats, zwei Ratsboten mit Nachrichten aus Straßburg und Hannover, fahrendes Volk aus dem Süden und einzelne Reisende, die man – ähnlich wie Hannes – nicht recht einordnen konnte. Die meisten reisten mit Wagen oder zu Pferd. Wer irgend konnte, vermied es, allein über Land zu fahren in diesen kriegerischen Zeiten.

Schon auf dem Weg hinauf zum Hauptmarkt verabschiedeten sich die Ersten; auf dem Markt selbst dann zerstreute die Reisegruppe sich endgültig.

Die Bauern und Händler dort bauten ihre Stände bereits ab. Hannes fragte nach englischen Komödianten und nach Gauklern, die Zähne brachen und Bären tanzen ließen. Die Engländer spielten im Heilsbrunner Hof, erklärte ein junger Bauer, und zwar den letzten Tag heute. Und der kroatische Zahnbrecher mit seinen Gauklern und seinem Tanzbären hätte seine Wagenbühne erst vor einer Stunde abgebaut. Die Gaukler seien hinauf zum Tiergärtnertorplatz gefahren, erfuhr Hannes. Dort, unterhalb der Kaiserburg, würden sie derzeit lagern.

Hannes bedankte sich und lenkte seinen Rappen zum besagten Tor hinauf. Auf dem Platz davor fand er tatsächlich drei Wagen mit Pferdegespannen am Brunnen stehen; abfahrbereit, wie es aussah. Nicht wenig Volk säumte die Wagen, darunter etliche Männer mit Musketen, Hellebarden und Spießen – Angehörige der Bürgerwacht. Dem Palaver der Umstehenden entnahm Hannes, dass die Gaukler der Stadt verwiesen wurden; wegen nächtlicher Ruhestörung, wie einer der Musketiere ihm verriet.

Die Gaukler banden einen Bären an den mittleren Wagen, zäumten die letzten Pferde auf und verstauten die letzten Deckenbündel auf den Ladeflächen. Ein Mann von großer und massiger Gestalt, der wohl zu ihnen gehörte, füllte am Brunnen Feldflaschen und ein Fässchen mit Wasser auf.

Eine schimpfende und heftig gestikulierende Frau stieg auf den Kutschbock des vorderen Wagens. Hannes lenkte seinen Rappen zu ihr. Sie war groß und füllig und in bunte Kleider und Unterkleider von einer gewissen Eleganz gehüllt; auch ihr Schmuck sah nicht eben billig aus. Ihr Gesicht wirkte hart und zornig. Hannes sprach sie dennoch an.

»Ich suche einen jungen Gaukler namens David und …«

Eine junge Frau, die Susanna Almut heißt, wollte er noch sagen, doch die herrische Dame auf dem Kutschbock fiel ihm gleich ins Wort. »Ich kenne keinen jungen Gaukler!«, zischte sie. »Schon gar keinen, der David heißt! Den habe ich nie gekannt!« Sie wedelte mit den Zügeln, und der Wagen rollte an.

Den zweiten, kleineren Wagen steuerte der große Kerl, der am Brunnen Wasser geholt hatte. Hannes sprach ihn an. »David und Susanna?« Der Mann deutete hinter sich. »Das hier ist ihr Wagen, ihr Nachtlager sozusagen. Doch sie sind nicht mehr hier.«

Er sprach wie die Leute aus dem Gebirgsland südlich des Rheins, doch das fiel Hannes kaum auf, denn die Auskunft des Goliaths erschreckte ihn. »Sie haben in diesem Wagen geschlafen? Zusammen?«

»Oder darunter, je nach Jahreszeit und Wetter.« Eine zwergwüchsige Frau tauchte hinter dem Kutschbock unter der Plane auf. Sie hatte große, verweinte Augen. Der Goliath trieb sein Gespann an. »Und jetzt findest du sie im Heilsbrunner Hof bei den Engländern.« Und schon rollte der Wagen dem Tor entgegen. Dort standen, umringt von Waffenknechten, zwei Herren in dunklen, pelzverbrämten Mänteln und mühten sich um ernste und würdige Mienen. Mitglieder des Nürnberger Magistrats offensichtlich.

Wie vor den Kopf gestoßen saß Hannes im Sattel und starrte hinter dem kleinen Wagentross her, bis das Tor sich hinter ihm schloss.

Im gleichen Wagen hatten sie also gewohnt …

Hannes stieg von seinem Rappen, führte ihn zum Brunnen und ließ ihn saufen.

Sie hatten also im selben Wagen geschlafen. Susanna und dieser Gaukler. Sie hatten also das Nachtlager geteilt.

Er trank selbst, ließ sich an der Brunnenfassung zu Boden sinken und lehnte dagegen. Über die Dachfirste hinweg blickte er in den wolkenlosen Himmel. Susanna hatte einen Mann genommen. Wie anders sollte er die Auskunft des Gauklers deuten? Hannes schloss die Augen, schwer wie Stein fühlten seine Glieder sich plötzlich an. Tief sog er die milde Luft in die Lungen. Was nun? Wohin jetzt?

Gedränge entstand auf einmal am Brunnen. Viele Frauen auf einmal wollten Wasser schöpfen. Hannes erhob sich, machte ihnen Platz, zog auch seinen Rappen weg vom Brunnen. Erschöpfung kroch ihm durch Schädel und Knochen. Und wenn er etwas falsch verstanden hatte? Das wäre doch möglich. Vielleicht hatte alles ja eine ganz andere, eine ganz einfache Erklärung.

Bei den Frauen am Brunnen erkundigte er sich nach dem Weg zum Heilsbrunner Hof. Dann stieg er in den Sattel und ritt los. Er musste Susanna sehen, musste mit ihr sprechen. Ausgeschlossen, dass sie einen anderen Mann genommen hatte. Sie hatte ganz gewiss auf ihn gewartet! Was denn sonst?

Er hieb dem Rappen die Sporen in die Flanken, was er selten tat, und preschte in gestrecktem Galopp durch die Straßen und Gassen der großen Reichsstadt.

Ausgeschlossen, dass sie einen anderen Mann genommen hatte? Er musste daran denken, wie er in der alten Abtei Neuburg vergeblich auf Susanna gewartet hatte, vor drei Jahren, als Tillys Kriegsvolk sich Rhein und Neckar näherte. Und an die Wochen davor dachte er, wie sie gezögert hatte, bevor sie sich endlich mit ihm zur Flucht verabreden wollte. Und waren ihre Eltern nicht ganz und gar dagegen gewesen, dass sie ihn, den katholisch getauften Bauernsohn, zum Mann nahm?

All das ging ihm durch den Kopf, während er dem ehemaligen Klostergut entgegenpreschte. All das und noch mehr, und seine Gesichtszüge wurden hart, seine Augen schmal und seine Lippen ein Strich.

Vor dem Heilsbrunner Hof band er seinen Rappen an der Brüstung vor dem Hauptportal fest. Viele Kutschen standen dort und etliche Pferde. Er trat durch das offene Portal; niemand wollte Eintrittsgeld von ihm kassieren. Aus dem Innenhof tönten laute Stimmen, den Durchgang dorthin versperrten viele Männer und Frauen. Hannes trat hinter sie, fasste jeden Einzelnen ins Auge, ließ seinen Blick auch über die Gesichter im Innenhof wandern. Dort standen dutzende um eine Vertiefung herum, um eine Art Bühne. Susanna entdeckte er nicht unter ihnen. Auch nicht hinter den Brüstungen des Hauses auf der gegenüberliegenden Hofseite.

Ob die englischen Komödianten dort in der Vertiefung spielten, fragte er flüsternd. Eine Frau nickte, das Hauptstück gehe gerade zu Ende. Nach einer Pause würde dann das zweite, kürzere beginnen. Draußen schrie einer wie in Todesnot, sonst herrschte Totenstille im Hof und auf den Balkonen der anderen Hofseite.

Die Zuschauer auf den Balkonen im Haus über Hannes oder hinter den Brüstungen und Fenstern im langen Seitenbau lagen außerhalb seines Blickfeldes. Also suchte er einen Weg, um auf die andere Hofseite zu gelangen und von dort aus Susannas Gesicht in der Menge suchen zu können.

Er fand eine Tür, gelangte auf einen Gang und an die Rundfassade einer Kapelle. Eine Gartenmauer grenzte an sie, zu hoch, um über sie hinwegzuschauen. Hannes lief an ihr entlang, bis er eine Pforte fand. Kein Schloss verriegelte sie, also trat er ein. Und fand sich in einem Garten wieder.

An der gegenüberliegenden Mauer standen Tische und Stühle. Menschen saßen dort, betrachteten sich in Spiegeln, malten ihre Gesichter an, puderten oder frisierten sich oder halfen einander in ebenso elegante wie fremdartige Garderobe. Ein hagerer Mann stieg in ein Kleid, eine Frau stopfte ihm künstliche Brüste darunter und schnallte sie auf seinem Rücken fest. Hannes begriff: Komödianten, die sich auf ihren Auftritt vorbereiteten.

Etwas abseits von ihnen zupfte eine Frau am bunten Kostüm eines Mannes herum. Eine Frau in einem dunkelblauen Kleid und mit langen schwarzen Locken. Wie vertraut ihre Bewegungen waren, wie unverwechselbar ihre Anmut! Und als sie den Kopf ein wenig wandte, gab es für Hannes nicht mehr die Spur eines Zweifels: Susanna. Und auf den Mann passte Kristinas Beschreibung des jungen Gauklers.

Hannes ließ die Klinke der Pforte los, wollte über einen kleinen Acker und die Gemüsebeete hinweg zu seiner so lange ersehnten Geliebten laufen – doch plötzlich nahm der Mann in dem blaugelben Kostüm sie in die Arme und zog sie an sich.

Sie ließ es geschehen.

Die Beine wurden Hannes schwer.

Susanna und der Gaukler küssten sich.

Hannes stand still. Ihm war, als wäre er gegen Fels gelaufen, als würde eine heiße Flamme in ihm auflodern und alles verzehren, was er dachte und fühlte.

*

»Ich schaffe es, ich werde Komödiant in ihrer Compagnie.« Ständig sagte David diese beiden Sätze. Als Susanna ihm in die Jacke seines Kostüms half, wiederholte er sie wieder: »Ich schaffe es, ich werde Komödiant in ihrer Compagnie.«

»Die Angst es nicht zu schaffen strömt dir aus jeder Pore.« Susanna zupfte Ärmel und Kragen zurecht. »Du wirst noch ohnmächtig werden vor Angst, bevor du überhaupt in die Bühne hinuntersteigst.«

»Ich werde ganz ruhig sein.« David spähte hinüber zu den Ankleidetischen. An einem verwandelte sich der glattrasierte Charles Rowland in die schöne Kaufmannsfrau. »Ich schaffe es, ich werde Komödiant in ihrer Compagnie.« Er fasste Susanna bei den Oberarmen. »Und du wirst den Engländern derart prächtige Kostüme schneidern, dass sie noch Gott auf den Knien danken werden, uns beiden begegnet zu sein.«

»Ich fürchte, der Prinzipal glaubt gar nicht an Gott.« Sehr weich wurden Susannas dunkelblaue Augen. Ein feines Lächeln spielte um ihren Mund. Himmel, wie er sie begehrte! Und sie gab sich immer noch spröde.

»Ich will dich küssen.«

»Vielleicht nach der Tragödie, wenn sie dich genommen haben.«

»Jetzt.« Ein Fremder lief auf der anderen Seite des Gartens von der offenen Pforte aus in den Rübenacker hinein. David nahm ihn nur beiläufig wahr. »Nur einen einzigen Kuss.«

»Lieber nicht.« Susanna legte die Hände an seine Unterarme, um sie wegzudrücken.

»Nachher in der Bühne muss ich die Verführerin küssen.« Der Fremde trug einen offenen Lederkoller, ein Degen baumelte an seinem Brustbandelier. Das Haar unter dem Filzhut und der Bart waren blond. »Ich sollte noch ein wenig üben.« Er zog Susanna zu sich.

»Sie wird *dich* küssen, und du musst dich lediglich dumm anstellen. Das kannst du auch ohne zu üben. Außerdem bin ich nicht zum Üben da.«

»Da hast du recht.« David schlang die Arme um sie. »Also küss ich dich richtig.« Sein Mund berührte ihre Lippen. Eigenartig, dieser Fremde da in den Rüben. Seine Zunge streichelte ihre Lippen. Er schloss die Augen. Als er die Spitze ihrer Zunge berührte, entzog sie sich ihm und schob ihn von sich.

»Ich kann nicht.«

»Warum nicht?« Er sah ihr an, woran sie dachte; an wen sie dachte.

»Man muss …« In Susannas Zügen arbeitete es, sie suchte nach Worten. »Nur wer verheiratet ist, darf küssen.«

»Na gut.« David ließ sie los und seufzte. »Dann heiraten wir eben. Sobald ich es geschafft habe und Komödiant in der englischen Compagnie bin, suche ich einen reformierten Prediger.«

Der Fremde stand immer noch im Rübenacker. Jetzt griff er nach seinem Degen.

*

Verrat! Alles in ihm schrie es: Verrat! Schmerz verwandelte sich in Jähzorn, und Hannes griff nach seinem Degen. Töten wollte er, nur noch töten und Blut sehen.

Dieser Gaukler durfte nicht am Leben bleiben!

Halb hatte er die Klinge schon gezogen, da blitzte ihm ihr geliebtes Gesicht durch den Schädel, der ernste Blick ihrer dunkelblauen Augen, das Lächeln ihres schönen Mundes. Im Geist sah er Susanna sich schützend vor den anderen stellen, sah seine Klinge in ihr Gesicht fahren und ihr Lächeln zerschlagen und in eine klaffende Wunde verwandeln. Für einen Moment wichen Jähzorn und Schmerz der Liebe, die er für diese Frau empfunden hatte und bis ans Ende empfinden würde.

Hannes erschrak bis ins Mark. Susanna verletzen? Nur das nicht! Er ließ die Klinge los, fuhr herum, rannte aus dem Acker, stürzte durch die Mauerpforte und lief zu seinem Rappen, so schnell er nur konnte. Nur weg von diesem Garten, nur weg von Susanna und dem verhassten Gaukler, nur weg von dem Blut, das sein Hass zu vergießen bereit war. Er floh vor sich selbst. Er floh vor dem, was sein brennender Zorn anrichten wollte.

Im gestreckten Galopp ließ er den Heilsbrunner Hof hinter sich, preschte in die Stadt hinein. In einer Gasse kurz vor dem Hauptmarkt, als er merkte, dass Fußgänger ihm ausweichen mussten und hinter ihm her schimpften, straffte er die Zügel, und sein Rappen fiel erst in einen leichten Trab und trottete schließlich gemächlich über den Hauptmarkt und durch die Gassen bis zur Lorenzkirche hinunter und weiter zur Südmauer.

Tränen verschleierten Hannes die Sicht auf Fassaden und Türme. Er wollte fort aus der Stadt, und konnte sich doch nicht von ihr lösen. An der Südmauer machte er kehrt, ritt wieder hinauf nach Norden. Zorn und Schmerz rasten in seiner Brust, Trauer und Verzweiflung. Ziellos ritt er durch Nürnberg.

In der ersten Abenddämmerung ragte der wuchtige Rundturm des Neutors nicht weit vor ihm auf. Durch dieses Tor führten die Wege nach Nordwesten aus der Stadt heraus. Hannes hielt den Rappen an und sah zum Tor hinüber. Wohin jetzt mit ihm?

Irgendwo rechts von sich hörte er Stimmengewirr, raues Gelächter, das Klappern von Würfeln und das Klirren von Krügen. Er wandte den Kopf. Hinter einem Torbogen sah er Fackeln am Gemäuer eines Hofes flackern. Eine Schenke. Zu ihr lenkte er seinen Rappen.

In einem offenen Stall band er das Tier fest, trat in den Hof und ließ sich an einem der leeren Tische auf eine Bank fallen. Wie tot kam er sich vor, wie mit lauter kaltem Stein gefüllt. Er bestellte Wein. Ob er nichts essen wolle, fragte die Wirtin, als sie Krug und Becher vor ihn auf den Eichentisch knallte. Nein, nichts zu essen. Sie beäugte ihn mitleidig und schenkte ihm ein. »Zum Wohl.«

»Zum Wohl, ja.« Den ersten Becher leerte er in einem Zug, und die Wirtin schenkte auch gleich nach. Schnell wurde es dunkel, die ersten Sterne funkelten am Himmel. Da brachte die Wirtin schon den zweiten Krug.

Hannes saß, trank und stierte vor sich hin. Die Stunden vergingen, die Schenke füllte sich, von allen Tischen lugten sie zu ihm herüber. Hannes merkte nichts. Die Wirtin ließ ihn nicht mehr aus den Augen. Ob man ihn beraubt hätte, wollte sie wissen. Hannes schüttelte stumm den Kopf. Beim dritten Krug kassierte sie vorsichtshalber schon einmal.

Einer mit kleiner Halskröse und weißen Spitzenmanschetten setzte sich zu ihm. Die grüne Samtjacke über seinem Elchlederwams war mit roten Bändern verziert und mit Schlitzen, sodass man das gefaltete Spitzenfutter sehen konnte. Bänder trug er auch unter den grünen Kniehosen und über den weiten und mit Spitzen gefüllten Stiefelstulpen. Im Band seines hellen Lederhuts glänzte es wie von Edelsteinen und an seinen Fingern und Ohren wie von Gold.

»Er sieht traurig aus«, sagte der Mann und löste seinen mit edlem Korb verzierten Degen vom Bandelier. »Und das an einem derart schönen Abend?« Er schnalzte mit der Zunge und bestellte einen Krug vom besten Wein. »Johan von Brüggen.« Der schon ziemlich berauschte Hannes blinzelte den freundlich lächelnden Edelmann an, ergriff dessen ausgestreckte Rechte und murmelte seinen Namen.

»Nenn mich ›Jan‹, Hannes. Das tun alle meine Freunde.« Der elegante Mann sprach in rheinländischer Färbung, sang beinahe, wenn er etwas sagte. Seine Stirn war gewölbt, sein Mund klein, sein Gesicht lang und hohlwangig, aber dennoch irgendwie weich. Seine Augen standen nahe beieinander – an Marderaugen erinnerten sie Hannes –, und ein gepflegter buschiger Spitzbart kaschierte sein fliehendes Kinn. Lustig sah er aus, wenn er grinste, und er grinste unentwegt.

Die Wirtin brachte zwei Kelche und einen großen Krug Wein. Sie schenkte ein und räumte Hannes' leeren Becher weg. Hannes und sein Tischgenosse stießen an. »Lass mich raten«, sagte der Mann, der von seinen Freunden Jan genannt wurde. »Eine Frau.« Hannes stierte in seinen Weinkelch, und der Fremde deutete das als Antwort. »Man sieht es dir auf eine deutsche Meile Entfernung an. Armer Landsmann!« Wieder stießen sie an, und während er an seinem Kelch nippte, seufzte Jan Edelmann: »Es ist ein Kreuz mit den Weibern. In Zeiten des Krieges, wenn man ihnen nicht Tag für Tag die Zügel stramm ziehen kann, sowieso. Treuloses Weiberpack!«

Danach gab er ein paar Anekdoten aus seinem Leben und aus dem Leben von Freunden zum Besten, lauter schlimme Geschichten, in denen treulose Frauen unschuldige Männer zugrunde richteten. Und danach hatte er Hannes so weit, dass der stockend zu erzählen begann – von Susanna, von Heidelberg, von dem Gaukler, und wie er ihn und Susanna im Heilsbrunner Hof gesehen und vor seinem eigenen Jähzorn die Flucht ergriffen hatte.

»Loses Volk, diese Gaukler und Komödianten.« Jan von Brüggen winkte ab und bestellte noch einen Krug vom Besten. »Ohne Gott und Moral. Der Pranger ist zu schade für sie. Und weißt du, was ich an deiner Stelle getan hätte vorhin im Klostergarten, mein lieber Hannes? Totgeschlagen hätte ich den Kerl, und der Hure den Hintern versohlt und sie dann vergessen. Kein Hahn hätte nach dem Gaukler gekräht, und einem wie dir liegen die Weiber doch zu Füßen.«

Die Wirtin brachte den nächsten Krug und schenkte nach; sie stießen an. Jan Edelmann beugte sich dicht zu Hannes und berührte ihn am Arm. »Ach was, vergiss es einfach. Irgendwann wird er sie wegwerfen wie ein zu oft gebrauchtes Schnupftuch, und sie wird angekrochen kommen und an deiner Tür scharren wie eine Hündin. Doch vorher weiß ich etwas Besseres als Liebeskummer für dich.«

Die halb gesungenen Worte des Edelmanns fachten Hannes' Wut neu an. Er nickte, trank und spitzte die Ohren.

»Ich habe dir gleich angemerkt, dass du Krieg und Tod ins Auge geschaut hast – dein Degen, dein Koller, dein Rappen, die eiserne Entschlossenheit in deinem Blick.« Jan hielt Hannes am Arm fest, sah ständig um sich, beugte sich noch näher an sein Ohr, flüsterte jetzt beinahe. »Und der Krieg hat erst angefangen, glaub mir das nur, und wohl dem Mann, der in diesen Zeiten nicht auf Zimmerei oder Tuchhandel baut, sondern auf das Kriegshandwerk. Und ich kenne da einen Feldherrn, das kannst du mir glauben, der weiß, wie man Schlachten gewinnt, und der auch weiß, wie man den Sold für seine Fähnriche und Hauptleute zusammenbringt …«

Er sprach Hannes vom Krieg, redete von Kampf und Mannesehre, von vielen Dukaten, die ein guter Kämpfer wert sei, von Kameradschaft und Abenteuer und immer wieder von seinem rätselhaften Feldherrn, der Männer wie Hannes brauche und der noch keinen Kampf verloren habe.

»Lass mich in Ruhe«, sagte Hannes. »Hab schon zu viele zur Hölle geschickt und manche wohl auch in den Himmel.« Seine Zunge gehorchte ihm nur noch widerwillig, die Silben zerflossen ihm im Mund.

»Eben, das sieht man dir an, mein Lieber«, versicherte der noch völlig nüchterne Jan Edelmann. »Glaub doch nicht, dass ich jeden anspreche! Nein, Männer wie du haben es mir angetan. Was war dein letzter Rang, mein lieber Hannes? Feldwebel?«

»Nix da, Rang.« Hannes stemmte sich von der Bank hoch. »Werd' jetzt zu ihr gehen. Werd' den Kerl verdreschen. Werd' sie zwingen, mit mir …« Er rutschte an der Tischkante ab, krachte schräg auf die Bank, knallte mit dem Kopf gegen den Tisch.

Im Hof der Schenke erhob sich Gelächter. »Holt sein Pferd!«, rief einer. »Damit es ihn unter dem Tisch heraus und nach Hause ziehe!« Ächzend richtete Hannes sich auf der Bank auf. Unzählige Fackeln, zwei Wirtinnen und viel zu viele Männer an viel zu vielen Tischen drehten sich, zwei Edelmänner mit Marderaugen beobachteten ihn. »Rutsch ja nicht noch einmal weg!« Dieselbe Stimme krakeelte weiter. »Ein zweites Mal schaffst du es nicht mehr nach oben, dann landest du morgen früh mit dem Kehricht im Scheißhaus der Frau Wirtin!« Ein Bursche seines Alters mit rundem Gesicht und rötlichem Haarzopf. In der Schenke quittierten sie seine Worte mit grölendem Gelächter. In Hannes' Brust loderte die Wutflamme auf.

Er fasste das doppelte runde Gesicht ins Auge, blinzelte, bis er nur noch eines sah. Dann stieß er einen Schrei aus, warf den Tisch samt Weinkelchen und Krug um und stürzte sich auf den Burschen. Blindlings schlug er auf ihn ein, riss ihn zu Boden, würgte ihn, wurde selber von Tritten und Fausthieben getroffen. Gebrüll umgab ihn, hundert Hände zerrten an ihm, hielten ihn fest.

Irgendwann ragten Stiefel, Musketenkolben und Hellebardenstiele vor ihm auf. Er blinzelte an ihnen hinauf, strenge Gesichter verschwammen neben Musketenläufen, unter Hellebardenklingen und über steifen Halskrausen. Die Bürgerwacht. Man packte ihn unter den Achseln, und dann fiel er aus der Welt und stürzte ins Dunkle.

Am nächsten Morgen weckte ihn die Vormittagssonne. Sie schien durch ein kleines Gitterfenster. Hannes lag auf schroffem Steinboden, seine Knochen schmerzten, in seinem Kopf klopfte es, sein linkes Auge war zugeschwollen, Geschmack von Blut und Galle lag ihm auf der Zunge. Er richtete sich auf, hob die Arme. Ketten klirrten. Auf der anderen Seite der Zelle kauerte der Bursche mit dem runden Gesicht und dem rötlichen Haarzopf. Er glotzte ihn an. Auch ihn hatten sie angekettet.

»Gut geschlafen, die Herren?«, tönte es spöttisch von der Gittertür. Der Schädel pochte schmerzhafter, als Hannes ihn drehte, um hinzusehen. Ein breiter, bärtiger Kerl stand an der Kerkertür, schlug den Prügel gegen sein rechtes, klirrte mit einer Kette gegen sein linkes Bein. »Dann auf zum Tagwerk!« Er entriegelte die Tür. »Der Pranger ist schon aufgebaut, die braven Nürnberger haben Pferdemist und faule Eier mitgebracht!« Er lachte gehässig, die Gittertür quietschte, dass es Hannes durch Mark und Bein fuhr.

Doch statt einzutreten, machte der Henkersknecht einen Schritt zur Seite und ein anderer tauchte unter der Zellentür auf – Jan von Brüggen, der freundliche Edelmann vom Niederrhein. »Männer wie diese hier willst du an den Pranger schrauben?« Von Brüggen schnalzte mit der Zunge und schüttelte wie tadelnd den Kopf. »Eine Sünde, wenn ich bedenke, wie viel sie dem Kaiser und dem Reich noch dienen könnten!«

Er kam in die Zelle, holte ein Buch aus seiner Ledertasche und schlug es auf. »Ehrenmänner wie ihr haben Besseres verdient als den Pranger, nicht wahr?« Er deutete auf die Handschrift in den letzten beschriebenen Zeilen seines Buches. »Eure Namen habe ich schon notiert, jetzt schreibe ich noch ein paar Kleinigkeiten dazu, dann unterschreibt ihr, danach gibt es Handgeld und danach seid ihr frei, mit mir zu meinem Feldherrn aufzubrechen.«

Als Jan Edelmann alles notiert hatte, was er wissen wollte, machte der Bursche mit dem rötlichen Haar zwei Kreuze neben seinem Namen. Und Hannes schrieb den seinen in das Buch.

*

Im ersten Morgengrauen begleiteten zwei Engländer sie in einem Wagen zum Tiergärtnertor. Die ganze Nacht lang hatten sie im alten Klostergarten gefeiert: Susannas und Davids Aufnahme in Greenleys Wandertruppe. Davids armer Student hatte alle Komödianten überzeugt. Der Prinzipal war zuvor schon von David überzeugt gewesen.

Auf dem Platz vor dem Tiergärtnertor stand kein einziger Wagen mehr. Nirgends ein Pferd, nirgends ein Bär oder ein Vogel. Susanna musste weinen.

Unter dem Tor hockte ein Halbwüchsiger neben ein paar Kisten und Kleiderbündeln. Davids und Susannas Habseligkeiten. »Ein herzliches Lebewohl und viel Glück soll ich euch von dem großen Gaukler ausrichten«, sagte der Junge. »Zehn Kreuzer hat er mir versprochen, wenn ich auf die Sachen aufpasse, bis ihr kommt.« Er streckte die Hand aus. »Fünf habe ich schon gekriegt.«

Susanna weinte noch heftiger und David gab dem Jungen die fünf Kreuzer. Die Katze miaute in einer Mauernische neben dem Tor. Susanna nahm sie hoch und drückte sie an sich.

Sie fuhren zurück zum Heilsbrunner Hof. Susannas Herz war mächtig schwer. Sie lehnte sich gegen den jungen Gaukler. Der legte den Arm um sie und sprach kein Wort. Einmal, als sie an einem Nachtwächter und seiner Laterne vorbeifuhren und deren

Lichtschein einen Atemzug lang in den Wagen fiel, sah sie eine Träne auf Davids müdem Gesicht glänzen.

Die englischen Komödianten blieben zwei Tage länger in Nürnberg als ursprünglich geplant. Christopher Greenley, hoch angesehen im Magistrat, kannte einen alten lutherischen Prediger. Der war bereit, ein junges Paar zu trauen, das weder in Nürnberg wohnte noch lutherisch glaubte.

Der fromme Mann besprach mit ihnen die Trauung, wollte Namen von Leuten wissen, die bezeugen konnten, dass weder David noch Susanna verheiratet oder einem anderen versprochen waren. Greenley und Taylor bezeugten, was immer nötig war; Susanna nickte einfach nur. Hannes stand ihr vor Augen, und die Erinnerung an ihn verschloss ihr die Lippen.

Nach Familie und Namen gefragt, gab David an, er sei der Sohn eines Viehhändlers vom Millstätter See namens Joseph Villacher. Am Ende fragte der alte Prediger, ob es denn einen Bibelspruch gebe, zu dem sie gern seine Traupredigt hören würden. »›Gottes Wege sind vollkommen, er ist ein Schild allen, die ihm vertrauen‹«, platzte es aus Susanna heraus. Also predigte der Alte über ihren Konfirmandenspruch, und er tat es beinahe so gut wie der Magister Pareus damals, als Susanna in Heidelberg auf Hannes wartete.

Alle Komödianten und ihre Frauen hockten in der Kirche während der Trauung; außerdem einige ihrer treusten Zuschauer und zwei Ratsmitglieder, die der Prinzipal eingeladen hatte. Die Prinzessin von Bernstand entdeckte Susanna nicht unter den Gottesdienstbesuchern. Dafür war sie dankbar.

Später am Altar dachte sie zurück an den Tag ihrer Kindheit, als sie Hochzeit spielten am Bach in jenem lieben Walddorf oberhalb der Bergstraße; als sie Hannes zu ihrem Bräutigam erwählte und er partout darauf bestand, dass nicht sie ihn erwählen dürfe, sondern umgekehrt er sie erwählen müsse. Tränen strömten ihr über das Gesicht, als der alte Prediger die üblichen Fragen stellte und David mit »Ja« antwortete. »Ja«, schluchzte auch sie.

Ihr Vater fiel ihr ein und sein Gleichnis von der Ehe als einem heißen Herd, auf den man einen kalten Topf stellt, und seine Worte: *Unser kleines Leben allein bedeutet nicht viel*, und wie sie nichts von alledem hatte wissen wollen. Daraufhin musste sie wieder ganz furchtbar weinen. Christopher Greenley, der in Ermangelung eines Vaters den Brautführer gab, tröstete sie und trocknete ihr die Tränen. Alle glaubten, es seien Tränen der Rührung.

Es gab eine Feier in einem Gasthaus außerhalb Nürnbergs. Die Komödianten sorgten für Musik, und es wurde gesungen und getanzt. Susanna trug das nachtblaue Kleid mit den weinroten und himmelblauen Blumenornamenten. Sie lächelte, wann immer sie sich beobachtet fühlte.

Spät am Abend, in einer Schlafkammer des Heilsbrunner Hofes, sollte die Hochzeitsnacht beginnen, und David machte Anstalten, ihr das Kleid auszuziehen. »Ich will nicht«, sagte Susanna. Sie rollte sich in ihr Bärenfell und hielt die Enden straff vor der Brust zusammen. »Lass mir noch Zeit.«

3

Aus den Kastanien im vorderen Burghof schwebten einzelne gelbliche Blätter. Schon wieder September. Der Rittmeister folgte dem Gärtner zur Mauer und zum Torbogen vor dem hinteren Burghof; der alte Mann hinkte und schleppte eine volle Gießkanne.

Sie hatten es in sich gehabt, die September der vergangenen Jahre: 1620 mit Spinola in der linksrheinischen Pfalz und an der Bergstraße, 1621 mit Maria am Rhein und in der kurpfälzischen Residenz, 1622 mit Tilly im eroberten Heidelberg und im vergangenen Jahr dann gegen den Halberstädter im Münsterland.

Hinter dem Gärtner her bückte Maximilian von Herzenburg sich ins Halbdunkel des Durchgangs. Der führte durch die Verbindungsmauer zwischen der Hauptburg und dem Nebengebäude mit den Gesindekammern und den Stallungen. Das Haar des Gärtners war entschieden weißer als noch vor sechs Jahren. Da hatte Maximilian ihn zuletzt gesehen.

Im vergangenen September gegen den Halberstädter? Halt – das war doch schon im August gewesen! Im August starb Mathis, genau. Und mit ihm zwei weitere gute Männer der Herzenburger Kompanie. Der Rittmeister wollte nicht daran denken und dachte doch immer wieder daran. Im September hatten sie dann dieses widerspenstige Nest ausgeräuchert – wie hieß es gleich? – und die Köpfe der Rädelsführer auf Hellebarden gespießt vor dem Rathaus aufgepflanzt. Und dann kam die Pest.

Eine alte Linde beherrschte den hinteren Burghof, den »kleinen«, wie sie ihn nannten. Halb unter ihrer schon herbstlichen Krone, vor einer niedrigen Gartenmauer, stand noch immer der wuchtige Eichentisch mit fünf Stühlen. Der Rittmeister ließ den

Blick weiterschweifen: links die großen Fenster und die Hoftüre zur Burgküche, davor noch immer der Kräutergarten und rechts, unter dem hoch aufragenden Rundturm, die beiden Grabsteine. Um diese Tageszeit lag kein Schatten mehr auf den Gräbern, sondern rötliches Abendlicht.

Maximilian von Herzenburg war gerade erst durch das Burgtor geritten. Simon und Conrad versorgten die Pferde. An der Seite des alten Gärtners ging er nun zu den Gräbern. Die Dahlien blühten noch. Alles sah aus wie immer; als wäre er niemals fort gewesen.

Sie hatten es in sich gehabt, die September der vergangenen Jahre, weiß Gott. In diesem September war noch niemand gestorben. Jedenfalls nicht in Maximilians Gegenwart. Doch sollte der Schwarze Kasper noch einen auf der Liste führen, blieben dem ja noch zwölf Tage Zeit, um zur Hölle zu fahren.

»Wie meinen, Herr Rittmeister?« Der Gärtner stand plötzlich still und beäugte ihn von der Seite, und Maximilian merkte, dass er laut geredete hatte, dergleichen widerfuhr ihm zuweilen in letzter Zeit.

»Ist Er taub? Der Spätsommer will noch lange nicht zu Ende gehen, habe ich gesagt.« Er schritt allein weiter zu den Gräbern. Über die niedrige Gartenmauer zwischen Rundturm und Hauptburg hinweg sah man noch immer ins Elbtal.

»Wir hätten nichts dagegen, was, Herr Rittmeister?« Der Gärtner hinkte zu ihm und machte Anstalten, die Blumen auf den Gräbern zu gießen.

Maximilian nahm ihm die Kanne aus der Hand und goss zuerst die Blumen auf dem Grab seiner Schwester – blutrote Seerosendahlien – und dann die auf dem seiner Mutter, hellere anemonenartige Dahlien mit weißen Blütenspitzen. »Schön«, sagte er und betrachtete die gelben Rosen neben den Grabsteinen. »Schön hat Er die Gräber gepflegt.« Er reichte dem Gärtner die Kanne und nickte ihm zu; so freundlich, wie er eben konnte. »Auch den

Kräutergarten.« Mit einer Kopfbewegung deutete er hinüber zur Burgfassade. »Famos in Schuss.«

Der Gärtner verneigte sich, murmelte einen Dank und hinkte unter der Linde hindurch zurück zum Durchgang und in den vorderen Burghof, den »großen«, wie sie ihn nannten. Maximilian holte einen Stuhl vom Tisch, stellte ihn vor dem Grab seiner Schwester ab und setzte sich.

»Da bin ich wieder, Hildegard.« Er legte den Koller ab, öffnete das Wams. »Hab es noch rechtzeitig geschafft.« Auf den Tag vor dreizehn Jahren war sie gestorben. Seit Monaten hegte er den Plan, spätestens am Todestag bei ihr zu sitzen. »Ich bin müde, das kannst du mir glauben.«

Ein langer Weg aus dem Hessischen lag hinter ihm und den beiden Burschen. Sonst hatte er keinen mitgenommen. Bei Hanau und in der Wetterau lagerte Tillys Reiterei und ruhte sich aus. Da war niemand im Moment, der noch Lust hatte, sich zu schlagen mit dem geharnischten Mönch. Nun, das würde sich bald wieder ändern. Nach dem Winter konnte es schon ganz anders aussehen. In Dänemark und England wetzten sie ja bereits die Messer. Und in Frankreich sowieso, seit der neue Kardinal dort Erster Minister geworden war; Richelieu, dieser Fuchs – der setzte alles durch, was er wollte. Selbst die feinen Geldsäcke aus Venedig hatte er zum Bündnis mit der Pfalz, England und Dänemark überreden können.

Alle verschworen sich gegen die Habsburger. Es sah schlecht aus im Moment. Für die katholische Liga und für die Sache des Kaisers. Doch wie man hörte, dachte Ferdinand in Wien nicht daran, sich einem Frieden nach fremdem Diktat zu beugen. Und sein Hofhund in Bayern, der Großherzog Maximilian, hatte schon viel zu viel in diesen Krieg investiert, um jetzt noch den Schwanz einziehen zu können. Und der General Tilly tat sowieso alles, was man ihm sagte. Der würde sogar nach England übersetzen und London belagern, wenn der Bayer und der Wiener es wünschten.

Maximilian seufzte, blickte in die Lindenkrone und zum Abendhimmel hinauf. Tief sog er die milde Luft ein. Ja, ein guter Sommer war das gewesen und ein guter September bis jetzt. Schade, dass ein Oktober ihm folgen würde. Ein Oktober mit dem Herrn Grafen unter einem Dach. Und mit einer Hochzeit hier auf der Burg. Lieber wäre er in die nächste Schlacht gezogen.

Auf das Mädchen war er dennoch gespannt. Anna hieß es, die Nichte eines Herzogs. Den genauen Verwandtschaftsgrad in Bezug auf sich selbst hatte er vergessen. Es habe einen breiten Hintern, hatte er gehört, und große Brüste. Nun, es gab Schlimmeres.

Er richtete seinen Blick wieder auf den Grabstein seiner Schwester, las die Inschrift: *Hier ruht in Gott Hildegard von Herzenburg, 6. Februar anno 1595 – 18. September anno 1611.*

»Ich habe oft an dich gedacht, Hildegard. Eigentlich jeden Tag.« In letzter Zeit beließ er es nicht mehr dabei, nur an sie zu denken: Oft sprach er mit ihr; und sie sprach mit ihm. »Und an ihn hab ich gedacht. Auch jeden Tag. Leider. Und du hast recht: Er hat den Tod verdient.«

Ein Diener trat durch die Küchentür. »Erlaucht?« Er verbeugte sich. »Ihr seid zurück? Hocherfreut, Euch gesund zu Hause zu sehen, Erlaucht. Hoffe, Ihr hattet eine gute Reise.« Maximilian bedankte sich und zwang sich zu ein paar Fragen nach Wohlbefinden und Familie des Mannes. Dunkel erinnerte er sich eines kranken Kindes. Das sei inzwischen gestorben, Gott sei seiner Seele gnädig, und ob Erlaucht zu speisen wünsche.

»Nein. Er bringe mir aber einen Krug Wein und ein wenig Brot mit kaltem Braten. Und dann sorge Er dafür, dass meine Burschen etwas Warmes zu essen bekommen.« Der Diener verneigte sich und marschierte Richtung Küchentür. »Hat Er etwas von meiner Base gehört?«, rief Maximilian ihm hinterher.

Der Diener blieb stehen, verbeugte sich abermals. »Die Prinzessin hat Boten geschickt. Wir erwarten sie spätestens morgen Abend.« Sprach's und verschwand in der Küche.

Maria war bereits auf dem Weg zur Herzenburg! Der Gedanke hob Maximilians Stimmung ein wenig. Doch nicht lange, dann setzte er das Gespräch mit seiner Schwester fort. Er meinte sie vor sich zu sehen, während er ihr von seinem Besuch beim Herrn Grafen und von Mathis' Tod erzählte. Als alles berichtet war, betrachtete er das Grab seiner Mutter. Es kam ihm wie gestern vor, dass der Gärtner und die Stallknechte ihren Sarg hier versenkten. »Sie hätte niemals springen dürfen, Hildegard, nicht wahr? Ihn hätte sie vom Turm stoßen müssen. Oder wenigstens vergiften. Kein schlechtes Gewissen hätte sie dann noch in den Tod treiben können.«

Schritte näherten sich, der Diener brachte ein Tablett mit Wein, Brot und kaltem Braten und zog sich danach wortlos zurück. Maximilian leerte einen ganzen Becher Wein, bevor er das Brot überhaupt anrührte. Auf das Fleisch hatte er schon keinen Appetit mehr. Zwei Krüge leerte er bis Mitternacht, starrte dabei auf die Gräber, sprach mit seiner Zwillingsschwester oder stand auf der Gartenmauer, um hinunter ins Elbtal zu blicken. Irgendwann holte er sich eine Decke und streckte sich unter der Linde aus.

Am frühen Vormittag weckte ihn der Lärm von über Kopfsteinpflaster holpernden Wagenrädern und Hufschlag. Er blinzelte in die Lindenkrone und lauschte. Eine laute Stimme hallte über den großen Burghof, eine Stimme, die keiner überhören konnte: Sein erster Hochzeitsgast war eingetroffen; einer, der ihm zugleich die Zeremonienmeisterin gab – Maria.

*

»Dahin stellen wir die Tafel.« Maria zeigte auf den großen Burghof. »Für die Kammerdienerschaft und die Eskorten ist Platz genug dort hinten unter der Kastanie und den Apfelbäumen.« Sie drehte sich ein paarmal um sich selbst, sodass Kleid und Unterkleider ihr wie ein Reif aus weißen und bunten Stoffen um Fesseln und Knie wehten, und deutete schließlich auf die große Terrasse rechts der neuen Vortreppe. »Und hier werden die Komödianten ihre Bühne aufbauen. Durch die Terrassentüren können sie auf- und abtreten und dahinter, im kleinen Rittersaal, ihre Garderobe einrichten und die Tische für ihre Maskerade aufstellen.«

Gegen zehn Uhr war sie aus einer von fünf Kutschen ihres Trosses gestiegen, hatte eine Kleinigkeit gegessen, danach gebadet und sich dann ein wenig schlafen gelegt. Jetzt war es halb drei, und die Prinzessin von Bernstadt wirkte frisch und ausgeruht wie nach einer durchschlafenen Nacht. Maximilian fragte sich, woher sie die Kraft nahm. Immerhin lagen zwei Wochen auf den Landstraßen des Reiches hinter ihr. Er beneidete sie. Und er war froh, sie jetzt schon an seiner Seite zu haben.

»Für die Musiker stellen wir ein Podest neben der Vortreppe auf, und die Tafeldiener können vom kleinen Burghof aus bedienen und den Durchgang neben dem Gesindehaus nehmen.«

»Das klingt vernünftig.« Maximilian war alles recht.

Marias Reisebegleitung hockte schwatzend an einigen Tischen auf der Terrasse, ein kleiner Hofstaat von immerhin fünfzehn Zofen, Kutschern, Dienern und Gardisten. Auch zwei Musiker befanden sich darunter. Und ein Maler. Nicht mehr der rothaarige Jüngling aus Antwerpen, wie Maximilian zu seiner Genugtuung bemerkte, sondern ein kleiner, stämmiger Italiener in fortgeschrittenem Alter. Der baute gerade seine Staffelei im Burghof auf.

»Und jetzt in die Küche«, entschied Maria. Sie nahmen den Weg über den kleinen Burghof. Vor den Gräbern dort stand noch immer der Stuhl, auf dem Maximilian die halbe Nacht verbracht hatte. Statt direkt zur Küche zur gehen, bog Maria zu ihm ab, setzte sich und betrachtete die Blumenpracht auf den Gräbern.

»Jetzt weiß ich, warum du so bleich aussiehst.« Mit einer Kopfbewegung deutete sie auf Becher und Weinkrug, die noch neben dem Stuhl im Gras lagen. Maximilian und holte einen zweiten Stuhl vom Tisch unter der Linde. »Wie ich hörte, scheiterte deine

Beförderung vor zwei Jahren an einem Streit zwischen Mathis und dir.«

»Nicht der Rede wert.« Der Rittmeister winkte ab.

»Aus dem Mund meines Prinzen klang das anders – mit blankgezogenen Seitenwehren sollt ihr aufeinander losgegangen sein. Du hättest Mathis sogar verletzt.« Maximilian starrte auf das Grab seiner Schwester und blieb stumm. »Du musst sehr aufgebracht gewesen sein. Anders vermag ich mir nicht zu erklären, wie du mit dem Degen auf deinen besten Freund einschlagen konntest.«

»Wir waren betrunken.«

»Und ihr habt gestritten. Angeblich ging es um deine Mutter und um Hildegard.« Sie deutete auf die Gräber. »Und du sollst Dinge über deinen Vater gesagt haben, die man nicht einmal denken darf.«

Maximilian runzelte die Brauen. »Man spricht darüber?« Darauf war er wirklich nicht gefasst gewesen. »Ist das wahr?«

»Im ganzen Regiment inzwischen.« Maria nickte. »Vermutlich auch schon unter den Offizieren anderer Regimenter. Georg gibt sich alle Mühe, die Gerüchte zu zerstreuen. Euern Streit stellt er als harmlosen Händel dar. Er tut alles, um die Ehre deines Vaters zu schützen.«

Maximilian schüttelte den Kopf. »›Die Ehre meines Vaters …‹« Er zischte böse und bekam mit einem Mal sehr schmale Augen.

»Ist es also wahr, was man sich erzählt?« Sie legte ihren Arm auf seinen Rücken und sah ihn besorgt an. »Ist also etwas daran, an den Gerüchten?«

»Ich kenne die Gerüchte nicht, weiß auch nicht, was man sich erzählt. Wahr aber ist, dass der Herr Graf seine Tochter wie seine Hure gehalten hat und dass er sie erschlagen hat, als sie sich eines Tages wehrte.«

»Gütiger Himmel …!« Maria presste die Hände gegen die Wangen, aschfahl wurde ihr hübsches Gesicht. »Und deine Mutter hat es gewusst …«

Maximilian nickte. »Warum sie vom Turm gesprungen ist, kannst du dir jetzt selbst ausrechnen. Und nun kein Wort mehr davon.« Er starrte auf die Gräber.

Maria legte wieder den Arm um ihn, hielt ihn fest und schüttelte immer nur den Kopf. So saßen sie, bis unten im Dorf die Kirchuhr drei schlug. »Nur eine Frage noch, bevor wir in die Küche gehen.« Maria stand auf. »Dass Mathis sterben musste und die beiden anderen – hat das etwas mit dieser schändlichen Geschichte zu tun?«

»Du meinst, ich könnte den Mönch gedungen haben?« Ein bitteres Lächeln verzog Maximilians Gesicht zu einer kalten Grimasse. »Weil er mir nicht glauben wollte?«

»Niemals!« Maria schlug entsetzt die Hände zusammen. »Niemals würde ich so etwas denken!«

»Du glaubst nicht, in wie vielen Nächten ich mir das Hirn zermartert habe wegen dieses Mörders in Mönchskutte.« Seufzend erhob sich nun auch Maximilian. »Vielleicht hast du von der Liste mit den Namen gehört, die man neben Mathis gefunden hat.« Maria nickte und hakte sich bei ihm unter. Seite an Seite schritten sie durch den Schatten der Linde zur hinteren Küchentür. »Ein Racheakt, inzwischen bin ich fast sicher. Das Mädchen, das der Schneeberger sich aus dem Odenwald mitgenommen hatte, ist spurlos verschwunden. Dein Prinz hat Boten ins Neckartal geschickt, um nach ihm suchen zu lassen.«

In der Küche legte Maria dem Koch und seinen Gehilfen einen Speiseplan für die Hochzeitsfeier vor. Die Prinzessin hatte ihn während der Reise entworfen. Sie bestimmte genau, wie viele Schweine, Kälber, Gänse und Enten in den umliegenden Höfen gekauft werden mussten und welches Wildbret die Jäger bis zu welchem Tag zu jagen hatten, damit Zeit blieb, es lange genug abzuhängen. Maximilian bewunderte sie für die Zielstrebigkeit und Sorgfalt, mit der sie plante. Kein Detail, zu dem sie sich nicht schon Gedanken gemacht hatte.

Länger als eine Stunde schärfte sie dem Gesinde in der Burgküche ein, was sofort, was in naher Zeit und was unmittelbar vor der Hochzeit zu tun war. Danach wollte sie das Gemach sehen, das Maximilian für seine Hochzeitsnacht vorgesehen hatte.

Er führte sie ins zweite Obergeschoss und dort in ein kleines Burgzimmer, von dessen Ostfenster aus man ins Elbtal hinabsehen konnte. Maria prüfte die Fenster, die Vorhänge, die Matratzen, das Bettgestell und fand überall etwas, das verbessert, verschönert oder erneuert werden musste.

Maximilian lehnt an der schweren Eichentür und sah ihr zu. »Wie geht es meinem Generalwachtmeister?« Anders als er war von Bernstadt inzwischen befördert worden. »Wenn ich bedenke, was du alles von ihm über mich erfahren hast, scheinst du mir in einem regen Austausch mit von Bernstadt zu stehen.«

»Viel zu rege, nach meinem Gefühl.« Maria fuhr mit dem Finger über den Waschtischspiegel, eine Linie im Staub blieb zurück. »Prinz Kröterich wird allmählich lästig. Seit dem Winter weicht er mir nicht mehr von der Seite. Zum Glück ist er im Juli nach Bernstadt gereist, um nach unseren schlesischen Gütern zu schauen.« Sie seufzte. »Doch zur Hochzeit wird er wohl hier sein, fürchte ich.«

»Ein ruhiges Kriegsjahr bisher, kein Feldzug fordert uns Soldaten, keine neue Schlacht in Aussicht. Doch sei unbesorgt, Maria – der Krieg geht weiter: Der gerissene Kardinal in Frankreich schmiedet böse Ränke, Christian von Dänemark strickt Bündnisse mit den Feinden der Habsburger. Und wenn ich die Zeichen richtig deute, wird der Kaiser bald jenen zweiten Feldherrn ins Reich schicken, von dem du mir geschrieben hast. Der Krieg hat erst angefangen.«

»Soll ich vielleicht hoffen, dass er so lange dauert wie meine Ehe?« Maria öffnete beide Fensterflügel, um Luft in das Burgzimmer zu lassen. »Ich sollte es fast, will mir scheinen, denn anders als weit weg im Feld ertrage ich meinen Prinzen nicht.«

»Nun, er wäre nicht der erste Kommandeur, der auf der Wallstatt bleibt in Zeiten wie diesen.«

Maria seufzte. »So etwas zu hoffen geziemt sich nicht für einen Christenmenschen.« Sie zuckte mit den Schultern. »Doch wenn es geschähe, wenn er wirklich fiele ...? Mein Leben wäre leichter, Gott möge mir verzeihen.«

»Kommt Prinz Kröterich denn so oft zu dir ins Bett?«

»Überhaupt nicht mehr in letzter Zeit!« Sie winkte ab. »Er kann nicht mehr tun, was er so gern tun würde, wenn er berauscht ist. Schon seit Heidelberg nicht mehr.«

»Er kann nicht mehr ...?« Ein Lächeln glättete Maximilians Züge, halb überrascht, halb spöttisch.

»Kann nur noch täglich an das denken, was er früher täglich tat. Der viele Wein all die Jahre ...« Sie zuckte mit den Schultern. »Mir soll es recht sein – wenn nur die Eifersucht nicht wäre. Er beginnt zu toben, sobald sie sich regt. Und sie regt sich oft.«

»Er schlägt dich doch nicht etwa?« Maximilian stieß sich von der Tür ab, ging zu ihr ans Fenster. Eine steile Falte stand jetzt zwischen seinen Brauen.

»Er soll sich hüten! Doch er stampft und schreit und zerwirft Gläser. Hast du nicht gesehen, dass ich mir einen anderen Maler genommen habe? Georg hat Frans davongejagt. Und er hat gedroht, mich zu enterben, wenn er je einen Beweis für meine Untreue findet.« Sie strich Maximilian über das Haar und begann dann, sein Wams aufzuknöpfen. »Was redest du denn da von jenem zweiten Feldherrn des Kaisers, lieber Max?« Sie zog ihm das Wams aus. »Das klingt ja, als wolltest du Tilly tatsächlich den Dienst quittieren.«

»Nie wieder werde ich unter der Fahne des Herrn Grafen streiten, das habe ich mir geschworen.« Er nickte. »Ich stehe in geheimen Verhandlungen mit den Unterhändlern des künftigen kaiserlichen Generals.«

»Mit Wallenstein?«

Maximilian nickte. »Er ist sehr reich, könnte dem Kaiser ein gewaltiges Heer aufstellen. Und das wird auch nötig sein. Ich bin einig mit seinen Gesandten, habe schon unterschrieben: Nächstes Jahr um diese Zeit wird ein Obristleutnant für deine Liebesfreuden zuständig sein.«

»Mir ist gleichgültig, welchen Rang der hat, der mich küsst.« Sie öffnete ihm die Hosenbänder. »Er muss es nur tun wie ein Kürassier, der auf dem Schlachtfeld in die feindlichen Reihen eindringt.«

»Entschlossen und mit aller Kraft, nicht wahr?« Maximilian nahm sie auf den Arm, trug sie zum Bett, warf sie auf die Matratze. »Und mit hartem und scharfem Stahl.« Er kniete sich zu ihr und schälte ihr die Kleider und Unterkleider vom Leib.

»Vorsicht, mein wilder Vetter! Zerreiß mir nichts! Ich habe …« Sie unterbrach sich. »Hufschlag.« Beide lauschten – jemand ritt in gestrecktem Galopp in den großen Burghof hinein.

»Wer kann das sein?« Maximilian sah zur Tür. »Doch nicht schon der Herr Graf?«

»Gleichgültig.« Maria zog ihn zu sich hinunter und an ihre Brüste. »Komm schon – bedank dich bei mir für meine Mühe mit deiner Hochzeit.«

*

Der Kammerdiener klopfte eine halbe Stunde später an die schwere Eichentür. »Ein Bote, Erlaucht! Er bringt Euch Nachricht aus Friedland.«

»Man gebe ihm Wein und Braten und versorge sein Pferd!« Maximilian richtete sich im Bett auf. »Danach will ich ihn sehen.« Der Diener bestätigte, seine Schritte entfernten sich.

Der Rittmeister stieg aus dem Bett, half erst der Prinzessin in die Kleider und zog sich dann selbst an. »Aus Friedland?«, wunderte Maria sich. »Du hast Beziehungen nach Böhmen?« Maximilian stieg in die Stiefel, drapierte die Spitzen in den Stulpen und band sorgfältig die Hosenbänder unter den Knien fest. Danach trat er vor den Spiegel und ordnete sein langes Haar. Eine Antwort gab er nicht. »Lass mich raten, Vetter – dein neuer Feldherr schickt dir eine Nachricht.«

Wieder antwortete Maximilian mit keinem Wort. Er verneigte sich, küsste ihr die Hand und verließ das Burgzimmer. Unten auf der Terrasse fand er den Boten bei Fleisch und Wein. Er nahm die Depesche entgegen, ging durch den kleinen Burghof an den Gräbern vorbei zum Turm und stieg hinauf in das Zimmer, das er sich nach dem Tod seiner Mutter darin eingerichtet hatte. Dort brach er das Siegel.

Das Schreiben enthielt die Abschrift einer Regimentsliste und den Brief eines Werbeoffiziers namens Johan von Brüggen. Der Fürst von Friedland, Albrecht von Wallenstein, hatte ihn mit Patent und Geld ausgestattet, um fähige Reiter für ein Heer zu werben, das er dem Kaiser Ferdinand im nächsten Jahr anbieten wollte.

Im Brief selbst lauter gute Nachrichten: Der erste Sold würde ihm zum Jahresende mit dem Beförderungsschreiben zugestellt; die erste Werbungsphase sei verheißungsvoll verlaufen, was er den Listen entnehmen möge; und schon im Frühjahr nächsten Jahres sei im Hinblick auf den Friedländer eine günstige Entscheidung des Kaisers zu erwarten.

Gemeint war die Entscheidung, Wallenstein zum General der kaiserlichen Armee zu machen und ihn mit dem Krieg gegen das feindliche Bündnis aus Dänemark, England, Frankreich und die Niederlande zu beauftragen.

Der Prinz von Bernstadt hatte Maximilian das Geheimnis anvertraut: Weil es entschieden schlecht stand für die Habsburger Reichspolitik und die katholische Sache, dachte man am Hof zu Wien darüber nach, die feindlichen Kriegsheere mit der bayrischen Armee des Grafen von Tilly auf der einen und einem zweiten Feldherrn und seinem Heer auf der anderen Seite in die Zange zu nehmen. Allein, die kaiserliche Schatulle war leer und es fehlte schlicht am nötigen Geld, um ein solches Heer zu werben.

Der Fürst von Friedland Wallenstein rechnete sich gute Chancen aus, jener zweite Feldherr zu werden, denn er war sehr reich und besaß das nötige Vermögen, um ein großes Heer auf die Beine zu stellen. Und einen ausgezeichneten Ruf als Militärstratege hatte er außerdem.

Maximilians Miene entspannte sich zu einem zufriedenen und zugleich ein wenig spöttischen Lächeln. Seit langem war es in seiner Miene erloschen, das immer gleiche Lächeln des überlegenen, selbstsicheren Siegers, der nichts und niemanden fürchtete. Jetzt, wo die Tür weit offen stand, durch die er dem Kommando des Herrn Grafen zu entkommen gedachte, jetzt kehrte es in seine Züge zurück.

Er überflog die Regimentslisten. Sie enthielten vor allem die Namen von Arkebusieren, die künftig unter seiner Herzenburger Hirschfahne reiten würden. Die Hälfte seiner Leute war ja gefallen, und seine Kompanie musste ergänzt werden. Vor allem aber würde er künftig sieben Kompanien befehligen – ein ganzes Reiterregiment.

Er suchte nach ihm bekannten Namen auf der abgeschriebenen Liste, fand auch einige und wollte das Papier schon wieder zusammen rollen – da fiel sein Blick auf einen Namenszug, den er zuvor übersehen hatte. Jetzt drängte er sich ihm mit Macht ins Auge: *Stein, Johannes, Corporal …*

Maximilian von Herzenburg stand reglos und starrte aus schmalen Augen die Zeile mit dem Namen an.

Stein, Johannes, Corporal …

Ihm war, als hätte ihn ein Fausthieb getroffen.

4

Zumeist düstere Gestalten bevölkerten die Bühne. Steif wie Puppen traten sie auf und ab, ihre Gesichter blieben ohne wirklichen Ausdruck. Selbst in Dialogen, in denen es um Leben und Tod ging, hoben oder senkten diese Schauspieler kaum einmal ihre Stimmen, und nichts als eine gleichförmige Wortmühle surrte und schnarrte von der Bühne in den großen Internatssaal herab. David war enttäuscht.

Dazu kam: Die Schauspieler, allesamt Schüler und Lehrer des Jesuiteninternates von Bamberg, sprachen kein Wort Deutsch während des Stückes. Liebe und Hass, Aufstieg und Fall, Rettung und Verdammnis – alles handelten sie auf Lateinisch ab. Nur weil der Prinzipal Greenley und sein ältester Komödiant Taylor übersetzten, verstand David überhaupt, worum es ging: Um den Aufstieg eines ruhmsüchtigen und scheinheiligen Gelehrten und seinen Sturz in die Hölle auf der einen, und um das weltabgewandte Leben eines Heiligen und seinen Weg in den Himmel auf der anderen Seite.

Greenleys Compagnie war auf dem Weg ins Kurfürstentum Sachsen. Auf einer gräflichen Burg dort sollten sie Mitte Oktober während einer Hochzeit auftreten. Die Prinzessin von Bernstadt hatte das vermittelt. Jetzt standen Greenleys Wagen erst einmal vor den Mauern von Bamberg – der Magistrat ließ die Engländer nicht in die Stadt hinein. Dabei lag dem Fürstbischof des Bistums Bamberg eine schriftliche Bitte des Prinzipals vor, während des Herbstmarktes in der Stadt spielen zu dürfen. Maria von Bernstadt hatte sie ihm im August überbracht, auf ihrer Reise nach Kursachsen. Die Komödianten hatten nie eine Antwort darauf erhalten.

Gestern hatte Greenley persönlich beim Magistrat vorgesprochen. Er versicherte den ehrwürdigen Herren, ausschließlich Geschichten aus der Bibel zu spielen. Auf die Antwort warteten die Engländer noch. Einstweilen hatte der Fürstbischof sie für heute ins Internat des jesuitischen Gymnasiums eingeladen; wohl, damit sie endlich einmal in den Genuss von gottwohlgefälligem Theater kamen, von Theater, wie der Fürstbischof es liebte. Jesuitentheater.

Der Prinzipal und Taylor hatten die jungen Leute der Wandertruppe mitgenommen: David, Susanna, Aaron und einen jungen, niederländischen Blondschopf namens Piet van Dam und seine deutsche Frau. Sie sollten lernen, wie andere es machten. Und lernten doch nur, wie man Langeweile verbreitet. Selbst Susanna, die David für eine fromme Frau hielt, schien unaufmerksam. Die meiste Zeit sah David sie neben sich mit einem englischen Bleistift, den Greenley ihr geschenkt hatte, in ein Buch zeichnen und schreiben.

Zwanzig Figuren und mehr versammelten sich inzwischen auf der Bühne rund um den verlorenen Gelehrten, einen berühmten Doktor aus Paris, und stritten um ihn und seine Seele. Auf rätselhafte Weise wechselte das Licht ständig von hell zu dunkel und umgekehrt. Es herrschte heilloses Gewimmel und gnadenlos wurde auf Lateinisch deklamiert – schon länger als zwei Stunden inzwischen –, und die ganze Verhandlung schien nach Davids Eindruck auf ein ebenso gnadenloses Ende für den bedauernswerten Doktor hinauszulaufen. Obwohl auch dieser ausdruckslos und lateinisch daherkam, hatte David längst für ihn Partei ergriffen – aus purem Unwillen über diese bleiche Art von Komödiantentum.

Wer denn all diese Gestalten in den schwarzen, weißen, goldenen und blutroten Kleidern dort auf der Bühne seien, hörte David Susanna flüsternd fragen. Zum einen der Schutzengel des Doktors mit seinem Gefolge, erklärte der dicke Taylor ebenfalls flüsternd, dann eine Menge Teufel, die es auf die Seele des Doktors abgesehen hatten, dann seine Seele selbst, sein Geist und die versammelten Verkörperungen all seiner Sünden – Ruhmsucht, Heuchelei, Eigenliebe und dergleichen –, dann seine Krankheiten und der Tod und schließlich die üblichen Verdächtigen, wenn es ums Jüngste Gericht ging: Christus, der Erzengel Michael, die Jungfrau Maria, die Apostel Petrus, Paulus und so weiter und so weiter.

David hörte nicht mehr zu – dem Geflüster John Taylors nicht, und der lateinischen Wortmühle von der Bühne sowieso nicht. Von der Seite betrachtete er Susanna, und das nicht ohne Bitterkeit: Sie verweigerte sich ihm noch immer.

Vier Monate war es her, dass dieser alte Pfaffe in Nürnberg sie zu Mann und Frau erklärt hatte, und noch immer durfte David die Geliebte nicht auf die einzige Weise in den Armen halten, wie ein Mann seine Gattin in den Armen halten sollte. Wenigstens einmal in der Nacht.

Und wie jeden Tag – ja, wie beinahe jede Stunde des vergangenen Sommers – wollten seine Gedanken nun gar nicht mehr aufhören, um das Eine zu kreisen, das Susanna ihm schon viel zu lange abschlug. Während der ganzen dritten Stunde der frommen Tragödie dachte er an nichts anderes als daran, wie es sich anfühlen mochte, Susanna zu küssen, ihre Haut zu streicheln, an ihren Brüsten zu knabbern und zwischen ihren Schenkeln außer sich zu geraten.

Ein dumpfer Schrei von der Bühne riss David aus seinen sehnsüchtigen Gedanken. Er schreckte hoch, spähte zur Bühne. Dort versenkte man einen Sarg in der Erde – aus ihm schrie einer auf Lateinisch. »Er sagt, er sei verloren«, fasste Taylor das Geschrei erst auf Englisch, dann auf Deutsch zusammen. Endlich fuhr der berühmte Pariser Doktor also zur Hölle. Ein paar Teufel beschafften ihm einen Willkommenstrunk aus Pech und Schwefel und bemühten sich auch sonst redlich, ihm diese letzte Reise möglichst qualvoll zu gestalten. Wild und gefährlich sahen die aus, sprachen, fuchtelten und stelzten aber genauso langweilig und brav wie alle anderen auch.

Auf den Bänken um sich herum sah David zu seinem Erstaunen viele Halbwüchsige und Männer, die sich bekreuzigten. Und wer sich nicht bekreuzigte, bewegte wenigstens die Lippen in stummem Gebet. Etliche Jungen und Patres wischten sich die Tränen aus den Augen, einer weinte sogar laut.

Susanna zeichnete noch immer. Einmal erhaschte David einen Blick in das Buch auf ihrem Schoß – Umrisse von Kostümen und Hüten waren darin unter ihrem Stift entstanden. Beim zweiten Blick erkannte David Kostüme und Hüte wieder, die er auch auf der Bühne gesehen hatte.

Zum Schluss des Dramas trat dann noch einmal der weltabgewandte Heilige auf und ermahnte seine Jünger zu Armut, Demut und gottwohlgefälligem Leben, und dann war es vorbei.

»Langweilige Geschichte«, murmelte David, während er mit den anderen durch den Mittelgang zur Bühne ging; Greenley wollte ein paar Worte mit dem Spielleiter sprechen. »Und langweilig gespielt. Ohne Herz. Und keinen einzigen Grund zum Lachen gab es.« Auch der Niederländer und Susanna wirkten nicht gerade begeistert. Und Aaron war nach einer Stunde eingeschlafen.

»Einen wie Jean Potage oder den Pickelhering kennen die Jesuiten nicht«, sagte Greenley. »Allerdings möchte ich hinter den schönen Kostümen und der prächtigen Bühnenausstattung schon ein wenig Herz vermuten. Doch wenn sie spielen, zeigen sie es nicht, da hast du schon recht. Das heute schien mir immerhin besser als so manches, was ich früher von den frommen Männern gesehen habe. Aber immer noch viel zu schlecht. Keine Affekte, alles Menschliche scheint ihnen fremd. Sie spielen nicht, sie fuchteln nur und stelzen herum wie Marionetten. Sie stellen nicht dar, sie rezitieren nur. Zu wenig für uns.«

»Bedenke aber, dass es Laien sind.« Taylor kam Greenleys Urteil wohl allzu hart vor. »Sie haben das Schauspielen nicht von Jugend auf gelernt wie wir, und sie müssen nicht davon leben wie wir.« Der Prinzipal runzelte missmutig die Stirn, brummte unverständliche Worte in sich hinein und winkte ab.

Am Bühnenrand wechselte er ein paar Worte mit den Jesuitenpatern, die das Stück mit Mönchen und Schülern ihres Gymnasiums einstudiert hatten. Er erkundigte sich nach dem Dichter des Dramas – ein Schwabe namens Jakob Bidermann hatte es erst vor ein paar Jahren geschrieben – und bat darum, die Maschine sehen zu dürfen, mit deren Hilfe man während der Tragödie mal für helleres, mal für gedämpfteres Licht gesorgt hatte.

Die Patres forderten die Komödianten auf, zu ihnen auf die Bühne zu steigen, und führten sie hinter die seitlichen Vorhänge. Dort präsentierten sie den Engländern voller Stolz das Geschenk eines römischen Kardinals, der einst hier in Bamberg ihr Schüler gewesen war: Zwei Vorrichtungen, um Lichter abzudunkeln. Sie bestanden aus jeweils zwei großen Ölleuchtern und ehernen Hülsen, die sich mit Schnüren und über Laufräder einzeln oder paarweise über die Leuchter senken ließen.

Greenley zeigte sich entzückt. Er bat um Stift und Papier, um eine Zeichnung der Konstruktion anfertigen zu können, doch die Patres taten, als hörten sie es nicht. Auf einmal hatten sie es sehr eilig, führten die Komödianten von der Bühne und verabschiedeten sie.

Als David später mit den Engländern und Susanna durch die Straßen Bambergs zum südlichen Stadttor lief, schimpfte Greenley auf die Jesuiten. Er mochte es nicht, wenn man ihm eine Bitte abschlug. Und überhaupt hatte David schnell gemerkt, dass der Prinzipal sich rasch und heftig erregen konnte.

Genauso bereitwillig jedoch konnte er sich begeistern: Als nämlich Susanna an einem Mauersims beim Rathaus stehen blieb, ihr Buch öffnete und hineinzeichnete, sah er ihr mit wachsendem Vergnügen über die Schulter. Nach wenigen Minuten überreichte sie ihm das Buch – Greenley verneigte sich tief vor Susanna, betrachtete die Zeichnung und stimmte eine Lobeshymne auf Englisch an.

Aus dem Kopf hatte Susanna ihm die Konstruktion zum Abdunkeln von Licht aufgezeichnet. Alle studierten sie sorgfältig, auch David. Sie war perfekt, nichts fehlte. David war mächtig stolz auf Susanna.

Weiteren Grund zur Freude gab es jedoch nicht mehr in Bamberg: Am nächsten Vormittag kam ein Bote des Magistrats aus der Stadt vor die Mauer, wünschte den Prinzipal zu sprechen, überreichte ihm einen Brief des Magistrats und empfahl sich.

David erwartete schon keine günstige Antwort mehr, und tatsächlich verfinsterte Greenleys Gesicht sich zusehends, während er das Magistratsschreiben las. Schließlich zischte er ein paar Worte auf Englisch, knüllte das Schreiben zusammen und warf es ins zertretene Gras. Dann drehte er sich zu Aaron um und gab ihm eine schallende Ohrfeige. »Du bist mir das letzte Mal eingeschlafen, wenn wir bei einem hohen Herrn zu Gast sind!« Mehr erfuhr der verdutzte Komödiant nicht über den Grund der Ohrfeige. Greenley aber stapfte zu seinem Wagen. »Wir fahren weiter!«, rief er. »Bamberg ist es nicht wert, dass englische Komödianten in seinen Mauern auftreten!«

David bückte sich nach dem zerknüllten Brief, glättete ihn und las. Die anderen, von denen die meisten kein Deutsch konnten und einige nicht einmal lesen, sahen ihn erwartungsvoll an. »Der ehrwürdige und hochweise Rat von Bamberg dankt für die aufschlussreichen Empfehlungsschreiben der Höfe von Brandenburg, Hannover, Hessen-Kassel und Heidelberg«, fasste David den Inhalt zusammen, »muss aber nach reiflicher Beratung aus verschiedenen Gründen und in Übereinstimmung mit dem weisen Urteil des hochwürdigen Fürstbischofs für diesmal unsere Supplikation ablehnen. Das gilt fürs ganze Bistum.«

Lange Gesichter um ihn herum. »Und die Gründe nennen sie

gar nicht?«, wunderte Taylor sich. Der bedauernswerte Aaron rieb sich noch immer die Wange.

David beugte sich wieder über den Brief. »Biblische Geschichten sollten nur von Geistlichen und niemals gegen Eintrittsgeld aufgeführt werden, meint der hochweise Rat. Außerdem sah es der hochwürdige Fürstbischof wohl nicht gern, dass einer von uns während des von ihm so geliebten Jesuitenstückes eingeschlafen ist.«

Aaron handelte sich wütende Blicke der anderen ein; völlig zu Recht, wie David fand, denn alle hatten nun unter dem von ihm mitverursachten Ausfall an Eintrittsgeldern zu leiden. Susanna sah das wohl anders, denn sie warf dem jungen Komödianten einen aufmunternden Blick zu, fuhr ihm sogar wie tröstend über das Haar.

Das nun gefiel David ganz und gar nicht.

*

Der Prinzipal wollte schnellstmöglich weg aus dem Bistum Bamberg und rasch hinüber ins Markgräfliche Bayreuth – er ließ die Pferde antreiben und gönnte den Komödianten nur kurze Nächte und kaum Ruhepausen. Auf dem letzten Marktflecken des Bistums gaben sie ihr letztes Geld für Vorräte aus, und Susanna merkte allmählich, dass der Kreuzer bei den Engländern auch nicht üppiger zu Hause war als bei Gauklern und Zahnbrechern und der Gulden selten im Dutzend zu Gast. Vom Dukaten ganz zu schweigen – der schien ihr weiter nichts als ein gutgemeintes Gerücht zu sein.

Mit sechs Wagen fuhr die Wandertruppe durch das Reich, weiß Gott nicht zu viel für zwanzig Menschen mit ihrem Gepäck und all dem, was sie an Bühnenausstattung und Kostümen brauchten. Susanna wollte kaum glauben, wie viele Körbe, Kisten, Bündel, Truhen und Fässer man in sechs Wagen unterbringen konnte.

Im ersten größeren Städtchen der Markgrafschaft Bayreuth ließ Greenley die Bühne aufbauen. An zwei Tagen spielten sie Herzog Julius' »Ehebrecherin« und die »keusche Susanna« aus dem Alten Testament; danach lagen wieder genug Kreuzer in den Schatullen, um bis nach Bayreuth fahren zu können, ohne hungern zu müssen.

Susanna erging es längst wie zuletzt, als sie mit Stephan und Marianne unterwegs gewesen war: Reiselust packte sie. Sie brannte darauf, die Städte und Landschaften zu sehen, von denen Aaron und Helena, die deutsche Frau van Dams, erzählten: Bayreuth, Kulmbach, Leipzig, Torgau. Dort, an der Elbe, lag auch die Grafschaft, in der Greenleys Compagnie bei einer mehrtägigen Hochzeit spielen sollte. Drei Wochen noch bis dahin. Susanna konnte es kaum erwarten.

Bayreuth rückte näher. Der September 1624 stand den warmen Sommermonaten in nichts nach: An den sonnigen Nachmittagen badeten die Komödianten in Bächen und Weihern. Selbst in den Nächten kühlte es noch nicht wirklich ab.

Zusammen mit den fünf anderen Paaren der Compagnie schliefen Susanna und David in einem der beiden Wohnwagen der Wandertruppe. Greenley und Aaron schliefen allein in einem kleinen Planwagen, die anderen ledigen Männer im zweiten Wohnwagen. Die Komödianten nannten diese langen Wagen nach einem griechischen Dichter »Thespiskarren«.

Leicht schräge Holzdächer bedeckten diese großen Gefährte, sodass Regen daran abfließen konnte; viele kleine Fenster in den Holzwänden sorgten für Licht und frische Luft. In jedem dieser Wohnwagen gab es aufklappbare Tische und je einen kleinen Herd, von dem ein Rohr den Rauch nach draußen leitete, wenn man kochte. Susanna staunte, in wie kurzer Zeit man diese Thespiskarren in kleine Bühnenräume umwandeln konnte.

Solange es warm war und nicht regnete, bat sie David, mit ihr draußen unter dem Zeugwagen oder im Gras unter freiem Himmel zu schlafen. Jeden Abend bei Einbruch der Dunkelheit nämlich und beinahe jede Nacht begann irgendjemand zu stöhnen, zu seufzen oder zu kichern. Häufig kam es auch vor, dass einer der Männer oder eine der Frauen einen Schrei ausstieß, der ganz und gar nicht nach Schmerzen klang. Manchmal begann hinterher auch eine der Frauen zu weinen, und auch das klang keineswegs traurig.

»Liebeslärm« nannte David das.

Dem wich Susanna gern aus. Nicht zuletzt, weil sie die Neugier und die Fragen der anderen fürchtete – sie und David nämlich veranstalteten keinerlei Liebeslärm.

Ende September gerieten sie kurz vor Bayreuth in einen Gewitterregen. Es blitzte und donnerte stundenlang, danach regnete es an vollen vier Tagen. Die Wege verschlammten, die Wagen blieben stecken, die Wandertruppe kam nicht mehr voran. Unmöglich, außerhalb des Thespiswagens zu schlafen. Die Männer schoben die vier Planwagen dicht zusammen und spannten als Regenschutz eine große dicke Leinwand über sie und die Tiere aus.

Die Komödianten schienen Schlimmeres gewohnt zu sein, denn sie blieben bester Stimmung: musizierten, sangen, übten Jonglage, Kopfstände und komplizierte Tanzsprünge; sie probten einzelne Passagen ihrer Komödien und Tragödien, schrieben sie um oder fassten ganze Dialoge völlig neu.

Susanna schnitt Stoff zu, nähte sich ein Tuch aus dem Stoff, den David ihr in Asper geschenkt hatte, und bestickte es mit Sternen, Mond und Spiralnebel. Danach versuchte sie sich am Schnitt eines Kostüms, wie es der erfolglose Erzengel in Bamberg getragen hatte. Die Katze lag die meiste Zeit neben ihr. Die anderen Frauen kürzten den Männern und einander die Haare, besserten Kleider und Decken aus und nahmen sich Zeit, wahre Festmähler zuzubereiten.

David ging jeden Morgen hinüber zum Wagen des Prinzipals und verbrachte viele Stunden bei ihm. Am Abend dann erzählte und zeigte er Susanna, was er Neues gelernt hatte: Zwischenspiele und witzige Reden des Pickelherings und Grimassen, Bewegungen und Tanzfiguren.

Wenn es dunkel wurde und in Susannas und Davids Wagen die halbe Compagnie sich paarweise unter ihren Decken verkroch, war es zumindest für Susanna vorbei mit der guten Stimmung, denn dann begann er meistens, der Liebeslärm, und das nicht zu zahm. Am lautesten trieben es Helena und ihr Niederländer, und am häufigsten außerdem. Zu allem Überfluss lag dieses Paar auch noch neben Susanna und David. Mit dem Schlafen jedenfalls war es vorbei, und Susanna lag wach und lauschte.

Ein gewisses Verlangen regte sich wohl in ihr, wenn das Liebesstöhnen und -seufzen der Frauen und Männer den Wagen erfüllte, und sie wusste genau, dass David wach neben ihr lag, sich quälte und wartete, dass sie auf ihn zukam. So hatten sie es vereinbart: Sie hatte versprochen, den ersten Schritt zu tun; wenn sie so weit sein würde.

Bei nur leichtem Regen stieg David während des Liebeslärms häufig aus dem Wagen und blieb eine Zeitlang fort; bei starkem Regen blieb er liegen und begann irgendwann kaum hörbar zu seufzen. Beides konnte Susanna sich lange nicht erklären.

Wieder und wieder nahm sie sich vor, es in dieser Nacht einfach zu versuchen; doch wenn David sich dann abends neben ihr ausstreckte, siegte erneut die Angst. Am Tag griff sie häufig zu ihrem Buch und las die alten Notizen aus Heidelberg und die Briefe, die sie für Hannes verfasst hatte und die sie ihm im Himmel zu überreichen gedachte. Solche Lektüre fachte ihre Lust nicht eben an.

So ging das, bis es zu regnen aufhörte und die Männer am Tag vor der Weiterreise vormittags die Wagen ausgruben und aus den Schlammkuhlen schoben. Da nahm Helena sie beiseite und sprach mit ihr. Die Frau des Niederländers kannte Susannas Geschichte ein wenig, wusste jedenfalls, dass Susanna vor ihrer Hochzeit mit einem anderen verlobt gewesen und dass ihr Geliebter gestorben war. Was in Heidelberg geschehen war, hatte Susanna ihr nicht erzählt. Doch wahrscheinlich ahnte Helena es.

Susanna solle nach vorn schauen, sagte sie, die Vergangenheit sei nicht mehr zu ändern, doch die Zukunft gehöre ihr und David, und etwas Schöneres, als mit ihrem Mann Piet die Freuden der Liebe zu genießen, könne sie, Helena, sich gar nicht vorstellen. Und flüsternd und von Frau zu Frau gab sie ihr ein paar Ratschläge.

Susanna konnte sich auf Anhieb dutzende schönere Dinge vorstellen, dennoch nahm sie sich Helenas Worte zu Herzen.

Die Mittagssonne später wärmte Luft und Boden sofort wieder auf, sodass die Frauen der Komödianten Leinen zwischen Wagen und Bäumen spannten und die vom langen Regen feucht gewordenen Kleider und Decken zum Trocknen aushängten. Am frühen Nachmittag, nach dem Essen, gingen die meisten Komödianten an den nahen Teich, um Wäsche und sich selbst zu waschen. Susanna packte einen Krug Wein, zwei Becher und ein wenig Brot in einen Korb, dazu zwei Birnen vom übrig gebliebenen Obst. Und eine Decke. Die Katze lief neben ihr her, als sie zum Teich ging.

Über das Schilf hinweg erspähte sie die Stelle, an der die Männer sich wuschen. David schwamm ein Stück abseits, schon fast in der Teichmitte. Er erkannte sie jedoch und winkte, und Susanna winkte zurück; winkte, bis sie ein paar hundert Schritt weiter am Waldrand stehen blieb. Die Bäume wuchsen hier bis ans Seeufer heran.

Sie breitete die Decke aus, goss Wein in die Becher und setzte sich auf ihre Fersen. Die Katze huschte in den Wald. Nackt stieg David kurz darauf aus dem See und kam zu Susanna auf die Decke. Wortlos reichte sie ihm den Becher und stieß mit ihm an. Sie tranken.

Susanna betrachtete seinen Körper. Der war lange nicht so kräftig, wie sich Hannes' Körper die wenigen Male angefühlt hatte, als sie ihn küsste – das wusste sie ja bereits –, doch David war sehnig und braungebrannt von der Sommersonne. Unter der Haut von Schultern und Armen zeichneten sich kräftige Muskeln ab wie Wurzelstrünke eines Baums unter der Erde, auch die Waden und Schenkel wölbten sich ausgeprägt vom vielen Springen und Tanzen auf der Bühne. Das Haar seiner Scham glänzte so schwarzblau wie seine Locken. Sein Mannesglied sah noch dunkler aus als seine übrige Haut und schien bereits anzuschwellen. Susanna betrachtete es aufmerksam und fand es beinahe lustig. Angst immerhin machte es ihr keine.

Sie reichte ihm eine Birne und brach das Brot – so ähnlich hatte Helena das in ihrer Hochzeitsnacht gemacht – und reichte es ihm. Davids dunkle Augen leuchteten, er lächelte ungläubig und kam Susanna alles in allem ein wenig überrascht vor. Sie aßen ihre Birnen, bissen von ihrem Brot ab und tranken Wein. David nagte die Frucht bis aufs Gehäuse ab und warf es in den Wald.

»Soll ich dir Schwimmen beibringen?«, fragte er – wahrscheinlich, um seine Verblüffung endlich zu überwinden – und wischte die Hände im Gras ab.

»Ja«, sagte Susanna, »das auch.« Mit einer einzigen Bewegung zog sie sich das Kleid über den Kopf. Darunter war sie nackt. David schluckte und vergaß zu atmen. Seine Augen warfen die Herrschaft seines Willens ab, und was es Schönes an Susanna zu sehen gab, saugte er mit Blicken auf – alles nämlich. Sie streckte ihm die Arme entgegen. »Komm zu mir.«

Auf den Knien rutschte David zu ihr, umarmte sie, hielt sie ganz fest. An seiner Brust sank sie seufzend in sich zusammen. Sie spürte seinen Körper beben und seinen Atem fliegen. Eine Zeitlang verharrten sie so.

Bald wagte sie es und begann, seine Schultern zu streicheln, seine Arme, seine Schenkel. »Ich vertrau dir«, flüsterte sie, weil sie sein Zögern spürte. Sie hob den Blick und sah ihm in die braunen Augen. »Du bist mein bester Freund.« Susanna zog sein Gesicht an ihres, rieb ihre Stirn an seiner. »Sei nun auch mein Geliebter.« Sie drückte ihre Lippen auf seine. Davids Zunge drang in sie ein, begann mit ihrer Zunge zu tanzen, erst scheu, dann ausgelassener.

Dabei schob er seine Hände unter ihre Brüste, hob sie hoch und begann sie zu streicheln und zu küssen. Und da regte es sich, was sie schon gefühlt hatte, wenn sie dem Liebeslärm im nächtlichen Wagen lauschte – es rieselte zwischen ihren Brüsten und ihrem Schoß auf und ab, etwas wie starker Durst, etwas wie heißes Schmelzen-Wollen. Schließlich kroch es ihr unter die Zunge, trieb ihren Atem an, straffte ihren Körper. Seufzend bog sie sich hin und her.

David drückte sie behutsam auf die Decke, bedeckte ihre Schultern mit Küssen, ihre Brüste, ihren Bauch. Jetzt war es ihr eigener Körper, den sie beben spürte – halb vor Erregung, halb vor Furcht und Unsicherheit. Sie zog die Beine an, erschrak ein wenig, als sie seine Lippen erst auf ihren Schenkeln, dann auf ihrem Schoß spürte.

Lass dich fallen, hatte Helena ihr geraten, *lass dich einfach fallen, wenn du kannst*. Und es sei wie bei gewissen Tänzen: Habe man einen guten Tänzer, könne man sich ihm getrost überlassen. *Und der David liebt dich*, hatte Helena gesagt, *also wird er dir ein guter Tänzer sein.*

Plötzlich spürte sie seinen Finger in ihrem Schoß, und ein kleiner Schrei entfuhr ihr; vor Schrecken oder Lust – wie hätte sie das da noch entscheiden können? Wo doch ihr Atem zu fliegen begann und ihr Herz klopfte, als flatterte ein Vogel in ihrer Brust herum? Sie zog die Beine an und öffnete die Knie, und als er eine besonders süße Stelle an ihrem Schoß berührte, perlte es ihr durch Mark und Bein und sie stieß sich seiner Hand entgegen, um ihm zu zeigen, wie gut er ihr tat.

David küsste ihre Brüste, während er ihren Schoß dehnte, und beides tat er behutsam. Behutsam blieb er auch, als er zu ihr kam.

Keine Spur von Schmerz – Helena hatte recht gehabt: wie ein Tanz fühlte es sich an, wie ein schöner Tanz. Susanna überließ sich den Händen und Bewegungen ihres Liebestänzers.

Sie glaubte nicht, dass sie fortan wie Helena sich nichts Schöneres würde vorstellen können, doch es war gut und sie empfand weder Angst noch Widerwillen – dafür eine Nähe zu David, die sie sich so niemals hatte vorstellen können.

Als er schließlich schwer atmend auf sie sank, verschränkte sie ihre Beine über seinem schmalen Gesäß, hielt ihn fest und fühlte eine tiefe Zufriedenheit. Aus der Weidenkrone über ihr lächelte ein Gesicht aus Ästen und Laub und darüber lächelte der Himmel, und Susanna lächelte zurück. Und ihre Augen füllten sich mit Tränen.

Später trug David sie ins Wasser. Sie klammerte sich an ihm fest, lachte und war ziemlich vergnügt. Wieder überließ sie sich seinen geübten Armen und brachte tatsächlich ein paar selbstständige Schwimmzüge zustande.

Bevor die Sonne sank, hängten die Komödianten die getrockneten Kleider und Decken ab und versorgten die Pferde. Aaron, David und Charly Rowland fingen elf Barsche und einen großen Hecht. Am Feuer, nach dem Essen, las der Prinzipal Verse des römischen Dichters Lukrez vor, den er sehr liebte. Anschließend packten Taylor und der deutsche Komödiant namens Otto Eichinger ihre Lauten aus, Aaron seine Schalmei, David und Helena ihre Geigen und Charly seinen Dudelsack. Andere schlugen die Trommeln oder spielten auf ihren Flöten, auch Susanna. Bis in die Nacht hinein sangen und tanzten sie, und zum ersten Mal seit langer Zeit hielt Susanna das Leben für einfach schön.

Im Wagen dann, als spät in der Nacht der Liebeslärm wieder losbrach, ließ Susanna sich von ihrem eigenen Verlangen überwältigen, zog sich aus und kroch unter Davids Decke. Er hatte viel zu viel Wein getrunken und wirkte reichlich verdutzt. Sie hörte ein erstauntes Lachen in seinem Seufzen, als sie ihn streichelte. Doch

David ließ sich nicht zweimal bitten, und diesmal spürte sie es heftiger, jenes Brennen und Dürsten und Schmelzen-Wollen.

Am Schluss schob David sie auf sich, hielt sie an den Hüften fest und stieß sie von unten. Als würde sie auf einem sehr heißen, sehr starken Ross reiten, so kam Susanna sich vor. Sie merkte kaum, wie sie seufzte und stöhnte, und ganz am Ende begann ihr feuriges Ross zu fliegen, und die Reiterin stieß einen Schrei aus und sank über ihrem Liebhaber zusammen.

Stille herrschte im Thespiskarren, zwei, drei Atemzüge lang. Verdächtige Stille. Susanna räkelte sich unter Davids tastenden Fingern und lauschte: kein Liebeslärm mehr? Plötzlich rief jemand »Bravo!« – Piet van Dam –, und dann erfüllte Applaus die Dunkelheit.

5

Manchmal, wenn er versuchte, in die Haut des armen Studenten oder des Prinzen Hamlet oder des Pickelherings zu schlüpfen, blickte er über Aaron und das Pferdegespann hinweg in eine Landschaft, die sich flach in alle Himmelsrichtungen erstreckte. Kaum einen Hügel bekam David zu sehen. Dafür Birkenwäldchen, Heide, Flussläufe, Wiesen, Teiche und Kiefernwälder. Der Komödiantentross zog nach Osten der Elbe entgegen, Leipzig und Eilenburg lagen schon hinter ihnen.

»Noch einmal …« Der Prinzipal hustete und spuckte in ein Schnupftuch. Schon seit Bayreuth kämpfte er mit einer starken Erkältung – Folge der Regentage auf dem Weg durch die Markgrafschaft. »Versuch es noch einmal, David.« Greenley steckte das Schnupftuch weg. Sie saßen hinter dem Kutschbock, David auf einem Bohnenfass, der Prinzipal in einem mit Decken und Kissen gepolsterten Lehnstuhl, dem man die Beine zur Hälfte abgesägt hatte. Aaron lenkte den Wagen.

»Sein oder Nichtsein, das ist hier die Frage.« David sprach sehr langsam, ließ einzelne Worte einen ganzen Atemzug lang allein im Raum stehen und nachklingen. »Ob's edler im Gemüt, die Pfeil' und Schleudern des wütenden Geschicks erdulden, oder, sich waffnend gegen einen See voll Plagen, durch Widerstand sie enden.« Seine Stimme klang mühelos und laut genug, um das Rattern der Räder und den Hufschlag des Gespanns zu übertönen, und das ständige Peitschenknallen, das Aaron veranstaltete; mit Absicht, wie David vermutete. »Sterben – schlafen – nichts weiter! – und wissen, dass ein Schlaf das Herzweh und die tausend Stöße endet, die unseres Fleisches Erbteil …«

David gestikulierte, wie Greenley es ihn gelehrt hatte, musste aber schon gar nicht mehr hinsehen auf seinen Lehrer, der vor ihm im abgesägten Stuhl stumm die Lippen bewegte und seine Hände, Lider, Brauen, Mundwinkel, Nasenflügel, Stirn und Lippen tanzen ließ. David fühlte, was der Prinz von Dänemark gefühlt haben mochte – oder besser: sein Schöpfer –, als er diese Worte sprach, und was er fühlte, zeigte sich inzwischen wie von selbst in seinen Zügen. Ja, mehr noch: David empfand bei den Worten des Prinzen von Dänemark selbst, was der Prinz empfunden haben mochte – einen tiefen Ernst, eine schmerzhafte Zerrissenheit, eine zu Boden ziehende Melancholie geradezu, ein Schwanken und Hin-und-her-gerissen-Werden, ja sogar einen Anflug von Todessehnsucht. Manchmal schauderte ihn vor den Abgründen einer Seele, die doch nicht seine war. Oder lebten etwa unentdeckt am Grund seines Herzens Gefühle wie diese? Konnte er sie deswegen so deutlich empfinden?

»Denn wer ertrüg' der Zeiten Spott und Geißel, des Mächt'gen Druck, des Stolzen Misshandlungen, verschmähter Liebe Pein, des Rechtes Aufschub, den Übermut der Ämter, und die Schmach, die Unwert schweigendem Verdienst erweist, wenn er sich selbst in Ruh'stand setzen könnte mit einer Nadel bloß! Wer trüge Lasten …«

David fühlte und sprach sich immer tiefer in Herz und Hirn des Prinzen von Dänemark hinein, und Greenley hörte auf zu gestikulieren und die Lippen zu bewegen; er musste David keine Vorlage mehr bieten. Ernst und Schwermut verschwanden aus seiner Mimik, und zufrieden lächelnd beobachtete er seinen den Hamlet mimenden Schüler.

»Nur dass die Furcht vor etwas nach dem Tod – das unentdeckte Land, von des Bezirk kein Wandrer wiederkehrt – den Willen irrt, dass wir die Übel, die wir haben, lieber ertragen, als zu unbekannten flieh'n. So macht Gewissen Feige aus uns allen …«

»Gut so!« Der Prinzipal klatschte in die Hände. »So macht Gewissen Feige aus uns allen!« Er lachte krächzend. »Sehr gut, so muss es sein! So will ich es …!« Der Rest ging in einem Hustenanfall unter. Auf dem Kutschbock aber drehte Aaron sich um, bedachte David mit einem abfälligen Blick und den Prinzipal mit einem sorgenvollen.

Den jungen Engländer und Greenley verband mehr als nur die gemeinsame Leidenschaft für ihren Beruf, das hatte David erst in Bayreuth gemerkt. Und auch dort nur, weil Susanna ihn darauf aufmerksam gemacht hatte. Manchmal schauten die beiden ungleichen Männer einander an, wie Vater und Sohn oder Onkel und Neffe sich niemals anschauen würden. Manchmal berührten und sprachen sie so zärtlich miteinander, wie Freunde es selten tun, und sie stritten so leidenschaftlich miteinander, wie Herr und Knecht oder Lehrer und Schüler es niemals tun würden.

Und sie schliefen allein in einem Wagen.

Susanna behauptete, Liebeslärm aus dem Wagen gehört zu haben. David mochte es noch immer nicht glauben, denn erst gestern hatte er Aaron wieder ertappt, wie er begehrliche Blicke auf Susanna geworfen hatte.

»Und jetzt das Zwischenspiel vor dem Duell.« Greenley hatte aufgehört zu husten, steckte das Schnupftuch weg und reichte David einen Holzdegen. »Jetzt der Pickelhering und der Waffenknecht vor dem Königsthron!« Er hustete erneut, stemmte sich hoch und griff dabei nach einem Degen. »Ich höre, David Villacher!« Wie zum Schlag hob er die Waffe.

Sie probten das lustige Zwischenspiel vor der letzten Szene der Hamlet-Tragödie, in dem der Pickelhering um sein Leben fleht und am Ende den Waffenknecht, der ihn bedroht, überlistet.

An vielen solcher kleinen Szenen aus verschiedenen Stücken ließ der Prinzipal seinen Schüler üben, was er ihm in den letzten Wochen beigebracht hatte: Die Regungen des Geistes und des Gemüts vor allem durch Gestik und Mimik darzustellen. Am Lächeln seines Lehrers las David ab, dass er zufrieden mit ihm war.

Das sah auch Aaron – und wirkte von Stunde zu Stunde unzufriedener. Eifersucht und Missgunst sprachen aus seinen Blicken. Was David von Anfang an gespürt hatte, schien sich zu bewahrheiten: Der junge Engländer und er würden keine Freunde werden.

Die Auftritte in Bayreuth hatten gerade einmal so viel eingebracht, dass die Komödianten Proviant für die Weiterreise nach Jena bezahlen konnten. Drei Jahre zuvor nämlich hatte ein Feuer die Stadt verwüstet und die Bayreuther ziemlich arm gemacht. Greenley halbierte die Eintrittspreise, und dennoch wollten nur wenige Bürger der Stadt die englischen Komödianten und ihren Pickelhering sehen.

In Jena dagegen war es ihnen immerhin so gut ergangen, dass sie einen Schmied bezahlen konnten, der ihnen die Pferde und die Wagenräder neu beschlug. In Leipzig hätten sie sogar noch eine Woche länger spielen können, derart entzückt hatten sich Bürger und Magistrat gezeigt. Doch Greenley ließ schon nach wenigen Tagen die Wagen wieder packen: Er wollte um jeden Preis pünktlich bei der Hochzeit jenes Grafensohns ankommen. Dessen Vater zahlte zweihundert Reichstaler. Viel wichtiger jedoch: Sie sollten dort vor einer Menge Adel und Herrschaft spielen, und die Prinzessin von Bernstadt hatte prophezeit, dass einige dieser Edelleute die englischen Komödianten an ihre Höfe einladen würden; geschworen hatte sie es sogar.

Hustend ließ Greenley den Degen und sich selbst in seinen Stuhl fallen. David sah ihm die Erschöpfung an. Er setzte sich auf die Ladefläche und lehnte gegen das Bohnenfass. Nach drei Stunden Gestikulieren, Vorsprechen und Grimassenschneiden stand auch ihm der Schweiß auf der Stirn.

»Du musst ruhen, Christopher!«, sagte Aaron vom Kutschbock aus. Er drehte sich um und musterte den bleichen Prinzipal mit tadelndem Blick. »Hörst du, was ich dir sage? Du ruinierst deine Gesundheit noch vollständig, wenn du hier stundenlang probst, statt zu ruhen!«

»Ich weiß schon selbst, was meiner Gesundheit guttut.« In Aarons Richtung winkte Greenley ab, in Davids lächelte er. »Die verlangt nach Spiel und schönen Versen – damit habe ich schon manche Erkältung kuriert.«

David strahlte seinen Prinzipal an. Dessen Vertrauen und Zuneigung machte ihn glücklich. Und beflügelte ihn: Alles, was Christopher Greenley konnte und wusste, wollte er von ihm lernen; und dazu war er bereit, bis an die Grenzen seiner Kraft zu gehen.

Auf dem Markt in Bayreuth hatte er sich ein Buch gekauft, ähnlich dem, was Susanna für ihre Aufzeichnungen und Schnittmuster benutzte; in das schrieb er seitdem die Stücke der Komödianten hinein, seine Gedanken dazu und beinahe jedes Wort, das er aus Greenleys Mund hörte. Die meisten Tragödien und Komödien der Engländer kannte David inzwischen auswendig. Die Auftritte des Pickelherings mit seinen wortgewandten Reden und seinen atemberaubenden Grimassen hatte er besonders ausführlich notiert.

»Was genau ist ein Pickelhering?«, fragte David.

»Ein Lustigmacher.« Aaron antwortete an Greenleys Stelle. »Jede Compagnie braucht einen. Der Pickelhering ist unsere wichtigste Figur, und nur der Beste darf ihn spielen.«

»Sicher, doch warum dieser seltsame Name? Wieso heißt einer, der dem Jean Potage doch gar nicht so unähnlich ist, nach einem Fisch mit Pickeln?«

Greenley lachte. »Das mag an dem Mann liegen, auf dessen Schultern wir stehen, an Will Kemp. Ein fantastischer Clown! Von ihm lernte schon mein verehrter Lehrer Thomas Sackville seine Kunst.«

»Jean Potage dem Pickelhering nicht unähnlich?« Aaron auf dem Kutschbock protestierte. »Wie kommst du nur auf solch einen Schwachsinn! Dein Jean Potage ist für Blödeleien und dumpfe Hanswurstiaden bekannt, der Pickelhering hingegen ähnelt eher dem Harlekin in seinem klugen Wortwitz und seiner pantomimischen Kunst!«

David wollte aufbegehren, doch Greenley hob beschwichtigend die Hände. »Gemach, Aaron! Ganz so kann man das nicht sagen. Davids Jean Potage konnte mehr als nur Zoten reißen und lustig stolpern, und manche spielen auch den Pickelhering nahe am blöden Fresser, Säufer und Lustmolch …«

»Viel zu nahe!«, rief wieder Aaron dazwischen.

»… andererseits war Will Kemp ein Mann des Volkes und nicht des Adels! Unser hochverehrter Lehrer stammte von der englischen Ostküste, wo die Fischer vom Heringsfang leben und wo man den Hering in Fässern einsalzt, um ihn haltbar zu machen …«

»›Pökeln‹ nennt ihr Deutschen das«, warf Aaron ein, »wir nennen es *to pickle*. Das hat mit Pickeln nichts zu tun, Jean Potage.«

»Ich bin kein Deutscher«, beschied ihm David knapp, »und mein Name lautet David Villacher.«

»Hätten wir das also auch geklärt.« Greenley verdrehte die Augen und seufzte. »Wie der Salzhering gehört auch der Pickelhering zum einfachen Volk. Ja, ich will noch weiter gehen: Im Volksmund hat der Heringsschwarm einen König, und der Pickelhering ist der König der einfachen Leute. Er erklärt ihnen die Welt, er durchschaut für sie die verlogenen Verhältnisse, er stellt gern die gewöhnliche und böse Ordnung auf den Kopf, unter der die einfachen Leute leiden, damit sie einmal darüber lachen können …«

»Und manchmal frisst er zu viel Salzhering und muss daher Unmengen saufen, um seinen Durst zu löschen.« Aaron drehte sich um und lachte Greenley halb spöttisch, halb tadelnd ins Gesicht. »Wie der große Mr. Shakespeare infolge unmäßigen Heringsgenusses unmäßig viel Bier trinken musste, der Ärmste, und folglich viel zu früh starb! Und wie unser Alter Komödiant hier viel zu viel …«

»Böse Gerüchte!« Mit einem strengen Blick bedeutete Greenley dem jungen Komödianten auf dem Kutschbock, endlich zu schweigen. »Jeder gibt dem Pickelhering seine ganz eigene Note«, fuhr er dann fort. »Das stimmt schon. Mein Pickelhering ist mehr als ein bäuerlicher Tölpel, der nur an Völlerei und Geschlechtsliebe denkt. Mein Pickelhering ähnelt dem Harlekin der Welschen: Er kann gut und teuflisch zugleich sein, kann das Bühnenschicksal von Fürsten und Königinnen lenken, reißt Heuchlern die Maske vom Gesicht, bringt Tyrannen zu Fall, spricht Dinge aus, die sonst keiner zu sagen wagt. Mein Pickelhering stopft dem Spötter sein Lachen zurück in den Hals und kann doch auf der anderen Seite jeden Trauerkloß erheitern …«

»Und zwar auf kunstvolle Weise!« Wieder mischte Aaron sich ein. »So wie man es sich auch von Kemp und Sackville erzählte: Wo beliebige Worte aus beliebigem Mund nicht einmal einen gut gelaunten Mann zum Schmunzeln brachten, haben dieselben Worte aus Kemps oder Sackvilles Mund sogar den Schwermütigsten zu Lachstürmen hingerissen.«

Greenley musste husten, und David dachte nach. »Ich weiß nicht, ob ich mein Leben lang Leute zum Lachen bringen will«, sagte er schließlich. »Einen wie den Romeo zu spielen oder gar den Hamlet reizt mich beinahe noch mehr als der Pickelhering.«

»Hört, hört!«, rief Aaron und knallte mit der Peitsche. »Nur unsere Besten spielen den Pickelhering, hast du das nicht begriffen? Außerdem muss gespielt werden, wofür das Volk zahlt!«

»Da ist leider etwas dran.« Seufzend steckte Greenley sein Schnupftuch weg. »Den Deutschen muss man die Komödien und Tragödien möglichst schlicht auf die Bühne stellen und dazu einen Lustigmacher auftreten lassen, am besten als Hauptfigur, sonst kommen sie nicht. Und wer zahlt uns dann Wein und Fleisch und Brot?« Wie bedauernd breitete er die Arme aus und zuckte mit den Schultern.

»Die Prinzessin von Bernstadt!«, lachte Aaron.

»Genug davon.« Der Prinzipal winkte ab. »Ich muss ein wenig

schlafen. Komm zu mir, Aaron, und mach mir einen Brustwickel.« David übernahm die Zügel und die beiden Engländer zogen sich in den Wagen zurück.

Am nächsten Tag erreichten sie die Elbe, in der Nacht bekam Greenley Fieber, und am frühen Abend des folgenden Tages sahen sie von weitem den Turm der Burg, auf der sie spielen sollten.

*

»Hübsch ist es hier, doch.« Sie drehte sich um sich selbst wie im Tanz, ihre semmelblonden Spirallocken wirbelten ihr um Hals und Spitzenkrägelchen, ihre seidenen Kleidersäume raschelten, ihr Mädchengefolge kicherte. »Unser Hof ist größer, hat einen Springbrunnen. Und keine Kastanien, sondern Eichen frieden ihn ein.«

Sie war hochgewachsen, ein wenig kräftig, und ihr berühmter Popo war nicht einmal zu erahnen unter den vielen Schichten von Kleid und Unterkleidern. Sie hatte ein rundes Gesicht mit weichen, mädchenhaften Zügen. Wenn Maximilian nicht gewusst hätte, dass sie gerade achtzehn geworden war, hätte er seine Braut auf höchstens sechzehn geschätzt.

Jetzt betrachtete sie die vordere Burgfassade auf eine Weise, als müsste sie ihren Wert taxieren. »Zu unserem Schlossportal geht man über eine breite Treppe hinauf. Auf dem Vordach darüber gibt es einen Balkon, von dem aus kann man den Gästen zuwinken, wenn sie wieder nach Hause fahren, oder dem Vater, wenn er von der Jagd heimkehrt.« Die Mädchen um sie herum kicherten und tuschelten – Zofen, Gespielinnen, Cousinen. Lauter junge Dinger.

»Wir winken von der Terrasse aus, Prinzessin«, antwortete Maximilian, um auch einmal etwas zu sagen.

Der Brautvater war mit seinen älteren Söhnen, von Bernstadt und dem Herrn Grafen zur Jagd ausgeritten, Maria unterhielt

Mutter und Tanten, und Maximilian zeigte seiner zukünftigen Frau die Herzenburg.

»Ich will die Pferdeställe sehen«, verlangte sie, und Maximilian zeigte sie ihr. Natürlich waren die Ställe zu Hause in Coburg größer, die Pferde zahlreicher, und es stank auch nicht ganz so nach Pferdemist wie in der Stallung der Herzenburg.

Danach wollte sie das alte römische Bad im Westflügel sehen. Maximilian zeigte es ihr und ihrem unentwegt kichernden Gefolgsschwarm. Danach wollte sie den großen Garten sehen, und Maximilian führte die Damen hinunter zu Kohlköpfen, späten Pflaumen und Möhren. Seine Braut sah sich flüchtig um und bemerkte, dass es zu Hause, im Garten von Schloss Coburg, einen Karpfenteich gebe.

»Wir pflegen die Fische an der Elbe zu fangen«, erklärte Maximilian. Er fühlte sich nicht wie ihr Bräutigam, er fühlte sich wie ihr zufälliger Gastgeber.

Sie wollte die Bibliothek sehen, dann die Küche, dann das Musikzimmer, dann den Weinkeller und schließlich den Turm. Von seiner Spitze aus erklärte Maximilian ihr das gesamte Anwesen und nannte ihr die Namen der Weiler und Bauernhöfe der Grafschaft, soweit man sie sehen konnte. Das Schlafgemach, in dem sie mit Maximilian die Hochzeitsnacht verbringen würde, wollte sie nicht sehen. Dafür den kleinen Burghof. Maximilian führte sie hinunter.

Sie blickte ins Herbstlaub der Linde, und der Rittmeister erfuhr, dass im Schlossgarten von Coburg zehn Bäume dieser Sorte standen, nur größer. Und dann fiel ihr Blick auf den Rundturm und auf die beiden Grabsteine an seiner Mauer. »Iiih, Gräber!« Halb erschreckt, halb angewidert verzog sie das Gesicht, und der gesamte Mädchenschwarm stellte das Kichern ein und gab sich entsetzt. »Die müssen weg!«, rief die Braut. »Ich will keine Gräber in meiner Nähe!«

»Dann solltet Ihr diesen Ort meiden, Prinzessin!« Maximilian lächelte sein kältestes Lächeln und deutete eine Verbeugung an. Lieber hätte er ihr ins Gesicht geschlagen. »Und nun entschuldigt mich – ich höre gerade, dass die Herren von der Jagd zurückkehren.«

Die Rechte um den Degenknauf, die Linke in der Rocktasche geballt, stapfte Maximilian unter der Lindenkrone und dem Torbogen hindurch in den vorderen Burghof. War es denn wirklich seine Hochzeit, die bevorstand?

Der Herr Graf, von Bernstadt, sein künftiger Schwiegervater und seine künftigen Schwäger galoppierten eben durch das Burgtor. Hunde jagten kläffend neben ihnen her. Später brachten die Jäger den Karren mit einem Rehbock, drei Fasanen und zwei Hasen.

Maximilian hielt sich fern von seinem Vater und dem Generalwachtmeister und plauderte mit den männlichen Vertretern der zukünftigen Verwandtschaft. Man sprach über die Jagd, den Krieg und das Würfelspiel und beschloss, sich Letzterem nach dem Essen hinzugeben.

Zur Mahlzeit traf man sich am frühen Abend. Etwa vierzig Personen versammelten sich um die Tafel des kleinen Rittersaals; nur engste Verwandtschaft war bislang auf der Herzenburg eingetroffen, das Gros der Hochzeitsgäste hatte sich für den Vormittag des folgenden Tages angekündigt.

Das Essen verlief, wie Gastmähler dieser Art nun einmal zu verlaufen pflegten: laut und weinselig. Seine Braut saß neben Maximilian und zählte ihm erst ihre Lieblingsspeisen, dann die Namen ihrer Lieblingspferde, schließlich die Namen ihrer besten Coburger Freundinnen auf. Sie war überhaupt nicht schüchtern, leider. Dafür schmatzte sie, und wie die meisten an der Tafel wischte sie sich die Finger am Tischtuch ab, und zwar nach jeder Karotte, die sie sich in den Mund steckte und nach jedem Stück Fleisch, das sie mit gespreizten Fingern aus dem Hühnerschenkel löste.

Einer ihrer jüngeren Brüder zielte mit abgenagten Knochen

nach dem offenen Fenster; zwei ihrer halbwüchsigen Cousins spuckten Olivenkerne in die Weinkelche ihres herzoglichen Hauslehrers, eines jungen Dichters; ihr Patenonkel, ein Pfalzgraf, schlief ein und musste gestützt werden, damit er nicht vom Stuhl fiel. Der Brautvater griff einer Kammerzofe an die Brust, worauf die Brautmutter ihn eine geile Wildsau schimpfte, worauf wiederum er ihr eine Maulschelle verpasste; und von Bernstadt soff den Wein literweise und lachte immer lauter über die immer schlüpfrigeren Witze des Herrn Grafen.

Das Übliche eben.

Als am Schluss eine Süßspeise aufgetragen wurde, entfaltete der Herr Graf den Theaterzettel, auf dem Maria ihm die Stücke aufgelistet hatte, die in den kommenden Tagen von den englischen Komödianten gespielt werden sollten. Der Zettel machte die Runde.

Die biblische Geschichte von der keuschen Susanna war durchgestrichen, und jemand hatte darüber in säuberlicher Schrift *Von der Ehebrecherin* geschrieben. Der Herr Graf selbst, wie sich herausstellte. Maria erhob lautstarken und sehr energischen Einspruch, der Herr Graf lehnte den jedoch mit einem Faustschlag auf den Tisch und einem herausgebrüllten *Nein!* ab. »Die Änderung bleibt!«, polterte er mit schwerer Zunge. »Habe ich sie doch auf den ausdrücklichen Wunsch meines verehrten Freundes und Kameraden, des Generalwachtmeisters Prinz von Bernstadt vorgenommen, Ihres Mannes, Madame!«

Maria verstummte und wurde auffallend bleich. Maximilian sehnte sich nach der Einsamkeit seiner Schlafkammer.

Nach dem Essen befahl er dem Kammerdiener, den Boten aus Friedland zu ihm in den Turm zu schicken. Danach ging er mit einer brennenden Kerze in den kleinen Burghof hinaus, verharrte ein paar Atemzüge lang vor den Gräbern und klagte Hildegard schweigend seine Enttäuschung über das Mädchen, das er heiraten sollte. Danach stieg er den Rundturm hinauf.

Im oberen Turmzimmer, unterhalb der Zinnen und des Ker-

kers, pflegte er seine Korrespondenz und Geschäfte zu erledigen. Früher hatte er sich hier heimlich mit Maria getroffen, wenn ihre Familie zu Besuch war. Hin und wieder auch mit Mathis. Lange her.

Im letzten Tageslicht beendete er den Brief, den er gestern begonnen hatte – ein Schreiben an von Brüggen, den niederrheinischen Grafen, der ihm die Regimentslisten geschickt hatte. In seinem Brief bat Maximilian den Offizier, ihm alles zu schreiben, was er über jenen Johannes Stein in Erfahrung bringen konnte.

Zwar hatte der Rittmeister sich nach dem ersten Schrecken klargemacht, dass der Name Stein nicht eben selten vorkam. Doch die Bilder vom hingemordeten Schneeberger und von Mathis, wie er tot neben seinen Gedärmen lag, hatten sich ihm so unwiderstehlich aufgedrängt, als er den Namen auf der Liste entdeckte, dass er sie nicht mehr recht loswurde seitdem. Er brauchte Klarheit, unbedingt!

Bald hörte er die Schritte des Boten auf der Wendeltreppe. Er rief ihn herein und überreichte ihm den mit seinem Siegel verschlossenen Brief. »Der muss nach Gitschin. Streng geheim, nur der Obrist von Brüggen bekommt ihn zu Gesicht. Sehe Er zu, dass Er vor dem ersten Schnee wieder aus Böhmen zurück bei mir auf der Herzenburg ist. Mit einer Antwort.«

Er kramte einen Dresdner Dukaten aus dem Wams und gab ihn dem Boten. Der kriegte große Augen – von so einer Goldmünze konnte einer wie er gut und gern einen Monat lang leben, selbst wenn er viel soff und hurte. »Einen zweiten bekommt Er, wenn Er mit der Antwort zurückgekehrt ist. Gott behüte Ihn.«

Der Bote bedankte sich und verließ das Turmzimmer. Ein paar Minuten saß Maximilian noch an seinem Sekretär und blickte gedankenschwer zum Westfenster hinaus in den Sonnenuntergang. Dann ging auch er wieder hinunter zu den anderen.

Im Burghof später steckten die Diener Fackeln an die Burgmauer. In ihrem Lichtschein gaben sich die Männer, die noch nicht rettungslos betrunken waren, dem Würfelspiel hin. Die Dämmerung brach schnell herein, und kaum hatte Maximilian seinen ersten Gulden gewonnen, rollte ein Tross aus sechs Wagen in den Burghof. »Die Engländer!«, rief Maria. »Mr. Greenley und seine Komödianten kommen!«

Ein großes Hallo erhob sich, man stand von den Spieltischen auf, um die Schauspieler zu begrüßen. Als stellvertretender Hausherr führte Maximilian die Gesellschaft an – sein Vater hockte mit von Bernstadt noch drinnen im Speisezimmer beim Wein – und hieß zuerst den Prinzipal und dann seine Leute willkommen, Männer in erster Linie. Greenley – er wirkte kränklich – stellte jeden mit Namen vor, und plötzlich traute Max seinen Augen nicht: Aus einem der beiden Wohnwagen stieg die Frau, die ihm drei Jahre zuvor in Heidelberg, vor der Hofkanzlei, die kalte Schulter gezeigt hatte.

*

Durch die großen Fenster des kleinen Saals blickte Susanna hinaus: Wie auf einem Thron hockte der Prinzipal in seinem Lehnstuhl, mitten auf der Terrasse. Die Decke bis unter das Kinn gezogen, die Tasse mit dem dampfenden Kräutertee in der Rechten dirigierte er die Komödianten. Die schleppten von den Wagen im Hof herbei, was sie brauchten, um die Bühne aufzubauen: Seitenwände, Vorhänge, Kulissen, Werkzeugkästen, Blendleisten.

»Die Kisten mit den Kostümen und Requisiten gleich durch die offene Terrassentür in den kleinen Rittersaal!« Greenley winkte Taylor und Rowland mit einer Truhe an sich vorbei. »Den machen wir zu unserer Garderobe. Mächtig viel Platz haben wir diesmal, Ladies and Gentlemen. Fast wie im *Globe Theatre* zu London.«

Die Männer trugen die Truhe herein, Susanna öffnete sie, holte die Kostüme heraus und hängte sie erst auf Bügel und dann an die vorbereiteten Garderobenständer. In Leipzig hatte Greenley sie zur Garderobenmeisterin ernannt.

Es war noch früh am Vormittag, und trotz des goldenen Oktobers wehte kühle Luft durch die offenen Terrassentüren in den kleinen Saal herein. Hammerschläge tönten von draußen – Piet van Dam und der deutsche Komödiant Eichinger, ein Herkules von Mann, richteten die Rahmen für die Seitenwände auf. Susannas Katze döste auf der Kiste mit den Perücken.

Jedes Kostüm, das sie aus Truhen und Kisten holte, prüfte Susanna auf Schäden, Flecken und Mottenfraß, bevor sie es an die mit Pappschildern gekrönten Ständer hängte: Die für *Romeo und Julia* nach rechts, die für die *Ehebrecherin* in die Mitte, die für den *Prinzen von Dänemark* nach links und die für den *Verlorenen Sohn* dahinter zwischen die beiden Innentüren. Alles musste seine Ordnung haben, alles vorbereitet werden – schon am Abend würden die Komödianten zum ersten Mal auf der Bühne stehen: *Romeo und Julia* stand auf dem Programm. Ein trauriges Stück, aber irgendwie passend für den Abend vor einer Trauung, fand Susanna.

»Was sitzt er denn da in der Morgenkälte!« Die Blonde rauschte durch die Innentür in den Saal, die Prinzessin von Bernstadt. Inzwischen hatte Susanna sich auch ihren Vornamen eingeprägt: Maria. »Er wird sich noch den Tod holen«, seufzte die Frau. Kopfschüttelnd eilte sie durch den Saal und zur Terrasse hinaus. Dort sah Susanna sie auf den Prinzipal einreden.

Sie war die Cousine des Bräutigams, wie Susanna erfahren hatte, und fühlte sich zuständig für den Ablauf des Hochzeitsfestes; vielleicht war sie es auch. Wie auch immer: Nach Susannas Geschmack tauchte sie viel zu oft hier unten bei den Komödianten auf. Zum Glück ließ der Bräutigam sich nicht auf der Terrasse und im Rittersaal sehen; Susanna hatte den Edelmann aus Heidelberg gleich wiedererkannt.

Aaron und Helena brachten Körbe mit Requisiten herein – Masken, Hüte, Tücher, Schuhe und so weiter. Die Blonde folgte ihnen und schlug die Hände über dem Kopf zusammen. »Spielen will er, dieser eigensinnige Mensch! In diesem Zustand will er heute Abend tatsächlich auf der Bühne stehen.«

»Hoffentlich«, sagte Helena. »*Romeo und Julia* ohne den Pickelhering wäre gar zu traurig für eine Hochzeitsgesellschaft.«

»Er fiebert aber.« Die Prinzessin musterte sie entrüstet.

»Er ist auch schon mit eiterndem Zahn oder mit Gallenkoliken auf die Bühne gegangen«, entgegnete Helena. »Danach ging es ihm meistens besser.« Ein praller Bauch zeichnete sich unter ihrem Kleid ab.

»Vergebliche Liebesmüh, dem Prinzipal einen Rat geben zu wollen«, sagte Aaron. »Glaubt mir, Durchlaucht: Ich mache mir genauso viele Sorgen um ihn wie Ihr. Doch Christopher tut, was er will. Immer. Also beschränke ich mich darauf, ihm Kräutertee aufzubrühen und Brustwickel anzulegen. Und für ihn zu beten.«

»Er betet für Seinen Prinzipal?« Verwundert runzelte die Prinzessin von Bernstadt die Brauen. »Zu Gott?« Auch Susanna war verblüfft – bis jetzt hatte sie Aaron immer für einen ungläubigen Menschen gehalten. Die blonde Frau schien ähnlich wenig von seiner Frömmigkeit zu halten, und die musste es wissen: In London hatte sie einige Monate in seiner und Greenleys Nähe gelebt, kannte Aaron also ganz gut.

»Jeder betet auf seine Weise«, beschied ihr Aaron mit rätselhaftem Lächeln.

Die Bühne sah prächtig aus, wie sie sich neben der Treppe zum Portal der Hauptburg erhob. Die Kostüme hingen geplättet und gesäubert an den Garderobenständern, die Requisiten lagen bereit. Der Abend kam, und unter seinen Komödianten, die in *Romeo und Julia* auftraten, saß auch der Prinzipal und verwandelte sich in den Pickelhering. Er summte eine Melodie, während Aaron ihm beim Ankleiden half, und schien bester Dinge.

Während der Vorstellung hielt Susanna sich die ganze Zeit im kleinen Rittersaal hinter der Terrassentür auf, empfing die Abtretenden, zupfte den Auftretenden die Kostüme und die Frisuren zurecht, reichte ihnen Degen, Kerzenleuchter, Dolche und was sie gerade brauchten. In all der Hektik hockte David seelenruhig auf einer Kiste und schrieb in sein Buch.

Zweimal musste der Pickelhering husten während seiner Auftritte, ansonsten hielt er sich tapfer und man merkte nicht, dass er krank war.

Während der letzten Szene gingen Susanna und David zum Burgportal hinaus auf den Hof. Sie wollten den Hochzeitsgästen in die Gesichter schauen während des Applauses – sie sahen eine Menge Schnupftücher vor Nasen und Augen und hörten allerhand Geschluchze: Das Schicksal der Liebenden ging den edlen Gästen doch arg unter die Haut.

In der ersten Reihe saß die Braut und weinte. Der Bräutigam neben ihr weinte nicht, guckte nicht einmal zur Bühne – er guckte zu Susanna. Schnell wandte sie sich ab, als sie es merkte.

In seinem letzten Auftritt – und ganz ohne Husten – warnte der Pickelhering vor allzu heißer Liebe und allzu starkem Wein – beides verwirre nur die Köpfe und führe bei übermäßigem Genuss auch gern einmal zu einem frühen Tode, wie man ja gerade gesehen habe, mit hoher Wahrscheinlichkeit jedoch mindestens zu gründlichem Ruin.

Da schmunzelten und lachten die Leute wieder, und danach applaudierten sie, und das nicht zu wenig.

Susanna fand die Schlussworte des Pickelherings gar nicht zum Lachen. In ihren Augen trugen die Familien des Liebespaares die Schuld an dessen Tod und nicht die »allzu heiße Liebe«. Bittere Erinnerungen stiegen in ihr hoch, und die Mutter stand ihr plötzlich vor dem inneren Auge. Merkwürdig, wie selten sie an sie denken musste; ganz anders als an den Vater und Anna.

Hinterher, drinnen im Garderobensaal, lachte auch Greenley nicht mehr; er schmunzelte nicht einmal. Völlig entkräftet hing er in seinem Lehnsessel, während Helena ihm die Farbe aus dem

Gesicht wusch, und Aaron ihn auskleidete. Er hustete praktisch ununterbrochen. Taylor und David trugen ihn in den Seitenflügel und in die Schlafkammer hinauf, die er mit Aaron teilte.

Mit einer Fackel in der Rechten lief Susanna kurz darauf durch den Burghof zum Wagen des Prinzipals, um ihm einen Schal und eine zusätzliche Decke zu holen. Die Katze sprang neben ihr her. Licht flackerte auf der Ladefläche.

Als sie vom Kutschbock aus die Plane ein wenig zur Seite schob, sah sie Aaron vor einer Kiste knien, darauf brannte eine Kerze. Vor dieser lag ein aufgeschlagenes Buch – ziemlich zerfleddert kam es Susanna vor –, und auf dem Buch ein toter Distelfink. Mit der Linken ließ Aaron den Anhänger einer Silberkette über dem Distelfink pendeln, mit der Rechten führte er eine große Spinne zur Kerzenflamme und hielt sie hinein. Dabei murmelte Aaron halblaut vor sich hin, was er aus dem Buch ablas.

Susanna erschrak – instinktiv erfasste sie, dass hier Verbotenes geschah. Einen Atemzug lang zögerte sie, schließlich gab sie sich einen Ruck und kletterte in den Wagen. Aaron fuhr herum. »Was tust du hier?« Zornig funkelte er sie an.

»Dem Prinzipal einen Schal und eine Decke holen.« Sie kramte beides aus einer Truhe. »Und was tust du?«

»Beten, das siehst du doch. Ich bete für die Genesung des Prinzipals.«

»Zum Teufel?« Susanna tat gleichmütig, schloss die Truhe und stand auf.

»Verschwinde!«, zischte Aaron.

Susanna kletterte aus dem Wagen, zog die Fackel aus dem Gras. Mit weichen Knien eilte sie durch die Dunkelheit zurück zur Burg. Es gab nicht viele Dinge, die in der Heiligen Schrift mit ähnlichem Ernst verboten wurden wie die Magie. Ihr Vater hatte sie eindringlich davor gewarnt; obwohl sie ganz gewiss nie in Gefahr gewesen war, sich in der Zauberei zu versuchen.

Aarons Magie nützte nichts – natürlich nicht! –, denn am

Morgen hatte der Prinzipal hohes Fieber. Er hustete beinahe bei jedem Atemzug, und es rasselte feucht, wenn die Luft in seine Brust strömte. Während ein Großteil der Komödianten mit den Hochzeitsgästen den Burgberg hinunter in die lutherische Kirche des Dorfes zog, versammelten sich die anderen an Greenleys Bett, darunter Susanna und David.

»Eine Lungenentzündung«, sagte Taylor. »Damit ist weiß Gott nicht zu spaßen. Du kannst nicht spielen heute Nachmittag, Christopher, und morgen auch nicht.« Greenley wollte etwas erwidern, brachte jedoch nur Husten zustande. »Andererseits können wir die Vorstellung nicht ausfallen lassen, also müssen andere deine Rollen übernehmen. Auch den Pickelhering morgen.«

»Ich könnte das tun«, erklärte Aaron.

»Vielleicht …« Greenley hustete und spuckte in einen Becher. »Sicherer jedoch bin ich mir bei David.« Er konnte nur leise krächzen. »Den armen Studenten in der *Ehebrecherin* hat er schon gegeben, und den Pickelhering beim *Hamlet* oft genug gesehen.«

Susanna beobachtete, wie David erst leichenblass wurde – vor Schrecken, nahm sie an – und dann errötete. Vermutlich vor Stolz.

*

Strahlen des ersten Morgenlichtes fielen ins Burgzimmer, Maximilian schlüpfte in seinen Reitermantel und schlich zur Tür. Seine frisch angetraute Gattin schlief noch; oder tat so, als würde sie noch schlafen. Auf leisen Sohlen verließ er das Schlafgemach.

Einen Stock tiefer klopfte er leise an eine Tür, und weil er keine Antwort hörte, trat er ein. Ein Gobelin hing an der Fensterwand – die Geburt der Venus –, ein Landschaftsgemälde über dem Bett und zwei neue Porträts seiner Cousine rechts und links der Tür.

Maria schlief wirklich noch. Maximilian verriegelte die Tür und kroch zu ihr unter die Decke. Er umarmte sie, drückte sich an sie, und als das Verlangen nach ihr ihn überwältigte, tastete er nach dem Saum ihres Nachthemdes und begann, es über ihre Knie und Schenkel zu zerren. Da schlug sie die Augen auf. »Du?« Statt einer Antwort küsste er ihren Mund.

Maria schob ihn weg von sich und stand auf. Neben dem Bett bückte sie sich und zog das Nachtgeschirr hervor. »Nach deiner Hochzeitsnacht hast du nichts Besseres zu tun, als dich zu deiner Base ins zu Bett stehlen?« Maximilian hörte es mächtig plätschern. »War es so schlimm?«

»Hast du schon einmal auf einem nach Angstschweiß und Rosenwasser stinkenden Brett gelegen«?

»Nein.« Maria stand auf und schob den Nachttopf wieder unter das Bett. »Doch du ahnst nicht, worunter ich schon alles gelegen habe, seit ich verheiratet bin.« Sich bekreuzigend ging sie zum Waschtisch und ließ sich im Lehnstuhl davor nieder. »Wenn ich daran denke, danke ich Gott für die Erschaffung des Weinstocks.« Sie gähnte.

»Warum kommst du nicht zu mir ins Bett?« Maximilian setzte sich auf.

»Ihr seid jetzt verheiratet, Rittmeister.« Maria deutete zur Tür. »Geht zu eurer Gattin, habt Geduld mit ihr und zeigt ihr, wie man es macht. Ich wünsche euch einen glücklichen Tag.«

»Was ist los mit dir, Maria?« Ein spöttisches Lächeln legte sich auf Maximilians Züge. »Ist dir die Komödie des seligen Herzogs von Braunschweig in die Knochen gefahren?« Er sprach von der *Ehebrecherin*; die Engländer hatten das Stück gestern nach der Trauung aufgeführt.

»Die Kleine tut mir leid, das ist alles.« Seine Cousine drehte sich zum Spiegel um, griff zur Bürste und begann ihr blondes Haar zu bürsten.

»Die Komödie hat dein Gewissen wachgeküsst!« Er klatschte in die Hände und lachte. »Ich fasse es nicht. Deswegen also hast du gestern Nachmittag so aufmerksam auf die Bühne gestarrt. Dein Gatte übrigens hat dich beobachtet, hast du es gemerkt? Und wie er das Stück genossen hat, der Prinz Kröterich! Schade, dass deine Blicke so gebannt an der Bühne hingen, sonst hättest du grimmige Zufriedenheit in seiner roten Visage gesehen, als die Teufel das arme Weib zur Hölle …«

»Geht!« Maria fuhr herum; mit der Bürste deutete sie zur Tür. »Lasst mich allein!« Maximilian verstummte. Er stand auf, warf sich den Mantel über und verließ das Zimmer, ohne sie noch eines Blickes zu würdigen.

Wütend kehrte er ins Hochzeitsgemach zu seiner frisch angetrauten Gemahlin zurück. Die Tür fand er angelehnt und sie vor dem aufgedeckten Bett kniend und mit nassen Augen. Ihre gefalteten Hände lagen auf der Matratze – drei Handbreiten entfernt von einem Blutfleck. Ihr ängstlicher Blick flehte um Zuwendung, um einen Morgengruß wenigstens. Tiefer Widerwille erfüllte Maximilian; er ließ den Gedanken fahren, es noch einmal mit ihr zu versuchen, zog sich an und floh in den Garten.

Zwischen Herbstastern, Chrysanthemen, Kohlköpfen und den letzten Sonnenblumen gewann er die Herrschaft über seine Wut und sein Verlangen zurück – bis nach dem Frühstück der Herr Graf ihn zu sprechen wünschte. Weil der Graf von Herzenburg niemals zu frühstücken pflegte, überbrachte der Kammerdiener ihm die Aufforderung seines Vaters.

Maximilian ging hinauf in das Spielzimmer, das der Herr Graf sich neben seinem Schlafgemach eingerichtet hatte. An den Wänden rund um den Spieltisch hingen Schuss- und Stichwaffen aller Art, dazu ausgestopfte Schädel von Ebern, Rehböcken, Dachsen und prächtig gehörnten Hirschen. In einem Regal lagen, zwischen Krügen und Kelchen, unzählige Weinflaschen.

Ob er gut geschlafen habe, wollte der Herr Graf wissen, und sein höhnisches Feixen erlaubte mehr Einblick in seine Gedanken, als Maximilian nehmen wollte. Er verriet ihm nichts, bedankte sich nur knapp und erkundigte sich mit kühler Höflichkeit, worum es gehe.

»Ich mach's kurz, Herr Rittmeister. Er erklärt seinen Abschied bei Tilly für ungültig, reitet weiterhin im selben Regiment wie Sein Vater und ist dafür am Jahresende Obristwachtmeister mit drei Kompanien unter seiner eigenen Fahne.« Der Graf von Herzenburg stand auf und hob den Zeigefinger. »Und ich überschreibe Ihm zu Jahresbeginn die Herzenburg und ziehe mich nach dem Krieg auf mein neues Gut in der Lausitz zurück.«

Maximilian begriff sofort, was seinen Vater antrieb: die Sorge um seine Ehre. Sah die Welt ihn erst versöhnt mit seinem einzigen Sohn, dann würde sie auch bereit sein, die bösen Gerüchte über ihn zu vergessen. »Was soll denn daran sein an diesem ungeheuerlichen Geschwätz? Vater und Sohn sind doch ein Herz und eine Seele?« – so sollten die Leute denken und reden.

»Nein«, sagte Maximilian. »War es das?«

Der Herr Graf lief puterrot an und begann übergangslos zu toben. Gehorsam verlangte er, rief als Zeugin seiner väterlichen Autorität sogar die Heilige Schrift auf und beschwor Maximilian »den Schmutz abzuwaschen, womit er den eigenen Namen beworfen« habe, so drückte er sich aus. Er brüllte laut genug, um auch noch auf der anderen Seite der Burg in den Schweineställen gehört zu werden. Maximilian ließ ihn brüllen und ging.

Zwei Stunden später, am frühen Nachmittag, mussten sie alle wieder gute Mienen hinlegen – der grollende Vater, die frisch entjungferte Gattin, Maria und der zwischen Zorn und Verzweiflung hin und her gerissene Rittmeister. Sie hatten keine Wahl, denn wie schon am Vortag zur Trauung, kam auch heute der Kurfürst Johann Georg samt Gattin und vollzähliger Kinderschar aus dem nahen Torgau herüber; dort, auf Schloss Hartenfels, hielt er sich während der Weinlese gern auf, wenn die Regierungsgeschäfte es zuließen.

Seite an Seite mit Vater und Gattin und begleitet von Maria und Gemahl begrüßte Maximilian den bärigen Regenten von Sachsen an seiner Kutsche. Der Kurfürst, ein rechter Stoffel, hatte schon in Jugendzeiten gern mit dem Herrn Grafen gejagt und gesoffen; in jüngster Zeit nahmen sie häufiger auch den Prinzen von Bernstadt mit auf die Pirsch und in die Weinschenken. Seine Gattin hingegen, Magdalena Sybille von Preußen, galt als charakterstarke und kunstsinnige Frau. Trotz ihrer achtunddreißig Jahre und ihrer sieben Kinder – Maximilian begrüßte jedes einzelne mit Handschlag – war sie noch immer eine schöne Frau.

Alle strahlten, alle schmeichelten, alle trieben höfliche Konversation, und dennoch meinte Maximilian eine gewisse Zurückhaltung und Kühle zu spüren in der Art, wie der Kurfürst den Herrn Grafen begrüßte. Sie schienen bereits gegenwärtig zwischen ihnen, die beiden Toten aus dem kleinen Burghof, jawohl! Diese Erkenntnis erfüllte Maximilian mit grimmiger Genugtuung und half seinem überlegenen Lächeln durch den Nachmittag.

Nach Begrüßung, Imbiss und Umtrunk setzte man sich zum Komödiantenspektakel nieder. Die Geschichte vom zaudernden Prinzen Hamlet gaben die Engländer an diesem Nachmittag des Hochzeitsfestes.

Am Burgportal, bevor er hinter dem Kurfürsten und dem Herrn Grafen zur Terrasse hinausging, begegnete Maximilian unverhofft jener schönen Heidelbergerin. Sie mimte die Eilige, wollte ihm davonhuschen, doch er hielt sie fest.

»Nicht so schnell, schöne Komödiantin. Ist Sie denn tatsächlich bei den Engländern untergekommen?« Seine frisch angetraute Gemahlin runzelte unwillig die Stirn, die Heidelbergerin funkelte ihn aus ihren herrlichen Blauaugen an. In ihrer Miene schwankte es zwischen Scheu und Zorn. »So sieht man sich wieder, nicht wahr? Der Hausherr will Sie doch unbedingt noch persönlich begrüßen. Vielleicht nach der Komödie? Sie wird mir doch nicht noch einmal die Tür zuschlagen.«

»Verzeiht, Herr.« Sie machte sich los. »Ich weiß nicht, wovon Ihr sprecht. Und Arbeit wartet auf mich.« Sie tauchte ins Gedränge vor dem kleinen Rittersaal unter.

Sehr zufrieden und mit seiner Gattin am Arm suchte er ihre Ehrenplätze in der ersten Reihe auf. Auch der alte Italiener, der Maler, stand schon hinter seiner Staffelei bereit. Im Auftrag des Herrn Grafen sollte er ein Porträt des glücklichen Brautpaars malen. Maximilian wusste nichts dagegen einzuwenden.

Die Heidelbergerin entdeckte er nicht mehr im Gewimmel der Komödianten. Überhaupt kümmerte er sich nicht groß um das fahrende Volk, überließ alles Maria. Er wusste nur, dass Greenley krank lag und auch heute wieder auf der Bühne vertreten werden musste.

Lächelnd grüßte Maximilian nach allen Seiten. Ob die Heidelbergerin noch unverheiratet war? Ob man sie wenigstens allein erwischen konnte? Seine Schwiegermutter tauchte neben ihm auf – er erhob sich, um ihr die Hand zu küssen. So schlecht war es gar nicht, als künftiger Reichsgraf zu gelten und ordentlich mit der Nichte eines Herzogs verheiratet zu sein. Sein Schwiegervater nickte ihm wohlwollend zu. Gemeinsam nahmen sie wieder Platz.

Maximilian blieb zuversichtlich: Er würde sich schon etwas einfallen lassen, um der Frau aus Heidelberg allein begegnen zu können. Rechts von ihm beugte der Herr Graf sich zum Kuss über die Mädchenhand seiner Schwiegertochter, bevor er sich neben sie setzte. Maximilian versuchte nicht hinzuschauen; er wollte sich die Blicke des wüsten Herrn Grafen ersparen, mit denen dieser zweifellos jetzt die Prinzessin von Coburg entkleiden würde.

Einer in orangefarbenem und mit lauter gelben und blauen Rauten gemustertem Kostüm sprang auf die Bühne, der Pickelhering. Derselbe junge Komödiant spielte ihn, der gestern als armer Student nichts von Küssen zu wissen vorgegeben hatte; er schlich ein wenig herum, als sei Gefahr in Verzug. Wachen traten auf, dann ein Lehrer namens Horatio – der Narr stellte ihn vor –, ein Hahn krähte irgendwo und dann erschien zum ersten Mal der Geist.

Maria tat, als gäbe es nichts Wichtigeres als das Gaukelspiel von

Komödianten, glotzte auf die Bühne, als könne sie ihr künftiges Schicksal auf ihr erfahren. Maximilian fragte sich, was in sie gefahren war. Auf der Bühne trat jetzt der Prinz von Dänemark auf.

Es fiel Maximilian nicht leicht, ruhig zu sitzen und den aufmerksamen Zuschauer zu mimen. Immerhin gelang es ihm einmal, das Lächeln seiner mädchenhaften Gattin zu erwidern. Um Gottes willen! Was würde sie nicht alles aus diesem Lächeln lesen? Von Zeit zu Zeit sah er zu Maria hinüber, die links des Herrn Grafen saß. Sie konnte sich kaum sattsehen am Spiel der Komödianten. Besonders der Pickelhering schien ihr zu gefallen …

Und plötzlich fiel es dem Rittmeister wie ein schwarzes Tuch von den Augen: Nicht die Spur eines schlechten Gewissens hatte ihr die Komödie gestern bereitet – Lust auf den jungen Komödianten, der den Studenten gab, hatte sie ihr gemacht! So auch heute: Nicht das Drama fesselte sie, sondern der neue Pickelhering. Daher also die ungewohnte Sprödigkeit heute Morgen. Maximilian grinste in sich hinein, und beinahe hätte er den Kopf geschüttelt über so viel Schwäche des Fleisches bei seiner Cousine.

Die ersten Szenen der Tragödie rauschten an ihm vorbei: Unterhaltungen, ein Staatsakt, Begrüßungen, Selbstgespräche des melancholischen Prinzen. Trauer um den toten Vater – Maximilian hätte nichts nennen können, das ihm fremder gewesen wäre.

Romeo und Julia hatte den Rittmeister nur gelangweilt; die Geschichte *Von der Ehebrecherin* amüsierte ihn wenigstens; die des Prinzen von Dänemark fesselte ihn von der Szene an, als der Geist zum zweitem Mal erschien und sich dem entsetzen Hamlet als Seele seines ermordeten Vaters vorstellte – und Rache forderte.

Eine kalte, feuchte Mädchenhand lag plötzlich auf seiner Hand – Maximilian blickte erschrocken nach links: Seine frisch angetraute Gemahlin zerkaute sich die Unterlippe und suchte Halt bei ihm. Nach zwei Anläufen gelang es ihm und er legte seine Rechte auf ihre. Danach versuchte er sie zu vergessen und richtete seine Aufmerksamkeit ganz auf das Bühnengeschehen.

Dort schwor Hamlet Rache, und der Geist zog sich zurück.

»Habt ihr gehört, ihr frommen Christenmenschen?«, fragte der Pickelhering von der Bühne herab. Obwohl er flüsterte, verstand man jedes Wort. »Der Geist des ermordeten Vaters will er sein, aus dem Fegefeuer will er aufgetaucht sein, um Rache zu fordern.« Misstrauisch spähte der Narr nach allen Seiten und winkte, als wollte er die Zuschauer näher zu sich rufen. »Doch ist es wirklich der Geist seines toten Vaters?« Jede Linie im Gesicht des Pickelherings schien sich gegen diesen Gedanken zu sträuben. »Wie könnte denn einer sich Freigang vom Fegefeuer erwirken? Hat einer von euch frommen Christenmenschen etwa jemals dergleichen gehört? Glaubt man etwa hier in Sachsen derartiges? Ist es nicht also doch eher ein Teufel, der den Prinzen in Versuchung führen will?«

Und die Tragödie nahm ihren Lauf.

*

Sie mussten dem kranken Prinzipal mit Spreu gefüllte Säcke in den kleinen Rittersaal schaffen und ihm ein Lager darauf einrichten. Darauf ruhte er während der gesamten Tragödie, und zwar zwischen den beiden offenen Fenstertüren zur Terrasse, durch das die Komödianten auf- und abtraten. Die Katze rollte sich schnurrend auf seinen Füßen zusammen.

Aufmerksam lauschte er, gab Ratschläge, schimpfte zischend, wenn ihm etwas nicht gefiel, lobte, wenn die Komödianten es besonders gut machten. Wenn der Husten ihn plagte, presste er sich ein Kissen vor den Mund, damit die Zuschauer draußen ihn nicht hören konnten. Susanna versorgte ihn mit Tee und erneuerte die Brustwickel, wenn er danach verlangte.

Der Applaus und die Bravo-Rufe nach der letzten Szene fielen derart üppig aus, dass Greenley zunächst ungläubig die Stirn runzelte. Vier Mal mussten die Komödianten zum Verbeugen nach draußen, zwischendurch auch jeder einzeln. Susanna lugte durch die Tuchbahnen, mit denen sie die Terrassentüren verhängt hatten – der Pickelhering bekam den längsten und lautesten Applaus.

Die fiebrigen Züge des Prinzipals glätteten sich, als auch er es merkte, und er lächelte zufrieden. Aarons Miene dagegen verdüsterte sich.

Nach dem letzten Applaus kamen die erschöpften Komödianten endlich in den Rittersaal. Es gab eine Menge Komplimente, Händeschütteln, Schulterklopfen und Umarmungen. Vor allem für David. Susanna fiel ihm um den Hals und küsste ihn. Er war nass von Schweiß und guckte erschöpft aus seinem angemalten Gesicht – doch seine Augen leuchteten. Susanna sah ihm an, dass er in Glück und Stolz schwelgte.

Becher wurden verteilt, Wein ausgeschenkt, man stieß an und feierte wie fast immer nach gut gelungenen Auftritten. Dem fiebernden Prinzipal wollte der Wein nicht recht schmecken, und er bat Susanna, ihm Apfelsaft aus der Burgküche zu holen und gleich auch nach frischem Senfmehl für die Brustwickel zu fragen.

In der Burgküche fand Susanna niemanden mehr, das Feuer im Herd schwelte nur noch, Hintertür und Fenster zum kleinen Burghof standen offen. Draußen hörte sie eine Männerstimme reden, flüchtig sah sie jemanden bei den Gräbern stehen, auf denen vor der Turmmauer die farbenprächtigsten Dahlien und Rosen blühten. Sie guckte nicht genauer hin, wollte nur schnell zurück zu den Komödianten.

Weil sie sich mit den Küchenleuten angefreundet hatte, wagte Susanna es und sah sich auf eigene Faust um. In der Vorratskammer fand sie schließlich, was sie suchte: das Fass mit dem Apfelsaft und die kleine Schüssel mit dem Senfmehl. Hastig füllte sie einen Krug mit Saft und einen Napf mit Senfmehl ab.

Als sie die Kammertür mit der Schulter zudrückte und sich umdrehte, stand er unter der Hintertür und starrte sie an – der

Bräutigam und Hausherr der Herzenburg; der Edelmann, der in Heidelberg versucht hatte, ihr den Hof zu machen.

»Unser kranker Prinzipal …« Susanna schluckte. »Er braucht frische Brustwickel und bittet um ein wenig Apfelsaft. Da dachte ich …«

»Schon gut.« Er stieß sich vom Türrahmen ab, kam auf sie zu. »Fühle Sie sich nur wie zu Hause hier.« In seinem Blick flackerte etwas, das Susanna nicht gefiel, etwas Verstörtes, Verzweifeltes; seine Stimme klang belegt. Und plötzlich wusste sie, dass er es gewesen war, den sie draußen bei den beiden Gräbern hatte reden hören. Mit sich selbst.

»Wie ist Sie aus Heidelberg entkommen?« Er blieb vor ihr stehen, musterte sie mit seinem trüben, verstörten Blick.

»Entkommen?« Den Krug in der Linken, den Napf in der Rechten wich sie zurück bis zur Vorratskammertür. »Aus Heidelberg …?« Heißer Schrecken durchfuhr sie. Und dann begriff sie – seine Reiter waren es gewesen, die damals im Haus des Onkels nach ihr gefragt hatten. Eine blaue Standarte mit einem goldenen Hirschgeweih hatte man David beschrieben. Wehte nicht eine solche Fahne auch über dem Burgturm? Und auf der Neckarbrücke später, die kalte Stimme: »Regiment von Bernstadt, Kompanie von Herzenburg«, hatte jener Cornet damals gesagt. Und jetzt war sie hier, in der Burg des Mannes, der sie gesucht hatte, und hatte es nicht gemerkt.

Er kam noch näher. »Will Sie es also nicht verraten.« Mit den Rücken von Zeige- und Mittelfinger strich er ihr eine Locke aus der Stirn. Er roch nach Wein, und Susanna zuckte zurück. »Ist es gut, bei den Komödianten zu leben?« Sie antwortete nicht, spähte nach einem Ausweg. »Feine Komödie, die sie da gespielt haben zu meiner Hochzeit – ›Sein oder Nichtsein, das ist hier die Frage‹!« Er warf die Arme hoch, wandte sich ab und lachte bitter. »Für immer schlafen oder Krieg führen ›gegen einen See voll Plagen‹. Sehr gut!« Er drehte sich um und starrte sie an. »Endlich handeln und leidenschaftlich zuschlagen oder zum Feigling erblassen – sehr gut!«

War er wahnsinnig? Susanna bekam es mit der Angst zu tun, sie wollte zur Tür gehen, doch er versperrte ihr den Weg. »War es nun ein Geist oder ein Teufel, der den Prinzen Rache schwören ließ? Euer Dichter hat's nicht verraten wollen, euer Pickelhering auch nicht. Und die Mörder mussten trotzdem sterben.« Er presste die Lippen zusammen, senkte den Blick und fügte seufzend hinzu: »Und der Rächer auch.«

So stand er eine Zeitlang, und Susanna wusste nicht wohin mit sich. Vielleicht war der Grafensohn doch nicht wahnsinnig, vielleicht war er nur tieftraurig. Er hob wieder den Kopf und sah sie an: »Fühlt Sie sich auch manchmal so allein?«

»Man erwartet mich.« Susanna wollte an ihm vorbei.

Er fasste sie bei den Schultern. »Ist es also gut, bei den Komödianten zu leben?« Sie nickte. »Ich wüsste dennoch etwas Besseres für Sie.« Susanna hatte Mühe, ihren fliegenden Atem zu bändigen. Sie musste hinaus aus der Küche, so viel war gewiss – sollte sie einfach schreien? »Ich bin wohlhabend, werde ganz allein erben. Alles hier und noch mehr.« Er nahm ihr erst den Krug ab und stellte ihn auf den Herd, dann den Napf mit dem Senfmehl. »Zu meiner Verwandtschaft zählt jetzt ein Herzog, und nicht mehr lange und ich werde hoher Offizier eines mächtigen Feldherrn sein. Warum sollte nur eine einzige Frau an meinem Glück teilhaben? Und im Bett wird Sie so schnell keinen Besseren finden.«

»Ihr seid ja betrunken!« Schlagartig begriff sie, dass er ihr anbot, seine Mätresse zu werden. »Oder wahnsinnig. Ihr habt doch gerade erst gestern geheiratet!«

Er lächelte müde und winkte ab. »Politik, nichts weiter. Meine Anwesenheit bei der Hochzeit wäre eigentlich gar nicht erforderlich gewesen. Doch der Krieg wird eintönig mit der Zeit, da ist man dankbar für jede Abwechslung. Und eine Hochzeitsnacht erlebt man nicht alle Tage …«

»Ihr redet wie der wüsteste Landsknecht!« Sie wollte nach Krug und Napf greifen, doch er hielt sie fest. »Lasst mich gehen!«

»Sie weiß also, wie Landsknechte reden? Dann weiß Sie ja auch, dass Landsknechte sich nehmen, was sie haben wollen.«

»Ihr sollt mich gehen lassen!« Sie schlug ihm die Fäuste gegen die Brust.

Er feixte nur. »So wütend gefällst du mir noch besser.« Er zog sie an sich und versuchte, sie zu küssen. Sie trat nach ihm, kratzte ihn, der Weingestank machte sie wahnsinnig. Sie biss ihn und spuckte, doch er lachte nur und nahm es als Ringkampf. Ein Abfalleimer fiel um im Gerangel, der Gestank verdorbenen Fisches erfüllte plötzlich die Küche und dazu sein Weinatem – Heidelberg schien hautnah auf einmal, schien näher als diese Burgküche, gegenwärtiger als dieser Oktobertag, und die Panik, die Susanna jäh überfiel, gab ihr übermenschliche Kraft: Sie riss sich von ihm los, packte eine der Bratpfannen auf dem Herd und schlug sie ihm gegen den Kopf. Blutend stürzte er hin, Susanna aber floh schreiend in den kleinen Rittersaal zu den Komödianten.

6

An der Spitze seiner Rotte ritt er durch eine nicht enden wollende Allee aus jungen Linden auf ein prachtvolles Stadttor zu. Gitschin hieß die Stadt hinter Mauern und Tor, Friedland das Herzogtum, dessen Residenz sie war. Eine Tagesreise weiter südlich lag die böhmische Hauptstadt Prag. Die Luft roch schon nach Winter, und manchmal fragte sich Hannes immer noch, wie um alles in der Welt er hierhergekommen war.

Pferde grasten auf den Weiden rechts und links der jungen Linden, hunderte und eines schöner als das andere. Ihr Besitzer, der Fürst von Friedland, liebte Pferde über alles. Ein liebliches Land erstreckte sich zu allen Seiten – sanfte Hügelketten, Flusstäler, weite Grasebenen dazwischen und immer wieder ausgedehnte herbstliche Laubwälder. Die böhmische Landschaft war beinahe so schön wie der Odenwald und das Neckartal. Doch Hannes nahm sie kaum wahr.

Die Torwachen grüßten, öffneten das Tor und schlossen es hinter ihnen wieder. Gitschin war ein hübsches Städtchen, zu hübsch nach Hannes' Geschmack. Den großen, rechteckigen Hauptplatz säumten auf drei Seiten Bürgerhäuser, die aussahen, als hätte man sie vorgestern vollendet und gestern verputzt und bemalt. Die meisten waren zweistöckig, und die Frontfassaden aller ruhten auf großzügigen Arkaden. Wahrhaftig – das sah putzig aus.

In der Mitte des hübsch gepflasterten Platzes umgaben kreisförmig gepflanzte und sorgfältig beschnittene Bäume eine Säule. Der Platz wirkte auffallend sauber. Nirgendwo konnte Hannes Essensreste, Herbstlaub, Abfall oder Hundehaufen entdecken; es liefen überhaupt keine Hunde auf diesem Platz und in den abzweigenden Gassen herum. Auch Kinder spielten nirgends, niemand saß in beschaulicher Ruhe am Springbrunnen oder zwischen der ringförmigen Baumpflanzung, und die Leute unter den Säulenbogen schlenderten nicht, gingen nicht einmal, sondern hasteten; und wenn sie miteinander redeten, taten sie es leise.

Eine ganze Längsseite des weiten Platzes säumte der Fürstenpalast. Italienische Bauweise sagten die, die etwas davon verstanden. Keine Hammerschläge, keine Geräusche von Flaschenzügen, Ochsenkarren und Sägen waren aus seinem Hof zu hören. Hannes ließ absitzen und die Reiter ihre Pferde an den Zügeln führen.

Solange man keinen Baulärm hörte, musste man davon ausgehen, dass der Fürst noch im Palast weilte. Der Fürst hasste Lärm mit gleicher Leidenschaft wie Schmutz oder Unordnung. In seiner Nähe hatte man darauf zu achten, den Hufschlag auf ein Mindestmaß zu verringern. Manchmal, wenn der Fürst krank war, musste man den Pferden die Hufe mit Tüchern einwickeln, bevor man sie in den Palasthof führte.

Dem der Palast gehörte, dem gehörte auch Gitschin. Ganz Friedland gehörte ihm. Genau genommen gehörte auch Hannes ihm, seit er sich durch Jan von Brüggen hatte werben lassen, um dem Nürnberger Pranger zu entgehen und seine Freiheit wiederzugewinnen. Seitdem diente er dem Fürsten Albrecht von Wallenstein. Doch war er frei?

Außerhalb Böhmens, so hatte man Hannes erzählte, nannten viele Wallenstein den »Friedländer«. Man munkelte, dass der Kaiser ihn bald in den Stand eines Herzogs erheben würde; und man munkelte, dass er oberster General der kaiserlichen Armee werden sollte.

Im Palasthof stand der fürstliche Tross zur Abfahrt nach Prag bereit. Auch dort nämlich residierte Wallenstein und baute an einem Schloss. Bauen und Pferde züchten gehörten zu den drei Dingen, denen der Fürst von Friedland sich am liebsten widmete. Das dritte: Krieg führen.

Die bewaffnete Eskorte saß bereits im Sattel: eine halbe Kompanie Dragoner und eine halbe Kompanie Kürassiere. An der mittleren der sieben Wagen, einem Sechsspänner, standen Diener in rotem Livree und hielten die offenen Kutschentüren fest.

Hannes und seine Reiter führten ihre Pferde am Tross vorbei dem Palastflügel entgegen, in dem die Kämmerer residierten. Leibgardisten des Fürsten traten in diesem Moment aus dem Eingangsportal, danach der Fürst selbst an der Seite des Landeshauptmanns, eines Freiherrn von Taxis. Ihnen folgten zwei Beamte der Hofkammer und einige Offiziere; unter ihnen der elegante Jan von Brüggen und ein kroatischer Reiteroffizier mit Pelzmütze auf dem Kahlkopf und verschlagenem Grinsen im gutmütigen Gesicht; er hieß Isolano. Sie strebten zu den Kutschen und kamen auf Hannes und seine kleine Rotte zu. Der Fürst hinkte. Die Gicht plagte ihn wieder.

Wenn irgend möglich, vermied man es, dem Fürsten unter die Augen zu treten; alle versuchten das – wenn die Gicht ihn quälte, erst recht –, da war Hannes keine Ausnahme. Hier nun gab es kein Ausweichen mehr. Hannes blieb stehen, grüßte, wie es sich gehörte, und seine Reiter taten es ebenfalls. Und prompt blieb auch der Fürst von Friedland stehen, ein spitzbärtiger Mann in elegantem dunkelroten Rock, glattem Kragen und schwarzen, reich bebänderten Samthosen. Sein dunkles rötliches Haar trug er streng zurückgekämmt, die spitzen Enden seines schmalen Schnurrbarts nach oben gezwirbelt.

»Und?« Sein Blick – ernst, ungeduldig, herablassend – richtete sich auf Hannes. Zu den Längsfalten auf seiner Stirn gesellten sich drei Steilfalten zwischen den leicht gehobenen Brauen.

»Neuntausend Gulden.« Hannes schlug auf die Ledertasche, die er um die Schulter trug. »Der Graf und ein Teil seiner Familie ist auf dem Weg hierher – mit meiner Kompanie und in Ketten. Sein ältester Sohn und einige Knechte konnten fliehen. Das Gut haben wir besetzt, Ihr könnt darüber verfügen, Durchlaucht.«

Der Friedländer nickte, ohne dass Strenge und Herablassung

aus seiner Miene wichen. »Gut gemacht! Gleich in die Kämmerei mit dem Steuergeld!« Dann richtete sein Blick sich auf Hannes' Rappen. »Was für ein grobschlächtiges Vieh! Kein Tier für einen Arkebusier-Leutnant! Stelle Er es noch heute den Bauern zu den Ackergäulen in die Stallung und dann suche Er sich ein schönes Pferd auf der Weide aus!« Ohne die Reaktion seines Reiterleutnants abzuwarten, wandte der Fürst sich ab und hinkte weiter seiner Kutsche entgegen. Von Brüggen grinste verstohlen und zwinkerte Hannes im Vorübergehen zu.

Der Fürst von Friedland ging davon aus, dass man seine Befehle unverzüglich befolgte. Und jeder tat es – penibel und unverzüglich –, denn jeder im großen Hofstaat und in der Stadtgarnison wusste, was ihn erwartete, sollte er es nicht tun.

An seiner Kutsche angekommen, begann der Fürst einen der Diener anzuschreien. Wachen wurden herbeigerufen, schleppten den Livrierten davon, um ihn hochoffiziell zu verprügeln, wie Hannes seinem Gejammer entnahm. Der Fürst hatte einen Fettfleck auf seinem Livree entdeckt.

Von Wallenstein, Landeshauptmann, Kämmerer und Offiziere stiegen in die Kutschen, und der Tross setzte sich in Bewegung. Hannes führte seine Männer und seinen Rappen zur Hofkämmerei, um das eingetriebene Steuergeld abzuliefern. »Wir beide bleiben zusammen, bis dass der Tod uns scheidet.« Er klopfte seinem Gaul auf den Hals. Die Männer hinter ihm, die es hörten, sahen einander erschrocken an. Ein Geschenk des Fürsten missachtete man genauso wenig wie seinen Befehl.

Widerspenstige Böhmen zu bändigen und Steuern bei ihnen einzutreiben war nicht die Art von Arbeit, von der Hannes geträumt hatte. Doch seit Nürnberg träumte er sowieso nicht mehr, seit Nürnberg verbrachte er seine Tage in dumpfer Gleichgültigkeit. So hatte er auch keinen Protest angemeldet, als man ihn der Kompanie zuteilte, die ausstehende Steuern eintreiben und Güter rebellischer Böhmen konfiszieren musste, die noch immer keinen katholischen Kaiser über sich wissen wollten. Protest hätte ihm auch nichts genützt – er gehörte jetzt dem Fürsten von Friedland, wie gesagt. Und der hielt ihn wohl für einen ehrlichen Mann, der überzeugend auftreten konnte. Erst hatte er ihn zum Wachtmeister gemacht und ein halbes Jahr später gleich zum Leutnant.

Nur einmal hatte die gleichgültige Dumpfheit sich gelichtet, die sein Gemüt seit Nürnberg verdüsterte. Jan von Brüggen hatte ihn in die Garnisonsstube gerufen und ihm erklärt, dass der Fürst Werbungen im großen Stil vorbereite und gezielt Offiziere mit gutem Ruf und Namen anspreche. Spätestens im Sommer 1625 würde es wohl ins nordwestliche Reich und wieder in den Krieg gehen, und ob unter diesen Namen – dabei reicht er ihm eine Liste – ein Kommandeur sei, unter dem er schon gedient habe oder den er kenne, unter dessen Fahne jedenfalls er gern wieder kämpfen und Beute machen würde. Hannes hatte die Liste gleichgültig überflogen, und wäre sie nicht so kurz gewesen, hätte er den Namen wohl übersehen: *Maximilian von Herzenburg, Obristleutnant.*

»Den kenn ich«, sagte er. »Ein Held – hat tapfer gekämpft vor Heidelberg und Mannheim. Unter dem will ich reiten, wenn es so weit ist.« Seelenruhig sagte er das, doch in seiner Brust bebte es.

Die eigentlichen Werbungen sollten erst im Frühjahr beginnen – vorausgesetzt der Wiener Hof gab sein Zaudern auf und erhob Wallenstein endlich zum kaiserlichen General. Dann jedoch würde alles sehr schnell gehen müssen, und Hannes sollte mit seiner Kompanie ins Fränkische und Mitteldeutsche reiten, um bei den Werbungen und Musterungen mitzutun. Das hatte von Brüggen ihm eröffnet, als er Hannes vor kurzem zum Leutnant erklärte.

Eine halbe Stunde später, als er aus der Hofkämmerei wieder zu seinen Männern auf den Palasthof trat, merkte Hannes die Veränderung sofort: Baulärm hallte von den Fassaden wider, grinsende Gesichter und entspannte Haltungen bei den Leuten auf den

Baugerüsten und draußen auf dem Hauptplatz; Kinder rannten um den Springbrunnen, alte Leute saßen unter den Bäumen und überall sprangen Hunde herum.

Der Fürst verabscheute Hunde, und man musste sie einsperren, wenn er sich in Gitschin aufhielt.

Am Abend wurde es richtig kalt; kein Zweifel, der Winter stand vor der Tür. Sie entfachten ein Feuer im Garnisonshof und feierten irgendjemandes Geburtstag. Ein Schwein und ein Kalb drehten sich an Spießen, und der Wein floss in Strömen. Auch Hannes trank viel zu viel an diesem Abend; das tat er schon, seit er in Nürnberg Jan Edelmann begegnet war.

Irgendwann tauchte ein abgekämpfter Reiter im Garnisonshof auf und fragte nach von Brüggen. Er trat ans Feuer, wärmte sich Hände und Gesicht und schielte nach Braten und Wein. Hannes gab ihm zu essen und zu trinken. Den ersten Becher Wein stürzte er auf einen Zug herunter, mit dem zweiten und dritten ließ er sich mehr Zeit.

Ihm wurde wärmer, und er begann zu reden: Aus Kursachsen komme er, erzählte er, sei wie der Teufel von Torgau und der Herzenburg die Elbe herunter geritten. Hannes horchte auf. Sein Blick fiel auf das in Leder gekleidete Rohr am Bandelier des Boten.

Leider hätten polnische Kosaken es auf ihn abgesehen gehabt, berichtete der Bote, sodass er große Umwege reiten musste, um sie abzuschütteln. Und nun suche er den Obristen Jan von Brüggen, weil er ihm eine Botschaft zu überbringen habe. Er schlug auf das Depeschenrohr.

»Der hat heute unseren Fürsten nach Prag begleitet.« Hannes winkte den Boten zu sich. »Wird wohl bis morgen auf die Botschaft warten müssen.« Trotz des vielen Weines fühlte Hannes sich auf einmal hellwach. Er gab dem Boten zu trinken, fragte ihn aus, gab ihm wieder zu trinken, und als seine Reiter den Mann zum Würfelspiel aufforderten, wusste er immerhin, dass ein stark beunruhigter von Herzenburg die geheime Botschaft geschickt hatte, ein von Herzenburg, der dringend auf Antwort wartete und in dessen Zügen der Bote sogar Angst erkannt haben wollte.

Bald konnte der Mann nicht mehr würfeln, nicht mehr verständlich sprechen, nicht mehr stehen. Sie brachten den Betrunkenen in ein Quartier. Hannes befahl einem Gefreiten, sein Pferd zu versorgen.

Als er allein mit dem Boten und seinem Schnarchen war, öffnete er das Depeschenrohr, holte das Schreiben heraus und brach ohne zu zögern das Siegel.

Als wenn er es geahnt hätte: Es ging um ihn – der verhasste Rittmeister bat von Brüggen um einen Bericht über einen Corporal Johannes Stein.

Corporal war er früher einmal gewesen, Wachtmeister seit zwei Wochen nicht mehr, doch Johannes Stein hieß er noch immer. Hatte der Rittmeister Verdacht geschöpft?

Hannes ließ das Schreiben sinken. Was nun? Er versuchte sich zu erinnern, wie viel er von Brüggen seinerzeit über sich erzählt hatte. Er war ja bereits stark berauscht gewesen, als der Edelmann sich zu ihm an den Tisch setzte in jener Nürnberger Schenke. Von seiner Verlobten, die mit einem Komödianten durchgegangen war, hatte er erzählt, daran erinnerte er sich gut. Und später, vor der eigentlichen Werbung und noch im Kerker, hatte er von Kämpfen in Böhmen und der Oberpfalz fantasiert, und von einem Dragonerhauptmann namens Schmid, unter dem er angeblich gedient habe. Als Geburtsort hatte er Magdeburg angegeben.

Kein Wort über Heidelberg und Mannheim, nichts über seine Familie – bewusst nicht, denn Hannes musste ja damit rechnen, dass man ihn in Tillys Armee als Fahnenflüchtigen suchte.

Er entschied, es zu wagen und die Botschaft weiter ihren Weg zu von Brüggen gehen zu lassen. Also rollte er sie, schmolz das Siegel wieder zusammen, so gut es eben ging, und steckte sie zurück ins Rohr am Gurt des schnarchenden Trunkenbolds. Wer wusste denn, ob sie ihn nicht schneller in die Nähe des verhassten Rittmeisters bringen würde, als er sich hatte träumen lassen?

*

Den Winter verbrachte der Rittmeister auf der Herzenburg. Jagdzüge in den Winterwäldern, Eisfischen auf der Elbe, Schlittenfahrten und vor allem zahlreiche Ausbesserungsarbeiten an der Burg, die beaufsichtigt werden mussten. Dem Herrn Grafen ging er aus dem Weg, wenn er konnte, und der Herr Graf ging ihm aus dem Weg.

Seine junge Frau rührte Maximilian nicht mehr an. Das nahm sie ihm übel, er merkte es an ihrem Schmollmund und ihrer ständig schlechten Laune. Manchmal gab er sich Mühe, redete freundlich mit ihr, nahm ihre Hand, küsste sie sogar einmal auf die Wange. Jedes Mal leuchteten dann ihre Augen auf und sie schöpfte Hoffnung. Umsonst. Er schaffte es einfach nicht, seinen Widerwillen gegen sie zu überwinden.

Ende des Jahres endlich Botschaft aus Friedland: Man bestätigte ihm seinen neuen Rang als Obristleutnant und schickte ihm seinen ersten Sold. Und der Bote mit der Nachricht des Werbeoffiziers traf ein: Jener Corporal Johannes Stein stammte aus Magdeburg, hatte wohl nichts mit der Sippe von Schneebergers Hure zu tun. Von Brüggens Botschaft beruhigte Maximilian nicht wirklich.

Nach dem Winter dann gute Neuigkeiten – Ferdinand wollte Wallenstein in den Stand eines Herzogs erheben und ihm den Oberfehl über die kaiserlichen Truppen geben. Viele Truppen hatte er nicht mehr, der Kaiser, doch der Friedländer hatte ihm ein Heer von fünfzigtausend Mann versprochen. Die Kosten dafür wollte er vorstrecken. Welcher Potentat konnte ein derartiges Angebot ausschlagen?

Dann der Marschbefehl. Umfängliche Werbungen und Musterungen standen an, und Maximilian sollte dabei helfen. Natürlich hatte Wallenstein den Grundstock für sein kaiserliches Heer längst gelegt – niemand stellte aus dem Nichts ein Heer von zehntausenden Kämpfern auf die Beine. Maximilian nahm Abschied von den beiden Gräbern, von der Dienerschaft und von seiner Frau.

Das Herz wurde ihm leichter, als das Burgtor hinter ihm lag.

Zwei Wochen später, inzwischen war es April, traf er im Hessischen auf die Kompanien Isolanos und von Brüggens. Gemeinsam errichteten sie ein Lager und einen Musterungsplatz und führten Trommler und Pfeifer von Marktflecken zu Marktflecken. Nach Werbung und Musterung erhielten die Gefreiten eine Ausbildung.

Als er sich seinen Kompanien vorstellte, entdeckte Maximilian einen blonden Mann mit blauen Augen auf einem Rappen. Das sei der Leutnant, nach dem er gefragt hatte, erklärte der Obrist von Brüggen, das sei Johannes Stein.

Am nächsten Tag schickte der frisch gebackene Obristleutnant einen Rittmeister und Peter Laußnitz los, um Stein in sein Zelt zu holen. Laußnitz war mittlerweile Cornet. Während er auf ihre Rückkehr wartete, brachte ihm ein Bote zwei Briefe. Einen von Maria, den zweiten vom Herrn Grafen. Mit Verdruss betrachtete Maximilian das Siegel seines Vaters. Hatte er nicht erst vor vier Wochen die Herzenburg verlassen? Was musste der wüste Kerl ihm denn schon wieder schreiben? Möglicherweise ging es um seine junge Gattin, also öffnete Maximilian den Brief und überflog ihn wenigstens.

Er enthielt Vorwürfe und Beschimpfungen. Ob Maximilian denn so ein Schwachkopf sei, dass er seine Seitensprünge nicht einmal vor einem naiven Ding, wie seine Frau eines war, verbergen könne; der Herr Graf klagte, dass er seinetwegen von Bernstadts Freundschaft verloren habe, dass nichts weniger als die Zukunft des Geschlechtes der von Herzenburgs auf dem Spiel stehe, und forderte ihn auf, ja nichts unversucht zu lassen, einen Ehrenhändel abzuwenden. Schließlich sei er der einzige legitime Erbe der Grafschaft.

Maximilian ließ den Brief sinken und runzelte die Stirn. Kein Wort begriff er. Was geschah denn da auf der Herzenburg? Er las den Brief ein zweites Mal und gründlicher, und eine dunkle Ahnung beschlich ihn. Und dann führten sie den Leutnant in sein Zelt, diesen Stein, und Maximilian steckte den gefalteten Brief in die Tasche seines Elchlederkollers.

»Johannes Stein?« Er musterte den Mann aus schmalen Augen. Wahrhaftig – ähnlich blond war auch Schneebergers Hure gewesen und ähnlich blaue Augen hatte sie gehabt.

»Der bin ich, Herr Obristleutnant.« Die beiden Offizieren flankierten ihn, und hinter ihm standen zwei Gefreite, die Laußnitz auf Maximilians Befehl mitgebracht hatte.

»Er hat sich freiwillig zu meinem Regiment gemeldet, angeblich, weil mein Name Ihm etwas sagt.« Maximilian selbst saß an einem kleinen Schreibtisch, und obwohl es noch zwei freie Stühle im Zelt gab, bot er dem fremden Leutnant keinen an.

»Die Herzenburger Kompanie hat sich weiß Gott einen Namen gemacht, Herr Obristleutnant!« Stein verzog keine Miene, während er sprach, blickte nicht nach links und nicht nach rechts. »Bei der Erstürmung Heidelbergs und bei der Belagerung Mannheims. Ich will unter kühnem Kommando kämpfen.«

»Sehr lobenswert. Wo hat er denn schon gefochten?«

»Als Dragoner in Böhmen am Weißen Berg.« Stein nannte den Namen eines Obristen, von dem Maximilian schon gehört hatte. »Und als Arkebusier im kaiserlichen Erbland vor Wien.« Er nannte die Jahreszahl und den Namen eines Maximilian unbekannten Obristen.

»War er je in Heidelberg oder Mannheim? Er scheint mit ein wenig wie ein Pfälzer zu sprechen.«

»Meine Mutter stammt aus Speyer, mein Vater hat sie auf seiner Gesellenwanderung dort kennen gelernt. Auch ich bin als Zimmermannsgeselle von Magdeburg in die Rheinpfalz hinuntergewandert.«

»Ein weiter Weg.«

»Wollte meiner Mutter Heimat sehen.«

Maximilian nickte. »Kennt Er einen Friedrich Stein?« Der Blonde schüttelte den Kopf. »Eine Monica Stein?« Wieder Kopfschütteln. »Und Moritz Stein?« Der Leutnant verneinte erneut. »Und seine Eltern leben also in Magdeburg?«

»Wie ich es schon sagte, Herr Obristleutnant.« Zum ersten Mal kam Bewegung in die Züge des Blonden. »Warum fragt Ihr mich das alles? Habt Ihr etwa schlechte Nachricht von meiner Familie?«

»Nein, Leutnant Stein.« Obwohl der Mann ihm nicht recht gefallen wollte, gab Maximilian sich gleichmütig. »Ich kannte nur jemanden, der Stein hieß, und wollte wissen, ob Er mit ihm zu tun hat.«

»Kein seltener Name.«

»Weiß Gott nicht. Gehe Er nur wieder zu Seinen Rekruten.« Er nickte seinen Offizieren zu. Die führten den Blonden hinaus.

Maximilian blieb allein zurück. Keine Unstimmigkeit in den Antworten des Mannes. Dennoch fragte er sich, wo er wohl alte Regimentslisten aus Böhmen herbekäme und ob er nicht einen Boten nach Magdeburg schicken sollte. Und dann das blonde Haar und die blauen Augen! Die Hure Schneebergers hatte von Bernstadt übrigens ganz vergeblich suchen lassen.

Er griff nach Marias Brief und brach das Siegel. Schon nach dem ersten Satz saß er kerzengerade in seinem Lehnsessel.

Mein lieber Vetter, schrieb Maria, *jetzt ist es doch so weit gekommen: Prinz Kröterich hat mich geschlagen und will mich enterben. Deine Gemahlin ist dir hinterhergeschlichen nach der Hochzeitsnacht und hat dich in meinem Bett gesehen oder vielleicht auch nur geahnt. Welch ein Witz! Offenbar warst du nicht nett genug zu ihr in letzter Zeit, denn kaum hattest du die Herzenburg verlassen, hatte sie nichts*

Besseres zu tun, als dem Prinzen nach Bernstadt zu schreiben. Der hat getobt.

Ich musste das Schloss und Schlesien verlassen, bin auf dem Wege ins Herzogtum Mecklenburg. Wann können wir uns sehen? Es gibt manches zu besprechen …

*

Der Boden unter seinen Stiefelsohlen schien zu wanken, als Hannes von Herzenburgs Zelt verließ. Kaum zu glauben, dass es ihm gelang, den beiden Gefreiten und Offizieren freundlich und mit dem Ausdruck größter Gelassenheit zuzunicken, als sie sich von ihm verabschiedeten.

Er zwang sich, ruhig zu atmen, während Degenklirren und Befehlsgebrüll auf dem Exerzierplatz näher rückten. Er hatte dem Mann Auge in Auge gegenübergestanden, der den Befehl zur Vernichtung seines Dorfes gegeben hatte. Er hatte sich dem spöttischen Blick ausgesetzt, unter dem seine Familie gemartert und geschändet und beinahe ganz ausgelöscht worden war. Er hatte die Hände angeschaut, die vielleicht Moritz oder seinen Vater ermordet haben mochten.

Was hatte er wissen wollen? Hannes konnte sich schon nicht mehr erinnern. Was hatte er ihm erzählt? Offenbar die sorgfältig erdachten Lügen, die er sich in vielen schlaflosen Nächten eingeprägt hatte, denn von Herzenburg schien zufrieden gewesen, hatte ihn ziehen lassen.

Alles in Hannes war in Aufruhr, sein Blut schien zu sieden. Mit flüchtigen Gesten bedeutete er den Feldwebeln, die Rekruten noch einmal den Sturmangriff auf die Pferdeattrappen üben zu lassen. Schnellen Schritts überquerte er den Exerzierplatz und huschte in den nahen Wald. Dort, hinter einer Eiche, übergab er sich.

7

Helena drückte ihre Brustwarze in das weit aufgerissene Babymäulchen, und augenblicklich verstummte das Gequäke. Der Säugling gluckste noch ein paarmal, grunzte und saugte dann gierig an der milchprallen Mutterbrust. Dabei spreizte er die Ärmchen ab und legte Daumen- und Zeigefingerbeere zusammen, so wie Susanna es schon Sänger hatte tun sehen, wenn sie sich sammelten vor dem ersten Ton, oder Kinder im Winter, wenn sie mit Schuhspitzen das Eis prüften, bevor sie es betraten.

Sie lächelte wie die anderen vier auch, die Helena und dem Kind zusahen, und sie vermutete, dass ihr Lächeln ähnlich selbstvergessen und verklärt aussah wie das auf den Gesichtern der anderen Frauen.

Julia hatten Piet und Helena ihr Mädchen genannt, obwohl alle sie davor gewarnt hatten. »Name ruft Schicksal!«, hatte der Prinzipal gestöhnt, als er davon hörte, und die Hände über dem Kopf zusammengeschlagen. Ihre Julia werde es einmal besser machen als Romeos Julia, hielt Helena dagegen, und niemand konnte sie von dieser Überzeugung abbringen.

Susanna strich sich über den runden Bauch; warm und wie Glück durchperlte es sie. Sie wandte sich ab und kletterte aus dem Thespiswagen. Rowlands Frau würde im nächsten Monat niederkommen, wahrscheinlich in Königsberg oder Danzig. Und im Juni dann war sie selbst so weit, und mit ein wenig Glück würden sie zu der Zeit schon in Bernstadt gastieren und im Schloss der Prinzessin wohnen.

Zwei Feuer brannten am Kai, drum herum die Wagen in einem zum Strelasund hin offenen Halbrund. *Strelasund* – so nannten die Bürger von Stralsund die Meeresenge zwischen der Insel Rügen und ihrer Stadt. Susanna ging zu dem Feuer, an dem sie David erkannte. Unter den Schiffen am Kai schaukelte auch die alte Karavelle, mit der sie morgen früh nach Königsberg aufbrechen würden. Von dort wollte Greenley im Laufe des Frühlings nach Danzig reisen und dann weiter nach Schlesien. Die Prinzessin von Bernstadt hatte die Komödianten zu einem längeren Gastspiel an ihr Schloss in Bernstadt eingeladen. Es würde Susannas erste Seereise sein – ihr war ein wenig bange.

Sie setzte sich neben David auf ein Deckenbündel. Die Katze lag rücklings auf Davids Schoß und ließ sich von ihm den Bauch kraulen. Ein kühler Nordwind wehte, und Susanna zog eine Decke aus dem Bündel unter sich, in die sie sich einwickelte. Der April hatte noch keinen warmen Tag in diesem Jahr gesehen.

»Wir wären besser noch zwei Wochen in der Stadt geblieben«, hörte sie Taylor sagen. Die Männer sprachen über die letzte Vorstellung in Stralsund. »Wir spielen nicht oft vor Leuten, die unsere Kunst so sehr zu schätzen wissen wie die Stralsunder.«

»Ganz deiner Meinung, John«, sagte der Prinzipal. »Liebenswertes und kunstsinniges Volk hier in Stralsund, irgendwie englisch, will mir scheinen. Und gutes Geld haben wir auch gemacht. Doch wir können es uns unmöglich erlauben, eine Einladung der Prinzessin von Bernstadt auszuschlagen.«

Die meisten sah Susanna nicken, nur Rowland guckte skeptisch aus seinem eleganten Spitzenkragen; er hätte seiner schwangeren Frau die Reise gern erspart. »Es ist noch immer kein weiterer Vertrag mit einem Fürstenhof in Aussicht zurzeit«, fuhr Greenley fort und seufzte. Sie alle hatten sich mehr versprochen von den Auftritten während der Hochzeit auf der Herzenburg, wenigstens ein Sommerengagement an einem Fürstenhof. »Leider, doch so ist es nun einmal. Auf dem Rückweg werden wir also längere Zeit hier in Stralsund bleiben können. Im nächsten Frühjahr, schätze ich.«

Im nächsten Frühjahr – wie weit weg Susanna das vorkam. Sie dachte gerade einmal bis Ende Juni. Um die Zeit ungefähr würde ihr Kind zur Welt kommen. Anna sollte es heißen, falls es ein Mädchen werden würde. Einen Jungen wollte David Stephan Joseph nennen, nach seinen beiden Vätern. Susanna schwebte ein anderer Name vor.

Den Winter hatten sie in Cölln an der Spree verbracht, im Geburtsschloss des Kurfürsten von Brandenburg und Herzogs von Preußen Georg Wilhelm. Von einem Tag auf den anderen waren sie im Herbst zuvor abgereist vom Hochzeitsfest auf der Herzenburg. Wenn Susanna an den Angriff des jungen Grafen in der Burgküche dachte, schauderte ihr; und zugleich beglückwünschte sie sich, so beherzt die Bratpfanne geschwungen zu haben. Der wüste Bräutigam lag mit blutigem Kopfverband und noch halb betäubt auf dem Krankenlager, als sie nach Norden aufbrachen.

Greenley hatte früher schon am brandenburgischen Hof gespielt, und so gelang es der Prinzessin recht schnell, dem Alten Komödianten eine neue Einladung zu vermitteln. Drei Monate lang waren sie im gastfreundlichen Schloss zu Cölln aufgetreten, das hatte gutgetan. Man hatte sie dort hofiert, mit Lob und Anerkennung überschüttet und auch mit Gulden nicht gegeizt. Ihr gesamtes Repertoire hatten sie spielen können, zwei Dutzend Stücke und mehr; darunter Tragödien und Komödien, die Susanna zuvor noch nicht gesehen hatte.

Ihr war es vorgekommen, als suchten sie am kurfürstlichen Hof von Brandenburg mehr Zerstreuung als anderswo. Grund dazu gab es genug, denn der Krieg war doch noch nicht zu Ende, sondern hatte nur ausgeruht, um nun das Reich mit umso größerer Zerstörungskraft erschüttern zu können. Im Norden drohten die Schweden, im Süden lagen Tillys Bayern und der Dänenkönig einander gegenüber, und aus dem Osten marschierte angeblich schon ein Mann heran, dessen Namen man allerorten nur mit furchtsamem Unterton aussprechen hörte: Wallenstein. Und der liebenswürdige und lebenslustige Kurfürst von Brandenburg trat ganz und gar nicht auf wie der geborene Kriegsmann. Den Eindruck jedenfalls hatte Susanna von ihm gewonnen, und sie konnte ihn verstehen – auch sie selbst versuchte, möglichst nicht an den Krieg zu denken.

Im März, gleich nach der Schneeschmelze, waren sie nach Mecklenburg aufgebrochen, hatten zu Ostern in Schwerin gespielt und anschließend eine Woche lang in Rostock. Oft hatte David den Pickelhering gegeben, und den armen Studenten, wenn sie die *Ehebrecherin* spielten. Zweimal auch schon den Romeo, weil ein Komödiant krank geworden war, und je einmal die keusche Susanna und den verlorenen Sohn. Er hatte seine Sache fantastisch gemacht, und die Zuschauer liebten ihn.

In der Compagnie dagegen beobachtete Susanna immer häufiger gequältes Lächeln auf den Mienen einiger Komödianten, wenn sie David gratulierten, und auf den Mienen derer, die ihm nicht gratulieren wollten, sogar unverhohlenen Neid. Das tat ihr weh, und den größten Neidern versuchte Susanna die schönsten Kostüme zu nähen. Aaron zum Beispiel.

Morgen ging es also auf die Ostsee hinaus und ins preußische Königsberg. Sie schauderte, wenn sie daran dachte, das Reisefieber hatte sie längst befallen. Seufzend lehnte sie gegen David, und der legte den Arm um sie.

»In Königsberg war auch ich noch nie«, sagte Greenley. »Dabei reise ich schon im dreiunddreißigsten Jahr durchs Heilige Römische Reich. Ich frage mich, ob man in Preußens Einöde überhaupt weiß, was Komödien und Tragödien sind.«

Einige lachten. »In so jungen Jahren hast du die englische Insel bereits verlassen?«, fragte Otto Eichinger. Der Deutsche kannte den Prinzipal erst seit dem vorletzten Frühjahr.

»Meinen ersten Kuss hatte ich schon hinter mir damals, meinen ersten Rausch noch vor mir. Wenn ich eine Frau spielte, musste ich mich noch nicht rasieren vor den Auftritten.« Wieder Gelächter.

»Warum hast du deine Heimat verlassen, Christopher?« Seit er auf der Herzenburg zum ersten Mal den Pickelhering gespielt hatte, nannte David den Prinzipal beim Vornamen.

»Wir hatten die Pest damals in London, ja in ganz England, möchte ich meinen. 1592 war das, und die Londoner Theater schlossen ihre Tore gleich für zwei Jahre.« Greenley zuckte mit den Schultern. »Wer nicht betteln wollte, musste auf die Wanderschaft gehen. Mein Lehrer hatte zwei Jahre zuvor schon am Hof des Herzogs Heinrich Julius von Braunschweig-Wolfenbüttel gespielt und wusste, dass man gut über die Runden kommen konnte im Römischen Reich. ›Diesseits des Kanals steht es uns frei, bankrott zu gehen‹, pflegte Sackville zu sagen, ›ein paar Seemeilen weiter feiern sie uns als Gentlemen der Schauspielkunst. Entscheidet euch‹. Das wurde rasch zum geflügelten Wort.«

»Die Pest ging vorüber, und die Theater öffneten wieder«, sagte David, »und du bist dennoch ein Wanderkomödiant geblieben.«

»Man gewöhnt sich an diese Art zu leben, das weißt du doch. Außerdem war die eigentliche Arbeit in London härter als in den holländischen und deutschen Städten. Die Zuschauer in London sind verwöhnt, vor allem unsere Königin Elizabeth war anspruchsvoll und nicht zimperlich, wenn ihr etwas nicht gefiel. Das konnte leicht auch lebensgefährlich werden.« Greenley zog die Brauen hoch und lächelte. »Nicht alle hatten so viel Glück wie ich oder mein Lehrer Sackville. Der fühlte sich so wohl im Herzogtum Braunschweig, dass er gleich ganz dort blieb. Und wer will ihm das verdenken? Der Herzog schrieb ihm ja sogar Komödien auf den Leib, wie ihr alle wisst.«

»Und du warst eine Zeitlang Komödiant am Hof von Hessen-Kassel, hab ich recht?« Aaron stand auf und schenkte dem Prinzipal Wein nach.

»Der Landgraf Moritz von Hessen-Kassel war unser größter Gönner hier im Römischen Reich, das ist wahr. Welch ein gelehrter und kunstsinniger Mann! Hat sonst irgendein deutscher Fürst schon ein Theater gebaut?« Greenley hob seinen Becher. »Möge Gott ihn und sein Land beschützen in diesen wüsten Zeiten!« Sie tranken, und der Weinkrug machte seine Runde. »Doch wir ließen uns niemals nieder bei ihm, zogen immer von Hof zu Hof, von Reichsstadt zu Reichsstadt – bis zum heutigen Tag. Allerdings hatten wir einen Vertrag mit dem Moritz und durften uns eine Zeitlang mit bestem Gewissen ›fürstlich-hessische Komödianten‹ nennen. Wir hatten das schriftlich, versteht ihr? Das hat uns viele Stadttore und so manches Schlossportal geöffnet. Und meinem Ruf in England hat es auch nicht geschadet.«

»Sollten wir uns dann nicht lieber nach Hessen wenden statt nach Königsberg und Schlesien?«, schlug Charles Rowland vor.

»Leider frisst dem Landgrafen Moritz zurzeit der Krieg die Gulden aus der Schatulle«, erwiderte Greeley, »und ich schätze, dass es keinen von uns dorthin zieht, wo katholische Landsknechte auf Beute lauern. Und dich darf es am allerwenigsten dorthin ziehen, Charly, denn kein Kind sollte in einer Luft zur Welt kommen, die nach Schwarzpulver stinkt und von Kanonendonner dröhnt.«

Einige standen auf und zogen sich in die Wagen zurück. Andere packten Lauten, Schalmeien und Flöten aus, um zu musizieren. Susanna nahm David die Katze vom Schoß, drückte sie an ihre Brust und wärmte sich an ihr. Scheu musterte sie Greenley von der Seite.

Der Prinzipal blieb ihr noch immer ein wenig fremd und unheimlich – der viele Wein, den er trank, die Flüche, die er hin und wieder ausstieß, und die ganz und gar nicht gottesfürchtigen Reden, die er zu führen pflegte; und vor allem, dass er mit Aaron lebte wie mit einer Frau. Nein, ein frommer Mann schien er ihr ganz und gar nicht zu sein, und Welten trennten ihn von einem rechtschaffenen Handwerker, wie ihr Vater einer gewesen war.

Und dennoch bewunderte sie Christopher Greenley: Die Opfer, die er für seine Kunst auf sich nahm, die Leidenschaft, mit der er sich ihr hingab, und der strenge Wille zur Vollkommenheit, mit der er die Komödien und Tragödien immer wieder proben und verbessern ließ – all das flößte ihr größten Respekt ein. Nie zuvor in ihrem Leben war sie einem solchen Menschen begegnet.

Im Grunde ihres Herzens dankte sie Gott, mit David zu ihm und seinen Komödianten gehören zu dürfen, auch wenn sie dadurch ein weitaus beschwerlicheres Leben führen musste, als wie sie es in einem vom Krieg verschonten Handschuhsheim hätte führen können; und durch die Schwangerschaft wurde es ja von Tag zu Tag beschwerlicher. Doch sie hatte Menschen um sich, die sie achteten und ins Herz geschlossen hatten; sie konnte sticken und nähen und so selbst zum Unterhalt aller beitragen; und sie hatte einen Mann, der sie liebte und gut zu ihr war.

Und was ihr noch wichtiger erschien: Durch die vielen fremden Menschen, denen sie begegnete, durch die unbekannten Landschaften und Städte, die sie mit den Komödianten durchquerte, und vor allem durch die Komödien und Tragödien der Engländer lernte sie Facetten des Lebens kennen, von denen sie zu Hause in Handschuhsheim, an ihrem Sticktisch vor dem Fenster zur Straße, nicht einmal hätte träumen können – weil sie niemals davon erfahren hätte.

Was also wollte sie mehr?

»Ich gehe schlafen«, flüsterte sie und küsste David auf die Wange. Sie stand auf und ging zum Wagen. Die Katze sprang ihr vom Arm und huschte in die Dunkelheit des Hafengeländes. »Sei nur pünktlich zum Sonnenaufgang zurück!«, rief sie ihr hinterher. »Nicht, dass wir ohne dich in See stechen müssen.«

Im Wagen brannte Licht – Helena stillte schon wieder ihr Baby, und Otto Eichinger las in der Bibel. Susanna zog sich aus, wickelte sich in Bärenfell und Decke und zog eine der Öllampen zu sich. Sie schlug ihr Buch auf, blätterte ganz vorn darin herum. Eine Zeitlang überflog sie ihre Aufzeichnungen aus der Zeit vor der Eroberung Heidelbergs, dann las sie mit wundem Herzen Briefe, die sie damals an Hannes richtete und ihm niemals zu lesen geben konnte, und sie sah sich kopfschüttelnd die ungelenken Verse an, die sie in jenen Monaten verfasst hatte.

So viel Angst und so viel Hoffnung sprachen aus diesen vollgeschriebenen Seiten, und bald auf jeder zweiten begegnete ihr der liebe alte Konfirmandenspruch: »Gottes Wege sind vollkommen, er ist ein Schild allen, die ihm vertrauen!«

Wie anders sie gelebt hatte damals, wie anders gedacht. Hätte ihr jemand vorausgesagt, sie würde einmal mit Gauklern durchs Reich ziehen und danach mit englischen Komödianten sogar bis an die Ostsee, sie hätte ihn ausgelacht. Niemals hätte sie eine Susanna Almut mit einem solchen Leben für möglich gehalten, auch in den kühnsten Träumen nicht!

Sie setzte sich auf, spitzte ihren englischen Stift und hielt das Buch über ihrem dicken Bauch fest. *Die Vergangenheit kann ich nicht mehr ändern*, schrieb sie auf eine frische Seite, *meine Gegenwart hat Gott mir zugeteilt, und sie ist um vieles reicher, als ich es in meinen dunkelsten Stunden zu hoffen gewagt habe. Und in meinem Bauch wächst die Zukunft.* Sie wollte das Buch schon zuschlagen, da setzte sie noch einmal den Stift an und schrieb. *Und morgen fahren David, ich und die Zukunft zum ersten Mal aufs Meer hinaus.*

*

»Bin ich denn wirklich ein Vagabund?« Schwer vom Wein sprach der Prinzipal wie zu sich selbst. »Ich habe doch ein Haus in London, bin immer dorthin zurückgekehrt. Und werde es wieder tun – falls mich nicht vorher eine Lungenentzündung erwischt.« Er grinste. »Oder ein Seesturm.«

»Was tust du, wenn du in London bist?«, wollte David wissen. »Komödien und Tragödien spielen?« Nur er und Aaron saßen noch bei Greenley am verglimmenden Feuer.

»Manchmal.« Aaron antwortete für Greenley. »Meistens studieren wir die neusten Stücke, und was uns gefällt, übersetzen wir und kürzen es und schreiben es so um, dass die Deutschen Gefallen daran finden könnten.«

»Außerdem tue ich in London, was ich auch hier bei euch tue – ich unterrichte junge Komödianten in der Schauspielkunst. Das ist fast so schön, wie auf der Bühne zu stehen. Doch lange wird es wohl nicht mehr währen.« Greenley setzte den Becher an die Lippen und trank.

»Rede nicht so, Christopher!«, fuhr Aaron ihn an. »Du machst mir Angst!« In solchen Blicken spürte David, wie sehr die beiden aneinander hingen.

»Angst macht klug.« Der Prinzipal starrte in die letzte Glut. Ein bitteres Lächeln kroch in seine Züge. »Seht euch das jämmerliche Glimmen an. So brennt auch die Kraft unseres Lebens dahin. Und wenn man dann zurückschaut auf das vergangene Feuer, auf das große, das heiße, dann war es doch nur ein Feuerchen gewesen, und ein kurzes dazu.«

»Hör auf!« Aaron zog die Schultern hoch, als würde es ihn frösteln. »Kein Wort mehr davon!«

»Vergiss das nie, Jean Potage – nur ein Feuerchen, und ein kurzes dazu.« Schon lange hatte der Prinzipal ihn nicht mehr so genannt, und David wurde ganz merkwürdig zumute. »Du hast viel Beifall eingestrichen seit dieser Hochzeit auf der Herzenburg, viel Lob und Bewunderung. Und das mit Recht, denn du bist gut. Du wirst einmal unser Bester sein, ich zweifle nicht daran. Und John auch nicht.«

David spürte, wie ihm die Röte heiß ins Gesicht stieg. Er äugte zu Aaron hinüber – dessen Miene wirkte hart und glatt auf einmal, und obwohl er lächelte, glitzerte es kalt in seinen Augen.

»Keinem tut es auf Dauer gut, immer nur gelobt zu werden«, fuhr Greenley fort, »und einem wie dir sowieso nicht.« David stutze – wie meinte der Prinzipal das? Er wollte protestieren, fand aber nicht die rechten Worte. »Das Leben selbst wird schon dafür sorgen, dass du dir in deinen eigenen Augen nicht großartiger erscheinst, als du bist. Doch bis dahin versuch's dir zu merken, David Villacher: Nur ein kurzes Feuerchen. Ganz unbedeutend und bald vorbei.«

Er stellte den Becher ab, drehte sich zur Seite und langte in eine Ledertasche, die neben ihm lag. »Und damit du es nicht vergisst, will ich dir heute etwas schenken.« Er kramte ein in Tuch eingeschlagenes rundliches Ding heraus, etwa so groß wie der Bauch des Weinkruges. »Ich warte schon länger auf eine Gelegenheit dazu, und heute ist mir danach.« Greenley wickelte das Ding aus den Tüchern – ein Totenschädel kam zum Vorschein. »Vor den Augen deiner lieben Frau wollte ich es nicht tun, denn wer ein Kind unter dem Herzen trägt, sollte den Tod nicht vor Augen haben.«

David starrte den Schädel an. Alles in ihm sträubte sich dagegen, ihn zu berühren; angst und bange wurde ihm plötzlich. Doch Greenley kümmerte sich nicht um seine Befindlichkeit und streckte ihm sein Geschenk hin. »Das ist der Schädel unseres Erzpickelherings.« Der Prinzipal lächelte. »Will Kemps Schädel. Ich reiche ihn heute an dich weiter.«

*

Früh am nächsten Morgen hielt ein berittener Bote sein Pferd vor der Wagenburg der Komödianten an. Er übergab Greenley einen Brief der Prinzessin von Bernstadt. Sie habe Schlesien überraschend verlassen müssen, und statt nach Preußen möge die Compagnie sich auf den Weg nach Magdeburg machen. Dort gebe es einen dem Schauspiel geneigten Magistrat, und dort warte sie mit besseren Nachrichten.

*

In den Wochen danach hielt David den Totenschädel nicht ein einziges Mal in den Händen, und als er Anfang Juni seinen neugeborenen Sohn in den Händen hielt, dachte er schon nicht mehr an den Hohlknochen ganz unten in seiner Kleidertruhe. Das Kind sah sehr zerbrechlich aus mit seinen feinen Gliedern und war fast am ganzen Körper mit dunklem Flaum bedeckt. Es plärrte aus Leibeskräften.

Die Hebamme, die gegenüber des Magdeburger Gasthauses wohnte, in dessen Innenhof die Komödianten spielten, nahm ihm das schreiende Bündel ab, wusch und wickelte es und legte es Susanna an die Brust. Das Geplärre verstummte.

Sie bewohnten eine Stube in ebenjenem Gasthof. Helena und die anderen Frauen knieten um Mutter und Säugling herum und bestaunten das saugende, eigenartig gurrende Wesen, das doch weiter nichts als das Selbstverständlichste der Welt tat. Und dabei lächelte jede Einzelne so selig entspannt, als hätte sie selbst gerade ein Kind geboren, und das völlig schmerzfrei.

Auch Susanna leuchtete das Glück in den erschöpften Zügen, auch Susanna hatte nur Augen für das Kind. Ein wenig verloren stand David bei all den Frauen und kam sich überflüssig vor.

Die Hebamme, eine stämmige Frau mit weißem Haar, scheuchte die Katze aus dem Raum und packte ihre Sachen zusammen. David brachte sie nach unten und bezahlte sie. Die Männer umringten ihn, klopften ihm auf die Schulter und wünschten ihm Segen, Glück und dergleichen. Und Greenley, der es pathetisch mochte, küsste ihn auf beide Wangen: »Möge das Schicksal dem Heiligen Römischen Reich Deutscher Nation an diesem Morgen endlich einmal einen lesbaren Dichter geschenkt haben. Oder wenigstens einen brauchbaren Komödianten.« Auch von den Fenstern rund um den Hof riefen die Leute ihm Segens- und Glückwünsche zu; obwohl gerade erst die Sonne aufging, waren viele schon wach.

David winkte zu ihnen hinauf; er wusste kaum, wie ihm geschah. Alles in ihm bebte. Es war eine schwere Geburt gewesen, und Susanna hatte arg geschrien. Nun war es vorbei, und er hatte einen Sohn. Oder nein – nun ging es los, und er war Vater. Wie verwirrt kam David sich vor, wie halb betäubt.

Während die anderen sich wieder in ihre Wagen und Decken verkrochen oder ins Haus hinaufstiegen, um einen Blick auf Mutter und Kind zu werfen, ging David durch den Torbogen der Hofeinfahrt auf die Gasse hinaus zur nahen Ostmauer der Stadt. Auf dem Wehrgang dort lehnte er zwischen den Zinnen und blickte hinunter auf die Elbe und ins weite Land hinein. Seine Empfindungen waren Sperlingsschwärme und flatterten ihm wie ebensolche durch Bauch und Hirn. Er blickte hinter sich über die Dächer der Stadt und auf ihre zahllosen Kirchtürme. Irgendwo zwischen ihnen lag jetzt ein neugeborenes Kind an der Brust seiner Frau. Sein Sohn. Er war Vater geworden. Und fasste es kaum.

In seiner Rechten spürte er plötzlich den Zopf seiner Mutter, und Tränen stiegen ihm in die Augen. Auf einmal sehnte er sich nach Stephan. Wie gern hätte er ihn jetzt umarmt und geküsst und gerufen: »Ich habe einen Sohn, stell dir vor!« Wie gern hätte er Bela umarmt und es ihm gesagt. »Ich habe einen Sohn.« Sogar Sehnsucht nach der Landgräfin regte sich in seiner Brust.

Am Abend dann die unvermeidliche Frage. »Wie soll der Junge heißen?« Helena stellte sie. David sah Susanna an, und Susanna sah David an. Sie hatten sich noch immer nicht geeinigt. »Stephan Joseph soll er heißen«, erklärte David.

»Ich habe ihn Monate lang mit mir herumgeschleppt.« Jene steile Falte des Unwillens zwischen Susannas Brauen, die David sonst so mochte, wollte ihm in diesem Moment gar nicht gefallen. »Ich habe ihn unter tausend Schmerzen geboren, also bestimme ich auch, wie er heißt.«

»Ich bin der Vater!«, empörte David sich, und um ihn herum warfen die Komödianten einander halb verstohlene, halb amüsierte Blicke zu.

»Darum wird er ja auch Villacher heißen«, entgegnete Susanna ungerührt. Sie hielt seinem Blick stand, und eine wankelmütige Frau sah weiß Gott anders aus. David zog sich in die Gaststube zurück. Dort bestellte er Wein und schmollte.

Wie sein Sohn heißen würde, erfuhr er dann erst am übernächsten Tag – am Taufbecken, als der lutherische Prediger nach dem Namen fragte. »Friedrich Johannes Villacher«, antwortete Susanna, und der Prediger taufte das schreiende Kind im Namen des Vaters, des Sohnes und des Heiligen Geistes auf genau diesen Namen.

Friedrich hatte Susannas Vater geheißen, das wusste David; wie sie auf Johannes kam, war ihm schleierhaft und wollte sie auch nicht verraten.

Die Prinzessin von Bernstadt ließ zu dieser Zeit übrigens noch immer auf sich warten, dabei hatte der Magistrat von Magdeburg ihnen nur zwei Wochen Spielzeit zugestanden. Schon in fast einer Woche mussten sie die Bühne abbauen. Vier Tage darauf, in der zweiten Juniwoche, schlug David am Morgen die Augen auf. Der leere Platz neben ihm auf dem Spreusack fühlte sich noch warm an. Susanna war mit dem Kind hinunter in die Badestube gegangen. Auf dem Hocker neben dem Nachtlager sah er das Buch, in das sie zu schreiben und ihre Schnitte und Stickmuster zu zeichnen pflegte. Er blätterte darin. Das war nicht in Ordnung, er wusste es genau. Vielleicht tat er es, weil er noch immer ein wenig verärgert war wegen des Kindesnamens und Susannas Eigensinn, vielleicht auch aus einer gewissen Eifersucht heraus, denn wahrhaftig: Seit der Kleine auf der Welt war und ihr an der Brust hing, hatte er selbst, David, an diesem lieblichen Ort nichts mehr verloren. Manchmal behandelte Susanna ihn gar wie Luft – er schien kaum noch vorzukommen in ihrer kleinen Mutterwelt.

Ganz vorn, auf den ersten Seiten des Buches, fand er Briefe. An einen Hannes waren die gerichtet. *Mein Allerliebster*, nannte Susanna ihn da, *mein Ein und Alles*, *mein Herz* und *mein starker und treuer Hannes*. Ihn selbst hatte Susanna nie so genannt. *Immer warte ich auf dich, mein Hannes*, hieß es da, und *mein ganzes Leben werde ich dich lieben, nur dich*, und *du bist es, den Gott mir zum Manne bestimmt hat*.

David legte das Buch zurück auf den Hocker. Zitterte seine Hand? Sein Herz jedenfalls zitterte. Er zog sich an, ging hinunter, lief aus dem Haus und aus der Stadt. Am Elbufer zog er sich wieder aus, sprang in den Strom und schwamm hinüber.

Nun wusste er, warum sein Sohn Johannes hieß.

Am anderen Ufer lag er nackt im Gras und starrte in den Morgenhimmel. Gegen Mittag erst schwamm er zurück.

Es dauerte Tage, bis er Susanna wieder in die Augen schauen konnte.

*

»Ein Fest!«, rief der Prinzipal. »Ladet das Gepäck wieder aus und lasst uns ein Fest feiern!«

Es war früher Vormittag und die Zeit in Magdeburg eigentlich vorüber – sie beluden bereits die Wagen im Innenhof des Gasthauses, in dem sie gespielt hatten. Da kam der Prinzipal aus der Tür gelaufen und wedelte mit einem Briefbogen. Ihm folgte – Maria von Bernstadt.

»Kommt her, Kinder – unsere Prinzessin hat unglaublich gute Nachrichten gebracht!« Greenley winkte. »Kommt schon her!« Und nach und nach versammelte sich die gesamte Compagnie um ihren Prinzipal. Davids Blick traf sich mit dem der Prinzessin – täuschte er sich oder suchte sie seinen? –, sie sah bleicher aus als noch im Vorjahr auf der Herzenburg, magerer und im Gesicht kantiger.

»Schaut euch das an!« Greenley wedelte mit dem Briefbogen und reichte ihn endlich an John Taylor weiter. Der las und bekam immer größere Augen.

Am Abend zuvor war Maria von Bernstadt nach Magdeburg

gekommen, in der letzten Vorstellung hatte David sie unter den Zuschauern entdeckt; er spielte den verlorenen Sohn, und gegen Ende des Stückes schien es ihm, als würde er nur für sie spielen, so eindringlich fühlte er sich von ihr beobachtet.

»Das nenne ich einen Grund zum Feiern«, sagte Taylor kopfschüttelnd, während er das Schreiben las. »Wahrhaftig!« Er ließ den Briefbogen sinken und sah in die Runde. »Im nächsten Jahr spielen wir in Dresden. Von Mai bis Ostern im Jahr darauf. Der sächsische Kurfürst lädt uns ein.« Er sprach langsam und leise, wie einer, den eine Nachricht bis zur Erschöpfung überwältigte. Seine letzten Worte gingen im Jubel der Komödianten unter.

David fiel Rowland in die Arme, Susanna Helena, der Prinzipal Taylor und so weiter. Jeder umarmte jeden, und manche hielten sich fest, sprangen und tanzten. Rund um den Hof öffneten sich Fenster, die Leute guckten neugierig auf die Wandertruppe herunter. David hielt plötzlich Susanna im Arm, das war schon länger nicht mehr vorgekommen.

Die Aufregung legte sich nach und nach, die Gesichter strahlten vor Freude, und Maria von Bernstadt sagte: »Eigentlich ist es die Gemahlin des Kurfürsten, die euch einlädt, Magdalena Sibylle von Preußen. Ihr Gatte hat diesen Brief nach ihrem Willen diktiert und unterzeichnet, doch eigentlich habt ihr ihn der Fürstin zu verdanken.«

Erneuter Jubel erhob sich. Die Komödianten klatschten in die Hände und ließen Magdalena Sibylle von Preußen hochleben und Maria von Bernstadt gleich mit dazu.

Der Prinzipal machte kehrt, stürzte ins Haus, um mit dem Wirt des Gasthofs die Miete zu verlängern. Für den Abend vereinbarte er mit ihm ein Festmahl und schickte sogleich Taylor und Rowland mit einigen Komödianten zum Magistrat, zu den Adelsleuten der Stadt und zu den Zunftmeistern, um die wichtigsten Männer und Frauen von Magdeburg einzuladen.

»Zuerst zum Rathaus!«, rief Greenley ihnen hinterher. »Bietet dem Magistrat eine Komödie an für heute Abend. Wir würden auch nur den halben Preis nehmen!«

Maria von Bernstadt bat um Hilfe beim Entladen ihrer drei Kutschen, dabei wandte sie sich an David. In einem Gasthof am Westtor hatte sie fünf Zimmer für sich und ihren kleinen Hofstaat angemietet. David schien es, als wäre sie mit weit weniger Dienern unterwegs als noch auf der Herzenburg oder in Nürnberg. Und sah sie nicht allzu bleich und hohlwangig aus?

»Er muss nicht laufen.« Auf der Gasse winkte sie ihn zu sich und wies zur offenen Tür ihrer Kutsche. »Er kann mit mir fahren.« Und ehe David sich versah, saß er neben der Prinzessin in ihrem Wagen.

Das Gespann setzte sich in Bewegung, die Kutsche schaukelte durch die Gassen und Straßen. »Ich freu mich, Ihn wiederzusehen. Geht es Ihm gut?« David nickte. »Ich höre, Er ist Vater geworden – meinen Glückwunsch.« Er bedankte sich.

Sie erkundigte sich nach Namen und Wohlbefinden des Kindes, wollte wissen, wie es der Mutter gehe, und kam David alles in allem merkwürdig unruhig vor. Ganz so, als würde sie mit dem, was sie wirklich bewegte, noch hinterm Berg halten. »Er weiß sicher, wem Greenley die Einladung nach Dresden zu verdanken hat«, sagte sie schließlich.

»Euch, Prinzessin, nehme ich doch an«, antwortete David. »Euch und der Kunst des Prinzipals.« Er grinste. »Seinem Pickelhering vor allem.«

»Auch dem, gewiss.« Sie sah ihn an, ihr Blick flog über seine Miene, seine Gestalt. Etwas stimmte nicht. »Vor allem aber hat Er die Fürstin Magdalena Sibylle beeindruckt. So sehr, dass sie Ihn wieder auf der Bühne zu sehen wünscht.«

»Ich?« David glaubte nicht recht zu hören. »Mich?«

»Er ist der Beste, weiß Er das denn nicht?« Jetzt lächelte sie ihm ohne Scheu ins Gesicht – und Himmel! Wie ihre grünen Augen leuchteten. »Und wenn Er mich lässt, werde ich dafür sorgen, dass man das überall erfährt, wo Fürsten Komödien zu schätzen wissen. Ich verfüge über beste Beziehungen im Reich.« Als wollte er seine Gedanken erforschen, flog ihr Blick erneut unruhig über seine Gestalt und sein Gesicht. »Lässt Er mich?«

»Aber ja …« David versuchte zu verstehen, versuchte, Ordnung in seine Gedanken und Empfindungen zu bringen. »Ich … ich bin nur überrascht, ich finde keine Worte … Ihr macht mich verlegen, Prinzessin.«

»Oh, das wollte ich nicht.« Sie berührte seinen Arm. Wie ein junges Mädchen wirkte sie plötzlich. »Nenn mich künftig einfach Maria, ja?« Sie nahm seine Hand und lächelte ein weiches, beinahe zärtliches Lächeln, das ihm bis ins Herz reichte. So hatte Susanna ihn noch nie angelächelt.

»Maria …?« David schwirrte der Kopf.

»Ja, David – einfach Maria. Und du musst gar nicht verlegen sein.« Sie drängte sich an ihn, die Kutsche hielt. »Ich habe dich in Nürnberg gesehen und wusste sofort: Du bist es.«

Ihre Lippen berührten seine. Wie warm und weich sie waren, und wie süß sie schmeckten! David kam es so vor, als versinke er in einem unbekannten Land.

8

Hufschlag erfüllte die Luft. Die Reiter palaverten, scherzten, lachten; einige sangen. Zuversichtliche Stimmung herrschte in der Kompanie. Hannes setzte die Feldflasche an die Lippen und trank. Das Wasser war warm von der Sonne und dem Leib seines Rappens.

In mehreren Heeresabteilungen zog Wallensteins Armee zur Elbe hinauf. Hannes ritt unter den nördlichsten Regimentern; unter jenen, die dem Strom am nächsten waren. An die sechzigtausend Mann hatte der Friedländer in kürzester Zeit zusammengebracht. Das ganze Reich bestaunte ihn. Hannes bestaunte etwas ganz anderes.

Er äugte verstohlen nach links zum Cornet und dann an der Fahnenstange in dessen rechter Faust hinauf zum goldenen Hirschgeweih, das auf blauem Grund über ihren Sturmhauben wehte. Das tat er nicht selten, und jedes Mal zweifelte er an seinen Sinnen: Er ritt jetzt unter der Herzenburg-Standarte – war das nicht aberwitzig? Er ritt jetzt in der Herzenburger Kompanie, in der Mörderbande! Ein böser Scherz des Schicksals? Nein – Hannes hatte die Möglichkeit gesehen und zugegriffen; er hatte es so gewollt.

Seit er dem Befehl des Obristleutnants Maximilian von Herzenburg unterstand, war alle Dumpfheit von ihm abgefallen. Hellwach beobachtete der Zimmermann aus dem Odenwald, was um ihn herum geschah. Wein rührte er schon seit der Fastenzeit nicht mehr an. Nüchtern wollte er bleiben, bis seine Gelegenheit kam; hellwach und nüchtern so lange, bis er alles getan hatte, was er seinen Toten schuldig zu sein glaubte.

Mitte September war es, gestern hatten sie die Werra überquert und mit der Landgrafschaft Hessen-Kassel verbrannte Erde hinter sich gelassen. Im niedersächsischen Kreis braue sich etwas zusammen, hieß es. Hannes und die Offiziere der kaiserlichen Reiterei wussten nur, dass die protestantischen Stände dort den Dänenkönig zu ihrem Kreisobristen ernannt hatten.

Ein Kreisobrist im Heiligen Römischen Reich war oberster Verwalter, erster Richter, höchster Offizier und oberster Kaufmann in einem. Die Fürsten und Magistrate an Aller, Weser und Leine schienen eisern entschlossen, nie wieder Priester oder Mönche römische Messen in ihren Kirchen lesen zu lassen, und einen mächtigeren Garanten für die evangelische Sache als König Christian von Dänemark gab es derzeit nicht.

An der Seite des Dänen standen der Tolle Halberstädter und der abgebrühte Graf von Mansfeld – beide mit Geldern aus Frankreich und den Niederlanden ausgestattet. Und seit Mitte August hörte Hannes Gerüchte, dass auch der lutherische Herzog Johann Ernst von Sachsen Weimar etliche Regimenter unter seiner Fahne versammelt habe, um für die evangelische Sache in den Krieg zu ziehen.

Ein Pulverfass.

Tilly zündelte bereits entlang der Weser daran, und nun gedachte auch der Friedländer – seit ein paar Wochen General und Herzog – seinen Teil dazu beizutragen, dass es explodierte und den Evangelischen um die Ohren flog.

Hannes sah das alles, doch es ließ ihn gleichgültig. Er hatte seinen eigenen Krieg, und er wartete auf seine Stunde.

Der kleine, drahtige Cornet auf dem Pferd zu seiner Linken hieß Peter Laußnitz. Ein großmäuliger Sachse. Damals, als Hannes vom Weingarten aus sein Dorf brennen sah, war Laußnitz noch Corporal gewesen. Und der Rittmeister neben dem Cornet – ein frommer Bayer, der sich bei jeder Gelegenheit bekreuzigte und Bildnisse der Jungfrau Maria an Sturmhaube, Karabinerkolben und Harnisch trug –, dieser Mann wütete damals als Wachtmeister der Kompanie in den Häusern und Gärten des Walddorfes. Er hieß Franz Staudinger.

Mehr als die Hälfte der Kompanie, die noch zu Beginn des Krieges unter von Herzenburg ritt, war inzwischen gefallen. Vier durch Hannes' Hand. Von den Namen derer, die damals dabei waren, als das Walddorf brannte und Hannes die Schreie der gequälten und sterbenden Verwandten und Nachbarn hörte, hatte er eine Liste angefertigt. Die trug er im Futter seines Kollers.

Am Abend schlugen sie das Nachtlager in der Gegend von Mühlhausen auf. Am nächsten Tag gab es ein Scharmützel mit Bauern, die genug davon hatten, ihre Ernte und ihr Vieh Soldaten aus gleich vier Heeren überlassen zu müssen; Tilly, der Halberstädter und der Graf von Mansfeld waren hier nämlich schon vorbeigekommen. Es gab Tote; aber nicht auf Seiten der friedländischen Armee.

Drei Tage später wieder kleinere Kämpfe, diesmal mit dänischen Dragonern, die das kaiserliche Heer auskundschafteten; und diesmal wurde auf beiden Seiten geblutet und gestorben.

Hannes führte drei Rotten hinter flüchtenden Kundschaftern her. Er fühlte nichts, wenn er einen Dänen vom Pferd schoss, er dachte nichts, wenn er einem Dänen die Klinge in die Brust stieß. Er befolgte die Befehle seines Rittmeisters und seines Obristleutnants. Und wartete auf seine Stunde.

Bald schlossen sich ihnen weitere Kompanien Wallensteins an, und Mitte Oktober traf der Friedländer sich mit dem General Tilly in dem kleinen Flecken Hemmendorf zwischen Hameln und Hildesheim. Die Heerstraße nach Norden führte durch das Dorf. In ihm besprachen die beiden Feldherren ihre Kriegspläne, versuchten, einander ihre Eifersucht nicht anmerken zu lassen, einigten sich auf Winterquartiere und erließen ein Manifest an die Obersten des Niedersächsischen Kreises. Darin beschuldigten der Bayer und der Friedländer sie, es lieber mit einem Geächteten wie von Mansfeld statt mit dem von Gott gesetzten Kaiser des

Heiligen Römischen Reiches Deutscher Nation zu halten. Deswegen trügen sie auch allein die Verantwortung für all das Blut, das in den nächsten Monaten unweigerlich fließen würde.

Da wusste auch der letzte Pferdejunge, was die Stunde geschlagen hatte.

Tillys Kriegsvölker zogen daraufhin in die Gegend von Hannover, wo dänische Truppen lagen, und hinauf an die Weser nach Bremen, wo der Graf von Mansfeld sich verschanzt hatte und die Bewohner drangsalierte.

Hannes rückte mit Wallensteins Heer nach Norden vor, ein Winterquartier an der Elbe blieb das Ziel seines Generals. Den Elbestrom brauchte er vor allem, um auf ihm Nachschub an Lebensmitteln und Material aus Böhmen heranzuschaffen – sechzigtausend wollten gespeist werden über die kalten Monate, und frieren sollte auch keiner. Allein mit Auspressen von Bauern und Bürgersleuten war das nicht zu bewerkstelligen.

Vier Tage nach dem Treffen mit Tilly ritt Hannes im Gefolge Wallensteins durch die Straßen von Halberstadt, und noch einmal zwei Wochen später eroberte er mit den Truppen des Friedländers die Stadt Halle. Anfang November 1625 bezog seine Kompanie dort ihr Winterquartier, und man befahl ihm zu tun, was er in Böhmen gelernt und so erfolgreich getan hatte: Bauern und Bürgern Geld und Gut aus Kästen, Strümpfen, Schatullen und Ställen locken.

Hier ging es nicht um Steuern, hier ging es um »Kontribution«, wie der Friedländer das zu nennen beliebte. Alle helfen mit bei der Bezahlung und Ernährung des Heeres, hieß das, Freund oder Feind, ob sie wollen oder nicht. Manche hohe Offiziere drückten es poetischer aus: Das Land sollte den Krieg ernähren.

Das klang nicht schlecht – was aber, wenn der Krieg unersättlich wurde? In Hannes' Augen gebärdete er sich als gieriger Nimmersatt: Er fraß das Land auf. Und seine Bewohner gleich mit.

Zwei ganze Reiterregimente ritten zum Fouragieren in die Landschaften östlich von Halle, manche Rotten bis über die Grenze ins Kurfürstentum Sachsen hinein. Von Herzenburg wollte nicht leer ausgehen und schickte auch seine Kompanien mit. Der Rittmeister Staudinger führte die Kompanie an, in der Hannes Leutnant war. Zwei Wochen vor dem ersten Schnee geschah es. Wo immer die Reiter Männer und Frauen entdeckten, fielen sie über sie her.

Staudinger, den Namen der Heiligen Jungfrau anrufend, ließ die Kompanie eine Schafherde niederreiten. Die Männer griffen sich die verletzten Tiere, töteten sie und führten sie auf geraubten Karren mit. In einem Dorf fielen sie über eine Schweineherde und seinen Hirten her. Die Bauern stürzten aus den Häusern, beschimpften die Arkebusiere, verteidigten ihr Hab und Gut mit Mistgabeln und Äxten.

Ehe Hannes sich versah, fielen Schüsse, blitzten Klingen in der Mittagssonne auf, und bald schimpfte keiner mehr. Über die Leichen der Männer hinweg stürmten einige Männer der Herzenburger Kompanie die Bauernhäuser und fielen über Vorratskammern, Truhen, Kleiderkästen und Frauen her.

Was hier geschah, hatte Wallenstein streng verboten, und Hannes begann nun doch wieder zu fühlen und zu denken: Er geriet außer sich. Plötzlich hörte er im Geschrei der sächsischen Bauern seine Walddörfler schreien und sah in dem Feuer, das Leute seiner Kompanie gelegt hatten, seine eigene Heimat verbrennen.

Er brüllte wie ein Rasender, ging mit Fäusten und gezückter Seitenwehr auf die eigenen Arkebusiere los. Seine Reiter ließen ab vom Rauben, Morden und Schänden. Doch was nützte das, wo nur wenige Wegstunden entfernt Staudinger und Laußnitz sich mit ihren Rotten über sächsische Dörfer und Weiler hermachten.

Hannes befahl einem Feldwebel und einem Corporal, mit ihren Leuten sieben Häuser zu schützen, die noch nicht brannten, und eine Kirche, in die sich Bauern mit ihren Familien geflüchtet hatten. Er selbst ritt mit zwölf Gefreiten zurück nach Halle und schlug Alarm bei einem Reiterobristen.

Zwei Dragonerkompanien unter Führung dieses Obristen ritten mit ihm zurück nach Kursachsen in die überfallenen Dörfer. Ein Profos schloss sich ihnen an, ein Henker und drei Steckenknechte. Der Obrist tobte mächtig, als sie das erste verwüstete Dorf erreichten. Einen Feldwebel und einen Corporal ließ er an Ort und Stelle niederhauen, eine halbe Kompanie in Fesseln aufsitzen. Den Rest erinnerte er an die strengen Gesetze des Friedländers und an die Strafen, die jeder zu erwarten hatte, der sich nicht daran hielt. Und besonders verwerflich sei es, derartige Gräuel auf dem Hoheitsgebiet eines neutralen Kurfürsten anzurichten.

»Kurfürstlich oder nicht«, ließ sich ein gefesselter Feldwebel hinreißen zu erwidern; er trug den gestohlenen Hut des Schweinehirten. »Ich muss fressen und mein Pferd muss auch fressen.« Der Oberst zog augenblicklich seinen Degen und schlug den Mann eigenhändig tot.

Hannes stand abseits und sah den Feldwebel in seinem Blut liegen. Und er hörte die geschändeten Mädchen heulen, sah die Häuser brennen und die Bäuerinnen mit zerrissenen Kleidern über den Leichen ihrer Männer und Söhne die Hände zum Himmel ausstrecken. Die Gesichter der Toten und Gedemütigten verwandelten sich in seinem Geist in vertraute Gesichter: in die seiner Eltern, Geschwister, Großeltern und Nachbarn.

Sieben Jahre währte der Krieg schon, und so wie er begonnen hatte für die im heimatlichen Walddorf damals, so ging er seitdem immer weiter und weiter: Für die armen sächsischen Bauersleute hier, für die deutschen Dörfer und Städte im Reich, die jetzt schon auf seiner Liste standen, und auch für jene, die er in Kürze darauf notieren würde. Er hatte erst begonnen, der gierige, nimmersatte Krieg – und er, Hannes, war längst ein Teil von ihm. In dieser Stunde sah Hannes es mit kühlem Kopf und mit einer Klarheit, die ihm alle Kraft der Hoffnung aus den Gliedern trieb.

Hüte dich, Hannes Stein, tönte auf einmal die Stimme Kristinas in seinem Geist. *Blut und Herzeleid*, krächzte die alte Stimme der Wahrsagerin in Frankfurt, *hüte dich, Pfälzer, achte auf deine Wege …*

*

Ich komme. Ein Bote brachte die Nachricht von Maria; seit dem Herbst lebte sie in Cölln an der Spree bei ihrer jüngeren Schwester am Hof des Kurfürsten von Brandenburg. Maximilian schickte ihr eine Eskorte entgegen und ließ sie von Potsdam aus zu sich nach Dessau holen. Persönlich konnte er die Stadt unmöglich verlassen – sein General hatte ihn beauftragt, die Dessauer Elbbrücke zu befestigen.

Angeblich gab es Menschen, die befolgten jedes einzelne Gebot Gottes auf das Peinlichste, um ihre ewige Seligkeit nicht aufs Spiel zu setzen. Maximilian von Herzenburg kannte keinen solchen Menschen. Er war jedoch umgeben von Männern, die Wallensteins Befehle auf das Peinlichste genau befolgten, weil sie ihr Leben nicht aufs Spiel setzen wollten.

Es war Anfang Dezember 1625, der Winter zeigte Erbarmen – noch keine Eisdecke bedeckte die Elbe, der erste Schnee taute schon wieder, und der Boden erwies sich noch immer als weich genug, um Laufgräben auszuheben und Fundamente für befestigte Schanzen zu legen.

Eine starke Garnison mit einem Dutzend halben und ganzen Kartaunen sollte die Brücke von Dessau künftig sichern. Der Herzog von Friedland hielt sie für einen begehrten Weg nach Südosten, was seine Feinde betraf, und einen noch wichtigeren Weg nach Norden, was ihn selbst betraf. Wallenstein hatte es langfristig auf Mecklenburg abgesehen.

Maria kam mit drei Kutschen und wollte rasch weiter nach Österreich, wie sie erklärte. Greenley und seine Komödianten verbrachten den Winter in den kaiserlichen Erblanden; dort nämlich ruhte der Krieg ein wenig aus momentan, und die Engländer spielten in Salzburg, Graz und natürlich in Wien, vor dem Kaiser.

Maximilian stellte sich Ferdinand vor, wie er über die Späße des Pickelherings lachte, während an Elbe und Weser seine Soldaten für ihn schwitzten, bluteten und starben. Die Vorstellung trieb ihm einen bitteren Geschmack auf die Zunge.

In dem Jagdschlösschen an der Mulde, in dem er sich selbst einquartiert hatte, ließ er der Prinzessin und ihrem stark verkleinerten Hof fünf Zimmer räumen. Selbstverständlich dachte er dabei auch an seinen eigenen Nutzen; Marias Schlafzimmer lag nur wenige Schritte von seiner eigenen Tür entfernt.

Nach Einbruch der Dunkelheit, als sie endlich allein waren und die Kammerzofe, deren Namen Maximilian sich nicht merken konnte, Wein und Gebäck serviert hatte, kam Maria sofort zur Sache. »Wenn Prinz Kröterich seine Drohung wahrmacht und mich verstößt und enterbt, dann bin ich am Ende. Mein Vater schreibt Briefe in ungewohnt harschem Ton – auch von ihm hätte ich in diesem Fall nichts mehr zu erwarten, daran lässt er keinen Zweifel. Wir müssen handeln, Max.«

Wir? Hatte er richtig gehört? Worauf wollte sie hinaus? Er nickte und dachte an den Brief des Herrn Grafen vom letzten Frühjahr. Seitdem hatte er nichts mehr von seinem Vater gehört. »Du sprichst, als hättest du konkrete Pläne.«

»Du denn nicht?« Maria hatte auf der anderen Tischseite Platz genommen, die Arme vor der Brust verschränkt und die Beine übereinandergeschlagen. Sie machte nicht die geringsten Anstalten, sich zu holen, wonach sie gewöhnlich so heftig verlangte, wenn sie sich lange nicht gesehen hatten. Schon ihre Begrüßung war schmerzlich zurückhaltend ausgefallen. »Hat denn der Prinz noch keine Genugtuung verlangt? Dann fürchtet er dich. Ein schlechtes Zeichen – gib nur Acht, dass er dich nicht hinterrücks aus dem Weg räumt!«

»Der Prinz von Bernstadt ist ein Ehrenmann.«

»Ein ›Ehrenmann‹!« Maria blies verächtlich die Backen auf. »Das habe ich gemerkt, als er mit der Reitpeitsche auf mich einschlug!«

Maximilian rechnete damit, dass sie sich jetzt auszog, um ihm die Striemen zu zeigen. Die hätte er gern geküsst, die und noch mehr. Doch sie rückte nicht einmal näher zu ihm heran. »Das tut mir leid«, sagte er, und kaum hatte er das ausgesprochen, merkte er, wie unbeteiligt es klang.

»Was redest du? ›Es tut mir leid‹, ›Ehrenmann‹ – begreifst du nicht?« Sie sprang auf und begann im Zimmer auf und ab zu laufen. »Deine Kleine hat uns beide bei ihm angeschwärzt! Und er wird uns beide dafür zahlen lassen! Mich *und* dich!« Sie schlug sich erst an die Brust und deutete dann auf ihn. »Wir müssen ihm zuvorkommen – ist dir das nicht klar?«

»Was soll ich denn tun, Maria?« In einer ratlosen Geste breitete Maximilian die Arme aus. »Irgendwo im Stift Bremen kämpft dein Gatte an Tillys Seite gegen die Dänen, und ich muss hier unten in Dessau die Stellung halten, den ganzen Winter über.«

»Lass dir etwas einfallen! Bald! Bevor er mich enterbt.« Sie kam näher, beugte sich zu ihm hinunter und senkte die Stimme. »Hast du nicht selbst gesagt, dass im Krieg auch hohe Offiziere auf der Wallstatt zu bleiben pflegen?«

»Was willst du damit sagen, Maria?« Maximilian verstand genau, doch was sie da andeutete, machte ihn frösteln. Er stellte sich dumm.

»Du bist ein kluger Kriegsmann, Max.« Sie ging zum Fenster, blieb davor stehen und starrte in die Dunkelheit hinaus. »Du wirst eine Möglichkeit finden, dem Schicksal ein wenig nachzuhelfen.« Und an ihn gewandt fügte sie hinzu: »Du musst eine finden.«

»Ausgeschlossen. Wie soll das gehen …?«

»Gütiger Himmel!« Sie eilte zu ihm, stemmte die Fäuste in die Hüften, beugte sich zu ihm herunter. »Was bist du für ein Zauderer!« Sie sah ihm in die Augen, ihre Miene war jetzt hart. »Ich an deiner Stelle wüsste längst, was ich zu tun hätte, wäre der Herr Graf mein Vater.« Sie flüsterte beinahe. »Ich würde nicht wie du Jahr um Jahr hinauszögern, was zu tun ich meiner Schwester und meiner Mutter schuldig bin.«

Maximilian starrte sie mit offenem Mund an. Die jähe Wendung des Gesprächs verschlug ihm den Atem.

Maria richtete sich auf und ging zurück zum Fenster. »Und wenn ich ein Kriegsmann wäre und meiner Base Schande drohte, wüsste ich auch längst, wie ich ihr helfen und dabei noch einem Duell zuvorkommen könnte.«

Maximilian legte den Kopf zurück gegen die Lehne, schloss die Augen und blies geräuschvoll die Luft aus den Backen. Offener konnte Maria ihn nicht mehr zu einem Mord auffordern. »Ja, ich bin ein Zauderer«, seufzte er. »Ja, du hast ja recht. Vielleicht berührt er mich deswegen so, der Prinz von Dänemark.«

»Unsinn!« Sie fuhr herum. »Anfangs hielt ich ihn auch dafür, doch Hamlet ist gar kein Zauderer – er hat allen Grund daran zu zweifeln, dass der Geist aus dem Fegefeuer kommt, er kann zunächst gar nicht anders, als ihn für einen Dämonen zu halten. Also prüft er die Mordvorwürfe, und als es keinen Zweifel mehr gibt, dass sein Onkel seinen Vater ermordet hat, zögert er die Entscheidung nur aus einem einzigen Grund hinaus: aus Rücksicht auf seine Mutter und aus Liebe zu ihr.«

Wieder kam sie zu ihm und streckte Arm und Zeigefinger nach ihm aus. »Du aber hast nichts mehr zu prüfen! Du weißt, was dein Vater getan hat!« Wie eine Anklägerin stand sie vor ihm, wie ein Racheengel. »Und du weißt, was der Prinz mir angetan hat, und was er in Kürze weiterhin tun wird, weißt du auch.« Sie schlug sich an die Brust. »Hier bin ich. Wo ist deine Rücksicht auf mich? Wo deine Liebe?« Sie faltete die Hände und schüttelte sie wie flehend vor der Brust. »Tu einmal, was dein Herz dir gebietet, Max! Ein einziges Mal!«

Maximilian wich ihrem Blick aus, beugte sich über seine Knie, starrte finster zu Boden. Er knetete die Finger, fühlte sich in die Enge getrieben. »Du willst das Erbe, weiter nichts.«

Maria packte ihn im Haar, riss seinen Kopf hoch und drückte ihn zurück in den Sessel. »Leben will ich!« Ihre Kraft erschreckte ihn. Sie ließ ihn nicht los, kniete schier auf ihm. »Und wenn du es auch willst, greif zu!« Sie zischte flüsternd. »Wir werden teilen. Die Hälfte meines Erbes soll dir gehören. Du bekommst es schriftlich, wenn du willst.«

Er schluckte, dachte fieberhaft nach. »Wie gesagt – er kämpft mit Tilly oben an der Weser, und mein Befehl bindet mich …«

»Lass dir etwas einfallen! Beide haben wir uns voneinander genommen, was wir brauchten. Ein Witz, dass sie uns beobachtet hat, als gar nichts geschehen ist. Doch so ist es nun einmal.«

Sie ließ ihn los, erhob sich von seinen Schenkeln, ging um den Tisch und sank in ihren Sessel. »Ich will nicht glauben, dass du ein Feigling bist, Max.« Mit der Faust klopfte sie im Rhythmus ihrer Worte auf die Armlehne. »Ich – will – es – nicht – glauben!« Ihr feuriger Blick bohrte sich in seinen. »Und ich erwarte von dir, dass du handelst.«

Hatte er sie jemals so erlebt? Er betrachtete sie, blinzelte, dachte nach. »Gehörst du dann mir? Ich meine, wenn der Prinz fällt und du Alleinerbin bist, wer hindert uns dann noch …?«

»Niemandem gehöre ich!« Sie trank ihren Wein aus und starrte in den leeren Kelch. »Doch wir werden sehen.« Sie hob den Blick, sah ihm wieder in die Augen. »Wenn diese Gefahr von uns beiden abgewendet ist, wird manches möglich sein.«

Maria stand auf, kam zu ihm und küsste ihn auf die Stirn. »Suche deine Chance, Max, und wenn du sie siehst, zögere nicht länger und greif zu. Das Schicksal ist auf unserer Seite, ich fühle es.« Grußlos verließ sie den Raum. Maximilian musste allein in sein Schlafzimmer gehen und dort liegen, ohne ein Auge schließen zu können.

*

Die Lunte brannte.

Zum Jahresende die erste Explosion: Bei Hannover schlugen Tillys Regimenter ein dänisches Heer. Ob der König Christian daraus lernen würde, dass er doch noch nicht ganz der großartige Kriegsmann war, für den er sich hielt? Hannes machte sich keine Hoffnungen. Nach dem Sieg jedenfalls feierten die Bayern sich selbst, wie man hörte, und einige Tagesritte weiter südwestlich in Halle feierten rings um Hannes auch Wallensteins Kaiserliche. »Tillys Heer wird ohne unsere Hilfe mit den Dänen fertig!«, hörte er den verhassten von Herzenburg rufen. »Wenden wir uns also Wichtigerem zu!«

Das Jahr endete, Januar und Februar des neuen Jahres brachten Schnee und Eis. Die Lunte brannte weiter. Hannes wartete auf seine Stunde.

Christian von Dänemark lernte gar nichts, und zum Ende des Winters hin gaben England und die Niederlande ihm neues Geld für neue Landsknechte und stellten das Heer des Grafen Mansfeld unter sein Kommando. Der Däne eroberte ein paar Städte in Westfalen, und schon brannte das schönste Feuer im Land. Und in Hannes' Kompanie brannten die Reiter auf Beute und Kampf.

Der Frühling kam, und mit den Temperaturen stieg auch die Kriegslust: Gerüchte machten die Runde, wonach der Mansfelder mit dem Herzog von Sachsen-Weimar nach Südosten ziehen wollte, um sich mit dem Heer des rebellischen Fürsten von Siebenbürgen zu vereinigen. Gemeinsam wollten sie über Österreich herfallen und den Kaiser das Fürchten lehren. Wallenstein, so rechneten die evangelischen Feinde des Kaisers sich aus, würde Mansfeld verfolgen müssen, und der dänische König könnte sich mit Unterstützung des Tollen Halberstädters und des Landgrafen von Hessen-Kassel ganz der Vernichtung von Tillys Armee widmen.

Eine schöne Rechnung, aufgestellt von lauter jungen Hitzköpfen – sie ging nicht auf: Der Friedländer hatte die Brücke bei Dessau nicht umsonst befestigen lassen, und als der Graf von Mansfeld mit seinen Heerscharen auf ihr die Elbe überqueren und nach Südosten Richtung Siebenbürgen und Österreich ziehen wollte, stellten sich ihm die Kaiserlichen in den Weg und machten einen Strich durch die schöne Rechnung. Und die jungen fürstlichen Hitzköpfe rieben sich die Augen.

Der Kampf um die Elbbrücke geriet zu einer großen Schlächterei. Mehr als einmal sah Hannes dem Tod in die Augen, am letzten Tag der Schlacht tiefer als je zuvor.

Mit allem, was sie hatten, rannten da die Mansfelder gegen die Brücke an und hätten sie wohl auch genommen, wenn nicht im letzten Moment der Kroatenobrist Isolano seine Reiterkompanien gegen die Flanke des Gegners geführt hätte. Die Mansfelder mussten in ihre Gräben und Schanzen zurückweichen. Die Reitereien Isolanos und von Herzenburgs setzten ihnen nach, und Hannes erhielt den Auftrag, mit zwei Rotten den Munitionswagen des Gegners anzugreifen und so lange zu beschießen, bis er explodierte. Das gelang, und das Feuer, das dadurch ausbrach und Wald und Schanzen in Flammen setzte, trieb die Mansfelder aufs freie Feld hinaus, wo die kaiserlichen Dragoner und Infanteristen schon auf sie warteten.

Hannes und seine Reiter aber wurden umzingelt und mächtig bedrängt. Hannes sah einen nach dem anderen fallen, und ihm selbst brach im Kampf das Seitengewehr ab, und das Pulver ging ihm aus. Hätte sein Rappen ihn nicht in gestrecktem Galopp durch Feuer und feindliche Linien getragen, wäre jener Tag spät im April des Jahres 1626 wohl sein letzter gewesen. So aber entkam er mit nur zwei Reitern seiner Rotte.

Tausende starben an jenem blutigen Tag oder gerieten in Gefangenschaft. Mit den geschlagenen Überresten seiner Armee – fünftausend Mann alles in allem – floh der Graf Mansfeld die Elbe hinauf nach Süden.

Am nächsten Morgen ritt der Friedländer die Reihen seiner

siegreichen Kampftruppen ab und belobigte Männer, die sich durch besondere Tapferkeit hervorgetan hatten. Auch Hannes. Dabei fiel sein Blick auf den Rappen, und sein strenges Gesicht legte sich in missbilligende Falten. »Diesen Ackergaul hat Er gewiss nicht auf meinen böhmischen Weiden gefunden! Habe ich Ihn nicht schon in Gitschin angewiesen, das Tier auszumustern?«

Totenstille auf einmal. Rechts und links des Generals hielten die Obristen den Atem an – von Herzenburg, Isolano, von Brüggen, alle.

»Ich konnte mich nicht von meinem Rappen trennen, Durchlaucht«, sagte Hannes mit fester Stimme. »Er hat mir schon zweimal das Leben gerettet. Zuletzt hat er mich gestern dem Gevatter Tod aus der Reichweite seiner Sense getragen. Hätte ich Euren Befehl befolgt, könntet Ihr mich jetzt nicht belobigen, Durchlaucht.« Er hielt dem strengen Blick des Generals stand – bis der nickte. Dann war es ausgestanden, und Wallenstein wandte sich dem Nächsten zu.

Am Abend wollten von Herzenburg, sein Rittmeister und sein Cornet wissen, wo der Rappe dem Leutnant Stein zum ersten Mal das Leben gerettet hatte. Hannes dachte an den Winterwald oberhalb seines Dorfes, wie die Kugeln ihn dort im Rücken trafen und er mit dem Leben abschloss. Fünf Jahre war das schon her, und doch kam es ihm vor, als wäre es erst gestern gewesen. Daran dachte er – und erzählte denen von der Herzenburger Kompanie eine andere Geschichte, eine hübschere.

Mit der Schlacht an der Dessauer Brücke war das Pulverfass endgültig explodiert. Tilly ging mit allem, was er aufbieten konnte, auf die Dänen los. Überall im Niedersächsischen brannte es nun, überall wurde gestorben, und das Kriegsfeuer griff schnell auf Städte und Landschaften in Hessen und Westfalen über.

Der Landgraf von Hessen-Kassel konnte nicht mit dem Tollen Halberstädter in den Krieg ziehen, denn er war abgebrannt, und das in jeder Hinsicht. Vor lauter Gram wurde der Halberstädter krank und folgte im Juni, noch keine sechsundzwanzig Jahre alt, seinem linken Arm in die Hölle, wie Hannes im Heerlager einen Oberst tönen hörte. Ein riesiger Wurm habe ihn von innen aufgefressen, erzählte man sich unter den Landsknechten.

Das wäre ein passender Tod für den Obristleutnant von Herzenburg, dachte Hannes.

Nach der Schlacht an der Dessauer Brücke ließ der Friedländer sein Heerlager abbrechen und nahm die Verfolgung des Grafen von Mansfeld auf. Zuvor aber kommandierte er zwei Infanterieregimenter und achtunddreißig Reiterkompanien seiner gewaltigen Armee ab, um unter der Führung des Feldmarschallleutnants Des Fours zu Tillys Truppen zu reiten und ihm bei der Verfolgung des Dänenkönigs zu helfen. Die Miene des Obristenleutnants von Herzenburg sah nicht glücklich aus, als er Hannes und den Kameraden verkündete, dass auch ihre Kompanien dazugehörten.

Tillys Bayern machten ihrem Ruf alle Ehre, verwüsteten in Hessen, was noch zu verwüsten war, nahmen die Städte an der Werra ein, eroberten im Frühsommer Hannoversch Münden, belagerten Kassel, nahmen im Hochsommer Göttingen ein und blieben auch danach den Dänen hart auf den Fersen.

Aus irgendeinem Grund vermied der Dänenkönig die offene Schlacht, und als Hannes Mitte August mit seiner Kompanie zu den Bayern stieß, hieß es, man sei gerade dabei, den Dänen die Schlinge um den Hals zu legen. Um diese Zeit etwa hörte Hannes, dass der Graf Mansfeld an einem Blutsturz gestorben sei, und bald folgte ihm auch der junge Herzog von Sachsen-Weimar in den Orkus, ebenfalls wegen Auszehrung. Wieder gab es Grund zu feiern unter den Landsknechten, und die Zuversicht, den Dänenkönig zu besiegen, wuchs mit jedem Tag.

Es kam zu ersten Scharmützeln, in eines davon geriet auch Hannes. Es geschah in einem Kiefernwäldchen in der Gegend um Osterode, Hannes führte zwei Rotten den Dänen hinterher, um ihren Tross auszukundschaften. Plötzlich blitzte Karabinerfeuer zwischen den Bäumen, rechts und links von Hannes stürzten die Männer aus den Sätteln. Ein Hinterhalt!

Zwanzig feindliche Dragoner preschten aus dem Unterholz, umzingelten Hannes' Schar und schlugen erbarmungslos auf ihn und seine Männer ein. Wieder krachten Schüsse, diesmal hinter Hannes, und dann brach sein treuer Rappe ihm unter dem Sattel zusammen und begrub ihn halb unter sich.

Er schaffte es nicht mehr, sich unter dem sterbenden Pferd herauszuwühlen – zwei Dänen standen über ihm. Einer holte bereits mit seiner Klinge aus, um sie ihm in den Hals zu stoßen, und Hannes dachte zuerst an Susanna und dann an seine Mutter.

Doch plötzlich hob der zweite Dragoner seinen Degen und blockte dem anderen den tödlichen Stoß. »Um Gottes willen, Hannes!«, rief er, und es klang irgendwie pfälzisch und auch sonst recht vertraut. Als der Blondschopf dann vor ihm in die Hocke ging, sah Hannes, wie dessen Miene zwischen Lachen und Weinen schwankte und seine hellblauen Augen sich mit Wasser füllten.

Und dann erkannte er ihn. »Friedrich …« Er streckte die zitternden Hände nach dem geliebten Gesicht des Bruders aus. »Du lebst, Friedrich?«

9

Der Kleine quäkte und strampelte, wollte nicht länger getragen werden. Also setzte Susanna ihn ab. Als er loslief und sie sich aufrichtete und all die herrlich gekleideten Edelleute unter den Prachtlüstern des Schlosssaales sah, da erlebte sie wieder einen jener fiebrigen Momente, in denen ihr schwindlig wurde und sie sich besinnen musste, wo sie überhaupt war und welches Datum man schrieb.

Wo um alles in der Welt war die Zeit geblieben? Letzten Sommer von Magdeburg die Elbe hinunter nach Böhmen, von Prag dann weiter nach Wien und Graz, und nach dem Osterfest zurück nach Böhmen und die Elbe wieder hinauf hierher nach Dresden – die Zeit flog dahin. Wie lange lagen denn die Wochen in Magdeburg schon zurück?

Das fragte Susanna sich, während sie ihren kleinen Sohn beobachtete – lallend und mit erhobenen Fäustchen tapste er durch den Festsaal an lauter eleganten Damen und Herren vorbei und strahlte selbst den hölzernsten kursächsischen Hofbeamten noch so herzig an, dass der die würdevolle Façon seiner Miene für einen Moment aufgeben und lächeln musste.

Vergangene Woche, kurz nach seinem ersten Geburtstag, hatte John seine ersten Schritte gemacht. Also konnte Magdeburg noch nicht länger als ein Jahr her sein. Ihr wurde ganz schwindlig. Verging denn die Zeit wirklich so schnell?

»Ja, wen haben wir denn da?« Die Gattin des Kurfürsten, Magdalena Sibylle, ging vor dem Kerlchen in die Hocke. »Ja, wer ist denn dieser süße Fratz?« Sie fasste sein ausgestrecktes Händchen und konnte gar nicht anders, als sein Strahlen zu erwidern.

»Das ist mein Sohn«, erklärte David stolz.

»Man könnte ihn auch ›unseren‹ Sohn nennen, wenn man wollte«, sagte Susanna spitz, und Magdalena Sibylle zwinkerte lächelnd zu ihr herauf.

»Wie heißt er denn?«, wollte der Kurfürst Johann Georg wissen. Sein Gesicht schien noch länger geworden seit der Hochzeit auf der Herzenburg, seine Augen noch müder und der Bierbauch unter dem edlen Samtrock noch größer.

»Friedrich Johannes«, erwiderte Susanna mit charmantem Lächeln. Der Kurfürst zog die Brauen hoch, neigte den Kopf und wollte sich wohl irgendwie erfreut zeigen. Greenley hatte Susanna eingeschärft, vor seinen Ohren bloß nicht darüber zu sprechen, dass sie aus der ehemaligen Kurpfalz stammte und reformiert getauft war. Der sächsische Kurfürst liebte die Jagd, den Kaiser und das Biertrinken – und er hasste die Calvinisten.

»Wir rufen ihn ›John‹«, sagte David. »Die Engländer unter den Komödianten haben angefangen, ihn so zu nennen. Und da wir meistens unter englischen Komödianten sind, heißt er jetzt eben John.«

»Ich nenne ihn Fritzjohn«, ergriff Greenley das Wort. »Halb deutsch, halb englisch, versteht ihr, Durchlaucht? Wenn er einmal alt genug ist, wird er die englische Komödiantentradition hoffentlich unter den Deutschen fortsetzen und erhalten. Ich bin jetzt schon sehr stolz auf Fritzjohn Villacher.«

»Deutsch?«, wandte Magdalena Sibylle sich an David. »Ist der Herr Komödiant nicht ein österreichisches Landeskind?« Alle hier behandelten David mit dem größten Respekt; die sächsische Fürstin machte kein Geheimnis aus ihrer Bewunderung für seine Schauspielkünste. Die Prinzessin noch viel weniger. Manchmal genoss es Susanna, manchmal machte es ihr Angst.

»Ja, das bin ich wohl«, antwortete David, und der Kurfürst brummte: »Friedrich Johann gefällt mir besser.« Ihn übrigens nannten viele Höflinge »Bierjörge« mit zweitem Namen, natürlich nur hinter vorgehaltener Hand.

Seine Gattin nahm jetzt den Knaben auf den Arm und erhob sich. Mit seinen immer feuchten und meist auch klebrigen Händen grabschte John nach ihrem filigranen Spitzenkragen. »Vorsicht, Durchlaucht!« Eine Kammerzofe eilte herbei. »Euer Kleid!«

»Das macht doch gar nichts«, lachte die Fürstin, dann an einen Halbwüchsigen gewandt, der etwas verloren zwischen der Prinzessin von Bernstadt und dem Kurfürsten stand: »Sieh dir das Knäblein an, Georg. Vor zwölf Jahren warst du auch noch so klein.« Kopfschüttelnd und mit gespieltem Entsetzen betrachtete sie ihren Sohn. »Mein Gott, wie schnell die Zeit doch vergeht!« Der Halbwüchsige machte eine süßsaure Miene und äugte gleichgültig zu dem jauchzenden Knaben in den Armen seiner Mutter.

Man sah es dem Jungen nicht gleich an, doch er war die Hauptperson an diesem festlichen Abend: Die edle Gesellschaft im Schlosssaal feierte seinen dreizehnten Geburtstag. Johann Georg, der wie sein Vater hieß und ihm auch ähnlich sah, wofür Susanna ihn bedauerte, war der älteste Sohn des Fürstenpaares.

An diesem Abend gab es keine Komödie, an diesem Abend wurde ein Singspiel des Hofkapellmeisters Heinrich Schütz aufgeführt, das dieser extra zum Geburtstag des Kronprinzen geschrieben hatte.

Kein Komödiant, der darüber wirklich traurig sein wollte, auch Susanna nicht. Mitte Mai waren sie nach anstrengender Reise in Dresden angekommen, und seit Ende Mai hatten sie praktisch täglich eine andere Komödie oder Tragödie auf die Bühne des Schlosses gebracht, manchmal auch jeden zweiten Tag. Inzwischen schrieb man den 13. Juni, und noch eine ganze Woche lang hatten die Komödianten erst einmal Pause.

Die Fürstin setzte den Knaben wieder auf den Boden, alle lachten ihn an, und dem Kleinen gefiel es, unter den Erwachsenen Mittelpunkt der Aufmerksamkeit zu sein. Er tapste zu Maria von Bernstadt und begann an den vielfältigen Säumen ihrer teuren Kleider zu zupfen. Und wieder wohlwollendes Gelächter.

Das Lachen, mit dem die blonde Frau auf die Annäherungsversuche des Kleinen reagierte, kam Susanna allerdings ein wenig gezwungen vor. Nicht, dass es sie wirklich überraschte – die Edelfrau aus Schlesien war ihr noch nie als Verkörperung der Natürlichkeit erschienen. Doch jetzt, wo der strahlende, Kinderkauderwelsch plappernde Knabe sich an ihre Kleiderzipfel hängte, glaubte Susanna mehr als nur Unsicherheit und Zurückhaltung in ihrer Gestik und Mimik zu entdecken. Blitzte da nicht Widerwille hinter ihrer hübschen Maskerade auf? Nur einen Wimpernschlag lang, doch Susanna hatte hinsehen gelernt am Sticktisch in Handschuhsheim und auf den abgründigen Serpentinen ihres Lebensweges. Mochte Maria ihren Sohn nicht? Wie Greenley, Taylor und David durfte auch Susanna seit Neuestem die Prinzessin so nennen. Lehnte Maria den Kleinen gar ab?

Der Kleine riss nun gar zu heftig an Marias edlen Spitzensäumen, das Gelächter geriet jetzt merklich dünner, und David griff nach seinem Sohn und nahm ihn hoch. Der Kurfürst machte einen plumpen Scherz, der Prinzipal löste die plötzlich entstandene Peinlichkeit mit einer witzigen und leicht hingeworfenen Bemerkung wieder auf.

»Ich bewundere Euch, Prinzipal Greenley«, wandte die Fürstin sich an den Alten Komödianten. »Dass Ihr mit drei jungen Müttern und drei kleinen Kindern derart weite Wege auf Euch nehmt, um Eure schöne Kunst in die Welt zu tragen!« Sie deutete zur anderen Seite des Saals, wo Helena und Piet van Dam mit ihrem Töchterchen in einer Gruppe von Höflingen standen und plauderten.

»Danke, Durchlaucht.« Greenley deutete eine Verneigung an. »Doch jeder tut das, was er am besten kann, um zu leben, nicht wahr, Durchlaucht? Und ich habe nun einmal nichts anderes gelernt.« Die Lacher waren auf seiner Seite, und die Fürstin lachte am herzlichsten. »Außerdem sind es seit einer Woche nur noch zwei junge Mütter und zwei kleine Kinder – Mrs. Villacher und

Mrs. van Dam mit Fritzjohn und Julia. Mr. Rowland hat sich leider entschieden, seine Gattin nach Hause, nach London zu bringen. Er wird erst Anfang nächsten Monats wieder zu uns stoßen.«

Susanna wusste, wie sehr die Schwangerschaft, die schwere Geburt und die Stillzeit Charlys Frau erschöpft hatten. Sie wusste aber auch, dass sie längst wieder auf dem Weg der Besserung gewesen war. Schlimme Nachrichten aus dem nordwestlichen Grenzgebiet Kursachsens hatten den Ausschlag für Charly Rowlands Entscheidung gegeben: Kaiserliche Landsknechte fielen dort seit Monaten immer wieder über reisende Kaufleute, Bauernhöfe und ganze Dörfer her. Von unvorstellbaren Gräueln hatte Susanna die Leute erzählen gehört. Trotz seiner hündischen Kaisertreue hatte der Kurfürst eigene Truppen in die Gegend schicken müssen.

Hier im Festsaal sprach niemand über diese Dinge; weit entfernt schien der Krieg heute Abend. Man setzte sich zum Essen nieder, Geiger und Flötisten nahmen auf der Bühne rund um einen Cembalisten und seinem Instrument Platz. Sie spielten eine schöne Musik zum Gläserklirren, Schmatzen, Schwatzen und Rülpsen. Der Hofkapellmeister Schütz dirigierte.

Nach dem Festmahl dann traten die ersten Sänger auf die Bühne. Bevor das Singspiel begann, verabschiedete Susanna sich, denn ihr Söhnchen rieb sich schon quengelnd die Augen und tastete nach ihrer Brust. Sie legte David das Kind zum Gute-Nacht-Sagen in die Arme, und der musste es der Fürstin weiterreichen. Die wollte unter allen Umständen geküsst werden, und unter dem Beifall der Umsitzenden zeigte der Kleine sich spendabel und schmatzte ihr lautstark auf die Wangen.

Neben David saß Maria von Bernstadt. Merkwürdig unruhig kam sie Susanna vor, und etwas Fahriges und zugleich Tapferes lag in ihrem lächelnden Blick, der jetzt zwischen David und dem Kleinen hin- und herflog. Wenigstens unterhielt sie sich gut mit David; Susanna gönnte es ihnen.

Seite an Seite mit Helena und ihrer Tochter verließ sie den Festsaal. Zwei Kammerzofen geleiteten sie durch das Kreuz-und-Quer von Zimmerfluchten zu dem Schlossflügel, in der die gehobene Dienerschaft wohnte und in der auch die Komödianten untergebracht waren. Ohne Begleitung hätten die Frauen sich verlaufen.

Gemeinsam stillten und wickelten sie ihre Kinder und sangen ihnen abwechselnd Schlaflieder vor. Die Katze streckte ihren Kopf hinter einer Wäschekiste hervor. Ihre Augen waren verklebt, ihr Fell stumpf und struppig. Sie atmete hechelnd, äugte und verkroch sich wieder. Sie war seit Tagen krank.

Susanna wurde es schwer ums Herz, während sie ihr Kind in den Schlaf wiegte – sie musste an die warmherzige Fürstin denken und an ihre ehrliche Zärtlichkeit und Zuneigung für John. Was hätte John in einer wie ihr doch für eine gute Großmutter!

Sicher – zu solchen Gefühlsaufwallungen wäre ihre eigene Mutter niemals fähig gewesen. Andererseits – wusste man's denn? Ein Enkelkind auf dem Arm zu halten hatte schon so manche kühle und allzu strenge Mutter von Seeleneis und Prinzipienpein befreit; jedenfalls hatte Susanna von derartigen Wandlungen frischgebackener Großmütter schon gehört.

Wie es der Mutter wohl ging? Ob die Zeit und der Fortgang des Krieges nicht doch endlich einmal die weite Reise zur Bergstraße ermöglichen würden, um ihr das Enkelkind vorzustellen? Wie schön wäre es für den Kleinen, eine Großmutter zu haben.

Die Kinder schliefen ihnen an den Brüsten ein. Sie legten sie zu Bett und setzten sich an einen Tisch. Bei Kerzenschein pflegte Susanna abends dort noch in ihr Buch zu schreiben, und Helena trank gern einen Likör zum Tagesschluss. Sie hatte längst Susannas betrübten Blick bemerkt. »Bist du wegen David so traurig?«, fragte sie.

»Ich denke an meine Mutter«, seufzte Susanna, »und daran, dass mein Sohn ohne Großmutter aufwächst.« Sie stutzte, runzelte die Stirn und sah Helena an. »Wie kommst du darauf, ich könnte wegen David traurig sein?«

»Ich dachte nur. Vergiss es.« Sie schlürfte ihren Likör. »Magst du auch einen?«

»Wieso sollte ich traurig wegen David sein? Sprich doch.« Sie dachte an ihn, sah ihn vor sich, wie er strahlte, als er sich vorgestern auf der Bühne verbeugte. »Es geht ihm doch wieder gut. Als wir aus Wien abfuhren, schien er mir eine Zeitlang in Melancholie versinken zu wollen. Wahrscheinlich fehlte ihm der rauschende Beifall. Doch seit er hier in Dresden auf der Bühne stehen darf, ist er wieder bester Dinge.«

»Ja, er braucht das.« Helena füllte ein zweites Glas mit Likör und schob es Susanna hin. »Mehr als die meisten, will mir scheinen.«

»Es macht ihn stolz, dass Christopher ihm so oft die Rolle des Pickelherings und sogar manchmal die des Romeo überlässt.« Sie nahm den kleinen Kelch mit der bernsteinfarbenen Flüssigkeit. »Und dass man auch hier in Dresden seine Kunst liebt und bejubelt, tut ihm gut.«

»Wem täte das nicht gut? Und er ist besser als die meisten inzwischen.« Sie stießen an und tranken.

Susanna schmeckte den süßen, klebrigen Pfirsichgeschmack auf der Zunge. Prüfend betrachtete sie die Freundin. »Du meinst etwas anderes, nicht wahr?« Sie beugte sich vor, berührte die Hand der anderen. »So sprich doch.«

»Man sieht euch seltener im vertrauten Gespräch als früher.«

»David und mich?« Susanna überlegte. »Möglich, ja.« Eigentlich vermisste sie nichts.

»Und nachts hat man euch kaum noch stöhnen gehört auf der Fahrt nach Dresden.«

»Sicher.« Susanna zuckte mit den Schultern. »Die Geburt, das Stillen – die Liebe rückt da leicht ein bisschen in den Hintergrund.«

»Bei uns war das nicht so«, sagte Helena. »Und es muss auch nicht so sein.« Susanna wusste nichts zu antworten. Fragend sah sie Helena an. »Und dann die Prinzessin …«

»Die Prinzessin? Was ist mit ihr?«

»Merkst du es wirklich nicht? Sie schaut deinen Mann manchmal an, wie eine verheiratete Frau einen verheirateten Mann einfach nicht anschauen sollte.«

»Ach, wirklich?« Susanna lachte und winkte ab. »Das hat doch nichts zu bedeuten, Helena. Maria von Bernstadt ist einfach verrückt auf Komödien und Komödianten. Den Rowland hat sie doch genauso angeschaut. Und den Prinzipal auch, und selbst den Aaron. Dabei machen die beiden sich doch gar nichts aus Frauen!«

»Stimmt schon.« Helena wich ihrem Blick aus. »Wahrscheinlich hast du recht.« Mit dem Finger wischte sie Likörreste aus ihrem leeren Glas. »Ein wirklich leckeres Tröpfchen.« Sie lutschte ihren Finger ab und lächelte.

»Natürlich habe ich recht.« Susanna stutzte – allzu schnell ließ ihr die Freundin das Thema fallen. Sie lauschte in sich hinein. Regte sich da doch eine Spur von Zweifel an Davids Treue? Nein. Und wenn, wollte sie nichts davon wissen. »Es bedeutet nichts, glaub mir das, Helena.«.

*

Der Applaus ließ nicht nach, noch einmal musste David auf die Bühne, noch einmal sich verbeugen, noch einmal in die Menge der Zuschauer winken. Der Beifall brandete noch lauter auf, es war wie ein Rausch. Greenley kam zu ihm, verbeugte sich an seiner Seite und winkte schließlich auch die anderen Komödianten auf die Bühne. Alle fassten einander an den Händen und verbeugten sich miteinander. Bravorufe und Händeklatschen wollten kein Ende nehmen. Das sächsische Herrscherpaar und seine fürstlichen

Gäste jubelten ihnen zu, die Edelleute aus Kursachsen, die reichen Bürger aus Dresden. David genoss es in vollen Zügen.

Heute, am ersten Sonntag im August, hatten sie das erste der einzigen beiden Stücke gespielt, die der Prinzipal für diesen Monat vorgesehen hatte: die tragische Komödie vom römischen Tyrannen Proculus, der dem Kaiser Probus für kurze Zeit den Thron streitig machen konnte. Weil Rowland noch immer nicht aus England zurückgekehrt war, hatte David den Proculus dargestellt.

Endlich waren die Zuschauer im sogenannten Riesensaal zufrieden, die Komödianten traten zum letzten Mal ab und huschten hinter den Vorhang. Davids Wangen glühten, sein ganzer Körper bebte. »Gut gemacht.« Der Prinzipal schloss ihn in die Arme. »So langsam muss man dir ja jede Rolle zutrauen«, flüsterte er ihm ins Ohr.

David bedankte sich artig, nahm auch die Glückwünsche der anderen entgegen und achtete nicht auf so manchen missgünstigen Unterton. Seine Frau umarmte ihn stürmisch und küsste ihn auf den Mund, die Prinzessin gab sich scheu und hauchte ihm einen Kuss auf die Wange. Fast bedauerte David, dass der Kurfürstliche Hof für vier Wochen auf Reisen ging und der nächste Auftritt erst für den letzten Sonntag des Monats geplant war. Später, beim Essen, gratulierten und bedankten sich auch die Fürstin und etliche ihrer edlen Gäste. In den letzten zwei Monaten hatten die Sachsen ihre Liebe zu Tragödien und Komödien entdeckt.

Wie in den meisten Städten im Reich spielten die Engländer immer von drei Uhr nachmittags bis ungefähr sechs Uhr am Abend. Nach dem Essen war also noch reichlich Zeit, und sie brachen zu einem Abendspaziergang entlang der Elbe auf – eine Handvoll Zuschauer, denen das Stück gefallen hatte, einige Höflinge, die Prinzessin von Bernstadt und die meisten Komödianten. Susanna und Helena brachten die Kinder zu Bett.

Wie oft, wenn Männer und Frauen aus dem Publikum dabei waren, sprachen sie über das Stück. »Wie dem Proculus ergeht es doch letztlich allen Emporkömmlingen!« Voller Pathos ereiferte sich ein Markgraf aus dem böhmischen Grenzland. »Rasch steigt ihr Stern auf, leuchtet für kurze Zeit und verglüht dann so gründlich, als hätte es ihn nie gegeben. Und dann fällt er für immer der Vergessenheit anheim.«

»Wie die meisten von uns, nicht wahr, Königliche Hoheit?«, sagte Greenley schmunzelnd und in seiner unnachahmlich charmanten Art. David grinste, und Aaron, der Tod und Krankheit fürchtete wie sonst nichts, sah er eine finstere Miene ziehen.

»Der Vergessenheit ist der Proculus ja nun nicht anheimgefallen, Verehrtester«, sagte Maria von Bernstadt. Sie ging neben David und hatte sich ganz in einen dunkelgrünen Seidenmantel gehüllt; als wollte sie sich und ihr Blondhaar verbergen. »Sonst hätten wir seine Geschichte heute nicht auf der Bühne sehen können.« Manchmal berührte sie wie aus Versehen Davids Hand, was ihm durch und durch ging, und er fragte sich erschrocken, worauf das noch hinauslaufen sollte.

Der Markgraf musste der Prinzessin recht geben und verneigte sich in ihre Richtung. »Doch nur, weil ein Dichter zur Feder griff, denken wir noch heute an Proculus. Und aus welchem Grund hat der Dichter das Schicksal dieses Usurpators in Verse gegossen? Einzig, damit es uns als Warnung vor Augen stehe und wir uns nicht nach Stand und Herrschaft gelüsten lassen, die uns gemäß Blut, Herkunft und Talent nicht zustehen. Wie dieser Wallenstein etwa, den der Kaiser erst zum Herzog von Friedland und dann zu seinem Generalissimus gemacht hat.«

Zustimmendes Gemurmel erhob sich um ihn herum. Derart angespornt blieb der Markgraf stehen, deutete über die Elbe zur Silhouette des Dresdner Schlosses und rief mit jenem Überschwang, den nur der Wein, die Liebe oder das Theater schenken können: »Über die Herrscher, die von diesem Schloss aus unser schönes Sachsen so weise regiert haben und noch immer regieren, wird man auch in tausend Jahren noch reden! Doch ich wette hundert Dukaten, dass man Wallenstein schon in fünfzig Jahren vergessen haben wird!«

»Eine angenehm sichere Wette, Königliche Hoheit«, lächelte Greenley, »denn wenn Ihr sie verliert, müsstet nicht Ihr, sondern Eure Enkel sie bezahlen.« Die Schar der Spaziergänger lachte.

»Doch selbst wenn sie schon morgen zu begleichen wäre, werdet Ihr keinen finden, der mithält«, erklärte ein Cousin des Kurfürsten. »Denn wer sollte schon für einen wie diesen Emporkömmling aus Böhmen zur Feder greifen und dichten?« Die Zustimmung der meisten war dem Manne sicher und dem Markgrafen sowieso. Schon in Wien hatte David gehört, dass keiner unter den Fürsten des Reiches diesen Wallenstein mochte, nicht einmal der sächsische Kurfürst, der doch sonst alles guthieß, was vom Kaiser kam.

»Nun, meine Königlichen Hoheiten und verehrten Freunde«, sagte Greenley, und David wusste im selben Augenblick, dass der Prinzipal zu einem seiner ausführlicheren Monologe anhob. »Gehen wir nicht gar zu streng ins Gericht mit dem armen Proculus und Männern seines Zuschnitts. Die Welt ist ein Gefängnis – sagt es nicht so der Prinz von Dänemark an einer Stelle der Tragödie von Hamlet? Und wem wollte man es verübeln, wenn er sich ein bequemes Plätzchen in diesem Gefängnis sucht, eines, an dem es nicht ganz so karg und hart zugeht?« Er blieb stehen und blickte in die Runde. »Hand aufs Herz, meine Königlichen Hoheiten und verehrten Freunde! Tun wir das auf unsere Weise nicht alle?«

Von der Seite sah David im Halblicht die Kaumuskeln der Prinzessin unter dem halb durchsichtigen Seidenmantel beben. Ihre Stirn schien gerunzelt, ihre Lippen gespitzt, als würde ihr nicht behagen, was Greenley da äußerte. Dem Markgrafen und dem Cousin des Kurfürsten ging es ähnlich – sie brachten allerhand Einwände gegen Greenleys Ansicht vor, und im Weitergehen entspann sich ein lebhafter Disput.

Im letzten Tageslicht fuhr ein von Laternen beleuchtetes Segelschiff auf der Elbe vorbei, man blieb stehen und winkte. Die auf dem Schiff winkten zurück. Einer an der Bugreling richtete gar eine Muskete in die Luft und schoss Salut. Eine heimkehrende Jagdgesellschaft, wie es aussah.

Bald wurde es dunkel, man machte sich auf den Rückweg, überquerte unter dem Gefunkel des Sternenhimmels die prächtige Elbbrücke und flanierte ein Stück in die Stadt hinein. Ein Spaziergänger nach dem anderen verabschiedete sich. Nur Aaron, John Taylor, Piet van Dam, Maria und David blieben noch übrig. Und natürlich der Prinzipal.

»Was ist es, das dich so leidenschaftlich deinem Beruf nachgehen lässt, Christopher?«, wollte Maria von Bernstadt von ihm wissen. »Was treibt dich auf die Bühne? Was treibt dich in die Gestalt des Pickelherings und in die fremde Haut der Figuren, die du spielst?«

»Eine gute Frage, Königliche Hoheit, die beste heute Abend, verehrte Maria.« Sie kamen an der Einmündung einer Gasse vorbei. Aaron deutete hinein und auf den Eingang einer Schänke hundert Schritte weiter. »Die Welt ist ein Gefängnis, Shakespeare hat recht, doch es ist ein gewaltig großes Gefängnis und außerhalb seiner Mauern gibt es gar nichts – keinen Gott, keinen Himmel, keine Hölle.« David sah sich erschrocken um. In einer lutherischen Stadt dergleichen zu äußern war nicht ungefährlicher, als wenn man es in einer papistischen tat. So gut kannte er die Christen inzwischen. Doch kein Fremder hatte zugehört.

»Darum richte ich meine Aufmerksamkeit in jedem Moment darauf, alles in diesem Gefängnis zu hören, zu schmecken, zu sehen, was es zu hören, zu schmecken und zu sehen gibt. Doch weil es ein so großes Gefängnis ist und mein Leben so beklagenswert kurz, wird es mir nie und nimmer gelingen, mehr als nur einen Bruchteil davon zu ergründen. Bin ich aber der Pickelhering oder schlüpfe ich in die Haut eines Proculus, eine Hamlets oder auch nur eines reichen Kaufmanns, dem das Eheweib Hörner aufsetzt, dann sehe ich von einem anderen Standpunkt aus in dieses Gefängnis hinein, dann sehe ich mehr, dann sehe ich, was ich eingesperrt in Haut und Hirn des armen kleinen Greenley niemals gesehen hätte. Das ist es, was mich auf die Bühne treibt, verehrte Maria. Ich will hören, schmecken und sehen, ich will so viel erleben und erfahren von diesem Gefängnis wie nur irgend möglich …«

»Ist ja gut, mein lieber Christopher.« Aaron zwinkerte nach rechts und links und legte den Arm um den Prinzipal. »Deswegen musst du dich nicht gleich in solche Leidenschaft reden.«

»Nach einer möglichst fetten Mahlzeit will ich aufstehen, wenn der Tod anklopft, um mich zu holen, wie der große Lukrez dichtete!« Greenley sprach weiter, als hätte er gar nicht zugehört. »Aufstehen als ein gut gesättigter Gast des Lebens, wenn das Lebensfest vorbei ist. Deswegen bin ich Komödiant!«

»Hör auf, Christopher!« Aaron machte Anstalten, sich die Ohren zuzuhalten. »Ich bitte dich, hör damit auf!«

Sie näherten sich der Schänke. Alle schwiegen, alle schienen betroffen – alle außer Aaron. »Habe ich denn nicht recht?« Greenley wandte sich um. »John, Piet, David, verehrte Maria – habe ich etwa nicht recht?«

»So habe ich das noch nie gesehen, mein Prinzipal.« David räusperte sich, war nicht sicher, ob er recht verstanden hatte. »Sehen? Den Standpunkt wechseln? Komödien und Tragödien spielen, um mehr zu sehen? Ich muss darüber nachdenken.«

»Schauspielen, um leichter sterben zu können, ja, um sterben zu lernen geradezu«, sagte Greenley, und Aaron spuckte auf die Straße.

Plötzlich, kurz bevor sie die erste Stufe zur Schänke nahmen, griff die Prinzessin – Maria – nach Davids Hand und hielt sie zwei Atemzüge lang ganz fest. David sah zu ihr, sie lächelte ihm ungewohnt scheu ins Gesicht, beinahe ängstlich, sah dann gleich wieder auf die Treppe und ließ seine Hand los.

Sie traten in die Schänke – Gemurmel und Gelächter ebbten für einen Moment ab. Blicke hoben sich, musterten sie, senkten sich wieder. Brennender Kienspan an den Wänden, Öllampen auf den Tischen. Der Wirt wies auf einen freien Tisch, erkundigte sich nach ihren Wünschen. Greenley bestellte Wein für alle.

»Habe ich richtig verstanden?«, fragte Maria, als sie saßen. »Um sterben zu lernen, bist du Komödiant geworden? Wird deswegen so viel gestorben auf deiner Bühne?«

»Hört ihm nicht zu.« Aaron winkte missmutig ab. »Hört ihm doch einfach nicht zu.«

»Wie dumm und jung seid ihr doch alle miteinander.« Greenley schüttelte resigniert den Grauschopf. »Seht einander doch an!« In pathetischer Geste deutete er auf David und Maria. »Jetzt noch so jung und so schön und morgen schon siech und verwelkt!« Der Wirt brachte Wein, Aaron winkte immerzu ab, John Taylor nickte nachdenklich, und David und Maria machten große Augen. »Nun – vielleicht nicht schon morgen, vielleicht doch erst übermorgen!« Der Prinzipal lachte laut und griff zum Weinkelch. Sie stießen an und tranken. »Unerträglich wäre es ja für uns Menschen, wenn Alter und Siechtum von heute auf morgen kämen. Doch auch wenn sie uns nach und nach an sich gewöhnen, die bösen Gesellen, sind sie noch schwer genug zu ertragen. Wie schreibt der einzige Franzose, den unser großer Shakespeare gelten ließ? ›Bekanntlich hat man in krummer, gebückter Haltung weniger Kraft zum Lastentragen‹, schreibt der unvergleichliche Montaigne. ›So auch die Seele: Wir müssen sie täglich aufrichten und straffen gegen den Druck dieser Widersacher.‹ Auch deswegen gehe ich auf die Bühne, meine jungen Freunde, deswegen schlüpfe ich in fremde Häute – um zu lernen, wie man alt wird, wie man Siechtum erträgt, wie man stirbt …«

»Hört ihm einfach nicht zu.« Wieder und wieder winkte Aaron ab. Er trank viel zu schnell. Taylor lächelte geheimnisvoll, Maria hing an Greenleys Lippen, Piet von Dam stierte finster in seinen Weinkelch, und David dachte an den Totenschädel von Will Kemp ganz unten in seiner Kleidertruhe.

»Spürt ihr, wie viel Angst er hat?« Lachend deutete der Prinzipal auf Aaron. »Er will leben, und er hat recht. Er will auf der Bühne gesehen werden, so versichert er sich, dass er noch lebt!« Greenley lachte so laut, dass die ganze Schänke schon guckte, und Aaron schimpfte leise vor sich hin. »Aaron und wir alle hier sind doch nicht aus Versehen Komödianten geworden«, fuhr der Prinzipal fort. »Sicher, wir lieben Geschichten, Verse, Kostüme und Masken, hinter denen wir für Stunden ein anderer sein können. Sicher, wir lieben es, die Welt und das Leben durch die Augen eines anderen zu sehen – vor allem aber lieben wir es, wenn sie uns zujubelt, die Welt, wenn sie uns beklatscht, wenn es vielstimmig ›Bravo!‹ aus ihr tönt! Vor allem lieben wir es, gesehen zu werden. Wie Kinder nicht leben können, ohne von der Mutter angeschaut zu werden, wenn sie erste Schritte tun, wenn sie erste Worte sagen, wenn sie einen Turm aus Steinen bauen, wenn sie zum ersten Mal in den Topf scheißen, so können wir Komödianten nicht leben, ohne angeschaut und bewundert zu werden.«

Aaron erregte sich lautstark, die Prinzessin und Piet guckten sehr empört, David saß wie vom Donner gerührt, und Taylor schlug mit der flachen Hand auf den Tisch und rief: »Nun stellst du uns aber als gar zu eitle Säcke dar, will mir scheinen!«

»Ich stelle uns als Abbilder der Menschen im Allgemeinen dar, als Fleisch gewordene Sehnsucht nach Liebe und Bewunderung. Am Jubel der Zuschauer wollen wir hören, dass wir noch leben und dass wir zu Recht leben. Darin sind wir Schauspieler ganz und gar durchschnittliche und ganz und gar eitle Madensäcke.«

»Igitt!«, entfuhr es der Prinzessin, und unter dem Tisch tastete sie schon wieder nach Davids Hand. Diesmal merkte er es kaum, denn jedes Wort des Prinzipals ging ihm unter die Haut.

»Der Wein erhitzt und verführt dich mal wieder zu maßlosen Übertreibungen«, sagte Aaron und prostete Greenley zu.

»Ich behaupte sogar, je besser einer ist, desto dringender will er gesehen werden.« Der Prinzipal ließ sich nicht zum Schweigen bringen. Der Blick seiner eisgrauen Augen richtete sich auf David. »Je besser einer ist, desto mehr sehnt er sich danach, gesehen und bejubelt zu werden …«

»Amen! Und nun lasst uns endlich ein paar Worte über das Wetter reden«, seufzte Aaron. »Oder über den Wein von mir aus, oder über diese wunderschöne Stadt …«

Einige Dresdner kamen an ihren Tisch. Man schwatzte und schmeichelte, schwärmte von Dresden und erklärte einander die Welt. Der Wein floss in Strömen. »Ich bin müde«, sagte Maria von Bernstadt. So viele einfache Männer auf einmal am Tisch behagten ihr wohl nicht. »Begleite mich bitte ins Schloss, David.«

Kaum einer merkte, wie sie aufstanden. Sie gab David Geld, damit er bezahlte, was die Komödianten bisher vertrunken hatten. Danach verließen sie Seite an Seite die Schänke und schritten durch die Nacht. Keiner sprach ein Wort.

»Wie ein Labyrinth ist dieses riesige Schloss«, brach Maria endlich das Schweigen, als zwei Wächter das Portal hinter ihnen schlossen. »Du musst mich zu meinen Gemächern begleiten, sonst verlaufe ich mich.« Sie hakte sich bei ihm unter, und halb betäubt von Wein und Erregung wankte David neben ihr.

Hätte er noch umkehren können? Vielleicht. Doch er wollte nicht umkehren, er wollte mit ihr gehen, wollte versinken in dieser duftenden Verheißung, die sich da an ihn drängte. Weil sie eine Prinzessin war? Vielleicht auch deswegen. Vor allem aber, weil sie ihm mit so vielen Gesten und Blicken versichert hatte, wie wunderbar sie ihn fand; weil sie ihn wollte, unbedingt, wie es schien, und um jeden Preis.

Als sie vor der Tür zu ihrem Schlafgemach standen, griff David in die Jackentasche, um nach dem Mutterzopf zu tasten. Er war nicht da, wo er sein sollte. Natürlich nicht – er hatte einen anderen, einen besonders festlichen Rock zum Essen angezogen.

Kaum schloss Maria die Tür hinter sich, warf sie den Seidenmantel ab und zog sich die vielen Kleider über den Kopf. Der Mond schien zum Fenster hinein, und das reichte David, um die schönen Linien ihres Körpers zu erkennen. Sie drückte ihn in einen Lehnstuhl und schwang herrlich lange Beine über seinen Schoß. »Ich will dich«, flüsterte sie und öffnete ihm Hosen und Hemd. »Ich hab's mir zuerst nicht eingestanden, doch ich wollte dich von Anfang an.«

Sie küsste ihn mit jener Leidenschaft, die David als erregende Ahnung im Blut kreiste, seit sie ihn zum ersten Mal geküsst hatte – letztes Jahr in Magdeburg. Sie kniete mit gespreizten Schenkeln über ihm, ließ ihr Becken über seinem Verlangen kreisen und liebte ihn so wild und hingebungsvoll, wie David es noch bei keiner Frau erlebt hatte.

Kurz vor dem Gipfel, als Maria an ihm hing und sich festsaugte, als wollte sie mit ihm verschmelzen, trug er ihren bebenden Körper zum Bett. Er dachte an Susanna und das Kind – oh ja! –, und er dachte an den Prinzipal und dessen Verlangen, das Gefängnis dieser Welt so gründlich wie möglich zu erforschen, bevor es ans Sterben ging. Und zu seinem eigenen Erstaunen erinnerte David sich in diesem Augenblick auch an jenen bösen Sonntag, als Tilly zum ersten Mal wieder die römische Messe in Heidelberg lesen ließ und Maria aus einer Edelkutsche stieg und einen blutbefleckten Soldaten mit einem Bären und einem Leiterwagen vorbeiziehen sah.

Die Landgräfin zur Wagenburg hatte recht, dachte er, *das Leben ist ein Spiel und die Welt eine Bühne voller hübscher Kulissen …*

Er warf sich zwischen Marias Schenkel und versank in ihrer Hitze, ihrem Seufzen, Keuchen und Stoßen. Ganz besinnungslos versank er, und so tief, dass es keine Rettung mehr gab. Das wusste er im selben Augenblick, als er sich über ihr und sie sich unter ihm aufbäumte.

10

Nie zuvor in seinem Leben hatte Maximilian von Herzenburg so wenig geschlafen wie in jenen Augusttagen des Jahres 1626. Alles drängte zur Entscheidung hin – für das katholische Heer Tillys und für ihn persönlich.

Meile um Meile nahmen sie den Dänen ab. Noch immer blieb es lange hell, und Tilly ließ die Fußregimenter täglich vierzehn Stunden und länger marschieren. Oft fiel der Tross weit zurück, und der General Tilly musste mehrere Dragonerkompanien von der Verfolgung der Dänen abziehen, um den Frauen, Kindern, Pferdejungen, Handwerkern, Köchen, Metzgern und Marketendern mit ihren zahllosen Wagen und Tieren Geleitschutz zu geben.

Der Obristleutnant von Herzenburg und seine Reiterkompanien bildeten die Vorhut; sie kamen kaum noch aus den Sätteln. Maximilian war empört gewesen, als der General Wallenstein auch seine Kompanien zu Tillys Verstärkung abkommandiert hatte. Zurück zum Herrn Grafen? Dem Prinz von Bernstadt unter die Augen treten? Alles in ihm hatte sich dagegen gesträubt, doch eine Befehlsverweigerung kam nicht in Frage. Also biss er die Zähne zusammen und tat, was man von ihm verlangte.

Inzwischen erschien ihm Wallensteins Befehl wie ein Wink des Schicksals.

Die meisten seiner Männer sahen bleich aus und hatten rote Augen vor Müdigkeit und vom Wein oder Bier; trotz Mühen und kurzer Nächte wollten nur wenige davon lassen. Der Vorsprung der Dänen schrumpfte von Tag zu Tag. Ständig wartete man auf einen Hinterhalt, ständig lauerte man auf Anzeichen der beginnenden Schlacht. Die Mehrzahl der Männer wollte im Grunde nur noch eines: es endlich hinter sich bringen.

Maximilian versuchte, so wenig wie möglich an von Bernstadt zu denken. Ende Juli hatte der Prinz ihm einen Brief zukommen lassen – er verlange Genugtuung. Mit dem Degen und allein wolle er ihm gegenübertreten, irgendwo abseits des Lagers auf einer Lichtung. Einverstanden, hatte Maximilian ihm geantwortet, sobald die unvermeidliche Schlacht gegen den Dänenkönig geschlagen sei.

Unmöglich, daran gar nicht zu denken: Täglich musste er dem rotgesichtigen Generalwachtmeister ja in Tillys Zelt begegnen. Genau wie dem Herrn Grafen. Er hasste einen wie den anderen.

Dazu zermürbten Schlafmangel und Erschöpfung Maximilian so sehr, dass er schon Stimmen hörte; einmal, als er in der Abenddämmerung neben seinem Schimmel im Gras schlief, eine Frauenstimme. Er schreckte hoch, doch es lagen nur Männer rechts und links unter dem Sternenhimmel: Laußnitz, Staudinger und eine Handvoll Arkebusiere.

Die Wache, ein betrunkener Corporal, glotzte ihn an, Maximilian hieß ihn, sich schlafen zu legen, und übernahm. Grübelnd lehnte er gegen eine Buche, umgeben von den Geräuschen des nächtlichen Waldes und vom Schnarchen seiner Reiter. Es war Hildegards Stimme gewesen, kein Zweifel. »Du hast mich gerufen, liebe Schwester«, flüsterte er. »Ich hab dich gehört. Bald ist es so weit, bald wirst du Ruhe finden.«

Er sprach oft mit ihr. Manchmal auch mit Maria. Und immer häufiger ertappte er sich wieder dabei, wie er es murmelnd tat oder wenigstens die Lippen dabei bewegte. Dann sah er sich jedes Mal erschrocken nach zufälligen Beobachtern um.

Einmal entdeckte er gegen Abend einen schwarzen Reiter, wie er ohne Eile am anderen Ufer der Leine ritt. Ein dürrer, hochgewachsener Kerl mit großem Adamsapfel, und auch seine Haltung erinnerte stark an die Art, wie Mathis von Torgau auf seinem Pferd gesessen hatte. Der Obristleutnant machte Laußnitz auf den

Reiter aufmerksam, doch der Cornet runzelte die Stirn und zuckte mit den Schultern. Er sah keinen Reiter.

Seitdem rührte Maximilian keinen Wein mehr an.

Boten und Kundschafter gingen ein und aus bei ihm und den anderen Kommandeuren, kleinere Scharmützel waren an der Tagesordnung; es gab Tote, Verwundete und Gefangennahmen auf beiden Seiten. Die eigentliche Schlacht stand erst noch bevor, und dennoch hatte Maximilian schon mehr als zehn Reiter verloren. Darunter auch diesen blonden Leutnant, diesen Stein. Schade. War ein brauchbarer Mann gewesen alles in allem.

»Erst zieht er Richtung Thüringen, dann macht er plötzlich wieder kehrt und nun scheint er zurück ins Braunschweiger Land zu wollen.« Wie beinahe täglich hielten sie wieder einmal Kriegsrat bei Tillys Wagen. Der August neigte sich bereits dem Ende zu und mit ihm der Sommer. Kopfschüttelnd betrachtete der General die Karte auf dem Tisch, den seine Diener vor dem Wagen aufgestellt hatten. »Man wird nicht recht schlau aus dem König von Dänemark.« Es klang ein wenig spitz, wie er über den gegnerischen Feldherrn sprach; als wollte er den viel Jüngeren tadeln.

»Eine Kriegslist«, sagte von Bernstadt. »Er will uns in eine Falle locken.« Maximilian und er hatten eine gewisse Meisterschaft darin entwickelt, einander zu übersehen.

»Er ist verrückt.« Der Herr Graf winkte ab. »Einfach nur verrückt.« Sein Vater strafte Maximilian mit zornigen und verächtlichen Blicken. Einigen Offizieren fiel das natürlich auf. Maximilian wusste, dass man heimlich über ihn und den Herrn Grafen redete. Es machte ihm schon nichts mehr aus.

»Der König ist bei klarem Verstand«, widersprach er dem Vater. »Deswegen hat er Angst vor uns.« Vielleicht konnte Maximilian das so klar erkennen, weil ihm selbst die Angst im Nacken saß – wenn auch nicht vor den Dänen. »Er sieht unsere Überlegenheit und fürchtet sich. Also meidet er die Schlacht. Ganz vernünftig im Grunde.« Angst und Vernunft, wie eng doch beides verwoben sein konnte!

»Wäre er bei klarem Verstand, würde er seine viel zu weit verstreuten Regimenter längst vereinigt haben und uns angreifen«, behauptete ein bayrischer Obrist namens Fritsch. Die meisten nickten, besonders grimmig der Feldmarschallleutnant Des Fours, ein rechter Draufgänger und Eisenfresser.

»Er ist einfach nur ein hirnloser Narr!«, polterte der Herr Graf, inzwischen Obrist. Und wieder ein verächtlicher Blick. Hildegard schien ganz nahe in solchen Momenten; Maximilian glaubte sie neben sich.

»Zwei Möglichkeiten.« Des Fours deutete jetzt auf die Karte. »Entweder er zieht hinauf nach Wolfenbüttel, oder er verschanzt sich hier im Gehölz zwischen den Hügeln und wartet auf eine Gelegenheit zur Schlacht.«

»›Entweder oder‹! Tag für Tag ›entweder oder‹, Tag für Tag warten!« Tilly wurde laut. »Genug davon! Wenn der König nicht weiß, ob und wann er die Schlacht will, dann zwingen wir ihm auf, was *wir* wollen. Und ich will die Schlacht spätestens übermorgen, und zwar hier!« Tilly deutete auf ein Dorf und einen Hügel.

Und dann ging es, wie Maximilian es oft erlebte: In kürzester Zeit entwarf der kleine General seinen Schlachtplan, stellte Geschütze, Infanterieblöcke und Reiterei auf, bestimmte den Keil, den die Kürassiere ins feindliche Fußvolk zu treiben hatten, skizzierte Linien, auf denen die Arkebusiere und Dragoner dem Gegner in die Flanken fallen und seine Geschützstellungen angreifen sollten. Mit beinahe ehrfürchtigem Staunen hörten die Kommandeure ihrem Feldherrn zu, und mit größter Aufmerksamkeit folgten ihre Blicke den Linien und Bögen, die sein Stab auf der Karte beschrieb.

In Tillys Plan hatten Maximilians Kompanien die schwere Reiterei des Prinzen von Bernstadt und des Herrn Grafen zu decken und die dänischen Geschützbatterien zu erobern, die aller Voraussicht nach ihre Südflanke unter Feuer nehmen würden. Die Karte verschwamm Maximilian vor Augen, und neben sich spürte er Hildegards Atem dicht am Ohr. Ein vager Gedanke kroch ihm durchs Hirn, tollkühn und gefährlich.

Nach der unvermeidlichen Schlacht würde er sich auf irgendeiner Lichtung mit von Bernstadt zum unvermeidlichen Duell treffen müssen. Und danach, falls Marias Mann ihn tötete, würde er in der Hölle den Teufel treffen müssen. Falls er jedoch von Bernstadt tötete, was wahrscheinlicher war, würde er vor dem Teufel noch den Profos und seinen Henker treffen müssen; Duelle nämlich waren bei Todesstrafe verboten. Wie auch immer: Er würde sterben, Hildegard bliebe ungerächt, und Maria würde er nie mehr wiedersehen.

Keinen der drei wollte Maximilian nach der Schlacht treffen, von Bernstadt genauso wenig wie den Teufel oder den Profos, und am allerwenigsten den Herrn Grafen. Wenn nun aber nicht seine, sondern eine fremde Hand die Klinge oder die Reiterpistole führte, die Marias Mann und den wüsten Herrn Grafen zu Tode brachte …?

Der vage Gedanke setzte sich in ihm fest und nahm allmählich die Gestalt eines Planes an. Maximilian wusste, was er zu tun hatte.

Er prägte sich jedes Wort des Generals und jede Linie ein, die Tillys Stab auf der Karte beschrieb; vor allem, wo von Bernstadt und die Kompanien des Herrn Grafen stehen sollten.

Innerhalb einer halben Stunde entwarf der geharnischte Mönch einen Schlachtplan, gegen den keiner der Offiziere etwas einzuwenden wusste. Zum Schluss rutschte Tillys Stab über die Karte hinweg zu einem Dorf namens Lutter und einem Hügel namens Barenberg, nicht mehr als ein stattlicher Misthaufen. »Und dafür, dass er sich uns in der Ebene zwischen diesem Dorf und jenem Hügel stellt, dafür wird Eure Reiterei sorgen, Freiherr Des Fours!«, wandte er sich an den Reiteroffizier, den der Friedländer ihm geschickt hatte. »Genug Scharmützel, genug Männer verloren! Der Däne muss jetzt Farbe bekennen!«

Zurück in seinem Zelt zeichnete Maximilian den Schlachtplan aus dem Gedächtnis auf. Den folgenden Tag wartete er noch ab. Gerade einmal drei deutsche Meilen trennten da noch die Vorhut der einen von der Nachhut der anderen Armee. Am Abend, während des Kriegsrates in Tillys Zelt, wurden die letzten Einzelheiten festgelegt – am Vormittag des nächsten Tages sollte der raubeinige Freiherr Des Fours die große dänische Nachhut mit drei Kürassierregimentern angreifen, sobald sie den schützenden Wald verlassen hatte und die Ebene südwestlich von Lutter in Richtung Wolfenbüttel durchquerte. So wollte Tilly den dänischen König endlich zur Schlacht zwingen.

Maximilian brachte seine Aufzeichnungen auf den neusten Stand. Bei Einbruch der Dunkelheit übergab er das Kommando an Staudinger und schwang sich auf seinen Schimmel. Er feixte zu seinem Rittmeister hinunter. Er wolle vor der Schlacht noch einmal für ein paar Stunden zum Tross, erklärte er ihm augenzwinkernd, eine Frau warte dort auf ihn.

Der Rittmeister Staudinger grinste zurück und merkte seinem Obristleutnant nicht an, wie die Angst ihm den Atem abschnürte, wie der Herzschlag ihm im Schädel dröhnte. Keiner, der Maximilian fortreiten sah, merkte es.

*

Sie hatten Hannes auf das Pferd eines seiner gefallenen Gefreiten gefesselt. Zusammen mit anderen gefangenen Offizieren ritt er schon den dritten Tag in der vielköpfigen Nachhut der Dänen Richtung Norden. Alle anderen Reiter seiner Kundschafterrotte hatten die Dänen erschlagen. Dass er noch lebte, verdankte er Friedrich.

In der ersten Dämmerung ließ der dänische Obrist seine Nachhutregimenter im Hang eines der zahlreichen bewaldeten Hügel lagern, die dort eine Ebene aus Weide- und Ackerland säumten. Auf der Ostseite der Ebene sah Hannes den Kirchturm eines Dorfes im letzten Abendlicht aufleuchten. Der Flecken heiße Lutter, erklärte Friedrich, und von ihm aus sei es nur noch wenig mehr als ein Tagesritt nach Wolfenbüttel hinauf. Dort wollte der Dänenkönig seine verstreuten Regimenter sammeln und sich verschanzen; das wusste Hannes inzwischen.

Sein Bruder setzte sich zu ihm, löste ihm die Fesseln, breitete vor ihm aus, was er ihm mitgebracht hatte: gepökeltes Ziegenfleisch, Brot, zwei Äpfel, eine halbe Feldflasche mit Wein.

Die dänischen Dragoner rings um sie, die für die gefangenen bayrischen und kaiserlichen Offiziere verantwortlich waren, grüßten den Friedrich wieder voller Respekt. Keiner machte Anstalten, ihn zur Rede zu stellen, weil er Hannes' Fesseln löste. Er war ja ihr Rittmeister und konnte tun, was er für richtig hielt. Schon die beiden Abende zuvor hatten sie die so ähnlichen Brüder stundenlang beieinandersitzen sehen.

Tränenreiche Stunden waren das gewesen – einer hatte dem anderen erzählt, wie das Schicksal ihn aus dem brennenden Walddorf zurück ins Leben und durch das halbe Reich hier herauf ins Niedersächsische geführt hatte.

Er habe mit Husten und Fieber in der Schlafkammer gelegen, als die Reiter über das Walddorf herfielen, erzählte Friedrich. »Die Großmutter wollte mir gerade einen Brustwickel machen. Wir haben die Klinke verkeilt und das Bett vor die Tür geschoben. Zu dritt sind sie von außen gegen die Kammertür angerannt. ›Aus dem Fenster mit dir‹, hat die Großmutter gesagt, und ich soll mich im Misthaufen verstecken. Ich wollte nicht, und da hat sie mich am Haar gerissen und gezischt: ›Wenn du mich und die Heilige Jungfrau auch nur ein wenig liebst, dann kletterst du jetzt aus dem Fenster und versteckst dich im Misthaufen!‹. Da habe ich gehorcht.«

Als er später aus dem Mist kroch, sei das Haus niedergebrannt gewesen und die Großmutter mit ihm, auch sonst habe niemand mehr gelebt. Halb wahnsinnig vor Fieber und Entsetzen sei er den Bach entlang durch das Schneetreiben in den Wald gelaufen. Bis hinauf nach Beerfelden. Dort habe ein Bauer ihn aufgenommen.

»Im Jahr darauf, kurz vor dem Winter, kamen Soldaten«, hatte Friedrich seinen Bericht geschlossen. »Kurpfälzer, die aus dem gefallenen Heidelberg geflohen waren. Einem von ihnen, einem Capitän, diente ich als Pferdejunge. Mit ihm zog ich erst nach Braunschweig, wo wir für den Halberstädter kämpften. Von dort ging es in die Niederlande gegen die Spanier und von dort nach Dänemark. Mein Capitän ist inzwischen mein Obrist, und ich bin sein Rittmeister.«

Zwei Tage her, dass Hannes all das erfuhr. Gestern hatte er selbst erzählt: von der Herzenburger Kompanie, von seinen Racheplänen und wie er schon vier aus der Mörderbande getötet hatte. Und heute saß Friedrich da, sagte keinen Ton und sah ihm nur beim Essen zu.

Hannes schob den Wein weg und bat um Wasser. Sein Bruder brachte ihm welches. »Du bist so still heute«, sagte er, als er getrunken hatte. »Was ist mit dir?«

»Der Obrist hat zwei Gefangene über dich befragt«, antwortete Friedrich. »Nun weiß er, dass du dem Friedländer schon in Böhmen gedient hast. Und dass er dich nach der Schlacht an der Elbbrücke belobigt hat, haben sie ihm auch erzählt.«

»Und?«

»Einige der Offiziere sähen dich lieber tot als lebendig. Sie halten dich für gefährlich, glauben, dass einer wie du dem Friedländer die Treue halten wird. Und viel Lösegeld rechnen sie sich für einen Leutnant auch nicht aus.«

»Und jetzt?« Gegen seinen Willen klang Hannes' Stimme plötzlich heiser.

»Der Obrist will dich noch einmal sehen.« Der hatte Hannes

schon einmal verhört – ein strenger Offizier, einsilbig und hochmütig. Nur allein, weil er große Stücke auf Friedrich hielt, ließ er Hannes besser behandeln als die übrigen Gefangenen. »Ich denke, ich sollte dich jetzt zu ihm bringen.« Friedrich beugte sich zu ihm und senkte die Stimme. »Wenn ich keine Hoffnung hätte, würde ich dir zur Flucht helfen.«

Hannes nickte und stand auf. »Gehen wir also.«

Sie stiegen den Waldhang hinauf, Friedrichs Trabanten schlossen sich ihnen an. Das Wetter war trocken, die Luft immer noch sommerlich warm; um am nächsten Morgen keine Zeit zu verlieren, hatten die Dänen darauf verzichtet, Zelte aufzuschlagen. Die Reiter lagen auf Decken und Mänteln im Unterholz. Auch Feuer brannten keine – wegen möglicher feindlicher Kundschafter –, nur hier und da sah Hannes Öllampen flackern.

Der Obrist – kein Däne, sondern ein Pfälzer – hockte mit ein paar anderen Offizieren in einem aus Geäst und Planen gebauten Unterstand. Mindestens sechs Dragoner, die ihn schützten, entdeckte Hannes. Seitenplanen verdeckten die Sicht auf die vier Männer darin, weil jedoch eine Öllampe auch im Unterstand etwas Licht gab, sah Hannes ihre Schattenrisse: Drei von ihnen beugten sich zur Lampe und zu einem Papier hinunter, das sie in ihr Licht hielten.

Mit einer Kopfbewegung bedeutete Friedrich seinen Trabanten und Hannes' zwischen den Bäumen zu warten. Sie setzten sich. Er selbst ging zum Unterstand seines Obristen, beugte sich hinein und ging zwischen den anderen in die Hocke. Fast eine halbe Stunde kam er nicht zurück.

Hannes beobachtete die Schattenrisse der Offiziere – sie schienen in ein dringendes Gespräch vertieft. Er sah sie gestikulieren und immer wieder auf das Papier deuten. Nur einer hockte kerzengerade, beugte sich über gar nichts, gestikulierte auch nicht. Ganz am Schluss erst wechselten die anderen ein paar Worte mit ihm.

Gleich darauf sah Hannes die Gestalt dieses Mannes sich erheben. Als Erster verließ er den Unterstand, und einen kurzen Atemzug lang, als er die Eingangsplane wegschob, um hinauszutreten, lag das matte Licht der Öllampe auf seinen Zügen. Dann setzte er den Hut auf und zog ihn tief in die Stirn.

Hannes erkannte ihn sofort: von Herzenburg. Vielleicht hätte er ihn auch am Gang erkannt, als er, eskortiert von zwei Dragonern, in der Dunkelheit des Waldes eintauchte.

Mit offenem Mund und ohne zu atmen, hockte Hannes zwischen den Trabanten seines Bruders und starrte die Umrisse der Baumstämme an, zwischen denen der Obristleutnant verschwunden war. Was geschah hier?

Endlich beugte Friedrich sich aus dem Unterstand und winkte. Die beiden Trabanten bedeuteten Hannes aufzustehen, nahmen ihn in ihre Mitte, gingen zum Obristenunterstand und schoben ihn hinein.

Er setzte sich, sah noch, wie der Obrist ein Papier faltete und es in seinen schwarzen Reitermantel steckte. »Er ist gut katholisch?«, sprach einer der Offiziere Hannes sofort an, ein brandenburgischer Obristwachtmeister, wie Hannes von Friedrich wusste.

»Ich bin katholisch getauft«, antwortete er.

»Ist Er so gut katholisch wie sein geharnischter Mönch?«, fragte der Obristwachtmeister. Er musterte Hannes feindselig. »Oder so gut katholisch wie der geldgierige Blutsäufer aus Friedland, dem Er schon seit zwei Jahren dient?«

»Ich bin katholisch getauft«, wiederholte Hannes stoisch. »Und groß geworden bin ich in einem reformierten Land.«

»In den Augen Seiner Generäle sind wir Evangelischen weiter nichts als Ketzer!« Der feindselige Brandenburger ballte die Fäuste. »Ketzer, die es auszurotten gilt wie die zur Zucht untauglichen Schafe im März!«

»Sein Bruder denkt daran, evangelisch zu werden«, sagte ein zweiter Offizier, ein dänischer Obristleutnant. »Und Er? Denkt Er auch daran?« Er sprach mit hartem dänischem Akzent.

»Nein.« Die Mienen der beiden verdüsterten sich. Dem Obristen, der noch immer schwieg, schossen die Brauen nach oben. »›Hauptsache, dem lieben Gott vertraut und seinen Geboten gehorcht‹, pflegte unser Vater zu sagen.« Hannes blickte erst dem Brandenburger ins Gesicht, dann dem Dänen. »Übrigens haben ihn Evangelische erschlagen, die für den katholischen Tilly ritten.«

»Katholisch oder evangelisch«, beeilte Friedrich sich zu sagen, der die gereizte Stimmung spürte. »›Gott sieht das Herz an‹, heißt es nicht so? Ist der Unterschied denn wirklich so groß?«

»Das will ich meinen, dass der Unterschied groß ist zwischen einem Papisten und einem, der auf dem Boden der Heiligen Schrift steht!«, polterte der Brandenburger. Mürrisch betrachtete er Hannes. »Vor allem aber ist Er gefährlich. Hat Er nicht an der Brücke zu Dessau dem Grafen von Mansfeld den Munitionswagen angezündet?«

Heiß und kalt wurde es Hannes, ein Kloß schwoll in seinem Hals. »Ja, das habe ich getan«, sagte er schließlich mit heiserer Stimme.

Ein paar Atemzüge lang herrschte Schweigen. Friedrich und die anderen Offiziere äugten zu ihrem Obristen, warteten auf sein Wort. Der seufzte erst einmal tief. »Nun«, sagte er endlich. »Da wir gerade beim Mansfelder sind – wenn es ums Brennen, Rauben und Schänden geht, sind sie tatsächlich nicht besonders groß, die Unterschiede zwischen Papisten und Evangelischen, nicht wahr, Ihr Herren?« Ein bitteres Schmunzeln lag auf seinem hageren, schnurrbärigen Gesicht, als er den Brandenburger und den Dänen anschaute. Die senkten die Blicke.

Der Mann war ganz in schwarzen Samt gehüllt über seinem gewienerten Brustschutz, und aus dem Harnisch selbst quoll ihm ein nicht mehr ganz weißer Spitzenkragen. Früher, so hatte Friedrich erzählt, war er Capitän der Heidelberger Schlosswache gewesen. Rudolph von Mosbach hieß er.

»Die Herren wären Ihn lieber los, wie Er bemerkt haben dürfte«, wandte der Obrist sich schließlich an Hannes. »Gewöhnlich höre ich auf sie. Doch in diesem Fall muss ich Rücksicht auf meinen tapferen Rittmeister Stein nehmen. Wir werden Ihn also mit den anderen Gefangenen nach Wolfenbüttel schaffen. Vielleicht kann man Ihn austauschen.« Von Mosbach beugte sich über die Öllampe nach vorn und hob die Stimme ein wenig. »Vielleicht will Er aber auch in der Kompanie Seines Bruders für die Evangelische Sache kämpfen.« Von Mosbach sah Hannes ins Gesicht. »Wir stellen es Ihm frei. Spätestens bei Sonnenaufgang wollen wir Seine Entscheidung hören.« Er nickte und gab zu verstehen, dass alles Wesentliche gesagt sei.

Friedrich und seine Trabanten brachten Hannes zurück zu den anderen Gefangenen. Der Rittmeister Friedrich Stein gab sich einsilbig und hatte es sehr eilig auf einmal. »Ich muss noch heute Nacht zum König Christian und seinem General Fuchs reiten«, erklärte er. »Der hat übrigens früher ebenfalls für den Kaiser gekämpft – heute ist er der zweite dänische Feldherr nach dem König.« Hannes spürte, wie sein Bruder ihn von der Seite beäugte. »Falls dir das bei deiner Entscheidung hilft. Oder hast du sie schon getroffen?«

Hannes antwortete nicht gleich. »Ist es wegen diesem Mann, der vorhin im Unterstand des Obristen gesessen hat, dass du auf einmal so schnell fort musst?« Friedrich schwieg. »Ist es wegen des Papiers, das er von Mosbach zurückgelassen hat?«

»Ich bin ein Rittmeister des dänischen Königs, Hannes. Ich darf darüber mit dir nicht sprechen.«

Inzwischen waren sie in der Hügelschneise angelangt, in der die Gefangenen bewacht wurden. »Kennst du den Mann? Darfst du mir das sagen?«

Friedrich verdrehte unwillig die Augen, seine Trabanten fesselten Hannes und banden ihn im Sitzen an einen Baum. »Ich habe den Mann noch nie gesehen, und nun kein Wort mehr darüber!«, sagte Friedrich. »Morgen bei Sonnenaufgang bin ich zurück. Denke über das Angebot des Obristen nach, Bruder. Denke gründlich nach.« Er drehte sich um. Gefolgt von seinen Trabanten lief er an den anderen Gefangenen vorbei, sah nicht nach links und rechts und stapfte in den Waldhang.

»Du hättest ihn kennenlernen können!«, rief Hannes seinem Bruder hinterher. »Wenn du dich damals nicht im Misthaufen verkrochen hättest!«

Friedrich blieb stehen und fuhr herum. »Was sagst du da …?«

*

Im ersten Morgengrauen sattelten die dänischen Dragoner die Pferde. Das Fußvolk formierte sich zu Marschkolonnen, die Kanoniere spannten schwere Pferde vor die Wagen mit den Kanonenrohren. Außerhalb des Waldes bildete die dänische Nachhut Verbände, die leicht zu Schlachtformationen gestaffelt werden konnten. Die Veteranen unter den Landsknechten nahmen bereits das als Anzeichen einer bevorstehenden Schlacht. Mehr wussten nur die Offiziere bis hinunter zu den Wachtmeistern. Und Hannes. Als Corporal und Trabant seines jüngeren Bruders, des Rittmeisters, ritt er dicht hinter diesem und seinem Cornet. Und die ritten dicht hinter von Mosbach.

Friedrich war erst spät in der Nacht zum Gefangenenlager zurückgekehrt. Einen Brief mit der Abschrift des verratenen Schlachtplans hatte er dem König und seinem stellvertretenden Feldherrn Fuchs überbringen müssen. Den Dänen blieb viel zu wenig Zeit, um sich gründlich auf Tillys verratene Pläne einstellen zu können. Doch immerhin wussten sie nun, wann und wo die Bayern und die Kaiserlichen den Angriff eröffnen wollten, und welche Flanke der feindlichen Armee die schwächste sein würde.

Die Brüder besprachen sich gründlich. Friedrich verriet mehr, als er durfte. Hannes entschied, mit den Dänen zu kämpfen, und bei ihrer toten Mutter ließ sein Bruder ihn schwören, Leib und Leben des Obristen Mosbach zu schonen, wenn es so weit war.

Durch eine schmale, zu beiden Seiten von Waldhügeln begrenzte Weidezunge marschierten und ritten tausende Dänen dem Dorf Lutter am Barenberg entgegen. Aberhundert Stiefel zerstampften das Gras, zahllose Pferdehufe und Räder von Geschützlafetten und Wagen zerpflügten den Boden.

Als die Sonne sich von den Wipfeln auf den Hügelkuppen löste, begann die Ebene sich nach Norden hin mehr und mehr zu weiten. Deutlich erkannte Hannes den Kirchturm von Lutter in der Ferne. Irgendwann preschten Kundschafter heran, ritten neben dem Obristen und den leitenden Offizieren her. Von anrückenden Feinden war die Rede, von ganzen Regimentern schwerer Reiterei.

Jäh ertönten Trompeten, und die Marschkolonnen lösten sich auf und formierten sich zu Verteidigungsblöcken. Schon bebte der Boden unter dem Hufschlag von Des Fours Kürassieren, schon hörte Hannes die Angreifer ihr »Jesus Maria!« brüllen, und dann griffen die Stoßkeile kaiserlicher Kürassiere und dänischer Blöcke aus Pikenieren, Musketieren und Arkebusieren krachend, brüllend und rauchend ineinander – wie Einzelteile einer mächtigen Maschine, die, einmal in Gang gesetzt, kein Zurück mehr kannte, die nur noch gnadenlos zermalmte oder zermalmt wurde.

Die ersten dänischen Entsatzkompanien ritten aus dem Wald, schlugen die fürchterliche Attacke zurück. Bald erschienen auch die Angriffsspitzen des Königs und seines Ersten Generals auf der Ebene. Die dänischen Waffenblöcke und Schlachtreihen konnten sich formieren. Am späten Vormittag begann erst die kaiserliche, dann die dänische Artillerie sich auf die jeweils gegnerischen Reitereien einzuschießen. Die dänische auf die Kompanien des Prinzen von Bernstadt und des Grafen von Herzenburg, wie Hannes trotz des Schlachtgetümmels erfuhr.

Sechs kaiserliche Kompanien griffen die dänischen Batterien an. Maximilian von Herzenburgs Kompanien. Doch die dänische

Vorhut unter dem General Fuchs schlug sie mit Leichtigkeit zurück – genau so war es abgesprochen.

General Fuchs und der Dänenkönig stürmten mit ihren Regimentern durch die kaiserlichen Reihen hindurch bis zu den feindlichen Geschützbatterien und eroberten viele. Hätte der General Tilly sich nicht persönlich seinen fliehenden Landsknechten in den Weg gestellt, hätte er die Schlacht gewiss verloren. Doch der kleinwüchsige Feldherr führte sie eigenhändig zurück in den Kampf und schloss mit großer Umsicht und unter Einsatz seines Lebens die entstandenen Lücken.

Mit Macht griffen nun die kaiserlichen und bayrischen Reiterregimenter an. Hochrangige dänische Heerführer starben: der dänische General Solms, der Landgraf Philipp von Hessen und schließlich sogar der General Fuchs.

Als die dänischen Reiter, Musketiere und Pikeniere davon erfuhren, lösten sich ihre Schlachtreihen nach und nach auf; niemand fand sich mehr, um die schwere Niederlage für König Christian noch abzuwenden. In wilder Flucht versuchten Reiter und Fußvolk sich zu retten. Viele Reiter flohen Richtung Wolfenbüttel, mehr als zweitausend Mann dänischen Fußvolks rannten Hals über Kopf nach Lutter und verschanzten sich dort. Die Bayern und die Kaiserlichen verfolgten sie, umzingelten das Dorf und beschossen es.

Hannes, Friedrich und der Obrist von Mosbach schlossen sich den knapp fünfhundert Reitern an, die mit dem Dänenkönig nach Wolfenbüttel fliehen wollten. Hannes ritt neben von Mosbach, drängte ihn ab und riss ihn schließlich vom Pferd. Niemand achtete auf sie, jeder war nur damit beschäftigt, seine eigene Haut zu retten.

Mit vereinten Kräften überwältigten Friedrich und Hannes den Obristen, fesselten und knebelten ihn. Voller Hass starrte von Mosbach vor allem den Friedrich an. Dem war gar nicht wohl in seiner Haut. »Ihr werdet frei sein und leben«, versicherte Hannes dem Obristen, während er ihm den gefalteten Schlachtplan aus seinem Koller kramte. »Ich hab es meinem Bruder schwören müssen.«

Still lagen sie am Waldrand, lauschten dem verebbenden Schusslärm, sahen Krabaten vorbeireiten, die verwundete Dänen töteten. Später erfuhr Hannes, dass Tilly selbst den Befehl gegeben hatte, die Dänen zu verfolgen und jeden niederzuhauen, den man erwischen konnte. Ein Geschäft, in dem die Krabaten längst zu trauriger Berühmtheit gelangt waren.

Krabaten waren es dann auch, die Hannes und Friedrich und ihren Gefangenen gegen Abend entdeckten. Mit grimmigen Gesichtern und blanken Klingen in den blutigen Fäusten stapften sie auf die drei zu. Hannes schwang von Mosbachs weiße Halskröse als Zeichen der Kapitulation. »Jesus Maria!«, schrie er den blutrünstigen Kriegern entgegen.

Sie gehörten zum Regiment des kroatischen Obristen Isolanos, und ihr Anführer, ein Feldwebel, erkannte ihn. »Leutnant Johannes Stein!« Hannes brüllte seinen Namen aus Leibeskräften. »Kompanie Staudinger, Regiment von Brüggen und von Herzenburg! Ich habe hier zwei Gefangene – die muss ich persönlich zum General Tilly und zum Feldmarschallleutnant Des Fours bringen, um ihnen einen Verrat anzuzeigen!«

*

Wie die Krähen über das Aas, so fielen die Leute über das Schlachtfeld her. Tausende Frauen, Kinder, Halbwüchsige und einige Männer in vorgerücktem Alter gingen von Leiche zu Leiche, von Verwundetem zu Verwundetem und – falls die Gefallenen Dänen waren – brachten an sich, was sie brauchen oder zu Geld machen konnten: Kleider, Stiefel, Schmuck, Waffen, persönliche Habseligkeiten.

Da und dort wies Maximilian von Herzenburg ein paar Frauen

zurecht, die sich auch an den Gefallenen der kaiserlichen und bayrischen Armee vergreifen wollten. Jedes Mal, wenn er einen der eigenen Männer fand, winkte er die Gefreiten herbei, die mit einem Pferdekarren unterwegs waren, um sie einzusammeln. Auf den abgemähten Kornfeldern zwischen Wald und Hügel lagen mehr eigene Soldaten als anderswo. Die Kompanien von Bernstadts und des Herrn Grafen waren hier in den Kugelhagel der dänischen Geschützbatterien geritten.

Maximilian hatte die Kanonenstellungen angegriffen, gewiss, mit allem, was ihm zur Verfügung stand – sechs Kompanien immerhin. Im Versuch, einem Gegenstoß dänischer Dragoner auszuweichen und die Batterien von der südlichen Flanke zu nehmen, waren seine Reiter in einen Sumpf geraten.

Wie ein verhängnisvolles Missgeschick hatte das ausgesehen. In Wahrheit hatte Maximilian von dem Sumpf gewusst – bei seinem nächtlichen Ausflug ins Lager der dänischen Nachhut hatte man ihm das Gelände ganz genau erklärt.

Mehr als fünfhundert Reiter blieben im Sumpf stecken. Die dänischen Musketiere und Dragoner schossen auf alles, was sich bewegte. Nur auf die Männer um die Hirschstandarte nicht. An die und an seinen Cornet hielt Maximilian von Herzenburg sich – so hatte er es mit dem dänischen Obristen von Mosbach vereinbart – und entkam mit gerade einmal achtzig Reitern.

Zwei Pferdejungen aus dem Tross winkten von weitem. Maximilian ging zu ihnen. Sie deuteten stumm auf einen Leichnam neben einem Pferd. Das Pferd erkannte Maximilian sofort, den Prinzen und Generalwachtmeister von Bernstadt erst auf den zweiten Blick.

Die Hufe über ihn hinwegpreschender Gäule hatten ihm Gesicht und Brust zertreten. Irgendjemand war schon bei ihm gewesen – und hatte sich mit seinen Stiefeln, Waffen, seinem Harnisch, Koller und Mantel wieder davongemacht. Fliegen summten über dem, was einmal sein Gesicht gewesen war. In seiner fahlgrauen

Faust hing ein von Blut und Dreck beflecktes Spitzentuch. Maximilian las den roten Namenszug – *MARIA* – und wandte sich ab.

Er winkte einigen Gefreiten, die mit einem Pferdewagen das Schlachtfeld abfuhren und tote und verwundete Offiziere einsammelten.

Kein Offizier außer Maximilian zeigte sich gegen Abend noch auf dem Schlachtfeld. Dass er es suchend abschritt, wunderte dennoch niemanden. Jeder wusste, dass sein Vater nach der Schlacht noch nicht lebend gesehen worden war. Nur das Pferd des Herrn Grafen hatte man entdeckt. Unverletzt.

Maximilian fand ihn in der ersten Abenddämmerung zwischen Brombeeren- und Haselnusssträuchern am Rand eines Feldweges, gar nicht weit entfernt vom Wald. Er lag in einer Menge geronnen Blutes, atmete flach und schnell und starrte zu den schwarzen Brombeeren hinauf. Einige hingen durchaus in seiner Reichweite, doch er konnte nicht danach greifen: Der linke Arm fehlte ihm, und die rechte Hand hing blutverkrustet und seltsam verkrümmt in der blutigen Manschette.

Maximilian blieb vor ihm stehen und blickte auf ihn hinab. Das Gesicht seines Vaters sah grau aus, die Lippen violett. Große Schweißperlen glänzten auf seiner Haut. Hildegard hatte ähnlich ausgesehen, kurz bevor sie starb. Der wüste Herr Graf hatte sie nicht nur geschlagen, sondern ihr auch in den Bauch getreten damals, sodass ihr in ihrer letzten Stunde das Blut aus allen Körperöffnungen sickerte.

Der Herr Graf drehte die Augäpfel ein wenig zur Seite, blinzelte Maximilians Stiefel an, sah dann zu ihm herauf. »Durst«, krächzte er. Maximilian betrachtete ihn ohne jede Rührung. Er empfand nur ein wenig Enttäuschung: Er hatte sich mehr Genuss vom Anblick seines sterbenden oder toten Vaters erhofft, mehr Befriedigung. »Ich habe Durst«, krächzte der schwer Verwundete. »Solchen Durst …«

»Am besten, Ihr gewöhnt Euch daran«, sagte Maximilian mit

hohler Stimme. »In der Hölle gibt es kein Wasser. Nur Feuer.« Er öffnete seine Feldflasche, setzte sie an die Lippen und trank.

Die feuchten, trüben Augen des Herrn Grafen zuckten hin und her. »Gib mir zu trinken, mein Sohn«, flüsterte er. »Ich flehe dich an …, ich verdurste sonst …«

Maximilian verschloss seine Feldflasche. »Denkt an Hildegard und ihr Flehen, Herr Vater. Das mag Euch ein wenig trösten.«

Er hängte die verschlossene Flasche ans Bandelier, blieb bei dem Verwundeten stehen und blickte auf ihn hinab, bis dessen Atem noch flacher ging und sein Kopf nach bald einer Stunde endlich zur Seite fiel. In Rufweite zogen Gefreite mit ihrem Pferdewagen vorbei. Maximilian winkte sie zu sich.

Während sie später durch die Dämmerung zum Lager rollten, hockte Maximilian am Heck des Karrens, ließ die Beine hinabbaumeln und starrte auf das Schlachtfeld. Es verschwamm mit der hereinbrechenden Nacht. Er fühlte nichts mehr, gar nichts.

*

Spät am Abend ließ der General Tilly seine höchsten Offiziere zu sich in sein Zelt laden. Er resümierte die Schlacht, lobte, tadelte und dankte Gott für den Sieg und die angeblich geringen Verluste. Einige hundert nur seien auf der Wallstatt geblieben, hatte Maximilian gehört. Er konnte es nicht glauben, denn hunderte hatte allein er schon gesehen, und das auf einem begrenzten Abschnitt des Schlachtfeldes. Bei den Feinden seien mehr als viertausend gefallen, hieß es. Die Dänen hatten unerwartet hart und leidenschaftlich gekämpft.

Doch davon keine Rede, auch nicht von der Verfolgung und dem Niedermetzeln der fliehenden Gegner. Tilly ließ guten Wein ausschenken und seinen achtzehnten Sieg feiern. Der sei noch wichtiger als der bei Prag am Weißen Berg, ließ er verlauten.

Am Eingang des Feldherren-Zeltes tauchte ein kroatischer Offizier auf. Ein kaiserlicher Leutnant wolle Tilly und Des Fours sprechen, erklärte er in gebrochenem Deutsch. Von zwei Gefangenen und Verrat war die Rede.

Maximilian gefror das Blut in den Adern. Mit vielen anderen verließ er das Zelt – da stand der General Tilly schon bei einem blonden Mann. Maximilian erkannte den vermissten Leutnant Stein und begriff überhaupt nichts mehr.

Bis er die beiden Gefangenen sah – einer blond und in Steins Alter, der andere ganz in Schwarz und mit grauen Strähnen im Haar. Der dänische Oberst von Mosbach, dem er heimlich Tillys Schlachtplan überbracht hatte. Und der Blonde, sein Rittmeister – wie sehr er doch dem Leutnant Stein ähnelte …

Stein übergab dem General ein gefaltetes Papier, und Maximilian wusste augenblicklich, was die Stunde geschlagen hatte. Während Tilly und Des Fours mit von Mosbach sprachen, trat er rückwärts zwischen die Zelte. Dort ließ er den Weinkelch fallen und rannte los.

Er lief gar nicht erst zu seinem Zelt und seinen Trabanten, er rannte direkt zur Pferdekoppel. Irgendeinen Sattel packte er dort und warf ihn auf seinen Schimmel. Keinen Gedanken verschwendete er an seine Beute im Zelt, an das viele Silber und Gold, an seine teuren Kleider, seine Waffen. Alles ließ er zurück, nur mit dem, was er am Leibe trug, galoppierte er in die Nacht hinaus.

11

Die ersten beiden Augustwochen über lag David krank zu Bett. Fieber und Gliederschmerzen plagten ihn, nachts warf er sich schlaflos von einer Seite auf die andere. Jeden Tag besuchten ihn Komödianten, am häufigsten der Prinzipal. Auch die Prinzessin saß oft an seinem Bett; Susanna dachte an Helenas Verdacht – doch schon im nächsten Moment tadelte sie sich dafür.

Anfangs erschrak der Arzt über Davids Zustand, weil er fürchtete, die Beulenpest könnte im Dresdner Schloss Einzug gehalten haben. Doch keine der typischen schwarzen Schwellungen zeigte sich an Davids Körper, er war auch nicht wirklich benommen. Der Hofarzt des Kurfürsten zeigte sich erleichtert, und Greenley gab seinen Komödianten ein Fest, so glücklich machte ihn die Nachricht.

Susanna jedoch blieb besorgt. Das Fieber wollte und wollte nicht sinken, und David, sowieso nicht mit Muskelpaketen und Fettpolstern gesegnet, verlor mächtig an Gewicht.

»Es ist seine Seele, nicht sein Leib«, sagte Helena leise zu Susanna, als sie und Piet ihn besuchten. »Seine Seele leidet.«

»Aber worunter denn?« Susanna wusste nicht viel mit Helenas Worten anzufangen.

Einmal hörte sie ihn in seiner Kammer reden; mit sich selbst, wie sie glaubte. Als sie ihm dann zu trinken brachte, lag er auf gestapelten Kissen und hielt den Totenschädel des Komödianten Will Kemp vor sich fest. David betrachtete ihn, als würde er lauschen.

In der dritten Woche erst ging das Fieber und kehrte der Appetit zurück. David begann wieder mit seinem Söhnchen zu spielen, blieb aber merkwürdig in sich gekehrt. In der vierten Woche schnürte er sein Bündel, sagte, er müsse allein sein, und verließ Schloss und Stadt, um durchs Elbtal zu streifen. Susanna ließ ihn ziehen. Als er nach Tagen wiederkam, sprach er immer noch wenig, sah aber zufriedener aus.

Charles Rowland kehrte Ende August aus England zurück. Um die Zeit zog auch der kurfürstliche Hof wieder ins Schloss zu Dresden ein. Zur Begrüßung spielten die Komödianten die Tragödie jenes englischen Dichters, den der Prinzipal nach seinem Liebling Shakespeare am meisten schätzte. Marlowe hieß er und seine Tragödie *Der Jude von Malta*. Die Fürstin zeigte sich sehr glücklich, der Kurfürst nickte zufrieden. Sein Bauch, so kam es Susanna vor, wölbte sich noch praller unter dem schwarzen, goldbetressten Samtmantel.

Den September über traten sie ungefähr zweimal die Woche auf. David spielte noch leidenschaftlicher, als Susanna ihn im Juli schon erlebt hatte. Sein Pickelhering kam ihr beißender vor in seinem Spott, sein Romeo verzweifelter in seiner Ohnmacht und seine Ehebrecherin verworfener in ihrer Wollust und Verlogenheit. Das Publikum konnte nicht genug von ihm kriegen.

Obwohl der Prinzipal seine Komödianten in diesem Monat nur ein einziges wirklich neues Stück auf die Bühne bringen ließ, konnten sie doch niemals über Zuschauermangel klagen. Viele Dresdner und etliche Edelleute aus dem Umland sahen sich die schon vertrauten Komödien und Tragödien auch gern ein zweites und drittes Mal an.

Für Ende September setzte Greenley den *Hamlet* aufs Programm, und Susanna hörte, wie David ihn anbettelte, die Rolle des dänischen Prinzen spielen zu dürfen. »Das ist meine oder John Taylors Rolle«, erklärte Greenley, »und wir spielen sie immer noch gut genug. Gib du den Pickelhering, damit machst du die Dresdner glücklich.«

David gab zwar Ruhe, wirkte aber beleidigt; ein Zug, den Susanna in letzter Zeit öfter an ihm beobachtet hatte. Was ging in ihm vor? Sie versuchte mit ihm zu sprechen, doch er wiegelte ab und blieb verschlossen. Immer öfter musste sie nun an Helenas Worte denken – dass Davids Seele leide und dass die Prinzessin ihm begehrliche Blicke zuwerfe. Sie beobachtete Maria von Bernstadt aufmerksamer als sonst. Herrschte nicht tatsächlich eine ungewöhnliche Vertrautheit zwischen der Prinzessin und David? Waren ihre Blicke wirklich nur bewundernde oder besorgte Blicke?

Was denn sonst?, antwortete Susanna im Stillen sich selbst. Das Misstrauen lässt dich bald noch Gespenster sehen.

David ertappte sie mindestens einmal am Tag dabei, wie er gedankenverloren aus dem Fenster, in seinen leeren Becher oder einfach auf den Boden starrte; manchmal sogar, wenn er mit John spielte. Er trank auch mehr Wein als vor seiner Krankheit, und wenn die Vorstellungen um sechs Uhr abends vorbei waren, blieb er lange weg und kam oft erst gegen Mitternacht zu ihr.

Taten ihm die vielen Vorstellungen nicht gut? Sehnte er sich etwa nach Stephan und den Gauklern zurück? Im Schlaf rief er manchmal ihre Namen; im Schlaf rief er auch nach Bela und seiner Mutter.

Susanna bekam es mit der Angst. Sie nahm sich vor, dem Prinzipal ihr Herz auszuschütten.

Der brachte Mitte September eine Zeitung mit vom Dresdner Markt. Die Komödianten saßen gerade beim Mittagsmahl, als er eintrat und mit den Blättern wedelte. »Der Krieg rückt näher, meine Freunde! Lange können wir nicht mehr bleiben im Heiligen Römischen Reich Deutscher Nation.« Wie immer sprach er den langen Namen mit spöttischem Unterton aus und lauter als den Rest des Satzes. Greenley nahm Platz, Helena schöpfte ihm Pilzsuppe in den Teller. Auch Maria von Bernstadt saß mit ihnen am Tisch.

»Tilly hat dem Dänenkönig eine kräftige Tracht Prügel verabreicht«, sagte der Prinzipal. »Mit Hilfe von kaiserlichen Truppen

Wallensteins.« Susanna beobachtete, wie Marias blonde Brauen nach oben zuckten. »Die Evangelischen hierzulande müssen schon arge Stümper sein, was das Kriegshandwerk betrifft – Mansfeld lässt sich von Wallenstein wie ein Hund durchs Reich jagen, der Halberstädter ist gescheitert, der von Sachsen Weimar ist gescheitert und nun auch noch der Däne. Wo soll das hinführen?« Greenley machte sich über seine Suppe her.

David griff nach der Zeitung, der *Straßburger Relation*, überflog ein paar Abschnitte und sagte dann: »Viertausend tote und dreitausend gefangene Dänen, und König Christian will noch immer nicht aufgeben.« Aus den Augenwinkeln beobachtete Susanna, wie Maria den Löffel in den halbvollen Teller legte und aufmerksam zuhörte.

»Der alte Tilly kriegt Glückwunschschreiben aus aller Welt«, fuhr David fort. »Aus Wien, aus Madrid, sogar aus Rom. Hier, hört euch an, was Papst Urban ihm schreibt: ›Heil und apostolischen Segen dir! Wer auf diese Weise den Krieg geschickt zu führen weiß, gelangt zu solchen Siegen, wie du sie über die Treulosigkeit der Ketzer gewöhnlich erringest. Auf denn, geliebter Sohn, zur Vertilgung der Ketzer!‹« Er ließ die Zeitung sinken. »Ist das zu fassen?«

Seufzen und bitteres Lachen wurden laut rund um den Tisch. »Wohl der Welt, die solch frommen Führer hat!«, sagte der Prinzipal. »In der werden die Waffenschmieden nicht kalt, die Kaufleute nicht arm und die Totengräber niemals arbeitslos werden.«

»Wie viele sind auf Seiten der Papisten gefallen?«, wollte Maria von Bernstadt wissen. Ihre arg belegte Stimme machte Susanna stutzig.

»Man weiß es nicht sicher«, antwortete David. »Die Angaben schwanken zwischen zweihundert und zweitausend.«

»Dummbeutel und Mörderpack!«, zischte Susanna. »Die Papisten werden nicht ruhen, bis das ganze Reich brennt!«

»Das werden wir uns nicht anschauen, nicht wahr, verehrte

Mrs. Villacher?«, tönte Greenley. »Wir gehen zurück nach England. Vielleicht schon im nächsten Jahr.«

»Mir ist nicht wohl, man entschuldige mich.« Maria von Bernstadt stand auf und verließ den Raum.

»Was hat sie?«, fragte Helena.

»Ihr Gatte, der Prinz von Bernstadt, gehört zu Tillys höchsten Offizieren«, sagte der Prinzipal. »Wenn man um das Leben seines Liebsten fürchten muss, schmeckt einem die leckerste sächsische Pfifferlingssuppe nicht mehr.« Susanna fiel auf, wie aufmerksam Helena und ihr Mann David beobachteten. Der widmete sich wieder seiner Suppe und starrte angestrengt in den Teller.

»Nun, sie braucht sich nicht zu sorgen, meine ich.« Aaron zuckte gleichgültig mit den Schultern. »Meistens trifft es doch immer die Falschen – das einfache Fußvolk und die kleinen Landsknechte.«

Am nächsten Tag ritt ein Bote mit einem Brief in den Schlosshof. Nur der Prinzessin von Bernstadt persönlich durfte er den überreichen, also mussten zwei Diener auf die Suche nach ihr gehen. Die fanden sie am Elbufer sitzend und gaben ihr Bescheid. Später hieß es, der Bote sei aus Hamburg an der Ostseeküste entlang und über Berlin herunter nach Dresden geritten, und der Brief stamme von dem Grafen, bei dessen Hochzeit die Komödianten im vergangenen Jahr gespielt hatten.

Zwei Tage darauf jagten gleich drei berittene Boten über die Elbbrücke – Susanna und David lehnten gerade gegen die Brüstung, hielten ihren Sohn in ihrer Mitte und blickten einem Schiff hinterher. Zurück im Schlosshof sahen sie die Pferde der drei im Schlossgarten weiden, die Reiter gingen unruhig auf der Schlosstreppe vor dem Portal hin und her. Einer von ihnen, ein stämmiger, kleinwüchsiger Mann mit hellem, fransigem Haar, kam Susanna seltsam bekannt vor.

Einige Diener und Wachen öffneten das Portal. Maria trat heraus, begrüßte die Reiter und nahm ein Schreiben entgegen, das einer ihr reichte. Susanna kam es vor, als würde sie erstarren, während sie das Siegel betrachtete. Sie winkte die drei Reiter ins Schloss hinein.

David stand wie festgewachsen und spähte noch zum Schlossportal hinüber, als es sich längst hinter der Prinzessin und den Boten geschlossen hatte. Seine Miene glättete sich zu einem erstaunten Lachen. »Ist das denn zu glauben?«, rief er schließlich. »Der Kleine ist doch der Franz Hacker gewesen!«

Boten von Tilly mit einer persönlichen Botschaft an die Prinzessin, so hieß es später. Eine ungewöhnliche Botschaft vermutlich, denn der Kurfürst und seine Gattin empfingen Maria von Bernstadt am frühen Abend in ihren Privatgemächern. Susanna beobachtete zwei Kammerdiener, wie sie die Prinzessin über die breite Treppe hinauf ins Obergeschoss führten. Maria war ganz in Schwarz gekleidet.

*

Am nächsten Nachmittag blieb Marias Stammplatz in der ersten Reihe des Riesensaals leer. Dafür entdeckte Susanna die drei fremden Reiter inmitten der Zuschauer. Sie hatten ihren Spaß an der Vorstellung. Die Komödianten gaben die Tragikkomödie vom Meisterdieb, ein eher lustiges Stück, auch wenn am Ende durch eine Hinterlist des Diebes nicht er selbst, sondern sein Erzfeind den Kopf auf den Hackblock des Henkers legen musste. Aaron spielte den Dieb, David den Pickelhering.

Am Abend brachte David Tillys Reiter zum Essen mit an die Tafel. Man kenne sich aus Heidelberg, erklärte er, als er den Leutnant Franz Hacker vorstellte. »Ich bin Oberkomödiant Christopher Greenley«, stellte der Prinzipal sich vor. »Und mein König bezahlt dem Dänen etliche Regimenter, damit euch und dem Tilly die Arbeit nicht knapp wird.« Er hob seinen Weinkelch. »Reizend, endlich einmal mit dem Feind zu speisen.« Die drei Boten machten betretene Gesichter, doch nicht lange, denn die Komödianten brachen in schallendes Gelächter aus. Da grinsten auch sie, und die Erleichterung stand ihnen in die Gesichter geschrieben.

Jeder der drei aß für zwei und trank für vier. Dabei erzählten sie von ihrem Ritt an der Elbe entlang nach Dresden, von der Kriegsangst im Land, von Verwüstung und Hunger, von der Schlacht bei Lutter am Barenberg schließlich. Der schwäbische Leutnant, Franz Hacker, aß, trank und sprach am schnellsten und erzählte am meisten.

Je länger Susanna den kleinen, stämmigen Mann betrachtete, desto deutlicher kehrte die Erinnerung an ihn zurück. In Heidelberg hatte sie ihn dann und wann gesehen, meist in Begleitung von Offizieren der Schlosswache. Und ja – auch an ihrem letzten Tag in der Stadt, als Marianne und Stephan sie in den Wagen führten und ins feuchte Bärenfell wickelten, stand er unter den Gauklern.

Sein an sich schon rötliches Gesicht glühte, während er von der Schlacht am Barenberg erzählte. Ein hartes Stück Arbeit sei es gewesen, dem Dänenkönig aufs Maul zu hauen, man hatte ja nicht ahnen können, mit welcher Entschlossenheit dessen Männer sich wehren würden, und eine Stunde lang habe der Ausgang der Schlacht wahrhaftig auf Messers Schneide gestanden. Was nicht an ihnen, an Tillys Leuten, gelegen habe – Gott bewahre! –, sondern an den kaiserlichen Reitern, die Wallenstein zur Unterstützung geschickt habe. Einer von denen nämlich, verriet Hacker mit Flüsterstimme, habe Verrat geübt. »Sodass leider viele bayrische Reiter fielen, auch etliche Hoheiten. Der Obrist Graf von Herzenburg zum Beispiel und der durchlauchtigste Prinz von Bernstadt!«

Endlich hatte einer ausgesprochen, was alle längst ahnten, und Hacker seufzte sehr tief. »Leider, leider mussten wir der bedauernswerten Prinzessin die traurige Nachricht bringen. Leider, leider mussten wir sie vom ehrenvollen Ableben ihres durchlauchtigsten Gatten in Kenntnis setzen.«

Die Komödianten, immer begierig, neue Geschichten zu hören, schenkten Hacker und seinen beiden Gefährten Wein nach und bedrängten sie mit Fragen. Vor allem über den Verrat, seinen Hergang, seine Gründe und die Beteiligten wollten sie mehr erfahren.

Namen dürfe er nicht nennen, erklärte der Leutnant, und die anderen beiden nickten beifällig und mit bereits weinschweren Köpfen. Doch Hergang und Ausgang des Verrates schilderte der kleine Mann dafür in aller Ausführlichkeit. In seinem Abscheu gegenüber dem Verräter und seinen Opfern rutschte ihm dann doch ein Name heraus, als er nämlich beklagte, dass der edle und tapfere Graf von Herzenburg durch den Frevel seines eigenen Sohnes zu Tode gekommen sei.

»Der junge von Herzenburg war der Verräter?«, platzte es da aus Greenley heraus. »Unglaublich! Ist er nicht zugleich der Vetter unserer verehrten Prinzessin?«

Susanna sah es dem Hacker an, wie gern er sich die Zunge abgebissen hätte. Doch nun war es zu spät, also leerte er lieber seinen Becher, ließ sich nachschenken und flehte seine Zuhörer an, den Namen nur ja für sich zu behalten. Allein ihrer Seriosität wegen habe er ihnen das Geheimnis überhaupt anvertraut, und weil sie gewissermaßen ja neutral seien, auch wenn ihr König Jakob dem Dänenkönig Landsknechte bezahlte. Schließlich forderte er sie mit schwerer Zunge auf zu schwören, dass sie den Namen des Verräters mit ins Grab nehmen wollten.

Greenley legte als Erster die Rechte aufs Herz. »Ich schwöre sogar, dass ich ihn morgen schon wieder vergessen haben werde!«, erklärte er feierlich. Alle Komödianten schworen mit wichtigen Mienen und lachenden Augen und fanden den Abend ungewöhnlich unterhaltsam. Nur David wirkte seltsam still und geistesabwesend. Als Susanna ihm besorgt die Hand auf die Rechte legte, zuckte er erst zusammen, dann lächelte er. *Alles in bester Ordnung*, schien er sagen zu wollen.

Susanna ging zum Stillen ins Nebenzimmer. Als sie zurückkehrte, döste die Katze auf Davids Stuhl – sie war wieder gesund geworden –, und der kleine Leutnant ließ sich Einzelheiten über die Bestrafung des Verräters entlocken. Im Augenblick könne man ihn gar nicht bestrafen, weil er nämlich geflüchtet sei. Doch das Urteil stehe bereits fest: Einziehung aller Güter, Rückfall sämtlicher Lehen an den Kaiser, Verstoßung aus dem Reichsgrafenstand und Tod durch das Schwert.

Einer seiner Gefährten lag schon unter dem Tisch und schlief, der andere wankte zur Tür und auf den Gang hinaus. Kurz darauf hörte man es auf der Treppe mächtig poltern. Aaron und Piet liefen hinaus und kamen lange nicht zurück. Greenley und die anderen Komödianten redeten sich die Köpfe heiß, machten Notizen und überlegten, wie man eine solche Geschichte als Tragödie auf die Bühne stellen könnte.

»Er hat übrigens nach Euch gefragt«, sagte Hacker irgendwann zu Susanna. Seine Augen waren klein und rot, sein Schwäbisch klang schon reichlich verwaschen.

»Wer?«

»Na, der Leutnant, der den Verräter entlarvte. Allerdings schon ein Weilchen her, vor drei Jahren bei Stadtlohn, wenn ich mich recht entsinne. Ist er mit Euch verwandt?«

Susanna begriff gar nichts. »Ich weiß nicht wovon Ihr sprecht, Leutnant Hacker.«

»Ihr seid doch die Tochter des Schneidermeisters Fritz Almut aus Handschuhsheim.« Susanna bejahte. »Na also! Euch hat er gesucht! Eine Hure brachte ihn zu mir – ganz begierig war er, alles über Euch zu erfahren: Wo ich Euch gesehen habe, wohin die Gaukler mit Euch gezogen seien. Er bedrängte mich mit Fragen, als hinge sein Leben davon ab.«

»Wie sah er aus?«

Hacker dachte nach. »Kahl geschoren, blonde Bartstoppeln, sehr blaue Augen. Höchstens fünfundzwanzig Jahre alt.«

»Wie hieß er?« Susannas Herz klopfte schneller, ihr Mund war ganz trocken auf einmal.

»Martin, meine ich.« Er verdrehte die rotgeränderten Augen und blinzelte zur Decke. »Ja, die Hure nannte ihn Martin.«

Die Enttäuschung presste ihr die Brust zusammen. »Ich habe einen Cousin in Heidelberg, Martin Weber. Doch der war 1623 erst siebzehn Jahre alt.«

Hacker zuckte mit den Schultern. »Und gefunden hat er euch auch nicht. Hab ihm gesagt, er soll auf den Märkten der Städte nach Greenley und seinen Komödianten fragen. Weil der David doch damals schon nach den Engländern suchte.« Er winkte ab. »Na, wenigstens hat er den Verräter gefunden.«

Ein Weilchen blieb Susanna noch sitzen, hörte den Komödianten beim Dichten zu, hörte den Berauschten unter dem Tisch schnarchen, hörte, wie Charly und Aaron zurückkamen und dem Hacker erklärten, dass sein Gefährte sich ein Bein gebrochen habe beim Treppensturz und sie unmöglich schon morgen aufbrechen könnten.

Sie dachte an Hackers Bericht und die Beschreibung des Mannes, der angeblich nach ihr gesucht hatte. Um diese Zeit war sie mit Stephan und den Gauklern im Fränkischen unterwegs gewesen. Eine Traurigkeit, die ihr das Atmen schwer machte, bedrückte sie plötzlich. Wie schlimmer Kopfschmerz hatte die Erinnerung an Hannes sie überfallen. Weil der Junge in ihrem Arm eingeschlafen war, stand sie auf, um ihn zu Bett zu bringen. Die Katze huschte ihr hinterher.

»Wartet, schöne Frau …« Hacker winkte, konnte sich kaum noch auf dem Stuhl halten. Susanna ging zu ihm. »Martin – so hat die Hure den Kahlkopf nur zum Schein genannt, fällt mir ein …, heute hat der Leutnant übrigens wieder blondes Haar.« Susanna nickte, wusste nicht, worauf Hacker hinauswollte. Der griff nach seinem Becher und leerte ihn. »Sie hat ihn als ihren Schwager ausgegeben, weiß nicht, warum … Später nannte sie einmal versehentlich seinen richtigen Namen: Hannes.« Er rülpste. »Der Leutnant heißt Stein. Nichts da Martin Weber also, Hannes Stein …«

*

Wie so oft schon, wollte sie es auch heute Abend im Sitzen tun. Also drückte sie ihn in den Sessel und stieg auf seinen Schoß. Diesmal brachte er sie dazu, sich umzudrehen und ihm den Rücken zuzuwenden. Das war neu, und sie genoss es sehr. Und David auch.

Im Waschtischspiegel auf der anderen Seite des Raumes sah er ihr Gesicht, während sie auf ihm ritt. Sie hatte die Augen geschlossen und guckte so gequält, als würde ein großer Schmerz sie zerwühlen, ein Schmerz, den keiner stillen konnte. Er hielt sie an den Hüften fest, sah ganz genau hin, sah ihre Brüste hüpfen, sah den Schmerz in ihren Zügen. Danach, als sie gegen ihn lehnte und er sie festhielt und küsste, lächelte sie wie ein sattes Kind.

Nicht lang, dann stand sie auf, ging zum Waschtisch und zog die spanische Wand zwischen sich und David. Dahinter hantierte sie wie immer mit einer Kanne und einem Schlauch. David hörte Wasser ins Nachtgeschirr plätschern. Anschließend – auch das wusste er inzwischen – öffnete sie ein Fläschchen, tränkte einen Schwamm mit einer Tinktur und führte ihn in sich ein. Um nicht zu empfangen, hatte sie ihm erklärt.

David zog sich an. Er fühlte sich leicht und beschwingt – und zugleich beschwerte ihn sein Gewissen. Noch wusste niemand von ihnen, noch war es ihr Geheimnis. Wie lange noch? Eine Frage der Zeit, bis man ihnen auf die Schliche kam – so oft, wie er zu Maria ging.

Viel Zeit nahmen sie sich selten. Sie taten es, wenn die anderen probten, sie taten es kurz nach den Mahlzeiten, während die anderen noch plauderten, sie taten es morgens, wenn Susanna noch schlief, sie taten es abends, wenn Susanna schon wieder schlief oder wenn sie glaubte, er würde seine Schlaflosigkeit durch einsame Spaziergänge bekämpfen. Manchmal taten sie es in Marias Wagen.

Er konnte nicht anders. Ihr Körper beschlagnahmte alle seine Sinne. Ihr Lächeln verwandelte sein Gemüt in das eines seligen Knaben. Ihre Worte machten seinen Geist wehrlos. Wenn er einen Tag lang nicht bei ihr war, kreisten seine Gedanken um sie. Er brauchte sie. Wie andere den Wein brauchten.

Wie hatte es so weit kommen können? Das fragte David sich oft. Vielleicht hatte es mit Johns Geburt zu tun. Den Kleinen stillen, wickeln, herumtragen, in den Schlaf singen – er selbst fand kaum noch Platz in Susannas Leben.

Oder waren die Briefe an den anderen schuld? Was hatte er Narr sie auch lesen müssen!

Oder lag der Grund doch einzig und allein in seinem rätselhaften Herzen, an dem unstillbaren Durst darin. Er fragte sich das oft.

»Ich gehe.« David trat hinter die spanische Wand und küsste sie zum Abschied. Maria stand nackt vor dem Spiegel. Sie sei jetzt Witwe, hatte sie ihm erklärt.

»Ich muss fort«, sagte sie, »vielleicht schon morgen.«

»Wohin?«

»Frag nicht. Mein Vetter ist in großer Not. Er braucht meine Hilfe. Ich werde so schnell wie möglich zurückkehren.« Sie griff über sich und zog seinen Kopf auf ihre Schulter hinab. »Und danach müssen wir eine Entscheidung treffen. So kann ich nicht mehr leben.«

David wandte sich ab und ließ sie allein.

Susanna schlief schon. Er rollte sich neben sie in seine Decken. Lange lag er wach. Eine Entscheidung? Wofür? Wogegen? Er brauchte keine Entscheidung.

Als die Morgensonne ihn weckte, hörte er Susanna und Helena im Nebenzimmer lachen und mit den Kindern scherzen. Seltsam, dass sie so gar nichts merkte. Vielleicht wollte sie es einfach nicht wissen.

Er stand auf. Sein Blick fiel auf den Tisch – die Feder lag in der Federschale, ihre Spitze glänzte noch von feuchter Tinte. Eine rote Kerze flackerte, das Tintenfässchen war nicht verkorkt. Susannas Buch lag auf dem Tisch, geschlossen. Wenn sie etwas von Maria und ihm wusste, würde sie es sicher ihrem Buch anvertraut haben.

David sah genauer hin, weil etwas an dem Buch anders aussah als sonst. Richtig – es war dünner geworden. Weil die ersten dreißig oder vierzig Seiten fehlten. Ein bitteres Lachen stieg ihm in die Kehle – hatte sie die alten Briefe und Verse also herausgerissen und verbrannt. Die Briefe und Verse an den anderen.

Zu spät. Oder?

*

Maria kehrte erst im neuen Jahr zurück. Zwei Tage hielt David es aus, dann schlich er früh am Morgen zu ihr. Fortan trafen sie sich wieder beinahe täglich.

An Ostermontag 1627 gaben Greenleys Komödianten ihre letzte Vorstellung in Dresden. Die Woche darauf packten sie ihre Sachen und zogen nach Osten. Zu Pfingsten spielten sie in Danzig, den Sommer über in Königsberg und im Herbst in Prag. Dort erst erfuhr Susanna, dass David sie betrog. Jedoch nicht von ihm.

12

Es schneite schon wieder. Zu fünft stapften sie durch den Schnee: Hannes, seine Trabanten und seine Pferdejungen. Neben der Hütte des Trossbäckers rauchte der Backofen. Die Trabanten – zwei junge Gefreite, auf die Hannes sich verlassen konnte – rissen die Plane des Bäckerzeltes auf. »Raus mit dir, Schubart!«

»Potzdonner! Wer hat euch ins Hirn geschissen?« Einen Knüppel in der Rechten sprang der kleine Bäckermeister aus dem Zelt und holte auch gleich aus. »Dass Blitz und Hagel dir die Knochen …!« Jetzt erst entdeckte er Hannes, ließ den Knüppel sinken und faltete seine Miene zu einem süßlichen Lächeln. »Herr Rittmeister?« Dann sah er die Brotkörbe in den Armen der Pferdejungen, und seine Augen weiteten sich. »Es ist doch hoffentlich keine tote Maus im Teig gewesen?«

Hannes deutete auf ein Brett, das unter einer Dachplane auf zwei Holzböcken lag. Die Pferdejungen setzten die Brotkörbe darauf ab. Hannes zog die tragbare Waage unter seinem Reitermantel heraus, ließ sich von einem der Trabanten die Waagschale geben, baute die Waage zwischen den Körben auf. Frau und Tochter des Bäckers schlüpften aus dem Zelt und sperrten die Mäuler auf. »Heiliger Donatus! Was tut Ihr da, Herr?« Die Ältere schlug sich die Hände ans Gesicht, die Jüngere sah sich ängstlich nach möglichen Zeugen um.

»Nichts tue ich.« Hannes riss den Degen aus der Scheide. Ehe der Bäckermeister sich versah, lag die Klingenspitze zwischen seinem Halstuch und seiner Kehle. »Du tust etwas.« Hannes deutete erst auf die Frau, dann auf die Waage. »Wiege das Brot ab!«

Sie wand sich, und Hannes musste ihren Kerl quälen, bis der sie anflehte, zu tun, was der Herr Rittmeister gebot. Die Frau wog die Brotlaibe ab, alle zehn, und die Trabanten sahen ihr ganz genau auf die Finger dabei. Jeder Laib wog etwa anderthalb Pfund.

»Du verkaufst es als Zweipfünder.« Hannes nahm dem Bäcker das Seitengewehr vom Hals. Der Mann, leichenblass, schluckte und schielte nach allen Seiten. »Vorschlag, Schubart: Du gibst uns die Hälfte des Geldes zurück, keiner erfährt ein Wort von diesem Betrug, und in drei Tagen schicke ich den Rumormeister vorbei, damit er deine Gewichte prüft.«

Ein Rumormeister war dem Hurenwaibel unterstellt; beide hatten für Recht und Ordnung im Lager zu sorgen.

Der Bäcker erschrak, und die ältere der beiden Frauen rief. »Da machen wir ja ein ganz schlechtes Geschäft, Herr Rittmeister!« Hände ringend tauchte sie vor Hannes auf. »Ihr habt doch nur ein halbes Pfund zu viel bezahlt, das macht nur ein Viertel der bezahlten Kreuzer!« Der Bäcker nickte.

»Koste das Brot, Michel«, forderte Hannes den jüngeren seiner Pferdejungen auf. Der brach sich ein Stück ab und aß. »Und?«

»Schmeckt ein bisschen nach Sägemehl.«

»Unverschämtheit!« Die Bäckersfrau blies sich auf.

»Dann nehme ich drei Viertel des Geldes zurück«, erklärte Hannes. »Und nicht der Rumormeister wird zu euch kommen, um Gewichte zu prüfen, sondern der Hurenwaibel selbst. Und zwar schon morgen.«

Sie zeterten und heulten, doch sie rückten das Geld heraus. Hannes und seine Männer machten sich auf den Rückweg zu ihren Zelten. Das Schneetreiben ließ nach.

Überall zwischen Unterständen, Marketenderwagen und Zelten brannten kleine Feuer. Männer und Frauen standen über der Glut und rieben sich die Hände. Die meisten Nasen trieften, und aus vielen Zelten hörte man die Leute husten. Das Jahr 1627 hatte eisig begonnen.

Seinen Bruder hatte Hannes nicht mehr gesehen seit der

Schlacht bei Lutter. Friedrich war nach Norden gezogen, wollte dem schwedischen König seine Dienste anbieten. Den Obristen Rudolph von Mosbach hatte Tilly freigelassen; nach allem, was Hannes gehört hatte, kämpfte er jetzt auf Seiten der reformierten Niederlande gegen die Spanier.

Hannes' Kompanie lag mit Des Fours Regiment in der Wetterau. Hier, im Hessischen, hatte Tilly das Winterlager aufschlagen lassen. Hannes, sein Obrist und sein Feldmarschallleutnant Des Fours warteten auf einen Marschbefehl ihres Generals Wallenstein.

Von allen Seiten grüßte man Hannes und seine Männer. Viele kannten und schätzten ihn. Manche redeten über ihn, weil er sich keine Frau hielt. An Angeboten mangelte es nicht. Doch Hannes ertrug eine Frau selten länger als ein paar Nächte. Lieber bezahlte er die beiden Pferdejungen. Die hielten seine Kleider in Ordnung, trugen die Beute ins Zelt, kochten und pflegten ihn, wenn er verwundet war. Das war zum Glück selten vorgekommen bisher.

Eine junge Frau mit aschblondem Haar kreuzte ihren Weg. Hannes stutzte, sah ihr hinterher. Sie merkte es, drehte sich um. Nein, es war nicht Kristina. Er erwiderte ihr Lächeln nicht.

Oft wenn er im Lager eine Frauengestalt mit aschblondem Haar sah, schaute er genauer hin. Das ganze Lager hatte er schon nach Kristina abgesucht. Ihr Capitän war bei Stadtlohn gefallen, hieß es. Niemand wusste, wohin seine Hure gezogen war.

Ja, Kristina – sie hätte er sich vielleicht vorstellen können als seine Soldatenfrau. Vielleicht.

Jemand kam ihnen entgegen, sein Cornet. Nein, nicht Laußnitz; der und der Staudinger waren vor Wolfenbüttel bei einem Scharmützel mit der dänischen Nachhut gefallen. Keiner von der Herzenburger Kompanie lebte mehr. Nur von Herzenburg selbst. Und er, Hannes. Ein Witz.

Seine Fahne war jetzt ein blaues Kreuz auf weiß gesäumtem rotem Grund, und sein Obrist hieß Jan von Brüggen.

Hannes' Cornet, ein junger Haudrauf aus Mecklenburg namens Wolf Hader, winkte von weitem. Als Hannes auf Rufweite heran war, hörte er ihn schreien. »Mach schon, Hannes! Man erwartet dich!«

Hannes dachte nicht daran, schneller zu laufen. Wer auch immer da auf ihn wartete – wenn er etwas Wichtiges vorzubringen hatte, würde er schon nicht weglaufen.

»Ein Leutnant mit einer Botschaft aus Dresden«, erzählte Hader, während er neben Hannes herlief. »Beim höllischen Feuer – du kennst Leute in Dresden?«

»Nein.« Ein Pferd sah Hannes vor seinen Zelten stehen, und auf den zweiten Blick erst den kleinen Mann daneben. »Leutnant Franz Hacker«, stellte der sich vor. Jetzt erkannte Hannes ihn: Kristina hatte ihn in das Zelt des Mannes geführt, vor drei Jahren bei Stadtlohn; oder war es vier Jahre her? Hacker kannte Susanna und die Gaukler.

»Ein Brief«, sagte Hacker, »von ihr.«

»Von ihr?« Hannes begriff nicht gleich, drehte den ziemlich dicken Brief hin und her, entzifferte endlich den durch Regen und Schnee verschwommenen Namenszug – *Susanna Villacher*.

»Na, die Schneiderstochter, nach der du damals gefragt hast«, erklärte Hacker. »Die mit den Gauklern aus Heidelberg entkam. Erinnere dich, Stein! Ich wäre längst in der Wetterau gewesen, doch mein Corporal hat sich im Suff das Bein gebrochen, der Hundsfott! Bist jetzt Rittmeister, höre ich? Gratuliere!« Hannes winkte ihn hinter sich her ins Zelt. »Die Susanna, du weißt doch. Die zieht tatsächlich mit englischen Komödianten durchs Reich, mit diesem Greenley. Hast ihn nicht gefunden, was? Zufall, dass ich sie traf. Musste der Königlichen Hoheit von Bernstadt den traurigen Brief, du weißt schon. Hat ein Kind, die Susanna, süßes Kerlchen …«

Hannes ließ ihn reden, öffnete den Brief, fand mindestens fünfzig vollgeschriebene Blätter, alle bis auf einen aus einem Buch herausgerissen. Er überflog sie, horchte Hacker aus, gab ihm Botenlohn und Wein und verabschiedete ihn, als er nichts Neues mehr zu erzählen wusste.

Dann schickte er einen Jungen nach Feuer und zündete Kienspan und Öllampe an, als der mit einem brennenden Span zurückkam. In ihrem Schein begann er, die vollgeschriebenen Seiten zu lesen.

Fast alle stammten aus den Jahren 1621 und 1622, Briefe an ihn; Susanna hatte sie in Heidelberg geschrieben. Sein Herz wurde ganz taub, als er sie las – *ich warte jede Stunde auf dich, mein geliebter Hannes,* hieß es da und *ich weiß, dass Gott dich zu mir schicken wird, mein Allerliebster* oder *niemals könnte ich ertragen, dich zu verlieren, mein Ein und Alles* oder *mein ganzes Leben werde ich dich lieben, nur dich …*

Bei diesem Satz ließ er die herausgerissenen Blätter sinken und starrte in die Kerzenflamme. Worte aus einer anderen Welt, aus einem anderen Leben. Er ertrug sie kaum, legte den Blätterstapel beiseite, las den Brief, der aus dem vergangenen Jahr stammte, vom September.

O Hannes, Hannes, du lebst, höre ich? Bist gar nicht tot? Hast mich sogar oben im Westfälischen gesucht? Ich danke Gott, dich am Leben zu wissen. Was für eine Freude – und zugleich: was für ein Schmerz. Auch ich habe dich gesucht – und musste von deinem Tod hören: Schon in Heidelberg erzählte man schlimme Nachrichten aus dem Walddorf, in Handschuhsheim dann hieß es, keiner habe dort oben überlebt, und im Walddorf selbst zeigte die wahnsinnige Bäuerin mir erst die Gräber und dann deinen blutigen und durchgeschossenen Mantel und Wams. Ich konnte nicht anders, als um dich trauern, ich musste dich zu den vielen Toten rechnen …

In den Wochen danach fing Hannes unzählige Briefe an zu lesen, legte die meisten jedoch bereits nach den ersten Sätzen zur Seite. Dann überzog der Winter das Land mit so viel Eis und Schnee, dass er keinem Boten den Ritt nach Dresden zumuten wollte. Im März rief der General Wallenstein seine Reiter zum Krieg, und erst im Frühjahr gelang es Hannes, einen Pferdejungen mit einer Botschaft in die kursächsische Residenz zu schicken.

*

Ein Hochsommertag am Frischen Haff, von der Ostsee blies ein milder Wind, der Himmel war strahlend blau. Wenn sie sich nach den anderen umdrehte, sah Susanna die Türme Königsbergs aufragen. Es war später Nachmittag, Brot und Früchte lagen nur noch wenige in den Körben, und der Duft nach gebratenem Fisch hatte sich verflüchtigt. Während Rowland Wein verteilte und David seine Geige auspackte, erhob sich der Prinzipal und lief barfuß durch den Sand.

In der Brandung, hundert Schritte entfernt von Susanna, tobten John und Julia herum. Helena saß bei ihnen im flachen Wasser. Susanna blickte zu ihnen und lächelte. John sprang um Julia herum wie ein junger Hund, er war beweglicher als Helenas Tochter, dafür sprach er nicht halb so viel wie sie.

Seit zwei Wochen spielten die Wanderkomödianten ihre Komödien und Tragödien im Königsberger Sommerschloss des Brandenburgischen Kurfürsten. In Danzig hatte es Greenley nicht lange gehalten – zu nah tönte der Kriegslärm der Schweden und Polen. Und wie gut, dass die Compagnie seinem Drängen nachgegeben hatte – vor ein paar Tagen erst hatte Susanna auf dem Markt von Königsberg Nachrichten aus Danzig gehört: Kaum eine Tagesreise südlich der Stadt waren die Heere der Polen und der Schweden aufeinander losgegangen. Angeblich sei der schwedische König Gustav Adolf schwer verletzt worden.

Der Sand hinter ihr knirschte unter Fußsohlen, ein Schatten fiel auf Susanna. »Ich darf doch, Mrs. Villacher?« Der Prinzipal ließ sich neben ihr nieder.

»Natürlich darfst du, Christopher.« Sie musterte ihn von der Seite. In Danzig hatten sie seinen fünfundfünfzigsten Geburtstag gefeiert. Er sah müde aus in den letzten Tagen. Häufig entdeckte Susanna Sorgenfalten auf seiner Stirn, auch heute. David vermutete, dass er an England dachte und mit dem Gedanken spielte, nach London heimzukehren. Bei keinem Gespräch über Politik machte der Prinzipal ein Geheimnis aus seiner Einschätzung des Krieges – nach seiner Meinung hatte der seine schlimmsten Jahre noch vor sich.

Christopher Greenley wollte nach Hause, keine Frage, und Susanna freute sich auf London. Sie war entschlossen, mit den Komödianten zu fahren; entschlossener als David – den musste sie noch überzeugen.

»Was für ein wunderschöner Tag, nicht wahr?« Ihr Sohn winkte ihr von weitem, sie winkte zurück.

»Ja, ein wirklich herrlicher Tag, Susanna, meine Liebe.« Greenley seufzte, und Susanna sah ihn stirnrunzelnd an: Wenn er sie so nannte, hatte er meistens Arbeit für sie. »Leider muss ich ihn dir verderben. Gründlich verderben, fürchte ich.«

Susanna erschrak, zog die Beine an und schlang die Arme um die Knie. »Was ist geschehen?«

»In Danzig hat Maria von Bernstadt um ein persönliches Gespräch mit mir gebeten. Nun, ohne sie könnten wir einpacken – sie darf persönliche Gespräche mit mir führen, wann immer sie will. Sie kommt also zu mir und sagt, ich soll dem David die Rolle des Hamlet geben, wenn wir das nächste Mal den *Prinzen von Dänemark* spielen. Geht nicht, sage ich – das ist John Taylors Rolle. Wenn ich ihm die nehme, habe ich den größten Krawall in der Compagnie, und das muss ich vermeiden. Sie besteht aber darauf, deutet an, was ich ihr zu verdanken habe. Nun, ich bin stur geblieben, und seitdem reden wir nur noch das Nötigste. Und jetzt kommt's: Ich habe mich natürlich gefragt, welcher Dämon unsere Königliche Hoheit reitet, und sie etwas aufmerksamer beobachtet.

Und leider musste ich meinen Verdacht bestätigt sehen: Sie schläft mit deinem Mann.«

Es dauerte, bis Susanna ein paar Worte gelangen. »Das glaube ich nicht.« Stocksteif hockte sie im Sand.

»Es tut mir sehr leid.« Greenley legte ihr die Hand auf die Schulter. »Ich hab natürlich mit David gesprochen. Er blieb stumm wie ein Fisch. Hab ihm befohlen, mit dir zu reden, das hat er aber wohl nicht getan. Jetzt weißt du's, armes Weib.«

»Ich glaube es nicht.« Susanna schüttelte energisch den Kopf. So lange hatte sie jeden Verdacht im Keim erstickt, jeden misstrauischen Gedanken, jede eifersüchtige Regung abgewehrt, dass sie nun zu zerbrechen fürchtete – nun, wo die unbestechliche Wirklichkeit mit harter Faust an die Tür ihres Bewusstseins schlug. »Ich will es nicht glauben.«

»Das wirst du wohl müssen. Ich hätte mich lieber nicht eingemischt, muss es aber, wo ich doch für den Frieden in der Compagnie verantwortlich bin. Außerdem ertrage ich es nicht, wenn die anderen hinter deinem Rücken tuscheln und am Ende du die Einzige bist, die von nichts weiß.«

»Das kann nicht sein.« Susanna schüttelte wieder den Kopf. Ihr Gesicht war zur Maske erstarrt.

Greenley seufzte, zog sie an sich, tätschelte ihre Schulter. »So etwas kommt vor, weißt du? Es liegt in der Natur des Menschen, möchte ich fast sagen. Nun ja, und die Maria von Bernstadt …« Er schnalzte mit der Zunge und schüttelte den Kopf. »Sie ist gefährlich, nicht nur für Männer. Auch für sich selbst. Sie ist ein hungriger Schlund, der niemals satt werden wird in diesem Leben. Und dein David …« Er seufzte, stand auf und stelzte in die Brandung.

Susanna saß wie vom Donner gerührt. Der Himmel schien dunkler auf einmal. Ihr Bauch rumorte, ihr Atem flog, ihre Gedanken waren ein Schwarm quakender Wildenten, die ein Musketenschuss aufgeschreckt hatte.

Plötzlich sprang der lachende John an ihre Knie und umarmte sie. »Was ist los mit dir?« Helena und Julia tauchten vor ihr auf. Susanna hatte nicht gemerkt, dass sie aus der Brandung zurückgekommen waren. Helena wurde bleich. »Du hast von David und Maria erfahren?«

»Hast du's gewusst?« Susanna drückte John an sich. Sie zitterte, wünschte, in einem jäh sich auftuenden Loch zu versinken.

Helena zuckte mit den Schultern. »Eher geahnt. Ich habe dich gewarnt, doch du wolltest nichts davon wissen. Irgendwann dachte ich, es ist dir gleichgültig.«

Susanna packte den Jungen, stellte ihn neben sich in den Sand und stand auf. Ihr schwindelte. Schwankte der Sandboden? Sie griff nach Helenas Schulter, hielt sich fest, atmete tief. Schließlich stapfte sie zu den anderen und rief nach David. »Kommst du zu mir?« Er stand auf. Sie ging etwas abseits, kämpfte mit den Tränen und biss sich die Unterlippe blutig.

»Was gibt es denn?« David legte den Arm um sie. Ein Stück gingen sie nebeneinander her, Susanna suchte nach Worten.

Schließlich blieb sie stehen, schob seinen Arm von ihrer Schulter und sah ihn an. »Man sagt, du und Maria, ihr …« Ihre Stimme brach, David schien zu erstarren. »Du schläfst mit ihr?« Er nickte. Susanna schlug ihm ins Gesicht. »Seit wann?« Ihre Stimme versagte.

Er blickte zur Seite, hielt sich die Wange. »Seit Dresden.«

Wieder schlug Susanna zu. »Betrüger!« Sie schrie und schlug wieder zu, und wieder und wieder. Sie schrie ihm ihren rasenden Schmerz ins Gesicht. »Du Lügner! Du falscher Hund! Ich hasse dich! Du verfluchter Ehebrecher!« Irgendwann hörte sie auf zu schlagen und zu schimpfen, holte John und rannte weinend nach Königsberg.

*

Im Spätjahr fuhren sie durch Böhmen auf Prag zu. Dörfer und Ländereien erschienen Susanna vernachlässigt und geradezu wüst. So wüst, wie sich ihr Inneres anfühlte.

Der Krieg hatte die Böhmen entmutigt. Der Krieg und der Kaiser, der sie mit harten Strafen zwingen ließ, gegen ihr Gewissen wieder katholisch zu beten, wieder katholisch Gottesdienst zu feiern, ihre Kinder wieder katholisch zu taufen. Den Leuten fehlte der Mut, das Land wieder aufzubauen, sie hofften nichts mehr für ihre Zukunft.

So auch Susanna: Die Zukunft schien ihr ein dunkles Loch. Die Demütigung brannte in ihr wie Salz in einer Wunde. Sie nähte nichts, stickte nichts mehr, kümmerte sich nur noch um das Allernötigste: um das Kind. Sie ging mit den Komödianten nach Prag, ja, doch nur, weil sie nicht wusste, wohin sonst. Die Furcht, wieder zu Treibgut des Lebens zu werden, machte ihre Glieder schwer und verdüsterte ihr das Gemüt.

Bis hin nach Prag schien ihr das Land verwahrlost und hässlich. Sie fragte sich, wie es wohl an der Bergstraße und im Neckartal aussah. Auf dem Weg nach Danzig hatten sie einen reformierten Pfarrer aus Mosbach getroffen. Der hatte aus der Pfalz fliehen müssen. Alle reformierten Prediger hatten von Neckar und Bergstraße fliehen müssen – Heidelberg war schon wieder ganz katholisch. Und im Umland, so erzählte der Mann, trieben die Jesuiten den Leuten es mit Hilfe der bayrischen Soldaten aus, noch länger an die Rechtfertigung vor Gott allein durch den Glauben festzuhalten.

Susanna und David hatten entsetzlich gestritten. »Nun habe ich eben zwei Frauen«, hatte David am vorletzten Tag in Königsberg erklärt. »Das hatten unsere Erzväter auch.«

Daraufhin schmiss Susanna ihm einen Weinbecher an den Kopf, einen vollen. »Besinnt er sich also plötzlich auf die Erzväter, der Herr Komödiant?«, schrie sie. »Wird er am Ende gar noch fromm vor lauter Geilheit?« Und: »Drei Frauen soll er haben, vier von mir aus – aber ich werde nicht dazugehören!«

Nach diesem Streit konnte er nicht auf die Bühne, weil eine große farbige Beule an seiner Stirn schwoll. Und nach diesem Streit zog Susanna vom gemeinsamen Nachtlager aus. Jetzt, auf der Fahrt, schlief sie mit dem Jungen und der Katze bei Greenley und Aaron im Wagen.

Kurz vor Prag schien das Land fruchtbarer zu werden, sah man auch kaum noch abgebrannte Dörfer und zerstörte Häuser. Und in Prag selbst wurde mächtig gebaut. Hier regierte der berüchtigte Herzog von Friedland für den Kaiser – oder ließ seine Vertrauten für den Kaiser regieren, wenn er wie zurzeit auf Kriegszügen im Reich unterwegs war. Susanna sah prächtige Kirchen und Häuser, und als sie auf der schönen Karlsbrücke über die Moldau rollten, wurde sogar ihr verhärtetes Herz wieder ein wenig wärmer.

Auf der Prager Burg wies man ihnen ein Häuschen an der Mauer zu, um darin zu wohnen. Von den Fenstern aus sah man auf den Hof, wo sie die Bühne aufbauen wollten. »Habt ihr eure Augen aufgemacht auf dem Weg hierher?«, fragte der Prinzipal beim Ausladen. »Habt ihr das wüste Land gesehen?« Die anderen nickten betreten. »So und noch schlimmer wird das Heilige Römische Reich Deutscher Nation in zwanzig Jahren aussehen.« Wieder betonte er jede Silbe des Reichsnamens, doch diesmal klang es nicht spöttisch, sondern bitter. »Und ich spreche vom gesamten Heiligen Römischen Reich Deutscher Nation!« Er winkte ab. »Lasst uns schauen, dass wir den gesegneten Kanal überqueren, bevor das Feuer auch uns erwischt.«

Anfangs wollten nicht allzu viele Prager die englischen Komödianten sehen. Das Geld war den Böhmen knapp, die Stimmung in der Stadt noch immer bedrückt. Den meisten war nicht nach Komödien. Doch weil jene Männer zu den Aufführungen kamen, die dem Wallenstein und dem Kaiser Stadt und Landschaft regierten und ihre Frauen und Verwandten mitbrachten, und weil auch viele Jesuiten und Priester sich vor der Bühne zeigten, sprach sich mit der Zeit herum, was man verpasste, wenn man sich die Engländer und ihren berühmten Pickelhering nicht anschaute.

Greenley schimpfte mit Susanna, weil sie ihre Arbeit hinter der Bühne nicht tun wollte. Sehr streng trat er auf, und schließlich gehorchte sie und verübte ihr Amt als Kostümmeisterin trotz ihres Kummers. Mit David sprach sie kaum ein Wort; und er vermied es, ihr ins Gesicht zu sehen. Den Pickelhering spielte er lustloser als sonst, wollte ihr scheinen. Die Prinzessin verkehrte viel bei den Edelleuten der Stadt und kam ihr so gut wie nie unter die Augen.

Einmal erzählte man Susanna, dass David die Prinzessin zu einem Empfang des Gouverneurs begleitet hatte. Das erbitterte sie sehr.

Am siebenten Tag stand der *Fürst von Dänemark* auf dem Theaterzettel. Weil sie bei jeder Aufführung hinter der Bühne arbeitete, bekam Susanna mit, wie David den Prinzipal anflehte, ihn den Hamlet spielen zu lassen. Christopher Greenley lehnte ab und bestand darauf, dass der Ältere und Erfahrenere die schwierige Rolle zu spielen hätte. Susanna gönnte David die Abfuhr von Herzen.

Am Abend vor dem Nachmittag, für den der *Hamlet* angekündigt war, erbrach der bedauernswerte John Taylor alles, was er tagsüber zu sich genommen hatte. Die ganze Nacht über erbrach er sich, und der Durchfall plagte ihn. Am Vormittag machte der Arzt eine arg besorgte Miene. Das Gerücht von der Ruhr ging herum. Doch hatte Taylor kein Fieber, er konnte nur nichts bei sich behalten, und ihm war hundsübel. Gegen Abend fürchtete man gar um sein Leben.

Die Rolle des Hamlets spielte David. Und er spielte sie so ergreifend, dass Susanna an manchen Stellen hinter der Bühne vor den Garderobenständern verharrte und weinen musste. Hinter den Worten und der Maske des dänischen Prinzen vergaß sie für eine Stunde den Mann, der ihr so schäbig aufs Herz getreten war. Auch der Prinzipal hatte Tränen in den Augen, als er David nach der Tragödie in die Arme schloss.

Die ersten Herbststürme bliesen, Taylor erholte sich wieder, die Zeit in Prag neigte sich. Am vorletzten Tag hieß es plötzlich, jemand habe dem John Taylor das Essen vergiftet am Abend bevor er den Hamlet spielen sollte. Ein Koch, den der Gouverneur für die Komödianten abgestellt hatte, war geflohen. Ihn verdächtigte man, konnte seiner aber nicht habhaft werden. Und Greenley verdächtigte Maria von Bernstadt, den Koch bezahlt zu haben, damit er Taylor vergiftete.

»Ihr seid eine Schlange!« Durch das ganze Haus hörte Susanna den Prinzipal schreien. »Geht mir aus den Augen! Lieber will ich künftig auf Märkten und in Gassen spielen als an Fürstenhöfen, zu denen Ihr mir das Tor öffnet!«

Die von Bernstadt verbat sich den Ton und die Anschuldigungen. Sie habe nichts mit Taylors Erkrankung zu tun und werde Greenley wegen Verleumdung vor den Richter bringen.

Susanna erschrak, als sie mit Helena und den anderen Komödianten Zeugin dieses Streites wurde. Sie begriff sofort, was das bedeutete: Trennung und Abreise nach England.

*

»Hast du Taylor vergiftet oder nicht?« David war außer sich.

»Traust du mir so etwas zu?«

Er sah sie an, ihr Blick war traurig. »Eigentlich nicht, aber normalerweise kann man Christophers Urteil schon trauen.«

»Du musst dich entscheiden, ob du ihm trauen willst oder mir.« Maria zog ihn an sich. Wie gut es sich anfühlte, wenn ihr weicher Körper sich an ihn schmiegte. »Und du musst dich entscheiden, wohin du gehen willst – mit dem Prinzipal nach London oder mit mir ins Herzogtum Pommern.«

»Nach Pommern? Und wovon soll ich meine Familie ernähren? Ich kann doch nicht allein eine einzige Komödie bestreiten! Wenigstens einen Bären bräuchte ich, jemanden, der mit mir tanzt.«

»Vielleicht kann man ja den einen oder anderen überreden, mit uns zu gehen. Wer weiß?«

Davids Blick erforschte ihre Miene. Was ging hinter dieser schönen Stirn vor? »Du willst eine eigene Compagnie gründen?«

»Du und ich.« Sie küsste ihn auf den Mund, ging zum Fenster, sah hinunter auf den Hof, wo ein dutzend Diener des Gouverneurs den Komödianten halfen, ihre Wagen zu packen. Von fern hörte man die Hammerschläge aus der Schmiede. Der Gouverneur von Prag bezahlte auch neue Hufe für die Pferde. »Trenne dich von Greenley, David. Mein Mann hat mir Güter und ein Schloss in Pommern hinterlassen. Du brauchst dich nicht zu sorgen.«

»Und meine Frau und mein Kind?«

»Du brauchst dich nicht sorgen, hörst du nicht zu? Ich kann dich sogar zum Freiherrn machen, sogar zum Baron. Dazu habe ich bereits Schritte unternommen.«

»Was hast du?« Plötzlich begriff er, wie ernst es ihr war und wie wenig Gedanken er sich gemacht hatte. Der Augenblick hatte für ihn gezählt, die Lust, ihr Körper. Sie dagegen hatte längst an die Zukunft gedacht. »Ich bin keiner, der seine Zeit mit Empfängen, Kriegen, Pferden und Jagd zubringen kann wie ihr Edelleute. Ich kann nicht müßiggehen, ich muss etwas schaffen.«

»Das sollst du auch.« Sie drehte sich um, verschränkte die Arme vor der Brust und sah ihn an. »Ich habe Beziehungen nach Stralsund, das liegt in meinem Erbland. Es gibt Männer im Magistrat, die denken daran, ein Theater in der Stadt zu bauen, seit ich ihnen davon gesprochen habe. Der Herzog von Pommern wird Geld geben. Der alte Trunkenbold ist froh, wenn er sich ein wenig beliebt machen kann in der Stadt.« Sie lächelte. »Wir gehen nach Stralsund, David. Wir helfen mit, dort ein Theater zu bauen. Und du wirst der erste deutsche Komödiant an einem festen Theater einer Hansestadt sein.«

*

Susanna saß schweigend dabei, als David mit Piet und Helena van Dam und Charles Rowland sprach. Eine ganze Nacht lang redete er auf sie ein – und überzeugte sie am Ende. Ein Theater in einer deutschen Reichsstadt und sie fest angestellt – ein solches Angebot erhielt man nicht oft im Leben.

Bei der Trennung flossen viele Tränen. Greenley wollte Susanna gar nicht mehr loslassen. Bevor er zu Aaron in seinen Wagen stieg, nahm er John auf den Arm und raunte ihm ein paar Sätze auf Englisch ins Ohr. Es klang wie ein Segen.

Von David verabschiedete er sich nicht. Keines Blickes würdigte er seinen besten Schüler. Ihn, seinen Lehrer zu verlassen, empfand er schon als maßlose Kränkung. Auch noch die van Dams und Rowland mitzunehmen, wollte er ihm gar nicht verzeihen.

Sie verließen Prag durch zwei unterschiedliche Tore. Die englische Wandertruppe zog nach Westen dem Rhein entgegen, Susanna und David mit Rowland, Piet und Helena nach Norden an die Oder. Maria von Bernstadt hatte dafür gesorgt, dass kaiserliche Soldaten sie bis zur Grenze des Kurfürstentums Brandenburg eskortierten.

Dass Helena und ihr Mann mitzogen, machte es für Susanna leichter. Bevor die Entscheidung fiel, hatte sie lange mit sich gekämpft. Warum denn nicht ohne den treulosen David nach London gehen? Doch womit hätte sie denn John und sich den Lebensunterhalt sichern sollen? Als Kostümschneiderin? Als Hure am Ende? Vor allem aber wollte sie dem Kind den Vater nicht nehmen. Also zog sie mit nach Stralsund hinauf.

Die Prager Stadtmauer blieb zurück, Wehmut und Abschiedsschmerz machten Susanna das Herz schwer. Vergeblich hielt sie Ausschau nach Christophers Tross. Ihr Söhnchen lehnte gegen ihre linke Seite und seufzte im Schlaf. Plötzlich spürte sie Davids Hand auf ihrer Rechten. »Danke«, flüsterte er. »Danke, dass du mit mir kommst.«

Sie entzog ihm die Hand. »Nicht für dich tue ich das, allein für

John.« Susanna schloss ihr schlafendes Kind in die Arme; um seinetwillen nach Stralsund – das war die richtige Entscheidung, sie wusste es. David wandte den Kopf zur Seite. Susanna sah es trotzdem: das schlechte Gewissen in seinen Zügen. Gut so, dachte sie.

*

Im Oktober 1627 lag die Kompanie des Rittmeisters Hannes Stein in Wismar. Der Friedländer sollte auch noch Herzog von Mecklenburg werden, und seine Regimenter hatten schon begonnen, die wichtigsten Städte des Landes zu besetzen. Wismar kapitulierte ohne Gegenwehr.

Ende des Monats tauchte Michel vor dem Quartier auf, das Hannes in der Stadt bewohnte; der Pferdejunge, den er im späten Frühjahr mit einem Brief an Susanna nach Dresden geschickt hatte. »Michel!« Er nahm den Jungen in die Arme. »Bei allen Heiligen! Dass ich dich noch einmal wiedersehe.« Er hatte ihn schon tot geglaubt.

Sie gingen ins Haus, ließen sich von der Hausfrau bekochen und bedienen, und Michel übergab ihm den Brief. »Ich konnte ihn nicht überbringen, Rittmeister. Die Komödianten waren schon abgefahren aus Dresden, als ich dort ankam. Dann bin ich ihnen gefolgt, denn Ihr habt mir ja befohlen, den Brief um jeden Preis zu übergeben. Doch ich kam immer zu spät.« Er machte eine gequälte, schuldbewusste Miene. »Zuletzt in Prag hieß es, sie hätten sich getrennt. Die Engländer seien mit Greenley zurück nach London gereist und die Frau, der Ihr geschrieben habt, mit anderen hinauf nach Stralsund. Kaiserliche Soldaten hätten sie eskortiert.«

»Du bist mir ein treuer Bote«, sagte Hannes und nahm ihm den ungeöffneten Brief wieder ab. Schade. Ob es ein Zeichen Gottes war? Ein schmerzliches, aber gnädiges Zeichen, sie doch und endgültig zu vergessen?

13

Ein Mann Eurer Erfahrung könnte dem König unschätzbare Dienste leisten, ganz ohne Zweifel, Herr Graf.« Auf der neuen Wehranlage an der westlichen Hafenseite traf Maximilian von Herzenburg sich mit dem dänischen Gesandten. Der Mann hieß Lindberg und hielt sich seit Anfang März in der Stadt auf. »Und wie dringend in Zeiten wie diesen fähige Heerführer gesucht werden, muss ich einem kampfgestählten Kriegsmann wie Euch nicht schildern.« Maximilian kostete es zunehmend Mühe, ruhig zu bleiben. Der Mann redete um den heißen Brei herum. Was bedeutete das anderes, als dass der Dänenkönig keinen Wert auf seine Dienste legte?

Lindberg hatte dem Magistrat von Stralsund eine Botschaft Christians überbracht – nichts Konkretes: Der König bleibt euch geneigt und Gott sowieso, wenn ihr nur treu für die evangelische Sache streitet. Und so weiter. In Wahrheit sollte er wohl nur herausfinden, wie die Dinge standen in Stralsund und nebenbei ihn, von Herzenburg, abfertigen.

»Auch an den dreihundert Gulden wöchentlich sollte es nicht scheitern, Herr Graf.« Der Gesandte lächelte unverbindlich. »Das wären die Dienste eines Mannes aus Eurem Holz der dänischen Krone schon wert. Wir sollten nur noch ein wenig Zeit verstreichen lassen – Eure Geschichte ist ja so ungewöhnlich, dass manch einem Offizier der Krone derenthalben nicht ganz wohl zumute ist. Wobei Eure Tapferkeit selbstverständlich von jedermann hochgelobt wird. Nicht, dass wir uns da falsch verstehen!«

Kanonendonner hallte über den Hafen – Schiffe des Magistrats nahmen kaiserliche Stoßtrupps unter Feuer, die einmal mehr versuchten, zu Land und zu Wasser die kleine Insel Dänholm mit

Proviant zu versorgen. Schon im Februar hatte Wallensteins Obrist von Arnim sie besetzt – ein guter Fang aus seiner Sicht: Die Insel beherrschte den Hafen. Nur brauchte ihre Besatzung etwas zu essen. Die Schiffe des Magistrats sorgten aber dafür, dass sie hungern musste. Und zugleich verhandelte der Magistrat mit von Arnim auf der einen und mit dem dänischen Gesandten auf der anderen Seite.

Maximilians private Verhandlungen waren vorerst gescheitert. So höflich wie möglich verabschiedete er sich von dem dänischen Gesandten, stieg von der Wehranlage, schwang sich auf sein Pferd und ritt an der Kaimauer entlang in den Norden der Stadt.

Die Wut auf den Dänenkönig wühlte ihn auf. Wegen seiner »Geschichte« also wollte Christian von Dänemark ihn nicht als Obrist verpflichten. Ohne Blumengirlanden gesprochen: Man wollte keinen Verräter im dänischen Heer, und einen, der durch Verrat seinem Vater in den Orkus geholfen hatte, schon gar nicht.

Maximilian fluchte sich die Enttäuschung aus dem Leib – er hatte gehofft, sein Besuch im dänischen Lager vor der Schlacht bei Lutter würde ihm ein Tor ins dänische Heer aufstoßen. Dann eben nicht! Dann eben die Schweden. Auch Gustav Adolfs Gesandte gingen ein und aus in Stralsund, seit Wallensteins Obrist von Arnim mit dem kaiserlichen Heer immer näher an die Mauern der Stadt rückte.

Wieder Kanonendonner jenseits der Hafenmauer. Die Leute auf der Straße drehten sich um, zogen die Schultern hoch, hasteten schneller vorbei. Maximilian hörte das Krachen der Schiffsgeschütze gern. Alles, was kaiserliche Truppen aus der Stadt fernhielt, war ihm willkommen: Er musste ja damit rechnen, dass die Nachricht von seiner Anwesenheit in der Stadt schon bis zu von Arnim vorgedrungen war. Einen seiner Spione hatte er bereits in einer Schänke erkannt. Als Verräter blühte ihm nicht weniger als die Hinrichtung, wenn Wallensteins Häscher ihn fingen.

Er ritt zu dem Gasthaus an der Nordmauer, wo er zwei Zimmer

gemietet hatte. Mit Marias Geld. Und nicht nur diese Herberge hatte er mit einem ansehnlichen Vorschuss auf seinen Anteil an ihrem Erbe finanziert, sondern auch die Seereise aus Hamburg; dazu neue Garderobe, einen Diener, Waffen, Rüstung, Pferde; alles eben, was ein künftiger Obrist brauchte, um zu leben und etwas darzustellen.

Im *Reichsadler* angekommen – so nannte sich der Gasthof, in dem er logierte –, übergab er sein Pferd dem Diener und stieg in seine Zimmer hinauf. Maria wartete im vorderen, das er sich als Empfangszimmer gestaltet hatte. Sie reicht ihm die Hand zum Kuss. »Und? Habe ich die Ehre, einen Obristen der dänischen Krone zu begrüßen?« Ihre Miene wirkte unzufrieden.

»Leider nicht.« Maximilian beugte sich über ihre Hand, viel mehr gestattete sie ihm schon lange nicht mehr. Ein Jammer. »Dass ich ihm bei Lutter beinahe zum Sieg verholfen habe, kreidet Christian, dieser versoffene Hundsfott, mir jetzt an!« Er schimpfte ein wenig, nahm Maria gegenüber Platz und schenkte sich Wein ein. »Was hört man von den Schweden?«

»Vor zwei Tagen kam ein Brief aus Stockholm«, sagte Maria. »Man ist interessiert an dir. Im Laufe des Frühjahrs wird ein schwedisches Schiff eintreffen, dann sollst du mehr erfahren. Ich zweifle nicht daran, dass du bald unter der schwedischen Fahne reiten wirst.«

»Hoffen wir, dass uns von Arnim bis dahin nicht überrannt hat.« Maximilians Miene verdüsterte sich. »Dann wehe der Stadt und wehe mir.« Er fürchtete Wallenstein, natürlich, er hatte auch allen Grund. Sein Todesurteil lag längst schriftlich vor.

Der Magistrat von Stralsund hätte nichts gegen eine kaiserliche Garnison in der Stadt gehabt, die Bürgerschaft schon. Eine merkwürdige Einrichtung war das, diese Bürgerschaft – sie hieß gut, was der Magistrat beschloss, oder lehnte es ab. »Demokratie« nannten sie das hier. Maximilian verabscheute derartig dekadente Einrichtungen gewöhnlich – in diesem Fall aber hieß er sie selbstverständlich gut, denn der Widerstand der Bürgerschaft erhielt ihn am Leben. Bis jetzt.

»Wenn Stralsund zu fallen droht, segelst du eben mit nach Stockholm.«

Maximilian blickte erstaunt auf. »Du willst abreisen?«

»Darauf wird es wohl hinauslaufen. Die Verhandlungen wegen des Theaters sind den ganzen Winter über schleppend verlaufen. Die frommen Männer schreien zurzeit am lautesten im Magistrat, fürchten um die guten Sitten, wenn ein Theater in der Stadt entsteht und das ganze Jahr über Komödien gespielt werden. Und jetzt, wo die politische Lage sich verschärft, gibt es Wichtigeres, als über ein Theater zu verhandeln.« Sie seufzte. »Und meinen Komödianten geht es ähnlich – sie fürchten eine Belagerung und wollen so schnell wie möglich weg aus Stralsund.«

»Unsinn!« Maximilian winkte ab. »Stralsund ist eine sichere Festung! Der Wallenstein müsste Kriegsschiffe schicken, um es einzunehmen, und die hat er nicht.«

So sprach er auch, um sich selbst Mut einzureden; dazu bestand durchaus Grund: Stralsunds Lage glich der einer befestigten Insel. An der Hafenseite im Osten grenzte es an den Meeresarm, den sie hier Strelasund nannten; zu den anderen Himmelsrichtungen umgaben Sümpfe und Teiche die Stadt wie ein unüberwindlicher Burggraben. Zwei große und drei schmale Straßendämme führten hinüber zum Festland.

»Jedes der vier Stadtviertel wird von dreihundertfünfzig Mann Bürgerwehr verteidigt«, erklärte Maximilian mehr sich selbst als seiner Cousine. »Dazu stehen tausend geworbene Landsknechte auf den Mauern, und ich habe mir jede Kanone angesehen: Sie sind in Schuss! Und von den Dänen und Schweden gar nicht zu reden, die darauf brennen, Stralsund zu helfen und es als gute Freunde dann selbst zu kassieren!«

»Erzähle das meinen Komödianten gelegentlich, Max.« Maria beugte sich vor und senkte die Stimme. »Ich lasse es dich wissen, sobald der Tag unserer Abreise feststeht. Doch viel Zeit bleibt dir nicht mehr, wenn du dir die Frau noch nehmen willst. Die Gelegenheit ist günstig – sie und ihr Mann reden kaum noch miteinander.«

»Sie und dein Geliebter, wolltest du sagen.« Seine Worte klangen bitter; Maria zog es vor, sie zu überhören. »Ich beobachte sie schon die ganze Zeit aus der Ferne«, fuhr Maximilian fort. »Susanna Villacher weiß noch immer nichts von meiner Anwesenheit in der Stadt?«

»Und die anderen auch nicht.« Maria hob die Brauen und musterte ihn streng. »Beobachte nicht zu lange, sonst verfällst du wieder deinem alten Laster des Zauderns. Sobald unser Reisetag feststeht, greif zu!«

*

Hannes stieg die Treppe eines Patrizierhauses hinauf. Von einem Wäldchen umgeben lag es in einer der Vorstädte, die sie besetzt hatten. Reiche Herrschaften und Edelleute wohnten hier in zumeist schlossartigen Häusern. Auch Hannes war in einem solchen einquartiert. Schon seit Wochen.

Im neuen Jahr war es gleich gegen Rostock gegangen. Die Hansestadt hatte kampflos kapituliert. Nicht lange danach zog Hannes' Kompanie mit Wallensteins Obrist von Arnim nach Pommern. Sein Heer besetzte die Insel Rügen, Greifswald und andere Städte ohne Kampf und ließ überall kaiserliche Garnisonen in ihnen zurück. In Stralsund wollte man nichts von kaiserlichen Soldaten im Stadtgebiet wissen.

Die Wachen öffneten ihm das Portal, er trat ein. Der Obrist hatte ihn rufen lassen. Ein Diener nahm ihm Mantel und Sturmhaube ab, führte ihn in von Arnims Arbeitszimmer. Darin war es warm, ein Feuer brannte im Kamin. Der April hatte gerade begonnen – mit Schneeregen und Stürmen.

Sie begrüßten einander, nahmen am Kartentisch Platz. Der Obrist ließ Gebäck, Wein und Wasser servieren. Hannes hielt sich an Letzteres. »Die bösen Buben von Stralsund haben unsere Bastion auf Dänholm ausgehungert.« Von Arnim gab sich knurrig. »Wir müssen die Insel leider aufgeben.« Hannes nickte, er hatte nichts anderes erwartet. »Doch dafür werden sie bezahlen! Stolzes Pack!«

Der Obrist ballte seine kleine Aristokratenfaust. Von Arnim war ein schmalgesichtiger Mann Mitte vierzig mit markanten, aber feinen Zügen. Das Feuer und die Entschlossenheit in seinen Augen verrieten ein hitziges Temperament. Hannes mochte ihn, hielt ihn in seinen militärischen Entscheidungen jedoch manchmal für allzu schnell.

»Ich lass die Schlinge enger ziehen – künftig werden wir die Post zensieren.« Noch konnte man auch über die Landdämme ein und aus gehen in Stralsund, wenn man nicht gerade zu den ängstlichen Naturen gehörte; noch stritt von Arnim nicht mit dem einfachen Mann, sondern ausschließlich mit Magistrat und Bürgerschaft. »Diese sture Bande! Der Herzog von Pommern begrüßt ausdrücklich eine kaiserliche Garnison in der Stadt, aber kein Mensch in Stralsund denkt daran, dem alten Suffkopf zu gehorchen.« Von Arnim verschränkte die Arme vor der Brust und sog scharf die Luft durch die Nase ein. »Nun, wie sie wollen. Ich lasse Wälle auf den Landzungen zwischen den Teichen aufwerfen und Kanonen hinaufschaffen. Zittern sollen sie! Zugleich – und dieses Geschäft wird unter anderem Eure Kompanie schützen, Rittmeister –, zugleich treffe ich Vorbereitungen, um die Teiche leer pumpen zu lassen, die Stralsund von Land her schützen. Die bösen Buben werden das natürlich durch Ausfälle zu verhindern suchen. Ich verlass mich auf Euch.«

Hannes nickte, ließ sich auf der Karte den Abschnitt zeigen, den seine Kompanie zu decken hatte während der Pumparbeiten. Er wunderte sich ein wenig, denn Pläne wie dieser wurden gewöhnlich im Kriegsrat besprochen und selten unter vier Augen. Er zeichnete die Karte ab.

Als sie schon standen, griff von Arnim in seinen Rock und zog einen versiegelten Brief heraus. »Mein Spion konnte die Botschaft überbringen, die Ihr mich batet in die Stadt schaffen zu lassen, Rittmeister. Hier die Antwort.« Hannes' Herz machte einen Sprung – eine Nachricht von Susanna! Er steckte sie ein. »Vielleicht können wir diesen Euren persönlichen Kontakt noch brauchen, Stein«, sagte von Arnim. »Da ist nämlich noch etwas, das Euch interessieren dürfte: Einer meiner Spione hat den Verräter entdeckt.«

Hannes' Gestalt straffte sich. »Maximilian von Herzenburg ist in Stralsund, Herr Obrist?«

Von Arnim nickte. »Wie wir es vermutet haben. Wird seine Beziehungen nach Kopenhagen vertiefen wollen.« Prüfend betrachtete er Hannes, und der wusste im selben Moment, dass der Obrist ihn nur wegen dieser Neuigkeit hatte kommen lassen. »Und so wie ich Euch einschätze, Stein, stündet Ihr bereit, sollte unser General begehlen, diesen ehrlosen Verräter aus der Stadt zu holen.«

»Verlasst Euch auf mich, Herr Obrist«, antwortete Hannes. Und in Gedanken fügte er hinzu: Die Ratte wird kein weiteres Mal ihrer Strafe entgehen.

*

»Wir fahren übers Meer, John.« Susanna sah die Wintersachen durch – Mäntel, Socken, Wolljacken, Wollhosen. Der Kleine lief zwischen Bettstatt und Kleidertruhe hin und her. »Noch eine Woche, dann steigen wir auf ein Schiff und fahren nach Schweden. Vielleicht sogar nur noch drei Tage.«

»Weden?« John blieb vor ihr stehen, sah mit großen Augen zu ihr herauf. Nicht ganz einen Monat noch, dann würden sie seinen dritten Geburtstag feiern.

»Schweden, ja. Dort werden wir in einer großen Stadt wohnen, bei einem mächtigen König.« Susannas Stimmung stieg mit jedem Tag. Für Mitte Mai erwartete man in Stralsund ein schwedisches Schiff. Auf ihm sollte ein freundschaftlicher Gruß des Schwedenkönigs die Stadt erreichen: hundert Zentner Schwarzpulver. Das hatte Susanna gehört, als Maria im Nebenraum mit einem schwedischen Gesandten gesprochen hatte. Was ihr Gemüt weit mehr bewegte als das teuflische Pulver: Mit diesem Schiff würden sie Stralsund endlich verlassen können. Weg von dem quälenden Kanonendonner, weg von dem Gebrüll der Bewaffneten, weg von dem Belagerungsring, der sich Tag für Tag enger um die Stadt zog.

Und weg aus der Reichweite des Generals Wallenstein vor allem. Wie alle in der Stadt fürchtete auch Susanna ihn. Eine böse Legende schien der Mann zu sein, ein Dämon, der sich nach und nach in alle Hirne und Herzen einnistete. Gestern auf dem Markt hatte es geheißen, er würde in wenigen Tagen aus seinem Winterlager in Böhmen aufbrechen, um sein neues Herzogtum Mecklenburg in Besitz zu nehmen; und zuvor wollte er hier in Pommern nach dem Rechten schauen.

Die Nachricht von Pestkranken innerhalb der Mauern Stralsunds hätte nicht drohender über der Stadt liegen können.

Sie zog ein Schnupftuch aus der Jackentasche, um ihrem Sohn die Rotznase zu putzen. Ein Stück Papier knisterte, als sie es zurücksteckte. Eine Nachricht von Hannes. Das Herz schlug ihr in der Kehle, wenn sie an ihn dachte – mit dem Kaiserlichen Heer lag er zwischen den Teichen und Sümpfen vor der Stadt. Sie hatte ihm geantwortet, dass sie auf ein Schiff nach Schweden warteten. Das Gewissen schlug ihr deswegen, denn sie verstand sich als vor Gott verheiratete Frau; als solche schrieb man anderen Männern keine Briefe. Ob Hannes antworten würde? Ein Beben durchzitterte ihren Körper, wenn sie an ihn dachte.

»König? Weden?« Wieder der großäugige Blick des Kleinen – er hatte Davids sanfte Züge und die schwarzen Locken beider Eltern.

Susanna nickte, während sie die Winterkleidung aussortierte, die gestopft oder geflickt werden musste. »Papa auch Weden?«

Susanna merkte, wie ihre Miene zu versteinern drohte. Sie zwang sich zu einem Lächeln. »Ja, mein Kind. So Gott will, werden wir alle zusammen mit dem Schiff nach Schweden segeln.«

Seit dem Winter wohnten sie in Stralsund. Noch keine einzige Komödie oder Tragödie hatten David und die anderen drei Schauspieler aufführen können. Und die Gespräche über ein festes Theater in der Stadt waren längst im Sand verlaufen. Der Krieg saugte alles auf – die Gedanken der Menschen, ihre Gefühle, ihre Zukunftspläne. Nur schnell weg von ihm und seinem Lärm und seinen Knechten! Susanna fieberte der Ankunft des schwedischen Schiffes entgegen.

Die Mittagssonne fiel durchs Südfenster. Sie schob den Tisch dorthin, warf die schadhaften Kleider auf ihn und holte ihren Nähkorb. Im Mittagslicht begann sie zu arbeiten. John spielte mit der Katze.

Susanna summte ein Lied, während sie Socken stopfte. Manchmal, wenn David ihr in den Sinn kam, unterbrach sie das Summen und ein Schatten legte sich auf ihre Miene. Nichts hatte sich geändert – oder doch: Er ging jetzt ganz offen bei Maria von Bernstadt ein und aus. Sie schüttelte den Kopf und stieß ein bitteres Lachen aus: Sie plagte das Gewissen, weil sie eine Nachricht von Hannes beantwortet hatte, und er hielt sich vor aller Augen eine Geliebte neben seiner Ehegattin. Lächerlich!

Unten pfiff jemand. Sie horchte auf: Schritte auf der Treppe. Helena. Die Freundin schien es eilig zu haben. Susanna stand auf, öffnete die Tür und erschrak: Wie bleich Helena war, wie viel Angst in ihrem Blick flackerte! »Was ist geschehen?«

Helena schob ihre Tochter Julia ins Zimmer. »Geh zu Johnny und Katze, spiel ein wenig mit ihnen, ja?« Das Mädchen lief zu Susannas Sohn, begrüßte ihn und das Tier. Helena fasste Susanna am Arm und zog sie in die Küche. »Schlechte Nachrichten.«

»Gütiger Gott – was ist denn?«
»Aaron ist in der Stadt.«
»Aaron? Aber warum denn?«
»Um uns alle ins Unglück zu stürzen.«

*

Davids Hände schwitzten. Er hielt Aarons Blicken stand, doch die Feindseligkeit in ihnen schmerzte. Der Magistrat hatte Wachen in Marias Haus geschickt und sie beide ins Rathaus holen lassen. Die Sache würde kein gutes Ende nehmen – David spürte es in allen Knochen.

Der Bürgermeister thronte in einem schwarzen Lehnstuhl, Dr. Lambert Steinwich. Links von ihm einige Herren des Magistrats, rechts von ihm ein Profos und ein Zivilrichter. Der Militärrichter hieß Amoz Stevelin, der zivile Dr. Peter Kramer. Sie guckten sehr ernst.

»Schlimme Vorwürfe sind das, die Ihr da im Namen Eures Prinzipals vorbringt, Herr Komödiant. Unzucht, versuchter Giftmord und Gattenmord …« Der traurige Hundeblick des Bürgermeisters hing an Aaron, flehte geradezu um Widerruf. Der Engländer aber reckte das Kinn vor und nickte. Wie kaum ein Zweiter konnte er den gefühllosen Kaufmann mimen. Er war auf einem dänischen Schiff nach Stralsund gelangt.

Der Bürgermeister schüttelte seufzend das graue Haupt. Er beugte sich über edles, vollgeschriebenes Briefpapier. Das erbrochene Siegel des sächsischen Kurfürsten konnte David gut erkennen. »Sogar ein Patent des Johann Georg von Sachsen bringt Ihr, mit einem Brief, der zwei Eurer Vorwürfe bestätigt.« Der Bürgermeister richtete seinen betrübten Blick auf Maria und David. »Die Unzucht und den Gattenmord.« Kopfschüttelnd zog er den dritten Briefbogen hervor. »Und Euer Prinzipal bestätigt die Anklage. Was tun wir denn jetzt?«

David war angst und bange. Strenge Gesetze regierten Stralsund in diesen Kriegszeiten, Gesetze aus der Feder der finsterfrommen Reformierten vor allem: Die Haut sollte dem abgezogen werden, der sich für Kapitulation vor den Kaiserlichen aussprach, der Kopf sollte dem abgeschlagen werden, der Gott lästerte. Schwere Prügel, Pranger und Kerker gab es für beinahe alle anderen Sünden; für Unzucht sowieso. Und der zivile der beiden Richter, Kramer, schien einer dieser finsterfrommen Stralsunder zu sein.

»Der Brief des Kurfürsten mag als Beweis für die Unzucht hinreichen«, ergriff der jetzt das Wort. »Doch könnt ihr auch den versuchten Giftmord oder gar den Gattenmord beweisen?«

»Eine schwerwiegende Anklage, Herr!«, polterte der Profos Amoz Stevelin. »Ich hoffe, Ihr habt bedacht, gegen wen Ihr sie vorbringt! Ihr sitzt hier vor der Königlichen Hoheit, Prinzessin von Bernstadt immerhin!«

Er spielte darauf an, dass Aaron nicht der Erste wäre, der sich selbst um Kopf und Kragen brächte, weil er einen Edelmann oder eine Edelfrau anklagte. Das ging leicht einmal ins Auge, selbst bei berechtigten Vorwürfen. Natürlich wollte der Profos weiter nichts als Aaron Gelegenheit geben, doch noch den Rückzug anzutreten.

Der wurde zwar blass, guckte dann aber noch entschlossener aus seinem weißen Kragen und sagte: »Den versuchten Giftmord können wir beweisen, Herr.«

»Recht muss Recht bleiben!«, polterte der Dr. Kramer. »Und das ohne Ansehen der Person! Oder etwa nicht, Herr Profos?«

»Gewiss, gewiss.« Der Profos ließ seinen durchdringenden Blick nicht von Aaron. »Was sind das für Beweise?«

»Eine Magd aus Böhmen hat mich in Eure werte Stadt begleitet, die hörte, wie die Prinzessin dem Koch den Befehl für die Vergiftung des berühmten Komödianten John Taylor gab. Sie sah auch, wie sie ihm das Geld für den Mordauftrag auszahlte. Und den Beweis für den Gattenmord – oder mindestens für die Anstiftung dazu – werdet ihr gewiss vor den Stadtmauern bei den Kaiserlichen finden.«

Tuscheln und Murmeln erhob sich. Man forderte Aaron auf, sich zu erklären, und er erzählte die Geschichte vom Verrat eines gewissen Rittmeisters von Herzenburg, angestiftet durch seine Cousine, die Prinzessin von Bernstadt, und dem ihr in Unzucht zugetanen David Villacher.

David ließ alle Hoffnung fahren. Er machte sich gar nichts mehr vor: Maria und er, sie saßen in der Falle. Und wenn es nach dem üblichen Gang der Welt lief, würde man einen Grund finden, Maria freizusprechen und viele Gründe, ihn zum Sündenbock zu machen. Was aber sollte dann aus dem Kind werden, wenn er auf dem Henkersblock endete? Wage ich die Flucht, stehe ich als Feigling vor Maria da, sagte er sich, wage ich die Flucht nicht, als Rabenvater, denn Susanna wird sich womöglich als Hure verkaufen müssen, um unseren Jungen durchzubringen.

Ein großer Schrecken packte ihn. Was um alles in der Welt hatte er da angerichtet? Als hätte ein starker Bär ihn erbeutet, der ihn an seiner Brust zerquetschen wollte, so kam er sich vor; kein gezähmter Tanzbär allerdings, ein wilder Bär, der tat, was er wollte.

David atmete gegen das Gefühl an, ersticken zu müssen. Maria saß ganz steif, war blass und lächelte in die Runde, während Aaron seine Geschichte erzählte. Da und dort gestattete sie sich gezielte Anfälle von Empörung und schalt den Engländer einen Verleumder und Rufmörder.

»Um der Zucht in der Stadt willen müssen wir wohl beide festnehmen lassen«, seufzte der Bürgermeister, und die Richter gaben ihm recht.

Jetzt musste es sein. David sprang auf, entriss der Wache neben ihm die Hellebarde, setzte über den Tisch und zerstieß das mittlere Fenster des Saales mit der Waffe. Dann sprang er hinaus und rannte quer über den Marktplatz. Als ein Waffenknecht des Profos seine Muskete aus dem Fenster abfeuerte, war er längst in eine der zahlreichen Gassen abgebogen.

*

»Er ist mein vor Gott angetrauter Gatte, wo er sich versteckt, weiß ich nicht, und wenn er wirklich die Ehe gebrochen hat, möge Gott in seiner großen Gnade ihm verzeihen.« Das antwortete Susanna, wenn der Profos und der Richter sie in Begleitung des Henkers, zweier Steckenknechte und eines Magistratsherren besuchten und mit Fragen traktierten. Sie gab diese immer gleiche Antwort in immer neuen Variationen. Die Männer glaubten ihr, vielleicht wegen des Kleinen. Die Untersuchungen gegen Maria von Bernstadt liefen schleppend – die Verteidigung der Stadt gegen von Arnims Truppen band alle Kräfte ihrer Bürger. Bald wollte auch niemand mehr die Frau des Komödianten mit Fragen belästigen.

Für Susanna brachen plötzlich wieder schwere Zeiten an: Der Krieg tönte von Tag zu Tag lauter vor den Mauern Stralsunds. In der Stadt herrschte Angst. David blieb verschwunden, und die Kreuzer in der Schatulle schwanden dahin wie Schnee in der Märzsonne. Helena, Piet und Charly Rowland bedrängten Susanna, mit ihnen nach Stockholm zu segeln, und als das Schiff mit dem Schwarzpulver des Schwedenkönigs endlich im Hafen vor Anker ging, hätte Susanna beinahe eingewilligt.

Doch dann steckte ein Spielmann auf dem Marktplatz ihr am nächsten Tag eine Nachricht von Hannes zu. *Ich komme zu dir in die Stadt hinein*, hieß es in der, *warte auf mich*. Und am selben Abend, als sie in die Kirche gehen und beten wollte, beugte eine dicke Frau sich zu John hinunter und drückte ihm einen Apfel in die Hand. Danach drehte die Frau sich sofort um, lief davon und winkte Susanna mit einer versteckten Geste hinter sich her.

David! Er hatte sich verkleidet! Nicht einmal sein Söhnchen erkannte ihn.

Susanna folgte ihm. Im Hafen sah sie die Frauengestalt in einer großen, hölzernen Halle verschwinden. Darin fand sie David zwischen Kisten voller Kleider, Schuhe, Gürtel und Schmuck. Das alles stammte von polnischen Kriegsschauplätzen, und ein Schiff, das es zum Waschen und Ausbessern nach Schweden hätte bringen sollen, war in Seenot geraten und hatte seine Ladung in Stralsund löschen müssen.

»Verzeih mir, wenn du kannst«, sagte David. »Ich habe mir die Grube selbst gegraben, in die ich jetzt gestürzt bin. Ich habe schlimmes Unglück angerichtet, verzeih mir, wenn du kannst.« Er weinte, und Susanna schloss ihn in die Arme und weinte mit ihm. Der Junge betrachtete seine Eltern mit großen Augen, kroch Susanna auf den Schoß und steckte den Daumen in den Mund.

Sie berieten, was man tun könnte. Gemeinsam auf das schwedische Schiff schleichen kam nicht in Frage, denn die Bürgerwehr bewachte es streng. Flucht aus der Stadt würde sie nur in die Arme der Kaiserlichen treiben, und keiner von beiden mochte sich ausmalen, was dann geschah. Susanna schlug vor abzuwarten, der Herr im Himmel würde schon einen Weg für sie finden. In Wahrheit dachte sie an Hannes, der zu ihr in die Stadt kommen wollte; sie wollte ihn sehen, unbedingt. Und vielleicht wusste er ja Hilfe.

David gab ihr Geld, das er noch bei sich getragen hatte bei seiner Festnahme, und bat sie, ihm Brot, Wasser und ein paar Früchte zu bringen. Und aus der Kostümkiste der Komödianten, was man zur Verkleidung brauchte: Perücken, Bärte, Kleider.

Am nächsten Tag bestiegen Helena, Piet und Charles Rowland das Schiff nach Schweden. Susanna und John winkten, als es aus dem Hafen segelte. Sie blieben allein zurück. Auf dem Heimweg lächelte Susanna jedes Mal tapfer, wenn der Knabe fragend zu ihr aufsah. Nur keine Angst zeigen, nur das Kinderherz nicht beschweren!

In der Nacht begannen die Kaiserlichen die Mauern zu stürmen, wurden aber abgewehrt. Am Tag darauf schossen sie mit

Kanonen in die Stadt hinein. Entsetzen und Angst drohten Susanna zu lähmen, denn alle bösen Erinnerungen an Heidelberg spülte der Kanonendonner aus den verschlossenen Kellern ihrer Seele in ihr Bewusstsein herauf. Doch sie konnte sich ihrer Angst nicht hingeben, der Kleine brauchte sie ja. Sie stopfte ihm warmes Wachs in die Ohren, damit er das fürchterliche Heulen und Krachen nicht so deutlich hören musste. Meistens während des Bombardements ging sie mit ihm zum Hafen, wo man es am wenigsten hörte, und barg sich und ihn dort im Lagerhaus bei David.

Schiffe aus Dänemark gingen im Hafen vor Anker, ein grobschlächtiger dänischer Obrist namens Heinrich Holk führte an die tausend Männer an Land – Dänen, Deutsche und vor allem Schotten, lauter wilde Kerle. Auf den Wehrmauern machten sie den Kaiserlichen die Hölle heiß, in der Stadt das Leben der Bürger dennoch nicht sicherer; vor allem junge Frauen mussten sich vor ihnen fürchten. Auch der Schwedenkönig schickte Schiffe: Einige Offiziere mit sechshundert Mann sollten den Stralsundern gegen von Arnims Armee helfen. Bald wimmelte es in der Stadt von Menschen. Auch viele Flüchtlinge aus Böhmen, Niedersachsen und Holstein drängten sich in den Gassen und auf den Plätzen. Angst und Gewalt nisteten sich nach und nach ein.

Als Susanna eines Abends aus der Halle schlüpfte, in der David versteckt lag, sah sie einen Edelmann. Er trug eine dieser Perücken, wie man sie in letzter Zeit häufiger bei Kavalieren sah, kastanienrot und mit Spirallocken. Eine Zeitlang ging der Kavalier hinter ihr und dem Kind her. Wenn sie schneller liefen, lief auch er schneller, wenn sie Umwege gingen, ging er sie mit.

Kurz vor dem Haus, das die Prinzessin von Bernstadt den Komödianten gemietet hatte, überholte er Susanna und versperrte ihr den Weg. »Die Welt ist so klein, nicht wahr, Susanna?« Es war der Graf Maximilian von Herzenburg; er feixte sie an. »Man denkt an nichts Böses, und plötzlich begegnet man sich wieder.«

»Wer ist das?«, wollte John wissen.

»Einer, der es gut mit euch meint.« Von Herzenburg beugte sich zu dem Jungen hinunter und strich ihm über die schwarzen Locken. John zuckte zurück, und Susanna rieselte ein Frösteln durch den ganzen Körper. »Und Männer, die es gut mit einem meinen, braucht man in Zeiten wie diesen, nicht wahr, Susanna? Ich denke, wir sollten zusammenhalten.«

»Lasst mich in Ruhe!« Sie stieß ihn zur Seite, lief ins Haus und verriegelte die Tür hinter sich.

Wenige Tage danach hieß es, der General Wallenstein sei zu seinem Heerlager gestoßen. Niemand hielt das für eine gute Nachricht. Und kurz darauf kursierte jenes Wort in der Stadt, das Wallenstein angesichts ihrer verschlossenen Tore ausgerufen hatte: *Herunter muss die Stadt, und sollte sie mit Ketten im Himmel festgeschmiedet sein …*

14

Der Auftrag kam vom General selbst, so sagte man Hannes: Während des Sturms auf die Stadt hinein nach Stralsund, von Herzenburg einfangen und den Eroberern übergeben; oder, falls der Sturm misslang, hinaus ins Feldlager schaffen. Ein Freiwilliger wurde gesucht, und den Rittmeister Stein fragte man zuerst.

Der General wollte den Schandfleck des Verrats von seinem Heer waschen. Hannes wollte von Herzenburg. Er nahm den Auftrag an.

Die Angst hatte die Räte der Stadt zu Wallenstein an den Verhandlungstisch getrieben – fünfundzwanzigtausend Mann mit gewaltiger Artillerie vor den Toren zu wissen ertrug nicht jeder. Der Friedländer präsentierte sich von seiner gnädigsten Seite: Die Tore öffnen, Reue zeigen, dem Kaiser Gehorsam und Treue schwören, und alles wäre gut und niemandem würde noch ein Haar gekrümmt. Die ehrwürdigen Räte in ihren teuren schwarzen Mänteln und mit ihren todernsten Mienen waren in die Stadt zurückgeritten, hatten das Angebot der Bürgerschaft überbracht – und waren auf taube Ohren gestoßen.

Der Friedländer tobte, weil sein Angebot unbeantwortet blieb, und wie es seine Art war, fackelte er nicht lange und befahl den Sturm auf die Stadt.

Man zog Hannes das Gewand eines reformierten Predigers über Koller, Wams und Waffengurt. Darüber warf er den Reitermantel.

Der General ließ alle Tore auf einmal angreifen, am heftigsten die, zu denen die beiden breitesten Dämme führten. Zwei Nächte lang stürmten tausende Landsknechte das Frankentor und das

Kniepertor, und tagsüber ließ der General seine Kanonen sprechen, um die Mauern zu brechen und den Widerstandswillen der sturen Stralsunder gleich mit.

In der zweiten Nacht eroberten die Belagerer eines der befestigten Außenwerke, drangen bis zum Tor vor, konnten es aber nicht aufbrechen. Sie suchten hinter dem eroberten Wallschild Schutz und verschanzten sich dort.

Im Morgengrauen hörten die Verteidiger das Gejammer Verwundeter und das Stöhnen Sterbender im aufsteigenden Dunst zwischen Außenwerk und Tor. Man fuhr mit Wagen hinaus, um die eigenen Leute einzuladen. Ein reformierter Prediger spendete Sterbenden letzten Trost, half mit, Verletzte und Tote aufzuladen, begleitete einen sterbenden Offizier betend in die Stadt hinein. Dort drückte er ihm nach Sonnenaufgang in einer zum Lazarett erklärten Kirche die Augen zu.

Ein Rittmeister Wallensteins war der Prediger in Wirklichkeit und hieß Johannes Stein. Niemand achtete auf ihn, als er den Toten und Sterbenden den Rücken kehrte und das Gotteshaus verließ.

Hannes machte sich auf den Weg zu dem Haus, das Susanna ihm beschrieben hatte. Vor den Mauern der Stadt fingen die kaiserlichen Kanonen wieder mit ihrem mörderischen Getöse an. Die wenigen Menschen auf den Gassen hetzten mit ängstlichen Gesichtern vorüber und grüßten flüchtig.

Hannes begriff schnell, wer die Stadt beherrschte: die Angst.

Er folgte Susannas Wegbeschreibung, fand Haus und Tor und klopfte. Niemand öffnete. Er klopfte erneut und lauter – ein Fenster ging über ihm auf. Hannes legte den Kopf in den Nacken. Ein bleiches Frauengesicht zeigte sich oben am Fenster, schwarze Locken fielen von Frauenschultern. Hannes hielt den Atem an. Selbst die Kanonen schienen für Augenblicke zu schweigen.

Hannes stand und starrte hinauf, Susanna lehnte im Fenster und starrte herunter. Er sah ihre Lippen beben, er sah den feuchten Schleier in ihren dunkelblauen Augen. Himmel, welch ein vertrautes, welch ein geliebtes Gesicht!

Endlich schloss sich das Fenster, dann Schritte hinter der Tür, Geräusche eines Riegels. Die Tür knarrte, sie zog ihn hinein, fiel ihm um den Hals. Er tastete zaghaft nach ihren Schultern, nach ihrem Haar, nach ihrem Rücken, berührte sie. Dann zerbrach etwas in ihm – der Damm aus Bitterkeit und eisernem Willen, hinter den er so viele Jahre all den Schmerz und all die Sehnsucht verbannt hatte. Endlich schlang er die Arme um sie, hielt sie ganz fest.

So standen sie im Halbdunkel des Treppenaufganges, weinten, flüsterten, hielten einander. Bis oben das Kind rief.

Sie gingen hinauf, Susanna stellte ihm den Jungen vor. Hannes legte den Pfaffenrock ab, und dann sprachen sie, stundenlang. Draußen donnerten die Kanonen. Manchmal bebte das Haus, manchmal splitterte Holz oder Gestein von einem Treffer in der Nähe, manchmal ertönten Trompeten, die zu einem Ausfall riefen, manchmal schrien Männer.

Sie aßen gemeinsam, was Susanna noch hatte, sie tranken, was Susanna noch fand, sie redeten die ganze Zeit. Das Kind überwand seine Scheu und Hannes seine Enttäuschung. Mann und Knabe begannen, sich einander vertraut zu machen.

Der Kriegslärm ließ allmählich nach. Gegen Abend wurde es regelrecht still. Unten klopfte einer an der Haustür.

*

Der Abend dämmerte herauf, die Kanonen schwiegen. Die Ruhe vor dem nächsten Sturm, fürchtete Maximilian von Herzenburg. Er zog sich den Hut tiefer über die Perücke und in die Stirn, bevor er aus der Gasse auf den Marktplatz hinauslief.

Im Vorübergehen hörte er die Leute palavern. Auch die Bürgerschaft schien nun weichgeschossen, wie er hören musste. Man hatte Ratsmitglieder vor die Tore geschickt, um Wallenstein um eine Waffenruhe zu bitten. Der Schreck fuhr Maximilian in alle Glieder. Darum also schwiegen die Kanonen!

Längst stand er in Verhandlungen mit dem Obristen der Schweden, und gestern noch schien ein Waffendienst als Obrist der schwedischen Krone greifbar nahe, und ein Platz auf einem der schwedischen Schiffe im Hafen auch. Doch der schwedische Kommandant war in der vergangenen Nacht bei der Verteidigung des Frankentors schwer verwundet worden. Jetzt lag er im Sterben.

Vor dem Haus der Komödiantenfrau blieb er stehen und klopfte. Er musste sich beeilen. Der Obristleutnant der Schweden war bei den Verhandlungen dabei gewesen. Er würde ihn aufs Schiff lassen. Maria wusste Bescheid. Er besuchte sie täglich im Kerker. Gestern hatte er dem Bürgermeister viel Geld angeboten für ein mildes Urteil. Sie brauchten jeden Taler hier in Stralsund, wenn sie sich freikaufen wollten von Wallensteins Strafe und der Plünderung durch seine Soldaten.

Die Tür wurde geöffnet, die schöne Heidelbergerin stand vor ihm. »Die Lage ist ernst, Verehrteste.« Mit einer Kopfbewegung wies er zur Mauer. »Lasse Sie sich von der Ruhe nicht täuschen – sie werden weiterhin stürmen. Und was dann folgt, kennt Sie ja aus Heidelberg.«

Ein Ruck ging durch ihren Körper. Ganz starr wurde sie, und der Atem schien ihr zu stocken; doch sie machte keine Anstalten, ihn hineinzulassen.

»Einen Bären habe ich nicht zu bieten, dafür einen Platz auf einem schwedischen Schiff und vor allem einen Platz im Stockholmer Haus des schwedischen Obristen Maximilian von Herzenburg.« Sie schluckte. Mein Gott, wie bleich sie war! Und wie schön! Er versuchte, Hildegards Bild heraufzubeschwören. Es gelang ihm nicht. »Muss Sie wirklich noch lange überlegen? Die Zeit dazu hat Sie weiß Gott nicht.«

»Kommt herein.«

Er trat ins Haus. Hinter ihr her stieg er die Treppe hinauf. Er betrachtete die Wölbung ihres Gesäßes unter dem dunkelblauen Kleid und dachte an Maria. Ob diese hier mit der Zeit in Liebesdingen ähnlich spendabel werden würde, wie Maria es gewesen war? Wenn nicht, auch nicht schlimm – irgendwann würde Maria wieder geheilt werden von der Krankheit, die sie befallen hatte, von der sogenannten Liebe. Und so lange tat eine schöne Komödiantin wie diese hier es allemal.

Die Katze sprang aus dem Lehnstuhl, als er eintrat, und huschte in die Küche. Das Kind war nirgends zu sehen. Na, prächtig. Er zog seinen Mantel aus. »Ich bin froh über Ihren Sinneswandel. Ich wusste von Anfang an, dass Sie eine vernünftige Frau ist. Und ganz allein so ein Kind zu versorgen macht gleich noch einmal vernünftiger, nicht wahr?« Der Stolz in ihrem Blick gefiel ihm nicht. Er legte Bandelier mit Degen und Pistole ab. Derselbe verdammte Stolz wie damals in den Zügen jenes Dorfmädchens, das zu zerbrechen er versäumt hatte. »Nun will ich aber auch einen Beweis für Ihre Vernunft, bevor wir gemeinsam zum Hafen gehen.«

Und tatsächlich: Sie begann ihr Kleid aufzuknöpfen. Genugtuung erfüllte Maximilian, ein Gefühl des Triumphes geradezu. Trotziges Weib! Brach es doch endlich! Ihm war, als stünde er mit ihr wieder vor der Heidelberger Hofkanzlei, wo sie seine Freundlichkeit so verächtlich auf Eis hatte prallen lassen. »Komm schon her!« Er ließ sich in einen Sessel sinken, öffnete seinen Hosenbund, winkte sie zu sich. Jetzt musste sie ihm zu Willen sein. »Na mach schon!« Zögernd kam sie näher. Das Bild des wüsten Herrn Grafen schoss ihm plötzlich durch den Kopf – wie er im Heidelberger Schloss in seinem Sessel hing und nach Hure roch, wie er am Barenberg in den Brombeeren lag und sein verfluchtes Leben verröchelte. Er fuhr sich über das Gesicht, als wollte er eine Fliege verscheuchen.

Jemand stieß die Tür auf der linken Zimmerseite auf, ein Mann mit Pistole in der Rechten und blank gezogener Seitenwehr sprang herein.

Stein!

Eisiges Entsetzen flutete Maximilians Blut.

Der Knabe begann im Raum hinter Stein zu jammern, die Frau lief an dem Blonden vorbei, um ihn zu beruhigen. »Aufstehen, von Herzenburg!«, zischte Stein. »Mit dem Bauch auf den Boden, los!«

»Wie kommt Er mir vor?« Maximilian versuchte zu fassen, was seine Sinne ihm sagten. Wie konnte das geschehen? Wie hatte er nur in diese Falle geraten können? »Redet ein Leutnant so mit einem Obristen?«

»Rittmeister bin ich, und du nichts als ein Verräter! Auf den Boden, sag ich!«

Maximilian sprang auf, stürzte zur Tür. Ein Schuss krachte, heißer Schmerz fuhr ihm über die Schulterblätter. Er schrie, warf sich auf die Treppe, rollte hinunter. Unten sprang er auf, hielt sich die Hose, lief aus dem Haus auf die Gasse, band sich im Rennen die Hose.

Stein war schneller, holte ihn ein, schlug ihm die flache Klinge gegen die Schläfe, sodass er taumelte und stürzte und die Perücke verlor. Und dann war der Blonde schon über ihm.

Doch im gleichen Moment knallten Stiefelschritte aus einer abendlichen Gasse. »Zu Hilfe!« Maximilian brüllte aus Leibeskräften. Bewaffnete stürmten zu ihnen, gleich vier Männer – Bürgerwehr, wenn er recht sah. »Zu Hilfe, Ihr Herren!« Sie rissen Stein von ihm weg. »Behütet mich vor diesem Räuber, ich flehe Euch an, Ihr Herren. Ich bin ein Obrist der schwedischen Krone, und dieser da schoss aus dem Hinterhalt auf mich!«

Drei zerrten den Stein in die nächste Gasse, der Vierte befahl Frauen, die aus den Fenstern gafften, den vermeintlichen Obristen zu verbinden; dann erst eilte er den anderen hinterher.

Maximilian kämpfte mit sich, ob er ihm nachrufen sollte, was für einen Fang er gemacht hatte, ließ es aber. Einen kaiserlichen Rittmeister würden sie austauschen, doch mit einem Straßenräuber machte man derzeit allerkürzesten Prozess in Stralsund.

Die Frauen brachten ihm zu trinken und reinigten die Wunde am Rücken, die ihm der Streifschuss beigebracht hatte. Dann verbanden sie ihn. Er bedankte sich mit vielen Worten, versprach ihnen Geld für die Wohltat und machte sich dann auf den Rückweg zum Haus der Heidelbergerin.

Er schäumte und knirschte mit den Zähnen. Der Wundschmerz verwandelte seine Wut in rasenden Hass. Einer falschen Schlange wie dieser musste ein für alle Mal der Wille gebrochen werden! Und am Leben durfte so eine auch nicht bleiben!

Die Haustür stand offen, mit vor Schmerz zusammengebissenen Zähnen stieg er die Treppe hinauf. Sie stand oben an der Tür. »Her mit dir, dreimal verfluchtes Weib!« Der Hass legte ihm rote Schleier über den Blick, machte ihm Beine. Noch hatte er die letzte Stufe nicht erreicht, da sah er plötzlich seinen eigenen Degen in ihren Händen. Sie sprang zu ihm, schrie und stieß ihm die Klinge in den Leib.

*

»Name?«

»Johannes Stein. Ich bin auf dem letzten dänischen Schiff in die Stadt gekommen.«

»Ein dänischer Landsknecht also.« Der gestrenge Blick des Richters erforschte sein Gesicht. »Dr. Kramer« nannten Henker und Waffenknechte ihn; ein düster dreinblickender Mann in schwarzer Robe. »Während der Feind uns von außen belagerte, habt ihr Dänen uns innerhalb der Mauern übel zugesetzt.« Sein Blick stach nach Hannes. »Übel und gottlos.«

Hannes antwortete nicht. Zehn Tage Kerker lagen hinter ihm und Susanna. Inzwischen hatte Wallenstein die Belagerung aufgegeben und war nach Mecklenburg weitergereist. Von Arnim, so erzählten es die Henkersknechte im Kerker, formierte seine Truppen vor der Stadt gerade zu einem geordneten Rückzug. Einen kaiserlichen Rittmeister würden sie erschießen oder erschlagen hier in Stralsund, so fürchtete Hannes. Der Durst nach Rache brannte noch gar zu schmerzlich in der Stadt, denn viele Bürger hatten den Tod gefunden während der Nächte, als von Arnim die Kanonen sprechen und stürmen ließ.

Und selbst wenn die Bürgerwehr ihn am Leben lassen sollte – der dänische Obrist Holk, ein Grobian erster Ranges, hatte erst vor zwei Wochen ein weiteres Schiff voller dänischer Grobiane niederen Ranges nach Stralsund gebracht. Und die, sollten sie einen Kaiserlichen in die Hände bekommen, würden Hannes eine kleine Anzahlung auf die Rechnungen machen lassen, die offen waren zwischen Kaiser und Dänenkönig seit der Schlacht am Barenberg.

Also verlegte er sich vor dem Richter und dem Henker auf die halbe Wahrheit: »Von Herzenburg mag ein Obrist der schwedischen Krone sein, das weiß ich nicht«, sagte er, »doch eines weiß ich: Er wollte dieser unschuldigen Frau Gewalt antun.« Hannes deutete auf Susanna.

»Das behauptet die Frau des Komödianten auch«, sagte der Dr. Kramer und blickte sehr finster und sehr streng aus seinem schwarzen Gewand.

Man hatte Susanna ebenfalls vor den Richter geschafft – angeblich hatte sie versucht, einen Edelmann zu ermorden. Der lag nun schwer verletzt auf einem schwedischen Schiff, wie Hannes gehört hatte. Susannas Sohn hatten sie in ein Waisenhaus am Hafen gebracht.

»Doch soll man gottlosem Pack wie Komödianten Glauben schenken …?«

»Ich bin nicht gottlos, Herr Richter!« Susanna neben Hannes sprang auf. »Ich bin reformiert getauft und …« Die Knechte des

Henkers zischten sie an, drückten sie wieder hinunter auf ihren Stuhl.

»Und soll man einem Fremden wie Ihm glauben?« Der Dr. Kramer richtete seinen düsteren Blick auf Hannes. Die Antwort sprach er nicht aus, doch sie hing im Raum, schwer und scharf wie ein Damoklesschwert. »Hören wir die Zeugen.«

Die Männer der Bürgerwehr traten auf, schilderten, wie ein blutgieriger Strauchdieb den armen Obristen von Herzenburg malträtiert habe. Kaum sei er von seinem Opfer zu trennen gewesen, habe sogar ihnen mit der Klinge gedroht.

Die Frauen traten auf, die von Herzenburg verbunden hatten. Nur ein Streifschuss sei es gewesen, eine Wunde von einem Degen haben sie nirgends an seinem Leib gesehen, die müsse ihm später zugefügt worden sein, und Waffen habe er nicht mehr getragen. Doch gezittert habe er vor lauter Schrecken, der arme Obrist.

Ein Schuster trat auf, ein Nachbar Susannas. Der bestätigte, dass er den schwedischen Obristen vor dem Haus stehen gesehen hatte – mit bandagiertem Oberkörper und ganz und gar ohne Waffen. Es sei schon fast dunkel gewesen. Der Mann sei ins Haus getreten, und kurz darauf habe er, der Schuster, Schreie und Gepolter aus dem Haus gegenüber gehört und sofort den Nachtwächter und die Bürgerwehr des Viertels gerufen.

»Nun«, schloss der Dr. Kramer den kurzen Prozess ab. »Wir könnten Ihn natürlich dem dänischen Obristen Holk und dessen Profos übergeben. Doch die tun in Zeiten wie diesen nichts anderes als Wir: Mörder und Räuber schnellstmöglich ihrer Strafe zuführen. Das Volk der Stadt ist verzweifelt, der Feind noch nicht von den Mauern gewichen. In solcher Unruhe und Verzweiflung erwartet der allmächtige Gott von einem Richter wie Uns, dass er die Ordnung aufrechterhält und für Gerechtigkeit sorgt. Und wo kämen Ordnung und Gerechtigkeit hin, wenn Gesindel wie dieses am Leben bliebe?« Er deutete auf Hannes und Susanna.

Hannes gefror das Blut in den Adern, Susanna sprang wieder

auf. »Wir sind unschuldig, Herr Richter! Und was soll aus meinem Kind werden?« Die Henkersknechte versuchten vergeblich, sie zu bändigen. Hannes saß wie festgefroren. »Ich habe nichts getan, was ich nicht vor Gottes Richterstuhl rechtfertigen könnte, Herr Richter!« Susanna schrie. »Und mein Mann wollte weiter nichts, als mir beistehen ...!«

»Ihr Mann?« Der Dr. Kramer schlug mit der Faust auf den Tisch. »Ich höre wohl nicht recht!«

Hannes äugte zu Susanna. Es berührte ihn warm im Herzen, was ihr da herausgerutscht war. Seine Lippen kamen ihm vor wie zugenäht. Was sollte er sagen? Vielleicht doch den kaiserlichen Rittmeister offenbaren?

»Da ist noch ein Zeuge, Herr Richter.« Ein Waffenknecht mit einer Hellebarde zeigte sich an der Tür.

»Die Zeugenvernehmung ist abgeschlossen.« Bitterböse guckte der Richter. »Wir sind längst bei der Urteilsverkündung.«

»Ein Prediger«, sagte der Waffenknecht. »Er habe Wesentliches zur Aufklärung des Falles beizutragen.«

»Wir haben alles aufgeklärt ...« Kramer stutzte. »Ein Prediger?« Der Hellebardist nickte. »Ein reformierter?« Der Hellebardist nickte erneut. »Na gut. Hören wir ihn an. Er bringe den guten Mann herein.«

Der Waffenknecht winkte hinter sich, trat zur Seite und ließ einen Mann in schwarzem Talar mit weißen Spitzenmanschetten und Spitzenbeffchen herein. Ein flacher Hut mit Ohrenklappen saß ihm auf dem Schädel, langes Grauhaar hing ihm weit über die Schultern herab, ein mächtiger Graubart bedeckte das Beffchen beinahe vollständig.

Hannes hatte diesen reformierten Pfarrer nie zuvor gesehen und vermochte sich nicht vorzustellen, was der zu ihrer Verteidigung oder Beschuldigung würde beitragen können. Immerhin glaubte Hannes, eine Veränderung in Haltung und Mimik des Richters Kramer zu beobachten. Etwas Unterwürfiges ging plötzlich von ihm aus, und in der Düsternis auf seinen Zügen zeigte sich etwas wie Respekt, ja sogar Wohlwollen, als er den geistlichen Herrn ansah.

In leicht gebeugter Haltung trat der an den Richtertisch. »Komme ich also noch zur rechten Zeit?« Er sprach mit hoher Fistelstimme und deutlichem, niederländischem Akzent. Hannes hatte noch nie mit Niederländern zu tun gehabt.

»Gerade wollten Wir zur Urteilsverkündung schreiten, Herr Magister.«

»Die wäre wohl verheerend ausgefallen, wenn ich draußen vor der Tür alles recht verstanden habe, verehrter Herr Richter!« Der niederländische Prediger blickte zur Saaldecke und faltete die Hände. »Ich danke dir, mein Herr im Himmel, dass du deinen Diener noch zur rechten Zeit geschickt hast, um unschuldige Seelen zu retten!«

»Nun ja, Herr Magister, Seelen zu retten steht Euch zu, ganz gewiss.« Der Dr. Kramer räusperte sich. »Doch über Schuld und Unschuld zu urteilen, sind nun einmal Wir gesetzt, solange der Jüngste Tag noch auf sich warten lässt.«

»Amen! Und möge der gütige und allmächtige Gott uns nicht mehr allzu lange auf ihn warten lassen! Doch ich will mich zunächst zu meiner Person erklären …«

»… darum wollte ich Euch gerade bitten …«

»Willem van Bela, studiert zu Amsterdam, im Dienst an jenen verwahrlosten Schotten, mit denen der wilde Däne Holk zuletzt die Plagen der armen Stadt vermehrte – möge Gott seine verirrte Seele bald auf den Pfad der Tugend und des Gehorsams gegen sein Wort führen!«

»Ihr seid also als Feldprediger der Dänen in der Stadt?«

»Und vor der Stadt, wenn es gilt, Sterbende und Verletzte zu trösten.« Der reformierte Prediger deutete auf Hannes und Susanna. »Ich war dabei, als diese beiden getraut wurden. In Nürnberg geschah es, anno '24 …«

»Die beiden sind vor Gott getraute Ehegatten?« Dem Richter fielen beinahe die Augen aus dem Kopf, und Hannes traute seinen Ohren kaum.

»So wahr ich hier stehe! Ich weilte damals zu Nürnberg, weil man mich zu einem sterbenden Kaufmann reformierten Bekenntnisses rief. Meinen lutherischen Amtsbruder versuchte ich seinerzeit vergeblich zum rechten Glauben zu bekehren, leider.«

»Das ist schade, Herr Magister ...« Mit dem polternden Gehabe des Richters Dr. Kramer hatte es ein Ende, ziemlich kleinlaut wirkte er. »Doch warum hat sie sich Uns gegenüber denn als Frau des Komödianten ausgegeben?«

»Eine Lüge! Ich habe sie getadelt und gescholten dafür. Ich bin ihr Seelsorger, müsst Ihr wissen. Ich kenne die Komödianten ja aus Nürnberg, ging auch hier bei ihnen ein und aus. Der Komödiant, den ihr wegen Unzucht suchen lasst, hat sie zu dieser Behauptung gezwungen.« Er zuckte mit den Schultern. »Fragt mich nicht, warum, wohl um sein frevelhaftes Verhältnis zu jener Edelfrau zu vertuschen, zu jener Witwe von Bernstadt.«

»Die Untersuchungen in diesem Fall sind noch nicht abgeschlossen.« Die Miene des Richters verschloss sich plötzlich. »Doch was könnt Ihr zur Sache erzählen, Herr Magister?«

»Ich betete mit meinem verwirrten Seelsorgekind, als der Offizier bei uns eindrang. Er schlug mich nieder, fesselte und knebelte mich, um sich an der armen Frau vergehen zu können.« Er lüpfte den Hut, zeigte auf eine Schramme und einen blauen Flecken an seiner Stirn. »Doch ihr Mann kam und hielt ihn ab von verwerflicher Schande. Der Offizier floh, ihr Gatte hinterher, und den Rest wisst Ihr ja.«

Der Richter, der Henker, die Henkersknechte – alle staunten mit offenen Mündern. Und Hannes staunte wohl am meisten.

Der Prediger zog einen Stapel Papiere heraus. »Züchtig lebten sie vor der Eheschließung, das kann ich bezeugen. Und diese Briefe bezeugen es auch.«

Hannes musste mit ansehen, wie der Mann die alten Briefe Susannas auf dem Richtertisch ausbreitete. Damit sie keinem Fremden in die Hände fielen, hatte er sie mit in die Stadt genommen und mit dem reformierten Talar in Susannas Schlafkammer zurückgelassen. Er stutzte – der Talar kam ihm plötzlich bekannt vor.

»Im belagerten Heidelberg wartete sie auf ihren Verlobten, wovon Ihr Euch hierdurch überzeugen mögt.« Der reformierte Prediger deutete auf die Briefe. »Und unter Einsatz seines Lebens hat er seine Verlobte aus der Stadt gerettet! Und nun wollte er sie aufs Neue retten. Er hörte, dass sie mit den Komödianten, bei denen sie ihr Brot verdiente, im freien und stolzen Stralsund eingeschlossen ist, und drang in die Stadt ein, um sie zu retten.«

Mit vielen Worten schilderte er, wie Hannes unter dem Markgrafen von Durlach für die evangelische Sache gekämpft hatte, wie beide, er und Susanna, einander über Jahre der Trennung die Treue gehalten hatten, und wie Gottes gnädige Fügung nun wieder zueinandergeführt habe, was nur der Tod noch scheiden könne. »Und ist so nicht aufs Neue bewiesen, was doch von Anbeginn geschrieben steht?«, schloss der Prediger. »Gottes Wege sind vollkommen, des HERRN Worte sind durchläutert! Er ist ein Schild allen, die ihm vertrauen!«

Er verkündete es laut, und keinen Ton hörte Hannes mehr im Gerichtssaal. Und sah er recht? Tränen standen dem Dr. Kramer in den Augen. Und konnte es wahr sein? Der Henker schniefte sich. Hannes glaubte zu träumen. Er blickte zu Susanna: Die saß mit tief gesenktem Kopf und hatte die Hände vor das Gesicht geschlagen.

Der Richter dankte dem Prediger und sprach sie frei.

An der Seite des Geistlichen verließen sie das Gebäude. »Danke«, hörte Hannes Susanna dem Prediger zuraunen, als sie über einen kleinen Platz schritten. Vor der Einmündung einer Gasse warteten zwei Frauen mit John. Der riss sich los, jubelte und heulte zugleich, rannte ihnen entgegen und warf sich in Susannas Arme.

»Ich habe das Kind aus dem Waisenhaus geholt«, sagte der Prediger, diesmal mit tieferer Stimme. Er nahm den Jungen auf den Arm und herzte ihn. »Zur Stadtmauer«, raunte er ganz ohne niederländischen Akzent. »Nehmt das Kind und geht voraus. Beeilt euch.« Und jetzt erst begriff Hannes …

*

Sie liefen auf das Kniepertor im Nordwesten der Stadt zu. Es stand offen, Menschen gingen ein und aus, viele schwedische Soldaten wachten dort. Man erkannte sie an der einfachen und beinahe einheitlichen Kleidung.

Würdevoll schritt David hinter Hannes und Susanna her. Er schwitzte unter seiner respektablen Haartracht. Das machte ihm nichts aus, der Schmerz in seiner Brust jedoch, der quälte ihn mächtig. Es kostete ihn seine ganze Kraft, nach allen Seiten zu lächeln und so huldvoll zu grüßen, als würde er segnen.

Keine hundert Schritte trennten sie mehr von Mauer und Tor. Das stand offen. Unruhe entstand in der Menge an der Mauer. Jemand schrie und jemand sprang zur Seite wie unter großem Schrecken. »Geht schon«, raunte David. Er ahnte etwas. »Geht einfach weiter und dann schnell durchs Tor.«

Hannes hakte sich bei Susanna unter und beschleunigte seinen Schritt. Der Junge sah David über Susannas Schulter hinweg aus seinen großen dunkelblauen Augen an. David rang sich ein Lächeln ab, und ein Zwinkern und ein Winken. War er nicht ein famoser Gaukler?

Ein großes dunkelbraunes Etwas löste sich aus der Menge bei der Mauer, rannte los, blökte, galoppierte, schleifte eine Kette hinter sich her. Ein Bär. David erkannte ihn sofort. Und dass es keinen Sinn hatte zu fliehen, erkannte er auch. »Leb wohl!«, rief er. Susanna drehte sich noch einmal um, und sie sahen einander in die Augen. Diese dunkelblauen Augen! Diese geliebten Augen! Wie hatte er sie nur zum Weinen bringen können!

Der Bär richtete sich vor ihm auf den Hinterläufen auf, legte ihm die Vorderpranken auf die Schultern, verdeckte den Blick auf Susanna. Als würde er lachen, so brummte und blökte er, als würde er laut heulen vor Freude. Kein klarer Gedanke wollte David mehr gelingen – vor lauter Freude, vor lauter Schmerz, vor lauter Verwirrung. Er hatte keine Gaukler in der Stadt gesehen, keinen Zahnbrecher seine Dienste anpreisen hören.

»Geht schon!«, rief David und versuchte Hannes ins Gesicht zu sehen, der wohl zögerte. »Und sorge für meinen Sohn!« Das Kind begann nach ihm zu rufen. Susanna drückte es an sich, packte Hannes bei der Hand und zog ihn mit sich. Zum Stadttor.

Der Bär stieß David die Schnauze gegen die Stirn, leckte über seine Nase, brummte, rieb seine Kehle über den Menschenscheitel und die Tatzen an den Menschenschultern. Davids falscher Bart rutschte ihm vom Kinn, die Perücke vom Kopf, seine langen schwarzen Locken fielen ihm über Rücken und Brust.

Unter den Waffenknechten tuschelten sie und guckten. »Das ist doch der Komödiant«, hörte David einen sagen. Er blickte zum Stadttor. Dort eilten Susanna und Hannes mit dem Jungen an den Wachen vorbei.

Der Bär legte wieder die Pranken auf seine Schultern, und ein paar Atemzüge lang bohrte David seine Stirn gegen die breite, pelzige Brust und hielt einfach nur still. »Das ist doch kein reformierter Prediger!«, rief einer. »Das ist doch der wegen Unzucht und Giftmord gesuchte Komödiant! Der Pickelhering!« Die Stimmen tönten lauter und rauer, und ein Feldwebel kommandierte einen Hellebardisten herbei, um dem Bären seine Klinge in den Pelz zu treiben.

»Nein.« David stellte sich schützend vor Bela. »Nicht doch, Ihr Herren – es ist ein zahmer Bär, ein guter Tänzer. Tut ihm bloß nichts zuleide, ich flehe euch an!« Zwei Landsknechte packten ihn und rissen ihn zu Boden.

Doch da war Stephan schon zur Stelle. Er griff nach Belas Kette, zog ihn zu sich, erklärte den Waffenknechten, dass sie eben erst in die Stadt gekommen seien, sein Tanzbär noch ein wenig nervös sei und sich losgerissen habe, weil er einen alten Freund wiedererkannt hatte. Krachend fiel sechzig Schritte weiter das Stadttor zu. Susanna und das Kind waren draußen; und Hannes auch. Die Waffenknechte zerrten den Komödianten über den Platz und in die Gasse, die zum Kerker führte.

»David!«, hörte er Stephan rufen. »David!«

*

Susanna zog die Hand mit dem Brief zurück. »Ich gehe mit dir, ich will ihm den Brief selbst geben – ich will David noch einmal sehen.«

»Ausgeschlossen, Susanna.« Hannes hielt sie fest, zog sie an sich. »Denk an John.«

»Du bist so gut wie tot, wenn du die Stadt betrittst.« Stephan nahm ihr den Abschiedsbrief aus der Hand. »Lass mich ihm lieber deine Zeilen überbringen.«

Eine Woche war vergangen seit jener Gerichtsverhandlung, in der David noch einmal als Komödiant aufgetreten war. Es stand schlecht um ihn – das Todesurteil sei schon geschrieben, hieß es. Niemand gab sich mehr frommen Hoffnungen hin.

»Was ist mit Maria von Bernstadt und dem Grafensohn?«, wollte Susanna wissen.

»Vom ihm weiß ich nicht viel.« Stephan zuckte mit den Schultern. »Zuletzt hieß es, das Wundfieber hätte von Herzenburg schon an die Schwelle zur Hölle gezerrt. Die Prinzessin aber hat sich freikaufen können. Sie ist jetzt wohl auf demselben Schiff wie ihr sterbender Vetter. Angeblich stechen sie morgen in See.«

Susanna senkte den Blick, schwieg. Nicht weit, bei den letzten Wagen des Heerestrosses, tobte John mit einigen Soldatenkindern herum. Noch ahnte er nicht, dass er seinen Vater wohl nie wiedersehen würde.

»Das soll ich dir noch geben.« Stephan griff in seinen Rucksack, zog einen Totenschädel heraus und reichte ihn Susanna. »Du sollst ihn in Ehren halten.« Susanna starrte Kemps Schädel an und erbleichte. »Wohin zieht ihr?«, wollte Stephan wissen. »David wird mich danach fragen. Was soll ich ihm denn antworten?«

»Ich werde meinen Abschied bei Wallenstein nehmen«, sagte Hannes. »Wir gehen nach Magdeburg. Dort lässt es sich noch einigermaßen gut leben.«

»Hoffen wir es.« Stephan umarmte und küsste Susanna. Hannes drückte er die Hand. Dann drehte er sich um und stapfte dem breiten Dammweg entgegen, der durch Sümpfe und Teiche nach Stralsund hinüberführte.

»Und sage ihm, dass er sich nicht sorgen braucht um seinen Sohn!«, rief Hannes ihm hinterher. »Falls er sterben muss, werde ich dem Jungen ein guter Vater sein.« Stephan drehte sich um, nickte und winkte noch einmal. Susanna und Hannes sahen ihm nach, bis seine breite Gestalt mit der Abenddämmerung verschwamm.

»Du willst kein Soldat mehr sein?« Susanna schmiegte sich an Hannes. »Das hast du mir gar nicht gesagt.«

»Ich habe genug vom Krieg. Mein Meister in Magdeburg wird mich einstellen. Als Zimmermann kann ich euch ernähren. Unsere Seelen brauchen jetzt Ruhe nach all den Schrecken.«

»Es waren nicht nur Schrecken.« Susanna dachte an Greenley und die Komödianten; ganz wehmütig wurde ihr zumute. Sie barg den Totenschädel im Mantel, Seite an Seite gingen sie zum Tross. John sprang ihnen entgegen – Susanna breitete die Arme aus und fing ihn auf.

Epilog

Der Profos fackelte nicht lange: Er hörte die Zeugen an, ließ Stephan aus dem Gericht jagen, weil er gar zu laut um Gnade für den Komödianten flehte, und sprach das Urteil: Tod durch das Henkersbeil. Vom Tisch des Profos weg führten sie David sofort zum Richtplatz. Dort erwartete ein reformierter Prediger ihn, leider ein echter. Und Stephan mit Bela und der Landgräfin warteten auch. Seine Zieheltern weinten heiße Tränen. Weil der Profos ein gutes Wort beim Feldwebel einlegte, durfte David beide umarmen. Zuletzt hielt er Stephan fest und tröstete ihn. »Weine nicht, Stephan. Alles ist, wie es sein muss.«

Stephan heulte, fluchte auf Kroatisch, damit der fromme Prediger ihn nicht verstand, und wollte David gar nicht mehr loslassen. Bela schwenkte den schweren Schädel hin und her, wandte sich mal hierhin, mal dorthin, wusste wohl nicht recht, was das alles bedeuten sollte.

»Bedenke doch, Stephan – wie leicht hätte alles schon vorbei sein können, als du mich zum ersten Mal zu sehen kriegtest!« David klopfte dem heulenden Gaukler auf die Schulter. »Denke doch an jene Stunde im Wald am Millstätter See.« Er hob die Rechte. In seiner Faust erkannte Stephan den Haarzopf der jungen Jüdin. »Hast du es denn vergessen? Meine Zeit war doch von Anfang an gestundete Zeit.«

»Dass ich das erleben muss«, jammerte der alte Gaukler. »Dass ich das erleben muss …«

»Hör endlich auf zu heulen, du Schwachkopf!«, schluchzte die Landgräfin und schlug mit ihrem tränennassen Schnupftuch nach ihrem Mann. »Du solltest ihn trösten, und jetzt muss er dich trösten! Lächerlich!«

»Lasst ihn, Königliche Hoheit, lasst ihn doch! Es ist schön, zu merken, dass man geliebt ward.« Und wieder an Stephans Adresse: »Ich habe ein kurzes, aber ein gutes Leben gehabt, mein geliebter Ziehvater, und das verdanke ich dir. Und nun ist es eben zu Ende. Ich habe fast alle Städte des Reiches gesehen, ich habe die Leute in Rom und Venedig und Paris zum Lachen gebracht. Zuletzt sogar vor den Kurfürsten von Sachsen und Brandenburg gespielt. Ich habe eine wunderbare Frau geliebt. Es war kein langes, aber ein gutes Leben, das kannst du mir wirklich glauben. Das Leben ist mir lieb gewesen, es hat mich mit Gutem überschüttet. Warum jetzt klagen und weinen?« David küsste ihn auf die Stirn. »Lieber stehe ich nun wie von einem fetten Gastmahl auf und gehe gesättigt und mit erhobenem Haupt meinen letzten Weg.«

Stephan wischte sich die Tränen ab. »Ja, ja«, seufzte er, »ist ja gut, ist ja gut …« Sie drückten einander ein letztes Mal. Im Fortgehen strich David dem Bären noch einmal über den Schädelpelz. Dann zogen die Waffenknechte ihn mit sich zum Marktplatz, wo der Henker wartete; und das Volk von Stralsund, das den letzten Auftritt des Komödianten sehen wollte, des ehemaligen Gauklers.

Stephan und die Landgräfin zur Wagenburg sahen ihm hinterher. Bela brummte, blökte und riss an seiner Kette. Der alte Gaukler hatte Mühe, ihn festzuhalten. »Dass er so enden muss«, jammerte er, »dass er so enden muss …«

»Gib endlich Ruhe! Hast du nicht gehört, was er gesagt hat?« Marianne wischte ihrem Gaukler die Tränen aus dem Gesicht. »Das Leben habe ihn mit Gutem überschüttet, hat er gesagt. Wie von einem fetten Gastmahl gesättigt stehe er auf, um seinen letzten Weg zu gehen.« Sie schluchzte. »Hast du es nicht gehört?«

»Doch, doch …« Stephan küsste seiner Landgräfin die Tränen von den zerfurchten Wangen. »Doch, ich hab's gehört.«

Nachwort

Seit 1585 bis etwa 1632 wanderten englische Komödianten durch die Niederlande und das Heilige Römische Reich Deutscher Nation, vereinzelt auch noch nach dem Westfälischen Frieden, 1648. Auf ihren barocken, von Pferdegespannen gezogenen »Wohnmobilen« – nach dem griechischen Tragödiendichter »Thespiskarren« genannt – fuhr bald so mancher Holländer und Deutsche mit. Überall, wo die englischen Wandertheater ihre Bühnen aufbauten und ihre Stücke spielten, hinterließen sie bleibenden Eindruck. Ihre Figur des Pickelherings wurde ähnlich beliebt und berühmt wie in unseren Tagen die Micky Maus oder Harry Potter.

David Villachers persönliche Entwicklung vom schlichten Gaukler zu einem Schauspieler vom Schlage Christopher Greenleys spiegelt eine kulturelle Entwicklung im Deutschland der frühen Neuzeit wider: Vereinzelt schon während des »Großen Krieges«, in größerer Zahl dann bald nach seinem Ende betraten Männer die Wanderbühnen, die mehr sein wollten als nur Gaukler und mehr zu bieten hatten als Zoten, Saltos und Tanzbären – in Deutschland entstand die Berufsschauspielerei. Das verdanken wir dem Einfluss der von Shakespeare und dem elisabethanischen Theater geprägten Wanderkomödianten aus England.

Ihnen ein Denkmal zu setzen war ein Ziel meiner Erzählung.

Um etwas über Männer wie den Grafen Tilly, den Kurfürsten Friedrich V. oder den Herzog von Friedland, Albrecht von Wallenstein, zu erfahren, konnte ich unter Hunderten Büchern auswählen. In kaum zwei Dutzend Werken fand ich Konkreteres über die englischen Wandertheater des Frühbarocks – dabei haben sie uns Shakespeare und die Schauspielkunst aufs Festland gebracht, während die europäischen Generäle und Kriegsherren jener Zeit sich nur durch die Produktion von Ruinen, Asche, menschlichen Wracks und Leichenbergen in unser historisches Gedächtnis eingeätzt haben.

Was gibt es nun in diesen wenigen Werken über meinen verehrten Prinzipal Christopher Greenley zu lesen? Viel und gar nichts.

Gar nichts, denn ein Mann dieses Namens hat meines Wissens niemals gelebt. Man kann ihn also, streng genommen, nicht als »historische Persönlichkeit« bezeichnen.

Viel, denn tatsächlich sind zahlreiche Prinzipale historisch belegt, die damals mit ihren Wandertheatern durch das Reich zogen. Die Namen der wichtigsten: Thomas Sackville, John Spencer, Robert Browne – der »Alte Komödiant« – und John Green. Letzterer führte wohl Shakespeares Hamlet zum ersten Mal auf dem Festland auf: 1626 in Dresden.

Was uns nun von diesen wandernden Theaterintendanten überliefert ist – biographische Einzelheiten, die Routen, die sie zurücklegten, ihr Repertoire, ihre Arbeitsweise und Spielpläne –, habe ich in meiner Figur des Christopher Greenleys zu verdichten versucht. Mr. Greenley ist gewissermaßen aus dem gleichen Holz wie diese Männer geschnitzt, sie verschmelzen in ihm zu einer Figur; so gesehen, kann man ihn durchaus als »historische Persönlichkeit« bezeichnen.

Ähnliches ließe sich von Susanna, Hannes, Maximilian und so weiter sagen. Sicher taucht im Handschuhsheim jener Tage hin und wieder der Frauenname Susanna auf, gewiss sind Schneidermeister des Dorfes belegt – einer hieß tatsächlich Almut –, und viele Bürger des heutigen Heidelberger Stadtteils mögen die Stellen kennen, an denen das Waisenhaus und seine Knabenschule lagen. Eine Schneiderstochter namens Susanna Almut ist mir im Namensbuch von Handschuhsheim allerdings nicht begegnet. Als Individuum ist Susanna keine »historische« Figur, als Typ oder Charakter allemal: Was meine Susanna dachte, fühlte und glaubte, was sie aß, wie sie sich kleidete, was sie für ihre Zukunft hoffte, und was sie schließlich erleben musste, dürfen meine LeserInnen sich als typisch vorstellen für so manche junge Frau aus Susannas Zeit und sozialer Schicht.

Zwei Angaben konnte ich in keinem Buch finden: Hatte Neuenheim tatsächlich schon Kopfsteinpflaster damals? Und wann genau hat Tilly während der Belagerung Heidelbergs das Dorf niederbrennen lassen? Darüber konnte mich auch kein Regionalhistoriker aufklären. Ich entschied einfach, dass der junge Kurfürst seine englische Prinzessin statt durch Staub bzw. Schlamm über Kopfsteinpflaster entlang des Neckars zur alten Brücke führte; den Zeitpunkt des Brandes habe ich kurzerhand meiner Dramaturgie unterworfen.

Gut die Hälfte meiner Geschichte spielt vor einer Kulisse, die mir seit meiner Jugend vertraut und lieb ist: in Odenwald, Heidelberg und Neckartal. Es hatte etwas Schmerzliches, in einer so schönen Stadt und einer derart lieblichen Gegend die schlimmen Ereignisse aus den frühen Jahren des Dreißigjährigen Krieges schreibend nachzuerleben. Vielleicht, so denke ich mir jetzt, ist meine Susanna ja ein Stück Fleisch gewordenes Heidelberg vergangener Tage – heimgesucht, gerettet und neu aufgeblüht. Bei allem Bemühen um historische Genauigkeit galt mein Hauptinteresse als Erzähler der Darstellung solcher existenziellen Erfahrungen: Heimsuchung, Rettung, Neuanfang, Liebe und Tod.

Diese Grundbedingungen menschlichen Daseins verbinden uns auch über eine Kluft von vierhundert Jahren mit den Menschen, die in meiner Geschichte ihr Schicksal meistern oder ihr Unwesen treiben. Schön wäre es – und meine Geschichte gelungen –, wenn sie möglichst vielen LeserInnen so nahe kommen, wie mir während des Schreibens: fast so nahe wie Zeitgenossen.

Dank

Es soll Titanen geben, die ganz ohne Hilfe anderer ein Buch schreiben können. Zu denen zähle ich nicht. Die Namen all derer aufzulisten, denen ich Anregungen und Unterstützung beim Schreiben des *Gauklers* verdanke, würde zu viele Seiten füllen. Doch stellvertretend für alle möchte ich wenigstens einige meiner häufig ungefragten Helfer nennen.

Danken möchte ich den Mitarbeiter der Badischen Landesbibliothek Karlsruhe, in deren Räumen ich tagelang über papierenen Schätzen brütete, die sie dort hüten und pflegen. Zum Beispiel fand ich hier eine wenig bekannte Chronik der »Alten berühmten Stadt Heydelberg« und der Pfälzer Kurfürsten aus dem Jahre 1733. In ihr hat der Handschuhsheimer Pfarrer Johann Peter Kayser akribisch über die schlimmen Tage des Jahres 1622 berichtet.

Dankbar ziehe ich den Hut vor Bernd Warlich, seinen Mitarbeitern und ihrem »Projekt«, wie das Internetportal heißt, in dem sie Informationen über »Täter und Opfer« des »Großen Krieges« sammeln und zugänglich machen (http://www.30jaehrigerkrieg.de/). Hier erfuhr ich wertvolle Einzelheiten über historische Figuren, die in meiner Geschichte auftreten.

Stellvertretend für jene Buchautoren, ohne die kein Schreiber historischer Romane auskommen kann, will ich Peter Engerisser nennen. Seine Bücher »Von Kronach nach Nördlingen« und »Nördlingen 1634« stehen auch jetzt, während der Abfassung meines zweiten historischen Romans, in Griffweite auf meinem Schreibtisch, und jedes Mal wenn ich sie aufschlage, staune ich: Ist es denn wirklich möglich, dass ein Mann mit solcher Leidenschaft und so viel Fleiß derart viele militärhistorische Einzelheiten zusammentragen und dann noch leserfreundlich zu Papier bringen kann? Ich verbeuge mich dankbar.

Ganz besonders danken will ich meiner Lektorin Judith Mandt. Davon abgesehen, dass sie dieses Buch, so wie es meine LeserInnen jetzt in Händen halten, »mit verschuldete«, hat sie die Geschichte des Gauklers David Villacher von Anfang an geliebt und an sie geglaubt. Das gab mir ungeahntes Selbstvertrauen und einen Schwung, ohne den ich mir meine Arbeit rückblickend nicht vorstellen kann.

Meiner Familie danke ich von Herzen: Meiner Frau Manuela für ihre Geduld – ich gebe alles zu: meine Figuren haben mich manchmal über die Maßen beschlagnahmt, und ich selbst könnte mit keiner Autorin zusammenleben –, meinen Geschwistern und Söhnen, deren kritischem Probelesen ich den Prolog verdanke, und meinem Sohn Friedrich, der mein Erstleser und -kritiker gewesen ist und zu manchen Verbesserungen beigetragen hat.

In tiefer Dankbarkeit verbunden bin ich vor allem einem Mann, ohne den ich weder erfahren hätte, dass Figuren wie Susanna und David in mir leben, noch eine einzige Zeile ihrer Geschichte hätte schreiben können: Norbert Mierswa. Ihm widme ich dieses Buch.

Thomas Ziebula, April 2013

Werde Teil der Bastei Lübbe Welt
You Tube
www.luebbe.de/ Meinewelt
Lesen, rezensieren, Bücher gewinnen
Lerne Autoren, Verlagsmitarbeiter und andere Leser kennen

ZWERVELINGEN

REŠOKETŠWE MANENZHE

Zwervelingen

Vertaald uit het Engels door Elvira Veenings

UITGEVERIJ ORLANDO | OXFAM NOVIB

Oorspronkelijke titel *Scatterlings*
Oorspronkelijke uitgever HarperVia, een imprint van HarperCollins *Publishers*
Deze uitgave kwam tot stand door bemiddeling van Pontas Literary & Film Agency

Omslagontwerp Studio Jan de Boer

Uitgave in samenwerking met Oxfam Novib
Zetwerk Pre Press Media Groep
ISBN 978 90 833770 9 4
NUR 302

www.uitgeverijorlando.nl

FSC
www.fsc.org
MIX
Papier | Ondersteunt verantwoord bosbeheer
FSC® C004472

Lieve Selina, ik wou dat je nog leefde, maar nu dat niet zo is, vind ik het fijn om te denken dat de zon niet ondergaat waar jij bent. Ik stuur je deze woorden, zodat je weet waar het verhaal een tijdje ophield. Het is nog niet afgelopen, maar ik denk dat de zon ook telkens weer voor mij is opgekomen.

Ik denk dat ik je nu moet bedanken en je dan weer zal laten rusten. De zon is bijna verdwenen achter de horizon, dus ik ga terug om het verhaal af te maken.

Zwerveling: m. en v. zwervelingen (iem., die geen vaste woonplaats heeft, maar rondzwerft), voor het vr. ook zwervelinge: zij is een arme zwervelinge.

'Zwervelingen en voortvluchtigen, halfgeloken ogen en vermoeide wenkbrauwen, zoeken hun toevlucht in de nacht.'

– Johnny Clegg, *Scatterlings of Africa*

DEEL EEN

Kinderen van de eerste goden

DE STERREN VAN DE MELKWEG

Het werd als eerste verteld door het San-volk, het verhaal van een meisje dat in de nachtelijke duisternis gloeiende wortels en asresten uit het vuur haalde en in de lucht wierp. Zo zijn de sterren geboren. Er ontstond een pad aan de hemel en verdwaalde jagers volgden het naar huis.

De San waren een oeroud volk. Het kan zijn dat zij de eerste mensen waren.

En wanneer de wind hun verhaal door de zomers voerde, voegde hij met zijn fluisterende adem nieuwe feiten toe aan deze geschiedenis. De Basotho zeiden dat de kinderen van de eerste goden het pad aan de hemel hadden bewandeld om de plaats van de rijzende zon te bereiken, waar Molalatladi, de bliksemvogel, rustte tot in de eeuwigheid.

Dat was lang geleden, in de tijd dat de mensen rond het vuur zaten om samen herinneringen op te halen aan het verleden van de wereld. Daar was geen tijd meer voor. Tegenwoordig worden de verhalen terloops verteld, in het voorbijgaan.

Wat het meisje betreft dat de sterren heeft gemaakt... haar waren de mensen vergeten. Bovendien was de lucht intussen verdeeld: het land waar eens de San en de Basotho liepen, lag nu onder de zuidelijke sterren. Het was een dorre plek, tot kilometers ver in de omtrek, want als de zon de sterren van de oogsttijd niet aanriep, was hij dodelijk. Het was een uitgestrekte plek, in tegenstelling tot Amsterdam, waar boten de wateren doorkliefden of schepen kloppend tot leven werden gewekt, en het had ook niets van de haastige drukte van Londen, dat zich verloor in al zijn kakofonieën.

De San waren een nomadenvolk dat nooit meer van de aarde nam dan wat die bereid was te geven, om vervolgens verder te trekken naar andere vlakten en valleien. Voordat de kolonisten hen naar de woestijnen en bijna-woestijnen verdreven, diep het binnenland in, waren groepen van de stam al afgedwaald naar de rand van de zee. Daar kleurde een vreemd zilverkleurig licht de wereld, want de lucht, die zijn oneindige weidsheid liet versmelten met die zee, oogde blauwer dan normaal. De Basotho hadden zich dieper in Afrika gevestigd en bezagen de vlakten in het gouden licht van de zon, want daar scheen de zon feller.

De seizoenen waren eentonig. Ze wisselden elkaar af als een melodie en dansten loom tussen de Karoo en de savanne; de zomer verschilde niet veel van de winter. Misschien was het daarom dat de kolonisten meenden dat ze het gebied in bezit konden nemen, want het was droog en heet en alles zag er dood uit. Niet wetende dat geen enkele plek dood was, plantten ze hun vlag op elke willekeurige heuvel, verklaarden dat die voor hun koning was en vergaten vervolgens de eeuwenoude namen die weerklonken in de steile rotsmassa.

Afrika, rijk, genereus en pretentieloos als ze was, legde zich zonder slag of stoot neer bij de verdeling van haar grond en stond toe dat Ngola opging in Angola, dat de Goudkust en Johannesburg uit haar schoot werden geknipt, de *quagga* uitstierf, de oude goden werden begraven, enzovoort. Misschien was dat een reden temeer waarom de kolonisten dachten dat het land van hen was. Afrika had zich moeiteloos overgegeven. Ethiopië was, met de opstand tegen de Italiaanse annexatie, een anomalie. Afrika was al met al zo kneedbaar als wat.

Tegen het jaar 1927, wellicht in het belang van haar eigen voortbestaan, begon Afrika zich te buigen in ironie. En zo werd het verteld door Alisa van Zijl, die zelf haar naam had verbogen en eerst Alisa Miller heette, dat ze weer had afgeleid van het mononiem Alisa. Deze Alisa van Zijl vertelde haar dochters dat, lang geleden, een zuigeling met geweld van de borst van een godenvrouw was getrokken. De melk spoot uit de borst van de godenvrouw en stroomde de hemel in. Zo werden de sterren van de Melkweg geboren.

Zo eindigde dit verhaal.

En zo begon het.

DIT STILLE INTERMEZZO

Er was een gek bij wie, zo werd gezegd, de oorlog in het bloed zat. Zijn grootvader had in de Eerste Boerenoorlog gevochten, zijn vader in de Tweede en hij, in de stijgende lijn van deze tragedie of glorie, had hen overtroffen in de Grote Oorlog in Europa. Het lag in de aard der verwachting dat, als de hernieuwde bevrijding van de Witwatersrandmijnen van het Britse Rijk een hersenschim bleek te zijn of als Europa een nieuw conflict zou beginnen, de zoon van deze man de bloedige erfenis zou voortzetten die hij zo efficiënt van zijn voorouders had geërfd.

Maar zoals het er voorstond op 29 maart 1927, een zonloze dag boordevol voortekenen, had de man nog geen zoon. Men hoopte dat de wereld en Zuid-Afrika zich verre van dreigende revoluties zouden houden, zodat de man de tijd zou krijgen om die voorbestemde zoon groot te brengen en zo zijn aardse rol te vervullen.

Deze John Ashby was meestal in de stad te vinden, in de buurt van het veilinghuis op de hoek van Burg Street, waar hij kranten verkocht aan voorbijgangers. Daar trof Abram van Zijl hem aan.

'Wat heeft de gouverneur-generaal vandaag te melden?' vroeg Abram.

'Goedemorgen, meneer Van Zijl.'

Abram dacht weer aan zijn manieren en gunde hem een begroeting, waarop de man hem hardop voorlas wat er op het bord stond waarmee hij dreigend zwaaide: 'Ontuchtwet aangenomen. De Volksraad verbiedt ongeoorloofde vleselijke omgang tussen Europeanen en inheemsen.'

Het stof waaide hoog op toen een auto de hoek om zwenkte, en verschillende voetgangers bleven staan om de roekeloze bestuurder uit te schelden en te mopperen over het algemene verval van de moraal in de stad. Abram had naar zijn borst gegrepen, maar herstelde zich snel.

'Laat me eens kijken,' zei hij. Hij viste wat munten uit zijn zak en in ruil daarvoor stak John hem een krant toe. Abram bladerde hem haastig door, tot hij op pagina 14 was aanbeland, waar de kop luidde: WET NR. 5 VAN 1927. HET VERBOD OP ILLEGITIEME (BUITENECHTELIJKE) VLESELIJKE OMGANG EN ANDERE DAARMEE VERBAND HOUDENDE HANDELINGEN TUSSEN EUROPEANEN EN INHEEMSEN.

Die woorden zetten Abrams leven totaal op zijn kop. Het akelige voorgevoel dat voordien al tal van andere gebeurtenissen had aangekondigd, leek razendsnel een hoogtepunt te bereiken, alsof de voortekenen ongeduldig waren geworden. Daar stond Abram dan, naast een gek die tegen hem zei: 'Ik heb gehoord dat de gouverneur-generaal de guillotine wil instellen.'

De stem van de man klonk als een echo voor Abram. Hij hoorde hem alsof hij zich een droom herinnerde, een nare droom. Hij moest wakker worden. 'Dank je, John,' zei hij hoofdschuddend, waarop hij ten afscheid tegen zijn hoed tikte. 'Ik ga op huis aan.'

'Het was een genoegen, meneer,' zei John, eveneens met een tikje tegen zijn hoed.

Abram stak de straat over naar de plek waar Farouk, een van zijn werknemers, bij de auto op hem wachtte. 'Waarnaartoe, meneer?'

De ochtend was nog niet voorbij en Abram was van plan geweest om naar het parlement te gaan. Maar hij had er het hart niet voor. Nu dat gebroken was, kon hij de wereld niet meer aan. Het leek hem beter om niet in elkaar te krimpen waar oplettende ogen hem wellicht slechtgezind konden zijn. Dus: 'Naar huis.'

Farouk knikte en startte de auto.

Voor zijn ogen opende de stad zich als een geschiedenisboek waarin de gebouwen de hoofdstukken vormden, stuk voor stuk verhalend van een ander immigratie- of stijltijdperk. De oude wereld was Kaapstad binnengedrongen met gotische kerken, hotelgevels in de stijl van victoriaans Londen, flauwe Nederlandse parodieën die binnen de kortste keren karakteristiek waren geworden voor de Kaap – ze stonden opgesteld in de stad als schaalmodellen in een museum, als suggesties voor de wijze waarop botsende culturen met elkaar verzoend konden worden. Kortom, de stad spreidde zich uit als een tentoonstelling van de evolutie.

Main Road zou vlotter gaan, met minder bochten en minder reden tot wereldse zorgen. Maar het pad dat langs Kasteel de Goede Hoop leidde, naar de voet van de Duivelspiek – waar de nieuwe Universiteit van Kaapstad zou komen – langs Mosterts Molen en verder, tot ze zouden uitkomen in de Constantiavallei, zou rustiger zijn, met minder bekenden en minder reden voor existentiële beslommeringen.

'Farouk,' zei Abram, 'niet via Main Road.'

Zonder tegensputteren hield Farouk de Tafelberg aan hun rechterkant en hij reed de golvende, steile heuvels in. De berg rees hoog en indrukwekkend op, als de heraut van zijn eigen grootsheid. De wind waaide uit het zuidoosten en daarmee vormde zich een wolkenkleed dat zich over het plateau drapeerde. In de schemering, wanneer het ijle licht van de ondergaande zon bij de berg wegzweefde, zou hij donker afsteken tegen de lucht. De met pijnbomen bedekte hellingen zouden verborgen gaan achter een nevel van dingen waarvan alleen geleerden weet hebben. Dan zou hij eruitzien als een silhouet van zichzelf, alsof hij door een onveranderlijk lot was bezweken aan de teloorgang van de dag. Abram woonde al meer dan twintig jaar in Kaapstad, maar dit simpele wonder boezemde hem nog steeds ontzag in.

Een hobbel in de weg wekte Abram uit zijn dagdromen. Soms leek het wel alsof de auto kookte van ergernis en onvrede, al reden ze gestaag door. Onderwijl vormde, verwierp en verbeterde Abram geluidloos de woorden die hij tegen zijn vrouw zou zeggen. Ze was een lastige vrouw geworden, Alisa. Wat hij ook zei, in haar ogen zou het een schurkenstreek zijn. Wat hij niet zei, of beter gezegd, wat ze zou willen dat hij zei, was nog belangrijker. Daarom vormde, verwierp en verbeterde hij zijn woorden.

Ze volgden de kronkelende weg naar de weelderige weidsheid aan de voet van de Constantiaberg. Hier dook de wereld omlaag, van de bergtop naar de uitgestrekte boerenbedrijven waar diverse unieke vegetaties met elkaar samensmolten tot een ogenschijnlijk tropisch gebied dat levensecht leek, met soorten die nergens anders ter wereld voorkwamen. Maar schijn is en blijft natuurlijk schijn en er moeten tekortkomingen aan kleven die het onderscheiden van een absoluut of origineel. Zo ook in het geval van de vallei: de regen viel liever in de winter en de zomers waren heet en droog – kortom, deze prachtige vegetaties die zich verspreidden in die eigenaardige uithoek van de wereld werden tot veerkracht gedwongen. Het fynbos, dat veerkrachtiger was dan de rest, had zich verspreid als struikgewas en heide in verschillende varianten.

Voorbij de Constantiaberg reden ze naar het oosten, langs de parade van wijnboerderijen die her en der verspreid op de hellingen lagen. Landgoed Van Zijl lag aan de rand van dit strooisel. De oprit naar het landhuis werd omzoomd door imposante eikenbomen, waarvan de schaduwen elkaar in het midden raakten en zo de kracht van de zon verzachtten. Nu het landhuis, dat zich met zijn smetteloze, witgekalkte muren onbewust was van zijn lot, voor hem oprees, wist Abram nog steeds niet wat hij zijn vrouw moest vertellen.

Zoals hij had voorzien, zat Alisa onder de treurwilg. Onvoorzien was dat ze niet in haar dagboek schreef. Ze zat met haar gezicht naar de wijngaarden gericht, met haar hoofd tegen de boomstam geleund, haar ogen gesloten en haar handen in haar schoot gevouwen. Misschien sliep ze, maar toen ze zijn nabijheid voelde, keek ze om zich heen tot haar ogen de zijne vonden.

Toen ze elkaar voor het eerst ontmoetten, waren die ogen donkerder bruin dan nu en sprankelden ze wanneer ze glimlachte. Het was alsof ze in de loop der jaren door haar onophoudelijke tranen verwassen of verwaterd waren. Wat overbleef was een dofbruine tint, bleek en versleten, altijd bereid om verdriet te tonen. Abram slikte en liep naar haar toe.

Ze stond op en zei bijna glimlachend: 'De wet is aangenomen, is het niet?'

Abram knikte. Alisa liet zich terugglijden naar de grond. Ze ging op haar knieën zitten en algauw sprongen de tranen in haar ogen. Abram knielde naast haar neer en nam haar handen in de zijne. 'Kijk.' Hij sloeg de krant voor de tweede keer open en bladerde door naar pagina 14. 'Kijk, in clausule 5 staat dat wij, als we kunnen bewijzen dat we getrouwd zijn, geen problemen zullen krijgen.'

Alisa las waar hij wees. Vervolgens schudde ze haar hoofd en zette haar wijsvinger bij een andere clausule: 'Hier staat dat we, als we niet kunnen bewijzen dat we getrouwd zijn, als ongehuwd worden aangemerkt. De straf bedraagt vijf jaar gevangenisstraf voor jou, vier jaar voor mij en de kinderen...' Daar brak ze. Ze kromp nog verder ineen en kon niets anders meer uitbrengen dan losse emoties. 'O, de kinderen, Bram. De kinderen...' Ze klonk steeds verwarder, haar gehuil werd onregelmatiger. Maar het meest opvallende was de knuffel die Abram van haar kreeg. Ze kroop helemaal weg in zijn armen, legde haar hoofd tegen zijn schouder en huilde onbedaarlijk.

Wat was het lang geleden dat ze hem voor het laatst had aangeraakt. Haar huid, ooit zo vertrouwd en nu zo vreemd, voelde breekbaar en broos aan. Ze beefde zo hevig. En alsof ze bang was dat ze ter plekke zou bezwijken, trok ze hem nog dichter naar zich toe. 'O, Bram,' zei ze.

Verbijsterd door de overdaad aan affectie van zijn vrouw verviel ook Abram in emoties, net als zij. 'Het komt goed, Alisa.' Dat bleek niet genoeg te zijn, aangezien ze nog heviger begon te beven, en hij voegde eraan toe: 'Ze nemen de kinderen niet van ons af. De wet zegt niets over kinderen. Ze halen ze niet bij ons weg, mijn liefste. De kinderen zijn veilig.'

Misschien omdat hij niet wist wat hij anders moest doen, nam hij zijn toevlucht tot herinneringen, tot gewoonten die hem ooit vertrouwd waren geweest. Hij liet zijn kin op haar hoofd rusten en mompelde beloftes over de bescherming en veiligheid die hij haar en de kinderen kon bieden. En dwaas genoeg begon Abram te dromen van een verzoening. Hij begon te hopen.

Toen de zon eenmaal zonder mankeren was ondergegaan en weer was opgekomen, begon het erop te lijken dat zijn geregelde leventje niet zo gemakkelijk op zijn kop gezet kon worden door zoiets abstracts als de Ontuchtwet. Abram stond zichzelf verdere vormen van dwaasheid toe.

Nu wandelden Alisa en hij over het pad dat bij haar treurwilg begon en door de wijngaarden liep. De intimiteit van gisteren was vervlogen, ze liepen apart van elkaar. Desondanks had Abram het gevoel dat Alisa graag dichter bij hem wilde zijn, maar dat haar trots haar ervan weerhield om zonder het excuus van de schrik haar affectie te tonen.

Ze liep met haar armen op haar rug gevouwen. Zo nu en dan wierp Abram een heimelijke blik op haar en glimlachte hij in zichzelf. Zij daarentegen hield haar blik op de grond gericht. De breedgerande hoed die ze droeg om zich tegen de zon te beschermen, schermde op zijn beurt haar gezicht volledig voor hem af. Misschien droeg ze hem omdat het mode was, bedacht hij – het effect was inderdaad opmerkelijk. Het bleke roze van de hoed en het wit van de bloemen die langs de bovenkant waren genaaid, verleenden haar een beminnelijke, gedweeë uitstraling.

Ze hielden dit stille intermezzo bijna een minuut vol. Toen verbrak Alisa, zoals altijd, de stilte: 'Er is zeker geen kans dat het parlement de wet zal terugdraaien?' vroeg ze.

Abram schudde zijn hoofd. 'Nee. Maar we hoeven ons geen zorgen te maken. De wet is voor mensen die niet getrouwd zijn. Dat geldt voor ons niet. Heus, we hebben niets te vrezen, Alisa.'

Er brak een nieuw intermezzo aan en Abram maakte van de gelegenheid gebruik om de gouden tint van de hellingen die zich voor hen uitstrekten te bewonderen.

'Daar kunnen we niet op vertrouwen.' Alisa bleef staan en keek hem recht aan. Ook hij was genoodzaakt stil te blijven staan. Ze keek hem smekend aan en in de schaduw van de hoed zag hij een zweem van angst in haar ogen. 'We moeten iets doen, Bram. Hoe kunnen we stil blijven zitten en niets doen? We kunnen niet simpelweg hopen dat alles goedkomt, dat weet je.'

Dus daarom was ze zijn kamer binnengestormd. Het ging haar niet om zomaar een wandeling om samen van te genieten. Ze wilde de implicaties van de zogenaamde Ontuchtwet bespreken om hem aan te steken met de paniek die ze nu eenmaal zo graag met zich meetorste. Nou ja, hij had in elk geval genoten van een ochtendwandeling met haar, een wandeling waar zíj om had gevraagd, ook al waren haar bedoelingen blijkbaar verre van zuiver. Hij had zelfs van de stille intermezzo's genoten, want die leken doordesemd te zijn van een soort tedere solidariteit.

Maar zoals de wijngaarden zich eindeloos van en naar het landgoed slingerden, van hen af en naar hen toe, zo hadden Abram en Alisa even onvermoeibaar het pad van beladen genoeglijkheid bewandeld. Inmiddels kon hij alle argumenten die ze zou aanvoeren voorspellen, want die verschrikkingen had ze al talloze malen opgesomd. Hij gaf zich over aan de wind van hoop en dwaasheid die sinds gisteren door hem heen raasde en was haar voor. 'We moeten weg,' zei hij. 'We moeten de Kaap, Zuid-Afrika, verlaten. Als je bang bent, Alisa, moeten we vertrekken.'

'En waar moeten we dan naartoe?'

'Waar je maar wilt,' zei hij eenvoudig.

Zonder zelfs maar over haar antwoord na te denken, althans zo kwam het Abram voor, zei Alisa: 'De Sovjet-Unie.'

Inmiddels was haar fascinatie voor de grond teruggekeerd. Ze keek niet op en zag dus niet dat er een schaduw over zijn gezicht gleed. Zo onnadenkend kon Alisa zijn bij dit soort zaken – ze vroeg niet waar hij naartoe zou willen.

De Sovjet-Unie, had ze achteloos gezegd, alsof haar geest daar al was, de woorden talmend, wachtend om uitgesproken te worden; hij hoefde alleen de vraag maar te stellen of ze tuimelden uit haar mond als langverwachte regen. Ach, zo onnadenkend kon ze zijn. En misschien omdat ze haar hartenwens zo gemakkelijk had opgebiecht, besloot Abram ter plekke dat als er een plek was waarvan hij de lucht nooit zou inademen, het de Sovjet-Unie was.

HET BESTAAN VAN DINGEN ZOALS ZE BESTONDEN

De chaos die ontstaat als je leven op zijn kop is gezet, verdwijnt nooit helemaal. Dat besefte Abram tot zijn spijt naarmate de dagen verstreken. De gebeurtenissen volgden elkaar in rap tempo op. Het was verontrustend. Ten eerste moesten zijn kinderen van school worden gehaald. Deze droevige kwestie werd volledig ingegeven door Alisa's paniek. Alles bij elkaar genomen had Abram echter het recht niet om haar dit kwalijk te nemen. Sterker nog, hij had het gevoel dat hij beter aan haar kant kon gaan staan.

Het begon zo: hun dochters zaten op een Engelse meisjesschool, iets waar Alisa van het begin af aan niet blij mee was geweest. Maar Abram had erop gestaan en ze had alleen toegegeven omdat ze wilde dat de meisjes behalve elkaar ook andere vriendinnetjes zouden krijgen. Vervolgens had ze gemopperd over de erbarmelijke stand van zaken op school, dat de nonnen beperkt waren in hun denken, dat ze op de jongensschool les kregen in wis- en natuurkunde voor gevorderden, dat bij hen de klassieke talen en literaire werken grondiger en diepgaander werden geanalyseerd, enzovoort.

Hoe Alisa wist wat er op de jongensschool werd onderwezen, vertelde ze Abram nooit en hij verspilde zijn tijd niet met haar ernaar te vragen. Waar het om ging was dit: er moest meer worden gedaan voor hun dochters. Zoals Abram het begreep, was het de bedoeling dat híj de aangewezen persoon was om dit 'meer' dat zij verlangde te regelen. 'Ja, ja,' zei hij met een knikje, 'het zou beter kunnen.'

‘Dido is een vroegrijp kind,’ had Alisa gezegd. Dido was hun oudste. ‘De dingen die ze soms kan zeggen, Bram, ze is veel te slim voor die plek. Die school is niet goed genoeg voor haar.’

Er viel echter weinig aan te doen. Dido was inderdaad behoorlijk slim, maar ze kon moeilijk naar de jongensschool gaan. En dus zat er voor Abram niets anders op en moest hij jarenlang Alisa’s klachten aanhoren over de erbarmelijke stand van zaken op school, de nutteloosheid ervan en in het verlengde daarvan, veel belangrijker nog, zijn eigen nutteloosheid in deze kwestie.

Abram miste Alisa’s oude gemopper dat, besefte hij nu, vroeger redelijk gewoontjes was geweest. Haar minachting was geëvolueerd. Maar nogmaals, hij was het haar verplicht om aan haar kant te staan.

Gisteren waren hun dochters vroeg thuisgekomen. Ze hadden een brief bij zich waarin Abram werd gesommeerd om naar de school te komen. Daar aangekomen kreeg hij van zuster Elizabeth, de directrice, te horen dat er iets vreemds was gebeurd. Er was een man van de Volksraad naar de school gekomen, die had gevraagd of hij de Van Zijl-meisjes mocht zien. ‘We dachten dat het misschien voor Dido was,’ had zuster Elizabeth gezegd. ‘Ik wilde het u al steeds vertellen. We dachten erover om een proef af te nemen, ziet u, samen met onze collega’s van de jongensschool. Zoals u weet is dat op de universiteit gebeurd en hebben de vrouwen het niet slecht gedaan. Zuster Alice en ik bedachten dat we dit ook voor onze meisjes kunnen doen. Maakt u zich geen zorgen, niets wat aanstoot zou kunnen geven. De meisjes zouden hier hun lessen blijven volgen. Maar we dachten erover om een leerkracht te zoeken voor de meer gevorderde wiskunde voor slechts vijf meisjes. Dido is zo pienter, we wilden haar erbij betrekken, ziet u. Ik dacht dat het daarom ging, meneer Van Zijl. Maar dat was niet het geval. Nee, zeer zeker niet.’

Zuster Elizabeth had met een zucht haar habijt dichter om

zich heen getrokken. Vervolgens deed ze de vreemde gebeurtenis uit de doeken: de man van de Volksraad had Abrams dochters alleen maar willen zien. 'Dat was alles,' vertelde ze. 'Ik beschouw mezelf niet als een frivole vrouw, meneer Van Zijl. Ik ben oud, ik heb geen geduld voor triviale zaken, ziet u. Maar dit was geen triviale zaak. Ik wil u niet ongerust maken, maar het gezicht van die man stond me niet aan. Ik heb overwogen om het u niet te vertellen, uit angst u onnodig te alarmeren. Maar er worden vreemde wetten aangenomen, hoor ik, en kleine dingen zijn tegenwoordig geen kleine dingen meer.'

'Ze hebben iemand naar hun school gestuurd, Bram,' zei Alisa, waarbij de paniek en het verdriet in haar stem de herinnering verscheurden. Het had die nacht geregend en er hingen nog steeds wolken aan de hemel, alsof ze twijfelden of ze hun last moesten loslaten of verder zouden trekken. Het was donker en koud, geen dag om onder een boom te zitten. En natuurlijk was dat precies wat Alisa had verkozen te doen.

'Ik weet het,' zei Abram. 'Maar het is koud buiten. Kom, laten we alsjeblieft naar binnen gaan, dan kunnen we praten.' Hij keek haar niet aan toen hij dat zei en probeerde zichzelf af te leiden met het niets van de wereld, het bestaan van de dingen zoals ze bestonden – de scherpe geur van zout en zwavel van de bulderende zee, de flits van een bliksemschicht die de hemel openspleet. De donder, als de trouwe vriend die hij is, volgde al snel met een daverende klap.

Abram was iemand die zich heel gemakkelijk liet meevoeren door de wind. Existentiële winden, ietwat onwerkelijke winden, spreekwoordelijke winden van tijd en verandering en andere waarheden – dit waren dingen die hem zomaar konden optillen naar heimelijke momenten van revolutie, waardoor hij soms in verwikkelingen belandde waarin hij beter niet verwikkeld had kunnen raken. De laatste tijd werd hij meegevoerd door de wind van hoop die op 29 maart was opgestoken. Het was een storm, een aanhoudende storm die niet zou gaan liggen, of niet kón gaan liggen, want hij hield van Alisa en kon daar nooit helemaal mee stoppen. Precies op dat moment was haar gezicht zacht van verlangen, en ze hield haar hoofd schuin om de wind te volgen.

Abram wees naar de plek waar de bliksem de somberheid van de vroege avond had verbroken; het was zoiets zeldzaams in dit deel van de wereld. Hij kon niet anders dan glimlachen. Hij kon niet anders dan zeggen: 'Wil je terug naar Indië? We kunnen vertrekken als je wilt. We kunnen blijven als je dat liever wilt. Maar voor nu, kom alsjeblieft naar binnen.' Hij knielde aan haar voeten, nam haar handen in de zijne en kuste ze. 'Ik ben het vechten beu, Alisa. Alsjeblieft. Ik ben een man. Zou je me dat tenminste kunnen vergeven?'

Ze ontweek zijn blik. Ze keek in de verte alsof ze in het weefsel van de wereld een geheim kon zien dat hem door zijn koppigheid werd ontzegd. Zo, verzonken in plechtige ernst als ze was, sprak ze tot die verten. Ze zuchtte. Ze zuchtte heel diep, alsof ze hem wilde wegzuchten als ze dat had gekund. Maar ze verkoos om dat niet te doen, al stond Abram wankelend aan de rand van een storm.

Ze verloor haar geduld en begon prompt in vertrouwde zaken te spitten. 'Dit zijn geen gemakkelijke dingen om te zeggen, Bram. Je beschouwt mij als je vijand omdat ik ze zeg. Ik wil je niet tot last zijn. En ik wil niet dat je mij haat.'

De storm die hem teisterde was zo sterk en hevig dat Abram Alisa's handen opnieuw kuste. 'Je bent me niet tot last,' zei hij. 'Ik haat je niet. Ik hou van je. Je weet dat ik van je hou. Alsjeblieft, Alisa, kom naar binnen.' Ten slotte pakte ze zijn hand en volgde hem naar het huis.

Het was rond het middaguur toen de man die Daniel Ross heette de poort door snelde. De wolken hadden zich slechts van hun lichtste lading ontdaan en losten zonder veel tegen te sputteren op toen de zon besloot dat de lucht het toch wel waard was om zijn volledige kracht te dragen. Moe van hun inspanningen, die voor Abram zo gewoontjes hadden geleken maar voor wolken kennelijk afmattend waren, lieten ze zich gemakkelijk verdrijven, wellicht uit schaamte.

Zo onzeker was het weer op deze plek. De lucht legde zich nooit al te serieus vast aan het ene of het andere standpunt. Als de zon lui werd, geen zin had of te verlegen was om te schijnen, gaf de lucht toe en ontbood dan onverwijld mistroostige dingen, zoals regen. Als de zon zelfzuchtig werd en de volledige aandacht opeiste, zwichtte de lucht ook. Net als Abram was de Kaap een plek die zich gemakkelijk liet meevoeren door de wind en andere, soortgelijke waarheden.

En dus was het middaguur helder en heet toen de man die Daniel Ross heette door de poort snelde. Zijn auto, zwart, wierp genoeg stof op om hem nadat hij was uitgestapt enkele ogenblikken in mysteriën te hullen. Toen het stof was neergedaald, bleek dat de man klein en dik was, en gekleed in een bruinwollen pak met een keurige, bijpassende hoed.

Ironisch genoeg was het stof aan hem blijven kleven. Zodoende was hij druk bezig het van zijn pak te kloppen. Nadat deze klus geklaard was, zette hij koers naar het landhuis.

Abram ontving hem in de bibliotheek, waar de man in het bruine pak er met klem op stond om te blijven staan, want, zoals hij luid en vaak uitriep: 'Ik blijf niet lang. Nee, nee! Absoluut niet lang.'

Ze gingen over op een borduursel van begroetingen en beleefdheden, waarbij de man verklaarde dat hij Daniel Ross was, ambtenaar in dienst van de Volksraad.

'Maar weet u, meneer Van Zijl,' zei de man, 'het enige wat we doen is erop toezien dat alles in orde is. Ik ga langs de landgoederen, de boerderijen en wijnhuizen en dergelijke. Ik ga langs om zaken te controleren en zo. Dat is alles.' Hij wapperde met zijn handen, knipoogde en schudde met zijn vinger als een oude vriend die een schuine mop vertelt. 'Dat is alles.'

Omdat Abram het gevoel had dat hij moest glimlachen, deed hij dat. 'Ik begrijp het,' zei hij.

Daniel Ross legde zijn handen op zijn hart en vervolgde, met een gezicht dat sympathie uitstraalde: 'Als we dit soort dingen niet doen, stort alles in, hè. Er zijn problemen geweest in het noorden, in Transvaal. Een lastige plek is dat, het noorden. Mensen doen maar waar ze zin in hebben. Weet u dat ze daar een inlander hebben aangetroffen met meer geld op zijn bankrekening dan wie dan ook van de witte mannen daar? Gewoon onzin, meneer Van Zijl. Onzin! Het soort dingen waar we paal en perk aan moeten stellen, hè.'

Abram knikte. 'Natuurlijk,' zei hij.

'Ik zal de rest van het huis moeten zien, hè. De kelder, de tuinen, niet veel, eigenlijk. Ik moet alles bekijken, in feite. Ik zal niet te veel van uw tijd in beslag nemen, binnen een mum van tijd ben ik weer weg.' De man bazelde maar door met nog meer onzin en tegenstrijdigheden die uiteindelijk maar één ding zeiden: Landgoed Van Zijl werd geïnspecteerd, mogelijk met het oog op inbeslagname door de overheid. Als dat het niet was, ging het om iets ergers en daar liet Abram zijn verbeelding wezenloos rondzweven. 'Maar ik ben een staatsburger,' zei hij ten slotte, meneer Ross onderbrekend.

Meneer Ross knikte, alsof hij precies dit soort problemen had verwacht, ze eerder had meegemaakt. 'Ach, maar ziet u, meneer,' zei hij, 'het is zoals ik al zei: we willen er graag zeker van zijn dat alles piekfijn in orde is.' Voordat Abram hem opnieuw kon onderbreken, zat de man alweer midden in een nieuwe monoloog. Deze keer stak hij zijn hand op om aan te geven dat hij niet gestoord wilde worden. 'Ik neem aan dat mevrouw Van Zijl thuis is, hè? De kinderen ook? Hoeveel zijn het er, twee dochters? Nog geen zoon, hè, en mevrouw Van Zijl niet de jongste meer? Geen erfgenaam. Jammer, heel jammer. Een tragedie.'

Hij liet zijn ogen door de kamer dwalen, Daniel Ross, te vaak treuzelend bij de pronkkast met oudheden waar achter het glas een zeventiende-eeuwse kaart van de bekende wereld zich aftekende boven een wirwar van zonnewijzers, munten en andere souvenirs die Abram overal waar hij was geweest had verzameld. Ernaast stond de kast met daarin de slordige stapels kranten, tijdschriften, brieven en andere documenten die hij discreet uit de bibliotheek van zijn vader achterover had gedrukt. De meeste van de meer persoonlijke hiervan behoorden toe aan lang geleden overleden zeevaarders, sommige aan mannen die in de Grote Oorlog hadden gevochten en enkele aan de zeldzame geletterde voorouders van slaven die ooit verbonden waren met de Constantiavallei.

Abram zelf zat ertegenover op een eikenhouten stoel. Boven hem en overal om hem heen tekenden Alisa's Griekse en Latijnse klassiekers zich af, dikke pillen, toneelstukken en romans over de Haïtiaanse Revolutie, de Russische Revolutie, de geschiedenis van de Britse koloniën en dergelijke. Hij besefte dat de bibliotheek alleen in naam van hem was. Alisa had hem gevuld met stukjes van zichzelf en hem verbannen naar de twee pronkkasten waar hij tegenover zat.

Was het daarom dat Daniel Ross' ogen telkens die kant uit schoten? De rest van de bibliotheek bestond uit een keurige rij ruggen die het verhaal van de wereld in duidelijke bewoordingen vertelden; toch lag daar, in een hoek die nooit het licht van het raam ving, een collectie zo teer en versleten dat die zich leek te schamen om de verhalen vrij te geven die hij misschien kende. Was Abrams vervreemding van Alisa zo duidelijk dat een onervaren onbekende de symptomen met slechts één blik kon herkennen?

En die praatjes over het uitblijven van een erfgenaam... staken de oude geruchten weer de kop op? Lang voor de tijd van vredige zwijgzaamheid, ergens in het verleden, waren er onvriendelijke dingen over Alisa gefluisterd. Dat had ze natuurlijk geheel en al over zichzelf afgeroepen. Als haar echtgenoot werd Abram uiteraard meegesleept in deze pijnlijke toestand. Om precies te zijn werd zijn mannelijkheid in twijfel getrokken en besloot men dat het hem hieraan ontbrak. Waarom zou zijn vrouw anders – hoewel ze van inheems bloed was – zo ver van de moraal afdwalen?

En hier hadden we Daniel Ross, een man die blijkbaar door de Provincie was gestuurd om deze oude koeien, die maar het beste konden blijven waar ze waren, uit de sloot te halen, om Abrams tragedies na te pluizen, er een prijskaartje aan te hangen en ze dan weer te verpatsen aan de Provincie, want net als zijn ziel kon ook de gemoedsrust van een man worden verkocht. De man kon beslissen of hij die aan iemand anders of aan zichzelf wilde verkopen, maar hij kon hoe dan ook verkocht worden.

Abrams geest worstelde met allerlei dingen tegelijk. Ten eerste: had Daniel Ross retorische vragen gesteld of verwachtte hij antwoorden? Ten tweede: kon Abram liegen of verbergen wat hij wilde? Dit bracht hem bij een uniek vraagstuk: van welke bijzonderheden van zijn leven was Daniel Ross precies op de hoogte? Wat wist hij over Alisa en de kinderen? Wat veronderstelde hij? En nog belangrijker: wat kon er gered worden en wat niet?

Abram raakte van streek door alles wat zich voor zijn ogen afspeelde. Het was duidelijk dat er iets vreselijk mis was en dat het alleen maar erger kon worden. Even had hij het gevoel dat hij niet kon ademen. Hij had het gevoel dat hij een wedloop liep tegen iets wat hij niet helemaal begreep en hij kreeg geen lucht meer.

Op datzelfde moment kreeg Alisa van Gloria, het kindermeisje, te horen dat haar echtgenoot in de bibliotheek zat met een man van de Volksraad.

'Wat wil hij?' vroeg ze. Gloria wist het niet en zei dat ook. 'Wat zei die man?' vroeg Alisa verder.

Gloria zei: 'Hij begroette me. Hij vroeg naar de baas. De baas begroette hem en nam hem mee naar de bibliotheek.'

Alisa was net haar dochters aan het voorlezen uit *Oliver Twist, of hoe het een jongen van de armenzorg verging*. Ze zaten bij de vijver, waar de eenden, ten teken van de naderende herfst, bij elkaar waren gekomen om de laatste zonnestralen op te vangen, opdat die niet nutteloos ten prooi zouden vallen aan de passerende wind. Er klonken stemmen in de verte, niet helemaal koorgezang, maar wel aanwezig en rustgevend. Zo nu en dan zongen de landarbeiders om de tijd te doden, om iets van hun werk mee te geven aan de passerende wind.

Toen Gloria op een holletje naar de boom kwam om haar te vertellen over de man van de Volksraad, viel het bijna-koorgezang uiteen in een donderende wanklank – een heftige aanval op Alisa's zintuigen.

Ze kwam haastig overeind en had bijna de drempel van het landhuis bereikt, toen ze besefte hoe absurd en abrupt deze chaotische reeks gebeurtenissen was. Ze draaide zich weer om naar Gloria, die nog steeds verbijsterd bij de vijver stond en zei: 'Breng de kinderen alsjeblieft naar mijn kamer. Houd ze daar.' Toen nam haar paniek weer de overhand en holde ze naar de bibliotheek.

Gloria nam de kinderen bij de hand en nam ze mee naar het andere gedeelte van het landhuis, het oostelijke deel, het toevluchtsoord van hun moeder. Daar zette ze hen op hun moeders bed. 'Ziezo,' zei ze, 'ik ga naar de keuken om taart voor jullie te halen. Dido, mijn kind, pas op je zusje. Ik ben zo terug. Goed op je zusje passen, hè?' Ze knikte, en Dido knikte ook. 'Niet de kamer uitgaan, hè.' Gloria knikte weer, Dido deed dat ook.

Zodra Gloria de deur achter zich had gesloten, barstte Emilia, de jongste, prompt in tranen uit. Dido was amper twee jaar ouder, maar toch was het aan haar om Emilia's hand te pakken en vermanend te vragen: 'Emilia toch, waarom huil je?'

'Mama huilde,' zei Emilia.

Dido was zelf nog een kind. De meisjes hadden de gewoonte dat als de één huilde, de ander algauw volgde. 'Niet waar,' zei Dido.

'Ja, wel waar. Ik denk dat er een slechte man is gekomen, Dido. Anders zou mama niet huilen.'

'Er is hier geen slechte man. Kom.' Ze sloeg haar armen om haar zusje heen en samen wachtten ze tot de deur weer open zou gaan, tot nanny Gloria terugkwam met de taart.

Zodra Alisa de bibliotheek binnenstormde, was het afgelopen met Abrams mijmeringen, zijn gepieker. De wedloop scheen te zijn geëscaleerd en was zo te zien een nieuwe fase ingegaan.

'Aha, mooi,' zei meneer Ross. 'Prettig kennis te maken, mevrouw Van Zijl. Aha, ik vergat het te zeggen, hè. Ik vergat het te zeggen, maar weet u nog, meneer Van Zijl, herinnert u zich die merkwaardige kwesties die in Transvaal hebben plaatsgevonden? Daar in het noorden gebeurt van alles. Van alles! Wist u dat daar mannen en vrouwen betrapt zijn op leven in zonde? Respectabele mannen ook nog, hè. Goede mannen, levend in zonde! Dat kunnen we niet hebben. Nee, nee! Dat kunnen we niet hebben. Ik vergat het te zeggen, maar ik moet de huwelijksakte zien, hè. Niets bijzonders, alleen een bewijs van het huwelijk. Simpele zaak, eigenlijk. Eenvoudige zaak. Gewoon voor de goede orde, hè.'

Voordat Abram of Alisa iets kon zeggen, had Daniel Ross zich alweer iets anders herinnerd. Opnieuw wapperde hij met zijn handen en schudde hij met zijn vinger. 'Wist u dat ze een man hebben aangetroffen die dit soort dingen deed? Woonde samen met een meisje, zeg. Een inlands meisje natuurlijk. Geen schaamte, totaal geen schaamte. De magistraat zocht hem op en wat deed die man? Hij stapte naar voren en zei dat hij met het meisje wilde trouwen. Maar ja, zegt de magistraat, dat gaat zo niet, hè. Een zonde kan niet worden teruggedraaid. Nee, nee! De misdaad was gepleegd. Zulke dingen kun je niet terugdraaien. De misdaad was gepleegd. Begrijpt u wat ik bedoel, meneer Van Zijl?'

Abram begreep maar al te goed wat hij bedoelde en te oordelen naar de manier waarop Alisa's lippen licht trilden, in dat uiterste hoekje, begreep ook zij wat hij bedoelde.

'Hoe dan ook.' Daniel Ross klapte in zijn handen. 'We moeten aan de gang met de zaak van de, eh... Ik denk dat we het met recht een inspectie kunnen noemen. Nee? Ja, ja, laten we het een inspectie van het landgoed noemen. Dat klinkt goed. Ik vind het goed klinken.'

Zo gemakkelijk was het om het zand der dwaasheid uit Abrams ogen te graaien. Ach, wat ging het allemaal vlug. Tegen de tijd dat de zon was ondergegaan en weer was opgekomen, was al zijn hoop vervlogen.

DEEL TWEE

Schenk deze verweesde mensen verbondenheid

EN HET ONKRUID SCHOOT ROMMELIG OP

Dido's moeder glimlachte nooit echt, niet vrijuit of vrolijk. Ze zat het liefst onder de treurwilg in haar dagboek te schrijven. Als het haar dagboek niet was, dan waren het wel eindeloze brieven aan grootmoeder en grootvader, die allebei aan de andere kant van de Atlantische Oceaan woonden, helemaal in Engeland. En als dat het niet was, dan zat ze gewoon onder de boom alsof ze hem bewaakte.

Haar huid glinsterde in de streep licht van de middagzon, die zich uitstrooide in een caleidoscoop van kleuren die dansten op haar huid – zich verstrooiden, zich vermengden en weer oplosten, om zich dan ijlings terug te trekken in haar donkere huidskleur. De zonnestralen bewogen als regendruppels door het bladerdak en vielen hier maar niet daar, daarginds maar niet hier, tot de takken in de wind bewogen en ook het licht veranderde om haar te beschilderen met zonlicht en duisternis, haar fletse jurk, haar hoed en zelfs haar ernstige ogen liet oplichten en soepel als een golf over haar heen dreef.

Ze liet haar hoofd tegen de boomstam rusten, strekte haar benen en sloot haar ogen alsof ze in gebed was. Op dat moment zag ze er vredig uit, bijna glimlachend. De vallende bladeren dwarrelden eerbiedig om haar heen, als acolieten, zwevend in de wind tot ze uiteindelijk gehoorzaam de grond bereikten. Sommige landden op haar schouders en andere op haar hoofd, zacht en ontspannen, als vogels in trance.

De zomer was nog maar pas vertrokken, verdwenen met de

maan. De komst van de herfst had de bladeren goud gekleurd en die tint verleende haar moeder de glans van een koningin.

Dido zat graag achter de kamferboom om naar haar moeder te kijken, waarbij ze goed oppaste dat zij het niet merkte. Als de alomtegenwoordige Emilia beloofde stil te zijn, mocht ze van Dido meedoen aan deze vreemde wake onder de kamferboom. Het was saai en Emilia brak maar al te vaak haar belofte en begon dan te mopperen dat ze zich verveelde. 'Hier is niets aan,' zei ze nu. 'Laten we een spelletje doen.'

Dido's concentratie werd zo abrupt doorbroken dat het was als het vallen in een droom, waaruit ze met een schok ontwaakte. 'Strakjes,' zei ze.

'De zon gaat al bijna onder,' protesteerde Emilia.

'Morgen is er weer een dag.'

'Maar ik wil vandaag spelen, niet morgen,' zei Emilia. 'Alsjeblieieieft.' Ze rekte het woord uit, verhaspelde het verder omdat ze lispelde door het ontbreken van haar voortanden, en eindigde met een hoge stembuiging die, sinds ze die tanden kwijt was, typerend was geworden voor haar spraak.

'Ik beloof je dat ik morgen niet hoef te spelen,' zei ze. 'Dan gaan we doen wat jij wilt.'

'Wat ik maar wil?'

'Nou, eens kijken…'

'Want anders kom ik niet achter deze boom vandaan om met jou te spelen.'

'Oké, oké,' zei Emilia. 'Maar de vorige keer wilde je dat we een vogel gingen vangen. Dat was alleen maar leuk in het begin. Deze keer moeten we iets doen wat ik ook kan.' Ze kneep haar ogen tot spleetjes om haar woorden kracht bij te zetten en liet intussen haar linkervoet ritmisch op en neer bewegen. 'Beloof je dat?'

'Maar we weten pas wat je kunt als je het hebt geprobeerd.'

'Ik weet dat ik geen vogel kan vangen, dat ik niet de hele

Breederivier over kan zwemmen en ook niet helemaal naar de nok van het huis kan klimmen. Dat kunnen we dus allemaal niet doen.'

'Ik beloof het.'

'Dank je,' zei Emilia en ze ging op haar knieën zitten om Dido een kus op haar wang te geven. Toen liet ze haar stem dalen tot een fluistering, alsof dat wel moest nu haar knieën de grond raakten. 'Denk je dat we kunnen proberen om helemaal naar de top van de Tafelberg te klimmen, om te zien of Jan van Hunks en de duivel daar echt zijn?'

'Als je al moe wordt als we naar het dak klimmen...'

'Alleen omdat ik wist dat nanny Gloria ons in de gaten hield!'

'Dat was niet zo,' zei Dido. 'Je was buiten adem, daarom moesten we naar beneden.'

'Als ze het toen niet had gezien, had ze het later wel gezien. Mijn schoenen waren modderig...'

'En daarom had ik de mijne uitgetrokken. Luister, het maakt nu niet meer uit. Ik denk dat we het niet eens halen tot de voet van de berg. Dan komen we nog erger in de problemen dan toen we in de rivier hadden gezwommen.'

'Ik dacht alleen...' Emilia's woorden stierven weg. Omdat het haar niet lukte om een uniek, spannend en haalbaar avontuur te bedenken, kromp ze in elkaar, met haar kleine, mooie gezichtje vertrokken van verdriet. Op dat moment leek ze sprekend op hun moeder: somber, stil en ogenschijnlijk in gebed aan de voet van een verwelkende boom.

Om haar tot bedaren te brengen zei Dido: 'Ik denk dat we als we ouder zijn, als ik een jaar of dertien ben, vader om toestemming kunnen vragen.'

'Dat is pas...'

Emilia probeerde de som in haar hoofd te maken, maar Dido maakte hem voor haar af. 'Over vier jaar,' zei ze.

'Beloof je dat je het zult onthouden?'

‘Ik beloof dat ik het zal onthouden.’

‘Oké,’ gaf Emilia toe, en ze knikte geestdriftig met haar hoofd.

‘Welk spelletje wil je nu doen?’

Emilia haalde haar schouders op. ‘Ik weet het niet. Ik wil gewoon met je spelen.’

Dido glimlachte. Ze sprong onder de boom vandaan en riep: ‘Pak me dan, als je kan. Dat lukt je nooit, nog niet in een dag, nog in geen duizend jaar.’

Emilia zette de achtervolging in. Het was de taak van nanny Gloria, zoals gewoonlijk, om te waarschuwen dat ze voorzichtig moesten zijn. ‘Kijk uit waar je rent!’ schreeuwde ze met opgeheven vinger.

Hun moeder ontwaakte uit haar mijmeringen en zag hoe de meisjes elkaar als een dolle achternazaten. Ook zij schudde haar hoofd, zij het slechts in lichte afkeuring. En toen ze zag dat nanny Gloria de meisjes in de gaten hield, mompelde ze iets wat Dido niet kon verstaan en sloot haar ogen weer. Zich niet bewust van de kortstondige waakzaamheid van hun moeder, gierde Emilia het uit van plezier. Om haar zusjes onwetendheid niet te verstoren, rende Dido naar het westen, weg van de wilg in de richting van de kelder en de vijvers. Ze lieten de wijngaarden achter zich en langzaam kwam het landhuis in zicht. In het oosten danste een mistwolk rond het Bolandgebergte.

Dido dartelde om Emilia heen zoals de vallende bladeren rond hun moeder dansten. Ze sprong naar rechts en Emilia volgde; daarna draaide ze naar links en ook nu volgde Emilia haar snel en behendig, waarbij ze onvermoeibaar haar benen optilde, maar telkens de rok van haar zus op een haar na miste.

‘Je speelt vals,’ protesteerde Emilia. ‘Je moet niet steeds net doen of je de ene kant op gaat om dan een andere kant op te gaan.’

Dido lachte. ‘Jij moet harder lopen,’ zei ze.

'Ja, maar jij houdt me voor de gek.'

'Geef je toe dat ik gewonnen heb?'

'Nee!'

'Bewijs het dan.'

'Wacht maar.'

Met hernieuwd enthousiasme hervatten ze hun dans; ze hupelden om de vlinderstruiken heen naar de goudsboom die beknot in zijn groei naast het landhuis stond. 's Zomers, als de enorme bloemen zich openden, tjilpten de honingvogels van dankbaarheid. Ook dat was nu door de herfst weggestorven.

Dido en Emilia zetten hun spelletje voort en woelden met hun voeten de grond los, waardoor de zandkorrels in het wisselvallige briesje dat uit zee kwam werden opgeworpen en langzaam en in oneindige hoeveelheden wegwaaiden, naar onbekende vlakten. De bries wiste hun voetafdrukken uit en ze zetten hun voeten op verse grond en wierpen nog meer zand op. Rond en rond gingen ze, totdat hun dans hen naar de hoog oprijzende oostelijke gevel van het landhuis bracht. En in vliegende vaart, omdat het pad nu naar beneden liep, dansten ze terug naar de kamferboom.

Daar eindigde het. 'Ik heb je gepakt,' riep Emilia uit. Ze rukte aan Dido's arm. 'Het duurde geen duizend jaar, nog niet eens een dag!'

'Ik heb me laten pakken,' zei Dido.

'Dat zeg je altijd,' zei Emilia, 'maar ik weet dat het niet waar is. Als jij mij zou moeten pakken, wed ik dat het meer dan duizend jaar duurt.' En met een sprong was ze weg, richting de wilg van hun moeder. Emilia ging er schaterlachend vandoor, waarop Dido toch maar besloot dat het spel nog niet voorbij was.

Emilia stopte bij de rode els en zei: 'Hoor eens, als je me niet binnen één minuut te pakken krijgt, heb ik gewonnen. En de winnaar moet een beloning krijgen.'

Dido zag dat hun moeder, die waarschijnlijk geen rust kon

vinden met de spelende meisjes om haar heen, weer wakker was geworden. Ze had haar dagboek opengeslagen om verder te schrijven. Dido keek aandachtig naar haar en vergat dat haar zusje op een antwoord wachtte. Op dat moment trok er een windvlaag, vele malen sterker dan de bries, over de hellingen, waardoor haar moeders bladzijden onstuimig begonnen te wapperen. Haar gezicht vertrok van ergernis.

'Dido,' riep Emilia. 'Dido, heb je me gehoord?'

'Ja, hoor,' zei Dido, terwijl ze haar ogen afwendde van hun moeder. 'Maar ik vind niet dat we nu al over de beloning moeten beslissen. Dat kunnen we beter doen als jij hebt verloren.'

'Ik verlies heus niet,' protesteerde Emilia.

'We zullen zien.'

Emilia lachte, en toen zei hun moeder ineens: 'Wie wint, mag vanavond het verhaaltje kiezen. Ik wilde een verhaal vertellen over kannibalen in een wereld onder deze, over reuzen die zich tegoed doen aan kinderen, over heksen en golems en al die verschrikkelijke wezens. Het is een grimmig verhaal, dat kan ik wel zeggen, en jullie doen geen oog meer dicht als jullie het gehoord hebben. Alleen de angst al zal jullie opvreten, net zoals de reuzen dat zouden doen.' Ze zweeg even en haalde haar schouders op. 'Misschien kan ik er beter mee wachten tot jullie wat groter zijn en niet meer zo gauw bang worden. Intussen mag de winnaar een week lang een verhaaltje uitkiezen.' Toen, tot Dido's grote verbazing, glimlachte haar moeder heel lief. 'Gaan jullie hiermee akkoord?'

Emilia knikte uitbundig. 'Mogen we dan ook sinaasappelsap? En snoep, en alles wat we straks nog bedenken?'

'Afgesproken,' zei moeder. 'Dido, ben jij het er ook mee eens?'

'Ja,' zei Dido.

'Voordat we beginnen,' zei Emilia, 'mag ik vragen wat jij gaat kiezen als je wint, Dido?'

'Het verhaal over reuzen en heksen en golems en al die verschrikkelijke wezens natuurlijk.'

Emilia keek naar de lucht, haar handen verstrengeld op haar rug en haar voorhoofd gerimpeld van het ingespannen nadenken. Tevreden over haar besluit zei ze: 'Ik was van plan om je te laten winnen, maar ik denk niet dat ik dat nu nog ga doen. Ik wil niets horen over kannibaalreuzen.'

'Het is geen kannibalisme als reuzen kinderen opeten,' wierp Dido tegen.

'Reuzen zijn mensen. Grote mensen. Maar het zijn wel mensen.'

'Nee, nietwaar. Het zijn reuzen.'

Emilia wendde zich tot hun moeder. 'Mam, zijn reuzen mensen of niet?'

Hun moeder haalde haar schouders op. 'Wie zal het weten? Het enige wat ik kan zeggen is dit: als Dido wint, heb ik misschien het antwoord. Maar als ze verliest...' Ze haalde opnieuw haar schouders op, 'tja, dan zullen we het misschien nooit weten.'

'Ik ben nieuwsgierig,' zei Emilia, 'maar ook bang.'

'Zijn we er dan uit?' vroeg Dido. 'Ga je me laten winnen?'

'We zullen zien,' antwoordde Emilia en ze sprintte ervandoor. Net als daarvoor rende ze schaterlachend weg. Ze schoot behendig als een eekhoorn tussen de bomen door, zwierend van de assegaai naar de wilg, van daar naar de rode els en vervolgens naar de geul waar een jungle van protea's, fynbos, keurbomen en onkruid rommelig de hoogte in schoot, en verder, helemaal naar de wijngaard, waar de hellingen rezen en daalden en de herfst de eindeloze velden geel, bruin en goud schilderde.

De linten in Emilia's haar lieten los en werden meegevoerd door de wind en nu wapperden haar krullen wild achter haar. Haar lach werd hysterischer. Toen, heel kort, hoorde Dido haar moeder lachen. Dat was het moment waarop ze haar achtervolging staakte en omkeek naar de wilg, waar haar moeder stond te juichen en te lachen.

'Je gaat verliezen, Dido,' riep Emilia. 'Je tijd is bijna om.'

'Weet ik,' fluisterde ze bij zichzelf. 'Het maakt me niet uit.'

Het moeilijkste was nu om Emilia zo lang mogelijk te ontwijken zonder haar te laten merken dat ze een trucje uithaalde. En dus nam Dido rustig de tijd om dwars door de wijngaarden achter haar zusje aan te gaan. Zo nu en dan daalden ze de helling af in de richting van de wilg, en dan wierp Dido een blik op de boom om te zien of haar moeders vrolijkheid geen fantasiebeeld was. Telkens wanneer ze ontdekte dat dit niet zo was, sprong haar hart op van blijdschap. O, wat was dit heerlijk om te zien, wat zou haar vader blij zijn als Dido hem erover vertelde. Wat zou hij blij zijn als hij hoorde dat moeders verdriet weer aan het genezen was.

Dido wist dat het net zo abrupt kon eindigen als alle vorige keren. Het bleef op en neer gaan tot de bittere stilte terugkeerde, zoals altijd weer gebeurde. Die zou haar moeder verteren, haar in een wolk van eenzaamheid storten. Het zou allemaal terugkomen, misschien nog erger dan eerst, wist Dido. Maar op dit moment deed dat er allemaal niet toe; op dit moment was haar moeder gelukkig.

HET SPROOKJE VAN DE ZWANENPRINSES

Met haar hoofd tegen de bedstijl en de dekens over haar benen getrokken bladerde moeder met tedere handen door de bladzijden van haar dagboek. Ze vertelde het sprookje van de zwanenprinses en haar heldendaden in de mythische landen van de maan.

Emilia zat rechts van moeder, met haar hoofd tegen haar boezem en haar benen half op moeders schoot. Met haar duim in de mond en haar arm door die van haar moeder gehaakt, zag ze eruit als een toonbeeld van rust. Dido had voor de rand van het bed gekozen. Ze lag op haar knieën en ellebogen en hield haar hoofd in haar gebalde handen. Ze keek naar haar moeder en luisterde zonder haar echt te horen, want de blijdschap vloog trappelend door het diepst van haar hart. Het kaarslicht met de zacht dansende vlam verleende haar moeders gezicht een gouden gloed, die over haar heen streek en haar verbeterde humeur nog mooier uitlichtte. Dit was de dertiende keer dat Dido het sprookje moest aanhoren.

Haar moeder vertelde: 'Toen ze de stammen van de zwarte woestijnen had gevonden, zag ze dat het goedhartige mensen waren. Ze zeiden tegen de zwanenprinses: "Breng je ons volk nog meer oorlogen, nieuwe reiziger? Breng je ons meer dieven om onze schatten te roven?" De prinses knielde boetvaardig voor de chief neer.

Ze zei tegen hem: "Ik breng geen oorlogen, edele chief, geen dieven of nieuwe rampen om uw volk te teisteren. Ik ben een levenszoeker. Ik vraag u om vergiffenis voor de misdaden van de mensen die vóór mij kwamen. Ik smeek u om naar mijn tijdingen te luisteren. Ik smeek u om mij toestemming te geven de rivier over te steken." En zo...' Toen hun moeder zag dat Emilia, die drie glazen sinaasappelsap had gedronken, voldaan in slaap was gevallen, stopte ze met vertellen.

'Je zusje is in dromenland,' zei ze. 'Weet je zeker dat je niet nog wat sap wilt, Dido?' Ze geeuwde intussen zelf van vermoeidheid.

'Nee, dank je,' zei Dido.

'Goed dan,' zei haar moeder. Vervolgens keek ze Dido vreemd aan, bezorgd, leek het wel. Dido werd verlegen onder haar blik en sloeg haar ogen neer. Haar moeder boog zich naar haar toe en tilde zachtjes Dido's kin op, zodat ze haar wel moest aankijken. 'Jij lijkt het meest op mij,' zei ze, 'meer dan je zusje. Je hebt mijn melancholie geërfd. Er is niets wat jouw ogen ontgaat. Je blijft te veel hangen in je herinneringen, of die nu goed zijn of niet. Ik had anders gehoopt. Ik had gehoopt dat jij hier zou thuishoren. Maar helaas, het is niet anders.'

Dido keek naar haar moeder en zag dat de vreugde van enkele ogenblikken daarvoor was verdwenen. De vertrouwde verlatenheid die haar zo ijverig kwelde was weer terug. Dido huilde; haar vader had moeders geluk niet met eigen ogen gezien. Hij zou haar niet geloven, ook al zeiden Emilia en Gloria het ook. O, wat was het tij gauw gekeerd, en zo volledig.

Ze voelde de tranen spontaan opwellen, haar ogen prikten en haar hart ging sneller kloppen van haar eigen melancholie. 'Het spijt me, mama,' zei ze. 'Ik wilde je niet verdrietig maken. Ik zal nog wat sinaasappelsap drinken. Ik wil niet onbeleefd zijn. Het was nooit mijn bedoeling...'

Haar moeder schudde haar hoofd en klopte op haar schoot als teken dat Dido bij haar moest komen zitten. Toen veegde ze Dido's tranen weg en omhelsde haar. 'Je hebt me vreugde gebracht, Dido,' zei ze. 'Je hebt van mij gehouden. Ik heb van jou gehouden. En een tijdje ben ik jou waardig geweest. Ik heb nooit zo willen zijn. Geloof me, alsjeblieft.'

Dido kon geen woord uitbrengen, hoe ze ook haar best deed. Haar keel, die nu alleen nog maar kon ademen en licht gejammer kon voortbrengen, was niet in staat om tegen haar moeder te zeggen: 'Wees alsjeblieft niet meer verdrietig.' Uiteindelijk kon ze alleen maar tegen de borst van haar moeder aan kruipen en proberen op adem te komen.

'Toe maar, mijn liefste,' zei haar moeder. 'Rust nu maar uit.'

Dido knikte tegen haar moeders borst en probeerde de tranen weg te knipperen. Er hing een schilderij aan de wand. Het toonde een grote hut, afgeschermd van de rest van de wereld door een ruige, houten kraal. Bij de hut stond een tiental jongemannen in de rij die, afgezien van de kralenkettingen om hun bovenlijf en de koeienhuid die hun geslachtsdeel verborg, geheel naakt waren. Hun huid was rood, omdat die was verfraaid met een rituele balsem, door nanny Gloria *leszoghu* genoemd. Ze hielden hun hoofd gebogen en hun handen gevouwen, alsof die moesten helpen als de koeienhuid die hun waardigheid bewaakte het liet afweten. Een andere jongeman, met meer kleren aan dan zijn rode metgezellen, ging de rij voor en hield een rijkversierde vechtknots in de lucht, waarmee hij iedereen uitdaagde die het zou wagen zijn beschermelingen te na te komen.

De leider was vastgelegd terwijl hij een lied zong, dacht Dido. Zijn lege ogen leken onverschillig te zijn voor wat hem te wachten stond en staarden in eeuwigdurend stoïcisme vanaf het doek de wereld in – zijn raadselachtige gedachten voor altijd gevangen in het penseel van de schilder. De achterhoede werd gevormd door een soortgelijk geklede jongeman. Ook hij was gevangen in een lied dat niet gehoord kon worden.

Dido had haar moeder weleens naar die rode jongemannen

gevraagd. Ze behoorden tot het volk van nanny Gloria. Ze waren net teruggekeerd uit de bergen, waar ze in het holst van de koudste winter van hun generatie alles hadden geleerd over mannenzaken. Zoals nanny Gloria het vertelde, was het lied dat door de verzorgers werd gezongen een soort geheime spreuk. Het was een heilige rite, overgeleverd op grond van mannelijkheid, een belofte van moed en liefde, gegoten in tijd en ruimte en alle dingen van de wereld.

Dido's tranen droogden terwijl ze het kunstwerk bewonderde. Haar ogen vielen langzaam dicht en haar gedachten weefden verhalen over de rode jongemannen. Als zij de schilder was geweest, zou ze de hoofden van de mannen hebben geheven om hun gezichten te laten zien. Ze had geluk in hun ogen kunnen schilderen, maar ook hoop en trots, want wat zouden ze anders kunnen voelen nu ze dat kostbare geschenk van de volwassenheid hadden ontvangen?

Háár jongemannen zouden elk mysterie over hun volk en alle volkeren die leefden kennen. Op een dag, nog jaren en jaren ver weg, zou een ander kind naar die vrolijke gezichten kijken en denken: alleen een wijze schilder kan haar kinderen van het penseel bevrijden. Dido voelde dat ze moest glimlachen bij die gedachte. Maar ze wist het niet zeker. Haar geest dwaalde in en uit de vergetelheid. Heeft ze de rode jongemannen gezien of heeft ze hen gedroomd?

De fantasie van het jonge kind – dat meisje van jaren en jaren ver weg – zweefde haar gedachten in en uit, telkens weer veranderend, in en uit de dromen die Dido diep in slaap brachten in de troostende handen van haar moeder. Stukje voor stukje slikte Dido de hik weg die na het huilen was opgekomen.

'Goed, mama,' fluisterde ze. En al wilde ze het niet, even later viel ze in een diepe slaap.

Dido werd wakker van de rook. De geur brandde nog erger in haar longen en haar ogen dan gifsumak. Door de hitte van de vlammen sloeg brak het zweet haar uit en hoe ze het ook probeerde, het lukte haar niet om haar moeder en Emilia te roepen. Ze hoestte en proestte het uit, tot ze dacht dat ze vast en zeker was doodgegaan van al die hitte en dat hoesten.

Haar bloed voelde alsof het haar lichaam verliet en het leek wel alsof haar hoofd niet van haar was. Het drukte zwaar op haar schouders, net zoals haar lichaam te zwaar was om uit bed te komen. Ze probeerde te gillen, te roepen, maar er kwam niets anders uit haar mond dan een zware hoestaanval. Ze opende haar ogen om haar moeder en zus te zoeken, om ze met haar handen wakker te maken.

Alles in de kamer stond in brand. Zelfs de rode jongemannen waren tot as vergaan. Het enige wat ervan over was, was de gouden lijst die hen ooit op hun plaats had gehouden. In de eindeloze nachtmerrie had het even geleken alsof Emilia en haar moeder ook in brand stonden. Dido knipperde met haar ogen en opende ze weer. Haar hart sprong op toen ze zag dat haar verbeelding haar voor de gek had gehouden. Daar lagen ze, ongeschonden en onverbrand.

Ook al lagen ze allebei even stil als de dode kat die Emilia en zij een keer bij de rivier hadden gevonden, ze waren niet zo rood als de vlammen en de sintels, als het riet in het plafond, de bedstijl en de gordijnen, de vallende as en al het andere dat in brand stond.

Op dat moment hoestte haar moeder en Dido zag bloed langs de randen van haar lippen. Ze opende haar ogen, kort en pijnlijk, en daarin las Dido een afschuwelijke smeekbede waar ze bang van werd. Kijkend naar de stilte in die ogen was er geen twijfel mogelijk dat haar moeder werd bevangen door een pijn die heviger was dan haar gebruikelijke angst. Ze was stervende.

'We staan in brand,' zei Dido, in de hoop haar moeder te wekken uit de verdoving die haar zo genadeloos in bedwang hield. Als reactie sloot haar moeder de ogen weer. Hoe ze ook haar best deed, Dido kreeg haar niet wakker. Steeds angstiger richtte ze haar aandacht op Emilia. Ze probeerde wanhopig haar zusje weer tot leven te wekken. 'Wakker worden, Emilia, alsjeblieft. We staan in brand,' herhaalde ze met piepende ademhaling, tussen het hoesten door, terwijl een vloed van tranen over haar gezicht stroomde. 'Wakker worden, alsjeblieft,' smeekte ze. Emilia verroerde zich niet.

Het was weer een droom, voelde Dido. Het was allemaal een afschuwelijke droom en het slaperige gevoel dat ze had was het bewijs. Ze hoopte dat ze haar moeder erover kon vertellen zodra ze allemaal wakker waren.

Haar ogen vielen weer dicht. Ze probeerde ze open te houden, maar dat deed er niet toe. Het was een droom en als de ochtend aanbrak, zouden ze allemaal weer leven. Ze had het gevoel dat haar longen stopten met ademen.

De droom werd zwakker... verdween in de krochten van haar geest... de lippen van haar moeder bloedden niet meer. Emilia lag niet stil en de droom de droom de droom... het was een droom...

Iemand... Dido wist het niet precies, maar ergens hakte iemand in op haar moeders slaapkamerdeur. Met een... een bijl, ja. Die iemand schreeuwde ook en riep naar iemand anders, iemand die ergens was, iemand die ergens iets deed wat niet mocht, iets wat op dat moment niet mocht gebeuren. De stem van haar vader was er ook. Hij schreeuwde het hardst van allemaal om al die iemanden te vertellen dat ze moesten doen wat *híj* hun opdroeg.

Er waren te veel stemmen, te veel talen en veel te veel krakende, knappende en knetterende geluiden – Dido begreep er niets van. En ergens hoorde ze iemand… het klonk als nanny Gloria, maar ook dat wist Dido niet zeker. Maar daar was nanny Gloria, bij de mannen, en ze deed iets wat ze niet mocht doen. Ze schreeuwde zelf instructies, huilde, zei iets geruststellends tegen haar vader, iets wat Dido niet begreep, en schreeuwde weer iets, waardoor de herrie nog verwarrender werd dan die al was.

Het moet haar vader zijn geweest die Dido uit haar bed had getild, besefte ze later. Ze probeerde hem te vertellen dat moeder bloedde en dat Emilia zo ontzettend stil was. Maar haar hoofd was zwaar en ze had het gevoel dat ze weer droomde.

De brandende pijn was eindelijk weg. Dat was goed, dacht ze. De vallende as die haar ogen verblindde was weg en terwijl ze sliep was het zuur in haar longen minder geworden. Maar ergens, aan de randen van haar bewustzijn, had iemand een kaars aangestoken en de schaduwen van de vlam dansten net zoals de kaars van haar moeder.

Die aanblik deed haar verlangen naar de vergetelheid van even daarvoor. Daar, in de stilte en de duisternis, was ze tenminste niet bang voor het vuur dat zich verspreidde met bulderende vlammen.

Ze dacht dat ze haar vader hoorde huilen, schreeuwen, weer huilen, vloeken, schreeuwen en nog eens huilen, oneindig en grotesk. Hij was zo goedhartig, haar vader. Dat hij nu zo overstuur was, vond ze bijna even beangstigend als de stille smeekbede van haar moeder. O, ze wilde niets liever dan hem smeken om te stoppen. Ze wilde niets liever dan zijn verdriet wegnemen. Maar het was een droom en Dido kon nog steeds haar mond niet openkrijgen. Er zat iets in haar keel, of eigenlijk niet echt iets… een gevoel, ja, een gevoel. Ze kon haar mond niet openkrijgen en door dat gevoel wilde ze weer huilen.

Ten slotte, tussen waken en slapen in, fluisterde haar vader haar iets toe. 'Word alsjeblieft wakker,' hoorde ze, dacht ze. Als reactie daarop, net zoals ze bij haar moeder had gedaan, nestelde Dido zich nu tegen hem aan en liet ze zich langzaam wegzinken in vergetelheid.

SINTELS EN SLIJK

Er was een uur, net voor zonsopgang, dat killer was dan enig ander uur. De lucht was zwart als de nacht en de nacht zo stil als het graf. Als een man het geduld kon opbrengen om dat uur te doorstaan en dan de majestueuze geboorte van de zon te ervaren, zou hij met andere pracht en praal beloond worden bovendien. De explosie van leven waarmee de wereld werd vervuld, klonk als een orkest. De hanen dirigeerden de symfonie en kondigden het ontwaken der dingen aan terwijl de duisternis van de nacht optrok.

Andere vogels beantwoordden de roep en spreidden hun vleugels. De kilte in de lucht werd verstrooid door de nevel. In de zomer kwamen de kleuren van bergen, velden en mensen opnieuw tot bloei en in de winter gebeurde dat met de kleuren van zeeën en woestijnen. Ze werden opnieuw geboren, net als de zon, met gulle hand geschonken aan die geduldige man die het koude uur van de dageraad had doorstaan.

Toen Abram nog dronken was van liefde en de moed van de jeugd bezat, reisde hij naar elke plaats die zijn vrouw wilde bezoeken. Ze trokken naar het noorden om de stammen langs de grens met Zuid-Rhodesië te begroeten en vervolgens nog verder noordwaarts, naar oorden aan de andere kant van de Sahara, waar woestijnvolken met hun karavanen naar grazige weiden trokken die voor eeuwig ongrijpbaar waren. Hij ging zelfs naar de kolonie Brits-Indië, naar elke plaats die zij wenste en naar iedereen die bereid was haar te ontvangen. Dat koude uur, waarin een man overmand door verdriet kan mijmeren over de mislukkingen en successen in zijn leven, was voor zover Abram kon weten een algemeen verschijnsel dat overal voorkwam. Het was voor de tweede keer die week dat hij, precies op dat tijdstip, rechtop ging zetten in bed en de rekening opmaakte van alles wat hij had bereikt. Volgens zijn berekening werden zijn successen ruimschoots overtroffen door zijn mislukkingen.

Buiten woedde de brand nog steeds, hoewel de vlammen met afnemende hartstocht dansten, omdat zijn mannen af en aan renden met emmers water om ze te doven. De wind waaide uit het noordwesten. Abram was bang geweest dat die het vuur zou aanwakkeren en verspreiden, van de vleugel van zijn vrouw naar de andere kant van het huis, waar hij nu zat te rouwen en te waken. Dat was niet gebeurd. De wind had de opstijgende vlammen juist tegen de grond geslagen, of zo had het er in Abrams ogen althans uitgezien. De wind had de vlammen hoog doen oplaaien en elk vlammetje neergeslagen dat in zijn opgewonden dans aan de bron dreigde te ontsnappen om verderop verderf te zaaien.

Daarna was de wind gaan liggen en had hij uit de schaarse wolken die boven het huis zweefden de motregen opgeroepen. Gloria had de moed gehad om dit een ingreep van de voorouders te noemen, want de wind stond er niet om bekend dat hij vuur doofde, regen opriep uit schaarse wolken en alleen de zwakke babyvlammetjes van een vuur met rust liet. Sommige mannen hadden instemmend geknikt. Abram daarentegen niet.

Gloria kwam de kamer binnen en wekte Abram uit zijn overpeinzingen. ‘De papieren waar u om vroeg zijn niet gevonden, meneer,’ zei ze. ‘Alle documenten in de oostvleugel zijn verkoold. Zo te zien is de brand ontstaan op de plek waar juffrouw Alisa haar papieren bewaarde.’

Hij zag dat haar ogen, die meestal straalden van vreugde, rood waren van verdriet en vermoeidheid. De rook had haar in een deken van roet gehuld. Door het harde werken kleefde haar jurk aan haar lichaam van het zweet en daar waar haar jurk haar niet bedekte, op haar armen, hals en gezicht, glansde dat zweet als een balsem uit gelukkiger tijden. Ze had haar hoofdbedekking afgelegd en haar stugge haar was bestoven met as, stof en alle symptomen van de brand.

'Is er niets gespaard gebleven?' vroeg hij, zoals altijd wanneer hij met haar sprak in aarzelend Afrikaans, doorspekt met wat Nederlandse woorden. Daardoor sprak hij stijfjes, te formeel naar zijn zin, maar beter dan zo kon hij het niet. En dit was niet het moment om je druk te maken over taalgebruik.

Gloria schudde haar hoofd. 'Wat niet is verbrand, is totaal verwoest door het water,' antwoordde ze in vloeiend Afrikaans, dat haar een stuk beter afging dan het Engels, misschien omdat het een keukentaal was, ontstaan toen slaven en bedienden zich aanpasten aan hun onderworpenheid. Uit noodzaak, nieuwigheid en een tiental culturen hadden ze een taal gebrouwen. Ze herkenden er delen van zichzelf in. Ze waren er trouw aan. 'Alles is weg. Het is allemaal tot sintels en slijk vergaan, meneer.' Haar woorden klonken als een herinnering, als de echo van een nachtmerrie. Hoe Abram ook zijn best deed, hij kon er niet uit ontwaken. 'Verspreidt het vuur zich nog?' vroeg hij.

'Nee, meneer,' zei Gloria. 'De motregen gaat over in regen. Die zal de as afkoelen en voorkomen dat die zich verder verspreidt. Maar als de regen uitblijft, zijn de mannen op andere manieren voorbereid. Er staat water in de dam. Farouk en zijn ploeg houden de wacht tot zonsopgang. Daarna nemen Tariq en zijn mannen het over.'

'Dank je, Gloria.'

'Het was geen moeite,' zei ze.

'Geen moeite,' herhaalde Abram bij zichzelf, terwijl hij zijn hoofd schudde in een vergeefse poging om zijn gedachten helder te krijgen. 'Gloria, vind je dat ik de slechterik in deze tragedie ben?'

Gloria keek hem aan alsof ze wachtte tot hij meer zou zeggen. Toen dat niet gebeurde, deed ze twee stappen in zijn richting, stopte op een afstand die zij passend achtte en zei: 'Ik geloof niet dat ik u begrijp.'

Abram zei: 'Hier zit ik, bij het ene kind en niet bij het andere, om bij haar te waken en niet bij het andere. Het is simpel en toch draagt het een krachtige boodschap uit. Ik kan je verzekeren dat een verzuim als dit mijn vrouw absoluut niet zou ontgaan. Ze wentelde zich in elke misdaad die tegen haar werd begaan, al dan niet triviaal, al dan niet gegrond. Ze zag het allemaal en maakte het in haar hoofd even gewichtig als de opkomst van de zon of de wisseling der seizoenen.

Ze zag mij als de aanstichter van haar ellende. Dit is, dunkt me, het einde van haar verhaal. Ik was de slechterik in haar leven. En daarom kan het niet anders dan dat ik volgens haar minutieuze berekeningen ook nu nog de slechterik ben. Daarom vraag ik je: wat vind jij?'

'Meneer,' zei Gloria, 'volgens mij bent u geen slecht mens. In tijden als deze staat iedereen machteloos. Maar waar een ander misschien gebroken zou zijn van verdriet, vond u de moed om uw dochter uit de vlammen te redden. Daar is ze, levend. Zo'n man kan niet beschuldigd worden van slechtheid.'

'Haar uit het vuur halen was de normaalste zaak van de wereld. Het zegt niets over mijn slechtheid, noch over het gebrek daaraan.'

Toen Gloria het woord nam, gebaarde ze naar Dido. Haar ogen blonken van liefde en verlangen, alsof zij de moeder van zijn dochter was. Abram wist dat het verdriet dat hij voelde ook in Gloria's hart zat, bonkend, bonkend tot er niets anders overbleef dan pijn en wroeging, wroeging over misdaden die hij tot op de dag van zijn dood nooit helemaal zou kunnen bevatten, vreesde hij.

Ze zei: 'Als het kind wakker wordt, zal ze vragen: "Wie heeft mij gered uit het vuur dat mij bijna had meegenomen uit deze wereld? Wie heeft de lucht in mijn longen geblazen?" En wij zullen tegen het kind zeggen: "Dat heeft je vader gedaan. Hij houdt meer van je dan van zijn eigen leven." Daar zal ze blij van worden. Ze zal verdrietig zijn wanneer ze het hele verhaal te horen krijgt. Maar de blijdschap zal er zijn, in haar hart gegrift.

En als dat niet de waarheid is die u wilt horen, denk dan eens hieraan: wat voor goeds kan het doen om bij een dochter te waken die niet meer leeft, terwijl tegelijkertijd een andere dochter met de ene dunne draad verbonden is met het rijk der levenden en met de andere met de wereld van de geesten? Weinig goeds, denk ik. Weinig goeds,' besloot ze hoofdschuddend.

'Zo denk jij erover?'

Gloria knikte. 'Zo denk ik erover. Gelooft u niet wat ik zeg?'

'Ik geloof dat jij denkt dat je ware woorden spreekt. Of dat inderdaad zo is, moet ik zelf uitmaken.'

Dido hoestte zacht. Ze lag met gespreide armen en benen op haar bed en onderhandelde over haar leven met welke engel het ook was die haar ervan wilde beroven. Vanuit zijn diepste binnenste voelde Abram gal opkomen. Hij werd er ruw door gewekt en het bevestigde Alisa's verdorvenheid volledig. Nadat ze onophoudelijk had gedreigd hem te verlaten en terug te gaan naar West-Indië, was ze ten slotte tot een onherroepelijk besluit gekomen. Je kon niet zeggen dat ze een vastberaden vrouw was. Nee. Ze was altijd met het grootste gemak aan projecten begonnen die ze even gemakkelijk had opgegeven. Al het andere in haar leven had ze halfslachtig gedaan. Maar bij haar dood was ze uiterst grondig te werk gegaan, met veel flair en dramatiek.

Het leek erop dat ze eerst zichzelf had vergiftigd. Het bloed rond haar lippen deed dat vermoeden. Vervolgens stak ze, geïnspireerd door de tragedie van een brand die het naburige landhuis Groot Constantia twee jaar eerder had verwoest, de oostelijke vleugel van het huis, waar ze sinds hun vervreemding had gewoond, in brand, waarmee ze zich verzekerde van haar dood en elke kans op een herrijzenis had uitgesloten. Maar net als met al het andere in haar leven was ze er niet helemaal in geslaagd om te doen wat ze van plan was geweest, want blijkbaar was ze door het gif gedood voordat het vuur haar lichaam had bereikt.

Op een dag zou Abram in staat zijn om Dido dit alles te vertellen, zodat zij de omstandigheden rondom haar bijna-dood beter zou begrijpen. Zou haar dat ooit lukken? Wie weet zou ze in plaats daarvan beseffen wat zijn motieven waren en hem zien als datgene wat hij erger vreesde dan wat dan ook: de aanstichter van Alisa's ellende. Niemand had ooit van Alisa gehouden, of althans, dat dacht zij. Voor haar was de wereld vijandig, ontworpen door een kwaadaardige godheid die er alleen maar op uit was om haar te kwellen. Op het laatst dacht ze dat híj die duivel was. Haar droefheid was ontstaan en gegroeid, totdat ze haar lafheid uiteindelijk overbracht op zijn dochters. Het zou kunnen dat Dido de aard van haar moeder had geërfd, dat ook zij later zou denken dat niemand van haar hield. Misschien zou ze Abram gaan haten, net zoals Alisa hem uiteindelijk had gehaat.

Hij aarzelde voordat hij zijn volgende woorden uitsprak, bang dat zijn verdriet hem naar oorden zou leiden die beter nog niet in kaart konden worden gebracht. Maar als een man zich zelfs in de kille greep van zijn verdriet nog geen moment van ongepastheid zou mogen toestaan, wanneer dan wel? En zo stond hij zichzelf die verboden mildheid toe en gunde hij zichzelf de wil om door te gaan en vroeg hij Gloria in zijn wanhoop: 'Dido weet toch wel dat ik van haar hou?'

Gloria stortte hen nog verder in het onfatsoen door haar hand op zijn schouder te leggen. Abram voelde dat hij knikte. Hij voelde dat hij een traan uit zijn rechteroog veegde. En zelfs op dat moment wenste hij dat hij zelf dat woord kon uitspreken, maar dat lukte hem niet. En dus knikte hij ten antwoord en hoopte dat het genoeg was.

'Dat weet ze,' zei Gloria.

Dat troostte Abram. Hij wilde zich verliezen in het vluchtige respijt dat Gloria hem bood, want vluchtig was het en in een oogwenk zou het vervlogen zijn. Hij zonk dieper weg in zijn onmacht. 'Emilia...' Bij het uitspreken van haar naam stroomden de tranen uit zijn ogen. Zijn stem brak, nog voordat hij de moed had verzameld om zijn gedachte te voltooien. Hij liet zijn hoofd hangen en veegde die ellendige tranen weg.

Intussen was ook Gloria overmand door haar verdriet. Toen hij dat zag, sloot Abram zijn ogen. Misschien bad hij zelfs, maar zeker wist hij het niet. Hij had slechts één keer in zijn leven gebeden, toen zijn moeder op sterven lag. Uiteindelijk was ze gestorven in wat de dokter een vredige slaap noemde. Het leek passend dat de onnodige dood van zijn jongste dochter, zijn lieve, zachtaardige Emilia, op dezelfde zinloze manier bestempeld zou worden.

Gloria, die haar gevoel van onmacht sneller de baas was, ging nu dieper in op de omvang van zijn tragedie. Abram probeerde te luisteren, haar woorden in zich op te nemen, maar bij elk beetje kracht dat hij wist op te brengen brak zijn hart, verloor hij de moed en werd hij opnieuw overweldigd door dat bonkende verdriet. Kon hij het tij maar keren. Kon hij maar bewijzen dat het allemaal één groteske fantasie was, dan zou hij weer rustig kunnen ademhalen.

'Waakt Tariq nog bij Emilia?' vroeg hij.

Toen Gloria knikte, voegde hij eraan toe: 'Blijf alsjeblieft hier bij Dido. Ik moet bij Emilia gaan zitten. Ik voel... Ik heb het gevoel dat ik naar haar toe moet.'

'Emilia moet eerst gewassen worden, meneer,' zei Gloria. 'Uw handen moeten met zout worden ingewreven. U mag Emilia nu niet aanraken, anders zal de voorbode van de dood u tot het einde achtervolgen.'

'Ze is mijn dochter...'

'En niet langer van deze wereld, meneer. Weet alstublieft dat ik spreek met respect. U kunt niet waken over het dode kind en onbeschermd terugkeren naar het levende. Doet u dat wel, dan brengt u ongeluk over het levende kind.'

'Ga dat verdomde zout dan halen!' schreeuwde hij.

Gloria deinsde achteruit. Maar omdat ze een vrouw was die haar vak verstond, maskeerde ze haar reactie vlug. Stoïcijns maakte ze een buiging voor hem, alsof deze pijnlijke ervaring haar respect verdiende, en verliet waardig de kamer.

'En breng de dokter terug!' schreeuwde hij tegen haar rug, maar hij betreurde zijn ergernis even snel als die was opgekomen. Zij was niet verantwoordelijk voor zijn mislukkingen. En ze had van Emilia gehouden. Haar tranen waren het bewijs van haar verdriet. 'Gloria,' riep hij, in de hoop dat ze nog in de buurt was. 'Kom alsjeblieft terug.'

Ze kwam de kamer weer binnen. 'Ja, meneer?'

'Dank je. Je bent zo...' Hij probeerde een passend woord te vinden, maar had het gevoel dat er duizend messen in zijn hoofd staken. Hij zuchtte diep en probeerde het nog eens: 'Je bent zo... Als ik "behulpzaam" zeg, zou ik je tekortdoen. Maar in deze moeilijke tijd is dit het enige woord dat in mijn verwarde geest opkomt. Weet dat ik het alleen zeg uit vermoeidheid. Waren de tijden eenvoudiger geweest, dan zou ik vriendelijker zijn, misschien even vriendelijk als jij voor mij bent geweest.'

Ze knikte. 'Het is geen moeite, meneer.'

'Geen moeite,' herhaalde hij bij zichzelf, terwijl hij zijn hoofd schudde om zijn geest helder te krijgen. Dat kille uur waarin een man over zijn leven kon nadenken was een plaag waaraan Abram niet kon ontkomen.

De lucht was zwart als de nacht en de nacht zo stil als het graf. Als hij de moed zou vinden om dat uur te doorstaan en dan de hardvochtige geboorte van de zon te ervaren, zou hij vast en zeker geteisterd worden door de vasthoudendheid van andere banaliteiten: de trilling van leven waarmee de wereld werd vervuld zou de dood van zijn kind niet markeren. De hanen dirigeerden de symfonie en kondigden het ontwaken van minder belangrijke zaken aan, terwijl de duisternis van de nacht optrok.

Het was ochtend. En de kloppende pijn klopte en klopte voort.

BOTSENDE TEGENSTRIJDIGHEDEN

Achter de wijngaarden lag een heuvel die het hoogste punt van het landgoed markeerde. Vanaf die plek kon Abram alles tot in de wijde omtrek overzien: waar de vallei zich opsplitste in verborgen inhammen met schuwe diersoorten en naamloze bloemen, waar die zich weer uitspreidde en zich uitrekte als een kind dat net wakker wordt, waar het landschap zich overgaf aan de ordelijkheid van de landbouw en zwoegde als de wijngaarden, totdat het de kelder bereikte en afschrikwekkend verrees als de halfverkoolde overblijfselen van zijn huis.

Als hij zijn ogen afschermde en naar het oosten keek, zag hij de schaduw van de bergen in de uitlopers waar hij ooit op elanden had gejaagd. Hij had Dido meegenomen. Emilia was te jong geweest, te zachtaardig, en de bergen te ver. Dat leek nu zo lang geleden. De heuvel zelf was een soort droombeeld dat Abram niet helemaal kon bevatten. Hij was als een schildwacht die alles zag en afgezien van het afgebrande huis was alles eromheen schitterend. Het was een goede plek om een kind te ruste te leggen. Spijtig genoeg was het, omdat het kind nog een kind was, ook een goede plek om haar moeder te ruste te leggen.

Alle arbeiders waren gekomen. Afgezien van Farouk en Gloria had geen van hen een goede band met Alisa gehad. Maar ze keken allemaal somber en sommigen huilden. Ze rouwden uiteraard om Emilia want, klaagden ze, de dood van een kind was verschrikkelijk onnatuurlijk.

Naarmate de dienst vorderde, bleek uit de manier waarop ze

over haar spraken dat ze, ondanks de afstand die ze hadden bewaard, toch een zekere verwantschap met Alisa hadden gevoeld. De meesten van hen waren afstammelingen van slaven, uit Oost-Indië, Indië, Angola en andere verre oorden die ze alleen kenden uit de verhalen. Soms was het enige wat ze wisten een plaatsnaam. De wat meer gelukkigen waren zij die afstamden van de San, de Khoi en de verschillende Bantu-stammen die zich over deze uithoek van de wereld hadden verspreid: zij konden tenminste schatten waar de beenderen van hun voorouders begraven lagen, wat sommigen van hen belangrijk schenen te vinden.

Farouk, die zich had ontpopt als een soort leider voor de islamitische landarbeiders, vroeg Abram of degenen die dat konden alstublieft iets over Alisa mochten zeggen. Hoe kon Abram nee zeggen tegen deze derde nederlaag? Hier waren de kinderen van slaven een slavenkind aan het begraven en zelfs hij, die in heel weinig goeds van de wereld geloofde en had ontdekt dat hij Alisa zelfs kon haten, kon niet anders dan toegeven. Hij knikte ter goedkeuring.

Pater Benedictus schudde ernstig zijn hoofd. Abram nam aan dat dit betekende dat hij het afkeurde. Maar alles was ongebruikelijk in deze zaak. De brief aan Alisa's ouders was hoogstwaarschijnlijk nog onderweg naar Engeland en ze wisten dus niet dat hun dochter was overleden. Bovendien waren de aanwezigen een bijeengeraapt groepje mensen: zuster Alice en zuster Elizabeth van de meisjesschool, de priester, de landarbeiders, dokter Mason en zijn vrouw en Abram zelf.

Dido was ziek. Hoewel ze verder een gezond kind was, had ze te veel rook binnengekregen, zei dokter Mason. Ze werd geplaagd door hoestbuien en een lichte verkoudheid en was daarom samen met verpleegster Thomas in de resterende vleugel van het landhuis achtergebleven. Abram protesteerde niet tegen haar afwezigheid. Nu hoefde ze gelukkig niet toe te kijken hoe gretig de aarde Emilia opslokte. Emilia, die dacht dat de zon om de wereld draaide, die eraan herinnerd moest worden dat de zon een ster was, groot en heel ver weg; Emilia, wier ontbrekende voortanden nooit zouden terugkomen, wier lispel nooit zou verdwijnen met het opgroeien… Emilia, weggenomen door de tijd zoals door de aarde. 'O!' was de kreet die uit Abrams mond ontsnapte, was de kreet die verloren ging in Hafsah's lofrede.

'Juffrouw Alisa was een zachtmoedige vrouw,' zei Hafsah, een van de boerenmeiden. 'Als ze een mooie bloem zag die ze niet kende, vroeg juffrouw Alisa hoe die heette. Als niemand wist hoe de bloem heette, gaf ze hem ter plekke een naam.' Hierop volgde ingetogen gelach. Hafsah veegde een traan van haar wang en zuchtte diep. 'De eerste keer dat ze me naar bloemen vroeg, dacht ik bij mezelf: jeetje, wie verspilt zijn tijd nou aan bloemen?' Ook hier werd gelachen. Deze lach klonk luider, vrolijker, en Hafsah glimlachte.

'Ach,' vervolgde ze, 'ik denk dat juffrouw Alisa wel zag dat ik niet het type was dat haar tijd verspilde aan bloemen en ze zei… Ze keek me aan en zei zomaar: "Wat weet jij van de wereld dat ik niet weet, Hafsah?" Eerst dacht ik dat ze de grote madam uithing, weet je. Ik begon me klein te voelen omdat ik dacht dat ze vond dat ik niet veel voorstelde. Dat zette ze meteen recht. "Ik kom hier niet vandaan," legde ze uit. Nu denk ik dat ze misschien meer heeft gezegd, weet je, iets mooiers. Jullie weten allemaal dat ze eindeloos door kon gaan als het om woorden ging, onze juffrouw Alisa.' Er klonken gonzende geluiden van instemming.

'Nou ja,' vervolgde Hafsah, 'ik heb haar dingen geleerd over de wijnstokken.' Ze ging rechterop staan toen ze dit zei, alsof er een golf van trots door haar heen ging. 'Ja, ik was degene van wie ze daar ter plekke alles leerde over de wijnstokken. Ik zei tegen haar: "U moet weten dat wijnstokken geen bijen nodig hebben om ze te bestuiven. Meestal bestuiven ze zichzelf." Onze juffrouw Alisa wist dat niet. Ze hoorde het voor het eerst van mij…' Op dit punt gaf Hafsah eindelijk toe aan haar tranen. Ze moest ondersteund worden om terug te gaan naar haar stoel.

Daarna nam Samson het woord. Zijn verhaal beschreef Alisa's korte uitstapje naar het proeven en sorteren van de druiven. Blijkbaar had ze de zeer zoete druiven, die gewoonlijk voor consumptie werden gereserveerd, willen scheiden van de zure soort, bedoeld voor de wijnproductie. Na een weekje besloot ze dat alle druiven hetzelfde waren, dat ze allemaal hetzelfde smaakten, en gaf ze het project op.

Abram merkte op dat ook Samson sprak over 'onze juffrouw Alisa'. Ook de sprekers daarna, Farouk en Gloria en alle anderen, hadden het over 'onze juffrouw Alisa'. Alle verhalen volgden dezelfde lijn als dat van Hafsah. Ze gingen over een kort en vrolijk avontuur dat Alisa had ondernomen – een vluchtige gebeurtenis waar nu met veel plezier aan teruggedacht werd en die verlegen, stil gelach opwekte, om de verteller vervolgens te reduceren tot verlangen en uiteindelijk tot onwillige tranen.

Er nestelde zich iets van schaamte in het diepst van Abrams hart. Hoewel hij de nabestaande was naar wie iedereen keek als ze hun medelijden toonden, voelde hij zich een bedrieger. Hij was opgelucht toen de reeks lofredes enigszins afnam en vervolgens langzaam eindigde in wat gemompelde uitlatingen over Alisa's vriendelijkheid en het kwaad van de dood in het algemeen. Pater Benedictus was zichtbaar opgelucht en ging haastig over tot het neerlaten van de doodskisten.

Niemand leek te weten wat hij moest zeggen over de tweede ziel die te ruste werd gelegd. Ze was een kind dat iedereen had gekend en liefgehad, van wie oprecht gezegd kon worden dat ze meer geliefd was geweest dan Alisa. Dat is de ironie van de dood, dat men het moeilijker vond om voor haar de juiste woorden te vinden.

Niemand kon beweren dat haar tijd was gekomen, want dat

was niet zo. Ze was vermoord door haar moeder. Maar als ze over de omstandigheden van haar dood zouden uitwijden, zouden dezelfde mensen die zojuist Alisa's bewonderenswaardige eigenaardigheden hadden geroemd haar nu moeten veroordelen. Om Emilia's heengaan kon alleen onvolledig worden gerouwd, alsof ze door een onbegrijpelijke samenloop van omstandigheden eenvoudigweg was gestorven. Niemand en niets had haar vermoord. Maar toch werd ze nu begraven.

Naarmate de lofredes langzaam wegstierven, merkte Abram dat hij voor een deel opgelucht was. Dat gevoel was echter van voorbijgaande aard. Nu kwam het moment dat Abram het meest had gevreesd en hij was blij dat Dido het niet hoefde mee te maken: het neerlaten van de kisten in de grond. Iemand, waarschijnlijk Gloria, bewoog Abrams hand zodat hij aarde op de doodskisten kon gooien. Er klonk een plof, en daarna nog vele, waarna de ploffen wegstierven toen de doodgravers, die schijnbaar uit het niets waren opgedoken, de graven opvulden. Daarna was het stil.

Abram moest eraan denken om te ademen en daarna moest hij eraan denken om te bewegen. Maar hij kon zich niet precies herinneren waar hij naartoe moest en liet zich leiden door Gloria. Eenmaal aangekomen op de plek waar hij moest zijn, wist hij niet hoe het verder moest; hij moest er weer aan denken om te ademen en om zijn tranen weg te vegen en tegen Dido te zeggen: 'Ik ben hier. Het spijt me. Ik hou van je.' Het waren zulke eenvoudige dingen, maar hij had hulp nodig om ze zich te herinneren.

Dido wilde een boom planten achter de graven. Ze zei dat de heuvel te veel onder de open hemel lag en dat haar moeder en haar zusje in de zomer schaduw nodig hadden. Gloria vond het een lief idee en samen gingen ze een treurwilg planten met een loot van Alisa's oude boom. Zoals Dido het bekeek had haar moeder tijdens haar leven graag onder die boom gezeten en daarom zou ze er ook na haar dood graag onder willen rusten. Ook wat dit betreft kon Abram niet anders dan toegeven.

Het probleem was dat treurwilgen bekendstonden om hun gulzige drang naar water. Er was geen rivier of meer in de buurt van de heuvel, maar Gloria bood haastig aan om met emmers de heuvel op te sjouwen en de boom water te geven. Dido volgde haar elke dag met een klein emmertje van zichzelf om de grond te begieten. Ze knielde neer en veegde het puin weg. Ze wees naar een uitloper die waarschijnlijk een onkruid- of grassoort was en zei: 'Ik denk dat hij begint uit te komen.'

'Ja, ja, we zullen zien,' zei Gloria.

Maar dat zou moeten wachten, want daar kwam Farouk hijgend en puffend de heuvel op. Abram vroeg zich af waarom een zware man als Farouk het zichzelf aandeed om te rennen, terwijl zijn benen duidelijk niet voor de sport bedoeld waren. Voordat iemand Farouk naar de reden kon vragen, piepte hij het antwoord: 'Man van de Raad... komt eraan!'

Hij boog voorover en legde met zwoegende borst zijn handen op zijn knieën, terwijl de anderen probeerden te begrijpen wat hij zojuist had gezegd. Niemand zei echter iets, dus moest Farouk sneller op adem komen of, zoals op te maken viel uit de happen lucht die hij tussen de woorden door nam, het voorlopig zonder doen. Hij zei: 'De man van de Raad... die man die laatst kwam... rondkijken... die man... komt eraan.' Hij keek over zijn schouder en bracht hijgend uit: 'Hij is er!'

Farouk had zijn aankondiging nog niet gedaan of de man om wie het ging kwam in beeld. Het was alsof hij uit het niets opsteeg boven de horizon, als een ontboden engel of demon. Hij droeg zijn bruine wollen pak met de nette hoed en liep zo stevig door dat het was alsof hij zweefde. Abram besloot dat hij niets anders kon zijn dan een demon. 'Goeie genade,' brulde de man toen hij nog een heel eind weg was. 'Goeie genade! Dat is een hele wandeling vanaf het huis, nietwaar? Tjonge, een hele wandeling, nou en of!'

Hoewel de strijd tegen de heuvel hem beter was afgegaan dan Farouk, was Daniel Ross niet minder uitgeput toen hij de top bereikte. De krachttoer deed hem een toontje lager zingen, want net als Farouk moest hij op adem komen door gulzig naar lucht te happen. En zo kwam het dat Daniel Ross voor het eerst sinds hij het landgoed Van Zijl bezoedelde met zijn aanwezigheid volkomen sprakeloos was.

De anderen waren echter nog steeds te verward om iets te zeggen en daardoor wist Daniel Ross zijn gewichtigdoenerij snel weer te herpakken. 'Een spijtige zaak, dit. Een spijtige zaak, hè. Als ik het had geweten, had ik gewacht tot uw huisbediende u had gewaarschuwd. Maar ja, er viel niets aan te doen. Nee, nee! Er viel helemaal niets aan te doen. De tijd wacht niet op een luierende man, hè. Tijd is geld, zeggen de Amerikanen!'

Gloria maakte gebruik van een zeer kortstondige stilte om Farouk een teken te geven en tegen Abram te zeggen: 'Het wordt tijd voor het middageten, meneer. Ik neem Dido mee.'

Daniel Ross zou nooit iets wat hij had onderzocht en nogmaals had onderzocht voorbij laten gaan zonder iets in te brengen en greep zijn eigen kortstondige kans. 'Ach, dit moet een van uw dochters zijn, meneer Van Zijl,' zei hij. 'Welke van de twee is dit?'

Omdat de gebeurtenissen zich zo vlug ontwikkelden en hij er geen touw aan kon vastknopen, koos Abram dat moment om de zaken om te draaien en van voren af aan te beginnen. Voor zijn bijdrage aan de waanzin koos hij voor een begroeting. 'Ach, meneer Ross!' zei hij. 'Hoe maakt u het vanmiddag?'

Daniel Ross liet een rauwe lach horen en zei hoofdschuddend: 'Ach, meneer Van Zijl, neem me mijn onbeschoftheid alstublieft niet kwalijk. Ach ja, ja. Die dingen gebeuren weleens. Een drukbezet man, ziet u. Een drukbezet man, hè. Nooit een moment rust. Ach nee, geen moment. Neem me mijn onbeschoftheid niet kwalijk.' Nadat de onbeschoftheid hem vergeven was, vroeg hij of Abram al had gehoord van de man uit het noorden die verstrikt was geraakt in een ongelukkige zaak.

'De man die door de magistraat op het matje werd geroepen omdat hij samenwoonde met een inlands meisje?' vroeg Abram.

Daniel Ross bevestigde dat hij het over die man had. 'Hij heeft zich nog verder in de nesten gewerkt,' zei hij. 'Ach, meneer Van Zijl, we leven in roerige tijden. Roerige tijden.'

Farouk, Gloria en Dido stonden nog steeds op dezelfde plek waar Daniel Ross hen had aangetroffen, als aan de grond genageld door het tafereel dat zich voor hun ogen afspeelde. Het zag er niet naar uit dat hij degene zou zijn die hen zou bevrijden, want toen hij verder sprak, keek hij Dido aan. Hij keek naar haar zoals een man naar een vogel zou kijken waarvan hij de kleuren nooit eerder had gezien, of naar een wolk waarvan hij de vorm in iets anders wilde veranderen.

Plotseling glimlachte Daniel Ross en richtte hij zijn blik weer op Abram. 'Ik heb altijd gezegd dat u van geluk mocht spreken dat u kinderen had, meneer Van Zijl,' zei hij. 'O, wat een geluk. Ach, en nu zal ze wel trek hebben in haar middageten, nietwaar? De meid zei het al. Nu kan ze nergens anders meer aan denken dan aan haar middageten.'

'Let erop dat ze haar bord leeg eet,' zei Abram tegen Gloria, en zij, Dido en Farouk haastten zich de heuvel af.

'Weet u nog dat ik hier in maart ben geweest? Toen hebt u me niet meegenomen naar deze heuvel,' zei Daniël Ross.

'Zoals u al zei, meneer Ross, u bent een drukbezet man,' zei Abram.

'Ach, dat is waar. Absoluut waar.' Hij knikte en liet zijn ogen richting het oosten dwalen, richting het westen, overal, waarna hij zijn hoofd schudde en zuchtte. Hij wuifde zich koelte toe met zijn hoed, stak zijn linkerhand in zijn zak en keek weer naar

Abram. Voorheen had hij naar Abram geglimlacht met een zweem van een knipoog in zijn ogen, alsof ze een geheim deelden dat niemand anders kende, alsof er een hechte kameraadschap tussen hen bestond en woorden overbodig waren. Maar nu las Abram iets anders in die glimlach.

'U weet het, die man in het noorden, in Transvaal,' zei Daniel Ross. 'Mensen die in zonde leven, meneer. U, uzelf... O! Maar ik zou het hier niet over mogen hebben, hè? Vulgaire dingen. Vulgaire dingen, jazeker. Het is een geluk dat u kinderen hebt. Een groot geluk, hè? Begrijpt u wat ik bedoel, meneer Van Zijl?'

Abram begreep maar al te goed wat hij bedoelde. Deze spreekwoordelijke delinquent over wie Daniel Ross het had, deze ongelukkige die op een vreemde manier aan het noorden gekluisterd leek te zijn, was uiteraard volkomen hypothetisch door Daniel Ross samengesteld uit een verzameling geruchten en fluisteringen die door winden en treinen naar het zuiden waren gebracht. Deze man uit het noorden was in het leven geroepen om Abram zo bang te maken dat het tot een exacte onthulling zou komen: vanwege zijn misdaden tegen de staat moest hij het landgoed inleveren of op een andere manier boeten.

Zoals Abram het zag, was Daniel Ross zo'n man die met een glimlach en zonder een spoor van medeleven tegen iemand zou kunnen zeggen: 'Uw moeder is overleden.' Het moest niet gemakkelijk zijn om zo'n man te zijn. Dat was misschien de reden waarom de aderen in zijn gezicht op springen leken te staan en waarom, als hij zijn hoed afzette, zijn haar overeind stond alsof het als dat zou kunnen uit zijn hoofd zou klimmen, regelrecht de lucht in. Hij scheen altijd te baden in het zweet. Zijn woorden vlogen te gejaagd uit zijn mond. Hij wapperde voortdurend met zijn handen en zijn ogen... Als hij Abram aankeek, kwam het Abram voor dat elk geheim in zijn hart zich geroepen voelde om zich af te schilderen op zijn gezicht, om gezien te worden door die ogen die ernaar staarden.

Je zou zomaar kunnen denken dat hij een onnozele hals was, een dwaas. Maar dat zou een grove beoordelingsfout zijn. Er was niets onnozels of dwaas aan Daniel Ross. Abram wist dat alles wat hij deed opzettelijk was. Meneer Ross had vandaag niet hetzelfde pak aangetrokken omdat hij geen ander pak had. Hij had dat gedaan omdat hij zich verbeeldde dat hij een gedenkwaardig personage in een grootse sage was. Op een dag, als hij zou vertellen hoe zwaar de taak was geweest die hij had uitgevoerd voor de Volksraad, wilde hij zich alles tot in detail herinneren, om vervolgens te beslissen of hij die ietwat zou verdraaien met poëzie en verbeeldingskracht, of deze zou hullen in onheilspellende hypotheses.

Abram veronderstelde dat hij zijn eigen leven niet zou herkennen, mocht zijn verhaal hem ooit verteld worden door Daniel Ross. Eerlijk gezegd veronderstelde hij dat het verhaal over een man zou gaan die in het favoriete beruchte noorden van meneer Ross woonde en verzeild was geraakt in allerlei roekeloze praktijken. Deze noordelijke verdorvenheid zou zich uitbreiden totdat meneer Ross gesommeerd werd om er paal en perk aan te stellen. Hij was een man met een levenslot, vastbesloten om dat tot een goed einde te brengen, Daniel Ross. Althans, tot die slotsom kwam Abram in zijn ergernis.

Dat gezegd hebbende was het vooral de tweede reden voor het pak die Abram verontrustte. Die was simpel en sinister en ging hierom: als de weloverwogen man die hij was, wílde meneer Ross juist gezien worden als een onnozele hals. Het kon geen toeval zijn dat hij alles wat hij zei tot vervelens toe herhaalde. Zijn begroetingen, de naam van een tegenstander, alledaagse details, hij herhaalde ze keer op keer. En daarom, als hij zoiets vriendelijks herhaalde als 'het is een geluk dat u kinderen hebt', moest hij om zijn punt volkomen duidelijk te maken ook zeggen, 'begrijpt u wat ik bedoel?'

En wat hij bedoelde was dit: als Abram zijn bezittingen niet zonder slag of stoot zou opgeven, zou zijn straf erger kunnen zijn dan gevangenisstraf. Zijn mannelijkheid, ooit beoordeeld en te licht bevonden, werd nu, om het proces af te ronden, veroordeeld. Zoals de Unie van Zuid-Afrika het zag, zou je kunnen stellen dat Alisa van Zijl zich schuldig had gemaakt aan bepaalde onfatsoenlijkheden. Van hieruit zou verder kunnen worden beweerd dat Abram geen kinderen bij haar had verwekt. Sterker nog, ze zouden kunnen bepalen dat hij, gezien zijn afwijking, er niet op kon rekenen bij welke vrouw dan ook kinderen te kunnen verwekken.

De dreiging begon met fluisteringen. Geruchten dat bij mannen op het eiland hun mannelijkheid werd afgenomen, door middel van elektrische schokken ofwel amputatie. Nee, fluisterde iemand anders, die plaats lag in het noorden, waar het probleem van rassenvermenging welig tierde. In Pretoria, zo hoopte de Unie Transvaal in het gareel te houden. Nee hoor, zei weer een ander. Die plaats was onbekend, volstrekt geheim. Uiteindelijk maakte het niet uit waar 'die plaats' was. Waar het om ging was dat de Unie de overtreding van haar wetten niet licht zou opvatten.

'Mijn dochter is staatsburger,' zei Abram, die moed putte uit zijn wanhoop. 'Ze is hier geboren. Ze hoort hier thuis.' Zijn lippen trilden misschien, hij zou het nooit weten. Wat hij wel wist, wat hij zich zou herinneren, was dit: de oude wedloop die was begonnen toen hij Daniel Ross voor het eerst ontmoette, liep hier op uit. Het was Abram duidelijk dat er geen ontkomen aan was. Dus uiteindelijk was er maar één ding dat hij kon doen: iets zeggen waar hij, nu hij naar de bredere glimlach van Daniel Ross keek, aan begon te twijfelen. 'Mijn beide dochters zijn hier geboren,' zei hij. 'Ze horen hier allebei thuis.'

'O ja, meneer Van Zijl,' zei de andere man, 'ik weet dat ze hier geboren zijn. Ik wist dat u dat zou zeggen. Ik wist dat u dat zou zeggen, hè. Dit is echter geen eenvoudige kwestie. Een kleinigheid voor u. Een kleinigheid, hè, maar zo gaan die dingen niet. Dat weet u, meneer Van Zijl.' Om eerlijk te zijn wist Abram dit.

Zoals de Unie het zag, was Abrams tragedie niets anders dan het gevolg van zijn eigen roekeloosheid. De Unie van zijn kant had geprobeerd dit te voorkomen. De vier kolonies, nu de provincies van één land, waren samengevoegd en de onderlinge tegenstellingen zouden gegarandeerd voor een bestuurlijke warboel zorgen. Alleen beschaafde mannen konden bijvoorbeeld staatsburgers zijn en alleen zij kregen het recht op het bestuur en bestuurszaken. Bovendien waren alle witte mannen, op grond van hun ras en geslacht, beschaafd. In de noordelijke provincies zou je dat inderdaad zo kunnen stellen.

De Kaap en Natal waren echter lastiger. Hier kon iedere man, of hij nu wit, gekleurd of inheems was, zolang hij eigendom bezat of huurde, zijn naam kon schrijven en vijftig pond per jaar verdiende, stemrecht verleend worden. Kortom, iedereen kon, als hij tenminste een man was, beschaving en dus het staatsburgerschap verwerven. Dat was allemaal goed en wel, maar de problemen ontstonden toen Afrikaanse mannen massaal begonnen te migreren om op boerderijen en in de steden te werken. Ze dreigden het kiesstelsel te overstelpen en witte mannen tot een minderheid te reduceren. Dít was een eenvoudig probleem, dat kon worden opgelost door eisen te stellen aan bijvoorbeeld de jaarlijkse inkomsten van een potentiële kiezer.

Maar nu werd de Unie geconfronteerd met de ongemakkelijke kwestie van de arme witte bevolking. Gesteld werd dat arme witte mannen veelal werkloos, zonder bezittingen en lui waren; als gevolg van deze laatste eigenschap kwam deze klasse gemakkelijk in de verleiding om misdaden en andere immorele handelingen te plegen. Ze namen genoegen met een leven als de economische en sociale gelijken van de overgrote meerderheid Afrikanen en vermengden zich vrijelijk met inheemsen en andere rassen. Dit raakte zo ingebakken in hun karakter, zo onomkeerbaar, dat het uiteindelijk door hun kinderen werd overgenomen. Zo vervaagden de grenzen van de beschaving. Je kon er niet op vertrouwen dat arme witte mannen als witte mannen zouden leven. Simpel gezegd: zij waren de vijand binnen de muren.

Vrouwen vormden ook een probleem, vooral witte vrouwen, ongeacht hun klasse. Ze organiseerden zich in pressiegroepen die van elkaar verschilden wat betreft religie, burgerlijke staat of taal, of een combinatie van alle drie. Ze waren buitensporig talrijk en divers, wat inhield dat zelfs als een vrouw het niet helemaal eens was met de ene groep of hun dogma, ze zich zeker zou identificeren met een andere. En hoewel de groepen op het eerste gezicht leken te botsen, waren ze het over één ding unaniem eens: witte vrouwen wilden stemrecht.

Ze vormden een hardnekkige plaag voor de Unie, maar de Unie meende dat ze zich beter met één ergernis tegelijk kon bezighouden en de hinderlijke kwestie van de armlastige witte mannen was behoorlijk urgent. De Unie zou zich later met de vrouwen bezighouden, want dat was slechts een kwestie van lichtzinnigheid en kon met gemak worden ingetoomd.

Derhalve werd na veel discussie besloten dat er geen andere manier was om de kwestie van de arme witten op te lossen dan de Afrikaanse mannen als geheel hun rechten te ontnemen, ongeacht hun klasse, en tegelijkertijd armlastige witte mannen tot een respectabele levensstandaard te verheffen. Hier zou natuurlijk tegen ingebracht kunnen worden dat het intrekken van het stemrecht van Afrikaanse mannen hun prikkel zou wegnemen om zich op te werken, want als ze toch geen zeggenschap zouden krijgen in de regering, hoe zouden ze dan ooit de nadelen van hun ras kunnen ontstijgen? Maar het was noodzakelijk voor het voortbestaan van de Unie. De regels moesten absoluut zijn.

Dat was Abrams misdaad: de Unie had de wetten te vaak en

te veel opgerekt om al dit soort tegenstrijdigheden te ontwarren. En hier hadden we Abram, met een nieuwe complicatie. Hij had de natuurlijke verantwoordelijkheid die hem door zijn ras, geslacht en klasse was opgelegd verzaakt. Hij had de beschaving en de moraliteit aan zijn laars gelapt. De Unie was zo vriendelijk om hem als zodanig ondubbelzinnig aan te klagen; ontucht was zijn misdaad, en daarom zette de Ontuchtwet hem klem.

Zelfs hij moest toegeven dat het een elegant web was dat hem gevangenhield. Er was niets persoonlijks aan, niets kleinzieligs. Het was slechts een symptoom van een veranderende wereld. Er viel niets meer te zeggen. Hij moest zich terugtrekken. Het enige wat hij nog kon doen was zorgen dat hij zijn leven op de rails kreeg en in elk geval een poging doen om te ontsnappen. Over slechts vijf maanden zou de Ontuchtwet in werking treden, op 30 september. Al met al was het kort dag om deze ontsnapping te plannen.

EN ZE WAS ONMENSELIJK

Er waren mensen die de kwestie rond Alisa's dood tragisch vonden. Abram zag de redelijkheid in van bepaalde aspecten van dit onderwerp: zijn overlevende kind was moederloos en het enige bewijs van haar wettigheid (en haar geboorte) was tot as vergaan. Hij had de documenten in zijn eigen vleugel doorzocht en zelfs de resten van het toevluchtsoord van zijn vrouw. Hij vond alleen die vervloekte as. Het leek wel of de wind die overal naartoe blies. Zelfs het bloed in zijn aderen was vervuild door de as. Zodra het vuur volledig was gedoofd, ging Gloria opnieuw met een stofkam door de sintels en het slijk, om niets anders binnen te halen dan dezelfde oogst. Voor zover Abram kon nagaan, was Alisa vast van plan geweest om alle bewijzen van Dido's en Emilia's leven uit te wissen, alsof ze hem zijn dochters wilde ontzeggen, zelfs in hun dood.

Ja, Abram zag de redelijkheid van aspecten van dit onderwerp wel in. Het was alleen het laatste aspect dat hij niet als een tragedie kon beschouwen: de dood van Alisa zelf. Hij ontdekte dat hij er niet om kon rouwen en het haar evenmin kon vergeven, niet nu de vele gevolgen van haar egoïsme zich zo onverbiddelijk bleven openbaren.

'De tijd zal alle verdriet helen, meneer,' zei Gloria, waarmee ze hem zonder pardon uit de eenzaamheid van zijn gedachten verloste. Hij keek op en zag haar op slechts enkele passen afstand staan. Hij had haar voetstappen niet gehoord toen ze naar hem toe liep; zulke dingen ontsnapten gemakkelijk aan zijn aandacht. Hij was meer geneigd tot piekeren dan voorheen. Toch stond ze daar, alsof ze uit het weefsel van de wereld was gematerialiseerd, alsof haar korte benen haar daar niet hadden gebracht en zij onmenselijk was.

BOMEN EN VOGELS, SCHEPEN EN SCHADUWEN

Mmakoma (of Gloria, zoals ze door de witte mensen werd genoemd) wist al heel lang dat het probleem van het opvoeden van de kinderen van een andere vrouw was dat je het nooit goed kon doen.

Dat had ze al veel te lang geprobeerd, zie je. Hoewel ze, eerlijk is eerlijk, had moeten weten dat de hele zaak zou mislukken zodra ze had ontdekt dat de vader van de kinderen in niets geloofde en dat de moeder al voor haar geboorte van haar volk was gescheiden. Bij wit-witte kinderen geloofden de ouders tenminste in de Bijbelgod, die ze elke week op een bepaalde dag tevreden moesten stellen. De dingen die Mmakoma had gezien in de huizen van witte mensen, ach, die waren ongelooflijk. Maar, dacht ze, een Bijbelgod was in elk geval íéts, hij was beter dan niets.

Het probleem, zoals ze haar dilemma noemde, zat in het opvoeden van kinderen die je niet zelf had gedragen, gebaard of een naam had gegeven. Bij de geboorte van Dido en Emilia bijvoorbeeld was geen ceremonie gehouden om hun voorouders over deze zegen te vertellen; er werd zelfs geen wierook gebrand in de kleur van de hoeve, geen klein heiligdom gebouwd ergens in de tuin en ook de navelstrengen waren niet plechtig begraven. Er was niets gedaan!

De kinderen werden zonder meer geboren, kregen namen die net zo goed lukraak uit de voorbijgaande regen geplukt konden zijn, namen die niet verbonden waren met een bestemming en vervolgens onbeschermd de wereld in geslingerd werden.

Mmakoma had gezwegen. Het enige wat ze kon doen was heimelijk wierook branden in haar eigen kamer.

Overigens leefden de kinderen precies zo, zoals de vruchten van de *marula* aan de boom hingen. Ze konden elk moment van de boom gerukt worden, voordat ze klaar waren om zichzelf te zijn. Als ze niet werden losgerukt, konden ze rottend uit de boom vallen. De takken waren zwak, er was niets wat die kinderen verbond aan het leven. Al die tijd zweeg Mmakoma en keek ze toe.

Het is echter heel zwaar om toe te kijken hoe kinderen als verdwaalde geesten door de wereld dwalen. Zoiets gaat je niet gemakkelijk af, het weegt zwaar op je hart en maakt dat je een deel van jezelf inslikt. Maar wat kun je doen als de vader en moeder je betalen voor de opvoeding van die kinderen? Je zwijgt en doet je werk. Zelfs als je ouder bent dan zij, ook al werd jij als eerste door de tijd aangeraakt, schud je vol ongeloof je hoofd, zwijgend, en aan het eind van de maand ga je naar het postkantoor en maak je het geld dat ze je hebben betaald over naar je eigen moeder.

Het bespaart je natuurlijk een hoop problemen als je je niet met andermans zaken bemoeit, maar je moet weten dat de voorouders je met dromen blijven kwellen. 'Help de kinderen,' zeggen ze. 'Doe iets om de kinderen vast te binden aan het leven,' zeggen ze. 'Hé, jij die slaapt en wierookstokjes brandt en zwijgt, help de kinderen die je geacht wordt groot te brengen,' zeggen ze. 'Zie je dan niet dat je geen kinderen grootbrengt? Zie je dat je geesten grootbrengt? Waarom verspil je je tijd met geesten, hè?'

Ach, reken maar dat de voorouders bij je komen spoken. Is het niet zo dat ze de tijd hebben, veel te veel tijd zelfs? Ondertussen kunnen ze de jouwe verspillen met bomen en vogels, schepen en schaduwen en andere symbolen waar je even voor moet gaan zitten om erover na te denken.

Daarna, als je alle maiskorrels hebt opgegeten die je achteloos in je mond gooide om op te kauwen, stof je je handen af, sla je je armen over elkaar, bijt je op je lippen en denk je: konden ze me deze problemen niet gewoon vertellen? Waarom sturen ze me een visioen van een kronkelende schaduw die een kind in haar bed verstikt? Ach, wat een stel!

Je dromen kunnen vijanden worden, hè. De voorouders begrijpen niet dat dit geen gemakkelijke wereld meer is. Het maakt ze niets uit dat het niet langer genoeg is om als eerste door de tijd geraakt te zijn, om ouder te zijn. Nu zijn er dingen als geld, huidskleur en opleiding, en op de een of andere manier zijn mannen belangrijker geworden dan vrouwen, zelfs in haar eigen stam, waar het taboe is om een koning te hebben en het hoogste wat een man kan worden regent of *ntuna* is, of chief, zoals de witte mensen zeggen. Wie bepaald heeft dat mannen plotseling belangrijker zijn weet ze niet. Niemand weet het. Zo gaan de dingen tegenwoordig gewoon.

Natuurlijk, ook Mmakoma werd als kind naar de zendingsschool gestuurd en de nonnen zeiden dat ze slimmer was dan de jongens. Al met al was ze echter zwart, arm en een meisje en tegen de tijd dat ze naar de middelbare school in Mašupini liep om te vragen of ze toegelaten kon worden, kreeg ze te horen dat het maximumaantal vrouwelijke leerlingen al was bereikt. Zo was ze hier terechtgekomen, waar ze niet zomaar alles kon zeggen tegen mensen die niet zwart of arm, vrouw of ongeschoold waren, mensen die machtiger waren dan zij.

De voorouders trokken zich niets van dat alles aan. Is het niet zo dat ze alle tijd hebben om je lastig te vallen, zelfs over alledaagse dingen of dingen die nog jaren en jaren ver weg zijn? Is het niet zo dat je de symbolen best verkeerd kunt interpreteren? Omdat de voorouders zich soms zo vervelen met al die tijd die ze hebben, gaan ze vreemde symbolen in je dromen gooien. Ze laten je een kind zien dat wordt gewurgd door een schaduwslang of een schaduwhand, ook al heeft de voorspelling niets met slangen of handen te maken. En dan moet jij tegen de mensen gaan zeggen: 'Er is een voorspelling, maar ik moet wel zeggen, eh, het kan zijn dat de voorspelling anders is dan wat ik erover kan vertellen.'

De mensen houden er niet van om bang gemaakt te worden met dat soort dingen. Ze willen dingen horen die te begrijpen zijn. Ze willen hun tijd niet verspillen met praatjes en aanwijzingen en dingen als: 'Maar soms is een schaduw iets goeds. Soms kan hij betekenen dat je voorouders je wijzen op een talent dat je hebt genegeerd. Schaduwen die je verstikken kúnnen een goed teken zijn, omdat ze een diep verborgen gif uit je proberen te halen. Maar een schaduw kan ook een slecht teken zijn. Soms kan hij brand en de dood betekenen. En ik wil je niet bang maken, maar je hebt toch kinderen? Ik weet alleen niet of de dromen specifiek over jouw kinderen gaan.' Dan haal je onzeker je schouders op. Wat moet je dan doen? Mmakoma zweeg. Ze wilde het zeker weten.

Ze schudde vol ongeloof haar hoofd en zweeg totdat op een dag het jongste kind werd meegesleurd in de tragedie van haar moeder. Die lieve, lieve juffrouw Alisa, die de wereld in al zijn grootsheid had rondgereisd, op zoek naar iets wat haar aan het leven zou binden, iets wat zou verklaren waarom ze zo gemakkelijk van de ene stemming naar de andere danste. Ach, dit 'iets' wat ze wilde, ontging haar tot ze op een dag danste en uitgleed, en een daad beging die niet ongedaan kon worden gemaakt.

Op dat punt had Mmakoma geen andere keuze dan in te grijpen. De baas was overmand door verdriet en er was niemand anders om het verdriet van het levende kind op te vangen. Dus deed Mmakoma wat haar was geleerd door de oudere vrouwen van haar clan. Ze ging naar het slapende kind dat voor haar leven vocht en fluisterde tegen haar: 'Je moeder is overleden. Je zus is overleden.' Daarna wreef ze haar handen in met steenzout. Het kind zou misschien nooit vrede kunnen hebben met de doden, maar haar geest moest gerustgesteld worden door het nieuws, die moest op zijn minst rust vinden. Het kind had in haar slaap gekreund, er was een traan gevallen en op het kussen terechtgekomen en de voorouders waren eindelijk wat gekalmeerd.

Daarmee was Mmakoma's plicht echter niet afgedaan. De geesten van de moeder en het dode kind moesten ook rust vinden. Ze konden niet doelloos door het geestenrijk blijven dwalen zoals ze dat door het rijk der levenden hadden gedaan. Mmakoma moest opnieuw ingrijpen. Ze moest de regels van deze nieuwe wereld opzijzetten, die veranderde en veranderde en veranderde, zelfs terwijl de voorouders haar lastigvielen.

Ze wierp nog wat mais in haar mond en dacht al kauwend bij zichzelf: de ouderen hebben mij geleerd hoe deze dingen gedaan moeten worden. Ik moet bij het begin beginnen. De baas moet op een zachte manier leren om zijn realiteit te accepteren. Hij moet op dezelfde manier worden gerustgesteld als de geest van een kind dat in een droom te horen krijgt dat haar moeder is overleden. Ik moet geduld hebben met de baas. Hij heeft tenslotte een vrouw en een kind begraven voordat de tijd de kans had zijn gezicht met rimpels te tekenen. Ik moet geduld met hem hebben.

Mmakoma wist dat het niet gemakkelijk zou zijn; hij was een man die in niets geloofde, die gemakkelijk haatte. Maar bovenal was hij een witte man die haar aan het einde van de maand moest betalen voor de zorg voor zijn kinderen. Ach, de wereld veranderde en werd steeds vreemder. Het was niet langer genoeg om simpelweg ongelovig haar hoofd te schudden, wierookstokjes te branden en te zwijgen.

Ze zag hoe hij zich wentelde in zijn eenzaamheid, turend naar de zonsondergang in al zijn zinloosheid, wakend over zijn dochter terwijl hijzelf onbeschermd was.

Nu moest ze zich uitspreken. Ze moest hem helpen.

VELDEN VOOR MAIS EN KOEIEN EN EEN MANIER VAN LEVEN

Ze stond afgetekend tegen de naderende schemering, etherisch. De ondergaande zon bescheen haar van achteren, als een boodschapper van een godheid. Abram werd er heel even door verblind en keek weg. 'Ik zeg u,' vervolgde ze, zich kennelijk niet bewust van het effect van haar komst, 'de jaren zullen uw hart zuiveren. De bitterheid zal langzaam afnemen. Waar nu duisternis heerst, zal weer vreugde zijn.'

Ze was een vriendelijke vrouw, Gloria. Ze sprak vriendelijke woorden. Abram wilde haar niet choqueren door zijn ware gevoelens te uiten. Hij had op Alisa's graf kunnen dansen als de priester dat als begrafenisritueel had voorgesteld. Maar zoals de zaken er nu voor stonden, wilde hij Dido niet nog meer van streek maken dan ze al was en hield hij zich in. 'Ik hoop dat Emilia's ziel rust zal vinden,' zei hij alleen. Toen de stilte die daarna een tijdje bleef hangen te zwaar werd, te ongemakkelijk, voegde hij eraan toe: 'En die van mijn vrouw ook, natuurlijk.'

'Het zal moeilijk zijn voor Dido,' zei Gloria. Ze kwam altijd zo kalm op Abram over, het was geen vrouw die zich ooit door de wind zou laten meevoeren. 'Maar de tijd zal haar verdriet wegnemen.'

Abram keek naar Dido. Ze zat onder de wilg in haar dagboek te schrijven. Af en toe sloot ze haar ogen, strekte haar benen en liet dan haar hoofd tegen de stam rusten alsof ze in gebed was. Even later bracht ze haar hand naar haar hoofd en klopte op de bladeren die daar waren neergekomen. Ze glimlachte eigenaardig, vluchtig en droevig, en sloot haar ogen.

Gisteren nog had hij haar zien rennen, van en naar de oostelijke vleugel alsof ze Emilia achternazat, alsof ze niet een kindalleen was geworden, verlaten door haar dierbare zusje. Zich niet bewust van zijn aanwezigheid was ze in de ruïnes blijven staan en begon ze te huilen, met haar gezicht in haar handen. Toen hij haar troostte en zei dat alles goed zou komen, knikte ze en vroeg of ze weer verder mocht spelen. Hij had geprobeerd haar over te halen om samen met hem een spelletje te doen, maar ze had alleen gezegd: 'Mag dat een andere keer?'

Abram had geknikt en haar nagekeken toen ze in de richting van de wijngaard verdween.

'Mag ik bij u komen zitten, meneer?' vroeg Gloria.

'Jazeker.'

Abram klopte uitnodigend op de bank. 'We hebben veel te bespreken. Als de wereld een tijdje tot stilstand zou komen om mij de tijd te gunnen voor de genezing waar jij het over hebt, zou het misschien beter met me gaan. Maar helaas, zo gaan de dingen niet.'

Gloria ging zitten en verzonk in een welkome stilte. Ze keken naar Dido in al haar rust. Het briesje liet de vallende bladeren licht dwarrelend om haar heen dansen en net als even daarvoor opende ze zo nu en dan haar ogen om glimlachend naar het schouwspel te kijken. De bries ging over in lichte wind en de zwarte as van de ruïnes vermengde zich met de wilgenbladeren. Bij het zien van de as verdween Dido's glimlach en ging ze vlug verder met schrijven.

'Het zal het hart van het meisje breken als ze hier weg moet,' zei Gloria. 'Ik weet dat het niet aan mij is om hier iets van te zeggen, maar de beenderen van haar moeder rusten hier. En al was het niet aan haar, juffrouw Alisa koos deze plek als het graf voor de beenderen van haar dochter. Het betekent onheil om hen nu van elkaar te scheiden. Dit is haar thuis, het enige dat ze kent. U haat het nu, maar het is ook uw thuis.'

Abram probeerde zijn gedachten te ordenen in de hoop enigszins coherent over te komen. Toen hij sprak, deed hij dat afgemeten, erop lettend dat hij geen verdere vragen zou uitlokken. Hij was een vermoeid man. Zijn geduld begon langzamerhand uitgeput te raken.

'Weet je, ik kwam hier voor het eerst toen ik nog een kind was,' begon hij. 'Het was een wonderbaarlijke plek, vond ik. Ik was in Londen eens naar een museum geweest waar het hoofd van een beroemde koning werd tentoongesteld. Ik dacht dat dit heel eervol voor hem was en vroeg mijn vader waar de koning vandaan kwam. "Uit Egypte," zei hij. Op mijn vraag waar Egypte lag, antwoordde mijn vader eenvoudigweg: "In Afrika." Toen ik Alisa leerde kennen, vertelde ik haar over het museum en zei ik: "Ik hou al van Afrika sinds ik een kind was."

Alisa lachte daarom. Ze vond me naïef. En uiteindelijk vond ik haar verbitterd, giftig in haar oordeel. Mijn begrip voor haar was onvolledig, misschien even onvolledig als het geloof dat de hemel een paradijs is, bedoeld voor alle rechtvaardige zielen die deze wereld hebben verlaten. Ik vervloekte haar wrok, die ik slecht geïnformeerd achtte. Toen we elkaar leerden kennen was ze immers nog nooit in Afrika geweest. Ze was er nog niet verliefd op geworden,' zei hij spottend.

'Het heeft te lang geduurd voordat ik... Er waren een nieuwe wet en de dood van een kind voor nodig om tot dit besef te komen: in haar bitterheid, haar vergif, had Alisa gelijk. Er is hier niets meer om lief te hebben. Dit is niet mijn Afrika. Dit is niet mijn thuis en ook niet dat van Dido. Ik begrijp de behoefte om ergens bij te horen, Gloria. Ik moet toegeven dat dit als ironie kan worden beschouwd en, erger nog, dat ik die te danken heb aan Alisa's lafheid. Maar in zijn diepgang is het een ondubbelzinnige profetie over een onheilspellend voorgevoel, het is ironie waar ik rekening mee moet houden. Het is niet verstandig om mijn dochter hier te houden, waar ze niet gewenst is. Wij horen hier niet meer. Het gaat niet langer.

Hoe kan ik thuishoren op een plek waar dat voor mijn dochter niet mogelijk is? Het lijkt mij het beste om te zorgen dat ze zich geliefd voelt. Dat is mijn taak als haar vader en daar zal ik nauwlettend op toezien, tot aan mijn dood. Ik moet haar hier weghalen.' Dat moest voldoende zijn, vond hij. Hij knikte bij zichzelf en wachtte op Gloria's weerwoord.

Ze glimlachte. 'Ik ben een eenvoudige vrouw,' zei ze. 'Maar net als u, meneer, heb ik verhalen over Afrika. Ik heb over dingen nagedacht en nu is het nodig dat ik u een van die verhalen vertel.'

Abram knikte.

'Ziet u,' begon ze, 'mijn oudere nicht, de dochter van de oudere zus van mijn moeder, die van onze toen stervende grootvader de naam Nnadi kreeg, is de dierbaarste vriendin van een vrouw die ze Mantšha noemt. Het zijn mensen uit het noorden, waar de beenderen van mijn voorouders rusten.'

Ze gaf hem de tijd om de rolverdeling in haar verhaal in zich op te nemen, waarna ze de draad weer oppakte. 'Ik moet u eerst vertellen over Mantšha's schoonheid, anders begrijpt u niets van het vreemde verloop van haar tragedie. Zoals Nnadi het vertelde, had een man ooit een andere man vermoord vanwege die schoonheid. Ze hielden allebei van haar, zo werd er gezegd, en ze waren allebei te laf om zonder haar liefde te leven. Zij was een vrouw die door vreemde problemen werd getroffen, ziet u.

Toen Mantšha op een boerderij in Kroonstad was gaan werken en verklaarde dat ze een liefdesrelatie was begonnen met haar getrouwde baas, kwam dat voor Nnadi niet als een verrassing. Maar ziet u, dat was ook het moment waarop Mantšha's gevangengenomen geliefde, hij die ooit een ander had vermoord, terugkwam om haar op te eisen. Net als voorheen vochten twee mannen met elkaar en lag een van hen uiteindelijk dood op de grond, als vergelding voor Mantšha's schoonheid.

De baas-man, die de overwinnaar was in deze nieuwe tragedie, werd door de politie verhoord en kreeg vragen over verdwenen kostbaarheden uit zijn huis. Als antwoord wees de baasman naar Mantšha en zei: "Deze vrouw heeft mij verleid en ze spande samen met haar geliefde om mij te beroven. Daarom heb ik hem doodgeschoten."

Weet alstublieft dat ik met respect spreek, meneer, maar zo kwam het dat een man, net zo zwart als ik, de schuld kreeg van zijn eigen dood. En zo kwam het dat Mantšha werd veroordeeld, allereerst omdat ze zwart was en vervolgens omdat ze van een man hield die niet van haar ras was. Begrijpt u dit?'

'Ik denk van wel.'

Gloria knikte. 'Ik wil niet zeggen dat ik begrijp welke vrijheden mijn volk worden afgenomen door deze wet. Maar dit weet ik wel: hoe beledigend deze wet ook is, hij is nergens voor nodig. Mijn volk is wijs genoeg om deze dingen zelf te beseffen. De wet kan voor ons alleen maar een nieuwe vloek betekenen. U bent goed voor mij geweest, maar u bent een witte man en zulke dingen moeten gerespecteerd worden. Maar nu u weggaat, kan ik deze dingen gerust tegen u zeggen.

Ik kan u gerust vertellen dat mijn clan afkomstig was van een plek waar een vader en zijn zoon van hun hut naar een veld liepen, een veld waar geen einde aan kwam, meneer, waar een man vanaf zonsopgang werkte, waar hij rechtop ging staan, zijn handen op zijn heupen legde, in de verte spuwde en zijn voorhoofd wiste met de rug van zijn hand, het zweet in de wind wierp en zei: "Ach, het is hard werken op deze grond," en zijn zoon droomde dat hij op een dag, op een dag voordat de zon opkomt, wakker zou worden om op het veld te werken, dat hij zijn handen op zijn heupen zou leggen, in de verte zou spuwen en zou zeggen: “Ach, maar de oogst zal goed zijn dit jaar. Het enige wat we nodig hebben is regen.”

Een veld, meneer, een veld waar mais op stond, waar koeien graasden, waar zelfs onkruid stond. Dat veld was iets wat hij kon bezitten. Maar ikzelf zal zo’n clan niet voortbrengen. Er zijn geen velden meer. Er kwam een man om ons te vertellen dat we niet buiten ons erf mochten boeren, dat die plek niet van ons was. Een andere tak van de clan was ongelukkiger: zij werden weggehaald van het veld waar ze over hadden uitgekeken sinds de tijd dat hun alleroudste voorouders daar leefden. Ze werden van daar naar een dorre plek gebracht, een dorre plek waar te veel clans bij elkaar woonden.

En wij, wij hadden ineens een veld dat alleen bedoeld was om naar te kijken. Koeien konden we niet meer houden. Mais konden we niet planten. Koeien moeten grazen. Als er geen veld is, waar moeten ze dan grazen? Dus mijn moeder keek om zich heen en zei: “Mijn kind, je broer moet van de missieschool af. We moeten hem naar de mijnen sturen, naar Johannesburg.”’ Gloria liet een lachje horen. ‘Ach, mijn moeder heeft nooit Engels geleerd, en ook geen Afrikaans,’ vervolgde ze. ‘Als zij “Johannesburg” zegt, meneer, zult u lachen. Ach, maar die keer lachte ik niet, want mannen die naar de mijnen gaan, komen nooit meer terug. Toch wilde mijn moeder mijn broer daarheen sturen.

U kunt mij vragen waarom mijn moeder zoiets zou doen. En het antwoord is dat de clan, net als de koeien, voedsel nodig had. Maar er was geen mais, want het veld was nu alleen nog maar om naar te kijken. Er stond nu een hek om het veld, met een man met een geweer erbij om het te bewaken. Ik weet niet of het waar is, maar dit vertelde mijn moeder me: ze had een man gezien die vanwege zulke geweren zonder been was teruggekeerd uit de Grote Oorlog. Ze zei dat we niet naar het veld mochten en dat deden we niet.

Dus alleen de heel jonge kinderen van de clan stuurde ze naar een missieschool. Eén broer stuurde ze naar de mijnen. Eén broer stuurde ze naar een boerderij waar mango's werden geteeld. Eén zuster ging uit zichzelf naar Johannesburg, maar niet naar de mijnen. Ze ging naar een plek zoals deze, net als ik. Ze zorgt voor de kinderen van een vriendelijke baas-man. Maar thuis begonnen de koeien te sterven. Dit waren de koeien van mijn grootvader en toen hij stierf, hebben we hem begraven in de huid van een van die koeien. Die hadden we geslacht voor de voorouders. Maar nu stierven de koeien vanzelf.

Het was maar iets kleins, meneer. Het was iets kleins dat begon met velden, velden – velden voor mais en koeien en een manier van leven. Velden die alleen bedoeld waren om naar te kijken, maar nooit om te ploegen, te begrazen of over te dragen in de geschiedenis van een kind. Velden die een volk ooit toebehoorden en toen niet meer. Velden, meneer, velden die een clan staande hielden. En pas toen ik hier kwam, leerde ik de naam kennen van datgene waardoor onze clan verstrooid raakte. De Wet op Naturellengrond, noemen ze dat. Net als een geliefd kind heeft dit ding een naam. Maar om terug te komen op waar het om gaat, ik wil niet zeggen dat ik begrijp welke vrijheden mijn volk worden afgenomen door deze wet.

Maar dit weet ik wel: als een man ons komt vertellen dat iets voor ons verboden is, beginnen wij te sterven. Onze gewoonten en gebruiken sterven. Ik vertel u deze lange verhalen omdat ik wil dat u Afrika begrijpt, of tenminste het Afrika waar ík mijn leven leid. Het gaat hier nu al heel lang zo, maar deze vreemde problemen raakten u tot nu toe niet, dus u hield onvolledig van Afrika, zoals een kind van de warmte van een wintervuur kan houden zonder te weten of te begrijpen hoe het vuur is ontstaan, of dat het zomaar kan veranderen in een vijand waaraan je je kunt branden. Nu u zich aan het vuur heeft gebrand, denkt u dat er niets meer is om van te houden en wilt u vluchten.

Maar u vlucht voor het verkeerde. Als u moet vluchten, doe het dan alstublieft goed.'

Abram dacht zwijgend na over wat ze had gezegd. Vervolgens zei hij: 'Afrika is een ingewikkelde plek.'

'Afrika is Afrika, meneer.'

De stilte hield aan. Ze bewonderden de schoonheid die voortkwam uit de schuchtere vermenging van dag en nacht. Die zette de wereld in een gouden glans en schilderde lange krachtige schakeringen en schaduwen. Nu de stilte was gerijpt, keek Gloria voor het eerst sinds ze elkaar kenden naar hem zoals een moeder naar haar kind zou kijken. De vertrouwde onderdanigheid was van haar gezicht verdwenen, evenals het medelijden van de afgelopen dagen. In haar ogen, aan de randen gerimpeld door ouderdom en wijs geworden door een leven vol ontberingen, stond een autoriteit te lezen die hem verwarde, want die was even ongewoon als de zekerheid in haar stem.

Ze zei: 'Juffrouw Alisa heeft iets vreselijks gedaan, maar het is onverstandig om te weigeren te rouwen om haar overgang naar de geestenwereld. Mijn eigen kennis van Afrika heeft mij geleerd dat geesten, als ze gevoed worden door haat en andere verstrekkende zaken van deze wereld, blijven ronddwalen en als ze blijven ronddwalen, komen ze spoken, meneer. Spoken laten zich nooit makkelijk verjagen. U moet gereinigd worden om de geest van uw vrouw de weg te wijzen naar haar voorouders. Juffrouw Alisa was van mijn volk, haar overgang moet op deze manier geëerd worden.

Als iemand die van u en uw familie houdt, smeek ik u om dit voor het kind te doen. We moeten haar reinigen van de aanraking van de dood zolang de tijd nog aan onze kant staat. We moeten de voortekenen die haar achtervolgen onschadelijk maken. Ik kan u hierbij helpen. Het heeft niets om het lijf. Echt niet.' Ze leek spijt te hebben van haar uitbarsting, trok zich terug op de bank en vouwde haar handen in haar schoot. 'Het komt alleen omdat ik me zorgen maak, meneer,' zei ze vergoelijkend. 'Deze dingen moeten goed gedaan worden.'

Verderop bij de treurwilg weefde Dido de gouden stengels van de boom tot wat Abram aannam een mand was. Als hij naar haar keek, zocht hij vaak naar tekenen van zichzelf in haar gezicht, om te zien of haar ogen of haar wangen de zijne waren, of de manier waarop ze de uitspraak van haar lettergrepen langer maakte dan de bedoeling was. Had hij haar deze dingen gegeven, was het Alisa, of waren het gewoon de symptomen van de jeugd?

De mensen zeiden graag dat Abram nergens in geloofde, maar dat was niet helemaal waar. Ja, hij geloofde dat het leven precies was wat het was, met niets ervoor, erna of meer dan wat hij kon zien, aanraken of weten. Hij geloofde dat als hij eenmaal uit Zuid-Afrika was gevlucht, de problemen van hier Dido niet konden raken door een of andere mystieke hand van het lot of iets onvermijdelijks. En hij geloofde met heel zijn hart dat welke ramp hun hierna ook nog zou overkomen, die niet het gevolg zou zijn van zijn onwil om Alisa te vergeven.

Maar nu, daar bij de treurwilg, leek Dido te veel op haar moeder. En als Abram zoiets inherents als een manier van praten kon doorgeven, zou Alisa dan niet haar erfenis van ronddwalen en melancholie kunnen doorgeven? Niet op een bovennatuurlijke manier natuurlijk, maar gewoon omdat Alisa haar moeder was, zou Dido zich ook rusteloos voelen in de wereld, zou zij er net zo gedesillusioneerd door raken? Zou ze op een dag een verleden kunnen herhalen waaraan ze zo ternauwernood ontsnapt was?

De mensen zeiden dat hij nergens in geloofde, maar dat was niet waar. Hij geloofde in de behoefte om ergens bij te horen, bij een plaats, een volk, een macht die ze niet begrepen of niet konden begrijpen, bij wat dan ook, zolang ze maar ergens bij hoorden. Hij zou zijn dochter wegrukken uit haar vertrouwde omgeving om juist daarnaar op zoek te gaan. Hij zou afstand doen van alles wat ze kende, van elke schuilplaats die ze had gedeeld met haar zus, elk avontuur, elke herinnering en elke droom die ze hadden. Hij zou dit alles voor haar opgeven, opdat zij ergens thuis zou horen, waar dan ook. Had hij niet geprobeerd hetzelfde voor Alisa te doen? Maar had hij niet gefaald? Zou dit laatste, dit laatste kleine dingetje dat Gloria aanbood, kunnen slagen? Ten slotte vroeg hij: 'Wat wil je doen?'

'Als de geschiedenis anders was verlopen, zou ik de namen van juffrouw Alisa's voorouders oproepen om het kind te beschermen, om te voorkomen dat hun geesten boos zouden worden en haar op een dwaalspoor zouden brengen. Maar juffrouw Alisa heeft haar volk nooit gekend, noch de naam van de stam of van haar clan, daarom zal ik uw volk en het mijne aanroepen. Het kind moet ergens thuishoren, meneer, anders zal ze net als haar moeder dolend door de wereld gaan. Als ze later, als vrouw, haar eigen weg kiest, weg van u en het lot van haar moeder, hoeft ze niet te verdwalen.'

'Ik moet hierbij echter opmerken dat mijn voorouders mij hebben laten vallen op de dag dat ik met Alisa trouwde,' zei Abram. 'En die van jou, Gloria, zijn weliswaar van hier, maar niet van Alisa. Emilia was ook bezoedeld met mijn bloed. Zullen je voorouders haar ziel verwelkomen?'

'Juffrouw Alisa was een weesvrouw. Ik zal hun smeken om haar dit laatste toevluchtsoord te schenken. Mijn voorouders zullen haar opnemen, dat weet ik. Ook zij waren een verweesd volk, verdreven van hun land naar een dorre vallei. Ze weten hoe zwaar het is om te moeten ronddolen. Ik beloof u dat ze haar en de kinderen zullen opnemen. Ze geven niets om huidskleur. Ze zullen hen beschermen totdat hun geesten de geesten van juffrouw Alisa's volk hebben gevonden. Misschien vinden ze zelfs de geesten van de overleden verwanten die u nooit hebben laten vallen.'

Abram knikte. Hij nam aan dat het plan niets van hem zou vergen en, zelfs als Gloria een charlatan zou blijken te zijn, zou Dido vertrekken in de overtuiging dat ze ergens bij hoorde, bij een volk, ook al begreep hij er zelf niets van.

Hij kon Emilia's naam niet uitspreken zonder in tranen uit te barsten, dus zei hij vlug wat nog gezegd moest worden, voordat de tranen zouden stromen en hij tot een huilende dwaas was gereduceerd. 'Zal de geest van mijn dochter werkelijk een toevluchtsoord vinden?'

Gloria antwoordde eenvoudig en vol vertrouwen: 'Jazeker, meneer. Ik beloof u dat ze dat zal vinden.'

'Dan is het goed. Doe wat je moet doen.' Hij stond op, trok zijn kleren om zich heen en nam zijn hoed voor haar af. Ze beantwoordde zijn groet en trok zich vervolgens terug in de keuken om hun avondmaal te bereiden.

Abram bleef een tijdje staan, zich koesterend in de koelte van de bries en genietend van de zonsondergang, die de westelijke hemel in vuur en vlam zette; het was schitterend om te zien hoe de kleuren uitzwermden en weer bijeenkwamen. Toen deelde de zon een laatste felle steek uit en ging zonder pardon onder. De kleuren stolden tot een sombere tint blauw die algauw overging in duisternis.

Abram zette zijn hoed weer op en ging op weg naar zijn dochter.

Toen Dido haar ogen opende, zag ze haar vader in een fauteuil bij haar bed zitten. Het was een lage stoel, lager dan het bed, dus Dido keek naar de kruin van het gebogen hoofd van haar vader. 'Papa,' zei ze. Haar keel was rauw en droog. Ze kuchte en schraapte haar keel, waarop haar vader wakker schrok.

'Hallo, Dido,' zei hij geeuwend, waarbij hij zijn gezicht in een flauwe glimlach plooide en rechtop ging zitten. Hij had de gewoonte aangenomen om bij haar te waken als ze sliep. Zelfs bij het zwakke licht van de lantaarn zag Dido de vermoeidheid in zijn ogen.

Ze kwam overeind en sprong op de grond. 'Hallo,' zei ze en ze stapte in de omhelzing van haar vader. 'Het is nog nacht, hè?' vroeg ze.

Haar vader ging staan, zodat hij haar weer in bed kon leggen. 'Ja,' zei hij. Hij had zijn pak nog aan en zijn hoed lag op haar bed. Waarschijnlijk was hij nog maar een paar minuten geleden uit de stad teruggekomen. De laatste tijd ging hij vaker naar het veilinghuis. 'Ik heb je toch niet wakker gemaakt?' vroeg hij.

Dido schudde haar hoofd. 'Nee hoor.'

Hij stopte haar in onder de deken en leunde achterover in de fauteuil. 'Heb je iets gegeten?'

'Ja, nanny Gloria is bij me komen zitten. Ze heeft me een verhaaltje verteld.'

Kijkend naar haar vader trok er een scheut van verdriet door Dido heen. De flauwe glimlach die hij haar even daarvoor had geschonken, lag nog steeds op zijn gezicht. Hij keek naar haar zoals haar moeder had gedaan op de avond van de brand. Het was alsof hij haar iets wilde vertellen, maar nog niet had besloten of hij dat zou doen of niet.

Ze had nanny Gloria en de dienstmeisjes met elkaar horen smiespelen. Ze wist al dat hij van plan was Zuid-Afrika te verlaten. Ze wist dat hij de boerderij, het landgoed en alles wat erbij hoorde overdroeg aan de Provinciale Raad, of anders aan iemand die Alfred Aaron de Pass heette. Ze vond dat ze haar vader deze dingen moest vertellen, dat hij zich geen zorgen over haar hoefde te maken. 'Papa,' zei ze, 'is het waar dat we weggaan?'

Het leek haar vader niet te verbazen dat ze het wist. Hij keek zelfs alsof hij er wel blij mee was, want zijn glimlach werd breder. 'Ja,' zei hij. Toen werd zijn gezicht ondoorgrondelijk. 'Zou je daar verdrietig van worden?'

Dido wist niet goed wat ze daarop moest zeggen. Ze keek opzij, weg van haar vaders droevige ogen, en liet haar ogen door de kamer dwalen die ze altijd met Emilia had gedeeld. Het was gek om die nu te zien als van haar en van haar alleen. De wieg in de hoek bijvoorbeeld was voor Dido gemaakt, maar Emilia had er ook in gelegen. De teakhouten ladekast ernaast zat vol met porseleinen poppen die zowel van Emilia als van Dido waren. Ook het bed hadden ze gedeeld.

Op een keer, toen Emilia bang was geworden na een van de verhalen van hun moeder, had ze gesmeekt om aan de linkerkant te mogen slapen, weg van de deur, omdat ze zichzelf ervan had overtuigd dat de geest van Verlatenbosch de berghellingen had verlaten om bij haar te komen spoken. Zelfs nu Emilia was gestorven, sliep Dido nooit aan de linkerkant. Dat was Emilia's kant. Dido zelf hoorde rechts, dichter bij de deur en eventuele indringers, waar zij als oudere zus Emilia beter kon beschermen.

Als haar vader het landgoed aan iemand anders zou overdragen, zouden deze spullen niet meer van Dido en Emilia zijn. Ze zouden herinneringen worden. En wat ging er gebeuren met de graven van Emilia en moeder? Zou haar vader die meenemen? Of zou hij ze laten waar ze waren, op de heuvel tussen de wijngaarden? Zouden moeder en Emilia werkelijk in vrede rusten (zoals op de inscripties op de graven stond) als hun zielen wisten dat Dido hen niet meer zou komen opzoeken?

'Dido,' zei haar vader, haar gedachten onderbrekend, 'zou je verdrietig zijn als je hier weg moet?'

Dido voelde wel dat er geen ontkomen aan was en knikte uiteindelijk. Ze wilde iets zeggen, maar ze was bang dat ze dan zou gaan huilen. Dus strengelde ze haar vingers in elkaar en hoopte dat haar vader de tranen in haar ogen niet zou zien.

'Ik word er ook verdrietig van,' zei hij. 'Maar we kunnen niet blijven, lieverd.'

'Waarom niet?' Twee woordjes durfde ze wel te riskeren.

Haar vader maakte haar vingers los en verstrengelde ze met de zijne. Hij zuchtte diep. 'Omdat ik van je hou, Dido,' zei hij. 'En als we blijven, kan het zijn dat we van elkaar worden gescheiden. En omdat...' Hij zuchtte opnieuw. 'Omdat... Omdat ik met jou op avontuur wil gaan.'

Dido knikte. 'Oké.'

'Het spijt me, lieverd. Hoor eens, ik heb een nieuwtje dat je zal opvrolijken.'

Dido ging rechtop zitten. 'Zou je het leuk vinden om bij de clan van nanny Gloria te horen?' vroeg hij.

Dido schraapte haar keel. 'Net als de rode jongemannen?'

'Nou, niet helemaal. Een rode jongedame zou je dan zijn.'

'Echt?'

'Ja, dat zegt nanny Gloria.'

'En jij? Kun jij ook bij de clan van nanny Gloria gaan horen?' Er verscheen een flits van verdriet in zijn ogen. Hij haalde zijn schouders op. 'We zullen zien,' zei hij. 'Emilia gaat ook tot de clan behoren, net als je moeder. Nou ja, hun ziel, zoals Gloria zegt.'

Dido was ineens helemaal opgekikkerd. 'Waren ze maar hier.' Haar eigen woorden maakten haar meteen weer verdrietig. Haar stem klonk zachter, zonder enige blijdschap, toen ze zei: 'Dan zouden ze het weten. Emilia zou het fijn vinden om bij een clan te horen. Moeder ook, denk ik.'

'Ja,' zei haar vader. 'Ja.'

'Wanneer gaat nanny Gloria het doen?'

'In de komende week.'

'Denk je dat het pijn doet? Ik bedoel alleen... Zal ik erdoor veranderen?'

Haar vader schudde zijn hoofd. 'Het doet geen pijn en het zal je niet veranderen. Het enige wat er verandert is dat jij en Gloria verwanten van elkaar zullen zijn.'

Na die woorden kwamen er nieuwe zorgen bij Dido op. 'Maar papa,' zei ze, 'jij en ik zijn toch een clan?'

'In zekere zin, ja.'

'Als ik in Gloria's clan word opgenomen, kan ik dan ook nog bij jouw clan horen?'

'Dat kan.'

'Weet je het zeker?'

'Natuurlijk. Onze liefde bindt ons. Jij en ik zullen altijd een clan blijven.'

'Dat is fijn,' zei Dido. Haar vader knikte instemmend.

Ze zwegen een tijdje. In de stilte leunde haar vader achterover in zijn stoel, kruiste zijn enkels en vouwde zijn armen achter zijn hoofd. Ook dit riep herinneringen op aan de dag van de brand. Terwijl Dido en Emilia aan de rand van de wijngaarden hadden gespeeld, had hun moeder kortstondig verkeerd in het soort griezelige vreugde dat nu op haar vaders gezicht stond gebeiteld. Dido wist niet wanneer de stilte was geëindigd, ze was ongewild in slaap gevallen. Toen ze weer wakker werd, was het ochtend.

Onder de waakzame ogen van nanny Gloria werd de kleipot van de wagen naar de treurwilg gesjouwd. Dido verdacht haar ervan dat ze hem het liefst zelf had gedragen. Maar helaas, daar had ze de kracht niet voor en dus moest ze de klus tot haar spijt overlaten aan de mannen.

Dido had nog nooit zo'n grote pot gezien. Hij was bijna perfect bolvormig, met hier en daar wat schroeiplekjes maar verder helemaal glad. Als je hem zo zag, moest het wel de sterkste pot zijn die ooit had bestaan. Maar door de manier waarop nanny Gloria de mannen uitschold omdat ze de bocht te dicht bij de keldermuren namen, of omdat ze hun schouders te veel ontspanden en daardoor hun plicht niet deden, begon Dido te geloven dat het eigenlijk de kwetsbaarste was.

'Helemaal tot aan de boom,' zei nanny Gloria. 'Zet hem maar bij de grijze steen. Voorzichtig nu, heel voorzichtig.' Hoewel ze hun hoofd schudden, volgens Dido van ergernis, deden de mannen wat ze zei. 'Ik zie het wel, Khaled,' voegde ze eraan toe. 'Je draagt jouw deel van het gewicht niet.'

Haar vader keek toe met een glimp van vrolijkheid op zijn gezicht. Hij probeerde zijn glimlach achter zijn hand te verbergen, maar nanny Gloria zag het en ze schudde haar hoofd en wijdde zich onmiddellijk weer aan haar taak als toezichthouder. Dido dacht dat de mannen, als ze niet zo moe waren geweest, het hele gebeuren vast ook heel grappig hadden gevonden. Ze rekten hun rug, strekten hun armen uit en namen met lichte knikjes en glimlachjes afscheid van haar vader. Hij en nanny Gloria zeiden allebei: 'Bedankt.'

Toen ze de pot beter bekeek, werd Dido nog nieuwsgieriger dan ze al was. 'Er zit een kleine opening in,' zei ze. 'Hoe kun je er dan mee koken?'

'Hij is niet om mee te koken,' zei nanny Gloria. 'In mijn taal noemen we het geen pot. Dat is een woord dat westerlingen voor het gemak gebruiken. Dit is bedoeld voor water. Hij houdt het water koel in de zomer en geeft het smaak. Wanneer er iets te vieren is, vullen we hem soms met bier.'

'Hoe geeft hij het water smaak?'

Nanny Gloria haalde achteloos haar schouders op en zei met een glimlach: 'Dat is een mysterie.' Ze wendde zich tot vader: 'Kunnen we beginnen, meneer?'

Vader knikte, waarop ze hand in hand rondom de pot gingen staan, met Dido's rechterhand stevig in die van haar vader en haar linkerhand in die van nanny Gloria.

Nanny Gloria boog zich over de pot en in een taal waarvan Dido wist dat het haar moedertaal was, riep ze haar voorouders aan. Zoals ze Dido eerder had uitgelegd, liet ze hun nieuwe eigennamen en ook hun extra, plechtige namen weergalmen om hen aan te roepen, hun aandacht te vragen. Die namen, heilig als ze waren, effenden het pad voor de verhalen over de ballingschap van een volk uit een oud chiefdom in het noorden. Ze verhaalden van Mmaselekwane, hun koningin, en van de wrattenzwijnclans die rivieren temden en over nieuwe, eigen chiefdommen regeerden.

Ze riep hen op, uit graven van dichtbij en van ver weg, van hier en daar, zelfs degenen die uitgezworven waren naar het zuiden – ver weg in het zuiden, tot waar de wortels van Mmaselekwanes nalatenschap zich uitstrekten. Nanny Gloria riep hen getrouw op en pas toen ze wist dat ze allemaal samengekomen waren, begon ze haar smeekbede.

'Ik ben het, Mmakoma,' zei nanny Gloria, 'de oudste dochter van Khelelo en Matome, de zaden van Mokope en Moselana, van de Grote Luipaard van de Mmamolapi-rivieren. Ik smeek u om naar mij te luisteren, want ik sta hier om u te smeken deze weesmensen op te nemen. Schenk hun verbondenheid. Ik geef hen aan u. Luister alstublieft naar hun namen, neem hun bloed in u op en bescherm hen.'

Ze gaf vader een teken dat hij het moest overnemen, zoals ze hem had geïnstrueerd. Hij boog zich over de opening van de pot. 'Mijn vader noemde mij Abram van Zijl,' zei hij in het Afrikaans. 'Mijn volkeren kwam uit Nederland en Engeland, aan de andere kant van de westelijke zeeën. Daar liggen mijn wortels. Ik breng u mijn dochter, wier moeder, door haar vader Alisa Miller genoemd, in zekere zin van dit land was. Maar ze kende haar clan en stam niet, evenmin als de namen van haar voorouders. Dit is het kind dat ik u breng en ik smeek u om haar te behoeden als een van de uwen, als uw eigen bloed. Ik smeek u om haar te beschermen. Ik... Dank u wel.'

Hij keek naar nanny Gloria, die knikte om aan te geven dat hij zijn taak goed had volbracht. Vader slaakte een zucht van opluchting en kwam overeind.

Toen Dido aan de beurt was, bracht ze haar mond zo dicht mogelijk bij de opening van de pot. Haar stem trilde van een emotie die ze niet kon verklaren, maar klonk even luid en moedig als die van nanny Gloria, of dat hoopte ze althans.

Uit wat haar was verteld, had ze begrepen dat haar vader en zij zich hiermee zuiverden van alle tegenspoed die kon volgen op de dood van Emilia en moeder. Dido wist niet of ze alles wel goed begreep, maar ze wist wel dat haar vader zich zorgen om haar maakte en dat nanny Gloria in voortekens geloofde. Omdat ze zich zorgen maakte over de geheimen die ze over haar moeder te weten was gekomen, dacht ze dat het ritueel inderdaad wel nodig was. En zoals haar vader had gezegd, zou ze tot de clan van nanny Gloria gaan behoren.

Ze schraapte haar keel en verdrong haar tranen. Opnieuw begon ze haar oproep, eveneens in het Afrikaans: 'Van mijn vader en moeder heb ik de naam Alisa Dido van Zijl gekregen. Ik ben gekomen om mijn toevlucht te zoeken bij u. Ik kreeg de naam Khelelo van nanny… van Mmakoma.' Haar stem daalde tot een fluistering. Ze was bang dat ze, als ze harder zou praten, in tranen zou uitbarsten en alles zou bederven. En zo bleef het bij gefluister. 'Ik ben Khelelo. Luister alstublieft naar me,' besloot ze.

Ze dacht dat ze de woorden hoorde echoën. Of misschien was het een droom. Maar ze voelde dat ze boven de wind uitkwamen, die nu uit de Valsbaai waaide. Eerst luid, maar daarna ging de roep over in een zacht ritme dat de vele stemmen die haar riepen meevoerde, de lucht in. De taal klonk haar vreemd in de oren, maar ze wist dat ze de liederen die ze zongen, de geheimen die erin verborgen lagen, eerder had gehoord.

Het lied droeg haar naam door de wind heen, door alle tijden en alle echo's van de mensen die zich ter plekke met haar verbonden. De roep bracht haar tot rust. Hij verweefde haar met de eindeloze linten van vreemde gezichten en vreemde namen en schaduwherinneringen. Hij trok haar zachtjes en vervolgens krachtig de pot in, waar de gezichten, namen en herinneringen haar verhalen vertelden die haar ziel een schuilplaats boden.

Haar hart zwol van opluchting. Ze sloot haar ogen en volgde het pad van de echo's. Toen ze zich terugtrokken in de bakermat van hun geboorte, toen het lied wegstierf, het web haar losliet en de bijeengekomen voorouders uitzwermden, namen ze afscheid. Dido zei: 'Alstublieft, zoek mijn volk… Bescherm me.' De gezichten, de vele ogen die vanuit gene zijde toekeken… Ze wist dat ze haar zagen. Ze riepen háár aan, niet de wind. Mettertijd zouden ze haar horen.

Maar het was allemaal een droom, dacht Dido. Als ze nanny Gloria en haar vader zou vertellen wat ze zojuist had gezien en gehoord, zouden ze haar vast en zeker uitlachen. Dus glimlachte ze en probeerde de tranen in haar ogen weg te vegen voordat een van hen ze zou zien.

Haar vader sloeg zijn arm om haar heen. 'Ik ben bij je.'

'Je hebt het goed gedaan,' zei nanny Gloria. 'Nu moet ik hun zielen terugsturen.'

Nanny Gloria scheurde twee uitlopers van een tak van de treurwilg en ging ermee naar de oostelijke vleugel van het landhuis. Ze knielde neer en sprak tot de overleden zielen. Ze vertelde hun dat ze nu dood waren, dat ze niet meer tot het rijk der levenden behoorden. Vervolgens vroeg ze hun om geduld te hebben, kalm te blijven en niet bang te zijn, omdat zij hen zou begeleiden naar hun graven. Nog steeds rustig vertelde ze hun dat hun graven de poort waren naar het hiernamaals, waar de voorouders wachtten. Ze zei dit allemaal in een gebroken soort Engels, doorspekt met Afrikaans. Toen ze de geesten tot rust had gebracht, nam nanny Gloria de wilgenscheuten mee naar de heuvel in de wijngaarden, waar ze ze naast de graven begroef.

'Nu moeten we de kleren verbranden,' zei ze toen ze weer terug was.

Dido en haar vader brachten haar de kleren die ze in de nacht van de brand hadden gedragen. Ze moesten tot as worden verbrand om dan begraven te worden onder de treurwilg, waardoor er niets meer over was dat hen kon volgen naar waar ze heen gingen. Onder normale omstandigheden zouden Dido en haar vader zelf de kleren in de vlammen gooien, had nanny Gloria gezegd. Maar de omstandigheden waren niet normaal – Dido kon er niet tegen om dicht bij vuur te zijn – dus bouwden zij alleen de kleine houten brandstapel en zou nanny Gloria hem aansteken.

Toen ze klaar waren, vertrokken Dido en haar vader naar de veiligheid van het landhuis. Terwijl haar vader zich verdiepte in de papieren op zijn bureau, sloop Dido het huis uit en verstopte zich in de hoek van de kelder om beter te kunnen zien wat er onder de wilg gebeurde.

Nanny Gloria verspilde geen tijd. Er steeg al rook op, die de lucht enigszins vervuilde met zijn geur en schimmige zwartheid. De vlammen eronder verwoestten alles wat ze aanraakten. Het leek zo eenvoudig, als het waar was, dat het wegdoen van de kleren door ze aan datgene te geven wat haar zus van haar had afgenomen, ook de eventuele vloeken die erop volgden zou opheffen. Maar dat was precies wat nanny Gloria beloofde en Dido hoopte met heel haar hart dat het waar was.

HOE DE MELKWEG AAN DE HEMEL KWAM TE STAAN

Dido zat achter de kamferboom en stelde zich voor dat haar moeder haar in de gaten hield vanonder de treurwilg. Maar er was niets aan nu Emilia haar niet voortdurend lastigviel. Haar dagen waren zo stil geworden dat ze het liefst wilde huilen.

Ze probeerde nieuwe spelletjes te bedenken waarvoor ze Emilia niet nodig had. Rennend door de wijngaarden voelde ze een leegte achter zich. Het voelde onnatuurlijk. Dat was de ruimte waar Emilia had moeten rennen, met haar haren wild achter zich aan zwiepend en haar lach die de griezelige sfeer van de velden zou doorbreken. Het voelde onnatuurlijk dat Emilia zomaar was overleden en Dido helemaal alleen had achtergelaten. Ze werd er verdrietig van en soms, als ze er te lang over nadacht, kon ze niet meer stoppen met huilen.

Het hielp om onder moeders wilg te gaan zitten en alles op te schrijven wat ze zich van Emilia herinnerde. Zo zou ze niets vergeten, zelfs niet dat Emilia en zij op een keer vuurvliegjes gingen zoeken in de wijngaarden en niets anders vonden dan motten en hun larven. Emilia was ervan overtuigd dat het vlinders waren en dat leidde natuurlijk tot een discussie over de verschillen tussen motten en vlinders.

En dan die keer dat ze een zeester hadden gevonden, net aan de rand van de zee. Emilia probeerde hem een stukje van haar appel te voeren, maar dat lukte niet. Dido had het allemaal onthouden en schreef het op. En wanneer ze de graven bezocht, las ze Emilia die verhalen voor.

Gloria zei dat het hiernamaals een betere plek was dan de wereld hier. Daar was Dido blij om, haar moeder zou daar gelukkig zijn. Maar Dido wilde niet dat Emilia helemaal zou opgaan in de genoegens van het hiernamaals en haar zou vergeten, daarom vertelde ze de verhalen zo getrouw als ze kon, in de hoop dat haar stem die verre en onbekende plek zou bereiken.

Ze zou spoedig de Kaap verlaten en Transvaal doorkruisen, de grens oversteken naar Rhodesië en daarna misschien verder reizen over zee. Ze zou niet langer thuishoren in de Kaap. Met dat in het achterhoofd zorgde Dido ervoor dat ze haar lessen gauw afmaakte, omdat ze elke seconde nodig had om zoveel ze kon in haar dagboek te schrijven. Als ze daarmee klaar was, speelde ze de spelletjes die ze vroeger samen met Emilia had gedaan. Het was de laatste keer dat ze dit kon doen, dat ze in ademloze zinloosheid tussen de wijnranken door kon rennen. Dit waren de laatste momenten dat ze zou behoren tot de plek waar ze zoveel van hield. Ze wilde er alles uithalen wat erin zat, afscheid nemen van hier en van de avonturen met haar zusje.

En dus rende ze alsof ze danste, zoals ze dat met Emilia had gedaan. Ze zwierde van links naar rechts, tilde haar benen lenig op en keek over haar schouder naar de leegte achter haar, terwijl ze zich voorstelde dat Emilia's hand haar rok op het nippertje miste. Ze holde wervelend over het pad door de wijngaarden, rond en rond, telkens weer terugkerend naar de verbrande oostvleugel. De ooit witgekalkte muren zaten onder het roet, waardoor het was alsof ze in de schaduw verborgen waren. Maar op sommige plekken aan de westzijde waren de muren hagelwit gebleven, in schril contrast met de in schaduwen gehulde ruïne.

Een stofhoos schepte as op uit de ruïnes en steeg wervelend op, hoger en hoger, totdat hij even hoog was als de verbrande muren. De as danste in het stof en bespikkelde het bruin zo diep met zijn zwartheid dat de stofhoos zwart kleurde als de nacht.

Nu draaide hij zich van Dido af, omlaag, omlaag, helemaal naar de rode els.

Ze gooide haar schoenen uit en volgde het pad dat door de windvlaag was uitgehold. Terwijl het landhuis achter haar uit het zicht verdween, nam de stofhoos langzaam in kracht af, totdat er uiteindelijk niets anders overbleef dan alles wat hij had meegevoerd. Dido volgde het pad met zand en as, helemaal via de kloof met de rommelige plantenweelde naar de wijngaard.

Toen ze haar in het oog kregen, staken de arbeiders hun hand op ter begroeting. 'Goedendag, juffrouw Dido,' riepen ze. Ze stak haar hand op en groette terug. Ze glimlachten, zetten hun zonnehoed recht en gingen snel weer aan het werk.

De grond deed pijn aan haar voeten. Ze voelde dat ze haar schoenen nodig had en liep terug naar de verbrande muren om ze te halen. De zon werd steeds warmer en ze trok haar jas en kousen uit. Tariq of een andere landarbeider had het zand en de as al opgeruimd toen Dido terugkeerde naar de boom, daarom koos ze een andere weg en holde over het paadje tussen de bomen. Ze strekte haar armen uit alsof ze vloog. 'Ik ben een kraanvogel,' zei ze tegen de wind. En de wind riep terug, met zachte stem en zwakke, rustgevende woorden.

Ook de stemmen van de arbeiders klonken ritmisch harder en zachter; ze barstten uit in gelach, in kreten van schrik en geroezemoes van geheimen en andere dingen die om haar heen bleven hangen.

Soms klonk het als een lied of als het zoemen van bijen, dan weer alsof Dido's naam werd geroepen en echode in de wind.

Het bracht haar tot rust, bood haar houvast en trok haar de lucht in, waar Emilia's ziel en die van haar moeder een schuilplaats hadden gevonden. Ze sloot haar ogen en volgde het pad van haar herinnering.

Op een keer had nanny Gloria Dido over haar eigen volk verteld. Ze kwamen uit Transvaal, zei ze, en ze waren allemaal zo klein als zij. Ze sprak over de geboorte van de ploegmaanden, wanneer de zeven sterren van Khelemela verschenen in het ochtendlicht om de zaaiers te wekken uit hun slaap. En zo begon de tijd. De dingen van de zomer waren geboren. Meisjes werden naar de hut gestuurd om vrouw te worden, op de vlakten tierde het leven welig, kinderen werden dik van vreugde. Dido wees naar Khelemela en zei tegen Emilia: 'Zie je de voorbode van de zomer, daar in de lucht? En zie je de Drie Zebra's die op de vlucht zijn voor de jager? Zie je de dingen van de zomer?'

Emilia schudde haar hoofd. Ze kende andere namen voor de sterren, namen als de Plejaden en de Gordel van Orion. 'Zo is het sterrenspel ontstaan,' zei Dido tegen de wind. 'We hebben de lucht in kaart gebracht met de namen die Gloria's volk had gegeven. Maar we kenden ook de namen uit het Westen.'

Ineens was Dido's moeder er ook. Ze zei: 'Degene die de meeste sterren herkent mag op mijn rug zitten als ik door dit veld ren om de wind te temmen.' En even plotseling, zoals dat in dromen gaat, won Emilia het spel. Ze schreeuwde het uit van plezier toen ze op moeders rug vloog. Dido zat op een grijze steen onder de wilg. De arm van nanny Gloria lag om haar schouders. Samen keken ze naar het wazige beeld van haar moeder en zus die zich als vogels een weg baanden door de wind.

'Kende moeder de namen van de dingen van de zomer altijd al?' vroeg Dido aan de wind. 'Wist ze alles van de dingen in de lucht?'

'Haar botten hebben het geleerd,' zei nanny Gloria, met een stem die duidelijker en levendiger was dan die uit de droom. Dido's ogen vlogen open van de angst die haar onverhoeds overviel. Haar hart bonsde en haar bloed voelde te warm aan. Ze luisterde. De stem van de wind was nu stil, verdwenen, alsof hij nooit haar naam had geroepen.

Ze keek om zich heen om te zien of nanny Gloria zich ergens in het struikgewas had verstopt. Ze zag niets. Ook de stem van nanny Gloria, die zo griezelig had geklonken, was verdwenen. De arbeiders staken opnieuw hun hand naar haar op. 'Alles goed, juffrouw Dido?' vroegen ze.

'Ja, bedankt. Met jullie ook?'

'Ja, juffrouw Dido,' zeiden ze. En net als eerder die dag glimlachten ze, zetten hun zonnehoeden recht en gingen weer aan het werk.

Heel plotseling en krachtig ontstond een tweede stofhoos, precies op de plek waar Dido stond. Hij nam de gevallen bladeren op van de grond en steeg wervelend op, hoger en hoger, totdat ze samen hoger waren dan de wilg. De dansende bladeren bespikkelden het bruin met de tint van hun wegdwarrelen, even goudkleurig als de bladerkrans van haar moeder. De hoos draaide zich van haar af, hoger, hoger en hoger, helemaal naar de verbrande muur van het landhuis. Dido rende erachteraan en toen ze de muur had bereikt, nam de kracht van de stofhoos af totdat er niets overbleef dan alles wat hij had meegevoerd.

Dido bleef staan, stil en alert. Als ze haar ogen ook maar een oogwenk zou sluiten, wist ze dat ze zodra ze die weer opendeed zou zien dat het puin uit de tuin was verdwenen. Toen haar ogen begonnen te protesteren en de tranen opwelden in de hoeken, deed ze ze onwillig dicht, om ze meteen weer te openen. Op dat moment kwam nanny Gloria tevoorschijn vanachter de keuken. 'Welk spelletje doe je vandaag?' vroeg ze Dido in het Afrikaans.

'Het sterrenspel,' zei Dido in een naadloze mengeling van rap Engels, Nederlands en Afrikaans, zoals altijd wanneer ze met nanny Gloria sprak. 'Was jij zonet in het veld? Heb je me geroepen?'

'Ik was niet in het veld. Ik kwam naar buiten om je spullen naar binnen te brengen. Waarom vraag je dat?'

'Ik dacht dat ik je stem hoorde. Je vertelde me verhalen. Het voelde... Het voelde als een droom, als een herinnering die voor altijd duurde, maar een seconde... alsof jij de wind was en mijn naam riep. Mijn moeder en Emilia waren er ook.'

'Was je bang?' vroeg nanny Gloria.

Dido ging bij zichzelf na of wat ze had gevoeld angst was geweest of eerder opluchting. 'Ik weet het niet zeker, ik geloof van wel.'

'Herinner je je het verhaal over de Melkweg en hoe die aan de hemel kwam te staan?' vroeg nanny Gloria.

Dido knikte. 'Dat was toen de tijd begon en de wereld jong was. Een meisje gooide sintels en as in de lucht. Het meisje was gezegend door de goden. De as die ze opwierp gloeide en vormde een lichtend pad voor mensen die verdwaald waren.'

'Goed zo,' zei nanny Gloria glimlachend. Ze stak haar hand uit. 'Kom,' zei ze. 'Tijd voor het middageten. Ik heb alle groenten gemaakt die je lekker vindt.'

Dido pakte blij de hand van de oudere vrouw en samen verlieten ze de verbrande muur.

HET LEVENLOZE PRODUCT VAN DE FOTOGRAAF

In principe kwam zuster Alice om de twee dagen naar het landgoed, al lukte dat soms maar eens per week. Ze zei altijd dat ze bleef komen om ervoor te zorgen dat Dido's verstand niet van luiheid zou wegrotten. Ze nam boeken mee en ging dan met Dido in de bibliotheek zitten om te lezen en sommen te maken. Het was niet moeilijk. Zuster Alice was een stuk jonger dan zuster Elizabeth, hooguit twintig, waardoor Dido zich geruster voelde over haar lessen.

Soms was Dido uren nadat zuster Alice weg was nog steeds gefascineerd door een som die in het begin lastig had geleken maar die, als ze er dan goed naar keek, helemaal niet moeilijk bleek te zijn. Abram luisterde en knikte. Toen ze uitgebabbeld was, zag hij de schaduw van verdriet weer over haar gezicht trekken en hij vroeg snel wat ze hadden gelezen.

'We hebben *Oliver Twist* uit,' zei ze. Enthousiast vertelde ze hem tot in detail waar het over ging en de schaduw in haar ogen maakte plaats voor concentratie. Hiervoor zou Abram de nonnen voor altijd dankbaar zijn.

Op de laatste donderdag van mei, iets meer dan een maand na de begrafenis, kwam zuster Alice echter naar het landhuis zonder boeken of lessen. Dido was in de wijngaarden en hielp met het snoeien van de wijnstokken om ze klaar te maken voor de winter. Niet dat ze een grote hulp was, maar net als de lessen hielpen de klusjes om de schaduw van verdriet van haar gezicht te vegen. Farouk en zijn mensen hadden eerder last van haar, want ze stelde vragen, leidde iedereen af en werd langzaamaan zo brutaal dat ze zelf een snoeischaar pakte en takken afsneed, waarmee ze schade aanrichtte. Ze lieten haar begaan, iets waarvoor Abram zijn arbeiders voor altijd dankbaar zou zijn.

Toen zuster Alice rond het middaguur aankwam, was Tariq de eerste die haar stem hoorde. Tariq, die het graan sorteerde om de eenden te voeren, was een jongen met een zachte stem van wie je in tegenstelling tot Hafsah kon verwachten dat hij zijn tijd zou verspillen aan bloemen en dat soort dingen.

Die dag verspilde hij zijn tijd aan een kleine geelbruine eend. Hij wees haar aan en vertelde: 'Ze heet Wilg, net als de boom. Ze lust geen graan. Ik maal het voor haar en voeder haar daar.' Hij wees naar een felrode struik bij het kelderhuisje.

Nu bleek dat zuster Alice ook het type was dat haar tijd verspilde aan eenden, of anders was ze pijnlijk beleefd, wat misschien de reden was waarom Dido zo dol op haar was. Of, en dat was gezien het karakter van de zuster waarschijnlijker, ze verspilde haar tijd alleen maar om tijd te rekken, omdat ze opzag tegen de taak die op haar schouders rustte. Hoe het ook zij, ze vroeg Tariq of hij haar wilde uitleggen hoe hij wist dat Willow niet van grof graan hield. Tariq was maar al te graag bereid om haar tot in detail te vertellen hoe dat zat.

Hun stemmen werden opgevangen door Elina, een verlegen meisje dat treurend om de dood van Alisa en Emilia had besloten dat ze verliefd was op Tariq. Ze keek van een afstandje naar hem en de non. Toen ze hen hoorde lachen, besloot ze dat er genoeg tijd was verspild. Ze rende weg om Gloria te halen, die Abram hielp met het inpakken van Alisa's boeken om ze naar Engeland, naar haar ouders, te verschepen.

'De lerares-non is hier,' zei Elina met gebogen hoofd en een stemmetje dat trilde als het zachte fluiten van de wind. Uit verlegenheid veranderde ze haar mededeling in een vraag. Toen schoot haar iets vreemds te binnen en meer tegen zichzelf dan tegen iemand anders fluisterde ze: 'Maar ze heeft geen boeken bij zich.'

Moe als ze waren, grepen Abram en Gloria de kans om de benauwde bibliotheek te verlaten met beide handen aan. Abram moest echter algauw weer terug, want anders dan we van haar gewend waren verspilde zuster Alice geen moment meer zodra ze hem in het oog kreeg en zich herinnerde dat er een dringende kwestie was waarvoor ze hem moest waarschuwen.

'Zuster Elizabeth heeft me gestuurd, meneer,' zei ze. 'Ze houdt met argusogen in de gaten hoe de zaken ervoor staan in het parlement, dat zult u wel weten. Maar ze heeft ook op andere dingen gelet, meneer.'

Abram raakte acuut in paniek. 'Wat weet ze?' vroeg hij.

'Tja.' Zuster Alice keek rond in de bibliotheek. Bij het zien van de lege planken en de wanorde om hen heen knikte ze. 'Nou, ze zal blij zijn om te horen dat u zich klaarmaakt voor vertrek. Vertrouwt u uw werknemers, meneer?'

'Wat bedoelt u?'

'Wie van hen weten dat u weggaat?'

'De nanny is op de hoogte van alle bijzonderheden. Iedereen weet dat het landgoed van eigenaar verandert. Ik kon niet zomaar vertrekken. Deze mensen hielden van mijn kinderen,' zei hij. Onwillig voegde hij eraan toe: 'Ze hielden van mijn vrouw.'

'Weten ze precies wanneer u vertrekt?'

'Ja. Zuster Alice, waar gaat dit over?'

Waar zuster Elizabeth nauwkeurig was, was zuster Alice rusteloos. Ze ging nu op een stoel zitten, precies op de plek waar Daniel Ross ooit had gestaan en Abrams leven op zijn kop had gezet. Ze vouwde haar handen en glimlachte, of liever gezegd, ze trok een grimas.

'Afgelopen maandag kreeg de school bezoek van twee mannen. Gisteren kwamen ze weer. Ze zagen er heel gewoon uit. Als je hen op hun woord mag geloven, zochten ze een school voor hun dochters.

Maar ze stelden… vreemde vragen. Of we ook mulatkinderen lesgaven op school. En meer in het bijzonder hoelang het geleden was dat het nog levende meisje Van Zijl op school was geweest. Zuster Elizabeth herinnerde zich dat ze een van de mannen kende. Een jaar of vijf geleden, toen ze pater Benedictus hielp bij het toedienen van de laatste sacramenten aan gevangenen, had ze een van deze mannen gezien. Hij was een van de bewakers op het eiland. Zuster Elizabeth denkt dat hij politieagent is geworden. Ze weet het niet helemaal zeker. En natuurlijk zou geen van deze dingen op zich alarmerend zijn. Maar gezien de omstandigheden moet je de som van het geheel bekijken, de totaliteit van dit alles. Het ziet ernaar uit dat u zo snel mogelijk moet vertrekken.'

Abram liet zich in zijn stoel zakken. 'Mijn zaken hier zijn nog niet afgerond,' zei hij tegen zichzelf, om zijn lijst mislukkingen nog langer te maken. 'Mijn dochter is er niet klaar voor. Wij hebben tijd nodig… Zij heeft tijd nodig.'

Zuster Alice hield haar gedachten nog even voor zich. Ze keek de kamer rond, liet haar ogen overal op rusten behalve op hem, alsof ze het antwoord op de ware zin van zijn leven kende, maar die op grond van een of andere regel van de voorzienigheid niet kon vertellen. Hij moest het dilemma zelf oplossen.

Hij had tijd nodig. Hij had tijd nodig. 'Maar ik neem aan dat er niets anders op zit,' besloot hij.

Abram zocht in rap tempo de spullen van zijn leven bij elkaar; eindelijk zette hij koers naar het noorden. Er was geen tijd om alles rustig uit te zoeken. Er viel niet veel in te pakken en er was ook niet veel om achter te laten: onder de schamele pakken en doorgangspapieren die voor de reis waren uitgekozen, borg hij een portret op waarop Alisa, hun dochters en hij stoïcijns naar de onzichtbare fotograaf staarden. De foto was het jaar daarvoor genomen en Emilia's poging om ernstig te kijken werd verzacht door de zweem van een glimlach rond haar mondhoeken.

De foto was genomen voor het landhuis. Alisa werd gesommeerd om op een houten kruk te gaan zitten, met haar handen in haar schoot. Emilia stond links van Alisa en Dido rechts. Abram stond achter hen als een dreigende schaduw, een bleke man wiens toewijding aan de twee meisjes niet af te lezen viel van het levenloze product van de fotograaf.

Kijkend naar Emilia, verstard in haar onzekerheid, wenste Abram dat ze de instructies van de fotograaf in de wind had geslagen en voluit had gelachen. Daarvoor was het nu te laat en hij kon haar levendigheid – die afwezig was op het portret – niet meenemen onder de schamele schatten en benodigdheden die hij voor zijn reis had uitgekozen.

Samen met Dido nam hij het kronkelende pad naar de heuvel waar Alisa en Emilia begraven lagen. Het was bijna middernacht, donker, en hun geheugen leidde hen trouwer dan hun ogen naar de juiste plek. Abram had een lamp bij zich, die het pad slechts een stap of twee voor hen uit verlichtte. Ze moeten eruit hebben gezien als een vreemd vuurvliegje, klein en alleen, voortzwevend met een doffe rode gloed totdat hun pelgrimstocht ten einde was gekomen.

Abrams ogen rustten op het kleinste van de graven, dat van Emilia. 'We moeten gaan, mijn liefste,' zei hij tegen haar, tegen de harde steen. Hij wilde haar zeggen dat hij van haar hield, om haar te helpen in deze wereld te blijven talmen. Maar ook hij vertrok van de plek die ooit zijn thuis was geweest. 'We moeten gaan,' zei hij nogmaals.

Dido legde bloemen op het graf. 'Vaarwel,' was het enige wat ze zei.

Abram knipperde met zijn ogen om het zout tegen te gaan, zijn tranen terug te dringen. Toen nam hij met een ongeduldige beweging de spullen van zijn leven op zijn rug en daalde de heuvel weer af.

Op hetzelfde moment waarop Abram de voet van de heuvel bereikte en een kap over Dido's hoofd trok, blafte een hond bij het hostel waar John Ashby, de gek, sliep.

Het was een zwerfhond, een hondsdol beest dat ooit de zoon van de magistraat had gebeten. De magistraat wilde het dier laten afmaken, maar niemand kon hem vangen; hij was naar de haven geslopen en gedurende een week of twee had niemand hem gezien. Maar die dag kwam hij tevoorschijn, blaffend en jankend tot hij John Ashby had gewekt uit een angstdroom. Hij zou vast wel weer in slaap zijn gevallen, ware het niet dat de hond net zolang doorging met keffen tot andere zwerfhonden zich genoodzaakt voelden om met hem mee te doen.

John Ashby kon niet slapen met al dat lawaai. Bovendien, hoe meer hij over de droom nadacht, hoe onrustiger hij werd. Er was een man in de droom. John kende die man. De man heette Abram van Zijl. De man genaamd Abram van Zijl deed iets wat hij niet mocht doen, dat zei de andere man, de andere man die Daniel Ross heette.

Hij vertrouwde John, meneer Ross. Hij schold hem niet uit voor gek. Hij luisterde. Hij geloofde. Hij zei tegen John: 'Vertel me wanneer Abram van Zijl naar het veilinghuis komt. Vertel me wat hij koopt. Vertel me wat hij verkoopt. Vertel me wie hij daar ontmoet... Vertel mij dingen. Vertel hem dingen.'

In de droom ging Abram van Zijl niet naar het veilinghuis. Hij stond onder een boom. Hij stond onder een dikke boom. Het was een dikke boom met dunne, hongerige takken die als geklauwde klauwen naar de lucht klauwden. Nee, geen klauwen... de takken leken meer op wortels. Het was een omgekeerde boom. Ja, het was een omgekeerde boom. Het was een dikke omgekeerde boom waar een trein doorheen reed.

Er was een trein, ja. Er zouden geen trein en geen dikke omgekeerde boom moeten zijn, alleen het veilinghuis. Hij moest het meneer Ross vertellen. Ja, de man die Daniel Ross heette moest weten dat de man die Abram van Zijl heette zich in een vreemde wereld met vreemde dingen bevond.

Hij zou natuurlijk niets over de droom zeggen als hij meneer Ross ging vertellen over meneer Van Zijl. Hij was niet gek. Hij zou zeggen dat hij had gezien dat meneer Van Zijl stiekem naar het station ging. Hij vertrouwde John, meneer Ross. Hij schold hem niet uit voor gek. Maar zoals de meeste mannen die John kende, wilde meneer Ross dat de toevalligheden van het leven in elkaar pasten, ze moesten perfect in elkaar passen. Hij vertrouwde John, meneer Ross. Maar hij begreep niet dat het leven soms zonder reden gebeurde. Maar hij moest het meneer Ross vertellen. Hij moest het weten. John stapte zijn bed uit om zich aan te kleden

Abrams auto arriveerde bij het treinstation. De reis was in stilte begonnen en eindigde in stilte. Iedereen wist wat zijn rol was in deze sage. Farouk parkeerde de auto bij het goederenstation. De drukte van de stad was na zonsondergang abrupt tot bedaren gekomen. Nu lag hij stilletjes te sluimeren aan de voet van de berg, en de berg zelf tekende zich als een schaduw af tegen de lucht, als een geest, een schildwachtgeest die de stad sussend naar dromenland voerde. De treinen en hun perrons kwamen oorspronkelijk niet uit deze oude stad, ze waren als een pas geadopteerd kind, snakkend naar liefde. Wanneer de stad sliep, zwoegden zij voort. En dus was het een drukte van belang op het station toen Abrams auto daar aankwam.

Langs het hele perron stonden lantaarnpalen naar victoriaans ontwerp, stewards en andere werknemers maakten zich klaar voor vertrek, kratten met post kwamen vers uit de haven, wijn en andere vracht arriveerde uit de valleien. Het meest aanlokkelijke was echter de trein zelf. Het was een blauwe locomotief, Union Express genaamd. Hij glansde als een saffier, als de dromen die hij beloofde: geen saffieren, maar de goud- en diamantvelden in het noorden of, in het geval van Abram en Dido, een ontsnapping.

Terwijl Farouk de koffers uit de auto laadde, ging zuster Alice op zoek naar de man met de kaartjes. Het was een klein mannetje uit de provincie Natal. Zuster Alice kende hem via zuster Elizabeth, die hem kende uit de Grote Oorlog: in de nadagen van de oorlog had de man, David genaamd, God beloofd dat hij de jaren die hem nog restten aan God zou wijden, als Hij het tenminste raadzaam achtte het leven dat Hem was beloofd te redden. God was zo goed geweest, vandaar dat David bij Hem in het krijt stond en nu zijn schuld afloste door zich geheel en al toe te wijden aan twee entiteiten: zuster Elizabeth en de katholieke Kerk.

David en zuster Alice stonden wat te fluisteren, te wijzen en te knikken en de zuster was binnen de kortste keren weer terug. 'Verlaat de wagon niet als dat niet nodig is, meneer,' fluisterde ze. 'De steward van het rijtuig zal in al uw behoeften voorzien. Hij zal niet voor problemen zorgen, u bent een witte man. Maar houd Dido verborgen.'

Wat ze niet zei, misschien uit principe, passend bij haar vroomheid, was: mochten ze u vragen wat Dido van u is, lieg dan. Abram knikte als antwoord op zowel de uitgesproken als de niet uitgesproken raad.

Nu waren dan eindelijk Abram en Dido aan de beurt om hun rol in de sage te spelen. Dido, die tot dusver heel flink was geweest, zag er nu wat minder dapper uit. Haar lippen trilden, haar ogen werden vochtig en ze zei tegen Farouk: 'Ik zal je missen, oom Farouk. Zeg alsjeblieft tegen nanny Gloria dat ze goed voor de boom moet zorgen die ik heb geplant. Als hij niet groeit, vraag dan of ze een andere wil planten. Vertel haar alsjeblieft dat ik van haar hou. Ik weet niet of ze dat wel weet.' Er ontsnapte een traan aan haar linkeroog en Dido zweeg en boog haar hoofd.

Farouk veegde de traan weg en omhelsde haar. 'Ik zal doen wat je zegt, kleine Dido. Blijf het brave kind dat je altijd bent geweest, goed? En blijf altijd zo slim als je bent.' Dido knikte. Hij wendde zich tot Abram en schonk hem een droevige, halve glimlach die slechts de helft van zijn gezicht opfleurde. Hij was een man van weinig woorden, Farouk. Het was dus schrikken toen bleek dat hij een man was die zijn tranen vrij kon laten stromen. 'Alles komt goed, meneer,' zei hij snuffend. 'God heeft het zo gewild.' Abram knikte en omhelsde Farouk.

Het afscheid van zuster Alice was ingetogener. Ze zei tegen Dido dat ze veel moest lezen en haar sommen moest bijhouden. Toen drukte ze Abram op het hart om voorzichtig te zijn, wenste hem veel geluk en schudde hem kort en krachtig de hand. Nu ze hun rol hadden gespeeld, trokken Farouk en zuster Alice zich terug in de algehele duisternis van de sluimerende stad, die hen verwelkomde en ze binnen een mum van tijd volledig had opgeslokt.

Abram en Dido, die de sluimerende stad opgaven, moesten hem nu de rug toekeren, samen met andere dingen die nergens thuishoorden.

Nadat de trein zich eindelijk had losgemaakt en zich een weg baande in de richting van De Aar, Klerksdorp en vervolgens Pretoria, reed hij de ontwakende stad uit toen die zich net weer begon te roeren.

Gewoonte maakt wet in Kaapstad en de stad werd altijd vroeg wakker. De mist werd weggetrokken als een deken die niet langer nodig was.

Op de boerderij werd Mmakoma ermee wakker, zoals ze dat al elf jaar deed. Ze kookte water bij de bediendehaard voor haar bad. Tegen die tijd had een haan al meerdere malen de komst van de zon aangekondigd, maar de zon was die dag een onwillige dienaar.

De ochtend deed traag afstand van de kilte die ergens tegen de dageraad was ontstaan. Eindelijk gaf de zon zich gewonnen, glurend over heuvels, bergen en gebouwen, en toen hij ontdekte dat de inwoners van de stad ontwaakt waren zonder zijn startsein, rekte hij zich lui uit en vulde de oostelijke horizon.

Langzaam kwam de stad tot leven. De kerken met hun gotische, stoïcijnse gevels; de markthallen en hotels en andere plaatsen gonzend van de handel, schitterend in hun nabootsing van victoriaans Londen; de klokkentoren aan de haven die de uren aftelde... Ze kwamen allemaal tot leven en probeerden stuk voor stuk hun buurman de loef af te steken, hun eigen oprichter te prijzen, alsof ze wilden zeggen: Ik ben een betere afspiegeling van de Oude Wereld dan jij.

Na haar bad liep Mmakoma naar de keuken van het landhuis om te ontbijten. Ze liep langs de kelder, de vijver en de eenden, langs het pad dat naar de velden en de graven leidde, en kwam ten slotte uit bij de verbrande, afbrokkelende pilaren. Daar bleef ze een poosje staan om na te denken, om te kalmeren, om haar hart te laten wennen aan de veranderende wereld. Haar adem kwam te snel toen ze zich herinnerde dat juffrouw Alisa en Emilia nu graven waren. Hij versnelde nog meer toen ze zich herinnerde dat meneer Van Zijl en Dido in het holst van de nacht gevlogen waren, even schielijk als de mist. Ze waren weg. Waar ze naartoe gingen wist ze niet. Ze zou het nooit weten. Dus stond ze daar. Ze stond daar en huilde.

DEEL DRIE

Hoe je een aap leert klimmen

GEFLADDER EN GEFRIEMEL VAN ANDERE INSECTEN

Zo'n veertig uur na vertrek arriveerde de trein in Pretoria. Het was dag. Abram en Dido werden begroet door een drukke stad. Hier nam de architectuur de Nederlandse identiteit aan, zij het met wat vreemde variaties in de bouw, alsof de architecten opstandige kinderen hadden gecreëerd die ondanks zichzelf in grote lijnen op hun ouders leken, in de hoge gevels en witgeschilderde luiken.

Abram had gehoopt dat een enkele jacaranda een vroege bloei zou hebben of zijn bloemen wat langer had gedragen dan de herfst toeliet. Hij had gehoopt dat Dido de bomen in hun schitterende paarse pracht zou zien, maar jammer genoeg was dat niet het geval.

In het noorden ging de zon aanzienlijk vroeger en veel te snel onder. Kort nadat Abram de chauffeur had gevonden die zuster Elizabeth voor hem had geregeld, viel de duisternis in. Het kon zijn dat zijn ogen hem in de steek lieten, maar zodra de duisternis de wereld als een deken omhulde, kwam het Abram voor dat die in het noorden dieper was. Het gevoel van urgentie dat hem uit Kaapstad had verdreven, was vertienvoudigd. Iets aan het feit dat hij zich in een van de hoofdsteden van de Unie bevond, was enorm verontrustend. Dido en hij waren allebei doodmoe en moesten rusten, maar hoe eerder ze daar weg waren, hoe beter.

De weg strekte zich nog heel ver voor hen uit. Tot overmaat van ramp waren ze op weg naar een plek waar ze niet verwacht werden. Zouden ze welkom zijn? Dat probleem zou hij wel oplossen als hij er eenmaal was. Voor nu nam hij Dido in zijn armen en viel in een diepe slaap.

Omdat Johannes Joubert nodeloos drama door eigen toedoen nu eenmaal niet wist te vermijden, lag zijn boerderij aan de uiterste rand van een tropische gordel, als een arm familielid dat net buiten de zegen van zijn familie leefde, de verwilderde jongeling die wegdook in de schaduw van een meer geliefde, beter gevoede broer of zus. Worstelend om zich te voeden met het staartje regen dat zo nu en dan overtrok, keek Johannes' boerderij afgunstig uit over de tropische valleien en lieten de nakomelingen van hun bomen, mais en andere planten hun blad verslagen hangen, alsof ze zich schaamden. Waarom Johannes in zijn ballingschap zijn velden niet had uitgebreid tot de weelderige gordel, vroeg Abram niet. Zijn vroegere vriend was op zijn beste momenten onhebbelijk, op mindere momenten was hij ronduit gemeen.

Hij had intussen het grootste deel van zijn volwassen leven vergeefs geprobeerd om te begrijpen hoe zo'n veelbelovende jongeman als Abram ten prooi was gevallen aan de redelijkerwijs te vermijden verleidingen die hun continent te bieden had. Dat had hij ook tegen Abram gezegd, die destijds niet voor rede vatbaar was, behekst als hij was door die vrouw.

Maar wat er verder ook over Johannes gezegd kon worden, je kon niet beweren dat hij zich niet consequent aan zijn opvattingen hield. Hij bracht ze in de praktijk zonder er ooit maar een fractie van af te wijken. Dus toen zijn tabaksrook de lucht tussen hen in vertroebelde en hij met zijn rauwe stem zei dat Dido voor de duur van haar bezoek niet welkom was in zijn huis, wist Abram dat het niet zou lukken om hem op andere gedachten te brengen. Hij liet zijn armen achteloos op zijn schoot rusten, boog zich naar voren en antwoordde met alle overtuiging die hij kon opbrengen: 'Dan zal ik ook in het bediendenverblijf slapen.'

De rook uit Johannes' pijp steeg wervelend op in een aarzelende dans en de ogen van de mannen volgden zijn grillige vlucht omhoog. Net toen die in het niets dreigde te verdwijnen, besloot Johannes Abram op zijn denkfout te wijzen. 'Kijk eens hier, Bram,' zei hij, 'ik sta niet toe dat er van mij gezegd kan worden dat ik jou tot het bediendenverblijf heb veroordeeld. Niet hier. Niet zolang ik leef.'

'Hoe kun je me anders veroordelen, als het niet is zolang je nog leeft?' kaatste Abram terug.

Johannes deed er het zwijgen toe, ziedend, snuivend en met een dreigende blik in zijn ogen. Abram besefte dat Johannes en hij in een put vol zinloze kletspraat waren afgedaald. De fijne kneepjes van de beleefdheid lagen gevoelig: ze wisten allebei wat ze wel en niet konden zeggen en alles wat niet werd uitgesproken, was des te veelzeggender. Zo ging dit soort dingen nu eenmaal. Met hun gave van het woord noemden de Basotho een dergelijk dilemma 'een aap leren klimmen'. Abram herkende het onmiddellijk, want hij had het talloze malen in de praktijk gebracht bij Europeanen op doorreis die zo nu en dan hun toevlucht zochten op zijn landgoed. Door een aap te leren klimmen, kon je uitspreken wat men al wist en zo het effect van je onbeleefdheid verzachten.

'Als iemand ernaar vraagt, John, kun je zeggen dat ik inderdaad zo gek ben geworden als de geruchten de afgelopen jaren hebben beweerd.' Toen ze nog jong waren, was Abram Johannes voor de grap John gaan noemen. Gek genoeg vond Johannes die naam wel leuk en zo was hij blijven hangen. 'Zeg maar tegen ze dat je stevig hebt aangedrongen en dat ik niet voor rede vatbaar was. Dan zullen ze het vast wel begrijpen, oude vriend,' voegde hij er bij nadere overweging aan toe.

'Waar moeten mijn bedienden dan slapen?' vroeg Johannes.

Abram kende Johannes goed genoeg om te weten dat hij meende een moreel standpunt te hebben gevonden waarover ze het eens waren en vroeg: 'Zijn het allemaal Afrikanen?'

'Dacht je soms dat mijn boerderij net zo was als die van jou?' vroeg Johannes, zijn ergernis bedwingend. Hij liet zijn pijprook weer opwolken. 'Natuurlijk zijn het inheemsen. Dus ik vraag het je nogmaals, mijn beste: waar moeten zij dan slapen?'

Abram besefte dat Johannes en hij vooruitgang boekten en de aap nog meer dingen leerden die hij al wist. Hij gaf zich over aan de zinloosheid van de opgave, want wat kon hij anders doen? Hij had Johns hulp nodig. Hij had een plek nodig om zich te verschuilen tot zijn landgoed was verkocht, het geld was overgemaakt en Alisa's boeken naar Engeland waren verscheept, terwijl Gloria en zuster Elizabeth alles deden om hem te helpen bij het vervalsen van papieren om de grens over te komen, kortom, om al die essentiële dingen te regelen om samen met Dido te kunnen overleven. Abram had de man die hem zo tergde nodig en dat wist de man die hem zo tergde ook.

'De verblijven zijn vast niet zo klein dat twee mensen extra een ramp zullen zijn, zoals jij suggereert, John. Het meisje kan bij de vrouwen slapen en ik bij de mannen.'

'Ga jij me nu iets vertellen over mijn eigen landgoed?' vroeg Johannes. 'Je schat onze vriendschap wel erg hoog in.'

'Vergeef me. Ik wilde je niet beledigen,' zei Abram.

'Ik zeg dit alles niet omdat ik het je moeilijk wil maken. Je weet dat je me in een lastig parket brengt, Bram. Alleen al de aanwezigheid van dat meisje hier kan mij mijn stem kosten. Dat weet je, dat heb je altijd geweten.' Johannes liet een dramatische stilte vallen en trok aan zijn pijp; hij was, zoals Abram wist, theatraal van aard. Hij wuifde met zijn hand naar niets in het bijzonder. 'Maar we zullen het ermee moeten doen.'

Het was niet voor het eerst dat Abram merkte dat er druppeltjes speeksel uit Johannes' mond ontsnapten als hij sprak en dat hij af en toe hoestte in de korte stiltes tussen zijn woorden. Het klonk alsof zijn adem met tegenzin uit zijn longen ontsnapte, maar de inspanning leek hem niet te deren. Alles bij elkaar genomen was Johannes niet bepaald een uitgelezen voorbeeld van de mensheid. Hoewel hij langer was dan de meeste mensen, was er niets dominants aan zijn verschijning. Zijn oogwit was voortdurend rood dooraderd en betraand. Het blauw van zijn irissen was niet opvallend, zoals het in een knap gezicht had kunnen zijn. Zijn kaaklijn was een treurig geval, misschien wel treuriger dan al het andere, want die was vierkant, zwaar en rimpelig onder zijn smalle, bleke lippen. Zijn bruine haarplukjes hadden zich teruggetrokken naar de kruin van zijn hoofd en zijn neus was bijna even breed als zijn kaak.

De jaren en de hitte van Transvaal hadden hun tol van Johannes geëist. Maar meer dan dat was het zijn eigen bitterheid die zo te zien regelrecht uit zijn hart in zijn huid was getrokken, om die rood te kleuren en op te poetsen tot een onnatuurlijke glans. Hoe moeilijk het ook was, Abram vond dat hij medelijden moest hebben met zijn oude vriend. En als hij dat niet kon opbrengen, moest hij berouw hebben van de rol die hij had gespeeld in Johannes' verbanning naar het noorden.

Ondanks de overeenkomende belangen van hun verschillende moederlanden in Afrika, waren de Zuid-Afrikaanse Europeanen teleurgesteld in elkaar. Nog niet zo lang geleden was hun onmin verergerd door de Tweede Boerenoorlog. Na een spectaculair vertoon van agressief patriottisme en vele doden door de strijdkrachten van beide kanten, had Johannes gemeend dat hij nóg meer loyaliteit wilde tonen en ervoor gekozen, als afstammeling van Nederlanders, om van het door de Britten bestuurde Kaap de Goede Hoop te verhuizen naar de door de Boeren gecontroleerde Transvaal. Zo gewetensvol was hij in dit soort zaken. Ironisch genoeg leek hij in dat opzicht veel op Alisa. Allebei beschouwden ze kwesties van patriottisme als zeer persoonlijk en absoluut essentieel voor het bestaan.

Daar was de vriendschap tussen Abram en Johannes geëindigd. Want hoewel zijn naam een zekere trouw aan Holland deed vermoeden, had Abram zijn Engelse afkomst niet afgezworen. Johannes had dat opgevat als een blijk van minachting. En het hielp natuurlijk niet dat Abram verliefd was geworden op Alisa, een vrouw die zowel zwart als Engels was. Met enig aandringen had Johannes misschien een van die overtredingen kunnen vergeven, maar niet alle drie.

Nu stond Johannes op en liep naar het raam. Hij stak zijn linkerhand in zijn broekzak, keek naar buiten en tikte met zijn pijp tegen de ruit. Zelfs in het halfduister had zijn voormalige vriend niets elegants. Hij leek niet helemaal thuis te horen in de fraai ingerichte bibliotheek. Het was alsof ook hij een reiziger was die rust nodig had.

'Het is nogal wat, vind je niet?' vroeg Johannes. 'Een jaar of tien geleden stond je in deze kamer en nam je zo beslist afstand van mij, dat ik me een dwaas voelde in mijn pogingen om je te redden. Vandaag zit je hier in de hoop dat ik je kan redden.' Hij keerde zijn rug naar het venster en keek de man aan die hij beschimpte. Het licht van de lantaarn streek vanuit een ongunstige hoek over zijn gezicht en de tranen in zijn ogen blonken feller dan gewoonlijk. 'Vergis je niet, ik ben geen man die danst op het graf van een gevallen vijand,' vervolgde hij. 'Maar dit zijn vreemde tijden. Ik wil niet dat er wordt gezegd dat ik ontucht heb gepleegd met inheemsen en mulatkinderen heb voortgebracht. Ik laat mijn goede naam niet besmeuren, Bram. Je weet hoe dit soort geruchten een man kunnen ruïneren. Ze hebben jou geruïneerd, is het niet?'

Abram vouwde zijn handen en nam het woord. Hij liet zijn stem opzettelijk zacht klinken, om niets te laten merken van zijn stijgende woede. 'Je vergeet dat ik geen ontucht heb gepleegd en dat ik me niet schaam voor mijn dochter.'

Hij stond op en liep naar het raam. Hij wilde Johannes in de ogen kijken, maar besloot dat hij de voorkeur gaf aan het landschap buiten. De duisternis werd door niets doorbroken, behalve door de wind die de hele dag had gewoed. Hij stelde zich voor dat die wervelend opsteeg, alsof hij uit de pijp van een onzichtbare god kwam, dansend tussen de woorden van de god en zijn tegenstander om vervolgens in het niets te verdwijnen, waarna alleen de woorden en de duisternis overbleven.

Het was een gewone zomeravond. De tijd werd aangegeven door het getjilp van de krekels en het gefladder en gefriemel van andere insecten die tegen het raam botsten in hun poging het sobere licht van de lantaarn te bereiken. De weinige die een kier in het raamkozijn hadden gevonden, dansten om het licht, doken vervolgens hun dood tegemoet en vertroebelden het lantaarnglas, waardoor het licht verder werd gedimd.

'Ik ben wanhopig, John,' zei Abram, erop lettend dat hij zijn tegenstander niet in de ogen keek. 'Ooit heb je van me gehouden. Je weet dat ik van jou hield. Ik ben niet uit trots gekomen of… Ik kan nergens anders heen, John. We blijven niet lang, een poosje maar. En gedurende die tijd… Haat mijn dochter alsjeblieft niet. Zorg alsjeblieft dat ze het niet merkt. Ze is heel schrander en moedig, maar ze is bezeerd en dakloos en ze is me heel dierbaar. Dit is het laatste wat ik ooit van je zal vragen. Binnenkort gaan we allebei weg en dan laten we je met rust. Alsjeblieft.'

Johannes kreeg een hoestbui te verduren die hij met een diepe zucht afsloot. Hij liep naar zijn bureau en liet een belletje rinkelen. Enkele minuten na de derde bel kwam een oudere, uitzonderlijk donkere Afrikaanse vrouw de bibliotheek binnen en bleef bij de deur staan. Abram constateerde dat ze vrijwel even lang was als hijzelf, wat ongebruikelijk was voor een Zuid-Afrikaanse vrouw.

Ze was mager, want haar jurk hing losjes om haar lichaam, en te lang, want dit soort kleding werd meestal genaaid voor kleinere vrouwen, wier heupen breder waren geworden door zwangerschappen, leeftijd of gulzigheid. Het leek alsof ze op het punt stond haar gezicht in een glimlach te plooien, maar dat gebeurde niet. Ze wierp een zijdelingse blik op Johannes en knikte om te laten zien dat ze het begreep.

'Josephina, meneer Van Zijl en het meisje zullen hier een week of twee verblijven,' zei Johannes in het Afrikaans. 'Maak twee kamers gereed in de oostelijke vleugel.'

Josephina knikte en verliet de kamer.

Johannes richtte zijn aandacht weer op Abram. 'Ik moet onze tijd samen afsluiten,' zei hij, terugkerend naar het Engels. 'Het is laat en ik moet slapen. Je kunt hier wachten tot Josephina de kamers in orde heeft gebracht. Ik hoop dat je geniet van mijn gastvrijheid. Welterusten, Bram.'

'Welterusten, John,' zei Abram. 'Dank je wel.'

'Ja, ja,' zei Johannes met een wegwuivend gebaar. Abram ging weer zitten. Hij keek naar de zinloze, onafgebroken bewegingen van de insecten die aangetrokken werden door het licht. Het zag er hoopvol uit, alsof ze zeker waren van de overwinning die, ook al hadden hun maten die niet behaald, hun wel beschoren zou zijn. Hij glimlachte droevig en schudde gefrustreerd zijn hoofd. Het was laat, de vertrouwde kilte van de dageraad was nabij.

DE NACHTELIJKE HEMEL VAN RHODESIË

Dido wist dat ze niet welkom was in het huis van de grote man met het bruine haar en de blauwe ogen. Juffrouw Josephina noemde hem baas Joubert, haar vader noemde hem een oude vriend die hen zou helpen Rhodesië binnen te komen. Dido had zelf nog niet besloten hoe ze hem zou noemen.

Haar vader had gezegd dat ze zich zo netjes mogelijk moest gedragen. Daarom klaagde ze niet, al moest ze op een harde stoel zitten en was het koud in haar kamer. Niet één keer. En ze miste haar dagboek, maar dat lag helemaal onder in haar koffer. Ook daar zei ze geen woord over, omdat ze juffrouw Josephina niet wilde lastigvallen. Ze dronk het sinaasappelsap op dat juffrouw Josephina voor haar had ingeschonken, ook zonder een onvertogen woord. 'Het is heerlijk,' zei ze.

Juffrouw Josephina knikte en liet haar tandeloze glimlach zien. 'Eet,' zei ze, wijzend naar de gekookte kip op Dido's bord.

Dido schudde haar hoofd. 'Ik eet geen vlees,' zei ze. 'Dank u wel,' voegde ze er glimlachend aan toe, in de hoop dat ze er berouwvol uitzag.

Ze was een keer mee op jacht geweest met haar vader en oom Yuri, die niet echt haar oom was. Hij kwam graag vanuit Transvaal op bezoek omdat, zei hij, de Kaapse winterregens hem aan Leningrad deden denken (dat hij nog altijd Sint-Petersburg noemde). Vader had gemopperd dat oom Yuri hopeloos was met een geweer, een punt dat werd bewezen toen oom Yuri een eland neerschoot en het dier niet onmiddellijk stierf.

Het bloedende dier blaatte met een afschuwelijk geluid, net alsof hij huilde. Voordat haar vader hem met een schot tussen de ogen afmaakte, had hij Dido aangekeken alsof hij haar smeekte zijn leven te redden. Dido moest zo huilen dat haar vader haar in zijn armen had genomen en oom Yuri had uitgescholden. Ze wilde eigenlijk niet huilen. Al was ze pas zeven jaar, ze begreep heel goed dat het grootmoedig was van haar vader om zijn dochter mee te nemen op jacht. Ze was er trots op dat ze de bijnajongen was die hij leerde jagen. Maar uiteindelijk had ze toch gehuild en kon ze het vlees van de eland niet eten; sindsdien had ze nooit meer vlees gegeten.

Ze wist niet hoe ze dat allemaal moest uitleggen, want ze had juffrouw Josephina pas een paar uur geleden voor het eerst ontmoet. Daarom zei ze alleen: 'Het spijt me.'

'O,' riep juffrouw Josephina uit. 'Groenten?'

Dido knikte. De vrouw liep naar de oven en schepte een bord vol. 'Wortels en aardappels,' zei juffrouw Josephina en ze zette het bord op tafel.

'Ik spreek Afrikaans,' zei Dido in het Afrikaans. 'Een klein beetje maar,' voegde ze eraan toe, terugkerend naar het Engels. 'Mijn vader praat liever Engels. En mijn moeder hield helemaal niet van Afrikaans. Maar mijn oppas heeft het me een beetje geleerd... een beetje. Maar ik begrijp het wel.'

'Spreek je de andere talen ook?' vroeg juffrouw Josephina, 'de talen van ons volk?'

Dido was dit soort vragen gewend. Bijna iedereen die ze tegenkwam ging ervan uit dat ze Afrikaans was en verder niets. Niemand vroeg ooit of de man die van haar hield als een vader ook werkelijk haar vader was. Ze wist dat dit kwam door haar uiterlijk. Haar huid was donkerder dan die van haar vader en haar ogen even bruin als die van haar moeder. En hoewel ze lang haar had dat licht krulde, besefte ze dat de meeste mensen ervan uitgingen dat dit het gevolg was van een onuitsprekelijke, geheime tragedie.

Iedereen begroette haar meestal vriendelijk, maar zodra bleek dat ze geen van de inheemse talen sprak, vielen ze algauw terug in onderdanigheid. Ze begreep het niet helemaal, maar vermoedde dat ze haar verwaand vonden. Wanneer dat eenmaal zo was, werd het lastig om vrienden te maken. 'Nee,' zei ze tegen juffrouw Josephina. 'Dat niet.'

Tot Dido's verbazing vertoonde de vrouw geen enkel teken van teleurstelling. Ze glimlachte haar tandeloze glimlach en zei in vloeiend Afrikaans: 'Ik zal het je leren. Zo hebben we iets te doen zolang je hier bent.' Toen schudde ze haar hoofd, alsof ze aan haar woorden twijfelde. 'Vindt je vader dat wel goed?'

Dat wist Dido niet, maar ze dacht niet dat het kwaad kon om de vraag te beantwoorden. 'Ik denk van wel. Welke taal spreekt u?'

'Sesotho. Uit het noorden. We zijn een kleine stam, de Balobedu.'

'Dat is toevallig. Nanny Gloria sprak die taal ook. Ik had nog nooit iemand anders ontmoet die het sprak. Nu ken ik u én nanny Gloria.'

'Dat is zeker toevallig,' beaamde juffrouw Josephina. Op dat moment rinkelde een van de bellen aan de muur en juffrouw Josephina stond op. 'Baas Joubert heeft me nodig,' gaf ze aan. 'Je moet eten,' zei ze, wijzend naar het bord.

'Bedankt voor het eten,' zei Dido, en juffrouw Josephina knikte en verliet de keuken. Om haar plotselinge eenzaamheid te verzachten, verdiepte Dido zich in alle sterren die zichtbaar zouden zijn aan de nachtelijke hemel van Rhodesië. Haar vader dacht ook dat ze anders zouden zijn dan die in de Kaap, dat helemaal in de zuidelijkste uithoek van Afrika lag.

Als ze Orion eenmaal had gevonden, zou ze alle andere makkelijk kunnen vinden. Haar dagboek zou vóór het einde van het jaar vol zijn. Wanneer het zover was, zouden haar vader en zij misschien verder naar het noorden trekken, ver genoeg om Polaris te zien, de Poolster. Ze hoopte dat die net zo helder zou schijnen en net zo nuttig was als in haar leerboek stond. Dan konden ze Polaris volgen en zouden ze nooit verdwalen.

Alsof ze hem met haar gedachten had opgeroepen, kwam haar vader de keuken binnen. 'Hallo, Dido,' zei hij. 'Vind je het goed om je eten met mij te delen?'

'Dat is goed, hoor,' zei ze. 'Juffrouw Josephina heeft me mijn lievelingseten gegeven.' Ze glimlachte, want haar vader zag er verdrietig uit en ze wist dat als zij glimlachte, hij dat ook zou doen.

Hij ging naast haar zitten en trok het bord kip naar zich toe. 'Ik heb goed nieuws,' zei hij. 'We kunnen hier een tijdje uitrusten.'

'Mag ik alsjeblieft de taal van juffrouw Josephina leren?' vroeg Dido. 'Ze vindt het niet erg om het mij te leren. Ze stelde het zelf voor. En als ik haar taal spreek, is het net alsof nanny Gloria bij ons is. En ik zou het zo graag willen leren, papa.'

'Natuurlijk, lieverd,' zei haar vader. 'Maar je moet langzamer praten. Ik heb bijna de helft gemist van wat je zei.' Hij lachte.

Ze glimlachte. 'Dank je. Als het goed gaat, zal ik het jou ook leren. Dat zal leuk zijn!'

Haar vader lachte nog harder. 'Dat zou me wat zijn.' Toen trok er een verwarde blik over zijn gezicht. 'Zei je nou dat ze dezelfde taal spreekt als nanny Gloria?'

'Ja. Vind je dat niet toevallig? Dat jij en je oude vriend allebei bevriend zijn geraakt met een vrouw van dezelfde stam?'

'Nou en of,' zei hij. 'Heel toevallig.' Hoewel hij knikte, leek het hem ook zorgen te baren.

'Hoelang blijven we hier?' vroeg Dido.

Haar vader slikte de hap door waarop hij had zitten kauwen en zei zachtjes: 'Dat heb ik nog niet besloten.' Hij sneed nog een stukje kip af, kauwde en slikte het door.

'Ik moet je om een grote gunst vragen, Dido. Je weet toch dat we zo discreet mogelijk moeten zijn?'

Dido knikte. Ze zag de vertrouwde flits van verdriet over het gezicht van haar vader trekken. 'Niemand mag weten dat je mijn dochter bent,' zei hij. 'Weet je nog dat ik je vertelde dat ze ons uit elkaar willen halen?' Dido knikte nogmaals en haar vader vervolgde: 'Zoals het er nu voorstaat, zijn ze op zoek naar een witte man en zijn jonge dochter. Ik weet niet of het gaat werken, maar het is misschien beter als je van een afstandje op een jongen lijkt. Of dat je in elk geval niet...' Hij slikte en maakte zijn zin niet af.

Dido wist wat hij bedoelde. Zo was het in de trein ook gegaan. Toen was ze minder dan een dochter geweest voor haar vader. Toch had hij nog steeds het gevoel dat hij het moest uitleggen: 'Je weet dat het voor je veiligheid is, toch?' Weer knikte ze. 'Er is nog iets, mijn engel,' voegde hij er ernstig aan toe, en hij sloeg zijn vrije arm om haar schouders. 'We moeten je haar afscheren.'

'Nee, papa, doe me dat niet aan. Alsjeblieft!' smeekte ze. Haar vader zuchtte, alsof hij verslagen was door een vijand die ze niet kon zien. 'We moeten wel, Dido,' zei hij. 'In Kaapstad had je nanny Gloria en Farouk en alle anderen om je te beschermen. Hier heb je alleen mij. Niemand hier is mij loyaliteit verschuldigd. Begrijp je dat?'

'Moet het er helemaal af?'

'Het groeit wel weer aan, mijn liefste.'

Net als anders had Dido ook nu niet willen huilen. Het kwam alleen doordat haar vader niets van haar haren begreep. Zijn ogen waren groen en zijn huid was bleek. Je hoefde alleen maar naar hem te kijken om te weten wie hij was. Maar dat kon over haar niet worden gezegd. 'Het groeit heel langzaam,' zei ze.

'Op je volgende verjaardag is het weer helemaal aangegroeid.'

Hij zag er moe uit. En hoewel hij niet begreep waarom ze in elk geval iets van haar haar moest behouden, besloot Dido dat ze het hem niet te lastig wilde maken.

‘Beloofd?’ vroeg ze.

Haar vader aarzelde even. Toen legde hij zijn bestek op tafel, haalde zijn arm van haar schouders en nam haar handen in de zijne. ‘Ik beloof het.’

De tranen stroomden nog heviger uit haar ogen. Het zout beet in haar wangen, ze kreeg vlekken in haar gezicht en haar longen hadden steeds meer moeite met ademhalen. Wat haar vader ook allemaal voor elkaar kon krijgen, hij kon haar haren niet zo snel laten groeien als hij had beloofd. Dus nestelde ze zich tegen zijn borst en huilde ze tranen met tuiten.

ZWERVELINGEN

Johannes bekeek het meisje met grote nieuwsgierigheid. Ze bestudeerde zijn boeken met de luchthartige belangstelling van een verveeld kind, vrolijk huppelend van plank naar plank, wat ze heel behendig deed. Het was alsof ze een wedstrijdje met zichzelf hield om alle titels binnen een bepaalde tijd te bekijken.

'Heb je er een gevonden die je aanspreekt?' vroeg hij, wat haar met een schok uit haar gedachteloze bezigheid haalde. Ze draaide zich om en keek hem net zo geschrokken aan als hij had verwacht. Ze zag eruit alsof ze op de vlucht wilde slaan.

'Mijn grootvader is met de verzameling begonnen, mijn ouders hebben hem uitgebreid en ik heb er een zorgvuldig gekozen selectie aan toegevoegd,' zei hij. 'Mijn grootvader zou de onthutsende fictie-aanwinsten van de laatste jaren ongetwijfeld betreuren.'

Hij drentelde naar de fauteuil bij het raam. Zo zou ze, zodra hij zat en zijn benen strekte, vast komen te zitten tussen hem en de boekenplanken.

'Fantasierijk was hij niet, zie je,' vervolgde hij. 'Hij had een voorkeur voor historische werken, mijn grootvader. Mijn moeder bekende ooit dat ze betwijfelde of hij wel verstand had van de collectie die hij zo innig beweerde te koesteren. Ze vroeg zich zelfs af of hij überhaupt kon lezen en schrijven.' Het meisje besefte dat ze in de val zat en maakte een beweging alsof ze zich wilde bevrijden. 'Lees jij?' vroeg hij haar.

'Ik heb voor mijn verjaardag *De sprookjes van Grimm* van

mijn vader gekregen,' zei ze. Het viel Johannes op dat ze elk woord uitsprak als een lettergreep van één enkel lang woord, zodat haar zinnen vloeiend in elkaar overliepen. Haar stem was zacht, met een lichte trilling erin. Op een ander moment, als hij niet zo geïrriteerd was geweest omdat ze het had gewaagd deze voor hem zo heilige plaats binnen te dringen, zou hij haar misschien bewonderd hebben omdat ze sprak met een perfect Engelse stembuiging waar zelfs haar vader niet op kon bogen. Dat moest ze van haar moeder hebben geleerd.

'Mijn grootvader haatte de Duitsers,' zei hij, 'en hun erfgoed haatte hij even erg. Ik heb zijn vooringenomenheid van hem overgenomen.' Hij bestudeerde het gezicht van het meisje en probeerde naast haar gouden huidskleur en het bruin van haar ogen nog andere trekken van haar moeder te ontdekken. Er waren er geen. Het meisje was door en door Brams dochter.

Ze had zijn grote ronde ogen en zijn kenmerkende spitse neus. Ze had een brede mond, maar niet té voor haar hartvormige gezicht. En haar voorhoofd was hoog en open, net als dat van Bram. Als ze ook de groene ogen had geërfd, zou het zijn alsof hij naar een jongere, iets donkerder getinte Bram keek. De gelijkenis werd versterkt door haar kaalgeschoren hoofd.

'Hoewel ik tegen het volk ben gekant, moet ik toegeven dat ik me nog altijd nieuwsgierig afvraag of hun literatuur beter is dan hun wijn,' vervolgde hij. 'Is dat zo?'

'Ik heb hun wijn nooit geproefd,' zei het meisje, achteruitlopend naar de boekenplanken.

'Nee, dat zal wel niet. Hoe ben je hier binnengekomen?'

Zo te zien broedde ze op een smoesje, of probeerde ze dat in elk geval. Toen ze daar niet in slaagde, kwam ze tot een waarheid die hij al kende voordat hij de vraag had gesteld. Nou ja, een halve waarheid. 'Ik was juffrouw Josephina aan het helpen met schoonmaken en ik denk dat ze gewoon een beetje is vergeten dat ik hier was…' Hij onderbrak haar door zijn wenkbrauw op te trekken, in de hoop haar daarmee te prikkelen om tenminste íéts vindingrijker te zijn. 'Juffrouw Josephina wist niet dat ik hier was,' vervolgde ze. 'Ik wilde haar niet in de problemen brengen.'

'Weet je aan wie je me doet denken?'

Het meisje werd stil.

'Aan Frederick Courteney Selous. Heb je weleens van hem gehoord?'

'De jager?' zei ze opgewonden. 'Hij schreef de...'

Hij viel haar in de rede. 'Ik ben nooit dol op Selous geweest.'

Haar gezicht betrok. 'O,' riep ze duidelijk teleurgesteld uit.

'Wil je niet weten waarom je me aan hem doet denken?'

Daar moest ze over nadenken. Ze trok rimpels in haar voorhoofd en liet haar ogen door de kamer dwalen, van de vloer naar het plafond, op zoek naar antwoorden waarvan ze waarschijnlijk wel vermoedde dat die niet bestonden. 'Ik denk niet dat het iets uitmaakt,' concludeerde ze. 'Of wel?'

'Je bent lichtvoetig en snel met je handen, zoals ik denk dat een jager moet zijn. En je ogen.' Hij keek haar opnieuw in de ogen om te beslissen of deze tint bruin mooi of weerzinwekkend was. 'Ik geloof niet dat ik je ogen vertrouw.'

'O,' riep ze uit, en nu keek ze alsof ze bijna moest huilen.

'Je doet me ook aan je vader denken. Je lijkt te veel op hem, te veel op een jongen,' zei hij. 'Dat komt vast door dat haar,' zei hij bij zichzelf. Het meisje glimlachte aarzelend, gek genoeg genietend van zijn woorden. Ze leek zich totaal niet bewust van het feit dat hij haar had willen beledigen. Toen ging het moment voorbij en herinnerde ze zich weer dat ze was betrapt op een plek waar ze niet had mogen zijn.

'Ik heb één punt van kritiek jegens Selous,' zei Johannes. 'Eentje maar. Ik heb er lang over nagedacht en het is iets wat ik tegen alle mannen zoals hij en je vader heb. Kun je raden wat het is?'

Zo te zien draaiden de wieltjes in haar gouden hoofd nog niet. Misschien zat de belediging die hij over haar vader had geuit haar dwars. Hij merkte dat hij eerder geïntrigeerd dan geïrriteerd was en vroeg daarom: 'Hou je van jagen, kleine meid?'

'Wie niet?' mompelde ze.

Johannes glimlachte bij het idee dat een meisje de jachtsport en degenen die deze beoefenden bewierookte. Hij, een man, zag de aantrekkingskracht van schieten met een geweer en juichen bij een doodbloedend dier niet in. Hij was benieuwd wat ze ervan zou vinden als hij haar vertelde dat hij een afkeer had van vlees. Uiteraard besloot hij er onmiddellijk van af te zien. Wat voor zin zou het hebben om zijn excentriciteiten toe te vertrouwen aan een kind? 'Ik denk niet dat het ertoe doet,' besloot hij hardop.

'Vindt u dat het er niet toe doet waarom u iemand haat?' vroeg ze, om meteen daarna haar hand voor haar mond te slaan.

'Waarom zou dat er wel toe doen?'

'Nou, het is gewoon omdat nanny Gloria op een keer vroeg waarom ik van citroenen hield en niet van sinaasappels. "Ze zijn vrijwel hetzelfde," zei ze. Dat is niet zo, ziet u. Maar ik kon het niet uitleggen en ik denk dat ze me een beetje raar vond...' Haar stem stierf weg. Misschien had ze er spijt van dat ze zoveel over zichzelf had losgelaten.

'Ben je er nooit achter gekomen?' vroeg hij. Het meisje zette haar rechtervoet op de linker, vouwde haar handen over elkaar op haar rug en keek met een vertrokken gezicht naar het plafond. Toen opende ze haar handen weer en bewoog ze met kleine gebaren om haar woorden kracht bij te zetten. 'Nou,' begon ze, 'het zal wel komen omdat sinaasappels zoet zijn. Ik geloof niet dat ik ooit van zoete dingen heb gehouden. Emilia, mijn zusje, hield juist wel van snoep en sinaasappelsap...' Ze vouwde haar handen weer, keek verlegen naar de vloer en wisselde de positie van haar voeten.

'Dat lijkt mij niet zo moeilijk te beslissen.'

'Maar… Maar… Het maakt niet uit.'

'Wat niet?' vroeg hij op vleiende toon om haar over te halen verder te gaan.

'Iedereen houdt van sinaasappels.' Ze zei het alsof ze de kleur van de lucht of de schittering van de zon bevestigde, alsof het dom van hem was dat hij dat niet wist.

'En jij wilde graag anders zijn?'

'Ik weet dat u het kinderachtig vindt. U hoeft me niet uit te lachen.'

'Ik lach je niet uit. Waarom zou ik je uitlachen?

'Mijn moeder begreep het niet… geloof ik,' zei ze, terwijl haar stem weer zacht en trillerig werd. 'Maar goed, waarom hebt u een hekel aan Selous?' vroeg ze. Haar stem klonk een octaaf hoger en haar ogen zochten in de zijne naar antwoorden die hij haar wellicht zou ontzeggen. 'Ik dacht dat iedereen dol op hem was.'

'Dat komt omdat jij de dochter van je vader bent en omdat je vader een Engelsman in hart en nieren is,' zei hij. Dat leek het meisje niet te begrijpen, dus was hij zo vriendelijk om het haar uit te leggen: 'Weet jij wat Afrika's grootste schat is?' vroeg hij, in de hoop dat ze een onnozel antwoord zou geven zodat hij haar belachelijk zou kunnen maken.

'Alles,' verklaarde ze. Ze grijnsde onnozel en stond bijna te stuiteren op haar voeten. Trots, dacht hij, ze voelde trots op dat moment. 'Ik vind dat het alles is, maar mijn moeder zei dat ik te jong was om te begrijpen hoe de wereld in elkaar zit. Toen ik mijn vader vertelde wat mijn antwoord was, glimlachte hij en streek over mijn haar.' Nu leek ze bedroefd en, kennelijk met de gedachte dat zwijgen goud was, keek ze weer naar de vloer en legde ze haar handen weer op haar rug.

'Ik ben blij je te kunnen vertellen dat je moeder ongelijk had, net als met al het andere.'

‘Hebt u mijn moeder gekend?’

‘Ja, kort.’

‘Nou, ze hield niet van Selous, net als u. Het was altijd mijn vader die over Selous sprak. Maar nu niet meer. Weet u waarom?’

‘Ik wil niet beweren dat ik de eigenaardigheden van je vader begrijp,’ zei Johannes. ‘Maar kijk eens hier, mannen zoals hij hebben maar één doel. Ze streven naar de creatie van een nieuw Europa, een thuis weg van thuis, als het ware. Ik geef toe dat het een nobel doel is, maar het wordt vaak klungelig uitgevoerd omdat mannen zoals je vader het juist achten om de beginselen van botsende werelden vrijelijk met elkaar te vermengen. Ik wil best toegeven dat mindere rassen naar een hoger plan gebracht kunnen worden, maar het is een proces dat voortdurend en zeer nauwlettend in de gaten moet worden gehouden. Het veronachtzamen van deze regels kan alleen maar een tweede ras creëren dat zó verheven is boven zijn natuurlijke staat, dat dit volk in opstand zou kunnen komen tegen zijn bevrijders. Dit ras, dat pas kortgeleden geletterd en beschaafd is geworden, kan niet onder controle worden gehouden en zou een voorliefde kunnen ontwikkelen voor vrijheden die hun het beste ontzegd kunnen worden. Vertel me eens, klein meisje, wat zou het nut zijn van twee Europa’s in de wereld? Wat zou het nut zijn van een Afrika dat beroofd is van zijn unieke kenmerken?’

Zoals Johannes had verwacht, had het meisje daar geen antwoord op. Ze keek verward en onzeker. Hij probeerde het opnieuw: ‘Ik heb je kleine brein in verwarring gebracht, is het niet? Eens even zien... Laat ik het anders zeggen: ik heb ooit een dorp in het noorden bezocht. Daar sprak ik met een man die honderdtwee jaar had geleefd, om en nabij. Niemand wist hoe oud hij werkelijk was. Zijn volk had jaren gekend van grote rampen en zegeningen, van droogte en overstromingen en van overvloedige oogsten. Het enige wat hij over zijn geboorte wist, was dat die had plaatsgevonden in het eerste jaar van een droogte van acht zomers. Om die reden noemden ze hem een wijze. Misschien wás hij ook wijs. Hij was tenslotte een chief, en chiefs en koninginnen worden wijs door een bepaalde speling van het lot. Daarom beschouwde ik zijn woorden als een heilig soort wijsheid.' Hij zweeg even, wensend dat hij zijn pijp bij zich had, en vervolgde toen: 'Weet je wat hij me vertelde?'

Het meisje schudde haar hoofd. Zoveel kon ze in elk geval nog voor elkaar krijgen. Johannes was al bang dat hij haar met zijn geklets verlamd had.

Hij schraapte zijn keel. 'Kijk, de chief vertelde me dat zijn enige dochter was ontvoerd. Dat gebeurde in het jaar van de winterregens. De ontvoerders kwamen uit een dorp dat werd bestuurd door een heksenvrouw die de regenkoningin werd genoemd, vanwege haar gave om de hemel te bevelen haar volk regen te geven. Haar moeder, de moeder van haar moeder en alle vrouwen van haar familie waren door hun goden gezegend met deze magische kracht.'

Hij wachtte even om nogmaals zijn keel te schrapen. Het meisje boog zich naar voren en hield haar rechteroor naar Johannes gericht. Hij vermoedde dat het een poging was om woorden op te vangen die aan haar nieuwsgierige geest zouden kunnen ontsnappen. Vreemd genoeg merkte hij dat dat hem plezier deed.

'Het volk van de koningin wist niets van droogte en hongersnood,' vervolgde hij. 'Maar ze droeg wel een groot geheim met zich mee.' Johannes verbeeldde zich dat hij het hart van het meisje sneller zag kloppen bij het horen van die woorden. Hij glimlachte. 'De koningin was kinderloos. Ze had in een visioen gezien dat er een einde was gekomen aan de lijn koninginnen. Maar er was een meisje dat, als haar het pad van de goden werd getoond, de nieuwe regengever zou kunnen zijn. Volg je me nog, kleine meid?'

Het meisje knikte heftig.

'Goed. Na het zien van het visioen riep de koningin haar sterkste krijgers bijeen en ze zegende hen met haar magische krachten. De krijgers konden door geen enkel levend mens gevolgd worden. Hun voetstappen werden weggespoeld door de regen. Als ze spraken, konden hun stemmen niet worden gehoord, want die werden gevolgd door de donder. Hun gezichten waren onzichtbaar omdat er een helder licht op scheen. Ze reisden verborgen...'

'Ligt hun rijk in het Basotho-gebied?' vroeg het meisje.

Nu was het Johannes' beurt om nieuwsgierig te zijn. 'Als je het verhaal al kent, hoef ik mijn tijd niet te verspillen,' zei hij.

'Het spijt me. Het is alleen dat ik me probeer te herinneren of het de Balobedu-stammen waren die bestuurd werden door een regenkoningin. Ik heb les gehad van juffrouw Josephina.'

'Dat klopt. Mag ik doorgaan?'

Het meisje knikte aarzelend.

'Zodoende werd de dochter van de chief ontvoerd door de krijgers van de koningin,' vervolgde Johannes. 'Toen hij mij zijn verhaal vertelde, was het om en nabij drie decennia geleden dat hij zijn dochter voor het laatst had gezien. Hij hoorde via terloopse verhalen en roddelende vrouwen dat zijn dochter meerdere echtgenotes had die haar kinderen hadden gebaard en dat ze ook eigen zoons en dochters had grootgebracht die dapper en mooi waren. De dochter van de chief was een wijze regengever, zo gingen de geruchten. De chief vertelde me, met zijn handen op een wandelstok die hij tussen zijn knieën hield, dat de zieners uit de tijd van zijn grootvader hadden voorspeld dat zijn nakomelingen aanzien zouden genieten en eeuwig zouden voortleven in de liederen van allen die na hen kwamen. Ze zouden de tongen van roddelende vrouwen voor altijd in beweging houden. Hij zei het vol trots, begrijp je, tevreden, zonder zich zorgen te maken over zijn verloren familieleden. Heb je alles gehoord?'

Het meisje knikte opnieuw.

'De chief vertelde me over het efficiënte bewind van zijn dochter. Hij zei tegen mij: "Mijn beste man, het vee in haar land is vet en het gras is het groenste van alle valleien." Hij glimlachte, knikte in zichzelf en met zijn broze handen stampte hij met de stok op de grond. Ik vroeg waarom ze geen regen schonk aan het land van haar vader. Het volk van de chief werd immers geplaagd door een droogte van zo'n vier jaar.' Johannes stopte en liet een bulderende lach horen, zonder enige vrolijkheid. 'Weet je wat hij me vertelde?' vroeg hij, in de oprechte hoop dat het meisje hetzelfde antwoord zou geven als de chief. Als ze dat deed, viel er misschien nog iets zinnigs te ontdekken in de waanzin waarvan hij getuige was geweest. Helaas schudde het meisje slechts haar hoofd, hoewel ze even teleurgesteld keek als hij zich voelde.

'Hij zei tegen me...' Hij zweeg weer, in de hoop dat ze een ingeving zou krijgen. In het besef dat dit er niet in zat, ging hij verder. 'Hij zei: "Het geschenk van de goden kan haar niet naar hier volgen. En het zal zonder haar niet bestaan. Zo komt het dat wij in dit goddelijke moeras leven." Toen lachte hij, hoestte en trok zich terug in zijn hut, omdat zijn einde naderde. Begrijp je het nu?'

Het meisje knikte nadenkend, alsof ze het antwoord van de chief volkomen logisch vond. Ze opende haar mond, maar besloot blijkbaar dat haar gedachten misschien niet helder genoeg waren. 'Is dat de reden waarom u Selous en mijn vader haat?' vroeg ze uiteindelijk.

'Ik haat je vader niet. Hij is mijn oudste vriend.'

'Maar u zei...'

'Dan heb je het verkeerd begrepen. Je bent te jong om het te begrijpen. Dit was tijdverspilling.'

'Ik ben ook heel knap. Ik weet het verschil tussen het Zuiderkruis en het Valse Zuiderkruis. Ik kan alle zeeën op de maan opnoemen en alle Galileïsche manen van Jupiter.'

'Ja, ja,' zei hij met een wuivend gebaar, 'en blijkbaar de namen van jagers, wat je onwetendheid alleen maar vergroot. Het is niet mijn bedoeling om met je te spotten...'

'Ik huil niet.'

'Dat heb ik ook niet gezegd.' Hij voelde de behoefte aan zijn pijp met de seconde groeien, dus spuwde hij zijn woorden sneller uit. Misschien zouden haar tranen zich terugtrekken, samen met het ongemak dat hij voelde. 'Kijk,' zei hij, 'ik denk niet dat Selous en je vader het verhaal van de chief zouden begrijpen. Weet je waarom niet?'

'Nee,' zei ze hoofdschuddend, met een gezicht alsof ze bang was voor hem en al zijn filosofieën.

'Kom, kom. Het is niet leuk als je het niet probeert, lieve meid.'

'Nou, als ik moest raden...' Ze keek naar het plafond en vervolgens naar de vloer. Ten slotte keek ze hem aan en herhaalde het vouwspel met haar handen. 'Ik zou zeggen dat u geen gewone man bent. Ik bedoel, nou ja, ik denk... U houdt niet eens van Selous, de dapperste jager die ooit heeft geleefd. Hij doodde tientallen leeuwen, buffels en neushoorns. Er is nooit eerder iemand geweest zoals hij...'

'En die zou er ook nooit mogen zijn,' schreeuwde hij. Het meisje kromp ineen. Hij had zich rustig gehouden. Maar zoals zo vaak gebeurde als het om dit soort zaken ging, lukte het Johannes niet om beschaafd te blijven. Hij probeerde het nog steeds. Hij bedacht dat als hij het halfzwarte meisje íéts kon leren, het moest zijn dat schurken als Selous niet op een voetstuk gezet mochten worden.

'Luister eens even,' vervolgde hij overredend, 'de mensen die dankzij de grap van een of andere verveelde god het geluk hebben dat ze wit zijn... die mensen vinden het volkomen acceptabel om hun geweren op te poetsen en tientallen leeuwen neer te schieten. Waarvoor? Om de manen van een leeuw mee terug te nemen naar Engeland of de hoorns van een buffel tentoon te stellen in een privébibliotheek? Weet je wat er gebeurt als een oude vriend van zo'n jager de buffelhoorns en leeuwenmanen aan die wand ziet hangen? Die vriend besluit dat ook hij dapper is. Hij haalt zijn spaarrekening leeg, gaat aan boord van een schip en voordat iemand de leeuwen en de buffels kan waarschuwen, hebben we een nieuwe jager in de savanne. En zodra we een nieuwe jager hebben, hebben we een dode leeuw. Zo gaat het verder. Ze némen alleen maar van dit wilde land van ons; elk exotisch ding dat ze zien, halen ze straffeloos van onze vlakten. En dan gaan zíj weer terug naar huis. Maar wij, de kinderen van dit land waar we zoveel van houden, blijven achter met boze dieren die uit zijn op wraak, olifanten die zich herinneren, die hun geslachte jongen zoeken, slinkende kudden neushoorns die bang zijn voor hun eigen soort; ongrijpbare luipaarden die ons steeds minder vertrouwen. Begrijp je wat ik wil zeggen, meisje?'

'Ik geloof van niet,' mompelde ze, bijna in tranen. Ze keek inmiddels alsof ze doodsbang voor hem was.

'Dan moet ik duidelijker zijn. Wat ik probeer te zeggen is dat we onze schatten vrijwillig afstaan. Aan hen.' Hij strekte zijn hand uit om de tabakspijp uit de lade te halen. Het was lastig om afscheid te nemen van dat ding. Hij moest ervan hoesten en zijn ogen prikten vaak, maar na een uur zonder brandde zijn borst en jeukten zijn handen van verlangen naar dat vertrouwde gladde gevoel van het hout.

Josephina had de pijp al gestopt. Hij vond een doosje lucifers, streek er een af en stak zijn pijp aan. Het eerste trekje was goddelijk. Hij inhaleerde diep en vulde zijn longen met rook. Eenmaal tevredengesteld ademde hij langzaam uit, genietend van de smaak, waarbij hij heel even zijn ogen sloot om van de schoonheid van zoiets simpels te genieten. 'Wij Afrikanen zijn een zachtmoedig volk,' zei hij, knarsetandend van frustratie over zijn kortstondige pleziertje. 'Het is gemakkelijk om zachtmoedig en laf te zijn.'

'Maar u bent een Boer, een Europeaan,' vertelde ze hem. 'U kunt niet ook Afrikaans zijn.'

Hij lachte en blies nog wat rook uit. 'Wat berooft mij van mijn Afrikaanse identiteit? Je moeder was zwart, maar toch waande ze zich Engels. Denk je dat zij...'

'Daar ben je, Dido!' riep Bram uit, terwijl hij met een opgelucht gezicht de bibliotheek binnenkwam.

Het meisje sprintte weg bij de boekenplank, sprong zonder erbij na te denken over de benen van Johannes en voltooide haar sprint naar haar vader, sprong in zijn armen en sloeg de hare om zijn nek.

Bram glimlachte. 'Josephina was er zeker van dat je met de andere kinderen naar de rivier was,' zei hij. 'Maar je bent hier.'

Het meisje keek naar de grond, want haar vader had zojuist haar leugentje onthuld.

'Ze vond mijn bibliotheek interessanter,' zei Johannes.

'Het spijt me als ze lastig is geweest, John,' zei Abram. 'Ik heb haar gezegd hier geen voet binnen te zetten.'

'Daar ligt je eerste fout,' zei Johannes, 'je zei dat het niet mocht. Dus natuurlijk moest ze het toen juist doen.' Ze lachten. Zelfs het meisje, dat zo klein als een knaagdier in haar vaders armen zat weggedoken, giechelde.

'Neem je haar mee naar de rivier?' vroeg Johannes.

'Ze moet haar schoolwerk bijhouden. Zodra we je bibliotheek uit zijn, gaan we aan de slag met de vakken die zij saai vindt. Ik bied mijn oprechte excuses aan voor de overlast, John,' zei Bram met een treurige blik op zijn gezicht. Dat bezorgde Johannes een gevoel van onbehagen dat langzaam groter werd.

Gelukkig behoedde het meisje hen voor nog meer ongemak door Johannes te vragen: 'Kent u nog meer verhalen over het Regenvolk?'

'Een miljoen meer,' antwoordde hij.

En daarop draaide Bram zich gedecideerd om om weg te gaan, alsof hij het meisje zo snel mogelijk bij Johannes weg wilde halen. Alles goed en wel, dacht Johannes, dat zinloze gebabbel met het meisje was amusant genoeg voor een paar minuten, maar er waren andere manieren om een middag te verspillen.

Het glimlachende meisje babbelde vrolijk met haar vader en zwaaide bij wijze van afscheid ietwat onzeker naar Johannes. Ze sprak op een manier waarvan Johannes nu concludeerde dat het haar aard was, met alles als één enkel lang woord, alsof niets op zichzelf stond.

Terwijl hij de deur sloot om haar stem en gegiechel buiten te sluiten, fronste Johannes zijn voorhoofd. Hij was vergeten het meisje te vragen waarom ze haar haren had afgeschoren. Maar helaas, ze was weg. Dus trok hij aan zijn pijp en liet zich stevig omhelzen door de rook, de vragen en de eenzaamheid.

EEN REIZENDE MAN

Juffrouw Josephina zei dat de noordelijke stammen tot het Zonnevolk behoorden. Ze bepaalden de tijd en plantten hun zaden aan de hand van de stand van de zon en telden hun jaren in zomers en andere zonnezaken. Dido vroeg haar: 'Bent u weleens in het zuiden geweest?'

'Nee,' zei juffrouw Josephina met een lachje. 'Maar mijn man is er vaak geweest, met baas Joubert. Daar koopt hij mooie dingen, mijn man.'

'O. Is meneer Joubert daar geweest?'

'Nou en of. Daar komt hij vandaan. Hij is een man uit het zuiden,' zei juffrouw Josephina glimlachend. 'Baas is een reizende man, zie je.'

'Heeft hij zo de chief ontmoet?'

'De chief?'

'Hij zei dat hij naar het noorden was gereisd en daar een chief had ontmoet wiens dochter was gestolen door het Regenvolk.'

'Mijn Julius… Mijn man heeft het nooit over een chief gehad,' zei Josephina. Ze liep om het bed van meneer Joubert heen en stopte de lakens netjes in. Toen zette ze hijgend haar handen op haar heupen. 'Maar het kan best zijn dat er een chief is en dat baas hem heeft ontmoet.'

'Meneer Julius zal dat wel weten, toch?'

Juffrouw Josephina lachte tot haar vrolijkheid overging in een zacht hoestje. 'Misschien weet mijn man het wel. Maar er zijn veel dingen die mijn man weet en niet vertelt.'

Dido wist niet of ze het wel begreep. Daarom glimlachte ze maar wat en haalde ze haar schouders op, voor het geval juffrouw Josephina het raar vond dat ze de geslotenheid van meneer Julius niet leuk vond.

'Geef me de kussens eens aan,' vroeg juffrouw Josephina.

Dido deed wat haar gezegd werd. 'Heeft meneer Joubert u het verhaal van de chief verteld?'

'Baas vertelt veel verhalen. Maar ik ben een oude vrouw, ik vergeet weleens wat.' Ze sprak afwezig, met haar aandacht op de kussens gericht. 'Kom, we zijn hier klaar. We gaan je spullen inpakken.'

Dido liep achter juffrouw Josephina aan. Ze keek om de hoek en over haar schouders om zich ervan te vergewissen dat niemand zag dat ze de kamer van meneer Joubert uitkwam. Sinds hun ontmoeting in zijn bibliotheek had ze hem en de uitbrander die ze vreesde met succes weten te ontlopen.

'Denkt u dat er in Rhodesië mensen zoals ik zullen zijn?' vroeg ze juffrouw Josephina, erop lettend dat ze zachtjes sprak.

Juffrouw Josephina gaf niet meteen antwoord. Ze opende elke deur, sloot hem weer, marcheerde gestaag verder, opende en sloot weer een andere deur, totdat ze de vertrekken van Dido en haar vader hadden bereikt. Net toen Dido de hoop op een antwoord had verloren, slaakte juffrouw Josephina een diepe zucht. 'Ik heb een man gekend die naar Oeganda ging. Hij beloofde terug te komen om mij over zijn avonturen te vertellen. Maar de tijd is kort. Ik geloof niet dat hij al klaar is met zijn avonturen.'

'Was hij ook zwart en wit, net als ik?'

'Hij was Indisch.'

'O.' Dido klonk teleurgesteld. 'Wanneer is hij weggegaan?'

Juffrouw Josephina zuchtte weer. 'Lang geleden,' zei ze. 'Ik had al mijn tanden nog.'

'Had die man ook een dochter?'

'Nee, dat niet. Maar net als je vader was hij op de vlucht voor zijn verleden.'

Dido wist niet of ze dat wel begreep, maar ze knikte.

'Ik denk dat baas Joubert betere antwoorden kan geven dan ik,' zei juffrouw Josephina. 'Je kunt het beter aan hem vragen.'

'Nee, dank je wel,' fluisterde Dido bij zichzelf. 'Waar is zijn vrouw? Heeft hij er een?'

Josephina had net Dido's koffer opgetild en liet hem bijna op haar tenen vallen. Maar ze hield zich in evenwicht door steun te zoeken bij de kledingkast en tilde de koffer vervolgens langzaam op het bed. 'Schaam je, meisje,' zei ze glimlachend. 'Je laat een oude vrouw het zware werk doen.' Het ontging Dido niet dat juffrouw Josephina wat ongemakkelijk keek.

'Mijn vader had een vrouw,' zei Dido, 'mijn moeder. Maar ze stierf in april. Ik denk dat ze van me hield... Soms mis ik haar.' Dido wist dat ze elk moment in tranen kon uitbarsten. Ze haalde haar schouders op en zei: 'Nu heb ik alleen mijn vader nog... Soms denk ik dat hij haar ook mist.'

Juffrouw Josephina gaf haar een knuffel. En heel even had Dido het gevoel dat ze veilig in nanny Gloria's armen lag en dat Emilia ergens vlakbij op de rug van hun moeder vloog, lachend uit volle borst.

'Mijn vriend die naar Oeganda ging, die wist heel veel,' zei juffrouw Josephina. 'Wie weet is hij langs het huis van die chief gekomen.'

'Wie weet,' fluisterde Dido.

'Weet je, mijn moeder was een *ngaka*, een traditionele genezeres. Ze wist veel, zelfs dingen van het onbekende, dingen die jaren ver weg of niet van deze wereld waren. Ze had een krachtige gave, maar zelf heb ik die nooit gehad. Ik mis haar. Veel mensen missen haar. Maar ik denk dat ze vooral haar gave missen.'

'Had ze magische krachten, zoals nanny Gloria en de regenkoningin?'

Juffrouw Josephina lachte. ‘Wij noemen het geen magie.’

‘O.’

Juffrouw Josephina leegde de koffer op de matras en gebaarde dat Dido op het bed moest komen zitten. ‘Baas Joubert heeft me verteld dat er nieuwe kleren voor je worden gebracht. Maar zelfs op de zon kun je niet altijd vertrouwen. Als die niet op tijd aankomen, moet je me laten zien welke kleren je aan wilt voor de reis. Die moeten we boven in de koffer leggen.’

Dido koos haar lievelingsjurk, de gele japon met het lint om de taille. Ze had er nog twee, een mosgroene en een zachtbruine. Die vond ze ook mooi, maar niet zo mooi als de gele. Emilia had er net zo een gehad en hem zo vaak ze kon gedragen, wat neerkwam op elke keer wanneer ze er bij nanny Gloria om had gebedeld.

‘Wat een mooie kleuren,’ zei juffrouw Josephina. ‘Maar ze hebben gezegd dat je jongenskleding moet kiezen.’

‘Weet ik, maar voor het geval dat, snap je. Ik heb bijpassende sokken.’ Dido woelde door de stapel om ze te vinden. ‘Mijn zusje had dezelfde. Hebt u ooit een zus gehad, juffrouw Josephina?’

‘Ik was het enige kind dat mijn moeder heeft gekregen.’

‘Maar uw moeder kon toch toveren? Ik bedoel, ze was een heksendokter, dan had ze toch broertjes en zusjes voor u kunnen maken?’

‘Een ngaka is niet hetzelfde als een heks. En het betekent ook niet dat je magische krachten hebt.’

‘O, ik begrijp het. Waarom kon u dan geen ngaka worden? Als het niet hetzelfde is als magie, zou u er dan niet voor kunnen kiezen om er wel een te zijn?’

‘Omdat mijn voorouders mij nooit hebben geroepen,’ zei ze. Ze legde de gekozen jurken en broeken apart en liep naar de kledingkast om het strijkijzer te pakken. ‘Hiervoor zal ik sintels uit de oven moeten halen. Ga je mee?’

'Brandt daar een vuur?'

'Het zijn alleen nog maar sintels. Het vuur is gedoofd, denk ik.'

Dido sprong van het bed. 'Goed dan,' zei ze. 'Hoe is uw moeder gestorven?'

'Dat kwam door de hoestziekte van bijna tien jaar geleden, maar ook door haar leeftijd. Ze liet mij twee hutten na bij de rivier en de botten die ze gebruikte voor haar kunsten. Maar niet de roep van de voorouders. Daarom ben ik geen ngaka. Ik denk niet dat de roep nu nog zal komen. Ik ben te oud voor de initiatie.'

'Mijn moeder heeft mij niets nagelaten,' fluisterde Dido.

'De doden laten altijd iets na,' zei juffrouw Josephina, 'zelfs als ze dat niet van plan zijn. Hoe zouden ze anders bij ons moeten komen spoken?'

Ze liepen langs de bibliotheek van meneer Joubert en Dido voelde haar wangen branden van ongerustheid. Ze rook de rook uit zijn pijp en was bang dat haar voeten haar niet snel genoeg konden wegvoeren. Daarom liep ze heel zachtjes en bad ze dat juffrouw Josephina haar mond zou houden, zodat ze onopgemerkt langs zijn deur konden lopen. Gelukkig hoestte hij en hielp zo het geluid van hun voetstappen te maskeren.

'Denkt u dat mijn moeder bij mij zal komen spoken? En mijn zusje ook?' vroeg ze zodra ze de keuken binnenstapten. Ze wilde hetzelfde vragen over de eland, maar ze was bang dat juffrouw Josephina dat niet zou begrijpen. Dus hield ze het bij haar moeder en haar zusje.

'Nee. Ik denk niet dat je moeder en zusje bij je komen spoken,' zei juffrouw Josephina.

'Maar stel dat ze dat wel doen?'

'Dan zeg je tegen ze dat je een kind bent. Ze mogen niet spoken bij kinderen.'

'Komen ze dan terug als ik later groot ben?'

Juffrouw Josephina antwoordde na een lange stilte: 'Het is niet gemakkelijk voor me om je dit te vertellen.'

'Maar er is iets wat u me moet vertellen, hè?'

Juffrouw Josephina knikte. 'Maar het maakt me bang omdat je een kind bent.'

'Juffrouw Josephina,' zei Dido, 'ik heb mijn moeder en mijn zusje zien sterven. Soms zie ik dat mijn vader net zo verdrietig wordt als mijn moeder was. Hij probeert het te verbergen, omdat ik een kind ben. Maar hij verbergt het niet goed en ik zie het. Nanny Gloria probeerde mij ook te beschermen. Emilia zag dit soort dingen nooit. Zij was een kind, maar ík zie het. Ik heb het altijd gezien.'

'Je hebt het hart van een kind,' zei juffrouw Josephina, 'de angsten van een kind, zelfs de ogen van een kind. Je ziet deze dingen eenvoudig. Er schuilt schoonheid in dit soort eenvoud.'

'Er schuilt ook onwetendheid in.'

'En de rust van de onschuld.'

'De rust van dwazen.'

Juffrouw Josephina lachte.

'Je bent te pienter,' zei ze. 'Te pienter voor deze oude vrouw.'

Dido deed haar best om een glimlach te produceren.

'Dus u gaat het me vertellen?' vroeg ze.

'Ik moet bij het begin beginnen, zodat je het begrijpt. En als ik bij het begin moet beginnen, wordt het een lang verhaal.'

'Ik houd van verhalen. Mijn moeder vertelde altijd verhalen als ze niet te verdrietig was. Emilia was er ook dol op, vooral op die over de zwanenprinses en haar avonturen in de Hemellanden. Dat heeft mijn moeder geschreven en ze heeft de heldinnen naar Emilia en mij vernoemd. Dat vonden we heel fijn.'

'Mijn vader hield niet van verhalen,' zei juffrouw Josephina. 'Hij vond ze nutteloos.'

'Soms denk ik dat mijn vader ook zo is.'

'Daar word je verdrietig van, zie ik.'

'Later als ik groot ben wil ik verhalenverteller worden. Ik luister graag als mensen verhalen vertellen. Ik wil het leren. Ik wil net zo goed worden als mijn moeder. Maar ik denk dat mijn vader er verdrietig van zal worden.'

'Ik begrijp het.'

'Dus, wilt u het mij vertellen?'

'Het is jouw tijd, jij kiest ervoor om die te verspillen,' zei juffrouw Josephina schouderophalend. 'Het ging zo: mijn vader was simpel, dat heb ik van hem. Hij werkte als boerenknecht. Voor zijn diensten ontving hij verse melk, shillings en oude dingen die zijn baas niet meer wilde hebben. Als de mensen uit mijn dorp naar mijn vader keken, zeiden ze: "Daar gaat Ntlhabeni. Hij is rijk, weet je. In de winter koopt hij dekens en schoenen voor zijn gezin, en brood en jam. Hij slaapt op een bed dat hij van zijn baas heeft gekregen. Wat een gezegend man is Ntlhabeni."

Mijn vader was trots wanneer hij dit alles hoorde. En als de mensen uit mijn dorp naar mij keken en zeiden: "Daar gaat Možaži, zij is het enige kind van Ntlhabeni," glimlachte ik en deelde ik in de trots van mijn vader.' Juffrouw Josephina zweeg even en zuchtte, misschien om haar gedachten op een rijtje te zetten, dacht Dido.

'Werd u Možaži genoemd door uw volk?' vroeg Dido, terwijl haar accent de naam enigszins verboog.

'Ja. Dat is de naam die ik van mijn vader heb gekregen.'

'Waarom noemen de mensen hier u niet zo?'

'Josephina is gemakkelijker voor baas. Zo gaan die dingen.'

'Ik denk dat dat de reden is waarom nanny Gloria zich niet Mmakoma noemde. Ik dacht dat ze het leuk vond om Gloria genoemd te worden, maar ik denk... Ik denk nu dat ik het mis had.'

'En nu weet je de ware reden.'

'Hoe vinden uw voorouders u nu? Hebt u ze verteld dat u nu Josephina heet?'

'Ze vinden het bloed in mijn aderen en de geest van mijn volk. Zo kan ik niet verdwalen.'

Dido dacht daar stilletjes over na. 'Ik heb mijn volk nooit gekend,' fluisterde ze. 'Mijn voorouders hebben nooit te horen gekregen dat ik geboren ben... Nanny Gloria heeft het opgelost, denk ik. Ze gaf me de naam Khelelo, met als plechtige naam Mmamolapi en de naam van de clan... De naam van de clan weet ik even niet, maar die heb ik opgeschreven in mijn dagboek.'

'Het zijn goede namen. Sterke namen,' zei juffrouw Josephina met een knikje.

'Dat zei nanny Gloria ook. Khelelo was de naam van haar moeder, geloof ik. Denkt u dat de voorouders mij zullen vinden als ik verdwaal, zelfs in Rhodesië of waar mijn vader en ik ook heen gaan?'

'Dat is precies zoals het gaat.'

'Weet u het zeker?'

'Heel zeker,' zei juffrouw Josephina. 'Mijn Julius heeft vele jaren geleefd als een dwaas. Toch is hem nooit iets akeligs overkomen. Hij is naar Rhodesië gereisd en verder, op boten en kamelen en andere dingen die mijn ogen niet hebben gezien. Al die tijd hebben de voorouders op hem gepast en hem gezond aan mij teruggegeven.' Ze glimlachte, schudde haar hoofd en vervolgde: 'Als ze zo'n dwaas beschermen, zal een kind als jij nog langer leven dan ik.'

Daar fleurde Dido van op.

'Wat is er met uw vader gebeurd?'

'Kijk,' zei juffrouw Josephina, 'de gevechten tussen de Nederlandse en Engelse meesters brengen mij in verwarring. Als de ene meester wortels heeft in het ene land en niet in het andere, maakt dat voor mij niets uit, net zoals het voor mijn vader geen verschil maakte. "Je vader werkt voor een witte boer," zei mijn moeder tegen mij. En ik wist dat dit waar was, tot de dag dat mijn vader niet meer voor die boer werkte.

Want zie je, de boer van mijn vader, die Engels was, verliet de boerderij en die raakte in verval. Langzaam maar zeker werden mijn schoenen versleten en te klein. De dekens werden dun en het brood zeldzaam. En zo werd mijn vaders gezicht tegen het einde van zijn leven vreemd voor mij. Hij was een man die zijn geluk en zijn ongeluk had geërfd van iemand anders. Toen niet langer gezegd kon worden dat hij een gezegend man was, zag ik zijn geest breken. Hij liep vele uren, op zoek naar ander werk. Hij faalde. Toen werd hij gebeten door een slang en stierf hij een pijnlijke dood. In zijn schaamte huilde hij. Ik was een kind, dus ik vroeg waarom hij zich schaamde. Weet je wat hij zei?'

Juffrouw Josephina keek naar Dido. Dido wist het antwoord niet, net zoals ze niet had geweten wat de chief tegen meneer Joubert had gezegd. Maar ze wilde iets zeggen. Juffrouw Josephina keek zo verdrietig en Dido wilde haar weer laten lachen. Uiteindelijk schudde ze alleen maar haar hoofd, omhelsde juffrouw Josephina en zei: 'Het spijt me.'

'Er is niets om spijt van te hebben.' Juffrouw Josephina omhelsde Dido stevig en liet haar toen los. 'Dit is een oud verhaal en het verdriet is bijna verdwenen. Zal ik doorgaan?'

Dido knikte.

'Mijn vader vroeg om vergeving. "Možaži, mijn kind, denk met liefde aan mij terug," smeekte hij. Ik geloofde... Ik geloofde dat hij, als ik me hem zou herinneren zoals hij toen was, huilend, beschaamd of zich wentelend in de stank van zijn mislukkingen, bij mij zou komen spoken. Zijn geest zou me haten en zijn herinneringen vergallen. Ik loog tegen hem. "Ik zal met liefde aan je terugdenken," zei ik. Hij glimlachte en verliet deze wereld als een tevreden man. Toen ik sliep, droomde ik over hem. Hij huilde en vroeg: "Herinner je je mij nog?" Ik vertelde hem dat ik met liefde aan hem terugdacht en ontwaakte onbezorgd uit de droom.' Juffrouw Josephina laste opnieuw een pauze in en schudde haar hoofd. 'Dit zijn lastige dingen, Dido,' zei ze. 'Oude verhalen van een oude vrouw... Welk recht heb ik om dit aan een kind te vertellen? Maar als dat kind vraagt naar spoken en dat soort dingen, moet ze dit alles weten.

Hij was mijn vader. Hij gaf me mijn naam, mijn neus, mijn ogen en alles wat mijn moeder me niet gaf. Hij hield van me. Als ik onder mijn mensen ben, zullen ze zeggen: "Daar gaat Možaži. Zij is de enige dochter van Ntlhabeni. Wat zou haar vader trots glimlachen als hij haar nu zag, gezegend als ze is." Daarom vraag ik me af wat het betekent als zo'n man bij je komt spoken. Is hij een geest, een herinnering, degene die mij het leven schonk? Of zomaar een man die, gezien zijn alledaagse daden, verdwaald is in de tijd?

Ik kan deze dingen niet weten. Ik heb niet gereisd, zoals mijn man. Ik ben niet zo ontwikkeld dat ik kan lezen of schrijven zoals jij en ik heb niet de gave van mijn moeder. Ik weet alleen dat ik vele jaren heb verspild met pogingen om mijn vader te vergeten. Als hij hardvochtig was geweest, zou het verstandiger zijn om hem te vergeten. Maar dat was hij niet. Ik denk niet dat zijn geest hardvochtig zou zijn. De herinnering aan hem, die vervaagt naarmate ik ouder word, is wazig. Toen ik me hem nog kon herinneren, probeerde ik hem te vergeten. En nu ik me hem probeer te herinneren, lukt dat niet. Ik ben zelfs zijn stem vergeten. Zo is het gegaan.' En zo eindigde het verhaal van juffrouw Josephina.

Er viel een lange stilte tussen hen, waarin juffrouw Josephina haar tranen wegveegde en Dido over het verhaal nadacht. Haar eigen herinneringen waren nog niet veranderd door de tijd, maar wel door de rook die haar ogen en longen had vertroebeld. Maar voor zover ze zich herinnerde, had ze haar moeder noch Emilia een belofte gedaan. Sterker nog, ze herinnerde zich de laatste woorden die ze tegen haar zusje had gezegd niet eens meer.

'Dat was een droevig verhaal,' besloot Dido. 'Wanneer is uw vader gestorven?'

'Bijna achtenvijftig zomers geleden,' zei juffrouw Josephina.

Dido dacht na over de strekking daarvan en zei uiteindelijk: 'U wordt er nog steeds verdrietig van, zelfs na al die jaren. Betekent dit dat de nacht van de brand mij verdrietig zal maken totdat ik nog ouder ben dan u?'

'Het betekent dat je je de mensen van wie je hield zult herinneren zolang je leeft.'

'Maar ik weet niet of ik me Emilia en mijn moeder altijd wil herinneren. Mijn moeder was verdrietig en Emilia's gezicht maakte me die avond bang. Mijn vader zegt dat ik een goede dochter en zus was, dat ze nooit bij me komen spoken. Maar wat als ze van gedachten veranderen en vinden dat ik geen goede zus of dochter ben geweest? Wat als ze bij me komen spoken, als echte geesten, zoals de lange man wiens gezicht niet te zien is? Stel dat ze door de dood vergeten dat ik van ze hield, dat mijn hart brak toen ze stierven?'

Dido moest zo hard huilen dat ze geen woord meer kon uitbrengen. Ze boog zich naar voren tot haar hoofd haar knieën raakte. Ze wilde de tranen tegenhouden, zoals altijd. Maar ze stroomden uit haar ogen en ze was bang dat ze nooit meer zouden stoppen. Het enige wat ze voelde, afgezien van haar groeiende schaamte, was de warmte van juffrouw Josephina die haar van het bed tilde en in haar armen nam.

'Toe maar, mijn kind,' zei juffrouw Josephina. 'Laat de pijn je ziel verlaten. Laat de tranen vallen. Zo laat je het los.'

'Het... spijt me... zo,' zei Dido tussen het snikken door.

'Er is niets om spijt van te hebben. Zelfs ik, oud als ik ben, vind af en toe reden om te huilen. Dat is geen schande.'

Gesterkt door de woorden van juffrouw Josephina kon Dido onbelemmerd en overvloedig uithuilen, tot ze voelde dat haar hartslag kalmeerde. Juffrouw Josephina bleef zachtjes over haar rug wrijven en mompelde zacht: 'Laat de tranen vallen, lief kind. Laat ze vallen,' keer op keer, totdat Dido's ogen moe werden van het huilen en zich sloten om te rusten.

EEN GEWICHTLOZE MANTEL VAN BLINDE DUISTERNIS

Dido werd wakker in het donker. De zon was ondergegaan en de sterren waren opgekomen. Haar hik was verdwenen, net als haar kortademigheid en de tranen. Toen ze overeind kwam, hoorde ze haar vader bewegen in de fauteuil. 'Eindelijk ben je wakker,' zei hij.

'Ik wilde niet in slaap vallen. Juffrouw Josephina en ik waren aan het inpakken en...' Ze zocht naar een woord, een eenvoudig woord waar haar vader niet verdrietig van zou worden. Voordat ze het had gevonden, stak hij de kaarsen aan en kwam hij bij haar op bed zitten.

'Josephina heeft het me verteld,' zei hij, terwijl hij gebaarde dat ze op zijn schoot mocht komen zitten. 'Je huilde in je slaap,' fluisterde hij veel te zacht. Het was dat hij zo dichtbij was, anders had ze hem niet gehoord.

Bang dat ze weer zou gaan huilen, slikte Dido en knipperde snel met haar ogen. Ze vroeg zich af of er ooit iemand was geweest die had gehuild tot er geen tranen meer over waren. Zoals het er nu uitzag, was zij zo iemand. Zelfs de bries die door het raam zweefde, kon geen enkele traan tevoorschijn brengen. 'Ik was moe,' fluisterde ze tegen haar vader.

'Herinner je je alles van de nacht van de brand?' vroeg hij.

Dido schudde haar hoofd. 'Soms lijkt het net een droom. Dromen vergeet ik meestal, maar de brand niet. Daarom weet ik dat de brand geen droom was. Ik word er verdrietig van, papa. Ik mis mama en Emilia. Soms voelt het alsof mijn hart nooit zal stoppen met breken. De pijn maakt me bang.'

Haar vader knikte en nam haar hand in de zijne. 'Ik mis hen ook,' zei hij.

'Zelfs mama?'

Voordat hij antwoordde, keek haar vader naar het raam en zuchtte diep. Toen zei hij: 'De eerste keer dat ik haar zag, benam ze me de adem. Heel even was het of mijn hart stilstond. Ik hield van je moeder, Dido, vanaf dat eerste moment tot aan haar laatste ademtocht. Maar het was nooit hetzelfde met haar. Jij bent een kind, haar kind. Ik verwacht niet dat je begrijpt wat het betekent om door haar gemeden te worden totdat alle liefde verteerd is door bitterheid. Weet je dat ze je wilde doden? Begrijp je dat?

Dat is precies wat ze heeft gedaan. Ze nam mijn hart en gaf het me gebroken terug. Daarna brandde ze zichzelf uit deze wereld. Ze nam je zusje mee en jou wilde ze ook meenemen. Dat kan ik haar niet vergeven. Zonder haar liefde kon ik leven. Ik aanvaardde mijn lot, maar wat ze jou heeft aangedaan, wat ze je zus heeft aangedaan, dat is onvergeeflijk...'

De stem van haar vader stierf weg. Het klonk alsof zijn adem stokte. Dido omhelsde hem stevig. Zijn hart klopte snel en krachtig tegen het hare. 'Het spijt me, papa,' zei ze. 'Ik wilde je niet verdrietig maken.'

'Ik ben niet verdrietig,' zei hij. 'Ik ben moe. Kom, je moet eten.'

Hij stond op en zette haar op haar voeten. 'Josephina heeft een bordje voor je bewaard en...'

Ze viel hem in de rede. 'Papa?' vroeg ze. Ze dacht dat als ze nu niet moedig zou zijn, de kans voorgoed verkeken was.

'Ja?'

'Ik heb een geheim, weet je,' begon ze. 'Ik weet waarom mama brand heeft gesticht. Ze wilde Emilia en mij niet van je afpakken. Ik denk dat ze ons probeerde te redden. Ze zei dat ze onze huid had vergiftigd, daarom moest ze ons naar de sterren brengen.' Dido stopte om te slikken.

Haar vader knielde voor haar neer en keek haar bezorgd aan. 'Is dit weer een droom, Dido?'

Ze schudde haar hoofd. 'Nee. Nanny Gloria heeft me een van mama's dagboeken gegeven. Ze had het gevonden in de ashopen. Het is voor een deel verbrand, maar sommige delen zijn bewaard gebleven.' Ze stopte weer om te slikken. 'Zo weet ik dat ze van je hield, papa.'

Haar vader keek haar nog steeds bevreemd aan, maar zijn bezorgdheid maakte plaats voor iets wat leek op verwarring. 'Heb jij je moeders dagboek?'

'Ja. Ze schreef over haar twee vaders en Ierland en West-Indië. Ze schreef over haar dromen, over haar reis naar Afrika. Ze schreef over jou. Ze deed haar best om te blijven leven, papa.'

Haar vader was als verdoofd van verbijstering. 'Heeft Gloria het in de ruïnes gevonden?'

'Ja,' zei Dido. 'Toen de brand was gedoofd. Maar ze vond er maar één. Ik heb nog naar de andere gezocht, maar ik heb ze niet gevonden. Ben je boos op me?'

Hij schudde zijn hoofd. Hij ging weer op het bed zitten en staarde naar niets in het bijzonder. Dido wist niet wat ze moest zeggen. Ze raakte van streek door zijn zwijgen. Ze probeerde vormen te herkennen in de dansende schaduwen die het kaarslicht op de wanden wierp, om er in haar hoofd iets van te maken, zodat ze tegen haar vader kon zeggen: 'Ziet dat er niet uit als een rat die knaagt waar hij niet hoort te knagen, of als een kat die een rat achternazit of als een hand die een kat achternazit?' Maar de schaduwen leken slechts vaag op het zachte deinen van de golven van de zee. Ze dansten maar wat op de muren waarop ze onbeholpen hun zwakke duisternis wierpen. Ze fascineerden haar alleen door de manier waarop ze de overwinning leken te willen behalen op hun dansende kameraden, alsof hun opkomst en ondergang een strijd om de macht was. Het was zinloos, besloot ze. Elke schaduw viel net zo gemakkelijk als zijn buurman opkwam en ook hij viel zodra hij opkwam en gaf zich over aan een nieuwe overwinnaar, ontstaan uit een rivaliserende kaars. Ze keek naar haar vader, die net zo gefascineerd door de schaduwen leek te zijn als zij.

'Heb ik je tekort gedaan sinds die vervloekte nacht?' vroeg hij plotseling.

'Nee,' antwoordde Dido snel.

'Zou je het eerlijk zeggen als dat wel zo was?'

'Ja, papa. Ik beloof je dat ik dat zou doen.'

'Zeg me dan, Dido: heb ik aan mijn plichten tegenover jou voldaan? Heb je je geliefd gevoeld?'

'Ik weet dat je van me houdt, papa.'

'Maar je hebt meer van mij nodig. Meer dan de plicht van een moeder of het gezelschap van Emilia. Meer dan mijn bescherming. Je hebt meer nodig, toch?'

Dido wist niet of ze het wel begreep. Ze keek naar haar vaders gezicht om zijn gevoelens te peilen, die verder gingen dan wat hij zei.

'Ik begrijp het niet.'

'Is er nog iets anders wat je van mij nodig hebt?'

Ze schudde haar hoofd.

'Dido, het doet me verdriet om dit tegen je te zeggen: ik ben jouw enige familie en jij die van mij. Ik besef dat ik... Ik heb de emotionele aspecten van mijn plicht verwaarloosd. Ik dacht dat mijn liefde voor jou genoeg was om te zorgen dat je gelukkig zou zijn. Het is pijnlijk voor me om kwaad te spreken over je moeder, maar ik denk dat ik de betere ouder ben. Het lijkt er echter op dat ik tekort ben geschoten. Om deze tekortkomingen te corrigeren, moet je mij altijd de waarheid vertellen. Het heeft geen zin elkaar voor de gek te houden. Dus ik vraag het je nog één keer: is er nog iets anders wat je van mij nodig hebt?'

'Zul je niet boos op me worden?'

Hij schudde langzaam zijn hoofd, nam haar gezicht in zijn handen en zei: 'Dat beloof ik.'

'Goed,' knikte Dido. Ze liet zich van het bed zakken om het dagboek van haar moeder uit de koffer te halen en gaf het aan haar vader. 'De meeste verhalen die mama schreef zijn verbrand,' zei ze. 'Ik heb de verhalen die ik heb onthouden, die ze Emilia en mij heeft voorgelezen, er zelf bijgeschreven, zoals die over de kinderen van de hemelgod en die over de geest van Verlatenbosch. Maar de meeste heeft ze nooit voorgelezen en ik weet niet hoe ik ze moet afmaken, vooral de laatste niet. Wil jij het dagboek alsjeblieft lezen, om te zien of je me kunt helpen met de verhalen die ze niet heeft afgemaakt?'

'Wil je dat graag?'

Dido knikte. 'Voorlopig denk ik… Ik denk dat dat alles is. Ben je echt niet boos op me?'

'Echt niet, lieverd.' Hij glimlachte en streek over haar hoofd. 'Ik zal je helpen waar ik kan.'

Ze omhelsde hem. 'Dank je, papa.'

Hij liet zijn kin liefkozend op haar hoofd rusten. 'Nu moet je eten,' zei hij. 'Kom.'

Dido pakte haar vaders hand en liep met hem mee naar buiten. De nacht omhulde hen als een gewichtloze mantel van blinde duisternis. De maan, een halve maan die langzaam opkwam in een hoekje van de westelijke hemel, diende alleen om het einde van de maand aan te geven, het begin van een nieuwe en misschien, hoopte Dido, een minder moeilijke weg. Ze glimlachte en gebood haar gedachten om waar te worden en de waarheid om waar te blijven. Misschien was dat het – de belofte van de maan.

'We hebben je vervloekt,' meende ze haar vader te horen zeggen, zacht, te zacht – als de fluistering van de wind die ooit haar naam riep. Ze bleef naast hem lopen, stil en boordevol twijfels.

DEEL VIER

Naar Afrika

EEN KLEIN ZWART BOEKJE MET EEN VERBRANDE RUG

Alisa's dagboek was een klein zwart boekje met een verbrande rug. Het was deels volledig verkoold en deels beschadigd door het water, maar op sommige stukken was het originele handschrift nog leesbaar of anders had Dido de vervaagde letters overgetrokken. Het grootste deel was echter verwoest en reddeloos verloren. Er ontbraken zelfs pagina's. Het was in het gunstigste geval een verscheurd verhaal dat Abram absoluut niet wilde lezen. In het slechtste geval was het Alisa's excuus voor haar misdaad, die Abram haar absoluut niet wilde vergeven.

Maar hij moest het lezen, nietwaar? Ter wille van zijn dochter moest hij Alisa nog een tijdje langer verdragen. Ten slotte, heel behoedzaam, sloeg hij het open.

DAGBOEK VAN ALISA MILLER, 1912

Maandag 1 januari

Mijn grootste angst is dat ik het niet eeuwig zal kunnen volhouden, dat er een dag komt waarop ik zwicht en een einde zal maken aan mijn leven. Het is nogal een ingewikkelde situatie waarin ik me bevind, zelfs ik begrijp het niet. Nu ik vandaag een soort mijlpaal heb bereikt, mijn dertigste verjaardag, vind ik dat het zo langzamerhand tijd wordt om op zijn minst te probéren het te begrijpen. Dat ben ik wel aan mezelf verplicht.

Laat ik beginnen met te zeggen dat ik niet suïcidaal ben aangelegd. Eigenlijk ben ik helemaal niet geneigd tot enige vorm van moord. Toch denk ik dat ik, toen ik als elfjarig meisje glas vermaalde om in mijn thee te kunnen doen, wel degelijk van plan was om zelfmoord te plegen.

Ik begrijp dat dit tegenstrijdigheden zijn. Ik zou moeten weten wat precies de reden is waarom ik zelfmoord zou willen plegen en zo gevraagd zou ik tragedies moeten kunnen opdissen als: mijn vader is als slaaf geboren, ik heb mijn moeder nooit gekend, enzovoort. Ik heb het gevoel dat men, als ik over mijn dilemma zou vertellen, vast en zeker een pathologische verklaring zou willen, iets tastbaars wat gemakkelijk kan worden aangevoerd, maar de waarheid gebiedt me te zeggen dat de slavernij van mijn biologische vader noch de dood van mijn moeder of enig ander aspect van mijn leven mij volledig zonder hoop heeft achtergelaten.

Een logische vraag om te stellen is: hoe kan het dat je het niet weet? Hoe kan het dat je het niet begrijpt? Dit gaat tenslotte over jou. Er moet iets zijn.

Natuurlijk is er iets. Dat is juist zo frustrerend: er moet iets zijn. Maar net als liefde of vreugde of zelfs haat kan ik het niet definiëren of verklaren. Voor mij is het als een kind dat aan de borst van zijn moeder zuigt, gewoon omdat hij weet hoe dat moet. Of datzelfde kind, wiens eerste woordje 'mama' is. Of datzelfde kind dat dertien jaar later verliefd wordt, gewoon omdat hij het niet kan helpen.

Ik kan mijn melancholie niet meten wanneer ik erin wegzak. Ik kan het niet ontleden. Het beste wat ik kan doen is dit: soms, als ik bedenk hoe zwaar het me valt om adem te halen, om te leven en door te gaan puur en alleen omwille van het doorgaan, voel ik me hulpeloos. Het beangstigt me, deze staat van leven omwille van het leven. En hoe meer ik erover nadenk, hoe moeilijker het wordt om te ademen. Als je nooit het gevoel hebt gehad dat je bent gestorven, begraven en vervolgens abrupt weer tot leven bent gewekt, valt dat niet gemakkelijk te begrijpen. (Hoewel, om eerlijk te zijn denk ik weleens dat mijn geest deze verhalen verzint als excuus.)

Mijn dromen zijn surrealistisch. Ik herinner me er een waarin ik niet kon ademen; een hand van schaduwen sleepte me mee naar een diep en donker niets waar ik als een marionet in de lucht hing, omhooggehouden door talloze schaduwhanden, en al die tijd kon ik nog steeds niet ademen. Toen ik wakker werd, lag ik als verlamd in bed; ik kon me niet bewegen, niet schreeuwen of huilen en ik had het koud, ik was ijskoud en verstijfd, alsof ik uit een graf kwam.

Het is alsof ik minder levend ben, alsof mijn leven wordt afgetapt, overgeheveld naar het niets waarover ik heb gedroomd, overgeheveld om de schaduwhanden voort te brengen die knijpen, stevig knijpen om nog meer van mijn leven af te tappen.

Zij nemen mij mijn leven af, mijn dromen. Ik durf niet te gaan slapen. Dat soort angst is zo simpel, zo rudimentair, maar na verloop van tijd vormt het een web dat zo gecompliceerd is, zo onbevattelijk, dat het zich om je geest, je hart en alles wat je ziet spint. Het hurkt aan de basis van je wezen en wat je ook doet, je weet dat het er altijd is, wachtend.

Vooral het wachten boezemt me angst in, omdat er ooit een eind moet komen aan het wachten, dat zich dan moet ontwikkelen tot iets nieuws. Tegen die tijd zal dat web van angst, gif en boosaardigheid oud en vertrouwd zijn, bijna als een troost, als een vijand die ik niet als zodanig kan erkennen. Het zal een lang vergeten vriend zijn die ik moet omarmen en wanneer het zover is, zal ik eraan toegeven. Het is alsof ik in een gat val dat nooit eindigt, een gat dat ik niet helemaal kan zien, maar waarvan ik weet dat het er is, gapend, mij opslokkend, zonder dat ik er iets tegen kan doen. Dit is mijn grootste angst: ik weet niet of ik het eeuwig zal kunnen volhouden.

Zo wil ik niet zijn: opgerold in mijn bed en huilend om een leegte die ik niet begrijp. Ik wil wat mijn moeder voor mij wil: een glimlach, een helder hoofd, onbekommerdheid, vrijheid van deze ketens die ik niet eens kan aanraken, voelen of ruiken, deze ketens die alleen in mijn geest bestaan. Vrijheid. Vrijheid.

Het wordt me steeds duidelijker dat ik naar Afrika moet. Ik denk dat dat de beste kans is die ik heb om wat het ook is waar ik last van heb te leren begrijpen. Net zoals ik de tegenstrijdigheid van mijn levenshouding niet kan verklaren, zo kan ik ook niet uitleggen waarom ik me zo tot Afrika aangetrokken voel, afgezien van de voor de hand liggende redenen dan. Iets wat niet helemaal van deze wereld is, roept mij daar. Ik moet ernaartoe. Ik moet de schaduwhanden begrijpen waar ik sinds mijn kindertijd van droom.

Ik moet mijn moeder overhalen om me te laten gaan.

Dinsdag 2 januari

Afrika is ver weg. Het is ook groot, met zijn kustlijnen die kameraadschap voorwenden met zowel de Atlantische als de Indische Oceaan. Aan beide kanten leveren de kusten de bevolking van het continent vol overgave uit, terwijl ze mondjesmaat gevangenen uit Europa en slaven uit het zuiden van Azië ontvangen.

Kaapstad, een van de oudste bastaardsteden van Europa in de Nieuwe Wereld en daardoor meer dan de andere verplicht om het heimwee van zijn eigenzinnige kinderen te verzachten, was ontworpen om sterk op de Oude Wereld te lijken.

Nadat deze Tavern of the Seas had bewezen een tussenstation te zijn dat een nieuwe metamorfose verdiende, werd de stad al snel geïnjecteerd met slaven uit Oost-Indië, de mensen die tegenwoordig Kaap-Maleiers worden genoemd. Ook wat dit betreft werd de stad ontworpen als een afspiegeling van het imperiale succes van de Oude Wereld, met als uitgangspunt de slavernij van het ene ras ter verbetering van het andere. In Kaapstad kon Europa zijn verleden met zorg perfectioneren.

Het is het beste, zo heb ik besloten, om mijn zoektocht te beginnen op de plek waar ik waarschijnlijk ben geboren. Ik denk dat die me wel bekend zal voorkomen. 'Van Kaapstad naar Cairo,' zoals Cecil John Rhodes het verwoordde in de beoordeling van zijn eigen capaciteiten.

En daarom, via de stad van de zee, op naar Afrika!

[ONTBREKENDE TEKST IN HET DAGBOEK]

[Exacte datum onbekend]

Terwijl ik mijn spullen bij elkaar zocht voor de komende reis, vond ik een stukje kladpapier waarop ik ooit het begin van een avonturenverhaal had gekrabbeld. Het begon met een terugblik op mijn kindertijd. Om de een of andere reden kan ik me niet herinneren waarom ik aan het verhaal ben begonnen en ook niet waarom ik ermee ben gestopt. Behoorlijk irritant, moet ik zeggen. En toch begin ik er nu weer aan, helemaal opnieuw.

Toen ik zeven jaar oud was en de zogeheten Russische griep zich over de wereld verspreidde, riep mijn vader, die tragisch genoeg was besmet, mij aan zijn zijde en zei: 'Ik heb je nooit het verhaal van de kinderen van de hemelgod verteld, is het wel?'

Hij sprak in een bepaalde cadans en liet de woorden in elkaar overvloeien, zonder interpunctie of andere formaliteiten. Hij slikte de zachte medeklinkers bijna in en ik moest ze opgraven uit mijn geheugen, uit mijn eigen vertrouwdheid met de woorden. Hij klonk als een lied.

Op zijn vraag schudde ik mijn hoofd, waarop mijn vaders geheugen terugkeerde. 'Nee, dat heb ik nooit gedaan,' concludeerde hij. 'De kinderen van de hemelgod waren met z'n drieën, moet je weten. Eén was de zon. Eén was de nacht. En één was de maan. De nacht is niet te vertrouwen en je kunt de zon niet laten doen wat je wilt. Je kunt hem niet veranderen. Maar de maan verandert nooit, mijn Lissy. Ze verandert nooit.' Terwijl hij zijn verhaal deed, stond de maan niet vol aan de hemel, maar als een zwakke, verlegen sikkel die zich verschool achter voorbijgaande wolken. Het beeld logenstrafte de woorden van mijn vader. De maan veranderde zelfs terwijl hij sprak, verborg zich het ene moment en pronkte het volgende met al haar glans.

'Of het nu winter is of zomer, de maan verandert nooit,' vervolgde hij. Hij hoestte, want de wind nam plotseling toe en herinnerde mijn vader aan zijn aandoening, zodat hij zich ook weer herinnerde dat hij moest rillen en hoesten en zijn mond moest afvegen met de rug van zijn hand.

'Ik zie de maan nu veranderen,' zei ik, opkijkend naar de lucht. 'De ene dag is ze vol, de volgende dag is ze weg en soms is ze maar de helft van zichzelf.' Ik probeerde de cadans van mijn vaders spraak te imiteren, maar dat lukte me nooit helemaal. Ik verbrak de cadans altijd waar dat niet moest en waar mijn vader dat niet wilde.

'O, ja. De nacht eet de maan op,' zei mijn vader met een knikje. 'Hij eet maar door tot de maan een sikkel wordt die maar zozo schijnt. De duisternis is gulzig, dus de nacht eet door totdat de maan uit de lucht is verdwenen en wij haar niet meer kunnen zien. Maar de tijd is goedhartig, zie je. Zodra de maan terugkomt, is ze weer heel en straalt ze net als voorheen.'

Na een volgende windvlaag had mijn vader er genoeg van en gebaarde hij dat ik hem moest volgen naar de duisternis van ons hutje. Er was nog wat licht buiten, een straaltje zon om de kou van de wind te verdrijven. Ik wilde liever nog even blijven. Maar mijn vader kon ook niet te lang in de zon zitten, dan verbrandde zijn huid. In onze hut huiverde hij net zo goed van de kou, maar die kon hij verdragen. 'Die was gelijkmatig en kende hij als zijn eigen botten,' beweerde hij grimmig. Daar had hij het niet het ene moment koud en het andere moment warm. Hij wás alleen maar. Ik ging op de houten kruk zitten die wiebelde en kraakte wanneer ik ging verzitten, en hij op het bed dat te kort was om zijn voeten te ondersteunen.

Hij vertelde verder, met schorre stem van het voortdurende hoesten: 'De maan had geheimen, zie je. De nacht was jaloers omdat de maan haar geheimen alleen aan de wind, het zand en de dode dingen vertelde. De nacht dacht: als ik de maan opeet, slok ik meteen haar geheimen op. Als ik haar geheimen opslok, verwerf ik meteen haar schoonheid. Als ik haar schoonheid bezit, verwerf ik ook de achting van de wind, de zee en de dode dingen.'

'Wilde de nacht schoonheid?' vroeg ik. 'Hij heeft toch de sterren al met al hun schoonheid? Wil hij meer?'

'Ja, Lissy,' zei hij met een knikje. Hij legde zijn handen op elkaar in zijn schoot en knikte nog eens. 'Dat dacht de nacht bij zichzelf. En hij ging zitten en bedacht een plannetje. Daarna ging hij naar de wereld en zei: "Hoor eens, Wereld, als je mij de maan en haar geheimen en schoonheid laat eten, zal ik nooit meer bij je komen spoken. Dan laat ik je voor altijd leven in het licht van de zon. Er zal geen nacht meer zijn. Maar ík wil de maan en haar geheimen en jij moet me helpen om ze te krijgen."'

'Maar de wereld heeft het licht van de maan nodig,' zei ik. 'De wereld kan de geheimen van de maan niet verklappen. Dat zou verkeerd zijn!'

'Ah! De wereld wilde geen nacht meer,' zei mijn vader. 'Hij wilde geen duisternis. Dus zei hij tegen de nacht: "Ik zal de maan hiernaartoe roepen, dan kun jij haar geheimen afpakken. Ga maar, Nacht! Ga heen en laat ons met rust! Ik wil geen duisternis meer."

Dat zei de wereld tegen de nacht. Maar de zon hoorde hun gefluister, weet je. Hij hoorde het en dacht er het zijne van. De zon weet dat hij zonder de nacht alle uren van de dag aan de hemel moet staan. Dat wil de zon niet. Het is veel te veel werk om altijd maar te moeten schijnen en nooit uit de lucht te verdwijnen. Om voor altijd en eeuwig te blijven schijnen. De wereld riep de maan en de maan kwam naar hem toe. Toen sprak de zon zijn eigen gefluisterde woorden tegen de maan.

De zon gaf de maan haar glans en zei tegen haar: "Nacht wil je beroven. Hij wil je geheimen en schoonheid stelen. Wereld helpt hem, omdat hij geen duisternis meer wil. Deze glans die ik je geef is geen geschenk. Dit is mijn magische kracht. Hij zal je beschermen tegen de nacht en de wereld. Maar nu deel je de lucht voor altijd met mij. Als ik moet rusten, ga jij naar boven om te schijnen. En soms word ik zelfs overdag eenzaam en dan kom jij naar boven en schijn je samen met mij."

Zo kreeg de maan haar glans, die ze behield tot op de dag van vandaag. Maar ze is nog steeds verdrietig dat de wereld zich tegen haar keerde, dus keerde zij zich ook tegen de wereld. Daardoor komt het dat de maan, wanneer zij aan de hemel staat, je telkens slechts één kant van haar gezicht laat zien als je omhoogkijkt. Ze bewaart al haar geheimen aan de andere kant, waar de wereld en de nacht ze niet kunnen zien. En als de nacht haar opeet, vergiftigt ze zijn ingewanden en spuugt hij haar weer uit in de lucht. Zo zit dat. De maan verandert nooit. Het is alleen de manier waarop wij de dingen zien die ons doet denken van wel. Het is het komen en gaan van de nacht, zie je,' besloot hij.

'Waarom stopt de nacht niet met het eten van de maan, als ze hem vergiftigt?' vroeg ik, waarbij ik me naar hem toe boog om de woorden die in de leegte tussen ons in zweefden beter te kunnen verstaan. 'Waarom vraagt hij niet naar haar geheimen? Waarom deelt hij niet in haar schoonheid, net zoals de zon zijn glans deelde met de maan?'

'Het was hebzucht, mijn Lissy,' zei hij. 'Hebzucht en hoop hebben hem hiertoe gebracht. En hij doet het telkens opnieuw en de tijden komen en gaan, maar de nacht blijft altijd maar hopen dat de maan zonder gif komt te zitten. Maar dat is niet zo. Ze houdt vol. Ze houdt vol.'

'Zal ze altijd blijven volhouden?'

Hij knikte nogmaals. 'Op een dag zullen jij en ik deze wereld verlaten, maar de maan zal aan de hemel staan en de nacht vergiftigen en haar geheimen verbergen. Of het nu winter is of zomer, ze zal niet veranderen. Zo zit het.'

Ik knikte, net als hij, om te laten zien dat ik het had begrepen. Toen hij zag dat zijn woorden min of meer in mijn hart waren gegrift, zei hij: 'Nu moet ik gaan slapen. Maak me wakker zodra de zon uit de hemel is verdwenen. Ik heb de buitenlucht nodig als het zover is. Ik moet je nog een verhaal vertellen. Maak me wakker voordat ik het vergeet, mijn Lissy.'

De Russische griep kende geen genade. Die nacht, in alle stilte, overleed mijn vader. Ik werd 's ochtends wakker en merkte dat ik hem niet uit zijn slaap kon wekken, wat ik ook probeerde. De priester die gekomen was voor de laatste sacramenten zei dat ik me geen zorgen hoefde te maken, aangezien mijn vader zich nu koesterde in de glorie van God. 'Hij zingt met de engelen,' zei hij.

Hij was een eenvoudige man, mijn vader. De dood overviel hem als een gangster: hij had zijn sterfelijkheid verkeerd ingeschat en zijn dood schokte hem. Toen het einde kwam, rouwde hij er vol angst en bitterheid om.

Tijdens die noodlottige ontrafeling werd hij wakker geschud door een simpele openbaring: hij was een man die zijn rijkdom afmat aan de uren die hij werkte en het eten dat op tafel stond. Hij bezat niets anders, hij had niets anders te geven. Behalve mijn naam en mijn huid was er niets wat hij me na zijn dood kon nalaten.

Daarom riep hij mij aan zijn zijde en voor het eerst vertelde hij me de verhalen die met zijn volk waren meegekomen over de zeeën. Maar het zout van de zee en de grote afstand naar Afrika hadden die verhalen veranderd. Zijn rijkdom bestond slechts uit één gebroken verhaal dat door de jaren was verschaald en de belofte om er nog een te vertellen.

Dat verhaal was een soort geschenk. Als kind keek ik hoe de maan opkwam en weer vertrok, in en uit de lucht. Dan sloot ik mijn ogen en stelde me voor dat mijn vader vlak bij me zat, op een krakend bed dat te kort was voor zijn lange benen. Dan hoestte hij zwaar in de ruimte tussen ons in, knipperde de tranen weg die zich in zijn ogen verzamelden, schraapte zijn keel en zong geduldig liedjes en mythen die hij bijna was vergeten.

Ik mis hem, denk ik. Ik kan me niet genoeg van hem herinneren om dit met zekerheid te kunnen zeggen, maar ik denk dat ik hem mis. Het voelt goed om het onvoltooide avonturenverhaal met deze herinnering te beginnen. Misschien is het voorbeschikt dat ik het nu heb gevonden. Gezien mijn aanstaande reis lijkt het juist dat ik opnieuw bekoord word door de bijzonderheden van mijn afkomst.

Bovendien heb ik het gevoel dat ik precies moet weten en begrijpen wanneer en waarom ik de dromen kreeg over handen en slangen van schaduwen.

Dinsdag 23 januari

Ook al was het het gevolg van talloze bittere tragedies, toch heb ik het geluk gehad om in één en hetzelfde leven twee vaders te hebben. En twee moeders ook, hoewel daar een en ander tegen in valt te brengen, aangezien ik me de vrouw die mij ter wereld heeft gebracht nauwelijks kan herinneren.

Maar om terug te keren naar het onderwerp: op een keer, kort na mijn negentiende verjaardag, vroeg ik mijn tweede vader waarom hij mij als zijn dochter had gekozen. Het was een eenvoudig antwoord dat hij me gaf, een nobel antwoord. Zo was het gegaan: hij kende de eigenaar van een suikerplantage op Jamaica. Via hem ontmoette hij een andere man, die als slaaf was geboren op dezelfde plantage.

Die man, de slaaf, was mijn vader. Hij was Twentyfive genoemd omdat hij in 1825 was geboren. Voordat ze mijn vader kreeg, had zijn moeder afscheid moeten nemen van drie van haar oudste kinderen, die ze voorname namen had gegeven. Ze wilde niet ook nog mijn vader verliezen en in die tijd deed een mythe of gerucht de ronde, gevlochten uit Afrikaanse opvattingen, dat een kind dat een lelijke naam had gekregen niet begeerd zou worden door de voorouders, zodat dat kind dus langer zou leven. Mijn grootmoeder, wanhopig genoeg om op zijn minst te vermoeden dat slavenhouders en Afrikaanse voorouders in elk geval over sómmige dingen hetzelfde dachten, gaf mijn vader die harteloze naam. Het werkte. Ze woonden op dezelfde plantage tot haar dood.

Hoe dan ook, tijdens het werk op het land vertelde mijn vader graag verhalen. Soms vertelde hij ze ook aan de huisslaven (na de afschaffing van de slavernij wettelijk 'gezellen' genoemd).

De huisslaven vertelden die verhalen weer aan elkaar door. Op een dag deden ze dat in het bijzijn van mijn (tweede) vader, die onder de indruk was en de man wilde ontmoeten die de verhalen als eerste had verteld. Vanaf die dag onderhielden de twee mannen, mijn twee vaders, een soort vriendschappelijke relatie. Ze waren zo bevriend als een witte man en een slaaf maar konden zijn zonder de maatschappelijke conventies volledig aan hun laars te lappen.

Ik weet niet wat mijn tweede vader op de plantage heeft gezien. Hij sprak er nooit over, maar ik weet dat hij iets weet wat hij mij nog niet heeft verteld. Hoe dan ook, ergens tussen die periode en het jaar waarin ik ben geboren voltrok zich een tragedie. Wat het ook was, het was zo ingrijpend dat tegen de tijd dat mijn biologische vader stierf en het duidelijk werd dat er niemand over was om mij te erven, mijn tweede vader zich zonder enige aarzeling kandidaat stelde voor de rol. Wellicht is er geld van eigenaar gewisseld, dat weet ik niet en eerlijk gezegd wil ik het ook niet weten. Hij houdt van me.

Ook is duidelijk dat ik kort na het overlijden van mijn eerste vader net als hij werd getroffen door de Russische griep. Niet dat ik me daar iets van herinner. In feite gaat alles rondom mijn afkomst gehuld in verbrokkelde feiten. Maar mijn vader heeft me verteld dat ik ernstig verzwakt was door de braakneigingen, hoge koorts en andere verschrikkingen die sindsdien diep in mijn geest verborgen liggen.

'Je was maar een klein ding,' zei mijn vader. 'De priester heeft je een tijdje in het weeshuis geplaatst. De nonnen waren bang dat je niet langer van deze wereld was. Je riep om je vader en stak je hand uit alsof je hem kon aanraken.' Hij schudde zijn hoofd alsof de herinnering aan die periode nog steeds pijnlijk voor hem was. Na een diepe zucht vervolgde hij: 'Zuster Mary heeft mij laten halen. Ze liet ook de priester komen. Ik denk dat ze vreesde voor je ziel.' Hij lachte, wierp zijn hoofd in zijn nek en veegde de traan weg die uit zijn oog was gegleden.

'Ik ging zo vlug als ik kon naar je toe en wat denk je? Ik zei mijn gebeden en je keerde terug naar het land der levenden. Het was een vreemde tijd.' Hij leunde achterover in zijn armstoel en legde zijn verstrengelde vingers op zijn schoot. Het plezier over de vroomheid van zuster Mary was plotseling van zijn gezicht verdwenen. 'Voor het eerst begreep ik de vergankelijkheid van het leven,' zei hij ten slotte.

Ik wil deze details onthouden, voor mezelf. Ik geloof nu dat ook ik, nadat ik getuige was geweest van de dood van mijn vader en op het nippertje aan dezelfde boosdoener was ontsnapt, de vergankelijkheid van het leven moet hebben begrepen. Misschien begreep ik zelfs de betekenis ervan, zij het vluchtig. Maar het moment ging voorbij, mijn openbaring is verloren gegaan en de boodschap is verspild.

Kort na mijn herstel reisden mijn vader en ik per schip van het Caribisch gebied naar Engeland, ik op mijn eerste reis en hij op weg naar huis. Daar, waar weinigen mij verwelkomden en niemand van mij hield, leerde hij de dochter van een verarmde boer kennen en werd smoorverliefd op haar. Zij was de eerste van mijn vaders gelijken die zich hardop afvroeg of hij van mij hield als huisdier, bediende of dochter.

Zuster Mary noemde mijn vader een barmhartige ziel en ze zei vaak: 'Hij heeft nooit een wezen ontmoet waar hij niet van kan houden en ook nooit een die niet van hém kan houden.'

Nadat mijn vader met de boerendochter was getrouwd en haar had meegenomen voor een reis om de wereld, om haar alle wonderen te laten zien die zij maar wilde, vertelde zuster Mary mij tijdens onze rustperiode in Indië dat mijn vader misschien wel té goed was. 'Er zit geen druppel goede komaf in die vrouw,' zei ze. Ze zuchtte in zichzelf, treurend om een tragedie die haar leek te teisteren. 'Liefde is iets dwaas, dat zeg ik je, iets heel, heel dwaas.'

Hoewel ik veel van haar uitspraken niet begreep, ontging het mij niet dat 'die vrouw' mijn nieuwe moeder zou worden. Ik was een kind; de implicaties van de lagere klasse van mijn nieuwe vader waren mij nog niet duidelijk. Voor mij was hij een rijke man die mij de grootste vriendelijkheid had betoond die een weeskind kon krijgen.

Hij had me niets verteld over zijn afkomst als kruidenierszoon, over de stank die gepaard ging met het vergaren van zijn fortuin op een vrij normale manier: als koopman. Het enige wat ik van hem hoorde waren de eeuwige liedjes over de vruchten van hard werken, klaar om geplukt te worden door iedereen die geen hinder had van een paar druppels zweet. Met het theekopje fijntjes in haar hand sprak zuster Mary haar zorgen naar hartenlust uit. 'Behandelt ze je goed?' vroeg ze, toen haar bron van smarten uitgeput was.

'Ja,' antwoordde ik, in de wetenschap dat we het nog steeds over mijn moeder hadden.

'Houdt ze van je?' Haar onderzoekende ogen waren genoeg om mij beschaamd te doen zwijgen. Ik heb misschien langer ineengedoken gezeten dan nodig was. Dat kan de reden zijn dat ze mij ten slotte redde. 'Het maakt niet uit. Als het erop aankomt, zal meneer Miller een verstandige keuze maken.'

Eerlijk gezegd begreep ik niet wat zuster Mary bedoelde. Maar ik had de gewoonte aangenomen om stilletjes drie dingen tegelijk op te merken. Ten eerste noemde zuster Mary mijn vader nooit 'je vader', maar altijd 'meneer Miller'. Ten tweede hebben we nooit over iets anders gesproken dan over mijn vader (of over zaken die rechtstreeks met hem te maken hadden). En ten slotte deed ze niets liever dan mij erop wijzen wat een geluk ik had gehad dat ik meneer Miller als vader had gekregen.

'Denk je dat hij van me houdt?' vroeg ik haar.

Zuster Mary keek me heel even beledigd aan. Toen ze zich had hersteld, zei ze: 'Ja, ja. Natuurlijk houdt hij van je.' Ze wapperde met haar hand om haar antwoord kracht bij te zetten en te laten zien hoe duidelijk dat was. 'Maar wat heeft dat ermee te maken? Ik heb toezicht gehouden op de adoptie van heel wat weeskinderen. Geloof me als ik je zeg dat jij tot de gelukkigen behoort. Je kunt geen betere vader krijgen dan meneer Miller, dat kan ik je verzekeren.' Ze nam een slokje thee, kruiste haar enkels en prees uitgebreid mijn verbeterde dictie.

'Meneer Miller is ook vooruitgegaan. Ja, ja, dat moest ook wel,' zei ze, zwaaiend met haar vinger om haar woorden kracht bij te zetten. 'Er lopen overal snobs rond,' vervolgde ze met een handgebaar. 'Hij vervalt gemakkelijk in oude gewoonten als hij niet oplet, maar hij heeft zichzelf goed ontwikkeld. Zijn spraak is behoorlijk verbeterd, net als zijn manieren. Als je hem nu bekijkt, zou je niet vermoeden dat hij van bescheiden afkomst is. Ja, ja, hij is een behoorlijk respectabele heer geworden.'

Ze schudde nadenkend haar hoofd en daarmee besloot ze haar verhaal. 'Drink je thee op, lieve meid. Voordat hij koud wordt.' Ik dronk stilletjes mijn thee en speelde het publiek dat zij zo graag vermaakte. Toen de thee op was en haar verhalen verteld waren, bracht ze me terug naar mijn ouders.

Woensdag 25 januari

Gezien de onthullingen van zuster Mary was mijn terugreis naar Engeland boordevol melancholische nieuwsgierigheid. Al was ik nog maar een kind, ik besefte heel goed dat de samenstelling van ons gezin de nieuwsgierigheid wekte van iedereen die ons zag. Er werd naar ons gewezen en over ons gefluisterd. En dus kan ik niet zonder ironie of leugentje beweren dat Engeland mijn thuis is geweest. Ik heb me gevoeld zoals ik denk dat een bezoeker zich zou voelen: dat er een einde zal komen aan mijn tijd hier en dat ik dan weer naar huis zal gaan.

Mijn vader en ik hebben ooit een reis naar Japan gemaakt. Ik nam de schoonheid van het land hongerig in me op, gulzig, omdat ik wist dat we niet lang zouden blijven. En als ik aan thuis dacht, was het aan een tot dan toe vormloze plek die nog niet was ontloken in mijn geest.

Tweeëntwintig jaar lang heb ik me in Engeland net zo gevoeld als destijds in Japan. Dit is niet mijn thuis. Dat zal het nooit worden. Dat zeg ik ook tegen mijn moeder als ze vraagt naar de reden van mijn onnatuurlijke obsessie met de wereld. Ze zei vandaag nog tegen me: 'Hoe kun je je thuis voelen als je er nooit bent? Je hebt jezelf de kans niet gegeven om je thuis te voelen.'

Mijn moeder wil niet dat ik naar Afrika ga. Volgens haar heb ik genoeg van de wereld gezien. Frankrijk, Spanje, Italië, Amerika, een groot deel van Azië, de Caribische eilanden en ons kleine stukje van dit eiland – dit is mijn moeders idee van de wereld. Omdat zij hiervan alleen het Engelstalige deel het hoofd heeft geboden, is ze tot de slotsom gekomen dat de rest te buitenissig is en haar niet interesseert. 'Ik zal je vreselijk missen als je weg bent,' zei ze. 'Denk er alsjeblieft nog eens over na.'

We zaten naast elkaar in de salon, uitkijkend op de winterse ravage. De ramen boden uitzicht op het ijzige landschap, gehuld in dorheid. De zomerse rozen en lelies waren verwelkt, gezwicht voor het seizoen; het meer waar ik als kind had leren zwemmen was veranderd in een stille, koude glasplaat en de wilg waaronder mijn moeder zo graag haar sombere landschappen schetste, was ontdaan van bladeren, fruit en vogels. Uitkijkend over dit tafereel besefte ik weer hoezeer ik een hekel had gekregen aan deze kille plek. De zon is hier dol op verstoppertje spelen en de lucht houdt van kniezen. En ik word somber van de kou.

'Ik ben hier niet gelukkig,' zei ik tegen mijn moeder. Ze keek alsof ik een mes in haar hart had gestoken en vervolgens op haar graf had gedanst. Ze legde haar rechterhand op haar borst en er ontsnapte een zuchtje aan haar lippen, zacht als de wind. Ik sloeg mijn ogen neer. 'Het is niet mijn bedoeling om uw hart te breken, moeder,' zei ik. 'Maar ik moet erheen.' Ik wierp een heimelijke blik op haar.

Ze schudde haar hoofd en liet het toen zakken. 'Weet je,' zei ze, 'soms denk ik dat je dit alles doet om mijn hart te breken. Wat heb ik je misdaan, dat je altijd zo graag aan mij wilt ontsnappen? Ben ik geen goede moeder voor je geweest?'

Ik keek naar haar. Ik wachtte tot ik zeker wist dat ik mijn tranen binnen kon houden. Eindelijk voelde ik me kalm genoeg om te zeggen: 'Ik weet dat u van me hield.' Ik dacht lang na over mijn volgende woorden. Ik wilde eigenlijk zeggen, 'maar dat was niet altijd genoeg', maar ik wist dat ik dat niet over mijn lippen zou kunnen krijgen. Het zou wreed zijn. Het zou haar hart breken. Daarom verzon ik in stilte een argument dat ze zou kunnen waarderen vanwege de sentimentaliteit ervan, vanwege wat zij de vrucht van mijn dichterziel noemde.

'Soms herinner ik me het huis waar ik met mijn vader woonde,' begon ik. 'Maar soms ook niet. Tegenwoordig vraag ik me af of de herinneringen die ik heb wel waarachtig zijn, of ik ze door de jaren heen niet heb verzonnen. Daarom ben ik zo vaak teruggegaan naar het Caribisch gebied. Ik moest mijn eigen waarheden construeren, ze bevestigen, om te weten dat ik, hoewel ik bij u hoor, ook bij hem hoorde, in zijn kleine, haveloze hut. U hebt het mogelijk gemaakt dat ik over de wereld kon reizen, naar plaatsen waar ik totaal geen band mee heb, plaatsen die niets bij mij wakker maakten en mij niets hebben gegeven. Als mijn wereld, mijn wereld in mijn hoofd en in mijn hart… Als die wereld compleet moet worden, moet ik beginnen waar het begon. En het begon in Afrika. Hoe kan het dat u mij toestemming geeft om overal naartoe te gaan, behalve naar Afrika?'

Mijn moeder schudde haar hoofd en ik zag haar tranen op haar gevouwen handen druppen. 'Ik heb je Afrika niet ontzegd,' zei ze, 'en alle andere plekken waar je bent geweest, heb ik je niet gegeven. Ik heb nooit met deze waanzin ingestemd. Het was je vader die dat deed. Je hebt altijd gedaan wat je wilde: je ging ervandoor, zonder chaperonne nog wel, je negeerde alle gevaren… een jonge vrouw alleen in de wereld. Je hebt het nooit eerder gevraagd. Waarom vraag je het nu wel?'

Het antwoord was simpel en ik gaf het snel. 'Omdat ik deze keer uw zegen nodig heb,' zei ik. 'Ik wil niet dat mijn reis bedorven wordt door uw verdriet. En ik heb het gevoel dat ik, door daarheen te gaan, u en vader verraad. Ditmaal heb ik uw zegen nodig.'

'Als ik geen toestemming geef, ga je dan niet?' vroeg ze.

'Dan ga ik niet,' zei ik.

'Meen je dat?'

'Ja.'

'Heus?'

'Ja.'

‘Maar waarom zou je überhaupt gaan? Je voelt je hier misschien niet thuis, maar ik ben wel je moeder. Daar heb je toch nooit aan getwijfeld?’

Ik viel stil. Al die jaren, vanaf de dag dat ze mijn moeder werd, had ik daar vaak aan getwijfeld. Zuster Mary had misschien onbedoeld het zaadje geplant dat vreemden met hun wijzende vingers en fluisterende stemmen water hadden gegeven. Of misschien waren de omstandigheden van ons gezin de werkelijke boosdoener, of anders mijn natuurlijke neiging tot melancholie of, zoals mijn moeder zo terecht aangaf, had ik mezelf niet toegestaan mijn woonplaats als mijn thuis te accepteren. Al deze redenen konden hier de oorzaak van zijn of geen van alle. Uiteindelijk maakte het echter niets uit. Het zaadje was geplant en er kon niets worden gedaan om de groei te stoppen.

Ik zweeg omdat ik me, naarmate ons ongemak groeide, afvroeg of ze ooit kinderen had gewild van zichzelf, die haar toebehoorden vanaf hun geboorte, wier bloed het hare was, wier haar, ogen en huid de hare waren.

Maar nee, ook deze dingen kon ik niet vragen. Zo harteloos was ik niet. Zelfs in mijn wanhoop kon ik haar onvruchtbaarheid niet gebruiken voor mijn eigen gewin. Ze is lief, mijn moeder, een zachtaardige vrouw. Ze zal er nooit iets over zeggen en ik kan er nooit naar vragen. Dus dansten we onze tedere dans van misleiding, waarbij we sinds jaar en dag nooit anders dan vriendelijke woorden en onwaarheden uitspraken, om langzaam een dubieus, half afgemaakt, ingewikkeld koord van liefde voor elkaar te weven.

‘Ik heb nooit getwijfeld aan uw liefde voor mij,’ zei ik ten slotte.

Ik zag het verlangen in haar ogen. En toen ze sprak, meende ik dat ook in haar stem te horen. ‘Beloof me alsjeblieft dat je terugkomt, Alisa.’

‘Dat doe ik,’ zei ik. ‘Ik beloof dat ik terugkom.’

Zwijgend bleven we naar de kale buitenwereld kijken.

Als ik eerlijk ben, weet ik niet of ik blij ben dat ze me laat gaan. Maar eindelijk vaar ik met The Black Swan naar Afrika. Ik ga naar Afrika. Ik ga naar Afrika!

Donderdag 31 januari

Ik vind dat ik genoeg tijd heb besteed aan het mysterie van het stukje papier waarop ik ooit het begin van een avonturenverhaal heb gekrabbeld. Ik geloof dat ik het heb opgelost.

Ik denk dat dit de reden moet zijn geweest dat ik eraan ben begonnen: ik wilde een verhaal vertellen over het leed van een mythische prinses, een ziekelijk meisje dat door haar vader wordt verzorgd en hoort dat er een eeuwenoude vete bestaat tussen de nacht en de maan. Wanneer ze dat heeft gehoord, reist ze af naar de maan, omdat ze gelooft dat daar, in de geheimen die verborgen liggen aan de duistere kant, de remedie voor haar ziekte te vinden is. Dankzij een goedgezinde magische kracht maakt deze prinses, die ik Emilia zal noemen, kennis met de oude stammen die daar leven.

Of nee, ik kan ook toegeven aan mijn ijdelheid en haar Alisa noemen (aangezien niemand deze verhalen ooit zal lezen). Misschien maak ik haar huid zelfs zwart en geef ik haar een vreemde taal. Wie zou het iets uitmaken? Wie niet? Ik ben in elk geval tot de conclusie gekomen dat dit de reden was.

Als mijn vader mij meer verhalen had verteld, had ik die ook kunnen opschrijven. Maar helaas, dit is het enige wat hij me heeft nagelaten. Ik zal het goed bewaren.

DAGBOEK VAN JUFFROUW ALISA MILLER: [WAARSCHIJNLIJK 1912]

[Ontbrekende tekst in het dagboek]

[Exacte datum onbekend]

Ik heb vandaag iets heel moois gezien. We zeilden vlak langs de noordelijke kust van Frans West-Afrika. Plotseling ontstond er commotie toen iemand, ik weet niet wie, een dolfijn langs ons schip zag zwemmen en snel iedereen riep om het schouwspel te komen bewonderen.

Het bleek een hele school dolfijnen te zijn, zo'n zes of zeven in totaal, en ze zwommen alsof ze het schip achtervolgden. Sommige sprongen op uit het water, om dan weer snel terug te duiken naar de veiligheid van de zee. Dit veroorzaakte opnieuw commotie en opgewonden gebabbel onder ons. We klapten en juichten en riepen er nog meer mensen bij. Al met al was het prachtig om te zien.

Toen, rond het middaguur, zag weer iemand iets opspatten in de verte. Ik denk dat we intussen allemaal wanhopig graag nog iets wilden zien wat leven in de brouwerij bracht. Iets te hoopvol misschien suggereerde meneer Brown dat het opspattende water door een walvis was veroorzaakt. Hij zou zijn leven erom durven verwedden, zei hij. Sterker nog, hij stond op het punt dat te doen, maar zijn vrouw weerhield hem ervan. Logisch gezien kon het opspattende water niet door een walvis zijn veroorzaakt. Ten eerste waren het maar weinig spetters geweest. Ten tweede: staan walvissen erom bekend dat ze op dezelfde manier opspringen als dolfijnen? Kunnen ze hun eigen gewicht zo efficiënt dragen? Ik veronderstel dat meneer Brown, net als wij allemaal, op het punt was aangeland dat hij dolgraag voor een tweede maal in de ban wilde raken van de wonderen van de zee.

Deze reis heeft te lang geduurd. Dat weet ik, omdat de tussenkomst van mevrouw Brown niet volstond om ons te redden van een discussie over de walvis die al dan niet een walvis was geweest. Meneer Brown aarzelde niet om ons er fijntjes aan te herinneren dat hij een geleerd man was. Toen geen van ons dat beaamde of betwistte, haastte hij zich om eraan toe te voegen dat hij door Charles Darwin in eigen persoon was toegelaten tot diens naaste kringen. Hij was even bekend met de natuur als een monnik met de heilige geschriften, beweerde hij. Niemand had het hart om met een dergelijk zelfvertrouwen de strijd aan te binden.

Ik moet toegeven dat ik wilde dat meneer Brown gelijk had. Als ik een walvis zag, zou ik misschien genieten van mijn door mijzelf opgelegde taak als kroniekschrijver. Voordat de dolfijnen ons hadden vonden, waren we echter weggezakt in een soort afgestompte verveling, het soort verveling dat niet echt inspirerend is voor de poëzie. Ik ben tot de conclusie gekomen dat mijn moeder toch weleens gelijk kon hebben. Afgezien van een school dolfijnen of een zeldzame vis die ik nog niet kende, valt er voor mij niets nieuws te ontdekken op deze reizen.

Ik heb te lang gereisd, het grootste deel van mijn leven al. Alleen al op deze reis heb ik de wending van elk getij, elke windrichting, storm en verandering in de koers van het schip genoteerd en elke ster die de hemel siert vastgelegd op onze weg naar het zuiden. Als het lantaarnlicht ook maar licht flikkerde, als de druppels van de een of andere bui (ietwat) schuin naar links of rechts vielen, reken dan maar dat ik dat heb genoteerd. De nieuwigheid van het reizen bleek een desillusie.

Als ik starend naar de horizon bezong dat er geen grotere schoonheid bestond, kon er geen valsere ode gezongen worden. De zee boezemt me in al zijn glorie geen ontzag meer in en ik vind de schoonheid van de horizon even gewoontjes als die van eender welke kust of pauw of welk woud ik ooit heb gezien. Ik heb mijn aandacht verlegd naar frivoliteiten, zoals het betreuren van de slecht gekozen japon van een medepassagier of een versleten pak dat niet helemaal past bij de huidskleur van de drager. Die eerste tragedie betreft mevrouw Brown. De stakker slaat al tijden de plank mis waar het mode betreft. Alsof dat nog niet tragisch genoeg was, is ze tegenwoordig zo eerzuchtig om haar man hetzelfde lot te doen ondergaan.

Ik hoorde dat ze voor het diner van gisteravond een rode jurk had gekozen, die helaas perfect bij haar huidskleur paste. Als deze tragedie even rampzalig was als de gruwelijke paarse creatie waarin ze afgelopen zondag verscheen, was het misschien maar goed dat ik deze laatste aflevering in het drama heb gemist. Stel je voor dat ik mijn manieren was vergeten en had gelachen. Zo zinloos is mijn leven geworden: ik ben vervallen tot kleingeestigheid.

Om de eentonigheid te doorbreken, zou ik mezelf in zee kunnen werpen. Mijn redding (of ondergang, afhankelijk van het lot) zou mijn medepassagiers wellicht wat afleiding bezorgen. Het zou zomaar kunnen dat het schandaal van een bijnaverdrinking als katalysator zou werken voor mijn verlate debuut in de society. Maar stel dat ik gered zou worden, wie zou dan de dwaas zijn die voor mij de held zou uithangen? Wie zou zijn eigen dood riskeren om mij te redden? En zou zo'n held, onmiskenbaar een dwaas, zijn eigen redder stimuleren om die aanhoudende reeks dwaasheden voort te zetten?

Ik kom in de verleiding om het plan serieus te overwegen, al was het maar om te weten hoe het zou aflopen. Ook al zou de gebeurtenis in een tragedie kunnen eindigen, het zou mij ook een vriend kunnen opleveren – een goede ziel die me zijn medelijden betuigt.

Ik zou erom lachen als het me niet zo zwaar te moede zou zijn. Want zie je, mijn medepassagiers hebben ervoor gekozen te vergeten dat ik samen met hen op dit schip zit. En ik moet zeggen, als het schip niet van mijn vader was geweest, hadden ze niet hoeven doen alsof. Ik denk niet dat ze mij aan boord hadden toegelaten – dat is de diepe ironie die mij zo plaagt. Ik zou inmiddels aan dit soort dingen gewend moeten zijn. Om de een of andere reden is het telkens wanneer het gebeurt weer pijnlijk. Gek genoeg schrik ik er nog steeds van, omdat ik het nooit helemaal verwacht. Wat wil je dat ik zeg? Ik ben een hoopvol mens.

Daarom, en om op de huidige kwestie terug te komen, moet ik zeggen dat de eentonigheid van de zee niet de enige bron van mijn ellende is. Dat zou slechts de helft van het verhaal zijn. Als een komeet die gebonden is aan de zon, schijn ik opnieuw in een tragedie beland te zijn die ik zelf heb veroorzaakt. De blauwheid van de zee, of de enorme uitgestrektheid ervan, heeft mij waarschijnlijk gezond gehouden.

[Herinnering aan mezelf, aantekening gemaakt op 27 maart. Dit is iets waar ik in een latere aantekening over moet nadenken.] Sinds het begin van deze reis heb ik geen schaduwdromen meer gehad.

Dinsdag 26 maart

Nu de nieuwe dag is aangebroken voel ik me iets minder lusteloos, iets minder verdrietig. Ik ben blij dat ik met hernieuwde passie kan schrijven over de pracht van de uitgestrekte blauwe zee en over elke schuin vallende bui of zwak flikkerende lamp. Want weet je, de afgelopen twee weken ben ik in opstand gekomen tegen de mensen die mij negeren.

Rond etenstijd kleedde ik me aan zoals een dame dat doet voor het diner en maakte ik mijn entree in de eetzaal. Ik deed het vol hoop. Ik deed het vergeefs. Toen ik de zaal binnenkwam, werd het plotseling behoorlijk stil. Ik weet niet hoe ik het anders moet uitleggen, behalve door te zeggen dat ik op ieder gezicht rond de tafel afwijzing zag. Ik voelde me als een exotisch dier dat uit zijn kooi was ontsnapt om zich onder de verzorgers te mengen.

De dierenverzorgers, die ontdekten dat ze meer waardering voor het exotische dier konden opbrengen zolang het op veilige afstand bleef, waar ze het konden opjutten, bespotten en bewonderen zonder enig risico door zijn wildheid besmet te raken, wisten het evenwicht snel te herstellen. De eerste die dat deed was meneer Brown, die een slechtzittend pak droeg dat zijn schrielheid enorm accentueerde. 'Wat... Wat merkwaardig u hier te zien, juffrouw Miller,' wist hij enigszins aarzelend uit te brengen.

'En wat een genoegen,' zei ik.

Bang wellicht dat meneer Brown mij niet duidelijk genoeg te verstaan zou geven dat ik niet welkom was in dit verfijnde gezelschap, nam mevrouw Windsor het haastig over. Ze was zo vriendelijk om me aan andere feiten te herinneren die ik misschien vergeten was. ‘Hemeltje,’ zei ze, ‘ik geloof niet dat er voldoende couverts zijn gedekt.’

Om elk aanbod voor te zijn waarvan ik nu of later zou kunnen denken dat ik er recht op had, wees ze mij erop dat ik geen bloedband had met mijn vader. Wat kon ik daarop zeggen? Ze sprak de waarheid. Er viel niets meer te zeggen. Ik ging terug naar mijn hut.

In tijden als deze vind ik de kracht van de zee, de onontkoombaarheid ervan, heel aantrekkelijk. Ik wilde dat er een spreuk was, een gebed dat ik kon opzeggen om de donkere kleur van mijn huid te wassen. Als ik niet was wie ik ben, zwart als ik ben, zou niemand ooit iets kunnen vermoeden over mijn geschiedenis. Niemand zou er door simpelweg naar mij te kijken van uitgaan dat mijn familie een borduurwerk was van de symptomen van een plaag, de restanten van de slavernij of eenvoudigweg van de vergankelijkheid van het leven.

Als ik niet was wie ik ben, zouden de tekenen van de tragedies die ik van mijn voorouders heb geërfd niet zo makkelijk te zien zijn. Maar ik ben zwart en die geschiedenis staat in mijn bloed gegrift en op mijn huid getekend. Ik ben een afstammeling van slaven en voormalige slaven, een slavenkind, gered van de slavernij door het toeval en de vergankelijkheid van het leven.

Daarbij is het zo’n beknopte geschiedenis, een geschiedenis die midden in het verhaal begint, alsof de geschiedenis van een volk kan beginnen zonder een goed begin, zonder een plaats van oorsprong. Hinderlijke nuances worden echter liever genegeerd.

Zo zwijgt het Britse Rijk liever over zijn rol in de slavenhandel. Het wijst echter maar al te graag op de rol die het speelde in de afschaffing ervan. Zo gaan die dingen: sommige verhalen beginnen halverwege, omdat niemand het begin wil horen. Ze kunnen snel verteld worden, omdat niemand de details wil weten. Soms is de afloop het enige wat telt.

Een verhaal kan beginnen met ‘Hoe een volk te bevrijden’ of

met ‘Waarom alle mensen de waardigheid van vrijheid verdienen’, zonder eerst te vertellen waaróm het volk bevrijd moest worden. Ach, maar elk kind erft de geschiedenis van zijn ouders. Het erft de geschiedenis van de wereld in zijn geheel. Wij zijn allemaal belast met alles wat ons is voorgegaan. Alles wat eerder is gebeurd heeft de wereld op de een of andere manier gevormd. We zijn allemaal verbonden met de grotere wereld, met het verleden en de gevolgen ervan. Zo is de wereld: een serie levens die langzaam wegteren in de geschiedenis. Er is geen ontkomen aan.

Mijn geschiedenis begon voordat hij begon, maar vandaag vertelden mevrouw Windsor en haar achterban alleen het verleden dat zij kennen. Dat deden ze met een mate van vrijpostigheid die verboden zou moeten worden. Hoewel ze mij niet kennen, doen ze dat in zekere zin wel. Ze kunnen zeggen: ‘Alisa Miller is niet de dochter van haar vader. Uit medelijden heeft hij haar gered, na een of andere tragedie in de Cariben. Het is ook zo’n lieve man.’ Ze hoeven alleen maar naar me te kijken en dan zien ze geen dochter, geen vrouw, maar iemand bij wie slavenbloed door de aderen stroomt.

Het is waar. Ik bén de dingen die zij zien. En als ik vanachter een gordijn zo vlekkeloos als mijn gouvernante het mij heeft geleerd elke klaagzang zou reciteren die ooit door Keats en Shakespeare is gezongen, zouden mijn medepassagiers wellicht de loftrompet over me steken. Als ik een praatje zou houden over het universum zoals het werd verklaard door Copernicus, Kepler en Galilei, zouden zij ook dat kunnen prijzen. Maar wat gebeurt er als het gordijn valt en mijn huid zichtbaar wordt? Zullen ze deze kunststukjes dan nog steeds prijzen of worden ze verworpen als besmet, omdat iemand als ik het lef had ze te bezoedelen?

Ik geef toe dat deze lichtzinnige gedachten, waar ik me maar al te graag aan overgeef, mijn melancholie voeden. Maar naarmate we dichter bij Afrika komen, wordt het noodzakelijk om na te denken over de kans op een nieuwe mislukking in mijn zoektocht naar een thuis. Ik moet mezelf deze vragen stellen: wie wacht op mij aan de Afrikaanse kust? Zal ik daar wilden aantreffen, half demon en half kind, zoals Rudyard Kipling schrijft in zijn gedicht? Of zal ik mensen vinden zoals mijn vader, mensen die hun fortuin afmeten aan wat zij aan de bodem geven en alles waarmee de bodem hen voedt?

Ik wil niet weer een nederlaag lijden. Ik wil niet falen. Ik heb besloten dat ik, om dat uit te sluiten, eerst moet vaststellen dat Rudyard Kipling het mis had. Als ik dat niet doe, moet ik mij al gewonnen geven voordat de teerling is geworpen en mijn lot is onthuld. Ik moet geloven dat mijn voorouders leefden als wezens met meer bewustzijn dan slaven, als wezens die deel uitmaakten van Darwins theorie van gemeenschappelijke voorouders die zich aanpasten aan hun behoeften om te overleven en verder niets. Dat moet ik geloven. Het geschenk van mijn huid is precies dat: een geschenk. Ik kan hem niet afwerpen. Ik kan hem niet teruggeven aan welke godheid het ook is die mij heeft geschapen. En zoals ik steeds beter leer te begrijpen: ik kan hem niet haten. Dat doet de wereld al goed genoeg.

Om deze eenvoudige reden zijn mijn verdriet en lusteloosheid zo goed als verdwenen. Ik ben blij dat ik weer kan schrijven over de pracht van de uitgestrekte blauwe zee, over elke schuin vallende bui of zwak flikkerende lamp.

Donderdag 28 maart

Na mijn recente overpeinzingen en gezien mijn ervaringen uit het verleden, zowel in Engeland als tijdens de vele reizen die ik heb gemaakt, ben ik tot een nogal merkwaardige conclusie gekomen. Nou ja, ik zeg dan wel 'merkwaardig', maar het meest merkwaardige is dat ik niet eerder tot deze conclusie ben gekomen. Eerst en vooral: ik geloof dat mijn medereizigers vinden dat ik minder Engels ben dan zij. Dat is waar, daar vergissen ze zich niet in. In Engeland heb ik mij immers nooit thuis gevoeld. Desondanks moet ik hierbij opmerken dat deze mensen dit niet kunnen weten. Waarop baseren zij de kwestie van mijn identiteit?

Hoe lui ik ook was geweest, ik besloot onmiddellijk dat dit een zeer ernstige crisis was waar ik zo snel en zo grondig mogelijk aandacht aan moest besteden. Dat is allemaal gebeurd en gedaan en het spijt me te moeten zeggen dat dit geen spannend verslag zal worden. Het was nogal teleurstellend om erachter te komen dat dit onderzoek in feite volstrekt onnodig was, omdat de aaneenschakeling van gebeurtenissen die mij hier heeft gebracht zonneklaar is. Ik hoefde slechts de spreekwoordelijke broodkruimels te volgen en dat zijn deze:

Gisteren raakte ik bijzonder gefascineerd door een vreemd gevormde wolk. Zo diep is mijn eenzaamheid. (Hoewel ik de zaken niet moet overdrijven. Het is misschien de moeite waard om te zeggen dat mijn eenzaamheid nog niet compleet is, aangezien kapitein Anders, uit loyaliteit aan mijn vader, een soort vriendschappelijke relatie met mij onderhoudt. Hij praat vrolijk over zijn moeder en terughoudend over zijn vader. Als extra verdienste heeft hij het nog niet nodig gevonden om mij op mijn ras te wijzen. Ik moet eerlijk zijn, maar ik moet erbij zeggen dat zijn vriendschappelijkheid grenzen kent. Hij durft mij niet op te dringen aan de rest van het schip. Zijn hoffelijkheid gaat niet zo ver dat hij zoiets simpels doet als erop staan dat ik met mijn medepassagiers dineer. Maar ik dwaal af.)

Hoe dan ook, het was een saaie ochtend en ik maakte een wandeling over het dek. Ik was even blijven staan om de wolk beter te bekijken, toen ik plotseling besefte dat ik niet alleen was.

'Mag ik u vergezellen, juffrouw?' vroeg een man. Omdat ik dacht dat hij iemand anders aansprak, keek ik om me heen. Ik zag verwarring in zijn ogen. Later zei hij dat hij het vreemd had gevonden dat ik had getwijfeld aan zijn interesse om met mij te praten.

'Bent u niet bang voor mijn melaatsheid?' vroeg ik. De verwarring in zijn ogen nam toe, dus ik vervolgde: 'Iedereen op het schip is gewaarschuwd voor mijn ziekte. Kijk, ze houden afstand om niet besmet te raken.' Ik grijnsde, denk ik, en hij ook. 'U bent van harte welkom om met mij mee te lopen, meneer...' zei ik en stak mijn hand uit.

Hij nam hem aan. 'Yuri Ivanov,' zei hij. 'En u bent juffrouw Alisa Miller?'

'Als het geen lepra is, welke ziekte verspreid ik dan volgens de geruchten?'

'Slechts uw... eh... uniekheid.'

Hij schraapte ongemakkelijk zijn keel.

'Ik neem aan dat u de curiositeit met eigen ogen wilde zien,' zei ik, waarmee ik hem voor de derde maal met stomheid sloeg.

Toen hij was bijgekomen, zette hij zijn hoed af, hield hem tegen zijn borst en begon opnieuw. 'Ik wilde u niet beledigen. Ik bedoelde alleen... eh... Hoe zeg je dat?' Schijnbaar gefrustreerd door zijn eigen gestamel, dook hij in een of ander dialect uit het Russische rijk en in het Frans. Toen hij het woord had gevonden dat hij zocht, zei hij: 'U bent veel... eh... besproken, maar moeilijk te vinden. Maar nu zie ik dat de geruchten over uw melaatsheid eh... overdreven waren. Het is het vuur uit uw mond dat we moeten vrezen.' Hij sprak de laatste zin uit met een aarzelende grijns.

Mijn glimlach werd breder. 'Wat boezemt u de meeste angst in, de melaatsheid of het vuur?'

'Het vuur,' zei hij.

'Dan zal ik me beheersen.'

Nadat de geijkte beleefdheden waren uitgewisseld, gingen we op een bankje zitten en spraken we kort en openhartig met elkaar, waarbij we beschaafde en vertrouwde onderwerpen aanroerden. Evenals de kapitein sprak meneer Ivanov vrolijk over zijn moeder maar ook over zijn vader – die beiden, zo hoorde ik, nog altijd in het Russische rijk woonden, in hoge mate bezield door patriottisme. De saaiheid van de ochtend smolt weg als sneeuw voor de zon. Terwijl meneer Ivanov en ik onze beleefdheden voortzetten, vielen me enkele dingen op. Ten eerste werd zijn spraak sterk gekenmerkt door het accent van zijn moedertaal. Ten tweede heeft hij voor de meeste woorden in elke zin opheldering nodig. En toch denk ik dat hij als Engelser wordt beschouwd dan ik. Wat is het verschil tussen hem en mij?

Ik vroeg hem: 'Hoelang bent u al Engels?'

Hij bewonderde de golven zo lang, dat ik dacht dat hij de vraag niet zou beantwoorden. Vervolgens zei hij afgemeten: 'Niet lang. Maar te lang.' Daar liet hij het bij en ik vond het onbeleefd om door te vragen.

Ondanks alles wat ik me over hem afvraag, heb ik besloten dat ik hem aardig vind. Hij is sympathiek. Mijn ouders zouden ongetwijfeld iets vinden wat gecorrigeerd moest worden: niet het voor de hand liggende accent of zijn verarmde familie, maar iets wat verdergaat dan dat, zoals zijn bizarre politieke ideeën. Toen ik hem die avond ontmoette, sprak hij uitvoerig over de voordelen van een onafhankelijk Ierland en van een Rusland dat niet door een monarchie wordt geregeerd. Toegegeven, het grootste deel van het gesprek ging verloren in zijn worsteling met de Engelse taal. 'Hoe zeg je dit?' vroeg hij vaak.

Ik zal hem verrassen en het eens in het Russisch proberen, om te zien of het tempo dan verbetert. Het zou kunnen dat zijn politieke ideeën toch niet zo bizar zijn. Je kunt altijd hopen.

Hij lachte toen ik hem het doel van mijn reis vertelde.

'U eh... wilt uw oorsprong leren kennen op een plek die uw ouders nooit hebben gezien?'

En zo legde ik voor de zoveelste keer uit waarom ik zo'n behoefte had aan reizen. 'Ja, ik ben geboren in West-Indië,' zei ik, 'maar het is nooit mijn thuis geweest. Ik was nog een kind toen ik daar wegging. Hoewel ik vanaf dat moment Engels was, was ik me voldoende bewust van mijn afkomst om Engeland als een vreemde plaats te beschouwen en ook daar heb ik me nooit thuis gevoeld. Uiteindelijk denk ik dat ik van het Caribisch gebied ben gaan houden, simpelweg omdat ik daar geboren ben en omdat mijn ouders daar geboren en begraven zijn. Tegelijkertijd verfoeide ik het, omdat Jamaica volgens de regels van het kolonialisme een verlengstuk is van het Britse Rijk. Onder dat imperium zijn mijn ouders als slaven geboren en in ellende gestorven. Bovendien heb ik Engeland nooit als prettig ervaren. Ik kon er niet van houden.' Ik lachte nerveus. 'Dat klinkt dwaas, nietwaar?'

Voordat meneer Ivanov mijn vraag beantwoordde, stelde hij zelf een vraag. 'Bent u teruggegaan naar Indië nadat u... Engels was geworden?'

'Ja,' zei ik. 'Heel vaak. Ik ben op elk eiland in het Caribisch gebied geweest, vooral op Jamaica.'

Meneer Ivanov knikte. 'Wat wilde u bereiken door daarheen te gaan?'

Zoals hij hier dieper op inging, zo kan een dokter een patiënt afmaken, niet uit boosaardigheid, maar om de man te verlossen van een ziekte die erger is dan de behandeling van de arts. Wat was toch, drong hij aan, het doel van mijn daden? Welk fundamenteel resultaat hoopte ik te bereiken met mijn terugkeer naar Jamaica, en hoopte ik hetzelfde doel te bereiken met mijn overtocht naar Afrika?

Ik gaf hem hetzelfde antwoord als mijn ouders: 'Ik weet het niet. Misschien weet ik het pas wanneer ik dat doel heb bereikt. Ik heb niets aan mijn bezoeken aan Indië gehad, maar Afrika – een soort bakermat voor iemand als ik – is een redelijk alternatief. Ik denk dat ik in Afrika eindelijk zal begrijpen wat er te begrijpen valt. De gave van het woord laat me even in de steek, maar ik heb het gevoel dat ik dicht bij het einde ben. Ik ben te ver gekomen om te falen.' Ik schonk hem een nerveuze glimlach, keek hem hoopvol aan en zei uiteindelijk nogmaals: 'U zult me wel een dwaas vinden.'

Meneer Ivanov lachte niet, zoals ik had verwacht. Hij begon met te zeggen dat ik dapper was, glimlachte vervolgens en maakte mij uiteindelijk alsnog uit voor een dwaas. 'Maar dwaasheid en moed zijn hetzelfde, zo is mij verteld,' zei hij met een vriendelijk gezicht.

'Dat dacht ik ook,' antwoordde ik.

Daarop knikte hij en we verdiepten ons opnieuw in de uitwisseling van beleefdheden over dingen die gemakkelijk te bespreken zijn – over de getijden die ons naar het zuiden voerden, de schoonheid van muziek, het mysterie van de dood en andere onbekende zaken en ten slotte, over de aantrekkingskracht van Afrika. Hij vertelde redelijk welbespraakt over zijn heldendaden als natuuronderzoeker. En een uur later was ik mijn verlangen om me in zee te werpen vergeten.

[ONTBREKENDE TEKST IN HET DAGBOEK]

[Exacte datum onbekend]

Er is een stevige wind opgestoken. Alle zeilen zijn gehesen en we gaan op volle kracht vooruit. Tot mijn aangename verrassing kan hetzelfde worden gezegd van meneer Ivanovs beheersing van de Engelse taal. Onze gesprekken zijn van beleefdheden overgegaan naar vreemdere wateren. Hij stamelt minder en benadrukt zijn bizarre filosofieën zonder dubbelzinnigheden.

Inmiddels weet ik dat het niet alleen zijn politieke ideeën zijn die voor opgetrokken wenkbrauwen zorgen en een kakofonie van spot veroorzaken. Zijn mening over het ontstaan van onze soort is veel interessanter. Zoals hij het stelt, zijn het vooral de Afrikaanse mensapen die inzicht kunnen geven in de paradijselijke jaren van de mensheid. Het voorgestelde alternatief van Franse of Aziatische apen is absurd. Hij stampte met zijn wandelstok en wees naar het zuidoosten, waar de westkust van Afrika lag. 'Daar is de wereld ontstaan,' zei hij. 'Zelfs Darwin heeft dat gezegd.'

'Is de wereld dan in Afrika ontstaan en niet in de Hof van Eden?' vroeg ik.

'Eden ligt in Afrika.'

'Hoe denken uw collega's daarover? Uw priester, uw geliefde ouders – wat vinden zij van een Afrikaanse Adam en een Afrikaanse Eva?'

Hij bracht naar voren dat zijn ouders noch zijn priester de

botten van uitgestorven apen hadden onderzocht en daarom niet in staat waren een nauwkeurige analyse te geven. In zekere zin, zei hij, was dit voor ons allemaal een reis naar huis, omdat we allemaal vanuit Afrika waren uitgezworven over de wereld.

Bovendien, zo zei hij, deed de publieke opinie in deze kwestie er niet toe. De waarheid hoefde niet bewezen te worden. Het wás de waarheid. Ja, sommige mensen konden en zouden die betwisten. Iedereen mocht een filosofie verwerpen, maar daarmee zou de filosofie niet teniet gedaan zijn; het betekende alleen dat ons begrip van de wereld even verschillend is als de vele delen, mensen en ideeën die samen de wereld vormen. De mensheid heeft eeuwenlang geloofd dat de aarde en niet de zon zich in het centrum van het heelal bevond. Dat veranderde niets aan de feiten, het betekende alleen dat we iemand als Copernicus nodig hadden om ons wijzer te maken. Sommigen accepteerden de waarheid zonder slag of stoot, anderen niet. En ook dát is een waarheid, zei hij.

Hij wees naar het groeiende publiek van passagiers die wat ronddrentelden om zich aan ons te vergapen. Ze treurden vast en zeker om de schandelijke val van een veelbelovende, zij het excentrieke man als meneer Yuri Ivanov. 'Neem deze mensen,' zei hij, 'zij hebben zich ongetwijfeld allemaal een verhaal over ons gevormd. Onder die verhalen zou iets kunnen zitten dat dicht bij de waarheid ligt, namelijk dit: dat we twee eenzame reizigers zijn die naar elkaar toe zijn getrokken. Maar al het andere zal verre van dat zijn. Het doet er niet toe wat we zeggen. En ze zullen nooit weten dat ze ongelijk hadden. Misschien zeggen ze boosaardige dingen over ons, misschien ook niet. Zij geloven die dingen misschien, dingen die ons voor altijd kunnen achtervolgen. Maar het kan ook zijn dat ze vriendelijke dingen zeggen.'

Het stemde me gelukkig om hem zo te horen praten over Afrika. Ik denk niet dat ik het eens ben met alles wat hij zegt (mijn kennis over dit onderwerp is beperkt), maar zijn ideeën zijn vreemd genoeg fascinerend. Zou het niet geweldig zijn om te ontdekken dat de hele mensheid vanuit Afrika over de wereld is uitgezworven? O, maar waarom zijn we vertrokken? Waardoor zijn we uit Afrika verbannen? Waarom hadden we een toevluchtsoord nodig, weg van Afrika?

O, dit is zo fascinerend!

[ONTBREKENDE TEKST IN HET DAGBOEK]

[Exacte datum onbekend]

… de bijbel die ik van mijn moeder heb gekregen.

Even iets totaal anders: ik moet niet vergeten om een zekere Abram van Zijl te bedanken voor zijn goedheid. Hij is het, deze Nederlander, die meneer Ivanov als een soort leerling heeft geadopteerd. Hij is de docent die verantwoordelijk is voor meneer Ivanovs verbeterde uitspraak.

Ook hij is een vreemde snuiter, deze Abram van Zijl. Als hij het over Zuid-Afrika heeft, over deze reis, spreekt hij over 'een reis naar huis'. Voor zover ik de Afrikaanse identiteit begrijp, weet ik niet of ik hem Afrikaans kan noemen. Hij is geboren in Amsterdam. Zijn vader is Nederlands, zijn moeder Engels. Maar hij heeft zijn hele volwassen leven in Kaap de Goede Hoop gewoond, waar hij wijn maakt en verhandelt. Hij is in het bezit van het Zuid-Afrikaanse staatsburgerschap. Ondanks zijn naam en geboorteland is hij dus Zuid-Afrikaans. Zoals meneer Ivanov zou zeggen: meneer Van Zijl is een dappere dwaas.

Meneer Van Zijl glimlacht slechts als ik hem vraag naar de warboel van zijn identiteit. 'Ik behoor tot de wereld,' zegt hij dan.

De westelijke hemel lichtte op met een schitterende zonsondergang en we konden niet anders dan die bewonderen. 'Kijk toch eens,' zei meneer Van Zijl. Hij zette zijn hoed af en wees naar de lucht. 'Verbazingwekkend hoe de gouden vlekjes hier wat zachter wegebben en daar wat sneller, terwijl het ondergaande hemellichaam alles doet oplichten.' Zelfs ik moest toegeven dat deze analyse van een zonsondergang beslist overdreven en onnodig was.

Gelukkig zijn er andere aspecten die hem voor iemand als ik tot een ongelooflijk interessant persoon maken. Simpel gezegd: ik ben jaloers op meneer Van Zijl. Hij kan zijn afkomst grondig en tot in de details toelichten. Ik daarentegen kan niet zeggen dat mijn familie afkomstig is van deze of gene plek. Ik weet alleen dat hun oorsprong waarschijnlijk in West-Afrika ligt. Maar West-Afrika is enorm; zo groot zelfs dat het in een tiental nieuwe landen moest worden opgedeeld toen de Europese landen in Berlijn bijeenkwamen om de rijkdommen van het gebied te verdelen.

Mijn ouders zijn Engelsen, dus als het moet kan ik uit een zeker gevoel van loyaliteit jegens hen zeggen dat ik Engelse ben. Aangezien ik deze halve identiteit aan mijn ouders ontleen, kan ik dan als onderdaan van het Britse Rijk ook aanspraak maken op het grondgebied van Nigeria, de Ellice-eilanden, New South Wales en al die andere plaatsen die ik alleen uit boeken ken?

Van dit alles heeft meneer Van Zijl geen last. Tot de wereld behoren gaat hem gemakkelijk af, als iets waar hij zelf voor kiest. Wat ik me afvraag is of hij zijn vrijheden ontleent aan zijn huid, een huid die mij is ontzegd door de omstandigheden van mijn afkomst. Zo ja, worden mij die vrijheden dan ook ontzegd, in het verlengde van mijn geboorte? Indien ze echter simpelweg het gevolg zijn van zijn gemoedstoestand, dan is het iets wat ik kan bereiken en moet nastreven.

Even later werden we door meneer Ivanov behoed voor verdere poëzie over de zonsondergang. 'Er is een natuuronderzoeker verbonden aan de South African School of Mines and Technology, nietwaar?' vroeg hij. Daar gaat hij naartoe. Hij hoopt dat er een vacature is voor een natuuronderzoeker.

Ik weet niet waarom, maar op dat moment drong er iets tot me door over meneer Ivanov. Hij vertelt heel weinig over zijn leven. Hij kiest zijn woorden uiterst zorgvuldig. Ik dacht eerst dat dat aan zijn beperkte kennis van de taal lag, maar ik zie nu in dat hij gewoon een voorzichtig man is. Het kan best zijn dat hij voorheen niet alleen over zijn woorden struikelde vanwege zijn taalkundige beperkingen. Het kan zijn dat hij alleen zegt wat hij wil zeggen en de rest opzettelijk verzwijgt.

Misschien heeft hij een vrouw en kinderen achtergelaten, ik zou het niet weten. Ik denk ook niet dat het ertoe doet, maar ik begin hem enigszins als een vriend te beschouwen. Hij was vriendelijk tegen me, als enige. Daarvoor zal ik hem altijd dankbaar zijn. Ik weet hoe frivool en onbelangrijk het is, maar ik vind het jammer dat hij naar Transvaal gaat en niet naar de Kaapprovincie, waar meneer Van Zijl en ik naartoe gaan.

[ONTBREKENDE TEKST IN HET DAGBOEK]

[Exacte datum onbekend]

Mijn omgang (of vriendschap) met de heren Ivanov en Van Zijl bracht enkele tamelijk onaangename herinneringen naar boven. Ten eerste moet ik zeggen, zonder zelfgenoegzaamheid of overdrijving, dat ik nooit verliefd ben geweest. Ten tweede zaten mijn ouders, zoals ik het begrijp, in een soort ontkenningsfase over mijn vooruitzichten als potentiële bruid. Ze houden van me, dat weet ik. Alle anderen bekeken mij met een soort kille onverschilligheid. Dat weten mijn ouders. Toch denk ik dat ze op de een of andere manier dachten dat mijn ras er niet toe zou doen wanneer ik eenmaal de huwbare leeftijd had bereikt.

Ik kan hen hun naïviteit niet kwalijk nemen. Ze vonden het tenslotte heerlijk om me verhalen te vertellen over mensen als Gustavus Vassa, Frederick Douglass en Harriet Tubman – mensen die zich niet alleen wisten te bevrijden uit de slavernij, maar verdergingen om met hun ideeën de wereld te vormen. Deze mensen erfden niet alleen wat hen voorafging, ze schonken de geschiedenis ook iets. Als kind begreep ik niet waarom mijn ouders me die verhalen vertelden. Het voelde als een last, alsof ze van mij verwachtten dat ik niet alleen mezelf zou zijn, maar dat ik de beperkingen van mijn afkomst zou overstijgen om mijn vrijheid te rechtvaardigen. Nu besef ik dat ze me waarschijnlijk wilden laten zien welke mogelijkheden er voor mij openlagen.

De Vassa's, Douglasses en Tubmans van deze wereld gingen nog een stapje verder en wisten schijnbaar naadloos op te gaan in de betere kringen. Ze trouwden en kregen kinderen. Toen ik de wereld van het vrouw-zijn betrad, drong het plotseling tot me door dat ik nog één ding moest waarmaken, nog één ding dat verderging dan simpelweg mezelf te zijn, nog één ding dat verderging dan de wereld achterlaten als een betere plek dan ik hem had aangetroffen, nog één ding.

Tegelijkertijd drong het tot mijn ouders door dat weinig mannen mij een geschikte echtgenote zouden vinden. Zelf wist ik dat al jaren. Ik kende maar een handjevol zwarte mensen. Heel af en toe zag ik een zwarte man in de stad, als iemands koetsier of chauffeur, of een gepensioneerde soldaat. Maar de koetsen en auto's reden weg en de soldaten verdwenen naar vissersplaatsjes, geloof ik.

Als ik dan een tijdje later weer een zwarte man zag, wist ik nooit of dat dezelfde was als de keer ervoor. Ook wat dit betreft moet ik toegeven dat mijn moeder gelijk had. Als ik langere tijd aan een stuk in Engeland was gebleven, had ik misschien vriendschap kunnen sluiten met een aantal zwarte mannen en vrouwen die de stad bespikkelden met hun stille aanwezigheid. Misschien had ik dat een kans moeten geven. Misschien had ik dan beter kunnen wortelen in Engeland. Ik zal het nooit weten. Ik geloof niet dat het er nu nog toe doet.

Wat ik wil zeggen is dat het nooit bij mijn ouders was opgekomen dat ik niet zo'n begerenswaardige bruid was als zij zich voorstelden. Toen zag ik in dat het een vloek is om van iemand te houden, want je wordt blind voor zijn of haar tekortkomingen. Dat is de enige manier waarop ik de naïviteit van mijn ouders kan verklaren. Ik had me al lang op de teleurstelling voorbereid door mezelf af te helpen van de wens om, ten eerste, een man te vinden die bereid was om met me te trouwen en, ten tweede, kinderen te krijgen. Ik moet toegeven dat ik dit standpunt niet heel tragisch vind. Als ik geen kinderen krijg, kan ik mijn huid niet aan hen doorgeven. Het is een volmaakte oplossing voor een anders onmogelijk probleem.

Ik kende mijn plaats in de wereld. Maar mijn ouders niet, zo bleek. Mijn vader probeerde een overeenkomst te regelen met de zoon van een advocaat in Londen. In ruil daarvoor bood hij de advocaat de helft van de rechten op zijn bedrijf. Hij deed er zelfs een huis in West-Indië bij, voor mij en mijn nieuwe echtgenoot. Het eindresultaat was dat mijn ouders eens en voor altijd begrepen dat geen enkele bruidsschat, hoe ontzagwekkend ook, aantrekkelijk was als ik de bruid moest zijn. Het brak mijn moeders hart in duizend stukken.

Naarmate de jaren verstreken, maakte ik minder reizen met mijn vader. Hij had er de botten niet meer voor, zei hij. Om mezelf te beschermen tegen de schande van het feit dat ik een alleenreizende oude vrijster was, verzon ik een gerucht. Ik fluisterde tegen een dienstmeisje dat ik ooit met een tabakshandelaar in West-Indië was getrouwd en hem had verloren aan de tering. De wereld aanvaardt mij beter als weduwe, al moet ik zeggen dat het weduwschap behoorlijk vermoeiend kan zijn. Soms, als ik iemand tegenkom die bijzonder sentimenteel is, krijg ik overdreven medelijden te verduren, waarna ik zelf ook overdreven verdriet moet tonen. Het is een bespottelijk gedoe.

Maar, om terug te keren naar de frivole, onbelangrijke dingen die zijn veranderd – de frivole dingen zijn, als een kameleon die nieuwe kleuren in zijn huid proeft, geëvolueerd tot iets wat ze niet zouden moeten zijn. Er zijn momenten waarop ik naar meneer Van Zijl kijk en denk: waarom fascineert hij mij zo? Hoe kan hij zo zorgeloos zijn over alles, over de janboel van zijn identiteit?

Soms denk ik dat wat ik voor hem voel bijna liefde is, of in ieder geval bijna het begin van liefde. Ik adem gemakkelijker in zijn gezelschap. Door hem vergeet ik de wereld en soms ben ik door hem zelfs bereid ervan te houden, net als hij. Op die momenten laat hij me geloven dat ik hier thuishoor omdat híj dat doet, en zo moeiteloos. Dankzij hem wil ik van mezelf houden. Ik wilde alleen dat ik wist hoe ik kan stoppen om van hém te houden. Tenminste, als dit werkelijk liefde is.

Het is een vloek om van iemand te houden. Het is een last en ik draag al zoveel verwarring met me mee. Verwarring over mijn biologische ouders en wat ze in mijn leven hebben betekend. Verwarring over mijn adoptieouders en of ik echt bij hen hoor. Verwarring over mijn plek in de wereld. Verwarring over de geschiedenis waaruit ik ben voortgekomen. Verwarring over mijn verantwoordelijkheid jegens vrijgemaakte slaven die, anders dan ik, in ellende leven, aan de rand van de samenleving. Verwarring over deze reis, verwarring over alles. Ik heb te veel op mijn schouders. Het zou enorm roekeloos zijn om aan deze warboel een man toe te voegen die zelf vol paradoxen zit.

Ach, wat een gedoe toch allemaal!

Eerlijk gezegd heb ik te lang in mijn eigen gedachtewereld rondgezworven. Ik ben in overbodige patronen gaan denken. Dit is geen liefde. Dit kan geen liefde zijn. Het is niets anders dan fascinatie, maar ik heb me er te lang in gewenteld en mezelf ervan overtuigd dat het meer moet zijn dan het in werkelijkheid is. Ik moet een pauze nemen van mijn dagboek, genieten van de rest van deze reis met mijn eigenaardige vrienden.

Ik moet deze onzin vergeten.

Woensdag 10 april

Het kan zijn dat meneer Van Zijl, als ik weer een vreemd gevormde wolk zou zien en de lof erover zou zingen, net zo enthousiast zou reageren op elk aspect van die wonderlijke wolk. 'Wat fascinerend! Wat ontzettend fascinerend,' zou hij zeggen.

'Nou en of,' zou ik zeggen.

'Kijk daar,' zou hij dan uitroepen, wijzend met zijn vinger, 'kijk daar, kijk hoe hij in die andere wolk glijdt en iets compleet nieuws creëert. Werkelijk, wat fascinerend!' Zo onbenullig kan het een tijdje doorgaan. Maar gelukkig voor mij zweefden er die dag geen vreemd gevormde wolken in de lucht. Hij tuurde verlangend in de verte, alsof hij een herinnering ophaalde, uit zijn hoofd of uit de blauwe eindeloosheid van zee en lucht. Hij zuchtte en zei: 'Je schrijft niet meer in je dagboek. Je kijkt niet langer naar de zee. Het is saai geworden, nietwaar, onze opsluiting op dit schip?'

Het bleek dat meneer Van Zijl al voor onze kennismaking graag naar mij had gekeken wanneer ik over het dek liep en af en toe notities maakte over de wonderen die we passeerden. Dus toen ik dat niet langer deed, merkte hij dit op en vroeg hij zich af, uiterst beleefd, moet ik zeggen, of er iets aan de hand was.

Ik had aan de achtersteven gestaan, starend naar de horizon, naar de weg die we hadden afgelegd. We stampten over het water tot het bijna vlak was, onderwierpen het aan de wil van het schip, al was het maar voor even, want algauw nam de zee de macht terug en zwiepte hij de golven weer in de plooi. In de verte klonk de jammerklacht van een zeevogel, treurend over deze kortstondige onderwerping aan de wil, en de wind blies koud.

'Deze dingen van de natuur,' zei ik tegen meneer Van Zijl,

'herhalen zich door de eeuwen heen. De zee is er altijd geweest, de zon is altijd opgekomen en elke bloem – mooi of niet – heeft gebloeid sinds het begin der tijden. Ergens, in een andere tijd, niet nu en niet hier, stond een andere vrouw, even dwaas en onbeduidend, boven een andere afgrond, bewonderde de zeldzaamheid van deze dingen om ze vervolgens doelloos vast te leggen. Ja,' – ik knikte – 'onze opsluiting op dit schip begint saai te worden.'

Meneer Van Zijl stond naast me en keek net als ik doelloos naar de plek waar het schip tegen het water sloeg, tot hij de stilte tussen ons abrupt verbrak. 'Ik heb je nooit het verhaal verteld over mijn eerste reis naar Afrika, is het wel?'

Ik schudde mijn hoofd. 'Is het een vrolijk verhaal?'

'Het is een noodzakelijk verhaal.'

'Ik ben geïntrigeerd, meneer Van Zijl. Geen enkel verhaal, nieuw of oud, is mij ooit verteld omdat het noodzákelijk was.'

Hij lachte. 'Ik was nog een kind,' zei hij. Hij schraapte zijn keel, stak zijn handen in zijn zakken en vervolgde, 'weet u nog wat ik u vertelde toen we elkaar voor het eerst ontmoetten?'

Net als hij staarde ik weemoedig in de verte om de herinnering op te halen. Ik knikte. 'U noemde uzelf Engelsman, Nederlander en Afrikaan, dat alles tegelijk.'

'Denkt u dat het onmogelijk is om alle drie tegelijk te zijn?'

'Het is niet aan mij om iets over uw patriottisme te zeggen, meneer Van Zijl.'

'Waarom zegt u dat?'

Ik haalde mijn schouders op, naar ik hoopte op een nonchalante manier. Wat ik ook van hem vond, het leek me niet verstandig om het zo klip en klaar te zeggen als hij blijkbaar wilde. Ik zei alleen: 'U boft maar. Om zo onbevangen tot de wereld te behoren is iets zeldzaams, een geschenk.'

'Maar u denkt ook dat het onmogelijk is, nietwaar? U vindt het naïef, bijna een fantasiebeeld.'

'Maakt dat uit?'

Hij schudde zijn hoofd. 'Ik weet het niet. Bij sommige mensen wel, bij andere niet. Bij u zal het afhangen van wat u van mijn verhaal vindt.'

'Het noodzakelijke verhaal.' Ik knikte. 'Ik word steeds nieuwsgieriger.'

Hij grinnikte. 'Goed. Op een dag ging ik, een kind nog, met mijn vader naar een museum. Er was van alles te zien, massa's wonderlijke dingen. Tegen het einde van de dag zag ik in een glazen vitrine het hoofd van een koning, eervol tentoongesteld, naar ik dacht. Hij fascineerde me vanwege de koninklijke waardigheid die hij bezat, zelfs in de dood.

Ik vroeg me van alles af over zijn leven, over zijn rijkdom en de vreemde tekens die in zijn kroon gegraveerd waren. Ik vroeg mijn vader waar de koning vandaan kwam. "Uit Egypte," antwoordde mijn vader. En op mijn vraag waar Egypte was, legde hij uit dat het in Afrika lag. Dus toen mijn moeder en hij belandden in… in…'

Ik voelde zijn ongemak aan en zei: 'Dit ligt gevoelig, meneer Van Zijl. Ik zal niet beledigd zijn als u sommige dingen ongezegd laat.'

Hij glimlachte. 'Dank u,' zei hij. 'Maar ze moeten gezegd worden. Toen mijn ouders in de woelige jaren van hun huwelijk belandden, boekte mijn moeder in het geheim passage op een schip naar Afrika en op een nacht nam ze me mee. Het was haar manier om mijn vader te straffen, door mij bij hem weg te houden. Ik was zijn enige mannelijke nakomeling, zijn enige erfgenaam. Ik ben geneigd te geloven dat ze daarnaast hoopte mij aan haar kant te krijgen, zodat ze nog altijd familie zou hebben wanneer de akelige kwestie van hun huwelijk voorbij was. Dus vertrokken we stilletjes naar Egypte, waar we de farao's en hun graven bewonderden.

Bij het zien van de piramides begreep ik dat de koning die ik thuis had gezien de dood niet als het einde zag, maar als iets anders. Je kunt niet zoveel van jezelf aan een graf wijden als je de dood beschouwt als het einde. Dat zou zinloos zijn. Wat na dit leven komt, moet groter zijn, tenminste, zoals de koning het leven moet hebben gezien. En toch achtte eeuwen later iemand het juist om hem bij zijn drempel naar de eeuwigheid weg te halen. Ze stopten hem in een glazen vitrine en riepen de menigte op om getuige te zijn van zijn onstoffelijkheid. Hij heeft de hemel waar hij zo naar streefde nooit bereikt.' De geruststellende glimlach verdween van zijn gezicht en maakte plaats voor de harde bitterheid van spijt.

'Het brak mijn hart,' vervolgde hij. 'Maar ik was een kind, mijn hartzeer was van korte duur en bovendien lokte de roep van onze reis. Vanuit Egypte vervolgden we onze weg door de rest van het continent. We rustten uit in Timboektoe om de vele mysteriën te zien waarom de stad beroemd is en trokken daarna verder zuidwaarts, door Congo, waar we kennismaakten met de gorilla's.

Verder naar het zuiden, door de eindeloze vlakten boordevol leven van de Serengeti, waar de wereld zich uitstrekte tot aan de horizon, ver, ver weg langs plaatsen waarvan ik de namen ben vergeten en zelfs naar de bronzen duinen in Namibië, waar de woestijn de zee begroet als een oude vriend. Onder de brandende zon van Afrika fladderden we van hier naar daar en overal, totdat we ten slotte helemaal aan het einde kwamen, op een plek waar twee oceanen elkaar ontmoeten en de zee een berg had voortgebracht.'

Hier beëindigde meneer Van Zijl de cadans van zijn verhaal. Ik schrok op uit de trance die hij met zijn woorden had geweven. Ik merkte dat ik zijn sonore stem miste, de passie waarmee hij sprak, de poëzie en het theater ervan. Ik stelde me voor dat hij de belangrijkste monoloog uit een of andere tragedie zou voordragen, met de vaste wil zijn tekortkomingen te overstijgen

– zij het paniek of stameltaal. Het was alsof hij zijn dierbaarste herinneringen opnieuw beleefde en zijn best deed om ze getrouw over te brengen. Heel even deed het mijn hart sneller kloppen.

'Wist u dat de oude inheemse bevolking er een andere naam voor heeft?' vroeg hij plotseling.

'Voor de Tafelberg, bedoelt u?'

'Ja. Ik hoorde van een man die zichzelf als dichter zag dat ze hem Hoerikwaggo noemen, de "berg van de zee". Op de een of andere manier was het niet bij me opgekomen dat de inheemse volkeren er misschien een andere naam voor hadden.' Hij zuchtte. 'Wist u dat er een legende is over het wolkenkleed dat soms over het plateau ligt?'

Ik schudde mijn hoofd.

'Nee.'

'Die is er. Maar het punt is dat de volkeren die daar leefden lang geleden zijn verdreven. Op hun weg naar nieuwe plaatsen, ver verwijderd van de berg, raakten ze de legende kwijt of hielden die geheim voor de indringers. Niemand die ik ken herinnert zich het verhaal. Het is me nog nooit door iemand verteld.'

'En de legende is voor altijd verloren,' zei ik fluisterend.

'Ik zie het liever anders,' reageerde meneer Van Zijl. 'Maar waarschijnlijk hebt u gelijk.'

'Wat treurig.'

'Ja. Maar de Kaap-Maleiers hebben hun eigen legende.'

Ik glimlachte.

'Een verhaal van een tot slaaf gemaakt volk. Ik wil het graag horen.'

Meneer Van Zijl glimlachte vrolijk terug, met sprankelende groene ogen. 'Wel, afhankelijk van de groep die het verhaal vertelt, kunnen de details natuurlijk verschillen. De kern van de legende over de berg is echter altijd deze: het wolkenkleed ontstaat uit een weddenschap tussen de duivel en een piraat in ruste, kapitein Van Hunks. Op een dag zaten die twee, satan en zijn zondaar, als goden op de berg bij elkaar en gingen ze een weddenschap aan over wie het meeste kon roken. Tot op de dag van vandaag is de rook die ze produceren te zien als een wolk.'

'Is er nooit iemand die de weddenschap wint?'

'De een is de duivel zelf, de ander een oude dief.' Meneer Van Zijl grinnikte. 'Ik denk niet dat ze zich eervol zullen gedragen.'

'En zo gaat de weddenschap door, tot in de eeuwigheid?'

'Jazeker.' De heer Van Zijl knikte. 'Het klinkt als een zinloos lot, vindt u niet?'

'Het klinkt als een onnodige klus,' zei ik, 'om voor eeuwig in het gezelschap van een vijand te zitten en te roken totdat de rook uit je pijp de wereld in de vergetelheid stort. Wat een schaamteloos en gruwelijk verhaal, meneer Van Zijl. Hebt u er nog een?'

'Nou,' zei hij, weer grinnikend, 'er is er een over de geest van Verlatenbosch.'

'Een geest?'

'Jazeker. Het verhaal gaat dat een jongen een fluit cadeau kreeg die eerder door een melaatse werd bespeeld. De jongen werd met de ziekte besmet en leefde de rest van zijn leven verborgen in het bos, waar hij stierf met alleen zijn muziek om zijn verdriet te verzachten. Tot op de dag van vandaag, zodra de avond valt, is de spookachtige fluitmuziek te horen wanneer de wind fluisterend door de bomen op de berghellingen gaat.' Hij klapte één keer in zijn handen en ik schrok op en hij lachte en grijnsde als een kwajongen. 'Ik heb u laten schrikken, hè?'

Ik schudde heftig van nee. 'U moet zich schamen, meneer Van Zijl.'

‘Het verhaal loopt uit de hand,’ zei hij nog steeds lachend. ‘Excuses daarvoor.’ Hij hervatte zijn ernstige toon en ging verder: ‘Wat ik probeer te zeggen, juffrouw Miller, is dat iedereen een verhaal te vertellen heeft, ieder mens die je tegenkomt. Wat dat betreft is het overal hetzelfde. Elke plaats heeft een hart. Elke plaats leeft.’

Hij houdt van Kaapstad, vertelde hij. Hij houdt van de Kaapse bevolking. Hij houdt van hun verhalen, mythen en vreemdheid, want wie anders zou naar een rotsmassa kunnen kijken die uit zee steekt om tot de conclusie te komen dat die enorme steenmassa tegelijkertijd een geest, een god en een kind is, niets, louter een berg en alles wat mooi is aan hun wereld? Wie anders dan de Kaapse bevolking?

Daarna zei hij nog iets en toen hij uitgesproken was, kon ik niet anders meer dan van hem houden. Dit is wat hij zei: ‘Mensen kunnen bij een plek horen omdat ze er geboren zijn, omdat ze er tot slaaf zijn gemaakt of omdat ze die plek geleend hebben. Het maakt niet uit hoe we met een bepaalde plek verbonden zijn, want we laten allemaal een spoor achter, zoals een echo die klinkt nadat de roep is weggestorven of als een kloof die door de wind is uitgehouwen. We laten allemaal een stukje van ons hart achter. Dat reist door de tijd om het verhaal te vertellen van zijn eigenaar, waarbij het verleden zowel bewaakt als onthuld wordt. Dit gebeurt in Kaapstad,’ zei hij. ‘De stad is als een moeder wier kinderen de dolende zielen van de wereld zijn. Ze reizen er als verdwaalden naartoe, maar wanneer ze eenmaal verbonden zijn met de kom, kunnen ze niet meer weg.’

Ja, het is normaal dat bergen de hemel ophouden, dat zeeën tegen de kust razen, dat mooie bloemen bloeien – dat het leven zich voortbeweegt in clichés en herhalingen, dat is normaal. Dit zijn tekenen van de natuur, onsterfelijk, onsterfelijk. Maar Kaapstad bood zowel de slaven als de kredietnemers een schuilplaats, evenals de slavenhouders. De stad kon of wilde niemand uitspuwen. 'Als Kaapstad een man die hij niet had voortgebracht onderdak bood,' zo zei hij, 'een man zoals ik, dan was de stad verplicht om van iemand zoals ik te houden.'

Dat is ruwweg wat die bijzondere man, Abram van Zijl, tegen mij zei. Ik keek naar zijn profiel, naar de linkerkant van zijn gezicht. De strakke kaaklijn deed vermoeden dat hij zijn tanden op elkaar had geklemd en dat zijn ogen, zo dacht ik, in het niets staarden. Ik besloot ter plekke dat ik van hem hield. Wat zou de kloppende pijn in mijn hart anders kunnen zijn? Ik besloot ook dat ik nooit zo puur en ondubbelzinnig van iemand anders zou houden. Het klinkt misschien als een lichtvaardig besluit voor iemand die mij niet kent. Het komt misschien ongevoelig over om simpelweg te besluiten dat ik van een man houd, zonder poëzie en zonder gezwijmel – om simpelweg te besluiten dat ik van hem houd.

Ja, het klopt dat ik hem naïef vind. Hij heeft nooit kennisgemaakt met de hardere realiteit van de wereld. Zijn leven is zo dat hij gemakkelijk tot de wereld kan behoren en erover kan opscheppen. De wereld waarin ík heb geleefd is niet zoals hij die heeft aangetroffen. Ik kan hem geen dwaas noemen en zijn naïviteit kan ik hem niet kwalijk nemen, want hij leefde in zijn eigen werkelijkheid. Maar ik moet van hem houden. Hoe kan ik anders, als ik me bij hem nooit hoef te verantwoorden, als ik hem mijn tragedies niet hoef te vertellen? En het komt juist omdát hij naïef is dat ik dat niet hoef te doen; dat hij zoiets eenvoudigs kan zeggen en mij daarmee een onbezorgd gevoel geeft. Ik weet dat een stad niet van mij kan houden. Maar hoe kan ik niet van hem houden?

Mijn moeder vertelde me ooit dat ze, toen ze mijn vader voor het eerst ontmoette, wist dat hun levens voor altijd met elkaar verweven zouden zijn. Ze zei dat ze de wijze van die verstrengeling niet kon voorspellen en dat ze bij hun eerste ontmoeting ook niet kon weten dat ze verliefd op hem zou worden. Maar ze had het gevoel dat de schikgodinnen haar een geheim influisterden – zachtjes en stil onthulden ze iets ongrijpbaars uit haar toekomst en zo spreidde haar heden zich voor haar uit met een weerklank die aan de tijd zelf ontsteeg.

Aan de hand van mijn moeders vluchtige bovenzintuiglijke waarneming kan ik de mijne het beste verklaren. Ik wist, hoe verward ik ook was, dat ik op de rand stond van iets wat ik niet helemaal begreep. Het beangstigde me. Het bracht me aan het weifelen. Ik wilde mijn hart niet openstellen. Ik wilde niet dat het zou breken. De diepbedroefde zeevogel van even daarvoor koos dat moment om opnieuw zijn jammerklacht te laten horen. Hij jammerde lang en luid, roepend, smekend om de omhelzing van zijn soortgenoten. Het fluiten van de wind klonk griezelig. De wind waaide killer dan voorheen, blies plukken haar in onze ogen en hulde ons in kou terwijl we naakt tegenover elkaar kwamen te staan.

Ik voelde mijn hoop en dromen binnen handbereik, als een zachte streling over mijn vingertoppen. Maar ik durfde ze niet te grijpen, want als ik dat deed, zouden ze wegglippen. En de wind fluisterde nog steeds zijn angstaanjagende fluittonen, alsof hij de wijsheden van de schikgodinnen met zich meevoerde, alsof hij teder een ongrijpbare waarheid uit mijn toekomst onthulde. De wind riep mijn naam. Hij kalmeerde me. Hij wortelde me diep in dat moment en ik voelde... Ik had het gevoel dat ik geen andere keus had dan het te leven, omdat ik dat al eindeloze malen eerder had gedaan en dat nog eindeloze malen zou doen. Maar het was slechts een fantasie, bedrog verzonnen door mijn vermoeide geest. De wind kon niet spreken. Hij kon de toekomst niet voorspellen of onthullen. Ik schudde mezelf wakker uit mijn dwaasheid en zei: 'Bedankt voor uw verhalen, meneer Van Zijl. Kan ik u belonen met een verhaal van mij?'

Hij glimlachte. 'Dat zou ik leuk vinden.'

'Ziet u, toen ik nog een kind was en de zogenaamde Russische griep de wereld in zijn greep hield, werd mijn vader ziek,' stak ik van wal. 'Hij wist dat hij stervende was, dus riep hij mij bij zich om mij het verhaal te vertellen van de kinderen van de hemelgod. Het ging als volgt.'

DAGBOEK VAN JUFFROUW ALISA MILLER, 1913

Donderdag 1 mei

Mijn moeder denkt geloof ik dat mijn brieven bedoeld zijn om haar te verleiden belangstelling te tonen voor wat zij 'curiositeiten die beter onbesproken kunnen blijven' noemt. Ze blijft maar naar het klimaat vragen en zelfs nadat ik haar had geschreven dat we nu de winter ingaan, bleef ze erover zeuren. In haar vorige brief schreef ze: 'De heer O'Brien heeft ons geïnformeerd over de ontelbare plagen die dat land teisteren – over vooralsnog naamloze insecten waarvan een beet, zo is mij verteld, tot een wisse dood of erger zal leiden. De verslagen van zijn andere reizen waren zo nauwkeurig, lieverd. Daarom heeft het geen zin om aan zijn woorden te twijfelen of zijn beweringen nader te onderzoeken, stellig als hij is. Is de beruchte, meedogenloze hitte waarvan wordt gezegd dat die deze pestilenties veroorzaakt geen reden voor je om terug te keren naar huis, Alisa? Je bent al zo lang weg en je vader mist je ontzettend.'

Al haar brieven stonden boordevol zorgen en andere onuitgesproken dingen. Ze gaven allemaal aan dat ze bang is dat ik onzinnig hoopvol ben. Ze vroeg nog net niet of ik wel zeker wist dat deze man met me wilde trouwen. Mijn vader uitte soortgelijke gevoelens, zij het iets subtieler en fijngevoeliger.

Hij schreef: 'Ik heb navraag gedaan naar de heer Abram van Zijl. Voor zover is na te gaan, heeft hij geen slechte naam of reputatie. Hij klinkt als een respectabele man, lieverd. Ik veronderstel dat je moeder haar goedkeuring verleent. Als het mijn zegen is die je wilt, weet dan dat je die hebt. Maar weet ook dat het mijn plicht als vader is om, waar het jou betreft, zijn bedoelingen in twijfel te trekken.

Zolang ik hem niet heb ontmoet en nog niet overtuigd ben van zijn goede bedoelingen, moet ik deze plicht zo ijverig mogelijk uitvoeren zonder jouw aanstaande huwelijk in de war te sturen. Ik hoop dat je mij in deze kwestie vertrouwt, zoals je dat in alle andere zaken hebt gedaan. En alsjeblieft, lieverd, schrijf wat vaker. Je moeder maakt zich zorgen.'

Zoals gewoonlijk doen ze allebei niets liever dan het verdriet van de ander te overdrijven, zonder dat van henzelf toe te geven. Het maakt hoe dan ook niet uit, aangezien ze hiernaartoe komen. Ze hebben passage geboekt op The Black Swan. Dat is een snel schip en bij goed weer en met een bekwame kapitein zal ik mijn ouders over veertien dagen of minder mogen verwelkomen.

Ik verwacht dat mijn moeder haar rol van de licht afkeurende ouder voortreffelijk zal spelen. Ze zal met zoete woordjes overgehaald willen worden om Bram te accepteren. Ze zal tekortkomingen willen vinden die zij kan gladstrijken, dingen om zich zorgen over te maken, om over te mopperen, om ze vervolgens luchthartig af te doen als volkomen onbelangrijk in het grote geheel der dingen. Uiteraard zal ik mijn eigen rol van de opstandige, dolverliefde bruid even voortreffelijk spelen. Ik moet oppassen dat ik het niet overdrijf, want eigenlijk ben ik te oud voor dit soort spelletjes. Maar tradities zijn er om in ere te houden, al geldt dat niet voor allemaal. En ik heb altijd al gewild dat er zo'n drukte over me gemaakt zou worden op die frivole manier.

Zodra ze overtuigd is van mijn liefde voor Bram, maar belangrijker nog, van zijn liefde voor mij, verwacht ik dat mijn moeder de voorbereidingen voor de bruiloft volledig in handen zal nemen. Nou ja, ik noem het wel een bruiloft, maar dat is misschien wat veel gezegd. We houden een ceremonie, maar niets uitbundigs, niets traditioneels. Het maakt mijn ouders niet uit hoe klein het is; hun eigen bruiloft was een treurige affaire, heb ik weleens gehoord. Mijn vader was een parvenu, mijn moeder een arme boerendochter en de gegoede society stond niet te trappelen voor de hemelpoort toen ze trouwden.

Maar ik weet dat ze blij zullen zijn. Dit is een triomf voor ons gezin, iets waarvan ze dachten dat het nooit zou gebeuren. Ik weet dat ze ook verdrietig zullen zijn, omdat Bram en ik ons hier gaan vestigen. Ik zal zo ver weg zijn. Het zal hun hart breken. Maar ik ben hier gelukkig. Ik ben echt gelukkig.

[ONTBREKENDE DAGBOEKTEKST]

[Exacte datum onbekend]

... van de boeken die Yuri me heeft gestuurd. Ik vraag me af wat hij van de revolutie vindt. Is het haalbaar? Kan deze nieuwe wereld standhouden? Loopt het tijdperk van de monarchieën werkelijk ten einde?

Hoe dan ook, Bram en ik zijn van plan om ergens in het komende jaar de wildernis van India te bezoeken. Daarna wil hij op reis naar de noordelijke stammen van Zuid-Afrika. Hij is nogal gefascineerd door de volkeren die aan de grenzen van Zuid-Rhodesië leven. Hij heeft het over regenkoninginnen, spookbergen en vreemdere dingen. 'Het is een magisch gebied,' zei hij.

We zaten onder een treurwilg bij de wijngaard. De middagzon scheen fel, genadeloos. De stralen braken door het bladerdek en zo nu en dan zag ik zijn ogen twinkelen. Er stond een briesje met een kalm ritme dat wij niet hoorden; het fluisterde tegen de dansende bladeren om ons heen. Op dit soort momenten, wanneer zijn geluk groter is dan zijn verdriet, ben ik blij dat ik weer zie hoe hij werkelijk is.

Zachtjes streek hij met zijn hand over de mijne. Wanneer iemand ernaar zou vragen, zou ik de kleur kunnen benoemen van elke bloem die op dat moment bloeide, het lied kunnen bezingen van elke vogel in de lucht en van de grootsheid van het Bolandgebergte, zwevend in de mist aan de horizon.

Hij heeft mij meer gegeven dan hij zelf beseft, dit alles, en intussen raakte hij zijn familie kwijt. Ze hebben allemaal in meerdere of mindere mate het idee opgevat dat Bram lijdt aan een hevige vorm van waanzin. Ze denken dat ik daar een symptoom van ben. Als geneesmiddel hebben ze ervoor gekozen hem te mijden. Niemand van zijn familie of vrienden heeft toegezegd zich in te schepen voor de bruiloft. Zijn oudste zus had wel willen komen, maar het schijnt dat haar man haar aanwezigheid als een persoonlijke belediging zou opvatten.

Wat zijn ouders betreft, zijn moeder heeft dit moment uitgekozen om zich te herinneren dat een Afrikaanse man ooit bijna haar tas had gestolen in Windhoek. Zijn vader is plotseling geschokt door dit incident en als gevolg daarvan heeft ook hij zich oude (en niet echt specifieke) misdaden herinnerd die Afrikanen jegens hem hadden begaan. Je zou het ironisch kunnen noemen dat het nieuws over ons aanstaande huwelijk de langdurige vervreemding tussen Brams ouders heeft hersteld. Zoiets kan mij ontroeren. Het was zo'n ingewikkeld verhaal dat het op de een of andere manier wel passend is dat het zo'n onvoorspelbaar einde krijgt.

De enige vriend die Bram nog heeft is een zekere Johannes Joubert, die ik vluchtig heb ontmoet. Zelfs hij leek enigszins geïrriteerd te zijn door het vooruitzicht het met mij te moeten doen als een soort aangetrouwd familielid. Maar in tegenstelling tot Brams familie is hij hier, in Kaapstad. Als zodanig kan hij geen ziekte veinzen waardoor hij de zeereis niet kan maken, of zeggen dat hij een andere verplichting heeft waar hij absoluut niet onderuit kan. En dan hebben we natuurlijk nog meneer Ivanov.

Het doet Bram verdriet, dat weet ik, dat alle banden die hij als onverbrekelijk beschouwde zo abrupt verbroken zijn. Het breekt zijn hart. Het vervult mij met angst, want ik begin me nu ook af te vragen, net als mijn moeder, of hij nog wel met me wil trouwen.

Een huwelijk met mij betekent dat hij afscheid moet nemen van die andere wereld, waarvan hij zo trots deel uitmaakt. Hij is op een spreekwoordelijk kruispunt aangekomen en moet een pad kiezen. Het ene pad betekent dat hij het andere moet afzweren en zichzelf de vruchten moet ontzeggen die daar voor hem liggen. Het is niet gemakkelijk voor hem, want anders dan ik kent hij geen afwijzing en heeft hij geen eelt op zijn ziel. Hij heeft nooit de bitterheid geslikt van een dreigende teleurstelling. En nu, pas zevenentwintig, is hij te oud, te laat, te ongeschikt geworden om zich aan te passen, en toch moet hij zich aanpassen aan hartzeer, teleurstelling en bijna-eenzaamheid.

Hierin zijn wij verwante geesten. Ik sta ook op een spreekwoordelijke afgrond van mijn reis. Ik heb geleerd dat in Zuid-Afrika, mijn nieuwe thuis, de scheidslijn tussen rassen en klassen onder andere afhankelijk is van geografie en koloniale loyaliteit. Ik veronderstel dat je de rest van de wereld moet rondreizen voordat je dit als absolute waarheid kunt stellen. Maar voor zover ik er iets over kan zeggen, geldt dit in ieder geval voor het Caribisch gebied, Groot-Brittannië, een groot deel van Amerika en Zuid-Afrika.

Zie je, voor de staf van mijn vader was ik de dochter van de baas. Gezien mijn ras zorgde dit voor verwarring. Mettertijd raakte iedereen er echter aan gewend. Ik werd een anomalie waar men met een soort terughoudende beleefdheid, een onverschillige vorm van minachting, naar keek. In Zuid-Afrika ben ik echter een andere soort. Ik ben zwart, dus als mensen mij zien, gaan ze er meteen van uit dat ik hier hoor, dat mijn ouders hier vandaan komen. Maar zodra ik iets zeg, is het onmiddellijk duidelijk dat ik iets heel anders ben. Dan raak ik, indien men mijn klasse meetelt, nog verder afgezonderd van de grote meerderheid van de Zuid-Afrikaanse inheemse bevolking.

Sindsdien heb ik de kwestie van mijn thuisloosheid opnieuw beoordeeld. Om preciezer te zijn: zoals ik meneer Ivanov ooit vertelde, voelde ik mij in Engeland noch in Jamaica thuis. Terugkijkend zie ik nu dat Jamaica in zekere zin wél mijn thuis was. Maar als kind voelde dat niet zo. Er werd gefluisterd over Afrika – een land, ver weg, waar sommigen van ons van durfden te dromen. Het was een mystieke plek vol zwarte lichamen en gezichten die op de mijne leken en toch rondliepen met een trots die ik niet bezat. Dit Afrika waar ze het over hadden, daar hoorde ik thuis. Afrika was niet zomaar een droom, het was niet zomaar een plek: Afrika was de hemel.

Als een slaaf stierf, keerde zijn ziel terug naar Afrika, want daar hoorden wij thuis. Wanneer de ziel Afrika bereikte, werd hij begroet door de voorouders in het geestenrijk. En zodra de ziel was begroet, wachtte deze op andere zielen van overleden slaven, opdat ook zij thuis verwelkomd konden worden. Elke ziel voldeed aan deze plicht tot hij gezuiverd werd herboren, telkens opnieuw, omdat het leven een stroom is die eindeloos door vele lichamen vloeit. Zo kan je overleden moeder terugkeren als jouw kind, kan een verdwaalde slaaf verlossing vinden van een wreed leven, maar niet voordat de ziel was teruggekeerd naar Afrika. Daar moest hij gewassen worden, het paradijs, zijn thuis, de hemel aandoen. En Afrika was de hemel.

Mijn vader droomde ervan levend en wel terug te keren, zodat hij de voorouders kon bedanken die zo geduldig op hem wachtten. Hij wilde zeggen: 'Dank u dat u naar mijn moeder hebt geluisterd toen ze u smeekte me niet van haar te scheiden. Ik heb mijn leven goed geleefd, maar ik heb nu een nieuwe naam nodig. Ik wil geen Vijfentwintig meer heten. Ik heb een nieuwe ziel nodig.'

Uiteindelijk stierf hij voordat hij kon terugkeren; alleen zijn ziel ging terug. Zijn lichaam is begraven in ballingschap. Hoewel hij mij zijn droom niet heeft nagelaten, erfde ik hem toch. Ik droomde over mijn terugkeer naar Afrika. Ik droomde dat ik levend zou terugkeren. Ik droomde dat ik zou terugkeren alsof ik, en niet mijn voorouders, daar was weggeroofd. Ik heb er nooit over nagedacht waar in Afrika ik naartoe zou gaan, welk genereus land een weeskind zou opeisen.

Uit dit alles maakte ik op dat Jamaica mijn thuis moet zijn. Het was tenslotte mijn geboorteland en geeft dat niet het hoogste recht op patriottisme? Wat het antwoord ook is, ik weet dat ik het Caribisch gebied niet kan bezitten zoals mijn adoptievader dat kan: ik mag geen land, geen eigendommen, zelfs mijn naam niet bezitten. Toch stelde ik me in mijn naïviteit voor dat ik aanspraak kon maken op Afrika. Het had me mijn huid gegeven en datgene wat een veldopziener ooit een inherente barbaarsheid, analfabetisme en gehoorzaamheid noemde. Deze dingen begreep ik en deze dingen had Afrika mij gegeven; door de tijd heen, over de zeeën heen, had Afrika mij aangeraakt en gebrandmerkt als een kind van dit land.

Dat brandmerk isoleerde mij meer dan welke andere eigenschap dan ook. Mijn medemensen zagen mij eerst als Afrikaanse en dan pas, of nooit, als een van hen. Bij Afrika horen betekende dat ik niet bij de rest van de wereld of een ander deel daarvan kon horen. Hoe vaak heb ik niet gehoord: 'Ga toch terug naar de jungle,' want voor alle anderen is Afrika geen droom en geen hemel. Het is een jungle. Het is zomaar een plek.

Voor mij is het de zoveelste plek die niet helemaal bij mij hoort, waar ik niet helemaal thuishoor. Ik kan er nooit aanspraak op maken zoals anderen dat kunnen: niet op zijn geschiedenis, noch op zijn verwanten of zijn volledige identiteit. Bovendien, Afrikanen die nooit zijn weggeroofd, wier verhalen over hier thuishoren luider klinken dan mijn zachte gefluister – zij bezitten Afrika niet zoals Bram en zijn vrienden dat doen.

Puttend uit mijn eigen onvrede kom ik tot de conclusie dat zij er geen genoegen mee zullen nemen om niet volwaardig tot een plek te behoren. Ze kunnen niet anders dan in opstand komen, om een Afrika terug te vorderen dat hun vertrouwd is. En zowel de Engelsen als de Nederlanders zullen toch wel weten dat hun bestuur hier niet vol te houden is. Terwijl ik probeer vriendschap te sluiten met de mensen hier, hun nooit vertelde geschiedenissen probeer te leren kennen en de geschiedenis die ik uit boeken heb gehaald af te leren, denk ik dat ik het standpunt van meneer Ivanov over de voordelen van een onafhankelijk Ierland begin te begrijpen. Ik kan de koloniale welwillendheid waar Rudyard Kipling aanspraak op maakt niet accepteren. Ik ben getuige geweest van het bewijs van de valsheid ervan op elke plek die mij heeft geadopteerd, hoe kortstondig en onwillig het ook was.

DAGBOEK VAN MEVROUW ALISA VAN ZIJL, 1927

Woensdag 30 maart

Ik was begonnen mijn zaken hier op orde te stellen en terwijl ik mijn spullen bij elkaar zocht voor onze mogelijke reis, vond ik dit dagboek, dat ik zo te zien van 1912 tot 1915 heb bijgehouden. Dat is vanaf mijn vertrek uit Engeland tot de dag waarop Bram en ik Gloria leerden kennen. Ik heb het niet tot het einde volgeschreven, maar begon om de een of andere reden in 1916 in een nieuw dagboek.

Ik kan niet zeggen dat mijn vergeetachtigheid te wijten is aan verwarring en angst door de Grote Oorlog, want zo te zien ben ik in 1917 ook zomaar weer in een nieuw dagboek begonnen, zonder een verklaring in een van beide eerdere schriften. Het kan zijn dat ik het gewoon kwijt was en nu pas heb teruggevonden. Dat kan, want ik heb rondgekeken om te zien waar ik de dagboeken van vóór 1912 heb gelaten en die heb ik blijkbaar zonder pardon afgedankt. Het is nogal zorgwekkend. Het is zeker een gewoonte van me geworden, dat ik aan een verhaal begin en het niet afmaak. Ik vind het dan ook niet meer dan terecht dat ik dit dagboek wél afrond, dat ik het verhaal afmaak. Dat lijkt me een passende afsluiting van mijn verblijf hier.

Nog iets wat ik tegenkwam toen ik hier aan het rommelen was, onder in de koffer die ik had gepakt voor mijn reis naar Afrika, lag een bijbel die ik als kind van mijn moeder heb gekregen. Hij was bedolven onder wat andere vergeten aandenkens, zoals wat kladjes voor het verhaal van de kinderen van de hemelgod.

Dat verhaal herinner ik me wel, ik heb het altijd nog eens willen uitwerken. De bijbel was echter zo oud, zo uit mijn geheugen verdwenen, dat ik geschrokken moest toegeven dat ik vergeten was dat ik hem had. Ik veronderstel dat het gezien mijn vrome opvoeding niet meer dan terecht was dat ik op zoek naar flarden van mijn leven goden tegenkwam die ik lang geleden begraven had.

Op dat moment, met die bijbel in mijn handen, drong het tot me door dat er veertien jaar is verstreken sinds ik Engeland verliet. Mijn jeugd is voorbij. Nu, verbitterd door mijn mislukkingen en bijna op middelbare leeftijd, vraag ik me af: waar is de tijd gebleven? Wat heb ik bereikt in mijn leven?

Het valt niet mee om naar je leven te kijken en te ontdekken dat er weinig te redden valt. Op mijn reis hiernaartoe, toen ik in dit dagboek schreef, had ik zoveel ideeën, zoveel energie, zoveel hoop. Ik kan nauwelijks geloven dat ik ooit zulke simpele dromen had als naar India reizen, de samoerai zien, een thuis vinden, Afrika vinden – de hemel.

Ach, de hemel! Het was zo'n wispelturige droom dat hij wegfladderde zodra ik het tipje ervan bijna te pakken kreeg. Zodra ik er een glimp van opving, vervloog hij als de fluistering van een geest. Ik was met zo weinig tevreden. Het minste of geringste was genoeg om me in slaap te sussen en de jaren vlogen voorbij, totdat een bijbel me spottend weer bij zinnen bracht.

Waarom ben ik nooit helemaal doorgereisd naar West-Afrika? Daar zal de hemel toch wel zijn? Ik had dat ene spreekwoordelijke extra stapje toch wel kunnen zetten, me vast kunnen klampen aan die hemel, al was het maar voor een ogenblik? Als ik dat had gedaan, zouden de jaren langzamer en milder voorbijgaan, dan zou de tijd niet zo zwaar aanvoelen.

Hoe dan ook, Bram heeft voorgesteld om uit Zuid-Afrika te vertrekken. Jamaica, Engeland, de Sovjet-Unie… Hij zegt dat we overal naartoe kunnen, waar ik maar heen wil. We zouden Yuri kunnen opzoeken, ik zou het interessant vinden om het nieuwe Rusland te zien. Ik hoef het maar te zeggen of we stappen op de boot. Ik zou eindelijk naar West-Afrika kunnen gaan… misschien kan ik nog iets anders afmaken waaraan ik ben begonnen. Zou dat even wat zijn.

Het zou echter ook de zoveelste oefening in nutteloosheid kunnen zijn. Zijn de landen van West-Afrika niet verwikkeld in hun eigen koloniale sagen? Als ik daarnaartoe ga, zou ik dan thuiskomen? De kwestie van mijn Afrikaanse identiteit is niet zo eenvoudig als mijn huid. Wat dat betreft ben ik gekeurd en als vals aangemerkt. Dus als ik nu naar West-Afrika ga, zou ik daar dan thuis zijn?

Het is behoorlijk frustrerend, omdat Europa mij even onverbiddelijk heeft afgewezen als ik Europa heb afgewezen. Ik kan mezelf geen Engelse noemen. Maar Afrika erkent mij niet. Dat betekent dat ik ook geen Afrikaanse kan zijn, of het nu in het zuiden of het westen van dit continent is. En als ik, een vrouw zo zwart als kool en toch zo grondig ingewijd in de gewoonten en gebruiken van Europa, geen volk kan vinden dat mij kan accepteren, wat is dan het lot van mijn mulatkinderen? Ik kan nergens bij horen, want deze plek zit in mijn bloed. Toch hoor ik ook hier niet thuis, want bloed alleen is niet genoeg.

Als ik, een vrouw zo zwart als kool en toch zo grondig ingewijd in de gewoonten en gebruiken van Europa, tussen zulke tegenstellingen moet dansen, wat zal er dan met mijn kinderen gebeuren? Zij hebben hun vaders huid slechts voor de helft geërfd. Wat moet er van hen worden? De wereld is boordevol plaatsen waar ze moeten zijn, waar ze moeten bestaan, waar ze naartoe moeten, maar wat nog belangrijker is, waar ze níét naartoe moeten. Grote plaatsen, kleine plaatsen… zoveel plaatsen verspreid over de hele wereld, overal verspreid, en deze kleine meisjes moeten al die regels leren en onthouden.

Ik heb hen verdoemd met mijn huid. Ik heb ze tot vluchtelingen van mijn huid gemaakt. Ik ben zo egoïstisch geweest om ze op deze wereld te zetten, vol met mannen die in kamers zitten en beslissen wie wel of niet het een of het ander kan zijn, die de wereld vormgeven zoals zij dat willen. Zuid-Afrika is in dit opzicht niet anders. Het is een ingewikkelde plek, heel lastig te begrijpen. De grondbeginselen die ons hier hebben gebracht zijn echter zo rudimentair dat zelfs een kind een treffende analyse zou kunnen maken. Ik kan mezelf geen expert noemen op dit gebied, maar ik durf te wedden dat sterkere beschavingen altijd dezelfde strategie volgen om hun zwakkere tegenhangers verder te verzwakken. Het kan beginnen met zoiets eenvoudigs als velden, velden die bedoeld zijn voor een manier van leven, simpele velden. Dat heeft Gloria me een keer verteld.

Het begint met een veld dat een volk niet langer toebehoort. Dan vluchten de mensen en zwerven ze uit om zich te kunnen voeden. Zo wordt het veld overbodig, de clan evolueert, ze evolueren te goed, zo goed zelfs dat ze de kamer moeten betreden waar de mannen hun besluiten nemen. Het onteigenen van een veld moet dus ook evolueren. Er moet iets anders afgepakt worden.

Dus het zelfbeeld van degene die is uitgezworven, van degene die net is aangekomen in die kamer, dat simpele ding moet worden afgenomen. Was dat niet de reden waarom de eerste mannen die kamer hadden gebouwd? Was het onteigenen van het veld niet bedoeld om dit te voorkomen? Nou, het maakt niet uit, want dit kan worden opgelost; een van de grondbeginselen van de evolutie is immers dat die afhankelijk is van fouten, van de hardnekkigheid om die met kracht te perfectioneren, ze uit te buiten om onvoorziene, ongewenste resultaten te verijdelen. Als de clan opnieuw evolueert, moet er iets anders worden afgenomen, en nog iets en weer iets… enzovoort, enzovoort.

Bram zegt dat wij ons geen zorgen hoeven te maken omdat we getrouwd zijn, omdat we de papieren hebben om dat te bewijzen. Hij zegt dat de Ontuchtwet een staaltje lichtzinnigheid is van het parlement, dat die te abstract is om invloed te kunnen hebben op ons leven. Dat wekt bij mij de indruk dat hij het niet wil zien. De Zuid-Afrikaanse regering kan zeer zeker beschuldigd worden van allerlei wreedheden, maar niet van lichtzinnigheid. Wat het ook is, een gedegen organisatie is het wel. Er bestaat niet zoiets als een abstracte wet die niet is ontworpen om het leven van de mensen te beïnvloeden. Bram moet dit op zijn minst vermoeden, aangezien hij net zo in paniek was als ik toen hij hoorde dat de wet was aangenomen. Hij zou moeten weten dat zoiets simpels als het onteigenen van een veld op een dag kan eindigen met een vrouw die verbannen wordt naar de woestenij van haar eigen samenleving. Zo hebben we Gloria tenslotte ontmoet.

Dus dit zou nog maar het begin kunnen zijn. Dit is de fundering voor iets veel groters. En dan te bedenken dat het kan beginnen met zoiets simpels als een veld. Dan tuimelt en kronkelt en evolueert het, tot op een dag een meisje wordt geboren in een land waarvan ze geen staatsburger kan zijn.

Maar ik veronderstel dat ik mezelf kan troosten met het feit dat we getrouwd zijn. Ik kan mijn zaken hier op orde brengen en afscheid nemen van deze plek. Het is gek, ik had me niet eens gerealiseerd dat ik het als mijn thuis begon te beschouwen. Ik moet zeggen dat het me verdriet doet dat ik het nu moet verlaten.

Woensdag 6 april

Het heeft vannacht geregend. Zelfs de hemel rouwt om de verbittering van mijn leven, lijkt het wel. De wind maakt het frisjes en het is een donkere dag, maar toch moet ik onder deze treurwilg zitten om mijn ellende te verzachten.

Zo-even werd de wind kouder en pakten zich meer wolken samen. Ik ben geen vrouw die betekenis zoekt in de toevalligheden van de natuur, maar ik had heel even het gevoel dat mijn stemming wisselde, afnam, wegebde en weer tevoorschijn kwam op de vluchtige vastberadenheid van de wind, dat de wereld huilde omdat ik dat deed, omdat ik hem mijn wil oplegde.

Sinds ik dit dagboek heb gevonden, ga ik er helemaal in op. Sterker nog, ik heb een en ander uit mijn verleden moeten herzien. Het is zowel een zegen als een vloek. Enerzijds vertrouw ik mijn geheugen niet meer, dus dit dagboek komt goed van pas. Ik herinner me mijn tijd op The Black Swan bijvoorbeeld heel anders. Mijn herinneringen aan mijn kennismaking met Bram zijn anders. Ik kan me de helft van wat we zeiden niet herinneren en wat ik me wel herinner is een vereenvoudigde of anders een verdraaide versie van hoe het was.

Anderzijds vind ik het jammer dat ik zoveel vergeten ben. Ik ben al veel te lang boos op Bram, zo lang dat ik ben vergeten hoeveel ik van hem houd. Ik zou willen zeggen dat ik boos op hem ben omdat hij hier zoveel vrijheden heeft genoten, vrijheden die mij zijn ontzegd. Ik zou willen zeggen dat hij wreed is geworden, omdat ik dan makkelijker boos op hem kan zijn. Ik zou willen zeggen dat hij me heeft bedrogen. Ik wil zoveel dingen zeggen, maar ik kan het niet; ze zouden niet waar zijn. Ik weet niet wanneer het is gebeurd, maar ergens in ons huwelijk ben ik boos op hem geworden.

We groeiden uit elkaar en ik wist gewoon niet meer hoe ik vrij kon zijn bij hem. Nou ja, dat is niet precies wat ik bedoel, maar beter kan ik niet uitleggen hoe ik me voelde. Ik moet toegeven dat mijn geheugen bezoedeld is door de tijd en mijn mislukkingen.

Ik ben zo dankbaar dat ik mijn gedachten heb teruggevonden. Het heeft me tot kalmte gebracht. Ik voel me nu geruster over wat ik moet doen. Iemand die mij niet kent zou het misschien gevoelloos noemen of ondoordacht, maar ik weet dat ik zo ver ben gegaan als ik maar kon. Ik heb het zo lang volgehouden, zo lang, maar ik ben moe. Bram zorgde tijdelijk voor wat verlichting, maar nu ben ik moe.

Ik ben hem tot last geworden. Hij gelooft de geruchten zelfs. Hij gelooft dat ik hem heb bedrogen met Yuri. Hoewel ik dat niet heb gedaan, zou ik best om zijn vergeving kunnen smeken, want ik heb het gevoel dat ik berouw moet hebben van een misdaad, welke misdaad dan ook, het maakt niet uit welke. Ik zou kunnen smeken en Bram zou me vergeven. Hij vergeeft mij altijd. Altijd.

Maar deze ziekte die me verslindt laat me niet met rust. Ik kan onbezwaard van Bram houden tijdens de vluchtige momenten waarop ik kalm ben, maar dan keert de duisternis terug om mijn geest, mijn hart en zelfs mijn glimlach te verslinden. De duisternis zal net zolang dooreten tot Brams hart is vergiftigd. Hij zal me weer haten en de haat zal me weer bijna tot waanzin drijven. Na verloop van tijd zal mijn verdriet dieper en dieper in mijn hart bloeden en zijn liefde zal verbleken, opbloeien en opnieuw verbleken. Zo zal onze tragedie voortduren.

Ik kon mijn dochters de last van mijn huid niet besparen, maar ik moet ze dít besparen – dít moet ik doen. Ik kan ze niet achterlaten. Ze zouden worden gemeden. Eén tragedie overleven ze wel, maar niet allebei tegelijk.

Het breekt mijn hart, omdat ik niet zwak wil zijn. Toch neemt de duisternis die mijn hart overspoelt gestaag toe, zaait nieuwe zaden en voedt ze. Ze groeien en herhalen hun serie aanvallen. O, wat ben ik bang voor deze toestand waarin ik moet leven omwille van het leven. Hoe snel vloeit mijn nutteloosheid over in een duisternis die zo onvermoeibaar voortploetert – diep, diep in mijn huid dringt totdat er niets anders meer over is. Iemand die mij niet kent zou zomaar kunnen denken dat het uitgangspunt van mijn besluit even eenvoudig is als de dood zelf. En toch wil ik niet sterven. Ik wil alleen dat de pijn ophoudt. Ik wil rust.

Mijn moeder heeft ooit tegen me gezegd dat zelfmoord een onvergeeflijke zonde is. Na lang over de kwestie te hebben nagedacht, bedacht ik dat ik die woorden met eigen ogen wilde zien. En zo kwam mijn oude bijbel ineens goed van pas. Ik zocht naar het vers waarin zelfmoord werd veroordeeld. Na een paar uur drong het tot me door dat ik de vele details in dat boek nooit voldoende op waarde had geschat. Het is zo uitgebreid en ik vond het vermoeiend (en onmogelijk) om het vers te vinden dat ik zocht.

Ik zocht ook naar een vers waarin echtscheiding werd veroordeeld, maar na nog eens twee uur zonder duidelijkheid kwam ik tot de conclusie dat het opgeven van de godsdienst in mijn jeugd een grotere vergissing was geweest dan ik had verwacht. En zo, verslagen door mijn eigen apathie, wentel ik me in een oud dagboek dat ik ooit heb weggedaan.

Ik had gehoopt de dagboeken die ik door de jaren heen heb bijgehouden aan mijn ouders te geven, opdat ze zouden begrijpen hoe ik hier terecht ben gekomen. Maar ik heb besloten dat de onnatuurlijk lange adem van mijn tegenslagen hier moet eindigen, met mijn dood. Ik moet ze meenemen. Ik moet alles wat ik kan meenemen.

Er is nog iets wat mij bezighoudt: ik probeer me het gezicht van mijn vader te herinneren, zijn stem, de verhalen die hij aan het einde van zijn leven vertelde, de stralende glimlach die alleen geëvenaard werd door de stralen van de zon, de donkere huid die glansde in het licht, het manke linkerbeen, zijn bijna gebogen rug wanneer hij naar de plantage liep, de geur van zweet die bleef hangen… Zelfs de gewone dingen probeer ik me te herinneren. Zijn ooghoeken rimpelden wanneer hij glimlachte, want hij was al oud en de zon had hem niet gespaard. Deze dingen markeren volgens mij het begin. Maar deze dingen, zie je, verlies ik aan de tijd.

[Aantekening bij de notitie van woensdag 6 april]

Gloria stelde me vandaag een heel vreemde vraag. Ze vroeg of een van mijn ouders is gestorven terwijl er nog onafgemaakte zaken waren. 'Of een grootmoeder, een grootvader, of iemand anders die tot de clan behoort,' voegde ze eraan toe. Ik antwoordde dat ik niets kon bedenken, waarop ze nadenkend knikte, op haar onderlip beet en zich terugtrok in de keuken.

Ik dacht dat het gewoon een kwestie van voorbijgaande nieuwsgierigheid van haar kant was, maar nu ik erover nadenk, stelde ze toen ze hier pas was ook weleens van dit soort vreemde vragen, of ik er bijvoorbeeld ooit aan had gedacht om de meisjes naar een grootmoeder te vernoemen, naar iemand uit mijn verleden.

Hoe dan ook, nadat ik er de hele dag over had nagedacht, besefte ik dat mijn vader mij de andere verhalen die hij me had beloofd nooit heeft verteld. Bovendien is hij nooit naar Afrika gekomen. Volgens mij zijn dit echter geen voorbeelden van onafgemaakte zaken. Het zijn gewoon dingen waar mijn vader nooit aan toe is gekomen, net zoals ik er nooit aan toe ben gekomen om de samoerai te zien of naar West-Afrika te gaan. Wat mij zorgen baart, nu ik er langer over nadenk, is dat de laatste keer dat ik over schaduwhanden en -slangen heb gedroomd vlak voor mijn vertrek uit Engeland was. Sindsdien heb ik wel andere angstdromen gehad (zoals die van de hondsdolle hond en die waarin ik word opgeslokt door een python). Het zijn terugkerende dromen, natuurlijk, zoals al mijn dromen. Maar de schaduwdroom heb ik voor het laatst ergens tussen januari en 27 maart 1912 gehad. Dat staat in dit dagboek geschreven. Grappig dat ik, toen ik met Bram trouwde, dacht dat hij misschien de remedie zou zijn; ik besef nu pas hoe naïef ik was en hoezeer ik ernaast zat.

Het komt wat onnozel over misschien, maar ik vraag me nu af of zoiets eenvoudigs als een kind een verhaal beloven en het niet te vertellen, of de wens om terug te keren naar het land van je voorouders en dat niet te doen, zo krachtig kan zijn dat het de generaties erna blijft achtervolgen. Heb ik door hier te komen onbedoeld iets geërfd dat veel dieper gaat dan ik ooit heb begrepen? Heb ik een kosmische bestemming vervuld waarvan ik niet eens wist dat ik die had? En als ik de ene bestemming heb vervuld, is het logisch om aan te nemen dat ik misschien heb gefaald in het vervullen van een andere. Het is behoorlijk beangstigend, eerlijk gezegd. De koude rillingen liepen over mijn rug toen ik hierover begon na te denken.

Ik weet niet wat het allemaal betekent, maar nu het einde nadert, denk ik dat het belangrijk is om te begrijpen waarom en wanneer de droom begon, waarom hij niet meer terugkwam en wat hij betekende. O, wat zou het fijn zijn als ik dit soort dingen met Bram kon bespreken.

Het zou ook handig zijn als ik mijn eerdere dagboeken had. Dan kon ik bij het begin beginnen om te zien of me iets was ontgaan. Mijn eigen onafgemaakte zaak.

HET KLEINE ZWARTE BOEKJE

Daar eindigden Alisa's woorden. Abrupt. Onaf. Ze bleven hangen in onheilspellende voorspellingen.

Abram besloot dat hij ze beter onaangeroerd had kunnen laten, veilig in het verleden. Daar hoorde Alisa ook thuis. Maar net als het brandmerk dat Afrika haar had gegeven, hadden haar gif, haar schoonheid en haar geur zich door de tijd heen gewrongen om hem te beroeren. Ze was als een geest die weigerde hem te verlaten, als een ziekte die niet genezen kon worden, niet door enige remedie die hij kende en zeker niet door de tijd, want de tijd had zich geplooid om hem in te halen. Hij kon het lot dat al voorbij was niet veranderen, noch de orde van de tijd. Hij was maar een man.

Zelfs na haar dood wilde ze haar angst op hem overbrengen. Ze wilde hem besmetten met haar wispelturigheid. Nu moest hij zich de rest van zijn leven afvragen wat haar onafgemaakte zaken waren, welke kwaadaardige vloek ze onbewust had ontketend. O, Alisa, waarom kon ze niet gewoon rusten in haar graf? Ze had haar verwoesting zo efficiënt aangericht. Kon ze hem nu niet met rust laten?

Er was een tijd geweest waarin ze graag over haar kindertijd sprak. Ze vertelde over de warme zomerhitte die haar huid liet baden in het zweet, over de smaak van overrijpe mango's en over een vreemde specerij die over het karige voedsel werd gestrooid dat haar vader voor haar klaarmaakte. 'Ik wil graag denken dat ik gelukkig was,' had ze gezegd. 'Ik wil graag denken dat ik dat alles niet heb gedroomd.' Maar het tij was gekeerd en op het laatst kon ze hem niet eens meer iets eenvoudigs als de details van een droom vertellen. Ze had alles voor zich gehouden, tot er niets anders meer op zat dan vriendschap te sluiten met de schaduwen die haar achtervolgden.

Het kleine zwarte boekje had haar grieven zo ingewikkeld met elkaar verweven dat hij na het lezen van het eerste stuk overmand werd door spijt. Hij dacht: wat is er van mijn leven geworden? Hij wilde dat de muren zijn kreet zouden weerkaatsen, dat ze hun stoïcijnse aanwezigheid zouden uitbreiden om hem te omhelzen en de noodlottige zinloosheid te betwisten die zo tragisch door Alisa werd verteld. Maar helaas, de muren reageerden niet, want de kreet was stil en de kamer stond vol souvenirs uit Johannes' jeugd.

Er was geen ruimte voor verdriet. Er viel niets te winnen met zelfmedelijden en spijt. Hij sloot het boekje.

DEEL VIJF

De kinderen van de hemelgod

MARULA MAMPOER

De zon was over haar hoogtepunt heen. Uit fatsoen kwam Abram eindelijk zijn bed uit. Hij liep naar het raam en keek naar buiten, waar een marula zijn blad en laatste vruchten afschudde.

Dido was met haar kornuitjes naar de rivier, waar ze hoopte speelse apen te zien. Als ze niet in de ban waren van de mysteries van de rivier, zaten Dido en haar vrienden Justice en Maleka, twee boerenjongens, het liefst onder de marula en raapten ze de gevallen vruchten op. Ze smaakten heerlijk zoet; Dido beweerde dat ze nog nooit zoiets sappigs had gegeten.

Josephina had hun verteld dat het fruit, eenmaal gefermenteerd en gedistilleerd, een alcoholisch brouwsel opleverde.

'Hoe heet dat drankje?' wilde Abram weten.

Er bleken twee antwoorden te zijn. In het Afrikaans heette het *marula mampoer* en in Josephina's taal iets heel anders (wat Abram niet had onthouden). Ze glimlachte verlegen en keek naar haar handen alsof zich daar een fascinerend schouwspel afspeelde. 'Ik maak het altijd voor baas Joubert zodra het fruit rijp is,' zei ze in het Afrikaans. 'Als meneer wil, kan ik het ook voor u maken. Ik zal tegen de kinderen zeggen dat ze de vruchten moeten rapen.' Vervolgens boog ze respectvol haar rechterknie en ging ze snel weer aan het werk.

Sindsdien hadden de kinderen ochtenden lang emmers gevuld met marulavruchten. Niet wetende dat het beloofde drankje alcohol bevatte, zei Dido tegen Abram: 'We moeten juffrouw Josephina vragen of ze ons wil laten zien hoe ze het maakt.

Dan zorg ik voor extra fruit om mee te nemen en kunnen we het overal drinken, waar we ook zijn.'

Abram lachte. 'Het is net als wijn,' zei hij. 'Kinderen mogen het niet drinken.'

Dido trok denkrimpels in haar gezicht. 'Juffrouw Josephina is net als jij, hè? Behalve dat zij haar wijn niet verkoopt, maar aan de mensen geeft van wie ze houdt. Zullen we tegen haar zeggen dat ze haar drankje moet verkopen? Als ze dat doet, hoeft ze niet meer met haar man in dat kleine hutje te wonen.'

'Ja,' zei hij en glimlachte de dingen weg die hij nog niet tegen haar kon zeggen, zoals dat Josephina met geen mogelijkheid een eigen onderneming kon beginnen. Het zou haar hart breken.

In haar onschuld was Dido naar de boom gehuppeld om nog wat van het fruit te smullen voordat ze aan haar karweitje begon. Abram liep ook naar de boom en raapte groene marulavruchten op. Ze waren bitter en die had hij liever dan de rijpe, gele soort. Er lagen ook pitten verspreid tussen het fruit. Hij had gehoord dat die in de zon werden gelegd om te drogen. In de winter werden ze gekraakt en de zaden werden gegeten als noten, geplant om nieuwe bomen te laten ontkiemen of ze werden opgeslagen, en anders maakten de kinderen gaten in de grond om er spelletjes mee te spelen: de pitten werden van het ene gat naar het andere verplaatst, een beetje zoals schaakstukken op een bord, vermoedde Abram. Hij hurkte neer om de vruchten te rapen die nog niet verrot waren omdat ze te lang waren blijven liggen. Verdiept in zijn taak merkte hij niet dat Josephina kwam aanlopen. 'Goedemiddag, meneer Van Zijl,' begroette ze hem.

Hoewel haar stem even zacht was als anders en haar manier van doen vriendelijk, kwam hij geschrokken overeind. 'Ook goedemiddag, Josephina,' antwoordde hij.

'Mag ik nu uw eten brengen?'

'Dank je, Josephina, maar nee.'

'Zal ik het bewaren voor straks?'

‘Ja, graag.’

Hij verwachtte dat ze hem rustig zou laten lanterfanten, zoals ze dat altijd deed nadat ze hem een goede dag had gewenst of hem zijn eten had gebracht. Dat deed ze niet. Ze friemelde wat met haar handen, keek om zich heen en vroeg: ‘Zal ik gaan kijken of baas Joubert uw gezelschap wil?’

Abram glimlachte naar haar. Ze had zeker aangevoeld dat hij zich ongemakkelijk voelde in Johannes’ gezelschap. Nu ze haar hoofd schudde, vermoedde hij dat ze zichzelf berispte vanwege haar ongevraagde openhartigheid over haar werkgever.

Maar ze zei abrupt: ‘Noord-Transvaal is geen plaats waar rijkdommen te vinden zijn, meneer. Er komt hier niemand. Iedereen gaat weg. Ze gaan naar Johannesburg, waar het goud op straat ligt, zeggen ze. Ze gaan naar de Kaap en Natal om de zee te zien. Van hieruit gaan ze noordwaarts, naar Oeganda, naar andere plaatsen. Ze gaan allemaal weg. Dit is geen plek voor reizigers. Wij, die hier blijven, horen alleen het nieuws over de koeien, de velden en de oogst.

Zo zit baas Joubert hier met al zijn boeken. Zelf beschik ik niet over de gave om zoveel talen te lezen. Maar ik weet dat de verhalen uit boeken niet de verhalen van de levenden zijn. U bent een levende man, en… Meneer, soms is het beter om de dingen van de wereld van de levenden te horen. Zal ik bij hem gaan kijken, als u zijn gezelschap wilt?’

‘Nee, dank je, Josephina,’ zei hij.

Ze verviel weer in haar onderdanigheid, boog haar hoofd en speelde met haar handen, zoals ze dat vaker deed. ‘Ik moet weer aan het werk,’ zei ze ten slotte en ze keerde hem de rug toe om te gaan.

Abram hield haar tegen door te zeggen: ‘Mag ik je iets vragen?’

‘Ja, meneer.’ Ze draaide zich weer naar hem toe.

‘Weet je of John…’ Abram besefte dat hij naar zijn woorden

moest zoeken. Hij wist niet hoe hij de vraag moest stellen zonder Johannes' geheim te onthullen, als het nog een geheim was. Hij schraapte zijn keel en nam even de tijd om zijn gedachten op een rijtje te zetten. 'Heeft hij dames van de nabijgelegen boerderijen het hof gemaakt?'

Voor het eerst sinds hun ontmoeting keek Josephina Abram in de ogen. Er blonk paniek in haar ogen en ze perste haar lippen op elkaar alsof ze, door de wilskracht van haar botten, het geheim dat nu tussen hen in lag kon wegslikken.

Hij zou kunnen zeggen dat het er niet toe deed, dat ze kon gaan, maar dan zou zijn geest bekneld raken in die eeuwige staat van onwetendheid waar Alisa zo treurig van was geworden. En dus wachtte hij tot de stilte tussen hen in tot een natuurlijk einde zou komen.

Josephina had aan de rand van de schaduw van de boom gestaan. Om zijn vraag te beantwoorden, verliet ze de warmte van de zon en kwam ze dichterbij staan. Zo nu en dan zwiepten de takken heen en weer en met hen de bladeren, sommige zachtjes en andere noodlottig, waarna ze de veiligheid van de boom verlieten en naar de grond dwarrelden.

'Voor zover ik weet, meneer,' zei Josephina, 'is er geen sprake geweest van hofmakerij.'

'Dan weet je ook dat John zelf voor zijn isolement kiest. Ik weet dat je het goed bedoelt, Josephina. Je wilt hem redden van wat jij denkt dat eenzaamheid is, maar het is geen eenzaamheid. John wordt verteerd door de haat van zijn eigen hart. Hij haat alles en iedereen. Hij haat zichzelf, al is dat nergens voor nodig. Hij durft het niet aan om deze haat op te geven, uit angst dat hij een mindere man zal worden. Het is niet gemakkelijk om zo'n man lief te hebben, Josephina, om je eeuwig in bitterheid te wentelen zoals hij dat doet.'

'Dat kan zo zijn.' Josephina glimlachte haar tandeloze glimlach. Hoe oud ze ook was, ze had nog veel weg van een kind.

Haar verlegen houding droeg bij aan dat effect en door de manier waarop ze haar hoofd naar links kantelde omdat ze aan een oor doof was, zag ze er voortdurend uit alsof ze nieuwsgierig was.

'Maar meneer,' vervolgde ze, 'dit is geen plek voor reizigers. Ik ben oud geworden op deze plek, waar we alleen de oogst hebben om de verstrijkende jaren bij te houden. Zelfs mijn vijanden zijn vrienden geworden. Ik zie ze bij zonsopgang en bij zonsondergang en in de winter zeggen we tegen elkaar: "O, de lucht is koud, zo koud, zo koud." Wanneer de wind opsteekt, zeggen we tegen elkaar: "O, de wind is guur, zo guur."

Je kunt een gezicht je hele leven haten, maar er komt een ochtend waarop je dat gezicht opzoekt en zegt: "O, het land is opgedroogd. Deze hitte en dit stof, het doodt mijn huid, dat zeg ik je, het verziekt mijn bloed. We hebben regen nodig. Nu meteen." Er komt een dag waarop je naar dat gezicht kijkt en in je hart weet dat je het niet meer kunt haten. Op een plek als deze wordt een vijand een vriend. Na hun dood word je 's morgens wakker en merk je dat er niemand is tegen wie je je zorgen kunt wegzingen. Ze worden zwaar in je hart. Het is niet gemakkelijk om een man te haten, om je eeuwig in zijn bitterheid te wentelen zoals hij dat doet.'

Ze haalde haar schouders op, misschien om toe te geven aan iets wat ze niet helemaal kon verklaren, en lachte toen ongemakkelijk. 'Deze plek is mijn thuis, meneer. Of ik wil of niet, ik moet ervan houden. Ik heb geen ander thuis. Dit is waar ik thuishoor. Als de mensen hier zich wentelen in bitterheid, voelen we dat allemaal, omdat het ons allemaal vergiftigt.'

De mooie twinkeling in haar ogen kleurde donker en haar glimlach verdween in de rimpels van haar leeftijd. Een plotselinge droefheid die er voorheen niet was, trok over haar gezicht. Heel even deed ze hem aan Alisa denken. 'Ik moet weer aan het werk, meneer,' zei ze.

‘Als je wilt, Josephina, ga dan alsjeblieft kijken of baas Joubert mijn gezelschap wil,’ zei Abram.

‘Dat zal ik doen, meneer,’ zei ze terwijl ze zich omdraaide om weg te gaan. ‘Dat zal ik doen.’

Nu de zon verder naar het westen trok, leek het Abram ten slotte het beste om zijn baard te trimmen, zich op te knappen en Alisa’s dagboek onder in zijn koffer te leggen.

ORION, DE JAGER, WERD OPGESLOKT DOOR DE HORIZON

Om van Johannes Joubert te zeggen dat hij de mensen die hem in zijn ogen te na waren gekomen niet licht kon vergeven, zou ernstig onrecht doen aan zijn koppigheid. De man was in alles overtuigd van zijn gelijk. Zoals Abram het zag, was hij met de jaren vervallen tot een soort verongelijkt gevoel van martelaarschap.

'De verkoop van je landgoed verloopt voorspoedig, oude vriend,' zei Johannes. 'Binnenkort ben je vrij.'

Dat was natuurlijk niet waar. Abram betwijfelde of hij zich zou kunnen losmaken van Kaapstad. De stad was twintig jaar lang zijn thuis geweest. Dido was er geboren, Emilia ook. En hoe ze het uiteindelijk ook had gehaat, het was ook Alisa's thuis geweest. Uit beleefdheid reageerde hij slechts door dieper weg te zakken in zijn stoel, van zijn thee te nippen en te zeggen: 'Deze Alfred Aaron de Pass is van plan de wijnmakerij voort te zetten. Hij wil het landhuis restaureren.'

'Ja,' zei Johannes. Hij zweeg even om een trekje van zijn pijp te nemen. 'Ik moet zeggen dat het roekeloos was om je fortuin intussen volledig aan de zorg van de inheemsen over te laten. Het verblijf van meneer De Pass in Windhoek kan uitlopen. Je weet niet wat een potje je werknemers ervan maken.'

'Ik vertrouw mijn mensen,' zei Abram.

'Natuurlijk,' Johannes wuifde de rook uit zijn gezicht.

'Hoe dan ook' – hij hoestte – 'ben je dit eindeloze wachten niet beu?'

'Nee. Ik wist dat het tijd zou kosten. Wat wel zwaar op me drukt, is de angst dat ik opgepakt word. Daar maak ik me zorgen over.' Hij nam nog een slokje thee. Josephina had hem een tijdje geleden ingeschonken, te lang geleden, moest hij constateren. Terwijl Abram had geluisterd hoe Johannes hartstochtelijk uitweidde over de wonderen van zijn uitgestrekte tomatenvelden, was de thee koud geworden. Het was een blend van de rooibosplant, waarvan Josephina hem had verzekerd dat deze zowel qua geur als qua smaak verschilde van de Kaapse variant. Tot zijn vreugde kon hij Josephina daarin gelijk geven. Maar Johannes hield niet zo van thee en Abram moest in zijn eentje de strijd aangaan met de grote pot; uit beleefdheid voelde hij zich genoodzaakt alles op te drinken.

Hij had ontdekt dat hij de thee zo nu en dan kon gebruiken om zijn gedachten te ordenen. Misschien was het daarom dat Josephina er zo op had aangedrongen dat hij de thee moest proeven. Voor het geval hij wat mee wilde nemen voor onderweg, had ze gezegd. Nadat hij zijn keel had gesmeerd, zei hij: 'Weet je, John, onze vervreemding was van begin af aan een treurige zaak. Vind je niet dat het tijd wordt om ermee te stoppen? Ik ben naar je toe gekomen als een man ontdaan van al zijn overtuigingen en jij hebt me hartelijk ontvangen, ondanks de jouwe. Hebben we alleen daarmee al niet bewezen hoe zinloos deze lange jaren van vijandigheid zijn geweest?'

Johannes antwoordde niet onmiddellijk. De stilte die volgde was gevuld met de dingen die geen van beide mannen kon zeggen. Het was een vertrouwd soort stilte, lang, zwaar en vol verlangen. Abram besloot dat het moment rijp was om het gesprek te beëindigen en naar zijn kamer te gaan. Dido was ongetwijfeld terug van de rivier en hij wilde haar vrolijke verhalen horen. Hij nam de laatste slok thee en zette de kop en schotel op tafel. 'John,' zei hij, 'ik moet naar mijn dochter. Goedenavond.'

'Nee, nee.' Johannes stak zijn vrije hand op. 'Ga zitten. Alsjeblieft. Ik wilde je niet beledigen. Je overviel me ermee, dat is alles.'

Abram ging zitten. Maar toen hij merkte dat Johannes en hij elkaar niets meer te zeggen hadden, liet hij zich door de stilte, de schemering en de thee langzaam wegzakken in een gevoel van tevredenheid. Het was een welkom gevoel. Vanaf het moment dat hij Alisa's dagboek had gekregen, werd hij verteerd door gedachten aan haar, door schuldgevoelens en nog veel meer dat zijn hart liet bloeden.

Zijn rust werd abrupt verstoord door Johannes. 'Kun je me een moment van onbeschaamdheid toestaan, oude vriend?' vroeg hij.

Abram glimlachte in zichzelf. 'Vraag maar raak, John.'

Johannes staarde in de verte, waar de ceremonie van de zonsondergang de hemel in lichterlaaie zette. In de laatste gloed van de zon leidde een koeherder een kudde vee naar huis. Het was een broodmagere man. Hij droeg geen shirt. In zijn rechterhand hield hij een opgeheven stok waarmee hij het vee de kant op leidde die hij wilde.

Nu de koeherder en zijn horde dichterbij kwamen, vloog het stof hoog op. Eén, twee, drie en meer koeien loeiden en de bellen om hun nek rinkelden op de maat van de stappen die ze zetten. Het geluid dat ze maakten was het lied van de zonsondergang. Algauw verdween de zon achter de koeherder, die het zweet van zijn voorhoofd wiste en op huis aan ging om zijn dorst te lessen, althans dat vermoedde Abram.

'Waar laat je de koeien weiden?' vroeg hij.

'Walter, de koeherder, neemt ze mee naar het veld bij het meer.'

'Wat vind je makkelijker te beheren, het vee of de tomatenvelden?'

Johannes liet zijn antwoord voorafgaan door een diepe zucht. 'Er is niets gemakkelijks aan deze plek,' zei hij. 'Er zijn goede zomerjaren en droogtejaren. De goede jaren zijn korter, zo lijkt het. De droogtejaren herinneren ons eraan dat niets hier overleeft, behalve de hitte en het stof. Hield jij ervan om wijn te maken?'

Abram volgde Walter met zijn ogen tot hij afsloeg bij een splitsing en het pad naar het bediendeverblijf nam, weg van het huis. Op een fluitsignaal, een roep naar het eigenzinnige vee waarvan hij de namen kende en nog een zwaai met zijn stok nam ook de kudde de bocht om hun meester naar huis te leiden.

'Ik genoot van de verhalen die de arbeiders vertelden,' zei Abram. 'Ik genoot van de schoonheid van de velden. De wijn zelf was niet noemenswaardig, niet half zo goed als die van Groot Constantia. Maar het was een erfenis waarvan ik ooit hoopte dat mijn dochters deze met de tijd en meer passie voor het vak zouden verfijnen. Ik blonk uit op het gebied van onze financiën, hoewel zelfs dat niet iets is waarvan ik kan zeggen dat ik er plezier in had. Het was nodig. Maar ik geloof niet dat ik ervan hield.'

'Toch heb je doorgezet.'

'Zoals jij doorzet op deze plek vol hitte en stof, zoals iedereen hier.'

'Misschien moeten we als de donder naar de goudmijnen van Johannesburg.'

'We zouden alleen van de herrie al gek worden.'

'Misschien, maar nu moeten we leven zonder het ooit te weten.'

'Dat lukt me wel,' zei Abram.

'Wat betreft mijn onbeschaamdheid, Bram, mag ik vragen waarom je nooit van Alisa bent gescheiden? Hoe heb je haar bitterheid al die jaren kunnen verdragen?'

Inmiddels waren Walter en zijn vee verdwenen naar hun eindbestemming. De enige herinneringen aan hun doortocht waren het stof dat ze hadden opgeworpen en hun sporen in het zand. Het stof danste in de gloed van de schemering als de laatste zonnestralen, wegstervend, verblekend en weer opgloeiend met wanhopige veerkracht. Abram vond het uitzicht saai en zei uiteindelijk: 'Ik hield van haar.'

Al waren het er niet veel, er waren dagen dat ze van hun dochters hield. Dagen waarop ze onder de sterren stond en de nacht in lachte, waarop ze tegen hem zei: 'Zo wil ik niet zijn.' Abram voelde de tranen in zijn ogen prikken. 'Ik hield van haar,' herhaalde hij.

Johannes wendde zich af en rommelde door de inhoud van de la in het kastje naast zijn stoel. Toen hij zich weer omdraaide, hield hij een verzegelde zak tabak in zijn handen. Hij klopte de as uit zijn pijp, stopte hem met de verse tabak uit de la en stak hem hoestend en met een trillende hand aan. 'En zij?' vroeg hij, na een teug uit zijn pijp. 'Wat was de reden waarom zij niet vertrok?'

'Ze had van me kunnen scheiden, ja. En misschien wilde ze dat wel. Maar als dat eenmaal gebeurd was, waar had ze dan heen gemoeten?'

Intussen was de avondschemering gevallen, maar Abram kon nog in zijn ogen lezen dat Johannes in gepeins was verzonken. 'Jullie waren met elkaar verbonden.'

'Ja,' zei Abram. Er viel natuurlijk meer te zeggen. Alisa's verdriet was als een ziekte. Het kwam in een vast patroon, zoals de seizoenen of de fasen van de maan. Vandaag was ze blij, maakte ze sprongetjes van vreugde. Morgen weigerde ze de duisternis van haar kamer te verlaten. Dus in een vast patroon hield Abram van haar en haatte hij haar. Verstrikt in haar eigen waanzin hield ze van hem en haatte ze hem. Ze was gemakkelijker te begrijpen als hij er zo tegenaan keek, dat had hij tegen Johannes moeten zeggen. Maar die dingen waren van Alisa en hem en zelfs van Dido, die de pijn van haar moeder met zich meedroeg in haar huid, in haar hart, en in een klein zwart boekje met een verbrande rug. Het was niet juist om die dingen met Johannes te delen. Ze waren heilig. Johannes zou ze bezoedelen met zijn haat.

Er werd op de deur geklopt en Josephina kwam binnen met een lantaarn die ze op de vensterbank zette. 'Uw eten is opgediend, baas,' zei ze. 'En het uwe, meneer.'

'Dank je, Josephina,' zeiden ze in koor.

'Is Dido al terug?' vroeg Abram.

'Ja, meneer. Nog maar net.' Ze boog lichtjes haar knie en verliet de kamer.

'Goed,' zei Johannes. Hij stond op, haalde de pijp uit zijn mond en hield hem omhoog. 'Ik verwacht morgen weer een telegram. Een en ander zal voor het einde van de week afgerond zijn. Ik zou zeggen dat je volgens plan kunt vertrekken. Als er verder niets is, Bram, ik moet aan tafel.'

Abram stond ook op. 'Bedankt voor je hulp, John,' zei hij en liep vervolgens naar de keuken.

'O, papa!' riep Dido uit toen ze hem zag. 'Je ziet er weer knap uit.'

Abram grinnikte. 'Vind je dat?'

'Ja.' Ze glimlachte. Haar huid vertoonde hier en daar donkere vlekken; modder en stof, besefte hij. Ze kwam vaak onder de modder thuis. Meestal moest Abram haar dan overhalen om in bad te gaan, omdat ze na het eten bijna meteen in slaap viel. En altijd smeekte ze: 'Alsjeblieft, papa, als ik maar eventjes mag uitrusten, ga ik in bad als ik wakker word.'

'Zodra je klaar bent met eten, ga je in bad,' zei Abram, 'anders wordt het water koud.' Hij ging naast haar zitten, kietelde haar onder haar schouders en zei: 'Het koude water prikt in je huid en prikt je hier en daar en daar en dan verander je in ijs.'

Dido lachte en kronkelde naar alle kanten om zich te beschermen en buiten het bereik van zijn handen te komen. Maar ze werd gehinderd door haar lachbui, dus vond Abram meer huid om te kietelen, waardoor ze het nog harder uitgierde van het lachen. 'Alsjeblieft, papa, hou op, stop alsjeblieft!' riep ze. 'Ik ga in bad, ik beloof het.'

'Oké,' zei hij en hij pakte het bestek op dat Josephina voor hem had klaargelegd. 'Maar als je je belofte niet nakomt, denk erom dat ik je wakker kom kietelen.'

'Dat zou je nooit doen.'

'Waag het niet mij uit te dagen!' zei hij dreigend, zonder erin te slagen de glimlach van zijn gezicht en de lach uit zijn stem te houden.

Ze glimlachte zo breed dat ze bijna al haar tanden liet zien en schudde haar hoofd. 'Nee.'

'Goed. Vertel me nu maar eens wat je vandaag hebt gedaan.' Ze dook in een verhaal over Mamolapi, een watergodin van wie werd gezegd dat ze zowel vis als vrouw was.

'Als een zeemeermin?' vroeg Abram.

'Ja. Maar Mamolapi leeft in de rivier, niet in de zee. Ze heeft veel kinderen. Maar al haar kinderen zijn van haar gestolen, zie je. Ze is altijd naar ze op zoek. Zodra ze iets ziet wat op water lijkt, bijvoorbeeld een huis met een dak van ongeverfde golfplaten dat glimt in het licht van de zon, dan zal Mamolapi dat huis vernietigen omdat ze denkt dat de mensen daar haar kinderen hebben gestolen en in nepwater hebben verborgen.'

Hij luisterde naar het verhaal van Mamolapi dat overging in dat van een monsterman, Mphukudu genaamd, die lang en bleek was en mensen zomaar meetrok, waarna niemand hen ooit nog weerzag, en vervolgens in de tragedie van een jong meisje en haar uitdagende zus wier namen Abram zich nooit zou kunnen herinneren. En zo ging het door, van het ene verhaal in het andere, met de ongedwongen uitbundigheid waar Dido patent op had.

Zoals gewoonlijk vloeiden haar woorden in elkaar over zonder syntaxis of interpunctie, zonder terughoudendheid. Ze vertelde alles als één enkel lang woord en pauzeerde alleen maar om op adem te komen. Misschien dacht ze net als haar moeder dat er een tijd zou komen dat de mensen die naar haar luisterden niet meer zouden luisteren en wilde ze haar luisteraars daarom geboeid houden nu het nog kon.

Abram luisterde naar de legendes die ze heel subtiel liet versmelten met haar eigen fantasie. 'Het is allemaal zo spannend,' zei ze, even pauzerend om te kijken of hij wel oplette. 'Ik zal je vertellen wat Mamolapi nog meer kan.'

Hij knikte, en hoewel haar handen en ogen zich weer met haar eten bezighielden, stond ze erop dat ze hem, voordat ze verderging over Mamolapi, absoluut de verschillende manieren moest uitleggen waarop je kon zien of een sprinkhaansoort eetbaar was of niet.

'Er is een mierenhoop,' zei ze, 'ver weg bij de rivier, maar eigenlijk is het geen mierenhoop, maar een plek waar termieten te vinden zijn. Daar vlakbij, zegt Justice, zitten de lekkerste sprinkhanen. Morgen gaan we erheen en dan laat hij me zien hoe je ze kunt vangen. Hij zegt dat het makkelijk is, maar hij zei ook dat hij een aap kon vangen. Dat was gejokt. Zelfs Maleka kan geen aap vangen. Maleka heeft heel snelle benen, zie je.' Ze besloot dat ze te moe was om verder te gaan, wat geïllustreerd werd door een geeuw, en zei: 'Papa, nu ben ik moe, geloof ik. Ik moet in bad. Is het goed als we morgen verdergaan?'

'Voor zover ik weet, bederven verhalen nooit.'

'Ik beloof je dat ik niet alles wat ik je niet heb verteld zal vergeten.'

Ze liet zich van haar stoel glijden, kuste hem op de wang en vertrok huppelend naar de badkamer.

Haar kleine gestalte verdween achter de keukendeur. 'Welterusten,' riep ze nog.

'Welterusten.' Abram bleef achter in een stilte die zo nu en dan werd verstoord door de tjilpende krekels, ergens in de duisternis. Hij at met smaak zijn avondmaal van gebraden kip en aardappels. Toen stapte hij naar buiten, de duisternis in, die werd onderbroken door de roep van uilen die vlakbij verscholen zaten en de fonkelende sterren, heel ver weg. De seizoenen veranderden, de wereld draaide weer en de sterren kwamen op en gingen onder met het draaien van de wereld.

Abram stond bij de marulaboom en keek en luisterde naar de dingen van de nacht. Ze kwamen tot leven in de schaduwen. Ze zoemden en jankten en bezongen hun ellende; hun ellende, vreugde en geheimen. Schuw slopen en kropen ze rond, verstopten zich en zongen opnieuw het lied van de nacht. En nog altijd fonkelden de sterren hoog in de lucht en reisde de maan van horizon tot horizon, de zon achterna, zonder ooit te laten zien welke dingen daar rondslopen, kropen en zich verstopten.

Er steeg rook op van de plaats waar de bedienden hun hutten hadden gebouwd. Hij bracht de geur mee van kruiden, wortels en ander voedsel in hun potten. Abram vroeg zich af of de arbeiders ook naar de nachtelijke dingen luisterden en een lied hoorden, of dat ze niet geïnteresseerd waren in dat soort onbenullige mysteries.

Het maakte hem niet uit. Hij wilde de sfeer en het ritme die door deze plek stroomden in zich opnemen. Hij wilde de geheimen ervan inademen – netjes verweven in deze leeftijdloze overlevenden van de tijd, gegeven en genomen, en opnieuw gegeven aan de nakomelingen van deze grond. Hij sloot zijn ogen en luisterde naar het zachte gerinkel van een koebel waarvan de eigenares nog niet was gaan rusten, naar een vrouw die haar kinderen riep voor de maaltijd, naar het gefladder en gefriemel van iedere overlevende.

Het waren simpele dingen, tekenen van leven, echo's van herinneringen uit zijn jeugd. Ze waren mooi, vluchtig en ze ontglipten hem. Zijn gedachten keerden terug naar Alisa's dagboek. Hij voelde zich door haar verlamd. Het was waar dat hij haar haatte. Maar wat de verkoolde en besmeurde bladzijden niet zeiden – want die verhalen waren gestolen door het vuur dat haar had meegenomen – was dat hij van haar hield. Zelfs op het einde had hij van haar gehouden. Maar ze was weg. Hij kon haar dit alles niet vertellen. Ze was weg.

Onder dekking van de duisternis en de eenzaamheid kon Abram veilig de tranen laten vloeien die uit zijn ogen sprongen. Met gesloten ogen hief hij zijn handen naar de hemel. 'Vergeef me, Alisa,' fluisterde hij. 'Zo wil ik niet zijn.'

De tranen vloeiden rijkelijk. Ze stroomden ongeduldig en beten in zijn gezicht met hun hitte en zout. Een tijdlang, langer dan een hartenklop, bleef hij bij de boom staan om de tranen te laten komen en ze te laten wegvloeien uit zijn bloedende hart.

Hij had verdriet, steeds meer verdriet, steeds meer. Zijn hart bloedde, bloedde steeds harder, steeds harder. Er leek geen einde aan te komen en Abram probeerde de dingen uit zijn jeugd te pakken te krijgen, maar ze ontglipten hem. Ze wisten te ontsnappen. Ze vlogen onverbiddelijk de nacht in, zijn herinnering uit – ze zweefden bij hem vandaan op de rook, gleden weg met de dingen die rondslopen, kropen en zich verstopten.

Hij kon ze niet vangen. Hij kon ze niet opnieuw beleven en ze ook niet onder de kleren en papieren stoppen die hij voor zijn reis had ingepakt. Dus haalde hij diep adem en voelde dat er geen tranen meer zouden komen. Hij liet zijn handen zakken en veegde weg wat er nog over was van de waterval. Heel even voelde hij dat er iemand naar hem keek. Toen hij om zich heen keek, zag hij niemand. Zijn hart ging tekeer. Toen hij nogmaals om zich heen keek, zag hij Dido in de deuropening van hun kamer staan.

Ze kwam op een drafje naar hem toe en hij begroette haar door haar van de grond te tillen en haar in zijn armen te houden. Hoewel ze moe was, want ze legde geeuwend haar hoofd in het holletje van zijn nek, bleef ze wakker.

Samen staarden ze zwijgend de nacht in, toekijkend hoe Orion, de jager, werd opgeslokt door de horizon en hoe het Zuiderkruis de naderende komst van de koudere maanden aankondigde. Naarmate het later werd en de lucht begon af te koelen, zette Abram zijn dochter op de grond en nam haar hand in de zijne; samen liepen ze naar binnen om hun vermoeide botten te laten rusten.

Bram stond met het meisje bij het raam. Johannes had veel moeite gedaan om het ensemble van het meisje bij elkaar te zoeken: een wit overhemd en een broek met een jasje die bijna dezelfde kleur hadden als haar huid. Het was dat hij haar kende, anders had hij haar vast aangezien voor een jongen. Ze glimlachte toen hij de kamer binnenkwam, gespannen, maar toch heel lief.

'Goedemorgen,' zei hij. Bram en het meisje groetten hem in koor terug, waarop Bram zich begon uit te putten in woorden van dank en vaarwel: 'Dat was het dan, zoals ze zeggen. Je bent een ware vriend geweest, John, een ware vriend. Nu moeten we je bedanken, het is tijd om te gaan.'

Johannes had plotseling behoefte aan zijn pijp. Hij liep naar het ladekastje om hem te pakken en stak hem aan zoals hij dat altijd deed, met veel geduld. Hij voelde de ogen van zijn gasten strak op zich gericht, misschien vervuld van ontzag, misschien vol afkeer. Het maakte hem hoe dan ook niets uit. Het enige wat hij wilde was de verlichting van die eerste teug. Toen daar eenmaal aan was voldaan, zei hij tegen Bram: 'Ik was blij dat ik kon helpen, oude vriend. Ik vertrouw erop dat de tocht over de grens geregeld is, je wordt daar opgewacht.'

'Ja,' zei Bram. 'De nonnen en Gloria zijn erg behulpzaam geweest, net als jij, natuurlijk.'

'Ik neem aan dat je al hebt besloten waar je naartoe wilt?'

'Nog niet.' Hij sloeg zijn arm om de schouders van het meisje, alsof hij haar aanspoorde om iets te zeggen.

Het meisje zei op haar zangerige manier: 'Dank u, meneer Joubert. U bent als familie geweest, zo vriendelijk…'

Johannes lachte van schrik. 'Vriendelijk, zei je?'

'Nou,' vervolgde ze met een lichte trilling in haar stem, 'u hebt me het verhaal verteld van de regenkoningin. Dat hebt u goed gedaan, meneer. Ik werd er blij van.'

Zo te zien meende het meisje wat ze zei. Dat deed Johannes plezier, gek genoeg. 'Zoals ik me herinner,' zei hij, 'belandden we na het verhaal in een soort impasse. Mag ik vragen of je gedachten hierover zijn veranderd?'

'Tja, dat weet ik nog niet. Mag ik u een vraag stellen?' Ze zette haar rechtervoet op haar linker en keek met een schuin hoofd naar Bram. Waarschijnlijk vroeg ze op die manier om toestemming, Johannes zou het nooit weten; het enige wat hij zag was de groeiende belangstelling van de andere man voor dit gesprek.

'Dat mag,' zei Johannes, na nog een trekje aan zijn pijp.

'Heeft de chief zijn dochter ooit weergezien?'

Johannes keek naar Bram. 'Heb je een momentje, oude vriend? Je kunt misschien beter gaan zitten.'

Bram knikte en ging zitten, met zijn dochter op schoot. 'Maak het niet te lang,' zei hij. 'We mogen de trein niet missen.'

Johannes ging op zijn stoel bij de ladekast zitten; hij sloeg zijn linkerbeen over zijn rechter, legde zijn vrije hand in zijn schoot en schraapte zijn keel. 'Maak je geen zorgen, mijn vriend,' zei hij en tegen het meisje: 'Waar zijn we geëindigd?'

'U vertelde dat de koningin haar magische krachten niet kon meenemen naar de vallei van haar vader,' zei het meisje. 'U zei ook dat haar vaders dood naderde. Toen raakten we in eh… onze impasse. U vroeg of ik het verhaal begreep.'

'O ja, ik weet het weer,' zei Johannes, 'dan zal ik hier de draad weer oppakken. Na mijn ontmoeting met de chief verliet ik zijn vallei. Ik ging naar het zuiden, waar zijn dochter regeerde. Ik kwam in een vallei die veel op de zijne leek. Hun geldstelsel was gebaseerd op vee als valuta, hun hutten waren gebouwd van mest en modder en de mensen leefden eenvoudig. Hun velden waren echter rijk. Ik maakte kennis met de chief van dat dorp, een jongere man die was geboren in een beroemd jaar van een bijzonder grote oogst. Daarom was hij een gezegend man, zeiden ze. Hij nodigde me uit in zijn hut en ik vroeg hem naar de regenkoningin. "Ik maak deze reis om haar te ontmoeten," legde ik uit. De jonge chief vroeg wat ik wist over de koningin. Trots vertelde ik hem het verhaal dat ik van de oude chief in het noorden had gehoord. "Ziet u, beste man," zei ik, "ik weet veel over haar. Ik wil haar alleen met eigen ogen zien, om getuige te zijn van haar wonderbaarlijke kracht."

De chief lachte. Ik moet bekennen dat ik even dacht dat hij niet goed wijs was. Toen, even abrupt als hij ermee was begonnen, hield hij op met lachen, stampte met zijn staf op de grond en overhandigde mij een muntstuk. Het was een florijn die, gezien de inscriptie, in 1849 was geslagen. Op de voorzijde stond de gekroonde beeltenis van koningin Victoria, de achterzijde was gesierd met vier schilden. De chief wees naar koningin Victoria en zei: "Ik heb veel verhalen gehoord over deze vrouw. Van mannen zoals u, zendelingen en jagers. Er is mij verteld dat deze vrouw, zeeën ver weg en mij onbekend, hard heeft gewerkt om mij van de ellende, onwetendheid en barbaarsheid te redden. Vertel eens, bezoeker van mij, hebt u deze vrouw ontmoet? Bent u door haar op deze missie gestuurd?"

Toen was ik ervan overtuigd dat zijn volk de jonge chief beter voor gek dan voor gezegend had kunnen verklaren. Ik bedankte hem voor zijn gastvrijheid en vroeg toestemming om te gaan, maar hij stampte met zijn staf op de grond en zei: "Ik zal u een gids meegeven naar de regenvolkeren, indien u wilt." Nu hij zijn vriendelijkheid had hervonden, verontschuldigde ik me voor het feit dat ik zo snel op mijn teentjes getrapt was. "Ik ben geen

Engelsman," legde ik uit. "Het is een belediging om als zodanig te worden beschouwd."

Daarna hebben we lang met elkaar gesproken en zo merkte ik dat hij een man was die gemakkelijk lachte. Uiteindelijk werd het tijd om afscheid te nemen en een week later bereikte ik het eindpunt van mijn reis, het gebied van de regenvolkeren. De regenkoningin was zo vriendelijk me toe te laten aan het hof. Ik vroeg natuurlijk meteen naar het geheim van haar talent om het te laten te regenen. En even natuurlijk, denk ik, glimlachte ze beleefd en zei dat het een geheim was dat alleen voor haar volk bestemd was. Daarop vroeg ik of ze haar vader, haar thuis, haar volk en alles wat ze was voordat ze haar troon besteeg, niet miste.

Ze vroeg: "Welke vader? Welk thuis? Welk volk? Kortom, welk tragisch verhaal over mij heeft u hier gebracht?" Geschokt vroeg ik of ze in de jaren na haar ontvoering haar vorige leven was vergeten. Maar ze vroeg: "Over welk leven hebt u het?" Toen vertelde ik haar het verhaal dat ik van de oude chief had gehoord. De koningin knikte nadenkend. Er viel een stilte – een lange stilte waarin mijn twijfel toenam.

Ze keek me vol mededogen aan, alsof ze met haar ogen een diepe wijsheid wilde overbrengen. Haar kalmte over mijn ontsteltenis bracht me in verwarring en haar hoop dat ik haar stille boodschap zou begrijpen, maakte me bang. Zo bleven we naar mijn gevoel een eeuwigheid zitten, onberoerd door de gebeurtenissen in de wereld.

Het moment kwam ten einde en het was toen, in die griezelige stilte, dat ik uit het onbewustzijn van vele jaren werd getild. Ze zag dat de waarheid mijn gezicht veranderde en glimlachte wijs, de eerste keer dat ik deze uitdrukking op haar gezicht zag. Het was prachtig om te zien, prachtig en even zeldzaam als haar talent. Nog steeds betoverd door haar mysterieuze krachten, knikte ik uiteindelijk begrijpend.

Daarna verliet ik haar vallei. Op de terugreis stak ik de bergen over waar de jonge chief heerste. Ik bedankte hem voor zijn wijsheid en reisde door naar de oude chief, die ik ook bedankte. En zo eindigde het… voor zover ik weet.' Nu hij uitgesproken was, zag Johannes dat niet alleen het meisje maar ook Bram geheel in de ban was geraakt van zijn verhaal.

'Deze reis van jou, John,' zei Bram, 'was die voor of na mijn huwelijk met Alisa?'

'Het was erna.'

'Heb je daar Josephina gevonden?'

'Ja.'

'Waarom?'

Nadat Johannes en Bram in onmin waren geraakt, trok Bram met zijn vrouw naar het noorden. Johannes was in hun voetsporen getreden en eveneens afgereisd naar het noorden. Hij moest en zou begrijpen waarom Bram zo klakkeloos een vriendschap kon verraden die zoveel had doorstaan, een vriendschap die een oorlog had overleefd, de barrières van politiek en ideologie, religie en zoveel meer. Alles wat Bram had gedaan had Johannes hem willen nadoen, in de hoop dat de pijn van het verlies misschien draaglijk zou worden als hij hem kon begrijpen, al was het maar voor een seconde.

Johannes had zich ondergedompeld in Afrika. Hij ontdekte dat hij ervan hield. Hij probeerde te jagen. Hij merkte dat hij daar absoluut niet van hield. Vervolgens dompelde hij zich onder in wijn en geschiedenis en zakendoen en nog veel meer dingen waarin zijn vriend zich had ondergedompeld. In de loop van zijn talrijke onderdompelingen had hij diverse inheemsen bijeengebracht die hij later in dienst nam, inheemsen zoals Abram bijeen had gebracht. Nadat hij klaar was met zijn onderdompeling en weer bovenkwam als zichzelf, dacht hij nog eens goed na over zijn verdriet om te ontdekken dat zijn leed niet groot genoeg was. Hij moest nog meer pijn lijden. En hij kwam tot het besef, eindelijk, dat hij een man was die van een andere man hield. Een man die, hoewel hij van een andere man hield, heel goed begreep hoe verdorven dat was.

Omdat Johannes nooit wankelde als het om zijn overtuigingen ging, besloot hij zich onder te dompelen in een compleet ander avontuur. Hij verbande zichzelf naar Transvaal en leefde de rest van zijn leven in berouw. Over dit alles kon hij natuurlijk niets tegen Bram zeggen. Als degene die hun vriendschap had beëindigd, zou Bram het niet begrijpen.

Hoe beslist hij daarin ook was, Johannes voelde dat de spijt van vele jaren hem overspoelde en hem koud, leeg en alleen achterliet, als een leeg firmament. Hij inhaleerde diep en zei eenvoudigweg: 'Omdat ik het wilde.' Hij wilde meer zeggen. Hij voelde dat hij op het punt van een onthulling stond. Het lag binnen handbereik, maar als de dwaas of lafaard die hij was, liet hij het moment voorbijgaan. Het zou niet terugkomen, wist hij. Maar er viel niets aan te doen. Wanhopig, bang en in de hoop Bram voor eeuwig in hun relatie te verankeren, voegde hij eraan toe: 'De dingen zijn niet altijd zo eenvoudig als jij ze doet voorkomen, Bram. We moeten ons aan bepaalde regels houden als we de moderne eeuw in willen gaan met een kans om te overleven als een onafhankelijke natie van beschaafde mensen. De wereld is verdeeld, niet door mij of door jou, en niet door de wetgevers. De wereld is van nature verdeeld.

Het is een noodzakelijke verdeeldheid, die bestaat tussen een ouder en een kind en die zeer zeker moet bestaan tussen een meester en zijn ondergeschikte. Hoewel we gezegend zijn met een superieure intelligentie en elke vorm van beschaving, verkeren wij als ras in gevaar. Het is onze plicht om degenen die minder fortuinlijk zijn dan wij te verlossen van hun barbaarsheid, hun primitiviteit, hun ketterij en alle uitingen van hun verdorvenheid. Indien je het hele continent over zou reizen, zou je dit zien.

Hoewel er contact moet zijn, want hoe kunnen we anders de grootmoedigheid die ons is toevertrouwd verspreiden, moet dit tot in de kleinste details worden gecontroleerd. Hoe kunnen we gedijen in een wereld waarin de verdeeldheid wordt opgeheven, waar de ondergeschikte als gelijke met zijn meester omgaat? Leg me dat eens uit, oude vriend. Je kunt niet allebei zijn. Je bent een leider of een volgeling, beschaafd of niet; beide rollen spelen kan tot niets anders dan mislukking leiden. Je had naar me moeten luisteren, Bram. Je had vanaf het begin naar me moeten luisteren. Er kunnen geen twee Europa's in de wereld zijn. Afrika moet gered worden van die gelijksoortigheid,' besloot hij, waarna hij aan zijn pijp trok en wachtte op een weerwoord.

Maar zoals hij had verwacht, knikte Bram alleen maar en zei hij: 'Dan moet ik me terugtrekken uit deze strijd in de wetenschap dat zelfs jij, John, die heel veel van me hield, me uiteindelijk in de steek hebt gelaten. Ik dank je voor je bescherming. En ik hoop dat de volgende keer dat we elkaar ontmoeten, het nog steeds als vrienden zal zijn. Tot ziens.'

Na die woorden stond Bram op en nam de hand van het meisje in de zijne. Zij, blijkbaar nog steeds geïntrigeerd door de nu afgeronde discussie, zei: 'Ik begrijp het, meneer Joubert. Ik denk dat ik het al begrepen had als u mij de eerste keer het hele verhaal had verteld. Het is een goed verhaal, een beetje triest, maar ik geloof wel dat ik het mooi vind. Dank u wel dat u het mij hebt verteld.' Ze glimlachte zo blij, zo puur, dat Johannes heel even van haar hield.

'Wat denk je dat je begrijpt?' vroeg hij haar.

Het was niet het meisje dat antwoordde, maar haar vader. 'Het is heel simpel. De koningin was zowel mythe als waarheid. De oude chief was niet haar vader, maar het verhaal dat hij vertelde was waar. Ze behoorde tot al haar volkeren, niet slechts tot één daarvan. Jij, zomaar een reiziger en daarom onbekend met hun waarheden, wilde alleen eenvoudige waarheden. Maar niets in legendes is puur en hun geheimen waren van hen, niet van jou. Jij bent degene die had moeten luisteren. Jij bent degene die het niet begreep.'

'Dat is allemaal goed en wel,' zei Johannes. 'Maar ik wil horen wat het meisje ervan vindt.'

Ze trok denkrimpels in haar voorhoofd. Uiteindelijk nam ze een besluit: 'Ik denk dat mijn vader gelijk heeft.'

'Denk je dat?' vroeg Johannes glimlachend.

'Ja, ik denk van wel,' mompelde ze.

'Dan veronderstel ik, Dido, dat we de dingen zien zoals we ze willen zien. Zeg jij dat iets tegelijkertijd waar en onwaar kan zijn? Ik zeg dat dat niet kan. Wie van ons heeft gelijk en wie heeft ongelijk?'

'Maakt dat uit?' vroeg ze.

'Dat maakt uit,' zei hij. 'Dat maakt uit.'

Daarmee eindigde het. Ondanks Brams eerdere belofte van een hereniging wist Johannes dat dit ook het einde van hun vriendschap betekende. Als ze elkaar ooit weerzagen, zou het niet als levende mannen zijn, maar als geesten die kwamen spoken of doelloos rondzwierven. Of misschien hadden de theïsten gelijk en was er een hemel. Ergens buiten deze wereld bestond een andere, betere wereld. En daar, tussen de sterren, zouden ze elkaar misschien weer ontmoeten.

Hij voelde dat hij nog iets moest zeggen. Maar hij voelde ook dat hij dat niet kon, want de opflakkering van een openbaring glipte weg, snel, nog sneller, naar diepten die hij nooit zou durven verkennen. Hij schraapte zijn keel. 'Tot ziens,' zei hij.

'Tot ziens,' zeiden Bram en het meisje.

En daarmee was, alsof het niets was, Johannes' tijd vervlogen.

DE BOCHT OM EN DE MODDER IN

Abrams ogen glinsterden van tranen die zijn wangen nooit bereikten. Hij had zich in een gunstige periode van zijn jeugd in Zuid-Afrika gevestigd. Hij had ervan gehouden. En toen, op een dag, liet hij zijn tevredenheid achter en vertrok hij met zijn dochter en de gekozen spullen die niet vergaan waren in Alisa's vlammen.

Ergens vandaan vluchten was alsof je een hart bij de wortels afscheurde en het achteloos in zilte grond plantte, waar niets groeide. Zo voelde hij zich op dat moment. Hij liep naar de auto met Dido's hand in de zijne. De chauffeur stond klaar met een glimlach om hen te begroeten en verzekerde hun dat hij goed kon rijden. Josephina omhelsde Dido en hield haar een eindje van zich af, mopperend dat haar huid zo donker was geworden. Ze voegde eraan toe: 'Ik zal je missen, Dido. Ik zal je niet vergeten.'

'Ik zal jou ook missen.'

'Nu niet verdrietig zijn,' vervolgde Josephina. 'Laat me niet met pijn in mijn hart achter. Bezoedel je pad niet met tranen.'

Het tafereel werd onderbroken door de twee jongens, Justice en Maleka, die plotseling voor hen stonden, buiten adem van het rennen. Josephina zei: 'Zie je hoe geliefd je bent, Dido? Zie je hoeveel vreugde je ons hebt gebracht en wat een verdriet je vertrek ons doet?' Josephina's gezicht betrok. Ze boog verlegen haar hoofd. 'Moge uw pad makkelijk begaanbaar zijn, meneer,' zei ze.

‘En moge jouw leven lichter worden, Josephina,’ antwoordde hij.

Maleka en Justice hadden hun tong verloren, uit angst voor Abram en van verdriet. Ze zwaaiden wat en zeiden alleen: ‘Goede reis.’

Dido zwaaide terug. ‘Het ga jullie goed.’

Daarna stapten Abram en Dido eindelijk in de auto. Toen het portier dichtsloeg, fluisterde Abram: ‘Tot ziens, Johannes. Ik zal je missen.’

Johannes stond echter achter het raam van zijn studeerkamer, rookte zijn pijp en blies de rook tegen de ruit, wat vlekken gaf op het glas die zijn zicht vertroebelden en zijn keel nog heviger in beroering brachten. Hij had Abram nooit kunnen horen. Al snel nam de auto de bocht en reden ze het onverharde pad op, weg van de boerderij.

Dido vertelde dat aan de westkant een termietenheuvel lag, met daarachter een veld waar de dikste sprinkhanen te vinden waren. Achter dat veld, zei ze, stond een naamloze boom waarin een man woonde die zo groot was dat zijn gezicht niet te zien was. Het verhaal ging dat hij de wolken kon aanraken.

‘Het is een spookman, zie je.’ Dido’s ogen schoten heen en weer alsof ze bang was dat het spook elk ogenblik kon opduiken. ‘Zijn huid is grijs als de dood, zijn ogen zwart van slechtheid en zijn tanden rood van het bloed. Hij eet kinderen. Maleka zei dat ik daar nooit naartoe mocht gaan. Hij zei dat ik er zelfs niet naar mocht kijken.’ Ze wendde onmiddellijk haar ogen af van de beruchte plek, uit angst dat de spookman haar ongehoorzaamheid zou aanvoelen en zijn boze oog op haar zou richten.

De rivierapen leefden in de bomen en de grotten bij de rivier. Dat was net aan de voet van de berg, vlak bij een bocht die, als je rechtsaf sloeg in plaats van linksaf en een stukje in de richting liep van de eenzame jacaranda die elk jaar te laat bloeide, zoals alles op die plek – als je dat pad zou volgen, zou je uitkomen bij een heilige baobabboom.

Er stond een man bij de baobab. Volgens hem zag de boom eruit alsof hij ondersteboven stond. De dunne, hongerige takken klauwden als wortels naar de lucht. De man had het soort luie tong die moeite had met het uitspreken van keelklanken. Persoonlijk zou hij liever een ander woord gebruiken om de takken te beschrijven, indien hij het woord kon vinden. Een boom was om zoveel andere redenen een ingewikkeld ding.

Bijvoorbeeld, iets waarover de man vaak in discussie was gegaan: je kon niet áchter een boom staan, omdat een boom om te beginnen geen voorkant had. Maar op dat moment moest hij toegeven dat hij misschien toch achter een boom stond.

Vanuit het zuiden kwam een auto aangereden, over de onverharde weg die naar de boerderij van Joubert liep. Meestal kwam daar een groepje van een stuk of vijf kinderen vandaan. Ze sloegen altijd linksaf bij de bocht en volgden het pad naar de rivier, waar de belofte van de beroemde rivierapen lag. Maar die ochtend verwachtte de man een auto met een witte man en een mulatmeisje aan boord. Tenminste, dat had de telegrafist gezegd. 'Ha,' riep hij uit toen hij de auto zag. Hij moest snel weg uit de vallei. Hij moest de grenswachter zo snel mogelijk waarschuwen.

Op datzelfde moment waren twee kinderen op weg naar de termietenheuvel, waar ze sprinkhanen gingen zoeken. Een van hen, de jongste, zag de man toen hij achter de boom vandaan stapte. De jongen schrok. Heel even bleef hij als verlamd staan.

Zijn broer werd boos, omdat het altijd zo ging als hun moeder hen voor een of ander klusje naar het veld stuurde: zijn broertje treuzelde altijd. Hij klapte in zijn handen. 'Kom op nou,' riep hij. De jongen die de lange, bleke man had gezien, kwam eindelijk bij van de schrik. Hij knikte naar de baobabboom en zei tegen zijn broer: 'Mphukudu zat verstopt achter die *moboyo*.'

Tegen de tijd dat de oudere broer keek, was de man verdwenen en wist de kleinste jongen niet meer zo zeker of hij hem echt had gezien. Een vogel vloog op alsof hij abrupt uit zijn slaap was gewekt door een sluipend wezen. Een andere vogel volgde en al snel werd de stilte van de savanne verstoord door dieren die vluchtten voor iets wat de jongens niet konden zien.

Van schrik renden de jongens zo vlug ze konden naar huis. Toen ze vertelden waarom ze thuis waren gekomen zonder ook maar één sprinkhaan, klapte hun moeder één keer met haar handen boven haar hoofd. Ze zoog op haar tanden en zei: 'Weet je, andere vrouwen kregen kinderen, maar het enige wat ik heb gekregen is straf. Welke voorouder heb ik beledigd? Vertel het me alsjeblieft, zodat ik op zoek kan gaan naar een koe om te slachten, voordat ik gek word.' Helaas vond niemand een koe voor haar. Er zat niets anders op dan naar de hoeve van de buren te gaan en om groenten te vragen van het lapje grond dat daar lag.

'Waren je zoons vandaag niet naar de termietenheuvel?' vroeg de buurvrouw. De moeder moest haar straf opnieuw beleven door haar het verhaal van haar kinderen te vertellen. Toen ze uitgesproken was, kwam de buurvrouw niet meer bij van het lachen. 'Ach,' zei de buurvrouw, 'weten je zoons dan niet dat Mphukudu maar een verhaaltje is dat door de ouderen wordt verteld om kinderen bang te maken, zodat ze niet te ver van huis afdwalen?'

De moeder zei ja, dat zouden haar kinderen moeten weten. Dat zouden ze echt moeten weten, hè? Maar waar andere vrouwen kinderen kregen, had zij blijkbaar een meedogenloze voorouder beledigd en kreeg zij alleen deze straf. Ze haalde verslagen haar schouders op en ging naar het lapje grond.

Ergens in de verte, ver van de vrouw die op zoek was naar bladeren die niet bitter zouden smaken na een te lange zomer, reden Abram en Dido over de mistige hellingen in de tropische gordel. De mist was zo dik dat ze niet ver voor of achter zich konden kijken. Samson, de chauffeur, verzekerde hun dat dit weer heel gewoon was in de bergen. Ze hoefden zich nergens zorgen over te maken, zei hij. Hij had vaker met dit bijltje gehakt.

Wat Abram zorgen baarde was niet zozeer de mist, maar de scherpe bochten in de weg. Ze waren talrijk en plotseling en vaak leek het of de auto op de rand van een klif balanceerde. Op die momenten was Samson stil van concentratie; Abram, die zich Alisa's akelige voorspellingen herinnerde, was zenuwachtig en Dido zat bij het raam en probeerde te zien hoe dicht ze langs de rand van de afgrond reden.

'De bomen zijn zo hoog en de bladeren zo dik,' merkte ze op. 'Het lijkt niet op herfst. Het lijkt niet op Kaapstad.' Abram mompelde instemmend.

Zodra Samson hen veilig door de bochten en de mist had geloodst, slaakte Abram een zucht van verlichting. Dido liet zich teleurgesteld in haar stoel zakken. Ze reden nu langs dunnere, kleinere bomen, die verwelkten zodra de herfst intrad. Hoelang hadden ze daar gestaan, vroeg hij zich af. Hoe sterk verstrengelden hun wortels zich en hoe ver drongen ze zich de aarde in, of rotten ze mettertijd weg? Als ze met wortel en al werden uitgetrokken en opnieuw werden aangeplant, ergens ver weg in andere grond, zouden hun wortels dan net zo gemakkelijk groeien en zich verstrengelen, zich de aarde in dringen en wegrotten? Hoe verder ze kwamen, hoe dunner de bomen werden, en hoe kleiner. Hun bladerdek werd vlakker naarmate de weelderigheid van de vallei zich achter hen terugtrok. De dorre uitgestrektheid van de savanne spreidde zijn armen steeds verder uit.

Er waren ook wilde honden en konijnen, loopvogels en krekels en nukkige bokken en slangen. Ze waren alleen en ongetemd, zwierven van de ene plaats naar de andere, jaagden of werden opgejaagd of zochten slechts een schuilplaats tegen de hitte van de meedogenloze zon. Er waren oases vol leven in het dorre landschap. Abram dacht dat alles wat levend was eerder doodging op deze dorre gronden: de bladeren waren er bruiner, alsof de herfstwind harder waaide. Of misschien had de zomerzon feller gebrand.

De dieren daar verscholen zich. Ze leenden de vlakten uit aan migrerende mensen die van hier naar daar en verder trokken – weg van het een, op weg naar iets anders. Sommigen hadden schoenen aan hun voeten, anderen niet, maar ieder van hen stapte kordaat en met vaste tred uit zijn of haar armoede. Ze droegen hun bezittingen met zich mee, verpakt in papier en plastic, vervolgens vastgebonden met touwen en evenwichtig opgestapeld. De vrouwen droegen kinderen op hun rug en stapels op hun hoofd en zij volgden de mannen, die hun lasten meetorsten in hun handen. Hun kleren plakten aan hun lichaam. De zon geselde hun huid totdat het zweet en het zout uit hun poriën stroomden, op hun versleten eerbaarheid.

Naar het zuiden trokken ze. Abram stelde zich voor dat de mannen aan boord van een trein zouden stappen om naar de mijnen te gaan. De vrouwen zouden volgen. Of misschien was er een boerderij in de buurt waar hun werk was beloofd. Maar Noord-Transvaal was al jaren niet goed voor hen geweest. Ze zouden vast denken dat de mijnen gunstiger waren.

Hij maakte zich een voorstelling van het kletsen van hun voeten, de barre plaatsen waar ze geboren waren en zette hen vervolgens neer in de verzilte aarde die ze wilden bereiken. Hij vroeg zich af welke schatten ze met zich meetorsten, als het al schatten waren en geen lasten. En hij vroeg zich af of ze zich hetzelfde afvroegen over hem.

Hadden ze met hem te doen, omdat hij anders dan zij op

weg was naar het noorden? Sommigen strekten hun nek om een blik te werpen in de auto die hen passeerde. Maar zodra hun nieuwsgierigheid bevredigd was, ging het verder naar het zuiden, steeds verder zuidwaarts, langs de baobabs en de heuvels, en keken ze nooit meer om naar de verdrietige witte man die een zwart kind in zijn armen hield. Kort daarna namen de horden af en waren er alleen nog achterblijvers te zien. Ze droegen geen lasten en werden ook niet gevolgd door vrouwen of kinderen. Ze liepen steviger door en verdwenen sneller achter de horizon, waarbij de gewichtloosheid van hun leven hen hielp in hun vlucht.

Snel, veel te snel, verdwenen ze in de verte.

HET BLAD VAN DE WILG

Het blad, dat met de wisseling van het seizoen bruin verkleurd was en zo-even van de hoogste tak was gevallen, zweefde zachtjes in de wind. Het landde op de mat die was ontstaan door de opeenhoping van zijn gevallen verwanten.

De hoedster van de wilg was heengegaan. Ze was gestolen door het vuur. Haar pelgrimstocht was beëindigd. Er was nog een hoedster geweest, die de namen van de sterren opsomde zoals de zuidelijke volkeren dat deden. Hoewel zij nog leefde, zoals de wind hem had verteld, was ook zij van haar post vertrokken, gestolen door de weg en naar onbekende plaatsen gevoerd.

De echo van haar roep weerklonk. Het was de stem van een kind. Het smeekte om een toevluchtsoord bij een naamloos volk, ergens in de wereld. De wind van de zingende stemmen hoorde de roep. Hij kwam toevallig net langs een oude heuvel aan de rand van een continent. Als de wind van de zingende stemmen was hij verplicht de kinderstem op te vangen, voordat hij wegdreef. De wind voerde de echo mee, naar hier, naar daar, van deze berg naar de volgende, naar de luchten, de valleien en rivieren, de bomen, de vallende bladeren en andere rottende dingen, terug, terug in de tijd en weer terug.

De oren die het zocht waren uitgezworven. Ze waren op deze plek en op een andere, onder deze aarde en onder een andere, voelden zich verplicht aan deze mensen en aan degenen die van verre kwamen, aan overal en nergens, aan iedere god en aan niemand, aan niets, aan alles. De wind wist dit en voerde de stem mee, naar hier, naar daar en weer terug.

Geduldig liet hij de kinderstem weerklinken, overal en altijd. Hij ontving de stemmen die terugkeerden met hun eigen echo's. Hij luisterde naar hen, naar elk verhaal en gerucht, naar de namen die gegeven waren aan naamloze mensen, ergens in de wereld. Hij blies harder en tilde het blad uit zijn rustplaats. De stofhoos steeg op uit de verbrande gevel van de oostelijke vleugel. Er zat as tussen, ingebakken in het zand. De hoos groef het op en nam de as mee naar het noorden en het westen, en nogmaals naar het noorden en het westen, naar een plaats die ooit bekendstond onder vele namen, maar nu West-Afrika heette. Er werd gefluisterd over een volk dat ooit verbonden was met die plaats. Eeuwen geleden werden ze gestolen en verspreid door de getijden van de Atlantische Oceaan. Ze verloren de namen van hun voorouders. Een weesvolk was het. Maar de botten van die voorouders lagen nog altijd in de diepe grindlagen van hun bakermat.

Daar reisde de wind naartoe. Hij schepte de as- en stofhoos op. Samen tolden ze door de woestijnduinen, over de paden van de heuvels en de stroming van de winden die van de ene plek naar de andere dwaalden. Her en der baande de wind zich een weg. Met zachte fluittonen en gefluister kondigde hij zijn doortocht aan en elke andere wind luisterde. Sommige getijden bedelden om as uit de wind en beloofden de gulle gift te bezorgen bij andere bakermatten waarover geruchten gingen. De wind bedankte hen en wervelde weg.

Eindelijk bereikte de as de afgelegen plek waar de rouwende zielen van de voorouders wachtten. Er was daar een plek, een kasteel vanwaar je de oneindigheid van de zee kon zien. Die ging eindeloos door, net als de reis. Iemand had het idee gehad om het 'de poort vanwaar geen terugkeer mogelijk is' te noemen. Als je eenmaal de drempel over was, zou niemand ooit nog kunnen terugkeren.

Maar je kunt een plaats niet benoemen, zo zei de wind. Een plaats is van zichzelf. Als je goed luistert, zal hij je fluisterend zijn naam, zijn goden en verleden vertellen. Een plaats is iets eeuwigs en mensen zijn zo vluchtig, zo snel dood. Dus hoe kunnen mensen plaatsen benoemen? Dat is de reden waarom een volk dat geen rivier heeft geen riviergod kan hebben en een volk dat geen adelaars kent geen adelaargod. Maar heb je ooit een volk ontmoet dat nooit van de kinderen van de hemelgod had gehoord, een volk dat geen eigen versie kende van hoe de hemel was ontstaan? Het San-volk wist dit allemaal, zei de wind, maar andere volkeren hadden al heel lang niet meer naar de San geluisterd.

Dus de wind glipte door die deur, door die poort vanwaar geen terugkeer mogelijk was, en zweefde langs een geschiedenis waarover men alleen nog sprak op fluistertoon. De wind glipte erdoorheen en wervelde, wervelde om het oude volk van die plaats op te roepen.

Er waaide een briesje uit zee – ter verwelkoming, zei de wind. De verweven stemmen, ooit ongrijpbaar in hun roep, klonken nu luider, met heilige woorden en heilige liederen. Ze veegden de as uit de wind. Ze wervelden en floten totdat de wind wist dat de reis ten einde was en zijn taak voltooid. De kinderstem was eindelijk thuis.

De echo's klonken ritmisch harder en zachter. Ze barstten uit in gelach, in gezangen en liederen en geroezemoes van geheimen waar het blad niets van wist.

In de vreugde van haar terugkeer riepen ze de naam van het kind voor elke tijd en plaats die er was, door de fluisterende winden, door de wereld, naar hier, naar daar en weer terug. Daarginds op een oude heuvel aan de rand van een continent vonden ze de ziel die door de vlammen was gestolen. Ze vonden het gestolen kind bij haar. Welkom thuis, zeiden ze, of dat zei de wind.

En het blad van de wilgenboom, nu verdord van de inspanning, het stof en de wervelingen van de reis, dwarrelde zachtjes naar de grond.

Daar kwam het tot rust.

DANKWOORD

Het schrijven van dit boek heeft vele jaren, luchthavens en steden geduurd. Het was een eenzaam proces, maar ik heb het nooit alleen gedaan. Ik wil mijn oprechte dank uitspreken aan de volgende mensen, zonder wie dit niet mogelijk en ook niet zo lonend zou zijn geweest: Bridget Impey, Nadia Goetham en het hele Jacana-team, omdat ze me hebben geknepen terwijl ik mijn droom waarmaakte. Xuejun Jian, om samen met mij krankzinnig te zijn, om samen met mij deze onmogelijke dromen te dromen; als je mij niet had gehuisvest tijdens mijn bezoeken aan Kaapstad, zou ik dit niet hebben geschreven. Xolile Mtembu, voor het lezen van de eerste versie, omdat ik het had opgegeven en jij me weer hoop gaf. En mijn familie, denk ik, ook al laten ze mij nog steeds de afwas doen; al hun liefde is opgenomen in dit boek, net als hun namen.

Oxfam Novib staat achter iedereen die strijdt voor gelijkheid. Mensen die op hun eigen manier strijden tegen groeiende verschillen. Tegen onrecht. Tegen klimaatverandering, die de meest kwetsbaren het hardst raakt. Mensen die opkomen voor eerlijke lonen. Voor het recht zichzelf te kunnen zijn en te houden van wie ze willen. Oxfam Novib werkt samen met jeugdbewegingen, grassroots-organisaties en het maatschappelijk middenveld aan gelijkheid. We staan achter ze met geld. Met kennis. Met lef. Met onze duizenden medewerkers. En met onze miljoenen supporters. Want alleen met elkaar pakken we ongelijkheid aan bij de wortel. Om zo de systemen die daarachter zitten voor eens en voor altijd te veranderen.

Wereldwijd strijden mensen voor gelijkheid, Oxfam Novib staat achter hen. Doe mee!

Meer informatie over Oxfam Novib vindt u op oxfamnovib.nl. Kijk voor meer boeken van Oxfam Novib in onze webshop: oxfamnovib.nl/shop. Of word abonnee van ons Inspiratie Abonnement. Twee keer per jaar ontvangt u een bijzonder boek. Leeskost die uw blik verruimt, geschreven door auteurs van over de hele wereld. Daarnaast bieden we u interessante achtergrondinformatie bij de boeken en andere leuke extra's, zoals onze unieke kalender. Oxfamnovib.nl/abonnementen

Oxfam Novib, Postbus 30919, 2500 GX Den Haag.
Telefonisch bereikbaar op 070-3421777 en per mail op
info@oxfamnovib.nl

OXFAM Novib